Joseph von Eichendorff
Werke in einem Band

Joseph von Eichendorff
Werke in einem Band

Herausgegeben von
Wolfdietrich Rasch

dtv

Deutscher Taschenbuch Verlag

Dezember 1995
Deutscher Taschenbuch Verlag GmbH & Co. KG,
München

Umschlaggestaltung: Dieter Brumshagen
Umschlagbild: Image Bank
Gesamtherstellung: C. H. Beck'sche Buchdruckerei,
Nördlingen
Printed in Germany · ISBN 3-423-02382-1

INHALT

Gedichte 7
Erste Abteilung 7
I. Wanderlieder 9
II. Sängerleben 50
III. Zeitlieder 104
IV. Frühling und Liebe 156
V. Totenopfer 221
VI. Geistliche Gedichte 236
VII. Romanzen 284
VIII. Aus dem Spanischen 349
Zweite Abteilung 365
Ahnung und Gegenwart 447
Erzählungen 745
Aus dem Leben eines Taugenichts 747
Das Marmorbild 833
Eine Meerfahrt 873
Das Schloß Dürande 930
Anhang 969
Anmerkungen 971
Nachwort 1007
Zu dieser Ausgabe 1032
Zeittafel 1040
Überschriften und Anfänge der Gedichte 1045

GEDICHTE

ERSTE ABTEILUNG
EICHENDORFFS GEDICHTSAMMLUNG
VON 1841

I. WANDERLIEDER

Viele Boten gehn und gingen
Zwischen Erd und Himmelslust,
Solchen Gruß kann keiner bringen,
Als ein Lied aus frischer Brust.

Frische Fahrt

Laue Luft kommt blau geflossen,
Frühling, Frühling soll es sein!
Waldwärts Hörnerklang geschossen,
Mutger Augen lichter Schein;
Und das Wirren bunt und bunter
Wird ein magisch wilder Fluß,
In die schöne Welt hinunter
Lockt dich dieses Stromes Gruß.

Und ich mag mich nicht bewahren!
Weit von euch treibt mich der Wind,
Auf dem Strome will ich fahren,
Von dem Glanze selig blind!
Tausend Stimmen lockend schlagen,
Hoch Aurora flammend weht,
Fahre zu! Ich mag nicht fragen,
Wo die Fahrt zu Ende geht!

Allgemeines Wandern

Vom Grund bis zu den Gipfeln,
Soweit man sehen kann,
Jetzt blühts in allen Wipfeln,
Nun geht das Wandern an:

Die Quellen von den Klüften,
Die Ström auf grünem Plan,
Die Lerchen hoch in Lüften,
Der Dichter frisch voran.

Und die im Tal verderben
In trüber Sorgen Haft,
Er möcht sie alle werben
Zu dieser Wanderschaft.

Und von den Bergen nieder
Erschallt sein Lied ins Tal,
Und die zerstreuten Brüder
Faßt Heimweh allzumal.

Da wird die Welt so munter
Und nimmt die Reiseschuh,
Sein Liebchen mitten drunter
Die nickt ihm heimlich zu.

Und über Felsenwände
Und auf dem grünen Plan
Das wirrt und jauchzt ohn Ende –
Nun geht das Wandern an!

Der frohe Wandersmann

Wem Gott will rechte Gunst erweisen,
Den schickt er in die weite Welt;
Dem will er seine Wunder weisen
In Berg und Wald und Strom und Feld.

Die Trägen, die zu Hause liegen,
Erquicket nicht das Morgenrot,
Sie wissen nur von Kinderwiegen,
Von Sorgen, Last und Not um Brot.

Die Bächlein von den Bergen springen,
Die Lerchen schwirren hoch vor Lust,
Was sollt ich nicht mit ihnen singen
Aus voller Kehl und frischer Brust?

Den lieben Gott lass ich nur walten;
Der Bächlein, Lerchen, Wald und Feld
Und Erd und Himmel will erhalten,
Hat auch mein Sach aufs best bestellt!

Im Walde

Es zog eine Hochzeit den Berg entlang,
Ich hörte die Vögel schlagen,
Da blitzten viel Reiter, das Waldhorn klang,
Das war ein lustiges Jagen!

Und eh ichs gedacht, war alles verhallt,
Die Nacht bedecket die Runde,
Nur von den Bergen noch rauschet der Wald
Und mich schauert im Herzensgrunde.

Zwielicht

Dämmrung will die Flügel spreiten,
Schaurig rühren sich die Bäume,
Wolken ziehn wie schwere Träume –
Was will dieses Graun bedeuten?

Hast ein Reh du lieb vor andern,
Laß es nicht alleine grasen,
Jäger ziehn im Wald und blasen,
Stimmen hin und wieder wandern.

Hast du einen Freund hienieden,
Trau ihm nicht zu dieser Stunde,

Freundlich wohl mit Aug und Munde,
Sinnt er Krieg im tückschen Frieden.

Was heut müde gehet unter,
Hebt sich morgen neugeboren.
Manches bleibt in Nacht verloren –
Hüte dich, bleib wach und munter!

Nachts

Ich wandre durch die stille Nacht,
Da schleicht der Mond so heimlich sacht
Oft aus der dunklen Wolkenhülle,
Und hin und her im Tal
Erwacht die Nachtigall,
Dann wieder alles grau und stille.

O wunderbarer Nachtgesang:
Von fern im Land der Ströme Gang,
Leis Schauern in den dunklen Bäumen –
Wirrst die Gedanken mir,
Mein irres Singen hier
Ist wie ein Rufen nur aus Träumen.

Der wandernde Musikant

1

Wandern lieb ich für mein Leben,
Lebe eben wie ich kann,
Wollt ich mir auch Mühe geben,
Paßt es mir doch gar nicht an.

Schöne alte Lieder weiß ich,
In der Kälte, ohne Schuh'

Draußen in die Saiten reiß ich,
Weiß nicht, wo ich abends ruh.

Manche Schöne macht wohl Augen,
Meinet, ich gefiel' ihr sehr,
Wenn ich nur was wollte taugen,
So ein armer Lump nicht wär. –

Mag dir Gott ein'n Mann bescheren,
Wohl mit Haus und Hof versehn!
Wenn wir zwei zusammen wären,
Möcht mein Singen mir vergehn.

2

Wenn die Sonne lieblich schiene
Wie in Welschland lau und blau,
Ging' ich mit der Mandoline
Durch die überglänzte Au.

In der Nacht dann Liebchen lauschte
An dem Fenster süß verwacht,
Wünschte mir und ihr, uns beiden,
Heimlich eine schöne Nacht.

Wenn die Sonne lieblich schiene
Wie in Welschland lau und blau,
Ging' ich mit der Mandoline
Durch die überglänzte Au.

3

Ich reise übers grüne Land,
Der Winter ist vergangen,
Hab um den Hals ein gülden Band,
Daran die Laute hangen.

Der Morgen tut ein'n roten Schein,
Den recht mein Herze spüret,

Da greif ich in die Saiten ein,
Der liebe Gott mich führet.

So silbern geht der Ströme Lauf,
Fernüber schallt Geläute,
Die Seele ruft in sich: Glück auf!
Rings grüßen frohe Leute.

Mein Herz ist recht von Diamant,
Ein Blum von Edelsteinen,
Die funkelt lustig übers Land
In tausend schönen Scheinen.

Vom Schlosse in die weite Welt
Schaut eine Jungfrau 'runter,
Der Liebste sie im Arme hält,
Die sehn nach mir herunter.

Wie bist du schön! Hinaus, im Wald
Gehn Wasser auf und unter,
Im grünen Wald sing, daß es schallt,
Mein Herz, bleib frei und munter!

Die Sonne uns im Dunkeln läßt,
Im Meere sich zu spülen,
Da ruh ich aus vom Tagesfest
Fromm in der roten Kühle.

Hoch führet durch die stille Nacht
Der Mond die goldnen Schafe,
Den Kreis der Erden Gott bewacht,
Wo ich tief unten schlafe.

Wie liegt all falsche Pracht so weit!
Schlaf wohl auf stiller Erde,
Gott schütz dein Herz in Ewigkeit,
Daß es nie traurig werde!

4

Bist du manchmal auch verstimmt,
Drück dich zärtlich an mein Herze,
Daß mirs fast den Atem nimmt,
Streich und kneif in süßem Scherze,
Wie ein rechter Liebestor
Lehn ich sanft an dich die Wange
Und du singst mir fein ins Ohr.
Wohl im Hofe bei dem Klange
Katze miaut, Hund heult und bellt,
Nachbar schimpft mit wilder Miene –
Doch was kümmert uns die Welt,
Süße, traute Violine!

5

Mürrisch sitzen sie und maulen
Auf den Bänken stumm und breit,
Gähnend strecken sich die Faulen,
Und die Kecken suchen Streit.

Da komm ich durchs Dorf geschritten,
Fernher durch den Abend kühl,
Stell mich in des Kreises Mitten,
Grüß und zieh mein Geigenspiel.

Und wie ich den Bogen schwenke,
Ziehn die Klänge in der Rund
Allen recht durch die Gelenke
Bis zum tiefsten Herzensgrund.

Und nun gehts ans Gläserklingen,
An ein Walzen um und um,
Je mehr ich streich, je mehr sie springen,
Keiner fragt erst lang: warum? –

Jeder will dem Geiger reichen
Nun sein Scherflein auf die Hand –

Da vergeht ihm gleich sein Streichen,
Und fort ist der Musikant.

Und sie sehn ihn fröhlich steigen
Nach den Waldeshöhn hinaus,
Hören ihn von fern noch geigen,
Und gehn all vergnügt nach Haus.

Doch in Waldes grünen Hallen
Rast ich dann noch manche Stund,
Nur die fernen Nachtigallen
Schlagen tief aus nächtgem Grund.

Und es rauscht die Nacht so leise
Durch die Waldeseinsamkeit,
Und ich sinn auf neue Weise,
Die der Menschen Herz erfreut.

6

Durch Feld und Buchenhallen
Bald singend, bald fröhlich still,
Recht lustig sei vor allen,
Wers Reisen wählen will!

Wenns kaum im Osten glühte,
Die Welt noch still und weit:
Da weht recht durchs Gemüte
Die schöne Blütenzeit!

Die Lerch als Morgenbote
Sich in die Lüfte schwingt,
Eine frische Reisenote
Durch Wald und Herz erklingt.

O Lust, vom Berg zu schauen
Weit über Wald und Strom,
Hoch über sich den blauen
Tiefklaren Himmelsdom!

Vom Berge Vöglein fliegen
Und Wolken so geschwind,
Gedanken überfliegen
Die Vögel und den Wind.

Die Wolken ziehn hernieder,
Das Vöglein senkt sich gleich,
Gedanken gehn und Lieder
Fort bis ins Himmelreich.

Die Zigeunerin

Am Kreuzweg, da lausche ich, wenn die Stern
Und die Feuer im Walde verglommen,
Und wo der erste Hund bellt von fern,
Da wird mein Bräutigam herkommen.

»Und als der Tag graut', durch das Gehölz
Sah ich eine Katze sich schlingen,
Ich schoß ihr auf den nußbraunen Pelz,
Wie tat die weitüber springen!« –

's ist schad nur ums Pelzlein, du kriegst mich nit!
Mein Schatz muß sein wie die andern:
Braun und ein Stutzbart auf ungrischen Schnitt
Und ein fröhliches Herze zum Wandern.

Der wandernde Student

Bei dem angenehmsten Wetter
Singen alle Vögelein,
Klatscht der Regen auf die Blätter,
Sing ich so für mich allein.

Denn mein Aug kann nichts entdecken,
Wenn der Blitz auch grausam glüht,
Was im Wandern könnt erschrecken
Ein zufriedenes Gemüt.

Frei von Mammon will ich schreiten
Auf dem Feld der Wissenschaft,
Sinne ernst und nehm zu Zeiten
Einen Mund voll Rebensaft.

Bin ich müde vom Studieren,
Wann der Mond tritt sanft herfür,
Pfleg ich dann zu musizieren
Vor der Allerschönsten Tür.

Der Maler

Aus Wolken, eh im nächtgen Land
Erwacht die Kreaturen,
Langt Gottes Hand,
Zieht durch die stillen Fluren
Gewaltig die Konturen,
Strom, Wald und Felsenwand.

Wach auf, wach auf! Die Lerche ruft,
Aurora taucht die Strahlen
Verträumt in Duft,
Beginnt auf Berg und Talen
Ringsum ein himmlisch Malen
In Meer und Land und Luft.

Und durch die Stille, lichtgeschmückt,
Aus wunderbaren Locken
Ein Engel blickt. –
Da rauscht der Wald erschrocken,

Da gehn die Morgenglocken,
Die Gipfel stehn verzückt.

O lichte Augen, ernst und mild,
Ich kann nicht von euch lassen!
Bald wieder wild
Stürmts her von Sorg und Hassen –
Durch die verwornnen Gassen
Führ mich, mein göttlich Bild!

Der Soldat

1

Ist auch schmuck nicht mein Rößlein,
So ists doch recht klug,
Trägt im Finstern zu 'nem Schlößlein
Mich rasch noch genug.

Ist das Schloß auch nicht prächtig:
Zum Garten aus der Tür
Tritt ein Mädchen doch allnächtig
Dort freundlich herfür.

Und ist auch die Kleine
Nicht die Schönst auf der Welt,
So gibts doch just keine,
Die mir besser gefällt.

Und spricht sie vom Freien:
So schwing ich mich auf mein Roß –
Ich bleibe im Freien,
Und sie auf dem Schloß.

2

Wagen mußt du und flüchtig erbeuten,
Hinter uns schon durch die Nacht hör ichs schreiten,

Schwing auf mein Roß dich nur schnell
Und küss noch im Flug mich, wildschönes Kind,
Geschwind,
Denn der Tod ist ein rascher Gesell.

Seemanns Abschied

Ade, mein Schatz, du mochtst mich nicht,
Ich war dir zu geringe.
Einst wandelst du bei Mondenlicht
Und hörst ein süßes Klingen,
Ein Meerweib singt, die Nacht ist lau,
Die stillen Wolken wandern,
Da denk an mich, 's ist meine Frau,
Nun such dir einen andern!

Ade, ihr Landsknecht', Musketier'!
Wir ziehn auf wildem Rosse,
Das bäumt und überschlägt sich schier
Vor manchem Felsenschlosse,
Der Wassermann bei Blitzesschein
Taucht auf in dunklen Nächten,
Der Haifisch schnappt, die Möwen schrein –
Das ist ein lustges Fechten!

Streckt nur auf eurer Bärenhaut
Daheim die faulen Glieder,
Gott Vater aus dem Fenster schaut,
Schickt seine Sündflut wieder,
Feldwebel, Reiter, Musketier,
Sie müssen all ersaufen,
Derweil mit frischem Winde wir
Im Paradies einlaufen.

Die Spielleute

Frühmorgens durch die Klüfte
Wir blasen Viktoria!
Eine Lerche fährt durch die Lüfte:
»Die Spielleut sind schon da!«
Da dehnt ein Turm und reckt sich
Verschlafen im Morgengrau,
Wie aus dem Traume streckt sich
Der Strom durch die stille Au,
Und ihre Äuglein balde
Tun auf die Bächlein all
Im Wald, im grünen Walde,
Das ist ein lustger Schall!

Das ist ein lustges Reisen,
Der Eichbaum kühl und frisch
Mit Schatten, wo wir speisen,
Deckt uns den grünen Tisch.
Zum Frühstück musizieren
Die muntern Vögelein,
Der Wald, wenn sie pausieren,
Stimmt wunderbar mit ein,
Die Wipfel tut er neigen,
Als gesegnet' er uns das Mahl,
Und zeigt uns zwischen den Zweigen
Tief unten das weite Tal.

Tief unten da ist ein Garten,
Da wohnt eine schöne Frau,
Wir können nicht lange warten,
Durchs Gittertor wir schaun,
Wo die weißen Statuen stehen,
Da ists so still und kühl,
Die Wasserkünste gehen,
Der Flieder duftet schwül.
Wir ziehn vorbei und singen

In der stillen Morgenzeit,
Sie hörts im Traume klingen,
Wir aber sind schon weit.

Vor der Stadt

Zwei Musikanten ziehn daher
Vom Wald aus weiter Ferne,
Der eine ist verliebt gar sehr,
Der andre wär es gerne.

Die stehn allhier im kalten Wind
Und singen schön und geigen:
Ob nicht ein süßverträumtes Kind
Am Fenster sich wollt zeigen?

Dryander mit der Komödiantenbande

Mich brennts an meinen Reiseschuhn,
Fort mit der Zeit zu schreiten –
Was wollen wir agieren nun
Vor so viel klugen Leuten?

Es hebt das Dach sich von dem Haus
Und die Kulissen rühren
Und strecken sich zum Himmel 'raus,
Strom, Wälder musizieren!

Und aus den Wolken langt es sacht,
Stellt alles durcheinander,
Wie sichs kein Autor hat gedacht:
Volk, Fürsten und Dryander.

Da gehn die einen müde fort,
Die andern nahn behende,

Das alte Stück, man spielts so fort
Und kriegt es nie zu Ende.

Und keiner kennt den letzten Akt
Von allen, die da spielen,
Nur der da droben schlägt den Takt,
Weiß, wo das hin will zielen.

Der verliebte Reisende

Da fahr ich still im Wagen,
Du bist so weit von mir,
Wohin er mich mag tragen,
Ich bleibe doch bei dir.

Da fliegen Wälder, Klüfte
Und schöne Täler tief,
Und Lerchen hoch in den Lüften,
Als ob dein Stimme rief'.

Die Sonne lustig scheinet
Weit über das Revier,
Ich bin so froh verweinet
Und singe still in mir.

Vom Berge gehts hinunter,
Das Posthorn schallt im Grund,
Mein Seel wird mir so munter,
Grüß dich aus Herzensgrund.

2

Ich geh durch die dunklen Gassen
Und wandre von Haus zu Haus,
Ich kann mich noch immer nicht fassen,
Sieht alles so trübe aus.

Da gehen viel Männer und Frauen,
Die alle so lustig sehn,
Die fahren und lachen und bauen,
Daß mir die Sinne vergehn.

Oft wenn ich bläuliche Streifen
Seh über die Dächer fliehn,
Sonnenschein draußen schweifen,
Wolken am Himmel ziehn:

Da treten mitten im Scherze
Die Tränen ins Auge mir,
Denn die mich lieben von Herzen
Sind alle so weit von hier.

3

Lied, mit Tränen halb geschrieben,
Dorthin über Berg und Kluft,
Wo die Liebste mein geblieben,
Schwing dich durch die blaue Luft!

Ist sie rot und lustig, sage:
Ich sei krank von Herzensgrund;
Weint sie nachts, sinnt still bei Tage,
Ja, dann sag: ich sei gesund!

Ist vorbei ihr treues Lieben,
Nun, so end auch Lust und Not,
Und zu allen, die mich lieben,
Flieg und sage: ich sei tot!

4

Ach Liebchen, dich ließ ich zurücke,
Mein liebes, herziges Kind,
Da lauern viel Menschen voll Tücke,
Die sind dir so feindlich gesinnt.

Die möchten so gerne zerstören
Auf Erden das schöne Fest,
Ach, könnte das Lieben aufhören,
So mögen sie nehmen den Rest.

Und alle die grünen Orte,
Wo wir gegangen im Wald,
Die sind nun wohl anders geworden,
Da ists nun so still und kalt.

Da sind nun am kalten Himmel
Viel tausend Sterne gestellt,
Es scheint ihr goldnes Gewimmel
Weit übers beschneite Feld.

Mein' Seele ist so beklommen,
Die Gassen sind leer und tot,
Da hab ich die Laute genommen
Und singe in meiner Not.

Ach, wär ich im stillen Hafen!
Kalte Winde am Fenster gehn,
Schlaf ruhig, mein Liebchen, schlafe,
Treu' Liebe wird ewig bestehn!

5

Grün war die Weide,
Der Himmel blau,
Wir saßen beide
Auf glänzender Au.

Sinds Nachtigallen
Wieder, was ruft,
Lerchen, die schallen
Aus warmer Luft?

Ich hör die Lieder,
Fern, ohne dich,
Lenz ists wohl wieder,
Doch nicht für mich.

6

Wolken, wälderwärts gegangen,
Wolken, fliegend übers Haus,
Könnt ich an euch fest mich hangen,
Mit euch fliegen weit hinaus!

Tag'lang durch die Wälder schweif ich,
Voll Gedanken sitz ich still,
In die Saiten flüchtig greif ich,
Wieder dann auf einmal still.

Schöne, rührende Geschichten
Fallen ein mir, wo ich steh,
Lustig muß ich schreiben, dichten,
Ist mir selber gleich so weh.

Manches Lied, das ich geschrieben
Wohl vor manchem langen Jahr,
Da die Welt vom treuen Lieben
Schön mir überglänzet war;

Find ichs wieder jetzt voll Bangen:
Werd ich wunderbar gerührt,
Denn so lang ist das vergangen,
Was mich zu dem Lied verführt.

Diese Wolken ziehen weiter,
Alle Vögel sind erweckt,
Und die Gegend glänzet heiter,
Weit und fröhlich aufgedeckt.

Regen flüchtig abwärts gehen,
Scheint die Sonne zwischendrein,

Und dein Haus, dein Garten stehen
Überm Wald im stillen Schein.

Und du harrst nicht mehr mit Schmerzen,
Wo so lang dein Liebster sei –
Und mich tötet noch im Herzen
Dieser Schmerzen Zauberei.

Rückkehr

Mit meinem Saitenspiele,
Das schön geklungen hat,
Komm ich durch Länder viele
Zurück in diese Stadt.

Ich ziehe durch die Gassen,
So finster ist die Nacht,
Und alles so verlassen,
Hatts anders mir gedacht.

Am Brunnen steh ich lange,
Der rauscht fort, wie vorher,
Kommt mancher wohl gegangen,
Es kennt mich keiner mehr.

Da hört ich geigen, pfeifen,
Die Fenster glänzten weit,
Dazwischen drehn und schleifen
Viel fremde, fröhliche Leut.

Und Herz und Sinne mir brannten,
Mich triebs in die weite Welt,
Es spielten die Musikanten,
Da fiel ich hin im Feld.

Auf einer Burg

Eingeschlafen auf der Lauer
Oben ist der alte Ritter;
Drüber gehen Regenschauer,
Und der Wald rauscht durch das Gitter.

Eingewachsen Bart und Haare,
Und versteinert Brust und Krause,
Sitzt er viele hundert Jahre
Oben in der stillen Klause.

Draußen ist es still und friedlich,
Alle sind ins Tal gezogen,
Waldesvögel einsam singen
In den leeren Fensterbogen.

Eine Hochzeit fährt da unten
Auf dem Rhein im Sonnenscheine,
Musikanten spielen munter,
Und die schöne Braut die weinet.

Jahrmarkt

Sinds die Häuser, sinds die Gassen?
Ach, ich weiß nicht wo ich bin!
Hab ein Liebchen hier gelassen,
Und manch Jahr ging seitdem hin.

Aus den Fenstern schöne Frauen
Sehn mir freundlich ins Gesicht,
Keine kann so frischlich schauen,
Als mein liebes Liebchen sicht.

An dem Hause poch ich bange –
Doch die Fenster stehen leer,

Ausgezogen ist sie lange,
Und es kennt mich keiner mehr.

Und ringsum ein Rufen, Handeln,
Schmucke Waren, bunter Schein,
Herrn und Damen gehn und wandeln
Zwischendurch in bunten Reihn.

Zierlich Bücken, freundlich Blicken,
Manches flüchtge Liebeswort,
Händedrücken, heimlich Nicken –
Nimmt sie all der Strom mit fort.

Und mein Liebchen sah ich eben
Traurig in dem lustgen Schwarm,
Und ein schöner Herr daneben
Führt' sie stolz und ernst am Arm.

Doch verblaßt war Mund und Wange,
Und gebrochen war ihr Blick,
Seltsam schaut' sie stumm und lange,
Lange noch auf mich zurück. –

Und es endet Tag und Scherzen,
Durch die Gassen pfeift der Wind –
Keiner weiß, wie unsre Herzen
Tief von Schmerz zerrissen sind.

In der Fremde

Ich hör die Bächlein rauschen
Im Walde her und hin,
Im Walde in dem Rauschen
Ich weiß nicht, wo ich bin.

Die Nachtigallen schlagen
Hier in der Einsamkeit,

Als wollten sie was sagen
Von der alten, schönen Zeit.

Die Mondesschimmer fliegen,
Als säh ich unter mir
Das Schloß im Tale liegen,
Und ist doch so weit von hier!

Als müßte in dem Garten,
Voll Rosen weiß und rot,
Meine Liebste auf mich warten,
Und ist doch lange tot.

Sehnsucht

Es schienen so golden die Sterne,
Am Fenster ich einsam stand
Und hörte aus weiter Ferne
Ein Posthorn im stillen Land.
Das Herz mir im Leib entbrennte,
Da hab ich mir heimlich gedacht:
Ach, wer da mitreisen könnte
In der prächtigen Sommernacht!

Zwei junge Gesellen gingen
Vorüber am Bergeshang,
Ich hörte im Wandern sie singen
Die stille Gegend entlang:
Von schwindelnden Felsenschlüften,
Wo die Wälder rauschen so sacht,
Von Quellen, die von den Klüften
Sich stürzen in die Waldesnacht.

Sie sangen von Marmorbildern,
Von Gärten, die überm Gestein

In dämmernden Lauben verwildern,
Palästen im Mondenschein,
Wo die Mädchen am Fenster lauschen,
Wann der Lauten Klang erwacht
Und die Brunnen verschlafen rauschen
In der prächtigen Sommernacht. –

Abschied

O Täler weit, o Höhen,
O schöner, grüner Wald,
Du meiner Lust und Wehen
Andächtger Aufenthalt!
Da draußen, stets betrogen,
Saust die geschäftge Welt,
Schlag noch einmal die Bogen
Um mich, du grünes Zelt!

Wenn es beginnt zu tagen,
Die Erde dampft und blinkt,
Die Vögel lustig schlagen,
Daß dir dein Herz erklingt:
Da mag vergehn, verwehen
Das trübe Erdenleid,
Da sollst du auferstehen
In junger Herrlichkeit!

Da steht im Wald geschrieben
Ein stilles, ernstes Wort
Von rechtem Tun und Lieben,
Und was des Menschen Hort.
Ich habe treu gelesen
Die Worte, schlicht und wahr,
Und durch mein ganzes Wesen
Wards unaussprechlich klar.

Bald werd ich dich verlassen,
Fremd in der Fremde gehn,
Auf buntbewegten Gassen
Des Lebens Schauspiel sehn;
Und mitten in dem Leben
Wird deines Ernsts Gewalt
Mich Einsamen erheben,
So wird mein Herz nicht alt.

Wann der Hahn kräht

Wann der Hahn kräht auf dem Dache,
Putzt der Mond die Lampe aus,
Und die Stern ziehn von der Wache,
Gott behüte Land und Haus!

Der Morgen

Fliegt der erste Morgenstrahl
Durch das stille Nebeltal,
Rauscht erwachend Wald und Hügel:
Wer da fliegen kann, nimmt Flügel!

Und sein Hütlein in die Luft
Wirft der Mensch vor Lust und ruft:
Hat Gesang doch auch noch Schwingen,
Nun, so will ich fröhlich singen!

Hinaus, o Mensch, weit in die Welt,
Bangt dir das Herz in krankem Mut;
Nichts ist so trüb in Nacht gestellt,
Der Morgen leicht machts wieder gut.

Mittagsruh

Über Bergen, Fluß und Talen,
Stiller Lust und tiefen Qualen
Webet heimlich, schillert, Strahlen!
Sinnend ruht des Tags Gewühle
In der dunkelblauen Schwüle,
Und die ewigen Gefühle,
Was dir selber unbewußt,
Treten heimlich, groß und leise
Aus der Wirrung fester Gleise,
Aus der unbewachten Brust,
In die stillen, weiten Kreise.

Der Abend

Schweigt der Menschen laute Lust:
Rauscht die Erde wie in Träumen
Wunderbar mit allen Bäumen,
Was dem Herzen kaum bewußt,
Alte Zeiten, linde Trauer,
Und es schweifen leise Schauer
Wetterleuchtend durch die Brust.

Die Nacht

Wie schön, hier zu verträumen
Die Nacht im stillen Wald,
Wenn in den dunklen Bäumen
Das alte Märchen hallt.

Die Berg im Mondesschimmer
Wie in Gedanken stehn,

Und durch verworrne Trümmer
Die Quellen klagend gehn.

Denn müd ging auf den Matten
Die Schönheit nun zur Ruh,
Es deckt mit kühlen Schatten
Die Nacht das Liebchen zu.

Das ist das irre Klagen
In stiller Waldespracht,
Die Nachtigallen schlagen
Von ihr die ganze Nacht.

Die Stern gehn auf und nieder –
Wann kommst du, Morgenwind,
Und hebst die Schatten wieder
Von dem verträumten Kind?

Schon rührt sichs in den Bäumen,
Die Lerche weckt sie bald –
So will ich treu verträumen
Die Nacht im stillen Wald.

Wegweiser

»Jetzt mußt du rechts dich schlagen,
Schleich dort und lausche hier,
Dann schnell drauf los im Jagen –
So wird noch was aus dir.«

Dank'! doch durchs Weltgewimmel,
Sagt mir, ihr weisen Herrn,
Wo geht der Weg zum Himmel?
Das Eine wüßt ich gern.

Täuschung

Ich ruhte aus vom Wandern,
Der Mond ging eben auf,
Da sah ich fern im Lande
Der alten Tiber Lauf,
Im Walde lagen Trümmer,
Paläste auf stillen Höhn
Und Gärten im Mondesschimmer –
O Welschland, wie bist du schön!

Und als die Nacht vergangen,
Die Erde blitzte so weit,
Einen Hirten sah ich hangen
Am Fels in der Einsamkeit.
Den fragt ich ganz geblendet:
Komm ich nach Rom noch heut?
Er dehnt' sich halbgewendet:
Ihr seid nicht recht gescheut!
Eine Winzerin lacht' herüber,
Man sah sie vor Weinlaub kaum,
Mir aber gings Herze über –
Es war ja alles nur Traum.

Schöne Fremde

Es rauschen die Wipfel und schauern,
Als machten zu dieser Stund
Um die halbversunkenen Mauern
Die alten Götter die Rund.

Hier hinter den Myrtenbäumen
In heimlich dämmernder Pracht,
Was sprichst du wirr wie in Träumen
Zu mir, phantastische Nacht?

Es funkeln auf mich alle Sterne
Mit glühendem Liebesblick,
Es redet trunken die Ferne
Wie von künftigem, großem Glück!

Liebe in der Fremde

1

Jeder nennet froh die Seine,
Ich nur stehe hier alleine,
Denn was früge wohl die Eine:
Wen der Fremdling eben meine?
Und so muß ich, wie im Strome dort die Welle,
Ungehört verrauschen an des Frühlings Schwelle.

2

Wie kühl schweift sichs bei nächtger Stunde,
Die Zither treulich in der Hand!
Vom Hügel grüß ich in die Runde
Den Himmel und das stille Land.

Wie ist da alles so verwandelt,
Wo ich so fröhlich war, im Tal.
Im Wald wie still! Der Mond nur wandelt
Nun durch den hohen Buchensaal.

Der Winzer Jauchzen ist verklungen
Und all der bunte Lebenslauf,
Die Ströme nur, im Tal geschlungen,
Sie blicken manchmal silbern auf.

Und Nachtigallen wie aus Träumen
Erwachen oft mit süßem Schall,

Erinnernd rührt sich in den Bäumen
Ein heimlich Flüstern überall.

Die Freude kann nicht gleich verklingen,
Und von des Tages Glanz und Lust
Ist so auch mir ein heimlich Singen
Geblieben in der tiefsten Brust.

Und fröhlich greif ich in die Saiten,
O Mädchen, jenseits überm Fluß,
Du lauschest wohl und hörst vom weiten
Und kennst den Sänger an dem Gruß!

3

Über die beglänzten Gipfel
Fernher kommt es wie ein Grüßen,
Flüsternd neigen sich die Wipfel,
Als ob sie sich wollten küssen.

Ist er doch so schön und milde!
Stimmen gehen durch die Nacht,
Singen heimlich von dem Bilde –
Ach, ich bin so froh verwacht!

Plaudert nicht so laut, ihr Quellen!
Wissen darf es nicht der Morgen!
In der Mondnacht linde Wellen
Senk ich still mein Glück und Sorgen.

4

Jetzt wandr' ich erst gern!
Am Fenster nun lauschen
Die Mädchen, es rauschen
Die Brunnen von fern.
Aus schimmernden Büschen
Ihr Plaudern, so lieb,

Erkenn ich dazwischen,
Ich höre mein Lieb!

Kind, hüt dich! Bei Nacht
Pflegt Amor zu wandern,
Ruft leise die andern,
Da schreiten erwacht
Die Götter zur Halle
Ins Freie hinaus,
Es bringt sie dir alle
Der Dichter ins Haus.

Lustige Musikanten

Der Wald, der Wald! daß Gott ihn grün erhalt,
Gibt gut Quartier und nimmt doch nichts dafür.

Zum grünen Wald wir Herberg halten,
Denn Hoffart ist nicht unser Ziel,
Im Wirtshaus, wo wir nicht bezahlten,
Es war der Ehre gar zu viel.
Der Wirt, er wollt uns gar nicht lassen,
Sie ließen Kann und Kartenspiel,
Die ganze Stadt war in den Gassen,
Und von den Bänken mit Gebraus
Stürzt' die Schule heraus,
Wuchs der Haufe von Haus zu Haus,
Schwenkt' die Mützen und jubelt' und wogt',
Der Hatschier, die Stadtwacht, der Bettelvogt,
Wie wenn ein Prinz zieht auf die Freit,
Gab alles, alles uns fürstlich Geleit,
Wir aber schlugen den Markt hinab
Uns durch die Leut mit dem Wanderstab,
Und hoch mit dem Tamburin, daß es schallt', –

Zum Wald, zum Wald, zum schönen, grünen Wald!

Und da nun alle schlafen gingen,
Der Wald steckt' seine Irrlicht' an,
Die Frösche tapfer Ständchen bringen,
Die Fledermaus schwirrt leis voran,
Und in dem Fluß auf feuchtem Steine
Gähnt laut der alte Wassermann,
Strählt sich den Bart im Mondenscheine,
Und fragt ein Irrlicht, wer wir sind?
Das aber duckt sich geschwind;
Denn über ihn weg im Wind
Durch die Wipfel der wilde Jäger geht,
Und auf dem alten Turm sich dreht
Und kräht der Wetterhahn uns nach:
Ob wir nicht einkehrn unter sein Dach?
O Gockel, verfallen ist ja dein Haus,
Es sieht die Eule zum Fenster heraus,
Und aus allen Toren rauschet der Wald.

Der Wald, der Wald, der schöne, grüne Wald!

Und wenn wir müd einst, sehn wir blinken
Eine goldne Stadt still überm Land,
Am Tor Sankt Peter schon tut winken:
»Nur hier herein, Herr Musikant!«
Die Engel von den Zinnen fragen,
Und wie sie uns erst recht erkannt,
Sie gleich die silbernen Pauken schlagen,
Sankt Peter selbst die Becken schwenkt,
Und voll Geigen hängt
Der Himmel, Cäcilia an zu streichen fängt,
Dazwischen Hoch vivat! daß es prasselt und pufft,
Werfen die andern vom Wall in die Luft
Sternschnuppen, Kometen,
Gar prächtge Raketen,
Versengen Sankt Peter den Bart, daß er lacht,
Und wir ziehen heim, schöner Wald, gute Nacht!

Wandersprüche

1

Es geht wohl anders, als du meinst:
Derweil du rot und fröhlich scheinst,
Ist Lenz und Sonnenschein verflogen,
Die liebe Gegend schwarz umzogen;
Und kaum hast du dich ausgeweint,
Lacht alles wieder, die Sonne scheint –
Es geht wohl anders, als man meint.

2

Herz, in deinen sonnenhellen
Tagen halt nicht karg zurück!
Allwärts fröhliche Gesellen
Trifft der Frohe und sein Glück.

Sinkt der Stern: alleine wandern
Magst du bis ans End der Welt –
Bau du nur auf keinen andern
Als auf Gott, der Treue hält.

3

Was willst auf dieser Station
So breit dich niederlassen?
Wie bald nicht bläst der Postillon,
Du mußt doch alles lassen.

4

Die Lerche grüßt den ersten Strahl,
Daß er die Brust ihr zünde,

Wenn träge Nacht noch überall
Durchschleicht die tiefen Gründe.

Und du willst, Menschenkind, der Zeit
Verzagend unterliegen?
Was ist dein kleines Erdenleid?
Du mußt es überfliegen!

5

Der Sturm geht lärmend um das Haus,
Ich bin kein Narr und geh hinaus,
Aber bin ich eben draußen,
Will ich mich wacker mit ihm zausen.

6

Ewig muntres Spiel der Wogen!
Viele hast du schon belogen,
Mancher kehrt nicht mehr zurück.
Und doch weckt das Wellenschlagen
Immer wieder frisches Wagen,
Falsch und lustig wie das Glück.

7

Der Wandrer, von der Heimat weit,
Wenn rings die Gründe schweigen,
Der Schiffer in Meeres Einsamkeit,
Wenn die Stern aus den Fluten steigen:

Die beide schauern und lesen
In stiller Nacht,
Was sie nicht gedacht,
Da es noch fröhlicher Tag gewesen.

Wandernder Dichter

Ich weiß nicht, was das sagen will!
Kaum tret ich von der Schwelle still,
Gleich schwingt sich eine Lerche auf
Und jubiliert durchs Blau vorauf.

Das Gras ringsum, die Blumen gar
Stehn mit Juwelen und Perln im Haar,
Die schlanken Pappeln, Busch und Saat
Verneigen sich im größten Staat.

Als Bot' voraus das Bächlein eilt,
Und wo der Wind die Wipfel teilt,
Die Au verstohlen nach mir schaut,
Als wär sie meine liebe Braut.

Ja, komm ich müd ins Nachtquartier,
Die Nachtigall noch vor der Tür
Mir Ständchen bringt, Glühwürmchen bald
Illuminieren rings den Wald.

Umsonst! Das ist nun einmal so,
Kein Dichter reist inkognito,
Der lustge Frühling merkt es gleich,
Wer König ist in seinem Reich.

Erinnerung

1

Lindes Rauschen in den Wipfeln,
Vöglein, die ihr fernab fliegt,
Bronnen von den stillen Gipfeln,
Sagt, wo meine Heimat liegt?

Heut im Traum sah ich sie wieder,
Und von allen Bergen ging
Solches Grüßen zu mir nieder,
Daß ich an zu weinen fing.

Ach, hier auf den fremden Gipfeln:
Menschen, Quellen, Fels und Baum,
Wirres Rauschen in den Wipfeln, –
Alles ist mir wie ein Traum.

2

Die fernen Heimathöhen,
Das stille, hohe Haus,
Der Berg, von dem ich gesehen
Jeden Frühling ins Land hinaus,
Mutter, Freunde und Brüder,
An die ich so oft gedacht,
Es grüßt mich alles wieder
In stiller Mondesnacht.

Heimweh

Wer in die Fremde will wandern,
Der muß mit der Liebsten gehn,
Es jubeln und lassen die andern
Den Fremden alleine stehn.

Was wisset ihr, dunkele Wipfel,
Von der alten, schönen Zeit?
Ach, die Heimat hinter den Gipfeln,
Wie liegt sie von hier so weit!

Am liebsten betracht ich die Sterne,
Die schienen, wie ich ging zu ihr,

Die Nachtigall hör ich so gerne,
Sie sang vor der Liebsten Tür.

Der Morgen, das ist meine Freude!
Da steig ich in stiller Stund
Auf den höchsten Berg in die Weite,
Grüß dich, Deutschland, aus Herzensgrund!

An der Grenze

Die treuen Berg stehn auf der Wacht:
»Wer streicht bei stiller Morgenzeit
Da aus der Fremde durch die Heid?« –
Ich aber mir die Berg betracht
Und lach in mich vor großer Lust,
Und rufe recht aus frischer Brust
Parol und Feldgeschrei sogleich:
Vivat Östreich!

Da kennt mich erst die ganze Rund,
Nun grüßen Bach und Vöglein zart
Und Wälder rings nach Landesart,
Die Donau blitzt aus tiefem Grund,
Der Stephansturm auch ganz von fern
Guckt übern Berg und säh mich gern,
Und ist ers nicht, so kommt er doch gleich,
Vivat Östreich!

Wanderlied der Prager Studenten

Nach Süden nun sich lenken
Die Vöglein allzumal,
Viel Wandrer lustig schwenken
Die Hüt im Morgenstrahl.

Das sind die Herrn Studenten,
Zum Tor hinaus es geht,
Auf ihren Instrumenten
Sie blasen zum Valet:
Ade in die Läng und Breite
O Prag, wir ziehn in die Weite:
Et habeat bonam pacem,
Qui sedet post fornacem!

Nachts wir durchs Städtlein schweifen,
Die Fenster schimmern weit,
Am Fenster drehn und schleifen
Viel schön geputzte Leut.
Wir blasen vor den Türen
Und haben Durst genug,
Das kommt vom Musizieren,
Herr Wirt, einen frischen Trunk!
Und siehe über ein kleines
Mit einer Kanne Weines
Venit ex sua domo –
Beatus ille homo!

Nun weht schon durch die Wälder
Der kalte Boreas,
Wir streichen durch die Felder,
Von Schnee und Regen naß,
Der Mantel fliegt im Winde,
Zerrissen sind dic Schuh,
Da blasen wir geschwinde
Und singen noch dazu:
Beatus ille homo
Qui sedet in sua domo
Et sedet post fornacem
Et habet bonam pacem!

Rückkehr

Wer steht hier draußen? – Macht auf geschwind!
Schon funkelt das Feld wie geschliffen,
Es ist der lustige Morgenwind,
Der kommt durch den Wald gepfiffen.

Ein Wandervöglein, die Wolken und ich
Wir reisten um die Wette,
Und jedes dacht: Nun spute dich,
Wir treffen sie noch im Bette!

Da sind wir nun, jetzt alle heraus,
Die drin noch Küsse tauschen!
Wir brechen sonst mit der Tür ins Haus:
Klang, Duft und Waldesrauschen.

Ich komme aus Italien fern
Und will euch alles berichten,
Vom Berg Vesuv und Romas Stern
Die alten Wundergeschichten.

Da singt eine Fei auf blauem Meer,
Die Myrten trunken lauschen –
Mir aber gefällt doch nichts so sehr
Als das deutsche Waldesrauschen!

Zur Hochzeit

Was das für ein Gezwitscher ist!
Durchs Blau die Schwalben zucken
Und schrein: »Sie haben sich geküßt!«
Vom Baum Rotkehlchen gucken.

Der Storch stolziert von Bein zu Bein;
»Da muß ich fischen gehen –«

Der Abend wie im Traum darein
Schaut von den stillen Höhen.

Und wie im Traume von den Höhen
Seh ich nachts meiner Liebsten Haus,
Die Wolken darüber gehen
Und löschen die Sterne aus.

Der irre Spielmann

Aus stiller Kindheit unschuldiger Hut
Trieb mich der tolle, frevelnde Mut.
Seit ich da draußen so frei nun bin,
Find ich nicht wieder nach Hause mich hin.

Durchs Leben jag ich manch trügrisch Bild,
Wer ist der Jäger da? Wer ist das Wild?
Es pfeift der Wind mir schneidend durchs Haar,
Ach Welt, wie bist du so kalt und klar!

Du frommes Kindlein im stillen Haus,
Schau nicht so lüstern zum Fenster hinaus!
Frag mich nicht, Kindlein, woher und wohin?
Weiß ich doch selber nicht, wo ich bin!

Von Sünde und Reue zerrissen die Brust,
Wie rasend in verzweifelter Lust,
Brech ich im Fluge mir Blumen zum Strauß,
Wird doch kein fröhlicher Kranz daraus! –

Ich möcht in den tiefsten Wald wohl hinein,
Recht aus der Brust den Jammer zu schrein,
Ich möchte reiten ans Ende der Welt,
Wo der Mond und die Sonne hinunterfällt.

Wo schwindelnd beginnt die Ewigkeit,
Wie ein Meer, so erschrecklich still und weit,
Da sinken all Ström und Segel hinein,
Da wird es wohl endlich auch ruhig sein.

Letzte Heimkehr

Der Wintermorgen glänzt so klar,
Ein Wandrer kommt von ferne,
Ihn schüttelt Frost, es starrt sein Haar,
Ihm log die schöne Ferne,
Nun endlich will er rasten hier,
Er klopft an seines Vaters Tür.

Doch tot sind, die sonst aufgetan,
Verwandelt Hof und Habe,
Und fremde Leute sehn ihn an,
Als käm er aus dem Grabe;
Ihn schauert tief im Herzensgrund,
Ins Feld eilt er zur selben Stund.

Da sang kein Vöglein weit und breit,
Er lehnt' an einem Baume,
Der schöne Garten lag verschneit,
Es war ihm wie im Traume,
Und wie die Morgenglocke klingt,
Im stillen Feld er niedersinkt.

Und als er aufsteht vom Gebet,
Nicht weiß, wohin sich wenden,
Ein schöner Jüngling bei ihm steht,
Faßt mild ihn bei den Händen:
»Komm mit, sollst ruhn nach kurzem Gang.« –
Er folgt, ihn rührt der Stimme Klang.

Nun durch die Bergeseinsamkeit
Sie wie zum Himmel steigen,
Kein Glockenklang mehr reicht so weit,
Sie sehn im öden Schweigen
Die Länder hinter sich verblühn,
Schon Sterne durch die Wipfel glühn.

Der Führer jetzt die Fackel sacht
Erhebt und schweigend schreitet,
Bei ihrem Schein die stille Nacht
Gleichwie ein Dom sich weitet,
Wo unsichtbare Hände baun –
Den Wandrer faßt ein heimlich Graun.

Er sprach: Was bringt der Wind herauf
So fremden Laut getragen,
Als hört ich ferner Ströme Lauf,
Dazwischen Glocken schlagen?
»Das ist des Nachtgesanges Wehn,
Sie loben Gott in stillen Höhn.«

Der Wandrer drauf: Ich kann nicht mehr –
Ists Morgen, der so blendet?
Was leuchten dort für Länder her? –
Sein Freund die Fackel wendet:
»Nun ruh zum letzten Male aus,
Wenn du erwachst, sind wir zu Haus.«

II. SÄNGERLEBEN

Singen kann ich nicht wie du,
Und wie ich nicht der und jener,
Kannst du's besser, sing frisch zu!
Andre singen wieder schöner,
Droben in dem Himmelstor
Wirds *ein* wunderbarer Chor.

Schlimme Wahl

Du sahst die Fei ihr goldnes Haar sich strählen,
Wenn morgens früh noch alle Wälder schweigen,
Gar viele da im Felsgrund sich versteigen,
Und weiß doch keiner, wen sie wird erwählen.

Von einer andern Dam' hört ich erzählen
Im platten Land, die Bauern rings dir zeigen
Ihr Schloß, Park, Weiler – alles ist dein eigen,
Freist du das Weib – wer möcht im Wald sich quälen!

Sie werden dich auf einen Phaeton heben,
Das Hochzeitscarmen tönt, es blinkt die Flasche,
Weitrauschend hinterdrein viel vornehm Wesen.

Doch streift beim Zug dich aus dem Walde eben
Der Freie Blick, und brennt dich nicht zu Asche:
Fahr wohl, bist nimmer ein Poet gewesen!

Anklänge

I

Vöglein in den sonngen Tagen!
Lüfte blau, die mich verführen!

Könnt ich bunte Flügel rühren,
Über Berg und Wald sie schlagen!

Ach! es spricht des Frühlings Schöne,
Und die Vögel alle singen:
Sind die Farben denn nicht Töne,
Und die Töne bunte Schwingen?

Vöglein, ja, ich lass das Zagen!
Winde sanft die Segel rühren,
Und ich lasse mich entführen,
Ach! wohin? mag ich nicht fragen.

2

Ach! wie ist es doch gekommen,
Daß die ferne Waldespracht
So mein ganzes Herz genommen,
Mich um alle Ruh gebracht!

Wenn von drüben Lieder wehen,
Waldhorn gar nicht enden will,
Weiß ich nicht, wie mir geschehen,
Und im Herzen bet ich still.

Könnt ich zu den Wäldern flüchten,
Mit dem Grün in frischer Lust
Mich zum Himmelsglanz aufrichten –
Stark und frei wär da die Brust!

Hörnerklang und Lieder kämen
Nicht so schmerzlich an mein Herz,
Fröhlich wollt ich Abschied nehmen,
Zög auf ewig wälderwärts.

Intermezzo

Wie so leichte läßt sichs leben!
Blond und rot und etwas feist,

Tue wie die andern eben,
Daß dich jeder Bruder heißt,
Speise, was dir Zeiten geben,
Bis die Zeit auch dich verspeist!

3

Wenn die Klänge nahn und fliehen
In den Wogen süßer Lust,
Ach! nach tiefern Melodien
Sehnt sich einsam oft die Brust!

Wenn auf Bergen blüht die Frühe,
Wieder buntbewegt die Straßen,
Freut sich alles, wie es glühe,
Himmelwärts die Erde blühe:
Einer doch muß tief erblassen,
Goldne Träume, Sternenlust
Wollten ewig ihn nicht lassen –
Sehnt sich einsam oft die Brust.

Und aus solcher Schmerzen Schwellen,
Was so lange dürstend rang,
Will ans Licht nun rastlos quellen,
Stürzend mit den Wasserfällen,
Himmelstäubend, jubelnd, bang,
Nach der Ferne sanft zu ziehen,
Wo so himmlisch Rufen sang,
Ach! nach tiefern Melodien.

Blüten licht nun Blüten drängen,
Daß er möcht vor Glanz erblinden;
In den dunklen Zaubergängen,
Von den eigenen Gesängen
Hold gelockt, kann er nicht finden
Aus dem Labyrinth der Brust.
Alles, alles wills verkünden
In den Wogen süßer Lust.

Doch durch dieses Rauschen wieder
Hört er heimlich Stimmen ziehen,
Wie ein Fall verlorner Lieder
Und er schaut betroffen nieder:
Wenn die Klänge nahn und fliehen
In den Wogen süßer Lust,
Ach! nach tiefern Melodien
Sehnt sich einsam oft die Brust!

4

Ewigs Träumen von der Fernen!
Endlich ist das Herz erwacht
Unter Blumen, Klang und Sternen
In der dunkelgrünen Nacht.

Schlummernd unter blauen Wellen
Ruht der Knabe unbewußt,
Engel ziehen durch die Brust;
Oben hört er in den Wellen
Ein unendlich Wort zerrinnen,
Und das Herze weint und lacht,
Doch er kann sich nicht besinnen
In der dunkelgrünen Nacht.

Frühling will das Blau befreien,
Aus der Grüne, aus dem Schein
Ruft es lockend: Ewig dein –
Aus der Minne Zaubereien
Muß er sehnen sich nach Fernen,
Denkend alter Wunderpracht,
Unter Blumen, Klang und Sternen
In der dunkelgrünen Nacht.

Heilger Kampf nach langem Säumen,
Wenn süßschauernd an das Licht
Lieb' in dunkle Klagen bricht!
Aus der Schmerzen Sturz und Schäumen

Steigt Geliebte, Himmel, Fernen –
Endlich ist das Herz erwacht
Unter Blumen, Klang und Sternen
In der dunkelgrünen Nacht.

Und der Streit muß sich versöhnen,
Und die Wonne und den Schmerz
Muß er ewig himmelwärts
Schlagen nun in vollen Tönen:
Ewigs Träumen von den Fernen!
Endlich ist das Herz erwacht
Unter Blumen, Klang und Sternen
In der dunkelgrünen Nacht.

Rettung

Ich spielt, ein frohes Kind, im Morgenscheine,
Der Frühling schlug die Augen auf so helle,
Hinunter reisten Ström und Wolken schnelle,
Ich streckt die Arme nach ins Blaue, Reine.

Noch wußt ichs selbst nicht, was das alles meine:
Die Lerch, der Wald, der Lüfte blaue Welle,
Und träumend stand ich an des Frühlings Schwelle,
Von fern riefs immer fort: Ich bin die Deine!

Da kam ein alter Mann gegangen,
Mit hohlen Augen und bleichen Wangen,
Er schlich gebogen und schien so krank;
Ich grüßt ihn schön, doch für den Dank
Faßt er mich tückisch schnell von hinten,
Schlang um die Arme mir dreifache Binden,
Und wie ich rang und um Hilfe rief,
Geschwind noch ein andrer zum Alten lief,
Und von allen Seiten kamen Menschen gelaufen,
Ein dunkelverworrner, trübseliger Haufen.
Die drängten mich gar tückisch in ihre Mitte,
Führten durchs Land mich mit eiligem Schritte.

Wie wandt ich sehnend mich oft zurücke!
Die Heimat schickte mir Abschiedsblicke;
Die Büsche langten nach mir mit grünen Armen,
Es schrien alle Vöglein recht zum Erbarmen.
Doch die Alten hörten nicht die fernen Lieder,
Sumsten düstere Worte nur hin und wieder,
Führten mich endlich in ein altes Haus,
Da wogt' es unten in Nacht und Graus,
Da war ein Hämmern, ein Schachern und Rumoren,
Als hätte das Chaos noch nicht ausgegoren.
Hier hielt der Alte würdig und breit:
Mein Sohn, sprach er zu mir, das ist die Nützlichkeit!
Die haben wir so zum gemeinen Besten erfunden.
Das betrachte hübsch fleißig und sei gescheit. –
So ließen sie mich Armen allein und gebunden.

Da schaut ich weinend aus meinem Kerker
Hinaus in das Leben durch düstern Erker,
Und unten sah ich den Lenz sich breiten,
Blühende Träume über die Berge schreiten,
Drüber die blauen, unendlichen Weiten.
Durchs farbige Land auf blauen Flüssen
Zogen bunte Schifflein, die wollten mich grüßen.
Vorüber kamen die Wolken gezogen,
Vorüber singende Vöglein geflogen;
Es wollt der große Zug mich mit fassen,
Ach, Menschen, wann werd't ihr mich wieder hinunter lassen!
Und im dunkelgrünen Walde munter
Schallte die Jagd hinauf und hinunter,
Eine Jungfrau zu Roß und blitzende Reiter –
Über die Berge immer weiter und weiter
Rief Waldhorn immerfort dazwischen:
Mir nach in den Wald, den frischen!

Ach! weiß denn niemand, niemand um mein Trauern?
Wie alle Fernen mir prophetisch singen
Von meinem künftgen wundervollen Leben!

Von innen fühlt ich blaue Schwingen ringen,
Die Hände konnt ich innigst betend heben –
Da sprengt ein großer Klang so Band wie Mauern.

Da ward ich im innersten Herzen so munter,
Schwindelten alle Sinne in den Lenz hinunter,
Weit waren kleinliche Mühen und Sorgen,
Ich sprang hinaus in den farbigen Morgen.

Hippogryph

Das ist ein Flügelpferd mit Silberschellen,
Das heitere Gesellen
Empor hebt über Heidekraut und Klüfte,
Daß durch den Strom der Lüfte,
Die um den Reisehut melodisch pfeifen,
Des Ernsts Gewalt und Totenlärm der Schlüfte
Als Frühlingsjauchzen nur die Brust mag streifen;
Und so im Flug belauschen
Des trunknen Liedergottes rüstge Söhne,
Wenn alle Höhn und Täler blühn und rauschen,
Im Morgenbad des Lebens ewge Schöne,
Die, in dem Glanz erschrocken,
Sie glühend anblickt aus den dunklen Locken.

Die zwei Gesellen

Es zogen zwei rüstge Gesellen
Zum erstenmal von Haus,
So jubelnd recht in die hellen,
Klingenden, singenden Wellen
des vollen Frühlings hinaus.

Die strebten nach hohen Dingen,
Die wollten, trotz Lust und Schmerz,
Was Rechts in der Welt vollbringen,
Und wem sie vorüber gingen,
Dem lachten Sinnen und Herz. –

Der erste, der fand ein Liebchen,
Die Schwieger kauft' Hof und Haus;
Der wiegte gar bald ein Bübchen,
Und sah aus heimlichem Stübchen
Behaglich ins Feld hinaus.

Dem zweiten sangen und logen
Die tausend Stimmen im Grund,
Verlockend' Sirenen, und zogen
Ihn in der buhlenden Wogen
Farbig klingenden Schlund.

Und wie er auftaucht' vom Schlunde,
Da war er müde und alt,
Sein Schifflein das lag im Grunde,
So still wars rings in die Runde,
Und über die Wasser wehts kalt.

Es singen und klingen die Wellen
Des Frühlings wohl über mir;
Und seh ich so kecke Gesellen,
Die Tränen im Auge mir schwellen –
Ach Gott, führ uns liebreich zu Dir!

Das Bilderbuch

Von der Poesie sucht Kunde
Mancher im gelehrten Buch,
Nur des Lebens schöne Runde
Lehret dich den Zauberspruch;

Doch in stillgeweihter Stunde
Will das Buch erschlossen sein,
Und so blick ich heut hinein,
Wie ein Kind im Frühlingswetter
Fröhlich Bilderbücher blättert,
Und es schweift der Sonnenschein
Auf den buntgemalten Lettern,
Und gelinde weht der Wind
Durch die Blumen, durch das Herz
Alte Freuden, alten Schmerz –
Weinen möcht ich wie ein Kind!

Mandelkerngedicht

Zwischen Akten, dunkeln Wänden
Bannt mich, Freiheitsbegehr*enden,*
Nun des Lebens strenge Pflicht,
Und aus Schränken, Aktenschichten
Lachen mir die beleid*igten*
Musen in das Amtsgesicht.

Als an Lenz und Morgenröte
Noch das Herz sich erlab*ete,*
O du stilles, heitres Glück!
Wie ich nun auch heiß mich sehne,
Ach, aus dieser Sande*bene*
Führt kein Weg dahin zurück.

Als der letzte Balkentreter
Steh ich armer Enter*beter*
In des Staates Symphonie,
Ach, in diesem Schwall von Tönen
Wo fänd ich da des eig*enen*
Herzens süße Melodie?

Ein Gedicht soll ich euch spenden:
Nun, so geht mit dem Leid*enden*
Nicht zu strenge ins Gericht!
Nehmt den Willen für Gewährung,
Kühnen Reim für Begeist*erung*,
Diesen Unsinn als Gedicht!

Der Unverbesserliche

Ihr habt den Vogel gefangen,
Der war so frank und frei,
Nun ist ihms Fliegen vergangen,
Der Sommer ist lange vorbei.

Es liegen wohl Federn neben
Und unter und über mir,
Sie können mich alle nicht heben
Aus diesem Meer von Papier.

Papier! wie hör ich dich schreien,
Da alles die Federn schwenkt
In langen, emsigen Reihen –
So wird der Staat nun gelenkt.

Mein Fenster am Pulte steht offen,
Der Sonnenschein schweift übers Dach,
Da wird so uraltes Hoffen
Und Wünschen im Herzen wach.

Die lustigen Kameraden,
Lerchen, Quellen und Wald,
Sie rauschen schon wieder und laden:
Geselle, kommst du nicht bald?

Und wie ich durch die Gardinen
Hinaussah in keckem Mut,

Da hört ich Lachen im Grünen,
Ich kannte das Stimmlein recht gut.

Und wie ich hinaustrat zur Schwelle,
Da blühten die Bäume schon all
Ein Liebchen, so frühlingshelle,
Saß drunter beim Vogelschall.

Und eh wir uns beide besannen,
Da wiehert' das Flügelroß –
Wir flogen selbander von dannen,
Daß es unten die Schreiber verdroß.

Die Werber

»O Frühling, wie bist du helle!
Ade nun Hof und Haus!«
Und jubelnd auf den Schwellen
Mit fröhlichen Gesellen
Wandert der Dichter aus.

Doch ihre Lieder wecken
Rings leises Zischeln bald,
Kobold' aus allen Hecken
Erweisen sich mit Necken
Gar wunderbar im Wald.

Zu Roß, so schön und wüste,
Ein hohes Weib fliegt her,
Behelmt, entblößt die Brüste,
Ihr Aug weckt wild Gelüste,
Sie heißt Soldatenehr.

Ihr nach aus Felsenritzen
Schaun graue Wichte klein,
Verstreun von ihren Mützen
Dukaten rings, die blitzen
Blutrot ins Land herein.

Der Schlauste gar durchs Blaue
Als Flügelbübchen schwirrt,
Führt über Berg und Aue
Daher die schönste Fraue –
Die macht erst all verwirrt.

Und der Dichter in dem Toben
Steht einsam auf der Höh,
Die andern sind zerstoben,
So still nun ists da oben,
Sein Herz tut ihm so weh.

Er hört der Quellen Gänge
Durch die Waldeinsamkeit,
Da sinnt er auf Gesänge,
Die Welt gibt volle Klänge,
Sein Herz wird ihm so weit.

Und jeden Frühling wieder
Von der schönen Jugendzeit
Singt er vom Berg hernieder,
Und Heimweh faßt die Brüder,
Die in dem Tal zerstreut.

Sonette

I

So viele Quellen von den Bergen rauschen,
Die brechen zornig aus der Felsenhalle,
Die andern plaudern in melodschem Falle
Mit Nymphen, die im Grün vertraulich lauschen.

Doch wie sie irrend auch die Bahn vertauschen,
Sie treffen endlich doch zusammen alle,
Ein Strom, mit brüderlicher Wogen Schwalle
Erfrischend durch das schöne Land zu rauschen.

An Burgen, die vom Felsen einsam grollen,
Aus Waldesdunkel, zwischen Rebenhügeln
Vorübergleitend in die duftge Ferne,

Entwandelt er zum Meer, dem wundervollen,
Wo träumend sich die selgen Inseln spiegeln
Und auf den Fluten ruhn die ewgen Sterne.

2

So eitel künstlich haben sie verwoben
Die Kunst, die selber sie nicht gläubig achten,
Daß sie die Sünd in diese Unschuld brachten:
Wer unterscheidet, was noch stammt von oben?

Doch wer mag würdig jene Reinen loben,
Die in der Zeit hochmütgem Trieb und Trachten
Die heilge Flamme treu in sich bewachten,
Aus ihr die alte Schönheit neu erhoben!

O Herr! Gib Demut denen, die da irren,
Daß, wenn ihr' Künste all zuschanden werden,
Die töricht nicht den Gott in sich verfluchen!

Begeisterung, was falsch ist, zu entwirren,
Und Freudigkeit, wo's öde wird auf Erden,
Verleihe denen, die Dich redlich suchen!

3

Ein Wunderland ist oben aufgeschlagen,
Wo goldne Ströme gehn und dunkel schallen,
Gelänge durch das Rauschen tief verhallen,
Die möchten gern ein hohes Wort dir sagen.

Viel goldne Brücken sind dort kühn geschlagen,
Darüber alte Brüder sinnend wallen –
Wenn Töne wie im Frühlingsregen fallen,
Befreite Sehnsucht will dorthin dich tragen.

Wie bald läg unten alles Bange, Trübe,
Du strebtest lauschend, blicktest nicht mehr nieder,
Und höher winkte stets der Brüder Liebe:

Wen einmal so berührt die heilgen Lieder,
Sein Leben taucht in die Musik der Sterne,
Ein ewig Ziehn in wunderbare Ferne!

4

Wer einmal tief und durstig hat getrunken,
Den zieht zu sich hinab die Wunderquelle,
Daß er melodisch mit zieht selbst als Welle,
Auf der die Welt sich bricht in tausend Funken.

Es wächst sehnsüchtig, stürzt und leuchtet trunken
Jauchzend im Innersten die heilge Quelle,
Bald Bahn sich brechend durch die Kluft zur Helle,
Bald kühle rauschend dann in Nacht versunken.

So laß es ungeduldig brausen, drängen!
Hoch schwebt der Dichter drauf in goldnem Nachen,
Sich selber heilig opfernd in Gesängen.

Die alten Felsen spalten sich mit Krachen,
Von drüben grüßen schon verwandte Lieder,
Zum ewgen Meere führt er alle wieder.

5

Nicht Träume sinds und leere Wahngesichte,
Was von dem Volk den Dichter unterscheidet.
Was er inbrünstig bildet, liebt und leidet,
Es ist des Lebens wahrhafte Geschichte.

Er fragt nicht viel, wie ihn die Menge richte,
Der eignen Ehr nur in der Brust vereidet;
Denn wo begeistert er die Blicke weidet,
Grüßt ihn der Weltkreis mit verwandtem Lichte.

Die schöne Mutter, die ihn hat geboren,
Den Himmel liebt er, der ihn auserkoren,
Läßt beide Haupt und Brust sich heiter schmücken.

Die Menge selbst, die herbraust, ihn zu fragen
Nach seinem Recht, muß den Beglückten tragen,
Als Element ihm bietend ihren Rücken.

6

Ihm ists verliehn, aus den verworrnen Tagen,
Die um die andern sich wie Kerker dichten,
Zum blauen Himmel sich empor zu richten,
In Freudigkeit: Hie bin ich, Herr! zu sagen.

Das Leben hat zum Ritter ihn geschlagen,
Er soll der Schönheit neidsche Kerker lichten;
Daß nicht sich alle götterlos vernichten,
Soll er die Götter zu beschwören wagen.

Tritt erst die Lieb auf seine blühnden Hügel,
Fühlt er die reichen Kränze in den Haaren,
Mit Morgenrot muß sich die Erde schmücken;

Süßschauernd dehnt der Geist die großen Flügel,
Es glänzt das Meer – die mutgen Schiffe fahren,
Da ist nichts mehr, was ihm nicht sollte glücken!

Wehmut

I

Ich kann wohl manchmal singen,
Als ob ich fröhlich sei,
Doch heimlich Tränen dringen,
Da wird das Herz mir frei.

So lassen Nachtigallen,
Spielt draußen Frühlingsluft,
Der Sehnsucht Lied erschallen
Aus ihres Käfigs Gruft.

Da lauschen alle Herzen,
Und alles ist erfreut,
Doch keiner fühlt die Schmerzen,
Im Lied das tiefe Leid.

2

Sage mir mein Herz, was willst du?
Unstät schweift dein bunter Will;
Manches andre Herz wohl stillst du,
Nur du selbst wirst niemals still.

»Eben, wenn ich munter singe,
Um die Angst mir zu zerstreun,
Ruh und Frieden manchen bringe,
Daß sich viele still erfreun:

Faßt mich erst recht tief Verlangen
Nach viel andrer, beßrer Lust,
Die die Töne nicht erlangen –
Ach, wer sprengt die müde Brust?«

3

Es waren zwei junge Grafen
Verliebt bis in den Tod,
Die konnten nicht ruhn, noch schlafen
Bis an den Morgen rot.

O trau den zwei Gesellen,
Mein Liebchen, nimmermehr,
Die gehn wie Wind und Wellen,
Gott weiß: wohin, woher. –

Wir grüßen Land und Sterne
Mit wunderbarem Klang
Und wer uns spürt von ferne,
Dem wird so wohl und bang.

Wir haben wohl hienieden
Kein Haus an keinem Ort,
Es reisen die Gedanken
Zur Heimat ewig fort.

Wie eines Stromes Dringen
Geht unser Lebenslauf,
Gesanges Macht und Ringen
Tut helle Augen auf.

Und Ufer, Wolkenflügel,
Die Liebe hoch und mild –
Es wird in diesem Spiegel
Die ganze Welt zum Bild.

Dich rührt die frische Helle,
Das Rauschen heimlich kühl,
Das lockt dich zu der Welle,
Weils draußen leer und schwül.

Doch wolle nie dir halten
Der Bilder Wunder fest,
Tot wird ihr freies Walten,
Hältst du es weltlich fest.

Kein Bett darf er hier finden.
Wohl in den Tälern schön
Siehst du sein Gold sich winden,
Dann plötzlich meerwärts drehn.

Intermezzo

Dein Bildnis wunderselig
Hab ich im Herzensgrund,

Das sieht so frisch und fröhlich
Mich an zu jeder Stund.

Mein Herz still in sich singet
Ein altes, schönes Lied,
Das in die Luft sich schwinget
Und zu dir eilig zieht.

Laß das Trauern

Laß, mein Herz, das bange Trauern
Um vergangnes Erdenglück,
Ach, von diesen Felsenmauern
Schweifet nur umsonst der Blick.

Sind denn alle fortgegangen:
Jugend, Sang und Frühlingslust?
Lassen, scheidend, nur Verlangen
Einsam mir in meiner Brust?

Vöglein hoch in Lüften reisen,
Schiffe fahren auf der See,
Ihre Segel, ihre Weisen
Mehren nur des Herzens Weh.

Ist vorbei das bunte Ziehen,
Lustig über Berg und Kluft,
Wenn die Bilder wechselnd fliehen,
Waldhorn immer weiter ruft?

Soll die Lieb auf sonngen Matten
Nicht mehr baun ihr prächtig Zelt,
Übergolden Wald und Schatten
Und die weite, schöne Welt? –

Laß das Bangen, laß das Trauern,
Helle wieder nur den Blick!
Fern von dieser Felsen Mauern
Blüht dir noch gar manches Glück!

Dichterfrühling

Wenn die Bäume lieblich rauschen,
An den Bergen, an den Seen,
Die im Sonnenscheine stehen,
Warme Regen niederrauschen,
Mag ich gern begeistert lauschen.
Denn um die erfrischten Hügel
Auf und nieder sich bewegen
Fühl ich Winde, Gottes Flügel,
Und mir selber wachsen Flügel,
Atm' ich still den neuen Segen.

Wie der Kranke von der Schwelle
Endlich wieder in die warme
Luft hinausstreckt Brust und Arme,
Und es spült des Lebens Welle
Fort die Glieder in das Helle:
Also kommt ein neues Leben
Oft auf mich herab vom Himmel,
Und ich seh vor mir mein Streben
Licht und unvergänglich schweben
Durch des Lebens bunt Gewimmel.

Will erquickt nun alles prangen,
Irrt der Dichter durch die Schatten,
Durch die blumenreichen Matten,
Denkt der Zeiten, die vergangen,
Ferner Freunde voll Verlangen,
Und es weben sich die Träume
Wie von selbst zum Werk der Musen,
Und rings Berge, Blumen, Bäume
Wachsen in die heitern Räume
Nach der Melodie im Busen.

Intermezzo

Wohl vor lauter Sinnen, Singen
Kommen wir nicht recht zum Leben;
Wieder ohne rechtes Leben
Muß zu Ende gehn das Singen;
Ging zu Ende dann das Singen:
Mögen wir auch nicht länger leben.

Aufgebot

Waldhorn bringt Kund getragen,
Es hab nun aufgeschlagen
Auf Berg und Tal und Feld
Der Lenz seine bunten Zelt!

Ins Grün ziehn Sänger, Reiter,
Ein jeglich Herz wird weiter,
Möcht jauchzend übers Grün
Mit den Lerchen ins Blaue ziehn.

Was stehst du so alleine,
Pilgrim, im grünen Scheine?
Lockt dich der Wunderlaut
Nicht auch zur fernen Braut?

»Ach! diese tausendfachen
Heilig verschlungnen Sprachen,
So lockend Lust, wie Schmerz,
Zerreißen mir das Herz.«

»Ein Wort will mirs verkünden,
Oft ists, als müßt ichs finden,
Und wieder ists nicht so,
Und ewig frag ich: Wo?« –

So stürz dich einmal, Geselle,
Nur frisch in die Frühlingswelle!
Da spürst du's im Innersten gleich,
Wo's rechte Himmelreich.

Und wer dann noch mag fragen:
Freudlos in blauen Tagen
Der wandern und fragen mag
Bis an den jüngsten Tag!

Intermezzo

Der Bürgermeister

Hochweiser Rat, geehrte Kollegen!
Bevor wir uns heut aufs Raten legen,
Bitt ich, erst reiflich zu erwägen:
Ob wir vielleicht, um Zeit zu gewinnen,
Heut sogleich mit dem Raten beginnen,
Oder ob wir erst proponieren müssen,
Was uns versammelt und was wir alle wissen? –
Ich muß pflichtmäßig voranschicken hierbei,
Daß die Art der Geschäfte zweierlei sei:
Die einen sind die eiligen,
Die andern die langweiligen.
Auf jene pfleg ich Cito zu schreiben,
Die andern können liegen bleiben.
Die liegenden aber, geehrte Brüder,
Zerfallen in wichtge und in höchstwichtge wieder.
Bei jenen – nun – man wird verwegen,
Man schreibt nach amtlichem Überlegen
More solito hier, und dort ad acta,
Die Diener rennen, man flucht, verpackt da,
Der Staat floriert und bleibt im Takt da,
Doch werden die Zeiten so ungeschliffen,
Wild umzuspringen mit den Begriffen,

Kommt gar, wie heute, ein Fall, der eilig
Und doch höchstwichtig zugleich – dann freilich
Muß man von neuem unterscheiden:
Ob er mehr eilig oder mehr wichtig. –
Ich bitte, meine Herrn, verstehn Sie mich richtig!
Der Punkt ist von Einfluß. Denn wir vermeiden
Die species facti, wie billig, sofort,
Findt sich der Fall mehr eilig als liegend.
Ist aber das Wichtige überwiegend,
Wäre die Eile am unrechten Ort.
Meine Herren, Sie haben nun die Prämissen,
Sie werden den Beschluß zu finden wissen.

Terzett

Hirt

Wenn sich der Sommermorgen still erhebt,
Kein Wölkchen in den blauen Lüften schwebt,
Mit Wonneschauern naht das Licht der Welt,
Daß sich die Ährenfelder leise neigen,
Da sink ich auf die Knie im stillen Feld,
Und bete, wenn noch alle Stimmen schweigen.

Jäger

Doch keiner atmet so den Strom von Lüften,
Als wie der Jäger in den grünen Klüften!
Wo euch der Atem schwindelnd schon vergangen,
Hat seine rechte Lust erst angefangen,
Wenn tief das Tal auffunkelt durch die Bäume,
Der Aar sich aufschwingt in die klaren Räume.

Hirt

Und sinkt der Mittag müde auf die Matten,
Rast ich am Bächlein in den kühlsten Schatten,

Ein leises Flüstern geht in allen Bäumen,
Das Bächlein plaudert wirre wie in Träumen,
Die Erde säuselt kaum, als ob sie schliefe,
Und mit den Wolken in den stillen Räumen
Schiff ich still fort zur unbekannten Tiefe.

Jäger

Und wenn die Tiefe schwül und träumend ruht,
Steh ich am Berg wie auf des Landes Hut,
Seh fern am Horizont die Wetter steigen,
Und durch die Wipfel, die sich leise neigen,
Rauscht droben schwellend ein gewaltig Lied,
Das ewig frisch mir durch die Seele zieht.

Hirt

Es blitzt von fern, die Heimchen Ständchen bringen,
Und unter Blüten, die im Wind sich rühren,
Die Mädchen plaudernd sitzen vor den Türen;
Da lass ich meine Flöte drein erklingen,
Daß ringsum durch die laue Sommernacht
In Fels und Brust der Widerhall erwacht.

Jäger

Doch wenn die Täler unten längst schon dunkeln,
Seh ich vom Berge noch die Sonne funkeln,
Der Adler stürzt sich jauchzend in die Gluten,
Es bricht der Strom mit feuertrunknen Fluten
Durchs enge Steingeklüft, wie er sich rette
Zum ewgen Meer – ach, wer da Flügel hätte!

Angela

Wenn von den Auen
Die Flöte singt,
Aus Waldesrauschen
Das Horn erklingt,

Da steh ich sinnend
Im Morgenlicht –
Wem ich soll folgen,
Ich weiß es nicht.

Doch kehrt ihr beide
Im letzten Strahl
Der Sonne wieder
Zurück ins Tal,
Schaut mir so freudig
Ins Angesicht:
Da weiß ichs plötzlich –
Doch sag ichs nicht.

Intermezzo

Chor der Schmiede

Bist zum künftgen Holmgang
Nun gehämmert, Nordmann!
Schlängelt sich im Todkampf
Glutrot einst dein Schwertblitz –
Sehr weint da die Heldbraut –
Denk! der Waffenmeister
Hämmert, singet! Ists auch
Ungereimt, so klappts doch!

Morgenlied

Ein Stern still nach dem andern fällt
Tief in des Himmels Kluft,
Schon zucken Strahlen durch die Welt,
Ich wittre Morgenluft.

In Qualmen steigt und sinkt das Tal;
Verödet noch vom Fest
Liegt still der weite Freudensaal,
Und tot noch alle Gäst.

Da hebt die Sonne aus dem Meer
Eratmend ihren Lauf;
Zur Erde geht, was feucht und schwer,
Was klar, zu ihr hinauf.

Hebt grüner Wälder Trieb und Macht
Neurauschend in die Luft,
Zieht hinten Städte, eitel Pracht,
Blau' Berge durch den Duft.

Spannt aus die grünen Tepp'che weich,
Von Strömen hell durchrankt,
Und schallend glänzt das frische Reich,
So weit das Auge langt.

Der Mensch nun aus der tiefen Welt
Der Träume tritt heraus,
Freut sich, daß alles noch so hält,
Daß noch das Spiel nicht aus.

Und nun gehts an ein Fleißigsein!
Umsumsend Berg und Tal,
Agieret lustig groß und klein
Den Plunder allzumal.

Die Sonne steiget einsam auf,
Ernst über Lust und Weh
Lenkt sie den ungestörten Lauf
Zu stiller Glorie. –

Und *wie* er dehnt die Flügel aus,
Und *wie* er auch sich stellt,
Der Mensch kann nimmermehr hinaus
Aus dieser Narrenwelt.

Intermezzo

Chor der Schneider

Nur vom Ganzen frisch gerissen,
Eh die Ware ganz verschlissen,
Hier ein uralt gülden Stück,
Gibt so 'n gewissen frommen Blick,
Hier ein bunter welscher Flick,
Drauf ein Stück Hausleinewand,
Macht das Welsche erst pikant.
Hie 'nen Fetzen Bärenhaut,
Daß man auch das Deutsche schaut,
Drüber einen spanschen Kragen,
Das Erhabne wird behagen,
Frisch gestichelt, fein zum Werke,
Und wird auch nichts Ganzes draus,
Sieht es doch gar niedlich aus.

Guter Rat

Springer, der in luftgem Schreiten
Über die gemeine Welt,
Kokettieret mit den Leuten,
Sicherlich vom Seile fällt.

Schiffer, der nach jedem Winde,
Blas er witzig oder dumm,
Seine Segel stellt geschwinde,
Kommt im Wasser schmählich um.

Weisen Sterne doch die Richtung,
Hörst du nachts doch fernen Klang,
Dorthin liegt das Land der Dichtung,
Fahre zu und frag nicht lang.

Umkehr

Leben kann man nicht von Tönen,
Poesie geht ohne Schuh',
Und so wandt ich denn der Schönen
Endlich auch den Rücken zu.

Lange durch die Welt getrieben
Hat mich nun die irre Hast,
Immer doch bin ich geblieben
Nur ein ungeschickter Gast.

Überall zu spät zum Schmause
Kam ich, wenn die andern voll,
Trank die Neigen vor dem Hause,
Wußt nicht, wem ichs trinken soll.

Mußt mich vor Fortuna bücken
Ehrfurchtsvoll bis auf die Zeh'n,
Vornehm wandt sie mir den Rücken,
Ließ mich so gebogen stehn.

Und als ich mich aufgerichtet
Wieder frisch und frei und stolz,
Sah ich Berg' und Tal gelichtet,
Blühen jedes dürre Holz.

Welt hat eine plumpe Pfote,
Wandern kann man ohne Schuh' –
Deck mit deinem Morgenrote
Wieder nur den Wandrer zu!

Intermezzo

Blonder Ritter

Blonder Ritter, blonder Ritter,
Deine Blicke, weltschmerzdunkel,

Statt durch Helmes Eisengitter,
Durch die Brille gläsern funkeln.

Hinterm Ohre, statt vom Leder,
Zornig mit verwegner Finte
Ziehst du statt des Schwerts die Feder,
Und statt Blutes fließet Dinte.

Federspritzeln, Ehr beklecken,
Ungeheueres Geschnatter!
Wilde Recken, wilde Recken,
Trampelt nicht die Welt noch platter.

Liedesmut

Was Lorbeerkranz und Lobestand!
Es duftet still die Frühlingsnacht
Und rauscht der Wald vom Felsenrand,
Obs jemand hört, ob niemand wacht.

Es schläft noch alles Menschenkind,
Da pfeift sein lustges Wanderlied
Schon übers Feld der Morgenwind
Und fragt nicht erst, wer mit ihm zieht.

Und ob ihr all zu Hause saßt,
Der Frühling blüht doch, weil er muß,
Und ob ihrs lest oder bleiben laßt,
Ich singe doch aus frischer Brust.

Entgegnung

»Sei antik doch, sei teutonisch,
Lern, skandiere unverdrossen,

Freundchen, aber nur ironisch!
Und vor allem laß die Possen,
Die man sonst genannt: romantisch.« –
Also hört mans ringsher schallen;
Aber mich bedünkt: pedantisch
Sei das Schlimmste doch von allen.

Wem der Herr den Kranz gewunden,
Wird nach alle dem nicht fragen,
Sondern muß, wie ers befunden,
Auf die eigne Weise sagen,
Stets aufs neu mit freudgem Schrecken,
Ist sie auch die alte blieben,
Sich die schöne Welt entdecken,
Ewig jung ist, was wir lieben!

Oft durch des Theaters Ritzen
Brichts mit wunderbarem Lichte,
Wenn der Herr in feurgen Blitzen
Dichtend schreibt die Weltgeschichte,
Und das ist der Klang der Wehmut,
Der durch alle Dichtergeister
Schauernd geht, wenn sie in Demut
Über sich erkannt den Meister.

Der Isegrimm

Aktenstöße nachts verschlingen,
Schwatzen nach der Welt Gebrauch,
Und das große Tretrad schwingen
Wie ein Ochs, das kann ich auch.

Aber glauben, daß der Plunder
Eben nicht der Plunder wär,
Sondern ein hochwichtig Wunder,
Das gelang mir nimmermehr.

Aber andre überwitzen,
Daß ich mit dem Federkiel
Könnt den morschen Weltbau stützen,
Schien mir immer Narrenspiel.

Und so, weil ich in dem Drehen
Da steh oft wie ein Pasquill,
Läßt die Welt mich eben stehen –
Mag sies halten, wie sie will!

Tafellieder

I

(Damenliedertafel in Danzig)

Die Frauen

Gleich wie Echo frohen Liedern
Fröhlich Antwort geben muß,
So auch nahn wir und erwidern
Dankend den galanten Gruß.

Die Männer

O, ihr Gütgen und Charmanten!
Für des Echos holden Schwung
Nehmt der lustgen Musikanten
Ganz ergebne Huldigung!

Frauen

Doch ihr huldigt, wills uns dünken,
Andern Göttern nebenbei.
Rot und golden sehn wirs blinken –
Sagt, wie das zu nehmen sei?

Männer

Teure! zierlich, mit drei Fingern,
Sichrer, mit der ganzen Hand –
Und so füllt man aus den Dingern
's Glas nicht halb, nein, bis zum Rand.

Frauen

Nun, wir sehen, ihr seid Meister.
Doch wir sind heut liberal;
Hoffentlich, als schöne Geister,
Treibt ihrs etwas ideal.

Männer

Jeder nippt und denkt die Seine,
Und wer nichts *Besondres* weiß:
Nun – der trinkt ins allgemeine
Frisch zu *aller* Schönen Preis!

Alle

Recht so! Klingt denn in die Runde
An zu Dank und Gegendank!
Sänger, Fraun, wo die im Bunde,
Da gibts einen hellen Klang!

2

Trinken und Singen

Viel Essen macht viel breiter
Und hilft zum Himmel nicht,
Es kracht die Himmelsleiter,
Kommt so ein schwerer Wicht.
Das Trinken ist gescheiter,
Das schmeckt schon nach Idee,
Da braucht man keine Leiter,
Das geht gleich in die Höh.

Chor

Da braucht man keine Leiter,
Das geht gleich in die Höh.

Viel Reden ist manierlich:
»Wohlauf?« – Ein wenig flau. –
»Das Wetter ist spazierlich.« –
Was macht die liebe Frau? –
»Ich danke« – und so weiter,
Und breiter als ein See –
Das Singen ist gescheiter,
Das geht gleich in die Höh.

Chor

Das Singen ist gescheiter,
Das geht gleich in die Höh.

Die Fisch und Musikanten
Die trinken beide frisch,
Die Wein, die andern Wasser –
Drum hat der dumme Fisch
Statt Flügel Flederwische
Und liegt elend im See –
Doch wir sind keine Fische,
Das geht gleich in die Höh.

Chor

Doch wir sind keine Fische,
Das geht gleich in die Höh.

Ja, Trinken frisch und Singen
Das bricht durch alles Weh,
Das sind zwei gute Schwingen,
Gemeine Welt, ade!
Du Erd mit deinem Plunder,
Ihr Fische samt der See,
's geht alles, alles unter,
Wir aber in die Höh!

Chor

's geht alles, alles unter,
Wir aber in die Höh!

3

Zum Abschied

Horcht! Die Stunde hat geschlagen,
Und ein Schiffer steht am Bord,
Grüßt noch einmal, und es tragen
Ihn die Wellen rauschend fort.

Sturm wühlt und die Zeiten bäumen
Sehnsüchtig sich himmelan,
Hoch in solcher Wellen Schäumen
Segle, kühner Steuermann!

Und den letzten Becher, Brüder,
Eh wir hier verlassen stehn,
Und den letzten Klang der Lieder
Auf ein freudig Wiedersehn!

4

Berliner Tafel

Viele Lerchen hellerwacht,
Die zum Himmel steigen,
Viele Sterne in der Nacht,
Vieler Wipfel Neigen,
Viele frische Herzen dann,
Die begeistert lauschen –
Da bricht erst der Lenz recht an,
Klang und Waldesrauschen.

So sind viele hier gesellt:
Rüstige Gesellen,

Die ihr Sach auf Klang gestellt,
Schauspiel und Novellen,
Viele dann, die recht sich freun,
Wenn wirs löblich machen,
Und, greift einer falsch darein,
Auch von Herzen lachen.

Und wo *solche* Resonanz,
Klingt das Lied erst helle,
Wie wir hier vereint zum Kranz,
Blüht die sandge Schelle,
Kuckuck ruft und Nachtigall
Und von Lust und Schmerzen
Weckt der Schall den Widerhall
Rings in tausend Herzen.

Ein Land, das ihr schweigend meint
Und wir freudig singen,
Und *ein* Meer, das uns vereint
Soll hinüberbringen.
Frische Fahrt denn, nah und fern,
Allen mutgen Seglern,
Die getreu dem rechten Stern,
Schleglern oder Heglern!

5

Die Heimonskinder

Auf feurgem Rosse kommt Bachus daher,
Den Becher hoch in der Hand,
Sein Rößlein wird wild, sein Kopf ist ihm schwer,
Er verschüttet den Wein auf das Land.

Den Dichter erbarmet der Rebensaft,
In den Bügel er kühn sich stellt
Und trinkt mit dem Gotte Brüderschaft –
Nun gehts erst, als gings aus der Welt!

»Ei, sieh da, so einsam, Herr Komponist!
Steig auf mit, 's ist schad um die Schuh,
Du lös'st erst die Schwinge – und wo keine ist,
Da mach uns die Flügel dazu!«

Und was sie ersonnen nun, singen die drei.
»O weh!« ruft ein Sänger herauf,
»Ihr schreit ja die köstlichsten Noten entzwei!«
Und schwingt zu den dreien sich auf.

Nun setzt der Tonkünstler, skandiert der Poet,
Der Sänger gibt himmlischen Schall,
Es lächelt Herr Bachus: »Wahrhaftig, das geht,
Unds Trinken verstehen sie all.«

Und wie sie nun alle beisammen sind,
Hebts sachte die seligen Leut,
Es wachsen dem Rosse zwei Schwingen geschwind
Und überfliegen die Zeit.

6

Der alte Held

(Tafellied zu Goethes Geburtstag 1831)

»Ich habe gewagt und gesungen,
Da die Welt noch stumm lag und bleich,
Ich habe den Bann bezwungen,
Der die schöne Braut hielt umschlungen,
Ich habe erobert das Reich.«

»Ich habe geforscht und ergründet
Und tat es euch treulich kund:
Was das Leben dunkel verkündet,
Die heilige Schrift, die entzündet
Der Herr in der Seelen Grund.«

»Wie rauschen nun Wälder und Quellen
Und singen vom ewigen Port:
Schon seh ich Morgenrot schwellen,
Und ihr dort, ihr jungen Gesellen,
Fahrt immer immerfort!«

Und so, wenn es still geworden,
Schaut er vom Turm bei Nacht
Und segnet den Sängerorden,
Der an den blühenden Borden
Das schöne Reich bewacht.

Dort hat er nach Lust und Streiten
Das Panner aufgestellt,
Und die auf dem Strome der Zeiten
Am Felsen vorübergleiten,
Sie grüßen den alten Held.

7

Toast

Auf das Wohlsein der Poeten,
Die nicht schillern und nicht göthen,
Durch die Welt in Lust und Nöten
Segelnd frisch auf eignen Böten.

Treue

Frisch auf, mein Herz! Wie heiß auch das Gedränge,
Bewahr ich doch mir kühl und frei die Brust!
Schickt Wald und Flur doch noch die alten Klänge,
Erschütternd mich mit wunderbarer Lust.

Und ob die Woge feindlich mit mir ränge:
So frömmer nur sing ich aus treuer Brust;
Da bleicht das Wetter, Himmelblau scheint helle,
Das Meer wird still und zum Delphin die Welle.

»Was wollt ihr doch mit eurem Liederspaße!
Des Würdgern beut die große Zeit so viel!«
So schallts hoffärtig nun auf jeder Gasse,
Und jeder steckt sich dreist sein glänzend Ziel.
Die Lieder, die ich stammelnd hören lasse,
Ewger Gefühle schwaches Widerspiel, –
Sie sind es wahrlich auch nicht, was ich meine,
Denn ewig unerreichbar ist das Eine.

Doch lieben oft, der Sehnsucht Glut zu mildern,
Gefangne wohl, das ferne Vaterland
An ihres Kerkers Mauern abzuschildern.
Ein Himmelsstrahl fällt schweifend auf die Wand,
Da rührts lebendig sich in allen Bildern. –
Dem Auge scheints ein lieblich bunter Tand –
Doch wer der lichten Heimat recht zu eigen,
Dem wird der Bilder ernster Geist sich zeigen.

So wachse denn und treibe fröhlich Blüte,
Du kräftig grüner, deutscher Sangesbaum!
Rausch nur erfrischend fort mir ins Gemüte
Aus deiner Wipfel klarem Himmelsraum!
Du aber, wunderbare, ewge Güte,
Die mir den Himmel wies im schönen Traum,
Erhalt auf Erden rüstig mir die Seele,
Daß ich, wo's immer ehrlich gilt, nicht fehle!

Heimweh

An meinen Bruder

Du weißts, dort in den Bäumen
Schlummert ein Zauberbann,

Und nachts oft, wie in Träumen,
Fängt der Garten zu singen an.

Nachts durch die stille Runde
Wehts manchmal bis zu mir,
Da ruf ich aus Herzensgrunde,
O Bruderherz, nach dir.

So fremde sind die andern,
Mir graut im fremden Land,
Wir wollen zusammen wandern,
Reich treulich mir die Hand!

Wir wollen zusammen ziehen,
Bis daß wir wandermüd
Auf des Vaters Grabe knien
Bei dem alten Zauberlied.

Dichterlos

Für alle muß vor Freuden
Mein treues Herze glühn,
Für alle muß ich leiden,
Für alle muß ich blühn,
Und wenn die Blüten Früchte haben,
Da haben sie mich längst begraben.

Spruch

Bau nur auf Weltgunst recht
Und pass auf jeden Wink und Gruß,
Wirst dabei nimmer fröhlich werden!
Es hats kein Hund so schlecht,
Der hinter seinen Herren muß,
Nicht frei spazieren kann auf Erden.

Lockung

Hörst du nicht die Bäume rauschen
Draußen durch die stille Rund?
Lockts dich nicht, hinabzulauschen
Von dem Söller in den Grund,
Wo die vielen Bäche gehen
Wunderbar im Mondenschein
Und die stillen Schlösser sehen
In den Fluß vom hohen Stein?

Kennst du noch die irren Lieder
Aus der alten, schönen Zeit?
Sie erwachen alle wieder
Nachts in Waldeseinsamkeit,
Wenn die Bäume träumend lauschen
Und der Flieder duftet schwül
Und im Fluß die Nixen rauschen –
Komm herab, hier ists so kühl.

Rückblick

Ich wollt im Walde dichten
Ein Heldenlied voll Pracht,
Verwickelte Geschichten,
Recht sinnreich ausgedacht.
Da rauschten Bäume, sprangen
Vom Fels die Bäche drein,
Und tausend Stimmen klangen
Verwirrend aus und ein.
Und manches Jauchzen schallen
Ließ ich aus frischer Brust,
Doch aus den Helden allen
Ward nichts vor tiefer Lust.

Kehr ich zur Stadt erst wieder
Aus Feld und Wäldern kühl,
Da kommen all die Lieder
Von fern durchs Weltgewühl,
Es hallen Lust und Schmerzen
Noch einmal leise nach,
Und bildend wird im Herzen
Die alte Wehmut wach,
Der Winter auch derweile
Im Feld die Blumen bricht –
Dann gibts vor Langerweile
Ein überlang Gedicht!

Zweifel

Könnt es jemals denn verblühen,
Dieses Glänzen, dieses Licht,
Das durch Arbeit, Sorgen, Mühen
Wie der Tag durch Wolken bricht,
Blumen, die so farbig glühen,
Um das öde Leben flicht?

Golden sind des Himmels Säume,
Abwärts ziehen Furcht und Nacht,
Rüstig rauschen Ström und Bäume
Und die heitre Runde lacht,
Ach, das sind nicht leere Träume,
Was im Busen da erwacht!

Bunt verschlingen sich die Gänge,
Tost die Menge her und hin,
Schallen zwischendrein Gesänge,
Die durchs Ganze golden ziehn,
Still begegnet im Gedränge
Dir des Lebens ernster Sinn.

Und das Herz denkt sich verloren,
Besser andrer Tun und Wust,
Fühlt sich wieder dann erkoren,
Ewig einsam doch die Brust.
O des Wechsels, o des Toren,
O der Schmerzen, o der Lust!

Dichterglück

O Welt, bin dein Kind nicht von Hause,
Du hast mir nichts geschenkt,
So hab ich denn frisch meine Klause
In Morgenrot mir versenkt.

Fortuna, streif nur die Höhen
Und wende dein Angesicht,
Ich bleibe im Wald bei den Rehen,
Flieg zu, wir brauchen dich nicht.

Und ob auf Höhn und im Grunde
Kein Streifchen auch meine blieb,
Ich segne dich, schöne Runde,
Ich habe dich dennoch so lieb!

Glückliche Fahrt

Wünsche sich mit Wünschen schlagen,
Und die Gier wird nie gestillt.
Wer ist in dem wüsten Jagen
Da der Jäger, wer das Wild?
Selig, wer es fromm mag wagen,
Durch das Treiben dumpf und wild
In der festen Brust zu tragen
Heilger Schönheit hohes Bild!

Sieh, da brechen tausend Quellen
Durch die felsenharte Welt,
Und zum Strome wird ihr Schwellen,
Der melodisch steigt und fällt.
Ringsum sich die Fernen hellen,
Gottes Hauch die Segel schwellt –
Rettend spülen dich die Wellen
In des Herzens stille Welt.

Sommerschwüle

1

Ich klimm zum Berg und schau zur niedern Erde,
Ich klimm hinab und schau die Berge an,
Süß-melancholisch spitzt sich die Geberde
Und giftge Weltverachtung ficht mich an;
Doch will aus Schmerz und Haß nichts Rechtes werden.
Ermanne dich! – Ich bin doch wohl ein Mann? –
Und ach! wie träge Silb aus Silbe schleichet,
Mit Not hab ich den letzten Reim erreichet.

O weg mit Reim und Leierklang und Singen!
Faß, Leben, wieder mich lebendig an!
Mit deiner Woge will ich freudig ringen,
Die tief mich stürzt, hebt mich auch himmelan.
Im Sturme spannt der Adler seine Schwingen –
Blas zu! Da spür ich wieder, daß ich Mann!
Viel lieber will ich raschen Tod erwerben,
Als, so verschmachtend, lebenslang zu sterben.

2

Die Nachtigall schweigt, sie hat ihr Nest gefunden,
Träg ziehn die Quellen, die so kühle sprangen,
In trüber Schwüle liegt die Welt umfangen,
So hat den Lenz der Sommer überwunden.

Noch nie hat es die Brust so tief empfunden,
Es ist, als ob viel Stimmen heimlich sangen:
»Auch *dein* Lenz, froher Sänger, ist vergangen!
An Weib und Kind ist nun der Sinn gebunden!«

O komm, Geliebte, komm zu mir zurücke!
Kann ich nur deine hellen Augen schauen,
Fröhlich Gestirn in dem verworrnen Treiben:

Wölbt hoch sich wieder des Gesanges Brücke,
Und kühn darf ich der alten Lust vertrauen,
Denn ewger Frühling will bei *Liebe* bleiben.

Frisch auf!

Ich saß am Schreibtisch bleich und krumm,
Es war mir in meinem Kopf ganz dumm
Vor Dichten, wie ich alle die Sachen
Sollte aufs allerbeste machen.
Da guckt am Fenster im Morgenlicht
Durchs Weinlaub ein wunderschönes Gesicht,
Guckt und lacht, kommt ganz herein
Und kramt mir unter den Blättern mein.
Ich, ganz verwundert: »Ich sollt dich kennen« –
Sie aber, statt ihren Namen zu nennen:
»Pfui, in dem Schlafrock siehst ja aus
Wie ein verfallenes Schilderhaus!
Willst du denn hier in der Tinte sitzen,
Schau, wie die Felder da draußen blitzen!«
So drängt sie mich fort unter Lachen und Streit,
Mir tats um die schöne Zeit nur leid.
Drunten aber unter den Bäumen
Stand ein Roß mit funkelnden Zäumen.
Sie schwang sich lustig mit mir hinauf,
Die Sonne draußen ging eben auf,
Und eh ich mich konnte bedenken und fassen,
Ritten wir rasch durch die stillen Gassen,

Und als wir kamen vor die Stadt,
Das Roß auf einmal zwei Flügel hatt,
Mir schauerte es recht durch alle Glieder:
»Mein Gott, ists denn schon Frühling wieder?« –
Sie aber wies mir, wie wir so zogen,
Die Länder, die unten vorüberflogen,
Und hoch über dem allerschönsten Wald
Machte sie lächelnd auf einmal halt.
Da sah ich erschrocken zwischen den Bäumen
Meine Heimat unten, wie in Träumen,
Das Schloß, den Garten und die stille Luft,
Die blauen Berge dahinter im Duft,
Und alle die schöne, alte Zeit
In der wundersamen Einsamkeit.
Und als ich mich wandte, war ich allein,
Das Roß nur wiehert' in den Morgen hinein,
Mir aber wars, als wär ich wieder jung,
Und wußte der Lieder noch genung!

Kriegslied

Nicht mehr in Waldesschauern
An jäher Klüfte Rand,
Wo dunkle Tannen trauern,
Siehst du die Brut mehr lauern
Auf wüster Felsenwand.

Die Greifen nicht mehr fliegen,
Lindwürm auf heißem Sand
Nicht mehr mit Löwen kriegen,
Auf ihren Bäuchen liegen
Die Drachen im platten Land.

Doch wo das Leben schimmelt,
So weit man reisen kann,

Von Würmern es noch wimmelt,
Und was auf Erden himmelt,
Sie hauchens giftig an.

Noch halten sie in Schlingen
Die wunderschöne Braut,
Bei Nacht hört man ihr Singen
Die stille Luft durchdringen
Mit tiefem Klagelaut.

Das ist die Brut der Natter,
Die immer neu entstand:
Philister und ihre Gevatter,
Die machen groß Geschnatter
Im deutschen Vaterland.

Sankt Georg, du blanker Streiter,
Leg deine Lanze ein,
Und wo ein wackrer Reiter,
Dem noch das Herz wird weiter,
Der steche frisch mit drein!

Eldorado

Es ist von Klang und Düften
Ein wunderbarer Ort,
Umrankt von stillen Klüften,
Wir alle spielten dort.

Wir alle sind verirret,
Seitdem so weit hinaus
Unkraut die Welt verwirret,
Findt keiner mehr nach Haus.

Doch manchmal tauchts aus Träumen,
Als läg es weit im Meer,
Und früh noch in den Bäumen
Rauschts wie ein Grüßen her.

Ich hört den Gruß verfliegen,
Ich folgt ihm über Land,
Und hatte mich verstiegen
Auf hoher Felsenwand.

Mein Herz ward mir so munter,
Weit hinten alle Not,
Als ginge jenseits unter
Die Welt in Morgenrot.

Der Wind spielt' in den Locken,
Da blitzt' es drunten weit,
Und ich erkannt erschrocken
Die alte Einsamkeit.

Nun jeden Morgenschimmer
Steig ich ins Blütenmeer,
Bis ich Glückselger nimmer
Von dorten wiederkehr.

Frühlingsklage

Ach, was frommt das Wehen, Sprossen,
In der schönen Frühlingszeit:
Ist des Liedes Born verschlossen
Und der Seele Freudigkeit,
Die erst Blüten bringt den Sprossen
Und den Frühling in die Zeit.

Gib den alten Frieden wieder,
In der Brust den Sonnenschein,
Gib die Laute mir und Lieder,
Dann laß blühen oder schnein,
Selbst weck ich den Lenz mir wieder,
Sollt es auch der letzte sein!

An die Waldvögel

Konnt mich auch sonst mit schwingen
Übers grüne Revier,
Hatt ein Herze zum Singen
Und Flügel wie ihr.

Flog über die Felder,
Da blüht' es wie Schnee,
Und herauf durch die Wälder
Spiegelt' die See.

Ein Schiff sah ich gehen
Fort über das Meer,
Meinen Liebsten drin stehen –
Dacht meiner nicht mehr.

Und die Segel verzogen,
Und es dämmert' das Feld,
Und ich hab mich verflogen
In der weiten, weiten Welt.

Vorwärts!

Wie der Strom sich schwingt
Aus den Wolken, die ihn tränken,
Alle Bäche verschlingt,
Sie ins Meer zu lenken –
Drein möcht ich versenken
Was in mir ringt!

Tritt nur mit in mein Schiff!
Wo wir landen oder stranden,
Erklinget das Riff,
Bricht der Lenz aus dem Sande,
Hinter uns dann ins Branden
Versenk ich das Schiff!

Frühe

Im Osten grauts, der Nebel fällt,
Wer weiß, wie bald sichs rühret!
Doch schwer im Schlaf noch ruht die Welt,
Von allem nichts verspüret.

Nur eine frühe Lerche steigt,
Es hat ihr was geträumet
Vom Lichte, wenn noch alles schweigt,
Das kaum die Höhen säumet.

Zum Abschied

Der Herbstwind schüttelt die Linde,
Wie geht die Welt so geschwinde!
Halte dein Kindlein warm.
Der Sommer ist hingefahren,
Da wir zusammen waren –
Ach, die sich lieben, wie arm!

Wie arm, die sich lieben und scheiden!
Das haben erfahren wir beiden,
Mir graut vor dem stillen Haus.
Dein Tüchlein noch läßt du wehen,
Ich kanns vor Tränen kaum sehen,
Schau still in die Gasse hinaus.

Die Gassen schauen noch nächtig,
Es rasselt der Wagen bedächtig –
Nun plötzlich rascher der Trott
Durchs Tor in die Stille der Felder,
Da grüßen so mutig die Wälder,
Lieb Töchterlein, fahre mit Gott!

Vergebner Ärger

Im alten Hause steh ich in Gedanken;
Es ist das Haus nicht mehr, der Wind mit Schauern
Geht durch das Gras im Hof, und Eulen lauern
In leeren Fenstern, die schon halb versanken.

Mich ärgern nur die jungen, kecken Ranken,
Die wie zum Spott noch schmücken Tor und Mauern,
Die grünen Birken, die mit falschem Trauern
Leicht überm Grabe meiner Lieben schwanken.

So, Nachteul' selber, auf dem öden Gipfel
Saß ich in meines Jugendglücks Ruinen,
Dumpfbrütend über unerhörten Sorgen;

Da blitzten Frühlingslichter durch die Wipfel,
Die leuchtend unter mir das Land beschienen,
Und nichts nach Eulen fragt der junge Morgen.

Der Wegelagerer

Es ist ein Land, wo die Philister thronen,
Die Krämer fahren und das Grün verstauben,
Die Liebe selber altklug feilscht mit Hauben –
Herr Gott, wie lang willst du die Brut verschonen!

Es ist ein Wald, der rauscht mit grünen Kronen,
Wo frei die Adler horsten, und die Tauben
Unschuldig girren in den grünen Lauben,
Die noch kein Fuß betrat – dort will ich wohnen!

Dort will ich nächtlich auf die Krämer lauern
Und kühn zerhaun der armen Schönheit Bande,
Die sie als niedre Magd zu Markte führen.

Hoch soll sie stehn auf grünen Felsenmauern,
Daß mahnend über die stillen Lande
Die Lüfte nachts ihr Zauberlied verführen.

Der Glücksritter

Wenn Fortuna spröde tut,
Lass ich sie in Ruh,
Singe recht und trinke gut,
Und Fortuna kriegt auch Mut,
Setzt sich mit dazu.

Doch ich geb mir keine Müh:
»He, noch eine her!«
Kehr den Rücken gegen sie,
Lass hoch leben die und die –
Das verdrießt sie sehr.

Und bald rückt sie sacht zu mir:
»Hast du deren mehr?«
Wie Sie sehn. – »Drei Kannen schier,
Und das lauter Klebebier!« –
's wird mir gar nicht schwer.

Drauf sie zu mir lächelt fein:
»Bist ein ganzer Kerl!«
Ruft den Kellner, schreit nach Wein,
Trinkt mir zu und schenkt mir ein,
Echte Blum und Perl.

Sie bezahlet Wein und Bier,
Und ich, wieder gut,
Führe sie am Arm mit mir
Aus dem Haus, wie 'n Kavalier,
Alles zieht den Hut.

Der Schreckenberger

Aufs Wohlsein meiner Dame,
Eine Windfahn ist ihr Panier,
Fortuna ist ihr Name,
Das Lager ihr Quartier!

Und wendet sie sich weiter,
Ich kümmre mich nicht drum,
Da draußen ohne Reiter,
Da geht die Welt so dumm.

Statt Pulverblitz und Knattern
Aus jedem wüsten Haus
Gevattern sehn und schnattern
Alle Lust zum Land hinaus.

Fortuna weint vor Ärger,
Es rinnet Perl auf Perl.
»Wo ist der Schreckenberger?
Das war ein andrer Kerl.«

Sie tut den Arm mir reichen,
Fama bläst das Geleit,
So zu dem Tempel steigen
Wir der Unsterblichkeit.

Trost

Es haben viel Dichter gesungen
Im schönen deutschen Land,
Nun sind ihre Lieder verklungen,
Die Sänger ruhen im Sand.

Aber so lange noch kreisen
Die Stern um die Erde rund,

Tun Herzen in neuen Weisen
Die alte Schönheit kund.

Im Walde da liegt verfallen
Der alten Helden Haus,
Doch aus den Toren und Hallen
Bricht jährlich der Frühling aus.

Und wo immer müde Fechter
Sinken im mutigen Strauß,
Es kommen frische Geschlechter
Und fechten es ehrlich aus.

An die Dichter

Wo treues Wollen, redlich Streben
Und rechten Sinn der Rechte spürt,
Das muß die Seele ihm erheben,
Das hat mich jedesmal gerührt.

Das Reich des Glaubens ist geendet,
Zerstört die alte Herrlichkeit,
Die Schönheit weinend abgewendet,
So gnadenlos ist unsre Zeit.

O Einfalt gut in frommen Herzen,
Du züchtig schöne Gottesbraut!
Dich schlugen sie mit frechen Scherzen,
Weil dir vor ihrer Klugheit graut.

Wo findst du nun ein Haus, vertrieben,
Wo man dir deine Wunder läßt,
Das treue Tun, das schöne Lieben,
Des Lebens fromm vergnüglich Fest?

Wo findest du den alten Garten,
Dein Spielzeug, wunderbares Kind,

Der Sterne heilge Redensarten,
Das Morgenrot, den frischen Wind?

Wie hat die Sonne schön geschienen!
Nun ist so alt und schwach die Zeit;
Wie stehst so jung du unter ihnen,
Wie wird mein Herz mir stark und weit!

Der Dichter kann nicht mit verarmen;
Wenn alles um ihn her zerfällt,
Hebt ihn ein göttliches Erbarmen –
Der Dichter ist das Herz der Welt.

Den blöden Willen aller Wesen,
Im Irdischen des Herren Spur,
Soll er durch Liebeskraft erlösen,
Der schöne Liebling der Natur.

Drum hat ihm Gott das Wort gegeben,
Das kühn das Dunkelste benennt,
Den frommen Ernst im reichen Leben,
Die Freudigkeit, die keiner kennt.

Da soll er singen frei auf Erden,
In Lust und Not auf Gott vertraun,
Daß aller Herzen freier werden,
Eratmend in die Klänge schaun.

Der Ehre sei er recht zum Horte,
Der Schande leucht er ins Gesicht!
Viel Wunderkraft ist in dem Worte,
Das hell aus reinem Herzen bricht.

Vor Eitelkeit soll er vor allen
Streng hüten sein unschuldges Herz,
Im Falschen nimmer sich gefallen,
Um eitel Witz und blanken Scherz.

O, laßt unedle Mühe fahren,
O klingelt, gleißt und spielet nicht

Mit Licht und Gnad, so ihr erfahren,
Zur Sünde macht ihr das Gedicht!

Den lieben Gott laß in dir walten,
Aus frischer Brust nur treulich sing!
Was *wahr* in dir, wird sich gestalten,
Das andre ist erbärmlich Ding. –

Den Morgen seh ich ferne scheinen,
Die Ströme ziehn im grünen Grund,
Mir ist so wohl! – Die's ehrlich meinen,
Die grüß ich all aus Herzensgrund!

Wünschelrute

Schläft ein Lied in allen Dingen,
Die da träumen fort und fort,
Und die Welt hebt an zu singen,
Triffst du nur das Zauberwort.

III. ZEITLIEDER

Wo ruhig sich und wilder
Unstäte Wellen teilen,
Des Lebens schöne Bilder
Und Kläng verworren eilen,
Wo ist der sichre Halt? –
So ferne, was wir sollen,
So dunkel, was wir wollen,
Faßt alle die Gewalt.

Die Freunde

I

Wer auf den Wogen schliefe,
Ein sanft gewiegtes Kind,
Kennt nicht des Lebens Tiefe,
Vor süßem Träumen blind.

Doch wen die Stürme fassen
Zu wildem Tanz und Fest,
Wen hoch auf dunklen Straßen
Die falsche Welt verläßt:

Der lernt sich wacker rühren,
Durch Nacht und Klippen hin
Lernt der das Steuer führen
Mit sichrem, ernstem Sinn.

Der ist vom echten Kerne,
Erprobt zu Lust und Pein,
Der glaubt an Gott und Sterne,
Der soll mein Schiffmann sein!

II

An L...

Vor mir liegen deine Zeilen,
Sind nicht Worte, Schriften nicht,

Pfeile, die verwundend heilen,
Freundesaugen, treu und schlicht.

Niemals konnte so mich rühren
Noch der Liebsten Angesicht,
Wenn uns Augen süß verführen,
Und die Welt voll Glanz und Licht:

Als in Freundesaugen lesen
Meiner eignen Seele Wort,
Fester Treue männlich Wesen,
In Betrübnis Trost und Hort.

So verschlingen in Gedanken
Sich zwei Stämme wundertreu,
Andre dran sich mutig ranken
Kron an Krone immer neu.

Prächtger Wald, wo's kühl zu wohnen,
Stille wachsend Baum an Baum,
Mit den brüderlichen Kronen
Rauschend in dem Himmelsraum!

III

An L...

Mit vielem will die Heimat mich erfreuen,
Ein heitres Schloß an blaugewundnem Flusse,
Gesellge Lust, Mutwill und frohe Muße,
Der Liebe heitres Spiel, süß zu zerstreuen.

Doch wie die Tage freundlich sich erneuen,
Fehlt doch des Freundes Brust in Tat und Muße,
Der Ernst, der herrlich schwelget im Genusse,
Des reichen Blicks sich wahr und recht zu freuen.

Wo zwei sich treulich nehmen und ergänzen,
Wächst unvermerkt das freudge Werk der Musen.
Drum laß mich wieder, Freund, ans Herz dich drücken!

Uns beide will noch schön das Leben schmücken
Mit seinen reichen, heitern, vollen Kränzen,
Der Morgenwind wühlt um den offnen Busen!

IV

An Fräulein...

Schalkhafte Augen reizend aufgeschlagen,
Die Brust empört, die Wünsche zu verschweigen,
Sieht man den leichten Zelter dich besteigen,
Nach Lust und Scherzen durch den Lenz zu jagen.

Zu jung, des Lebens Ernste zu entsagen –
Kann ich nicht länger spielen nun und schweigen,
Wer Herrlich's fühlt, der muß sich herrlich zeigen,
Mein Ruhen ist ein ewig frisches Wagen.

Laß mich, so lang noch trunken unsre Augen,
Ein'n blühnden Kranz aus den vergangnen Stunden
Dir heiter um die weiße Stirne winden;

Frag nicht dann, was mich deinem Arm entwunden,
Drück fest den Kranz nur in die muntern Augen,
Mein Haupt will auch und soll den seinen finden!

V

An Fouqué

I

Seh ich des Tages wirrendes Beginnen,
Die bunten Bilder fliehn und sich vereinen,
Möcht ich das schöne Schattenspiel beweinen,
Denn eitel ist, was jeder will gewinnen.

Doch wenn die Straßen leer, einsam die Zinnen
Im Morgenglanz wie Kometen scheinen,

Ein stiller Geist steht auf den dunklen Steinen,
Als wollt er sich auf alte Zeit besinnen:

Da nimmt die Seele rüstig sich zusammen,
An Gott gedenkend und an alles Hohe,
Was rings gedeihet auf der Erden Runde.

Und aus dem Herzen lang verhaltne Flammen,
Sie brechen fröhlich in des Morgens Lohe,
Da grüß ich, Sänger, dich aus Herzensgrunde!

2

Von Seen und Wäldern eine nächtge Runde
Sah ich, und Drachen ziehn mit glühnden Schweifen,
In Eichenwipfeln einen Horst von Greifen,
Das Nordlicht schräge leuchtend überm Grunde.

Durch Qualm dann klingend brach die Morgenstunde,
Da schweiften Ritter blank durch Nebelstreifen,
Durch Winde scharf, die auf der Heide pfeifen,
Ein Harfner sang, lobt' Gott aus Herzensgrunde.

Tiefatmend stand ich über diesen Klüften,
Des Lebens Mark rührt' schauernd an das meine,
Wie ein geharnschter Riese da erhoben.

Kein irdscher Laut mehr reichte durch die Lüfte,
Mir wars, als stünde ich mit Gott alleine,
So einsam, weit und sternhell wars da oben.

3

In Stein gehaun, zwei Löwen stehen draußen,
Bewachen ewig stumm die heilge Pforte.
Wer sich, die Brust voll Weltlust, naht dem Orte,
Den füllt ihr steinern Blicken bald mit Grausen.

Dir wächst dein Herz noch bei der Wälder Sausen,
Dich rühren noch die wilden Riesenworte,

Nur Gott vertraund, dem höchsten Schirm und Horte –
So magst du bei den alten Wundern hausen.

Ob auch die andern deines Lieds nicht achten,
Der Heldenlust und zarten Liebesblüte,
Gedanken treulos wechselnd mit der Mode:

So felsenfester sei dein großes Trachten,
Hau klingend Luft dir, ritterlich Gemüte!
Wir wollen bei dir bleiben bis zum Tode.

Der Riese

Es saß ein Mann gefangen
Auf einem hohen Turm,
Die Wetterfähnlein klangen
Gar seltsam in den Sturm.

Und draußen hört' er ringen
Verworrner Ströme Gang,
Dazwischen Vöglein singen
Und heller Waffen Klang.

Ein Liedlein scholl gar lustig:
Heisa, so lang Gott will!
Und wilder Menge Tosen;
Dann wieder totenstill.

So tausend Stimmen irren,
Wie Wind' im Meere gehn,
Sich teilen und verwirren,
Er konnte nichts verstehn.

Doch spürt' er, wer ihn grüße,
Mit Schaudern und mit Lust,
Es rührt' ihm wie ein Riese
Das Leben an die Brust.

Sängerfahrt

Kühlrauschend unterm hellen
Tiefblauen Himmelsdom
Treibt seine klaren Wellen
Der ewgen Jugend Strom.

Viel rüstige Gesellen,
Den Argonauten gleich,
Sie fahren auf den Wellen
Ins duftge Frühlingsreich.

Ich aber fass den Becher,
Daß es durchs Schiff erklingt,
Am Mast steh ich als Sprecher,
Der für euch alle singt.

Wie stehn wir hier so helle!
Wird mancher bald schlafen gehn,
O Leben, wie bist du schnelle,
O Leben, wie bist du schön!

Gegrüßt, du weite Runde,
Burg auf der Felsenwand,
Du Land voll großer Kunde,
Mein grünes Vaterland!

Euch möcht ich alles geben,
Und ich bin fürstlich reich,
Mein Herzblut und mein Leben,
Ihr Brüder, alles für euch!

So fahrt im Morgenschimmer!
Seis Donau oder Rhein,
Ein rechter Strom bricht immer
Ins ewge Meer hinein.

In das Stammbuch der M. H.

Akrostichon mit aufgegebenen Endreimen

*I*st hell der Himmel, heiter alle *Wellen,*
*B*etritt der Schiffer wieder seine *Wogen,*
*V*orüber Wald und Berge schnell *geflogen,*
*E*r muß, wohin die vollen Segel *schwellen.*
*I*n Duft versinken bald all liebe *Stellen,*
*C*ypressen nur noch ragen aus den *Wogen,*
*H*erüber kommt manch süßer Laut *geflogen,*
*E*s trinkt das Meer der Klagen sanfte *Quellen.*
*N*ichts weilt. – Doch zaubern Treue und *Verlangen,*
*D*a muß sich blühnder alte Zeit *erneuern,*
Oeffnet die Ferne drauf die Wunder*lichtung,*
*R*uht dein Bild drin, bekränzt in heilger *Dichtung.* –
*F*ern laß den Freund nach Ost und West nur *steuern,*
*F*rei scheint er wohl – du hältst ihn doch *gefangen!*

In E... s Stammbuch

Mit einem Blatte, ein Bergschloß vorstellend

In klaren Ebenmaßen, schön gefugt,
Gleich dem Palaste freundlich sich erhebend,
Stark wie die Burg, die von dem Fels dort lugt,
In ernster Höh der alten Freiheit lebend,
Gleich jenem Turm stets nach dem Höchsten strebend,
Schloß, Burg und was da irdisch, überflügelnd –
Dabei, still wie die See dort, im Gemüt
Des Himmels Blau und was auf Erden blüht,
In frommer Klarheit ewig heiter spiegelnd;
Vor allem dann fern über Strom und Land
Den alten Freunden treulich zugewandt!

Auf dem Schwedenberge

Da hoben bunt und bunter
Sich Zelte in die Luft,
Und Fähnlein wehten munter
Herunter von der Kluft.

Und um die leichten Tische,
An jenem Bächlein klar,
Saß in der kühlen Frische
Der lustgen Reiter Schar.

Eilt' durch die rüstgen Zecher
Die Marketenderin,
Reicht' flüchtig ihre Becher,
Nimmt flüchtge Küsse hin.

Da war ein Toben, Lachen,
Weit in den Wald hinein,
Die Trommel ging, es brachen
Die lustgen Pfeifen drein.

Durch die verworrnen Klänge
Stürmt fort manch wilde Brust,
Da schallten noch Gesänge
Von Freiheit und von Lust.

Fort ist das bunte Toben,
Verklungen Sang und Klang,
Und stille ists hier oben
Viel hundert Jahre lang.

Du Wald, so dunkelschaurig,
Waldhorn, du Jägerlust!
Wie lustig und wie traurig
Rührst du mir an die Brust!

Lieber alles

Soldat sein, ist gefährlich,
Studieren sehr beschwerlich,
Das Dichten süß und zierlich,
Der Dichter gar possierlich
In diesen wilden Zeiten.
Ich möcht am liebsten reiten,
Ein gutes Schwert zur Seiten,
Die Laute in der Rechten,
Studentenherz zum Fechten.
Ein wildes Roß ists Leben
Die Hufe Funken geben,
Wers ehrlich wagt, bezwingt es,
Und wo es tritt, da klingt es!

Sonette

An A...

I

Die Klugen, die nach Gott nicht wollten fragen,
Den heilgen Kampf gern irdisch möchten schlichten,
Zum Tod kein Herz, nicht Lieb, sich aufzurichten,
Verzehren sich nur selbst in eitlen Klagen.

Sind alle eure Schiffe denn zerschlagen:
Sieht man die heilge Flagge *dich* aufrichten,
Vom Liebessturm, der jene mußt vernichten,
Dein junges Schiff siegreich hinweggetragen.

Südwinde spielen lau um Laut' und Locken,
Im Morgenrot des Hutes Federn schwanken,
Und Gottes Atem macht die Segel schwellen.

Wen noch die alten Heimatklänge locken,
Dem füllt der Segel wie der Töne Schwellen
Die Brust mit jungen, ewigen Gedanken.

2

Wir sind so tief betrübt, wenn wir auch scherzen,
Die armen Menschen mühn sich ab und reisen,
Die Welt zieht ernst und streng in ihren Gleisen,
Ein feuchter Wind verlöscht die lustgen Kerzen.

Du hast so schöne Worte tief im Herzen,
Du weißt so wunderbare, alte Weisen,
Und wie die Stern am Firmamente kreisen,
Ziehn durch die Brust dir ewig Lust und Schmerzen.

So laß dein Stimme hell im Wald erscheinen!
Das Waldhorn fromm wird auf und nieder wehen,
Die Wasser gehn und einsam Rehe weiden.

Wir wollen stille sitzen und nicht weinen,
Wir wollen in den Rhein hinuntersehen,
Und, wird es finster, nicht von sammen scheiden.

3

Es will die Zeit mit ihrem Schutt verdecken
Den hellen Quell, der meiner Brust entsprungen,
Umsonst Gebete himmelan geschwungen,
Sie mögen nicht das Ohr der Gnade wecken.

So laß die Nacht die grausen Flügel strecken,
Nur immerzu, mein tapfres Schiff, gedrungen!
Wer einmal mit den Wogen hat gerungen,
Fühlt sich das Herz gehoben in den Schrecken.

Schießt zu, trefft, Pfeile, die durchs Dunkel schwirren!
Ruhvoll um Klippen überm tückschen Grunde
Lenk ich mein Schiff, wohin die Sterne winken.

Mag dann der Steuermann nach langem Irren,
Rasch ziehend alle Pfeile aus der Wunde,
Tot an der Heimatküste niedersinken!

Der Geist

Nächtlich dehnen sich die Stunden,
Unschuld schläft in stiller Bucht,
Fernab ist die Welt verschwunden,
Die das Herz in Träumen sucht.

Und der Geist tritt auf die Zinne,
Und noch stiller wirds umher,
Schauet mit dem starren Sinne
In das wesenlose Meer.

Wer ihn sah bei Wetterblicken
Stehn in seiner Rüstung blank:
Den mag nimmermehr erquicken
Reichen Lebens frischer Drang. –

Fröhlich an den öden Mauern
Schweift der Morgensonne Blick,
Da versinkt das Bild mit Schauern
Einsam in sich selbst zurück.

Klage

1809

O könnt ich mich niederlegen
Weit in den tiefsten Wald,
Zu Häupten den guten Degen,
Der noch von den Vätern alt,

Und dürft von allem nichts spüren
In dieser dummen Zeit,
Was sie da unten hantieren,
Von Gott verlassen, zerstreut;

Von fürstlichen Taten und Werken,
Von alter Ehre und Pracht,
Und was die Seele mag stärken,
Verträumend die lange Nacht!

Denn eine Zeit wird kommen,
Da macht der Herr ein End,
Da wird den Falschen genommen
Ihr unechtes Regiment.

Denn wie die Erze vom Hammer,
So wird das lockre Geschlecht
Gehaun sein von Not und Jammer
Zu festem Eisen recht.

Da wird Aurora tagen
Hoch über den Wald hinauf,
Da gibts was zu singen und schlagen,
Da wacht, ihr Getreuen, auf.

An…

Wie nach festen Felsenwänden
Muß ich in der Einsamkeit
Stets auf dich die Blicke wenden.
Alle, die in guter Zeit
Bei mir waren, sah ich scheiden
Mit des falschen Glückes Schaum.
Du bliebst schweigend mir im Leiden,
Wie ein treuer Tannenbaum,

Ob die Felder lustig blühn,
Ob der Winter zieht heran,
Immer finster, immer grün –
Reich die Hand mir, wackrer Mann.

Nachtfeier

1810

Decket Schlaf die weite Runde,
Muß ich oft am Fenster lauschen,
Wie die Ströme unten rauschen,
Räder sausen kühl im Grunde,
Und mir ist so wohl zur Stunde;
Denn hinab vom Felsenrande
Spür ich Freiheit, uralt Sehnen,
Fromm zerbrechend alle Bande,
Über Wälder, Strom und Lande
Keck die großen Flügel dehnen.

Was je Großes brach die Schranken,
Seh ich durch die Stille gehen,
Helden auf den Wolken stehen,
Ernsten Blickes, ohne Wanken,
Und es wollen die Gedanken
Mit den guten Alten hausen,
Sich in ihr Gespräch vermischen,
Das da kommt in Waldesbrausen.
Manchem füllts die Brust mit Grausen,
Mich solls laben und erfrischen!

Tag und Regung war entflohen,
Übern See nur kam Geläute
Durch die monderhellte Weite,
Und rings brannten auf den hohen
Alpen still die bleichen Lohen,

Ewge Wächter echter Weihe,
Als, erhoben vom Verderben
Und vom Jammer, da die dreie
Einsam traten in das Freie,
Frei zu leben und zu sterben.

Und so wachen heute viele
Einsam über ihrem Kummer;
Unerquickt von falschem Schlummer,
Aus des Wechsels wildem Spiele
Schauend fromm nach Einem Ziele.
Durch die öde, stumme Leere
Fühl ich mich euch still verbündet;
Ob der Tag das Recht verkehre,
Ewig strahlt der Stern der Ehre,
Kühn in heilger Nacht entzündet.

Zorn

1810

Seh ich im verfallnen, dunkeln
Haus die alten Waffen hangen,
Zornig aus dem Roste funkeln,
Wenn der Morgen aufgegangen,

Und den letzten Klang verflogen,
Wo im wilden Zug der Wetter,
Aufs gekreuzte Schwert gebogen,
Einst gehaust des Landes Retter;

Und ein neu Geschlecht von Zwergen
Schwindelnd um die Felsen klettern,
Frech, wenns sonnig auf den Bergen,
Feige krümmend sich in Wettern,

Ihres Heilands Blut und Tränen
Spottend noch einmal verkaufen,
Ohne Klage, Wunsch und Sehnen
In der Zeiten Strom ersaufen;

Denk ich dann, wie Du gestanden
Treu, da niemand treu geblieben:
Möcht ich, über unsre Schande
Tiefentbrannt in zorngem Lieben,

Wurzeln in der Felsen Marke,
Und empor zu Himmels Lichten
Stumm anstrebend, wie die starke
Riesentanne, mich aufrichten.

Symmetrie

1810

O Gegenwart, wie bist du schnelle,
Zukunft, wie bist du morgenhelle,
Vergangenheit so abendrot!
Das Abendrot soll ewig stehen,
Die Morgenhelle frisch drein wehen,
So ist die Gegenwart nicht tot.

Der Tor, der lahmt auf einem Bein,
Das ist gar nicht zu leiden,
Schlagt ihm das andre Bein entzwei,
So hinkt er doch auf beiden!

Heimkehr

1810

Heimwärts kam ich spät gezogen
Nach dem väterlichen Haus,

Die Gedanken weit geflogen
Über Berg und Tal voraus.
»Nur noch hier aus diesem Walde!«
Sprach ich, streichelt sanft mein Roß,
»Goldnen Haber kriegst du balde,
Ruhn wir aus auf lichtem Schloß.«

»Doch warum auf diesen Wegen
Siehts so still und einsam aus?
Kommt denn keiner mir entgegen,
Bin ich nicht mehr Sohn vom Haus?
Kein' Hoboe hör ich schallen,
Keine bunte Truppe mehr
Seh ich froh den Burgpfad wallen –
Damals ging es lustger her.«

Über die vergold'ten Zinnen
Trat der Monden eben vor.
»Holla ho! Ist niemand drinnen?
Fest verriegelt ist das Tor.
Wer will in der Nacht mich weisen
Von des Vaters Hof und Haus!«
Mit dem Schwert hau ich die Eisen,
und das Tor springt rasselnd auf.

Doch was seh ich! Wüst, verfallen
Zimmer, Hof und Bogen sind,
Einsam meine Tritte hallen,
Durch die Fenster pfeift der Wind.
Alle Ahnenbilder lagen
Glanzlos in den Schutt verwühlt,
Und die Zither drauf, zerschlagen,
Auf der ich als Kind gespielt.

Und ich nahm die alte Zither,
Trat ans Fenster voller Gras,
Wo so ofte hinterm Gitter
Sonst die Mutter bei mir saß:

Gern mit Märlein mich erbaute,
Daß ich still saß, Abendrot,
Strom und Wälder fromm beschaute –
»Mutter, bist du auch schon tot?«

So war ich in' Hof gekommen, –
Was ich da auf einmal sah,
Hat den Atem mir benommen,
Bleibt mir bis zum Tode nah;
Aufrecht saßen meine Ahnen,
Und kein Laut im Hofe ging,
Eingehüllt in ihre Fahnen,
Da im ewig stillen Ring.

Und den Vater unter ihnen
Sah ich sitzen an der Wand,
Streng und steinern seine Mienen,
Doch in tiefster Brust bekannt;
Und in den gefaltnen Händen
Hielt er ernst ein blankes Schwert,
Tät die Blicke niemals wenden,
Ewig auf den Stahl gekehrt.

Da rief ich aus tiefsten Schmerzen:
»Vater, sprich ein einzig Wort,
Wälz den Fels von deinem Herzen,
Starre nicht so ewig fort!
Was das Schwert mit seinen Scheinen,
Rede, was dein Schauen will;
Denn mir graust durch Mark und Beine,
Wie du so entsetzlich still.« –

Morgenleuchten kam geflogen,
Und der Vater ward so bleich,
Adler hoch darüber zogen
Durch das klare Himmelreich,
Und der Väter stiller Orden
Sank zur Ruh in Ewigkeit,

Steine, wie es lichte worden,
Standen da im Hof zerstreut.

Nur der Degen blieb da droben
Einsam liegen überm Grab;
»Sei denn Hab und Gut zerstoben,
Wenn ich dich, du Schwert, nur hab'!«
Und ich faßt es. – Leute wühlten
Übern Berg, hinab, hinauf,
Ob sie für verrückt mich hielten –
Mir ging hell die Sonne auf.

Gebet

1810

Was soll ich, auf Gott nur bauend,
Schlechter sein, als all die andern,
Die, so wohlbehaglich schauend,
Froh dem eignen Nichts vertrauend,
Die gemeine Straße wandern?

Warum gabst du mir die Güte,
Die Gedanken himmelwärts,
Und ein ritterlich Gemüte,
Das die Treue heilig hüte
In der Zeit treulosem Scherz?

Was hast du mich blank gerüstet,
Wenn mein Volk mich nicht begehrt,
Keinen mehr nach Freiheit lüstet,
Daß mein Herz, betrübt, verwüstet,
Nur dem Grabe zugekehrt? –

Laß die Ketten mich zerschlagen,
Frei zum schönen Gottesstreit
Deine hellen Waffen tragen,
Fröhlich beten, herrlich wagen,
Gib zur Kraft die Freudigkeit!

Mahnung

1810

1

In Wind verfliegen sah ich, was wir klagen,
Erbärmlich Volk um falscher Götzen Thronen,
Wen'ger Gedanken, deutschen Landes Kronen,
Wie Felsen, aus dem Jammer einsam ragen.

Da mocht ich länger nicht nach euch mehr fragen,
Der Wald empfing, wie rauschend! den Entflohnen,
In Burgen alt, an Stromeskühle wohnen
Wollt ich auf Bergen bei den alten Sagen.

Da hört ich Strom und Wald dort so mich tadeln:
»Was willst, Lebendger du, hier überm Leben,
Einsam verwildernd in den eignen Tönen?

Es soll im Kampf der rechte Schmerz sich adeln,
Den deutschen Ruhm aus der Verwüstung heben,
Das will der alte Gott von seinen Söhnen!«

2

Wohl mancher, dem die wirbligen Geschichten
Der Zeit das ehrlich deutsche Herz zerschlagen,
Mag, wie Prinz Hamlet, zu sich selber sagen:
Weh! daß zur Welt ich kam, sie einzurichten!

Weich, aufgelegt zu Lust und fröhlichem Dichten,
Möcht er so gern sich mit der Welt vertragen,
Doch, Rache fordernd, aus den leichten Tagen
Sieht er der Väter Geist sich stets aufrichten.

Ruhlos und tödlich ist die falsche Gabe:
Des Großen Wink im tiefsten Marke spüren,
Gedanken rastlos – ohne Kraft zum Werke.

Entschließ dich, wie du kannst nun, doch das merke:
Wer in der Not nichts mag, als Lauten rühren,
Des Hand dereinst wächst mahnend aus dem Grabe.

Der Tiroler Nachtwache

1810

In stiller Bucht, bei finstrer Nacht,
Schläft tief die Welt im Grunde,
Die Berge rings stehn auf der Wacht,
Der Himmel macht die Runde,
Geht um und um,
Ums Land herum
Mit seinen goldnen Scharen,
Die Frommen zu bewahren.

Kommt nur heran mit eurer List,
Mit Leitern, Strick und Banden,
Der Herr doch noch viel stärker ist,
Macht euren Witz zu Schanden.
Wie wart ihr klug! –
Nun schwindelt Trug
Hinab vom Felsenrande –
Wie seid ihr dumm! o Schande!

Gleichwie die Stämme in dem Wald
Wolln wir zusammenhalten,
Ein feste Burg, Trutz der Gewalt,
Verbleiben treu die alten.
Steig, Sonne, schön!
Wirf von den Höhn
Nacht und die mit ihr kamen,
Hinab in Gottes Namen.

An die Tiroler

Im Jahre 1810

Bei Waldesrauschen, kühnem Sturz der Wogen,
Wo Herden einsam läuten an den Klüften,

Habt ihr in eurer Berge heitern Lüften
Der Freiheit Lebensatem eingesogen.

Euch selbst die Retter, seid ihr ausgezogen,
Wie helle Bäche brechen aus den Klüften;
Hinunter schwindelt Tücke nach den Schlüften,
Der Freiheit Burg sind eure Felsenbogen.

Hochherzig Volk, Genosse größrer Zeiten!
Du sinkst nun in der eignen Häuser Brande,
Zum Himmel noch gestreckt die freien Hände.

O Herr! laß diese Lohen wehn, sich breiten
Auffordernd über alle deutschen Lande,
Und wer da fällt, dem schenk so glorreich Ende!

An die Meisten

1810

Ist denn alles ganz vergebens?
Freiheit, Ruhm und treue Sitte,
Ritterbild des alten Lebens,
Zog im Lied durch eure Mitte
Hohnverlacht als Don Quixote;
Euch deckt Schlaf mit plumper Pfote,
Und die Ehre ist euch Zote.

Ob sich Kampf erneut', vergliche,
Ob sich roh Gebirgsvolk raufe,
Sucht der Klügre Weg' und Schliche,
Wie er nur sein Haus erlaufe.
Ruhet, stützet nur und haltet!
Untersinkt, was ihr gestaltet,
Wenn der Mutterboden spaltet.

Wie so lustig, ihr Poeten,
An den blumenreichen Hagen

In dem Abendgold zu flöten,
Quellen, Nymphen nachzujagen!
Wenn erst mutge Schüsse fallen,
Von den schönen Widerhallen
Laßt ihr zart Sonette schallen.

Wohlfeil Ruhm sich zu erringen,
Jeder ängstlich schreibt und treibet;
Keinem möcht das Herz zerspringen,
Glaubt sich selbst nicht, was er schreibet.
Seid ihr Männer, seid ihr Christen?
Glaubt ihr, Gott zu überlisten,
So in Selbstsucht feig zu nisten?

Einen Wald doch kenn ich droben,
Rauschend mit den grünen Kronen,
Stämme brüderlich verwoben,
Wo das alte Recht mag wohnen.
Manche auf sein Rauschen merken,
Und ein neu Geschlecht wird stärken
Dieser Wald zu deutschen Werken.

Der Jäger Abschied

Wer hat dich, du schöner Wald,
Aufgebaut so hoch da droben?
Wohl den Meister will ich loben,
So lang noch mein Stimm erschallt.
Lebe wohl,
Lebe wohl, du schöner Wald!

Tief die Welt verworren schallt,
Oben einsam Rehe grasen,
Und wir ziehen fort und blasen,
Daß es tausendfach verhallt:

Lebe wohl,
Lebe wohl, du schöner Wald!

Banner, der so kühle wallt!
Unter deinen grünen Wogen
Hast du treu uns auferzogen,
Frommer Sagen Aufenthalt!
Lebe wohl,
Lebe wohl, du schöner Wald!

Was wir still gelobt im Wald,
Wollens draußen ehrlich halten,
Ewig bleiben treu die Alten:
Deutsch Panier, das rauschend wallt,
Lebe wohl,
Schirm dich Gott, du schöner Wald!

Auf dem Rhein

Kühle auf dem schönen Rheine,
Fuhren wir vereinte Brüder,
Tranken von dem goldnen Weine,
Singend gute deutsche Lieder.
Was uns dort erfüllt die Brust,
Sollen wir halten,
Niemals erkalten,
Und vollbringen treu mit Lust!
Und so wollen wir uns teilen,
Eines Fels verschiedne Quellen,
Bleiben so auf hundert Meilen
Ewig redliche Gesellen!

Trost

Sag an, du helles Bächlein du,
Von Felsen eingeschlossen,

Du rauschst so munter immerzu,
Wo kommst du hergeflossen?

»Dort oben steht des Vaters Haus
Still in den klaren Lüften,
Da ruhn die alten Helden aus
In den kristallnen Klüften.

Ich sah den Morgen freudig stehn
Hoch auf der Felsenschwelle,
Die Adler ziehn und Ströme gehn,
Und sprang hinaus ins Helle.«

Sag an, du königlicher Strom,
Was geht mein Herz mir auf,
Seh ich dich ziehn durch Waldes Dom?
Wohin führt dich dein Lauf?

»Es treibt und rauscht der Eisenquell
Noch fort mir durch die Glieder;
Die Felsenluft, so kühl und hell,
Lockt zu mir alle Brüder.«

Zeichen

So Wunderbares hat sich zugetragen:
Was aus uralten Sagen
Mit tief verworrener Gewalt oft sang
Von Liebe, Freiheit, was das Herz erlabe,
Mit heller Waffen Klang
Es richtet sich geharnischt auf vom Grabe,
Und an den alten Heerschild hats geschlagen,
Daß Schauer jede Brust durchdrang.

Unmut

O Herbst! betrübt verhüllst du
Strom, Wald und Blumenlust,
Erbleichte Flur, wie füllst du
Mit Sehnsucht nun die Brust!

Weit hinter diesen Höhen,
Die hier mich eng umstellt,
Hör ich eratmend gehen
Den großen Strom der Welt.

In lichtem Glanze wandelt
Der Helden heilger Mut,
Es steigt das Land verwandelt
Aus seiner Söhne Blut.

Auch mich füllt' männlich Trauern,
Wie euch, bei Deutschlands Wehn –
Und muß in Sehnsuchtsschauern
Hier ruhmlos untergehn!

Entschluß

Gebannt im stillen Kreise sanfter Hügel,
Schlingt sich ein Strom von ewig gleichen Tagen,
Da mag die Brust nicht nach der Ferne fragen,
Und lächelnd senkt die Sehnsucht ihre Flügel.

Viel andre stehen kühn im Rossesbügel,
Des Lebens höchste Güter zu erjagen,
Und was sie wünschen, müssen sie erst wagen,
Ein strenger Geist regiert des Rosses Zügel. –

Was singt ihr lockend so, ihr stillen Matten,
Du Heimat mit den Regenbogenbrücken,
Ihr heitern Bilder, harmlos bunte Spiele?

Mich faßt der Sturm, wild ringen Licht und Schatten,
Durch Wolkenriß bricht flammendes Entzücken –
Nur zu, mein Roß! Wir finden noch zum Ziele!

Abschiedstafel

So rückt denn in die Runde!
Es schleicht die Zeit im Dunkeln,
Sie soll uns rüstig finden
Und heiter, stark und gut!
Gar viel ist zu vollbringen,
Gar vieles muß mißlingen.
So mag die letzte Stunde
Nachleuchten uns und funkeln!
Wo unsre Pfad' sich winden,
Wir sind in Gottes Hut.

Dem Bruder meines Lebens,
Der, fern, mit mir zusammen,
Sei denn aus Herzensgrunde
Das erste Glas gebracht!
Ich brauch ihn nicht zu nennen,
Er aber wird mich kennen.
Viel Land trennt uns vergebens,
Ihm soll dies Wort, die Stunde,
Durch alle Adern flammen,
Wie ich an ihn gedacht!

Zu dir nun, heitre Schöne,
Wend ich mich voll Gedanken.
Wie sie zu dir sich wenden,
Muß ich so fröhlich sein.
So weit Poeten wohnen,
So weit der Wälder Kronen,
So weit kunstreiche Töne

Die heiteren Gedanken
Und Himmelsgrüße senden:
Ist alles mein und dein.

Laß nie die Schmach mich sehen,
Daß auch dein Herz, der Lüge
Des andern Volks zum Raube,
Bereuend feig und hohl,
An Licht und Schmuck mag zagen!
Nicht wahr ist, was sie sagen:
Daß Lieb und Lust vergehen,
Nicht wahr, daß uns betrüge
Der schöne, freudge Glaube,
Und also lebe wohl!

Ihr aber, klug' Gesellen,
Die hier mit in dem Kreise,
Wohl quält ihr mich seit Jahren
Mit weisem Rat und Wort. –
Stoßt an, es sei vergessen!
Im Meere, ungemessen,
Sind viele tausend Wellen
Und tausend Schiffe fahren,
Ein jedes seine Reise,
Komm jedes in seinen Port!

Vom Berg hinabgewendet,
Seh ich die Ströme, Zinnen,
Der Liebsten Schloß darunter –
Nun, Morgenlohe, hülle
In Glorie dein Reich!
Dir, tieflebendge Fülle,
Schleudr ich das Glas hinunter,
Mir schwindeln alle Sinnen,
So wend ich mich geblendet,
Gott segne dich und euch!

An meinen Bruder 1813

Steig aufwärts, Morgenstunde!
Zerreiß die Nacht, daß ich in meinem Wehe
Den Himmel wiedersehe,
Wo ewger Frieden in dem blauen Grunde!
Will Licht die Welt erneuen,
Mag auch der Schmerz in Tränen sich befreien.

Mein lieber Herzensbruder!
Still war der Morgen – *Ein* Schiff trug uns beide,
Wie war die Welt voll Freude!
Du faßtest ritterlich das schwanke Ruder,
Und beide treulich lenkend,
Auf froher Fahrt nur Einen Stern bedenkend.

Mich irrte manches Schöne,
Viel reizte mich und viel mußt ich vermissen.
Von Lust und Schmerz zerrissen,
Was so mein Herz hinausgeströmt in Töne:
Es waren Widerspiele
Von deines Busens ewigem Gefühle.

Da ward die Welt so trübe,
Rings stiegen Wetter von der Berge Spitzen,
Der Himmel borst in Blitzen,
Daß neugestärkt sich Deutschland draus erhübe. –
Nun ist das Schiff zerschlagen,
Wie soll ich ohne *dich* die Flut ertragen! –

Auf *Einem* Fels geboren,
Verteilen kühlerauschend sich zwei Quellen,
Die eigne Bahn zu schwellen.
Doch wie sie fern einander auch verloren:
Es treffen echte Brüder
Im ewgen Meere doch zusammen wieder.

So wolle Gott du flehen,
Daß Er mit meinem Blut und Leben schalte,
Die Seele nur erhalte,
Auf daß wir freudig einst uns wiedersehen,
Wenn nimmermehr hienieden:
So dort, wo Heimat, Licht und ewger Frieden!

Aufbruch

Silbern' Ströme ziehn herunter,
Blumen schwanken fern und nah,
Ringsum regt sichs bunt und bunter –
Lenz! Bist du schon wieder da?

»Reiter sinds, die blitzend ziehen,
Wie viel glänzger Ströme Lauf,
Fahnen, liliengleich, erblühen,
Lerchenwirbel, Trommelwirbel
Wecken rings den Frühling auf.«

Horch! Was hör ich draußen klingen
Wild verlockend wie zur Jagd?
Ach, das Herz möcht mir zerspringen,
Wie es jauchzt und weint und klagt.

»Und in Waldes grünen Hallen,
Tiefe Schauer in der Brust,
Lassen wir die Hörner schallen,
In das Blau die Stimmen hallen,
So zum Schrecken wie zur Lust.«

Wehe! Dunkle Wolken decken
Seh ich all die junge Pracht,
Feurge Todeszungen strecken
Durch die grimme Wetternacht.

»Wettern gleich blüht Kampfesfülle,
Blitze zieht das gute Schwert,
Mancher wird auf ewig stille –
Herr Gott, es gescheh Dein Wille!
Blast Trompeten! Frisch mein Pferd!«

Regenbogen seh ich steigen,
Wie von Tränen sprühn die Au,
Jenen sich erbarmend neigen
Über den verweinten Gau.

»Also über Graus und Wogen
Hat der Vater gnadenreich
Ein Triumphtor still gezogen.
Wer da fällt, zieht durch den Bogen
Heim ins ewge Himmelreich.«

Tusch

Fängt die Sonne an zu stechen,
Tapfer schießen Gras und Kräuter
Und die Bäume schlagen aus:
Muß des Feinds Gewalt zerbrechen,
Nimmt der Winter schnell Reißaus,
Erd und Himmel glänzen heiter;
Und wir Musikanten fahren
Lustig auf dem Fluß hinunter,
Trommeln, pfeifen, blasen, geigen,
Und die Hörner klingen munter.

Appell

Ich hört viel Dichter klagen
Von alter Ehre rein,

Doch wen'ge mochtens wagen,
Und selber schlagen drein.

Mein Herz wollt mir zerspringen,
Sucht' mir ein ander Ziel,
Denn anders sein und singen,
Das ist ein dummes Spiel.

So stieg ich mit Auroren
Still ins Gebirg hinan,
Ich war wie neugeboren,
So kühle weht's mich an.

Und als ich, Bahn mir schaffend,
Zum Gipfel trat hinauf,
Da blitzten schon von Waffen
Ringsum die Länder auf.

Die Hörner hört ich laden,
Die Luft war streng und klar –
Ihr neuen Kameraden,
Wie singt ihr wunderbar!

Frisch auf, wir wollen uns schlagen,
So Gott will, übern Rhein
Und weiter im fröhlichen Jagen
Bis nach Paris hinein!

Soldatenlied

Was zieht da für schreckliches Sausen,
Wie Pfeifen durch Sturmes Wehn?
Das wendet das Herz recht vor Grausen,
Als sollte die Welt vergehn.

Das Fußvolk kommt da geschritten,
Die Trommeln wirbeln voran,

Die Fahne in ihrer Mitten
Weht über den grünen Plan,
Sie prangt in schneeweißem Kleide
Als wie eine milde Braut,
Die gibt *dem* hohe Freude,
Wen Gott ihr angetraut.
Sie haben sie recht umschlossen,
Dicht Mann an Mann gerückt,
So ziehen die Kriegsgenossen
Streng, schweigend und ungeschmückt,
Wie Gottes dunkler Wille,
Wie ein Gewitter schwer,
Da wird es ringsum so stille,
Der Tod nur blitzt hin und her.

Wie seltsame Klänge schwingen
Sich dort von der Waldeshöh!
Ja, Hörner sind es, die singen
Wie rasend vor Lust und Weh.

Die jungen Jäger sich zeigen
Dort drüben im grünen Wald,
Bald schimmernd zwischen den Zweigen,
Bald lauernd im Hinterhalt.
Wohl sinkt da in ewiges Schweigen
Manch schlanke Rittergestalt,
Die anderen über ihn steigen,
Hurrah! in dem schönen Wald,
Es funkelt das Blau durch die Bäume –
»Ach, Vater, ich komme bald!«

Trompeten nun hör ich werben
So hell durch die Frühlingsluft,
Zur Hochzeit oder zum Sterben
So übermächtig es ruft.

Das sind meine lieben Reiter,
Die rufen hinaus zur Schlacht,

Das sind meine lustigen Reiter,
Nun, Liebchen, gute Nacht!
Wie wird es da vorne so heiter,
Wie sprühet der Morgenwind,
In den Sieg, in den Tod und weiter,
Bis daß wir im Himmel sind!

Die ernsthafte Fastnacht 1814

Wohl vor Wittenberg auf den Schanzen
Sind der edlen Werber viel,
Wollen da zur Fastnacht tanzen
Ein gar seltsam Ritterspiel.

Und die Stadt vom Felsen droben
Spiegelt sich im Sonnenschein,
Wie ein Jungfräulein erhoben –
Jeder will ihr Bräutgam sein.

»Jäger! Laßt die Hörner klingen
Durch den Morgen kalt und blank!
Wohl, sie läßt sich noch bezwingen,
Hört sie alten deutschen Klang.«

Drauf sie einen Reiter schnelle
Senden, der so fröhlich schaut,
Der bläst seinen Gruß so helle,
Wirbt da um die stolze Braut.

»Sieh, wir werben lang verstohlen
Schon um dich in Not und Tod,
Komm! Sonst wollen wir dich holen,
Wann der Mond scheint blutig rot!«

Bleich schon fallen Abendlichter –
Und der Reiter bläst nur zu,

Nacht schon webt sich dicht und dichter –
Doch das Tor bleibt immer zu.

Nun so spielt denn, Musikanten,
Blast zum Tanz aus frischer Brust!
Herz und Sinne mir entbrannten,
O du schöne, wilde Lust!

Wer hat je so'n Saal gesehen?
Strom und Wälder spielen auf,
Sterne auf und nieder gehen,
Stecken hoch die Lampen auf.

Ja der Herr leucht't selbst zum Tanze,
Frisch denn, Kameraden mein!
Funkelnd schön im Mondesglanze
Strenges Lieb, mußt unser sein! –

Und es kam der Morgen heiter,
Mancher Tänzer lag da tot,
Und *Viktoria* blies der Reiter
Von dem Wall ins Morgenrot.

Schlesier wohl zu Ruhm und Preise
Haben sich dies Lieb gewonnen,
Und ein Schlesier diese Weise
Recht aus Herzenslust ersonnen.

Auf der Feldwacht

Mein Gewehr im Arme steh ich
Hier verloren auf der Wacht,
Still nach jener Gegend seh ich,
Hab so oft dahin gedacht!

Fernher Abendglocken klingen
Durch die schöne Einsamkeit;

So, wenn wir zusammen gingen,
Hört ichs oft in alter Zeit.

Wolken da wie Türme prangen,
Als säh ich im Duft mein Wien,
Und die Donau hell ergangen
Zwischen Burgen durch das Grün.

Doch wie fern sind Strom und Türme!
Wer da wohnt, denkt mein noch kaum,
Herbstlich rauschen schon die Stürme,
Und ich stehe wie im Traum.

Waffenstillstand der Nacht

Windsgleich kommt der wilde Krieg geritten,
Durch das Grün der Tod ihm nachgeschritten,
Manch Gespenst steht sinnend auf dem Feld,
Und der Sommer schüttelt sich vor Grausen,
Läßt die Blätter, schließt die grünen Klausen,
Ab sich wendend von der blutgen Welt.

Prächtig war die Nacht nun aufgegangen,
Hatte alle mütterlich umfangen,
Freund und Feind mit leisem Friedenskuß,
Und, als wollt der Herr vom Himmel steigen,
Hört ich wieder durch das tiefe Schweigen
Rings der Wälder feierlichen Gruß.

In C.S.... Stammbuch

Dezember 1814

In verhängnisschweren Stunden,
Streitend für das Vaterland,
Haben wir uns brüderlich gefunden,
In der Menge still erkannt.

Sieh! Es ruhet nun der Degen
Und die hohe Brandung fällt,
Sich verlaufend auf den alten Wegen,
Und langweilig wird die Welt.

Doch der Ernst der heilgen Stunden
Waltet fort in mancher Brust,
Und was sich wahrhaftig hat verbunden,
Bleibt gesellt in Not und Lust.

Unsichtbar geschwungne Brücken
Halten Lieb und Lieb vereint,
Und in allen hellen Lebensblicken
Grüß ich fern den lieben Freund.

Und so mag der Herr dich segnen!
Frische Fahrt durchs Leben wild,
Gleichen Sinn und freudiges Begegnen,
Wo es immer Hohes gilt!

Der Friedensbote

Schlaf ein, mein Liebchen, schlaf ein,
Leis durch die Blumen am Gitter
Säuselt des Laubes Gezitter,
Rauschen die Quellen herein;
Gesenkt auf den schneeweißen Arm,
Schlaf ein, mein Liebchen, schlaf ein,
Wie atmest du lieblich und warm!

Aus dem Kriege kommen wir heim;
In stürmischer Nacht und Regen,
Wenn ich auf der Lauer gelegen,
Wie dachte ich dorten dein!
Gott stand in der Not uns bei,
Nun droben bei Mondenschein
Schlaf ruhig, das Land ist ja frei!

An meinen Bruder

1815

Was Großes sich begeben,
Der Kön'ge Herrlichkeit,
Du sahsts mit freud'gem Beben,
Dir wars vergönnt, zu leben
In dieser Wunderzeit.

Und über diese Wogen
Kam hoch ein himmlisch Bild
Durchs stille Blau gezogen,
Traf mit dem Zauberbogen
Dein Herz so fest und mild.

O wunderbares Grauen,
Zur selben Stund den Herrn
Im Wetterleuchten schauen,
Und über den stummen Gauen
Schuldloser Liebe Stern!

Und hat man ausgerungen
Mein Deutschland siegeswund:
Was damals Lieb gesungen,
Was Schwerter dir geklungen,
Klingt fort im Herzensgrund.

Laß bilden die Gewalten!
Was davon himmlisch war,
Kann nimmermehr veralten,
Wird in der Brust gestalten
Sich manches stille Jahr.

Die Fesseln müssen springen,
Ja, endlich macht sichs frei,
Und Großes wird gelingen
Durch Taten oder Singen,
Vor Gott ists einerlei.

An Philipp

(Nach einer Wiener Redoutenmelodie)

Kennst du noch den Zaubersaal,
Wo süß Melodien wehen,
Zwischen Sternen ohne Zahl
Frauen auf und nieder gehen?

Kennst du noch den Strom von Tönen,
Der sich durch die bunten Reihen schlang,
Von noch unbekannten Schönen
Und von fernen, blauen Bergen sang?

Sieh! Die lichte Pracht erneut
Fröhlich sich in allen Jahren,
Doch die Brüder sind zerstreut,
Die dort froh beisammen waren.

Und der Blick wird irre schweifen,
Einsam stehst du nun in Pracht und Scherz,
Und die alten Töne greifen
Dir mit tausend Schmerzen an das Herz.

Uhren schlagen durch die Nacht,
Drein verschlafne Geigen streichen,
Aus dem Saale, überwacht,
Sich die letzten Paare schleichen.

So ist unser Fest vergangen,
Und die lustgen Kerzen löschen aus,
Doch die Sterne draußen prangen,
Und die führen mich und dich nach Haus.

Hermanns Enkel

Altdeutsch! – Altdeutsch? – Nun, das ist,
Was man so in Büchern liest: –
Kluge Rosse – prächtge Decken,
Händel, Kruzifixe, Recken –
O, wie herrlich strahlt dies Leben!
Göttlich! – Doch mit Unterschied.
Es versteht sich, daß mans deute –
's wär doch gar zu unbequem,
Wenn man alles wörtlich nähm,
Wie's da durcheinander blüht! –
Diese Ritter – gute Leute,
Ehrlich, tapfer, brave Reiter –
Gegen uns doch Bärenhäuter!
Eigentlich sind wir wohl weiter.
Lehnstreu – Klöster – Barbarei –
Davon machen *wir* uns frei. –
Fangen wir *so* an zu sichten:
Fürcht ich, bleibt es bei Gedichten –
Nein doch! Eines, geht mir bei,
Eines bleibt doch: Dies Vernichten
Aller Modesklaverei! –
Hohe Vaterländerei!
Schnittst du los nicht Hermanns Söhne
Von des Halstuchs schnöden Schlingen,
Worin, sonder Kraft und Schöne,
Unsre Väter schmählich hingen?
Gabst du nicht dem Löwen Mähne,
Die ihm frech die Zeit gestohlen?
Statt des windgen Fracks Geflatter
Der Litefka Schurz aus Polen,
Statt des Franzen knabenglatter
Schnauze: seinen Henri quatre? –
Bruder, ich sags unverhohlen,

Und auch du wirsts nicht bestreiten:
Große Zeichen großer Zeiten! –
Wahrlich, säh ich nicht den Kragen
Übern schwarzen Rock geschlagen,
Schien mir alles Ironie.
Doch wie sprech ich da? Ironisch –
Dieses Wort ist nicht teutonisch.
Undeutsch ist die falsche Freude:
Künsteln am wahrhaften Wort!
Ob auch feige Poesie
Sauere Gesichter schneide:
Durch den welschen Lügenwitz
Schreitet stramm der Deutsche fort
Hinter seiner Nasenspitz,
Aller Ehrlichkeiten Sitz,
Biderb immer grade aus.
Alles Welsche wird mir Graus,
Seit ich steck im deutschen Kleide:
Du auch, Liebchen, wähle gleich
Deine Tracht dir altdeutsch aus!
Wie's auf Bildern noch zu schauen:
Wedel von dem Schweif der Pfauen,
Dann von Spitzen, blumenreich,
Wie 'ne mittelmäßge Scheibe,
Eine steife Halsrotunde!
's ist so überm schlanken Leibe
Wie ein Regenschirm gespannt,
Oben drauf dann statt dem Knopf
Schwebt der holde Frauenkopf,
In das Blütenmeer von Kragen,
Ariadnen gleich, verschlagen. –
O, und ein moralscher Kragen!
Denn wer ist da so gewandt,
Flüsternd was ins Ohr zu sagen,
Was nicht gleich die andern wissen?
Und – unmöglich ist das Küssen!

*Der Liedsprecher**

1

Und wo ein tüchtig Leben,
Und wo ein Ehrenhaus,
Da geht der Sänger eben
Gern gastlich ein und aus.

Der freudige Geselle
Grüßt Pfaff und Rittersmann,
Und frische Morgenhelle
Weht all im Liede an.

Und kühn im Rossesbügel
Der Ritter waldwärts zieht,
Und das Gebet nimmt Flügel
Und überfliegt das Lied.

Denn obs mit Schwert, mit Liedern
Sich Bahn zum Himmel schafft,
's ist *eine* Schar von Brüdern
Und *eine* Liebeskraft.

Wo die vereint, da ranken
Sich willig Stein und Erz,
Da pfeilern die Gedanken
Sich freudig himmelwärts.

Die haben diese Bogen
Kühn übern wilden Strom
Empörter Zeit gezogen
Zum wunderbaren Dom.

* Das vorstehende Lied wurde am 20ten Juni 1822 während der Tafel, welche des damaligen Kronprinzen von Preußen, jetzigen Königs, Majestät, in dem großen Rempter des Marienburger Ritterschlosses gab, von einem Freunde des Verfassers in dem Kostüm der alten Liedsprecher gesungen.

Die Burgen sahn wir fallen,
Die Adler zogen aus,
Wehklagend durch die Hallen
Gehn Winde ein und aus.

Doch droben auf der Zinne
Steht noch der Heldengeist,
Der – was die Zeit beginne –
Still nach dem Kreuze weist.

Es wechseln viel' Geschlechter
Und sinken in die Nacht –
Steh fest, du treuer Wächter,
Und nimm dein Land in acht!

Schon hat zum Kreuzeslichte
Dein Volk sich ernst gewandt,
Im Sturm der Weltgerichte
Tief schaudernd dich erkannt.

Nun hebt sich wieder fröhlich
Dein Haus im Morgenschein,
Die Jungfrau minneselig
Schaut weit ins Land hinein.

Gesänge hör ich schallen,
Durchs Grün geschmückte Gäst
Wallfahrten nach den Hallen –
Wem gilt das frohe Fest?

Der Königssohn, ihr Preußen,
Weilt auf dem Ritterschloß,
Das ist nach Adlers Weisen,
Daß er der Höh Genoß.

Das ist des Königs Walten,
Was herrlich, groß und recht,
Im Wechsel zu erhalten
Dem kommenden Geschlecht.

Er hob die Heldenmale
Zu neuer Herrlichkeit,
Damit das Volk im Tale
Gedenk der großen Zeit.

Das ewig Alt' und Neue,
Das mit den Zeiten ringt,
Das, Fürst, ists, was das treue
Herz deines Volks durchdringt.

Wo das noch ehrlich waltet,
Da ist zu Gottes Ruhm
Die Kreuzesfahn entfaltet,
Und rechtes Rittertum.

O, reicht dem Liedersprecher,
Bevor er scheiden muß,
Den hochgefüllten Becher
Zu seinem besten Gruß!

Doch einzeln nicht verhallen
Darf, was ich jetzt gedacht.
Was jeder meint, von *allen*,
Seis freudig auch gebracht!

All ritterliche Geister
Umringen fest den Thron,
Und auf zum höchsten Meister
Dringt treuer Liebe Ton:

Dem ritterlichen *König*
Heil, und dem *Königssohn!*

2

(Als die Kaiserin von Rußland
das Schloß Marienburg besuchte)

Will Lust die Tor erschließen,
Da bleib ich draußen nicht,
Das Hohe zu begrüßen,
Das ist des Sängers Pflicht.

Das ist die alte Halle,
Hier sang ich manches Mal,
Die hohen Ritter alle
Rings um mich her im Saal.

Und von dem Heldenstreiten
Erklang manch kühnes Lied,
Das noch in nächtgen Zeiten
Den stillen Bau durchzieht.

Doch farbenlos vergrauen
Ohn Blüte Fels und Au –
Es fehlt' der Schmuck der Frauen
Dem hochgewaltgen Bau.

Die Stärke regt das Wilde,
Und nur, der Kraft gesellt,
Die königliche Milde
Bezwingt die starre Welt. –

Welch Glanz hat mich umflogen
Und füllt das ganze Haus,
Als pfeilerten die Bogen
Ins Himmelreich hinaus!

Und was der Stein will sagen,
Der Mensch in tiefster Brust,
In Klängen anzuschlagen,
Das ist des Sängers Lust:

O du – gleichbar der Hohen,
Die dieses Haus bewacht
Und Morgenrotes Lohen
Im Norden angefacht –

Was Großes hier ersonnen,
All Segen, der hier weilt,
All Wohl, das hier begonnen,
Dir, hohe Frau, zum Heil!

Und so nun will ich neigen
Mich vor der Majestät –
Dann laßt mich gehn und schweigen,
Bis ihr *Sie* wiederseht.

Der neue Rattenfänger

Juchheisa! Und ich führ den Zug
Hopp über Feld und Graben.
Des alten Plunders ist genug,
Wir wollen neuen haben.

Was! Wir gering? Ihr vornehm, reich?
Planierend schwirrt die Schere,
Seid Lumps wie wir, so sind wir gleich,
Hübsch breit wird die Misere!

Das alte Lied, das spiel ich neu,
Da tanzen alle Leute,
Das ist die Vaterländerei,
O Herr, mach uns gescheute! –

Der brave Schiffer

Der Sturm wollt uns zerschmettern,
Was morsch war, lag zerschellt,
Es schrieb mit feurgen Lettern
Der Herr, und sprach in Wettern
Zu der erschrocknen Welt.

Durch wilder Wogen Spritzen
Vorüber manchem Riff,
Wo auf Korallenspitzen
Die finstern Nornen sitzen,
Flog da das Preußenschiff.

Das war von echtem Kerne;
Gedankenvoll die Wacht
Schaut durch die wüste Ferne
Zum königlichen Sterne,
Der leuchtet aus der Nacht.

Und ob sie Nebel decken,
Was groß und heilig war,
Lenkten da aus den Schrecken
Gewaltig die treuen Recken –
Du mitten in dieser Schar.

Da sah man wohl den schlanken
Wald kühner Masten sich
Zum Himmel pfeilernd ranken!
Du lehntest voll Gedanken
Auf deine Harfe dich.

Bald mächtiger, bald leise,
Mit wunderbarem Klang,
Zogst du Gesangeskreise,
Daß eine tiefe Weise
Das wilde Meer bezwang.

Und Sturm und Nacht verzogen,
Schon blitzt' es hier und da,
Das Land stieg aus den Wogen,
Und unter dem Friedensbogen
Die alte Viktoria. –

Fahr wohl! Wie Adlerschwingen
Wird in der Zeiten Schwung
Dein Ringen und dein Singen
Durch deutsche Herzen klingen,
So bleibst du ewig jung!

Ablösung

Wir saßen gelagert im Grünen,
So traulich und lustig gesellt,
Die Lichter des Frühlings schienen
Hold spielend durchs grüne Gezelt.

Im Frühlingsglanz still auf und nieder
Ergingen der Frauen sich viel,
Und liebliche Augen und Lieder,
Sie spielten ein herzliches Spiel.

Und unten von Tälern und Flüssen
Ein schallendes, wirrendes Reich –
O freudiges, erstes Begrüßen
Von Leben und Lieben zugleich!

Verlassen nun stehen die Räume,
Es schauen und rauschen allein
Die groß gewordenen Bäume
So ernst in die Stille herein.

Von allen, die dort sonst gesessen,
Es sehnet sich niemand hierher,
Sie haben den Frühling vergessen,
Kennt keiner den anderen mehr.

Und wie ich so sinn, da erwachen
Die alten Lieder in mir!
Da hör ich auf einmal ein Lachen
Und Schallen im grünen Revier.

Und fröhliche Lieder erklangen
Aus Herzensgrunde so recht,
Und unter den Bäumen ergangen
Erblick ich ein ander Geschlecht.

Geöffnet bleibt ewig zum Feste
Des Frühlings lustiges Haus,
Es schwärmen so wechselnd die Gäste
Da immer herein und heraus.

Die vorigen Lieder verhallen,
Wir sinken verblühend hinab,
Und neue Gesänge erschallen
Hoch über dem blühenden Grab.

An den Lützowschen Jäger

Wunderliche Spießgesellen,
Denkt ihr noch an mich,
Wie wir an der Elbe Wellen
Lagen brüderlich?

Wie wir in des Spreewalds Hallen,
Schauer in der Brust,
Hell die Hörner ließen schallen
So zu Schreck wie Lust?

Mancher mußte da hinunter
Unter den Rasen grün,
Und der Krieg und Frühling munter
Gingen über ihn.

Wo wir ruhen, wo wir wohnen:
Jener Waldeshort
Rauscht mit seinen grünen Kronen
Durch mein Leben fort.

Bei Halle

Da steht eine Burg überm Tale
Und schaut in den Strom hinein,
Das ist die fröhliche Saale,
Das ist der Gibichenstein.

Da hab ich so oft gestanden,
Es blühten Täler und Höhn,
Und seitdem in allen Landen
Sah ich nimmer die Welt so schön!

Durchs Grün da Gesänge schallten,
Von Rossen, zu Lust und Streit,
Schauten viel schlanke Gestalten,
Gleichwie in der Ritterzeit.

Wir waren die fahrenden Ritter,
Eine Burg war noch jedes Haus,
Es schaute durchs Blumengitter
Manch schönes Fräulein heraus.

Das Fräulein ist alt geworden,
Und unter Philistern umher
Zerstreut ist der Ritterorden,
Kennt keiner den andern mehr.

Auf dem verfallenen Schlosse,
Wie der Burggeist, halb im Traum,
Steh ich jetzt ohne Genossen
Und kenne die Gegend kaum.

Und Lieder und Lust und Schmerzen,
Wie liegen sie nun so weit –
O Jugend, wie tut im Herzen
Mir deine Schönheit so leid.

Wechsel

Es fällt nichts vor, mir fällt nichts ein,
Ich glaub, die Welt steht still,
Die Zeit tritt auf so leis und fein,
Man weiß nicht, was sie will.

Auf einmal rührt sichs dort und hier –
Was das bedeuten mag?
Es ist, als hörtst du über dir
Einen frischen Flügelschlag.

Rasch steigen dunkle Wetter auf,
Schon blitzts und rauscht die Rund,
Der lustge Sturmwind fliegt vorauf –
Da atm' ich aus Herzensgrund.

Abschied

Laß, Leben, nicht so wild die Locken wehen!
Es will so rascher Ritt mir nicht mehr glücken,
Hoch überm Land von diamantnen Brücken:
Mir schwindelt, in den Glanz hinabzusehen.

»Vom Rosse spielend meine Blicke gehen
Nach jüngern Augen, die mein Herz berücken,
Horch, wie der Frühling aufjauchzt vor Entzücken,
Kannst du nicht mit hinab, lass ich dich stehen.«

Kaum noch herzinnig mein, wendst du dich wieder,
Ist das der Lohn für deine treusten Söhne?
Dein trunkner Blick, fast möcht er mich erschrecken.

»Wer sagt' dir, daß ich treu, weil ich so schöne?
Leb wohl, und streckst du müde einst die Glieder,
Will ich mit Blumen dir den Rasen decken.«

Vorbei

Das ist der alte Baum nicht mehr,
Der damals hier gestanden,
Auf dem ich gesessen im Blütenmeer
Über den sonnigen Landen.

Das ist der Wald nicht mehr, der sacht
Vom Berge rauschte nieder,
Wenn ich vom Liebchen ritt bei Nacht,
Das Herz voll neuer Lieder.

Das ist nicht mehr das tiefe Tal
Mit den grasenden Rehen,
In das wir nachts viel tausendmal
Zusammen hinausgesehen. –

Es ist der Baum noch, Tal und Wald,
Die Welt ist jung geblieben,
Du aber wurdest seitdem alt,
Vorbei ist das schöne Lieben.

Weltlauf

Was du gestern frisch gesungen,
Ist doch heute schon verklungen,
Und beim letzten Klange schreit
Alle Welt nach Neuigkeit.

War ein Held, der legt' verwegen
Einstmals seinen blutgen Degen
Als wie Gottes schwere Hand
Über das erschrockne Land.

Mußts doch blühn und rauschen lassen,
Und den toten Löwen fassen

Knaben nun nach Jungenart
Ungestraft an Mähn und Bart.

So viel Gipfel als da funkeln,
Sahn wir abendlich verdunkeln,
Und es hat die alte Nacht
Alles wieder gleich gemacht.

Wie im Turm der Uhr Gewichte
Rücket fort die Weltgeschichte,
Und der Zeiger schweigend kreist,
Keiner rät, wohin er weist.

Aber wenn die ehrnen Zungen
Nun zum letztenmal erklungen,
Auf den Turm der Herr sich stellt,
Um zu richten diese Welt.

Und der Herr hat nichts vergessen,
Was geschehen, wird er messen
Nach dem Maß der Ewigkeit –
O wie klein ist doch die Zeit!

IV. FRÜHLING UND LIEBE

An die Freunde

Der Jugend Glanz, der Sehnsucht irre Weisen,
Die tausend Ströme durch das duftge Land,
Es zieht uns all zu seinen Zauberkreisen. –
Wem Gottesdienst in tiefster Brust entbrannt,
Der sieht mit Wehmut ein unendlich Reisen
Zu ferner Heimat, die er fromm erkannt:
Und was sich *spielend* wob als irdsche Blume,
Wölbt still den Kelch zum *ernsten* Heiligtume.

So schauet denn das buntbewegte Leben
Ringsum von meines Gartens heitrer Zinn',
Daß hoch die Bilder, die noch dämmernd schweben –
Wo Morgenglanz geblendet meinen Sinn –
An eurem Blick erwachsen und sich heben.
Verwüstend rauscht die Zeit darüber hin;
In euren treuen Herzen neu geboren,
Sind sie im wilden Strome unverloren.

Anklänge

1

Liebe, wunderschönes Leben,
Willst du wieder mich verführen,
Soll ich wieder Abschied geben
Fleißig ruhigem Studieren?

Offen stehen Fenster, Türen,
Draußen Frühlingsboten schweben,
Lerchen schwirrend sich erheben,
Echo will im Wald sich rühren.

Wohl, da hilft kein Widerstreben,
Tief im Herzen muß ichs spüren:

Liebe, wunderschönes Leben,
Wieder wirst du mich verführen!

2

Hoch über stillen Höhen
Stand in dem Wald ein Haus,
So einsam wars zu sehen
Dort übern Wald hinaus.

Ein Mädchen saß darinnen
Bei stiller Abendzeit,
Tät seidne Fäden spinnen
Zu ihrem Hochzeitskleid.

3

Jagdlied

Durch schwankende Wipfel
Schießt güldner Strahl,
Tief unter den Gipfeln
Das neblige Tal.
Fern hallt es am Schlosse,
Das Waldhorn ruft,
Es wiehern die Rosse
In die Luft, in die Luft!

Bald Länder und Seen
Durch Wolkenzug
Tief schimmernd zu sehen
In schwindelndem Flug,
Bald Dunkel wieder
Hüllt Reiter und Roß,
O Lieb', o Liebe
So laß mich los! –

Immer weiter und weiter
Die Klänge ziehn,
Durch Wälder und Heiden
Wohin, ach wohin?
Erquickliche Frische,
Süß-schaurige Lust!
Hoch flattern die Büsche,
Frei schlägt die Brust.

Das Zaubernetz

Fraue, in den blauen Tagen
Hast ein Netz du ausgehangen,
Zart gewebt aus seidnen Haaren,
Süßen Worten, weißen Armen.

Und die blauen Augen sprachen,
Da ich waldwärts wollte jagen:
»Zieh mir, Schöner, nicht von dannen!«
Ach, da war ich dein Gefangner!

Hörst du nun den Frühling laden? –
Jägers Waldhorn geht im Walde,
Lockend grüßen bunte Flaggen,
Nach dem Sänger alle fragen.

Ach, von euch, ihr Frühlingsfahnen,
Kann ich, wie von dir, nicht lassen!
Reisen in den blauen Tagen
Muß der Sänger mit dem Klange.

Flügel hat, den du gefangen –
Alle Schlingen müssen lassen
Und er wird dir weggetragen,
Wenn die ersten Lerchen sangen.

Liebst du, treu dem alten Sange
Wie dem Sänger, mich wahrhaftig:

Laß dein Schloß, den schönen Garten,
Führ dich heim in Waldesprachten!

Auf dem Zelter sollst du prangen,
Um die schönen Glieder schlanke
Seide, himmelblau, gespannet,
Als ein süßgeschmückter Knabe.

Und der Jäger sieht uns fahren,
Und er läßt das Wild, das Jagen,
Will nun ewig mit uns wandern
Mit dem frischen Hörnerklange.

Wer von uns verführt den andern,
Ob es deine Augen taten,
Meine Laut', des Jägers Blasen? –
Ach, wir könnens nicht erraten;

Aber um uns drei zusammen
Wird der Lenz im grünen Walde
Wohl ein Zaubernetze schlagen,
Dem noch keiner je entgangen.

Der Schalk

Läuten kaum die Maienglocken
Leise durch den lauen Wind,
Hebt ein Knabe froh erschrocken
Aus dem Grase sich geschwind,
Schüttelt in den Blütenflocken
Seine feinen blonden Locken,
Schelmisch sinnend wie ein Kind.

Und nun wehen Lerchenlieder,
Und es schlägt die Nachtigall,
Rauschend von den Bergen nieder
Kommt der kühle Wasserfall,

Rings im Walde bunt Gefieder: –
Frühling, Frühling ist es wieder
Und ein Jauchzen überall.

Und den Knaben hört man schwirren,
Goldne Fäden zart und lind
Durch die Lüfte künstlich wirren –
Und ein süßer Krieg beginnt:
Suchen, Fliehen, schmachtend Irren,
Bis sich alle hold verwirren. –
O beglücktes Labyrinth!

Frühlingsgruß

Es steht ein Berg in Feuer,
In feurigem Morgenbrand,
Und auf des Berges Spitze
Ein Tannbaum überm Land.

Und auf dem höchsten Wipfel
Steh ich und schau vom Baum,
O Welt, du schöne Welt, du,
Man sieht dich vor Blüten kaum!

Abendlandschaft

Der Hirt bläst seine Weise,
Von fern ein Schuß noch fällt,
Die Wälder rauschen leise
Und Ströme tief im Feld.

Nur hinter jenem Hügel
Noch spielt der Abendschein –
O hätt ich, hätt ich Flügel,
Zu fliegen da hinein!

Elfe

Bleib bei uns! Wir haben den Tanzplan im Tal
Bedeckt mit Mondesglanze,
Johanniswürmchen erleuchten den Saal,
Die Heimchen spielen zum Tanze.

Die Freude, das schöne leichtgläubige Kind,
Es wiegt sich in Abendwinden:
Wo Silber auf Zweigen und Büschen rinnt,
Da wirst du die Schönste finden!

Frühlingsmarsch

Hoch über euren Sorgen
Sah ich vom Berg ins Land
Voll tausend guter Morgen,
Die Welt in Blüten stand.

Was zagt ihr träg und blöde?
Was schön ist, wird doch dein!
Die Welt tut nur so spröde
Und will erobert sein.

Laßt die Trompeten laden,
Durchs Land die Trommeln gehn,
Es wimmeln Kameraden,
Wo rechte Banner wehn.

Wir ziehn durch die Provinzen,
Da funkelt manches Schloß,
Schön Lieb, hol dich vom Zwinger
Und schwing dich mit aufs Roß!

Und wenn das Blühen endet:
Noch taumelnd sprengen wir,
Vom Abendrot geblendet,
Ins letzte Nachtquartier.

Die Lerche

Ich kann hier nicht singen,
Aus dieser Mauern dunklen Ringen
Muß ich mich schwingen
Vor Lust und tiefem Weh.
O Freude, in klarer Höh
Zu sinken und sich zu heben,
In Gesang
Über die grüne Erde dahin zu schweben,
Wie unten die licht' und dunkeln Streifen
Wechselnd im Fluge vorüberschweifen,
Aus der Tiefe ein Wirren und Rauschen und Hämmern,
Die Erde aufschimmernd im Frühlingsdämmern,
Wie ist die Welt so voller Klang!
Herz, was bist du bang?
Mußt aufwärts dringen!
Die Sonne tritt hervor,
Wie glänzen mir Brust und Schwingen,
Wie still und weit ists droben am Himmelstor!

Nachtigall

Nach den schönen Frühlingstagen,
Wenn die blauen Lüfte wehen,
Wünsche mit dem Flügel schlagen
Und im Grünen Amor zielt,
Bleibt ein Jauchzen auf den Höhen;
Und ein Wetterleuchten spielt
Aus der Ferne durch die Bäume
Wunderbar die ganze Nacht,
Daß die Nachtigall erwacht
Von den irren Widerscheinen,
Und durch alle selge Gründe

In der Einsamkeit verkünde,
Was sie alle, alle meinen:
Dieses Rauschen in den Bäumen
Und der Mensch in dunklen Träumen.

Adler

Steig nur, Sonne,
Auf die Höhn!
Schauer wehn,
Und die Erde bebt vor Wonne.

Kühn nach oben
Greift aus Nacht
Waldespracht,
Noch von Träumen kühl durchwoben.

Und vom hohen
Felsaltar
Stürzt der Aar
Und versinkt in Morgenlohen.

Frischer Morgen!
Frisches Herz,
Himmelwärts!
Laß den Schlaf nun, laß die Sorgen!

Durcheinander

Spatzen schrein und Nachtigallen,
Nelke glüht und Distel sticht,
Rose schön durch Nesseln bricht,
Besser noch hat mir gefallen
Liebchens spielendes Augenlicht;
Aber fehlte auch nur Eins von allen,
's wär eben der närrische Frühling nicht.

Gleichheit

Es ist kein Blümlein nicht so klein,
Die Sonne wirds erwarmen,
Scheint in das Fenster mild herein
Dem König wie dem Armen,
Hüllt alles ein in Sonnenschein
Mit göttlichem Erbarmen.

Gedenk

Es ist kein Vöglein so gemein,
Es spürt geheime Schauer,
Wenn draußen streift der Sonnenschein
Vergoldend seinen Bauer.

Und du hast es vergessen fast
In deines Kerkers Spangen,
O Menschlein, daß du Flügel hast
Und daß du hier gefangen.

Die Sperlinge

Altes Haus mit deinen Löchern,
Geizger Bauer, nun ade!
Sonne scheint, von allen Dächern
Tröpfelt lustig schon der Schnee,
Draußen auf dem Zaune munter
Wetzen unsre Schnäbel wir,
Durch die Hecken 'rauf und 'runter,
In dem Baume vor der Tür
Tummeln wir in hellen Haufen
Uns mit großem Kriegsgeschrei,
Um die Liebste uns zu raufen
Denn der Winter ist vorbei!

Schneeglöckchen

's war doch wie ein leises Singen
In dem Garten heute nacht,
Wie wenn laue Lüfte gingen:
»Süße Glöcklein, nun erwacht,
Denn die warme Zeit wir bringen,
Eh's noch jemand hat gedacht.« –
's war kein Singen, 's war ein Küssen,
Rührt' die stillen Glöcklein sacht,
Daß sie alle tönen müssen
Von der künftgen bunten Pracht.
Ach, sie konntens nicht erwarten,
Aber weiß vom letzten Schnee
War noch immer Feld und Garten,
Und sie sanken um vor Weh.
So schon manche Dichter streckten
Sangesmüde sich hinab,
Und der Frühling, den sie weckten,
Rauschet über ihrem Grab.

Spaziergang

Ochse, wie bist du so stattlich, bedachtsam, fleißig und nützlich!
Wahrlich, ich brauche dich sehr – aber du bist doch ein Ochs!

Ho da! Kartoffeln und ihr, ökonomische Knollengewächse,
Schreiten kaum kann man; gemach! macht euch nicht gar zu sehr breit!

Grüß dich, Klatschrose und Gänseblum, Butterblum, ländliches Völkchen,
Schmucklos und ohne Geruch, unschuldig, – weiter sonst nichts? –

Nelke, du reizendes Kind, wie hast du so gar nichts Bescheidnes!
Jauchzende Farben voll Lust flammst du ins traurige Grün,

Tief von den eigenen Düften du selber lustig berauschet,
Spiele denn, brenne, von dir lass ich berauschen mich gern!

Mädchenseele

Gar oft schon fühlt ichs tief, des Mädchens Seele
Wird nicht sich selbst, dem Liebsten nur geboren.
Da irrt sie nun verstoßen und verloren,
Schickt heimlich Blicke schön als Boten aus,
Daß sie auf Erden suchen ihr ein Haus.
Sie schlummert in der Schwüle, leicht bedeckt,
Lächelt im Schlafe, atmet warm und leise,
Doch die Gedanken sind fern auf der Reise,
Und auf den Wangen flattert träumrisch Feuer,
Hebt buhlend oft der Wind den zarten Schleier.
Der Mann, der da zum ersten Mal sie weckt,
Zuerst hinunterlangt in diese Stille,
Dem fällt sie um den Hals vor Freude bang
Und läßt ihn nicht mehr all ihr Lebelang.

Steckbrief

Grüß euch aus Herzensgrund:
Zwei Augen hell und rein,
Zwei Röslein auf dem Mund,
Kleid blank aus Sonnenschein!

Nachtigall klagt und weint,
Wollüstig rauscht der Hain,
Alles die Liebe meint:
Wo weilt sie so allein?

Weils draußen finster war,
Sah ich viel hellern Schein,
Jetzt ist es licht und klar,
Ich muß im Dunkeln sein.

Sonne nicht steigen mag,
Sieht so verschlafen drein,
Wünschet den ganzen Tag,
Daß wieder Nacht möcht sein.

Liebe geht durch die Luft,
Holt fern die Liebste ein;
Fort über Berg und Kluft!
Und Sie wird doch noch mein!

Morgenständchen

In den Wipfeln frische Lüfte,
Fern melodscher Quellen Fall,
Durch die Einsamkeit der Klüfte
Waldeslaut und Vogelschall,
Scheuer Träume Spielgenossen,
Steigen all' beim Morgenschein
Auf des Weinlaubs schwanken Sprossen
Dir ins Fenster aus und ein.
Und wir nahn noch halb in Träumen,
Und wir tun in Klängen kund,
Was da draußen in den Bäumen
Singt der weite Frühlingsgrund.
Regt der Tag erst laut die Schwingen:
Sind wir alle wieder weit –
Aber tief im Herzen klingen
Lange nach noch Lust und Leid.

Aussicht

Komm zum Garten denn, du Holde!
In den warmen, schönen Tagen
Sollst du Blumenkränze tragen,
Und vom kühl kristallnen Golde
Mit den frischen, roten Lippen,
Eh ich trinke, lächelnd nippen.
Ohne Maß dann, ohne Richter,
Küssend, trinkend singt der Dichter
Lieder, die von selbst entschweben:
Wunderschön ist doch das Leben!

Abendständchen

Schlafe, Liebchen, weils auf Erden
Nun so still und seltsam wird!
Oben gehn die goldnen Herden,
Für uns alle wacht der Hirt.

In der Ferne ziehn Gewitter;
Einsam auf dem Schifflein schwank,
Greif ich draußen in die Zither,
Weil mir gar so schwül und bang.

Schlingend sich an Bäum und Zweigen,
In dein stilles Kämmerlein
Wie auf goldnen Leitern steigen
Diese Töne aus und ein.

Und ein wunderschöner Knabe
Schifft hoch über Tal und Kluft,
Rührt mit seinem goldnen Stabe
Säuselnd in der lauen Luft.

Und in wunderbaren Weisen
Singt er ein uraltes Lied,
Das in linden Zauberkreisen
Hinter seinem Schifflein zieht.

Ach, den süßen Klang verführet
Weit der buhlerische Wind,
Und durch Schloß und Wand ihn spüret
Träumend jedes schöne Kind.

Nacht

1

Die Vöglein, die so fröhlich sangen,
Der Blumen bunte Pracht,
's ist alles unter nun gegangen,
Nur das Verlangen
Der Liebe wacht.

2

Tritt nicht hinaus jetzt vor die Tür,
Die Nacht hat eignen Sang,
Das Waldhorn ruft, als riefs nach dir,
Betrüglich ist der irre Klang,
Endlos der Wälder Labyrinth –
Behüt dich Gott, du schönes Kind!

3

Überm Lande die Sterne
Machen die Runde bei Nacht,
Mein Schatz ist in der Ferne,
Liegt am Feuer auf der Wacht.

Übers Feld bellen Hunde;
Wenn der Mondschein erblich,
Rauscht der Wald auf im Grunde:
Reiter, jetzt hüte dich!

4

Hörst du die Gründe rufen
In Träumen halb verwacht?
O, von des Schlosses Stufen
Steig nieder in die Nacht! –

Die Nachtigallen schlagen,
Der Garten rauschet sacht,
Es will dir Wunder sagen
Die wunderbare Nacht.

Wahl

Der Tanz, der ist zerstoben,
Die Musik ist verhallt,
Nun kreisen Sterne droben,
Zum Reigen singt der Wald.

Sind alle fortgezogen,
Wie ists nun leer und tot!
Du rufst vom Fensterbogen:
»Wann kommt das Morgenrot!«

Mein Herz möcht mir zerspringen,
Darum so wein ich nicht,
Darum so muß ich singen,
Bis daß der Tag anbricht.

Eh es beginnt zu tagen:
Der Strom geht still und breit,

Die Nachtigallen schlagen,
Mein Herz wird mir so weit!

Du trägst so rote Rosen,
Du schaust so freudenreich,
Du kannst so fröhlich kosen,
Was stehst du still und bleich?

Und laß sie gehn und treiben
Und wieder nüchtern sein,
Ich will wohl bei dir bleiben!
Ich will dein Liebster sein!

Die Stille

Es weiß und rät es doch keiner,
Wie mir so wohl ist, so wohl!
Ach, wüßt es nur Einer, nur Einer,
Kein Mensch es sonst wissen sollt!

So still ists nicht draußen im Schnee,
So stumm und verschwiegen sind
Die Sterne nicht in der Höhe,
Als meine Gedanken sind.

Ich wünscht, es wäre schon Morgen,
Da fliegen zwei Lerchen auf,
Die überfliegen einander,
Mein Herze folgt ihrem Lauf.

Ich wünscht, ich wäre ein Vöglein
Und zöge über das Meer,
Wohl über das Meer und weiter,
Bis daß ich im Himmel wär!

Frühlingsnetz

Im hohen Gras der Knabe schlief,
Da hört' ers unten singen,
Es war, als ob die Liebste rief,
Das Herz wollt ihm zerspringen.

Und über ihm ein Netze wirrt
Der Blumen leises Schwanken,
Durch das die Seele schmachtend irrt
In lieblichen Gedanken.

So süße Zauberei ist los,
Und wunderbare Lieder
Gehn durch der Erde Frühlingsschoß,
Die lassen ihn nicht wieder.

Das Mädchen

Stand ein Mädchen an dem Fenster,
Da es draußen Morgen war,
Kämmte sich die langen Haare,
Wusch sich ihre Äuglein klar.

Sangen Vöglein aller Arten,
Sonnenschein spielt' vor dem Haus,
Draußen überm schönen Garten
Flogen Wolken weit hinaus.

Und sie dehnt' sich in den Morgen,
Als ob sie noch schläfrig sei,
Ach, sie war so voller Sorgen,
Flocht ihr Haar und sang dabei:

Wie ein Vöglein hell und reine,
Ziehet draußen muntre Lieb,
Lockt hinaus zum Sonnenscheine,
Ach, wer da zu Hause blieb'!

Die Studenten

Die Jäger ziehn in grünen Wald
Und Reiter blitzend übers Feld,
Studenten durch die ganze Welt,
So weit der blaue Himmel wallt.

Der Frühling ist der Freudensaal,
Viel tausend Vöglein spielen auf,
Da schallts im Wald bergab, bergauf:
Grüß dich, mein Schatz, viel tausendmal!

Viel rüstige Bursche ritterlich,
Die fahren hier in Stromes Mitt,
Wie wilde sie auch stellen sich,
Trau mir, mein Kind, und fürcht dich nit!

Querüber übers Wasser glatt
Laß werben deine Äugelein,
Und der dir wohlgefallen hat,
Der soll dein lieber Buhle sein.

Durch Nacht und Nebel schleich ich sacht,
Kein Lichtlein brennt, kalt weht der Wind,
Riegl auf, riegl auf bei stiller Nacht,
Weil wir so jung beisammen sind!

Ade nun, Kind, und nicht geweint!
Schon gehen Stimmen da und dort,
Hoch übern Wald Aurora scheint,
Und die Studenten reisen fort.

Der Gärtner

Wohin ich geh und schaue,
In Feld und Wald und Tal,
Vom Berg hinab in die Aue:
Viel schöne, hohe Fraue,
Grüß ich dich tausendmal.

In meinem Garten find ich
Viel Blumen, schön und fein,
Viel Kränze wohl draus wind ich
Und tausend Gedanken bind ich
Und Grüße mit darein.

Ihr darf ich keinen reichen,
Sie ist zu hoch und schön,
Die müssen alle verbleichen,
Die Liebe nur ohnegleichen
Bleibt ewig im Herzen stehn.

Ich schein wohl froher Dinge
Und schaffe auf und ab,
Und, ob das Herz zerspringe,
Ich grabe fort und singe
Und grab mir bald mein Grab.

Jägerkatechismus

Was wollt ihr in dem Walde haben,
Mag sich die arme Menschenbrust
Am Waldesgruße nicht erlaben,
Am Morgenrot und grüner Lust?

Was tragt ihr Hörner an der Seite,
Wenn ihr des Hornes Sinn vergaßt,
Wenns euch nicht selbst lockt in die Weite,
Wie ihr vom Berg früh morgens blast?

Ihr werd't doch nicht die Lust erjagen,
Ihr mögt durch alle Wälder gehn;
Nur müde Füß und leere Magen –
Mir möcht die Jägerei vergehn!

O nehmet doch die Schneiderelle,
Guckt in der Küche in den Topf!
Sonntags dann auf des Hauses Schwelle,
Krau euch die Ehfrau auf dem Kopf!

Die Tierlein selber: Hirsch' und Rehen,
Was lustig haust im grünen Haus,
Sie fliehen auf ihre freien Höhen
Und lachen arme Wichte aus.

Doch kommt ein Jäger, wohlgeboren,
Das Horn irrt, er blitzt rosenrot,
Da ist das Hirschlein wohl verloren,
Stellt selber sich zum lustgen Tod.

Vor allen aber die Verliebten,
Die lad ich ein zur Jägerlust,
Nur nicht die weinerlich Betrübten;
Die recht von frisch' und starker Brust.

Mein Schatz ist Königin im Walde,
Ich stoß ins Horn, ins Jägerhorn!
Sie hört mich fern und naht wohl balde,
Und was ich blas, ist nicht verlorn! –

Der Kadett

Meine Liebste, die ist von allen
Grade die Schönste nicht,
Doch hat mir eben gefallen
Ihr spielendes Augenlicht.

Da kann ich von Glücke sagen,
Denn wär sie die Schönste just,
Müßt ich mit allen mich schlagen
Um die Eine nach Herzenslust.

Übermut

Ein' Gems auf dem Stein,
Ein' Vogel im Flug,
Ein Mädel, das klug,
Kein Bursch holt die ein.

Der Polack

Und komm ich, komm ich ohne Pelz,
Mein Liebste fragt mich aus:
Wo hast du lassen deinen Pelz?
Und macht sich doch nichts draus.

Da drüben ist gut Schnaps und Bier,
Der Wirt bläst Klarinett,
Da stritten wir, drei oder vier,
Wers schönste Liebchen hätt.

Ich aber trank aus deinem Schuh,
Ließ meinen Pelz im Haus
Und eine Handvoll Haar' dazu,
Ich mach mir gar nichts draus.

Der Jäger

Was Segeln der Wünsche durch luftige Höh!
Was bildendes Träumen im blühenden Klee!
Was Hoffen und Bangen, was Schmachten, was Weh!

Und rauscht nicht die Erde in Blüten und Duft?
Und schreitet nicht Hörnerklang kühn durch die Luft?
Und stürzet nicht jauchzend der Quell von der Kluft?

Drum jage du frisch auch dein flüchtiges Reh
Durch Wälder und Felder, durch Täler und See,
Bis es dir ermüdet im Arme vergeh!

Der Landreiter

Ich ging bei Nacht einst über Land,
Ein Bürschlein traf ich draußen,
Das hat 'nen Stutzen in der Hand
Und zielt auf mich voll Grausen.
Ich renne, da ich mich erbos,
Auf ihn in vollem Rasen,
Da drückt das kecke Bürschlein los
Und ich stürz auf die Nasen.
Er aber lacht mir ins Gesicht,
Daß er mich angeschossen,
Kupido war der kleine Wicht –
Das hat mich sehr verdrossen.

Der Bote

Am Himmelsgrund schießen
So lustig die Stern,
Dein Schatz läßt dich grüßen
Aus weiter, weiter Fern!

Hat eine Zither gehangen
An der Tür unbeacht',
Der Wind ist gegangen
Durch die Saiten bei Nacht.

Schwang sich auf dann vom Gitter
Über die Berge, übern Wald –
Mein Herz ist die Zither,
Gibt ein'n fröhlichen Schall.

Die Jäger

Wir waren ganz herunter,
Da sprach Diana ein,
Die blickt' so licht und munter,
Nun gehts zum Wald hinein!

Im Dunkeln Äuglein funkeln,
Kupido schleichet leis,
Die Bäume heimlich munkeln –
Ich weiß wohl, was ich weiß!

Der Winzer

Es hat die Nacht geregnet,
Es zog noch grau ins Tal,
Und ruhten still gesegnet
Die Felder überall;
Von Lüften kaum gefächelt,
Durchs ungewisse Blau
Die Sonne verschlafen lächelt'
Wie eine wunderschöne Frau.

Nun sah ich auch sich heben
Aus Nebeln unser Haus,
Du dehntest zwischen den Reben
Dich von der Schwelle hinaus,
Da funkelt' auf einmal vor Wonne
Der Strom und Wald und Au –
Du bist mein Morgen, meine Sonne,
Meine liebe, verschlafene Frau!

Der Poet

Bin ich fern Ihr: schau ich nieder
Träumend in die Täler hier,
Ach, ersinn ich tausend Lieder,
Singt mein ganzes Herz von Ihr.
Doch was hilft die Gunst der Musen,
Daß die Welt mich Dichter nennt?
Keiner fragt, wie mir im Busen
Sorge tief und Sehnsucht brennt.

Ja, darf ich bei Liebchen weilen:
Fühl ich froh der Stunden Schwall
Wohl melodischer enteilen
Als der schönste Silbenfall,
Will ich singen, Lippen neigen
Sich auf mich und leidens nicht,
Und wie gerne mag ich schweigen,
Wird mein Leben zum Gedicht!

Die Kleine

Zwischen Bergen, liebe Mutter,
Weit den Wald entlang,
Reiten da drei junge Jäger
Auf drei Rößlein blank,
                lieb Mutter,
Auf drei Rößlein blank.

Ihr könnt fröhlich sein, lieb Mutter,
Wird es draußen still:
Kommt der Vater heim vom Walde,
Küßt Euch, wie er will,
                lieb Mutter,
Küßt Euch, wie er will.

Und *ich* werfe mich im Bettchen
Nachts ohn Unterlaß,
Kehr mich links und kehr mich rechts hin,
Nirgends hab ich was,
lieb Mutter,
Nirgends hab ich was.

Bin ich eine Frau erst einmal,
In der Nacht dann still
Wend ich mich nach allen Seiten,
Küß, so viel ich will,
lieb Mutter,
Küß, so viel ich will.

Die Stolze

Sie steckt mit der Abendröte
In Flammen rings das Land,
Und hat samt Manschetten und Flöte
Den verliebten Tag verbrannt.

Und als nun verglommen die Gründe,
Sie stieg auf die stillen Höhn,
Wie war da rings um die Schlünde
Die Welt so groß und schön!

Waldkönig zog durch die Wälder
Und stieß ins Horn vor Lust,
Da klang über die stillen Felder,
Wovon der Tag nichts gewußt. –

Und wer mich wollt erwerben,
Ein Jäger müßts sein zu Roß,
Und müßt auf Leben und Sterben
Entführen mich auf sein Schloß!

Der Freiwerber

Frühmorgens durch die Winde kühl,
Zwei Ritter hergeritten sind,
Im Garten klingt ihr Saitenspiel,
Wach auf, wach auf, mein schönes Kind!

Ringsum viel Schlösser schimmernd stehn,
So silbern geht der Ströme Lauf,
Hoch, weit rings Lerchenlieder wehn,
Schließ Fenster, Herz und Äuglein auf!

So wie du bist, verschlafen heiß,
Laß allen Putz und Zier zu Haus,
Tritt nur herfür im Hemdlein weiß,
Siehst so gar schön verliebet aus.

Ich hab einen Fremden wohl bei mir,
Der lauert unten auf der Wacht,
Der bittet schön dich um Quartier,
Verschlafnes Kind, nimm dich in acht!

Jäger und Jägerin

Sie

Wär ich ein muntres Hirschlein schlank,
Wollt ich im grünen Walde gehn,
Spazieren gehn bei Hörnerklang,
Nach meinem Liebsten mich umsehn.

Er

Nach meiner Liebsten mich umsehn
Tu ich wohl, zieh ich früh von hier,
Doch Sie mag niemals zu mir gehn
Im dunkelgrünen Waldrevier.

Sie

Im dunkelgrünen Waldrevier
Da blitzt der Liebste rosenrot,
Gefällt so sehr dem armen Tier,
Das Hirschlein wünscht, es läge tot.

Er

Und wär das schöne Hirschlein tot,
So möcht ich jagen länger nicht;
Scheint übern Wald der Morgen rot:
Hüt, schönes Hirschlein, hüte dich!

Sie

Hüt, schönes Hirschlein, hüte dich!
Sprichts Hirschlein selbst in seinem Sinn:
Wie soll ich, soll ich hüten mich,
Wenn ich so sehr verliebet bin?

Er

Weil ich so sehr verliebet bin,
Wollt ich das Hirschlein, schön und wild,
Aufsuchen tief im Walde drin
Und streicheln, bis es stille hielt.

Sie

Ja, streicheln, bis es stille hielt,
Falsch locken so in Stall und Haus!
Zum Wald springts Hirschlein frei und wild
Und lacht verliebte Narren aus.

Der Tanzmeister

Wohlgerüstet war ich kommen;
Siegsgewiß, doch wie zum Scherz
Hat ein Blick mein Herz genommen –
Wer kann kämpfen ohne Herz?

So vom Augenblick – geschlagen,
Kniet ich Armer vor ihr hin,
Hatt kein Herz nun, ihr zu sagen,
Daß ich ihr Entherzter bin.

Die Braut

Wann die Bäume blühn und sprossen
Und die Lerche kehrt zurück,
Denkt die Seele der Genossen,
Fühlet fern' und nahes Glück.

Selig Weinen selger Herzen!
Wenn das Herz nichts weiter will,
Nicht von Lust erfüllt, noch Schmerzen,
Aber fröhlich ist und still.

Frischer sich die Hügel kränzen,
Heitrer lacht das weite Blau,
Alle Blumen schöner glänzen
Durch des Auges süßen Tau.

Und soll denn das Lieben leiden,
Und, wer leidet, krank auch sein,
Ach, so will ich keine Freuden,
Und mag nicht gesund mehr sein!

Die Geniale

Lustig auf den Kopf, mein Liebchen,
Stell dich, in die Luft die Bein!
Heisa! Ich will sein dein Bübchen,
Heute nacht soll Hochzeit sein!

Wenn du Shakespeare kannst vertragen,
O du liebe Unschuld du!
Wirst du mich wohl auch ertragen
Und noch jedermann dazu. –

Der verzweifelte Liebhaber

Studieren will nichts bringen,
Mein Rock hält keinen Stich,
Meine Zither will nicht klingen,
Mein Schatz, der mag mich nicht.

Ich wollt, im Grün spazierte
Die allerschönste Frau,
Ich wär ein Drach und führte
Sie mit mir fort durchs Blau.

Ich wollt, ich jagt gerüstet
Und legt die Lanze aus,
Und jagte all Philister
Zur schönen Welt hinaus.

Ich wollt, ich säß jetzunder
Im Himmel still und weit,
Und frūg nach all dem Plunder
Nichts vor Zufriedenheit.

Der Glückliche

Ich hab ein Liebchen lieb recht von Herzen
Hellfrische Augen hats wie zwei Kerzen,
Und wo sie spielend streifen das Feld,
Ach, wie so lustig glänzet die Welt!

Wie in der Waldnacht zwischen den Schlüften
Plötzlich die Täler sonnig sich klüften,
Funkeln die Ströme, rauscht himmelwärts
Blühende Wildnis – so ist mein Herz!

Wie vom Gebirge ins Meer zu schauen,
Wie wenn der Seefalk, hangend im Blauen,
Zuruft der dämmernden Erd, wo sie blieb? –
So unermeßlich ist rechte Lieb!

Der Nachtvogel

Liegt der Tag rings auf der Lauer,
Blickt so schlau auf Lust und Trauer:
Kann ich kaum mich selbst verstehen.
Laß die Lauscher schlafen gehen!
Nur ein Stündchen unbewacht
Laß in der verschwiegnen Nacht
Mich in deine Augen sehen
Wie in stillen Mondenschein.
In dem Park an der Rotunde,
Wenn es dunkelt, harr ich dein.
Still und fromm ja will ich sein.
Liebste, ach nur *eine* Stunde! –
Sieh mir nicht so böse drein!
Willst du nie dein Schweigen brechen,
Ewig stumm wie Blumen sein:
O so laß mich das Versprechen

Pflücken dir vom stillen Munde:
Liebste, ach nur *eine* Stunde!
In dem Park, an der Rotunde,
Wenn es dunkelt, harr ich dein.

Coda

Und kann ich nicht sein
Mit dir zu zwein,
So will ich, allein,
Der Schwermut mich weihn!

Die Nachtblume

Nacht ist wie ein stilles Meer,
Lust und Leid und Liebesklagen
Kommen so verworren her
In dem linden Wellenschlagen.

Wünsche wie die Wolken sind,
Schiffen durch die stillen Räume,
Wer erkennt im lauen Wind,
Obs Gedanken oder Träume? –

Schließ ich nun auch Herz und Mund,
Die so gern den Sternen klagen:
Leise doch im Herzensgrund
Bleibt das linde Wellenschlagen.

Der Dichter

Nichts auf Erden nenn ich mein
Als die Lieder meiner Laute,
Doch nenn den, der freudger schaute
In die schöne Welt hinein!

Alles Lebens tiefste Schöne
Tun geheimnisvoll ja Töne
Nur dem frommen Sänger kund,
Und *die* Freude sagt kein Mund,
Die Gott wunderbar gelegt
In des Dichters Herzensgrund.
Wenn die Welt, so wild bewegt,
Ängstlich schaut nach ihren Rettern:
Über aller Nebel Wogen
Wölbt Er kühn den Friedensbogen,
Und, wie nach verzognen Wettern,
Rauscht die Erde wieder mild,
Alle Knospen Blüten treiben,
Und der Frühling ist sein Haus,
Und *der* Frühling geht nie aus. –
O du lieblich Frauenbild!
Willst du bei dem Sänger bleiben? –
Blumen bind't ein streng Geschick:
Wenn die tausend Stimmen singen,
Alle Schmerzen, alles Glück
Ewig lautlos zu verschweigen.
Doch bei kühlem Mondenblick
Regt ihr stiller Geist die Schwingen,
Möcht dem duftgen Kelch entsteigen.
Sieh, schon ist die Sonn gesunken
Aus der dunkelblauen Schwüle,
Und zerspringt in tausend Funken
An den Felsen rings und Bäumen,
Bis sie alle selig träumen.
Mit den Sternen in der Kühle
Blühn da Wünsche, steigen Lieder
Aus des Herzens Himmelsgrund,
Und ich fühle alles wieder:
Alte Freuden, junges Wagen!
Ach! so viel möcht ich dir sagen,
Sagen recht aus Herzensgrund,

In dem Rauschen, in dem Wehen,
Möcht ich fröhlich mit dir gehen,
Plaudern in der lauen Nacht,
Bis der Morgenstern erwacht! –

An eine Tänzerin

Kastagnetten lustig schwingen
Seh ich dich, du zierlich Kind!
Mit der Locken schwarzen Ringen
Spielt der sommerlaue Wind.
Künstlich regst du schöne Glieder,
Glühendwild,
Zärtlichmild
Tauchest in Musik du nieder,
Und die Woge hebt dich wieder.

Warum sind so blaß die Wangen,
Dunkelfeucht der Augen Glanz,
Und ein heimliches Verlangen
Schimmert glühend durch den Tanz?
Schalkhaft lockend schaust du nieder,
Liebesnacht
Süß erwacht,
Wollüstig erklingen Lieder –
Schlag nicht so die Augen nieder!

Wecke nicht die Zauberlieder
In der dunklen Tiefe Schoß,
Selbst verzaubert sinkst du nieder,
Und sie lassen dich nicht los.
Tödlich schlingt sich um die Glieder
Sündlich Glühn,
Und verblühn
Müssen Schönheit, Tanz und Lieder,
Ach, ich kenne dich nicht wieder!

Klage

Ich hab manch Lied geschrieben,
Die Seele war voll Lust,
Von treuem Tun und Lieben,
Das beste, was ich wußt.

Was mir das Herz bewogen,
Das sagte treu mein Mund,
Und das ist nicht erlogen,
Was kommt aus Herzensgrund.

Liebchen wußts nicht zu deuten
Und lacht' mir ins Gesicht,
Dreht' sich zu andern Leuten
Und achtet's weiter nicht.

Und spielt' mit manchem Tropfe,
Weil ich so tief betrübt.
Mir ist so dumm im Kopfe,
Als wär ich nicht verliebt.

Ach Gott, wem soll ich trauen?
Will Sie mich nicht verstehn,
Tun all so fremde schauen,
Und alles muß vergehn.

Und alles irrt zerstreuet –
Sie ist so schön und rot –
Ich hab nichts, was mich freuet,
Wär ich viel lieber tot!

Trauriger Winter

Nun ziehen Nebel, falbe Blätter fallen,
Öd alle Stellen, die uns oft entzücket!
Und noch einmal tief Rührung uns beglücket,
Wie aus der Flucht die Abschiedslieder schallen.

Wohl manchem blüht aus solchem Tod Gefallen:
Daß er, nun eng ans blühnde Herz gedrücket,
Von roten Lippen holdre Sträuße pflücket,
Als Lenz je beut mit Wäldern, Wiesen allen.

Mir sagte niemals ihrer Augen Bläue:
»Ruh auch aus! Willst du ewig sinnen?«
Und einsam sah ich so den Sommer fahren.

So will ich tief des Lenzes Blüte wahren,
Und mit Erinnern zaubrisch mich umspinnen,
Bis ich nach langem Traum erwach im Maie.

Trauriger Frühling

Mir ists im Kopf so wüste,
Die Zeit wird mir so lang,
Wie auch der Lenz mich grüßte
Mit Glanz und frischem Klang,
Das Herz bleibt mir so wüste,
Mir ist so sterbensbang.

Viel Vöglein lockend sangen
Im blühenden Revier,
Ich hatt mir eins gefangen,
Jetzt ist es weit von mir,
Viel Vöglein draußen sangen,
Ach, hätt ich meins nur hier!

Begegnung

Ich wandert in der Frühlingszeit,
Fern auf den Bergen gingen
Mit Geigenspiel und Singen
Viel lustge Hochzeitsleut,

Das war ein Jauchzen und Klingen!
Es blühte rings in Tal und Höhn,
Ich konnt vor Lust nicht weitergehn.

Am Dorfe dann auf grüner Au
Begannen sie den Reigen,
Und durch den Schall der Geigen
Lacht' laut die junge Frau,
Ihr Stimmlein klang so eigen,
Ich wußte nicht, wie mir geschehn –
Da wandt sie sich in wildem Drehn.

Es war mein Lieb! 's ist lange her,
Sie blickt' so ohne Scheue,
Verloren ist die Treue,
Sie kannte mich nicht mehr –
Da jauchzt' und geigt's aufs neue,
Ich aber wandt mich fort ins Feld,
Nun wandr ich bis ans End der Welt!

Der Kranke

Vögelein munter
Singen so schön,
Laßt mich hinunter
Spazieren gehn!

»Nacht ists ja draußen;
's war nur der Sturm,
Den du hörst sausen
Droben vom Turm.«

Liebchen im Garten
Seh ich dort stehn,
Lang mußt sie warten,
O laßt mich gehn.

»Still nur, der blasse
Tod ists, der sacht
Dort durch die Gasse
Schleicht in der Nacht.«

Wie mir ergraute,
Bleiches Gesicht!
Gebt mir die Laute,
Mir wird so licht!

»Was willst du singen
In tiefster Not?
Lenz, Lust vergingen,
Liebchen ist tot!« –

Laßt mich, Gespenster!
Lied, riegl auf die Gruft!
Öffnet die Fenster,
Luft, frische freie Luft!

Im Herbst

Der Wald wird falb, die Blätter fallen,
Wie öd und still der Raum!
Die Bächlein nur gehn durch die Buchenhallen
Lind rauschend wie im Traum,
Und Abendglocken schallen
Fern von des Waldes Saum.

Was wollt ihr mich so wild verlocken
In dieser Einsamkeit?
Wie in der Heimat klingen diese Glocken
Aus stiller Kinderzeit –
Ich wende mich erschrocken,
Ach, was mich liebt, ist weit!

So brecht hervor nur, alte Lieder,
Und brecht das Herz mir ab!
Noch einmal grüß ich aus der Ferne wieder,
Was ich nur Liebes hab,
Mich aber zieht es nieder
Vor Wehmut wie ins Grab.

Die Hochzeitsänger

Fernher ziehn wir durch die Gassen,
Stehn im Regen und im Wind,
Wohl von aller Welt verlassen
Arme Musikanten sind.
Aus den Fenstern Geigen klingen,
Schleift und dreht sichs bunt und laut,
Und wir Musikanten singen
Draußen da der reichen Braut.

Wollt sie doch keinen andern haben,
Ging mit mir durch Wald und Feld,
Prächtig in den blauen Tagen
Schien die Sonne auf die Welt.
Heisa: lustig Drehn und Ringen,
Jeder hält sein Liebchen warm,
Und wir Musikanten singen
Lustig so, daß Gott erbarm.

Lachend reicht man uns die Neigen,
Auf ihr Wohlsein trinken wir;
Wollt sie sich am Fenster zeigen,
's wäre doch recht fein von ihr.
Und wir fiedeln und wir singen
Manche schöne Melodei,
Daß die besten Saiten springen,
's war, als spräng mirs Herz entzwei.

Jetzt ist Schmaus und Tanz zerstoben,
Immer stiller wirds im Haus,
Und die Mägde putzen oben
Alle lustgen Kerzen aus.
Doch wir blasen recht mit Rasen
Jeder in sein Instrument,
Möcht in meinem Grimm ausblasen
Alle Stern' am Firmament!

Und am Hause seine Runde
Tritt der Wächter gähnend an,
Rufet aus die Schlafensstunde,
Und sieht ganz erbost uns an.
Doch nach ihrem Kabinette
Schwing ich noch mein Tamburin,
Fahr wohl in dein Himmelbette,
Weil wir müssen weiter ziehn!

Der letzte Gruß

Ich kam vom Walde hernieder,
Da stand noch das alte Haus,
Mein Liebchen, sie schaute wieder
Wie sonst zum Fenster hinaus.

Sie hat einen andern genommen,
Ich war draußen in Schlacht und Sieg.
Nun ist alles anders gekommen,
Ich wollt, 's wär wieder erst Krieg.

Am Wege dort spielte ihr Kindlein,
Das glich ihr recht auf ein Haar,
Ich küßts auf sein rotes Mündlein:
»Gott segne dich immerdar!«

Sie aber schaute erschrocken
Noch lange Zeit nach mir hin,

Und schüttelte sinnend die Locken
Und wußte nicht, wer ich bin. –

Da droben hoch stand ich am Baume,
Da rauschten die Wälder so sacht,
Mein Waldhorn, das klang wie im Traume
Hinüber die ganze Nacht.

Und als die Vögelein sangen
Frühmorgens, sie weinte so sehr,
Ich aber war weit schon gegangen,
Nun sieht sie mich nimmermehr!

Bei einer Linde

Seh ich dich wieder, du geliebter Baum,
In dessen junge Triebe
Ich einst in jenes Frühlings schönstem Traum
Den Namen schnitt von meiner ersten Liebe?

Wie anders ist seitdem der Äste Bug,
Verwachsen und verschwunden
Im härtren Stamm der vielgeliebte Zug,
Wie ihre Liebe und die schönsten Stunden!

Auch ich seitdem wuchs stille fort, wie du,
Und nichts an mir wollt weilen,
Doch *meine* Wunde wuchs – und wuchs nicht zu,
Und wird wohl niemals mehr hienieden heilen.

Vom Berge

Da unten wohnte sonst mein Lieb,
Die ist jetzt schon begraben,
Der Baum noch vor der Türe blieb,
Wo wir gesessen haben.

Stets muß ich nach dem Hause sehn,
Und seh doch nichts vor Weinen,
Und wollt ich auch hinunter gehn,
Ich stürb dort so alleine!

Verlorene Liebe

Lieder schweigen jetzt und Klagen,
Nun will ich erst fröhlich sein,
All mein Leid will ich zerschlagen
Und Erinnern – gebt mir Wein!
Wie er mir verlockend spiegelt
Sterne und der Erde Lust,
Stillgeschäftig dann entriegelt
All die Teufel in der Brust,
Erst der Knecht und dann der Meister,
Bricht er durch die Nacht herein,
Wildester der Lügengeister,
Ring mit mir, ich lache dein!
Und den Becher voll Entsetzen
Werf ich in des Stromes Grund,
Daß sich nimmer dran soll letzen
Wer noch fröhlich und gesund!

Lauten hör ich ferne klingen,
Lustge Burschen ziehn vom Schmaus,
Ständchen sie den Liebsten bringen,
Und das lockt mich mit hinaus.
Mädchen hinterm blühnden Baume
Winkt und macht das Fenster auf,
Und ich steige wie im Traume
Durch das kleine Haus hinauf.
Schüttle nur die dunklen Locken
Aus dem schönen Angesicht!

Sieh, ich stehe ganz erschrocken:
Das sind *ihre* Augen licht,

Locken hatte sie wie deine,
Bleiche Wangen, Lippen rot –
Ach, du bist ja doch nicht meine,
Und *mein* Lieb ist lange tot!
Hättest du nur nicht gesprochen
Und so frech geblickt nach mir,
Das hat ganz den Traum zerbrochen
Und nun grauet mir vor dir.
Da nimm Geld, kauf Putz und Flimmern,
Fort und lache nicht so wild!
O ich möchte dich zertrümmern,
Schönes, lügenhaftes Bild!

Spät von dem verlornen Kinde
Kam ich durch die Nacht daher,
Fahnen drehten sich im Winde,
Alle Gassen waren leer.
Oben lag noch meine Laute
Und mein Fenster stand noch auf,
Aus dem stillen Grunde graute
Wunderbar die Stadt herauf.
Draußen aber blitzts vom weiten,
Alter Zeiten ich gedacht',
Schaudernd reiß ich in den Saiten
Und ich sing die halbe Nacht.
Die verschlafnen Nachbarn sprechen,
Daß ich nächtlich trunken sei –
O du mein Gott! und mir brechen
Herz und Saitenspiel entzwei!

Das Ständchen

Auf die Dächer zwischen blassen
Wolken scheint der Mond herfür,
Ein Student dort auf der Gassen
Singt vor seiner Liebsten Tür.

Und die Brunnen rauschen wieder
Durch die stille Einsamkeit,
Und der Wald vom Berge nieder,
Wie in alter, schöner Zeit.

So in meinen jungen Tagen
Hab ich manche Sommernacht
Auch die Laute hier geschlagen
Und manch lustges Lied erdacht.

Aber von der stillen Schwelle
Trugen sie mein Lieb zur Ruh –
Und du, fröhlicher Geselle,
Singe, sing nur immer zu!

Klang um Klang

1

Es ist ein Klang gekommen
Herüber durch die Luft,
Der Wind hats gebracht und genommen,
Ich weiß nicht, wer mich ruft.
Es schallt der Grund von Hufen,
In der Ferne fiel ein Schuß –
Das sind die Jäger, die rufen,
Daß ich hinunter muß!

2

Das sind nicht die Jäger – im Grunde
Gehn Stimmen hin und her.
Hüt dich zu dieser Stunde,
Mein Herz ist mir so schwer!
Wer dich lieb hat, macht die Runde,
Steig nieder und frag nicht, wer!
Ich führ dich aus diesem Grunde –
Dann siehst du mich nimmermehr.

3

Ich weiß einen großen Garten,
Wo die wilden Blumen stehn,
Die Engel frühmorgens sein warten,
Wenn alles noch still auf den Höhn.
Manch zackiges Schloß steht darinne,
Die Rehe grasen ums Haus,
Da sicht man weit von der Zinne,
Weit über die Länder hinaus.

Neue Liebe

Herz, mein Herz, warum so fröhlich,
So voll Unruh und zerstreut,
Als käm über Berge selig
Schon die schöne Frühlingszeit?

Weil ein liebes Mädchen wieder
Herzlich an dein Herz sich drückt,
Schaust du fröhlich auf und nieder,
Erd und Himmel dich erquickt.

Und ich hab die Fenster offen,
Neu zieh in die Welt hinein
Altes Banges, altes Hoffen!
Frühling, Frühling soll es sein!

Still kann ich hier nicht mehr bleiben,
Durch die Brust ein Singen irrt,
Doch zu licht ists mir zum Schreiben,
Und ich bin so froh verwirrt.

Also schlendr ich durch die Gassen,
Menschen gehen her und hin,
Weiß nicht, was ich tu und lasse,
Nur, daß ich so glücklich bin.

Frühlingsnacht

Übern Garten durch die Lüfte
Hört ich Wandervögel ziehn,
Das bedeutet Frühlingsdüfte,
Unten fängts schon an zu blühn.

Jauchzen möcht ich, möchte weinen,
Ist mirs doch, als könnts nicht sein!
Alte Wunder wieder scheinen
Mit dem Mondesglanz herein.

Und der Mond, die Sterne sagens,
Und in Träumen rauschts der Hain,
Und die Nachtigallen schlagens:
Sie ist Deine, sie ist dein!

Frau Venus

Was weckst du, Frühling, mich von neuem wieder?
Daß all die alten Wünsche auferstehen,
Geht übers Land ein wunderbares Wehen;
Das schauert mir so lieblich durch die Glieder.

Die schöne Mutter grüßen tausend Lieder,
Die, wieder jung, im Brautkranz süß zu sehen;
Der Wald will sprechen, rauschend Ströme gehen,
Najaden tauchen singend auf und nieder.

Die Rose seh ich gehn aus grüner Klause
Und, wie so buhlerisch die Lüfte fächeln,
Errötend in die laue Flut sich dehnen.

So mich auch ruft ihr aus dem stillen Hause –
Und schmerzlich nun muß ich im Frühling lächeln,
Versinkend zwischen Duft und Klang vor Sehnen.

Erwartung

O schöne, bunte Vögel,
Wie singt ihr gar so hell!
O Wolken, luftge Segel,
Wohin so schnell, so schnell?

Ihr alle, ach, gemeinsam
Fliegt zu der Liebsten hin,
Sagt ihr, wie ich hier einsam
Und voller Sorgen bin.

Im Walde steh und laur ich,
Verhallt ist jeder Laut,
Die Wipfel nur wehn schaurig,
O komm, du süße Braut!

Schon sinkt die dunkelfeuchte
Nacht rings auf Wald und Feld,
Des Mondes hohe Leuchte
Tritt in die stille Welt.

Wie schauert nun im Grunde
Der tiefsten Seele mich!

Wie öde ist die Runde
Und einsam ohne dich!

Was rauscht? – *Sie* naht von ferne! –
Nun, Wald, rausch von den Höhn,
Nun laß Mond, Nacht und Sterne
Nur auf und unter gehn!

Leid und Lust

Euch Wolken beneid ich
In blauer Luft,
Wie schwingt ihr euch freudig
Über Berg und Kluft!

Mein Liebchen wohl seht ihr
Im Garten gehn,
Am Springbrunnen steht sie
So morgenschön.

Und wäscht an der Quelle
Ihr goldenes Haar,
Die Äuglein helle,
Und blickt so klar.

Und Busen und Wangen
Dürft ihr da sehn. –
Ich brenn vor Verlangen,
Und muß hier stehn!

Euch Wolken bedaur ich
Bei stiller Nacht;
Die Erde bebt schaurig,
Der Mond erwacht:

Da führt mich ein Bübchen
Mit Flügelein fein,

Durchs Dunkel zum Liebchen,
Sie läßt mich ein.

Wohl schaut ihr die Sterne
Weit, ohne Zahl,
Doch bleiben sie ferne
Euch allzumal.

Mir leuchten zwei Sterne
Mit süßem Strahl,
Die küss ich so gerne
Viel tausendmal.

Euch grüßt mit Gefunkel
Der Wasserfall,
Und tief aus dem Dunkel
Die Nachtigall.

Doch süßer es grüßet
Als Wellentanz,
Wenn Liebchen hold flüstert:
»Dein bin ich ganz.«

So segelt denn taurig
In öder Pracht!
Euch Wolken bedaur ich
Bei süßer Nacht.

Trennung

1

Denkst du noch jenes Abends, still vor Sehnen,
Wo wir zum letztenmal im Park beisammen?
Kühl standen rings des Abendrotes Flammen,
Ich scherzte wild – du lächeltest durch Tränen.
So spielt der Wahnsinn lieblich mit den Schmerzen

An jäher Schlüfte Rand, die nach ihm trachten;
Er mag der lauernden Gefahr nicht achten;
Er hat den Tod ja schon im öden Herzen.

Ob du die Mutter auch belogst, betrübtest,
Was andre Leute drüber deuten, sagen –
Sonst scheu – heut mochtst du nichts nach allem fragen,
Mir einzig zeigen nur, wie du mich liebtest.
Und aus dem Hause heimlich so entwichen,
Gabst du ins Feld mir schweigend das Geleite,
Vor uns das Tal, das hoffnungsreiche, weite,
Und hinter uns kam grau die Nacht geschlichen.

Du gehst nun fort, sprachst du, ich bleib alleine;
Ach! dürft ich alles lassen, still und heiter
Mit dir so ziehn hinab und immer weiter –
Ich sah dich an – es spielten bleiche Scheine
So wunderbar um Locken dir und Glieder;
So ruhig, fremd warst du mir nie erschienen,
Es war, als sagten die versteinten Mienen,
Was du verschwiegst: Wir sehn uns niemals wieder!

2

Schon wird es draußen licht auf Berg und Talen;
Aurora, stille Braut, ihr schönen Strahlen,
Die farbgen Rauch aus Fluß und Wäldern saugen,
Euch grüßen neu die halbverschlafnen Augen.
Verrätrisch, sagt man, sei des Zimmers Schwüle,
Wo nachts ein Mädchen träumte vom Geliebten:
So komm herein, du rote, frische Kühle,
Fliegt in die blaue Luft, ihr schönen Träume!

Ein furchtsam Kind, im stillen Haus erzogen,
Konnt ich am Abendrot die Blicke weiden,
Tiefatmend in die laue Luft vor Freuden.
Er hat um diese Stille mich betrogen.

Mit stolzen Augen, fremden schönen Worten
Lockt er die Wünsche aus dem stillen Hafen,
Wo sie bei Sternenglanze selig schlafen,
Hinaus ins unbekannte Reich der Wogen;
Da kommen Winde buhlend angeflogen,
Die zarte Hand zwingt nicht die wilden Wellen,
Du mußt, wohin die vollen Segel schwellen.

Da zog er heimlich fort. – Seit jenem Morgen
Da hatt ich Not, hatt heimlich was zu sorgen.
Wenn nächtlich unten lag die stille Runde,
Einförmig Rauschen herkam von den Wäldern,
Pfeifend der Wind strich durch die öden Felder
Und hin und her in Dörfern bellten Hunde,
Ach! wenn kein glücklich Herz auf Erden wacht,
Begrüßten die verweinten Augen manche Nacht!

Wie oft, wenn wir im Garten ruhig waren,
Sagte mein Bruder mir vor vielen Jahren:
»Dem schönen Lenz gleicht recht die erste Liebe.
Wann draußen neu geschmückt die Frühlingsbühne,
Die Reiter blitzend unten ziehn durchs Grüne,
In blauer Luft die Lerchen lustig schwirren,
Läßt sie sich weit ins Land hinaus verführen,
Fragt nicht, wohin, und mag sich gern verirren,
Den Stimmen folgend, die sie wirrend führen.
Da wendet auf den Feldern sich der Wind,
Die Vögel hoch durch Nebel ziehn nach Haus;
Es wird so still, das schöne Fest ist aus.
Gar weit die Heimat liegt, das schöne Kind
Find't nicht nach Hause mehr, nicht weiter fort –
Hüt dich, such früh dir einen sichern Port!«

Glück

Wie jauchzt meine Seele
Und singet in sich!
Kaum, daß ichs verhehle,
So glücklich bin ich.

Rings Menschen sich drehen
Und sprechen gescheut,
Ich kann nichts verstehen,
So fröhlich zerstreut. –

Zu eng wird das Zimmer,
Wie glänzet das Feld,
Die Täler voll Schimmer,
Weit herrlich die Welt!

Gepreßt bricht die Freude
Durch Riegel und Schloß,
Fort über die Heide!
Ach, hätt ich ein Roß! –

Und frag ich und sinn ich,
Wie *so* mir geschehn?: –
Mein Liebchen herzinnig,
Das soll ich heut sehn!

Die Schärpe

Mein Schatz, das ist ein kluges Kind,
Die spricht: »Willst du nicht fechten:
Wir zwei geschiedne Leute sind;
Erschlagen dich die Schlechten:
Auch keins von beiden dran gewinnt.«
Mein Schatz, das ist ein kluges Kind,
Für die will ich *leben* und fechten!

Abschied und Wiedersehen

1

In süßen Spielen unter nun gegangen
Sind Liebchens Augen, und sie atmet linde,
Stillauschend sitz ich bei dem holden Kinde,
Die Locken streichelnd ihr von Stirn und Wangen.

Ach! Lust und Mond und Sterne sind vergangen,
Am Fenster mahnen schon die Morgenwinde:
Daß ich vom Nacken leis die Arme winde,
Die noch im Schlummer lieblich mich umfangen.

O öffne nicht der Augen süße Strahle!
Nur einen Kuß noch – und zum letzten Male
Geh ich von dir durchs stille Schloß hernieder.

Streng greift der eisge Morgen an die Glieder,
Wie ist die Welt so klar und kalt und helle –
Tiefschauernd tret ich von der lieben Schwelle.

2

Ein zart Geheimnis webt in stillen Räumen,
Die Erde löst die diamantnen Schleifen,
Und nach des Himmels süßen Strahlen greifen
Die Blumen, die der Mutter Kleid besäumen.

Da rauschts lebendig draußen in den Bäumen,
Aus Osten langen purpurrote Streifen,
Hoch Lerchenlieder durch das Zwielicht schweifen –
Du hebst das blühnde Köpfchen hold aus Träumen.

Was sinds für Klänge, die ans Fenster flogen?
So altbekannt verlocken diese Lieder,
Ein Sänger steht im schwanken Dämmerschein.

Wach auf! Dein Liebster ist fernher gezogen,
Und Frühling ists auf Tal und Bergen wieder,
Wach auf, wach auf, nun bist du ewig mein!

Die Einsame

1

Wenn morgens das fröhliche Licht bricht ein,
Tret ich zum offenen Fensterlein,
Draußen gehn lau die Lüft auf den Auen,
Singen die Lerchen schon hoch im Blauen,
Rauschen am Fenster die Bäume gar munter,
Ziehn die Brüder in den Wald hinunter;
Und bei dem Sange und Hörnerklange
Wird mir immer so bange, bange.

Wüßt ich nur immer, wo du jetzo bist,
Würd mir schon wohler auf kurze Frist.
Könntest du mich nur über die Berge sehen
Dein gedenkend im Garten gehen:
Dort rauschen die Brunnen jetzt alle so eigen,
Die Blumen vor Trauern im Winde sich neigen.
Ach! von den Vöglein über die Tale
Sei mir gegrüßt viel tausend Male!

Du sagtest gar oft: Wie süß und rein
Sind deine blauen Äugelein!
Jetzo müssen sie immerfort weinen,
Da sie nicht finden mehr, was sie meinen;
Wird auch der rote Mund erblassen,
Seit du mich, süßer Buhle, verlassen.
Eh du wohl denkst, kann das Blatt sich wenden,
Geht alles gar bald zu seinem Ende.

2

Die Welt ruht still im Hafen,
Mein Liebchen, gute Nacht!

Wann Wald und Berge schlafen,
Treu' Liebe einsam wacht.

Ich bin so wach und lustig,
Die Seele ist so licht,
Und eh ich liebt, da wußt ich
Von solcher Freude nicht.

Ich fühl mich so befreiet
Von eitlem Trieb und Streit,
Nichts mehr das Herz zerstreuet
In seiner Fröhlichkeit.

Mir ist, als müßt ich singen
So recht aus tiefster Lust
Von wunderbaren Dingen,
Was niemand sonst bewußt.

O könnt ich alles sagen!
O wär ich recht geschickt!
So muß ich still ertragen,
Was mich so hoch beglückt.

3

Wärs dunkel, ich läg im Walde,
Im Walde rauschts so sacht,
Mit ihrem Sternenmantel
Bedecket mich da die Nacht,
Da kommen die Bächlein gegangen:
Ob ich schon schlafen tu?
Ich schlaf nicht, ich hör noch lange
Den Nachtigallen zu,
Wenn die Wipfel über mir schwanken,
Es klinget die ganze Nacht,
Das sind im Herzen die Gedanken,
Die singen, wenn niemand wacht.

4

Im beschränkten Kreis der Hügel,
Auf des stillen Weihers Spiegel
Scheue, fromme Silberschwäne –
Fassend in des Rosses Mähne
Mit dem Liebsten kühn im Bügel –
Blöde Bande – mutge Flügel
Sind getrennter Lieb Gedanken!

An die Entfernte

1

Denk ich, du Stille, an dein ruhig Walten,
An jenes letzten Abends rote Kühle,
Wo ich die teure Hand noch durfte halten:
Steh ich oft sinnend stille im Gewühle,
Und, wie den Schweizer heimsche Alphornslieder
Auf fremden Bergen, fern den Freunden allen,
Oft unverhofft befallen,
Kommt tiefe Sehnsucht plötzlich auf mich nieder.

Ich hab es oft in deiner Brust gelesen:
Nie hast du recht mich in mir selbst gefunden,
Fremd blieb, zu keck und treibend dir mein Wesen,
Und so bin ich im Strome dir verschwunden.
O nenn drum nicht die schöne Jugend wilde,
Die mit dem Leben und mit seinen Schmerzen
Mag unbekümmert scherzen,
Weil sie die Brust reich fühlt und ernst und milde!

Getrennt ist längst schon unsres Lebens Reise,
Es trieb mein Herz durch licht' und dunkle Stunden.
Dem festern Blick erweitern sich die Kreise,
In Duft ist jenes erste Reich verschwunden –

Doch, wie die Pfade einsam sich verwildern,
Was ich seitdem, von Lust und Leid bezwungen,
Geliebt, geirrt, gesungen:
Ich knie vor dir in all den tausend Bildern.

2

Als noch Lieb' mit mir im Bunde,
Hatt ich Ruhe keine Stunde;
Wenn im Schloß noch alle schliefen,
Wars, als ob süß' Stimmen riefen,
Tönend bis zum Herzensgrunde:
»Auf! schon goldne Strahlen dringen,
Heiter funkeln Wald und Garten,
Neu erquickt die Vögel singen,
Läßt du so dein Liebchen warten?«
Und vom Lager mußt ich springen.

Doch kein Licht noch sah ich grauen,
Draußen durch die nächtlich lauen
Räume nur die Wolken flogen,
Daß die Seele, mitgezogen,
Gern versank im tiefen Schauen –
Unten dann die weite Runde,
Schlösser glänzend fern erhoben,
Nachtigallen aus dem Grunde,
Alles wie im Traum verwoben,
Mit einander still im Bunde.

Wach blieb ich am Fenster stehen,
Kühler schon die Lüfte wehen,
Rot schon rings des Himmels Säume,
Regten frischer sich die Bäume,
Stimmen hört ich fernab gehen:
Und durch Türen, öde Bogen,
Zürnend, daß die Riegel klungen,
Bin ich heimlich ausgezogen,

Bis befreit aufs Roß geschwungen,
Morgenwinde mich umflogen.

Läßt der Morgen von den Höhen
Weit die roten Fahnen wehen,
Widerhall in allen Lüften,
Losgerissen aus den Klüften
Silberner die Ströme gehen:
Spürt der Mann die frischen Geister,
Draußen auf dem Feld, zu Pferde,
Alle Ängste keck zerreißt er,
Dampfend unter ihm die Erde,
Fühlt er sich hier Herr und Meister.

Und so öffnet ich die schwüle
Brust aufatmend in der Kühle!
Locken fort aus Stirn und Wange,
Daß der Strom mich ganz umfange,
Frei das blaue Meer umspüle,
Mit den Wolken, eilig fliehend,
Mit der Ströme lichtem Grüßen
Die Gedanken fröhlich ziehend,
Weit voraus vor Wolken, Flüssen –
Ach! ich fühlte, daß ich blühend!

Und im schönen Garten droben,
Wie aus Träumen erst gehoben,
Sah ich still mein Mädchen stehen,
Über Fluß und Wälder gehen
Von der heitern Warte oben
Ihre Augen licht und helle,
Wann der Liebste kommen werde. –
Ja! da kam die Sonne schnelle,
Und weit um die ganze Erde
War es morgenschön und helle!

Das Flügelroß

Ich hab nicht viel hienieden,
Ich hab nicht Geld noch Gut;
Was vielen nicht beschieden,
Ist mein: – der frische Mut.

Was andre mag ergötzen,
Das kümmert wenig mich,
Sie leben in den Schätzen,
In Freuden lebe ich.

Ich hab ein Roß mit Flügeln,
Getreu in Lust und Not,
Das wiehernd spannt die Flügel
Bei jedem Morgenrot.

Mein Liebchen! wie so öde
Wirds oft in Stadt und Schloß,
Frisch auf und sei nicht blöde,
Besteig mit mir mein Roß!

Wir segeln durch die Räume,
Ich zeig dir Meer und Land,
Wie wunderbare Träume
Tief unten ausgespannt.

Hellblinkend zu den Füßen
Unzählger Ströme Lauf –
Es steigt ein Frühlingsgrüßen
Verhallend zu uns auf.

Und bunt und immer wilder
In Liebe, Haß und Lust
Verwirren sich die Bilder –
Was schwindelt dir die Brust?

So fröhlich tief im Herzen,
Zieh ich all' himmelwärts,

Es kommen selbst die Schmerzen
Melodisch an das Herz.

Der Sänger zwingt mit Klängen,
Was störrig, dumpf und wild,
Es spiegelt in Gesängen
Die Welt sich göttlich mild.

Und unten nun verbrauset
Des breiten Lebens Strom,
Der Adler einsam hauset
Im stillen Himmelsdom. –

Und sehn wir dann den Abend
Verhallen und verblühn,
Im Meere, kühle labend,
Die heilgen Sterne glühn:

So lenken wir hernieder
Zu Waldes grünem Haus,
Und ruhn vom Schwung der Lieder
Auf blühndem Moose aus.

O sterndurchwebtes Düstern,
O heimlich stiller Grund!
O süßes Liebesflüstern
So innig Mund an Mund!

Die Nachtigallen locken,
Mein Liebchen atmet lind,
Mit Schleier zart und Locken
Spielt buhlerisch der Wind.

Und schlaf denn bis zum Morgen
So sanft gelehnt an mich!
Süß sind der Liebe Sorgen,
Dein Liebster wacht für dich.

Ich halt die blühnden Glieder,
Vor süßen Schauern bang,

Ich laß dich ja nicht wieder
Mein ganzes Leben lang! –

Aurora will sich heben,
Du schlägst die Augen auf,
O wonniges Erbeben,
O schöner Lebenslauf!

Glückwunsch

Brech der lustige Sonnenschein
Mit der Tür euch ins Haus hinein,
Daß alle Stuben so frühlingshelle;
Ein Engel auf des Hauses Schwelle
Mit seinem Glanze säume
Hof, Garten, Feld und Bäume,
Und geht die Sonne abends aus,
Führ er die Müden mild nach Haus!

Der junge Ehemann

Hier unter dieser Linde
Saß ich viel tausendmal
Und schaut nach meinem Kinde
Hinunter in das Tal,
Bis daß die Sterne standen
Hell über ihrem Haus,
Und weit in den stillen Landen
Alle Lichter löschten aus.

Jetzt neben meinem Liebchen
Sitz ich im Schatten kühl,
Sie wiegt ein muntres Bübchen,
Die Täler schimmern schwül,

Und unten im leisen Winde
Regt sich das Kornfeld kaum,
Und über uns säuselt die Linde –
Es ist mir noch wie ein Traum.

Im Abendrot

Wir sind durch Not und Freude
Gegangen Hand in Hand,
Vom Wandern ruhn wir beide
Nun überm stillen Land.

Rings sich die Täler neigen,
Es dunkelt schon die Luft,
Zwei Lerchen nur noch steigen
Nachträumend in den Duft.

Tritt her, und laß sie schwirren,
Bald ist es Schlafenszeit,
Daß wir uns nicht verirren
In dieser Einsamkeit.

O weiter, stiller Friede!
So tief im Abendrot
Wie sind wir wandermüde –
Ist das etwa der Tod?

Nachklänge

1

Lustge Vögel in dem Wald,
Singt, so lang es grün,
Ach, wer weiß, wie bald, wie bald
Alles muß verblühn!

Sah ichs doch vom Berge einst
Glänzen überall,
Wußte kaum, warum du weinst,
Fromme Nachtigall.

Und kaum ging ich über Land,
Frisch durch Lust und Not
Wandelt' alles, und ich stand
Müd im Abendrot.

Und die Lüfte wehen kalt
Übers falbe Grün,
Vöglein, euer Abschied hallt –
Könnt ich mit euch ziehn!

2

O Herbst, in linden Tagen
Wie hast du rings dein Reich
Phantastisch aufgeschlagen,
So bunt und doch so bleich!

Wie öde, ohne Brüder,
Mein Tal so weit und breit,
Ich kenne dich kaum wieder
In dieser Einsamkeit.

So wunderbare Weise
Singt nun dein bleicher Mund,
Es ist, als öffnet' leise
Sich unter mir der Grund.

Und ich ruht überwoben,
Du sängest immerzu,
Die Linde schüttelt' oben
Ihr Laub und deckt' mich zu.

3

Schon kehren die Vögel wieder ein,
Es schallen die alten Lieder,
Ach, die fröhliche Jugend mein
Kommt sie wohl auch noch wieder? –

Ich weiß nicht, was ich so töricht bin!
Wolken im Herbstwind jagen,
Die Vögel ziehn über die Wälder hin,
Das klang wie in Frühlingstagen.

Dort auf dem Berge da steht ein Baum,
Drin jubeln die Wandergäste,
Er aber, müde, rührt wie im Traum
Noch einmal Wipfel und Äste.

4

Mir träumt', ich ruhte wieder
Vor meines Vaters Haus
Und schaute fröhlich nieder
Ins alte Tal hinaus,
Die Luft mit lindem Spielen
Ging durch das Frühlingslaub,
Und Blütenflocken fielen
Mir über Brust und Haupt.

Als ich erwacht, da schimmert
Der Mond vom Waldesrand,
Im falben Scheine flimmert
Um mich ein fremdes Land,
Und wie ich ringsher sehe:
Die Flocken waren Eis,
Die Gegend war vom Schnee,
Mein Haar vom Alter weiß.

5

Es schauert der Wald vor Lust,
Die Sterne nun versanken,
Und wandeln durch die Brust
Als himmlische Gedanken.

6

An meinen Bruder

Gedenkst du noch des Gartens
Und Schlosses überm Wald,
Des träumenden Erwartens:
Obs denn nicht Frühling bald?

Der Spielmann war gekommen,
Der jeden Lenz singt aus,
Er hat uns mitgenommen
Ins blühnde Land hinaus.

Wie sind wir doch im Wandern
Seitdem so weit zerstreut!
Frägt einer nach dem andern,
Doch niemand gibt Bescheid.

Nun steht das Schloß versunken
Im Abendrote tief.
Als ob dort traumestrunken
Der alte Spielmann schlief'.

Gestorben sind die Lieben,
Das ist schon lange her,
Die wen'gen, die geblieben,
Sie kennen uns nicht mehr.

Und fremde Leute gehen
Im Garten vor dem Haus –

Doch übern Garten sehen
Nach *uns* die Wipfel aus.

Doch rauscht der Wald im Grunde
Fort durch die Einsamkeit
Und gibt noch immer Kunde
Von unsrer Jugendzeit.

Bald mächtger und bald leise
In jeder guten Stund
Geht diese Waldesweise
Mir durch der Seele Grund.

Und stamml' ich auch nur bange,
Ich sing es, weil ich muß,
Du hörst doch in dem Klange
Den alten Heimatsgruß.

V. TOTENOPFER

Gewaltges Morgenrot,
Weit, unermeßlich – du verzehrst die Erde!
Und in dem Schweigen nur der Flug der Seelen,
Die säuselnd heimziehn durch die stille Luft.

Wehmut

Ich irr in Tal und Hainen
Bei kühler Abendstund,
Ach, weinen möcht ich, weinen
So recht aus Herzensgrund.

Und alter Zeiten Grüßen
Kam da, im Tal erwacht,
Gleichwie von fernen Flüssen
Das Rauschen durch die Nacht.

Die Sonne ging hinunter,
Da säuselt' kaum die Welt,
Ich blieb noch lange munter
Allein im stillen Feld.

Sonette

I

Es qualmt' der eitle Markt in Staub und Schwüle,
So klanglos öde wallend auf und nieder,
Wie dacht ich da an meine Berge wieder,
An frischen Sang, Felsquell und Waldeskühle!

Doch steht ein Turm dort über dem Gewühle,
Der andre Zeiten sah und beßre Brüder,
Das Kreuz treu halten seine Riesenglieder,
Wie auch der Menschlein Flut den Fels umspüle

Das war mein Hafen in der weiten Wüste,
Oft kniet ich betend in des Domes Mitte,
Dort hab ich dich, mein liebes Kind, gefunden;

Ein Himmelbote wohl, der so mich grüßte:
»Verzweifle nicht! Die Schönheit und die Sitte
Sie sind noch von der Erde nicht verschwunden.«

2

Ein alt Gemach voll sinnger Seltsamkeiten,
Still' Blumen aufgestellt am Fensterbogen,
Gebirg und Länder draußen blau gezogen,
Wo Ströme gehn und Ritter ferne reiten.

Ein Mädchen, schlicht und fromm wie jene Zeiten,
Das, von den Abendscheinen angeflogen,
Versenkt in solcher Stille tiefe Wogen –
Das mocht auf Bildern oft das Herz mir weiten.

Und nun wollt wirklich sich das Bild bewegen,
Das Mädchen atmet' auf, reicht aus dem Schweigen
Die Hand mir, daß sie ewig meine bliebe.

Da sah ich draußen auch das Land sich regen,
Die Wälder rauschen und Aurora steigen –
Die alten Zeiten all weckt mir die Liebe.

3

Wenn zwei geschieden sind von Herz und Munde,
Da ziehn Gedanken über Berg' und Schlüfte
Wie Tauben säuselnd durch die blauen Lüfte,
Und tragen hin und wieder süße Kunde.

Ich schweif umsonst, so weit der Erde Runde,
Und stieg ich hoch auch über alle Klüfte,
Dein Haus ist höher noch als diese Lüfte,
Da reicht kein Laut hin, noch zurück zum Grunde.

Ja, seit du tot – mit seinen blühnden Borden
Wich ringsumher das Leben mir zurücke,
Ein weites Meer, wo keine Bahn zu finden.

Doch ist dein Bild zum Sterne mir geworden,
Der nach der Heimat weist mit stillem Blicke,
Daß fromm der Schiffer streite mit den Winden.

Treue

Wie dem Wanderer in Träumen,
Daß er still im Schlafe weint,
Zwischen goldnen Wolkensäumen
Seine Heimat wohl erscheint:

So durch dieses Frühlings Blühen
Über Berg' und Täler tief,
Sah ich oft dein Bild noch ziehen,
Als obs mich von hinnen rief';

Und mit wunderbaren Wellen
Wie im Traume, halbbewußt,
Gehen ewge Liederquellen
Mir verwirrend durch die Brust.

Gute Nacht

Die Höhn und Wälder schon steigen
Immer tiefer ins Abendgold,
Ein Vöglein frägt in den Zweigen:
Ob es Liebchen grüßen sollt?

O Vöglein, du hast dich betrogen,
Sie wohnet nicht mehr im Tal,
Schwing auf dich zum Himmelsbogen,
Grüß sie droben zum letztenmal!

Am Strom

Der Fluß glitt einsam hin und rauschte,
Wie sonst, noch immer, immerfort,
Ich stand am Strand gelehnt und lauschte,
Ach, was ich liebt, war lange fort!
Kein Laut, kein Windeshauch, kein Singen
Ging durch den weiten Mittag schwül,
Verträumt die stillen Weiden hingen
Hinab bis in die Wellen kühl.

Die waren alle wie Sirenen
Mit feuchtem, langem, grünem Haar,
Und von der alten Zeit voll Sehnen
Sie sangen leis und wunderbar.
Sing, Weide, singe, grüne Weide!
Wie Stimmen aus der Liebsten Grab
Zieht mich dein heimlich Lied voll Leide
Zum Strom von Wehmut mit hinab.

Nachruf an meinen Bruder

Ach, daß auch wir schliefen!
Die blühenden Tiefen,
Die Ströme, die Auen
So heimlich aufschauen,
Als ob sie alle riefen:
»Dein Bruder ist tot!
Unter Rosen rot
Ach, daß wir auch schliefen!«

»Hast doch keine Schwingen,
Durch Wolken zu dringen!
Muß immerfort schauen
Die Ströme, die Auen –

Die werden dir singen
Von *ihm* Tag und Nacht,
Mit Wahnsinnesmacht
Die Seele umschlingen.«

So singt, wie Sirenen,
Von hellblauen, schönen
Vergangenen Zeiten,
Der Abend vom weiten
Versinkt dann im Tönen,
Erst Busen, dann Mund,
Im blühenden Grund.
O schweiget Sirenen!

O wecket nicht wieder!
Denn zaubrische Lieder
Gebunden hier träumen
Auf Feldern und Bäumen,
Und ziehen mich nieder
So müde vor Weh –
Zu tiefstillem See –
O weckt nicht die Lieder!

Du kanntest die Wellen
Des Sees, sie schwellen
In magischen Ringen.
Ein wehmütig Singen
Tief unter den Quellen
Im Schlummer dort hält
Verzaubert die Welt.
Wohl kennst du die Wellen.

Kühl wirds auf den Gängen,
Vor alten Gesängen
Möchts Herz mir zerspringen.
So will ich denn singen!
Schmerz fliegt ja auf Klängen
Zu himmlischer Lust,

Und still wird die Brust
Auf kühl grünen Gängen.

Laß fahren die Träume!
Der Mond scheint durch Bäume,
Die Wälder nur rauschen,
Die Täler still lauschen,
Wie einsam die Räume!
Ach, niemand ist mein!
Herz, wie so allein!
Laß fahren die Träume!

Der Herr wird dich führen.
Tief kann ich ja spüren
Der Sterne still Walten.
Der Erde Gestalten
Kaum hörbar sich rühren.
Durch Nacht und durch Graus
Gen Morgen, nach Haus –
Ja, Gott wird mich führen.

Auf meines Kindes Tod

I

Das Kindlein spielt' draußen im Frühlingsschein,
Und freut' sich und hatte so viel zu sehen,
Wie die Felder schimmern und die Ströme gehen –
Da sah der Abend durch die Bäume herein,
Der alle die schönen Bilder verwirrt.
Und wie es nun ringsum so stille wird,
Beginnt aus den Tälern ein heimlich Singen,
Als wollts mit Wehmut die Welt umschlingen,
Die Farben vergehn und die Erde wird blaß.
Voll Staunen fragt's Kindlein: Ach, was ist das?
Und legt sich träumend ins säuselnde Gras;
Da rühren die Blumen ihm kühle ans Herz

Und lächelnd fühlt es so süßen Schmerz,
Und die Erde, die Mutter, so schön und bleich,
Küßt das Kindlein und läßts nicht los,
Zieht es herzinnig in ihren Schoß
Und bettet es drunten gar warm und weich,
Still unter Blumen und Moos. –

»Und was weint ihr, Vater und Mutter, um mich?
In einem viel schöneren Garten bin ich,
Der ist so groß und weit und wunderbar,
Viel Blumen stehn dort von Golde klar,
Und schöne Kindlein mit Flügeln schwingen
Auf und nieder sich drauf und singen. –
Die kenn ich gar wohl aus der Frühlingszeit,
Wie sie zogen über Berge und Täler weit
Und mancher mich da aus dem Himmelblau rief,
Wenn ich drunten im Garten schlief. –
Und mitten zwischen den Blumen und Scheinen
Steht die schönste von allen Frauen,
Ein glänzend Kindlein an ihrer Brust. –
Ich kann nicht sprechen und auch nicht weinen,
Nur singen immer und wieder dann schauen
Still vor großer, seliger Lust.«

2

Als ich nun zum ersten Male
Wieder durch den Garten ging,
Busch und Bächlein in dem Tale
Lustig an zu plaudern fing.

Blumen halbverstohlen blickten
Neckend aus dem Gras heraus,
Bunte Schmetterlinge schickten
Sie sogleich auf Kundschaft aus.

Auch der Kuckuck in den Zweigen
Fand sich bald zum Spielen ein,

Endlich brach der Baum das Schweigen:
»Warum kommst du heut allein?«

Da ich aber schwieg, da rührt' er
Wunderbar sein dunkles Haupt,
Und ein Flüstern konnt ich spüren
Zwischen Vöglein, Blüt und Laub.

Tränen in dem Grase hingen,
Durch die abendstille Rund
Klagend nun die Quellen gingen,
Und ich weint aus Herzensgrund.

3

Was ist mir denn so wehe?
Es liegt ja wie im Traum
Der Grund schon, wo ich stehe,
Die Wälder säuseln kaum

Noch von der dunklen Höhe.
Es komme wie es will,
Was ist mir denn so wehe
Wie bald wird alles still.

4

Das ists, was mich ganz verstöret:
Daß die Nacht nicht Ruhe hält,
Wenn zu atmen aufgehöret
Lange schon die müde Welt.

Daß die Glocken, die da schlagen,
Und im Wald der leise Wind
Jede Nacht von neuem klagen
Um mein liebes, süßes Kind.

Daß mein Herz nicht konnte brechen
Bei dem letzten Todeskuß,

Daß ich wie im Wahnsinn sprechen
Nun in irren Liedern muß.

5

Freuden wollt ich dir bereiten,
Zwischen Kämpfen, Lust und Schmerz
Wollt ich treulich dich geleiten
Durch das Leben himmelwärts.

Doch du hasts allein gefunden,
Wo kein Vater führen kann,
Durch die ernste, dunkle Stunde
Gingst du schuldlos mir voran.

Wie das Säuseln leiser Schwingen
Draußen über Tal und Kluft
Ging zur selben Stund ein Singen
Ferne durch die stille Luft.

Und so fröhlich glänzt' der Morgen,
's war als ob das Singen sprach:
Jetzo lasset alle Sorgen,
Liebt ihr mich, so folgt mir nach!

6

Ich führt dich oft spazieren
In Wintereinsamkeit,
Kein Laut ließ sich da spüren,
Du schöne, stille Zeit!

Lenz ists nun, Lerchen singen
Im Blauen über mir,
Ich weine still – sie bringen
Mir einen Gruß von dir.

7

Die Welt treibt fort ihr Wesen,
Die Leute kommen und gehn,
Als wärst du nie gewesen,
Als wäre nichts geschehn.

Wie sehn ich mich aufs neue
Hinaus in Wald und Flur!
Ob ich mich gräm, mich freue,
Du bleibst mir treu, Natur.

Da klagt vor tiefem Sehnen
Schluchzend die Nachtigall,
Es schimmern rings von Tränen
Die Blumen überall.

Und über alle Gipfel
Und Blütentäler zieht
Durch stillen Waldes Wipfel
Ein heimlich Klagelied.

Da spür ichs recht im Herzen,
Daß dus, Herr, draußen bist –
Du weißts, wie mir von Schmerzen
Mein Herz zerrissen ist!

8

Von fern die Uhren schlagen,
Es ist schon tiefe Nacht,
Die Lampe brennt so düster,
Dein Bettlein ist gemacht.

Die Winde nur noch gehen
Wehklagend um das Haus,
Wir sitzen einsam drinne
Und lauschen oft hinaus.

Es ist, als müßtest leise
Du klopfen an die Tür,
Du hättst dich nur verirret,
Und kämst nun müd zurück.

Wir armen, armen Toren!
Wir irren ja im Graus
Des Dunkels noch verloren –
Du fandst dich längst nach Haus.

9

Dort ist so tiefer Schatten,
Du schläfst in guter Ruh,
Es deckt mit grünen Matten
Der liebe Gott dich zu.

Die alten Weiden neigen
Sich auf dein Bett herein,
Die Vöglein in den Zweigen
Sie singen treu dich ein.

Und wie in goldnen Träumen
Geht linder Frühlingswind
Rings in den stillen Bäumen –
Schlaf wohl mein süßes Kind!

10

Mein liebes Kind, Ade!
Ich konnt Ade nicht sagen,
Als sie dich fortgetragen,
Vor tiefem, tiefem Weh.

Jetzt auf lichtgrünem Plan
Stehst du im Myrtenkranze,
Und lächelst aus dem Glanze
Mich still voll Mitleid an.

Und Jahre nahn und gehn,
Wie bald bin ich verstoben –
O bitt für mich da droben,
Daß wir uns wiedersehn!

An einen Offizier, der als Bräutigam starb

Frisch flogst du durch die Felder
Und faßtest ihre Hand,
Ringsum der Kreis der Wälder
In Morgenflammen stand.

O falsches Rot! Verblühen
Mußt dieses Blütenmeer,
Wer dachte, daß dies Glühen
Das Abendrot schon wär!

Nun dunkeln schon die Fernen,
Du wirst so still und bleich,
Wie ist da weit von Sternen
Der Himmelsgrund so reich!

Trompeten hört ich laden
Fern durch die stille Luft,
Als zögen Kameraden –
Der alte Feldherr ruft.

Es sinken schon die Brücken,
Heut dir und morgen mir.
Du mußt hinüberrücken,
Kam'rad, mach uns Quartier!

Treu Lieb ist unverloren,
Empfängst – wie bald ists hin! –
Einst an den Himmelstoren
Die müde Pilgerin.

Angedenken

Berg und Täler wieder fingen
Ringsumher zu blühen an,
Aus dem Walde hört ich singen
Einen lustgen Jägersmann.

Und die Tränen drangen leise:
So einst blüht' es weit und breit,
Als mein Lieb dieselbe Weise
Mich gelehrt vor langer Zeit.

Ach, ein solches Angedenken,
's ist nur eitel Klang und Luft,
Und kann schimmernd doch versenken
Rings in Tränen Tal und Kluft!

In der Fremde

Aus der Heimat hinter den Blitzen rot
Da kommen die Wolken her,
Aber Vater und Mutter sind lange tot,
Es kennt mich dort keiner mehr.
Wie bald, wie bald kommt die stille Zeit,
Da ruhe ich auch, und über mir
Rauschet die schöne Waldeinsamkeit
Und keiner mehr kennt mich auch hier.

Vesper

Die Abendglocken klangen
Schon durch das stille Tal,
Da saßen wir zusammen
Da droben wohl hundertmal.

Und unten wars so stille
Im Lande weit und breit,
Nur über uns die Linde
Rauscht' durch die Einsamkeit.

Was gehn die Glocken heute,
Als ob ich weinen müßt?
Die Glocken, die bedeuten,
Daß meine Lieb gestorben ist!

Ich wollt, ich läg begraben
Und über mir rauschte weit
Die Linde jeden Abend
Von der alten, schönen Zeit!

Die Nachtigallen

Möcht wissen, was sie schlagen
So schön bei der Nacht,
's ist in der Welt ja doch niemand,
Der mit ihnen wacht.

Und die Wolken, die reisen,
Und das Land ist so blaß,
Und die Nacht wandert leise
Durch den Wald übers Gras.

Nacht, Wolken, wohin sie gehen,
Ich weiß es recht gut,
Liegt ein Grund hinter den Höhen,
Wo meine Liebste jetzt ruht.

Zieht der Einsiedel sein Glöcklein,
Sie höret es nicht,
Es fallen ihr die Löcklein
Übers ganze Gesicht.

Und daß sie niemand erschrecket,
Der liebe Gott hat sie hier
Ganz mit Mondschein bedecket,
Da träumt sie von mir.

Nachruf

Du liebe, treue Laute,
Wie manche Sommernacht,
Bis daß der Morgen graute,
Hab ich mit dir durchwacht!

Die Täler wieder nachten,
Kaum spielt noch Abendrot,
Doch die sonst mit uns wachten,
Die liegen lange tot.

Was wollen wir nun singen
Hier in der Einsamkeit,
Wenn alle von uns gingen,
Die unser Lied erfreut?

Wir wollen dennoch singen!
So still ists auf der Welt;
Wer weiß, die Lieder dringen
Vielleicht zum Sternenzelt.

Wer weiß, die da gestorben,
Sie hören droben mich,
Und öffnen leis die Pforten
Und nehmen uns zu sich.

VI. GEISTLICHE GEDICHTE

Andre haben andre Schwingen,
Aber wir, mein fröhlich Herz,
Wollen grad hinauf uns singen,
Aus dem Frühling himmelwärts!

Götterdämmerung

I

Was klingt mir so heiter
Durch Busen und Sinn?
Zu Wolken und weiter,
Wo trägt es mich hin?

Wie auf Bergen hoch bin ich
So einsam gestellt
Und grüße herzinnig,
Was schön auf der Welt.

Ja, Bacchus, dich seh ich,
Wie göttlich bist du!
Dein Glühen versteh ich,
Die träumende Ruh.

O rosenbekränztes
Jünglingsbild,
Dein Auge, wie glänzt es,
Die Flammen so mild!

Ists Liebe, ists Andacht,
Was so dich beglückt?
Rings Frühling dich anlacht,
Du sinnest entzückt. –

Frau Venus, du Frohe,
So klingend und weich,
In Morgenrots Lohe
Erblick ich dein Reich

Auf sonnigen Hügeln
Wie ein' Zauberring. –
Zart Bübchen mit Flügeln
Bedienen dich flink,

Durchsäuseln die Räume
Und laden, was fein
Als goldene Träume
Zur Königin ein.

Und Ritter und Frauen
Im grünen Revier
Durchschwärmen die Auen
Wie Blumen zur Zier.

Und jeglicher hegt sich
Sein Liebchen im Arm,
So wirrt und bewegt sich
Der selige Schwarm. –

Die Klänge verrinnen,
Es bleichet das Grün,
Die Frauen stehn sinnend,
Die Ritter schaun kühn.

Und himmlisches Sehnen
Geht singend durchs Blau,
Da schimmert von Tränen
Rings Garten und Au. –

Und mitten im Feste
Erblick ich, wie mild!
Den stillsten der Gäste. –
Woher, einsam Bild?

Mit blühendem Mohne,
Der träumerisch glänzt,
Und mit Lilienkrone
Erscheint er bekränzt.

Sein Mund schwillt zum Küssen
So lieblich und bleich,
Als brächt er ein Grüßen
Aus himmlischem Reich.

Eine Fackel wohl trägt er,
Die wunderbar prangt.
»Wo ist einer«, frägt er,
»Den heimwärts verlangt?«

Und manchmal da drehet
Die Fackel er um –
Tiefschauernd vergehet
Die Welt und wird stumm.

Und was hier versunken
Als Blumen zum Spiel,
Siehst oben du funkeln
Als Sterne nun kühl. –

O Jüngling vom Himmel,
Wie bist du so schön!
Ich laß das Gewimmel,
Mit dir will ich gehn!

Was will ich noch hoffen?
Hinauf, ach hinauf!
Der Himmel ist offen,
Nimm, Vater, mich auf!

2

Von kühnen Wunderbildern
Ein großer Trümmerhauf,
In reizendem Verwildern
Ein blühnder Garten drauf;

Versunknes Reich zu Füßen,
Vom Himmel fern und nah,

Aus anderm Reich ein Grüßen –
Das ist Italia!

Wenn Frühlingslüfte wehen
Hold übern grünen Plan,
Ein leises Auferstehen
Hebt in den Tälern an.

Da will sichs unten rühren
Im stillen Göttergrab,
Der Mensch kanns schauernd spüren
Tief in die Brust hinab.

Verwirrend in den Bäumen
Gehn Stimmen hin und her,
Ein sehnsuchtsvolles Träumen
Weht übers blaue Meer.

Und unterm duftgen Schleier,
So oft der Lenz erwacht,
Webt in geheimer Feier
Die alte Zaubermacht.

Frau Venus hört das Locken,
Der Vögel heitern Chor,
Und richtet froh erschrocken
Aus Blumen sich empor.

Sie sucht die alten Stellen,
Das luftge Säulenhaus,
Schaut lächelnd in die Wellen
Der Frühlingsluft hinaus.

Doch öd sind nun die Stellen,
Stumm liegt ihr Säulenhaus,
Gras wächst da auf den Schwellen,
Der Wind zieht ein und aus.

Wo sind nun die Gespielen?
Diana schläft im Wald,

Neptunus ruht im kühlen
Meerschloß, das einsam hallt.

Zuweilen nur Sirenen
Noch tauchen aus dem Grund,
Und tun in irren Tönen
Die tiefe Wehmut kund. –

Sie selbst muß sinnend stehen
So bleich im Frühlingsschein,
Die Augen untergehen,
Der schöne Leib wird Stein. –

Denn über Land und Wogen
Erscheint, so still und mild,
Hoch auf dem Regenbogen
Ein andres Frauenbild.

Ein Kindlein in den Armen
Die Wunderbare hält,
Und himmlisches Erbarmen
Durchdringt die ganze Welt.

Da in den lichten Räumen
Erwacht das Menschenkind,
Und schüttelt böses Träumen
Von seinem Haupt geschwind.

Und, wie die Lerche singend,
Aus schwülen Zaubers Kluft
Erhebt die Seele ringend
Sich in die Morgenluft.

Mariä Sehnsucht

Es ging Maria in den Morgen hinein,
Tat die Erd einen lichten Liebesschein,
Und über die fröhlichen, grünen Höhn
Sah sie den bläulichen Himmel stehn.

»Ach, hätt ich ein Brautkleid von Himmelsschein,
Zwei goldene Flüglein – wie flög ich hinein!« –

Es ging Maria in stiller Nacht,
Die Erde schlief, der Himmel wacht',
Und durchs Herze, wie sie ging und sann und dacht,
Zogen die Sterne mit goldener Pracht.
»Ach, hätt ich das Brautkleid von Himmelsschein,
Und goldene Sterne gewoben drein.«

Es ging Maria im Garten allein,
Da sangen so lockend bunt' Vögelein,
Und Rosen sah sie im Grünen stehn,
Viel rote und weiße so wunderschön.
»Ach hätt ich ein Knäblein, so weiß und rot,
Wie wollt ichs lieb haben bis in den Tod!«

Nun ist wohl das Brautkleid gewoben gar,
Und goldene Sterne im dunkelen Haar,
Und im Arme die Jungfrau das Knäblein hält,
Hoch über der dunkelerbrausenden Welt,
Und vom Kindlein gehet ein Glänzen aus,
Das ruft uns nur ewig: nach Haus, nach Haus!

Jugendandacht

1

Daß des verlornen Himmels es gedächte,
Schlagen ans Herz des Frühlings linde Wellen,
Wie ewger Wonnen schüchternes Vermuten.
Geheimer Glanz der lauen Sommernächte,
Du grüner Wald, verführend Lied der Quellen,
Des Morgens Pracht, stillblühnde Abendgluten,
Ihr fragt: wo Schmerz und Lust so lange ruhten,
Die süß das Herz verdunkeln und es hellen?
Wie tut ihr zaubrisch auf die alten Wunden,

Daß losgebunden in das Licht sie bluten!
O selge Zeit entfloßner Himmelsbläue,
Der ersten Andacht solch inbrünstger Liebe,
Die ewig wollte knien vor der Einen!
Demütig in der Glorie des Maien
Hob sie den Schleier oft, daß offen bliebe
Der Augen Himmel, in das Land zu scheinen.
Und stand ich still, und mußt ich herzlich weinen;
In ihrem Blick gereinigt alle Triebe:
Da war nur Wonne, was ich mußte klagen,
Im Angesicht der Stillen, Ewigreinen
Kein Schmerz, als solcher Liebe Lieb ertragen!

2

Wie in einer Blume himmelblauen
Grund, wo schlummernd träumen stille Regenbogen,
Ist mein Leben ein unendlich Schauen,
Klar durchs ganze Herz Ein süßes Bild gezogen.

Stille saß ich, sah die Jahre fliegen,
Bin im Innersten Dein treues Kind geblieben;
Aus dem duftgen Kelche aufgestiegen,
Ach, wann lohnst Du endlich auch mein treues Lieben!

3

Was wollen mir vertraun die blauen Weiten,
Des Landes Glanz, die Wirrung süßer Lieder,
Mir ist so wohl, so bang! Seid ihr es wieder
Der frommen Kindheit stille Blumenzeiten?
Wohl weiß ichs – dieser Farben heimlich Spreiten
Deckt einer Jungfrau strahlend reine Glieder;
Es wogt der große Schleier auf und nieder,
Sie schlummert drunten fort seit Ewigkeiten.

Mir ist in solchen linden, blauen Tagen,
Als müßten alle Farben auferstehen,
Aus blauer Fern sie endlich zu mir gehen.

So wart ich still, schau in den Frühling milde,
Das ganze Herz weint nach dem süßen Bilde,
Vor Freud, vor Schmerz? – Ich weiß es nicht zu sagen.

4

Viel Lenze waren lange schon vergangen,
Vorüber zogen wunderbare Lieder,
Die Sterne gingen ewig auf und nieder,
Die selbst vor großer Sehnsucht golden klangen.

Und wie so tausend Stimmen ferne sangen,
Als riefen mich von hinnen selge Brüder,
Fühlt ich die alten Schmerzen immer wieder,
Seit Deine Blicke, Jungfrau, mich bezwangen.

Da wars, als ob sich still Dein Auge hübe,
Langst sehnsuchtsvoll nach mir mit offnen Armen,
Fühlst selbst den Schmerz, den Du mir süß gegeben. –

Umfangen fühl ich innigst mich erwarmen,
Berührt mit goldnen Strahlen mich das Leben,
Ach! daß ich ewig Dir am Herzen bliebe!

5

Wann Lenzesstrahlen golden niederrinnen,
Sieht man die Scharen losgebunden ziehen,
Im Waldrevier, dem neu der Schmuck geliehen,
Die lustge Jagd nach Lieb und Scherz beginnen.

Den Sänger will der Frühling gar umspinnen,
Er, der Geliebteste, darf nicht entfliehen,
Fühlt rings ein Lied durch alle Farben ziehen,
Das ihn so lockend nimmer läßt von hinnen.

Gefangen so, sitzt er viel selge Jahre;
Des Einsamen spottet des Pöbels Scherzen,
Der aller Glorie möchte Lieb entkleiden.

Doch er grüßt fröhlich alle, wie sie fahren,
Und mutig sagt er zu den süßen Schmerzen:
»Gern sterb ich bald, wollt ihr von mir je scheiden!«

6

Wann frisch die buntgewirkten Schleier wallen,
Weit in das Land die Lerchen mich verführen,
Da kann ichs tief im Herzen wieder spüren,
Wie mich die Eine liebt und ruft vor allen.

Wenn Nachtigalln aus grünen Hallen schallen,
Wen möchten nicht die tiefen Töne rühren;
Wen nicht das süße Herzeleid verführen,
Im Liebesschlagen tot vom Baum zu fallen? –

So sag auch ich bei jedem Frühlingsglanze:
Du süße Laute! laß uns beide sterben,
Beklagt vom Widerhallen zarter Töne,

Kann unser Lied auch nie den Lohn erwerben,
Daß hier mit eignem, frischem Blumenkranze
Uns endlich kröne nun die Wunderschöne! –

7

Der Schäfer spricht, wenn er frühmorgens weidet:
»Dort drüben wohnt sie hinter Berg' und Flüssen!«
Doch seine Wunden deckt sie gern mit Küssen,
Wann lauschend Licht am stillen Abend scheidet.

Ob neu der Morgenschmuck die Erde kleidet,
Ob Nachtigallen Nacht und Stern' begrüßen,
Stets fern und nah bleibt *meine* Lieb der Süßen,
Die in dem Lenz mich ewig sucht und meidet. –

Doch hör ich wunderbare Stimmen sprechen:
»Die Perlen, die du treu geweint im Schmerze,
Sie wird sie sorglich all zusammenbinden,

Mit eigner Kette so dich süß umwinden,
Hinaufziehn dich an Mund und blühend Herze –
Was Himmel schloß, mag nicht der Himmel brechen.«

8

Wenn du am Felsenhange standst alleine,
Unten im Walde Vögel seltsam sangen
Und Hörner aus der Ferne irrend klangen,
Als ob die Heimat drüben nach dir weine,

Wars niemals da, als rief die Eine, Deine?
Lockt' dich kein Weh, kein brünstiges Verlangen
Nach andrer Zeit, die lange schon vergangen,
Auf ewig einzugehn in grüne Scheine?

Gebirge dunkelblau steigt aus der Ferne,
Und von den Gipfeln führt des Bundes Bogen
Als Brücke weit in unbekannte Lande.

Geheimnisvoll gehn oben goldne Sterne,
Unten erbraust viel Land in dunklen Wogen –
Was zögerst du am unbekannten Rande?

9

Es wendet zürnend sich von mir die Eine,
Versenkt die Ferne mit den Wunderlichtern.
Es stockt der Tanz – ich stehe plötzlich nüchtern,
Musik läßt treulos mich so ganz alleine.

Da spricht der Abgrund dunkel: Bist nun meine;
Zieht mich hinab an bleiernen Gewichtern,
Sieht stumm mich an aus steinernen Gesichtern,
Das Herz wird selber zum kristallnen Steine.

Dann ists, als ob es dürstend Schmerzen sauge
Aus lang vergeßner Zeit Erinnerungen,
Und kann sich rühren nicht, von Frost bezwungen.

Versteinert schweigen muß der Wehmut Welle,
Wie willig auch, schmölz ihn ein wärmend Auge,
Kristall zerfließen wollt als Tränenquelle.

10

Durchs Leben schleichen feindlich fremde Stunden,
Wo Ängsten aus der Brust hinunterlauschen,
Verworrne Worte mit dem Abgrund tauschen,
Drin bodenlose Nacht nur ward erfunden.

Wohl ist des Dichters Seele stumm verbunden
Mit Mächten, die am Volk vorüberrauschen;
Sehnsucht muß wachsen an der Tiefe Rauschen
Nach hellerm Licht und nach des Himmels Kunden.

O Herr! du kennst allein den treuen Willen,
Befrei ihn von der Kerkerluft des Bösen,
Laß nicht die eigne Brust mich feig zerschlagen!

Und wie ich schreibe hier, den Schmerz zu stillen,
Fühl ich den Engel schon die Riegel lösen,
Und kann vor Glanze nicht mehr weiter klagen.

Der Fromme

Es saß ein Kind gebunden und gefangen,
Wo vor der Menschen eitlem Tun und Schallen
Der Vorzeit Wunderlaute trüb verhallen;
Der alten Heimat dacht' es voll Verlangen.

Da sieht es draußen Ströme, hell ergangen,
Durch zaubrisch Land viel Pilger, Sänger wallen,
Kühl rauscht der Wald, die lustgen Hörner schallen,
Aurora scheint, so weit die Blicke langen. –

O laß die Sehnsucht ganz dein Herz durchdringen!
So legt sich blühend um die Welt dein Trauern
Und himmlisch wird dein Schmerz und deine Sorgen.

Ein frisch Gemüt mag wohl die Welt bezwingen,
Ein recht Gebet bricht Banden bald und Mauern:
Und frei springst du hinunter in den Morgen.

*

Willkommen, Liebchen, denn am Meeresstrande!
Wie rauschen lockend da ans Herz die Wellen
Und tiefe Sehnsucht will die Seele schwellen,
Wenn andre träge schlafen auf dem Lande.

So walte Gott! – Ich lös des Schiffleins Bande,
Wegweiser sind die Stern, die ewig hellen,
Viel Segel fahren da und frisch Gesellen
Begrüßen uns von ihrer Schiffe Rande.

Wir sitzen still, gleich Schwänen zieht das Segel,
Ich schau in deiner Augen lichte Sterne,
Du schweigst und schauerst heimlich oft zusammen.

Blick auf! Schon schweifen Paradiesesvögel,
Schon wehen Wunderklänge aus der Ferne,
Der Garten Gottes steigt aus Morgenflammen.

Lieder

I

Frisch eilt der helle Strom hinunter.
Drauf ziehn viel bunte Schifflein munter,
Und Strom und Schiff und bunte Scheine,
Sie fragen alle: was ich weine?
Mir ist so wohl, mir ist so weh,
Wie ich den Frühling fahren seh.

Viel Lenze sitz ich schon da oben,
Ein Regenbogen steht im Land erhoben

Und durch die Täler, Wiesen, Wogen
Still, wie ein fernes Lied, gezogen,
Schifft immerfort Dein himmlisch Bild –
Doch Strom und Schiff nie stille hielt.

2

Denk ich Dein, muß bald verwehen
Alle Trübnis weit und breit,
Und die frischen Blicke gehen
Wie in einen Garten weit.

Wunderbare Vögel wieder
Weiden dort auf grüner Au,
Einsam' Engel, alte Lieder
Ziehen durch den Himmel blau.

Wolken, Ströme, Schiffe, alle
Segeln in die Pracht hinein –
Keines kehrt zurück von allen,
Und ich stehe so allein.

An den heiligen Joseph

Wenn trübe Schleier alles grau umweben,
Zur bleichen Ferne wird das ganze Leben,
Will Heimat oft sich tröstend zeigen;
Aus Morgenrot die goldnen Höhen steigen,
Und aus dem stillen, wundervollen Duft
Eine wohlbekannte Stimm hinüberruft.

Du warst ja auch einmal hier unten,
Hast ewger Treue Schmerz empfunden;
Längst war Maria fortgezogen,
Wie einsam rauschten rings die dunklen Wogen!

Da breitet' oben sie die Arme aus:
Komm, treuer Pilger, endlich auch nach Haus!

Seitdem ist wohl viel anders worden,
Treu Lieb auf Erden ist ausgestorben.
Wem könnt ichs außer Dir wohl klagen,
Wie oft in kummervollen Tagen
Mein ganzes Herz hier hofft und bangt,
Und nach der Heimat immer fort verlangt!

Kirchenlied

O Maria, meine Liebe!
Denk ich recht im Herzen Dein:
Schwindet alles Schwer' und Trübe,
Und, wie heller Morgenschein,
Dringts durch Lust und irdschen Schmerz
Leuchtend mir durchs ganze Herz.

Auf des ewgen Bundes Bogen,
Ernst von Glorien umblüht,
Stehst du über Land und Wogen;
Und ein himmlisch Sehnen zieht
Alles Leben himmelwärts
An das große Mutterherz.

Wo Verlaßne einsam weinen,
Sorgenvoll in stiller Nacht,
Den' vor allen läßt Du scheinen
Deiner Liebe milde Pracht,
Daß ein tröstend Himmelslicht
In die dunklen Herzen bricht.

Aber wütet wildverkehrter
Sünder frevelhafte Lust:
Da durchschneiden neue Schwerter

Dir die treue Mutterbrust;
Und voll Schmerzen flehst Du doch:
Herr! Vergib, o schone noch!

Deinen Jesus in den Armen,
Übern Strom der Zeit gestellt,
Als das himmlische Erbarmen
Hütest Du getreu die Welt,
Daß im Sturm, der trübe weht,
Dir kein Kind verloren geht.

Wenn die Menschen mich verlassen
In der letzten stillen Stund,
Laß mich fest das Kreuz umfassen.
Aus dem dunklen Erdengrund
Leite liebreich mich hinaus,
Mutter, in des Vaters Haus!

Morgengebet

O wunderbares, tiefes Schweigen,
Wie einsam ists noch auf der Welt!
Die Wälder nur sich leise neigen,
Als ging' der Herr durchs stille Feld.

Ich fühl mich recht wie neu geschaffen,
Wo ist die Sorge nun und Not?
Was mich noch gestern wollt erschlaffen,
Ich schäm mich des im Morgenrot.

Die Welt mit ihrem Gram und Glücke
Will ich, ein Pilger, frohbereit
Betreten nur wie eine Brücke
Zu Dir, Herr, übern Strom der Zeit.

Und buhlt mein Lied, auf Weltgunst lauernd,
Um schnöden Sold der Eitelkeit:
Zerschlag mein Saitenspiel, und schauernd
Schweig ich vor Dir in Ewigkeit.

Mittag

Vergeht mir der Himmel
Vor Staube schier,
Herr, im Getümmel
Zeig Dein Panier!

Wie schwank ich sündlich,
Läßt Du von mir;
Unüberwindlich
Bin ich mit Dir!

Abend

Gestürzt sind die goldnen Brücken
Und unten und oben so still!
Es will mir nichts mehr glücken,
Ich weiß nicht mehr, was ich will.

Von üppig blühenden Schmerzen
Rauscht eine Wildnis im Grund,
Da spielt wie in wahnsinnigen Scherzen
Das Herz an dem schwindligen Schlund. –

Die Felsen möchte ich packen
Vor Zorn und Wehe und Lust,
Und unter den brechenden Zacken
Begraben die wilde Brust.

Da kommt der Frühling gegangen,
Wie ein Spielmann aus alter Zeit,
Und singt von uraltem Verlangen
So treu durch die Einsamkeit.

Und über mir Lerchenlieder
Und unter mir Blumen bunt,

So werf ich im Grase mich nieder
Und weine aus Herzensgrund.

Da fühl ich ein tiefes Entzücken,
Nun weiß ich wohl, was ich will,
Es bauen sich andere Brücken,
Das Herz wird auf einmal still.

Der Abend streut rosige Flocken,
Verhüllet die Erde nun ganz,
Und durch des Schlummernden Locken
Ziehn Sterne den heiligen Kranz.

Nachtgruß

Weil jetzo alles stille ist
Und alle Menschen schlafen,
Mein Seel das ewge Licht begrüßt,
Ruht wie ein Schiff im Hafen.

Der falsche Fleiß, die Eitelkeit,
Was keinen mag erlaben,
Darin der Tag das Herz zerstreut,
Liegt alles tief begraben.

Ein andrer König wunderreich
Mit königlichen Sinnen,
Zieht herrlich ein im stillen Reich,
Besteigt die ewgen Zinnen.

Morgenlied

Kein Stimmlein noch schallt von allen
In frühester Morgenstund,
Wie still ists noch in den Hallen
Durch den weiten Waldesgrund.

Ich stehe hoch überm Tale
Stille vor großer Lust,
Und schau nach dem ersten Strahle,
Kühl schauernd in tiefster Brust.

Wie sieht da zu dieser Stunde
So anders das Land herauf,
Nichts hör ich da in der Runde
Als von fern der Ströme Lauf.

Und ehe sich alle erhoben
Des Tages Freuden und Weh,
Will ich, Herr Gott, Dich loben
Hier einsam in stiller Höh. –

Nun rauschen schon stärker die Wälder,
Morgenlicht funkelt herauf,
Die Lerche singt über den Feldern,
Schöne Erde, nun wache auf!

In der Nacht

Das Leben draußen ist verrauschet,
Die Lichter löschen aus,
Schauernd mein Herz am Fenster lauschet
Still in die Nacht hinaus.

Da nun der laute Tag zerronnen
Mit seiner Not und bunten Lust,
Was hast du in dem Spiel gewonnen,
Was blieb der müden Brust? –

Der Mond ist trostreich aufgegangen,
Da unterging die Welt,
Der Sterne heilge Bilder prangen
So einsam hoch gestellt!

O Herr! auf dunkelschwankem Meere
Fahr ich im schwachen Boot,
Treufolgend Deinem goldenen Heere
Zum ewgen Morgenrot.

Werktag

Wir wandern nun schon viel hundert Jahr,
Und kommen doch nicht zur Stelle –
Der Strom wohl rauscht an die tausend gar,
Und kommt doch nicht zur Quelle.

Sonntag

Weit in das Land die Ströme ihr Silber führen,
Fern blau Gebirge duftig hingezogen,
Die Sonne scheint, die Bäume sanft sich rühren,
Und Glockenklang kommt auf den linden Wogen;
Hoch in den Lüften Lerchen jubilieren,
Und, so weit klar sich wölbt des Himmels Bogen,
Von Arbeit ruht der Mensch rings in die Runde,
Atmet zum Herren auf aus Herzensgrunde.

Frühling

Und wenn die Lerche hell anstimmt
Und Frühling rings bricht an:
Da schauert tief und Flügel nimmt,
Wer irgend fliegen kann.

Die Erde grüßt er hochbeglückt,
Die, eine junge Braut,
Mit Blumen wild und bunt geschmückt,
Tief in das Herz ihm schaut.

Den Himmel dann, das blaue Meer
Der Sehnsucht, grüßt er treu,
Da stammen Lied und Sänger her
Und spürens immer neu.

Die dunkeln Gründe säuseln kaum,
Sie schaun so fremd herauf.
Tiefschauernd fühlt er, 's war ein Traum –
Und wacht im Himmel auf.

Herbst

Es ist nun der Herbst gekommen,
Hat das schöne Sommerkleid
Von den Feldern weggenommen
Und die Blätter ausgestreut,
Vor dem bösen Winterwinde
Deckt er warm und sachte zu
Mit dem bunten Laub die Gründe,
Die schon müde gehn zur Ruh.

Durch die Felder sieht man fahren
Eine wunderschöne Frau,
Und von ihren langen Haaren
Goldne Fäden auf der Au
Spinnet sie und singt im Gehen:
Eia, meine Blümelein,
Nicht nach andern immer sehen,
Eia, schlafet, schlafet ein.

Und die Vöglein hoch in Lüften
Über blaue Berg und Seen
Ziehn zur Ferne nach den Klüften,
Wo die hohen Zedern stehn,
Wo mit ihren goldnen Schwingen
Auf des Benedeiten Gruft
Engel Hosianna singen
Nächtens durch die stille Luft.

Winter

Wie von Nacht verhangen,
Wußt nicht, was ich will,
Schon so lange, lange
War ich totenstill.

Liegt die Welt voll Schmerzen,
Wills auch draußen schnein:
Wache auf, mein Herze,
Frühling muß es sein!

Was mich frech wollt fassen,
's ist nur Wogenschaum,
Falsche Ehr, Not, Hassen,
Welt, ich spür dich kaum.

Breite nur die Flügel
Wieder, schönes Roß,
Frei laß ich die Zügel,
So brich durch, Genoß!

Und hat ausgeklungen
Liebes-Lust und Leid,
Um die wir gerungen
In der schönsten Zeit;

Nun so trag mich weiter,
Wo das Wünschen aus –
Wie wird mir so heiter,
Roß, bring mich nach Haus!

Der Schiffer

Die Lüfte linde fächeln,
Aus stillen Meeres Schaum
Sirenen tauchend lächeln,
Der Schiffer liegt im Traum.

Da faßt der Sturm die Wellen,
Durchwühlt die Einsamkeit:
Wacht auf, ihr Traumgesellen,
Nun ists nicht Schlafenszeit! –

In jenen stillen Tagen
Wie war ich stolz und klug,
In sichern Glücks Behagen
Mir selber gut genug.

Du hast das Glück zerschlagen;
Nimm wieder, was Du gabst,
Ich schweig und will nicht klagen,
Jetzt weiß ich, wie Du labst.

Das sind die mächtgen Stürme,
Die wecken, was da ruht,
Es sinken Land und Türme
Allmählich in die Flut.

Kein Meerweib will sich zeigen,
Kein Laut mehr langt zu mir,
Und in dem weiten Schweigen
Steh ich allein mit Dir.

O führe an den Riffen
Allmächtig Deine Hand,
Wohin wir alle schiffen,
Uns zu dem Heimatsstrand!

Der Soldat

Und wenn es einst dunkelt,
Der Erd bin ich satt,
Durchs Abendrot funkelt
Eine prächtge Stadt:

Von den goldenen Türmen
Singet der Chor,
Wir aber stürmen
Das himmlische Tor.

Der Wächter

Nächtlich macht der Herr die Rund,
Sucht die Seinen unverdrossen,
Aber überall verschlossen
Trifft er Tür und Herzensgrund,
Und er wendet sich voll Trauer:
Niemand ist, der mit mir wacht. –
Nur der Wald vernimmts mit Schauer,
Rauschet fromm die ganze Nacht.

Waldwärts durch die Einsamkeit
Hört ich über Tal und Klüften
Glocken in den stillen Lüften,
Wie aus fernem Morgen weit –
An die Tore will ich schlagen,
An Palast und Hütten: Auf!
Flammend schon die Gipfel ragen,
Wachet auf, wacht auf, wacht auf!

Gottes Segen

Das Kind ruht aus vom Spielen,
Am Fenster rauscht die Nacht,
Die Engel Gotts im Kühlen
Getreulich halten Wacht.

Am Bettlein still sie stehen,
Der Morgen graut noch kaum,
Sie küssens, eh sie gehen,
Das Kindlein lacht im Traum.

Der Umkehrende

1

Du sollst mich doch nicht fangen,
Duftschwüle Zaubernacht!
Es stehn mit goldnem Prangen
Die Stern auf stiller Wacht,
Und machen überm Grunde,
Wo du verirret bist,
Getreu die alte Runde –
Gelobt sei Jesus Christ!

Wie bald in allen Bäumen
Geht nun die Morgenluft,
Sie schütteln sich in Träumen,
Und durch den roten Duft
Eine fromme Lerche steiget,
Wenn alles still noch ist,
Den rechten Weg dir zeiget –
Gelobt sei Jesus Christ!

2

Hier bin ich, Herr! Gegrüßt das Licht,
Das durch die stille Schwüle
Der müden Brust gewaltig bricht
Mit seiner strengen Kühle.
Nun bin ich frei! Ich taumle noch
Und kann mich noch nicht fassen –
O Vater, Du erkennst mich doch,
Und wirst nicht von mir lassen!

3

Was ich wollte, liegt zerschlagen,
Herr, ich lasse ja das Klagen,
Und das Herz ist still.
Nun aber gib auch Kraft, zu tragen,
Was ich *nicht* will!

4

Es wandelt, was wir schauen,
Tag sinkt ins Abendrot,
Die Lust hat eignes Grauen,
Und alles hat den Tod.

Ins Leben schleicht das Leiden
Sich heimlich wie ein Dieb,
Wir alle müssen scheiden
Von allem, was uns lieb.

Was gäb es doch auf Erden,
Wer hielt' den Jammer aus,
Wer möcht geboren werden,
Hieltst Du nicht droben Haus!

Du bists, der, was wir bauen,
Mild über uns zerbricht,
Daß wir den Himmel schauen –
Darum so klag ich nicht.

5

Waldeinsamkeit!
Du grünes Revier,
Wie liegt so weit
Die Welt von hier!
Schlaf nur, wie bald
Kommt der Abend schön,
Durch den stillen Wald
Die Quellen gehn,
Die Mutter Gottes wacht,
Mit ihrem Sternenkleid
Bedeckt sie dich sacht
In der Waldeinsamkeit,
Gute Nacht, gute Nacht! –

Der Kranke

Soll ich dich denn nun verlassen,
Erde, heitres Vaterhaus?
Herzlich Lieben, mutig Hassen,
Ist denn alles, alles aus?

Vor dem Fenster durch die Linden
Spielt es wie ein linder Gruß,
Lüfte, wollt ihr mir verkünden,
Daß ich bald hinunter muß? –

Liebe, ferne, blaue Hügel,
Stiller Fluß im Talesgrün,
Ach, wie oft wünscht ich mir Flügel,
Über euch hinweg zu ziehn!

Da sich jetzt die Flügel dehnen,
Schaur ich in mich selbst zurück,
Und ein unbeschreiblich Sehnen
Zieht mich zu der Welt zurück.

Sterbeglocken

Nun legen sich die Wogen,
Und die Gewitter schwül
Sind all hinabgezogen,
Mir wird das Herz so kühl.

Die Täler alle dunkeln,
Ist denn das Morgenzeit?
Wie schön die Gipfel funkeln,
Und Glocken hör ich weit.

So hell noch niemals klangen
Sie übern Waldessaum –
Wo war ich denn so lange?
Das war ein schwerer Traum.

Der Pilger

1

Man setzt uns auf die Schwelle,
Wir wissen nicht, woher?
Da glüht der Morgen helle,
Hinaus verlangt uns sehr.
Der Erde Klang und Bilder,
Tiefblaue Frühlingslust,
Verlockend wild und wilder,
Bewegen da die Brust.
Bald wird es rings so schwüle,
Die Welt eratmet kaum,
Berg', Schloß und Wälder kühle
Stehn lautlos wie im Traum,
Und ein geheimes Grausen
Beschleichet unsern Sinn:
Wir sehnen uns nach Hause
Und wissen nicht, wohin?

2

Dein Wille, Herr, geschehe!
Verdunkelt schweigt das Land,
Im Zug der Wetter sehe
Ich schauernd Deine Hand.
O mit uns Sündern gehe
Erbarmend ins Gericht!
Ich beug im tiefsten Wehe
Zum Staub mein Angesicht,
Dein Wille, Herr, geschehe!

3

Schlag mit den flammgen Flügeln!
Wenn Blitz aus Blitz sich reißt:

Steht wie in Rossesbügeln
So ritterlich mein Geist.

Waldesrauschen, Wetterblicken
Macht recht die Seele los,
Da grüßt sie mit Entzücken,
Was wahrhaft, ernst und groß.

Es schiffen die Gedanken
Fern wie auf weitem Meer,
Wie auch die Wogen schwanken:
Die Segel schwellen mehr.

Herr Gott, es wacht Dein Wille,
Ob Tag und Lust verwehn,
Mein Herz wird mir so stille
Und wird nicht untergehn.

4

So laß herein nun brechen
Die Brandung, wie sie will,
Du darfst ein Wort nur sprechen,
So wird der Abgrund still;
Und bricht die letzte Brücke,
Zu Dir, der treulich steht,
Hebt über Not und Glücke
Mich einsam das Gebet.

5

Wie ein todeswunder Streiter,
Der den Weg verloren hat,
Schwank ich nun und kann nicht weiter,
Von dem Leben sterbensmatt.
Nacht schon decket alle Müden
Und so still ists um mich her,
Herr, auch mir gib endlich Frieden,
Denn ich wünsch und hoff nichts mehr.

6

Wie oft wollt mich die Welt ermüden,
Ich beugt aufs Schwert mein Angesicht
Und bat Dich frevelhaft um Frieden –
Du wußtests besser, gabst ihn nicht.

Ich sah in Nacht das Land vergehen,
In Blitzen Du die Wetter brachst,
Da konnt ich schauernd erst verstehen,
Was Du zu mir Erschrocknem sprachst:

»Meine Lieder sind nicht deine Lieder,
Leg ab den falschen Schmuck der Zeit
Und nimm das Kreuz, dann komme wieder
In deines Herzens Einsamkeit.«

Und alle Bilder ferne treten,
Und tief noch rauschet kaum die Rund –
Wie geht ein wunderbares Beten
Mir leuchtend durch der Seele Grund!

Der Pilot

Glaube stehet still erhoben
Überm nächtgen Wellenklang,
Lieset in den Sternen droben
Fromm des Schiffleins sichern Gang.

Liebe schwellet sanft die Segel,
Dämmernd zwischen Tag und Nacht
Schweifen Paradiesesvögel,
Ob der Morgen bald erwacht?

Morgen will sich kühn entzünden,
Nun wirds mir auf einmal kund:
Hoffnung wird die Heimat finden
Und den stillen Ankergrund.

Der Einsiedler

Komm, Trost der Welt, du stille Nacht!
Wie steigst du von den Bergen sacht,
Die Lüfte alle schlafen,
Ein Schiffer nur noch, wandermüd,
Singt übers Meer sein Abendlied
Zu Gottes Lob im Hafen.

Die Jahre wie die Wolken gehn
Und lassen mich hier einsam stehn,
Die Welt hat mich vergessen,
Da tratst du wunderbar zu mir,
Wenn ich beim Waldesrauschen hier
Gedankenvoll gesessen.

O Trost der Welt, du stille Nacht!
Der Tag hat mich so müd gemacht,
Das weite Meer schon dunkelt,
Laß ausruhn mich von Lust und Not,
Bis daß das ewge Morgenrot
Den stillen Wald durchfunkelt.

Der Sänger

1

Siehst du die Wälder glühen,
Die Ströme flammend sprühen,
Die Welt im Abendgluten
Wie träumerische Fluten,
Wo blühnde Inseln trunken
Sich spiegeln in dem Duft? –
Es weht und rauscht und ruft:
O komm, eh wir versunken!

Eh noch die Sonn versunken:
Gehn durch die goldnen Funken
Still Engel in den Talen,
Das gibt so leuchtend Strahlen
In Blumen rings und Zweigen. –
Wie frommer Widerhall
Weht noch der Glocken Schall,
Wenn längst die Täler schweigen.

Leis wächst durchs dunkle Schweigen
Ein Flüstern rings und Neigen
Wie ein geheimes Singen,
In immer weitern Ringen
Ziehts alle, die da lauschen,
In seine duftge Rund,
Wo kühl im stillen Grund
Die Wasserkünste rauschen.

Wie Wald und Strom im Rauschen
Verlockend Worte tauschen!
Was ists, daß ich ergrause? –
Führt doch aus stillem Hause
Der Hirt die goldne Herde,
Und hütet treu und wacht,
So lieblich weht die Nacht,
Lind säuselt kaum die Erde.

2

Und zu den Felsengängen
Der nächtge Sänger flieht,
Denn wie mit Wahnsinns Klängen
Treibt ihn sein eignes Lied.

Bei leuchtenden Gewittern
Schreckt ihn das stille Land,
Ein wunderbar Erschüttern
Hat ihm das Herz gewandt.

Bereuend sinkt sein Auge –
Da blickt durch Nacht und Schmerz
Ein unsichtbares Auge
Ihm klar ins tiefste Herz.

Ein Saitenspiel zur Stunde
Wirft er in tiefsten Schlund,
Und weint aus Herzensgrunde,
Und ewig schweigt sein Mund.

Morgendämmerung

Es ist ein still Erwarten in den Bäumen,
Die Nachtigallen in den Büschen schlagen
In irren Klagen, könnens doch nicht sagen,
Die Schmerzen all und Wonne, halb in Träumen.

Die Lerche auch will nicht die Zeit versäumen,
Da solches Schallen bringt die Luft getragen,
Schwingt sich vom Tal, ehs noch beginnt zu tagen,
Im ersten Strahl die Flügel sich zu säumen.

Ich aber stand schon lange in dem Garten
Und bin ins stille Feld hinausgegangen,
Wo leis die Ähren an zu wogen fingen.

O fromme Vöglein, ihr und ich, wir warten
Aufs frohe Licht, da ist uns vor Verlangen
Bei stiller Nacht erwacht so sehnend Singen.

Das Gebet

Wen hat nicht einmal Angst befallen,
Wenn Trübnis ihn gefangen hält,
Als müßt er ewig rastlos wallen
Nach einer wunderbaren Welt?

All Freunde sind lang fortgezogen,
Der Frühling weint in einem fort,
Eine Brücke ist der Regenbogen
Zum friedlich sichern Heimatsport.

Hinauszuschlagen in die Töne,
Lockt dich Natur mit wilder Lust,
Zieht Minne, holde Frauenschöne
Zum Abgrund süß die selge Brust;
Den Tod siehst du verhüllet gehen
Durch Lieb und Leben himmelwärts,
Ein einzig Wunder nur bleibt stehen
Einsam über dem öden Schmerz. –

Du seltner Pilger, laß dich warnen!
Aus irdscher Lust und Zauberei,
Die freud- und leidvoll dich umgarnen,
Strecke zu Gott die Arme frei!
Nichts mehr mußt du hienieden haben,
Himmlisch betrübt, verlassen, arm,
Ein treues Kind, dem Vater klagen
Die irdsche Lust, den irdschen Harm.

Es breitet diese einzge Stunde
Sich übers ganze Leben still,
Legt blühend sich um deine Wunde,
Die niemals wieder heilen will.
Treu bleibt der Himmel stets dem Treuen,
Zur Erd das Irdsche niedergeht,
Zum Himmel über Zaubereien
Geht ewig siegreich das Gebet.

Sonntag

Die Nacht war kaum verblühet,
Nur eine Lerche sang
Die stille Luft entlang.
Wen grüßt sie schon so frühe?

Und draußen in dem Garten
Die Bäume übers Haus
Sahn weit ins Land hinaus,
Als ob sie wen erwarten.

In festlichen Gewanden
Wie eine Kinderschar,
Tauperlen in dem Haar,
Die Blumen alle standen.

Ich dacht: ihr kleinen Bräute,
Was schmückt ihr euch so sehr? –
Da blickt' die eine her:
»Still, still, 's ist Sonntag heute.«

»Schon klingen Morgenglocken,
Der liebe Gott nun bald
Geht durch den stillen Wald.«
Da kniet ich froherschrocken.

Nachtgebet

Es rauschte leise in den Bäumen,
Ich hörte nur der Ströme Lauf,
Und Berg und Gründe, wie aus Träumen,
Sie sahn so fremd zu mir herauf.

Drin aber in der stillen Halle
Ruht' Sang und Plaudern müde aus,
Es schliefen meine Lieben alle,
Kaum wieder kannt ich nun mein Haus.

Mir wars, als lägen sie zur Stunde
Gestorben, bleich im Mondenschein,
Und schauernd in der weiten Runde
Fühlt ich auf einmal mich allein.

So blickt in Meeres öden Reichen
Ein Schiffer einsam himmelan –
O Herr, wenn einst die Ufer weichen,
Sei gnädig Du dem Steuermann!

Ostern

Vom Münster Trauerglocken klingen,
Vom Tal ein Jauchzen schallt herauf.
Zur Ruh sie dort dem Toten singen,
Die Lerchen jubeln: Wache auf!
Mit Erde sie ihn still bedecken,
Das Grün aus allen Gräbern bricht,
Die Ströme hell durchs Land sich strecken,
Der Wald ernst wie in Träumen spricht,
Und bei den Klängen, Jauchzen, Trauern,
Soweit ins Land man schauen mag,
Es ist ein tiefes Frühlingsschauern
Als wie ein Auferstehungstag.

Weihnachten

Markt und Straßen stehn verlassen,
Still erleuchtet jedes Haus,
Sinnend geh ich durch die Gassen,
Alles sieht so festlich aus.

An den Fenstern haben Frauen
Buntes Spielzeug fromm geschmückt,
Tausend Kindlein stehn und schauen,
Sind so wunderstill beglückt.

Und ich wandre aus den Mauern
Bis hinaus ins freie Feld,

Hehres Glänzen, heilges Schauern!
Wie so weit und still die Welt!

Sterne hoch die Kreise schlingen,
Aus des Schnees Einsamkeit
Steigts wie wunderbares Singen –
O du gnadenreiche Zeit!

Abschied

Abendlich schon rauscht der Wald
Aus den tiefen Gründen,
Droben wird der Herr nun bald
An die Sterne zünden,
Wie so stille in den Schlünden,
Abendlich nur rauscht der Wald.

Alles geht zu seiner Ruh,
Wald und Welt versausen,
Schauernd hört der Wandrer zu,
Sehnt sich recht nach Hause,
Hier in Waldes grüner Klause
Herz, geh endlich auch zur Ruh!

Mondnacht

Es war, als hätt der Himmel
Die Erde still geküßt,
Daß sie im Blütenschimmer
Von ihm nun träumen müßt.

Die Luft ging durch die Felder,
Die Ähren wogten sacht,
Es rauschten leis die Wälder,
So sternklar war die Nacht.

Und meine Seele spannte
Weit ihre Flügel aus,
Flog durch die stillen Lande,
Als flöge sie nach Haus.

Glück auf

Gar viel hab ich versucht, gekämpft, ertragen;
Das ist der tiefen Sehnsucht Lebenslauf,
Daß brünstig sie an jeden Fels muß schlagen,
Ob sich des Lichtes Gnadentür tät auf,
Wie ein verschütt'ter Bergmann in den Klüften
Heraus sich hauet zu den heitern Lüften.

Auch ich gelang' einst zu dem stillen Gipfel,
Vor dem mich schaudert in geheimer Lust.
Tief unten rauschen da des Lebens Wipfel
Noch einmal dunkelrührend an die Brust,
Dann wird es unten still im weiten Grunde
Und oben leuchtet streng des Himmels Runde.

Wie klein wird sein da, was mich hat gehalten,
Wie wenig, was ich Irrender vollbracht,
Doch was den Felsen gläubig hat gespalten:
Die Sehnsucht treu steigt mit mir aus der Nacht
Und legt mir an die wunderbaren Schwingen,
Die durch die Stille mich nach Hause bringen.

Nachtlied

Vergangen ist der lichte Tag,
Von ferne kommt der Glocken Schlag;
So reist die Zeit die ganze Nacht,
Nimmt manchen mit, ders nicht gedacht.

Wo ist nun hin die bunte Lust,
Des Freundes Trost und treue Brust,
Des Weibes süßer Augenschein?
Will keiner mit mir munter sein?

Da's nun so stille auf der Welt,
Ziehn Wolken einsam übers Feld,
Und Feld und Baum besprechen sich, –
O Menschenkind! was schauert dich?

Wie weit die falsche Welt auch sei,
Bleibt mir doch Einer nur getreu,
Der mit mir weint, der mit mir wacht,
Wenn ich nur recht an ihn gedacht.

Frisch auf denn, liebe Nachtigall,
Du Wasserfall mit hellem Schall!
Gott loben wollen wir vereint,
Bis daß der lichte Morgen scheint!

Stimmen der Nacht

I

Weit tiefe, bleiche, stille Felder –
O wie mich das freut,
Über alle, alle Täler, Wälder
Die prächtige Einsamkeit!

Aus der Stadt nur schlagen die Glocken
Über die Wipfel herein,
Ein Reh hebt den Kopf erschrocken
Und schlummert gleich wieder ein.

Der Wald aber rühret die Wipfel
Im Schlaf von der Felsenwand,
Denn der Herr geht über die Gipfel
Und segnet das stille Land.

2

Nächtlich wandern alle Flüsse,
Und der Himmel, Stern auf Stern,
Sendet so viel tausend Grüße,
Daß die Wälder nah und fern
Schauernd rauschen in den Gründen;
Nur der Mensch, dem Tod geweiht,
Träumet fort von seinen Sünden
In der stillen Gnadenzeit.

Herbstweh

1

So still in den Feldern allen,
Der Garten ist lange verblüht,
Man hört nur flüsternd die Blätter fallen,
Die Erde schläfert – ich bin so müd.

2

Es schüttelt die welken Blätter der Wald,
Mich friert, ich bin schon alt,
Bald kommt der Winter und fällt der Schnee,
Bedeckt den Garten und mich und alles, alles Weh.

Winternacht

Verschneit liegt rings die ganze Welt,
Ich hab nichts, was mich freuet,
Verlassen steht der Baum im Feld,
Hat längst sein Laub verstreuet.

Der Wind nur geht bei stiller Nacht
Und rüttelt an dem Baume,
Da rührt er seinen Wipfel sacht
Und redet wie im Traume.

Er träumt von künftger Frühlingszeit,
Von Grün und Quellenrauschen,
Wo er im neuen Blütenkleid
Zu Gottes Lob wird rauschen.

Trost

Der jagt dahin, daß die Rosse schnaufen,
Der muß im Staub daneben laufen;
Aber die Nacht holt beide ein,
Setzt jenen im Traume neben die Rosse
Und den andern in seine Karosse. –
Wer fährt nun fröhlicher? Der da wacht,
Oder der blinde Passagier bei Nacht?

Dank

Mein Gott, Dir sag ich Dank,
Daß Du die Jugend mir bis über alle Wipfel
In Morgenrot getaucht und Klang,
Und auf des Lebens Gipfel,
Bevor der Tag geendet,
Vom Herzen unbewacht
Den falschen Glanz gewendet,
Daß ich nicht taumle ruhmgeblendet,
Da nun herein die Nacht
Dunkelt in ernster Pracht.

Kurze Fahrt

Posthorn, wie so keck und fröhlich
Brachst du einst den Morgen an,
Vor mir lags so frühlingsselig,
Daß ich still auf Lieder sann.

Dunkel rauscht es schon im Walde,
Wie so abendkühl wirds hier,
Schwager, stoß ins Horn – wie balde
Sind auch wir im Nachtquartier!

Schifferspruch

Wenn die Wogen unten toben,
Menschenwitz zu Schanden wird,
Weist mit feurgen Zügen droben
Heimwärts dich der Wogen Hirt.
Sollst nach keinem andern fragen,
Nicht zurückschaun nach dem Land,
Faß das Steuer, laß das Zagen!
Aufgerollt hat Gottes Hand
Diese Wogen zum Befahren
Und die Sterne, dich zu wahren.

So oder so

Die handeln und die dichten,
Das ist der Lebenslauf,
Der eine macht Geschichten,
Der andre schreibt sie auf,
Und der will beide richten;
So schreibt und treibt sichs fort,
Der Herr wird alles schlichten,
Verloren ist kein Wort.

Walt' Gott!

Gestern stürmts noch, und am Morgen
Blühet schon das ganze Land –
Will auch nicht für morgen sorgen,
Alles steht in Gottes Hand.

Putz dich nur in Gold und Seiden:
In dem Felde über Nacht
Engel Gotts die Lilien kleiden,
Schöner als du's je gedacht.

Sonn dich auf des Lebens Gipfeln:
Über deinem stolzen Haus
Singt der Vogel in den Wipfeln,
Schwingt sich über dich hinaus!

Vögel nicht, noch Blumen sorgen,
Hat doch jedes sein Gewand –
Wie so fröhlich rauscht der Morgen!
Alles steht in Gottes Hand.

Schiffergruß

Stolzes Schiff mit seidnen Schwingen,
Fährst mein Boot zu Grunde schier,
Sang von Bord und Lauten klingen,
O du fröhlicher Schiffsherr dir;
Ich muß selbst mein Lied mir singen,
Nur der Sturmwind singt mit mir.

Stolzes Schiff, wenn deine Feuer
Nachts verlöscht: beim falben Licht
Steht ein Fremder an dem Steuer,
Mit den Winden laut er spricht,
Und die Wogen rauschen scheuer –
Trau dem finstern Bootsmann nicht!

Gleiche Winde, gleiche Wellen,
Reiches Schiff und armes Boot
Nach demselben Strande schwellen,
Deine Hoffart, meine Not
Wird an *einem* Riff zerschellen,
Denn der Bootsmann ist der Tod.

Todeslust

Bevor er in die blaue Flut gesunken,
Träumt noch der Schwan und singet todestrunken;
Die sommermüde Erde im Verblühen
Läßt all ihr Feuer in den Trauben glühen;
Die Sonne, Funken sprühend, im Versinken,
Gibt noch einmal der Erde Glut zu trinken,
Bis, Stern auf Stern, die Trunkne zu umfangen,
Die wunderbare Nacht ist aufgegangen.

Warnung

Aus ist dein Urlaub und die Laut' zerschlagen,
Nachts aus der stillen Stadt nun mußt du gehen,
Die Wetterfahnen nur im Wind sich drehen,
Dein Tritt verhallt, mag niemand nach dir fragen.

Doch draußen waldwärts, wo du herstammst, ragen
Die Zinnen noch der goldnen Burg, es gehen
Die Wachen schildernd auf dem Wall, das Wehen
Der Nacht bringt ihren Ruf ins Land getragen.

Der Engel dort mit seinem Flammendegen
Steht blankgerüstet noch, das Tor zu hüten,
Und wird dich mit den ersten Blicken messen,

Die manches Herze schon zu Asche glühten.
Hast du Parol und Feldgeschrei vergessen:
Weh! wo nun willst dein müdes Haupt hinlegen?

Die heilige Mutter

Es ist ein Meer, von Schiffen irr durchflogen,
Die steuern rastlos nach den falschen Landen,
Die alle suchen und wo alle stranden
Auf schwanker Flut, die jeden noch betrogen.

Es ist im wüsten Meer ein Felsenbogen,
An dem die sturmgepeitschten Wellen branden
Und aller Zorn der Tiefe wird zu Schanden,
Die nach dem Himmel zielt mit trüben Wogen.

Und auf dem Fels die mildeste der Frauen
Zählt ihre Kinder und der Schiffe Trümmer,
Stillbetend, daß sich rings die Stürme legen.

Das sind die treuen Augen, himmelblauen –
Mein Schiff versenk ich hinter mir auf immer,
Hier bin ich, Mutter, gib mir Deinen Segen!

Mahnung

Genug gemeistert nun die Weltgeschichte!
Die Sterne, die durch alle Zeiten tagen,
Ihr wolltet sie mit frecher Hand zerschlagen
Und jeder leuchten mit dem eignen Lichte.

Doch unaufhaltsam rucken die Gewichte,
Von selbst die Glocken von den Türmen schlagen,
Der alte Zeiger, ohne euch zu fragen,
Weist flammend auf die Stunde der Gerichte.

O stille Schauer, wunderbares Schweigen,
Wenn heimlichflüsternd sich die Wälder neigen,
Die Täler alle geisterbleich versanken,

Und in Gewittern von den Bergesspitzen
Der Herr die Weltgeschichte schreibt mit Blitzen –
Denn seine sind nicht euere Gedanken.

Wacht auf!

Es ist ein Kirchlein zwischen Felsenbogen
So tief versteckt: wie in den alten Sagen
Hat nächtens drin die Glocke angeschlagen,
Weiß keiner, wer die Glocken hat gezogen.

Erwache, Steuermann! hoch gehn die Wogen;
Ihr Hirten auf, die Herden nach euch fragen;
Ihr Wächter sollt an Schloß und Hütten schlagen,
Wacht auf, wacht auf, bevor der Klang verflogen!

Denn Heerschau halten will in deutschen Gauen
Der Herr und zählen, die ihm treu geblieben,
Eh er den Engel mit dem Schwerte sendet.

Schon brichts so dunkelrot durchs Morgengrauen,
Obs Blut bedeutet oder feurges Lieben,
Es steht in Gottes Hand, die niemand wendet.

Im Alter

Wie wird nun alles so stille wieder!
So war mirs oft in der Kinderzeit,
Die Bäche gehen rauschend nieder
Durch die dämmernde Einsamkeit,

Kaum noch hört man einen Hirten singen,
Aus allen Dörfern, Schluchten, weit
Die Abendglocken herüberklingen,
Versunken nun mit Lust und Leid
Die Täler, die noch einmal blitzen,
Nur hinter dem stillen Walde weit
Noch Abendröte an den Bergesspitzen,
Wie Morgenrot der Ewigkeit.

Memento mori

Schnapp Austern, Dukaten,
Mußt dennoch sterben!
Dann tafeln die Maden
Und lachen die Erben.

Die Flucht der heiligen Familie

Länger fallen schon die Schatten,
Durch die kühle Abendluft,
Waldwärts über stille Matten
Schreitet Joseph von der Kluft,
Führt den Esel treu am Zügel;
Linde Lüfte fächeln kaum,
's sind der Engel leise Flügel,
Die das Kindlein sieht im Traum,
Und Maria schauet nieder
Auf das Kind voll Lust und Leid,
Singt im Herzen Wiegenlieder
In der stillen Einsamkeit.
Die Johanniswürmchen kreisen
Emsig leuchtend übern Weg,
Wollen der Mutter Gottes weisen
Durch die Wildnis jeden Steg,

Und durchs Gras geht süßes Schaudern,
Streift es ihres Mantels Saum;
Bächlein auch läßt jetzt sein Plaudern
Und die Wälder flüstern kaum,
Daß sie nicht die Flucht verraten.
Und das Kindlein hob die Hand,
Da sie ihm so Liebes taten,
Segnete das stille Land,
Daß die Erd mit Blumen, Bäumen
Fernerhin in Ewigkeit
Nächtlich muß vom Himmel träumen –
O gebenedeite Zeit!

Marienlied

Wenn ins Land die Wetter hängen
Und der Mensch erschrocken steht,
Wendet, wie mit Glockenklängen,
Die Gewitter Dein Gebet,
Und wo aus den grauen Wogen
Weinend auftaucht das Gefild,
Segnest Du's vom Regenbogen –
Mutter, ach, wie bist Du mild!

Wenns einst dunkelt auf den Gipfeln
Und der kühle Abend sacht
Niederrauschet in den Wipfeln:
O Maria, heilge Nacht!
Laß mich nimmer wie die andern,
Decke zu der letzten Ruh
Mütterlich den müden Wandrer
Mit dem Sternenmantel zu.

Durch!

Ein Adler saß am Felsenbogen,
Den lockt' der Sturm weit übers Meer,
Da hatt er droben sich verflogen,
Er fand sein Felsennest nicht mehr,
Tief unten sah er kaum noch liegen
Verdämmernd Wald und Land und Meer,
Mußt' höher, immer höher fliegen,
Ob nicht der Himmel offen wär.

VII. ROMANZEN

Aus schweren Träumen
Fuhr ich oft auf und sah durch Tannenwipfel
Den Mond ziehn übern stillen Grund und sang
Vor Bangigkeit und schlummert wieder ein. –

Ja, Menschenstimme, hell aus frommer Brust!
Du bist doch die gewaltigste, und triffst
Den rechten Grundton, der verworren anklingt
In all den tausend Stimmen der Natur!

Die Zauberin im Walde

»Schon vor vielen, vielen Jahren
Saß ich drüben an dem Ufer,
Sah manch Schiff vorüber fahren
Weit hinein uns Waldesdunkel.«

»Denn ein Vogel jeden Frühling
An dem grünen Waldessaume
Sang mit wunderbarem Schalle,
Wie ein Waldhorn klangs im Traume.«

»Und gar seltsam hohe Blumen
Standen an dem Rand der Schlünde,
Sprach der Strom so dunkle Worte,
's war, als ob ich sie verstünde.«

»Und wie ich so sinnend atme
Stromeskühl' und Waldesdüfte,
Und ein wundersam Gelüsten
Mich hinabzog nach den Klüften:«

»Sah ich auf kristallnem Nachen,
Tief im Herzensgrund erschrocken,
Eine wunderschöne Fraue,
Ganz umwallt von goldnen Locken.«

»Und von ihrem Hals behende
Tät sie lösen eine Kette,
Reicht' mit ihren weißen Händen
Mir die allerschönste Perle.«

»Nur ein Wort von fremdem Klange
Sprach sie da mit rotem Munde,
Doch im Herzen ewig stehen
Wird des Worts geheime Kunde.«

»Seitdem saß ich wie gebannt dort,
Und wenn neu der Lenz erwachte,
Immer von dem Halsgeschmeide
Eine Perle sie mir brachte.«

»Ich barg all im Waldesgrunde,
Und aus jeder Perl der Fraue
Sproßte eine Blum zur Stunde,
Wie ihr Auge anzuschauen.«

»Und so bin ich aufgewachsen,
Tät der Blumen treulich warten,
Schlummert' oft und träumte golden
In dem schwülen Waldesgarten.«

»Fortgespült ist nun der Garten
Und die Blumen all verschwunden,
Und die Gegend, wo sie standen,
Hab ich nimmermehr gefunden.«

»In der Fern liegt jetzt mein Leben,
Breitend sich wie junge Träume,
Schimmert stets so seltsam lockend
Durch die alten, dunklen Bäume.«

»Jetzt erst weiß ich, was der Vogel
Ewig ruft so bange, bange,
Unbekannt zieht ewge Treue
Mich hinunter zu dem Sange.«

»Wie die Wälder kühle rauschen,
Zwischendurch das alte Rufen,
Wo bin ich so lang gewesen? –
O ich muß hinab zur Ruhe!«

Und es stieg vom Schloß hinunter
Schnell der süße Florimunde,
Weit hinab und immer weiter
Zu dem dunkelgrünen Grunde.

Hört die Ströme stärker rauschen,
Sah in Nacht des Vaters Burge
Stillerleuchtet ferne stehen,
Alles Leben weit versunken.

Und der Vater schaut' vom Berge,
Schaut' zum dunklen Grunde immer,
Regte sich der Wald so grausig,
Doch den Sohn erblickt' er nimmer.

Und es kam der Winter balde,
Und viel Lenze kehrten wieder,
Doch der Vogel in dem Walde
Sang nie mehr die Wunderlieder.

Und das Waldhorn war verklungen
Und die Zauberin verschwunden,
Wollte keinen andern haben
Nach dem süßen Florimunde. –

Die Riesen

Hoch über blauen Bergen
Da steht ein schönes Schloß,
Das hütet von Gezwergen
Ein wunderlicher Troß.

Da ist ein Lautenschlagen
Und Singen insgemein,
Die Lüfte es vertragen
Weit in das Land hinein.

Und wenn die Länder schweigen,
Funkelnd im Abendtau,
Soll manchmal dort sich zeigen
Eine wunderschöne Frau.

Da schworen alle Riesen,
Zu holen sie als Braut,
Mit Leitern da und Spießen
Sie stapften gleich durchs Kraut.

Da krachte manche Leiter,
Sie wunderten sich sehr:
Die Wildnis wuchs, je weiter
Je höher rings umher.

Sie waren recht bei Stimme
Und zankten um ihren Schatz,
Und fluchten in großem Grimme,
Und fanden nicht den Platz.

Und bei dem Lärm sie stunden
In Wolken bis an die Knie,
Das Schloß, das war verschwunden,
Und wußten gar nicht wie. –

Aber wie ein Regenbogen
Glänzts drüben durch die Luft,
Sie hatt indes gezogen
Neue Gärten in den Duft.

Der Götter Irrfahrt

(Nach einer Volkssage der Tongainseln)

I

Unten endlos nichts als Wasser,
Droben Himmel still und weit,
Nur das Götterland, das blasse,
Lag in Meereseinsamkeit,
Wo auf farbenlosen Matten
Gipfel wie in Träumen stehn,
Und Gestalten ohne Schatten
Ewig lautlos sich ergehn.

Zwischen grauen Wolkenschweifen
Die verschlafen Berg und Flut
Mit den langen Schleiern streifen,
Hoch der Göttervater ruht.
Heut zu fischen ihn gelüstet,
Und vom zack'gen Felsenhang
In des Meeres grüne Wüste
Senket er die Schnur zum Fang.

Sinnend sitzt er, und es flattern
Bart und Haar im Sturme weit,
Und die Zeit wird ihm so lange
In der stillen Ewigkeit.
Da fühlt er die Angel zucken:
»Ei, das ist ein schwerer Fisch!«
Freudig fängt er an zu rucken,
Stemmt sich, zieht und windet frisch.

Sieh, da hebt er Felsenspitzen
Langsam aus der Wasser Grund,
Und erschrocken aus den Ritzen
Schießen schuppge Schlangen bunt;

Ringelnd' Ungetüm' der Tiefen,
Die im öden Wogenhaus
In der grünen Dämmrung schliefen
Stürzen sich ins Meer hinaus.

Doch der Vater hebt aufs neue,
Und Gebirge, Tal und Strand
Taucht allmählich auf ins Freie,
Und es grünt das junge Land,
Irrend farb'ge Lichter schweifen
Und von Blumen glänzt die Flur,
Wo des Vaters Blick' sie streifen –
Da zerreißt die Angelschnur.

Wie 'ne liebliche Sirene
Halb nun überm Wellenglanz,
Staunend ob der eignen Schöne,
Schwebt es mit dem Blütenkranz,
Bei der Lüfte lindem Fächeln
Sich im Meer, das rosig brennt,
Spiegelnd mit verschämtem Lächeln –
Erde sie der Vater nennt.

2

Staunend auf den Göttersitzen
Die Unsterblichen nun stehn,
Sehn den Morgen drüben blitzen,
Fühlen Duft herüberwehn,
Und so süßes Weh sie spüren,
Lösen leis ihr Schiff vom Strand,
Und die Lüfte sie verführen
Fern durchs Meer zum jungen Land.

O wie da die Quellen sprangen
In die tiefe Blütenpracht
Und Lianen dort sich schlangen

Glühend durch die Waldesnacht!
Und die Wandrer trunken lauschen,
Wo die Wasserfälle gehn,
Bis sie in dem Frühlingsrauschen
Plötzlich all erschrocken stehn:

Denn sie sehn zum ersten Male
Nun die Sonne niedergehn
Und verwundert Berg' und Tale
Tief im Abendrote stehn,
Und der schönste Gott von allen
Sank erbleichend in den Duft,
Denn dem Tode ist verfallen,
Wer geatmet irdsche Luft.

Die Genossen faßt ein Grauen,
Und sie fahren weit ins Meer,
Nach des Vaters Haus sie schauen,
Doch sie findens nimmermehr.
Mußten aus den Wogenwüsten
Ihrer Schiffe Schnäbel drehn
Wieder nach des Eilands Küsten,
Ach, das war so falsch und schön!

Und für immer da verschlagen
Blieben sie im fremden Land,
Hörten nachts des Vaters Klagen
Oft noch fern vom Götterstrand. –
Und nun Kindeskinder müssen
Nach der Heimat sehn ins Meer,
Und es kommt im Wind ein Grüßen,
Und sie wissen nicht woher.

Die Brautfahrt

Durch des Meeresschlosses Hallen
Auf bespültem Felsenhang
Weht der Hörner festlich Schallen;
Froher Hochzeitsgäste Drang,
Bei der Kerzen Zauberglanze,
Wogt im buntverschlungnen Tanze.

Aber an des Fensters Bogen,
Ferne von der lauten Pracht,
Schaut der Bräutgam in die Wogen
Draußen in der finstern Nacht,
Und die trunknen Blicke schreiten
Furchtlos durch die öden Weiten.

»Lieblich«, sprach der wilde Ritter
Zu der zarten, schönen Braut,
»Lieblich girrt die sanfte Zither –
Sturm ist *meiner* Seele Laut,
Und der Wogen dumpfes Brausen
Hebt das Herz in kühnem Grausen.

Ich kann hier nicht müßig lauern,
Treiben auf dem flachen Sand,
Dieser Kreis von Felsenmauern
Hält mein Leben nicht umspannt;
Schönre Länder blühen ferne,
Das verkünden mir die Sterne.

Du mußt glauben, du mußt wagen,
Und, den Argonauten gleich,
Wird die Woge fromm dich tragen
In das wunderbare Reich;
Mutig streitend mit den Winden,
Muß ich meine Heimat finden!

Siehst du, heißer Sehnsucht Flügel,
Weiße Segel dort gespannt?
Hörst du tief die feuchten Hügel
Schlagen an die Felsenwand?
Das ist Sang zum Hochzeitsreigen –
Willst du mit mir niedersteigen?

Kannst du rechte Liebe fassen,
Nun so frage, zaudre nicht!
Schloß und Garten mußt du lassen
Und der Eltern Angesicht –
Auf der Flut mit mir alleine,
Da erst, Liebchen, bist du meine!«

Schweigend sieht ihn an die milde
Braut mit schauerlicher Lust,
Sinkt dem kühnen Ritterbilde
Trunken an die stolze Brust:
»Dir hab ich mein Los ergeben,
Schalte nun mit meinem Leben.«

Und er trägt die süße Beute
Jubelnd aus dem Schloß aufs Schiff,
Drunten harren seine Leute,
Stoßen froh vom Felsenriff;
Und die Hörner leis verhallen,
Einsam rings die Wogen schallen.

Wie die Sterne matter blinken
In die morgenrote Flut,
Sieht sie fern die Berge sinken,
Flammend steigt die hehre Glut,
Überm Spiegel trunkner Wellen
Rauschender die Segel schwellen.

Monde steigen und sich neigen,
Lieblich weht schon fremde Luft,
Da sehn sie ein Eiland steigen

Feenhaft aus blauem Duft,
Wie ein farbger Blumenstreifen –
Meerwärts fremde Vögel schweifen.

Alle faßt ein freudges Beben –
Aber dunkler rauscht das Meer,
Schwarze Wetter schwer sich heben,
Stille wird es rings umher,
Und nur freudiger und treuer
Steht der Ritter an dem Steuer.

Und nun flattern wilde Blitze,
Sturm rast um den Felsenriff,
Und von grimmer Wogen Spitze
Stürzt geborsten sich das Schiff.
Schwankend auf des Mastes Splitter,
Schlingt die Braut sich um den Ritter.

Und die Müde in den Armen,
Springt er abwärts, sinkt und ringt,
Hält den Leib, den blühend warmen,
Bis er alle Wogen zwingt,
Und am Blumenstrand gerettet,
Auf das Gras sein Liebstes bettet.

»Wache auf, wach auf, du Schöne!
Liebesheimat ringsum lacht,
Zaubrisch ringen Duft und Töne,
Wunderbarer Blumen Pracht
Funkelt rings im Morgengolde –
Schau um dich! Wach auf, du Holde!«

Aber frei von Lust und Kummer
Ruht die liebliche Gestalt,
Lächelnd noch im längsten Schlummer,
Und das Herz ist still und kalt,
Still der Himmel, still im Meere,
Schimmernd rings des Taues Zähre.

Und er sinkt zu ihr vor Schmerzen,
Einsam in dem fremden Tal,
Tränen aus dem wilden Herzen
Brechen da zum ersten Mal,
Und vor diesem Todesbilde
Wird die ganze Seele milde.

Von der langen Täuschung trennt er
Schauernd sich – der Stolz entweicht,
Andre Heimat nun erkennt er,
Die kein Segel hier erreicht,
Und an echten Schmerzen ranken
Himmelwärts sich die Gedanken.

Scharrt die Tote ein in Stille,
Pflanzt ein Kreuz hoch auf ihr Grab,
Wirft von sich die seidne Hülle,
Leget Schwert und Mantel ab,
Kleidet sich in rauhe Felle,
Haut in Fels sich die Kapelle.

Überm Rauschen dunkler Wogen
In der wilden Einsamkeit,
Hausend auf dem Felsenbogen,
Ringt er fromm mit seinem Leid,
Hat, da manches Jahr entschwunden,
Heimat, Braut und Ruh gefunden. –

Viele Schiffe drunten gehen
An dem schönen Inselland,
Sehen hoch das Kreuz noch stehen,
Warnend von der Felsenwand;
Und des strengen Büßers Kunde
Gehet fromm von Mund zu Munde.

Vom heiligen Eremiten Wilhelm

Von Jerusalem die Warten
Lagen schon in rotem Duft,
Stand der Patriarch im Garten,
Glockenklang ging durch die Luft.

Kommt ein Pilger da gezogen,
Tritt zu ihm im Abendrot,
Bleich, von struppgem Haar umflogen,
Bettelt um ein Stücklein Brot.

Kommst aus Frankreich, frommer Pilger,
Hör der Heimat Laut so gern!
Kennst du dort den Grafen Wilhelm,
Meinen vorgen Landesherrn?

»Kenn ihn wohl, er hat geschrieben
Feurge Schrift mit blutger Hand,
Hat aus Frankreich dich vertrieben,
Und dein Kloster liegt verbrannt.«

Gott im Himmel, sollt dich kennen,
Wie du so den Blick gewandt,
Bist Graf Wilhelm der Ardennen –
»Also ward ich sonst genannt.«

O mein lieber Herr, am Grabe
Stehen beid als Sünder wir –
Haus und Garten, was ich habe,
Nehmt es hin und rastet hier!

»Bet für mich, ich darf nicht rasten,
Denn ohn Rasten geht die Zeit,
Hart mit Geißeln, Wachen, Fasten
Lieg ich mit der Höll in Streit.

Kron und Land ließ ich den Erben,
Muß mit stürmender Gewalt
Mir ein andres Reich erwerben.« –
Und so schritt er fort zum Wald.

Der Kühne

Und wo noch kein Wandrer gegangen,
Hoch über Jäger und Roß
Die Felsen im Abendrot hangen
Als wie ein Wolkenschloß.

Dort zwischen den Zinnen und Spitzen
Von wilden Nelken umblüht,
Die schönen Waldfrauen sitzen
Und singen im Wind ihr Lied.

Der Jäger schaut nach dem Schlosse:
Die droben das ist mein Lieb! –
Er sprang vom scheuenden Rosse,
Weiß keiner, wo er blieb.

Der Wachtturm

Ich sah im Mondschein liegen
Die Felsen und das Meer,
Ich sah ein Schifflein fliegen
Still durch die Nacht daher.

Ein Ritter saß am Steuer,
Ein Fräulein stand am Bord,
Im Winde weht' ihr Schleier,
Die sprachen kein einzig Wort.

Ich sah verfallen grauen
Das hohe Königshaus,
Den König stehn und schauen
Vom Turm ins Meer hinaus.

Und als das Schiff verschwunden,
Er warf seine Krone nach,

Und aus dem tiefen Grunde
Das Meer wehklagend brach.

Das war der kühne Buhle,
Der ihm sein Kind geraubt,
Der König, der verfluchet
Der eignen Tochter Haupt.

Da hat das Meer mit Toben
Verschlungen Ritter und Maid,
Der König starb da droben
In seiner Einsamkeit.

Nun jede Nacht vor Sturme
Das Schiff vorüberzieht,
Der König von dem Turme
Nach seinem Kinde sieht.

Nachtwanderer

Er reitet nachts auf einem braunen Roß,
Er reitet vorüber an manchem Schloß:
Schlaf droben, mein Kind, bis der Tag erscheint,
Die finstre Nacht ist des Menschen Feind!

Er reitet vorüber an einem Teich,
Da stehet ein schönes Mädchen bleich
Und singt, ihr Hemdlein flattert im Wind:
Vorüber, vorüber, mir graut vor dem Kind!

Er reitet vorüber an einem Fluß,
Da ruft ihm der Wassermann seinen Gruß,
Taucht wieder unter dann mit Gesaus,
Und stille wirds über dem kühlen Haus.

Wann Tag und Nacht in verworrenem Streit,
Schon Hähne krähen in Dörfern weit,
Da schauert sein Roß und wühlet hinab,
Scharret ihm schnaubend sein eigenes Grab.

Der Knabe

Es war ein zartes Vögelein,
Das saß in Lieb gefangen,
Ein Knabe hegt' und pflegt' sichs fein
Wohl hinter goldnen Stangen.

Und draußen hörts auf grünem Plan
Verschiedner Vögel Weisen,
Sah Tag und Nacht den Knaben an,
Mocht nicht mit ihnen reisen.

Und als der Frühling weit und breit
Von neuem schien und schwärmte,
Da tat dem Knaben 's Vöglein leid,
Daß es kein Strahl erwärmte.

Da nahm er aus dem stillen Haus
Das Vöglein fromm und treue,
Und schweift' mit ihm durchs Feld hinaus
Ins himmelblaue Freie.

Er setzt' es vor sich auf die Hand,
Da wend't und putzt sichs feine,
In bunten Farben spielt' und brannt
Sein Kleid im Sonnenscheine.

Doch aus dem Wald ein Singen rief,
Bunt Vöglein ziehn und reisen,
Das lockt so hell, das lockt so tief
In wundersüßen Weisen.

Das Vöglein frisch die Flügel rührt –
Es ruft: Kommst du nicht balde? –
Das hat das Vögelein verführt,
Fort flogs zum grünen Walde –

Nun muß der Knabe einsam gehn,
Klagt über Tal und Hügel:
»Süß Lieb', süß Lieb', wie bist du schön:
Ach, hättst du keine Flügel!« –

Die Nonne und der Ritter

Da die Welt zur Ruh gegangen,
Wacht mit Sternen mein Verlangen;
In der Kühle muß ich lauschen,
Wie die Wellen unten rauschen.

»Fernher mich die Wellen tragen,
Die ans Land so traurig schlagen.
Unter deines Fensters Gitter,
Fraue, kennst du noch den Ritter?«

Ists doch, als ob seltsam' Stimmen
Durch die lauen Lüfte schwimmen;
Wieder hats der Wind genommen –
Ach, mein Herz ist so beklommen!

»Drüben liegt dein Schloß verfallen,
Klagend in den öden Hallen
Aus dem Grund der Wald mich grüßte –
's war, als ob ich sterben müßte.«

Alte Klänge blühend schreiten!
Wie aus lang versunknen Zeiten
Will mich Wehmut noch bescheinen,
Und ich möcht von Herzen weinen.

»Überm Walde blitzts vom weiten,
Wo um Christi Grab sie streiten;
Dorthin will mein Schiff ich wenden,
Da wird alles, alles enden!«

Geht ein Schiff, ein Mann stand drinne –
Falsche Nacht, verwirrst die Sinne,
Welt Ade! Gott woll bewahren,
Die noch irr im Dunkeln fahren.

Der stille Grund

Der Mondenschein verwirret
Die Täler weit und breit,
Die Bächlein, wie verirret,
Gehn durch die Einsamkeit.

Da drüben sah ich stehen
Den Wald auf steiler Höh,
Die finstern Tannen sehen
In einen tiefen See.

Ein Kahn wohl sah ich ragen,
Doch niemand, der es lenkt,
Das Ruder war zerschlagen,
Das Schifflein halb versenkt.

Eine Nixe auf dem Steine
Flocht dort ihr goldnes Haar,
Sie meint', sie wär alleine,
Und sang so wunderbar.

Sie sang und sang, in den Bäumen
Und Quellen rauscht' es sacht,
Und flüsterte wie in Träumen
Die mondbeglänzte Nacht.

Ich aber stand erschrocken,
Denn über Wald und Kluft
Klangen die Morgenglocken
Schon ferne durch die Luft.

Und hätt ich nicht vernommen
Den Klang zu guter Stund,
Wär nimmermehr gekommen
Aus diesem stillen Grund.

Der Kämpe

Nach drei Jahren kam gefahren
Einsam auf dem Rhein ein Schiff,
Drin gebunden und voll Wunden
Lag ein Rittersmann und rief:

»Still den Garten schön tust warten,
Bleibst am Fenster ofte stehn,
Ruhig scheinst du, heimlich weinst du,
Wie die Schiffe unten gehn.«

»Was vertraust du, warum baust du
Auf der Männer wilde Brust,
Die das Blut ziert und der Streit rührt
Und die schöne Todeslust!«

Oben spinnend, saß sie sinnend –
Schwanden Schiff und Tageslicht,
Was er sunge, war verklungen,
Sie erkannt den Liebsten nicht.

Waldmädchen

Bin ein Feuer hell, das lodert
Von dem grünen Felsenkranz,
Seewind ist mein Buhl und fodert
Mich zum lustgen Wirbeltanz,

Kommt und wechselt unbeständig.
Steigend wild,
Neigend mild,
Meine schlanken Lohen wend ich:
Komm nicht nah mir, ich verbrenn dich!

Wo die wilden Bäche rauschen
Und die hohen Palmen stehn,
Wenn die Jäger heimlich lauschen,
Viele Rehe einsam gehn.
Bin ein Reh, flieg durch die Trümmer,
Über die Höh,
Wo im Schnee
Still die letzten Gipfel schimmern,
Folg mir nicht, erjagst mich nimmer!

Bin ein Vöglein in den Lüften,
Schwing mich übers blaue Meer,
Durch die Wolken von den Klüften
Fliegt kein Pfeil mehr bis hieher,
Und die Au'n und Felsenbogen,
Waldeseinsamkeit
Weit, wie weit,
Sind versunken in die Wogen –
Ach, ich habe mich verflogen!

Der Unbekannte

Vom Dorfe schon die Abendglocken klangen,
Die müden Vöglein gingen auch zur Ruh,
Nur auf den Wiesen noch die Heimchen sangen
Und von den Bergen rauscht' der Wald dazu;
Da kam ein Wandrer durch die Ährenwogen,
Aus fernen Landen schien er hergezogen.

Vor seinem Hause, unter blühnden Lauben
Lud ihn ein Mann zum fröhlchen Rasten ein,
Die junge Frau bracht Wein und Brot und Trauben,
Setzt' dann, umspielt vom letzten Abendschein,
Sich neben ihn und blickt halb scheu, halb lose,
Ein lockig Knäblein lächelnd auf dem Schoße.

Ihr dünkt', er wär schon einst im Dorf gewesen,
Und doch so fremd und seltsam war die Tracht,
In seinen Mienen feurge Schrift zu lesen
Gleich Wetterleuchten fern bei stiller Nacht,
Und traf sein Auge sie, wollt' ihr fast grauen,
Denn 's war, wie in den Himmelsgrund zu schauen.

Und wie sich kühler nun die Schatten breiten:
Vom Berg Vesuv, der über Trümmern raucht,
Vom blauen Meer, wo Schwäne singend gleiten,
Kristallnen Inseln, blühend draus getaucht,
Und Glocken, die im Meeresgrunde schlagen,
Wußt wunderbar der schöne Gast zu sagen.

»Hast viel erfahren, willst du ewig wandern?«
Sprach drauf sein Wirt mit herzlichem Vertraun,
»Hier kannst du froh genießen wie die andern,
Am eignen Herd dein kleines Gärtchen baun,
Des Nachbars Töchter haben reiche Truhen,
Ruh endlich aus, brauchst nicht allein zu ruhen.«

Da stand der Wandrer auf, es blühten Sterne
Schon aus dem Dunkel überm stillen Land,
»Gesegn euch Gott! Mein Heimatland liegt ferne. –«
Und als er von den beiden sich gewandt,
Kam himmlisch Klingen von der Waldeswiese –
So sternklar war noch keine Nacht wie diese.

Der stille Freier

Mond, der Hirt, lenkt seine Herde
Einsam übern Wald herauf,
Unten auf der stillen Erde
Wacht verschwiegne Liebe auf.

Fern vom Schlosse Glocken schlagen,
Übern Wald her von der Höh
Bringt der Wind den Schall getragen,
Und erschrocken lauscht das Reh.

Nächtlich um dieselbe Stunde
Hallet Hufschlag, schnaubt ein Roß,
Macht ein Ritter seine Runde
Schweigend um der Liebsten Schloß.

Wenn die Morgensterne blinken,
Totenbleich der Hirte wird,
Und sie müssen all versinken:
Reiter, Herde und der Hirt.

Waldgespräch

Es ist schon spät, es wird schon kalt,
Was reitst du einsam durch den Wald?
Der Wald ist lang, du bist allein,
Du schöne Braut! Ich führ dich heim!

»Groß ist der Männer Trug und List,
Vor Schmerz mein Herz gebrochen ist,
Wohl irrt das Waldhorn her und hin,
O flieh! Du weißt nicht, wer ich bin.«

So reich geschmückt ist Roß und Weib,
So wunderschön der junge Leib,

Jetzt kenn ich dich – Gott steh mir bei!
Du bist die Hexe Lorelei.

»Du kennst mich wohl – von hohem Stein
Schaut still mein Schloß tief in den Rhein.
Es ist schon spät, es wird schon kalt,
Kommst nimmermehr aus diesem Wald!«

Die Saale

Doch manchmal in Sommertagen
Durch die schwüle Einsamkeit
Hört man mittags die Turmuhr schlagen,
Wie aus einer fremden Zeit.

Und ein Schiffer zu dieser Stunde
Sah einst eine schöne Frau
Vom Erker schaun zum Grunde –
Er ruderte schneller vor Graun.

Sie schüttelt' die dunklen Locken
Aus ihrem Angesicht:
»Was ruderst du so erschrocken?
Behüt dich Gott, dich mein ich nicht!«

Sie zog ein Ringlein vom Finger,
Warfs tief in die Saale hinein:
»Und der mir es wiederbringet,
Der soll mein Liebster sein!«

Der alte Garten

Kaiserkron und Päonien rot,
Die müssen verzaubert sein,
Denn Vater und Mutter sind lange tot,
Was blühn sie hier so allein?

Der Springbrunn plaudert noch immerfort
Von der alten schönen Zeit,
Eine Frau sitzt eingeschlafen dort,
Ihre Locken bedecken ihr Kleid.

Sie hat eine Laute in der Hand,
Als ob sie im Schlafe spricht,
Mir ist, als hätt ich sie sonst gekannt –
Still, geh vorbei und weck sie nicht!

Und wenn es dunkelt das Tal entlang,
Streift sie die Saiten sacht,
Da gibts einen wunderbaren Klang
Durch den Garten die ganze Nacht.

Verloren

Still bei Nacht fährt manches Schiff,
Meerfei kämmt ihr Haar am Riff,
Hebt von Inseln an zu singen,
Die im Meer dort untergingen.

Wann die Morgenwinde wehn,
Ist nicht Riff noch Fei zu sehn,
Und das Schifflein ist versunken,
Und der Schiffer ist ertrunken.

Der Schnee

Wann der kalte Schnee zergangen,
Stehst du draußen in der Tür,
Kommt ein Knabe schön gegangen,
Stellt sich freundlich da zu dir,

Lobet deine frischen Wangen,
Dunkle Locken, Augen licht,
Wann der kalte Schnee zergangen,
Glaub dem falschen Herzen nicht!

Wann die lauen Lüfte wehen,
Scheint die Sonne lieblich warm:
Wirst du wohl spazieren gehen,
Und er führet dich am Arm,
Tränen dir im Auge stehen,
Denn so schön klingt, was er spricht,
Wann die lauen Lüfte wehen,
Glaub dem falschen Herzen nicht!

Wann die Lerchen wieder schwirren,
Trittst du draußen vor das Haus,
Doch er mag nicht mit dir irren,
Zog weit in das Land hinaus;
Die Gedanken sich verwirren,
Wie du siehst den Morgen rot, –
Wann die Lerchen wieder schwirren,
Armes Kind, ach wärst du tot!

Die weinende Braut

Du warst so herrlich anzuschauen,
So kühn und wild und doch so lieb,
Dir mußt ich Leib und Seel vertrauen,
Ich mocht nichts mehr, das meine blieb!
Da hast du, Falscher, mich verlassen
Und Blumen, Lust und Frühlingsschein,
Die ganze Welt sah ich erblassen,
Ach Gott, wie bin ich nun allein!

Wohl jahrlang sah ich von den Höhen
Und grüßte dich viel tausendmal,

Und unten sah ich viele gehen,
Doch du erschienst nicht in dem Tal.
Und mancher Lenz mit bunten Scherzen
Kam und verflog im lustgen Lauf,
Doch ach! in dem betrognen Herzen
Geht niemals mehr der Frühling auf.

Ein Kränzlein trag ich nun im Haare,
In reichen Kleidern schön geschmückt,
Führt mich ein andrer zum Altare,
Die Eltern sind so hoch beglückt.
Und fröhlich kann ich mich wohl zeigen,
Die Sonne hell wie damals scheint,
Und vor dem Jauchzen und dem Geigen
Hört keiner, wie die Braut still weint.

Die Frühlingslieder neu beginnen –
Du kehrst nach manchem Jahr zurück,
Und stehest still, dich zu besinnen,
Wie auf ein längstvergangnes Glück.
Doch wüst verwachsen liegt der Garten,
Das Haus steht lange still und leer,
Kein Lieb will dein am Fenster warten,
Und dich und mich kennt niemand mehr.

Doch eine Lerche siehst du steigen
Vom Tal zum blauen Himmelsport,
Ein Bächlein rauschet da so eigen,
Als weinte es in einem fort.
Dort haben sie mich hingetragen,
Bedeckten mir mit Stein den Mund –
Nun kann ich dir nicht einmal sagen,
Wie ich dich liebt aus Herzensgrund.

Das zerbrochene Ringlein

In einem kühlen Grunde
Da geht ein Mühlenrad,
Mein Liebste ist verschwunden,
Die dort gewohnet hat.

Sie hat mir Treu versprochen,
Gab mir ein'n Ring dabei,
Sie hat die Treu gebrochen,
Mein Ringlein sprang entzwei.

Ich möcht als Spielmann reisen
Weit in die Welt hinaus,
Und singen meine Weisen,
Und gehn von Haus zu Haus.

Ich möcht als Reiter fliegen
Wohl in die blutge Schlacht,
Um stille Feuer liegen
Im Feld bei dunkler Nacht.

Hör ich das Mühlrad gehen:
Ich weiß nicht, was ich will –
Ich möcht am liebsten sterben,
Da wärs auf einmal still!

Der Gefangene

In goldner Morgenstunde,
Weil alles freudig stand,
Da ritt im heitern Grunde
Ein Ritter über Land.

Rings sangen auf das beste
Die Vöglein mannigfalt,
Es schüttelte die Äste
Vor Lust der grüne Wald.

Den Nacken, stolz gebogen,
Klopft er dem Rösselein –
So ist er hingezogen
Tief in den Wald hinein.

Sein Roß hat er getrieben,
Ihn trieb der frische Mut:
»Ist alles fern geblieben,
So ist mir wohl und gut!«

Mit Freuden mußt er sehen
Im Wald ein' grüne Au,
Wo Brünnlein kühle gehen,
Von Blumen rot und blau.

Vom Roß ist er gesprungen,
Legt' sich zum kühlen Bach,
Die Wellen lieblich klungen,
Das ganze Herz zog nach.

So grüne war der Rasen,
Es rauschte Bach und Baum,
Sein Roß tät stille grasen,
Und alles wie ein Traum.

Die Wolken sah er gehen,
Die schifften immer zu,
Er konnt nicht widerstehen, –
Die Augen sanken ihm zu.

Nun hört er Stimmen rinnen,
Als wie der Liebsten Gruß,
Er konnt sich nicht besinnen –
Bis ihn erweckt' ein Kuß.

Wie prächtig glänzt' die Aue!
Wie Gold der Quell nun floß,
Und einer süßen Fraue
Lag er im weichen Schoß.

»Herr Ritter! Wollt Ihr wohnen
Bei mir im grünen Haus:
Aus allen Blumenkronen
Wind ich Euch einen Strauß!

Der Wald ringsum wird wachen,
Wie wir beisammen sein,
Der Kuckuck schelmisch lachen,
Und alles fröhlich sein.«

Es bog ihr Angesichte
Auf ihn, den süßen Leib,
Schaut' mit den Augen lichte
Das wunderschöne Weib.

Sie nahm sein'n Helm herunter,
Löst' Krause ihm und Bund,
Spielt' mit den Locken munter,
Küßt' ihm den roten Mund.

Und spielt' viel süße Spiele
Wohl in geheimer Lust,
Es flog so kühl und schwüle
Ihm um die offne Brust.

Um ihn nun tät sie schlagen
Die Arme weich und bloß,
Er konnte nichts mehr sagen,
Sie ließ ihn nicht mehr los.

Und diese Au zur Stunde
Ward ein kristallnes Schloß,
Der Bach ein Strom, gewunden
Ringsum, gewaltig floß.

Auf diesem Strome gingen
Viel Schiffe wohl vorbei,
Es konnt ihn keines bringen
Aus böser Zauberei.

Der traurige Jäger

Zur ewgen Ruh sie sangen
Die schöne Müllerin,
Die Sterbeglocken klangen
Noch übern Waldgrund hin.

Da steht ein Fels so kühle,
Wo keine Wandrer gehn,
Noch einmal nach der Mühle
Wollt dort der Jäger sehn.

Die Wälder rauschten leise,
Sein Jagen war vorbei,
Der blies so irre Weise,
Als müßt das Herz entzwei.

Und still dann in der Runde
Wards über Tal und Höhn,
Man hat seit dieser Stunde
Ihn nimmermehr gesehn.

Der Bräutigam

Von allen Bergen nieder
So fröhlich Grüßen schallt –
Das ist der Frühling wieder,
Der ruft zum grünen Wald!

Ein Liedchen ist erklungen
Herauf zum stillen Schloß –
Dein Liebster hats gesungen,
Der hebt dich auf sein Roß.

Wir reiten so geschwinde,
Von allen Menschen weit. –

Da rauscht die Luft so linde
In Waldeseinsamkeit.

Wohin? Im Mondenschimmer
So bleich der Wald schon steht. –
Leis rauscht die Nacht – frag nimmer,
Wo Lieb zu Ende geht!

Die falsche Schwester

Meine Schwester, die spielt' an der Linde –
Stille Zeit, wie so weit, so weit!
Da spielten so schöne Kinder
Mit ihr in der Einsamkeit.

Von ihren Locken verhangen
Schlief sie und lachte im Traum,
Und die schönen Kinder sangen
Die ganze Nacht unterm Baum.

Die ganze Nacht hat gelogen,
Sie hat mich so falsch gegrüßt,
Die Engel sind fortgeflogen,
Und Haus und Garten stehn wüst.

Es zittert die alte Linde
Und klaget der Wind so schwer,
Das macht, das macht die Sünde –
Ich wollt, ich läg im Meer!

Die Sonne ist untergegangen
Und der Mond im tiefen Meer,
Es dunkelt schon über dem Lande,
Gute Nacht! Seh dich nimmermehr!

Der Reitersmann

Hoch über den stillen Höhen
Stand in dem Wald ein Haus,
Dort wars so einsam zu sehen
Weit übern Wald hinaus.

Drin saß ein Mädchen am Rocken
Den ganzen Abend lang,
Der wurden die Augen nicht trocken,
Sie spann und sann und sang:

»Mein Liebster, der war ein Reiter,
Dem schwur ich Treu bis in Tod,
Der zog über Land und weiter,
Zu Krieges Lust und Not.

Und als ein Jahr war vergangen,
Und wieder blühte das Land,
Da stand ich voller Verlangen
Hoch an des Waldes Rand.

Und zwischen den Bergesbogen,
Wohl über den grünen Plan
Kam mancher Reiter gezogen,
Der meine kam nicht mit an.

Und zwischen den Bergesbogen,
Wohl über den grünen Plan,
Ein Jägersmann kam geflogen,
Der sah mich so mutig an.

So lieblich die Sonne schiene,
Das Waldhorn scholl weit und breit,
Da führt' er mich in das Grüne,
Das war eine schöne Zeit! –

Der hat so lieblich gelogen
Mich aus der Treue heraus,
Der Falsche hat mich betrogen,
Zog weit in die Welt hinaus.«

Sie konnte nicht weiter singen,
Vor bitterem Schmerz und Leid,
Die Augen ihr übergingen
In ihrer Einsamkeit.

Die Muhme, die saß beim Feuer
Und wärmte sich am Kamin,
Es flackert' und sprüht' das Feuer,
Hell über die Stube es schien.

Sie sprach: »Ein Kränzlein in Haaren,
Das stünde dir heut gar schön,
Willst draußen auf dem See nicht fahren?
Hohe Blumen am Ufer dort stehn.«

Ich kann nicht holen die Blumen,
Im Hemdlein weiß am Teich
Ein Mädchen hütet die Blumen,
Die sieht so totenbleich.

»Und hoch auf des Sees Weite,
Wenn alles finster und still,
Da rudern zwei stille Leute, –
Der eine dich haben will.«

Sie schauen wie alte Bekannte,
Still, ewig stille sie sind,
Doch einmal der eine sich wandte,
Da faßt' mich ein eiskalter Wind. –

Mir ist zu wehe zum Weinen –
Die Uhr so gleichförmig pickt,
Das Rädlein, das schnurrt so in einem,
Mir ist, als wär ich verrückt. –

Ach Gott! wann wird sich doch röten
Die fröhliche Morgenstund!
Ich möchte hinausgehn und beten,
Und beten aus Herzensgrund!

So bleich schon werden die Sterne,
Es rührt sich stärker der Wald,
Schon krähen die Hähne von ferne,
Mich friert, es wird so kalt!

Ach, Muhme! was ist Euch geschehen?
Die Nase wird Euch so lang,
Die Augen sich seltsam verdrehen –
Wie wird mir vor Euch so bang! –

Und wie sie so grauenvoll klagte,
Klopfts draußen ans Fensterlein,
Ein Mann aus der Finsternis ragte,
Schaut' still in die Stube herein.

Die Haare wild umgehangen,
Von blutigen Tropfen naß,
Zwei blutige Streifen sich schlangen,
Wie Kränzlein, ums Antlitz blaß.

Er grüßt' sie so fürchterlich heiter,
Seine Braut wohl heißet er sie,
Da kannt sie mit Schaudern den Reiter,
Fällt nieder auf ihre Knie.

Er zielt' mit dem Rohre durchs Gitter
Auf die schneeweiße Brust hin;
»Ach, wie ist das Sterben so bitter,
Erbarm dich, weil ich so jung noch bin!« –

Stumm blieb sein steinerner Wille,
Es blitzte so rosenrot,
Da wurd es auf einmal stille
Im Walde und Haus und Hof. –

Frühmorgens da lag so schaurig
Verfallen im Walde das Haus,
Ein Waldvöglein sang so traurig,
Flog fort über den See hinaus.

Das kalte Liebchen

Er. Laß mich ein, mein süßes Schätzchen!
Sie. Finster ist mein Kämmerlein.
Er. Ach, ich finde doch ein Plätzchen.
Sie. Und mein Bett ist eng und klein.

Er. Fern komm ich vom weichen Pfühle.
Sie. Ach, mein Lager ist von Stein.
Er. Draußen ist die Nacht so kühle.
Sie. Hier wirds noch viel kühler sein.

Er. Sieh! die Sterne schon erblassen.
Sie. Schwerer Schlummer fällt mich an. –
Er. Nun, so will ich schnell dich fassen!
Sie. Rühr mich nicht so glühend an.

Er. Fieberschauer mich durchbeben.
Sie. Wahnsinn bringt der Toten Kuß. –
Er. Weh! es bricht mein junges Leben!
Sie. Mit ins Grab hinunter muß.

Die verlorene Braut

Vater und Kind gestorben
Ruhten im Grabe tief,
Die Mutter hatt erworben
Seitdem ein ander Lieb.

Da droben auf dem Schlosse
Da schallt das Hochzeitsfest,
Da lachts und wiehern Rosse,
Durchs Grün ziehn bunte Gäst.

Die Braut schaut' ins Gefilde
Noch einmal vom Altan,
Es sah so ernst und milde
Sie da der Abend an.

Rings waren schon verdunkelt
Die Täler und der Rhein,
In ihrem Brautschmuck funkelt
Nur noch der Abendschein.

Sie hörte Glocken gehen
Im weiten, tiefen Tal,
Es bracht der Lüfte Wehen
Fern übern Wald den Schall.

Sie dacht: »O falscher Abend!
Wen das bedeuten mag?
Wen läuten sie zu Grabe
An meinem Hochzeitstag?«

Sie hört' im Garten rauschen
Die Brunnen immerdar,
Und durch der Wälder Rauschen
Ein Singen wunderbar.

Sie sprach: »Wie wirres Klingen
Kommt durch die Einsamkeit,
Das Lied wohl hört ich singen
In alter, schöner Zeit.«

Es klang, als wollt sies rufen
Und grüßen tausendmal –
So stieg sie von den Stufen,
So kühle rauscht' das Tal.

So zwischen Weingehängen
Stieg sinnend sie ins Land
Hinunter zu den Klängen,
Bis sie im Walde stand.

Dort ging sie, wie in Träumen,
Im weiten, stillen Rund,
Das Lied klang in den Bäumen,
Von Quellen rauscht' der Grund. –

Derweil von Mund zu Munde
Durchs Haus, erst heimlich sacht,
Und lauter geht die Kunde:
Die Braut irrt in der Nacht!

Der Bräutgam tät erbleichen,
Er hört im Tal das Lied,
Ein dunkelrotes Zeichen
Ihm von der Stirne glüht.

Und Tanz und Jubel enden,
Er und die Gäst im Saal,
Windlichter in den Händen,
Sich stürzen in das Tal.

Da schweifen rote Scheine,
Schall nun und Rosseshuf,
Es hallen die Gesteine
Rings von verwornem Ruf.

Doch einsam irrt die Fraue
Im Walde schön und bleich,
Die Nacht hat tiefes Grauen,
Das ist von Sternen so reich.

Und als sie war gelanget
Zum allerstillsten Grund,
Ein Kind am Felsenhange
Dort freundlich lächelnd stund.

Das trug in seinen Locken
Einen weißen Rosenkranz,
Sie schaut' es an erschrocken
Beim irren Mondesglanz.

»Solch' Augen hat das meine,
Ach meines bist du nicht,
Das ruht ja unterm Steine,
Den niemand mehr zerbricht.

Ich weiß nicht, was mir grauset,
Blick nicht so fremd auf mich!
Ich wollt, ich wär zu Hause.« –
»Nach Hause führ ich dich.«

Sie gehn nun miteinander,
So trübe weht der Wind,
Die Fraue sprach im Wandern:
»Ich weiß nicht, wo wir sind.

Wen tragen sie beim Scheine
Der Fackeln durch die Schluft?
O Gott, der stürzt' vom Steine
Sich tot in dieser Kluft!«

Das Kind sagt: »Den sie tragen,
Dein Bräutgam heute war,
Er hat meinen Vater erschlagen,
's ist diese Stund ein Jahr.

Wir alle müssens büßen,
Bald wird es besser sein,
Der Vater läßt dich grüßen,
Mein liebes Mütterlein.«

Ihr schauerts durch die Glieder:
»Du bist mein totes Kind!
Wie funkeln die Sterne nieder,
Jetzt weiß ich, wo wir sind.« –

Da löst' sie Kranz und Spangen,
Und über ihr Angesicht
Perlen und Tränen rannen,
Man unterschied sie nicht.

Und über die Schultern nieder
Rollten die Locken sacht,
Verdunkelnd Augen und Glieder,
Wie eine prächtige Nacht.

Ums Kind den Arm geschlagen,
Sank sie ins Gras hinein –
Dort hatten sie erschlagen
Den Vater im Gestein.

Die Hochzeitsgäste riefen
Im Walde auf und ab,
Die Gründe alle schliefen,
Nur Echo Antwort gab.

Und als sich leis erhoben
Der erste Morgenduft,
Hörten die Hirten droben
Ein Singen in stiller Luft.

Parole

Sie stand wohl am Fensterbogen
Und flocht sich traurig ihr Haar,
Der Jäger war fortgezogen,
Der Jäger ihr Liebster war.

Und als der Frühling gekommen,
Die Welt war von Blüten verschneit,
Da hat sie ein Herz sich genommen
Und ging in die grüne Heid.

Sie legt das Ohr an den Rasen,
Hört ferner Hufe Klang –
Das sind die Rehe, die grasen
Am schattigen Bergeshang.

Und abends die Wälder rauschen,
Von fern nur fällt noch ein Schuß,
Da steht sie stille, zu lauschen:
»Das war meines Liebsten Gruß!«

Da sprangen vom Fels die Quellen,
Da flogen die Vöglein ins Tal.
»Und wo ihr ihn trefft, ihr Gesellen,
Grüßt mir ihn tausendmal!«

Zauberblick

Die Burg, die liegt verfallen
In schöner Einsamkeit,
Dort saß ich vor den Hallen
Bei stiller Mittagszeit.

Es ruhten in der Kühle
Die Rehe auf dem Wall
Und tief in blauer Schwüle
Die sonngen Täler all.

Tief unten hört ich Glocken
In weiter Ferne gehn,
Ich aber mußt erschrocken
Zum alten Erker sehn.

Denn in dem Fensterbogen
Ein' schöne Fraue stand,
Als hütete sie droben
Die Wälder und das Land.

Ihr Haar, wie'n goldner Mantel,
War tief herabgerollt;
Auf einmal sie sich wandte,
Als ob sie sprechen wollt.

Und als ich schauernd lauschte –
Da war ich aufgewacht,
Und unter mir schon rauschte
So wunderbar die Nacht.

Träumt ich im Mondesschimmer?
Ich weiß nicht, was mir graut,
Doch das vergess ich nimmer,
Wie sie mich angeschaut!

Der verirrte Jäger

»Ich hab gesehn ein Hirschlein schlank
Im Waldesgrunde stehn,
Nun ist mir draußen weh und bang,
Muß ewig nach ihm gehn.

Frischauf, ihr Waldgesellen mein!
Ins Horn, ins Horn frischauf!
Das lockt so hell, das lockt so fein,
Aurora tut sich auf!«

Das Hirschlein führt den Jägersmann
In grüner Waldesnacht,
Talunter schwindelnd und bergan,
Zu nie gesehner Pracht.

»Wie rauscht schon abendlich der Wald,
Die Brust mir schaurig schwellt!
Die Freunde fern, der Wind so kalt,
So tief und weit die Welt!«

Es lockt so tief, es lockt so fein
Durchs dunkelgrüne Haus,
Der Jäger irrt und irrt allein,
Find't nimmermehr heraus. –

Die späte Hochzeit

Der Mond ging unter – jetzt ists Zeit –
Der Bräutgam steigt vom Roß,
Er hat so lange schon gefreit –
Da tut sich auf das Schloß,
Und in der Halle sitzt die Braut
Auf diamantnem Sitz,
Von ihrem Schmuck tuts durch den Bau
Ein'n langen roten Blitz. –

Blass' Knaben warten schweigend auf,
Still' Gäste stehn herum,
Da richt't die Braut sich langsam auf,
So hoch und bleich und stumm.
Sie schlägt zurück ihr Goldgewand,
Da schauert ihn vor Lust,
Sie langt mit kalter, weißer Hand
Das Herz ihm aus der Brust.

Die stille Gemeinde

Von Bretagnes Hügeln, die das Meer
Blühend hell umsäumen,
Schaute ein Kirchlein trostreich her
Zwischen uralten Bäumen.

Das Kornfeld und die Wälder weit
Rauschten im Sonntagsglanze,
Doch keine Glocken klangen heut
Vom grünen Felsenkranze.

Denn auf des Kirchhofs schattgem Grund
Die Jakobiner saßen,
Ihre Pferde alle Blumen bunt
Von den Grabeshügeln fraßen.

Sie hatten am Kreuz auf stiller Höh
Feldflasch und Säbel hangen,
Derweil sie, statt des Kyrie,
Die Marseillaise sangen.

Ihr Hauptmann aber lehnt' am Baum,
Todmüde von schweren Wunden,
Und schaute wie im Fiebertraum
Nach dem tiefschwülen Grunde.

Er sprach verwirrt: »Da drüben stand
Des Vaters Schloß am Weiher,
Ich selbst steckts an; das war ein Brand,
Der Freiheit Freudenfeuer!«

»Ich seh ihn noch: Wie durch den Sturm
Zwischen den feurgen Zungen
Mein stolzer Vater da vom Turm
Sein Banner hat geschwungen.«

»Und als es war entlaubt vom Brand,
Die Fahn im Wind zerflogen:
Den Schaft als Kreuz nun in der Hand
Teilt' er die Flammenwogen.«

»Er sah so wunderbar auf mich,
Ich konnt ihn nicht ermorden –
Da sank die Burg, er wandte sich
Und ist ein Pfaff geworden.«

»Seitdem hör ich in Träumen schwer
Von ferne Glocken gehen
Und seh in rotem Feuermeer
Ein Kreuz allnächtlich stehen.«

»Es sollen keine Glocken gehn,
Die Nächte zu verstören,
Kein Kreuz soll mehr auf Erden stehn,
Um Narren zu betören!«

»Und dieses Kirchlein hier bewacht,
Sie sollen nicht Messe singen,
Wir reißen nieder über Nacht,
Licht sei, wohin wir dringen!« –

Und als die Nacht schritt leis daher,
Der Hauptmann stand am Strande,
So still im Wald, so still das Meer,
Nur die Wachen riefen im Lande.

Im Wind die Glock von selbst anschlug,
Da wollt ein Hauch sich heben,
Wie unsichtbarer Engel Flug,
Die übers Wasser schweben.

Nun sieht er auch im Meere fern
Ein Lichtlein hell entglommen;
Er dacht, wie ist der schöne Stern
Dort in die Flut gekommen?

Am Ufer aber durch die Nacht
In allen Felsenspalten
Regt sichs und schlüpft es leis und sacht,
Viel dunkle, schwanke Gestalten.

Nur manchmal von den Buchten her
Schallt Ruderschlag von weitem,
Auf Barken lautlos in das Meer
Sie nach dem Stern hin gleiten.

Der wächst und breitet sich im Nahn
Und streift mit Glanz die Wellen,
Es ist ein kleiner Fischerkahn,
Den Fackeln mild erhellen.

Und einsam auf des Schiffleins Rand
Ein Greis kommt hergezogen
In wunderbarem Meßgewand
Als wie der Hirt der Wogen.

Die Barken eine weite Rund
Dort um den Hirten machen,
Der laut nun überm Meeresgrund
Den Segen spricht im Nachen.

Da schwieg der Wind und rauscht' das Meer
So wunderbare Weise,
Und auf den Knien lag ringsher
Die stille Gemeinde im Kreise.

Und als er das Kreuz hob in die Luft,
Hoch zwischen die Fackeln trat er –
Den Hauptmann schauert im Herzensgrund,
Es war sein alter Vater.

Da taumelt' er und sank ins Gras
Betend im stillen Grunde,
Und wie Felsenquellen im Frühling brach
Sein Herzblut aus allen Wunden.

Und als die Gesellen kommen zum Strand,
Einen toten Mann sie finden –
Voll Graun sie sprengen fort durchs Land,
Als jagt' sie der Tod in den Winden.

Die stürzten sich in den Krieg so weit,
Sie sind verweht und zerstoben,
Das Kirchlein aber steht noch heut
Unter den Linden droben.

Die deutsche Jungfrau

Es stand ein Fräulein auf dem Schloß,
Erschlagen war im Streit ihr Roß,
Schnob wie ein See die finstre Nacht,
Wollt überschrein die wilde Schlacht.

Im Tal die Brüder lagen tot,
Es brannt die Burg so blutigrot,
In Lohen stand sie auf der Wand,
Hielt hoch die Fahne in der Hand.

Da kam ein römscher Rittersmann,
Der ritt keck an die Burg hinan,
Es blitzt' sein Helm gar mannigfach,
Der schöne Ritter also sprach:

»Jungfrau, komm in die Arme mein!
Sollst deines Siegers Herrin sein.
Will baun dir einen Palast schön,
In prächtgen Kleidern sollst du gehn.

Es tun dein Augen mir Gewalt,
Kann nicht mehr fort aus diesem Wald,
Aus wilder Flammen Spiel und Graus
Trag ich mir meine Braut nach Haus!«

Der Ritter ließ sein weißes Roß,
Stieg durch den Brand hinauf ins Schloß,
Viel Knecht ihm waren da zur Hand,
Zu holen das Fräulein von der Wand.

Das Fräulein stieß die Knecht hinab,
Den Liebsten auch ins heiße Grab,
Sie selber dann in die Flamme sprang,
Über ihnen die Burg zusammen sank.

Die wunderliche Prinzessin

Weit in einem Walde droben
Zwischen hoher Felsen Zinnen,
Steht ein altes Schloß erhoben,
Wohnet eine Zaubrin drinnen.
Von dem Schloß, der Zaubrin Schöne
Gehen wunderbare Sagen,

Lockend schweifen fremde Töne
Plötzlich her oft aus dem Walde.
Wem sie recht das Herz getroffen,
Der muß nach dem Walde gehen,
Ewig diesen Klängen folgend,
Und wird nimmermehr gesehen.
Tief in wundersamer Grüne
Steht das Schloß, schon halb verfallen,
Hell die goldnen Zinnen glühen,
Einsam sind die weiten Hallen.
Auf des Hofes steingem Rasen
Sitzen von der Tafelrunde
All die Helden dort gelagert,
Überdeckt mit Staub und Wunden.
Heinrich liegt auf seinem Löwen,
Gottfried auch, Siegfried der Scharfe,
König Alfred, eingeschlafen
Über seiner goldnen Harfe.
Don Quixote hoch auf der Mauer
Sinnend tief in nächtger Stunde,
Steht gerüstet auf der Lauer
Und bewacht die heilge Runde.
Unter fremdes Volk verschlagen,
Arm und ausgehöhnt, verraten,
Hat er treu sich durchgeschlagen,
Eingedenk der Heldentaten
Und der großen, alten Zeiten,
Bis er, ganz von Wahnsinn trunken,
Endlich so nach langem Streiten
Seine Brüder hat gefunden.

Einen wunderbaren Hofstaat
Die Prinzessin dorten führet,
Hat ein'n wunderlichen Alten,
Der das ganze Haus regieret.
Einen Mantel trägt der Alte,

Schillernd bunt in allen Farben
Mit unzähligen Zierraten,
Spielzeug hat er in den Falten.
Scheint der Monden helle draußen,
Wolken fliegen überm Grunde:
Fängt er draußen an zu hausen,
Kramt sein Spielzeug aus zur Stunde.
Und das Spielzeug um den Alten
Rührt sich bald beim Mondenscheine,
Zupfet ihn beim langen Barte,
Schlingt um ihn die bunten Kreise,
Auch die Blümlein nach ihm langen,
Möchten doch sich sittsam zeigen,
Ziehn verstohlen ihn beim Mantel,
Lachen dann in sich gar heimlich.
Und ringsum die ganze Runde
Zieht Gesichter ihm und rauschet,
Unterhält aus dunklem Grunde
Sich mit ihm als wie im Traume.
Und er spricht und sinnt und sinnet,
Bunt verwirrend alle Zeiten,
Weinet bitterlich und lachet,
Seine Seele ist so heiter.

Bei ihm sitzt dann die Prinzessin,
Spielt mit seinen Seltsamkeiten,
Immer neue Wunder blinkend
Muß er aus dem Mantel breiten.
Und der wunderliche Alte
Hielt sie sich bei seinen Bildern
Neidisch immerfort gefangen,
Weit von aller Welt geschieden.
Aber der Prinzessin wurde
Mitten in dem Spiele bange
Unter diesen Zauberblumen,
Zwischen dieser Quellen Rauschen.
Frisches Morgenrot im Herzen

Und voll freudiger Gedanken,
Sind die Augen wie zwei Kerzen,
Schön, die Welt dran zu entflammen.
Und die wunderschöne Erde,
Wie Aurora sie berühret,
Will mit irdscher Lust und Schmerzen
Ewig neu sie stets verführen.
Denn aus dem bewegten Leben
Spüret sie ein Hochzeitsgrüßen,
Mitten zwischen ihren Spielen
Muß sie sich bezwungen fühlen.

Und es hebt die ewig Schöne,
Da der Morgen herrlich schiene,
In den Augen große Tränen,
Hell die jugendlichen Glieder.
»Wie so anders war es damals,
Da mich, bräutlich Ausgeschmückte,
Aus dem heimatlichen Garten
Hier herab der Vater schickte!
Wie die Erde frisch und jung noch,
Von Gesängen rings erklingend,
Schauernd in Erinnerungen,
Helle in das Herz mir blickte,
Daß ich, schamhaft mich verhüllend,
Meinen Ring, vom Glanz geblendet,
Schleudert' in die prächtge Fülle,
Als die ewge Braut der Erde.
Wo ist nun die Pracht geblieben,
Treuer Ernst im rüstgen Treiben,
Rechtes Tun und rechtes Lieben
Und die Schönheit und die Freude?
Ach! ringsum die Helden alle,
Die sonst schön und helle schauten,
Um mich in den lichten Tagen
Durch die Welt sich fröhlich hauten,

Strecken steinern nun die Glieder,
Eingehüllt in ihre Fahnen,
Sind seitdem so alt geworden,
Nur *ich* bin so jung wie damals. –
Von der Welt kann ich nicht lassen,
Liebeln nicht von fern mit Reden,
Muß im Arm lebendig fassen! –
Laß mich lieben, laß mich leben!«

Nun verliebt die Augen gehen
Über ihres Gartens Mauer,
War so einsam dort zu sehen
Schimmernd Land und Ström und Auen.
Und wo ihre Augen gingen:
Quellen aus der Grüne sprangen,
Berg und Wald verzaubert standen,
Tausend Vögel schwirrend sangen.
Golden blitzt es überm Grunde,
Seltne Farben irrend schweifen,
Wie zu lang entbehrtem Feste
Will die Erde sich bereiten.
Und nun kamen angezogen
Freier bald von allen Seiten,
Federn bunt im Winde flogen,
Jäger schmuck im Walde reiten.
Hörner munter drein erschallen
Auf und unter durch das Grüne,
Pilger fromm dazwischen wallen,
Die das Heimatsfieber spüren.
Auf vielsonngen Wiesen flöten
Schäfer bei schneeflock'gen Schafen,
Ritter in der Abendröte
Knien auf des Berges Hange,
Und die Nächte von Guitarren
Und Gesängen weich erschallen,
Daß der wunderliche Alte

Wie verrückt beginnt zu tanzen.
Die Prinzessin schmückt mit Kränzen
Wieder sich die schönen Haare,
Und die vollen Kränze glänzen
Und sie blickt verlangend nieder.

Doch die alten Helden alle,
Draußen vor der Burg gelagert,
Saßen dort im Morgenglanze,
Die das schöne Kind bewachten.
An das Tor die Freier kamen
Nun gesprengt, gehüpft, gelaufen,
Ritter, Jäger, Provençalen,
Bunte, helle, lichte Haufen.
Und vor allen junge Recken
Stolzen Blicks den Berg berannten,
Die die alten Helden weckten,
Sie vertraulich Brüder nannten.
Doch wie diese uralt blicken,
An die Eisenbrust geschlossen,
Brüderlich die Jungen drücken,
Fallen die erdrückt zu Boden.
Andre lagern sich zum Alten,
Graust ihn'n gleich bei seinen Mienen,
Ordnen sein verworrnes Walten,
Daß es jedem wohlgefiele;
Doch sie fühlen schauernd balde,
Daß sie ihn nicht können zwingen,
Selbst zu Spielzeug sind verwandelt,
Und der Alte spielt mit ihnen.
Und sie müssen töricht tanzen,
Manche mit der Kron geschmücket
Und im purpurnen Talare
Feierlich den Reigen führen.
Andre schweben lispelnd lose,
Andre müssen männlich lärmen,

Rittern reißen aus die Rosse,
Und die schreien gar erbärmlich.
Bis sie endlich alle müde
Wieder kommen zu Verstande,
Mit der ganzen Welt im Frieden,
Legen ab die Maskerade.
»Jäger sind wir nicht, noch Ritter«,
Hört man sie von fern noch summen,
»Spiel nur war das – wir sind Dichter!« –
So vertost der ganze Plunder,
Nüchtern liegt die Welt wie ehe,
Und die Zaubrin bei dem Alten
Spielt' die vor'gen Spiele wieder
Einsam wohl noch lange Jahre. –

Meeresstille

Ich seh von des Schiffes Rande
Tief in die Flut hinein:
Gebirge und grüne Lande
Und Trümmer im falben Schein
Und zackige Türme im Grunde,
Wie ichs oft im Traum mir gedacht,
Wie dämmert alles da unten
Als wie eine prächtige Nacht.

Seekönig auf seiner Warte
Sitzt in der Dämmrung tief,
Als ob er mit langem Barte
Über seiner Harfe schlief';
Da kommen und gehen die Schiffe
Darüber, er merkt es kaum,
Von seinem Korallenriffe
Grüßt er sie wie im Traum.

Der zaubrische Spielmann

Nächtlich in dem stillen Grunde,
Wenn das Abendrot versank,
Um das Waldschloß in die Runde
Ging ein lieblicher Gesang.

Fremde waren diese Weisen
Und der Sänger unbekannt,
Aber, wie in Zauberkreisen,
Hielt er jede Brust gebannt.

Hinter blühnden Mandelbäumen
Auf dem Schloß das Fräulein lauscht –
Drunten alle Blumen träumen,
Wollüstig der Garten rauscht.

Und die Wellen buhlend klingen,
Ringend in geheimer Lust
Kommt das wunderbare Singen
An die süß verträumte Brust.

»Warum weckst du das Verlangen,
Das ich kaum zur Ruh gebracht?
Siehst du hoch die Lilien prangen?
Böser Sänger, gute Nacht!

Sieh, die Blumen stehn voll Tränen,
Einsam die Viole wacht,
Als wollt sie sich schmachtend dehnen
In die warme Sommernacht.

Wohl von süßem, rotem Munde
Kommt so holden Sanges Macht –
Bleibst du ewig dort im Grunde,
Unerkannt in stiller Nacht?

Ach, im Wind verfliegt mein Grüßen!
Einmal, eh der Tag erwacht,

Möcht ich deinen Mund nur küssen,
Sterbend so in süßer Nacht!

Nachtigall, verliebte, klage
Nicht so schmeichelnd durch die Nacht! –
Ach! ich weiß nicht, was ich sage,
Krank bin ich und überwacht.«

Also sprach sie, und die Lieder
Lockten stärker aus dem Tal,
Rings durchs ganze Tal hallts wider
Von der Liebe Lust und Qual.

Und sie konnt nicht widerstehen,
Enge ward ihr das Gemach,
Aus dem Schlosse mußt sie gehen
Diesem Zauberstrome nach.

Einsam steigt sie von den Stufen,
Ach! so schwüle weht der Wind:
Draußen süß die Stimmen rufen
Immerfort das schöne Kind.

Alle Blumen trunken lauschen,
Von den Klängen hold durchirrt,
Lieblicher die Brunnen rauschen,
Und sie eilet süß verwirrt. –

Wohl am Himmel auf und nieder
Trieb der Hirt die goldne Schar,
Die Verliebte kehrt nicht wieder,
Leer nun Schloß und Garten war.

Und der Sänger seit der Stunde
Nicht mehr weiter singen will,
Rings im heimlich kühlen Grunde
Wars vor Liebe selig still.

Das kranke Kind

Die Gegend lag so helle,
Die Sonne schien so warm,
Es sonnt sich auf der Schwelle
Ein Kindlein krank und arm.

Geputzt zum Sonntag heute
Ziehn sie das Tal entlang,
Das Kind grüßt alle Leute,
Doch niemand sagt ihm Dank.

Viel Kinder jauchzen ferne,
So schön ists auf der Welt!
Ging' auch spazieren gerne,
Doch müde stürzts im Feld.

»Ach, Vater, liebe Mutter.
Helft mir in meiner Not! –«
Du armes Kind! die ruhen
Ja unterm Grase tot.

Und so im Gras alleine
Das kranke Kindlein blieb,
Frug keiner, was es weine,
Hat jeder seins nur lieb.

Die Abendglocken klangen
Schon durch die stille Welt,
Die Engel Gottes sangen
Und gingen übers Feld.

Und als die Nacht gekommen
Und alles das Kind verließ,
Sie habens mitgenommen,
Nun spielts im Paradies.

Der Schatzgräber

Wenn alle Wälder schliefen,
Er an zu graben hub,
Rastlos in Berges Tiefen
Nach einem Schatz er grub.

Die Engel Gottes sangen
Derweil in stiller Nacht,
Wie rote Augen drangen
Metalle aus dem Schacht.

»Und wirst doch mein!« und grimmer
Wühlt er und wühlt hinab,
Da stürzen Steine und Trümmer
Über dem Narren herab.

Hohnlachen wild erschallte
Aus der verfallnen Kluft,
Der Engelsang verhallte
Wehmütig in der Luft.

Die Räuberbrüder

»Vorüber ist der blutge Strauß,
Hier ists so still, nun ruh dich aus.«

»Vom Tal herüber kommt die Luft;
Horch, hörst du nichts? Die Mutter ruft.«

»Die Mutter ist ja lange tot,
Eine Glocke klingt durchs Morgenrot.«

»Lieb Mutter, hab nicht solches Leid,
Mein wildes Leben mich gereut. –«

»Was sinkst du auf die Knie ins Gras?
Deine Augen dunkeln, du wirst so blaß.« –

Es war von Blut der Grund so rot,
Der Räuber lag im Grase tot.

Da küßt der Bruder den bleichen Mund:
»Dich liebt ich recht aus Herzensgrund.«

Vom Fels dann schoß er noch einmal
Und warf die Büchse tief ins Tal.

Drauf schritt er durch den Wald zur Stadt:
»Ihr Herrn, ich bin des Lebens satt.«

»Hie ist mein Haupt, nun richtet bald,
Zum Bruder legt mich in den Wald.«

Sonst

Es glänzt der Tulpenflor, durchschnitten von Alleen,
Wo zwischen Taxus still die weißen Statuen stehen,
Mit goldnen Kugeln spielt die Wasserkunst im Becken,
Im Laube lauert Sphinx, anmutig zu erschrecken.

Die schöne Chloe heut spazieret in dem Garten,
Zur Seit ein Kavalier, ihr höflich aufzuwarten,
Und hinter ihnen leis Kupido kommt gezogen,
Bald duckend sich im Grün, bald zielend mit dem Bogen.

Es neigt der Kavalier sich in galantem Kosen,
Mit ihrem Fächer schlägt sie manchmal nach dem Losen,
Es rauscht der taftne Rock, es blitzen seine Schnallen,
Dazwischen hört man oft ein artges Lachen schallen.

Jetzt aber hebt vom Schloß, da sichs im West will röten,
Die Spieluhr schmachtend an, ein Menuett zu flöten,
Die Laube ist so still, er wirft sein Tuch zur Erde
Und stürzet auf ein Knie mit zärtlicher Gebärde.

»Wie wird mir, ach, ach, ach, es fängt schon an zu dunkeln–«
»So angenehmer nur seh ich zwei Sterne funkeln –«
»Verwegner Kavalier!« – »Ha, Chloe, darf ich hoffen? –«
Da schießt Kupido los und hat sie gut getroffen.

Der Kehraus

Es fiedeln die Geigen,
Da tritt in den Reigen
Ein seltsamer Gast,
Kennt keiner den Dürren,
Galant aus dem Schwirren
Die Braut er sich faßt.

Hebt an, sich zu schwenken
In allen Gelenken.
Das Fräulein im Kranz:
»Euch knacken die Beine –«
»Bald rasseln auch deine,
Frisch auf spielt zum Tanz!«

Die Spröde hinterm Fächer,
Der Zecher vom Becher,
Der Dichter so lind,
Muß auch mit zum Tanze,
Daß die Lorbeern vom Kranze
Fliegen im Wind.

So schnurret der Reigen
Zum Saal 'raus ins Schweigen
Der prächtigen Nacht,
Die Klänge verwehen,
Die Hähne schon krähen,
Da verstieben sie sacht. –

So gings schon vor Zeiten
Und geht es noch heute,

Und hörest du hell
Aufspielen zum Reigen,
Wer weiß, wem sie geigen –
Hüt dich, Gesell!

Der armen Schönheit Lebenslauf

Die arme Schönheit irrt auf Erden,
So lieblich Wetter draußen ist,
Möcht gern recht viel gesehen werden,
Weil jeder sie so freundlich grüßt.

Und wer die arme Schönheit schauet,
Sich wie auf großes Glück besinnt,
Die Seele fühlt sich recht erbauet,
Wie wenn der Frühling neu beginnt.

Da sieht sie viele schöne Knaben,
Die reiten unten durch den Wind,
Möcht manchen gern im Arme haben,
Hüt dich, hüt dich, du armes Kind!

Da ziehn manch redliche Gesellen,
Die sagen: Hast nicht Geld, noch Haus,
Wir fürchten deine Augen helle,
Wir haben nichts zum Hochzeitsschmaus.

Von andern tut sie sich wegdrehen,
Weil keiner ihr so wohl gefällt,
Die müssen traurig weitergehen,
Und zögen gern ans End der Welt.

Da sagt sie: Was hilft mir mein Sehen,
Ich wünscht, ich wäre lieber blind,
Da alle furchtsam von mir gehen,
Weil gar so schön mein Augen sind. –

Nun sitzt sie hoch auf lichtem Schlosse,
In schöne Kleider putzt sie sich,
Die Fenster glühn, sie winkt vom Schlosse,
Die Sonne sinkt, das blendet dich.

Die Augen, die so furchtsam waren,
Die haben jetzt so freien Lauf,
Fort ist das Kränzlein aus den Haaren,
Und hohe Federn stehn darauf.

Das Kränzlein ist herausgerissen,
Ganz ohne Scheu sie mich anlacht;
Geh du vorbei: sie wird dich grüßen,
Winkt dir zu einer schönen Nacht. –

Da sieht sie die Gesellen wieder,
Die fahren unten auf dem Fluß,
Es singen laut die lustgen Brüder,
So furchtbar schallt des Einen Gruß:

»Was bist du für 'ne schöne Leiche!
So wüste ist mir meine Brust,
Wie bist du nun so arm, du Reiche,
Ich hab an dir nicht weiter Lust!«

Der Wilde hat ihr so gefallen,
Laut schrie sie auf bei seinem Gruß,
Vom Schloß möcht sie herunter fallen,
Und unten ruhn im kühlen Fluß. –

Sie blieb nicht länger mehr da oben,
Weil alles anders worden war,
Vor Schmerz ist ihr das Herz erhoben,
Da wards so kalt, doch himmlisch klar.

Da legt sie ab die goldnen Spangen,
Den falschen Putz und Ziererei,
Aus dem verstockten Herzen drangen
Die alten Tränen wieder frei.

Kein Stern wollt nicht die Nacht erhellen,
Da mußte die Verliebte gehn,
Wie rauscht der Fluß! Die Hunde bellen,
Die Fenster fern erleuchtet stehn.

Nun bist du frei von deinen Sünden,
Die Lieb zog triumphierend ein,
Du wirst noch hohe Gnade finden,
Die Seele geht in Hafen ein.

Der Liebste war ein Jäger worden,
Der Morgen schien so rosenrot,
Da blies er lustig auf dem Horne,
Blies immerfort in seiner Not.

Die Hochzeitsnacht

Nachts durch die stille Runde
Rauschte des Rheines Lauf,
Ein Schifflein zog im Grunde,
Ein Ritter stand darauf.

Die Blicke irre schweifen
Von seines Schiffes Rand,
Ein blutigroter Streifen
Sich um das Haupt ihm wand.

Der sprach: »Da oben stehet
Ein Schlößlein überm Rhein,
Die an dem Fenster stehet:
Das ist die Liebste mein.

Sie hat mir Treu versprochen,
Bis ich gekommen sei,
Sie hat die Treu gebrochen,
Und alles ist vorbei.«

Viel Hochzeitleute drehen
Sich oben laut und bunt,
Sie bleibet einsam stehen,
Und lauschet in den Grund.

Und wie sie tanzen munter
Und Schiff und Schiffer schwand,
Stieg sie vom Schloß herunter,
Bis sie im Garten stand.

Die Spielleut musizierten,
Sie sann gar mancherlei,
Die Töne sie so rührten,
Als müßt das Herz entzwei.

Da trat ihr Bräutgam süße
Zu ihr aus stiller Nacht,
So freundlich er sie grüßte,
Daß ihr das Herze lacht.

Er sprach: »Was willst du weinen,
Weil alle fröhlich sein?
Die Stern so helle scheinen,
So lustig geht der Rhein.

Das Kränzlein in den Haaren
Steht dir so wunderfein,
Wir wollen etwas fahren
Hinunter auf dem Rhein.«

Zum Kahn folgt' sie behende,
Setzt' sich ganz vorne hin,
Er setzt' sich an das Ende
Und ließ das Schifflein ziehn.

Sie sprach: »Die Töne kommen
Verworren durch den Wind,
Die Fenster sind verglommen,
Wir fahren so geschwind.

Was sind das für so lange
Gebirge weit und breit?
Mir wird auf einmal bange
In dieser Einsamkeit!

Und fremde Leute stehen
Auf mancher Felsenwand,
Und stehen still und sehen
So schwindlig übern Rand.« –

Der Bräutgam schien so traurig
Und sprach kein einzig Wort,
Schaut' in die Wellen schaurig
Und rudert' immerfort.

Sie sprach: »Schon seh ich Streifen
So rot im Morgen stehn,
Und Stimmen hör ich schweifen,
Vom Ufer Hähne krähn.

Du siehst so still und wilde,
So bleich wird dein Gesicht,
Mir graut vor deinem Bilde –
Du bist mein Bräutgam nicht!« –

Da stand er auf – das Sausen
Hielt an in Flut und Wald –
Es rührt mit Lust und Grausen
Das Herz ihr die Gestalt.

Und wie mit steinern'n Armen
Hob er sie auf voll Lust,
Drückt ihren schönen, warmen
Leib an die eisge Brust. –

Licht wurden Wald und Höhen,
Der Morgen schien blutrot,
Das Schifflein sah man gehen,
Die schöne Braut drin tot.

Von Engeln und von Bengeln

Im Frühling auf grünem Hügel
Da saßen viel Engelein,
Die putzten sich ihre Flügel
Und spielten im Sonnenschein.

Da kamen Störche gezogen,
Und jeder sich eines nahm,
Und ist damit fortgeflogen,
Bis daß er zu Menschen kam.

Und wo er anklopft' bescheiden
Der kluge Adebar,
Da war das Haus voller Freuden –
So geht es noch alle Jahr.

Die Engel weinten und lachten
Und wußten nicht, wie ihn'n geschehn. –
Die einen doch bald sich bedachten,
Und meinten: Das wird wohl gehn!

Die machten bald wichtige Mienen
Und wurden erstaunlich klug,
Die Flügel gar unnütz ihn'n schienen,
Sie schämten sich deren genug.

Und mit dem Flügelkleide
Sie ließen den Flügelschnack,
Das war keine kleine Freude:
Nun stattlich in Hosen und Frack!

So wurden sie immer gescheuter
Und applizierten sich recht –
Das wurden ansehnliche Leute,
Befanden sich gar nicht schlecht.

Den andern wars, wenn die Aue
Noch dämmert' im Frühlingsschein,

Als zöge ein Engel durchs Blaue
Und rief' die Gesellen sein.

Die suchten den alten Hügel,
Der lag so hoch und weit –
Und dehnten sehnsüchtig die Flügel
Mit jeder Frühlingszeit.

Die Flügeldecken zersprangen,
Weit, morgenschön strahlt' die Welt,
Und übers Grün sie sich schwangen
Bis an das Himmelszelt

Das fanden sie droben verschlossen,
Versäumten unten die Zeit –
So irrten die kühnen Genossen,
Verlassen in Lust und Leid. –

Und als es nun kam zum Sterben,
Gott Vater zur Erden trat,
Seine Kinder wieder zu werben,
Die der Storch vertragen hat.

Die einen konnten nicht fliegen,
So wohlleibig, träg und schwer,
Die mußt Er da lassen liegen,
Das tat ihm leid so sehr.

Die andern streckten die Schwingen
In den Morgenglanz hinaus,
Und hörten die Engel singen,
Und flogen jauchzend nach Haus!

Valet

Ade nun, liebe Lieder,
Ade, du schöner Sang!
Nun sing ich wohl nicht wieder
Vielleicht mein Leben lang.

Einst blüht' von Gottes Odem
Die Welt so wunderreich,
Da in den grünen Boden
Senkt ich als Reiser euch.

Jetzt eure Wipfel schwanken
So kühle über mir,
Ich stehe in Gedanken
Gleichwie im Walde hier.

Da muß ich oft noch lauschen
In meiner Einsamkeit,
Und denk bei eurem Rauschen
Der schönen Jugendzeit.

VIII. AUS DEM SPANISCHEN

Vom Strande

Ich rufe vom Ufer
Verlorenes Glück,
Die Ruder nur schallen
Zum Strande zurück.

Vom Strande, lieb Mutter,
Wo der Wellenschlag geht,
Da fahren die Schiffe,
Mein Liebster drauf steht.
Je mehr ich sie rufe,
Je schneller ihr Lauf,
Wenn ein Hauch sie entführet,
Wer hielte sie auf?
Der Hauch meiner Klagen
Die Segel nur schwellt,
Je mehr mein Verlangen
Zurücke sie hält!
Verhielt' ich die Klagen:
Es löst' sie der Schmerz,
Und Klagen und Schweigen
Zersprengt mir das Herz.

Ich rufe vom Ufer
Verlorenes Glück,
Die Ruder nur schallen
Zum Strande zurück.

So flüchtige Schlösser,
Wer könnt ihn'n vertraun,

Und Liebe, die bliebe,
Mit Freuden drauf baun?
Wie Vögel im Fluge,
Wo ruhen sie aus?
So eilige Wandrer
Sie finden kein Haus,
Zertrümmern der Wogen
Grünen Kristall,
Und was sie berühren
Verwandelt sich all,
Es wandeln die Wellen
Und wandelt der Wind –
Meine Schmerzen im Herzen
Beständig nur sind.

Ich rufe vom Ufer
Verlorenes Glück,
Die Ruder nur schallen
Zum Strande zurück.

Die Musikantin

Schwirrend Tamburin, dich schwing ich,
Doch mein Herz ist weit von hier.

Tamburin, ach könntst dus wissen,
Wie mein Herz von Schmerz zerrissen,
Deine Klänge würden müssen
Weinen um mein Leid mit mir.

Weil das Herz mir will zerspringen,
Lass ich hell die Schellen klingen,
Die Gedanken zu versingen
Aus des Herzens Grunde mir.

Schöne Herren, tief im Herzen
Fühl ich immer neu die Schmerzen,
Wie ein Angstruf ist mein Scherzen,
Denn mein Herz ist weit von hier.

Turteltaube und Nachtigall

Bächlein, das so kühle rauschet,
Tröstest alle Vögelein,
Nur das Turteltäubchen trauert,
Weils verwitwet und allein.

Nachtigallenmännchen draußen
Schmettert so verlockend drein:
Mir vertraue, süße Fraue,
Will dein Lieb, dein Liebster sein!

»Böser, laß die falschen Lieder!
Ruh auf keinem Zweig, der blüht,
Laß auf keiner Au mich nieder,
Die von schönen Blumen glüht.«

»Wo ich finde eine Quelle
Helle in dem grünen Haus,
Mit dem Schnabel erst die Welle
Trüb ich, eh ich trink daraus.«

»Einsam soll man mich begraben,
Laß mich trauernd hier allein,
Will nicht Trost, nicht Lust mehr haben,
Nicht dein Weib, noch Liebchen sein!«

Graf Arnold und der Schiffer

Wem begegnet' je solch Wunder,
Als Graf Arnold ist geschehn,
Da er am Johannismorgen
Wollt am Meere jagen gehn?

Auf dem Meer ein Schifflein fahren
Sah er, als obs landen wollt,
Seiden seine Segel waren
Und das Tauwerk war von Gold.

Fing der Schiffer da zu singen,
Wunderbar zu singen an,
Daß die Wogen leiser gingen,
Wind hielt seinen Atem an;

Daß die Fische lauschend stiegen
Tief aus ihrem kühlen Haus,
Und die Vögel, die da fliegen,
Auf dem Maste ruhten aus:

»Durch die Einsamkeit der Wogen,
Schifflein, lenk dich Gottes Hand
An Gibraltars Felsenbogen,
An dem tückschen Mohrenstrand.«

»Flandern gürten sandge Banken,
Bei Leon da steht ein Riff,
Wo schon viele Schiffe sanken,
Hüt dich Gott, mein schönes Schiff!«

»Schiffer!« rief der Graf am Strande,
»Schiffer, lehre mich dein Lied!« –
Doch der Schiffer lenkt' vom Lande:
»Lehrs nur den, der mit mir zieht.«

Der Hochzeitstanz

Wie so zierlich in dem Saale
Führt die Braut den Hochzeitsreihn,
Wie so mutig schaut Graf Martin
In die freudgen Klänge drein!

Und sie im Vorüberschweifen
Flüstert: »Graf, was sinnet Ihr?
Sagt mir, schaut Ihr nach dem Tanze,
Oder blicket Ihr nach mir?«

»Hab schon manchen Tanz gesehen,
Und das wars nicht, was ich sann,
Eure Schönheit mich verblendet,
Eure Augen tun mirs an.«

»Wenn so schöne meine Augen,
Führt mich hier vom Tanze heim,
Alt und grau schon ist mein Bräutgam
Und er holt uns nimmer ein.«

Blanka

»Blanker seid Ihr, meine Herrin,
Blanker als der Sonne Strahl!
Einmal sorglos möcht ich schlafen
Ohne Waffen diese Nacht,
Denn wohl sieben lange Jahre
Legt' ich nicht die Rüstung ab,
Dunkler schon als rußge Kohlen
Ist mein junger Leib vom Stahl.«

Ruhet diese Nacht nur, Ritter,
Schlaft entwaffnet ohne Arg,
Denn der Graf ist fern im Walde,
Jagend über Berg und Tal.

Wollt, der Sturm zerriss' die Hunde
Und der Adler ihm den Falk,
Und die Berg, im Grunde wankend,
Stürzten ihn vom Fels herab!

Drauf, heimkehrend aus dem Walde,
Trat ins Zimmer ihr Gemahl:
»Was hier einsam sinnt Ihr, Dame?
Euer Stamm ist voll Verrat.« –
»Herr, ich kämme meine Locken,
Kämme sie mit großem Gram,
Weil Ihr so allein mich lasset,
Draußen schweifend auf der Jagd.« –
»Diese Worte, schöne Blanka,
Haben einen falschen Klang,
Wessen ist das Roß im Hofe,
Dessen Wiehern dort erschallt?« –

»Meines Vaters Rößlein ist es,
Das er Euch geschickt zur Jagd.« –
»Wessen sind die blanken Waffen,
Die ich leuchten sah im Gang?« –
»Herr, 's sind meines Bruders Waffen,
Euch hat er sie heut gesandt.« –
»Wessen ist die fremde Lanze,
Die dort herblinkt von der Wand?« –
»Nehmt sie rasch und stoßt mich nieder,
Das verdien ich, guter Graf!«

Die Jungfrau und der Ritter

Eine Jungfrau wandert' einsam
In dem wunderschönen Frankreich,
Gen Paris sie wollte ziehen,
Wo die Eltern ihrer harrten;

Von den Ihren abgekommen,
Hatt sie sich verirrt im Walde,
Lehnte sich an eine Eiche,
Andre Wandrer abzuwarten.

Kam ein Ritter da geritten,
Gleichfalls gen Paris er trabte.
»Wenn es Euch beliebt, Herr Ritter,
Nehmt mich mit aus diesem Walde.« –
»Herzlich gerne, schöne Herrin!«
Und, ihr höflich aufzuwarten,
Sprang der Ritter von dem Rosse,
Hob hinauf sie, in den Sattel
Drauf sich selber zu ihr schwingend.

Aber als sie so im Walde
Einsam ritten, da begann er
Ihr verliebt den Hof zu machen.
»Hüt dich, Ritter, sei nicht schändlich,
Ein Todkranker war mein Vater
Und verpestet meine Mutter,
Siech und elend müßt verschmachten,
Wer mich frevelhaft berührte.« –
Und der Ritter schwieg erblassend.
Aber in Paris am Tore
Still in sich die Jungfrau lachte.

»Warum lacht Ihr, schöne Herrin?« –
»Über den feigen Ritter lach ich,
Der sein Mädchen hat im Freien
Und nichts macht als Redensarten!«

Voller Scham sprach da der Ritter:
»Kehrt noch einmal um zum Walde,
Habe draußen was vergessen.«
Doch die schlaue Jungfrau sagte:
»Nimmer kehr ich um, und tät ichs,
Keiner doch wagts, mir zu nahen,

Denn ich bin die Tochter Frankreichs,
Und der König ist mein Vater,
Und wer meinen Leib berührte,
Müßts mit seinem Kopf bezahlen.«

Herkules' Haus

König Rodrich in Toledo,
Seiner Krone Glanz zu mehren,
Ließ ein groß Turnier verkünden.
Hell schon die Trompeten schmettern,
Sechzigtausend Ritter kamen,
Die zu kämpfen dort begehrten.
Doch, bevor der Kampf begonnen,
Zu ihm die Toleder treten
Bittend, daß er Tor und Riegel
Woll mit neuem Schloß versehen
An des Herkules Palaste,
Wie's bisher der Brauch gewesen.
Aber in dem alten Hause
Dacht er, reichen Schatz zu heben,
Ließ die Riegel all zerbrechen
Und des Tempels Tore sprengen.

Als er eintrat, wars so still drin,
Nur ein Spruch glänzt ihm entgegen:
Weh dir, Rodrich, denn der König,
Der betreten diese Schwelle,
Der gebrochen diese Stille,
Wird Hispanien versengen!«
Seitwärts hinter einem Pfeiler
War ein prächtger Schrank zu sehen,
Drinnen lagen fremde Banner
Mit Figuren zum Erschrecken,
Und Araber, hoch zu Rosse,

Funkelnd mit gezückten Schwertern,
Hielten an dem Schrein die Wache,
Lautlos, ohne sich zu regen. –
Rodrich wandt sich vor Entsetzen,
Wollt fortan nichts weiter sehen,
Und ein Blitzstrahl zuckt' vom Himmel
Und verbrannt den Zaubertempel.

Übers Meer wohl sandt er Kriegsvolk,
Sollten Afrika erwerben,
Wetter stiegen, wo sie fuhren,
Mußten all im Meer verderben.

Donna Urraca

Schon in Trümmern lag Zamora,
Das der stolze Cid umzingelt,
Auf den Turm da trat Urraca,
Rief von den zerschoßnen Zinnen:
»Übermütger Cid da drunten,
Solltest dich der Zeit erinnern,
Da am Altar von Sankt Jago,
Sie geschlagen dich zum Ritter!
An dem Tage gab mein Vater
Waffen dir zum Angebinde,
Meine Mutter gab dein Roß dir.
Wie so fein die Sporen klingen!
Ich hab dir sie umgebunden –
Damals schiens, wir schieden nimmer,
Anders wolltens meine Sünden,
Anders wandtens die Geschicke:
Mit Ximene von Lozano
Tauschtest treulos du die Ringe.
Schlecht gezielet, Don Rodrigo!
Höhres Ziel war dir beschieden,

Kron und Reich, die ich dir brachte
Gabst du hin für Silberlinge
Und verlorst die Königstochter,
Um die Magd dir zu gewinnen!«

»Auf, mein Volk«, rief da der Ritter,
»Auf und wendet euch von hinnen!
Denn ein Pfeil dort durch die Lüfte
Schwirrte von des Turmes Zinnen,
Ohne Eisen war die Spitze,
Hat mir doch das Herz zerrissen,
Und kein Heilkraut gibts auf Erden,
Muß fortan nun trostlos irren!«

Durandartes Abschied

Durandarte, Durandarte,
Ritterlich in Lust und Streit,
Bitt dich, laß uns einmal plaudern
Wieder von der alten Zeit.

Denkst du noch der schönen Tage,
Wo du mir dein Herz geweiht,
Und in Sang und Ritterspielen
Vor der Welt um mich gefreit?

Wie viel Mohren warfst du nieder,
Rief ich zum Turniere dich!
Fast kenn ich dich jetzt nicht wieder,
Sag, warum vergaß'st du mich? –

»Schmeichelnd klingen solche Worte
Und verlockend ist die Huld,
Aber wenn mein Herz sich wandte,
Euer, Dame, ist die Schuld.«

»Wohl weiß ichs, für Gaiferos
Waret Ihr in Lieb entbrannt,

Als ich trostlos und geächtet
Irrte fern im fremden Land.«

»Drum, wenn Ihr von Lieb jetzt redet,
Habt Ihrs weislich nicht bedacht,
Denn um nicht die Schmach zu tragen,
Wend ich mich in Todesnacht.«

Durandartes Tod

O Belerma, o Belerma,
Du geboren mir zum Unheil!
Sieben Jahr dient ich dir treulich,
Hab mir doch kein' Lieb errungen,
Und jetzt, da du mich erhörtest,
Muß ich in der Schlacht verbluten.
Nicht die Todesstimmen fürcht ich,
Wenn sie auch so früh mich rufen,
Darum nur ist Tod so bitter,
Weil er mir dein Bild verdunkelt.
O mein Vetter Montesinos,
Wenn sich meine Seel entschwungen,
Bringt mein Herze zu Belerma,
Wollt ihr meinetwegen huldgen,
Bitten, daß sie mein gedenke,
Der so treu um sie gerungen.
Gebt ihr alle meine Länder,
Die ich freudig einst bezwungen;
Da mein' Lieb nun untergehet,
Sei all Gut mit ihr versunken! –
Montesinos, Montesinos,
Heiß brennt diese Lanzenwunde,
Müde schon ist meine Rechte,
Aus viel Quellen hier verblut ich,
's wird so kühl nun – ach die Augen,

Die uns ausziehn sahn so mutig,
Sehn uns nimmermehr in Frankreich. –
Drückt noch einmal an die Brust mich,
Vetter, denn ich sprech verworren
Und vor meinen Augen dunkelts,
Euch befehl ich all mein Sorgen
Und vertraue Eurem Schwure,
Denn der Herr, an den Ihr glaubet,
Höret uns in dieser Stunde.

Tot nun ruhet Durandarte
In dem stillen Felsengrunde,
Weinend löst ihm Montesinos
Helm und seiner Rüstung Gurte,
Löst sein Herze für Belerma
Mit dem Dolche aus der Brust ihm
Und begrub ihn unterm Felsen,
Sprach dabei aus Herzensgrunde:
»O mein Vetter Durandarte,
Tapfrer Degen, Herzensbruder,
Was soll ich fortan auf Erden,
Da die Mohren dich erschlugen!«

Donna Alda

In Paris saß Donna Alda,
Rolands Braut, im hohen Saal
Und mit ihr dreihundert Damen,
Ihrer Gespielinnen Schar;
Alle waren gleich beschuhet,
Alle trugen gleich Gewand,
Aßen rund um eine Tafel
Von demselben Brot zumal,
Donna Alda ausgenommen,
Weil sie ihre Herrin war.

Hundert spannen goldne Fäden,
Hundert woben Tepp'che zart,
Hundert aber musizierten,
Sie zu trösten mit Gesang.

Donna Alda war entschlummert
Bei der Instrumente Klang,
Plötzlich fuhr sie auf, lautschreiend,
Daß mans hört' bis in die Stadt.

Zu ihr sprachen da die Jungfraun:
»Wer tat Euch was Schlimmes an? –«
»Einen Traum hatt ich, ihr Mädchen,
Der mir großen Schrecken gab:
Einsam im Gebirge stand ich,
Durch die Öde flog ein Falk,
Hinterdrein ein junger Adler,
Drängend ihn in wilder Jagd,
So geängstigt stürzt' der Falke
Flüchtend sich in mein Gewand,
Doch der Aar mit seinen Fängen
Hatt ihn zornig schon umkrallt,
Riß den Falken mir in Stücke,
Streut' die Federn übern Plan.«

Drauf zu der erschrocknen Herrin
Eins der Kammerfräulein sprach:
»Diesen Traum will ich Euch deuten:
Euer Bräutgam ist der Falk,
Der sich übers Meer verflogen,
Eure Schönheit ist der Aar,
Der den wilden Edelfalken
Sich im Flug gefangen hat,
Und das Hochgebirg die Kirche,
Wo man traut Euch am Altar. –«
»Reichlich wohl will ich dirs lohnen,
Liebes Mädchen, sprichst du wahr.«

Kam ein Brief am andern Morgen,
Drin mit Blut geschrieben war,
Daß ihr Roland war gefallen
In der Schlacht von Roncesval.

Das Waldfräulein

Falke war im Wald verflogen
Und die Hunde irrten weit,
Jagdmüd lehnt' an eine Eiche
Sich der Ritter im Gestein,
Eine Jungfrau da erschrocken
In des Wipfels Dunkelheit
Sah er stehen, ihre Locken
Rings umgaben Stamm und Zweig.
»Staune nicht und laß dein Grauen,
Bin ein Königstöchterlein,
Sieben Zauberfraun mich haben
Auf der Amme Schoß gefeit,
Daß ich sieben Jahr muß wohnen
Hier in Waldeseinsamkeit.
Sieben Jahr sind heut verflossen
Oder morgen um die Zeit,
Bitte dich um Gottes willen,
Führ mich aus dem Walde heim,
Will als Ehefrau dir dienen,
Oder auch dein Liebchen sein.«

»Fräulein, noch bis morgen frühe
Harret in dem Walde mein,
Hab zu Haus 'ne weise Mutter,
Will erst fragen, was sie meint.« –
Sie vom Baum rief: »Weh dem Ritter,
Der die Jungfrau läßt allein!«

Er ritt fort, sie blieb im Walde,
Mutter riet, er sollt sie frein.
Als er morgens kehrt' zurücke,
Wars so stille im Gestein,
Konnt den Baum nicht wiederfinden,
Aber weit, vom Walde weit
Sah er ziehn ein Fähnlein Reiter,
Führten fort das Waldfräulein;
Und er stürzt zu Boden nieder
In der grünen Einsamkeit:
»Schwer Gericht verdient der Ritter,
Der verloren solche Maid!
Ich will selbst den Stab mir brechen,
Ich will selbst mein Richter sein,
Abhaun soll man mir die Rechte
Und mich schleifen durch die Heid!«

Weh Valencia!

Eingeschlossen war Valencia,
Konnte kaum sich länger wahren,
Weil sich die Almoraviden
Zögernd nicht zum Beistand wandten.
Da dies sah ein alter Maure:
Auf des höchsten Turmes Warte
Stieg er schweigend da, noch einmal
Zu beschauen Stadt und Lande.
Und wie sie herauf so leuchten,
Brach das Herz ihm bei dem Glanze;
Gramvoll mit prophetschem Munde
Also von dem Turme sprach er:
»O Valencia, o Valencia,
Würdge Herrscherin der Lande,
Deine heitre Pracht muß sinken,
So sich Gott nicht dein erbarmet!

Die vier Felsen, drauf du thronest,
Würden, wenn sie könnten, klagen,
Deine festen Mauern seh ich
Von dem wilden Anlauf wanken,
Deine Türme, die so trostreich
Über Land und Völker ragen,
Werden unaufhaltsam stürzen,
Deine Zinnen, gleich Kristallen,
Ihren Wunderglanz verlöschen,
Und dein mächtger Guadalaviar
Wird aus seinen Ufern steigen,
Trüben jeden Bach im Lande.
In den trocknen Wasserkünsten
Funkeln nimmermehr die Strahlen,
Rings in deinen schönen Gärten,
Die fortan verwildernd ranken,
Werden Hirsche einsam grasen,
Alles fröhl'che Grün zernagend.
Keinen Duft mehr haucht die Luft her,
Wo viel tausend Blumen standen,
Muß das Glühen all verblühen;
Wo jetzt Schiffe kommen, fahren,
Liegt verödet Strand und Hafen,
Und vom weiten Bergeskranze,
Den du mächtig einst beherrschtest,
Schlagen blutrot auf die Flammen,
Daß das Qualmen dich erblindet
Rings von deiner Länder Brande,
Bis, als eine Todeswunde,
Alles Volk hat dich verlassen. –
O Valencia, o Valencia,
Helf dir Gott in jenen Tagen!
Oft schon hab ich es verkündet,
Was ich weinend jetzt beklage.«

GEDICHTE

ZWEITE ABTEILUNG
VERSTREUT GEDRUCKTE UND NACHGELASSENE GEDICHTE

1802

Dort in moosumrankten Klüften

Dort in moosumrankten Klüften,
Wo der Kühlung Weste wehn,
Und den Kranz um Schläf und Hüften
Elfen sich im Tanz ergehn.

Dort harr ich des lieben Mädchens,
Wenn durchs Grau der Morgen bricht
Und das grüne Rosenpfädchen
Sanft bestreut mit mattem Licht.

Dort harr ich, wenn sich die Sonne
In des Sees Fluten taucht,
Und der Abend neue Wonne
In des Müden Seele haucht.

Denn nur wenig Jahr durchglühet
Uns der Jugend Götterhauch
Und, ach – nur zu früh verblühet
Uns des Lebens Blütenstrauch.

1803

Der erste Maitag

(Zweite Fassung)

O siehe, frei
Von Schnee entschwebt
Des Äthers Blau der junge Mai, –
Und alles regt sich, fühlt und lebt.

Der Nordwind flieht
Aus Hain und Flur,
Und mildrer Frühlingshauch durchglüht
Mit neuem Leben die Natur.

Des Stromes Wut
Besänftigt sich,
Und schäumend wälzt die wilde Flut
Sich in ihr Kieselbett zurück.

Von ferne sieht
Man Flaggen schon,
Und auf den Silberwellen flieht
Dem Pfeile gleich das Schiff davon.

Dem Keim entschlüpft
Das junge Blatt,
Und Aug und Herz des Landmanns hüpft
Beim Anblick seiner jungen Saat.

Die Wipfel krönt
Der Blüten Schnee;
Sieh – Hügel, Flur und Au verschönt
Der kaum entsproßte zarte Klee.

Der Käfer summt
Im Blumenflor,
Und horch – aus fernem Schilfe brummt
Der grünen Frösche dumpfer Chor.

Der Himmel glänzt,
Die Wipfel blühn.
Mit dumpfumhauchten Veilchen kränzt
Der junge Mai der Hügel Grün.

Im See glimmt
Die Abendglut,
Und sanft wie Schwanenflug durchschwimmt
Ein Kahn die rosenfarbne Flut.

Im Wasser sieht
Der Hain sein Bild,
Und auf der Wellen Spiegel flieht
Der rote Abendhimmel hin.

Froh zwitschernd schießt
Aus Wolkenhöh
Die Schwalbe dort herab und küßt
Und furcht im Flug den Silbersee.

Doch horch – dort singt
Ein Knabenheer.
O sieh – im trauten Kreise springt
Es um die frohen Eltern her.

Jetzt klimmt die Schar
Den Berg hinauf,
Und sucht sich für der Mutter Haar
Zum Kranze frische Veilchen auf.

Ach sieh, wie flink
Ein Hut dort fliegt
Nach jenem bunten Schmetterling,
Der sich am jungen Halme wiegt.

Doch er entflieht
Dem Todesschlag,
Und traurig stehend, staunend sieht
Ihm der getäuschte Knabe nach.

Der Vater sieht
Das muntre Spiel,
Und gleich dem Frühlingshauch durchglüht
Sein Herz ein göttliches Gefühl.

Kommt, Kinder, sprach
Er jetzt, und seht,
Wie schön des Maies erster Tag
Dort hintern Bergen untergeht.

Ach wißt, so sinkt,
Wenn einst der Tod
Mit grinsendem Gerippe winkt,
Auch unsers Lebens Abendrot.

Zufrieden steht
Ihr jetzt umher,
Und mit entwölktem Blicke seht
Ihr in des Abends Feuermeer.

Doch werdet ihr
Dann auch so stehn,
Auch dann so kummerlos wie hier
Dem Abendrot entgegensehn?

O ja, bleibt gut,
Hegt Edelsinn,
Und wandelt froh mit Männermut
Durch dieses Pilgerleben hin.

Entwanket nicht
Bis an den Tod
Von eines braven Mannes Pflicht,
Wenn selbst der Großen Rache droht.

Schmiegt, Kinder, euch
Dem Fürsten nie,
Nicht glücklich macht er uns, nur reich
Mit Schätzen, die er selbst erlieh.

Drum, Kinder, ehrt
Den Reichtum nicht;
Der Unschuld sanfte Klagen hört,
Nicht, was des Schmeichlers Giftmund spricht.

Dann, wisset – gleicht
Einst euer Tod,
Wenn ihr des Lebens Ziel erreicht,
An Heitre diesem Abendrot.

Dann folget ihr
Am Scheidetag
Einst froh und ohne Kummer mir
In jene bessre Welten nach.

So sagte er,
Und tränend stand
Der frohen Knaben Schar umher,
Bis auch die Abendröte schwand.

1804

Der Morgen

Sei mir gegrüßt, o Morgensonne!
Erquickend strömt dein Strahlenhaupt
Des neuen Lebens Frohgefühle
Schnell über eine halbe Welt!

Wie einst des Abgrunds schwarze Nächte
Als Licht des Schöpfers Hand entrann,
Erstaunten Welten sich entwälzten,
Und Ordnung aus dem Chaos stieg;

So windet mir aus düstern Nebeln
Auch jetzt sich Flur und Stadt und Dorf,

Bis, ganz entschleiert, meinen Blicken
Das bunt Gemisch entgegenlacht.

Wie rings um mich die Täler dampfen;
Es rauscht der Wald, es tönt der Fluß,
Das Gräschen lispelt – Gott – dein Lob!
Und ich – ich bete, danke nicht?

Einst, ach! wer fasset den Gedanken?
Wenn meines Lebens Genius winkt,
Strahlt so mir der Vollendung Sonne,
Des ewgen Tages Morgenrot.

Da schwindet Nebel – jedes Wölkchen,
Das sonst den Späherblick gehemmt,
Und in das Wonnemeer des Urlichts
Taucht sich der fesselfreie Geist.

O, schwebe bald herab vom Himmel!
Du schöner Tag! – zum Vater mich,
In meine Heimat mich zu schwingen,
Ich zage nicht, o komm, o komm!

Beim Erwachen

An M. H.

Tiefer ins Morgenrot versinken die Sterne alle,
Fern nur aus Träumen dämmert dein Bild noch vorüber,
Und weinender tauch ich aus seliger Flut. –
Aber im Herzen tief bewahr ich die lieben Züge,
Trage sie schweigend durch des Tages Gewühle
Bis wieder zur stillen träumenden Nacht.

An Isidorus Orientalis

Zu den Sonetten an Novalis

Erwartung wob sich grün um alle Herzen,
Als wir die blaue Blume sahen glühen,
Das Morgenrot aus langen Nächten blühen, –
Da zog Maria ihn zu ihrem Herzen.

Die Treuen schlossen sich in tausend Schmerzen,
Erfüllung betend wollt'n sie ewig knien:
Da sahn sie neuen Glanz die Blumen sprühen,
Ein Kind stieg licht aus ihrem duftgen Herzen. –

Solch Glühen muß der Erde Mark durchdringen,
In Flammen alle Farben jauchzend schwingen,
Ein gotterklungner unermeßner Brand!

Wie ruft es mich! – reich fester mir die Hand –
Hinunter in den Opfertod zu springen!
Du wirst uns all dem Vater wiederbringen!

Antwort

An H. Graf v. Loeben

Demütig kniet ich vor der Jungfrau Bilde,
Erflehend nur ein einzig Liebes-Zeichen,
Das nicht in Angst und Pein möcht von mir weichen.
Sie gab mir – Mut und Andacht milde.

Nun drängt ein Schmerz mich süß und sanft und wilde,
Daß ich mit ihrer Wunder Himmelreichen,
Die weiter als mein irdsches Leben reichen,
Wie ich sie himmlisch schau, die Schöne bilde.

Mir fehlen Töne noch und Himmels-Frieden;
Dir ward Erfüllung frühe schon beschieden,
Dein Himmel ist, wo zauberte dein Beten.

Hast du den höchsten Wunsch mir nun genommen,
Werd ich demutsvoll wieder vor dich treten;
Eins sein mit dir, kann nur allein mir frommen.

An I...

Von trüber Bangnis war ich so befangen,
Da sprach Waldhorn zu mir aus grünen Weiten:
Mir nach! Durch unbekannte Lande schreiten! –
Rief immer fern und fern, konnts nie erlangen.

Wo führst mich endlich hin? sprach ich voll Bangen,
Weit Freund' und Welt von diesen Einsamkeiten!
Da klang es fern und nah wie alte Zeiten,
Dich sah ich fröhlich stehn am Bergeshange.

Und unten lag ein weites Land, so helle
War aufgetan die ewge Farben-Quelle,
Nach Osten sah man fromme Pilger ziehen.

So nimm nur alles, was ich lieb und habe,
Gern laß ich ja die Welt und ihre Gabe,
Mit dir nur, Retter, will ich ewig ziehen!

In Buddes Stammbuch

Es ist ein innig Ringen, Blühn und Sprossen,
Und träumend Rauschen tief in allen Zweigen,
Vor großer Wonne wieder selig Schweigen,
Und klarer Liebesglanz drum ausgegossen.

Zwei Kindlein ruhn im Glanze, eng umschlossen,
Und goldne Vöglein in den grünen Zweigen,
Und Engel singend auf und nieder steigen –
So ist des Lenzes innerst Herz erschlossen.

Wer wollt nicht schlummern in der Blume mitten inne? –
Ein Kuß weckt dich von unsichtbarem Munde,
Da ist zu duftgem Land die Blum zerronnen.

Und Lieder rufen aus dem blühnden Grunde,
Hat Fabel drum ihr magisch Netz gesponnen –
Das ist das alte ewge Reich der Minne.

Der Lenz mit Klang und roten Blumenmunden…

Der Lenz mit Klang und roten Blumenmunden,
Holdselge Pracht! wird bleich in Wald und Aue;
Tonlos schweift ich damals durchs heitre Blaue,
Hatt nicht das Glühn im Tiefsten noch empfunden.

Da sprach Waldhorn von überselgen Stunden,
Und wie ich mutig in die Klänge schaue,
Reit't aus dem Wald die wunderschöne Fraue
O! Niederknien, erst's Aufblühn ewiger Wunden!

Zu weilen, fortzuziehn, schien sie zu sagen,
Verträumt blühten ins Grün der Augen Scheine,
Der Wald schien schnell zu wachsen mit Gefunkel.

Aus meiner Brust quoll ein unendlich Fragen,
Da blitzten noch einmal die Edelsteine,
Und um den Zauber schlug das grüne Dunkel.

Aussichten

Es will der Morgen sich von weitem zeigen,
Das dunkle Meer im Innern still erglühen,
Erwartungsvoll die reinen Segel blühen,
Doch deckt noch all geheimnisvolles Schweigen.

Wird erst die Sonne auf die Berge steigen,
Gewaltig Licht in alle Lande blühen,
Sieht man ein frei Geschlecht nach Angst und Mühen
In stolzer Demut fromm die Kniee beugen.

Unendlich' Wunderfernen sind gelichtet,
Unzählig Lieder himmelwärts auflangen,
Daß treue Liebe Gegenlieb erreiche. –

Wer frei geboren, ist schon längst geflüchtet,
Die andern faßt ein unaussprechlich Bangen,
Der Sieger zieht zum alten ewgen Reiche.

Angedenken

1

Sie band die Augen mir an jenen Bäumen;
Geh, schöner Blinder! sagt' sie dabei sachte,
Wußt nicht, wie Wunden süß dies Flüstern brachte,
Und stieß mich in des Spieles wogend Schäumen.

Nun in der Augen Nacht quoll blühend Träumen,
Der Mienen Huld, wie Zauberblum'n, erwachte,
Da end't das Spiel – ins Aug Licht wieder lachte,
Doch stehend träumt ich fort von jenen Träumen.

So stand ich unter holden Farbenbogen,
Und wie mein ganzes Leben schwellend blühte,
Dankt ich dem Frühling solch zaubrisch Verschönen.

Noch blüht der Lenz, doch sie ist fortgezogen,
Nun weiß ich, daß nur sie den Lenz beglühte,
Und einsam traur ich in den Strahlen, Tönen.

2

Wie wenn aus Tänzen, die sich lockend drehten,
Von müder Augen süßen Himmelsträumen,

Daß nun Gewährung nicht wollt länger säumen,
Verratend die schamhaften Schleier wehten,

Ein einzger in die Nacht hinausgetreten,
Schauend wie draußen Land und Seen träumen,
Die Töne noch verklingen in den Bäumen,
Ans Herz nun schwellend tritt einsames Beten:

Also, seit du erhörend mich verlassen,
Grüßt mich Musik und Glänzen nur von ferne,
Wie Tauben, Botschaft bring'nd durch blaue Lüfte.

Nacht legt sich um die Augen hold, die nassen,
Als Blume sprieß ich in die Klänge, Sterne,
Der goldnen Ferne hauchend alle Düfte.

Der Schiffer

Du schönste Wunderblume süßer Frauen!
Ein Meer bist du, wo Flut und Himmel laden,
Fröhlich zu binden von des Grüns Gestaden
Der Wünsche blühnde Segel voll Vertrauen.

So schiffend nun auf stillerblühten Auen,
In Lockennacht, wo Blicke zaubrisch laden,
Des Munds Koralln in weißem Glanze baden,
Wen füllt' mit süßem Schauer nicht solch Schauen!

Viel hab ich von Sirenen sagen hören,
Stimmen, die aus dem Abgrund lockend schallen
Und Schiff und Schiffer ziehn zum kühlen Tode.

Ich muß dem Zauber ewge Treue schwören,
Und Ruder, Segel laß ich gerne fallen,
Denn schönres Leben blüht aus solchem Tode.

Sonett

Rasch sprengt der Ritter an ertos'nden Flüssen
Funkelnd durch Waldes dunkelgrüne Dichten,
Die schlanker sich in Himmelsglanz aufrichten,
Den König kühle rauschend zu begrüßen.

Viel schöne Augen werden weinen müssen,
Daß er Visier und Locken nie will lichten,
Daß zu dem Hohen sie sich mußten richten,
In süßen Himmelsqualen gerne büßen.

Schön ists, von irdschen Banden losgebunden,
In grüner Nacht, in dunkler Wetter Blicke
Einsam den Sinn zu weid'n, den wilden, reinen;

Doch Schönres wird auf Erden nicht gefunden,
Als wenn der Stolze senkt die dunklen Blicke,
Sanft niederknieend vor der Ersten, Einen.

Frühlingsandacht

In Lust und Scherzen drehn sich leichte Tage,
Von weißen Armen ruhet Lieb umwunden,
Der Sänger schweift allein im Waldesgrunde,
Nur Waldhorns-Klang will, was er sucht, ihm sagen.

Es bringt der Lenz so glänzend Spiel getragen,
Durchs farbge Land die Ströme hell gewunden,
All bunte Schifflein wieder losgebunden!
So zieh' doch fröhlich mit! – Wer wollt noch zagen?

Doch daß im bunten, lichten Tanz des Maien
Der Einzge nur allein nicht länger weine,
Sieht er als Blumen sich den Lenz erschließen;

Und aus dem duftgen Kelch im Glorienscheine
Neigt sich die ewge Jungfrau, hebt den Treuen
An ihre Mutterbrust mit tausend Küssen.

Wohl kann ich, wie die andern, tun und lassen…

Wohl kann ich, wie die andern, tun und lassen,
Auf kurze Frist von irdschem Wahn befangen,
Mitspielen ohne Klage und Verlangen,
Manch Mädchen will mich nicht vom Herzen lassen.

Die Erde seh ich schauernd süß erblassen,
Den Himmel überschwänglich aufgegangen,
Da faßt mich alte Liebe, altes Bangen,
Weiß nicht, soll ich das Kreuz, die Fahne fassen.

Es stürzt der Bach, hoch brausen Waldeswipfel,
Durch fliehnde Wolken Waldhornsklang geflogen,
Und wenn der Blitz die grimme Nacht durchzücket,

Sehn fern die Furchtsamen auf steilem Gipfel
Den Fremdling knien, auf das Schwert gebogen,
Das zornigleuchtend aus dem Dunkel blicket.

Es wächst und strömt in ewigen Gedichten…

Es wächst und strömt in ewigen Gedichten
Jauchzend im Innersten das freie Leben;
Des Tempels strahlnde Säulen klingend beben,
Unübersehbar will sichs himmlisch lichten.

Den heilgen Kampf sie irdisch möchten schlichten,
Er spült sonst mit sich fort ihr schwankes Leben;
Die Arme wollen sie nicht gläubig heben,
Zur Nacht kein Herz, nicht Lieb' sich aufzurichten.

Es bäumt das Roß in zorngem Mut sich raffend,
Durch eure Netze funkeln Schwert und Lanze,
Bricht Liebesblick aus tiefer, ewger Bläue.

Und wie ihr stehet, euch verwundernd, gaffend,
Glüht ferne Helm und Speer im Morgenglanze,
Und über die Berge sprenget froh der Freie.

An...

Was lebte, rollt' zum Himmel aus dem Tale,
Des Ritters Mut, Gesanges feurge Zungen,
Und aus dem Felsen Münster kühn geschwungen,
Das Kreuz erhebend hoch im Morgenstrahle.

Versunken sind die alten Wundermale,
Nur eine Waldkapelle unbezwungen,
Blieb einsam stehen über Niederungen,
Die läutet fort und fort hinab zum Tale.

Was frägt die Menge, obs der Wind verwehe, –
Nur Ein'ge trifft der Laut, die stehn erschrocken,
Und mahnend lockts wie Heimweh sie zur Höhe.

Ein heitrer Greis zieht oben still die Glocken,
Reicht fest die Hand und führt aus der Verheerung
Durchs alte Tor die Treuen zur Verklärung.

Die Wunderblume

Es war die Nacht so wunderbar, so schwüle,
Weit ab wohl lagen dunkle Länder viele,
Die Ströme hört ich ferne gehen,
Doch, wo ich war, konnt ich nicht sehen.

Und ferne sah ich aus dem grauen Schweigen
Seltsam verschlungne Wunder dunkel steigen,
Stumm gehen in den Finsternissen, –
»Ach, sind es Berge, sind es Riesen?«

Aus solchen Ängsten wollt mein Herz verlangen,
Nie fühlt ich noch so unaussprechlich Bangen.
»Wann wird der Morgen endlich röten?
O Jesus, hilf aus tiefsten Nöten!«

Und wie ich rief, sah ich fern Funken sprühen,
Ein Wunderglänzen aus der Nacht erblühen,
Und eine Blume drin erhoben,
Aus milden Flammen bunt gewoben.

Und wundersüße Scheine sandten
Die Blätter bald nach allen Strömen, Landen.
Rings wurd es weit und immer weiter,
Der Himmel blau, die Erde heiter.

Wie weit liegt alle Bangigkeit dahinten!
Es wollen brünstig mich die Scheine zünden,
Frisch bluten alle Liebeswunden; –
Verbrennt mich nur! – Bin euch ja längst verbunden!

Einsiedler

Einsiedler will ich sein und einsam stehen,
Nicht klagen, weinen, sondern büßend beten,
Du bitt für mich dort, daß ich besser werde!

Nur einmal, schönes Bild, laß dich mir sehen,
Nachts, wenn alle Bilder weit zurücketreten,
Und nimm mich mit dir von der dunklen Erde.

Assonanzen

Hat nun Lenz die silbern'n Bronnen
Losgebunden:

Knie ich nieder süßbeklommen
In die Wunder.

Himmelreich! so kommt geschwommen
Auf die Wunden!

Hast du einzig mich erkoren
Zu den Wundern?

In die Ferne süß verloren,
Lieder fluten,

Daß sie, rückwärts sanft erschollen,
Bringen Kunde.

Was die andern sorgen, wollen,
Ist mir dunkel,

Mir will ewger Durst nur frommen
Nach dem Durste.

Was ich liebe und vernommen,
Was geklungen,

Ist den eignen tiefen Wonnen
Selig Wunder!

Madrigal

O Strom auf morgenroten Matten!
Rubin, Smaragden deine Wellen,
Dann in des blauen Mittags schwülen Schatten,

Rauschend in Abendglanz versunken,
Bis du der Nächte Licht getrunken,
So muß mein Leben rastlos quellen,
Sich selber lauschend oft das selge Herze,
O Liebe süß, o Lust im Schmerze!

Bin ich denn nicht auch ein Kind gewesen?

Bin ich denn nicht auch ein Kind gewesen? –
Spielte goldne, goldne Stunden,
Unbekannt noch mit dem Bösen,
Furchtlos an dem finstern Schlunde.

Spielt so lang am Felsenrande,
Sah viel Ströme unten fließen,
Fromme Pilger ziehn im Lande –
Doch mich wollte niemand grüßen.

Denn so wild war schon mein Spielen,
Und es zuckten furchtbar munter
Schon im Aug die Flammen kühle,
Sie zum Abgrund langten runter.

Und ich wandt mich ohne Klage
Stumm im Zorne von dem Lichte,
Hinter mir die bunten Tage,
Wob die Nacht sich um mich dichte.

Und durchs Dunkel flogen Blitze
Und die flamm'nden Fahnen wehten;
Keck sucht ich des Felsen Spitze
Mußte fluchen nur, statt beten.

Sehnsucht

Selig, wer zur Kunst erlesen,
Ruhig in getreuer Lust,
Hoher Dinge seltsam Wesen,
Selber froh erschreckt, mag lesen
In der Wundervollen Brust!

Wie die Rosse mutig scharrten!
Ach, die Freunde sind voraus!
Draußen blüht der schöne Garten,
Draußen Wald und Liebchen warten,
Und ich kann nicht, kann nicht raus!

Bleib ich ewig fern vom Glücke? –
Wen die Treue ganz durchdrang,
Einmal trafen Liebesblicke,
Ach! er kann nicht mehr zurücke,
Und ich kniee lebenslang.

Lodert, lodert heilge Kerzen!
Bleibet unerhört mein Flehn:
Will ich in den Freuden, Schmerzen,
Mit dem unentweihten Herzen
Treu und heilig untergehn.

Minnelied (Klage)

Blaue Augen, blaue Augen!
Ach, wie gebt ihr süße Peine!
Aus dem schönen Wald unzählig
Stimmen zielen, grüne Scheine,
Und ich laß mich gern verführen,
Locken Schmerzen so von weiten.
Draußen auf der Waldeswiese
Laß ich wohl mein Rößlein weiden;

Sinnend steh ich lang daneben,
Grüßt mich, wie aus fremden Zeiten,
Waldesrauschen, Lied der Bronnen,
Ewigblühend grünes Schweigen,
Aus der tiefsten Brust Erinnern
Lang vergeßner goldner Träume –
Und ich muß dann fragen immer,
Ewig fragen: wo sie weile?
Und das Waldhorn will mirs sagen,
Und das Herz will ewig weinen:
Süße Peine, blaue Augen! –
Ewig stehst du in der Weite,
Blühend in den blauen Tagen.
Wolken durch den Himmel eilen,
Liebesblick kommt oft geschossen,
Und es glänzen Feld und Haine
Und die Klarheit schließt sich wieder
Und ich stehe so alleine;
Und ich kann mich gar nicht retten
Vor den Freuden, vor den Leiden,
Und ich kniee und ich bete:
Schöne Fraue, liebe, reine!
Blaue Augen, blaue Augen!
Ach! wie gebt ihr süße Peine!

Minnelied

Über blaue Berge fröhlich
Kam der bunte Schein geflossen,
In den Schimmer rief ich selig:
»Freu dich nur, jetzt wirds vollendet!«
Doch der Frühling ist vergangen;
Was ich innigst hofft und strebte
Blieb ein unbestimmt Verlangen.

Und nach langem trübem Schweigen
Kommen goldne Tage wieder;
Blaue Berge, alte Zeiten,
Blumen, Sterne, Ström und Lieder
Woben wunderbar ein Netze,
Schüchtern schlang sichs um die Glieder,
Zog so innig fest und fester
Mich ans Herz der Erde nieder,
Und so schlummert ich und träumte
Von der allerschönsten Braut.

Ach, von dem weichen Pfühle

Ach, von dem weichen Pfühle,
Was treibt dich irr umher?
Bei meinem Saitenspiele
Schlafe, was willst du mehr?

Bei meinem Saitenspiele
Heben dich allzusehr
Die ewigen Gefühle;
Schlafe, was willst du mehr?

Die ewigen Gefühle,
Schnupfen und Husten schwer,
Ziehn durch die nächtge Kühle;
Schlafe, was willst du mehr?

Ziehn durch die nächtge Kühle
Mir den Verliebten her,
Hoch auf schwindlige Pfühle;
Schlafe, was willst du mehr?

Hoch auf schwindligem Pfühle
Zähle der Sterne Heer;
Und so dir das mißfiele:
Schlafe, was willst du mehr?

Der Liebende

Der Liebende steht träge auf,
Zieht ein Herr-Jemine-Gesicht
Und wünscht, er wäre tot.
Der Morgen tut sich prächtig auf,

So silbern geht der Ströme Lauf,
Die Vöglein schwingen hell sich auf:
»Bad, Menschlein, dich im Morgenrot,
Dein Sorgen ist ein Wicht!«

Zum Abschied

Der fleißigen Wirtin von dem Haus
Dank ich von Herzen für Trank und Schmaus
Und, was den Gast beim Mahl erfreut:
Für heitre Mien und Freundlichkeit.

Dem Herrn vom Haus sei Lob und Preis!
Seinen Segen wünsch ich mir auf die Reis,
Nach seiner Lieb mich sehr begehrt,
Wie ich ihn halte ehrenwert.

Und wenn mein Weg über Berge hoch geht,
Aurora sich auftut, das Posthorn weht,
Da will ich ihm rufen von Herzen voll,
Daß ers in der Ferne spüren soll.

Ade! Schloß, heiter überm Tal,
Ihr schwülen Täler allzumal,
Du blauer Fluß ums Schloß herum,
Ihr Dörfer, Wälder um und um.

Wohl sah ich dort eine Zaubrin gehn,
Nach ihr nun alle Blumen und Wälder sehn,
Mit hellen Augen Ströme und Seen
In stillem Schaun, wie verzaubert, stehn.

Ein jeder Strom wohl findt sein Meer,
Ein jeglich Schiff kehrt endlich her,
Nur ich treibe und sehne mich immerzu, –
O wilder Trieb! wann läßt du einmal Ruh?

Romanze

Felsen, Bäume, Blumen, Sterne!
Nacht, so zaubrisch aufgegangen!
Ach! wie schön hinauszutreten
In die Düft der Pomeranzen,
Kennend weiter kein Verlangen,
Als den Durst nur nach Verlangen!
Seiden wallende Gewande,
Edelstein', Rubin, Smaragden,
Nicht noch lös ich euch vom Leibe,
Von den Locken, weißen Armen;
Denn nicht Zierrat seid ihr mir nur,
Mit mir scheint ihr aufgewachsen,
Eine hold verträumte Blume,
Vor der Tage Strahl erblassend, –
In der Dunkelheit der Nächte
Mildes Glänzen gern entfaltend,
Felsen, Bäumen, Blumen, Sternen,
Wie ich liebe, süß zu sagen.
Also sprach Viola, die mit
Goldnen Sternen liebt' zu wachen.
Denn ein wunderbares Singen
Wohnte lange in dem Tale.

Der arme Blondel

Wie sie in den Blumentagen,
Über mir mit rotem Munde,
Daß die Locken mich umwunden,
Mich verführt aus Herzensgrunde,
Wollt es immer, konnts nie sagen!
Fortgezoh'n ist nun die Eine,
Weine, armer Blondel, weine!

Nachts die Berge stille stehen,
Ferne Schlösser, Strom und Bäume
Sahn mich seltsam an, wie Träume.
Drüber Wolken schnelle gehen,
Fest am Herzen steht die Eine,
Weine, armer Blondel, weine!

Herbstliedchen

Flog Waldvögelein über den See,
Lieb grüne Zeit, lieb grüne Zeit!
Es zogen die Wolken: Ade! Ade!
Wir fliegen mitsammen gar weit, gar weit!

Es schaut Feinsliebchen vom hohen Saal,
Fern zohe der Ritter im grünen Tal;
Waldvöglein sang immerfort: Ade! –
Das tat Feinsliebchen im Herzen so weh.

Herbstklage

Herbstnebel ziehn über den Weiher,
Das ist recht des Todes Bild!
Und tagelang sinnet der Reiher
Am Ufer dort einsam wild.

Mein Liebchen das hat mich verlassen,
Die Freunde sind alle weit,
Und Garten und Wälder erblassen
Und singen von tiefem Leid.

Verschneit liegt bald alles darnieder,
Wir selber wir werden alt
Und kennen einander nicht wieder,
Verkümmert, zerstreut und kalt. –

Zum Wald denn! da raset lautschallend
Das Horn durch des Windes Schrein,
Da krachen die Wipfel, und fallen
Zum Abgrund Strom, Baum und Stein.

Und Schneewolken jagts übern Weiher,
Die Windsbraut singt ihren Gruß,
Rasch stürzt in den Strom sich der Reiher –
Ach, daß ich hier stehen muß!

Winter

Legst du dich ins Leichenkleid,
Meiner Heimat Aue,
Bist zum Sterben still bereit,
Ohne daß dir graue?

Als dein goldner Halm verschwand,
Floh von dir die Lerche;
Bald an grauer Wolken Rand
Zogen fern die Störche;

Auch das gelbe Laub entwich
Bei der Winde Stöhnen,
Leise nur beträufelt dich
Schnee mit kalten Tränen;

Und so einsam, bleich und kahl,
Sinkst du gern in Schlummer,
Lächelst noch dem Sonnenstrahl
Sterbend ohne Kummer?

Ja, du kannst es, ahnst das Glühn
Künftger Frühlingssonne,
Die dich weckt zum lichten Blühn
Süßer Maienwonne.

Veilchen weckt ja schon der März,
Mai der Vögel Lieder, –
Aber ein gebrochen Herz
Weckt kein Frühling wieder.

Die Heimat

An meinen Bruder

Denkst du des Schlosses noch auf stiller Höh?
Das Horn lockt nächtlich dort, als obs dich riefe,
Am Abgrund grast das Reh,
Es rauscht der Wald verwirrend aus der Tiefe –
O stille, wecke nicht, es war als schliefe
Da drunten ein unnennbar Weh.

Kennst du den Garten? – Wenn sich Lenz erneut,
Geht dort ein Mädchen auf den kühlen Gängen
Still durch die Einsamkeit,
Und weckt den leisen Strom von Zauberklängen,
Als ob die Blumen und die Bäume sängen
Rings von der alten schönen Zeit.

Ihr Wipfel und ihr Bronnen rauscht nur zu!
Wohin du auch in wilder Lust magst dringen,
Du findest nirgends Ruh,
Erreichen wird dich das geheime Singen, –
Ach, dieses Bannes zauberischen Ringen
Entfliehn wir nimmer, ich und du!

Reiselied

So ruhig geh ich meinen Pfad,
So still ist mir zu Mut;
Es dünkt mir jeder Weg gerad
Und jedes Wetter gut.

Wohin mein Weg mich führen mag,
Der Himmel ist mein Dach,
Die Sonne kommt mit jedem Tag,
Die Sterne halten Wach.

Und komm ich spät und komm ich früh
Ans Ziel, das mir gestellt:
Verlieren kann ich mich doch nie,
O Gott, aus Deiner Welt!

Entschluß

Noch schien der Lenz nicht gekommen,
Es lag noch so stumm die Welt,
Da hab ich den Stab genommen,
Zu pilgern ins weite Feld.

Und will auch kein Lerch sich schwingen,
Du breite die Flügel, mein Herz,
Laß hell und fröhlich uns singen
Zum Himmel aus allem Schmerz!

Da schauen im Tale erschrocken
Die Wandrer rings in die Luft,
Mein Liebchen schüttelt die Locken,
Sie weiß es wohl, wer sie ruft.

Und wie sie noch stehn und lauschen,
Da blitzt es schon fern und nah,
All Wälder und Quellen rauschen,
Und Frühling ist wieder da!

Die Lerch', der Frühlingsbote

Die Lerch', der Frühlingsbote,
Sich in die Lüfte schwingt;
Eine frische Reisenote
Durch Wald und Herz erklingt.

Die Wolken ziehn hernieder,
Die Lerche senkt sich gleich, –
Gedanken gehn und Lieder
Ins liebe deutsche Reich.

Der Auswanderer

Fragment

1

Europa, du falsche Creatur!
Man quält sich ab mit der Cultur,
Spannt vorn die Locomotive an,
Gleich hängen sie hinten eine andre dran,
Die eine schiebt vorwärts, die andere retour,
So bleibt man stecken mit der ganzen Cultur;
Und Ärger hier und Händel da
Und Prügel – Vivat Amerika
Mit den vereinigten Provinzen,
Wo die Einwohner alle Prinzen,
Und alle Berge in Gold verhext,
Wo die Cigarre und der Pfeffer wächst! –
Und also flog ich dahin wie ein Pfeil,
Über uns Wolken in großer Eil,
England zur Rechten und Frankreich links,
Jetzt in den Ocean grad hinaus gings,
Daß mir der Wind am Hute pfiff;
Ich stand ganz vorn in dem Schiff,
Und als die alte Welt versank,
Nahm ich mein Waldhorn und blies Ade,
Das gab einmal einen prächtigen Klang,
Mir aber tats doch im Herzen weh.

2

Auf einmal stößt das Schiff ans Land,
Greift jeder nach seinem Plunder,
Am Land hat man mich gleich erkannt,
Das war ein Lärm, Gotts Wunder!
Da wurden Böller abgebrannt,

Entgegen mir gegangen
Kam ganz Neuyork heraus zum Strand,
Mich würdig zu empfangen.

Der bot mir fürstliches Quartier,
Der bat um meine Sachen,
Man riß sich ordentlich nach mir,
Ich aber mußte lachen,
Mein Herberg heißt zum Himmelszelt,
Mein Ränzel aufgeschwungen,
So bin ich in die neue Welt
Vom Schiff hineingesprungen.

Doch kaum hatt ich zum Umsehn Zeit,
Springt einer aus dem Haufen:
Mein Schiff das läge schon bereit
Um eben auszulaufen,
Geheimerat und Hofmarschall,
Kurz, meine ganze Suite
Sei schon in freudenreichem Schall
An Bord und tät sich Güte.

Ich: wie? Er: Jes! Ich: zuviel Ehr,
Sehr gütig! und so weiter;
Das half nun alles nimmermehr,
Ein Dampfboot braust, zur Leiter
Trug man mich auf den Händen fast
Wie einen Potentaten,
Und stromauf gings sogleich voll Hast
In die vereinten Staaten.

Auf dem Verdecke aber dort
Sah ich viel Herrn, die lasen
In langen Blättern immerfort,
Nichts als Papier und Nasen.
Zuweilen nur ein Rauschen schallt,
Wenn einer's Blatt umdrehte,

Da merkt ichs wohl und wußt es bald:
Das sind Geheimeräte.

Nur einer ging stolz her und hin,
Die Hände in den Taschen,
In seinem Rock geknöpft vom Kinn
Bis unter die Gamaschen.
Aha, dacht ich: der Hofmarschall,
Der schaut, als wollt er beißen!
Engländer aber warens all,
Die dorten Yankees heißen.

Ich bracht gleich ein Gespräch ins Gleis,
Wir sprachen erst ganz gelassen,
Konnten aber bei allem Fleiß
Einander nicht recht fassen.
Da fiel mir grad zum Glücke ein,
Was ich gehört schon häufig:
Musik soll eine Weltsprach sein,
Die überall geläufig.

Sprach nun zu mir der Hofmarschall
Gleichwie ein Puter im Zorne,
Gab ich ihm gleich mit sanftem Schall
Antwort auf meinem Horne,
Er blickte martialisch dann
Durch seine goldne Brille,
Ich aber blies ihn tapfer an
Mit einem langen Triller.

Und das gelang erstaunlich gut,
Je mehr ich blies und lauter,
Je mehr bekam er frischen Mut,
Je aufgeweckter schaut' er,
Und nun gings immer rascher los,
Ein lebhaft Diskurieren,
Er Wort auf Wort, ich Stoß auf Stoß,
Als wollten wir duellieren.

Die Geheimeräte alt und jung,
Die nahten auch ganz leise
Und standen voll Bewunderung
Rings um mich her im Kreise,
Ich aber brach auf einmal aus
Und fröhlich Platz mir mache –
Ich hörte mitten durchs Gebraus
Meine Fraumuttersprache!

Da kommt auch einer schon gerannt,
Tritt fast mir ab die Zehen:
»Ei, ei, grüß Gott, Herr Musikant,
Freut mich, Sie wohl zu sehen!«
Ich drauf: »Bitt sehr, ein Musikus!«
Wie fuhr da der Geselle
Zu einem ehrfurchtsvollen Gruß
Nach seinem Hut so schnelle!

Der Abend aber unterdes
War schon hereingebrochen,
Und plötzlich Preuße, Schwab und Hess,
Da wir so deutsch gesprochen,
Kams Kopf an Kopf und Hut und Mütz
Da aus dem Schiff gekrochen
Wie Fledermäuse aus jedem Ritz,
Weiß nicht, wo all gestochen.

»Auf Ehre!« da der eine rief,
»Das heiß ich einmal blasen!
Der Hut sitzt Euch schon ganz windschief,
Vor kunstreichen Ekstasen.«
Ein andrer mich erstaunt besieht!
»Wir möchten gerne wissen,
Ob Sie vielleicht europamüd
Vom Weltschmerz so zerrissen?«

Zerrissen? – Ja, das einzge Loch,
Der Schalk hats gleich erspähet,

Und hatts am Ellenbogen doch
Erst gestern zugenähet;
Auch mein Castor, das leugn ich nicht,
Hatt manchen Bug erlitten,
Weil ich so *rasch* mit Zeit und Licht
Und Bildung fortgeschritten.

O ho! rief ich den Schälken zu,
Gemach, ihr Herrn Landsleute,
Es sind wohl meine Reiseschuh
Von gestern nicht und heute!
Bin ich in Linz, im Bingerloch
Und Kuhstall nicht gewesen?
Man kann da meinen Namen noch
Auf allen Bänken lesen.

Durch Polen nahm ich meinen Weg,
Da trägt man noch Weichselzöpfe,
Nach München zur Pinaglypthek,
Und von den Bocksbiertöpfen
Bis nach Savoyen immerfort,
Wo das Gebirg wie Lanzen
Hellfunkelnd in die Wolken bohrt,
Und Murmeltiere tanzen.

Und weiter sah ichs schwarze Meer,
In Wien den Wurstelprater,
Viel Residenzen hin und her
Von manchem Landesvater,
Die Jungfrau von Neu-Orleans
Mit dem schwarzen Ritter fechten,
Vom großen Schill den Posner dann
Mit seinen Menschenrechten.

Und Dampfschiff, Treckschuit, Eisenbahn
Und Pest, Triest und Halle –
»Halt, halt, Herr Landsmann, haltet an!«

Schrien da voll Staunen alle,
Und alles jubiliert und ruft,
Und ihre Hüte schwingen
Sie wie besessen in die Luft,
Ein Vivat mir zu bringen.

Jetzt erst erkannt ich bei dem Lärm
Verwundert manch Bekannten
Von Deutschland her in dem Geschwärm,
Es waren Komödianten,
Und der Direktor tät alsbald
Als Staberl mich engagieren,
Um bei den Yankees im Urwald
Die Bildung einzuführen.

Lied des Armen

Stände noch das Feld im Flore
Wie in warmer Sommerzeit,
Ging' ich aus dem dunklen Tore
In die Waldeseinsamkeit.

Legt' im tiefsten Wald mich nieder,
Wo der Vöglein Nachtquartier,
Und es sängen ihre Lieder
Nachtigallen über mir.

Doch verschneiet Markt und Gassen
Nun der böse Winter hat,
Und ich wandre arm, verlassen,
Durch die fremde stille Stadt.

Späte Gäste gleich Gespenstern
Schlüpfen da und dort ins Haus,
Und der Nachtwind an den Fenstern
Löscht die letzten Lampen aus.

Nur aus einem noch sprüht Glänzen
Weithin in den bleichen Schnee,
Spielen auf dadrin zu Tänzen,
Klingt hier draußen fast wie Weh.

Und im mitternächtgen Sturme,
Der am Himmel brausend zieht,
Singt das Glockenspiel vom Turme
Über mir ein frommes Lied.

An dem Kirchhof die Kapelle
Ladet mich zur müden Ruh,
Und ich leg mich auf die Schwelle,
Und die Nacht, sie deckt mich zu.

Wolle Gott die Stadt bewahren,
Mild behüten Hof und Haus! –
Die da tanzen, die da fahren,
Hier doch ruhen alle aus!

Auf offener See

Ade, du Küste mit den falschen Sorgen,
Furcht, Glück und Not, sinkt unter in das Meer!
Nun bin ich frei, jetzt bin ich erst geborgen,
Kein eitles Hoffen langet bis hierher.
Wie still, wohin ich auch die Blicke wende,
Wie weit und hoch und ringsum ohne Ende!

Gestirne, Wolken gehen auf und unter
Und spiegeln sich im stillen Ozean,
Hoch Himmel über mir und Himmel drunter,
Inmitten wie so klein mein schwacher Kahn!
Walt Gott, ihm hab ich alles übergeben,
Nun komm nur, Sturm, ich fürcht nicht Tod noch Leben!

Spruch

Drüben von dem selgen Lande
Kommt ein seltsam Grüßen her,
Warum zagst du noch am Strande?
Graut dir, weil im falschen Meer
Draußen auf verlornem Schiffe
Mancher frische Segler sinkt,
Und von halbversunknem Riffe
Meerfrei nachts verwirrend singt?
Wagst dus nicht draufhin zu stranden,
Wirst du nimmer drüben landen!

Fata Morgana

Du Pilger im Wüstensande,
Ich spiegle Wälder und Kluft,
Der Heimat blühende Lande
Dir wunderbar in der Luft.

Wer hielte in dieser Wüste
Das einsame Wandern aus,
Wenn ich barmherzig nicht grüßte
Mit Frühlingsdüften von Haus?

Und obs auch wieder verflogen
In Luft und schien doch so nah,
Nur frisch durch die sengenden Wogen,
Wer weiß, wie bald bist du da!

Zeichen (2)

Was für ein Klang in diesen Tagen
Hat übermächtig angeschlagen?
Der Völker Herzen sind die Saiten,
Durch die jetzt Gottes Hauche gleiten!

Der Freiheit Wiederkehr

1

Um mich wogt es wie ein Meer,
Fast wie in vergangnen Tagen,
Da die Wälder ringsumher
Rauschten von uralten Sagen.

Dort blitzts auf, das ist der Rhein,
Wo sich zwischen Rebenhügeln
Bei dem glühen Morgenschein
Burgen in den Fluten spiegeln.

Sei gegrüßt, du schöner Strom!
Brüderlich wob seine Äste
Damals deiner Wälder Dom
Dir zum Schutz und Trutz als Veste,

Als der Römer-Adler flog
Und ich flüchtet vor dem Volke,
Das den Erdkreis überzog,
Eine Zornes Wetterwolke;

Das einst kühn nach Heldenart
Mit dem Schwert die Welt gemessen,
Doch geworden stolz und hart,
Seit es meiner hatt vergessen.

Hinter mir in Schmach und Tod
Sah ich da die Länder dunkeln,
Vor mir frisches Morgenrot
Rings von deinen Bergen funkeln.

Freudig zog ich zu dir hin,
Bracht dir aller Länder Kronen,
Bis auch du in blödem Sinn
Mirs nicht länger mochtest lohnen.

Jetzt nach langer banger Fahrt,
Hab ich wieder dich gefunden,
Und es grüßt nach Landesart
Mich die ganze weite Runde.

Feuerzeichen steigen auf,
Von den Gipfeln ringsum schallt es,
Und zum Willkomm mir herauf.
Rauscht der Rhein und widerhallt es.

Und von Berg zu Bergeswand,
Weit hinab durch alle Gaue
Segn ich dich, du deutsches Land,
Dem ich wieder mich vertraue.

2

Geht ein Klingen in den Lüften,
Aus der Tiefe rauscht der Fluß,
Quellen stürzen von den Klüften,
Bringen ihr der Höhen Gruß.

Denn es naht in Morgenblitzen
Eine hohe Frau zu Roß,
Als wär mit den Felsenspitzen
Das Gebirge dort ihr Schloß.

Und die grauen Schatten sinken,
Wie sie durch die Dämm'rung bricht,
Und die Kreaturen trinken
Durstend alle wieder Licht.

Ja, sie ists, die wir da schauen,
Unsre Königin im Tal,
Holde Freiheit, schöne Frauen,
Grüß dich Gott viel tausendmal!

An die Freunde

1815

Es löste Gott das langverhaltne Brausen
Der Ströme rings – und unser ist der Rhein!
Auf freien Bergen darf der Deutsche hausen
Und seine Wälder nennt er wieder sein.
So brach gewaltig und mit kühnem Grausen
Ein mächtger Frühling in die Welt herein,
Und alle sah man ringen, fechten, streben –
O Heldenlust, in solchem Lenz zu leben!

Jetzt ist der Friede wieder wohl gekommen,
Gesühnt ist manche Sünde vorger Zeit,
Doch wird der Kampf nicht von der Welt genommen
So lang der Mensch sich ernstrem Streben weiht.
Es hat der Krieg den Funken kühn entglommen,
Das Schlechte stürzt er um im blutgen Streit:
Das Bessre auf den Trümmern aufzuführen,
Muß sich nun Geister Kampf lebendig führen.

Nennt mir die Palme eures hohen Strebens!
Bequeme Rast ist nicht des Lebens wert,
Nach Ruh sehnt sich die Menschenbrust vergebens,
Erkämpft will sein, was hoher Sinn begehrt.
Ein Krieger bleibt der größre Mann zeitlebens,
Er kämpft' mit Rede, Büchern oder Schwert,
Und rechter Friede wird nur da geschlossen,
Wo jedem Streiter seine Palmen sprossen.

Wild rast der Krieg; Land, Herzen, Städte brennen,
Der Tag, er kommt und scheidet blutig rot;
Doch spannt der Friede ab die tapfern Sennen,
Dann hüte dich, mein Volk, vor größrer Not!
Denn tiefres Wehe weiß ich noch zu nennen:
Erschlafftes Ruhen ist der Völker Tod.

Umsonst geflossen ist das Blut im Kriege,
Sind wir unwürdig selbst der hohen Siege.

So laßt uns unser Deutschland denn umstellen,
Bewachend brüderlich in treuer Hut,
Mit Lehren, Rat und Sang die Herzen schwellen,
Daß sie bewahren rein die heilge Glut,
Den Ernst, den sie erkämpft in Bluteswellen,
Der Ehre Hort, Eintracht und freudgen Mut!
Friede dem Herd und ewger Krieg dem Bösen, –
So mag uns Gott von aller Schmach erlösen!

Wunder über Wunder

Du wunderst wunderlich dich über Wunder,
Verschwendest Witzespfeile, blank geschliffen.
Was du begreifst, mein Freund, ist doch nur Plunder,
Und in Begriffen nicht mit einbegriffen
Ist noch ein unermeßliches Revier,
Du selber drin das größte Wundertier.

Die Mahnung

1837

O heilge Stadt, dein Hirte ist gefangen,
Die halbe Welt steht jubelnd auf der Lauer,
Doch andre sinnen ernst in stummer Trauer,
Er mitten drin, von greisem Haar umhangen.

Da, als die Nacht und Trübsal näher drangen,
Ging durch die Seele ihm ein ahnend Schauer,
Ein recht Gebet hebt über Schloß und Mauer –
Still segnet er das Land, das ihn gefangen.

Und wie er segnet, klangs vom hohen Dome,
Die Glocken fingen an von selbst zu schlagen,
Und weithin drang ihr Ruf vom deutschen Strome.

Die Nacht entfloh, der Morgen strahlte nieder,
Und betend sah man in des Frührots Tagen
Sich alle sammeln um den Herren wieder.

Moderne Ritterschaft

1836

O große heldenmütge Zeit
In diesen Friedenstagen,
Wo man in weiter Christenheit
Nichts tut, als Ritter schlagen!

Wer so viel Adlerbrut nur treibt
Aus ihren Bergeshängen,
Daß drunten jedem Wichte bleibt
Im Knopfloch einer hängen?

O wunderbare Ritterschaft,
Wie würdet ihr wohl jagen,
Wenn Sankt Georgens Lanzenschaft
Zu Rittern euch wollt schlagen!

Das Schiff der Kirche

1848

Die alten Türme sah man längst schon wanken,
Was unsre Väter fromm gebaut, errungen,
Thron, Burg, Altar, es hat sie all verschlungen
Ein wilder Strom entfesselter Gedanken.

Der wühlt sich breit und breiter ohne Schranken,
Ein Meer, wo zornigbäumend aufgeschwungen
Die trüben Fluten Fels um Fels bezwungen,
Und alle Rettungsufer rings versanken.

Doch drüberhin gewölbt ein Friedensbogen,
Wohin nicht reichen die empörten Wogen,
Und unter ihm ein Schiff dahingezogen,

Das achtet nicht der Wasser wüstes Branden,
Das macht der Stürme Wirbeltanz zu Schanden –
O Herr, da laß uns alle selig landen!

Die Altliberalen

1848

Die wilden Wasser, sagt man, hat entbunden
Ein Lehrling einst, vorwitzig und vermessen,
Doch hinterdrein den Zauberspruch vergessen,
Der streng die Elemente hielt gebunden.

Ein tödlich Pulver, sagt man, zu erkunden
Hat einst ein Mönch sich überklug vermessen,
Und als im tiefen Grübeln er gesessen,
Im Zauberdampf den eignen Tod gefunden.

So habt den Zeitgeist ihr gebraut, gemodelt,
Und wie so lustig dann der Brei gebrodelt,
Ihm eure Zaubersprüche zugejodelt.

Und da's nun gärt und schwillt und quillt – was Wunder,
Wenn platzend dieser Hexentopf jetzunder
Euch in die Lüfte sprengt mit allem Plunder!

Ihr habt es ja nicht anders haben wollen

1848

Es fährt die Welt mit Dampf, die Meister grollen
Dem treuen Roß ob seinem trägen Schritte,
Und stacheln es, daß es den Zaum nicht litte,
Und stachelten, bis ihm die Mähn geschwollen.

O wunderschön: ein edles Roß im vollen
Kühnfreien Lauf durch grüner Wälder Mitte,
Lichtfunken sprühen hinter jedem Tritte,
Die Mähne flattert und die Augen rollen!

Was ruft ihr nun so ängstlich? Euren Winken
Hat es zum Ritt sich wieder stellen sollen?
Zu spät! Das Roß riß plötzlich aus zur Linken.

Ihr müßt zur Rechten hinterdrein jetzt hinken,
Da ist es nicht mehr Zeit, vornehm zu schmollen,
Ihr habt es ja nicht anders haben wollen.

Kein Pardon

1848

Hervor jetzt hinter euren rostgen Gittern,
Heraus, ihr Schriftgelehrten, Hochmutstollen!
An euch ist der Posaunenruf erschollen,
Vor dem die Schlechten und Gerechten zittern.

Denn Deutschland dunkelt tief in Ungewittern,
Wo alle Quellen, Bäche, zorngeschwollen
Als Ströme donnernd von den Höhen rollen,
Und Blitze, was der Sturm verschont, zersplittern.

Die Ströme werden nimmer rückwärts stauen,
Die Blitze werden zielen nach den Kronen,
Die Stürme rastlos fegen durch die Gauen,

All Türme brechend, wo die Stolzen wohnen,
Bis all erkannt demütig in dem Grauen
Den Einen König über allen Thronen.

Wer rettet?

1848

Es ist den frischen hellen Quellen eigen,
Was alt und faul, beherzt zu unterwühlen
Und Wasserkünste unversehns und Mühlen
Wild zu zerreißen, wenn die Fluten steigen.

Es liebt das Feuer frei emporzusteigen,
Verzehrend, die mit seinen Lohen spielen,
Es liebt der Sturm, was leicht, hinwegzuspülen,
Und bricht, was sich hochmütig nicht will neigen.

Sahn wir den Herren nun in diesen Tagen
Ernstrichtend durch das deutsche Land geschritten,
Und Wogenrauschen hinter seinen Tritten,

Und Flammen aus dem schwanken Boden schlagen,
Empor sich ringelnd in des Sturmes Armen:
Wer rettet uns noch da, als Sein Erbarmen?

Andeutungen

1. Gleichheit

Wie? Niedrig wir, ihr hoch; wir arm, ihr reich?
Planierend schwirrt die Schere dieser Zeit;
Seid niedrig, arm, wie wir, so sind wir gleich,
Und die Misere wird doch etwas breit.

2. Weltgeschichte

Inmitten steht die Sonn und wandelt nicht,
Ringsum sehnsüchtig kreisen die Planeten,
Die deckt heut Nacht, *die* will der Morgen röten,
Doch ewig heiter strahlt das ewge Licht.

3. Tagesgeschichte

Es rast der Sturm in der Historie Blättern,
Und jeder schnappt sich schnell draus sein Fragment.
Doch deutle nur! Der Herr in Zorneswettern
Geht über dich hinweg und führts zu End.

Der Freiheit Klage

1849

Weh du Land, das keck mich bannte,
Und da ich zu dir mich wandte,
Mich blödsinnig nicht erkannte;

Wo aus Trümmern nun die blassen
Geister stieren: Stolz und Hassen,
Brüder sich ingrimmig fassen.

Habt ihr euch von dem gewendet,
Der barmherzig mich gesendet,
Wird in Schmach die Ehr geendet.

Wer will meine Banner schwingen,
Muß erst mit dem Teufel ringen,
Der ihn selber hält in Schlingen.

Wer so kühn, um mich zu werben,
Zage nicht, für mich zu sterben,
Um das Himmelreich zu erben,

Lieble nicht, nach andern lugend,
Denn ich bin des Herzens Jugend
Und der Völker strenge Tugend.

Bin die Lebenslust der Höhen,
Wo der Atem mag vergehen
Allen, die zur Tiefe sehen,

Flamme, schlank emporgelodert,
Die in Zornesmut, was modert,
Sengend zu Gerichte fodert.

'S war ein mächtger Wald da droben,
Treulich Stamm in Stamm verwoben,
Mir zum grünen Dom erhoben.

Weh, du schönes Land der Eichen!
Bruderzwist schon, den todbleichen,
Seh ich mit der Mordaxt schleichen.

Und in künftgen öden Tagen
Werden nur verworrne Sagen
Um den deutschen Wald noch klagen.

Deutschlands künftiger Retter

1857

Kein Zauberwort kann mehr den Ausspruch mildern,
Das sündengraue Alte ist gerichtet,
Da Gott nun selbst die Weltgeschichte dichtet
Und auf den Höhen zürnend Engel schildern:

Die Babel bricht mit ihren Götzenbildern,
Ein junger Held, der mit dem Schwerte schlichtet,
Daß Stein auf Stein, ein Trümmerhauf, geschichtet,
Die Welt vergeht in schauerndem Verwildern.

Doch eins, das alle hastig übersehen,
Das Kreuz, bleibt auf den Trümmern einsam stehen;
Da sinkt ins Knie der Held, ein Arbeitsmüder,

Und vor dem Bild, das alle will versöhnen,
Legt er dereinst die blutgen Waffen nieder
Und weist den neuen Bau den freien Söhnen.

Zum Abschied

An L. 1812

Wenn vom Gebirg der Quell kommt hell geschossen,
Die Lerchen schwirrend sich ins Blaue schwingen,
Da fühlt die Seele in dem Rauschen, Singen,
Bald sei des Frühlings Wunderpracht erschlossen.

So schauend auch in deiner Brust das Sprossen,
Verborgner Quellen Gang und sehnend Ringen,
Jauchz ich dir zu: es wird die Knospe springen,
Die deine Blüte neidisch hielt umschlossen.

Wen möchte nicht die weite Öde rühren,
Der ewge Winter auf den deutschen Auen,
Die lang in dumpfer Trägheit ruhmlos ruhten?

Nur wenge will des Himmels Licht berühren,
Die mögen fromm den Frühling Gottes schauen,
Sich selig tauchen in die blauen Fluten.

Widmung

(An S. M. den König Friedrich Wilhelm IV.,
mit der Ausgabe der Werke 1842)

Ein Eiland, das die Zeiten nicht versanden,
Von dem sehnsüchtig fromme Völker träumen,
Wo Himmelslichter ernst *den* Felsen säumen,
Der Wetter bricht und Weltwitz macht zu Schanden:

Dorthin kehrst du das Schiff aus wildem Branden,
Wie auch die Wogen sich hoffärtig bäumen,
Das Steuer lenkend durch das eitle Schäumen,
Am heilgen Heimatsstrand dein Volk zu landen.

Dorther auch stammt der Poesie Gebilde,
Und mahnend zielt nach jenen stillen Höhen
Des Dichters Lied, daß Heimweh sich erneue.

Ein Hauch nur ists, – laß in die Segel milde,
Um deinen Banner, hoher Herr, ihn wehen:
Es ist der Herzensklang der alten Treue.

Für die Kleinen einer Waisenanstalt beim Besuch der Königin

1841

Es ist kein Blümlein ja so klein,
Die Sonn sich sein erbarmt,
Scheint in das tiefste Tal hinein,
Daß jeder Halm erwarmt.

So hast auch du im Königssaal
Der Armen stets gedacht,
Mit deiner Liebe mildem Strahl
Uns schirmend angelacht.

Gern dankten wir, wir könnens nicht,
Denn Worte sind zu klein,
Drum laß uns fromm sein, treu und schlicht,
Das wird dich mehr erfreun.

O lieber Gott, ja deine Hand
Sei dieses Hauses Schild,
Erhalt die Königin dem Land
Und uns die Mutter mild!

Der brave Schiffer

(Als Heinrich Theodor von Schön aus dem Staatsdienst schied)
1842

So lang an Preußens grünem Strand
Die Meereswogen schlagen,
Wird Kindeskind im ganzen Land
Vom braven Schiffer sagen.

In wilden Wettern trieb das Schiff,
Die wollten es begraben,
Da sprach er kühn zu Sturm und Riff:
Ihr sollt es nimmer haben!

Und um der Nornen Felsenwand,
Durch Meeresungeheuer,
Weil er das rechte Wort verstand,
Lenkt mächtig er das Steuer.

Und als die Brandung sich verlief,
Die Wasser müde sanken,
Gerettet hatte aus der Tief
Den Hort er der Gedanken.

Und ob auch Stern auf Stern versank
Und schlaff die Segel hingen,
Der Teufel, nicht das Schiff ertrank,
Gedanken sind ja Schwingen.

So zwischen Schrecken, träger Ruh
Und Sandbank des Gemeinen
Dem ritterlichen König zu
Führt' er getreu die Seinen.

Jetzt überm Lande auf der Wacht
Steht rastend er im Hafen:
»Die See geht hoch, gebt Acht, gebt Acht,
Ihr Schiffer sollt nicht schlafen!«

Wohlan, so lang wir wogenwärts
Noch frische Fahrten wagen,
Soll hell an jedes Preußenherz
Des Schiffers Mahnung schlagen.

Den Dichtern Wiens

bei Gelegenheit eines festlichen Empfanges

1846

Lerche, wo sies grünen sieht,
Lenkt sie hin von ferne –
Wo ein Liederfrühling blüht,
Weilt der Dichter gerne.

Segnet dankbar Stadt und Tal,
Die ihn traut empfangen,
Grüßt die Sänger allzumal,
Die so lieblich sangen.

Und senkt alternd sich sein Schwung,
Nimmer mags ihn schmerzen,
Bleibt doch Dichtung ewig jung
In den deutschen Herzen!

Drum laßt aus der Seele Grund
Seinen Gruß euch klingen:
Heil dem schönen Sängerbund,
Heil dem wackern Ringen!

Zum Abschied an J. und R.

Wien 1847

Selig, wo sich zwei gesellt
In den schlimmen Tagen
Und ihr häuslich-frommes Zelt
Schirmend aufgeschlagen!

Vor dem Zelte halten Wacht
Engel Stund um Stunde,
Drüber machen bei der Nacht
Sterne ihre Runde.

Und wenns draußen stürmend schwirrt,
Flüchten hin viel Gäste,
Wahrlich, jede Einkehr wird
So zum heitern Feste.

Einer scheidet, zögernd noch,
Denn er blieb' so gerne,
Mit dem Herzen bleibt er doch, –
Denkt sein in der Ferne!

An Jegör von Sivers

1853

Wo sie schwindeln und vor Bangen
In der zack'gen Gipfel Bann
Andern längst der Mut vergangen,
Geht erst deine Lust recht an,
Und bei wilder Brandung Schäumen,
An des Nordlands Felsenhang
Oder unter Palmenbäumen:
Wo du trittst, gibts frischen Klang.

Wanderdichter, nimm vom Greise,
Da er von dir scheiden muß,
Recht aus Herzensgrund zur Reise
Seinen allerbesten Gruß:
Wo die Pfade kühn sich schlingen
Nach des Lebens höchsten Höhn,
Freudges Ringen, herzhaft Singen
Und ein baldges Wiedersehn!

Einem Paten zu seinem ersten Geburtstage

1854

Noch singt der Wind, der durch die Bäume
Am Fenster lind vorüberzieht,
Das Meer von fern in deine Träume,
Du Dichterkind, ein Schlummerlied.

Doch wenn dereinst die Segel schwellen:
Glückselge Fahrt durch Ebb und Flut,
Lenzfrischen Hauch beim Klang der Wellen,
Ein fröhlich Herz in Gottes Hut!

Und so mag dich von Strand zu Strande
Ein milder Wind hinüberwehn
Einst zum geheimnisvollen Lande,
Wohin wir alle hoffend sehn.

Kaiser Albrechts Tod

Lebewohl noch schnell zu sagen,
Da der Tag zu graun begann,
Trat noch einmal Kaiser Albrecht
In den stillen Frauensaal.

Und er fand dort die Gemahlin,
Die in bittrem Kummer saß,
Heiß verweint im Morgenstrahle,
Nahm sie herzlich noch in Arm.

»Zieh nur heute nicht von dannen,
Denn so blutrot ist der Tag
Überm Walde aufgegangen,
Und zum Sterben ist mir bang.«

»Fern schon wehen meine Fahnen,
Aus dem Tal ruft Hörnerklang,
Deine Lieb wird Gott bewahren,
Wenn die Feldschlacht draußen rast.«

Und es legte Helm und Panzer
Schnell nun Kaiser Albrecht an,
Stieg dann freudig auf den Rappen,
Funkelnd hoch im Morgenglanz.

Von dem Schloß, von der Altane,
Weint sie lang hinaus ins Land,
Grüßt die Ziehnden in dem Tale
Noch viel tausend tausendmal.

Wie sie nun hinunter kamen
Tiefer in den dunklen Wald,
Traten aus dem Wald Gedanken
Seltsam Kaiser Albrecht an.

Jetzo erst so ganz empfand er
Ihrer Worte tiefe Kraft,

Ihre Treu, das holde Bangen,
Ihres süßen Leibs Gestalt.

Und die Tränen linde drangen,
Und so gar betrübt er sann,
Da die Vögel lustig sangen,
Schloß und Berg versunken war.

»Wie so wunderschön die Matte!
Ists doch, als ob Wald und Bach
Mir hier Liebes wollten sagen,
Alles doch so unbekannt!«

»Mögen weiter ziehn die andern,
Freudig grüßt von fern ihr Klang,
Ich will hier ein wenig rasten,
Denn so schwül wird dieser Tag.«

Kaiser Albrecht! Kaiser Albrecht!
Bleib zu dieser Stunde wach!
Stimmen gehen in dem Walde,
Näher schleicht schon der Verrat.

»Schönes Schloß, vielheitre Tage –
Schlummernd Rauschen, Vogelsang –
Wolken, über mir gegangen –
Schöner grüner Wiesenplan –«

Und dort hat ihn überfallen
Böser Ritter dunkle Schar,
Herzog Johann wars von Schwaben,
Der sein eigner Neffe war.

Ferne wohl die Hörner klangen,
Irrend durch die Waldesnacht, –
Euer Herre ist erschlagen
Auf dem grünen Wiesenplan!

Stephans Rachelied

(Aus »Lucius«)

Mauern, Felsen fühl ich wanken,
Und mir graut, die mich umranken,
Vor den eigenen Gedanken.

Ward er treulos seinen Göttern,
Warum kamst du nicht in Wettern,
Zeus, den Frevler zu zerschmettern?

Laß die Welt verblühn, erblassen
Wie den Sohn mir, nur das Hassen,
Rache nur sollst du mir lassen!

Wilder hätten selbst Hyänen
Nicht berührt ihn mit den Zähnen,
Wüßten sie von Vatertränen.

O zerrissen so in Stücke!
Euer Richtschwert der Geschicke
Gebt mir, Götter, daß ichs zücke!

Wer je um sein Kind getrauert,
Was auf Mord in Klüften lauert,
Pesthauch, der aus Grüften schauert,

Furien mit den Schlangenhaaren,
Geister, die in Wettern fahren,
Kommt, ich führe eure Scharen!

Und wenn meine Tage enden,
Mag sich Charon von mir wenden,
Komm ich nicht mit blutgen Händen.

Lied des Gefangenen

Aus dem Spanischen

Wieder ist der Mai erschienen,
Wo die frohe Zeit beginnt,
Wo die Lerche jubelnd singet,
Nachtigall ihr Antwort gibt,
Miteinander die Verliebten
Plaudernd durch das Grüne ziehn.
Ich nur bleibe traurig immer,
Weil ich hier im Kerker bin;
Weiß nicht, steigt der Abend nieder,
Weiß nicht, ob der Tag anbricht.
Wohl ein Vöglein sang mir Lieder
Jedesmal beim Morgenlicht,
Schütze täts vom Zweige schießen,
Lohn ihm Gott, wie ers verdient!
Meine langen Haare fließen
Wie ein Mantel über mich,
Meinen Bart wie einen Teppich
Kann ich breiten übern Tisch;
Langgewachs'ne Nägel dienen
Wie ein scharfes Messer mir.
Ists der König, der mirs bietet,
Vor dem Herren beug ich mich,
Aber ists der Kerkerdiener,
Tut er wie ein Schuft an mir.
Wer mir jetzt ein Vöglein liehe,
Lerche, Drossel oder Fink,
Unter Damen abgerichtet
Wohl zum Sprechen frei und flink,
Meiner Frau Lenore schicken,
Ach, als Boten wollte ichs,
Daß sie schnell mir zugehn ließe
Backwerk, das nicht Fleisch noch Fisch,

Sondern Feilen in sich schließe,
Eine Haue, scharf und spitz –
Feile für die Kettenringe,
Haue für das Turmverlies! –
König hört' die Klagen wieder,
Frei er den Gefangnen ließ.

Don Garcia

Aus dem Spanischen

In der Hand den Bogen haltend,
Goldne Pfeile in der andern,
Trat Don Garcia auf die Mauern,
Hub da schmerzlich an zu klagen:
Aufgezogen im Palaste
Mich als Kind der König hatte,
Gott gab Mut mir, Roß und Waffen,
Gab sodann Donna Maria
Mir zum Weib und Ehgemahle,
Hundert Jungfraun, sie zu warten,
Gab mir auch das Schloß Uranna,
Hundert Ritter, es zu wahren,
Und das Schloß mit Wein versah er
Und mit Brot und süßem Wasser,
Denn kein Brunnen ist im Hause.
Mohren mirs umzingelt haben,
War am Sankt Johannistage,
Sieben Jahre sind vergangen,
Und noch immer stehn sie draußen.
Seh die Meinen all verschmachten,
Da ich nichts mehr für sie habe,
Und die Toten hell in Waffen
Stell ich an die Zinnen alle,

Daß sies unten bei dem Glanze
Halten schier für Streiterscharen.
In dem Schloß ist mir zur Nahrung
Nur ein einzig Brot belassen –
Will ich meine Kinder laben,
Wovon soll mein Weib ich sättgen?
Eß ichs selber feig, verklagen
Jenseits mich die Meinen alle.
Und das Brot in Stücken brach er,
Reicht dem König hin die Hälfte,
Warf den Rest ins Mohrenlager.
»Meine Mohren Allah wahre!
Aus dem Schloß vom reichen Mahle
Wirft die Brocken uns Don Garcia!«
Und zum Aufbruch hört mans blasen,
Alle Mohren ziehn von dannen.

Der Seemann

Aus dem Spanischen

Früh am Sankt Johannistag
Fiel ein Seemann in das Wasser.
– Was erhalt ich, Schifferlein,
Wenn ich rette dich zum Strande? –
Geb dir alle meine Schiffe
Samt der Gold- und Silberladung.
– Nicht nach allen deinen Schiffen,
Deinem Gold und Silber frag ich,
Deine Seele, wenn du stirbst,
Will ich nur zum Lohne haben. –
Meine Seel empfange Gott,
Und den Leib das salzge Wasser!

Seliges Vergessen

Aus dem Spanischen

Im Winde fächeln,
Mutter, die Blätter,
Und bei dem Säuseln
Schlummre ich ein.

Über mir schwanken
Und spielen die Winde,
Wiegen so linde
Das Schiff der Gedanken,
Wie wenn ohne Schranken
Der Himmel mir offen,
Daß still wird mein Hoffen
Und Frieden ich finde,
Und bei dem Säuseln
Schlummre ich ein.

Erwachend dann sehe,
Als ob sie mich kränzen,
Rings Blumen ich glänzen,
Und all meine Wehen
Verschweben, vergehen,
Der Traum hält sie nieder,
Und Leben gibt wieder
Das Flüstern der Blätter,
Und bei dem Säuseln
Schlummre ich ein.

Der Verirrte

Vor dem Schloß in den Bäumen es rauschend weht,
Unter den Fenstern ein Spielmann geht,
Mit irren Tönen verlockend den Sinn –
Der Spielmann aber ich selber bin.

Vorüber jag ich an manchem Schloß,
Die Locken zerwühlet, verwildert das Roß,
Du frommes Kindlein im stillen Haus,
Schau nicht nach mir zum Fenster hinaus.

Von Lüsten und Reue zerrissen die Brust,
Wie rasend in verzweifelter Lust,
Brech ich im Fluge mir Blumen zum Strauß,
Wird doch kein fröhlicher Kranz nicht daraus!

Wird aus dem Schrei doch nimmer Gesang,
Herz, o mein Herz, bist ein irrer Klang,
Den der Sturm in alle Lüfte verweht –
Lebt wohl, und fragt nicht, wohin es geht!

In Danzig

1842

Dunkle Giebel, hohe Fenster,
Türme tief aus Nebeln sehn,
Bleiche Statuen wie Gespenster
Lautlos an den Türen stehn.

Träumerisch der Mond drauf scheinet,
Dem die Stadt gar wohl gefällt,
Als läg zauberhaft versteinet
Drunten eine Märchenwelt.

Ringsher durch das tiefe Lauschen,
Über alle Häuser weit,
Nur des Meeres fernes Rauschen –
Wunderbare Einsamkeit!

Und der Türmer wie vor Jahren
Singet ein uraltes Lied:
Wolle Gott den Schiffer wahren,
Der bei Nacht vorüberzieht!

Prinz Rococco

Prinz Rococco, hast die Gassen
Abgezirkelt fein mit Bäumen,
Und die Bäume scheren lassen,
Daß sie nicht vom Wald mehr träumen.

Wo sonst nur gemein Gefieder
Ließ sein bäurisch Lied erschallen,
Muß ein Papagei jetzt bieder:
Vivat Prinz Rococco! lallen.

Quellen, die sich unterfingen,
Durch die Waldesnacht zu tosen,
Lässt du als Fontänen springen
Und mit goldnen Bällen kosen.

Und bei ihrem sanften Rauschen
Geht Damöt bebändert flöten,
Und in Rosenhecken lauschen
Daphnen frommentzückt Damöten:

Prinz Rococco, Prinz Rococco,
Laß dir raten, sei nicht dumm!
In den Bäumen, wie in Träumen,
Gehen Frühlingsstimmen um.

Springbrunn in dem Marmorbecken
Singt ein wunderbares Lied,
Deine Taxusbäume recken
Sehnend sich aus Reih und Glied.

Daphne will nicht weiter schweifen
Und Damöt erschrocken schmält,
Können beide nicht begreifen,
Was sich da der Wind erzählt.

Laß die Wälder ungeschoren;
Anders rauschts, als du gedacht,
Sie sind mit dem Lenz verschworen,
Und der Lenz kommt über Nacht.

Ein Fink saß schlank auf grünem Reis

Ein Fink saß schlank auf grünem Reis:
Pink, pink!
Der Jäger da mit rechtem Fleiß
Zu zielen an und messen fing,
Und zielt' und dacht: jetzt bist du mein, –
Fort war das lustge Vögelein:
Pink, pink! mußt flinker sein.

Jugendsehnen

Du blauer Strom, an dessen duftgem Strande
Ich Licht und Lenz zum erstenmale schaute,
In frommer Sehnsucht mir mein Schifflein baute,
Wann Segel unten kamen und verschwanden.

Von fernen Bergen überm weiten Lande
Brachtst du mir Gruß und fremde frohe Laute,
Daß ich den Frühlingslüften mich vertraute,
Vom Ufer lösend hoffnungsreich die Bande.

Noch wußt ich nicht, wohin und was ich meine,
Doch Morgenrot sah ich unendlich quellen,
Das Herz voll Freiheit, Kraft der Treue, Tugend;

Als ob des Lebens Glanz für mich nur scheine,
Fühlt ich zu fernem Ziel die Segel schwellen,
All Wimpel rauschten da in ewger Jugend!

Frühlingsdämmerung

In der stillen Pracht,
In allen frischen Büschen und Bäumen
Flüsterts wie Träumen
Die ganze Nacht.
Denn über den mondbeglänzten Ländern
Mit langen weißen Gewändern
Ziehen die schlanken
Wolkenfraun wie geheime Gedanken,
Senden von den Felsenwänden
Hinab die behenden
Frühlingsgesellen, die hellen Waldquellen,
Die's unten bestellen
An die duftgen Tiefen,
Die gerne noch schliefen.
Nun wiegen und neigen in ahnendem Schweigen
Sich alle so eigen
Mit Ähren und Zweigen,
Erzählens den Winden,
Die durch die blühenden Linden
Vorüber den grasenden Rehen.
Säuselnd über die Seen gehen,
Daß die Nixen verschlafen auftauchen
Und fragen,
Was sie so lieblich hauchen –
Wer mag es wohl sagen?

Frühlingsahnen

Was gibts, daß vom Horste
An der zackigen Kluft
Der Adler schon steigt

Und hängt überm Forste
In der stillen Luft,
Wenn alles noch schweigt?

Ich hörte in Träumen
Ein Rauschen gehn,
Sah die Gipfel sich säumen
Von allen Höhn, –
Ists ein Brand, ists die Sonne?
Ich weiß es nicht,
Aber ein Schauer voll Wonne
Durch die Wälder bricht.

Die gebunden da lauern,
Sprengt' Riegel und Gruft,
Du ahnend Schauern
Der Felsenkluft,
Unsichtbar ringen in der stillen Luft,
Du träumend Singen
Im Morgenduft!
Brecht auf, schon ruft
Der webende, blaue
Frühling durchs Tal.

Die Lerche (2)

Ich hörte in Träumen
Ein Rauschen gehn,
Und sah die Wipfel sich säumen
Von allen Höhn –
Ists ein Brand, ists die Sonne?
Ich weiß es nicht,
Doch ein Schauer voll Wonne
Durch die Seele bricht.
Schon blitzts aus der Tiefe und schlagen
Die Glocken und schlängelnder Ströme Lauf

Rauscht glänzend her,
Und die glühenden Berge ragen
Wie Inseln aus weitem dämmernden Meer.
Noch kann ich nichts sagen,
Beglänzt die Brust,
Nur mit den Flügeln schlagen
Vor großer selger Lust!

Jagdlied (2)

Wenn die Bergesbäche schäumen
Und der Mond noch schweigend wacht,
Zwischen Felsen rings und Bäumen
Wie ein Feenland von Träumen
Ruht die wunderbare Nacht.

Da wird bei der Wipfel Wehen
Recht das Herz dem Jäger weit,
Talwärts von den stillen Höhen
Läßt er Hörnerklang ergehen
Durch die schöne Einsamkeit.

Und er weckt die Götter alle,
Von dem Berg Aurora lacht,
Venus folgt dem mutgen Schalle,
Doch Diana, sie vor allen
Stürzt hervor aus Waldespracht.

Aus der Büchse sprühend Funken!
Immer höher schwillt die Brust!
Wild und Jäger todestrunken
In die grüne Nacht versunken –
O du schöne Jägerlust!

Nachts

Ich stehe in Waldesschatten
Wie an des Lebens Rand,
Die Länder wie dämmernde Matten,
Der Strom wie ein silbern Band.

Von fern nur schlagen die Glocken
Über die Wälder herein,
Ein Reh hebt den Kopf erschrocken
Und schlummert gleich wieder ein.

Der Wald aber rühret die Wipfel
Im Traum von der Felsenwand.
Denn der Herr geht über die Gipfel
Und segnet das stille Land.

In der Nacht (2)

Wie rauscht so sacht
Durch alle Wipfel
Die stille Nacht,
Hat Tal und Gipfel
Zur Ruh gebracht.
Nur der Mensch in Träumen
Sinnt fort, was er bei Tag gedacht,
Weiß nichts von dem Lied in den Bäumen
Und von des Himmels Pracht,
Der in den stillen Räumen
Über allen wacht.

Nachtzauber

Hörst du nicht die Quellen gehen
Zwischen Stein und Blumen weit
Nach den stillen Waldesseen,
Wo die Marmorbilder stehen
In der schönen Einsamkeit?
Von den Bergen sacht hiernieder,
Weckend die uralten Lieder,
Steigt die wunderbare Nacht,
Und die Gründe glänzen wieder,
Wie dus oft im Traum gedacht.

Kennst die Blume du, entsprossen
In dem mondbeglänzten Grund?
Aus der Knospe, halb erschlossen,
Junge Glieder blühend sprossen,
Weiße Arme, roter Mund,
Und die Nachtigallen schlagen,
Und rings hebt es an zu klagen,
Ach, vor Liebe todeswund,
Von versunknen schönen Tagen –
Komm, o komm zum stillen Grund!

Die Zeit geht schnell

Lieb Vöglein, vor Blüten
Sieht man dich kaum!
Vom dämmernd beglühten
Flüsternden Baum,
Wann von blitzenden Funken
Sprühn Täler und Quell,
Singst du frühlingstrunken –
Aber die Zeit geht schnell.

Wie balde muß lassen
Sein' Blätter der Wald,
Die Blumen erblassen,
Die Gegend wird alt,
Erstarrt ist im Eise
Der muntere Quell –
Rüst die Flügel zur Reise,
Denn die Zeit geht schnell!

Treue

Wenn schon alle Vögel schweigen
In des Sommers schwülem Drang,
Sieht man, Lerche, dich noch steigen
Himmelwärts mit frischem Klang.

Wenn die Bäume all verzagen
Und die Farben rings verblühn,
Tannbaum, deine Kronen ragen
Aus der Öde ewiggrün.

Darum halt nur fest die Treue,
Wird die Welt auch alt und bang,
Brich den Frühling an aufs neue,
Wunder tut ein rechter Klang!

Der Vögel Abschied

Ade, ihr Felsenhallen,
Du schönes Waldrevier,
Die falben Blätter fallen,
Wir ziehen weit von hier.

Träumt fort im stillen Grunde!
Die Berg stehn auf der Wacht,

Die Sterne machen Runde
Die lange Winternacht.

Und ob sie all verglommen,
Die Täler und die Höhn –
Lenz muß doch wiederkommen
Und alles auferstehn!

Sängerglück

Herbstlich alle Fluren rings verwildern,
Und unkenntlich wird die Welt.
Dieses Scheidens Schmerzen sich zu mildern,
Wenn die Zauberei zerfällt,
Sinnt der Dichter, treulich abzuschildern
Den versunknen Glanz der Welt.
Selig Herze, das in kühnen Bildern
Ewig sich die Schönheit hält!

Morgendämmerung

Gedenk ich noch der Frühlingsnächte
Vor manchem, manchem Jahr,
Wie wir zusammen im Garten standen
Und unten über den Landen
Alles so still noch war.

Wie wir standen in Gedanken,
Bis eine Morgenglocke erwacht' –
Das ist alles lange vergangen;
Aber die Glocken, die da klangen,
Hör ich noch oft bei Nacht.

Wetterleuchten

Wetterleuchten fern im Dunkeln;
Wunderbar die Berge stehn,
Nur die Bäche manchmal funkeln,
Die im Grund verworren gehn.

Und ich schaue froh erschrocken,
Wie in eines Traumes Pracht,
Schüttle nur die dunklen Locken, –
Deine Augen sind die Nacht.

Echte Liebe

Aus dem Spanischen

Lau in der Liebe mag ich nimmer sein, –
Kalt oder brennend wie ein lohes Feuer!
O, Lust und Leiden sind nur farblos, klein,
Wo Liebe nicht ergriffen hat das Steuer!

Wer noch bei Sinnen, ist kein rechter Freier;
Wirf von dir ohne Zagen all was dein,
Der stirbt vor Liebe nicht, ein halbgetreuer,
Wer von der Liebe mehr verlangt als Pein.

Gleichwie ein Schiff, wenn sich die Wetter schwärzen,
An jähen Klippen treibt bei finstrer Nacht,
Auf weitem Meer der Wind' und Wogen Spiel,

So auf dem wüsten Meere meiner Schmerzen
Such ich, auf neue Leiden nur bedacht,
Im Hoffnungslosen meines Glückes Ziel.

Verschwiegene Liebe

Über Wipfel und Saaten
In den Glanz hinein –
Wer mag sie erraten,
Wer holte sie ein?
Gedanken sich wiegen,
Die Nacht ist verschwiegen,
Gedanken sind frei.

Errät' es nur eine,
Wer an sie gedacht,
Beim Rauschen der Haine,
Wenn niemand mehr wacht,
Als die Wolken, die fliegen –
Mein Lieb ist verschwiegen
Und schön wie die Nacht.

Der Blick

Schaust du mich aus deinen Augen
Lächelnd wie aus Himmeln an,
Fühl ich wohl, daß keine Lippe
Solche Sprache führen kann.

Könnte sies auch wörtlich sagen,
Was dem Herzen tief entquillt,
Still den Augen aufgetragen,
Wird es süßer nur erfüllt.

Und ich seh des Himmels Quelle,
Die mir lang verschlossen war,
Wie sie bricht in reinster Helle
Aus dem reinsten Augenpaar.

Und ich öffne still im Herzen
Alles, alles diesem Blick,
Und den Abgrund meiner Schmerzen
Füllt er strömend aus mit Glück!

An Luise

1816

Ich wollt in Liedern oft dich preisen,
Die wunderstille Güte,
Wie du ein halbverwildertes Gemüte
Dir liebend hegst und heilst auf tausend süße Weisen,
Des Mannes Unruh und verworrnem Leben
Durch Tränen lächelnd bis zum Tod ergeben.

Doch wie den Blick ich dichtend wende,
So schön in stillem Harme
Sitzt du vor mir, das Kindlein auf dem Arme,
Im blauen Auge Treu und Frieden ohne Ende,
Und alles lass ich, wenn ich dich so schaue –
Ach, wen Gott lieb hat, gab er solche Fraue!

Nachtgruß

Den 16. Mai 1840

Nachts an der Küste wir vorüberfahren,
Von der ich schied vor vielen, vielen Jahren.
Der Liebsten Haus steht dort, wo wir so fröhlich waren;
Gott wolle sie bewahren!

Die Nachtigallen noch im Garten schlagen,
Wie damals in den schönen, stillen Tagen.

Was mögen sie jetzt klagen?
Nach mir will niemand fragen.

Sonst wenn die Linden in der Blüte waren,
Sahst du dort aus nach mir vor vielen, vielen Jahren, –
Ich muß vorüber fahren,
Gott wolle dich bewahren!

Dichterweisheit

Scherz im Ernst und Ernst im Scherz,
Lachst der Grillen, die sie fingen,
Daß des Lebens Kampf und Schmerz
Selber heiter muß erklingen.
Alter Dichter, junges Herz,
Sollst noch lang auf Erden singen
Und dereinst dich himmelwärts
Jubelnd, wie die Lerche, schwingen.

Frisch auf!

Vergangen ist die finstre Nacht,
Des Bösen Trug und Zaubermacht,
Zur Arbeit weckt der lichte Tag;
Frisch auf, wer Gott noch loben mag!

Sprüche

Die Ehre und die Eitelkeit,
Die führen immer bittern Streit,
Die ein' schien' vor der Welt so gern,
Was jene sein will vor dem Herrn.

*

Laß nur die Wetter wogen!
Wohl übers dunkle Land
Zieht einen Regenbogen
Barmherzig Gottes Hand.

Auf dieser schönen Brücke,
Wenn alles wüst und bleich,
Gehn über Not und Glücke
Wir in das Himmelreich.

*

Gleichwie auf dunklem Grunde
Der Friedensbogen blüht,
So durch die böse Stunde
Versöhnend geht das Lied.

*

Hast du doch Flügel eben
Und das gewaltge Wort;
Halt hoch dich über dem Leben,
Sonst gehts über dich fort.

*

Magst du zu dem Alten halten
Oder Altes neu gestalten,
Mein's nur treu und laß Gott walten!

Memento

So lange Recht regiert und schöne Sitte,
Du schlicht und gläubig gehst in sichrer Mitte,
Da trittst du siegreich zwischen Molch und Drachen,
Und wo du ruhst, da wird ein Engel wachen.
Doch wenn die Kräft', die wir »Uns selber« nennen,
Die wir mit Schaudern raten und nicht kennen,

Gebundne Bestien, wie geklemmt in Mauern,
Die nach der alten Freiheit dunkel lauern –
Wenn die rebellisch sich von dir lossagen,
Gewohnheit, Glauben, Sitt und Recht zerschlagen,
Und stürmend sich zum Elemente wenden:
Mußt Gott du werden oder teuflisch enden.

Gebet

Gott, inbrünstig möcht ich beten,
Doch der Erde Bilder treten
Immer zwischen dich und mich,
Und die Seele muß mit Grauen
Wie in einen Abgrund schauen,
Strenger Gott, ich fürchte dich!

Ach, so brich auch meine Ketten!
Alle Menschen zu erretten,
Gingst du ja in bittern Tod.
Irrend an der Hölle Toren,
Ach, wie bald bin ich verloren,
Hilfst du nicht in meiner Not!

Sei stark, getreues Herze…

Sei stark, getreues Herze!
Laß ab von Angst und Schmerze!
Steh auf und geh mit mir,
Viel Freude zeig ich dir.

Die Lerchen jubilieren,
Und fröhlich musizieren
Aus grünem frischen Wald
Rings Stimmlein mannigfalt.

Geschmückt mit Edelsteinen
Die Erd in bunten Scheinen
Als junge fromme Braut
Dir froh ins Herze schaut.

Im Garten zu spazieren
Die Blumen mich verführen,
Die Augen aus dem Grün,
Die Quellen und das Blühn.

Maria, schöne Rose!
Wie stünd ich freudelose,
Hätt ich nicht dich ersehn
Vor allen Blumen schön.

Nun laß den Sommer gehen,
Laß Sturm und Winde wehen;
Bleibt diese Rose mein,
Wie könnt ich traurig sein?

Durch!

Laß dich die Welt nicht fangen,
Brich durch, mein freudig Herz,
Ein ernsteres Verlangen
Erheb dich himmelwärts!

Greif in die goldnen Saiten,
Da spürst du, daß du frei,
Es hellen sich die Zeiten,
Aurora scheinet neu.

Es mag, will alles brechen,
Die gotterfüllte Brust
Mit Tönen wohl besprechen
Der Menschen Streit und Lust.

Und eine Welt von Bildern
Baut sich da auf so still,
Wenn draußen dumpf verwildern
Die alte Schönheit will.

Lied der Pilger

Fromme Vöglein hoch in Lüften
Über blaue Berg und Seen
Ziehn zur Ferne nach den Klüften,
Wo die hohen Cedern stehn,
Wo mit ihren goldnen Schwingen
Auf des Benedeiten Gruft
Engel Hosianna singen
Nächtlich durch die stille Luft.

Morgenschauer, still Erwarten!
Hören wir doch Stimmen gehn,
Wie aus einem fernen Garten
Heimatsgruß herüberwehn –
Warum sollten wir verzagen?
Aus der Fremde wüst und fern,
Wo wir irrend hier verschlagen,
Führe heim uns, Morgenstern!

Mahnung

Was blieb dir nun nach so viel Müh und Plagen?
So viel der Ehre dir die Welt gespendet,
Es treibt vom stolzen Ziele, kaum geendet,
Nach neuem Ziel dich neues Unbehagen.

Hättst du zu ihm, von dem die Himmel sagen,
Den kleinsten Teil der Liebe nur gewendet,
Die du an eitel Hoffart hast verschwendet,
Du würdest jetzt nicht hoffnungslos verzagen.

Wohl liebt die Welt, den Günstling zu erheben,
Doch wenn du glaubst, im Siegesschmuck zu prangen,
Sinds Ketten nur, die rasselnd dich umfangen.

Laß, ehs zu spät, von dem verlornen Leben,
Noch wartet deiner Gott, in seinen Armen,
Da findst du, was die Welt nicht kennt, Erbarmen.

An meinem Geburtstage

1850

Sonnenglanz lag überm Garten,
Warm und herrlich aufgetan
Lenz und Licht des Reisleins harrten,
Daß es wuchs zum Himmel an.

Wie die Blätter ringsum glühten
In der schönen Morgenzeit!
Alle Zweige voller Blüten,
Vögel sangen weit und breit.

Mittag kam, die Blätter hingen,
In den Wipfeln säuselt's kaum,
Wetter stiegen auf und gingen,
Stumm erwartend stand der Baum.

Jetzo sinkt die Abendröte,
Blüte fällt, es schweigt der Sang,
Und ich rausch wie im Gebete
Mit den Zweigen: Gott sei Dank!

Der verspätete Wanderer

Wo aber werd ich sein im künftgen Lenze?
So frug ich sonst wohl, wenn beim Hüteschwingen
Ins Tal wir ließen unser Lied erklingen,
Denn jeder Wipfel bot mir frische Kränze.

Ich wußte nur, daß rings der Frühling glänze,
Daß nach dem Meer die Ströme leuchtend gingen,
Vom fernen Wunderland die Vögel singen,
Da hatt das Morgenrot noch keine Grenze.

Jetzt aber wirds schon Abend, alle Lieben
Sind wandermüde längst zurückgeblieben,
Die Nachtluft rauscht durch meine welken Kränze,

Und heimwärts rufen mich die Abendglocken,
Und in der Einsamkeit frag ich erschrocken:
Wo werde ich wohl sein im künftgen Lenze?

Das Alter

Hoch mit den Wolken geht der Vögel Reise,
Die Erde schläfert, kaum noch Astern prangen,
Verstummt die Lieder, die so fröhlich klangen,
Und trüber Winter deckt die weiten Kreise.

Die Wanduhr pickt, im Zimmer singet leise
Waldvöglein noch, so du im Herbst gefangen.
Ein Bilderbuch scheint alles, was vergangen,
Du blätterst drin, geschützt vor Sturm und Eise.

So mild ist oft das Alter mir erschienen:
Wart nur, bald taut es von den Dächern wieder
Und über Nacht hat sich die Luft gewendet.

Ans Fenster klopft ein Bot' mit frohen Mienen,
Du trittst erstaunt heraus – und kehrst nicht wieder,
Denn endlich kommt der Lenz, der nimmer endet.

AHNUNG UND GEGENWART

ERSTES BUCH

ERSTES KAPITEL

Die Sonne war eben prächtig aufgegangen, da fuhr ein Schiff zwischen den grünen Bergen und Wäldern auf der Donau herunter. Auf dem Schiffe befand sich ein lustiges Häufchen Studenten. Sie begleiteten einige Tagereisen weit den jungen Grafen Friedrich, welcher soeben die Universität verlassen hatte, um sich auf Reisen zu begeben. Einige von ihnen hatten sich auf dem Verdecke auf ihre ausgebreiteten Mäntel hingestreckt und würfelten. Andere hatten alle Augenblicke neue Burgen zu salutieren, neue Echos zu versuchen und waren daher ohne Unterlaß beschäftigt, ihre Gewehre zu laden und abzufeuern. Wieder andere übten ihren Witz an allen, die das Unglück hatten, am Ufer vorüberzugehen, und diese aus der Luft gegriffene Unterhaltung endigte dann gewöhnlich mit lustigen Schimpfreden, welche wechselseitig so lange fortgesetzt wurden, bis beide Parteien einander längst nicht mehr verstanden. Mitten unter ihnen stand Graf Friedrich in stiller, beschaulicher Freude. Er war größer als die andern, und zeichnete sich durch ein einfaches, freies, fast altritterliches Ansehen aus. Er selbst sprach wenig, sondern ergötzte sich vielmehr still in sich an den Ausgelassenheiten der lustigen Gesellen; ein gemeiner Menschensinn hätte ihn leicht für einfältig gehalten. Von beiden Seiten sangen die Vögel aus dem Walde, der Widerhall von dem Rufen und Schießen irrte weit in den Bergen umher, ein frischer Wind strich über das Wasser, und so fuhren die Studenten in ihren bunten, phantastischen Trachten wie das Schiff der Argonauten. Und so fahre denn, frische Jugend! Glaube es nicht, daß es einmal anders wird auf Erden. Unsere freudigen Gedanken werden niemals alt und die Jugend ist ewig.

Wer von Regensburg her auf der Donau hinabgefahren ist, der kennt die herrliche Stelle, welche der Wirbel genannt wird. Hohe Bergschluften umgeben den wunderbaren Ort. In der Mitte des Stromes steht ein seltsam geformter Fels, von dem ein hohes Kreuz trost- und friedenreich in den Sturz und Streit der empörten Wogen hinabschaut. Kein Mensch ist hier zu sehen, kein Vogel singt, nur der Wald von den Bergen und der furchtbare Kreis, der alles Leben in seinen unergründlichen Schlund hinabzieht, rauschen hier seit Jahrhunderten gleichförmig fort. Der Mund des Wirbels öffnet sich von Zeit zu Zeit dunkelblickend, wie das Auge des Todes. Der Mensch fühlt sich auf einmal verlassen in der Gewalt des feindseligen, unbekannten Elements, und das Kreuz auf dem Felsen tritt hier in seiner heiligsten und größten Bedeutung hervor. Alle wurden bei diesem Anblicke still und atmeten tief über dem Wellenrauschen. Hier bog plötzlich ein anderes fremdes Schiff, das sie lange in weiter Entfernung verfolgt hatte, hinter ihnen um die Felsenecke. Eine hohe, junge, weibliche Gestalt stand ganz vorn auf dem Verdecke und sah unverwandt in den Wirbel hinab. Die Studenten waren von der plötzlichen Erscheinung in dieser dunkelgrünen Öde überrascht und brachen einmütig in ein freudiges Hurra aus, daß es weit an den Bergen hinunterschallte. Da sah das Mädchen auf einmal auf, und ihre Augen begegneten Friedrichs Blicken. Er fuhr innerlichst zusammen. Denn es war, als deckten ihre Blicke plötzlich eine neue Welt von blühender Wunderpracht, uralten Erinnerungen und niegekannten Wünschen in seinem Herzen auf. Er stand lange in ihrem Anblick versunken, und bemerkte kaum, wie indes der Strom nun wieder ruhiger geworden war und zu beiden Seiten schöne Schlösser, Dörfer und Wiesen vorüberflogen, aus denen der Wind das Geläute weidender Herden herüberwehte.

Sie fuhren soeben an einer kleinen Stadt vorüber. Hart am Ufer war eine Promenade mit Alleen. Herren und Damen gingen im Sonntagsputze spazieren, führten einander, lachten, grüßten und verbeugten sich hin und wieder, und eine lustige Musik schallte aus dem bunten, fröhlichen Schwalle. Das Schiff, worauf die schöne Unbekannte stand, folgte unsern Reisenden immerfort in einiger Entfernung nach. Der Strom war hier so breit und spiegelglatt wie ein See. Da ergriff einer von den Studenten seine Gitarre, und sang der Schönen auf dem andern Schiffe drüben lustig zu:

Die Jäger ziehn in grünen Wald
Und Reiter blitzend übers Feld,
Studenten durch die ganze Welt,
So weit der blaue Himmel wallt.
Der Frühling ist der Freudensaal,
Viel tausend Vöglein spielen auf,
Da schallts im Wald bergab, bergauf:
Grüß dich, mein Schatz, viel tausendmal!

Sie bemerkten wohl, daß die Schöne allezeit zu ihnen herübersah, und alle Herzen und Augen waren wie frische junge Segel nach ihr gerichtet. Das Schiff näherte sich ihnen hier ganz dicht. Wahrhaftig, ein schönes Mädchen! riefen einige, und der junge Student sang weiter:

Viel rüstge Bursche ritterlich,
Die fahren hier in Stromes Mitt,
Wie wilde sie auch stellen sich,
Trau mir, mein Kind, und fürcht dich nit!
Querüber übers Wasser glatt
Laß werben deine Äugelein,
Und der dir wohlgefallen hat,
Der soll dein lieber Buhle sein.

Hier näherten sich wieder die Schiffe einander. Die Schöne saß vorn, wagte es aber in dieser Nähe nicht, aufzublicken. Sie hatte das Gesicht auf die andere Seite gewendet, und zeichnete mit ihrem Finger auf dem Boden. Der Wind wehte die Töne zu ihr herüber, und sie verstand wohl alles, als der Student wieder weiter sang:

Durch Nacht und Nebel schleich ich sacht,
Kein Lichtlein brennt, kalt weht der Wind,
Riegl auf, riegl auf bei stiller Nacht,
Weil wir so jung beisammen sind!
Ade nun, Kind, und nicht geweint!
Schon gehen Stimmen da und dort,
Hoch übern Wald Aurora scheint,
Und die Studenten reisen fort.

So war es endlich Abend geworden, und die Schiffer lenkten ans Ufer. Alles stieg aus, und begab sich in ein Wirtshaus, das auf einer Anhöhe an der Donau stand. Diesen Ort hatten die Studenten zum Ziele ihrer Begleitung bestimmt. Hier wollten sie morgen früh den Grafen verlassen und wieder zurückreisen. Sie nahmen sogleich Beschlag von einem geräumigen Zimmer, dessen Fenster auf die Donau hinausgingen. Friedrich folgte ihnen erst etwas später von den Schiffen nach. Als er die Stiege hinauf ging, öffnete sich seitwärts eine Türe und die unbekannte Schöne, die auch hier eingekehrt war, trat eben aus dem erleuchteten Zimmer. Beide schienen übereinander erschrocken. Friedrich grüßte sie, sie schlug die Augen nieder und kehrte schnell wieder in das Zimmer zurück.

Unterdes hatten sich die lustigen Gesellen in ihrer Stube schon ausgebreitet. Da lagen Jacken, Hüte, Federbüsche, Tabakspfeifen und blanke Schwerter in der buntesten Verwirrung umher, und die Aufwärterin trat mit heimlicher Furcht unter die wilden Gäste, die halbentkleidet auf Betten, Tischen und Stühlen, wie Soldaten nach einer blutigen Schlacht, gelagert waren. Es wurde bald Wein angeschafft, man setzte sich in die Runde, sang und trank des Grafen Gesundheit. Friedrich war heute dabei sonderbar zumute. Er war seit mehreren Jahren diese Lebensweise gewohnt, und das Herz war ihm jedesmal aufgegangen, wie diese freie Jugend ihm so keck und mutig ins Gesicht sah. Nun, da er von dem allem auf immer Abschied nehmen sollte, war ihm wie einem, der von einem lustigen Maskenballe auf die Gasse hinaustritt, wo sich alles nüchtern fortbewegt wie vorher. Er schlich sich unbemerkt aus dem Zimmer und trat hinaus auf den Balkon, der von dem Mittelgange des Hauses über die Donau hinausging. Der Gesang der Studenten, zuweilen von dem Geklirre der Hieber unterbrochen, schallte aus den Fenstern, die einen langen Schein in das Tal hinauswarfen. Die Nacht war sehr finster. Als er sich über das Geländer hinauslehnte, glaubte er neben sich atmen zu hören. Er langte nach der Seite hin und ergriff eine kleine zarte Hand. Er zog den weichen Arm näher an sich, da funkelten ihn zwei Augen durch die Nacht an. Er erkannte an der hohen Gestalt sogleich das schöne Mädchen von dem andern Schiffe. Er stand so dicht vor ihr, daß ihn ihr Atem berührte. Sie litt es gern, daß er sie noch näher an sich zog, und ihre Lippen kamen zusammen. Wie heißen Sie? fragte Friedrich endlich. Rosa, sagte sie leise und bedeckte ihr Gesicht mit beiden Händen. In diesem Augenblicke ging die Stubentür auf, ein verworrener Schwall von Licht, Tabaksdampf und verschiedenen tosenden Stimmen quoll heraus, und das Mädchen war verschwunden, ohne daß Friedrich sie halten konnte.

Erst lange Zeit nachher ging er wieder in sein Zimmer zurück. Aber da war indes alles still geworden. Das Licht war bis an den Leuchter ausgebrannt und warf, manchmal noch aufflackernd, einen flüchtigen Schein über das Zimmer und die Studenten, die zwischen Trümmern von Tabakspfeifen, wie Tote, umherlagen und schliefen. Friedrich machte daher die Tür leise zu und begab sich wieder auf den Balkon hinaus, wo er die Nacht zuzubringen beschloß. Entzückt in allen seinen Sinnen, schaute er da in die stille Gegend hinaus. Fliegt nur, ihr Wolken, rief er aus, rauscht nur und rührt euch recht, ihr Wälder! Und wenn alles auf Erden schläft, ich bin so wach, daß ich tanzen möchte! Er warf sich auf die steinerne Bank hin, wo das Mädchen gesessen hatte, lehnte die Stirn ans Geländer und sang still in sich verschiedene alte Lieder, und jedes gefiel ihm heut besser und rührte ihn neu. Das Rauschen des Stromes und die ziehenden Wolken schifften in seine fröhlichen Gedanken hinein; im Hause waren längst alle Lichter verlöscht. Die Wellen plätscherten immerfort so einförmig unten an den Steinen, und so schlummerte er endlich träumend ein.

ZWEITES KAPITEL

Als die ersten Strahlen der Sonne in die Fenster schienen, erhob sich ein Student nach dem andern von seinem harten Lager, riß das Fenster auf und dehnte sich in den frischen Morgen hinaus. Auch Friedrich befand sich wieder unter ihnen; denn eine Nachtigall, welche die ganze Nacht unermüdlich vor dem Hause sang, hatte ihn draußen geweckt und die kühle, der Morgenröte vorausfliegende Luft in die wärmere Stube getrieben. Singen, Lachen und muntere Reden erfüllten nun bald wieder das Zimmer. Friedrich überdachte seine Begebenheit in der Nacht. Es war ihm, als erwachte er aus einem

Rausche, als wäre die schöne Rosa, ihr Kuß und alles nur Traum gewesen. Der Wirt trat mit der Rechnung herein. Wer ist das Frauenzimmer, fragte Friedrich, die gestern abends mit uns angekommen ist? – Ich kenne sie nicht, aber eine vornehme Dame muß sie sein, denn ein Wagen mit vier Pferden und Bedienten hat sie noch lange vor Tagesanbruch von hier abgeholt. – Friedrich blickte bei diesen Worten durchs offene Fenster auf den Strom und die Berge drüben, welche heute nacht stille Zeugen seiner Glückseligkeit gewesen waren. Jetzt sah da draußen alles anders aus und eine unbeschreibliche Bangigkeit flog durch sein Herz.

Die Pferde, welche die Studenten hierher bestellt hatten, um darauf wieder zurückzureiten, harrten ihrer schon seit gestern unten. Auch Friedrich hatte sich ein schönes, munteres Pferd gekauft, auf dem er nun ganz allein seine Reise fortsetzen wollte. Die Reisebündel wurden daher nun schnell zusammengeschnürt, die langen Sporen umgeschnallt und alles schwang sich auf die rüstigen Klepper. Die Studenten beschlossen, den Grafen noch eine kleine Strecke landeinwärts zu geleiten, und so ritt denn der ganze bunte Trupp in den heitern Morgen hinein. An einem Kreuzwege hielten sie endlich still und nahmen Abschied. Lebe wohl, sagte einer von den Studenten zu Friedrich, du kommst nun in fremde Länder, unter fremde Menschen, und wir sehen einander vielleicht nie mehr wieder. Vergiß uns nicht! Und wenn du einmal auf deinen Schlössern hausest, werde nicht wie alle anderen, werde niemals ein trauriger, vornehmer, schmunzelnder, bequemer Philister! Denn, bei meiner Seele, du warst doch der beste und bravste Kerl unter uns allen. Reise mit Gott! Hier schüttelte jeder dem Grafen vom Pferde noch einmal die Hand, und sie und Friedrich sprengten dann in entgegengesetzten Richtungen voneinander. Als er so eine Weile fortgeritten war, sah er sie noch einmal, wie sie eben, schon fern, mit ihren bunten Federbüschen über einen Bergrücken fortzogen. Sie sangen ein bekanntes Studentenlied, dessen Schlußchor:

Ins Horn, ins Horn, ins Jägerhorn!

der Wind zu ihm herüberbrachte. Ade, ihr rüstigen Gesellen, rief er gerührt; ade, du schöne freie Zeit! Der herrliche Morgen stand flammend vor ihm. Er gab seinem Pferde die Sporen, um den Tönen zu entkommen und ritt, daß der frische Wind an seinem Hute pfiff. Wer Studenten auf ihren Wanderungen sah, wie sie frühmorgens aus dem dunkeln Tore ausziehen und den Hut schwenken in der frischen Luft, wie sie wohlgemut und ohne Sorgen über die grüne Erde reisen, und die unbegrenzten Augen an blauem Himmel, Wald und Fels sich noch erquicken, der mag gern unsern Grafen auf seinem Zuge durch das Gebirge begleiten. Er ritt jetzt langsam weiter. Bauern akkerten, Hirten trieben ihre Herden vorüber. Die Frühlingssonne schien warm über die dampfende Erde, Bäume, Gras und Blumen äugelten dazwischen mit blitzenden Tropfen, unzählige Lerchen schwirrten durch die laue Luft. Ihm war recht innerlichst fröhlich zumute. Tausend Erinnerungen, Entwürfe und Hoffnungen zogen wie ein Schattenspiel durch seine bewegte Brust. Das Bild der schönen Rosa stand wieder ganz lebendig in ihm auf, mit aller Farbenpracht des Morgens gemalt und geschmückt. Der Sonnenschein, der laue Wind und Lerchensang verwirrte sich in das Bild, und so entstand in einem glücklichen Herzen folgendes Liedchen, das er immerfort laut vor sich hersang:

Grüß euch aus Herzensgrund:
Zwei Augen hell und rein,
Zwei Röslein auf dem Mund,
Kleid blank aus Sonnenschein!

Nachtigall klagt und weint,
Wollüstig rauscht der Hain,
Alles die Liebste meint:
Wo weilt sie so allein?
Weils draußen finster war,
Sah ich viel hellern Schein
Jetzt ist es licht und klar,
Ich muß im Dunkeln sein.

Sonne nicht steigen mag,
Sieht so verschlafen drein,
Wünschet den ganzen Tag,
Daß wieder Nacht möcht' sein.

Liebe geht durch die Luft,
Holt fern die Liebste ein;
Fort über Berg und Kluft!
Und sie wird doch noch mein!

Das Liedchen gefiel ihm so wohl, daß er seine Schreibtafel herauszog, um es aufzuschreiben. Da er aber anfing, die flüchtigen Worte bedächtig aufzuzeichnen und nicht mehr sang, mußte er über sich selber lachen und löschte alles wieder aus.

Der Mittag war unterdes durch die kühlen Waldschluften fast unvermerkt vorübergezogen. Da erblickte Friedrich mit Vergnügen einen hohen, bepflanzten Berg, der ihm als ein berühmter Belustigungsort dieser Gegend anempfohlen worden war. Farbige Lusthäuser blickten von dem schattigen Gipfel ins Tal herab. Rings um den Berg herum wand sich ein Pfad hinauf, auf dem man viele Frauenzimmer mit ihren bunten Tüchern in der Grüne wallfahrten sah. Der Anblick war sehr freundlich und einladend. Friedrich lenkte sein Pferd um, und ritt mit dem fröhlichen Zuge hinan, sich erfreuend, wie bei jedem Schritte der Kreis der Aussicht ringsum sich erweiterte. Noch angenehmer wurde er überrascht, als er endlich den Gipfel erreichte. Da war ein weiter, schöner und kühler Rasenplatz. An kleinen Tischchen saßen im Freien verschiedene Gesellschaften umher und speisten in lustigem Gespräch. Kinder spielten auf dem Rasen, ein alter Mann spielte die Harfe und sang. Friedrich ließ sich sein Mittagsmahl ganz allein in einem Sommerhäuschen bereiten, das am Abhang des Berges stand. Er machte alle Fenster weit auf, so daß die Luft überall durchstrich, und er von allen Seiten die Landschaft und den blauen Himmel sah. Kühler Wein und hellgeschliffene Gläser blinkten von dem Tische. Er trank seinen fernen Freunden und seiner Rosa in Gedanken zu. Dann stellte er sich ans Fenster. Man sah von dort weit in das Gebirge. Ein Strom ging in der Tiefe, an welchem eine hellglänzende Landstraße hinablief. Die heißen Sonnenstrahlen schillerten über dem Tale, die ganze Gegend lag unten in schwüler Ruhe. Draußen vor der offenen Tür spielte und sang der Harfenist immerfort. Friedrich sah den Wolken nach, die nach jenen Gegenden hinaussegelten, die er selber auch bald begrüßen sollte. O Leben und Reisen, wie bist du schön! rief er freudig, zog dann seinen Diamant vom Finger und zeichnete den Namen Rosa in die Fensterscheibe. Bald darauf wurde er unten mehrere Reuter gewahr, die auf der Landstraße schnell dem Gebirge zu vorüberflogen. Er verwandte keinen Blick davon. Ein Mädchen, hoch und schlank, ritt den andern voraus und sah flüchtig mit den frischen Augen den Berg hinan, gerade auf den Fleck, wo Friedrich stand. Der Berg war hoch, die Entfernung und Schnelligkeit groß; doch glaubte sie Friedrich mit einem Blicke zu erkennen, es war Rosa. Wie ein plötzlicher Morgenblick blitzte ihm dieser Gedanke fröhlich über die ganze Erde. Er bezahlte eiligst seine Zeche, schwang sich auf sein Pferd, und stolperte so schnell als möglich den sich ewig windenden Bergpfad hinab; seine Blicke und Gedanken flogen wie Adler von der Höhe voraus. Als er sich endlich bis auf die Straße hinausgearbeitet hatte und freier Atem schöpfte, war die Reuterin schon nicht mehr zu sehen. Er setzte die Sporen tapfer ein und sprengte weiter fort. Ein Weg ging links von der Straße ab in den Wald hinein. Er erkannte an der frischen Spur der Rosseshufe, daß ihn die Reuter eingeschlagen hatten. Er folgte ihm daher auch. Als er aber eine große Strecke so fortgeritten war, teilten sich auf einmal wieder drei Wege nach verschiedenen Richtungen und keine Spur war weiter auf dem härteren Boden zu bemerken. Fluchend und lachend zugleich vor Ungeduld, blieb er nun hier eine Weile stillstehen, wählte dann gelassener den Pfad, der ihm der anmutigste dünkte, und zog langsam weiter.

Der Wald wurde indes immer dunkler und dichter, der Pfad enger und wilder. Er kam endlich an einen dunkelgrünen, kühlen Platz, der rings von Felsen und hohen Bäumen umgeben war. Der einsame Ort gefiel ihm so wohl, daß er vom Pferde stieg, um hier etwas auszuruhen. Er streichelte ihm den gebogenen Hals, zäumte es ab und ließ es frei weiden. Er selbst legte sich auf den Rücken und sah dem Wolkenzuge zu. Die Sonne neigte sich schon und funkelte schräge durch die dunkeln Wipfel, die sich leise rauschend hin und her bewegten. Unzählige Waldvögel zwitscherten in lustiger Verwirrung durcheinander. Er war so müde, er konnte sich nicht halten, die Augen sanken ihm zu. Mitten im Schlummer kam es ihm manchmal vor, als höre er Hörner aus der Ferne. Er hörte den Klang oft ganz deutlich und näher, aber er konnte sich nicht besinnen und schlummerte immer wieder von neuem ein.

Als er endlich erwachte, erschrak er nicht wenig, da es schon finstere Nacht und alles um ihn her still und öde war. Er sprang erstaunt auf. Da hörte er über sich auf dem Felsen zwei Männerstimmen, die ganz in der Nähe schienen. Er rief sie an, aber niemand gab Antwort und alles war auf einmal wieder still. Nun nahm er sein Pferd beim Zügel und setzte so seine Reise auf gut Glück weiter fort. Mit Mühe arbeitete er sich durch die Rabennacht des Waldes hindurch und kam endlich auf einen weiten und freien Bergrücken, der nur mit kleinem Gesträuch bewachsen war. Der Mond schien sehr hell, und der plötzliche Anblick des freien, grenzenlosen Himmels erfreute und stärkte recht sein Herz. Die Ebene mußte sehr hoch liegen, denn er sah ringsumher eine dunkle Runde von Bergen unter sich ruhen. Von der einen Seite kam der einförmige Schlag von Eisenhämmern aus der Ferne herüber. Er nahm daher seine Richtung dorthin. Sein und seines Pferdes Schatten, wie er so fortschritt, strichen wie dunkle Riesen über die Heide vor ihm her und das Pferd fuhr oft schnaubend und sträubend zusammen. So, sagte Friedrich, dessen Herz recht weit und vergnügt war, so muß vor vielen hundert Jahren den Rittern zumute gewesen sein, wenn sie bei stiller, nächtlicher Weile über diese Berge zogen und auf Ruhm und große Taten sannen. So voll adeliger Gedanken und Gesinnungen mag mancher auf diese Wälder und Berge hinuntergesehen haben, die noch immer dastehen, wie damals. Was mühn wir uns doch ab in unseren besten Jahren, lernen, polieren und feilen, um uns zu rechten Leuten zu machen, als fürchteten oder schämten wir uns vor uns selbst, und wollten uns daher hinter Geschicklichkeiten verbergen und zerstreuen, anstatt daß es darauf ankäme, sich innerlichst nur recht zusammenzunehmen zu hohen Entschließungen und einem tugendhaften Wandel. Denn wahrhaftig, ein ruhiges, tapferes, tüchtiges und ritterliches Leben ist jetzt jedem Manne, wie damals, vonnöten. Jedes Weltkind sollte wenigstens jeden Monat eine Nacht im Freien einsam durchwachen, um einmal seine eitlen Mühen und Künste abzustreifen und sich im Glauben zu stärken und zu erbauen. Wie bin ich

so fröhlich und erquickt! Gebe mir Gott nur die Gnade, daß dieser Arm einmal was Rechtes in der Welt vollbringe!
Unter solchen Gedanken schritt er immer fort. Der Fußsteig hatte sich indes immer mehr gesenkt, und er erblickte endlich ein Licht, das aus dem Tale heraufschimmerte. Er eilte darauf los und kam an eine elende, einsame Waldschenke. Er sah durch das kleine Fenster in die Stube hinein. Da saß ein Haufen zerlumpter Kerls mit bärtigen Spitzbubengesichtern um einen Tisch und trank. In allen Winkeln standen Gewehre angelehnt. An dem hellen Kaminfeuer, das einen gräßlichen Schein über den Menschenklumpen warf, saß ein altes Weib gebückt, und zerrte, wie es schien, blutige Därme an den Flammen auseinander. Ein Grausen überfiel den Grafen bei dem scheußlichen Anblick, er setzte sich rasch auf sein Pferd und sprengte querfeldein.
Das Rauschen und Klappern einer Waldmühle bestimmte seine Richtung. Ein ungeheurer Hund empfing ihn dort an dem Hofe der Mühle. Friedrich und sein Pferd waren zu ermattet, um noch weiter zu reisen. Er pochte daher an die Haustüre. Eine rauhe Stimme antwortete von innen, bald darauf ging die Türe auf, und ein langer, hagerer Mann trat heraus. Er sah Friedrich, der ihn um Herberge bat, von oben bis unten an, nahm dann sein Pferd und führte es stillschweigend nach dem Stalle. Friedrich ging nun in die Stube hinein. Ein Frauenzimmer stand drinnen und pickte Feuer. Er bemerkte bei den Blitzen der Funken ein junges und schönes Mädchengesicht. Als sie das Licht angezündet hatte, betrachtete sie den Grafen mit einem freudigen Erstaunen, das ihr fast den Atem zu verhalten schien. Darauf ergriff sie das Licht und führte ihn, ohne ein Wort zu sagen, die Stiege hinauf in ein geräumiges Zimmer mit mehreren Betten. Sie war barfuß und Friedrich bemerkte, als sie vor ihm herging, daß sie nur im Hemde war und den Busen fast ganz bloß hatte. Er ärgerte sich über die Frechheit bei solcher zarten Jugend. Als sie oben in der Stube waren, blieb das Mädchen stehen und sah den Grafen furchtsam an. Er hielt sie für ein verliebtes Ding. Geh, sagte er gutmütig, geh schlafen, liebes Kind. Sie sah sich nach der Türe um, dann wieder nach Friedrich. Ach, Gott! sagte sie endlich, legte die Hand aufs Herz und ging zaudernd fort. Friedrich kam ihr Benehmen sehr sonderbar

vor, denn es war ihm nicht entgangen, daß sie beim Hinausgehen an allen Gliedern zitterte.

Mitternacht war schon vorbei, Friedrich war überwacht und von den verschiedenen Begegnissen viel zu sehr aufgeregt, um schlafen zu können. Er setzte sich ans offene Fenster. Das Wasser rauschte unten über ein Wehr. Der Mond blickte seltsam und unheimlich aus dunkeln Wolken, die schnell über den Himmel flogen. Er sang:

Er reitet nachts auf einem braunen Roß,
Er reitet vorüber an manchem Schloß:
Schlaf droben, mein Kind, bis der Tag erscheint,
Die finstre Nacht ist des Menschen Feind!

Er reitet vorüber an einem Teich,
Da stehet ein schönes Mädchen bleich
Und singt, ihr Hemdlein flattert im Wind,
Vorüber, vorüber, mir graut vor dem Kind!

Er reitet vorüber an einem Fluß,
Da ruft ihm der Wassermann seinen Gruß,
Taucht wieder unter dann mit Gesaus,
Und stille wirds über dem kühlen Haus.

Wann Tag und Nacht in verworrenem Streit,
Schon Hähne krähen in Dörfern weit,
Da schauert sein Roß und wühlet hinab,
Scharret ihm schnaubend sein eigenes Grab.

Er mochte ungefähr so eine Stunde gesessen haben, als der große Hund unten im Hofe ein paarmal anschlug. Bald darauf kam es ihm vor, als hörte er draußen mehrere Stimmen. Er horchte hinaus, aber alles war wieder still. Eine Unruhe bemächtigte sich seiner, er stand vom Fenster auf, untersuchte seine geladenen Taschenpistolen und legte seinen Reisesäbel auf den Tisch. In diesem Augenblicke ging auch die Tür auf, und mehrere wilde Männer traten herein. Sie blieben erschrocken stehen, da sie den Grafen wach fanden. Er erkannte sogleich die fürchterlichen Gesichter aus der Waldschenke und seinen Hauswirt, den langen Müller mitten unter ihnen. Dieser faßte sich zuerst und drückte unversehens eine Pistole nach ihm ab. Die

Kugel prellte neben seinem Kopfe an die Mauer. Falsch gezielt, heimtückischer Hund, schrie der Graf außer sich vor Zorn und schoß den Kerl durchs Hirn. Darauf ergriff er seinen Säbel, stürzte sich in den Haufen hinein und warf die Räuber, rechts und links mit in die Augen gedrücktem Hute um sich herumhauend, die Stiege hinunter. Mitten in dem Gemetzel glaubte er das schöne Müllermädchen wiederzusehen. Sie hatte selber ein Schwert in der Hand, mit dem sie sich hochherzig, den Grafen verteidigend, zwischen die Verräter warf. Unten an der Stiege endlich, da alles, was noch laufen konnte, Reißaus genommen hatte, sank er von vielen Wunden und Blutverlust ermattet, ohne Bewußtsein nieder.

DRITTES KAPITEL

Als Friedrich wieder das erstemal die Augen aufschlug und mit gesunden Sinnen in der Welt umherschauen konnte, erblickte er sich in einem unbekannten, schönen und reichen Zimmer. Die Morgensonne schien auf die seidenen Vorhänge seines Bettes; sein Kopf war verbunden. Zu den Füßen des Bettes kniete ein schöner Knabe, der den Kopf auf beide Arme an das Bett gelehnt hatte, und schlief.

Friedrich wußte sich in diese Verwandlungen nicht zu finden. Er sann nach, was mit ihm vorgegangen war. Aber nur die fürchterliche Nacht in der Waldmühle mit ihren Mordgesichtern stand lebhaft vor ihm, alles übrige schien wie ein schwerer Traum. Verschiedene fremde Gestalten aus dieser letzten Zeit waren ihm wohl dunkel erinnerlich, aber er konnte keine unterscheiden. Nur eine einzige ungewisse Vorstellung blieb ihm lieblich getreu. Es war ihm nämlich immer vorgekommen, als hätte sich ein wunderschönes Engelsbild über ihn geneigt, so daß ihn die langen, reichen Locken rings umgaben, und die Worte, die es sprach, flogen wie Musik über ihn weg.

Da er sich nun recht leicht und neugestärkt spürte, stieg er aus dem Bette und trat ans Fenster. Er sah da, daß er sich in einem großen Schlosse befand. Unten lag ein schöner Garten; alles war noch still, nur Vögel flatterten auf den einsamen, kühlen Gängen, der Morgen war überaus heiter.

Der Knabe an dem Bette war indes auch aufgewacht. Gott sei Dank! rief er aus Herzensgrunde, als er die Augen aufschlug und den Grafen aufgestanden und munter erblickte. Friedrich glaubte sein Gesicht zu kennen, doch konnte er sich durchaus nicht besinnen, wo er es gesehen hätte. Wo bin ich? fragte er endlich erstaunt. Gott sei Dank! wiederholte der Knabe nur, und sah ihn mit seinen großen, fröhlichen Augen noch immer unverwandt an, als könnte er sich gar nicht in die Freude finden, ihn wirklich wieder hergestellt zu sehen. Friedrich drang nun in ihn, ihm den Zusammenhang dieser ganzen seltsamen Begebenheit zu entwirren. Der Knabe besann sich einen Augenblick und erzählte dann: Gestern früh, da ich eben in den Wald ging, sah ich dich blutig und ohne Leben am Wege liegen. Das Blut floß über den Kopf, ich verband die Wunde mit meinem Tuche, so gut ich konnte. Aber das Blut drang durch und floß immerfort, und ich versuchte alles vergebens, um es zu stillen. Ich lief und rief nun in meiner Angst rings im Walde umher und betete und weinte dann wieder dazwischen, da ich mir gar nicht mehr zu helfen wußte. Da kam auf einmal ein Wagen die Straße gefahren. Eine Dame erblickte uns aus demselben und ließ sogleich stillhalten. Die Bedienten verbanden die Wunde sehr geschickt. Die Dame schien sehr verwundert und erschrocken über den Umstand. Darauf nahm sie uns beide mit in den Wagen und führte uns hierher auf ihr Schloß. Die Gräfin hat beinahe die ganze Nacht hindurch hier am Bette gewacht. – Friedrich dachte an das Engelsbild, das sich wie im Traume über sein Gesicht geneigt hatte, und war noch verwirrter, als vorher. – Aber wer bist denn du? fragte er darauf den Knaben wieder. Ich habe keine Eltern mehr, antwortete dieser, und schlug verwirrt die Augen nieder, ich ging eben über Land, um Dienste zu suchen. Friedrich faßte den Furchtsamen bei beiden Händen: Willst du bei mir bleiben? Ewig, mein Herr! sagte der Knabe mit auffallender Heftigkeit.

Friedrich kleidete sich nun völlig an und verließ seine Stube, um sich hier umzusehen und über sein Verhältnis in diesem Schlosse auf irgendeine Art Gewißheit zu erlangen. Er erstaunte über das Altfränkische der Bauart und der Einrichtung. Die Gänge waren gewölbt, die Fenster in der dicken, dunklen Mauer alle oben in einen Bogen zugespitzt und mit kleinen runden Scheiben versehen. Wunderschöne Bilder von Glas füllten oben die Fensterbogen, die von der Morgensonne in den buntesten Farben brannten. Alles im ganzen Hause war still. Er sah zum Fenster hinaus. Das alte Schloß stand von dieser Seite an dem Abhange eines hohen Berges, der, sowie das Tal, unten mit Schwarzwald bedeckt war, aus welchem die Klänge einsamer Holzhauer heraufschallten. Gleich am Fenster, über der schwindlichten Tiefe war ein Ritter, der sein Schwert in den gefalteten Händen hielt, in Riesengröße, wie der steinerne Roland, in die Mauer gehauen. Friedrich glaubte jeden Augenblick, das Burgfräulein, den hohen Spitzenkragen um das schöne Gesicht, werde in einem der Gänge heraufkommen. In der sonderbarsten Laune ging er nun die Stiege hinab und über eine Zugbrücke in den Garten hinaus. Hier standen auf einem weiten Platze die sonderbarsten, fremden Blumenarten in phantastischem Schmucke. Künstliche Brunnen sprangen, im Morgenscheine funkelnd, kühle hin und wieder. Dazwischen sah man Pfauen in der Grüne weiden und stolz ihre tausendfarbigen Räder schlagen. Im Hintergrunde saß ein Storch auf einem Beine und sah melancholisch in die weite Gegend hinaus. Als sich Friedrich an dem Anblicke, den der frische Morgen prächtig machte, so ergötzte, erblickte er in einiger Entfernung vor sich einen Mann, der hinter einem Spaliere an einem Tischchen saß, das voll Papiere lag. Er schrieb, blickte manchmal in die Gegend hinaus, und schrieb dann wieder emsig fort. Friedrich wollte ausweichen, um ihn nicht zu stören, aber es war nur der einzige Weg und der Unbekannte hatte ihn auch schon erblickt. Er ging daher auf ihn zu und grüßte ihn. Der Schreiber mochte eine lange Unterredung befürchten. Ich kenne Sie wahrhaftig nicht, sagte er halb ärgerlich, halb lachend, aber wenn Sie selbst Alexander der Große wären, so müßt ich Sie für jetzt nur bitten, mir aus der Sonne zu gehen. Friedrich verwunderte sich höchlichst über diesen unhöflichen Diogenes und ließ den wunderlichen Gesellen sitzen, der sogleich wieder zu schreiben anfing.

Er kam nun an den Ausgang des Gartens, an den ein lustiges Wäldchen von Laubholz stieß. An dem Saume des Waldes stand ein Jägerhaus, das ringsum mit Hirschgeweihen ausgeziert war. Auf einer kleinen Wiese, welche vor dem Hause mitten zwischen dem Walde lag, saß ein schönes, kaum fünfzehnjähriges Mädchen auf einem, wie es schien, soeben erlegten Rehe, streichelte das Tierchen und sang:

Wär ich ein muntres Hirschlein schlank,
Wollt ich im grünen Walde gehn,
Spazieren gehn bei Hörnerklang,
Nach meinem Liebsten mich umsehn.

Ein junger Jäger, der seitwärts an einem Baume gelehnt stand und ihren Gesang mit dem Waldhorne begleitete, antwortete ihr sogleich nach derselben Melodie:

Nach meiner Liebsten mich umsehn
Tu ich wohl, zieh ich früh von hier,
Doch sie mag niemals zu mir gehn
Im dunkelgrünen Waldrevier.

Sie sang weiter:

Im dunkelgrünen Waldrevier,
Da blitzt der Liebste rosenrot,
Gefällt so sehr dem armen Tier,
Das Hirschlein wünscht, es läge tot.

Der Jäger antwortete wieder:

Und wär das schöne Hirschlein tot,
So möcht ich länger jagen nicht;
Scheint übern Wald der Morgen rot:
Hüt schönes Hirschlein, hüte dich!

Sie:

Hüt schönes Hirschlein, hüte dich!
Sprichts Hirschlein selbst in seinem Sinn,
Wie soll ich, soll ich hüten mich,
Wenn ich so sehr verliebet bin?

Er:

Weil ich so sehr verliebet bin,
Wollt ich das Hirschlein, schön und wild,
Aufsuchen tief im Walde drin
Und streicheln, bis es stille hielt.

Sie:

Ja, streicheln, bis es stille hielt,
Falsch locken so in Stall und Haus!
Zum Wald springts Hirschlein frei und wild
Und lacht verliebte Narren aus.

Hierbei sprang sie von ihrem Rehe auf, denn Pferde, Hunde, Jäger und Waldhornsklänge stürzten auf einmal mit einem verworrenen Getöse aus dem Walde heraus und verbreiteten sich bunt über die Wiese. Ein sehr schöner, junger Mann in Jägerkleidung und das Halstuch in einer unordentlichen Schleife herabhängend, schwang sich vom Pferde und eine Menge großer Hunde sprangen von allen Seiten freundlich an ihm herauf. Friedrich erstaunte beim ersten Blick über die große Ähnlichkeit, die derselbe mit einem älteren Bruder hatte, den er seit seiner Kindheit nicht mehr gesehen, nur daß der Unbekannte hier frischer und freudiger anzusehen war. Dieser kam sogleich auf ihn zu. Es freut mich, sagte er, Sie so munter wiederzufinden. Meine Schwester hat Sie unterwegs in einem schlimmen Zustande getroffen und gestern abends zu mir auf mein Schloß gebracht. Sie ist heute noch vor Tagesanbruch wieder fort. Lassen Sie es sich bei uns gefallen, Sie werden lustige Leute finden. Während ihm nun Friedrich eben noch für seine Güte dankte, brachte auf einmal der Wind aus dem Garten oben mehrere Blätter Papier, die hoch über ihre Köpfe weg nach einem nahe gelegenen Wasser zuflatterten. Hinterdrein hörte man von oben eine Stimme: halt, halt, halt auf! rufen, und der Mensch, den Friedrich im Garten schreibend angetroffen hatte, kam eilends nachgelaufen. Leontin, so hieß der junge Graf, dem dieses Schloß gehörte, legte schnell seine Büchse an und schoß das unbändige Papier aus der Luft herab. Das ist doch dumm, sagte der Nachsetzende, der unterdes atemlos angelangt war, da er die Blätter, auf welche Verse geschrieben waren, von den Schroten ganz durchlöchert erblickte. Das schöne Mädchen, das vorher auf der Wiese gesungen hatte, stand hinter ihm und kicherte. Er drehte sich geschwind herum und wollte sie küssen, aber sie entsprang in das Jägerhaus und guckte lachend hinter der halbgeöffneten Türe hervor. Das ist der Dichter Faber, sagte Leontin, dem Grafen den

Nachsetzenden vorstellend. Friedrich erschrak recht über den Namen. Er hatte viel von Faber gelesen; manches hatte ihm gar nicht gefallen, vieles andere aber ihn wieder so ergriffen, daß er oft nicht begreifen konnte, wie derselbe Mensch so etwas Schönes erfinden könne. Und nun, da der wunderbare Mensch leibhaftig vor ihm stand, betrachtete er ihn mit allen Sinnen, als wollte er alle die Gedichte von ihm, die ihm am besten gefallen, in seinem Gesichte ablesen. Aber da war keine Spur davon zu finden.

Friedrich hatte sich ihn ganz anders vorgestellt, und hätte viel darum gegeben, wenn es Leontin gewesen wäre, bei dessen lebendigem, erquicklichem Wesen ihm das Herz aufging. Herr Faber erzählte nun lachend, wie ihn Friedrich in seiner Werkstatt überrascht habe. Da sind Sie schön angekommen, sagte Leontin zu Friedrich, denn da sitzt Herr Faber wie die Löwin über ihren Jungen, und schlägt grimmig um sich. – So sollte jeder Dichter dichten, meinte Friedrich, am frühen Morgen, unter freiem Himmel, in einer schönen Gegend. Da ist die Seele rüstig, und so wie dann die Bäume rauschen, die Vögel singen und der Jäger vor Lust in sein Horn stößt, so muß der Dichter dichten. – Sie sind ein Naturalist in der Poesie, entgegnete Faber mit einer etwas zweideutigen Miene. – Ich wünschte, fiel ihm Leontin ins Wort, Sie ritten lieber alle Morgen mit mir auf die Jagd, lieber Faber. Der Morgen glüht Sie wie eine reizende Geliebte an, und Sie klecksen ihr mit Dinte in das schöne Gesicht. Faber lachte, zog eine kleine Flöte hervor und fing an, darauf zu blasen. Friedrich fand ihn in diesem Augenblicke sehr liebenswürdig.

Leontin trug dem Grafen an, mit ihm zu seiner Schwester hinüberzureiten, wenn er sich schon stark genug dazu fühle. Friedrich willigte mit Freuden ein, und bald darauf saßen beide zu Pferde. Die Gegend war sehr heiter. Sie ritten eben über einen weiten, grünen Anger. Friedrich fühlte sich bei dem schönen Morgen recht in allen Sinnen genesen, und freute sich über den anmutigen Leontin, wie das Pferd unter ihm mit gebogenem Halse über die Ebene hintanzte. Meine Schwester, sagte Leontin unterwegs und sah den Grafen mit verstecktem Lachen immerfort an, meine Schwester ist viel älter als ich, und, ich muß es nur im voraus sagen, recht häßlich. So! sagte Friedrich langsam und gedehnt, denn er hatte heimlich andere Erwartungen und Hoffnungen gehegt. Er schwieg darauf still; Leontin lachte und pfiff ein lustiges Liedchen. Endlich sah man ein schönes, neues Schloß sich aus einem großen Park luftig erheben. Es war das Schloß von Leontins Schwester.

Sie stiegen unten am Eingange des Parkes ab und gingen zu Fuße hinauf. Der Garten war ganz im neuesten Geschmacke angelegt. Kleine, sich schlängelnde Gänge, dichte Gebüsche von ausländischen Sträuchern, dazwischen leichte Brücken von weißem Birkenholze luftig geschwungen, waren recht artig anzuschauen. Zwischen mehreren schlanken Säulen traten sie in das Schloß. Es war ein großes gemaltes Zimmer mit hellglänzendem Fußboden; ein kristallener Lustre hing an der Decke und Ottomanen von reichen Stoffen standen an den Wänden umher. Durch die hohe Glastür übersah man den Garten. Niemand, da es noch früh, war in der ganzen Reihe von prachtvollen Gemächern, die sich an dieses anschlossen, zu sehen. Die Morgensonne, die durch die Glastür schien, erfüllte das schöne Zimmer mit einem geheimnisvollen Helldunkel und beleuchtete eben eine Gitarre, die in der Mitte auf einem Tischchen lag. Leontin nahm dieselbe und begab sich damit wieder hinaus. Friedrich blieb in der Tür stehen, während Leontin sich draußen unter die Fenster stellte, in die Saiten griff und sang:

Frühmorgens durch die Winde kühl
Zwei Ritter hergeritten sind,
Im Garten klingt ihr Saitenspiel,
Wach auf, wach auf, mein schönes Kind!

Ringsum viel Schlösser schimmernd stehn,
So silbern geht der Ströme Lauf,
Hoch, weit rings Lerchenlieder wehn,
Schließ Fenster, Herz und Äuglein auf!

Friedrich war gar nicht begierig, die alte Schöne kennen zu lernen, und blieb ruhig in der Tür stehen. Da hörte er oben ein Fenster sich öffnen. Guten Morgen, lieber Bruder! sagte eine liebliche Stimme. Leontin sang:

So wie du bist, verschlafen heiß,
Laß allen Putz und Zier zu Haus,
Tritt nur herfür im Hemdlein weiß,
Siehst so gar schön verliebet aus.

Wenn du so garstig singst, sagte oben die liebliche Stimme, so leg ich mich gleich wieder schlafen. Friedrich erblickte einen schneeweißen, vollen Arm im Fenster und Leontin sang wieder:

Ich hab einen Fremden wohl bei mir,
Der lauert unten auf der Wacht,
Der bittet schön dich um Quartier,
Verschlafnes Kind, nimm dich in acht!

Friedrich trat nun aus seinem Hinterhalte hervor und sah mit Erstaunen – seine Rosa im Fenster. Sie war in einem leichten Nachtkleide und dehnte sich mit aufgehobenen Armen in den frischen Morgen hinaus. Als sie so unverhofft Friedrich erblickte, ließ sie mit einem Schrei die Arme sinken, schlug das Fenster zu und war verschwunden.

Leontin ging nun fort, um ein neues Pferd der Schwester im Hofe herumzutummeln und Friedrich blieb allein im Garten zurück.

Bald darauf kam die Gräfin Rosa in einem weißen Morgenkleide herab. Sie hieß den Grafen mit einer Scham willkommen, die ihr unwiderstehlich schön stand. Lange, dunkle Locken fielen zu beiden Seiten bis auf die Schultern und den blendendweißen Busen hinab. Die schönste Reihe von Zähnen sah man manchmal zwischen den vollen, roten Lippen hervorschimmern. Sie atmete noch warm von der Nacht; es war die prächtigste Schönheit, die Friedrich jemals gesehen hatte. Sie gingen nebeneinander in den Garten hinein. Der Morgen blitzte herrlich über die ganze Gegend, aus allen Zweigen jubelten unzählige Vögel. Sie setzten sich in einer dichten Laube auf eine Rasenbank. Friedrich dankte ihr für ihr hülfreiches Mitleid und sprach dann von seiner schönen Donaureise. Die Gräfin saß, während er davon erzählte, beschämt und still, hatte die langen Augenwimpern niedergeschlagen, und wagte kaum zu atmen. Als er endlich auch seiner Wunde erwähnte, schlug sie auf einmal die großen,

schönen Augen auf, um die Wunde zu betrachten. Ihre Augen, Locken und Busen kamen ihm dabei so nahe, daß sich ihre Lippen fast berührten. Er küßte sie auf den roten Mund und sie gab ihm den Kuß wieder. Da nahm er sie in beide Arme und küßte sie unzähligemal und alle Freuden der Welt verwirrten sich in diesen einen Augenblick, der niemals zum zweiten Male wiederkehrt. Rosa machte sich endlich los, sprang auf und lief nach dem Schlosse zu. Leontin kam ihr eben von der andern Seite entgegen, sie rannte in der Verwirrung gerade in seine ausgebreiteten Arme hinein. Er gab ihr schnell einen Kuß und kam zu Friedrich, um mit ihm wieder nach Hause zu reiten.
Als Friedrich wieder draußen im Freien zu Pferde saß, besann er sich erst recht auf sein ganzes Glück. Mit unbeschreiblichem Entzücken betrachtete er Himmel und Erde, die im reichsten Morgenschmucke vor ihm lagen. Sie ist mein! rief er immerfort still in sich, sie ist mein! Leontin wiederholte lachend die Beschreibung von der Häßlichkeit seiner Schwester, die er vorhin beim Herritt dem Grafen gemacht hatte, jagte dann weit voraus, setzte mit bewunderungswürdiger Leichtigkeit und Kühnheit über Zäune und Gräben und trieb allerlei Schwänke.
Als sie bei Leontins Schlosse ankamen, hörten sie schon von ferne ein unbegreifliches, verworrenes Getös. Ein Waldhorn raste in den unbändigsten falschesten Tönen, dazwischen hörte man eine Stimme, die unaufhörlich fortschimpfte. Da hat gewiß wieder Faber was angestellt, sagte Leontin. Und es fand sich wirklich so. Herr Faber hatte sich nämlich in ihrer Abwesenheit niedergesetzt, um ein Waldhornecho zu dichten. Zum Unglück fiel es zu gleicher Zeit einem von Leontins Jägern ein, nicht weit davon wirklich auf dem Waldhorne zu blasen. Faber störte die nahe Musik, er rief daher ungeduldig dem Jäger zu, still zu sein. Dieser aber, der sich, wie fast alle Leute Leontins, über Herrn Faber von jeher ärgerte, weil er immer mit der Feder hinterm Ohre so erbärmlich aussah, gehorchte nicht. Da sprang Faber auf und überhäufte ihn mit Schimpfreden. Der Jäger, um ihn zu übertäuben, schüttelte nun statt aller Antwort einen ganzen Schwall von verworrenen und falschen Tönen aus seinem Horne, während Faber, im Gesichte überrot vor Zorn, vor ihm stand und gestikulierte. Als der Jäger jetzt seinen Herrn erblickte,

endigte er seinen Spaß und ging fort. Faber aber hatte indes, so boshaft er auch aussah, schon längst der Zorn verlassen, denn es waren ihm mitten in der Wut eine Menge witziger Schimpfwörter und komischer Grobheiten in den Sinn gekommen, und er schimpfte tapfer fort, ohne mehr an den Jäger zu denken, und brach endlich in ein lautes Gelächter aus, in das Leontin und Friedrich von Herzen mit einstimmten.

Am Abend saßen Leontin, Friedrich und Faber zusammen an einem Feldtische auf der Wiese am Jägerhause und aßen und tranken. Das Abendrot schaute glühend durch die Wipfel des Tannenwaldes, welcher die Wiese ringsumher einschloß. Der Wein erweiterte ihre Herzen und sie waren alle drei wie alte Bekannte miteinander. Das ist wohl ein rechtes Dichterleben, Herr Faber, sagte Friedrich vergnügt. – Immer doch, hub Faber ziemlich pathetisch an, höre ich das Leben und Dichten verwechseln. – Aber, aber, bester Herr Faber, fiel ihm Leontin schnell ins Wort, dem jeder ernsthafte Disput über Poesie die Kehle zusammenschnürte, weil er selber nie ein Urteil hatte. Er pflegte daher immer mit Witzen, Radottements, dazwischenzufahren und fuhr auch jetzt, geschwind unterbrechend fort: Ihr verwechselt mit Euren Wortwechseleien alles so, daß man am Ende seiner selbst nicht sicher bleibt. Glaubte ich doch einmal in allem Ernste, ich sei die Weltseele und wußte vor lauter Welt nicht, ob ich eine Seele hatte, oder umgekehrt. Das Leben aber, mein bester Herr Faber, mit seinen bunten Bildern, verhält sich zum Dichter, wie ein unübersehbar weitläufiges Hieroglyphenbuch von einer unbekannten, lange untergegangenen Ursprache zum Leser. Da sitzen von Ewigkeit zu Ewigkeit die redlichsten, gutmütigsten Weltnarren, die Dichter, und lesen und lesen. Aber die alten, wunderbaren Worte der Zeichen sind unbekannt und der Wind weht die Blätter des großen Buches so schnell und verworren durcheinander, daß einem die Augen übergehn. – Friedrich sah Leontin groß an, es war etwas in seinen Worten, das ihn ernsthaft machte. Faber aber, dem Leontin zu schnell gesprochen zu haben schien, spann gelassen seinen vorigen Diskurs wieder an: Ihr haltet das Dichten für eine gar so leichte Sache, weil es flüchtig aus der Feder fließt, aber keiner bedenkt, wie das Kind, vielleicht vor vielen Jahren schon in Lust empfangen, dann im Mutterleibe mit Freuden und Schmerzen ernährt und gebildet wird, ehe es aus seinem stillen Hause das fröhliche Licht des Tages begrüßt. – Das ist ein langweiliges Kind, unterbrach ihn Leontin munter, wäre ich so eine schwangere Frau, als Sie da sagten, da lacht ich mich gewiß, wie Philine, vor dem Spiegel über mich selber zu Tode, eh ich mit dem ersten Verse niederkäme. – Hier erblickte er ein Paket Papiere, das aus Fabers Rocktasche hervorragte; eines davon war »An die Deutschen« überschrieben. Er bat ihn, es ihnen vorzulesen. Faber zog es heraus und las es. Das Gedicht enthielt die Herausforderung eines bis zum Tode verwundeten Ritters an alle Feinde der deutschen Ehre. Leontin sowohl als Friedrich erstaunten über die Gediegenheit und männliche Tiefe der Romanze und fühlten sich wahrhaft erbaut. Wer sollte es glauben, sagte Leontin, daß Herr Faber diese Romanze zu eben der Zeit verfertigt hat, als er Reißaus nahm, um nicht mit gegen die Franzosen zu Felde ziehn zu dürfen. Faber nahm darauf ein anderes Blatt zur Hand und las ihnen ein Gedicht vor, in welchem er sich selber mit höchst komischer Laune in diesem seinem feigherzigen Widerspruche darstellte, worin aber mitten durch die lustigen Scherze ein tiefer Ernst, wie mit großen, frommen Augen, ruhend und ergreifend hindurchschaute. Friedrich ging jedes Wort dieses Gedichtes schneidend durchs Herz. Jetzt wurde es ihm auf einmal klar, warum ihm so viele Stellungen und Einrichtungen in Fabers Schriften durchaus fremd blieben und mißfielen. –

Dem einen ist zu tun, zu schreiben mir gegeben,

sagte Faber, als er ausgelesen hatte. Poetisch sein und Poet sein, fuhr er fort, das sind zwei verschiedene Dinge, man mag dagegen sagen, was man will. Bei dem letzteren ist, wie selbst unser großer Meister Goethe eingesteht, immer etwas Taschenspielerei, Seiltänzerei usw. mit im Spiele. – Das ist nicht so, sagte Friedrich ernst und sicher, und wäre es so, so möchte ich niemals dichten. Wie wollt Ihr, daß die Menschen Eure Werke hochachten, sich daran erquicken und erbauen sollen, wenn Ihr Euch selber nicht glaubt, was Ihr schreibt und durch schöne Worte und künstliche Gedanken Gott und Menschen zu überlisten trachtet? Das ist ein eitles nichtsnutziges Spiel, und es hilft Euch doch nichts, denn es ist nichts groß, als was aus einem einfältigen Herzen kommt. Das heißt recht dem Teufel der Gemeinheit, der immer in der Menge wach und auf der Lauer ist, den Dolch selbst in die Hand geben gegen die göttliche Poesie. Wo soll die rechte, schlichte Sitte, das treue Tun, das schöne Lieben, die deutsche Ehre und alle die alte herrliche Schönheit sich hinflüchten, wenn es ihre angebornen Ritter, die Dichter, nicht wahrhaft ehrlich, aufrichtig und ritterlich mit ihr meinen? Bis in den Tod verhaßt sind mir besonders jene ewigen Klagen, die mit weinerlichen Sonetten die alte schöne Zeit zurückwinseln wollen, und, wie ein Strohfeuer, weder die Schlechten verbrennen, noch die Guten erleuchten und erwärmen. Denn wie wenigen möchte doch das Herz zerspringen, wenn alles so dumm geht, und habe ich nicht den Mut, besser zu sein als meine Zeit, so mag ich zerknirscht das Schimpfen lassen, denn keine Zeit ist durchaus schlecht. Die heiligen Märtyrer, wie sie, laut ihren Erlöser bekennend, mit aufgehobenen Armen in die Todesflammen sprangen – das sind des Dichters echte Brüder, und er soll ebenso fürstlich denken von sich; denn so wie sie den ewigen Geist Gottes auf Erden durch Taten ausdrückten, so soll er ihn aufrichtig in einer verwitterten, feindseligen Zeit durch rechte Worte und göttliche Erfindungen verkünden und verherrlichen. Die Menge, nur auf weltliche Dinge erpicht, zerstreut und träge, sitzt gebückt und blind draußen im warmen Sonnenscheine und langt rührend nach dem ewigen Lichte, das sie niemals erblickt. Der Dichter hat einsam die schönen Augen offen; mit Demut und Freudigkeit betrachtet er, selber erstaunt, Himmel und Erde, und das Herz geht ihm auf bei der überschwenglichen Aussicht, und so besingt er die Welt, die, wie Memnons Bild, voll stummer Bedeutung, nur dann durch und durch erklingt, wenn sie die Aurora eines dichterischen Gemütes mit ihren verwandten Strahlen berührt. – Leontin fiel hier dem Grafen freudig um den Hals. – Schön, besonders zuletzt sehr schön gesagt, sagte Faber, und drückte ihm herzlich die Hand. Sie meinen es doch alle beide nicht so, wie ich, fühlte und dachte Friedrich betrübt.

Es war unterdes schon dunkel geworden und der Abendstern funkelte vom heitern Himmel über den Wald herüber. Da wurde ihr Gespräch auf eine lustige Art unterbrochen. Die kleine Marie nämlich, die am Morgen mit dem Jäger auf der Wiese gesungen, hatte sich als Jägerbursche angezogen. Die Jäger jagten sie auf der Wiese herum, sie ließ sich aber nicht erhaschen, weil sie, wie sie sagte, nach Tabaksrauch röchen. Wie ein gescheuchtes Reh kam sie endlich an dem Tische vorüber. Leontin fing sie auf und setzte sie vor sich auf seinen Schoß. Er strich ihr die Haare aus den muntern Augen und gab ihr aus seinem Glase zu trinken. Sie trank viel und wurde bald ungewöhnlich beredt, daß sich alle über ihre liebenswürdige Lebhaftigkeit freuten. Leontin fing an, von ihrer Schlafkammer zu sprechen und andere leichtfertige Reden vorzubringen, und als er sie endlich auch küßte, umklammerte sie mit beiden Armen seinen Hals. Friedrich schmerzte das ganze lose Spiel, so sehr es auch Faber gefiel, und er sprach laut vom Verführen. Marie hüpfte von Leontins Schoße, wünschte allen mit verschmitzten Augen eine gute Nacht und sprang fort ins Jägerhaus. Leontin reichte Friedrich lächelnd die Hand und alle drei schieden voneinander, um sich zur Ruhe zu begeben. Faber sagte im Weggehen: seine Seele sei heute so wach, daß er noch tief in die Nacht hinein an einem angefangenen, großen Gedichte fortarbeiten wolle.

Als Friedrich in sein Schlafzimmer kam, stellte er sich noch eine Weile ans offene Fenster. Von der andern Seite des Schlosses schimmerte aus Fabers Zimmer ein einsames Licht in die stille Gegend hinaus. Fabers Fleiß rührte den Grafen, und er kam ihm in diesem Augenblicke als ein höheres Wesen vor. Es ist wohl groß, sagte er, so mit göttlichen Gedanken über dem weiten, stillen Kreise der Erde zu schweben. Wache, sinne und bilde nur fleißig fort, fröhliche Seele, wenn alle die andern Menschen schlafen! Gott ist mit dir in deiner Einsamkeit und er weiß es allein, was ein Dichter treulich will, wenn auch kein Mensch sich um dich bekümmert. Der Mond stand eben über dem altertümlichen Turme des Schlosses, unten lag der schwarze Waldgrund in stummer Ruhe. Die Fenster gingen nach der Gegend hinaus, wo die Gräfin Rosa hinter dem Walde wohnte. Friedrich hatte Leontins Gitarre mit hinaufgenommen. Er nahm sie in den Arm und sang:

Die Welt ruht still im Hafen,
Mein Liebchen, gute Nacht!

Wann Wald und Berge schlafen,
Treu Liebe einsam wacht.

Ich bin so wach und lustig,
Die Seele ist so licht,
Und eh ich liebt, da wußt ich
Von solcher Freude nicht.

Ich fühl mich so befreiet
Von eitlem Trieb und Streit,
Nichts mehr das Herz zerstreuet
In seiner Fröhlichkeit.

Mir ist, als müßt ich singen
So recht aus tiefer Lust
Von wunderbaren Dingen,
Was niemand sonst bewußt.

O könnt ich alles sagen!
O wär ich recht geschickt!
So muß ich still ertragen,
Was mich so hoch beglückt.

VIERTES KAPITEL

Friedrich gab Leontins Bitten, noch länger auf seinem Schlosse zu verweilen, gern nach. Leontin hatte nach seiner raschen, fröhlichen Art bald eine wahre Freundschaft zu ihm gefaßt, und sie verabredeten miteinander, einen Streifzug durch das nahe Gebirge zu machen, das manches Sehenswerte enthielt. Die Ausführung dieses Planes blieb indes von Tage zu Tage verschoben. Bald war das Wetter zu neblicht, bald waren die Pferde nicht zu entbehren oder sonst etwas Notwendiges zu verrichten, und sie mußten sich am Ende selber eingestehen, daß es ihnen beiden eigentlich schwer fiel, sich, auch nur auf wenige Tage, von ihrer hiesigen Nachbarschaft zu trennen. Leontin hatte hier seine eigenen Geheimnisse. Er ritt oft ganz abgelegene Wege in den Wald hinein, wo er nicht selten halbe Tage lang ausblieb. Niemand wußte, was er dort vorhabe, und er selber sprach nie davon. Friedrich dagegen besuchte Rosa fast täglich. Drüben in ihrem schönen Garten hatte die Liebe ihr tausendfarbiges Zelt aufgeschlagen, ihre wunderreichen Fernen ausgespannt, ihre Regenbogen und goldenen Brücken durch die blaue Luft geschwungen, und rings die Berge und Wälder wie einen Zauberkreis um ihr morgenrotes Reich gezogen. Er war unaussprechlich glücklich. Leontin begleitete ihn sehr selten, weil ihm, wie er immer zu sagen pflegte, seine Schwester wie ein gemalter Frühling vorkäme. Friedrich glaubte von jeher bemerkt zu haben, daß Leontin bei aller seiner Lebhaftigkeit doch eigentlich kalt sei und dachte dabei: was hilft dir der schönste gemalte oder natürliche Frühling! Aus dir selber muß doch die Sonne das Bild bescheinen, um es zu beleben.

Zu Hause, auf Leontins Schlosse, wurde Friedrichs poetischer Rausch durch nichts gestört; denn was hier Faber Herrliches ersann und fleißig aufschrieb, suchte Leontin auf seine freie, wunderliche Weise ins Leben einzuführen. Seine Leute mochten alle fortleben, wie es ihnen ihr frischer, guter Sinn eingab; das Waldhorn irrte fast Tag und Nacht in dem Walde hin und her, dazwischen spukte die eben erwachende Sinnlichkeit der kleinen Marie wie ein reizender Kobold, und so machte dieser seltsame, bunte Haushalt diesen ganzen Aufenthalt zu einer wahren Feenburg. Mitten in dem schönen Feste blieb nur ein einziges Wesen einsam und anteillos. Das war Erwin, der schöne Knabe, der mit Friedrich auf das Schloß gekommen war. Er war allen unbegreiflich. Sein einziges Ziel und Augenmerk schien es, seinen Herrn, den Grafen Friedrich, zu bedienen, welches er bis zur geringsten Kleinigkeit aufmerksam, emsig und gewissenhaft tat. Sonst mischte er sich in keine Geschäfte oder Lust der andern, erschien zerstreut, immer fremd, verschlossen und fast hart, so lieblich weich auch seine helle Stimme klang. Nur manchmal, bei Veranlassungen, die oft allen gleichgültig waren, sprach er auf einmal viel und bewegt, und jedem fiel dann sein schönes, seelenvolles Gesicht auf. Unter seine Seltsamkeiten gehörte auch, daß er niemals zu bewegen war, eine Nacht in der Stube zuzubringen. Wenn alles im Schlosse schlief und draußen die Sterne am Himmel prangten, ging er vielmehr mit der Gitarre aus, setzte sich gewöhnlich auf die alte Schloßmauer über dem Waldgrunde und übte sich dort heimlich auf dem Instrumente. Wie oft, wenn Friedrich manchmal in der Nacht erwachte, brachte der Wind einzelne Töne seines Gesanges über den stillen Hof zu ihm herüber, oder er fand ihn frühmorgens auf der Mauer über der Gitarre eingeschlafen. Leontin nannte den Knaben eine wunderbare Laute aus alter Zeit, die jetzt niemand mehr zu spielen verstehe.

Eines Abends, da Leontin wieder auf einem seiner geheimnisvollen Ausflüge ungewöhnlich lange ausblieb, saßen Friedrich und Faber, der sich nach geschehener Tagesarbeit einen fröhlichen Feierabend nicht nehmen ließ, auf der Wiese um den runden Tisch. Der Mond stand schon über dem dunkeln Turme des Schlosses. Da hörten sie plötzlich ein Geräusch durch das Dickicht brechen und Leontin stürzte auf seinem Pferde, wie ein gejagtes Wild, aus dem Walde hervor. Totenbleich, atemlos, und hin und wieder von den Ästen blutig gerissen, kam er sogleich zu ihnen an den Tisch und trank hastig mehrere Gläser Wein nacheinander aus. Friedrich erschütterte die schöne, wüste Gestalt. Leontin lachte laut auf, da er bemerkte, daß ihn alle so verwundert ansahen. Faber drang neugierig in ihn, ihnen zu erzählen, was ihm begegnet sei. Er erzählte aber nichts, sondern sagte statt aller Antwort: Ich reise fort ins Gebirge, wollt Ihr mit? – Faber sagte überrascht und unentschlossen, daß ihm jetzt jede Störung unwillkommen sei, da er soeben an dem angefangenen großen Gedichte arbeite, schlug aber endlich ein. Friedrich schwieg still. Leontin, der ihm wohl ansah, was er meine, entband ihn seines alten Versprechens, ihn zu begleiten; er mußte ihm aber dagegen geloben, ihn auf seinem Schlosse zu erwarten. Sie blieben nun noch einige Zeit beieinander. Aber Leontin blieb nachdenklich und still. Seine beiden Gäste begaben sich daher bald zur Ruhe, ohne zu wissen, was sie von seiner Veränderung und raschem Entschlusse denken sollten. Noch im Weggehen hörten sie ihn singen:

Hinaus, o Mensch, weit in die Welt,
Bangt dir das Herz in krankem Mut!
Nichts ist so trüb in Nacht gestellt,
Der Morgen leicht machts wieder gut.

Am Morgen frühzeitig blickte Friedrich aus seinem Fenster. Da sah er Leontin schon unten auf der Waldstraße auf das Schloß seiner Schwester zureiten. Er eilte schnell hinab und ritt ihm nach.
Als er auf Rosas Schlosse ankam, fand er Leontin im Garten in einem läuten Wortwechsel mit seiner Schwester. Leontin war nämlich hergekommen, um Abschied von ihr zu nehmen. Rosa hatte aber kaum von seinem Vorhaben gehört, als sie sogleich mit aller Heftigkeit den Gedanken ergriff, mitzureisen. Das laß ich wohl bleiben, sagte Leontin, da schnüre ich noch heut mein Bündel und reit Euch ganz allein davon. Ich will eben als ein Verzweifelter weit in die Welt hinaus, will mich, wie Don Quixote, im Gebirge auf den Kopf stellen und einmal recht verrückt sein, und da fällts Euch gerade ein, hinter mir drein zu zotteln, als reisten wir nach Karlsbad oder Pyrmont, um mich jedesmal fein natürlich wieder auf die Beine zu bringen und zurecht zu rücken. Kommt mir doch jetzt meine ganze Reise vor, wie eine Armee, wo man vorn blitzende Schwerter und wehende Fahnen, hinterdrein aber einen langen Schwanz von Wagen und Weibern sieht, die auf alten Stühlen, Betten und anderm Hausgerät sitzen und plaudern, kochen, handeln und zanken, als wäre da vorn eben alles nichts, daß einem alle Lust zur Courage vergeht. Wahrhaftig, wenn du mitziehst, meine weltliche Rosa, so lasse ich das ganze herrliche, tausendfarbige Rad meiner Reisevorsätze fallen, wie der Pfau, wenn er seine prosaischen Füße besieht. – Rosa, die kein Wort von allem verstanden hatte, was ihr Bruder gesagt, ließ sich nichts ausreden, sondern beharrte ruhig und fest bei ihrem Entschlusse, denn sie gefiel sich schon im voraus zu sehr als Amazone zu Pferde und freute sich auf neue Spektakel. Friedrich, der eben hier dazukam, schüttelte den Kopf über ihr hartes Köpfchen, das ihm unter allen Untugenden der Mädchen die unleidlichste war. Noch tiefer aber schmerzte ihn ihre Hartnäckigkeit, da sie doch wußte, daß er nicht mitreise, daß er es nur um ihretwillen ausgeschlagen habe, und ihn wandelte heimlich die Lust an, selber allein in alle Welt zu gehen. Leontin, der, wie auf etwas sinnend, unterdes die beiden verliebten Gesichter angesehen hatte, lachte auf einmal auf. Nein, rief er, wahrhaftig, der Spaß ist so größer! Rosa, du sollst mitreisen, und Faber und Marie und Erwin und Haus und Hof. Wir wollen sanft

über die grünen Hügel wallen, wie Schäfer, die Jäger sollen die ungeschlachten Hörner zu Hause lassen und Flöte blasen. Ich will mit bloßem Halse gehn, die Haare blond färben und ringeln, ich will zahm sein, auf den Zehen gehen und immer mit zugespitztem Munde leise lispeln: O teuerste, schöne Seele, o mein Leben, o mein Schaf! Ihr sollt sehen, ich will mich bemühen, recht mit Anstand lustig zu sein. Dem Herrn Faber wollen wir einen Strohhut mit Lilabändern auf das dicke Gesicht setzen und einen langen Stab in die Hand geben, er soll den Zug anführen. Wir andern werden uns zuweilen zum Spaß im grünen Haine verirren, und dann über unser hartes Trennungslos aus unsern spaßhaften Schmerzen ernsthafte Sonette machen. – Rosa, die von allem wieder nur gehört hatte, daß sie mitreisen dürfe, fiel hier ihrem Bruder unterbrechend um den Hals und tat so schön in ihrer Freude, daß Friedrich wieder ganz mit ihr ausgesöhnt war. Es wurde nun verabredet, daß sie sich noch heute abend auf Leontins Schlosse einfinden sollten, damit sie alle morgen frühzeitig aufbrechen könnten, und sie sprang fröhlich fort, um ihre Anstalten zu treffen.

Als Friedrich und Leontin wieder nach Hause kamen, begann letzterer, der seinen gestrigen Schreck fast schon ganz wieder vergessen zu haben schien, sogleich mit vieler Lustigkeit zusammenzurufen, Befehle auszuteilen und überall Alarm zu schlagen, um, wie er sagte, das Zigeunerleben bald von allen Seiten aufzurühren. Rosa traf, wie sie es versprochen hatte, gegen Abend ein und fand auf der Wiese bei Mondenschein bereits alles in der buntesten Bewegung. Die Jäger putzten singend ihre Büchsen und Sattelzeug, andere versuchten ihre Hörner, Faber band ganze Ballen Papier zusammen, die kleine Marie sprang zwischen allen leichtfertig herum.

Alle begaben sich heute etwas früher als gewöhnlich zur Ruhe. Als Friedrich eben einschlummerte, hörte er draußen einige volle Akkorde auf der Laute anschlagen. Bald darauf vernahm er Erwins Stimme. Das Lied, das er sang, rührte ihn wunderbar, denn es war eine alte, einfache Melodie, die er in seiner Kindheit sehr oft und seitdem niemals wieder gehört hatte. Er sprang erstaunt ans Fenster, aber Erwin hatte soeben wieder aufgehört. Das Licht aus Rosas Schlafzimmer am andern Flügel des Schlosses war erloschen, der

Wind drehte knarrend die Wetterfahne auf dem Turme, der Mond schien außerordentlich hell. Friedrich sah Erwin wieder, wie sonst, mit der Gitarre auf der Mauer sitzen. Bald darauf hörte er den Knaben sprechen, eine durchaus unbekannte, männliche Stimme schien ihm von Zeit zu Zeit Antwort zu geben. Friedrich verdoppelte seine Aufmerksamkeit, aber er konnte nichts verstehen, auch sah er niemand außer Erwin. Nur manchmal kam es ihm vor, als lange ein langer Arm über die Mauer herüber nach dem Knaben. Zuletzt sah er einen Schatten von dem Knaben fort längs der Mauer hinuntergehen. Der Schatten wuchs beim Mondenschein mit jedem Schritte immer höher und länger, bis er sich endlich in Riesengröße in den Wald hinein verlor. Friedrich lehnte sich ganz zum Fenster hinaus, aber er konnte nichts unterscheiden. Erwin sprach nun auch nicht mehr und die ganze Gegend war totenstill. Ein Schauer überlief ihn dabei. Sollte diese Erscheinung, dachte er, Zusammenhang haben mit Leontins Begebenheiten? Weiß vielleicht dieser Knabe um seine Geheimnisse? Ihm fiel dabei ein, daß sich sein ganzes Gesicht lebhaft verändert hatte, als Faber heute noch einmal Leontins gestrigen unbekannten Begegnisses erwähnte. Beinahe hätte er alles für einen überwachten Traum gehalten, so seltsam kam es ihm vor, und er schlief endlich mit sonderbaren und abenteuerlichen Gedanken ein.

FÜNFTES KAPITEL

Als draußen Berg und Tal wieder licht waren, war der ganze bunte Trupp schon eine Stunde weit von Leontins Schlosse entfernt. Der sonderbare Zug gewährte einen lustigen Anblick. Leontin ritt ein unbändiges Pferd allen voraus. Er war leicht und nachlässig angezogen, und seine ganze Gestalt hatte etwas Ausländisches. Friedrich sah durchaus deutsch aus. Faber dagegen machte den allerseltsamsten und abenteuerlichsten Aufzug. Er hatte einen runden Hut mit ungeheuer breiten Krempen, der ihn, wie ein Schirm, gegen Sonne und Regen zugleich schützen sollte. An seiner Seite hing eine dickangeschwollene Tasche mit Schreibtafeln, Büchern und anderm Reisegerät herab. Er war wie ein fahrender Scholast anzusehen. Rosa ritt mitten unter ihnen ein schönes, frommes Pferd auf einem weiblichen, englischen Sattel. Ein langes grünes Reitkleid, von einem goldenen Gürtel zusammengehalten, schmiegte sich an ihre vollen Glieder, ein blendendweißer Spitzenkragen umschloß das schöne Köpfchen, von dem hohe Federn in die Morgenluft nickten. Zu ihrer Begleitung hatte man die kleine Maria bestimmt, die ihr als Jägerknabe folgte. Auch Erwin ritt mit und hatte die Gitarre an einem himmelblauen Bande umgehängt. Hinterdrein kamen mehrere Jäger mit wohlbepackten Pferden.

Sie zogen eben über einen freien Bergrücken weg. Die Morgensonne funkelte ihnen fröhlich entgegen. Rosa blickte Friedrich aus ihren großen Augen so frisch und freudig an, daß es ihm durch die Seele ging. Als sie auf den Gipfel kamen, lag auf einmal ein unübersehbar weites Tal im Morgenschimmer unter ihnen. Viktoria! rief Leontin fröhlich und schwang seinen Hut. Es geht doch nichts übers Reisen, wenn man nicht dahin oder dorthin reiset, sondern in die weite Welt hinein, wie es Gott gefällt! Wie uns aus Wäldern, Bergen, aus blühenden Mädchengesichtern, die von lichten Schlössern grüßen, aus Strömen und alten Burgen das noch unbekannte, überschwengliche Leben ernst und fröhlich ansieht! – Das Reisen, sagte Faber, ist dem Leben vergleichbar. Das Leben der meisten ist eine immerwährende Geschäftsreise vom Buttermarkt zum Käsemarkt; das Leben der Poetischen dagegen ein freies, unendliches Reisen nach dem Himmelreich. – Leontin, dessen Widerspruchsgeist Faber jederzeit unwiderstehlich anregte, sagte darauf: Diese reisenden Poetischen sind wieder den Paradiesvögeln zu vergleichen, von denen man fälschlich glaubt, daß sie keine Füße haben. Sie müssen doch auch herunter und in Wirtshäusern einkehren und Vettern und Basen besuchen, und, was sie sich auch für Zeug einbilden, das Fräulein auf dem lichten Schlosse ist doch nur ein dummes, höchstens verliebtes Ding, das die Liebe mit ihrem bißchen brennbaren Stoffe eine Weile in die Lüfte treibt, um dann desto jämmerlicher, wie ein ausgeblasener Dudelsack, wieder zur Erde zu fallen; auf der alten, schönen, trotzigen Burg findet sich auch am Ende nur noch ein kahler Landkavalier usw. Alles ist Einbildung. – Du solltest nicht so reden, entgegnete Friedrich. Wenn wir von einer innern Freudigkeit erfüllt sind, welche, wie die Morgensonne, die Welt überscheint und alle Begebenheiten, Verhältnisse und Kreaturen zur eigentümlichen Bedeutung erhebt, so ist dieses freudige Licht vielmehr die wahre göttliche Gnade, in der allein alle Tugenden und großen Gedanken gedeihen, und die Welt ist wirklich so bedeutsam, jung und schön, wie sie unser Gemüt in sich selber anschaut. Der Mißmut aber, die träge Niedergeschlagenheit und alle diese Entzauberungen, das ist die wahre Einbildung, die wir durch Gebet und Mut zu überwinden trachten sollen, denn diese verdirbt die ursprüngliche Schönheit der Welt. – Ist mir auch recht, erwiderte Leontin lustig. – Graf Friedrich, sagte Faber, hat eine Unschuld in seinen Betrachtungen, eine Unschuld – Ihr Dichter, fiel ihm Leontin hastig ins Wort, seid alle eurer Unschuld über den Kopf gewachsen, und, wie ihr eure Gedichte ausspendet, sagt ihr immer: da ist ein prächtiges Kunststück von meiner Kindlichkeit, da ist ein besonders wohl eingerichtetes Stück von meinem Patriotismus oder von meiner Ehre! – Friedrich erstaunte, da Leontin so keck und hart aussprach, was er, als eine Lästerung aller Poesie, sich selber zu denken niemals erlauben mochte.

Rosa hatte unterdes über dem Gespräche mehrere Male gegähnt. Faber bemerkte es, und da er sich jederzeit als ein galanter Verehrer des schönen Geschlechts auszeichnete, so trug er sich an, zu allgemeiner Unterhaltung eine Erzählung zum besten zu geben. Nur nicht in Versen, rief Rosa, denn da versteht man doch alles nur halb. Man rückte daher näher zusammen, Faber in die Mitte nehmend, und er erzählte folgende Geschichte, während sie zwischen den waldigen Bergen langsam fortzogen:

Es war einmal ein Ritter. – Das fängt ja an wie ein Märchen, unterbrach ihn Rosa. – Faber setzte von neuem an: Es war einmal ein Ritter, der lebte tief im Walde auf seiner alten Burg in geistlichen Betrachtungen und strengen Bußübungen. Kein Fremder besuchte den frommen Ritter, alle Wege zu seiner Burg waren lange mit hohem Grase überwachsen und nur das Glöcklein, das er bei seinen Gebeten von Zeit zu Zeit zog, unterbrach die Stille und klang in hellen Nächten weit über die Wälder weg. Der Ritter hatte ein junges Töchterlein, die machte ihm viel Kummer, denn sie war ganz anderer Sinnesart, als ihr Vater und all ihr Trachten ging nur auf weltliche Dinge. Wenn sie abends am Spinnrocken saß, und er ihr aus seinen alten Büchern die wunderbaren Geschichten von den heiligen Märtyrern vorlas, dachte sie immer heimlich bei sich: das waren wohl rechte Toren, und hielt sich für weit klüger, als ihr alter Vater, der alle die Wunder glaubte. Oft, wenn ihr Vater weg war, blätterte sie in den Büchern und malte den Heiligen, die darin abgebildet waren, große Schnurrbärte. – Rosa lachte hierbei laut auf. – Was lachst du? fragte Leontin spitzig, und Faber fuhr in seiner Erzählung fort: Sie war sehr schön und klüger, als alle die andern Kinder in ihrem Alter, weswegen sie sich auch immer mit ihnen zu spielen schämte, und wer mit ihr sprach, glaubte eine erwachsene Person reden zu hören, so gescheit und künstlich waren alle ihre Worte gesetzt. Dabei ging sie bei Tag und Nacht ganz allein im Walde umher, ohne sich zu fürchten, und lachte immer den alten Burgvogt aus, der ihr schauerliche Geschichten vom Wassermann erzählte. Gar oft stand sie dann an dem blauen Flusse im Walde und rief mit lachendem Munde: Wassermann soll mein Bräutigam sein! Wassermann soll mein Bräutigam sein!

Als nun der Vater zum Sterben kam, rief er die Tochter zu seinem Bette und übergab ihr einen großen Ring, der war sehr schwer von reinem Golde gearbeitet. Er sagte dabei zu ihr: Dieser Ring ist vor uralten Zeiten von einer kunstreichen Hand verfertigt. Einer deiner Vorfahren hat ihn in Palästina, mitten im Getümmel der Schlacht, erfochten. Dort lag er unter Blut und Staub auf dem Boden, aber er blieb unbefleckt und glänzte so hell und durchdringlich, daß sich alle Rosse davor bäumten und keines ihn mit seinem Hufe zertreten wollte. Alle deine Mütter haben den Ring getragen und Gott hat ihren frommen Ehestand gesegnet. Nimm du ihn auch hin und betrachte ihn alle Morgen mit rechten Sinnen, so wird sein Glanz dein Herz erquicken und stärken. Wenden sich aber deine Gedanken und Neigungen zum Bösen, so verlöscht sein Glanz mit der Klarheit deiner Seele und wird dir gar trübe erscheinen. Bewahre ihn treu an deinem Finger, bis du einen tugendhaften Mann gefunden. Denn welcher Mann ihn einmal an seiner Hand trägt, der kann nicht mehr von dir lassen und wird dein Bräutigam. – Bei diesen Worten verschied der alte Ritter.

Ida blieb nun allein zurück. Ihr war längst angst und bange auf dem alten Schlosse gewesen, und da sie jetzt ungeheure Schätze in den Kellern ihres Vaters vorfand, so veränderte sie sogleich ihre Lebensweise. – Gott sei Dank, sagte Rosa, denn bis jetzt war sie ziemlich langweilig. – Faber fuhr wieder fort: Die dunkeln Bogen, Tore und Höfe der alten Burg wurden niedergerissen und ein neues, lichtes Schloß mit blendendweißen Mauern und kleinern, luftigen Türmchen erhob sich bald über den alten Steinen. Ein großer, schöner Garten wurde daneben angelegt, durch den der blaue Fluß vorüberfloß. Da standen tausenderlei hohe, bunte Blumen, Wasserkünste sprangen dazwischen, und zahme Rehe gingen darin spazieren. Der Schloßhof wimmelte von Rossen und reichgeschmückten Edelknaben, die lustige Lieder auf ihr schönes Fräulein sangen. Sie selber war nun schon groß und außerordentlich schön geworden. Von Ost und West kamen daher nun reiche und junge Freier angezogen, und die Straßen, die zu dem Schlosse führten, blitzten von blanken Reitern, Helmen und Federbüschen.

Das gefiel dem Fräulein gar wohl, aber so gern sie auch alle Männer hatte, so mochte sie doch mit keinem einzelnen ihren Ring auswechseln; denn jeder Gedanke an die Ehe war ihr lächerlich und verhaßt. Was soll ich, sagte sie zu sich selbst, meine schöne Jugend verkümmern, um in abgeschiedener, langweiliger Einsamkeit eine armselige Hausmutter abzugeben, anstatt daß ich jetzt so frei bin, wie der Vogel in der Luft. Dabei kamen ihr alle Männer gar dummlich vor, weil sie entweder zu unbehülflich waren, ihrem müßigen Witze nachzukommen, oder auf andere, hohe Dinge stolz taten, an die sie nicht glaubte. Und so betrachtete sie sich in ihrer Verblendung als eine reizende Fee unter verzauberten Bären und Affen, die nach ihrem Winke tanzten und aufwarten mußten. Der Ring wurde indes von Tag zu Tag trüber.

Eines Tages gab sie ein glänzendes Bankett. Unter einem prächtigen Zelte, das im Garten aufgeschlagen war, saßen die jungen Ritter und Frauen um die Tafel, in ihrer Mitte das stolze Fräulein, gleich einer Königin, und ihre witzigen Redensarten überstrahlten den Glanz der Perlen und Edelgesteine, womit ihr Hals und Busen geschmückt war. Recht wie ein wurmstichiger Apfel, so schön rot und betrüglich war sie anzusehen. Der goldene Wein kreiste fröhlich herum, die

Ritter schauten kühner, üppig lockende Lieder zogen hin und wieder im Garten durch die sommerlaue Luft. Da fielen Idas Blicke zufällig auf ihren Ring. Der war auf einmal finster geworden, und sein verlöschender Glanz tat nur eben noch einen seltsamen, dunkelglühenden Blick auf sie. Sie stand schnell auf und ging an den Abhang des Gartens. Du einfältiger Stein sollst mich nicht länger mehr stören! sagte sie, in ihrem Übermute lachend, zog den Ring vom Finger und warf ihn in den Strom hinunter. Er beschrieb im Fluge einen hellschimmernden Bogen und tauchte sogleich in den tiefsten Abgrund hinab. Darauf kehrte sie wieder in den Garten zurück, aus dem die Töne wollüstig nach ihr zu langen schienen.

Am andern Tage saß Ida allein im Garten und sah in den Fluß hinunter. Es war gerade um die Mittagszeit. Alle Gäste waren fortgezogen, die ganze Gegend lag still und schwül. Einzelne seltsam gestaltete Wolken zogen langsam über den dunkelblauen Himmel; manchmal flog ein plötzlicher Wind über die Gegend, und dann war es, als ob die alten Felsen und die alten Bäume sich über den Fluß unten neigten und miteinander über sie besprächen. Ein Schauder überlief Ida. Da sah sie auf einmal einen schönen, hohen Ritter, der auf einem schneeweißen Rosse die Straße hergeritten kam. Seine Rüstung und sein Helm waren wasserblau, eine wasserblaue Binde flatterte in der Luft, seine Sporen waren von Kristall. Er grüßte sie freundlich, stieg ab und kam zu ihr. Ida schrie laut auf vor Schreck, denn sie erblickte den alten wundertätigen Ring, den sie gestern in den Fluß geworfen hatte, an seinem Finger, und dachte sogleich daran, was ihr ihr Vater auf dem Totenbette prophezeit hatte. Der schöne Ritter zog sogleich eine dreifache Schnur von Perlen hervor und hing sie dem Fräulein um den Hals; dabei küßte er sie auf den Mund, nannte sie seine Braut und versprach, sie heute abend heimzuholen. Ida konnte nichts antworten, denn es kam ihr vor, als läge sie in einem tiefen Schlafe, und doch vernahm sie den Ritter, der in gar lieblichen Worten zu ihr sprach, ganz deutlich, und hörte dazwischen auch den Strom, wie über ihr, immerfort verworren dreinrauschen. Darauf sah sie den Ritter sich wieder auf seinen Schimmel schwingen und so schnell in den Wald zurücksprengen, daß der Wind hinter ihm drein pfiff.

Als es gegen Abend kam, stand sie in ihrem Schlosse am Fenster und schaute in das Gebirge hinaus, das schon die graue Dämmerung zu überziehen anfing. Sie sann hin und her, wer der schöne Ritter sein möge, aber sie konnte nichts herausbringen. Eine nie gefühlte Unruhe und Ängstlichkeit überfiel dabei ihre Seele, die immer mehr zunahm, je dunkler draußen die Gegend wurde. Sie nahm die Zither, um sich zu zerstreuen. Es fiel ihr ein altes Lied ein, das sie als Kind oft ihren Vater in der Nacht, wenn sie manchmal erwachte, hatte singen hören. Sie fing an zu singen:

Obschon ist hin der Sonnenschein
Und wir im Finstern müssen sein,
So können wir doch singen
Von Gottes Güt und seiner Macht,
Weil uns kann hindern keine Nacht,
Sein Lobe zu vollbringen.

Die Tränen brachen ihr hierbei aus den Augen, und sie mußte die Zither weglegen, so weh war ihr zumute.
Endlich, da es draußen schon ganz finster geworden, hörte sie auf einmal ein großes Getös von Rosseshufen und fremden Stimmen. Der Schloßhof füllte sich mit Windlichtern, bei deren Schein sie ein wildes Gewimmel von Wagen, Pferden, Rittern und Frauen erblickte. Die Hochzeitsgäste verbreiteten sich bald in der ganzen Burg, und sie erkannte alle ihre alten Bekannten, die auch letzthin auf dem Bankett bei ihr gewesen waren. Der schöne Bräutigam, wieder ganz in wasserblaue Seide gekleidet, trat zu ihr und erheiterte gar bald ihr Herz durch seine anmutigen und süßen Reden, Musikanten spielten lustig, Edelknaben schenkten Wein herum, und alles tanzte und schmauste in freudenreichem Schalle.
Während des Festes trat Ida mit ihrem Bräutigam ans offene Fenster. Die Gegend war unten weit und breit still, wie ein Grab, nur der Fluß rauschte aus dem finstern Grunde herauf. Was sind das für schwarze Vögel, fragte Ida, die da in langen Scharen so langsam über den Himmel ziehn? – Sie ziehen die ganze Nacht fort, sagte der Bräutigam, sie bedeuten deine Hochzeit. – Was sind das für fremde Leute, fragte Ida wieder, die dort unten am Flusse auf den Steinen sitzen

und sich nicht rühren? – Das sind meine Diener, sagte der Bräutigam, die auf uns warten. – Unterdes fingen schon lichte Streifen an, sich am Himmel aufzurichten, und aus den Tälern hörte man von ferne Hähne krähen. Es wird so kühl, sagte Ida und schloß das Fenster. In meinem Hause ist es noch viel kühler, erwiderte der Bräutigam, und Ida schauerte unwillkürlich zusammen.

Darauf faßte er sie beim Arme und führte sie mitten unter den lustigen Schwarm zum Tanze. Der Morgen rückte indes immer näher, die Kerzen im Saal flackerten nur noch matt und löschten zum Teil gar aus. Während Ida mit ihrem Bräutigam herumwalzte, bemerkte sie mit Grausen, daß er immer blässer ward, je lichter es wurde. Draußen vor den Fenstern sah sie lange Männer mit seltsamen Gesichtern ankommen, die in den Saal hereinschauten. Auch die Gesichter der übrigen Gäste und Bekannten veränderten sich nach und nach, und sie sahen alle aus wie Leichen. Mein Gott, mit wem habe ich so lange Zeit gelebt? rief sie aus. Sie konnte vor Ermattung nicht mehr fort und wollte sich loswinden, aber der Bräutigam hielt sie fest um den Leib und tanzte immerfort, bis sie atemlos auf die Erde hinstürzte.

Frühmorgens, als die Sonne fröhlich über das Gebirge schien, sah man den Schloßgarten auf dem Berge verwüstet, im Schlosse war kein Mensch zu finden, und alle Fenster standen weit offen. Die Reisenden, die bei hellem Mondenscheine oder um die Mittagszeit an dem Flusse vorübergingen, sahen oft ein junges Mädchen sich mitten im Strome mit halbem Leibe über das Wasser emporheben. Sie war sehr schön, aber totenblaß.

So endigte Faber seine Erzählung. Erschrecklich! rief Leontin, sich, wie vor Frost, schüttelnd. Rosa schwieg still. Auf Friedrich hatte das Märchen einen tiefen und ganz besonderen Eindruck gemacht. Er konnte sich nicht enthalten, während der ganzen Erzählung mit einem unbestimmten, schmerzlichen Gefühl an Rosa zu denken, und es kam ihm vor, als hätte Faber selber nicht ohne heimliche Absicht gerade diese Erfindung gewählt.

Fabers Märchen gab Veranlassung, daß auch Friedrich und Leontin mehrere Geschichten erzählten, woran aber Rosa immer nur einen entfernten Anteil nahm. So verging dieser Tag unter fröhlichen Gesprächen, ehe sie es selber bemerkten, und der Abend überraschte sie mitten im Walde in einer unbekannten Gegend. Sie schlugen daher den ersten Weg ein, der sich ihnen darbot, und kamen schon in der Dunkelheit bei einem Bauernhause an, das ganz allein im Walde stand, und wo sie zu übernachten beschlossen. Die Hauswirtin, ein junges, rüstiges Weib, wußte nicht, was sie aus dem ganz unerwarteten Besuche machen sollte und maß sie mit Blicken, die eben nicht das beste Zutrauen verrieten. Die lustigen Reden und Schwänke Leontins und seiner Jäger aber brachten sie bald in die beste Laune, und sie bereitete alles recht mit Lust zu ihrer Aufnahme.

Nach einem flüchtig eingenommenen Abendessen ergriffen Leontin, Faber und die Jäger ihre Flinten und gingen noch in den Wald hinaus auf den Anstand, da ihnen die gefällige Bäuerin mit einer gewissen verstohlenen Vertraulichkeit den Platz verraten hatte, wo das Wild gewöhnlich zu wechseln pflegte. Rosa fürchtete sich nun, hier allein zurückzubleiben, und bat daher Friedrich, ihr Gesellschaft zu leisten, welches dieser mit Freuden annahm. Beide setzten sich, als alles fort war, auf die Bank an der Haustür vor den weiten Kreis der Wälder. Friedrich hatte die Gitarre bei sich und griff einige volle Akkorde, welche sich in der heitern, stillen Nacht herrlich ausnahmen. Rosa war in dieser ungewohnten Lage ganz verändert. Sie war einmal ohne alle kleinen Launen, hingebend, ungewöhnlich vertraulich und liebenswürdig ermattet. Friedrich glaubte sie noch niemals so angenehm gesehen zu haben. Er hatte ihr schon längst versprechen müssen, seine ganze Jugendgeschichte einmal ausführlich zu erzählen. Sie bat ihn nun, sein Versprechen zu erfüllen, bis die andern zurückkämen. Er war gerade auch aufgelegt dazu und begann daher, während sie mit dem einen Arme auf seine Achsel gelehnt, so nahe als möglich an ihn rückte, folgendermaßen zu erzählen:

Meine frühesten Erinnerungen verlieren sich in einem großen, schönen Garten. Lange, hohe Gänge von gradbeschnittenen Baumwänden laufen nach allen Richtungen zwischen großen Blumenfeldern hin, Wasserkünste rauschen einsam dazwischen, die Wolken ziehen hoch über die dunkeln Gänge weg, ein wunderschönes kleines Mädchen, älter als ich, sitzt an der Wasserkunst und singt welsche Lieder, während ich oft stundenlang an den eisernen Stäben des Gartentors stehe, das an die Straße stößt, und sehe, wie draußen der Sonnenschein wechselnd über Wälder und Wiesen fliegt, und Wagen, Reuter und Fußgänger am Tore vorüber in die glänzende Ferne hinausziehen. Diese ganze, stille Zeit liegt weit hinter all dem Schwalle der seitdem durchlebten Tage, wie ein uraltes, wehmütig süßes Lied, und wenn mich oft nur ein einzelner Ton davon wieder berührt, faßt mich ein unbeschreibliches Heimweh, nicht nur nach jenen Gärten und Bergen, sondern nach einer viel ferneren und tieferen Heimat, von welcher jene nur ein lieblicher Widerschein zu sein scheint. Ach, warum müssen wir jene unschuldige Betrachtung der Welt, jene wundervolle Sehnsucht, jenen geheimnisvollen, unbeschreiblichen Schimmer der Natur verlieren, in dem wir nur manchmal noch im Traume unbekannte, seltsame Gegenden wiedersehen!

Und wie war es denn nun weiter? fiel ihm Rosa ins Wort.

Meinen Vater und meine Mutter, fuhr Friedrich fort, habe ich niemals gesehen. Ich lebte auf dem Schlosse eines Vormunds. Aber eines ältern Bruders erinnere ich mich sehr deutlich. Er war schön, wild, witzig, keck und dabei störrisch, tiefsinnig und menschenscheu. Dein Bruder Leontin sieht ihm sehr ähnlich und ist mir darum um desto teurer. Am besten kann ich mir ihn vorstellen, wenn ich an einen Umstand zurückdenke. An unserm altertümlichen Schlosse lief nämlich eine große steinerne Galerie ringsherum. Dort pflegten wir beide gewöhnlich des Abends zu sitzen, und ich erinnere mich noch immer an den eignen, sehnsuchtsvollen Schauer, mit dem ich hinuntersah, wie der Abend blutrot hinter den schwarzen Wäldern versank und dann nach und nach alles dunkel wurde. Unsere alte Wärterin erzählte uns dann gewöhnlich das Märchen von dem Kinde, dem die Mutter mit dem Kasten den Kopf abschlug und das darauf als ein schöner Vogel draußen auf den Bäumen sang. Rudolf, so hieß mein Bruder, lief oder ritt unterdes auf dem steinernen Geländer der Galerie herum, daß mir vor Schwindel alle Sinne vergingen. Und in dieser Stellung schwebt mir sein Bild noch immer vor, das ich von dem Märchen, den schwarzen Wäldern unten und den seltsamen Abendlichtern gar nicht trennen kann. Da er wenig lernte und noch weniger gehorchte, wurde er kalt und übel behandelt. Oft wurde ich ihm als Muster vorgestellt, und dies war mein größter und tiefster Schmerz, den ich damals hatte, denn ich liebte ihn unaussprechlich. Aber er achtete wenig darauf. Das schöne italienische Mädchen fürchtete sich vor ihm, so oft sie mit ihm zusammenkam, und doch schien sie ihn immer wieder von neuem aufzusuchen. Mit mir dagegen war sie sehr vertraulich und oft ausgelassen lustig. Alle Morgen, wenn es schön war, ging sie in den Garten hinunter und wusch sich an der Wasserkunst die hellen Augen und den kleinen, weißen Hals, und ich mußte ihr währenddessen die zierlichen Zöpfchen flechten helfen, die sie dann in einem Kranz über dem Scheitel zusammenheftete. Dabei sang sie immer folgendes Liedchen, das mir mit seiner ganz eignen Melodie noch immer sehr deutlich vorschwebt:

Zwischen Bergen, liebe Mutter,
Weit den Wald entlang,
Reiten da drei junge Jäger
Auf drei Rößlein blank, lieb Mutter,
Auf drei Rößlein blank.

Ihr könnt fröhlich sein, lieb Mutter:
Wird es draußen still,
Kommt der Vater heim vom Walde,
Küßt Euch wie er will, lieb Mutter,
Küßt Euch wie er will.

Und ich werfe mich im Bettchen
Nachts ohn Unterlaß,
Kehr mich links, und kehr mich rechtshin,
Nirgends hab ich was, lieb Mutter,
Nirgends hab ich was.

Bin ich eine Frau erst einmal,
In der Nacht dann still
Wend ich mich nach allen Seiten,
Küß, so viel ich will, lieb Mutter,
Küß, so viel ich will.

Sie sang das Liedchen ganz allerliebst. Das arme Kind wußte wohl damals selbst noch nicht deutlich, was sie sang. Aber einmal fuhren die Alten, die sie darüber belauscht hatten, gar täppisch mit harten

Verweisen drein, und seitdem, erinnere ich mich, sang sie das Lied heimlich noch viel lieber.

So lebten wir lange Zeit in Frieden nebeneinander, und es fiel mir gar nicht ein, daß es jemals anders werden könnte, nur daß Rudolf immer finsterer wurde, je mehr er heranwuchs. Um diese Zeit hatte ich mehrere Male sehr schwere und furchtbare Träume. Ich sah nämlich immer meinen Bruder Rudolf in einer Rüstung, wie sie sich auf einem alten Ritterbilde auf unserem Vorsaale befand, durch ein Meer von durcheinander wogenden, ungeheuren Wolken schreiten, wobei er sich mit einem langen Schwerte rechts und links Bahn zu hauen schien. So oft er mit dem Schwerte die Wolken berührte, gab es eine Menge Funken, die mich mit ihren vielfarbigen Lichtern blendeten, und bei jedem solchen Leuchten kam mir auch Rudolfs Gesicht plötzlich blaß und ganz verändert vor. Während ich mich nun mit den Augen so recht in den Wolkenzug vertiefte, bemerkte ich mit Verwunderung, daß es eigentlich keine Wolken waren, sondern sich alles nach und nach in ein langes, dunkles, seltsam geformtes Gebirge verwandelte, vor dem mir schauderte, und ich konnte gar nicht begreifen, wie sich Rudolf dort so allein nicht fürchtete. Seitwärts von dem Gebirge sah ich eine weite Landschaft, deren unbeschreibliche Schönheit und wunderbaren Farbenschimmer ich niemals vergessen habe. Ein großer Strom ging mitten hindurch bis in eine unabsehbare, duftige Ferne, wo er sich mit Gesang zu verlieren schien. Auf einem sanftgrünen Hügel über dem Strome saß Angelina, das italienische Mädchen, und zog mit ihrem kleinen, rosigen Finger zu meinem Erstaunen einen Regenbogen über den blauen Himmel. Unterdes sah ich, daß das Gebirge anfing sich wundersam zu regen; die Bäume streckten lange Arme aus, die sich wie Schlangen ineinander schlungen, die Felsen dehnten sich zu ungeheuren Drachengestalten aus, andere zogen Gesichter mit langen Nasen, die ganze wunderschöne Gegend überzog und verdeckte dabei ein qualmender Nebel. Zwischen den Felsenplatten streckte Rudolf den Kopf hervor, der auf einmal viel älter und selbst wie von Stein aussah, und lachte übermäßig mit seltsamen Gebärden. Alles verwirrte sich zuletzt und ich sah nur die entfliehende Angelina mit ängstlich zurückgewandtem Gesichte und weißem, flatterndem Gewande, wie ein Bild über einen grauen Vorhang, vorüberschweben. Eine große Furcht überfiel mich da jedesmal und ich wachte vor Schreck und Entsetzen auf.

Diese Träume, die sich, wie gesagt, mehrere Male wiederholten, machten einen so tiefen Eindruck auf mein kindisches Gemüt, daß ich nun meinen Bruder oft heimlich mit einer Art von Furcht betrachtete, auch die seltsame Gestaltung des Gebirges nie wieder vergaß. Eines Abends, da ich eben im Garten herumging und zusah, wie es in der Ferne an den Bergen gewitterte, trat auf einmal an dem Ende eines Bogenganges Rudolf zu mir. Er war finsterer, als gewöhnlich. Siehst du das Gebirge dort? sagte er, auf die fernen Berge deutend. Drüben liegt ein viel schöneres Land, ich habe ein einziges Mal hinuntergeblickt. Er setzte sich ins Gras hin, dann sagte er in einer Weile wieder: hörst du, wie jetzt in der weiten Stille unten die Ströme und Bäche rauschen und wunderbarlich locken? Wenn ich so hinunterstiege in das Gebirge hinein, ich ginge fort und immer fort, du würdest unterdes alt, das Schloß wäre auch verfallen und der Garten hier lange einsam und wüste. – Mir fiel bei diesen Worten mein Traum wieder ein, ich sah ihn an, und auch sein Gesicht kam mir in dem Augenblicke gerade so vor, wie es mir im Traume immer erschien. Eine niegefühlte Angst überwältigte mich und ich fing an zu weinen. Weine nur nicht! sagte er hart und wollte mich schlagen. Unterdes kam Angelina mit neuem Spielzeuge lustig auf uns zugesprungen und Rudolf entfernte sich wieder in den dunkeln Bogengang. Ich spielte nun mit dem muntern Mädchen auf dem Rasenplatz vor dem Schlosse und vergaß darüber alles Vorhergegangene. Endlich trieb uns der Hofmeister zu Bette. Ich erinnere mich nicht, daß mir als Kind irgend etwas widerwärtiger gewesen wäre, als das zeitige Schlafengehen, wenn alles draußen noch schallte und schwärmte und meine ganze Seele noch so wach war. Dieser Abend war besonders schön und schwül. Ich legte mich unruhig nieder. Die Bäume rauschten durch das offene Fenster herein, die Nachtigall schlug tief aus dem Garten, dazwischen hörte ich noch manchmal Stimmen unter dem Fenster sprechen, bis ich endlich nach langer Zeit einschlummerte. Da kam es mir auf einmal vor, als schiene der Mond sehr hell durch die Stube, mein Bruder erhöbe sich aus seinem

Bett und ginge verschiedentlich im Zimmer herum, neige sich dann über mein Bett und küsse mich. Aber ich konnte mich durchaus nicht besinnen.

Den folgenden Morgen wachte ich später auf, als gewöhnlich. Ich blickte sogleich nach dem Bette meines Bruders und sah, nicht ohne Ahnung und Schreck, daß es leer war. Ich lief schnell in den Garten hinaus, da saß Angelina am Springbrunnen und weinte heftig. Meine Pflegeeltern und alle im ganzen Hause waren heimlich, verwirrt und verstört, und so erfuhr ich erst nach und nach, daß Rudolf in dieser Nacht entflohen sei. Man schickte Boten nach allen Seiten aus, aber keiner brachte ihn mehr wieder.

Und habt ihr denn seitdem niemals wieder etwas von ihm gehört? fragte Rosa.

Es kam wohl die Nachricht, sagte Friedrich, daß er sich bei einem Freikorps habe anwerben lassen, nachher gar, daß er in einem Treffen geblieben sei. Aber aus späteren, einzelnen, abgebrochenen Reden meiner Pflegeeltern gelangte ich wohl zu der Gewißheit, daß er noch am Leben sein müsse. Doch taten sie sehr heimlich damit und hörten sogleich auf davon zu sprechen, wenn ich hinzutrat; und seitdem habe ich von ihm nichts mehr sehen noch erfahren können.

Bald darauf verließ auch Angelina mit ihrem Vater, der weitläufig mit uns verwandt war, unser Schloß und reiste nach Italien zurück. Es ist sonderbar, daß ich mich auf die Züge des Kindes nie wieder besinnen konnte. Nur ein leises, freundliches Bild ihrer Gestalt und ganzen lieblichen Gegenwart blieb mir übrig. Und so war denn nun das Kleeblatt meiner Kindheit zerrissen und Gott weiß, ob wir uns jemals wiedersehen. – Mir war zum Sterben bange, mein Spielzeug freute mich nicht mehr, der Garten kam mir unaussprechlich einsam vor. Es war, als müßte ich hinter jedem Baume, an jedem Bogengange noch Angelina oder meinem Bruder begegnen, das einförmige Plätschern der Wasserkünste Tag und Nacht hindurch vermehrte nur meine tiefe Bangigkeit. Mir war es unbegreiflich, wie es meine Pflegeeltern hier noch aushalten konnten, wie alles um mich herum seinen alten Gang fortging, als wäre eben alles noch, wie zuvor.

Damals ging ich oft heimlich und ganz allein nach dem Gebirge, das mir Rudolf an jenem letzten Abend gezeigt hatte, und hoffte in meinem kindischen Sinne zuversichtlich, ihn dort noch wiederzufinden. Wie oft überfiel mich dort ein Grauen vor den Bergen, wenn ich mich manchmal droben verspätet hatte und nur noch die Schläge einsamer Holzhauer durch die dunkelgrünen Bogen heraufschallten, während tief unten schon hin und her Lichter in den Dörfern erschienen, aus denen die Hunde fern bellten. Auf einem dieser Streifzüge verfehlte ich beim Heruntersteigen den rechten Weg und konnte ihn durchaus nicht wiederfinden. Es war schon dunkel geworden und meine Angst nahm mit jeder Minute zu. Da erblickte ich seitwärts ein Licht; ich ging darauf los und kam an ein kleines Häuschen. Ich guckte furchtsam durch das erleuchtete Fenster hinein und sah darin in einer freundlichen Stube eine ganze Familie friedlich um ein lustig flackerndes Herdfeuer gelagert. Der Vater, wie es schien, hatte ein Büchelchen in der Hand und las vor. Mehrere sehr hübsche Kinder saßen im Kreise um ihn herum und hörten, die Köpfchen in beide Arme aufgestützt, mit der größten Aufmerksamkeit zu, während eine junge Frau daneben spann und von Zeit zu Zeit Holz an das Feuer legte. Der Anblick machte mir wieder Mut, ich trat in die Stube hinein. Die Leute waren sehr erstaunt, mich bei ihnen zu sehen, denn sie kannten mich wohl, und ein junger Bursche wurde sogleich fortgesandt, sich anzukleiden, um mich auf das Schloß zurück zu geleiten. Der Vater setzte unterdes, da ich ihn darum bat, seine Vorlesung wieder fort. Die Geschichte wollte mich bald sehr anmutig und wundervoll bedünken. Mein Begleiter stand schon lange fertig an der Tür. Aber ich vertiefte mich immer mehr in die Wunder; ich wagte kaum zu atmen und hörte zu und immer zu und wäre die ganze Nacht geblieben, wenn mich nicht der Mann endlich erinnert hätte, daß meine Eltern in Angst kommen würden, wenn ich nicht bald nach Hause ginge. Es war der gehörnte Siegfried, den er las.

Rosa lachte. – Friedrich fuhr, etwas gestört, fort:

Ich konnte diese ganze Nacht nicht schlafen, ich dachte immerfort an die schöne Geschichte. Ich besuchte nun das kleine Häuschen fast täglich, und der gute Mann gab mir von den ersehnten Büchern mit nach Hause, soviel ich nur wollte. Es war gerade in den ersten Frühlingstagen. Da saß ich denn einsam im Garten und las die Magelone, Genoveva, die Haimonskinder und vieles andere unermüdet der Reihe nach durch. Am liebsten wählte ich dazu meinen Sitz in dem Wipfel eines hohen Birnbaumes, der am Abhange des Gartens stand, von wo ich dann über das Blütenmeer der niedern Bäume weit ins Land schauen konnte, oder an schwülen Nachmittagen die dunklen Wetterwolken über den Rand des Waldes langsam auf mich zukommen sah.

Rosa lachte wieder. Friedrich schwieg eine Weile unwillig still. Denn die Erinnerungen aus der Kindheit sind desto empfindlicher und verschämter, je tiefer und unverständlicher sie werden, und fürchten sich vor großgewordenen, altklugen Menschen, die sich in ihr wunderbares Spielzeug nicht mehr zu finden wissen. Dann erzählte er weiter: Ich weiß nicht, ob der Frühling mit seinen Zauberlichtern in diese Geschichten hineinspielte, oder ob sie den Lenz mit ihren rührenden Wunderscheinen überglänzten, – aber Blumen, Wald und Wiesen erschienen mir damals anders und schöner. Es war, als hätten mir diese Bücher die goldnen Schlüssel zu den Wunderschätzen und der verborgenen Pracht der Natur gegeben. Mir war noch nie so fromm und fröhlich zu Mute gewesen. Selbst die ungeschickten Holzstiche dabei waren mir lieb, ja überaus wert. Ich erinnere mich noch jetzt mit Vergnügen, wie ich mich in das Bild, wo der Ritter Peter von seinen Eltern zieht, vertiefen konnte, wie ich mir den einen Berg im Hintergrunde mit Burgen, Wäldern, Städten und Morgenglanz ausschmückte, und in das Meer dahinter, aus wenigen groben Strichen bestehend, und die Wolken drüber, mit ganzer Seele hineinsegelte. Ja, ich glaube wahrhaftig, wenn einmal bei Gedichten Bilder sein sollen, so sind solche die besten. Jene feinern, sauberen Kupferstiche mit ihren modernen Gesichtern und ihrer, bis zum kleinsten Strauche, ausgeführten und festbegrenzten Umgebung verderben und beengen alle Einbildung, anstatt daß diese Holzstiche mit ihren verworrenen Strichen und unkenntlichen Gesichtern der Phantasie, ohne die doch niemand lesen sollte, einen frischen, unendlichen Spielraum eröffnen, ja sie gleichsam herausfordern.

Alle diese Herrlichkeit dauerte nicht lange. Mein Hofmeister, ein aufgeklärter Mann, kam hinter meine heimlichen Studien und nahm mir die geliebten Bücher weg. Ich war untröstlich. Aber Gott sei Dank, das Wegnehmen kam zu spät. Meine Phantasie hatte auf den waldgrünen Bergen, unter den Wundern und Helden jener Geschichten gesunde, freie Luft genug eingesogen, um sich des Anfalls einer ganzen nüchternen Welt zu erwehren. Ich bekam nun dafür Campes Kinderbibliothek. Da erfuhr ich denn, wie man Bohnen steckt, sich selber Regenschirme macht, wenn man etwa einmal, wie Robinson, auf eine wüste Insel verschlagen werden sollte, nebstbei mehrere zuckergebackene, edle Handlungen, einige Elternliebe und kindliche Liebe in Scharaden. Mitten aus dieser pädagogischen Fabrik schlugen mir einige kleine Lieder von Matthias Claudius rührend und lockend ans Herz. Sie sahen mich in meiner prosaischen Niedergeschlagenheit mit schlichten, ernsten, treuen Augen an, als wollten sie freundlich-tröstend sagen: »Lasset die Kleinen zu mir kommen!« Diese Blumen machten mir den farb- und geruchslosen, zur Menschheitssaat umgepflügten Boden, in welchen sie seltsam genug verpflanzt waren, einigermaßen heimatlich. Ich entsinne mich, daß ich in dieser Zeit verschiedene Plätze im Garten hatte, welche Hamburg, Braunschweig und Wandsbeck vorstellten. Da eilte ich denn von einem zum andern und brachte dem guten Claudius, mit dem ich mich besonders gerne und lange unterhielt, immer viele Grüße mit. Es war damals mein größter, innigster Wunsch, ihn einmal in meinem Leben zu sehen.

Bald aber machte eine neue Epoche, die entscheidende für mein ganzes Leben, dieser Spielerei ein Ende. Mein Hofmeister fing nämlich an, mir alle Sonntage aus der Leidensgeschichte Jesu vorzulesen. Ich hörte sehr aufmerksam zu. Bald wurde mir das periodische, immer wieder abgebrochene Vorlesen zu langweilig. Ich nahm das Buch und las es für mich ganz aus. Ich kann es nicht mit Worten beschreiben, was ich dabei empfand. Ich weinte aus Herzensgrunde, daß ich schluchzte. Mein ganzes Wesen war davon erfüllt und durchdrungen, und ich begriff nicht, wie mein Hofmeister und alle Leute im Hause, die doch das alles schon lange wußten, nicht ebenso gerührt waren und auf ihre alte Weise so ruhig fortleben konnten. –

Hier brach Friedrich plötzlich ab, denn er bemerkte, daß Rosa fest eingeschlafen war. Eine schmerzliche Unlust flog ihn bei diesem

Antblicke an. Was tu ich hier, sagte er zu sich selber, als alles so still um ihn geworden war, sind das meine Entschlüsse, meine großen Hoffnungen und Erwartungen, von denen meine Seele so voll war, als ich ausreiste? Was zerschlage ich den besten Teil meines Lebens in unnütze Abenteuer ohne allen Zweck, ohne alle rechte Tätigkeit? Dieser Leontin, Faber und Rosa, sie werden mir doch ewig fremd bleiben. Auch zwischen diesen Menschen reisen meine eigentlichsten Gedanken und Empfindungen hindurch, wie ein Deutscher durch Frankreich. Sind dir denn die Flügel gebrochen, guter, mutiger Geist, der in die Welt hinausschaute, wie in sein angebornes Reich? Das Auge hat in sich Raum genug für eine ganze Welt, und nun sollte es eine kleine Mädchenhand bedecken und zudrücken können? – Der Eindruck, den Rosas Lachen während seiner Erzählung auf ihn gemacht hatte, war noch nicht vergangen. Sie schlummerte rückwärts auf ihren Arm gelehnt, ihr Busen, in den sich die dunklen Locken herabringelten, ging im Schlafe ruhig auf und nieder. So ruhte sie neben ihm in unbeschreiblicher Schönheit. Ihm fiel dabei ein Lied ein. Er stand auf und sang zur Gitarre:

Ich hab manch Lied geschrieben,
Die Seele war voll Lust,
Von treuem Tun und Lieben,
Das beste, was ich wußt.

Was mir das Herz bewogen,
Das sagte treu mein Mund,
Und das ist nicht erlogen,
Was kommt aus Herzensgrund.

Liebchen wußts nicht zu deuten
Und lacht mir ins Gesicht,
Dreht sich zu andern Leuten
Und achtets weiter nicht.

Und spielt mit manchem Tropfe,
Weil ich so tief betrübt.
Mir ist so dumm im Kopfe,
Als wär ich nicht verliebt.

Ach Gott, wem soll ich trauen?
Will sie mich nicht verstehn,
Tun all so fremde schauen,
Und alles muß vergehn.

Und alles irrt zerstreuet –
Sie ist so schön und rot –
Ich hab nichts, was mich freuet,
Wär ich viel lieber tot!

Rosa schlug die Augen auf, denn das Waldhorn erschallte in dem Tale und man hörte Leontin und die Jäger, die soeben von ihrem Streifzuge zurückkehrten, im Walde rufen und schreien. Sie hatten gar keine Beute gemacht und waren alle der Ruhe höchst bedürftig. Die Wirtin wurde daher eiligst in Tätigkeit gesetzt, um jedem sein Lager anzuweisen, so gut es die Umstände zuließen. Es wurde nun von allen Seiten Stroh herbeigeschafft und in der Stube ausgebreitet, die für Rosa, Leontin, Friedrich und Faber bestimmt war; die übrigen sollten sonst wo im Hause untergebracht werden. Da alles mithalf, ging es bei den Zubereitungen ziemlich tumultuarisch her. Besonders aber zeigte sich die kleine Marie, welcher die Jäger tapfer zugetrunken hatten, ungewöhnlich ausgelassen. Jeder behandelte sie aus Gewohnheit als ein halberwachsenes Kind, fing sie auf und küßte sie. Friedrich aber sah wohl, daß sie sich dabei gar künstlich sträubte, um nur immer fester gehalten zu werden, und daß ihre Küsse nicht mehr kindisch waren. Dem Herrn Faber schien sie heute ganz besonders wohl zu behagen, und Friedrich glaubte zu bemerken, daß sie sich einigemal verstohlen und wie im Fluge mit ihm besprach. Endlich hatte sich nach und nach alles verloren, und die Herrschaften blieben allein im Zimmer zurück. Faber meinte: sein Kopf sei so voll guter Gedanken, daß er sich jetzt nicht niederlegen könne. Das Wetter sei so schön und die Stube so schwül, er wolle daher die Nacht im Freien zubringen. Damit nahm er Abschied und ging hinaus. Leontin lachte ihm ausgelassen nach. Rosa war unterdes in üble Laune geraten. Die Stube war ihr zu schmutzig und enge, das Stroh zu hart. Sie erklärte, sie könne so unmöglich schlafen, und setzte sich schmollend auf eine Bank hin. Leontin warf sich, ohne ein Wort darauf zu erwidern, auf das Stroh und war gleich eingeschlafen. Endlich überwand auch bei Rosa die Müdigkeit den Eigensinn. Sie verließ ihre harte Bank, lachte über sich selbst und legte sich neben ihren Bruder hin.

Friedrich ruhte noch lange wach, den Kopf in die Hand gestützt. Der Mond schien durch das kleine Fenster herein, die Wanduhr pickte einförmig immerfort. Da vernahm er auf einmal draußen folgenden Gesang:

Ach, von dem weichen Pfühle
Was treibt dich irr umher?
Bei meinem Saitenspiele
Schlafe, was willst du mehr?

Bei meinem Saitenspiele
Heben dich allzusehr
Die ewigen Gefühle;
Schlafe, was willst du mehr?

Die ewigen Gefühle,
Schnupfen und Husten schwer,
Ziehn durch die nächtge Kühle;
Schlafe, was willst du mehr?

Ziehn durch die nächtge Kühle
Mir den Verliebten her,
Hoch auf schwindlige Pfühle;
Schlafe, was willst du mehr?

Hoch auf schwindligem Pfühle
Zähle der Sterne Heer;
Und so dir das mißfiele:
Schlafe, was willst du mehr?

Friedrich konnte die Stimme nicht erkennen; sie schien ihm mit Fleiß verändert und verstellt. Mit besonders komischem Ausdruck wurde jedesmal das: Schlafe, was willst du mehr? wiederholt. Er sprang auf und trat ans Fenster. Da sah er einen dunklen Schatten schnell über den mondhellen Platz vor dem Hause vorüberlaufen und zwischen den Bäumen verschwinden. Er horchte noch lange Zeit dort hinaus, alles blieb still die ganze Nacht hindurch.

SECHSTES KAPITEL

Ein Hifthorn draußen im Hofe weckte am Morgen die Neugestärkten. Leontin sprang schnell vom Lager. Auch Rosa richtete sich auf. Die Morgensonne schien ihr durch das Fenster gerade ins Gesicht. Die Locken noch verwirrt vom nächtlichen Lager, sah sie so blühend und reizend verschlafen aus, daß sich Friedrich nicht enthalten konnte, ihr einen Kuß auf die frischen Lippen zu drücken. Alles rüstete sich nun fröhlich wieder zur Weiterreise. Aber nun bemerkten sie erst, daß Faber fehle. Er hatte sich, wie wir wissen, abends hinausbegeben, und er war seitdem nicht wieder in die Stube zurückgekehrt. Leontin befragte daher die Jäger, und diese sagten denn zu allgemeiner Verwunderung folgendes aus:

Als sie, noch vor Tagesanbruch, hinausgingen, um nach den Pferden zu sehen, hörten sie jemand hoch über ihnen, wie aus der Luft, zu wiederholten Malen rufen. Sie sahen ringsherum und erblickten endlich mit Erstaunen Herrn Faber, der mitten auf dem Dache des Hauses an dem festverschlossenen Dachfenster saß und schimpfend mit beiden Armen, wie eine Windmühle, in der Morgendämmerung focht. Sie setzten ihm nun auf sein Begehren die Leiter an, die vor dem Hause auf der Erde lag, und erlösten ihn so von seinem luftigen Throne. Er aber forderte, sobald er unten war, ohne sich weiter in Erklärungen einzulassen, sogleich sein Pferd und seinen Mantelsack heraus. Da er sehr heftig und wunderlich zu sein schien, taten sie, was er verlangte. Als er sein Pferd bestiegen hatte, sagte er nur noch zu ihnen: sie möchten ihren Herrn, den fremden Grafen und die Gräfin Rosa von ihm auf das beste grüßen, und für die langerwiesene Freundschaft in seinem Namen danken; er für seinen Teil reise in die Residenz, wo er sie früher oder später wiederzusehen hoffe. Darauf habe er dem Pferde die Sporen gegeben, und sei in den Wald hineingeritten.

Lebe wohl, guter, unruhiger Freund! rief Leontin bei dieser Nachricht aus, ich könnte wahrhaftig in diesem Augenblicke recht aus Herzensgrunde traurig sein, so gewohnt war ich an dein wunderliches Wesen. Fahre wohl, und Gott gebe, daß wir bald wieder zusammenkommen! Amen, fiel Rosa ein; aber was in aller Welt hat ihn denn auf das Dach hinaufgetrieben und bewogen, uns dann so plötzlich zu verlassen? – Niemand wußte sich das Rätsel zu lösen. Aber die kleine Marie hörte während der ganzen Zeit nicht auf, geheimnisvoll zu kichern. Friedrich erinnerte sich auch an das gestrige, sonderbare Nachtlied vor dem Fenster, und nun übersahen sie nach und nach den ganzen Zusammenhang.

Faber hatte nämlich gestern abend mit Marie eine heimliche Zusammenkunft in der Dachkammer, wo sie schlief, verabredet. Das schlaue Mädchen aber hatte, statt Wort zu halten, das Dachfenster von innen fest versperrt und sich, ehe noch Faber so künstlich von ihnen weggeschlichen, in den Wald hinausbegeben, wo sie abwartete, bis der Verliebte, der Verabredung gemäß, auf der Leiter das Dach erstiegen hatte. Dann sprang sie schnell hervor, nahm die Leiter weg und sang ihm unten das lustige Ständchen, das Friedrich gestern belauscht, während Faber, stumm vor Zorn und Scham, zwischen Himmel und Erde schwebte.

Leontin und Rosa lachten unmäßig und fanden den Einfall überaus herrlich. Friedrich aber fand ihn anders und schüttelte unwillig den Kopf über das vierzehnjährige Mädchen.

Sie setzten nun also ihre Reise allein weiter fort. Der Morgen war sehr heiter, die Gegend wunderschön; dessenungeachtet konnten sie heute gar nicht recht in die alte Lust und gewohnte Gesprächsweise hineinkommen. Faber fehlte ihnen und wurde von allen vermißt, besonders von Leontin, der fortwährend einen Ableiter seines überflüssigen Witzes brauchte. Dazu taugte ihm aber gerade niemand besser, als Faber, der komisch genug war, um Witz zu erzeugen und selber witzig genug, ihn zu verstehen. Friedrich nannte daher auch alle Gespräche zwischen Leontin und Faber egoistische Monologe, wo jeder nur sich selbst reden hört und beantwortet, anstatt daß er bei jeder Unterhaltung mit redlichem Eifer für die Sache selbst in den anderen überzeugend einzudringen suchte. Am sichtbarsten unter allen aber war Rosa verstimmt. Sie hatte sich ganz besondere, unerhörte Ereignisse und Wunderdinge von der Reise versprochen, und da diese nun nicht erscheinen wollten und auch der Schimmer der Neuheit von ihren Augen gefallen war, fing sie nach und nach an zu bemerken, daß es sich doch eigentlich für sie nicht schicke, so allein mit den Männern in der Welt herumzustreifen, und sie hatte keine Ruhe und keine Lust mehr an den ewigen langweiligen Steinen und Bäumen.

So waren sie an einen freigrünen Platz auf dem Gipfel einer Anhöhe gekommen und beschlossen, hier den Mittag abzuwarten. Ringsum lagen niedrigere Berge mit Schwarzwald bedeckt, von der einen Seite aber hatte man eine weite Aussicht ins ebene Land, wo man die blauen Türme der Residenz an einem blitzenden Strome sich ausbreiten sah. Der mitgenommene Mundvorrat wurde nun abgepackt, ein Feldtischchen mitten in der Aue aufgepflanzt, und alle lagerten sich in einem Kreise auf dem Rasen herum und aßen und tranken. Rosa mochte launisch nichts genießen, sondern zog, zu Leontins großem Ärgernis, ihre Strickerei hervor, setzte sich allein seitwärts und arbeitete, bis sie am Ende darüber einschlief. Friedrich und Leontin nahmen daher ihre Flinten und gingen in den Wald, um Vögel zu schießen. Die lustigen bunten Sänger, die von einem Wipfel zum andern vor ihnen herflogen, lockten sie immer weiter zwischen den dunkelgrünen Hallen fort, so daß sie erst nach langer Zeit wieder auf dem Lagerplatze anlangten.

Hier kam ihnen Erwin mit auffallender Lebhaftigkeit und Freude entgegengesprungen und sagte, daß Rosa fort sei. Ein Wagen, erzählte der Knabe, sei bald, nachdem sie fortgegangen waren, die Straße hergefahren. Eine schöne, junge Dame sah aus dem Wagen heraus, ließ sogleich stillhalten und kam auf die Gräfin Rosa zu, mit der sie sich dann lange sehr lebhaft und mit vielen Freuden besprach. Zuletzt bat sie dieselbe, mit ihr zu fahren. Rosa wollte anfangs nicht, aber die fremde Dame streichelte und küßte sie und schob sie endlich halb mit Gewalt in den Wagen. Die kleine Marie mußte auch mit einsitzen, und so hatten sie den Weg nach der Residenz eingeschlagen. – Friedrich kränkte bei dieser unerwarteten Nachricht die Leichtfertigkeit, mit der ihn Rosa so schnell verlassen konnte, in tiefster Seele. Als sie an den Feldtisch in der Mitte der Aue kamen, fanden sie dort ein Papier, worauf mit Bleistift geschrieben stand: »Die Gräfin Romana.« Das dacht ich gleich, rief Leontin, das ist so ihre Weise. – Wer ist die Dame? fragte Friedrich. – Eine junge, reiche Witwe, antwortete Leontin, die nicht weiß, was sie mit ihrer Schönheit und ihrem Geiste anfangen soll, eine Freundin meiner Schwester, weil sie mit ihr spielen kann, wie sie will, eine tollgewordene Genialität, die in die Männlichkeit hineinpfuscht. Hierbei wandte er sich ärgerlich zu seinen Jägern, die ihre Pferde schon wieder aufgezäumt hatten, und befahl ihnen, nach seinem Schlosse zurückzukehren, um die Reise freier und bequemer, bloß in Friedrichs und Erwins Begleitung weiter fortzusetzen.

Die Jäger brachen bald auf und die beiden Grafen blieben nun allein auf dem grünen Platze zurück, wo es auf einmal still und leer geworden war. Da kam Erwin wieder gesprungen und sagte, daß man den Wagen soeben noch in der Ferne sehen könne. Sie blickten hinab und sahen, wie er in der glänzenden Ebene fortrollte, bis er zwischen den blühenden Hügeln und Gärten in den Abendschimmer verschwand, der sich eben weit über die Täler legte. Von der andern Seite hörte man noch die Hörner der heimziehenden Jäger über die Berge. Siehst du dort, sagte Friedrich, die dunklen Türme der Residenz? Sie stehen wie Leichensteine des versunkenen Tages. Anders sind die Menschen dort, unter welche Rosa nun kommt; treue Sitte, Frömmigkeit und Einfalt gilt nicht unter ihnen. Ich möchte sie lieber tot, als so wiedersehn. Ist mir doch, als stiege sie, wie eine Todesbraut, in ein flimmernd aufgeschmücktes, großes Grab, und wir wendeten uns treulos von ihr und ließen sie gehen. – Leontin fuhr lustig über die Saiten der Gitarre und sang:

Der Liebende steht träge auf,
Zieht ein Herr Jemine-Gesicht
Und wünscht, er wäre tot.
Der Morgen tut sich prächtig auf,
So silbern geht der Ströme Lauf,
Die Vöglein schwingen hell sich auf:
»Bad, Menschlein, dich im Morgenrot,
Dein Sorgen ist ein Wicht!«

Darauf bestiegen sie beide ihre Pferde und ritten in das Gebirge hinein.

Nachdem sie so mehrere Tage herumgeirrt und die merkwürdigsten Orte des Gebirges in Augenschein genommen hatten, kamen sie eines Abends schon in der Dunkelheit in einem Dorfe an, wo sie im Wirtshause einkehrten. Dort aber war alles leer und nur von einer alten Frau, die allein in der Stube saß, erfuhren sie, daß der Pächter des Ortes heute einen Ball gebe, wobei auch seine Grundherrschaft sich befände, und daß daher alles aus dem Hause gelaufen sei, um dem Tanze zuzusehen.

Da es zum Schlafengehen noch zu zeitig und die Nacht sehr schön war, so entschlossen sich auch die beiden Grafen, noch einen Spaziergang zu machen. Sie strichen durchs Dorf und kamen bald darauf am andern Ende desselben an einen Garten, hinter welchem sich die Wohnung des Pächters befand, aus deren erleuchteten Fenstern die Tanzmusik zu ihnen herüberschallte. Leontin, den diese ganz unverhoffte Begebenheit in die lustigste Laune versetzt hatte, schwang sich sogleich über den Gartenzaun, und überredete auch Friedrich, ihm zu folgen. Der Garten war ganz still, sie gingen daher durch die verschiedenen Gänge bis an das Wohnhaus. Die Fenster des Zimmers, wo getanzt wurde, gingen auf den Garten hinaus, aber es war hoch oben im zweiten Stockwerke. Ein großer, dichtbelaubter Baum stand da am Hause und breitete seine Äste gerade vor den Fenstern aus. Der Baum ist eine wahre Jakobsleiter, sagte Leontin, und war im Augenblicke droben. Friedrich wollte durchaus nicht mit hinauf. Das Belauschen, sagte er, besonders fröhlicher Menschen in ihrer Lust, hat immer etwas Schlechtes im Hinterhalte. Wenn du Umstände machst, rief Leontin von oben, so fange ich hier so ein Geschrei an, daß alle zusammenlaufen und uns als Narren auffangen oder tüchtig durchprügeln. Soeben knarrte auch wirklich die Haustür unten und Friedrich bestieg daher ebenfalls eilfertig den luftigen Sitz.

Oben aus der weiten, dichten Krone des Baumes konnten sie die ganze Gesellschaft übersehen. Es wurde eben ein Walzer getanzt, und ein Paar nach dem andern flog an dem Fenster vorüber. Junge, flüchtige Ökonomen, wie es schien, in knappen und engzugespitzten Fracken fegten tapfer mit tüchtigen Mädchen, die vor Gesundheit und Freude über und über rot waren. Hin und wieder zogen fröhliche, dicke Gesichter, wie Vollmonde, durch diesen Sternenhimmel. Mitten in dem Gewimmel tanzte eine hagere Figur, wie ein

Satyr, in den abenteuerlichsten, übertriebensten Wendungen und Kapriolen, als wollte er alles Affektierte, Lächerliche und Ekle jedes einzelnen der Gesellschaft in eine einzige Karikatur zusammendrängen. Bald darauf sah man ihn auch unter den Musikanten ebenso mit Leib und Seele die Geige streichen. Das ist ein höchst seltsamer Gesell, sagte Leontin, und verwendete kein Auge von ihm. Es ist doch ein sonderbares Gefühl, erwiderte Friedrich nach einer Weile, so draußen aus der weiten, stillen Einsamkeit auf einmal in die bunte Lust der Menschen hineinzusehen, ohne ihren inneren Zusammenhang zu kennen; wie sie sich, gleich Marionetten, voreinander verneigen und beugen, lachen und die Lippen bewegen, ohne daß wir hören, was sie sprechen. – Oh, ich könnte mir, sagte Leontin, kein schauerlicheres und lächerlicheres Schauspiel zugleich wünschen, als eine Bande Musikanten, die recht eifrig und in den schwierigsten Passagen spielten, und einen Saal voll Tanzender dazu, ohne daß ich einen Laut von der Musik vernähme. – Und hast du dieses Schauspiel nicht im Grunde täglich? entgegnete Friedrich. Gestikulieren, quälen und mühen sich nicht überhaupt alle Menschen ab, die eigentümliche Grundmelodie äußerlich zu gestalten, die jedem in tiefster Seele mitgegeben ist, und die der eine mehr, der andere weniger und keiner ganz auszudrücken vermag, wie sie ihm vorschwebt? Wie weniges verstehen wir von den Taten, ja, selbst von den Worten eines Menschen! – Ja, wenn sie erst Musik im Leibe hätten! fiel ihm Leontin lachend ins Wort. Aber die meisten fingern wirklich ganz ernsthaft auf Hölzchen ohne Saiten, weil es einmal so hergebracht ist und das vorliegende Blatt heruntergespielt werden muß; aber das, was das ganze Hantieren eigentlich vorstellen soll, die Musik selbst und Bedeutung des Lebens, haben die närrisch gewordenen Musikanten darüber vergessen und verloren.

In diesem Augenblicke kam ein neues Paar bei dem Fenster angeflogen, alles machte ehrerbietig Platz und sie erblickten ein wunderschönes Mädchen, das sich durch seinen Anstand vor allen den andern auszeichnete. Sie lehnte lächelnd die zarte, glühende Wange an die Fensterscheibe, um sie abzukühlen. Darauf öffnete sie gar das Fenster, teilte zierlich ihre Haare, durch die ein Rosenkranz geflochten war, nach beiden Seiten über die Stirn, und schaute, so wie in

Gedanken versunken, lange in die Nacht hinaus. – Leontin und Friedrich waren ihr dabei so nahe, daß sie ihren Atem hören konnten; ihre stillen, großen Augen, in deren feuchten Spiegel der Mond wiederglänzte, standen gerade vor ihnen. Wo ist das Fräulein? rief auf einmal eine Stimme von innen, und das Mädchen wandte sich um und verlor sich unter den Menschen. – Leontin sagte: Ich möchte den Baum schütteln, daß er bis in die Wurzeln vor Freude beben sollte, ich möchte hier ins offene Fenster hineinspringen und tanzen, bis die Sonne aufginge, ich möchte wie ein Vogel von dem Baume fliegen über Berge und Wälder! – Zwei ältliche Herren unterbrachen diese Ausrufungen, indem sie sich zum Fenster hinauslehnten. Ihr Gespräch, so ruhig wie ihre Gesichter, ergoß sich wie ein einförmiger, aber klarer Strom über die neuesten politischen Zeitbegebenheiten, von denen sie bald auf ihre Landwirtschaft ablenkten, und aus den Blitzen, die man in der Ferne am wolkenlosen Himmel erblickte, ein günstiges Erntewetter prophezeieten.

Unterdes hatte die Musik aufgehört, das Zimmer oben wurde leerer. Man hörte unten die Tür auf- und zugehen, verschiedene Parteien gingen bei dem schönen Mondscheine im Garten auf und nieder, und auch die beiden alten Herren verschwanden von dem Fenster. Da kam ein junges Paar, ganz getrennt von den übrigen, langsam auf den Baum zugewandelt. Gott steh uns bei, sagte Leontin, da kommen gewiß Sentimentale, denn sie wandeln so schwebend auf den Zehen, wie einer, der gern fliegen möchte und nicht kann. Sie waren indes schon so nahe gekommen, daß man verstehen konnte, was sie sprachen. Haben Sie, fragte der junge Mann, das neueste Werk von Lafontaine gelesen? Ja, antwortete das Mädchen, in einer ziemlich bäuerischen Mundart, ich habe es gelesen, mein edler Freund! und es hat mir Tränen entlockt, Tränen, wie sie jeder Fühlende gern weint. Ich bin so froh, fuhr sie nach einer kleinen Pause fort, daß wir aus dem Schwarm, von den lärmenden, unempfindlichen Menschen fort sind; die rauschenden Vergnügungen sind gar nicht meine Sache, es ist da gar nichts für das Herz. *Er:* Oh, daran erkenne ich ganz die schöne Seele! Aber Sie sollten sich der süßen Melancholie nicht so stark ergeben, die edlen Empfindungen greifen den Menschen zu sehr an. – Sie sieht aber doch, flüsterte Friedrich,

blitzgesund aus und voll zum Aufspringen. Das kommt eben von dem Angreifen, meinte Leontin. – *Er:* Ach, in wenigen Stunden scheidet uns das eiserne Schicksal wieder, und Berge und Täler liegen zwischen zwei gebrochenen Herzen. *Sie:* Ja, und in dem einen Tale ist der Weg immer so kotig und kaum zum Durchkommen. *Er:* Und an meinem neuen schönen Parutsch gerade auch ein Rad gebrochen. – Aber genießen wir doch die schöne Natur! An ihrem Busen werd ich so warm! *Sie:* O ja. *Er:* Es geht doch nichts über die Einsamkeit für ein sanftes, überfließendes Herz. Ach! die kalten Menschen verstehen mich gar nicht! *Sie:* Auch Sie sind der einzige, mein edler Freund, der mich ganz versteht. Schon lange habe ich Sie im stillen bewundert, diesen – wie soll ich sagen? – diesen edlen Charakter, diese schönen Sentimentre – Sentiments wollen Sie sagen, fiel er ihr ins Wort und rückte sich mit eitler Wichtigkeit zusammen. O Jemine! flüsterte Leontin wieder, mir juckt der Edelmut schon in allen Fingern, ich dächte, wir prügelten ihn durch.
Die beiden Sentimentalen hatten einander indes mit den Armen umschlungen und sahen lange stumm in den Mond. Nun sitzt die Unterhaltung auf dem Sande, sagte Leontin, der Witz ist im abnehmenden Monde. Aber zu seiner Verwunderung hub er von neuem an: O heilige Melancholie! du sympathetische Harmonie gleichgestimmter Seelen! So rein, wie der Mond dort oben, ist unsere Liebe! Währenddessen fing er an, heftig an dem Busenbande des Mädchens zu arbeiten, die sich nur wenig sträubte. Nun, sagte Leontin, sind sie in ihre eigentliche Natur zurückgefallen, der Teufel hat die Poesie geholt. Das ist ja ein verwetterter Schuft, rief Friedrich, und fing oben auf seinem Baume an, ganz laut zu singen. Die Sentimentalen sahen sich eine Weile erschrocken nach allen Seiten um, dann nahmen sie in der größten Verwirrung Reißaus. Leontin schwang sich lachend, wie ein Wetterkeil, vom Baume hinter ihnen drein und verdoppelte ihren Schreck und ihre Flucht.
Unsere Reisenden waren nun wahrscheinlich verraten und mußten also auf einen klugen Rückzug bedacht sein. Sie zogen sich daher auf den leeren Gängen des Gartens an den Spazierengehenden vorüber und wurden so, vom Dunkel begünstigt, von allen entweder übersehen oder für Ballgäste gehalten.

Als sie, schon nahe am Ausgange, eben um die Ecke eines Ganges umbiegen wollten, stand auf einmal das schöne Fräulein, die mit einer Begleitung von der andern Seite kam, dicht vor ihnen. Der Mondschein fiel gerade sehr hell durch eine Öffnung der Bäume und beleuchtete die beiden schönen Männer. Das Fräulein blieb mit sichtbarer Verwirrung vor ihnen stehen. Sie grüßten sie ehrerbietig. Sie dankte verlegen mit einer tiefen, zierlichen Verbeugung, und eilte dann schnell wieder weiter. Aber sie bemerkten wohl, daß sie sich in einiger Entfernung noch einmal flüchtig nach ihnen umsah. Sie kehrten nun wieder in ihr Wirtshaus zurück, wo sie bereits alles zu einer guten Nacht vorbereitet fanden. Leontin war unterwegs voller Gedanken und stiller, als gewöhnlich. Friedrich stellte sich oben noch an das offene Fenster, von dem man das stille Dorf und den gestirnten Himmel übersah, verrichtete sein Abendgebet und legte sich schlafen. Leontin aber nahm die Gitarre und schlenderte langsam durch das nächtliche Dorf. Nach verschiedenen Umwegen kam er wieder an den Garten. Da war unterdes alles leer geworden und totenstill, in der Wohnung des Pächters alle Lichter verlöscht und die ganze laute, fröhliche Erscheinung versunken. Ein leichter Wind ging rauschend durch die Wipfel des einsamen Gartens, hin und wieder nur bellten Hunde aus entfernten Dörfern über das stille Feld. Leontin setzte sich auf den Gartenzaun hinauf und sang:

Der Tanz der ist zerstoben,
Die Musik ist verhallt,
Nun kreisen Sterne droben,
Zum Reigen singt der Wald.

Sind alle fortgezogen,
Wie ists nun leer und tot!
Du rufst vom Fensterbogen:
Wann kommt der Morgen rot!

Mein Herz möcht mir zerspringen,
Darum, so wein ich nicht,
Darum, so muß ich singen,
Bis daß der Tag anbricht.

Eh es beginnt zu tagen:
Der Strom geht still und breit,
Die Nachtigallen schlagen,
Mein Herz wird mir so weit!

Du trägst so rote Rosen,
Du schaust so freudenreich,
Du kannst so fröhlich kosen,
Was stehst du still und bleich?

Und laß sie gehn und treiben
Und wieder nüchtern sein,
Ich will wohl bei dir bleiben!
Ich will dein Liebster sein.

Das schöne Fräulein war in dem Hause des Pächters über Nacht geblieben. Sie stand halbentkleidet an dem offenen Fenster, das auf den Garten hinausging. Wer mögen wohl die beiden Fremden sein? sagte sie gleichgültig scheinend zu ihrer Jungfer. – Ich weiß es nicht, aber ich möchte mich gleich fortschleichen und noch heute im Wirtshause nachfragen. – Um Gottes willen, tu das nicht, sagte das Fräulein erschrocken, und hielt sie ängstlich am Arme fest. – Morgen ist es zu spät. Wenn die Sonne aufgeht, sind sie gewiß längst wieder über alle Berge. – Ich will schlafen gehen, sagte das Fräulein, ganz in Gedanken versunken. Gott weiß, wie es kommt, ich bin heute so müde und doch so munter. – Sie ließ sich darauf entkleiden und legte sich nieder. Aber sie schlief nicht, denn das Fenster blieb offen und Leontins verführerische Töne stiegen die ganze Nacht wie auf goldenen Leitern in die Schlafkammer des Mädchens ein und aus.

SIEBENTES KAPITEL

Stand ein Mädchen an dem Fenster,
Da es draußen Morgen war,
Kämmte sich die langen Haare,
Wusch sich ihre Äuglein klar.

Sangen Vöglein aller Arten,
Sonnenschein spielt vor dem Haus,

Draußen übern schönen Garten
Flogen Wolken weit hinaus.

Und sie dehnt sich in den Morgen
Als ob sie noch schläfrig sei,
Ach, sie war so voller Sorgen,
Flocht ihr Haar und sang dabei:

Wie ein Vöglein hell und reine,
Ziehet draußen muntre Lieb,
Lockt hinaus zum Sonnenscheine,
Ach, wer da zu Hause blieb!

*

Die Morgensonne traf unsere Reisenden schon wieder draußen zu Pferde, und das Dorf, wo sie übernachtet, lag dampfend hinter ihnen. Leontin hatte bereits im Wirtshause erfahren, daß das schöne Fräulein die Tochter eines in der Nähe reich begüterten Edelmannes sei, welcher, wie er sich sehr wohl erinnerte, mit seinem Vater in ganz besonders freundschaftlichen Verhältnissen gestanden hatte. Es wurde daher beschlossen, bei ihm einzusprechen.

Gegen Abend erblickten sie das Schloß des Herrn v. A., das aus einem freundlichreichen Chaos von Gärten und hohen Bäumen friedlich hervorragte. Sie ritten langsam zwischen hohen Kornfeldern hin. Die Sonne, die sich eben zum Untergange neigte, warf ihre Strahlen schief über die Fläche und spielte lustig in den nickenden Ähren. Ein fröhliches Singen und Wirren verschiedener Stimmen lenkte bald die Augen der beiden Reiter von der ruhigen Landschaft vor ihnen ab, und sie erblickten seitwärts in einiger Entfernung vom Wege ein weites Feld, wo man soeben mit der Ernte begriffen war. Eine lange Reihe von Arbeitern wimmelte lustig durcheinander, der laute Ruf der Merker erschallte von Zeit zu Zeit dazwischen, und schwerbeladene Wagen zogen langsam und knarrend dem Dorfe zu. Im Hintergrunde dieses Gewimmels sah man eine bunte Gruppe von vornehmeren Personen gelagert, die den Arbeitern zusahen und unter denen Leontin sogleich das schöne Fräulein wiedererkannte. Mitten unter ihnen ragte eine höchst seltsame Figur hervor. Ein hagerer Mensch nämlich in einem langen, weißen Mantel saß auf einem hochbeinigen Schimmel, der den Kopf fast auf die Erde hängen ließ. Von dieser seiner Rosinante teilte die abenteuerliche Gestalt im Tone einer Predigt Befehle an die Bauern aus, worauf jedesmal ein lautes Gelächter erfolgte.

Leontin und Friedrich zweifelten nicht, daß jene Zuschauer die Herrschaft des Ortes seien, und da sie bemerkten, daß bereits alle Augen auf sie gerichtet waren, so übergaben sie ihre Pferde an Erwin und eilten, sich selber der Gesellschaft vorzustellen. Herr v. A. und seine Schwester, die sich seit dem Tode ihres Mannes beim Bruder aufhielt, erinnerten sich sogleich der ehemaligen freundschaftlichen Verhältnisse zwischen den beiden Häusern, und drückten ihre Freude, Leontin und seinen Freund bei sich zu sehen, mit den aufrichtigsten Worten aus. Das Fräulein wurde bei ihrer Ankunft über und über rot und wagte nicht, die Augen aufzuschlagen, denn sie erkannte beide recht gut wieder. Neben ihr stand ein ziemlich junger, bleicher Mann, in dem sie sogleich dieselbe Gestalt wiedererkannten, die gestern mit so einer ironischen Wut getanzt und musiziert hatte. Seine auffallenden Gesichtszüge hatten sich tief in Leontins Gedächtnis gedrückt. Aber es war heut gar keine Spur von gestern an ihm, er schien ein ganz anderer Mensch. Er sah schlicht, still und traurig und war verlegen im Gespräche. Es war ein Theolog, der, zu arm, seine Studien zu vollenden, auf dem Schlosse des Herrn v. A. Unterhalt, Freunde und Heimat gefunden und dafür die Leitung des Schulwesens auf den sämtlichen Gütern übernommen hatte. Der Ritter von der traurigen Gestalt dagegen schaute von seinem Schimmel während des Empfanges und der ersten Unterhaltung so unheimlich und komisch darein, daß Leontin gar nicht von ihm wegsehen konnte. Jeder Bauer, den seine Arbeit an ihm vorüberführte, gesegnete die Gestalt mit einem tüchtigen Witze, wobei sich jener immer heftig verteidigte. Leontin erhielt sich nur noch mit vieler Mühe, sich nicht darein zu mischen, als die Tante endlich die Gesellschaft aufforderte, sich nach Hause zu begeben, und alles aufbrach. Die sonderbare Gestalt setzte sich nun voraus in Galopp. Er schlug dabei mit beiden Füßen unaufhörlich in die Rippen des Kleppers und sein weißer Mantel rauschte in seiner ganzen Länge in den Lüften hinter ihm drein. Die Bauern riefen ihm sämtlich ein freudiges Hurra nach. Herr v. A., der die Verwunderung der beiden Gäste bemerkte, sagte lachend: das ist ein armer Edelmann, der vom Stegreif lebt, ein irrender Ritter, der von Schloß zu Schloß zieht, und uns besonders oft heimsucht, ein Hofnarr für alle, die ihn ertragen können, halb närrisch und halb gescheut.

Als sie durchs Dorf gingen, wurden sie von allen Seiten nicht nur mit dem Hute, sondern auch mit freundlichen Worten und Mienen begrüßt, welches immer ein gutmütiges und natürliches Verhältnis zwischen der Herrschaft und ihren Bauern verrät. Sie kamen endlich an das Schloß und übersahen auf einmal einen weiten, freundlichen und fröhlich wimmelnden Hof. Alles war geschäftig, nett und ordentlich und beurkundete eine tätige Hauswirtin. Friedrich äußerte diese Bemerkung, wodurch sich die Tante ungemein geschmeichelt zu finden schien. Sie konnte ihre Freude darüber so wenig verbergen, daß sie sogleich anfing, sich mit einer Art von Wohlbehagen über ihre häuslichen Einrichtungen und die Vergnügungen der Landwirtschaft auszubreiten. Das Schloß selbst war neu, sehr heiter, licht und angenehm, das Hausgerät in den gemütlichen Zimmern ohne besondere Wahl gemischt und sämtlich wie aus einer unlängst vergangenen Zeit.

Der Tisch in dem großen, geräumigen Tafelzimmer wurde gedeckt und man setzte sich bald fröhlich zum Abendessen. Die Unterhaltung blieb anfangs ziemlich stockend, steif und gezwungen, wie dies jederzeit in solchen Häusern der Fall ist, wo, aus Mangel an vielseitigen, allgemeinen Berührungen mit der Außenwelt, eine gewisse feste, ungelenke Gewohnheit des Lebens Wurzel geschlagen hat, die durch das plötzliche Eindringen wildfremder Erscheinungen, auf die ihr ewig gleichförmiger Gang nicht berechnet ist, immer eher verstimmt als umgestimmt wird. Herr v. A., ein langer, ernster Mann, in seiner Kleidung fast pedantisch, sprach wenig. Desto mehr führte seine Schwester das hohe Wort. Sie war eine lebhafte, regsame Frau, wie man zu sagen pflegt, in den besten Jahren, eigentlich aber gerade in den schlimmsten. Denn ihre Gestalt und unverkennbar schönen Gesichtszüge fingen soeben an, auf ein vergangenes Reich zu deuten. In dieser gefährlichen Sonnenwende steigt die Schönheit mürrisch, launisch und zankend von ihrem irdischen Throne, wo sie ein halbes

Leben lang geherrscht, in die öde, freudenlose Zukunft, wie ins Grab. Wohl denen seltenen größeren Frauen, welche die Zeit nicht versäumten, sondern im ruhigen, gesammelten Gemüte sich eine andere Welt der Religion und Sanftmut erbauten! Sie verwechseln nur die Throne und werden ewig lieben und geliebt werden.

Das Gespräch fiel während der Tafel auch auf die Erziehung der Kinder, ein Kapitel, von dem fast alle Weiber am liebsten sprechen und am wenigsten verstehen. Die Tante, die nur auf eine Gelegenheit gepaßt hatte, ihren Geist vor den beiden Fremden glänzen zu lassen, verbreitete sich darüber in dem gewöhnlichen Tone von Aufklärung, Bildung, feinen Sitten usw. Zu ihrem Unglück aber fiel es dem irrenden Ritter, der unterdes ganz unten an der Tafel mit Leib und Seele gegessen hatte, ein, sich mit in das Gespräch zu mischen. Gerade, als sie sich in ihren Redensarten eben am wohlsten gefiel, fuhr er höchstkomisch mit Wahrheiten darein, die aber alle so ungewöhnlich und abenteuerlich ausgedrückt waren, daß Friedrich und Leontin nicht wußten, ob sie mehr über die Schärfe seines Geistes oder über seine Verrücktheit erstaunen sollten. Besonders brach Leontin in ein schadenfrohes Gelächter aus. Die Tante, der es nicht an vielseitigen Talenten gebrach, um seine Verrücktheiten nicht ohne Salz zu finden, warf ihm unwillige Blicke zu, worauf sich jener in einem philosophischen Bombast von Unsinn verteidigte und endlich selber in ein albernes Lachen ausbrach. Sie hatte aber doch das Spiel verspielt; denn beide Gäste, besonders Leontin, spürten bereits eine gewisse Kameradschaft mit dem rätselhaften irrenden Ritter in sich.

Als endlich die Tafel aufgehoben wurde, mußte Fräulein Julie noch ihre Geschicklichkeit auf dem Klaviere zeigen, welches sie ziemlich fertig spielte. Währenddes hatte die Tante Friedrich beiseite genommen, und erzählte ihm, wie sehr sie bedauere, ihre Nichte nicht frühzeitig in die Residenz in irgendein Erziehungshaus geschickt zu haben, wo allein junge Frauenzimmer das gewisse Etwas erlernten, welches zum geselligen Leben so unentbehrlich sei. Ich bin der Meinung, antwortete ihr Friedrich, daß jungen Fräulein das Landleben gerade am besten fromme. In jenen berühmten Instituten wird durch Eitelkeit und heillose Nachahmungssucht die kindliche Eigentümlichkeit jedes Mädchens nur verallgemeinert und verdorben. Die arme Seele wird nach einem Modelle, das für alle passen soll, so lange dressiert und gemodelt, bis am Ende davon nichts übrig bleibt, als das leere Modell. Ich versichere, ich will alle Mädchen aus solchen Instituten sogleich an ihrer Wohlerzogenheit erkennen, und wenn ich sie anrede, weiß ich schon im voraus, was sie mir antworten werden, was für ein Schlag von Witz oder Spaß erfolgen muß, was sie für kleine Lieblingslaunen haben usw. Die Tante lachte, ohne jedoch eigentlich zu wissen, was Friedrich mit alle dem meine.

Unterdes hatte das Fräulein ein Volkslied angefangen. Die Tante unterbrach sie schnell und ermahnte sie, doch lieber etwas Vernünftiges und Sanftes zu singen. Leontin aber, den dabei seine Laune überwältigte, setzte sich statt des Fräuleins hin und sang sogleich aus dem Stegreif ein zärtliches Lied so übertrieben und süßlich, daß Friedrich fast übel wurde. Fräulein Julia sah ihn groß an und war dann während seines ganzen Gesanges in tiefe Gedanken versunken. – Erst spät begab man sich zur Ruhe.

Das Schlafzimmer der beiden Gäste war sehr nett und sauber zubereitet, die Fenster gingen auf den Garten hinaus. Eine geheimnisvolle Aussicht eröffnete sich dort über den Garten weg in ein weites Tal, das in stiller, nächtlicher Runde vor ihnen lag. In einiger Ferne schien ein Strom zu gehen, Nachtigallen schlugen überall aus den Tälern herauf. Das muß hier eine schöne Gegend sein, sagte Leontin, indem er sich zum Fenster hinauslehnte. Sie kommt mir vor wie die Menschen hier im Hause, entgegnete Friedrich. Wenn ich in einen solchen abgeschlossenen Kreis von fremden Menschen hineintrete, ist es mir immer, als sähe ich von einem Berge in ein unbekanntes, weites, nächtliches Land. Da gehen stille breite Ströme, und tausend verborgene Wunder liegen seltsam zerstreut, und die fröhliche Seele dichtet bunte, lichte, glückliche Tage in die verworrene Dämmerung hinein. Ich habe oft gewünscht, daß ich die meisten Menschen niemals zum zweiten Male wiedersehen und näher kennen lernen dürfte, oder daß ich immer aufgeschrieben hätte, wie mir jeder zum ersten Male vorkam. – Wahrhaftig, fiel ihm Leontin lachend ins Wort, sprichst du doch, als wärest du von neuem verliebt. Aber du hast ganz recht, mir ist ebenso zumute, und es ist nur schade um ein redliches Herz, das durch eine immerwährende Täuschung so entherzt wird. Denn wenn in jene schöne, ungewisse Nacht der ersten Bekanntschaft nach und nach der Tag anfängt herüberzuschielen und die nüchternen Hähne krähen, da schleicht ein wunderbarer Geist nach dem andern abseits; was in der Nacht wie ein dunkler Riese dastand, wird ein krummer Baum, das Tal, das aussah wie eine umgeworfene, uralte römische Stadt, wird ein gemeines Ackerfeld, und das ganze Märchen nimmt ein schales Ende. Ich könnte so fromm sein wie ein Lämmchen und niemals eine Anwandlung von Witz verspüren, wenn nicht alles so dumm ginge. – Friedrich sagte darauf: Nimm dich in acht mit deinem Übermute! Es ist leicht und angenehm, zu verspotten, aber mitten in der Täuschung den großen, herrlichen Glauben an das Bessere festzuhalten, und die andern mit feurigen Armen emporzuheben, das gab Gott nur seinen liebsten Söhnen. – Ich sage dir in vollem Ernst, erwiderte Leontin ungemein liebenswürdig, du wirst mich noch einmal ganz bekehren, du seltsamer Mensch. Gott weiß es wohl, mir fehlt noch viel daß ich gut wäre. –

Am Morgen strahlte die Gegend in einem zauberischen Glanze in ihre Fenster herauf. Sie eilten in den Garten hinab, wo sie nicht wenig über die Schönheit der Landschaft erstaunten. Der Garten selbst stand auf einer Reihe von Hügeln, wie eine frische Blumenkrone über der grünen Gegend. Von jedem Punkte desselben hatte man die erheiternde Aussicht in das Land, das wie in einem Panorama ringsherum ausgebreitet lag. Nirgends bemerkte man weder eine französische noch englische durchgreifende Regel, aber das Ganze war ungemein erquicklich, als hätte die Natur aus fröhlichem Übermute sich selber aufschmücken wollen.

Herr v. A. und seine Schwester, letztere, wie wir später sehen werden, wohl nicht ohne besondere Absicht, baten ihre Gäste recht herzlich und dringend, längere Zeit bei ihnen zu verweilen, und beide willigten gern in den angenehmen Aufenthalt. Doch erst, als die allmähliche Gewohnheit des Zusammenlebens ihnen das Bürgerrecht des Hauses erteilt hatte, empfanden sie die Wohltat des stillen, gleichförmigen, häuslichen Lebens und labten sich an diesem immer neu erfreulichen Schauspiele, das über gutgeartete Gemüter eine Ruhe und einen gewissen festen Frieden verbreitet, den viele ein Leben lang in der bunten Weltlust oder in der Wissenschaft selber vergebens suchen.

Wenn die Sonne über den Gärten, Bergen und Tälern aufging, flog auch schon alles aus dem Schlosse nach allen Seiten aus. Herr v. A. fuhr auf die Felder, seine Schwester und das Fräulein hatten im Hofe zu tun und wurden gewöhnlich erst gegen Mittag in reinlichen, weißen Kleidern sichtbar. Friedrich und Leontin wohnten eigentlich den ganzen Vormittag draußen in dem schönen Garten. Auf Friedrich hatte das stille Leben den wohltätigsten Einfluß. Seine Seele befand sich in einer kräftigen Ruhe, in welcher allein sie imstande ist, gleich dem unbewegten Spiegel eines Sees, den Himmel in sich aufzunehmen. Das Rauschen des Waldes, der Vogelsang rings um ihn her, diese seit seiner Kindheit entbehrte grüne Abgeschiedenheit, alles rief in seiner Brust jenes ewige Gefühl wieder hervor, das uns wie in den Mittelpunkt alles Lebens versenkt, wo alle die Farbenstrahlen, gleich Radien, ausgehen und sich an der wechselnden Oberfläche zu dem schmerzlich-schönen Spiele der Erscheinung gestalten. Alles Durchlebte und Vergangene geht noch einmal ernster und würdiger an uns vorüber, eine überschwengliche Zukunft legt sich, wie ein Morgenrot, blühend über die Bilder, und so entsteht aus Ahnung und Erinnerung eine neue Welt in uns und wir erkennen wohl alle die Gegenden und Gestalten wieder, aber sie sind größer, schöner und gewaltiger und wandeln in einem anderen wunderbaren Lichte. Und so dichtete hier Friedrich unzählige Lieder und wunderbare Geschichten aus tiefster Herzenslust, und es waren fast die glücklichsten Stunden seines Lebens.

Oft besuchte ihn dort Herr v. A. in seiner Werkstatt, doch immer nur auf kurze Zeit, um ihn nicht zu stören; denn er schien eine heilige Scheu vor allem zu haben, womit es einem Menschen ernst war, obschon er, wie Friedrich aus mehreren Äußerungen bemerkt hatte, insbesondere von der Dichtkunst gar nichts hielt. Er war einer von jenen, die, durch einseitige Erziehung und eine Reihe schmerzlicher Erfahrungen ermüdet, den lebendigen Glauben an Poesie, Liebe, Heldenmut und alles Große und Ungewöhnliche im Leben aufgegeben haben, weil es sich so ungefüge gebärdet und nirgends mehr in die Zeit hineinpassen will. Zu überdrüssig, um sich diese Rätsel zu lösen, und doch zu großmütig, um sich in das wichtigtuende Nichts der andern einzulassen, ziehen sich solche Menschen nach und nach kalt in sich selbst zurück und erklären zuletzt alles für eitel und Affektation. Daher liebte er die beiden Gäste, welche seine meist sehr genialen Bemerkungen, mit denen er das Erbärmliche aller Affektation auf die höchste Spitze des Lächerlichen zu stellen pflegte, immer sogleich verstanden und würdigten. Überhaupt waren ihm diese beiden eine ganz neue Erscheinung, die ihn oft in seiner Apathie irre machte, und er gewann während ihres Aufenthaltes auf dem Schlosse eine ungewöhnliche Heiterkeit und Lust an sich selber. Übrigens war er bis zur Sonderbarkeit einfach, redlich und gutmütig, und Friedrich liebte ihn unaussprechlich.

Fräulein Julie fuhr fort, ihre Tante in den häuslichen Geschäften mit der strengsten Ordnung zu unterstützen. Sonst war sie still und wußte sich ebensowenig wie ihr Vater in die gewöhnliche Unterhaltung zu finden, worüber sie oft von der Tante Vorwürfe anhören mußte. Doch verbreitete die beständige Heiterkeit und Klarheit ihres Gemütes einen unwiderstehlichen Frühling über ihr ganzes Wesen. Leontin, den ihre Schönheit vom ersten Augenblick an heftig ergriffen hatte, beschäftigte sich viel mit ihr, sang ihr seine phantastischen Lieder vor, oder zeichnete ihr Landschaften voll abenteuerlicher Karikaturen und Bäumen und Felsen, die immer aussahen, wie Träume. Aber er fand, daß sie gewöhnlich nicht wußte, was sie mit alle dem anfangen sollte, daß sie gerade bei Dingen, die ihn besonders erfaßten, fast kalt blieb. Er begriff nicht, daß das heiligste Wesen des weiblichen Gemütes in der Sitte und dem Anstande bestehe, daß ihm in der Kunst, wie im Leben, alles Zügellose ewig fremd bliebe. Er wurde daher gewöhnlich ungeduldig und brach dann in seiner seltsamen Art und Weise in Witze und Wortspiele aus. Da aber das Fräulein wieder viel zu unbelesen war, um diese Sprünge seines Geistes zu verfolgen und zu verstehen, so führte er, statt zu belehren, einen immerwährenden Krieg in die Luft mit einem Mädchen, dessen Seele war wie das Himmelblau, in dem jeder fremde Schall verfliegt, das aber in ungestörter Ruhe aus sich selber den reichen Frühling ausbrütet.

Desto besser schien das Fräulein mit *Friedrich* zu stehen. Diesem erzählte sie zutraulich mit einer wohltuenden Bestimmtheit und Umsicht von ihrem Hauswesen, ihrer beschränkten Lebensweise, zeigte ihm ihre bisherige Lektüre aus der Bibliothek ihres Vaters, die meistenteils aus fabelhaften Reisebeschreibungen und alten Romanen aus dem Englischen bestand, und tat dabei unbewußt mit einzelnen, abgerissenen, ihr ganz eignen Worten oft Äußerungen, die eine solche Tiefe und Fülle des Gemütes aufdeckten, und so seltsam weit über den beschränkten Kreis ihres Lebens hinausreichten, daß *Friedrich* oft erstaunt vor ihr stand und durch ihre großen, blauen Augen in ein Wunderreich hinunterzublicken glaubte. Leontin sah sie oft stundenlang so zusammen im Garten gehen und war dann gewöhnlich den ganzen Tag über ausgelassen, welches bei ihm immer ein schlimmes Zeichen war.

Der schöne Knabe Erwin, der mit einer unbeschreiblichen Treue an *Friedrich* hing, behielt indes auch hier seine Sonderbarkeiten bei. Er hatte ebenfalls seinen Wohnplatz im Garten aufgeschlagen und war noch immer nicht dahin zu bringen, eine Nacht im Hause zu schlafen. Leontin hatte für ihn eine eigne phantastische Tracht ausgesonnen, soviel auch die Tante, die es sehr ungereimt fand, dagegen hatte. Eine Art von spanischem Wams nämlich, himmelblau mit goldenen Kettchen, umschloß den schlanken Körper des Knaben. Den weißen Hals trug er bloß, ein zierlicher Kragen umgab den schönen Kopf, der mit seinen dunklen Locken und schwarzen Augen wie eine Blume über dem bunten Schmucke ruhte. Da Friedrich hier weniger zerstreut war, als sonst, so widmete er auch dem Knaben eine besondere Aufmerksamkeit. Er entdeckte in wenigen Gesprächen bald an Schärfe und Tiefe eine auffallende Ähnlichkeit seines Gemütes mit Julien. Nur mangelte bei Erwin das ruhige Gleichgewicht der Kräfte, die alles beleuchtende Klarheit ganz und gar. Im verborgensten Grunde der Seele schien vielmehr eine geheimnisvolle Leidenschaftlichkeit zu ruhen, die alles verwirrte und am Ende zu zerstören drohte. Mit Erstaunen bemerkte Friedrich zugleich, daß es dem Knaben durchaus an allem Unterrichte in der Religion gebreche. Er suchte daher seine frühesten Lebensumstände zu erforschen, aber der Knabe beharrte mit unbegreiflicher Hartnäckigkeit, ja mit einer Art von Todesangst auf seinem Stillschweigen über diesen Punkt. Friedrich ließ es sich nun ernstlich angelegen sein, ihn im Christentume zu unterrichten. Alle Morgen, wenn die Natur in ihrer Pracht vor ihnen ausgebreitet lag, saß er mit ihm im Garten, und machte ihn mit dem großen wunderreichen Lebenswandel des Erlösers bekannt und fand, ganz dem Gange der Zeit zuwider, das Gemüt des Knaben weit empfänglicher für das Verständnis des Wunderbaren als des Alltäglichen und Gewöhnlichen. Seit dieser Zeit schien Erwin innerlich stiller, ruhiger und selbst geselliger zu werden.

In Juliens Wesen war indes, seit die Fremden hier angekommen waren, eine unverkennbare Veränderung vorgegangen. Sie schien seitdem gewachsen und sichtbar schöner geworden zu sein. Auch fing sie an, sich mehrere Stunden des Tages auf ihrem Zimmer zu beschäftigen. Aus diesem Zimmer ging eine Glastür auf den Garten hinaus; vor derselben standen auf einem Balkon eine Menge hoher, ausländischer Blumen; mitten in diesem Wunderreiche von Duft und Glanz saß ein bunter Papagei hinter goldenen Stäben. Hier befand sich Julie, wenn alles ausgegangen war, und las oder schrieb, während Erwin, draußen vor dem Balkon sitzend, auf der Gitarre spielte und sang. So fand sie Friedrich einmal, als er sie zu einem Spaziergange abholte, eben über einem Gemälde begriffen. Es war, wie er mit dem ersten Blick flüchtig unterscheiden konnte, ein halbvollendetes Porträt eines jungen Mannes. Sie verdeckte es schnell, als er hereintrat, und sah ihn mit einem durchdringenden, rätselhaften Blicke an. – Sollte sie lieben? dachte Friedrich und wußte nicht, was er davon halten sollte.

ACHTES KAPITEL

Es war festgesetzt worden, daß die ganze Familie eine kleine Reise auf ein Jagdgut des Herrn v. A. unternehmen sollte, das einige Meilen von dem Schlosse entfernt war. Am Morgen des bestimmten Tages wachte Friedrich sehr zeitig auf. Er stellte sich ans Fenster. Der Hof und die ganze Gegen lag noch ruhig, am fernen Horizonte fing bereits an der Tag zu grauen. Nur zwei Jäger waren auch schon munter und putzten unten im Hofe die Gewehre. Sie bemerkten den Grafen nicht und schwatzten und lachten miteinander. Friedrich hörte dabei mit Verwunderung mehrere Male Fräulein Julie nennen. Der eine Jäger, ein schöner junger Bursch, sang darauf mit heller Stimme ein altes Lied, wovon Friedrich immer nur die letzten Verse, womit sich jede Strophe schloß, verstand:

Das Fräulein ist ein schönes Kind,
Sie hat so muntre Augen,
Die Augen so verliebet sind,
Zu sonst sie gar nichts taugen.

Friedrich erschrak, denn er zweifelte nicht, daß das Lied Julien gelten sollte. Er überdachte das Benehmen des Fräuleins in der letzten Zeit, das Verstecken des Bildes und verschiedene hingeworfene Reden, und konnte sich selbst der Meinung nicht erwehren, daß sie verliebt sei; aber wen sie meine, blieb ihm noch immer dunkel.

Unterdes hatte sich der Tag immer mehr und mehr erhoben, hin und wieder im Schlosse gingen schon Türen auf und zu, bis es endlich nach und nach lebendig wurde. Wer es weiß, was es heißt, ein so schwerfälliges Haus flott zu machen, der wird sich von dem Rumpelmorgen einen Begriff machen können, der nun begann. Wie auf einem Schiffe, das sich zu einer nahen Schlacht bereitet, verbreitete sich langsam wachsend ein dunkles Getöse von Eile und Geschäftigkeit durchs ganze Schloß, Betten, Koffer und Schachteln flogen aus einer Ecke in die andere, nur noch selten hörte man die Kommando-Trompete der Tante dazwischentönen. Für Leontin waren diese feierlichen Vorbereitungen, die Wichtigkeit, mit der jeder sein Geschäft betrieb, ein wahres Fest. Unermüdlich befand er sich überall mitten im Gewühle und suchte unter dem Scheine der Hülfleistung die Verwirrung immer größer zu machen, bis er endlich durch seine zweideutigen Mienen den Zorn der gesamten Frauenzimmer dergestalt gegen sich empört hatte, daß er es für das Rätlichste hielt, Reißaus zu nehmen.

Er setzte sich daher mit Friedrich und Viktor, so hieß der Theolog, zu Pferde, und sie ritten auf das Gut hinaus. Viktor, der nun mit den beiden schon vertrauter und gesprächiger geworden war, schien alle

Trübnis dahinten gelassen zu haben, als sie über die Berge ritten. Er war auf einmal ausgelassen lustig, und sie konnten nicht umhin, über den sonderbar wechselnden Menschen zu erstaunen, der besonders ganz nach Leontins Geschmack war. Unterwegs sahen sie den seltsamen, irrenden Ritter, der schon lange wieder das Schloß verlassen hatte, in der Ferne auf seinem Gaule über ein Ackerfeld hinwegstolpern. Viktor brachte dieser Anblick ganz außer sich vor Freude. Er rief ihm sogleich mit geschwenktem Hute zu. Da aber jener, statt stillzuhalten, seinen Gaul vielmehr in Trab setzte, um ihnen zu entkommen, so drückte er sogleich die Sporen ein und machte Jagd auf ihn. Er hatte ihn bald eingeholt und brachte ihn unter einem heftigen und lauten Wortwechsel mit sich zurück. Um diese Eroberung vermehrt, zogen sie nun fröhlich weiter und erblickten nach einigen Stunden endlich das Gut des Herrn v. A., als sie auf einer Anhöhe plötzlich aus dem Walde herauskamen. Das kleine Schloß mit seinem netten Hofe lag mitten in einem einsamen Tale ringsumher von Tannenwäldern umschlossen. Leontin, den diese tiefe Einsamkeit überraschte, blieb in Gedanken stehen und sagte: Wie fürchterlich schön, hier mit einem geliebten Weibe ein ganzes Leben lang zu wohnen! Ich möchte mich um alle Welt nicht verlieben.

Als sie unten in das Tal hinabzogen, bog auch schon auf der Höhe der Wagen des Herrn v. A. mit seinen vier Rappen um die Waldesecke herum, und der Kutscher knallte lustig mit der Peitsche, daß es weit in die Wälder hineinschallte. Das Fräulein lehnte sich zum Wagen hinaus. Da reitet er! rief sie auf einmal hastig. – Zum Glücke rollte der Wagen zu schnell hinab, und die Tante hatte es nicht gehört.

Am folgenden Morgen, da die Gesellschaft zur Jagd aufbrach, war Leontin schon lange draußen im Walde. Er hatte sich von den Jägern im allgemeinen die Gegend bezeichnen lassen, wo die Jagd gehalten werden sollte, und war noch vor Tagesanbruch allein herausgeritten. Denn ihm waren alle die weitläufigen und schulgerechten Zurüstungen, die einer solchen allgemeinen Jagd immer vorherzugehen pflegen, in den Tod verhaßt. Er durchstrich daher an dem frischen Morgen allein die einsame Heide, wo ihn oft plötzlich durch eine Lichtung des Waldes die herrlichsten Aussichten überraschten und stunden lang festbannten. So folgte er dem lustigen Jagdgewirre immer von weitem nach. Und wie unter ihm die Wälder rauschten, hin und wieder Schüsse fielen, und zwischen dem Gebell der Hunde die Hörner von Zeit zu Zeit ertönten, da dichtete seine frische Seele unaufhörlich seltsame Lieder, die er sogleich sang, ohne jemals ein einziges aufzuzeichnen. Denn was er aufschrieb, daran verlor er sogleich die freie, unbestimmte Lust. Es war, als bräche das Wort unter seiner Hand die luftigen Schwingen. Er beherrschte nicht, wie der besonnene Dichter, das gewaltige Element der Poesie, der Glückliche wurde von ihr beherrscht.

Unterdes war die Sonne schon hoch über die Wipfel des Waldes gestiegen, nur noch hin und her gaben die Hunde einzelne Laute, kein Schuß fiel mehr und der Wald wurde auf einmal wieder still. Die Jäger durchstrichen das Revier und riefen mit ihren Hifthörnern die zerstreuten Schützen von allen Seiten zusammen. So hatte sich nach und nach die Gesellschaft, außer Leontin, zusammengefunden und auf einer großen, schönen Wiese gelagert, die kühl und luftig zwischen den Waldbergen sich hinstreckte. Mehrere benachbarte Edelleute waren schon frühmorgens mit ihren Söhnen und Töchtern im Walde zur Jagd gestoßen und vermehrten nun den Trupp ansehnlich. Die Mädchen saßen, wie Blumen in einen Teppich gewirkt, mit ihren bunten Tüchtern lustig im Grünen, reinlich gedeckte Tische mit Eßwaren und Wein standen schimmernd unter den kühlen Schatten, die Tante ging, alles fleißig und mit gutem Sinne ordnend, umher. Julie hatte, während Friedrichs und Leontins Aufenthalte auf dem Schlosse, den benachbarten Fräulein schon manches von den beiden Fremden geschrieben, vielerlei seltsame Dinge hatte der Ruf, der auf dem Lande alles Fremde um desto hungriger ergreift, je seltener es ihm kommt, zu ihnen getragen. Friedrich hatten sie nun kennen gelernt, aber seine ruhige, einfache Sitte befriedigte die jungen, neugierigen Seelen keineswegs. Und doch hatte ihnen Julie immer nur von ihm mit so vieler Wärme und Ausführlichkeit geschrieben, Leontin aber bloß mit einigen flüchtigen Worten berührt, aus denen sie niemals recht klug werden konnten. – Auf einmal trat auch dieser gegenüber auf der Höhe aus dem Walde, und alle die jungen, schönen Augen flogen der hohen, schlanken Gestalt zu. Er konnte sich nicht enthalten, als er unter sich das bunte Lustlager erblickte, seinen Hut überm Kopf zu schwenken. Man erwiderte von unten seine Begrüßung, wobei sich insbesondere Viktor wieder auszeichnete. Er warf seinen Hut mit fröhlicher Wut hoch in die Luft, ergriff schnell seine Büchse und schoß ihn so im Fluge, zu nicht geringem Schrecken der sämtlichen Frauenzimmer, wieder herab.

Leontin war indes herabgestiegen, und alles rückte sich nun um die reichbedeckten Tische zusammen. Die Jäger lagen, ihre Weinflaschen in der Hand, hin und her zerstreut, ihre Hunde lechzend neben ihnen auf den Boden hingestreckt. Der freie Himmel machte alle Herzen weit, der Wein blickte golden aus den hellgeschliffenen Gläsern, wie die Lust aus den glänzenden Augen, und ein fröhliches Durcheinandersprechen erfüllte bald die Luft. Unter den fremden Fräulein befand sich auch eine Braut, ein hübsches, junges, sehr munteres Mädchen. Ihr Bräutigam war ein schöner, schlanker Landjunker mit einem bedeutenden Gesicht voll Leben, um das es jammerschade war, daß es durch einige rohe Züge entstellt wurde. Er mußte sich auf das tumultuarische Andringen sämtlicher Alten feierlich neben seine Braut setzen, welches er auch ohne weiteres tat. Könnte ich es nur ein einziges Mal in meinem Leben so weit bringen, sagte Leontin zu Friedrich, so einen stattlichen, engelrechten Bräutigam vorzustellen! So eine öffentliche Brautschaft ist wie ein Wirtshaus mit einem abgeschabten Cupido am Aushängeschilde, wo jedermann aus und eingehen und sein bißchen Witz blicken lassen darf.

Wehe der Braut, die unter lustige Trinker gerät! So wurde auch hier nach rechter deutscher Weise dem Brautpaar bald von allen Seiten mit kernigen Anhängen zugetrunken, wofür sich die junge Braut immer zierlich und errötend bedankte, indem sie jedesmal ebenfalls das Glas an den Mund setzte. Auch Leontin, der sich an dem allgemeinen Getümmel von guten und schlechten Einfällen ergötzte, und dem die feinen Lippen der Braut rosiger vorkamen, wenn sie sie in den goldenen Rand des Weines tauchte, setzte ihr tapfer zu und trank mehr als gewöhnlich.

Die alten Herren hatten sich indes in einen weitläufigen Diskurs über die Begebenheiten und Heldentaten der heutigen Jagd verwickelt und konnten nicht aufhören, zu erzählen, wie jener Hase so herrlich zu Schuß gekommen, wie jener Hund angeschlagen, der andre die Jagd dreimal gewendet usw. Leontin, der auch mit in das Gespräch hineingezogen wurde, sagte: Ich liebe an der Jagd nur den frischen Morgen, den Wald, die lustigen Hörner und das gefährliche, freie, soldatische Leben. – Alle nahmen sogleich Partei gegen diesen ketzerischen Satz und überschrien ihn heftig mit einem verworrenen Schwall von Widersprüchen. Die eigentlichen Jäger von Handwerk, fuhr Leontin lustig fort, sind die eigentlichen Pfuscher in der edlen Jägerei, Narren des Waldes, Pedanten, die den Waldgeist nicht verstehen; man sollte sie gar nicht zulassen, uns andern gehört das schöne Waldrevier! Diese offenbare Kriegserklärung brachte nun vollends alles in Harnisch. Von allen Seiten fiel man laut über ihn her. Leontin, den der viele Wein und die allgemeine Fehde erst recht in seine Lustigkeit hineinversetzt hatte, wußte sich nicht mehr anders zu retten: er ergriff die Gitarre, die Julie mitgebracht, sprang auf seinen Stuhl hinauf und übersang die Kämpfenden mit folgendem Liede:

Was wollt ihr in dem Walde haben,
Mag sich die arme Menschenbrust
Am Waldesgruße nicht erlaben,
Am Morgenrot und grüner Lust?

Was tragt ihr Hörner an der Seite,
Wenn ihr des Hornes Sinn vergaßt,
Wenns euch nicht selbst lockt in die Weite,
Wie ihr vom Berg frühmorgens blast?

Ihr werd't doch nicht die Lust erjagen,
Ihr mögt durch alle Wälder gehn;
Nur müde Füß und leere Magen –
Mir möcht die Jägerei vergehn!

O nehmet doch die Schneiderelle,
Guckt in der Küche in den Topf!
Sonntags dann auf des Hauses Schwelle
Krau euch die Ehfrau auf dem Kopf!

Die Tierlein selber: Hirsch und Rehen,
Was lustig haust im grünen Haus,
Sie fliehn auf ihre freien Höhen,
Und lachen arme Wichte aus.

Doch, kommt ein Jäger, wohlgeboren,
Das Horn irrt, er blitzt rosenrot,
Da ist das Hirschlein wohl verloren,
Stellt selber sich zum lustgen Tod.

Vor allem aber die Verliebten,
Die lad ich ein zur Jägerlust,
Nur nicht die weinerlich Betrübten –
Die recht von frisch und starker Brust.

Mein Schatz ist Königin im Walde,
Ich stoß ins Horn, ins Jägerhorn!
Sie hört mich fern und naht wohl balde,
Und was ich blas, ist nicht verlorn.

Ich glaube, ich blase gar schon aus des Knaben Wunderhorn, unterbrach er sich hier selber, und sprang schnell von seinem Stuhle. Die ganze Gesellschaft war durch das lustige Lied wieder mit ihm ausgesöhnt, der Streit war vergessen, und von allen Seiten wurde auf die Gesundheit des Sängers getrunken.
Unterdes zog der seltsame Viktor, der sich während Leontins Gesang fortgeschlichen hatte, weil er kein Lied vertragen konnte, wo er nicht selbst mitsingen durfte, aller Augen auf ein neues Schauspiel. Er warf nämlich im Hintergrunde, um nicht bemerkt zu werden, zu seiner eigenen Herzenslust, die leeren Weinfäßchen in die Luft, während die Jäger alle nach denselben schießen mußten, welches nicht ohne das größte Geschrei ablief. Die Tante, welche keinen Rausch an Männern ertragen konnte, befürchtete eine allgemeine Anarchie und lud die Gesellschaft, um die erhitzten Gemüter zu zerstreuen, noch auf einige Stunden zu sich auf das Jagdschloß. Alles brach daher auf und bestieg den Wagen. Friedrich, Leontin und Viktor ritten wieder dem langen Zuge voran, den Ritter von der traurigen Gestalt in ihrer Mitte, dessen baufälliges Pferd die Jäger mit einem Baldachin

von grünen Zweigen und jungen Bäumchen besteckt hatten, so daß er, gleich Münchhausen, wie unter einer Laube ritt.

Als sie auf dem Schlosse angekommen waren, wurden geschwind noch einige Musikanten, so gut sie hier zu bekommen waren, zusammengebracht, und man tanzte bis zur einbrechenden Nacht. Für Friedrich und Leontin, die, frühzeitig in die Welt hinausgestoßen, gewohnt waren, das Leben immer nur in großen, vollendeten Massen, gleichsam wie im Fluge, zu berühren, gewährte dieser kleine Kreis, wo fast alle, miteinander verwandt, nur Eine Familie bildeten, eine neue Erscheinung. Die erquickliche Art, wie die jungen Landfräulein immer mit Mund, Händen und den muntern Augen zugleich erzählten, ihre kleinen Manieren und unschuldige Koketterie, die Sorgfalt, mit welcher die Mütter nach jedem Tanze herumgingen und ihren artigen Kätzchen die Haare aus der heißen Stirne strichen und sie ermahnten, nicht kalt zu trinken, das lächelnde Wohlbehagen, mit dem eine jede alle Mienen Leontins und Friedrichs verfolgte, wenn sie sich mit ihren Töchtern gut zu unterhalten schienen, alles dies machte auf die beiden Fremden den sonderbarsten Eindruck, und sie hätten mit ihrem neuen und ungewöhnlichen Wesen heut viele Herzen erobern können, wenn der eine nicht zu großmütig, der andere nicht zu wild gewesen wäre.

Leontin walzte mit der niedlichen Braut. Sie tanzte außerordentlich leicht und schön, und wie er so den schlanken, vollen Leib im Arme hatte, sah sie so unbeschreiblich frisch und reizend aus, daß er sich nicht enthalten konnte, das schöne Kind einige Male an sich zu drükken. Sie blickte heimlich lächelnd mit listig fragenden Augen zu ihm hinauf. Sie konnten endlich beide vor Müdigkeit nicht mehr weiter fort und er tanzte daher mit ihr bis in die nächste Fensternische, wo sie zusammen auf die Stühle sanken.

Nach einiger Zeit sah er sie an einem anderen Fenster neben Fräulein Julie in ruhigem Gespräche sitzen. Er lehnte sich hinter ihnen an die Wand, ohne von ihnen bemerkt zu werden. Sie erzählte Julie, wann ihre Hochzeit sein werde, wieviel feine Wäsche sie mitbekomme, wie sie ihren kleinen Garten einrichten wollten usw. Dort in dem Schlößchen unten, fuhr sie fort, werden wir wohnen. Leontin warf einen Blick durch das offene Fenster und sah das Dach des Schlößchens, soeben vom Abendrot beleuchtet, unbeschreiblich einsam und verlassen aus den Wäldern hervorragen. Eine große Bangigkeit überflog da sein Herz und er versank in tiefe Gedanken. Die Braut, die unterdes auf einmal gewahr wurde, daß er alles mit angehört, schämte sich und verdeckte ihr Gesicht mit beiden Händen.

In diesem Augenblick hörte man ein verworrenes Getöse auf der Stiege, die Tür gähnte und spie einen ganzen Knäuel der seltsamsten und abenteuerlichsten Zerrbilder und Mißgestalten aus, wie sie nur eine fürchterlich reiche, dunkel in sich selber arbeitende Phantasie ersinnen konnte. Viktor! – riefen Leontin und Friedrich zugleich, und sie hatten es erraten. Dieser hatte nämlich in möglichster Hast alles Altmodische, Lächerliche und Zerlumpte von Kleidungsstükken, dessen er habhaft werden konnte, zusammengerafft und damit die Bedienten und Jäger des Herrn v. A. aufgeputzt. Mit einem unübertrefflich raschen und glücklichen Witze hatte er, da er alle genau kannte, jedem zugeteilt, was ihm zukam, und so durch eine ungewöhnliche Verbindung des Gewöhnlichsten den phantasiereichsten Charakterzug erschaffen. Da keine Larven vorhanden waren, so hatte er selber in aller Schnelligkeit die Gesichter gemalt, und man mußte zugeben, jedes war ein wahrer Triumph der freiesten und schärfsten Laune, denn eines jeden verborgenste, innerste Narrheit lachte erlöst aus den Zügen. Besonders zeichnete sich eine über alle Maßen dünne und schneiderartige Figur aus mit einem unbeschreiblich albern lächelndem Gesichte, dem er alle Haare rückwärts aus der glatten Stirne gekämmt hatte. Der Leib des alten Rockes war um ebensoviel zu lang, als die knappen Ärmel zu kurz erschienen. Recht oben auf dem Wirbel schwebte ein winziges Hütchen, in der Hand trug er einen kleinen Sonnenschirm. Viktor selbst führte in einem umgekehrten Rocke mit einer verstimmten Geige den Zug an und war recht das Salz und die Seele des Abenteuers. Mit einer Wut von Lust wußte er einem jeden seinen eigentümlichen Spielraum zu verschaffen, und selbst die Eitelsten dahin zu bringen, daß sie sich einmal über sich selbst erhoben und ihre eigene Narrheit zum Narren hatten. Und so gebärdeten sich denn auch die Ungeschicktesten meisterhaft, so wie die Plumpheit selber komisch wird, wenn sie über ihre eigenen Füße fällt. Herr v. A. stand ganz still in einer Ecke

und lachte, daß ihm die Augen übergingen. Die Tante, die, wie fast alle Damen, keinen unmittelbaren Spaß verstand, lächelte gezwungen. Manche andere schämten sich zu lachen, und taten sich Gewalt an, ernsthaft auszusehen. Den irrenden Ritter aber hatte, seltsam genug, gleich beim Eintritte des Maskenzuges eine sonderbare Furcht überfallen; er nahm Reißaus und ließ sich nicht wieder sehen.
Viktor führte daher, als die Ergötzung an dem Spektakel anfing lau zu werden, endlich die Bande wieder fort, um den flüchtigen Ritter aufzusuchen. Sie fanden ihn in einem finstern Winkel des Hofes versteckt. Er war äußerst aufgebracht und wehrte sich mit Händen und Füßen, als sie ihn aufspürten. Viktor nahm ihn beim Arme und walzte mit ihm, wie wahnsinnig, im Hofe um den Brunnen herum. Ein alter, dicker Gerichtsverwalter, dem sie unvermerkt die Dose mit Kienruß gefüllt, und der daher, da er sich bei jeder Prise das Gesicht bemalte, wider sein Wissen und Willen eine Hauptfigur in dem Lustspiele abgab, mußte ebenfalls an einer allgemeinen Menuett teilnehmen, die sich jetzt in dem Hofe entspann. Ein einziges Licht stand auf einem Pfahle und warf im Winde einen flatternden Schein über die seltsame Verwirrung. Leontin, der sich bald anfangs mit Leib und Seele mit hineingemischt hatte, saß hoch oben auf dem Gartenzaune und strich die verstimmte Geige dazu. Den irrenden Ritter, der sich indes voll Angst und Zorn mit Gewalt wieder losgemacht hatte, sah man auf seinem Pferde mitten in der mondhellen Nacht über die Felder entfliehen.
Wie haben Ihnen die Streiche gefallen? fragte die Tante den Grafen Friedrich, von dem sie ganz zuversichtlich erwartete, daß er den Spaß für unanständig hielt. In meinem Leben, sagte Friedrich, habe ich keine Pantomime gesehen, wo mit so einfachen Mitteln so Vollkommenes erreicht worden wäre. Es wäre zu wünschen, man könne die weltberühmten Mimiker, Grotesktänzer, und wie sie sich immer nennen, auf einen Augenblick zu ihrer Belehrung unter diesen Trupp versetzen. Wie armselig, nüchtern und albern würden sie sich unter diesen tüchtigen Gesellen ausnehmen, die nicht bloß diese oder jene einzelne Richtung des Komischen ängstlich herausheben, sondern Sprache, Witz und den ganzen Menschen in Anspruch nehmen. Jene ermatten uns recht mit allgemeinen Späßchen ohne alle Indivi-

dualität, mit hergebrachten, längst abgenutzten Mienen und Sprüngen und vor lauter künstlichen Anstalten zum Lachen kommen wir niemals zum Lachen selber. Hier erfindet jeder selbst, wie es ihm die Lust des Augenblickes eingibt, und die Torheit lacht uns unmittelbar und keck ins Gesicht, daß uns recht das Herz vor Freiheit aufgeht. – Das ist wahr, sagte die Tante, über dieses Urteil erstaunt, unser Viktor ist ein pudelnärrischer, lustiger Mensch. – Das glaube ich kaum, erwiderte Friedrich, ein Mensch muß sehr kalt oder sehr unglücklich sein, um so zu phantasieren. Viktor kommt mir vor wie jener Prinz in Sizilien, der in seinem Garten und Schlosse alles schief baute, so daß sein Herz das einzige Gerade in der phantasievollen Verkehrung war.

Es war unterdes schon spät geworden, die fremden Wagen fuhren unten vor, und die Gesellschaft fing an Abschied zu nehmen und aufzusteigen. In dem allgemeinen Getümmel der Bekomplimentierungen hatte die niedliche Braut noch ein Tuch vergessen. Sie lief daher mit Julie noch einmal in das Zimmer zurück. Es war niemand mehr darin; nur Leontin, der endlich auch die Maskenbande verlassen hatte, kam soeben von der andern Seite herein. Das lustige Mädchen versteckte sich schnell, da sie ihn erblickte, hinter die lange Fenstergardine und wickelte sich ganz darein, so daß nur die muntern Augen lüstern auffordernd aus dem Schleier hervorblitzten. Leontin zog das schöne mutwillige Kind heraus und küßte sie auf den Mund. Sie gab ihm schnell einen herzhaften Kuß wieder und rannte eiligst zu dem Wagen zurück, wo man ihrer schon harrte. Ade, ade! sagte sie noch am Schlage zu Julie, eigentlich aber mehr zu Leontin hingewendet, ihr seht mich nun so bald nicht wieder, gewiß nicht. – Und sie hielt Wort.

Die Gäste waren nun fort, Herr v. A. und seine Schwester schlafen gegangen, und alles im Schlosse leer und still. Leontin saß oben im Vorsaale im offenen Fenster. Draußen zogen Gewitter, man sah es am fernen Horizonte blitzen. Fräulein Julie ging soeben, mit einem Lichte in der Hand, über den Hausflur nach ihrer Schlafkammer. Er rief ihr eine gute Nacht zu. Sie war unentschlossen, ob sie bleiben oder weitergehen sollte. Endlich kehrte sie zögernd um und trat zu ihm ans Fenster. Da bemerkte er Tränen in ihren großen Augen; sie war ihm noch nie so wunderschön vorgekommen. Liebe Julie! sagte er, und faßte ihre kleine Hand, die sie gern in der seinigen ließ. Der Wind, der zum Fenster hereinkam, löschte ihr plötzlich das Licht aus. Mit abgewendetem Gesicht sprach sie da einige Worte in die Nacht hinaus, aber so leise und, wie es ihm schien, von verhaltenem Weinen erstickt, daß er nichts verstehen konnte. Er wollte sie fragen, aber sie zog ihre Hand weg und ging schnell in ihr Schlafzimmer. Ohne zu wissen, was er davon halten sollte, schaute er voller Gedanken in den finstern Hof hinunter. Dort sah er Viktor auf einem großen Steine sitzen, den Kopf in beide Hände gestützt; er schien eingeschlafen. Er eilte daher selber in den Hof hinab und nahm die Gitarre mit, die er unten im Fenster liegend fand. Wir wollen diese Nacht auf dem Teiche herumfahren, sagte er zu Viktor, der indes aufgewacht war. Dieser war sogleich mit voller Lust von der Partie, und so zogen sie zusammen hinaus.

Sie bestiegen den kleinen Kahn, der unweit vom Schlosse im Schilfe angebunden lag, und ruderten bis in die Mitte des Sees. Die ganze Runde war totenstill, nur einige Nachtvögel pfiffen von Zeit zu Zeit aus dem Walde herüber. Es schien, als wollte das Wetter heraufkommen, das man von ferne sah, denn ein kühler Wind flog über den Teich voran und kräuselte die ruhige Fläche. Sie glaubten Fräulein Julie an dem Fenster zu bemerken. Da sang Leontin, der vorn im Kahne aufrecht stand, folgendes Lied zur Gitarre, während der ewig rege und unruhige Viktor bald tollkühn mit dem Kahne schaukelte, bald wieder in den Wald hinausrief, daß hin und her die Hunde an den nächsten Häusern wach wurden:

Schlafe Liebchen, weils auf Erden
Nun so still und seltsam wird!
Oben geht die goldne Herde
Für uns alle wacht der Hirt.

In der Ferne ziehn Gewitter;
Einsam auf dem Schifflein schwank
Greif ich draußen in die Zither,
Weil mir gar so schwül und bang.

Schlingend sich an Bäum und Zweigen,
In dein stilles Kämmerlein,
Wie auf goldenen Leitern, steigen
Diese Töne aus und ein.

Und ein wunderschöner Knabe
Schifft hoch über Tal und Kluft,
Rührt mit seinem goldnen Stabe
Säuselnd in der lauen Luft.

Und in wunderbaren Weisen
Singt er ein uraltes Lied,
Das in linden Zauberkreisen
Hinter seinem Schifflein zieht.

Ach, den süßen Klang verführet
Weit der buhlerische Wind,
Und durch Schloß und Wand ihn spüret
Träumend jedes schöne Kind.

Es fing stärker an zu blitzen, das Gewitter stieg herauf. Viktor schaukelte heftiger mit dem Kahne; Leontin sang:

Es waren zwei junge Grafen
Verliebt bis in den Tod,
Die konnten nicht ruhn noch schlafen
Bis an den Morgen rot.

O trau den zwei Gesellen,
Mein Liebchen, nimmermehr,
Die gehn wie Wind und Wellen,
Gott weiß: wohin, woher. –

Wir grüßen Land und Sterne
Mit wunderbarem Klang,
Und wer uns spürt von ferne,
Dem wird so wohl und bang.

Wir haben wohl hienieden
Kein Haus an keinem Ort,
Es reisen die Gedanken
Zur Heimat ewig fort.

Wie eines Stromes Dringen
Geht unser Lebenslauf,
Gesanges Macht und Ringen
Tut helle Augen auf.

Und Ufer, Wolkenflügel,
Die Liebe hoch und mild –
Es wird in diesem Spiegel
Die ganze Welt zum Bild.

Dich rührt die frische Helle,
Das Rauschen heimlich kühl,
Das lockt dich zu der Welle,
Weils draußen leer und schwül.

Doch wolle nie dir halten
Der Bilder Wunder fest,
Tot wird ihr freies Walten,
Hältst du es weltlich fest.

Kein Bett darf er hier finden.
Wohl in den Tälern schön
Siehst du sein Gold sich winden,
Dann plötzlich meerwärts drehn.

Viktor, der unterdes, ohne auf das Lied zu achten, immerfort das Echo versuchte, zwang ihn, durch sein übermäßiges Rufen und Schreien, hier abzubrechen. Julie hatte auch schon lange das Fenster geschlossen und alles im Schlosse war finster und still. Das Gewitter zog indes gerade über ihnen hin, die Wälder rauschten von allen Seiten. Leontin griff stärker und frömmer in die Saiten:

Schlag mit den flammgen Flügeln!
Wenn Blitz aus Blitz sich reißt,
Steht wie in Rossesbügeln
So ritterlich mein Geist.

Waldesrauschen, Wetterblicken
Macht recht die Seele los,
Da grüßt sie mit Entzücken,
Was wahrhaft, ernst und groß.

Es schiffen die Gedanken
Fern wie auf weitem Meer,
Wie auch die Wogen schwanken:
Die Segel schwellen mehr.

Herr Gott, es wacht dein Wille!
Wie Tag und Lust verwehn,
Mein Herz wird mir so stille
Und wird nicht untergehn.

Sie bemerkten nun einen roten Schein, der über dem Schloßhofe zu stehen schien. Sie hielten es für einen Feuermann; denn die ganze Zeit hindurch hatten sie rings in der Runde solche Erscheinungen, wie Wachtfeuer, lodern gesehen: teils bläuliche Irrlichter, die im Winde über die Wiesen streiften, teils größere Feuergestalten, mit zweifelhaftem Glanze durch die Nacht wandelnd. Als sie aber wieder hinblickten, sahen sie den Feuermann über dem Schlosse sich langsam dehnen und riesengroß wachsen, und ein langer Blitz, der soeben die ganze Gegend beleuchtete, zeigte ihnen, daß der Schein gerade vom Dache ausging. Um Gottes willen, das ist Feuer im Schloß! rief Viktor erblassend, und sie ruderten, ohne ein Wort zu sprechen, eiligst auf das Ufer zu.

Als sie ans Land kamen, sahen sie bereits einen rötlichen Qualm zum Dachfenster hervordringen und sich in fürchterlichen Kreisen in die Nacht hinauswälzen. Alles im Hause und im Hofe schlief noch in tiefster Ruhe. Viktor machte Lärm an allen Türen und Fenstern. Leontin eilte in die Kirche und zog die Sturmglocke, deren abgebrochene, dumpfe Klänge, die weit über die stillen Berge hinzogen, ihn selber im Innersten erschütterten. Der Nachtwächter ging durch die Gassen des Dorfes und erfüllte die Luft mit den gräßlichen Jammertönen seines Hornes. Und so wurde endlich nach und nach alles lebendig, und rannte mit bleichen Totengesichtern, gleich Gespenstern, bestürzt und verstört durcheinander. Die heftige Tante hatte bald der erste Schrecken überwältigt. Sie lag bewußtlos in Krämpfen und vermehrte so die allgemeine Verwirrung noch mehr.

Schon schlug die helle Flamme oben aus dem Dache, das Hinterhaus stand noch ruhig und unversehrt. Niemanden fiel es in der ersten

Bestürzung ein, daß Fräulein Juli im Hinterhause schlafe und ohne Rettung verloren sei, wenn die Flamme die einzige Stiege, die dort hinaufführte, ergriffe. Leontin dachte daran und stürzte sich sogleich in die Glut.

Als er in ihr Schlafzimmer trat, sah er das schöne Mädchen, den Kopf auf den vollen, weißen Arm gesenkt, in ungestörtem Schlafe ruhen. Alles in dem Zimmer lag noch still und friedlich umher, wie sie es beim Entkleiden hingelegt; ein aufgeschlagenes Gebetbuch lag an ihrer Seite. Es war ihm in diesem Augenblicke, als sähe er einen schönen, goldgelockten Engel neben ihrem Bette sitzen, der schaute mit den stillen, himmlischen Augen in das wilde Element, das sich vor Kinderaugen fürchtet. – Das Fräulein schlug verwundert fragend die großen Augen auf, als er zu ihr trat, und erblickte bald die ungewöhnliche, schreckliche Helle durch das ganze Haus. Leontin schlug schnell das Bettuch um sie herum und nahm sie auf den Arm. Ohne ein Wort zu sprechen, umklammerte sie ihn in stummem Schrecken. Ein heftiger Wind, der aus dem Brande selbst auszugehen schien, faltete indes die Flammen-Fahnen immer mehr auseinander, der schreckliche Feuermann griff mit seinen Riesenarmen rechts und links in die dunkle Nacht und hatte bereits auch schon das Hinterhaus erfaßt. Da sah Leontin auf einmal, mitten zwischen den Flammen, eine unbekannte weibliche Gestalt in weißem Gewande erscheinen, die ruhig in dem Getümmel auf und nieder ging. Gott sei Dank! hörte er zugleich draußen die Bauern rufen, wenn die da ist, wirds bald besser gehn. – Wer ist die weiße Frau? fragte Leontin, der nicht ohne innerlichen Schauder auf sie hinblicken konnte. Julie, die ihr Gesicht fest an ihn gedrückt hatte, überhörte in der Verwirrung die Frage, und so trug er sie hoch durch das Feuer hindurch, ohne die Augen von der fremden Gestalt zu wenden. Kaum aber hatte er das Fräulein im Hofe niedergesetzt, als er selber, von dem Rauche, der Hitze und Anstrengung ganz erschöpft, bewußtlos auf den Boden hinsank.

Jene seltsame Erscheinung hatte währenddessen alle mit frischem Mute beseelt, und so war es der verdoppelten Anstrengung gelungen, die Flammen endlich zu zwingen. Als Leontin die Augen wieder aufschlug, sah er mit Erstaunen alles ringsumher schon leer und ruhig. Die weiße Frau aber war mit dem Feuer verschwunden, wie sie gekommen war. Er selber lag neben der Brandstätte auf einen Kasten zwischen eine Menge geretteter Gerätschaften, die unordentlich übereinander lagen. Julie saß neben ihm und hatte seinen Kopf auf ihrem Schoße. Alle andern hatten sich, von der Arbeit ermattet, nach und nach zerstreut, Herr v. A. und seine Schwester noch auf einige Stunden sich zur Ruhe begeben. Nur Viktor, der während des Brandes mehrere Male bis in die innersten Zimmer eingedrungen, und immer mitten zwischen dem zusammenstürzenden Gebälk erschienen war, sah er hoch auf einem halb abgebrannten Peiler eingeschlafen. Das prächtige Feuerwerk war nun in sich selber zusammengesunken, nur hin und wieder flackerte noch zuweilen ein Flämmchen auf, während einige dunkle Wachen an dem verwüsteten Platze auf und ab gingen, um das Feuer zu hüten. Leontin hatte den einen Arm um Julie geschlungen, die still neben ihm saß. Ihr Herz war so voll, wie noch niemals in ihrem ganzen Leben. Im Innersten aufgeregt von den raschen Begebenheiten dieser Nacht, war es ihr, als hätte sie in den wenigen Stunden Jahre überlebt; was lange im stillen geglommen, war auf einmal in helle Flammen ausgebrochen. Müde lehnte sie ihr Gesicht an seine Brust und sagte, ohne aufzusehen: Sie haben mir mein Leben gerettet. Ich kann es nicht beschreiben, wie mir damals zumute war. Ich möchte Ihnen nun so gern aus ganzer Seele danken, aber ich könnte es doch nicht ausdrükken, wenn ich es auch sagen wollte. Es ist auch eigentlich nicht das, daß Sie mich aus dem Feuer getragen haben. – Hier hielt sie eine Weile inne, dann fuhr sie wieder fort: Die Flamme ist nun verloschen. Wenn der Tag kommt, ist alles wieder gut und ruhig, wie sonst. Jeder geht wieder gelassen an seine alte Arbeit und denkt nicht mehr daran. Ich werde diese Nacht niemals vergessen.

Sie sah bei diesen Worten gedankenvoll vor sich hin. Leontin hielt sich nicht länger, er zog sie an sich und wollte sie küssen. Sie aber wehrte ihn ab und sah ihn sonderbar an. – So saßen sie noch lange, wenig sprechend, nebeneinander, bis endlich Julie die Augen zusanken. Er fühlte ihr ruhiges, gleichförmiges Atmen an seiner Brust. Er hielt sie fest im Arme und saß so träumerisch die übrige Nacht hindurch.

Die Gewitter hatten sich indes ringsum verzogen, ein labender Duft stieg aus den erquickten Feldern, Kräutern und Bäumen. Aurora stand schon hoch über den Wäldern. Da weckte der kühle Morgenwind Julie aus dem Schlummer. Der Rausch der Nacht war verflogen; sie erschrak über ihre Stellung in Leontins Armen und bemerkte nun, da es überall licht war, mit Erröten, daß sie halb bloß war. Leontin hob das schöne, verschlafene Kind hoch vor sich in den frischen Morgen hinein, während sie ihr Gesicht mit beiden Händen bedeckte. Darauf sprang sie fort von ihm und eilte ins Haus, wo soeben alles anfing sich zu ermuntern.

NEUNTES KAPITEL

Am Morgen saßen alle in der Stube des Jägers beim Frühstück versammelt, die unruhigen Ereignisse dieser Nacht besprechend. Julie sah blaß aus, und Leontin bemerkte, daß sie oft heimlich über die Tasse weg nach ihm hinblickte, und schnell wieder wegsah, wenn sein Auge ihr begegnete.

Alle untersuchten darauf noch einmal die Brandstätte, die noch immer fortrauchte. Man war allgemein der Meinung, daß ein Blitz gezündet haben müsse, so viele Mühe sich auch der dicke Gerichtsverwalter gab, darzutun, daß es boshafterweise angelegt sei, und daß man daher mit aller Strenge untersuchen und verfahren müsse. Herr v. A. verschmerzte den Verlust sehr leicht, da er ohnedies schon lange willens war, das alte Schlößchen niederreißen zu lassen, um ein neues, bequemeres hinzubauen.

Leontin fragte endlich wieder um die weiße Frau. Es ist eine reiche Witwe, sagte Herr v. A., die vor einigen Jahren plötzlich in diese Gegend kam und mehrere Güter ankaufte. Sie ist im stillen sehr wohltätig, und, seltsam genug, bei Tag und bei Nacht, wo immer ein Feuer ausbricht, sogleich bei der Hand, wobei sie dann die armen Verunglückten mit ansehnlichen Summen unterstützt. Die Bauern glauben nun ganz zuversichtlich, sobald sie nur erscheint, müsse das Feuer sich legen, wie beim Anblick einer Heiligen. Übrigens empfängt und erwidert sie keine Besuche, und niemand weiß eigentlich recht, wie sie heißt, und woher sie gekommen; denn sie selber spricht niemals von ihrem vergangenen Leben. Ja wohl, sagte der Gerichtsverwalter, mit einer wichtigen Miene, es geht dort überaus geheimnisvoll zu. Aber es gibt auch noch Leute hinterm Berge. Man weiß wohl, wie es zugeht in der Welt. Mein Gott! die liebe Jugend – junges Blut tut nicht gut. – Ich bitte, malen Sie uns keinen Schnurrbart an das Heiligenbild! unterbrach ihn Leontin, der sich seine Phantasie von der wunderbaren Erscheinung nicht verderben lassen wollte.

Es war unterdes schon wieder aufgepackt worden, um auf das Schloß des Herrn v. A. zurückzukehren. Leontin konnte der Begierde nicht widerstehen, die weiße Frau näher kennen zu lernen. Er beredete daher Friedrich, mit ihm einen Streifzug nach dem nahe gelegenen Gute derselben zu machen. Sie versprachen beide, noch vor Abend wieder bei der Gesellschaft einzutreffen.

Gegen Mittag kamen sie auf dem Landsitze der Unbekannten an. Sie fanden ein neu erbautes Schloß, das, ohne eben groß zu sein, durch seine große, einfache Erfindung auf das angenehmste überraschte. Eine Reihe hoher, schlanker Säulen bildete oben den Vorderteil des Schlosses. Eine schöne, steinerne Stiege, welche die ganze Breite des Hauses einnahm, führte zu diesem Säuleneingange hinauf. Die Stiege erhob sich nur allmählich und terrassenförmig und war mit Orangen, Zitronenbäumen und verschiedenen hohen Blumen besetzt. Vor dieser blühenden Terrasse lag ein weiter, schattenreicher Garten ausgebreitet.

Alles war still, es schien niemand zu Hause zu sein. Auf der Stiege lag ein schönes, etwa zehnjähriges Mädchen über einem Tamburin, auf das sie das zierliche Köpfchen gelehnt hatte, eingeschlummert. Oben hörte man eine Flötenuhr spielen. Das Mädchen wachte auf, als sie an sie herankamen, und schüttelte erstaunt die schwarzen Locken aus den muntern Augen. Dann sprang sie scheu auf und in den Garten fort, während die Schellen des Tamburins, das sie hoch in die Luft hielt, hell erklangen.

Die beiden Grafen gingen nun in den Garten hinab, dessen ganze Anlage sie nicht weniger anzog, als das Äußere des Schlosses. Wie wahr ist es, sagte Friedrich, daß jede Gegend schon von Natur ihre eigentümliche Schönheit, ihre eigene Idee hat, die sich mit ihren Bächen, Bäumen und Bergen, wie mit abgebrochenen Worten, auszusprechen sucht. Wen diese einzelnen Laute rühren, der setzt mit wenigen Mitteln die ganze Rede zusammen. Und darin besteht doch eigentlich die ganze Kunst und Lust, daß wir uns mit dem Garten recht verstehen. Leontin war indes mehrere Male verwundert stehen geblieben. Höchst seltsam! sagte er endlich, als sie den Gipfel eines Hügels erreicht hatten, diese Baumgruppen, Wäldchen, Hügel und Aussichten erinnern mich ganz deutlich an gewisse Gegenden, die ich in Italien gesehen, und an manchen glücklich durchschwärmten Abend. Es ist wahrhaftig mehr als eine zufällige Täuschung.

Der Abend fing bereits an, einzubrechen, als sie wieder bei den Stufen der großen Stiege anlangten. Sie wurden beide von dem herrlichen Anblicke überrascht, der sich ihnen dort von oben darbot. Die Gegend lag in der abendroten Dämmerung wie ein verworrenes Zaubermeer von Bäumen, Strömen, Gärten und Bergen, auf dem Nachtigallenlieder, gleich Sirenen, schifften. Wie glücklich, sagte Friedrich, ist eine beruhigte, stille Seele, die imstande ist, so besonnen und gleichförmig nach allen Seiten hin zu wirken und zu schaffen, die, von keiner besondern Leidenschaft mehr gestört, auf der schönen Erde wie in der Vorhalle des größern Tempels wohnt!

Er wurde hier durch einige Saitenakkorde unterbrochen, die aus dem Garten herauftönten. Bald darauf hörten sie einen Gesang. Friedrich horchte voll Erstaunen, denn es war dasselbe sonderbare Lied aus seiner Kindheit, das manchmal auch Erwin in der Nacht gesungen, und das er sonst nirgends wieder gehört hatte.

Leontin war indes in das erste Zimmer hineingetreten, dessen Tür halb geöffnet stand. Er warf einen flüchtigen Blick durch das Gemach. Ein altes, auf Holz gemaltes Ritterbild h ing dort an der Wand, über welche der Abend zuckend die letzten ungewissen Strahlen warf. Leontin trat erschüttert zurück, denn er erkannte auf einmal das beleuchtete Gesicht des Bildes. In demselben Augenblick trat ein alter Bedienter von der andern Seite in das Zimmer und schien heftig zu erschrecken, als er Leontin ansah. Um Gottes willen, rief Leontin ihm zu, sagen Sie mir, wer ist der Ritter dort? Der Alte entfärbte sich und sah ihn lange ernsthaft und forschend an. Das Bild ist vor mehreren hundert Jahren gemalt, eine zufällige Ähnlichkeit muß Sie täuschen, sagte er hierauf wieder gesammelt und ruhig. Wo ist die Frau vom Hause? fragte Leontin wieder. Sie ist heut noch vor Tagesanbruch schnell fortgereist und kommt so bald nicht zurück, antwortete der Bediente und entfernte sich mit einer eiligen Verbeugung, als wollte er allen fernern Fragen ausweichen.

Unruhig kehrte nun Leontin wieder zu Friedrich zurück, gegen den er von dem ganzen letzten Vorfalle nichts erwähnte. Weder der Bediente, noch auch das zierliche, scheue Mädchen, das sie vorhin schlummernd angetroffen, zeigte sich mehr, und so ritten beide endlich gedankenvoll auf das Schloß des Herrn v. A. zurück, wo sie spät in der Nacht anlangten.

ZEHNTES KAPITEL

Die alte, gleichförmige Ordnung der Lebensweise kehrte nun wieder auf dem Schlosse zurück. Die beiden Gäste hatten auf vieles Bitten noch einige Zeit zugeben müssen und lebten jeder auf seine Weise fort. Friedrich dichtete wieder fleißig im Garten oder in dem daranstoßenden angenehmen Wäldchen. Meist war dabei irgend ein Buch aus der Bibliothek des Herrn v. A., wie es ihm gerade in die Hände fiel, sein Begleiter. Seine Seele war dort so ungestört und heiter, daß er die gewöhnlichsten Romane mit jener Andacht und Frischheit der Phantasie ergriff, mit welcher wir in unserer Kindheit solche Sachen lesen. Wer denkt nicht mit Vergnügen daran zurück, wie ihm zumute war, als er den ersten Robinson oder Ritterroman las, aus dem ihn das früheste, lüsterne Vorgefühl, die wunderbare Ahnung des ganzen, künftigen, reichen Lebens anwehte; wie zauberisch da alles aussah und jeder Buchstab auf dem Papiere lebendig wurde? Wenn ihm dann nach vielen Jahren ein solches Buch wieder in die Hand kommt, sucht er begierig die alte Freude wieder auf darin, aber der frische, kindische Glanz, der damals das Buch und die ganze Erde überschien, ist verschwunden, die Gestalten, mit denen er so innig vertraut war, sind unterdes fremd und anders geworden, und sehen ihn an wie ein schlechter Holzstich, daß er weinen und lachen möchte zugleich. Mit so muntern, malerischen Kindesaugen durchflog denn auch Friedrich diese Bücher. Wenn er dazwischen dann vom Blatte aufsah, glänzte von allen Seiten der schöne Kreis der Landschaft in die Geschichten hinein, die Figuren, wie der Wind durch die Blätter des Buches rauschte, erhoben sich vor ihm in der grenzenlosen, grünen Stille und traten lebendig in die schimmernde Ferne hinaus; und so war eigentlich kein Buch so schlecht erfunden, daß er es nicht erquickt und belehrt aus der Hand gelegt hätte. Und das sind die rechten Leser, die mit und über dem Buche dichten. Denn kein Dichter gibt einen fertigen Himmel; er stellt nur die Himmelsleiter auf von der schönen Erde. Wer, zu träge und unlustig, nicht den Mut verspürt, die goldenen, losen Sprossen zu besteigen, dem bleibt der geheimnisvolle Buchstab ewig tot, und er täte besser, zu graben oder zu pflügen, als so mit unnützem Lesen müßig zu gehn.

Leontin dagegen durchstrich alle Morgen, wenn er es etwa nicht verschlief, welches gar oft geschah, mit der Flinte auf dem Rücken Felder und Wälder, schwamm einige Male des Tages über die reißenden Stellen des Flusses, der im Tale vorbeiging, und kannte bereits alle Pfade und Gesichter der Gegend. Auch auf das Schloß der unbekannten Dame war er schon einige Male wieder hinübergeritten, fand aber immer niemanden zu Hause. Alle Tage besuchte er gewissenhaft ein paar wunderliche altkluge Gesellen auf dem Felde, die er auf seinen Streifereien ausgespürt hatte, gab ihnen Tabak zu schnupfen, den er bloß ihretwillen bei sich trug, und führte stundenlang eine tolle Unterhaltung mit ihnen. Er las wenig, besonders von neuen Schriften, gegen die er eine Art von Widerwillen hatte. Dessenungeachtet kannte er doch die ganze Literatur ziemlich vollständig. Denn sein wunderliches Leben führte ihn von selbst und wider Willen in Berührung mit allen ausgezeichneten Männern, und was er so bei Gelegenheiten kennen lernte, faßt er schnell und ganz auf.

Sowohl er, als Friedrich besuchten fast alle Nachmittage den einsamen Viktor, dessen kleines Wohnhaus, von einem noch kleineren Gärtchen umgeben, hart am Kirchhofe lag. Dort unter den hohen Linden, die den schönberasten Kirchhof beschatteten, fanden sie den seltsamen Menschen vergraben in eine Werkstatt von Meißeln, Bohrern, Drehscheiben und anderm unzähligen Handwerkszeuge, als wollte er sich selber sein Grab bauen. Hier arbeitete und künstelte derselbe täglich, so viel es ihm seine Berufsgeschäfte zuließen, mit einem unbeschreiblichen Eifer und Fleiße, ohne um die andere Welt draußen zu fragen. Ohne jemals eine Anleitung genossen zu haben, verfertigte er Spieluhren, künstliche Schlösser, neue, sonderbare Instrumente, und sein bei der Stille nach außen ewig unruhiger und reger Geist verfiel dabei auf die seltsamsten Erfindungen, die oft alle in Erstaunen setzten. Seine Lieblingsidee war, ein Luftschiff zu erfinden, mit dem man dieses lose Element ebenso bezwingen könnte, wie das Wasser, und er wäre beinahe ein Gelehrter geworden, so hartnäckig und unermüdlich verfolgte er diesen Gedanken. Für Poesie hatte er, sonderbar genug, durchaus keinen Sinn, so willig, ja neugierig er auch aufhorchte, wenn Leontin oder Friedrich darüber sprachen. Nur Abraham von St. Clara, jener geniale Schalk, der mit einer ernsthaften Amtsmiene die Narren auslacht, denen er zu predigen vorgibt, war seine einzige und liebste Unterhaltung, und niemand verstand wohl die Werke dieses Schriftstellers so zu durchdringen und sich aus Herzensgrunde daran zu ergötzen, als er. In diesem unförmlichen Gemisch-Gemasch von Spott, Witz und Humor fand sein sehr nahe verwandter Geist den rechten Tummelplatz. Übrigens hatte sich Friedrich gleich anfangs in seinem Urteile über ihn keineswegs geirrt. Seine Gemütsart war wirklich durchaus dunkel und melancholisch. Die eine Hälfte seines Lebens hindurch war er bis zum Tode betrübt, mürrisch und unbehülflich, die andere Hälfte lustig bis zur Ausgelassenheit, witzig, sinnreich und geschickt, so daß die meisten, die sich mit einer gewöhnlichen Betrachtung der menschlichen Natur begnügen, ihn für einen zweifachen Menschen hielten. Es war aber eben die Tiefe seines Wesens, daß er sich niemals zu dem ordentlichen, immer gleichförmigen Spiele der andern an der Oberfläche bequemen konnte, und selbst seine Lustigkeit, wenn sie oft plötzlich losbrach, war durchaus ironisch und fast schauerlich. Dabei waren alle Schmeichelkünste und alltäglichen Handgriffe, sich durch die Welt zu helfen, seiner spröden Natur so zuwider, daß er selbst die unschuldigsten, gebräuchlichsten Gunstbewerbungen, ja sogar unter Freunden alle äußern Zeichen der Freundschaft verschmähte. Vor allen sogenannten klugen, gemachten Leuten war er besonders verschlossen, weil sie niemals weder seine Betrübnis, noch seine Lust verstanden und ihn mit ihrer angebildeten Afterweisheit von allen Seiten beengten. Die beiden Grafen waren die ersten in seinem Leben, die bei allen seinen Äußerungen wußten, was er meine. Denn es ist das Besondere ausgezeichneter Menschen, daß jede Erscheinung in ihrer reinen Brust sich in ihrer ursprünglichen Eigentümlichkeit bespiegelt, ohne daß sie dieselbe durch einen Beischmack ihres eigenen Selbst verderben. Er liebte sie daher auch mit unerschütterlicher Treue bis zu seinem Tode.

So oft sie nachmittags zu ihm kamen, warf er sogleich alle Instrumente und Gerätschaften weit von sich und war aus Herzensgrunde lustig. Sie musizierten dann in seiner kleinen Stube entweder auf alten, halbbespannten Instrumenten, oder Friedrich mußte einige wilde Burschenlieder auf die Bahn bringen, die Viktor schnell auswendig wußte und mit gewaltiger Stimme mitsang. Fräulein Julie, die nebst ihrem Vater von jeher Viktors beste und einzige Freundin im Hause war, stand dann gar oft stundenlang gegenüber am Zaune des Schloßgartens, strickte und unterhielt sich mit ihnen, war aber niemals zu bereden, selber zu ihnen herüberzukommen. Die Tante und die meisten andern konnten gar nicht begreifen, wie die beiden Grafen einen solchen Geschmack an dem ungebildeten Viktor und seinen lärmenden Vergnügungen finden konnten.

Und du seltsamer, guter, geprüfter Freund, ich brauche dich und mich nicht zu nennen; aber du wirst uns beide in tiefster Seele erkennen, wenn dir diese Blätter vielleicht einmal zufällig in die Hände kommen. Dein Leben ist mir immer vorgekommen, wie ein uraltes, dunkel verbautes Gemach mit vielen rauhen Ecken, das unbeschreiblich einsam und hoch steht über den gewöhnlichen Hantierungen der Menschen. Eine alte verstimmte Laute, die niemand mehr zu spielen versteht, liegt verstaubt auf dem Boden. Aus dem finstern Erker siehst du durch bunte und phantastisch gemalte Scheiben über das niedere, emsig wimmelnde Land unten weg in ein anderes, ruhiges, wunderbares, ewig freies Land. Alle die wenigen, die dich kennen und lieben, siehst du dort im Sonnenscheine wandeln, und das Heimweh befällt auch dich. Aber dir fehlen Flügel und Segel, und du reißest in verzweifelter Lustigkeit an den Saiten der alten Laute, daß es mir oft das Herz zerreißen wollte. Die Leute gehen unten vorüber und verlachen dein wildes Geklimper, aber ich sage dir, es ist mehr göttlicher Klang darin, als in ihrem ordentlichen, allgepriesenen Geleier.

An einem schwülen Nachmittage saß Leontin im Garten an dem Abhange, der in das Land hinausging. Kein Mensch war draußen, alle Vögel hielten sich im dichtesten Laube versteckt, es war so still und einsam auf den Gängen und in der ganzen Gegend umher, als ob die Natur ihren Atem an sich hielte. Er versuchte einzuschlummern. Aber wie über ihm die Gräser zwischen dem unaufhörlichen, einförmigen Gesumme der Bienen sich hin und wieder neigten, und rings am fernen Horizonte schwere Gewitterwolken gleich phantastischen Gebirgen mit großen, einsamen Seen und himmelhohen Felsenzacken die ganze Welt enge und immer enger einzuschließen schienen, preßte eine solche Bangigkeit sein Herz zusammen, daß er schnell wieder aufsprang. Er bestieg einen hohen, am Abhange stehenden Baum, in dessen schwankem Wipfel er sich in das schwüle Tal hinauswiegte, um nur die fürchterliche Stille in und um sich los zu werden.

Er hatte noch nicht lange oben gesessen, als er den Herrn v. A. und dessen Schwester aus dem Bogengange hervorbiegen und langsam auf den Baum zukommen sah. Sie waren in einem lauten und lebhaften Gespräche begriffen, er hörte, daß von ihm die Rede war. Du magst sprechen, was du willst, sagte die Tante, er ist bis über die Ohren verliebt in unser Mädchen. Da müßt ich keine Menschenkenntnis haben! Und Julie kann keine bessere Partie finden. Ich habe schon lange, ohne dir etwas zu sagen, nähere Erkundigungen über ihn eingezogen. Er steht sehr gut. Er vertut zwar viel Geld auf Reisen und verschiedenes unnützes Zeug, und soll zu Hause ein etwas unordentliches und auffallendes Leben führen; aber er ist noch ein junger Mensch, und unser Kind wird ihn schon kirre machen. Glaube mir, mein Schatz, ein kluges Weib kann durch vernünftiges Zureden sehr viel bewirken. Sind sie nur erst verheiratet und sitzen ruhig auf ihrem Gütchen, so wird er schon sein sonderbares Wesen und seine überspannten Ideen fahren lassen und werden wie alle andern. Höre, mein Schatz, fange doch recht bald an, ihn so von weitem näher zu sondieren. – Das tue ich nicht, erwiderte Herr v. A.

ruhig, ich habe mich um nichts erkundigt, ich habe nichts bemerkt und nichts erfahren. Ihr Weiber verlegt euch alle aufs Spionieren und Heiratsstiften und sehet zu weit. Wirbt er um sie, und sie ist ihm gut, so soll er sie haben; denn er gefällt mir sehr. Aber ich menge mich in nichts. – Mit deiner ewigen Gelassenheit, fiel ihm hier die Schwester heftig ins Wort, wirst du noch alles verderben. Dich rührt das Glück deines eigenen Kindes nicht. Und ich sage dir, ich ruhe und raste nicht, bis sie ein Paar werden! – Sie waren unterdes schon wieder von der andern Seite hinter den Bäumen verschwunden, und er konnte nichts mehr verstehn.

Er stieg rasch vom Baume herab. Noch bin ich frei und ledig! rief er aus und schüttelte alle Glieder. Rückt mir nicht auf den Hals mit eurem soliden, häuslichen, langweiligen Glück, mit eurer abgestandenen Tugend im Schlafrock! Wohl hat die Liebe zwei Gesichter wie Janus. Mit dem einen buhlt diese ungetreue, reizende Fortuna auf ihrer farbigen Kugel mit der frischen Jugend um flüchtige Küsse; doch willst du sie plump haschen und festhalten, kehrt sie dir plötzlich das andere, alte, verschrumpfte Gesicht zu, das dich unbarmherzig zu Tode schmatzt. – Heiraten und fett werden, mit der Schlafmütze auf dem Kopfe hinaussehen, wie draußen Aurora scheint, Wälder und Ströme noch immer ohne Ruhe fortrauschen müssen, Soldaten über die Berge ziehn und raufen, und dann auf den Bauch schlagen und: Gott sei Dank! rufen können, das ist freilich ein Glück! – Und doch noch tausendmal widerlicher sind mir die Faungesichter von Hagestolzen, wie sie sich um die Mauern streichen, ein bißchen Rammelei und Diebsgelüst im Herzen, wenn sie noch eins haben. Pfui! Pfui! So jagten sich die Gedanken in seinem Kopfe ärgerlich durcheinander, und er war, ohne daß er es selbst bemerkte, ins Schloß gekommen. Die Tür zu Juliens Zimmer stand nur halb angelehnt, er ging hinein, fand sie aber nicht darin. Sie schien es eben verlassen zu haben; denn Farben, Pinsel und andere Malergerätschaften lagen noch umher. Auf dem Tische stand ein Bild aufgerichtet. Er betrachtete es voll Erstaunen: es war sein eignes Porträt, an welchem Julie lange heimlich gearbeitet. Er war in derselben Jägerkleidung gemalt, in der sie ihn zum ersten Male gesehen hatte. Mit Verwunderung glaubte er auch die Gegend, die den Hintergrund des Bildes ausfüllte, zu erkennen. Er erinnerte sich endlich, daß er Julien manchmal von seinem Schlosse, seinem Garten, den Bergen und Wäldern, die es umgeben, erzählt hatte, und ihr reiches Gemüt hatte sich nun aus den wenigen Zügen ein ganz anderes, wunderbares Zauberland, als ihre neue Heimat, zusammengesetzt.

Er stand lange voller Gedanken am Fenster. Ihre Gitarre lag dort; er nahm sie und wollte singen, aber es ging nicht. Er lehnte sich mit der Stirn ans Fenster und wollte sie durchaus hier erwarten, aber sie kam nicht.

Endlich stieg er hinab, ging in den Hof, und sattelte und zäumte sich selber sein Pferd. Als er eben zum Tore hinausritt, kam Julie eilfertig aus der Gartentür. Sie schien ein Geschäft vorzuhaben, sie grüßte ihn nur flüchtig mit freundlichen Augen und lief ins Schloß. Er gab seinem Pferde die Sporen und sprengte ins Feld hinaus.

Ohne einen bestimmten Weg einzuschlagen, war er schon lange herumgeritten, als er mitten im Walde auf einen hochgelegenen, ausgehauenen Fleck kam. Er hörte jemanden lustig ein Liedchen pfeifen und ritt darauf los. Es war zu seiner nicht geringen Freude der bekannte Ritter, den er schon lange einmal auf seinen Irrzügen zu erwischen sich gewünscht hatte. Er saßauf einem Baumsturze und ließ seinen Klepper neben sich weiden. Romantische, goldene Zeit des alten, freien Schweifens, wo die ganze schöne Erde unser Lustrevier, der grüne Wald unser Haus und Burg, dich schimpft man närrisch – dachte Leontin bei diesem Anblicke, und rief dem Ritter aus Herzensgrunde sein Hurra zu. Er stieg darauf selbst vom Pferde und setzte sich zu ihm hin. Der Tag fing eben an, sich zu Ende zu neigen, die Waldvögel zwitscherten von allen Wipfeln in der Runde. Von der einen Seite sah man in einer Vertiefung unter der Heide ein Schlößchen mit stillem Hofe und Garten ganz in die Waldeinsamkeit versenkt. Die Wolken flogen so niedrig über das Dach weg, als sollte sich die bedrängte Seele daran hängen, um jenseits ins Weite, Freie zu gelangen. Mit einem innerlichen Schauder von Bangigkeit erfuhr Leontin von dem Ritter, daß dies dasselbe Schloß sei, wo jetzt die muntere Braut, die er auf jener Jagd kennen gelernt, seit lange schon mit ihrem jungen Manne ruhig wohne, wirtschafte und hause.

Aber, sagte er endlich zu dem Ritter, wird Euch denn niemals bange auf Euren einsamen Zügen? Was macht und sinnt Ihr denn den ganzen langen Tag? – Ich suche den Stein der Weisen, erwiderte der Ritter ruhig. Leontin mußte über diese fertige, unerwartete Antwort laut auflachen. Ihr seid irrisch in Eurem Verstande, daß Ihr so lacht, sagte der Ritter etwas aufgebracht. Eben weil die Leute wohl wissen, daß ich den Stein der Weisen wittere, so trachten die Pharisäer und Schriftgelehrten darnach, mir durch Reden und Blicke meine Majestät von allen Seiten auszusaugen, auszuwalzen und auszudreschen. Aber ich halte mich an das Prinzipium: an Essen und Trinken; denn wer nicht ißt, der lebt nicht, wer nicht lebt, der studiert nicht, und wer nicht studiert, der wird kein Weltweiser, und das ist das Fundament der Philosophie. – So sprach der tolle Ritter eifrig fort, und gab durch Mienen und Hände seinen Worten den Nachdruck der ernsthaftesten Überzeugung. Leontin, den seine heutige Stimmung besonders aufgelegt machte zu ausschweifenden Reden, stimmte nach seiner Art in denselben Ton mit ein, und so führten die beiden dort über die ganze Welt das allerseltsamste und unförmlichste Gespräch, das jemals gehört wurde, während es ringsumher schon lange finster geworden war. Der Ritter, dem ein so aufmerksamer Zuhörer etwas Seltenes war, hielt tapfer Stich, und focht nach allen Seiten in einem wunderlichen Chaos von Sinn und Unsinn, das oft die herrlichsten Gedanken durchblitzten. Leontin erstaunte über die scharfen, ganz selbsterschaffenen Ausdrücke und die entschiedene Anlage zum Tiefsinn. Aber alles schien wie üppige Wildnis, durch den lebenslangen Mußiggang zerrüttet und fast bis zum Wahnwitz verworren. Zuletzt sprach der Ritter noch von einem Philosophen, den er jährlich einmal besuche. Leontin war mit ganzer Seele gespannt, denn die Beschreibung von demselben stimmte auffallend mit dem alten Ritterbilde überein, dessen Anblick ihn auf dem Schlosse der weißen Frau so sehr erschüttert hatte. Er fragte näher nach, aber der Ritter antwortete jedesmal so toll und abschweifend, daß er alle weitern Erkundigungen aufgeben mußte.

Endlich brach der Ritter auf, da er heute noch auf dem Schlosse der niedlichen Braut Herberge suchen wollte. Leontin trug ihm an dieselbe seine schönsten Grüße auf. Der Ritter stolperte nun auf seiner Rosinante langsam über die Heide hinab und unterhiel sich noch immerfort mit Leontin mit großem Geschrei über die Philosophie, während er schon längst in der Nacht verschwunden war.

Leontin sah sich, nun allein, nach allein Seiten um. Alle Wälder und Berge lagen still und dunkel ringsumher. Unten in der Tiefe schimmerten Lichter hin und her aus den zerstreuten Dörfern, Hunde bellten fern in den einsamen Höfen. Auch in dem Schlosse des Herrn v. A. sah er noch mehrere Fenster erleuchtet. So blieb er noch lange oben auf der Heide stehen.

Am folgenden Morgen frühzeitig erhielt Friedrich einen Brief. Er erkannte sogleich die Züge wieder: er war von Rosa. So lange schon hatte er sich von Tage zu Tage vergebens darauf gefreut, und erbrach ihn nun mit hastiger Ungeduld. Der Brief war folgenden Inhalts:

»Wo bleibst Du so lange, mein innig geliebter Freund? Hast Du denn gar kein Mitleid mehr mit Deiner armen Rosa, die sich so sehr nach Dir sehnt?

Als ich auf der Höhe im Gebirge von Euch entführt wurde, hatte ich mir fest vorgenommen, gleich nach meiner Ankunft in der Residenz an Dich zu schreiben. Aber Du weißt selbst, wieviel man die erste Zeit an einem solchen Orte mit Einrichtungen, Besuchen und Gegenbesuchen zu tun hat. Ich konnte damals durchaus nicht dazu kommen, obschon ich immer und überall an Dich gedacht habe. Und so verging die erste Woche, und ich wußte dann nicht mehr, wohin ich meinen Brief adressieren sollte. Vor einigen Tagen endlich kam hier der junge Marquis von P. an, der wollte bestimmt wissen, daß sich mein Bruder mit einem fremden Herrn auf dem Gute des Herrn v. A. aufhalte. Ich eilte also, sogleich an Dich dorthin zu schreiben. Der Marquis verwunderte sich zugleich, wie ihr es dort so lange aushalten könntet. Er sagte, es wäre ein Séjour zum melancholisch werden. Mit der ganzen Familie wäre in der Welt nichts anzufangen. Der Baron sei wie ein Holzstich in den alten Rittergeschichten: gedruckt in diesem Jahr, die Tante wisse von nichts zu sprechen, als von ihrer Wirtschaft, und das Fräulein vom Hause sei ein halbreifes Gänseblümchen, ein rechtes Bild ohne Gnaden. Sind das nicht recht närrische Einfälle? Wahrhaftig, man muß dem Marquis gut sein mit seinem losen Maule. Siehst Du, es ist Dein Glück, denn ich hatte schon große

Lust eifersüchtig zu werden. Aber ich kenne schon meinen Bruder, solche Bekanntschaften sind ihm immer die liebsten; er läßt sich nichts einreden. Ich bitte Dich aber, sage ihm nichts von alle diesem. Denn er kann sich ohnedies von jeher mit dem Marquis nicht vertragen. Er hat sich schon einige Male mit ihm geschlagen, und der Marquis hat an der letzten Wunde über ein Vierteljahr zubringen müssen. Er fängt immer selber ohne allen Anlaß Händel mit ihm an. Ich weiß gar nicht, was er wider ihn hat. Der Marquis ist hier in allen gebildeten Gesellschaften beliebt und ein geistreicher Mann. Ich weiß gewiß, Du und der Marquis werdet die besten Freunde werden. Denn er macht auch Verse und von der Musik ist er ein großer Kenner. Übrigens lebe ich hier recht glücklich, so gut es Deine Rosa ohne Dich sein kann. Ich bekomme und erwidere Besuche, mache Landpartien usw. Dabei fällt mir immer ein, wie ganz anders Du doch eigentlich bist als alle diese Leute, und dann wird mir mitten in dem Schwarme so bange, daß ich mich oft heimlich wegschleichen muß, um mich recht auszuweinen. – Die junge, schöne Gräfin Romana, die mich alle Morgen an der Toilette besucht, sagt mir immer, wenn ich mich anziehe, daß meine Augen so schön wären, und wickelt sich meine Haare um ihren Arm und küßt mich. – Ich denke dann immer an Dich. Du hast das auch gesagt und getan, und nun bleibst Du auf einmal so lange aus. Ich bitte Dich, wenn Du mir gut bist, laß mich nicht so allein; es ist nicht gut so. –

Ich hatte mich gestern soeben erst recht eingeschrieben und hatte Dir noch so viel zu sagen, da wurde ich zu meinem Verdrusse durch einen Besuch unterbrochen. Jetzt ist es schon zu spät, da die Post sogleich abgehen wird. Ich schließe also schnell in der Hoffnung, Dich bald an mein liebendes Herz zu drücken.

Diesen Winter wird es hier besonders brillant werden. Wie schön wäre es, wenn wir ihn hier zusammen zubrächten! Komm, komm gewiß!«

Friedrich legte den Brief still wieder zusammen. Unwillkürlich summte ihm der Gassenhauer: »Freut euch des Lebens usw.«, den Leontin gewöhnlich abzuleiern pflegte, wenn seine Schwester etwas nach ihrer Art Wichtiges vorbrachte, durch den Kopf. Der ganze

Brief, wie von einem von Lustbarkeiten Atemlosen im Fluge abgeworfen, war wie eine Lücke in seinem Leben, durch die ihn ein fremdartiger, staubiger Wind anblies. Habe ich es oben auf der Höhe nicht gesagt, daß du in dein Grab hinabsteigst? Wenn die Schönheit mit ihren frischen Augen, mit den jugendlichen Gedanken und Wünschen unter euch tritt, und, wie sie die eigene, größere Lebenslust treibt, sorglos und lüstern in das liebewarme Leben hinauslangt und sproßt – sich an die feinen Spitzen, die zum Himmel streben, giftig anzusaugen und zur Erde hinabzuzerren, bis die ganze, prächtige Schönheit, fahl und ihres himmlischen Schmuckes beraubt, unter euch dasteht wie euresgleichen – die Halunken!

Er öffnete das Fenster. Der herrliche Morgen lag draußen wie eine Verklärung über dem Lande, und wußte nichts von den menschlichen Wirren, nur von rüstigem Tun, Freudigkeit und Frieden. Friedrich spürte sich durch den Anblick innerlichst genesen, und der Glaube an die ewige Gewalt der Wahrheit und des festen religiösen Willens wurde wieder stark in ihm. Der Gedanke, zu retten, was noch zu retten war, erhob eine Seele, und er beschloß, nach der Residenz abzureisen.

Er ging mit dieser Nachricht zu Leontin, aber er fand seine Schlafstube leer und das Bett noch von gestern in Ordnung. Er ging daher zu Julie hinüber, da er hörte, daß sie schon auf war. Das schöne Mädchen stand in ihrer weißen Morgenkleidung eben am Fenster. Sie kehrte sich schnell zu ihm herum, als er hereintrat. Er ist fort! sagte sie leise mit unterdrückter Stimme, zeigte mit dem Finger auf das Fenster und stellte sich wieder mit abgewendetem Gesichte abseits an das andere. Der erstaunte Friedrich erkannte Leontins Schrift auf der Scheibe, die er wahrscheinlich gestern, als er hier allein war, mit seinem Ringe aufgezeichnet hatte. Er las:

Der fleißigen Wirtin von dem Haus
Dank ich von Herzen für Trank und Schmaus,
Und was beim Mahl den Gast erfreut:
Für heitre Mien und Freundlichkeit.

Dem Herrn vom Haus sei Lob und Preis!
Seinen Segen wünsch ich mir auf die Reis,

Nach seiner Lieb mich sehr begehrt,
Wie ich ihn halte ehrenwert.

Herr Viktor soll beten und fleißig sein,
Denn der Teufel lauert, wo einer allein;
Soll lustig auf dem Kopfe stehn,
Wenn alle so dumm auf den Beinen gehn.

Und wenn mein Weg über Berge hoch geht,
Aurora sich auftut, das Posthorn weht,
Da will ich ihm rufen von Herzen voll,
Daß ers in der Ferne spüren soll.

Ade! Schloß, heiter überm Tal,
Ihr schwülen Täler allzumal,
Du blauer Fluß ums Schloß herum,
Ihr Dörfer, Wälder um und um!

Wohl sah ich dort eine Zaubrin gehn,
Nach ihr nur alle Blumen und Wälder sehn,
Mit hellen Augen Ströme und Seen,
In stillem Schaun, wie verzaubert, stehn.

Ein jeder Strom wohl findt sein Meer,
Ein jeglich Schiff kehrt endlich her,
Nur ich treibe und sehne mich immerzu,
O wilder Trieb! wann lässt du einmal Ruh?

Darunter stand, kaum leserlich, gekritzelt:

Herr Friedrich, der schläft in der Ruhe Schoß,
Ich wünsch ihm viel Unglück, daß er sich erbos,
Ins Horn, zum Schwert, frisch dran und drauf!
Philister über dir, wach, Simson, wach auf!

Friedrich stutzte über diese letzten Zeilen, die ihn unerwartet trafen. Er erkannte das Schwerfällige seiner Natur und versank auf einen Augenblick sinnend in sich selbst.

Julie stand noch immerfort am Fenster, sah durch die Scheiben und weinte heimlich. Er faßte ihre Hand. Da hielt sie sich nicht länger, sie setzte sich auf ihr Bett und schluchzte laut. Friedrich wußte wohl, wie untröstlich ein liebendes Mädchen ist. Er verabscheute alle jene erbärmlichen Spitaltröster voll Wiedersehens, unverhofften Windungen des Schicksals usw. Lieb ihn nur recht, sagte er zu Julien, so ist er ewig dein, und wenn die ganze Welt dazwischen läge. Glaube nur niemals den falschen Verführern: daß die Männer eurer Liebe nicht wert sind. Die Schufte freilich nicht, die das sagen; aber es gibt nichts Herrlicheres auf Erden, als der Mann, und nichts Schöneres, als das Weib, das ihm treu ergeben bis zum Tode. – Er küßte das weinende Mädchen und ging darauf zu ihren Eltern, um ihnen seine eigene, baldige Abreise anzukündigen.

Er fand die Tante höchst bestürzt über Leontins unerklärliche Flucht, die sie auf einmal ganz irre an ihm und allen ihren Plänen machte. Sie war anfangs böse, dann still und wie vernichtet. Herr v. A. äußerte weniger mit Worten, als durch ein ungewöhnlich hastiges und zerstreutes Tun und Lassen, das Friedrich unbeschreiblich rührte, wie schwer es ihm falle, sich von Leontin getrennt zu sehen, und die Tränen traten ihm in die Augen, als nun auch Friedrich erklärte, schon morgen abreisen zu müssen. So verging dieser noch übrige Tag zerstreut, gestört und freudenlos.

Am andern Morgen hatte Erwin frühzeitig die Reisebündel geschnürt, die Pferde standen bereit und scharrten ungeduldig unten im Hofe. Friedrich machte noch eilig einen Streifzug durch den Garten und sah noch einmal von dem Berge in die herrlichen Täler hinaus. Auch das stille, kühle Plätzchen, wo er so oft gedichtet und glücklich gewesen, besuchte er. Wie im Fluge schrieb er dort folgende Verse in seine Schreibtafel:

O Täler weit, o Höhen,
O schöner, grüner Wald,
Du meiner Lust und Wehen
Andächtger Aufenthalt!
Da draußen, stets betrogen,
Saust die geschäftge Welt,
Schlag noch einmal die Bogen
Um mich, du grünes Zelt!

Wann es beginnt zu tagen,
Die Erde dampft und blinkt,
Die Vögel lustig schlagen,
Daß dir dein Herz erklingt:
Da mag vergehn, verwehen
Das trübe Erdenleid,
Da sollst du auferstehen
In junger Herrlichkeit.

Da steht im Wald geschrieben
Ein stilles, ernstes Wort,
Vom rechten Tun und Lieben,
Und was des Menschen Hort.
Ich habe treu gelesen
Die Worte, schlicht und wahr,
Und durch mein ganzes Wesen
Wards unaussprechlich klar.

Bald werd ich dich verlassen,
Fremd in der Fremde gehn,
Auf buntbewegten Gassen
Des Lebens Schauspiel sehn,
Und mitten in dem Leben
Wird deines Ernsts Gewalt,
Mich Einsamen erheben,
So wird mein Herz nicht alt.

Als der junge Tag sich aus den Morgenwolken hervorgearbeitet hatte, war Friedrich schon draußen zu Pferde. Julie winkte noch weit mit ihrem weißen Tuche aus dem Fenster nach.

ZWEITES BUCH

ELFTES KAPITEL

Es war schon Abend, als Friedrich in der Residenz ankam. Er war sehr schnell geritten, so daß Erwin fast nicht mehr nach konnte. Je einsamer draußen der Kreis der Felder ins Dunkel versank, je höher nach und nach die Türme der Stadt, wie Riesen, sich aus der Finsternis aufrichteten, desto lichter war es in seiner Seele geworden vor Freude und Erwartung. Er stieg im Wirtshause ab und eilte sogleich zu Rosas Wohnung. Wie schlug sein Herz, als er durch die dunklen Straßen schritt, als er endlich die hellbeleuchtete Treppe in ihrem Hause hinaufstieg. Er mochte keinen Bedienten fragen, er öffnete hastig die erste Tür. Das große, getäfelte Zimmer war leer, nur im Hintergrunde saß eine weibliche Gestalt in vornehmer Kleidung. Er glaubte sich verirrt zu haben und wollte sich entschuldigen. Aber das Mädchen vom Fenster kam sogleich auf ihn zu, führte sich selbst als Rosas Kammermädchen auf und versicherte sehr gleichgültig, die Gräfin sei auf den Maskenball gefahren. Diese Nachricht fiel wie ein Maifrost in seine Lust. Es war ihm vor Freude gar nicht eingefallen, daß er sie verfehlen könnte, und er hatte beinahe Lust zu zürnen, daß sie ihn nicht zu Hause erwartet habe. Wo ist denn die kleine Marie? fragte er nach einer Weile wieder. O, die ist lange aus den Diensten der Gräfin, sagte das Mädchen mit gerümpftem Näschen und betrachtete ihn von oben bis unten mit einer schnippischen Miene. Friedrich glaubte, es gälte seiner staubigen Reisekleidung; alles ärgerte ihn, er ließ den Affen stehn und ging, ohne seinen Namen zu hinterlassen, wieder fort.

Verdrüßlich nahm er den Weg zu den Redoutensälen. Die Musik schallte lockend aus den hohen Bogenfenstern, die ihre Scheine weit unten über den einsamen Platz warfen. Ein alter Springbrunnen stand in der Mitte des Platzes, über den nur noch einzelne dunkle

Gestalten hin und her irrten. Friedrich blieb lange an dem Brunnen stehen, der seltsam zwischen den Tönen von oben fortrauschte. Aber ein Polizeidiener, der, in seinen Mantel gehüllt, an der Ecke lauerte, verjagte ihn endlich durch die Aufmerksamkeit, mit der er ihn zu beobachten schien.

Er ging ins Haus hinein, versah sich mit einem Domino und einer Larve, und hoffte seine Rosa noch heute in dem Getümmel herauszufinden. Geblendet trat er aus der stillen Nacht in den plötzlichen Schwall von Tönen, Lichtern und Stimmen, der wie ein Zaubermeer mit rastlos beweglichen, klingenden Wogen über ihm zusammenschlug. Zwei große, hohe Säle, nur leicht voneinander geschieden, eröffneten die unermeßlichste Aussicht. Er stellte sich in das Bogentor zwischen beide, wo die doppelten Musikchöre aus beiden Sälen verworren ineinander klangen. Zu beiden Seiten toste der seltsame, lustige Markt, fröhliche, reizende und ernste Bilder des Lebens zogen wechselnd vorüber, Girlanden von Lampen schmückten die Wände, unzählige Spiegel dazwischen spielten das Leben ins Unendliche, so daß man die Gestalten mit ihrem Widerspiel verwechselte, und das Auge verwirrt in der grenzenlosen Ferne dieser Aussicht sich verlor. Ihn schauderte mitten unter diesen Larven. Er stürzte sich selber mit in das Gewimmel, wo es am dichtesten war. Gewöhnliches Volk, Charaktermasken ohne Charakter vertraten auch hier, wie draußen im Leben, überall den Weg: gespreizte Spanier, papierne Ritter, Taminos, die über ihre Flöte stolperten, hin und wieder ein behender Harlekin, der sich durch die unbehülflichen Züge hindurchwand und nach allen Seiten peitschte. Eine höchst seltsame Maske zog indes seine Aufmerksamkeit auf sich. Es war ein Ritter in schwarzer, altdeutscher Tracht, die so genau und streng gehalten war, daß man glaubte, irgend ein altes Bild sei aus seinem Rahmen ins Leben hinausgetreten. Die Gestalt war hoch und schlank, sein Wams reich mit Gold, der Hut mit hohen Federn geschmückt, die ganze Pracht doch so uralt, fremd und fast gespenstisch, daß jedem unheimlich zumute ward, an dem er vorüberstreifte. Er war übrigens galant und wußte zu leben. Friedrich sah ihn fast mit allen Schönen buhlen. Doch alle machten sich gleich nach den ersten Worten schnell wieder von ihm los, denn unter den

Spitzen der Ritterärmel langten die Knochenhände eines Totengerippes hervor.
Friedrich wollte eben den sonderbaren Gast weiter verfolgen, als sich die Bahn mit einem Janhagel junger Männer verstopfte, die auf einer Jagd begriffen schienen. Bald erblickte er auch das flüchtige Reh. Es war eine kleine, junge Zigeunerin, sehr nachlässig verhüllt, das schöne schwarze Haar mit bunten Bändern in lange Zöpfe geflochten. Sie hatte ein Tamburin, mit dem sie die Zudringlichsten so schalkisch abzuwehren wußte, daß ihr alles nur um desto lieber nachfolgte. Jede ihrer Bewegungen war zierlich, es war das niedlichste Figürchen, das Friedrich jemals gesehen.
In diesem Augenblicke streiften zwei schöne, hohe weibliche Gestalten an ihm vorbei. Zwei männliche Masken drängten sich nach. Es ist ganz sicher die Gräfin Rosa, sagte die eine Maske mit düsterer Stimme. Friedrich traute seinen Ohren kaum. Er drängte sich ihnen schnell nach, aber das Gewimmel war zu groß, und sie blieben ihm immer eine Strecke voraus. Er sah, daß der schwarze Ritter den beiden weiblichen Masken begegnete, und der einen im Vorbeigehen etwas ins Ohr raunte, worüber sie höchst bestürzt schien und ihm eine Weile nachsah, während er längst schon wieder im Gedränge verschwunden war. Mehrere Parteien durchkreuzten sich unterdes von neuem, und Friedrich hatte Rosa aus dem Gesichte verloren. Ermüdet flüchtete er sich endlich an ein abgelegenes Fenster, um auszuruhen. Er hatte noch nicht lange dort gestanden, als die eine von den weiblichen Masken eiligst ebenfalls auf das Fenster zukam. Er erkannte sogleich seine Rosa an der Gestalt. Die eine männliche Maske folgte ihr auf dem Fuße nach, sie schienen beide den Grafen nicht zu bemerken. Nur einen einzigen Blick! bat die Maske dringend. Rosa zog ihre Larve weg und sah den Bittenden mit den wunderschönen Augen lächelnd an. Sie schien unruhig. Ihre Blicke durchschweiften den ganzen Saal und begegneten schon wieder dem schwarzen Ritter, der wie eine Totenfahne durch die bunten Reihen drang. Ich will nach Hause – sagte sie darauf ängstlich bittend, und Friedrich glaubte Tränen in ihren Augen zu bemerken. Sie bedeckte ihr Gesicht schnell wieder mit der Larve. Ihr unbekannter Begleiter bot ihr seinen Arm, drängte Friedrich, der gerade vor ihr stand, stolz

aus dem Wege und bald hatten sich beide in dem Gewirre verloren. Der schwarze Ritter war indes bei dem Fenster angelangt. Er blieb vor Friedrich stehen und sah ihm scharf ins Gesicht. Dem Grafen grauste, so allein mit der wunderbaren Erscheinung zu stehn, denn hinter der Larve des Ritters schien alles hohl und dunkel, man sah keine Augen. Wer bist du? fragte ihn Friedrich. Der Tod von Basel, antwortete der Ritter und wandte sich schnell fort. Die Stimme hatte etwas so Altbekanntes und Anklingendes aus längstvergangener Zeit, daß Friedrich lange sinnend stehen blieb. Er wollte ihm endlich nach, aber er sah ihn schon wieder im dicksten Haufen mit einer Schönen wie toll herumwalzen.

Ein Getümmel von Lichtern draußen unter den Fenstern lenkte seine Aufmerksamkeit ab. Er blickte hinaus und sah bei dem Scheine einer Fackel, wie die männliche Maske Rosa nebst noch einer andern Dame in den Wagen hob. Der Wagen rollte darauf schnell fort, die Lichter verschwanden, und der Platz unten war auf einmal wieder still und finster.

Er warf das Fenster zu und wandte sich in den glänzenden Saal zurück, um sich ebenfalls fortzubegeben. Der schwarze Ritter war nirgends mehr zu sehen. Nach einigem Herumschweifen traf er in der mit Blumen geschmückten Kredenz noch einmal auf die nur allzugefällige Zigeunerin. Sie hatte die Larve abgenommen, trank Wein und blickte mit den muntern Augen reizend über das Glas weg. Friedrich erschrak, denn es war die kleine Marie. Er drückte seine Larve fester ins Gesicht und faßte das niedliche Mädchen bei der Hand. Sie zog sie verwundert zurück und zeichnete mit ihrem Finger ratend eine Menge Buchstaben in seine flache Hand, aber keiner paßte auf seinen Namen.

Er zog sie an ein Tischchen und kaufte ihr Zucker und Naschwerk. Mit ungemeiner Zierlichkeit wußte das liebliche Kind alles mit ihm zu teilen, und blinzelte ihm dazwischen oft neugierig in die Augen. Unbesorgt um die Reize, die sie dabei enthüllte, riß sie einen Blumenstrauß von ihrem Busen und überreichte ihn lächelnd ihrem unbekannten, sonderbaren Wirte, der immerfort so stumm und kalt neben ihr saß. Die Blumen sind ja alle schon verwelkt, sagte Friedrich, zerzupfte den Strauß und warf die Stücke auf die Erde. Marie schlug ihn lachend auf die Hand und riß ihm die noch übrigen Blumen aus. Er bat endlich um die Erlaubnis, sie nach Hause begleiten zu dürfen, und sie willigte mit einem freudigen Händedruck ein. Als er sie nun durch den Saal fortführte, war unterdes alles leer geworden. Die Lampen waren größtenteils verlöscht und warfen nur noch zuckende, falbe Scheine durch den Qualm und Staub, in welchen das ganze bunte Leben verraucht schien. Die Musikanten spielten wohl fort, aber nur noch einzelne Gestalten wankten auf und ab, demaskiert, nüchtern und übersatt. Mitten in dieser Zerstörung glaubte Friedrich mit einem flüchtigen Blicke Leontin totenblaß und mit verwirrtem Haar in einem fernen Winkel schlafen zu sehen. Er blieb erstaunt stehen, alles kam ihm wie ein Traum vor. Aber Marie drängte ihn schnell und ängstlich fort, als wäre es unheimlich, länger an dem Orte zu hausen.

Als sie unten zusammen im Wagen saßen, sagte Marie zu Friedrich: Ihre Stimme hat eine sonderbare Ähnlichkeit mit der eines Herrn, den ich sonst gekannt habe. Friedrich antwortete nicht darauf. Ach Gott! sagte sie bald nachher, die Nacht ist heut gar so schwül und finster! Sie öffnete das Kutschenfenster, und er sah bei dem matten Schimmer einer Laterne, an der sie vorüberflogen, daß sie ernsthaft und in Gedanken versunken war. Sie fuhren lange durch eine Menge enger und finsterer Gäßchen, endlich rief Marie dem Kutscher zu, und sie hielten vor einem abgelegenen, kleinen Hause. Sie sprang schnell aus dem Wagen und in das Haus hinein. Ein Mädchen, das in Maries Diensten zu sein schien, empfing sie an der Haustür. Er ist mein, er ist mein! rief Marie kaum hörbar, aber aus Herzensgrunde, dem Mädchen im Vorübergehen zu und schlüpfte in ein Zimmer.

Das Mädchen führte den Grafen mit prüfenden Blicken über ein kleines Treppchen zu einer andern Tür. Warum, sagte sie, sind Sie gestern abend nicht schon gekommen, da Sie vorbeiritten und so freundlich heraufgrüßten? Ich sollte wohl nichts sagen, aber seit acht Tagen spricht und träumt die arme Marie von nichts als von Ihnen, und wenn es lange gedauert hätte, wäre sie gewiß bald gestorben. Friedrich wollte fragen, aber sie schob die Tür hinter ihm zu und war verschwunden.

Er trat in eine fortlaufende Reihe schöner, geschmackvoller Zimmer. Ein prächtiges Ruhebett stand im Hintergrunde, der Fußboden war mit reichen Teppichen geschmückt, eine alabasterne Lampe erleuchtete das Ganze nur dämmernd. In dem letzten Zimmer sah er die niedliche Zigeunerin vor einem großen Wandspiegel stehen und ihre Haare flüchtig in Ordnung bringen. Als sie ihn in dem vordern Zimmer erblickte, kam sie sogleich herbeigesprungen und stürzte mit einer Hingebung in seine Arme, die keine Verstellung mit ihren gemeinen Künsten jemals erreicht. Der erstaunte Friedrich riß in diesem Augenblicke seinen Mantel und die Larve von sich. Wie vom Blitze berührt, sprang Marie bei diesem Anblicke auf, stürzte mit einem lauten Schrei auf das Ruhebett und drückte ihr mit beiden Händen bedecktes Gesicht tief in die Kissen.

Was ist das! sagte Friedrich, sind deine Freunde Gespenster geworden? Warum hast du mich geliebt, eh du mich kanntest, und fürchtest dich nun vor mir? Marie blieb in ihrer Stellung und ließ die eine Hand, die er gefaßt hatte, matt in der seinigen; sie schien ganz vernichtet. Mit noch immer verstecktem Gesichte sagte sie leise und gepreßt: Er war auf dem Balle – dieselbe Gestalt – dieselbe Maske. – Du hast dich in mir geirrt, sagte Friedrich, und setzte sich neben sie auf das Bett, viel schwerer und furchtbarer irrst du dich am Leben, leichtsinniges Mädchen! Wie der schwarze Ritter heute auf dem Balle, tritt überall ein freier, wilder Gast ungeladen in das Fest. Er ist so lustig aufgeschmückt und ein rüstiger Tänzer, aber seine Augen sind leer und hohl, und seine Hände totenkalt, und du mußt sterben, wenn er dich in die Arme nimmt, denn dein Buhle ist der Teufel. – Marie, seltsam erschüttert von diesen Worten, die sie nur halb vernahm, richtete sich auf. Er hob sie auf seinen Schoß, wo sie still sitzen blieb, während er sprach. Ihre Augen und Mienen kamen ihm in diesem Augenblicke wieder so unschuldig und kindisch vor, wie ehemals. Was ist aus dir geworden, arme Marie! fuhr er gerührt fort. Als ich das erste Mal auf die schöne grüne Waldeswiese hinunterkam, wo dein stilles Jägerhaus stand, wie du fröhlich auf dem Rehe saßest und sangst – der Himmel war so heiter, der Wald stand frisch und rauschte im Winde, von allen Bergen bliesen die Jäger auf ihren Hörnern – das war eine schöne Zeit! – Ich habe einmal an einem kalten, stürmischen Herbsttage ein Frauenzimmer draußen im Felde sitzen gesehen, die war verrückt geworden, weil sie ihr Liebhaber, der sich lange mit ihr herumgeherzt, verlassen hatte. Er hatte ihr versprochen, noch an demselben Tage wiederzukommen. Sie ging nun seit vielen Jahren alle Tage auf das Feld und sah immerfort auf die Landstraße hinaus. Sie hatte noch immer das Kleid an, das sie damals getragen hatte, das war schon zerrissen und seitdem ganz altmodisch geworden. Sie zupfte immer an dem Ärmel und sang ein altes Lied zum Rasendwerden. – Marie stand bei diesen Worten schnell auf und ging an den Tisch. Friedrich sah auf einmal Blut über ihre Hand hervorrinnen. Alles dieses geschah in *einem* Augenblicke. Was hast du vor? rief Friedrich, der unterdes herbeigesprungen war. Was soll mir das Leben! antwortete sie mit verhaltener, trostloser Stimme. Er sah, daß sie sich mit einem Federmesser gerade am gefährlichsten Flecke unterhalb der Hand verwundet hatte. Pfui, sagte Friedrich, wie bist du seitdem unbändig geworden! Das Mädchen wurde blaß, als sie das Blut erblickte, das häufig über den weißen Arm floß. Er zog sie an das Bett hin und riß schnell ein Band aus ihren Haaren. Sie kniete vor ihm hin und ließ sich gutwillig von ihm das Blut stillen und die Wunde verbinden. Das heftige Mädchen war währenddessen ruhiger geworden. Sie lehnte den Kopf an seine Knie und brach in einen Strom von Tränen aus.

Da wurden sie durch Mariens Kammermädchen unterbrochen, die plötzlich in die Stube stürzte und mit Verwirrung vorbrachte, daß soeben der Herr auf dem Wege hierher sei. O Gott! rief Marie sich aufraffend, wie unglücklich bin ich! Das Mädchen aber schob den Grafen, ohne sich weiter auf Erklärungen einzulassen, eiligst aus dem Zimmer und dem Hause und schloß die Tür hinter ihm ab.

Draußen auf der Straße, die leer und öde war, begegnete er bald zwei männlichen, in dunkle Mäntel dichtverhüllte Gestalten, die durch die neblige Nacht an den Häusern vorbeistrichen. Der eine von ihnen zog einen Schlüssel hervor, eröffnete leise Mariens Haustür und schlüpfte hinein. Desselben Stimme, die er jetzt im Vorbeigehen flüchtig gehört hatte, glaubte er vom heutigen Maskenballe auffallend wiederzuerkennen.

Da hierauf alles auf der Gasse ruhig wurde, eilte er endlich voller Gedanken seiner Wohnung zu. Oben in seiner Stube fand er Erwin, den Kopf auf den Arm gestützt, eingeschlummert. Die Lampe auf dem Tische war fast ausgebrannt und dämmerte nur noch schwach über das Zimmer. Der gute Junge hatte durchaus seinen Herrn erwarten wollen, und sprang verwirrt auf, als Friedrich hereintrat. Draußen rasselten die Wagen noch immerfort, Läufer schweiften mit ihren Windlichtern an den dunklen Häusern vorüber, in Osten standen schon Morgenstreifen am Himmel. Erwin sagte, daß er sich in der großen Stadt fürchte; das Gerassel der Wagen wäre ihm vorgekommen wie ein unaufhörlicher Sturmwind, die nächtliche Stadt wie ein dunkler eingeschlafener Riese. Er hat wohl recht, es ist manchmal fürchterlich, dachte Friedrich, denn ihm war bei diesen Worten, als hätte dieser Riese Marie und seine Rosa erdrückt, und der Sturmwind ging über ihre Gräber. Bete, sagte er zu dem Knaben, und leg dich ruhig schlafen! Erwin gehorchte, Friedrich aber blieb noch auf. Seine Seele war von den buntwechselnden Erscheinungen dieser Nacht mit einer unbeschreiblichen Wehmut erfüllt, und er schrieb heute noch folgendes Gedicht auf:

Der armen Schönheit Lebenslauf

Die arme Schönheit irrt auf Erden,
So lieblich Wetter draußen ist,
Möcht gern recht viel gesehen werden,
Weil jeder sie so freundlich grüßt.

Und wer die arme Schönheit schauet,
Sich wie auf großes Glück besinnt,
Die Seele fühlt sich recht erbauet,
Wie wenn der Frühling neu beginnt.

Da sieht sie viele schöne Knaben,
Die reiten unten durch den Wind,
Möcht manchen gern im Arme haben,
Hüt dich, hüt dich, du armes Kind!

Da ziehn manch redliche Gesellen,
Die sagen: Hast nicht Geld noch Haus,

Wir fürchten deine Augen helle,
Wir haben nichts zum Hochzeitsschmaus.

Von andern tut sie sich wegdrehen,
Weil keiner ihr so wohlgefällt,
Die müssen traurig weiter gehen,
Und zögen gern ans End der Welt.

Da sagt sie: Was hilft mir mein Sehen,
Ich wünscht, ich wäre lieber blind,
Da alle furchtsam von mir gehen,
Weil gar so schön mein Augen sind. –

Nun sitzt sie hoch auf lichtem Schlosse,
In schöne Kleider putzt sie sich,
Die Fenster glühn, sie winkt vom Schlosse,
Die Sonne blinkt, das blendet dich.

Die Augen, die so furchtsam waren,
Die haben jetzt so freien Lauf,
Fort ist das Kränzlein aus den Haaren,
Und hohe Federn stehn darauf.

Das Kränzlein ist herausgerissen,
Ganz ohne Scheu sie mich anlacht;
Geh du vorbei: sie wird dich grüßen,
Winkt dir zu einer schönen Nacht. –

Da sieht sie die Gesellen wieder,
Die fahren unten auf dem Fluß,
Es singen laut die lustgen Brüder,
So furchtbar schallt des einen Gruß:

Was bist du für 'ne schöne Leiche!
So wüste ist mir meine Brust,
Wie bist du nun so arm, du Reiche,
Ich hab an dir nicht weiter Lust!

Der Wilde hat ihr so gefallen,
Laut schrie sie auf bei seinem Gruß,

Vom Schloß möcht sie hinunterfallen
Und unten ruhn im kühlen Fluß. –

Sie blieb nicht länger mehr da oben,
Weil alles anders worden war,
Von Schmerz ist ihr das Herz erhoben,
Da wards so kalt, doch himmlisch klar;

Da legt sie ab die goldnen Spangen,
Den falschen Putz und Ziererei,
Aus dem verstockten Herzen drangen
Die alten Tränen wieder frei.

Kein Stern wollt nicht die Nacht erhellen,
Da mußte die Verliebte gehn,
Wie rauscht der Fluß! die Hunde bellen,
Die Fenster fern erleuchtet stehn.

Nun bist du frei von deinen Sünden,
Die Lieb zog triumphierend ein,
Du wirst noch hohe Gnade finden,
Die Seele geht in Hafen ein. –

Der Liebste war ein Jäger worden,
Der Morgen schien so rosenrot,
Da blies er lustig auf dem Horne,
Blies immerfort in seiner Not.

ZWÖLFTES KAPITEL

Rosa saß des Morgens an der Toilette; ihr Kammermädchen mußte ihr weitläufig von dem fremden Herrn erzählen, der gestern nach ihr gefragt hatte. Sie zerbrach sich vergebens den Kopf, wer es wohl gewesen sein möchte, denn Friedrich erwartete sie nicht so schnell. Vielmehr glaubte sie, er werde darauf bestehen, daß sie die Residenz verlasse, und das machte ihr manchen Kummer. Die junge Gräfin Romana, eine Verwandte von ihr, in deren Hause sie wohnte, saß neben ihr am Flügel und schwelgte tosend in den Tänzen von der gestrigen Redoute. Wie ihr andern nur, sagte sie, alle Lust so gelassen ertragen und aus dem Tanze schnurstracks ins Bett springen könnt und der schönen Welt so auf einmal ein Ende machen! Ich bin immer so ganz durchklungen, als sollte die Musik niemals aufhören.

Bald darauf fand sie Rosas Augen so süß verschlafen, daß sie schnell zu ihr hinsprang und sie küßte. Sie setzte sich neben sie hin und half sie von allen Seiten schmücken, setzte ihr bald einen Hut, bald Blumen auf, und riß ebenso oft alles wieder herunter, wie ein verliebter Knabe, der nicht weiß, wie er sich sein Liebchen würdig genug aufputzen soll. Ich weiß gar nicht, was wir uns putzen, sagte das schöne Weib endlich und lehnte den schwarzgelockten Kopf schwermütig auf den blendendweißen Arm, was wir uns kümmern und noch Herzweh haben nach den Männern: solches schmutziges, abgearbeitetes, unverschämtes Volk, steifleinene Helden, die sich spreizen und in allem Ernste glauben, daß sie uns beherrschen, während wir sie auslachen, fleißige Staatsbürger und ehrliche Ehestandskandidaten, die, ganz beschwitzt von der Berufsarbeit und das Schurzfell noch um den Leib, mit aller Wut ihrer Inbrunst von der Werkstatt zum Garten der Liebe springen, und denen die Liebe ansteht wie eine umgekehrt aufgesetzte Perücke. – Rosa besah sich im Spiegel und lachte. – Wenn ich bedenke, fuhr die Gräfin fort, wie ich mir sonst als kleines Mädchen einen Liebhaber vorgestellt habe: wunderschön, stark, voll Tapferkeit, wild, und doch wieder so milde, wenn er bei mir war.

Ich weiß noch, unser Schloß lag sehr hoch zwischen einsamen Wäldern, ein schöner Garten war daneben, unten ging ein Strom vorüber. Alle Morgen, wenn ich in den Garten kam, hörte ich draußen in den Bergen ein Waldhorn blasen, bald nahe, bald weit, dazwischen sah ich oft einen Reiter plötzlich fern zwischen den Bäumen erscheinen und schnell wieder verschwinden. Gott! mit welchen Augen schaute ich da in die Wälder und den blauen, weiten Himmel hinaus! Aber ich durfte, solange meine Mutter lebte, niemals allein aus dem Garten. Ein einziges Mal, an einem prächtigen Abende, da der Jäger draußen wieder blies, wagte ich es und schlich unbemerkt in den Wald hinaus. Ich ging nun zum ersten Male allein durch die dunkelgrünen Gänge, zwischen Felsen und über eingeschlossene

Wiesen voll bunter Blumen, alte, seltsame Geschichten, die mir die Amme oft erzählte, fielen mir dabei ein; viele Vögel sangen ringsumher, das Waldhorn rief immerfort, noch niemals hatte ich so große Lust empfunden. Doch wie ich im Beschauen so versunken ging und staunte, hatt ich den rechten Weg verloren, auch wurde es schon dunkel. Ich irrt und rief, doch niemand gab mir Antwort. Die Nacht bedeckte indes Wälder und Berge, die nun wie dunkle Riesen auf mich sahen, nur die Bäume rührten sich so schaurig, sonst war es still im großen Walde. – Ist das nicht recht romantisch? unterbrach sich hier die Gräfin selbst, laut auflachend. – Ermüdet, fuhr sie wieder weiter fort, setzte ich mich endlich auf die Erde nieder und weinte bitterlich. Da hörte ich plötzlich hinter mir ein Geräusch, ein Reh bricht aus dem Dickicht hervor, und hinterdrein ein Reiter. – Es war ein wilder Knabe, der Mond schien ihm hell ins Gesicht; wie schön und herrlich er anzusehen war, kann ich mit Worten nicht beschreiben. Er stutzte, als er mich erblickte, und staunend standen wir so voreinander. Erst lange darauf fragte er mich, wie ich hierher gekommen und wohin ich wollte? Ich konnte vor Verwirrung nicht antworten, sondern stand still vor ihm und sah ihn an. Da hob er mich schnell vor sich auf sein Roß, umschlang mich fest mit einem Arme, und ritt so mit mir davon. Ich fragte nicht: wohin? denn Lust und Furcht war so gemischt in seinem wunderbaren Anblick, daß ich weder wünschte, noch wagte von ihm zu scheiden. Unterwegs bat er mich freundlich um ein Andenken. Ich zog stillschweigend meinen Ring vom Finger und gab ihn ihm. So waren wir, nach kurzem Reiten auf unbekannten Wegen, zu meiner Verwunderung auf einmal vor unser Schloß gekommen. Der Jäger setzte mich hier ab, küßte mich und kehrte schnell wieder in den Wald zurück.

Aber mir scheint gar, du glaubst mir wirklich alles das Zeug da, sagte hier die Gräfin, da sie Rosa über der Erzählung ihren ganzen Putz vergessen und mit großen Augen zuhorchen sah. – Und ist es denn nicht wahr? fragte Rosa. – So, so, erwiderte die Gräfin, es ist eigentlich mein Lebenslauf in der Knospe. Willst du weiter hören, mein Püppchen?

Der Sommer, die bunten Vögel und die Waldhornsklänge zogen nun fort, aber das Bild des schönen Jägers blieb heimlich bei mir den langen Winter hindurch. – Es war an einem von jenen wundervollen Vorfrühlingstagen, wo die ersten Lerchen wieder in der lauen Luft schwirren, ich stand mit meiner Mutter an dem Abhange des Gartens, der Fluß unten war von dem geschmolzenen Schnee ausgetreten und die Gegend weit und breit wie ein großer See zu sehen. Da erblickte ich plötzlich meinen Jäger wieder gegenüber auf der Höhe. Ich erschrak vor Freude, daß ich am ganzen Leibe zitterte. Er bemerkte mich und hielt meinen Ring an seiner Hand gerade auf mich zu, daß der Stein im Sonnenschein funkelnd, wunderbar über das Tal herüberblitzte. – Er schien zu uns herüber zu wollen, aber das Wasser hinderte ihn. So ritt er auf verschiedenen Umwegen und kam an einen tiefen Schlund, vor dem das Pferd sich zögernd bäumte. Endlich wagte es den Sprung, sprang zu kurz und stürzte in den Abgrund. Als ich das sah, sprang ich, ohne mich zu besinnen, mit einem Schrei vom Abhange aus dem Garten hinunter. Man trug mich ohnmächtig ins Schloß, und ich sah ihn niemals mehr wieder; aber der Ring blitzt wohl noch jeden Frühling aus der Grüne farbigflammend in mein Herz, und ich werde die Zauberei nicht los. – Was sagte denn aber die Mutter dazu? fragte Rosa. – Sie erinnerte sich sehr oft daran. Noch den Tag vor ihrem Tode, da sie schon zuweilen irre sprach, fiel es ihr ein und sie sagte in einer Art von Verzückung zu mir: Springe nicht aus dem Garten! Er ist so fromm und zierlich umzäunt mit Rosen, Lilien und Rosmarin. Die Sonne scheint gar lieblich darauf und lichtglänzende Kinder sehen dir von fern zu und wollen dort zwischen den Blumenbeeten mit dir spazieren gehen. Denn du sollst mehr Gnade erfahren und mehr göttliche Pracht überschauen, als andere. Und eben, weil du oft fröhlich und kühn sein wirst und Flügel haben, so bitte ich dich: Springe niemals aus dem stillen Garten! – Was wollte sie denn aber damit sagen? fiel ihr Rosa ins Wort, verstehst dus? – Manchmal, erwiderte die Gräfin, an nebligen Herbsttagen. – Sie nahm die Gitarre, trat an das offene Fenster und sang:

Laue Luft kommt blau geflossen,
Frühling, Frühling soll es sein!
Waldwärts Hörnerklang geschossen,
Mutger Augen lichter Schein,

Und das Wirren bunt und bunter
Wird ein magisch wilder Fluß,
In die schöne Welt hinunter
Lockt dich dieses Stromes Gruß.

Und ich mag mich nicht bewahren!
Weit von euch treibt mich der Wind,
Auf dem Strome will ich fahren,
Von dem Glanze selig blind!

Tausend Stimmen lockend schlagen,
Hoch Aurora flammend weht,
Fahre zu! ich mag nicht fragen,
Wo die Fahrt zu Ende geht!

Was macht dein Bruder Leontin? fragte sie schnell abbrechend und legte die Gitarre, in Gedanken versunken, hin. Wie kommst du jetzt auf den? fragte Rosa verwundert. Er sagt von mir, antwortete die Gräfin, ich sei wie eine Flöte, in der viel himmlischer Klang ist, aber das frische Holz habe sich geworfen, habe einen genialischen Sprung, und so tauge doch am Ende das ganze Instrument nichts. Das fiel mir eben jetzt ein.

Rosa war froh, daß gerade der Bediente hereintrat und meldete, daß die Pferde zum Spazierritte bereit seien. Denn die Reden der Gräfin hatten sie heute mehr gepreßt, als sie zeigte, und wäre Friedrich, nach dessen immer beruhigenden Gesprächen sie hier gar oft eine aufrichtige Sehnsucht fühlte, in diesem Augenblicke hereingetreten, sie wäre ihm gewiß mit einer Leidenschaft um den Hals gefallen, die ihn in Verwunderung gesetzt hätte.

Friedrich hatte bis weit in den Tag hinein geschlafen oder vielmehr geträumt und stand unerquickt und nüchtern auf. Die alte, schöne Gewohnheit, beim ersten Erwachen in die rüstige, freie Morgenpracht hinauszutreten, und auf hohem Berge oder im Walde die Weihe großer Gedanken für den Tag zu empfangen, mußte er nun ablegen. Trostlos blickte er aus dem Fenster in das verwirrende Treiben der mühselig drängenden, schwankenden Menge, und es war ihm, als könnte er hier nicht beten. In solchen verlassenen Stunden wenden wir uns mit doppelter Liebe nach den Augen der Geliebten, aus denen uns die Natur wieder wunderbar begrüßt, wo wir Ruhe, Trost und Freude wiederzufinden wähnen. Auch Friedrich eilte, seine Rosa endlich wiederzusehen. Aber seine Erwartung sollte noch einmal getäuscht werden. Sie war, wie wir gehört haben, eben fortgeritten, als er hinkam.

Ungeduldig verließ er von neuem das Haus, und es fehlte wenig, daß er in einer Aufwallung nicht sogleich gar wieder fortreiste. Müßig und unlustig schlenderte er durch die Gassen zwischen den fremden Menschengesichtern, ohne zu wissen, wohin. Die ersten Stunden und Tage, die wir in einer großen, unbekannten Stadt verbringen, gehören meistens unter die verdrüßlichsten unsers Lebens. Überall von aller organischen Teilnahme ausgeschlossen, sind wir wie ein überflüssiges stillstehendes Rad an dem großen Uhrwerke des allgemeinen Treibens. Neutral hängen wir gleichsam unser ganzes Wesen schlaff zu Boden und haschen, da wir innerlich nicht zu Hause sind, auswärts nach einem festen, sichern Halt. Solche Augenblicke sind es, wo wir darauf verfallen, Visiten zu machen und nach Bekanntschaften zu jagen, da uns sonst der ungestörte Zug eines frischen, bewegten Lebens in Liebe und Haß mit Gleichen und Widrigen von selbst kräftiger und sicherer zusammenführt.

So erinnerte sich auch Friedrich, daß er ein Empfehlungsschreiben an den hiesigen Minister P., den er von einsichtsvollen Männern als ein Wunder von tüchtiger Tätigkeit rühmen gehört, bei sich habe. Er zog es hervor und überlas bei dieser Gelegenheit wieder einmal den weitläufigen Reiseplan, den er bei seinem Auszuge von der Universität sorgfältig in seine Schreibtafel aufgezeichnet hatte. Es rührte ihn, wie da alle Wege so genau vorausbestimmt waren, und wie nachher alles anders gekommen war, wie das innere Leben überall durchdringt und, sich an keine vorberechneten Pläne kehrend, gleich einem Baume aus freier, geheimnisvoller Werkstatt seine Äste nach allen Richtungen hinstreckt und treibt, und erst als Ganzes einen Plan und Ordnung erweist.

Unter solchen Gedanken erreichte er des Ministers Haus. Ein Kammerdiener meldete ihn an und führte ihn bald darauf durch eine lange Reihe von Zimmern, die alle fast bis zur Einförmigkeit einfach und schmucklos waren. Erstaunt blieb er stehen, als ihm endlich an der letzten Tür der Minister selbst entgegenkam. Er hatte sich nach alle dem Erhebenden, was er von seinem großen Streben gehört, einen lebenskräftigen, heldenähnlichen, freudigen Mann vorgestellt, und fand eine lange, hagere, schwarzgekleidete Gestalt, die ihn mit unhöflicher Höflichkeit empfing. Denn so möchte man jene Höflichkeit nennen, die nichts mehr bedeuten *will,* und keinen Zug mehr ihres Ursprungs, der wohlwollenden Güte, an sich hat. Der Minister las das Schreiben schnell durch und erkundigte sich um die Familienverhältnisse des Grafen mit wenigen sonderbaren Fragen, aus denen Friedrich zu seiner höchsten Verwunderung ersah, daß der Minister in die Geheimnisse seiner Familie eingeweihter sein müsse, als er selber, und er betrachtete den kalten Mann einige Augenblicke mit einer Art von heiliger Scheu.

Während dieser Unterredung kam unten ein junger Mann in soldatischer Kleidung die Straße herabgeritten. Wie wenn ein Ritter, noch ein heiliges Bild voriger, rechter Jugend, dessen Anblicks unser Auge längst entwöhnt ist, uns plötzlich begegnete, so ragte der herrliche Reiter über die verworrene, falbe Menge, die sein wildes Roß auseinandersprengte. Alles zog ehrerbietig den Hut, er nickte freundlich in das Fenster hinauf, der Minister verneigte sich tief: es war der Erbprinz.

Auf Friedrich hatte die wahrhaft fürstliche Schönheit des Reiters einen wunderbaren Eindruck gemacht, den er, solange er lebte, nie wieder auszulöschen vermochte. Er sagte es dem Minister. Der Minister lächelte. Friedrich ärgerte das britisierende, eingefrorne Wesen, das er aus Jean Pauls Romanen bis zum Ekel kannte, und jederzeit für die allerschändlichste Prahlerei hielt. Auf die Wahrhaftigkeit seines Herzens vertrauend, sprach er daher, als sich bald nachher die Unterhaltung zu den neuesten Zeitbegebenheiten wandte, über Staat, öffentliche Verhandlungen und Patriotismus mit einer sorglosen, sieghaften Ergreifung, die vielleicht manchmal um desto eher an Übertreibung grenzte, je mehr ihn der unüberwindlich kalte Gegensatz des Ministers erhitzte. Der Minister hörte ihn stillschweigend an. Als er geendigt hatte, sagte er ruhig: Ich bitte Sie, verlegen Sie sich doch einige Zeit mit ausschließlichem Fleiße auf das Studium der Jurisprudenz und der kameralistischen Wissenschaften. Friedrich griff schnell nach seinem Hute. Der Minister überreichte ihm eine Einladungskarte zu einem sogenannten Tableau, welches heute abend bei einer Dame, die durch gelehrte Zirkel berüchtigt war, von mehreren jungen Damen aufgeführt werden sollte, und Friedrich eilte aus dem Hause fort. Er hatte sich oben in der Gegenwart des Ministers wie von einer unsichtbaren Übermacht bedrückt gefühlt, es kam ihm vor, als ginge alles anders auf der Welt, als er es sich in guten Tagen vorgestellt.

Es war schon Abend geworden, als sich Friedrich endlich entschloß, von der Einladungskarte, die er vom Minister bekommen hatte, Gebrauch zu machen. Er machte sich schnell auf den Weg; aber das Haus der Dame, wohin die Adresse gerichtet war, lag weit in dem andern Teile der Stadt, und so langte er ziemlich spät dort an.

Er wurde bei Vorweisung der Karte in einen Saal gewiesen, der, wie es schien, mit Fleiß nur durch einen einzigen Kronleuchter sehr matt beleuchtet wurde. In dieser sonderbaren Dämmerung fand er eine zahlreiche Gesellschaft, die, lebhaft durcheinandersprechend, in einzelne Partien zerstreut umhersaß. Er kannte niemand und wurde auch nicht bemerkt; er blieb daher im Hintergrunde und erwartete, an einen Pfeiler gelehnt, den Ausgang der Sache.

Bald darauf wurde zu seinem Erstaunen auch der einzige Kronleuchter hinaufgezogen. Eine undurchdringliche Finsternis erfüllte nun plötzlich den Raum und er hörte ein quiekendes, leichtfertiges Gelächter unter den jungen Frauenzimmern über den ganzen Saal. Wie sehr aber fühlte er sich überrascht, als auf einmal ein Vorhang im Vordergrunde niedersank und eine unerwartete Erscheinung von der seltsamsten Erfindung sich den Augen darbot.

Man sah nämlich sehr überraschend ins Freie, überschaute statt eines Theaters die große, wunderbare Bühne der Nacht selber, die vom Monde beleuchtet draußen ruhte. Schräge über die Gegend hin streckte sich ein ungeheurer Riesenschatten weit hinaus, auf dessen Rücken eine hohe, weibliche Gestalt erhoben stand. Ihr langes weites Gewand war durchaus blendendweiß, die eine Hand hatte sie ans Herz gelegt, mit der andern hielt sie ein Kreuz zum Himmel empor. Das Gewand schien ganz und gar von Licht durchdrungen und strömte von allen Seiten einen milden Glanz aus, der eine himmlische Glorie um die ganze Gestalt bildete und sich ins Firmament zu verlieren schien, wo oben an seinem Ausgange einzelne wirkliche Sterne hindurchschimmerten. Rings unter dieser Gestalt war ein dunkler Kreis hoher, traumhafter, phantastisch ineinander verschlungener Pflanzen, unter denen unkenntlich verworrene Gestalten zerstreut lagen und schliefen, als wäre ihr wunderbarer Traum über ihnen abgebildet. Nur hin und her endigten sich die höchsten dieser Pflanzengewinde in einzelne Lilien und Rosen, die von der Glorie, der sie sich zuwandten, berührt und verklärt wurden und in deren Kelchen goldene Kanarienvögel saßen und in dem Glanze mit den Flügeln schlugen. Unter den dunklen Gestalten des untern Kreises war nur eine kenntlich. Es war ein Ritter, der sich, der glänzenden Erscheinung zugekehrt, auf beide Knie aufgerichtet hatte und auf ein Schwert stützte, und dessen goldene Rüstung von der Glorie hell beleuchtet wurde. Von der andern Seite stand eine schöne, weibliche Gestalt in griechischer Kleidung, wie die Alten ihre Göttinnen abbildeten. Sie war mit bunten, vollen Blumengewinden umhangen und hielt mit beiden aufgehobenen Armen eine Zimbel, wie zum Tanze, hoch in die Höh, so daß die ganze regelmäßige Fülle und Pracht der Glieder sichtbar wurde. Das Gesicht erschrocken von der Glorie abgewendet, war sie nur zur Hälfte erleuchtet; aber es war die deutlichste und vollendetste Figur. Es schien, als wäre die irdische, lebenslustige Schönheit von dem Glanze jener himmlischen berührt, in ihrer bacchantischen Stellung plötzlich so erstarrt. Je länger man das Ganze betrachtete, je mehr und mehr wurde das Zauberbild von allen Seiten lebendig. Die Glorie der mittelsten Figur spielte in den Pflanzengewinden und den zitternden Blätterspitzen der nächststehenden Bäume. Im Hintergrunde sah man noch einige Streifen des Abendrots am Himmel stehen, fernes, dunkelblaues Gebirg, und hin und wieder den Strom aus der weiten Tiefe wie Silber aufblickend. Die ganze Gegend schien in erwartungsvoller Stille zu feiern, wie vor einem großen Morgen, der das geheimnisvoll gebundene Leben in herrlicher Pracht lösen soll.

Friedrich war freudig zusammengefahren, als der Vorhang sich plötzlich eröffnete, denn er hatte in der mittelsten Figur mit dem

Kreuze sogleich seine Rosa erkannt. Wie wir einen geliebten köstlichen Stein mit dem Kostbarsten sorgfältig umfassen, so schien auch ihm der herrliche Kreis der gestirnten Nacht draußen nur eine Folie um das schöne Bild der Geliebten, zu welcher aller Augen unwiderstehlich hingezogen wurden. An ihren großen, sinnigen Augen entzündete sich in seiner Brust die Macht hoher, freudiger Entschlüsse und Gedanken, das Abendrot draußen war ihm die Aurora eines künftigen, weiten, herrlichen Lebens und seine ganze Seele flog wie mit großen Flügeln in die wunderbare Aussicht hinein.

Mitten in dieser Entzückung fiel der Vorhang plötzlich wieder, das Ganze verdeckend, herab, der Kronleuchter wurde heruntergelassen und ein schnatterndes Gewühl und Lachen erfüllte auf einmal wieder den Saal. Der größte Teil der Gesellschaft brach nun von allen Sitzen auf und verlor sich. Nur ein kleiner Teil von Auserwählten blieb im Saale zurück. Friedrich wurde währenddessen vom Minister, der auch zugegen war, bemerkt und sogleich der Frau vom Hause vorgestellt. Es war eine fast durchsichtig schlanke, schmächtige Gestalt, gleichsam im Nachsommer ihrer Blüte und Schönheit. Sie bat ihn mit so überaus sanften, leisen, lispelnden Worten, daß er Mühe hatte, sie zu verstehen, ihre künstlerischen Abendandachten, wie sie sich ausdrückte, mit seiner Gegenwart zu beehren, und sah ihn dabei mit blinzelnden, fast zugedrückten Augen an, von denen er zweifelhaft war, ob sie ausforschend, gelehrt, sanft, verliebt oder nur interessant sein sollten.

Die Gesellschaft zog sich indes in eine kleinere Stube zusammen. Die Zimmer waren durchaus prachtvoll und im neuesten Geschmacke dekoriert; nur hin und wieder bemerkte man einige auffallende Besonderheiten und Nachlässigkeiten, unsymmetrische Spiegel, Gitarren, aufgeschlagene Musikalien und Bücher, die auf den Ottomanen zerstreut umherlagen. Friedrich kam es vor, als hätte es der Frau vom Hause vorher einige Stunden mühsamen Studiums gekostet, um in das Ganze eine gewisse unordentliche Genialität hineinzubringen.

Endlich erschien auch Rosa mit der jungen Gräfin Romana, welche in dem Tableau die griechische Figur, die lebenslustige, vor dem Glanze des Christentums zu Stein gewordene Religion der Phantasie so meisterhaft dargestellt hatte. Rosas erster Blick traf gerade auf

Friedrich. Erstaunt und mit innigster Herzensfreude rief sie laut seinen Namen. Er wäre ihr um den Hals gefallen, aber der Minister stand eben wie eine Statue neben ihm, und manche Augen hatte ihr unvorsichtiger Ausruf auf ihn gerichtet. Er hätte sich vor diesen Leuten ebenso gern wie Don Quixote in der Wildnis vor seinem Sancho Pansa in Purzelbäumen produzieren wollen, als seine Liebe ihren Augen preisgeben. Aber so nahe als möglich hielt er sich zu ihr, es war ihm eine unbeschreibliche Lust, sie anzurühren, er sprach wieder mit ihr, als wäre er nie von ihr gewesen und hielt oft minutenlang ihre Hand in der seinigen. Rosa tat diese langentbehrte, ungekünstelte, unwiderstehliche Freude an ihr im Innersten wohl.

Es hatte sich unterdes ein niedliches, etwas zehnjähriges Mädchen eingefunden, die in einer reizenden Kleidung mit langen Beinkleidern und kurzem schleiernen Röckchen darüber, keck im Zimmer herumsprang. Es war die Tochter vom Hause. Ein Herr aus der Gesellschaft reichte ihr ein Tamburin, das in einer Ecke auf dem Fußboden gelegen hatte. Alle schlossen bald einen Kreis um sie und das zierliche Mädchen tanzte mit einer wirklich bewunderungswürdigen Anmut und Geschicklichkeit, während sie das Tamburin auf mannigfache Weise schwang und berührte und ein niedliches italienisches Liedchen dazu sang. Jeder war begeistert, erschöpfte sich in Lobsprüchen und wünschte der Mutter Glück, die sehr zufrieden lächelte. Nur Friedrich schwieg still. Denn einmal war ihm schon die moderne Knabentracht bei Mädchen zuwider, ganz abscheulich aber war ihm diese gottlose Art, unschuldige Kinder durch Eitelkeit zu dressieren. Er fühlte vielmehr ein tiefes Mitleid mit der schönen kleinen Bajadere. Sein Ärger und das Lobpreisen der andern stieg, als nachher das Wunderkind sich unter die Gesellschaft mischte, nach allen Seiten hin in fertigem Französisch schnippische Antworten erteilte, die eine Klugheit weit über ihr Alter zeigten, und überhaupt jede Ungezogenheit als genial genommen wurde.

Die Damen, welche sämtlich sehr ästhetische Mienen machten, setzten sich darauf nebst mehreren Herren unter dem Vorsitze der Frau vom Hause, die mit vieler Grazie den Tee einzuschenken wußte, förmlich in Schlachtordnung und fingen an, von Ohrenschmäusen zu reden. Der Minister entfernte sich in die Nebenstube, um zu spielen. – Friedrich erstaunte, wie diese Weiber geläufig mit den neuesten Erscheinungen der Literatur umzuspringen wußten, von denen er selber manche kaum dem Namen nach kannte, wie leicht sie mit Namen herumwarfen, die er nie ohne heilige, tiefe Ehrfurcht auszusprechen gewohnt war. Unter ihnen schien besonders ein junger Mann mit einer verachtenden Miene in einem gewissen Glauben und Ansehen zu stehen. Die Frauenzimmer sahen ihn beständig an, wenn es darauf ankam, ein Urteil zu sagen, und suchten in seinem Gesichte seinen Beifall oder Tadel im voraus herauszulesen, um sich nicht etwa mit etwas Abgeschmacktem zu prostituieren. Er hatte viele genialische Reisen gemacht, in den meisten Hauptstädten auf öffentlicher Straße auf seine eigene Faust Ball gespielt, Kotzebue einmal in einer Gesellschaft in den Sack gesprochen, fast mit allen berühmten Schriftstellern zu Mittag gespeist oder kleine Fußreisen gemacht. Übrigens gehörte er eigentlich zu keiner Partei; er übersah alle weit und belächelte die entgegengesetzten Gesinnungen und Bestrebungen, den eifrigen Streit unter den Philosophen oder Dichtern: Er war sich der Lichtpunkt dieser verschiedenen Reflexe. Seine Urteile waren alle nur wie zum Spiele flüchtig hingeworfen mit einem nachlässig mystischen Anstrich, und die Frauenzimmer erstaunten nicht über das, was er sagte, sondern was er, in der Überzeugung, nicht verstanden zu werden, zu verschweigen schien.

Wenn dieser heimlich die Meinung zu regieren schien, so führte dagegen ein anderer fast einzig das hohe Wort. Es war ein junger, voller Mensch mit strotzender Gesundheit, ein Antlitz, das vor wohlbehaglicher Selbstgefälligkeit glänzte und strahlte. Er wußte für jedes Ding ein hohes Schwungwort, lobte und tadelte ohne Maß und sprach hastig mit einer durchdringenden, gellenden Stimme. Er schien ein wütend Begeisterter von Profession und ließ sich von den Frauenzimmern, denen er sehr gewogen schien, gern den heiligen Thyrsusschwinger nennen. Es fehlte ihm dabei nicht an einer gewissen schlauen Miene, womit er niedrere, nicht so saftige Naturen seiner Ironie preiszugeben pflegte. Friedrich wußte gar nicht, wohin dieser während seiner Deklamationen so viel Liebesblicke verschwende, bis er endlich ihm gerade gegenüber einen großen Spiegel entdeckte.

Der Begeisterte ließ sich nicht lange bitten, etwas von seinen Poesien mitzuteilen. Er las eine lange Dithyrambe von Gott, Himmel, Hölle, Erde und dem Karfunkelstein mit angestrengtester Heftigkeit vor, und schloß mit solchem Schrei und Nachdruck, daß er ganz blau im Gesichte wurde. Die Damen waren ganz außer sich über die heroische Kraft des Gedichts, sowie des Vortrags.
Ein anderer junger Dichter von mehr schmachtendem Ansehn, der neben der Frau vom Hause seinen Wohnsitz aufgeschlagen hatte, lobte zwar auch mit, warf aber dabei einige durchbohrende, neidische Blicke auf den Begeisterten, vom Lesen ganz Erschöpften. Überhaupt war dieser Friedrich schon von Anfang an durch seinen großen Unterschied von jenen beiden Flausenmachern aufgefallen. Er hatte sich während der ganzen Zeit, ohne sich um die Verhandlungen der andern zu bekümmern, ausschließlich mit der Frau vom Hause unterhalten, mit der er eine Seele zu sein schien. Ihre Unterhaltung mußte sehr zart sein, wie man von dem süßen, zugespitzten Munde beider abnehmen konnte, und Friedrich hörte nur manchmal einzelne Laute, wie: »mein ganzes Leben wird zum Roman« – »überschwengliches Gemüt« – »Priesterleben« – herüberschallen. Endlich zog auch dieser ein ungeheures Paket Papiere aus der Tasche und begann vorzulesen, unter andern folgendes Assonanzenlied:

Hat nun Lenz die silbern'n Bronnen
    Losgebunden:
Knie ich nieder, süßbeklommen,
    In die Wunder.

Himmelreich so kommt geschwommen
    Auf die Wunden!
Hast du einzig mich erkoren
    Zu den Wundern?

In die Ferne süß verloren,
    Lieder fluten,
Daß sie, rückwärts sanft erschollen,
    Bringen Kunde.

Was die andern sorgen wollen,
    Ist mir dunkel,

Mir will ewger Durst nur frommen
Nach dem Durste.

Was ich liebte und vernommen,
Was geklungen,
In den eignen, tiefen Wonnen
Selig Wunder!

Weiter folgendes Sonett:

Ein Wunderland ist oben aufgeschlagen,
Wo goldne Ströme gehn und dunkel schallen
Und durch ihr Rauschen tief Gesänge hallen,
Die möchten gern ein hohes Wort uns sagen.

Viel goldne Brücken sind dort kühn geschlagen,
Darüber alte Brüder sinnend wallen
Und seltsam Töne oft herunterfallen –
Da will tief Sehnen uns von hinnen tragen.

Wen einmal so berührt die heilgen Lieder:
Sein Leben taucht in die Musik der Sterne,
Ein ewig Ziehn in wunderbare Ferne.

Wie bald liegt da tief unten alles Trübe!
Er kniet ewig betend einsam nieder,
Verklärt im heilgen Morgenrot der Liebe.

Er las noch einen Haufen Sonette mit einer Art von priesterlicher Feierlichkeit. Keinem derselben fehlte es an irgend einem wirklich aufrichtigen kleinen Gefühlchen, an großen Ausdrücken und lieblichen Bildern. Alle hatten einen einzigen, bis ins Unendliche breit auseinandergeschlagenen Gedanken, sie bezogen sich alle auf den Beruf des Dichters und die Göttlichkeit der Poesie, aber die Poesie selber, das ursprüngliche, freie, tüchtige Leben, das uns ergreift, ehe wir darüber sprechen, kam nicht zum Vorschein vor lauter Komplimenten davor und Anstalten dazu. Friedrich kamen dieser Poesierer in ihrer durchaus polierten, glänzenden, wohlerzogenen Weichlichkeit wie der fade, unerquickliche Teedampf, die zierliche Teekanne mit ihrem lodernden Spiritus auf dem Tische wie der Opferaltar dieser Musen vor. Er erinnerte sich bei diesem ästhetischen Geschwätz der schönen Abende im Walde bei Leontins Schloß, wie da Leontin manchmal so seltsame Gespräche über Poesie und Kunst hielt, wie seine Worte, je finsterer es nach und nach ringsumher wurde, zuletzt eins wurden mit dem Rauschen des Waldes und der Ströme und dem großen Geheimnisse des Lebens, und weniger belehrten als erquickten, stärkten und erhoben.

Er erholte sich recht an der erfrischenden Schönheit Rosas, in deren Gesicht und Gestalt unverkennbar der herrliche, wilde, oft ungenießbare Berg- und Waldgeist ihres Bruders zur ruhigeren, großen, schönen Form geworden war. Sie kam ihm diesen Abend viel schöner und unschuldiger vor, da sie sich fast gar nicht in die gelehrten Unterhaltungen mit einmischte. Höchst anziehend und zurückstoßend zugleich erschien ihm dagegen ihre Nachbarin, die junge Gräfin Romana, welche er sogleich für die griechische Figur in dem Tableau erkannte, und die daher heute allgemein die schöne Heidin genannt wurde. Ihre Schönheit war durchaus verschwenderisch reich, südlich und blendend und überstrahlte Rosas mehr deutsche Bildung weit, ohne eigentlich vollendeter zu sein. Ihre Bewegungen waren feurig, ihre großen, brennenden, durchdringenden Augen, denen es nicht an Strenge fehlte, bestrichen Friedrich wie ein Magnet. Als endlich der Schmachtende seine Vorlesung geendigt hatte, wurde sie ziemlich unerwartet um ihr Urteil darüber befragt. Sie antwortete sehr kurz und verworren, denn sie wußte fast kein Wort davon; sie hatte währenddessen heimlich ein auffallend getroffenes Porträt Friedrichs geschnitzt, das sie schnell Rosa zusteckte. Bald darauf wurde auch sie aufgefordert, etwas von ihren Poesien zum besten zu geben. Sie versicherte vergebens, daß sie nichts bei sich habe, man drang von allen Seiten, besonders die Weiber mit wahren Judasgesichtern, in sie, und so begann sie, ohne sich lange zu besinnen, folgende Verse, die sie zum Teil aus der Erinnerung hersagte, größtenteils im Augenblick erfand und durch ihre musikalischen Mienen wunderbar belebte:

Weit in einem Walde droben,
Zwischen hoher Felsen Zinnen,
Steht ein altes Schloß erhoben,
Wohnet eine Zaubrin drinne.

Von dem Schloß, der Zaubrin Schöne
Gehen wunderbare Sagen,
Lockend schweifen fremde Töne
Plötzlich her oft aus dem Walde.
Wem sie recht das Herz getroffen,
Der muß nach dem Walde gehen,
Ewig diesen Klängen folgend,
Und wird nimmermehr gesehen.
Tief in wundersamer Grüne
Steht das Schloß, schon halbverfallen,
Hell die goldnen Zinnen glühen,
Einsam sind die weiten Hallen.
Auf des Hofes steingem Rasen
Sitzen von der Tafelrunde
All die Helden dort gelagert,
Überdeckt mit Staub und Wunden.
Heinrich liegt auf seinem Löwen,
Gottfried auch, Siegfried der Scharfe,
König Alfred, eingeschlafen
Über seiner goldnen Harfe.
Don Quixote hoch auf der Mauer,
Sinnend tief in nächtger Stunde,
Steht gerüstet auf der Lauer
Und bewacht die heilge Runde.
Unter fremdes Volk verschlagen,
Arm und ausgehöhnt, verraten,
Hat er treu sich durchgeschlagen,
Eingedenk der Heldentaten
Und der großen alten Zeiten,
Bis er, ganz von Wahnsinn trunken,
Endlich so nach langem Streiten
Seine Brüder hat gefunden.

Einen wunderbaren Hofstaat
Die Prinzessin dorthin führet,
Hat ein'n wunderlichen Alten,

Der das ganze Haus regieret.
Einen Mantel trägt der Alte,
Schillernd bunt in allen Farben
Mit unzähligen Zieraten,
Spielzeug hat er in den Falten.
Scheint der Monden helle draußen,
Wolken fliegen überm Grunde:
Fängt er draußen an zu hausen,
Kramt sein Spielzeug aus zur Stunde.
Und das Spielzeug um den Alten
Rührt sich bald beim Mondenscheine,
Zupfet ihn beim langen Barte,
Schlingt um ihn die bunten Kreise,
Auch die Blümlein nach ihm langen,
Möchten doch sich sittsam zeigen,
Ziehn verstohlen ihn beim Mantel,
Lachen dann in sich gar heimlich.
Und ringsum die ganze Runde
Zieht Gesichter ihm und rauschet,
Unterhält aus dunklem Grunde
Sich mit ihm als wie im Traume.
Und er spricht und sinnt und sinnet,
Bunt verwirrend alle Zeiten,
Weinet bitterlich und lachet,
Seine Seele ist so heiter.

Bei ihm sitzt dann die Prinzessin
Spielt mit seinen Seltsamkeiten,
Immer neue Wunder blinkend
Muß er aus dem Mantel breiten,
Und der wunderliche Alte
Hielt sie sich bei seinen Bildern
Neidisch immerfort gefangen,
Weit von aller Welt geschieden.
Aber der Prinzessin wurde
Mitten in dem Spiele bange

Unter diesen Zauberblumen,
Zwischen dieser Quellen Rauschen.
Frisches Morgenrot im Herzen
Und voll freudiger Gedanken,
Sind die Augen wie zwei Kerzen,
Schön die Welt dran zu entflammen.
Und die wunderschöne Erde,
Wie Aurora sie berühret,
Will mit irdscher Lust und Schmerzen
Ewig neu sie stets verführen.
Denn aus dem bewegten Leben
Spüret sie ein Hochzeitsgrüßen,
Mitten zwischen ihren Spielen
Muß sie sich bezwungen fühlen.

Und es hebt die ewig Schöne,
Da der Morgen herrlich schiene,
In den Augen große Tränen,
Hell die jugendlichen Glieder.
›Wie so anders war es damals,
Da mich, bräutlich Ausgeschmückte,
Aus dem heimatlichen Garten
Hier herab der Vater schickte!
Wie die Erde frisch und jung noch,
Von Gesängen rings erklingend,
Schauernd in Erinnerungen,
Helle in das Herz mir blickte,
Daß ich, schamhaft mich verhüllend,
Meinen Ring, von Glanz geblendet,
Schleudert in die prächtge Fülle,
Als die ewge Braut der Erde.
Wo ist nun die Pracht geblieben,
Treuer Ernst im rüstgen Treiben,
Rechtes Tun und rechtes Lieben
Und die Schönheit und die Freude?
Ach! ringsum die Helden alle,

Die sonst schön und helle schauten,
Um *mich* in den lichten Tagen
Durch die Welt sich fröhlich hauten,
Strecken steinern nun die Glieder,
Eingehüllt in ihre Fahnen,
Sind seitdem so alt geworden,
Nur *ich* bin so jung wie damals. –
Von der Welt kann ich nicht lassen,
Liebeln nicht von fern mit Reden,
Muß mit Armen warm umfassen! –
Laß mich lieben, laß mich leben!‹

Nun verliebt die Augen gehen
Über ihres Gartens Mauer,
War so einsam dort zu sehen
Schimmernd Land und Ström und Auen.
Und wo ihre Augen gingen:
Quellen aus der Grüne sprangen,
Berg und Wald verzaubert standen,
Tausend Vögel schwirrend sangen.
Golden blitzt es überm Grunde,
Seltne Farben irrend schweifen,
Wie zu lang entbehrtem Feste
Will die Erde sich bereiten.
Und nun kamen angezogen
Freier bald von allen Seiten,
Federn bunt im Winde flogen,
Jäger schmuck im Walde reiten.
Hörner lustig drein erschallen
Auf und munter durch das Grüne,
Pilger fromm dazwischen wallen,
Die das Heimatsfieber spüren.
Auf vielsonngen Wiesen flöten
Schäfer bei schneeflockgen Schafen,
Ritter in der Abendröte
Knien auf des Berges Hange,

Und die Nächte von Gitarren
Und Gesängen weich erschallen,
Daß der wunderliche Alte
Wie verrückt beginnt zu tanzen.
Die Prinzessin schmückt mit Kränzen
Wieder sich die schönen Haare,
Und die vollen Kränze glänzen
Und sie blickt verlangend nieder.

Doch die alten Helden alle,
Draußen vor der Burg gelagert,
Saßen dort im Morgenglanze,
Die das schöne Kind bewachten.
An das Tor die Freier kamen
Nun gesprengt, gehüpft, gelaufen,
Ritter, Jäger, Provenzalen,
Bunte, helle, lichte Haufen.
Und vor allen junge Recken
Stolzen Blicks den Berg berannten,
Die die alten Helden weckten,
Sie vertraulich Brüder nannten.
Doch wie diese uralt blicken,
An die Eisenbrust geschlossen
Brüderlich die Jungen drücken,
Fallen die erdrückt zu Boden.
Andre lagern sich zum Alten,
Graust ihn'n gleich bei seinen Mienen,
Ordnen sein verworrnes Walten,
Daß es jedem wohlgefiele;
Doch sie fühlen schauernd balde,
Daß sie ihn nicht können zwingen,
Selbst zu Spielzeug sich verwandeln,
Und der Alte spielt mit ihnen.
Und sie müssen töricht tanzen,
Manche mit der Kron geschmücket
Und im purpurnen Talare

Feierlich den Reigen führen.
Andre schweben lispelnd lose,
Andre müssen männlich lärmen,
Rittern reißen aus die Rosse
Und die schreien gar erbärmlich.
Bis sie endlich alle müde
Wieder kommen zu Verstande,
Mit der ganzen Welt in Frieden,
Legen ab die Maskerade.
›Jäger sind wir nicht, noch Ritter‹,
Hört man sie von fern noch summen,
›Spiel nur war das – wir sind Dichter!‹ –
So vertost der ganze Plunder,
Nüchtern liegt die Welt wie ehe,
Und die Zaubrin bei dem Alten
Spielt die vorgen Spiele wieder
Einsam wohl noch lange Jahre. –

Die Gräfin, die zuletzt mit ihrem schönen, begeisterten Gesicht einer welschen Improvisatorin glich, unterbrach sich hier plötzlich selber, indem sie laut auflachte, ohne daß jemand wußte, warum. Verwundert fragte alles durcheinander: Was lachen Sie? Ist die Allegorie schon geschlossen? Ist das nicht die Poesie? – Ich weiß nicht, ich weiß nicht, ich weiß nicht, sagte die Gräfin lustig und sprang auf.
Von allen Seiten wurden nun die flüchtigen Verse besprochen. Einige hielten die Prinzessin im Gedicht für die Venus, andre nannten sie die Schönheit, andre nannten sie die Poesie des Lebens. Es mag wohl die Gräfin selber sein, dachte Friedrich. – Es ist die Jungfrau Maria als die große Weltliebe, sagte der genialische Reisende, der wenig acht gegeben hatte, mit vornehmer Nachlässigkeit. Ei, daß Gott behüte! brach Friedrich, dem das Gedicht der Gräfin heidnisch und übermütig vorgekommen war, wie ihre ganze Schönheit, halb lachend und halb unwillig aus: Sind wir doch kaum des Vernünftelns in der Religion los und fangen dagegen schon wieder an, ihre festen Glaubenssätze, Wunder und Wahrheiten zu verpoetisieren und zu verflüchtigen. In wem die Religion zum Leben gelangt,

wer in allem Tun und Lassen von der Gnade wahrhaft durchdrungen ist, dessen Seele mag sich auch in Liedern ihrer Entzückung und des himmlischen Glanzes erfreuen. Wer aber hochmütig und schlau diese Geheimnisse und einfältigen Wahrheiten als beliebigen Dichtungsstoff zu überschauen glaubt, wer die Religion, die nicht dem Glauben, dem Verstande oder der Poesie allein, sondern allen dreien, dem ganzen Menschen, angehört, bloß mit der Phantasie in ihren einzelnen Schönheiten willkürlich zusammenrafft, der wird ebenso gern an den griechischen Olymp glauben, als an das Christentum, und eins mit dem andern verwechseln und versetzen, bis der ganze Himmel furchtbar öde und leer wird. – Friedrich bemerkte, daß er von mehreren sehr weise belächelt wurde, als könne er sich nicht zu ihrer freien Ansicht erheben.

Man hatte indes an dem Tische die Geschichte der Gräfin *Dolores* aufgeschlagen und blätterte darin hin und her. Die mannigfaltigsten Urteile darüber durchkreuzten sich bald. Die Frau vom Hause und ihr Nachbar, der Schmachtende, sprachen vor allen andern bitter und mit einer auffallend gekränkten Empfindlichkeit und Heftigkeit darüber. Sie schienen das Buch aus tiefster Seele zu hassen. Friedrich erriet wohl die Ursache und schwieg. – Ich muß gestehen, sagte eine junge Dame, ich kann mich darein nicht verstehen, ich wußte niemals, was ich aus dieser Geschichte mit den tausend Geschichten machen soll. Sie haben sehr recht, fiel ihr einer von den Männern, der sonst unter allen immer am richtigsten geurteilt hatte, ins Wort, es ist mir immer vorgekommen, als sollte dieser Dichter noch einige Jahre pausieren, um Dichten zu lernen. Welche Sonderbarkeiten, Verrenkungen und schreienden Übertreibungen! – Gerade das Gegenteil, unterbrach ihn ein anderer, ich finde das Ganze nur allzu prosaisch, ohne die himmlische Überschwenglichkeit der Phantasie. Wenn wir noch viele solche Romane erhalten, so wird unsere Poesie wieder eine bloße allegorische Person der Moral.

Hier hielt sich Friedrich, der dieses Buch hoch in Ehren hielt, nicht länger. Alles ringsumher, sagte er, ist prosaisch und gemein, oder groß und herrlich, wie wir es verdrossen und träge, oder begeistert ergreifen. Die größte Sünde aber unsrer jetzigen Poesie ist meines Wissens die gänzliche Abstraktion, das abgestandene Leben, die leere, willkürliche, sich selbst zerstörende Schwelgerei in Bildern. Die Poesie liegt vielmehr in einer fortwährend begeisterten Anschauung und Betrachtung der Welt und der menschlichen Dinge, sie liegt ebensosehr in der Gesinnung als in den lieblichen Talenten, die erst durch die Art ihres Gebrauches groß werden. Wenn in einem sinnreichen, einfach strengen, männlichen Gemüte auf solche Weise die Poesie wahrhaft lebendig wird, dann verschwindet aller Zwiespalt: Moral, Schönheit, Tugend und Poesie, alles wird eins in den adeligen Gedanken, in der göttlichen, sinnigen Lust und Freude, und dann mag freilich das Gedicht erscheinen, wie ein in der Erde wohlgegründeter, tüchtiger, schlanker, hoher Baum, wo grob und fein erquicklich durcheinander wächst, und rauscht und rührt sich zu Gottes Lobe. Und so ist mir auch dieses Buch jedesmal vorgekommen, obgleich ich gern zugebe, daß der Autor in stolzer Sorglosigkeit sehr unbekümmert mit den Worten schaltet, und sich nur zu oft daran ergötzt, die kleinen Zauberdinger kurios auf den Kopf zu stellen.

Die Frauenzimmer machten große Augen, als Friedrich unerwartet so sprach. Was er gesagt, hatte wenigstens den gewissen, guten Klang, der ihnen bei allen solchen Dingen die Hauptsache war. Romana, die es von weitem flüchtig mit angehört, fing an, ihn mit ihren dunkelglühenden Augen bedeutender anzusehen. Friedrich aber dachte: in euch wird doch alles Wort nur wieder Wort, und wandte sich zu einem schlichten Manne, der vom Lande war und weniger mit der Literatur als mit dieser Art, sie zu behandeln, unbekannt zu sein schien.

Dieser erzählte ihm, wie er jenem Romane eine seltsame Verwandlung seines ganzen Lebens zu verdanken habe. Auf dem Lande ausschließlich zur Ökonomie erzogen, hatte er nämlich von frühester Kindheit an nie Neigung zum Lesen und besonders einen gewissen Widerwillen gegen alle Poesie, als einen unnützen Zeitvertreib. Seine Kinder dagegen ließen seit ihrem zartesten Alter einen unüberwindlichen Hang und Geschicklichkeit zum Dichten und zur Kunst verspüren, und alle Mittel, die er anwandte, waren nicht imstande, sie davon abzubringen und sie zu tätigen, ordentlichen Landwirten zu machen. Vielmehr lief ihm der älteste Sohn fort und wurde wider seinen Willen Maler. Dadurch wurde er immer verschlossener, und seine Abneigung gegen die Kunst verwandelte sich immer bitterer in entschiedenen Haß gegen alles, was ihr nur anhing. Der Maler hatte indes eine unglückselige Liebe zu einem jungen, seltsamen Mädchen gefaßt. Es war gewiß das talentvollste, heftigste, beste und schlechteste Mädchen zugleich, das man nur finden konnte. Eine Menge unordentlicher Liebschaften, in die sie sich auch jetzt noch immerfort einließ, brachte den Maler oft auf das äußerste, so daß es in Anfällen von Wut oft zwischen beiden zu Auftritten kam, die ebenso furchtbar wie komisch waren. Ihre unbeschreibliche Schönheit zog ihn aber immer wieder unbezwinglich zu ihr hin, und so teilte er sein unruhvolles Leben zwischen Haß und Liebe und allen den heftigsten Leidenschaften, während er immerfort in den übrigen Stunden unermüdet und nur um desto eifriger an seinen großen Gemälden fortarbeitete. – Ich machte mich endlich einmal nach der weitentlegenen Stadt auf den Weg, fuhr der Mann in seiner Erzählung fort, um die seltsame Wirtschaft meines Sohnes, von der ich schon so viel gehört hatte, mit eigenen Augen anzusehen. Schon unterwegs hörte ich von einem seiner besten Freunde, daß sich manches verändert habe. Das Mädchen oder Weib meines Sohnes habe nämlich von ohngefähr ein Buch in die Hände bekommen, worin sie mehrere Tage unausgesetzt und tiefsinnig gelesen. Keiner ihrer Liebhaber habe sie seitdem zu sehen bekommen und sie sei endlich darüber in eine schwere Krankheit verfallen. Das Buch war kein anderes, als eben diese Geschichte von der Gräfin Dolores. Als ich in die Stadt ankomme, eile ich sogleich nach der Wohnung meines Sohnes. Ich finde niemand im ganzen Hause, die Tür offen, alles öde. Ich trete in die Stube: das Mädchen lag auf einem Bette, blaß und wie vor Mattigkeit eingeschlafen. Ich habe niemals etwas Schöneres gesehen. In dem Zimmer standen fertige und halbvollendete Gemälde auf Staffeleien umher, Malergerätschaften, Bücher, Kleider, halbbezogene Gitarren, alles sehr unordentlich durcheinander. Durch das Fenster, welches offen stand, hatte man über die Stadt weg eine entzückende Aussicht auf den weitgewundenen Strom und die Gebirge. In der Stube fand ich auf einem Tische ein Buch aufgeschlagen, es war die Dolores. Ich wollte die Kranke nicht wecken, setzte mich hin und fing an in dem Buche zu lesen. Ich las und las, vieles Dunkle zog mich immer mehr an, vieles kam mir so wahrhaft vor, wie meine verborgene innerste Meinung oder wie alte, lange wieder verlorne und untergegangene Gedanken, und ich vertiefte mich immer mehr. Ich las bis es finster wurde. Die Sonne war draußen untergegangen, und nur noch einzelne Scheine des Abendrots fielen seltsam auf die Gemälde, die so still auf ihren Staffeleien umherstanden. Ich betrachtete sie aufmerksamer, es war, als fingen sie an lebendig zu werden, und mir kam in diesem Augenblicke die Kunst, der unüberwindliche Hang und das Leben meines Sohnes, begreiflich vor. Ich kann überhaupt nicht beschreiben, wie mir damals zumute war; es war das erstemal in meinem Leben, daß ich die wunderbare Gewalt der Poesie im Innersten fühlte, und ich erschrak ordentlich vor mir selber. – Es war mir unterdes aufgefallen, daß sich das Mädchen auf dem Bette noch immer nicht rührte, ich trat zu ihr, schüttelte sie und rief. Sie gab keine Antwort mehr, sie war tot. – Ich hörte nachher, daß mein Sohn heute, sowie sie gestorben war, fortgereist sei und alles in seiner Stube so stehn gelassen habe.

Hier hielt der Mann ernsthaft inne. Ich lese seitdem fleißig, fuhr er nach einer kleinen Pause gesammelt fort; vieles in den Dichtern bleibt mir durchaus unverständlich, aber ich lerne täglich in mir und in den Menschen und Dingen um mich vieles einsehen und lösen, was mir sonst wohl unbegreiflich war und mich unbeschreiblich bedrückte. Ich befinde mich jetzt viel wohler.

Friedrich hatte diese einfache Erzählung gerührt. Er sah den Mann aufmerksam an und bemerkte in seinem stark gezeichneten Gesicht einen einzigen, sonderbaren dunklen Zug, der aussah wie Unglück und vor dem ihm schauderte. Er wollte ihn eben noch um einiges fragen, das in der Geschichte besonders seine Aufmerksamkeit erregt hatte, aber der dithyrambische Thyrsusschwinger, der unterdes bei den Damen seinen Witz unermüdlich hatte leuchten lassen, lenkte ihn davon ab, indem er sich plötzlich mit sehr heftigen Bitten zu dem guten Schmachtenden wandte, ihnen noch einige seiner vortrefflichen Sonette vorzulesen, obschon er, wie Friedrich gar wohl gehört, die ganze Zeit über gerade diese Gedichte vor den Damen zum Stichblatt seines Witzes und Spottes gemacht hatte. Friedrich empörte diese herzlose, doppelzüngige Teufelei; er kehrte sich schnell zu dem Schmachtenden, der neben ihm stand, und sagte: Ihre Gedichte gefallen mir ganz und gar nicht. Der Schmachtende machte große Augen, und niemand von der Gesellschaft verstand Friedrichs großmütige Meinung. Der Dithyrambist aber fühlte die Schwere der Beschämung wohl, er wagte nicht weiter mit seinen Bitten in den Schmachtenden zu dringen und fürchtete Friedrich seitdem wie ein richtendes Gewissen. Friedrich wandte sich darauf wieder zu dem Landmanne und sagte zu ihm laut genug, daß es der Thyrsusschwinger hören konnte: Fahren Sie nur fort, sich ruhig an den Werken der Dichter zu ergötzen, mit schlichtem Sinne und redlichem Willen wird Ihnen nach und nach alles in denselben klar werden. Es ist in unsern Tagen das größte Hindernis für das wahrhafte Verständnis aller Dichterwerke, daß jeder, statt sich recht und auf sein ganzes Leben davon durchdringen zu lassen, sogleich ein unruhiges, krankhaftes Jucken verspürt, selber zu dichten und etwas dergleichen zu liefern. Adler werden sogleich hochgeboren und schwingen sich schon vom Neste in die Luft, der Strauß aber wird oft als König der Vögel gepriesen, weil er mit großem Getös seinen Anlauf nimmt, aber er kann nicht fliegen.

Es ist nichts künstlicher und lustiger, als die Unterhaltung einer solchen Gesellschaft. Was das Ganze noch so leidlich zusammenhält, sind tausend feine, fast unsichtbare Fäden von Eitelkeit, Lob und Gegenlob usw., und sie nennen es denn gar zu gern ein Liebesnetz. Arbeitet dann unverhofft einmal einer, der davon nichts weiß, tüchtig darin herum, geht die ganze Spinnewebe von ewiger Freundschaft und heiligem Bunde auseinander.

So hatte auch heute Friedrich den ganzen Tee versalzen. Keiner konnte das künstlerische Weberschiffchen, das sonst, fein im Takte, so zarte ästhetische Abende wob, wieder in Gang bringen. Die meisten wurden mißlaunisch, keiner konnte oder mochte, wie beim babylonischen Baue, des andern Wortgepräng verstehen, und so beleidigte einer den andern in der gänzlichen Verwirrung. Mehrere Herren nahmen endlich unwillig Abschied, die Gesellschaft wurde kleiner und vereinzelter. Die Damen gruppierten sich hin und wieder auf den Ottomanen in malerischen und ziemlich unanständigen

Stellungen. Friedrich bemerkte bald ein heimliches Verständnis zwischen der Frau vom Hause und dem Schmachtenden. Doch glaubte er zugleich an ihr ein feines Liebäugeln zu entdecken, das ihm selber zu gelten schien. Er fand sie überhaupt viel schlauer, als man anfänglich ihrer lispelnden Sanftmut hätte zutrauen mögen; sie schien ihren schmachtenden Liebhaber bei weitem zu übersehen und, sehr aufgeklärt, selber nicht so viel von ihm zu halten, als sie vorgab und er aus ganzer Seele glaubte.

Wie ein rüstiger Jäger in frischer Morgenschönheit stand Friedrich unter diesen verwischten Lebensbildern. Nur die einzige Gräfin Romana zog ihn an. Schon das Gedicht, das sie rezitiert, hatte ihn auf sie aufmerksam gemacht und auf die eigentümliche, von allen den andern verschiedene Richtung des Geistes. Er glaubte schon damals eine tiefe Verachtung und ein scharfes Überschauen der ganzen Teegesellschaft in derselben zu bemerken, und seine jetzigen Gespräche mit ihr bestätigten seine Meinung. Er erstaunte über die Freiheit ihres Blicks und die Keckheit, womit sie alle Menschen aufzufassen und zu behandeln wußte. Sie hatte sich im Augenblick in alle Ideen, die Friedrich in seinen vorigen Äußerungen berührt, mit einer unbegreiflichen Lebhaftigkeit hineinverstanden und kam ihm nun in allen seinen Gedanken entgegen. Es war in ihrem Geiste, wie in ihrem schönen Körper ein zauberischer Reichtum: nichts schien zu groß in der Welt für ihr Herz; sie zeigte eine tiefe, begeisterte Einsicht ins Leben wie in alle Künste, und Friedrich unterhielt sich daher lange Zeit ausschließlich mit ihr, die übrige Gesellschaft vergessend. Die Damen fingen unterdes schon an zu flüstern und über die neue Eroberung der Gräfin die Nasen zu rümpfen.

Das Gespräch der beiden wurde endlich durch Rosa unterbrochen, die zu der Gräfin trat und verdrüßlich nach Hause zu fahren begehrte. Friedrich, der eine große Betrübnis in ihrem Gesichte bemerkte, faßte ihre Hand. Sie wandte sich aber schnell weg und eilte in ein abgelegenes Fenster. Er ging ihr nach. Sie sah mit abgewendetem Gesicht in den stillen Garten hinaus, er hörte, daß sie schluchzte. Eifersucht vielleicht und das schmerzlichste Gefühl ihres Unvermögens, in allen diesen Dingen mit der Gräfin zu wetteifern, arbeitete in ihrer Seele. Friedrich drückte das schöne, trostlose Mädchen an

sich. Da fiel sie ihm schnell und heftig um den Hals und sagte aus Grund der Seele: Mein lieber Mann! Es war das erstemal in seinem Leben, daß sie ihn so genannt.
Es kamen soeben mehrere andere hinzu und alles fing an Abschied zu nehmen und auseinanderzugehen; er konnte nichts mehr mit ihr sprechen. Noch im Weggehen trat der Minister zu ihm und fragte ihn, wie es ihm hier gefallen habe? Er antwortete mit einer zweideutigen Höflichkeit. Der Minister sah ihn ernsthaft und ausforschend an und ging fort. Friedrich aber eilte durch die nächtliche Stadt seiner Wohnung zu. Ein rauher Wind ging durch die Straßen. Er hatte sich noch nie so unbehaglich, leer und müde gefühlt.

DREIZEHNTES KAPITEL

Es war ein schöner Herbstmorgen, da ritt Friedrich eine von den langen Straßenalleen hinunter, die von der Residenz ins Land hinausführten. Er hatte es schon längst der schönen Gräfin Romana versprechen müssen, sie auf ihrem Landgute, das einige Meilen von der Stadt entfernt lag, zu besuchen, und der blaue Himmel hatte ihn heute hinausgelockt. Sie war seit seiner Trennung von Leontin die einzige, zu der er von allem reden konnte, was er dachte, wußte und wollte, die Unterhaltung mit ihr war ihm fast schon zum Bedürfnis geworden.
Der Weg war ebenso anmutig als der Morgen. Er kam bald an einen von beiden Seiten eng von Bergen eingeschlossenen Fluß, an dem die Straße hinablief. Die Wälder, welche die schönen Berge bedeckten, waren schon überall mit gelben und roten Blättern bunt geschmückt, Vögel reisten hoch über ihn weg dem Strome nach und erfüllten die Luft mit ihren abgebrochenen Abschiedstönen, die Friedrich jedesmal wunderbar an seine Kindheit erinnerten, wo er, der Natur noch nicht entwachsen, einzig von ihren Blicken und Gaben lebte.
Einige Stunden war er so zwischen den einsamen Bergschluften hingeritten, als er am jenseitigen Ufer eine Stimme rufen hörte, die ihn immerfort zu begleiten schien und vom Echo in den grünen Windungen unaufhörlich wiederholt wurde. Je länger er nachhorchte, je

mehr kam es ihm vor, als kenne er die Stimme. Plötzlich hörte das Rufen wieder auf und Friedrich fing nun an zu bemerken, daß er einen unrechten Weg eingeschlagen haben müsse, denn die grünen Bergesgänge wollten kein Ende nehmen. Er verdoppelte daher seine Eile und kam bald darauf an den Ausgang des Gebirges und an ein Dorf, das auf einmal sehr reizend im Freien vor ihm lag.

Das erste, was ihm in die Augen fiel, war ein Wirtshaus, vor welchem sich ein schöner grüner Platz bis an den Fluß ausbreitete. Auf dem Platze sah er einen, mit ungewöhnlichem und rätselhaftem Geräte schwer bepackten Wagen stehen und mehrere sonderbare Gestalten, die wunderlich mit der Luft zu fechten schienen. Wie erstaunte er aber, als er näher kam und mitten unter ihnen Leontin und Faber erkannte. – Leontin, der ihn schon von weitem über den Hügel kommen sah, rief ihm sogleich entgegen: Kommst du auch angezogen, neumodischer Don Quixote, Lamm Gottes, du sanfter Vogel, der immer voll schöner Weisen ist, haben sie dir noch nicht die Flügel gebrochen? Mir war schon lange zum Sterben bange nach dir! Friedrich sprang schnell vom Pferde und fiel ihm um den Hals. Er hielt Leontins Hand mit seinen beiden Händen und sah ihm mit grenzenloser Freude in das lebhafte Gesicht; es war, als entzünde sich sein innerstes Leben jedesmal neu an seinen schwarzen Augen.

Er bemerkte indes, daß die Menschen ringsum, die ihm schon von weitem aufgefallen waren, auf das abenteuerlichste in lange, spanische Mäntel gehüllt waren und sich immerfort, ohne sich von ihm stören zu lassen, wie Verrückte miteinander unterhielten. Ha, verzweifelte Sonne! rief einer von ihnen, der eine Art von Turban auf dem Kopfe und ein gewisses tyrannisches Ansehn hatte, willst du mich ewig bescheinen? Die Fliegen spielen in deinem Licht, die Käfer im – ruhen selig in deinem Schoße, Natur! Und ich – und ich, – warum bin ich nicht ein Käfer geworden, unerforschlich waltendes Schicksal? – Was ist der Mensch? – Ein Schaum. Was ist das Leben? – Ein nichtswürdiger Wurm. – Umgekehrt, gerade umgekehrt, wollen Sie wohl sagen, rief eine andere Stimme. – Was ist die Welt? fuhr jener fort, ohne sich stören zu lassen, was ist die Welt? – Hier hielt er inne und lachte grinsend und weltverachtend wie Abällino unter seinem Mantel hervor, wendete sich darauf schnell um und faßte unvermutet Herrn Faber, der eben neben ihm stand, bei der Brust. Ich verbitte mir das, sagte Faber ärgerlich, wie oft soll ich noch erklären, daß ich durchaus nicht mit in den Plan gehöre! – Laß dichs nicht wundern, sagte endlich Leontin zu Friedrich, der aus dem allen nicht gescheit werden konnte, das ist eine Bande Schauspieler, mit denen ich auf der Straße zusammengetroffen und seit gestern reise. Wir probieren soeben eine Komödie aus dem Stegreif, zu der ich die Lineamente unterwegs entworfen habe. Sie heißt: »Bürgerlicher Seelenadel und Menschheitsgröße, oder Der tugendhafte Bösewicht, ein psychologisches Trauerspiel in fünf Verwirrungen der menschlichen Leidenschaften«, und wird heute abend in dem nächsten Städtchen gegeben werden, wo der gebildete Magistrat zum Anfang durchaus ein schillerndes Stück verlangt hat. Ich werde der Vorstellung mit beiwohnen und habe alle Folgen über mich genommen.

Ja, wahrhaftig, sagte Faber, wenn das noch lange so fortgeht, so sage ich aller gebildeten Welt Lebewohl und fange an auf dem Seile zu tanzen, oder die Zigeunersprache zu studieren. Ich bin des Herumziehens in der Tat von Herzen satt. – Verstellen Sie sich nur nicht immer so, fiel ihm Leontin ins Wort. Sie können doch am Ende nicht weg von mir. Wir zanken uns immer und treffen doch immer wieder auf einerlei Wegen zusammen. Übrigens sind diese Schauspieler ein gar vortrefflicher Künstlerverein; sie wollen nicht gepriesen, sondern gespeist sein, und gehen daher in der Verzweiflung der Natur noch keck und beherzt auf den Leib.

Es war unterdes an einen jungen Menschen von der Truppe, der auch eine Rolle in dem Stücke übernommen hatte, die Reihe gekommen, ebenfalls seinen Teil vorzustellen. Er benahm sich aber sehr ungeschickt und war durchaus nicht imstande, etwas zu erfinden und vorzubringen. Ein schönes Mädchen, mit welcher er eben die Szene spielen sollte, wurde ungeduldig, erklärte, sie wolle hier nicht länger einen Narren abgeben, und sprang lachend fort, der andere, ältere Schauspieler lief ihr nach, um sie zurückzuholen, und so war die ganze Probe gestört.

Der junge Mann war indes näher getreten. Friedrich sah ihm genauer ins Gesicht, er traute seinen Augen kaum, es war einer von den Studenten, die ihm bei seinem Abzuge von der Universität das Geleit gegeben hatten. – Mein Gott! wie kommst du unter diese Leute? rief Friedrich voll Erstaunen, denn er hatte ihn damals als einen stillen und fleißigen Menschen gekannt, der vor den Ausgelassenheiten der andern jederzeit einen heimlichen Widerwillen hegte. Der Student gestand, daß er den Grafen sogleich wiedererkannt, aber gehofft habe, von ihm übersehen zu werden. Er schien sehr verlegen. Friedrich, der sich an seinem Gesichte aller alten Freuden und Leiden erinnerte, zog ihn erfreut und vertraulich an den Tisch und der Student erzählte ihnen endlich den ganzen Hergang seiner Geschichte. Nicht lange nach Friedrichs Abreise hatte sich nämlich auf der Universität eine reisende Gesellschaft von Seiltänzern eingefunden, worunter besonders eine Springerin durch ihre Schönheit alle Augen auf sich zog. Viele Studenten versuchten und fanden ihr Glück. Er aber mit seiner stillen und tiefern Gemütsart verliebte sich im Ernste in das Mädchen, und wie ihr Herz bisher in ihrer tollen Lebensweise von der Gewalt der Liebe ungerührt geblieben war, wurde sie von seiner zarten, ungewohnten Art, sie zu behandeln und zu gewinnen, überrascht und gefangen. Sie beredeten sich, einander zu heiraten; sie verließ die Bande, und er arbeitete von nun an Tag und Nacht, um seine Studien zu vollenden und sich ein Einkommen zu erwerben. Es verging indes längere Zeit, als er geglaubt hatte, das Mädchen fing an, von Zeit zu Zeit launisch zu werden, bekam häufige Anfälle von Langeweile und – eh er sichs versah, war sie verschwunden. Mein mühsam erspartes Geld, fuhr der Student weiter fort, hatte ich indes immer wieder auf verschiedene Einfälle und Launen des Mädchens zersplittert, meine Eltern wollten nichts von mir wissen, mein innerstes Leben hatte mich auf einmal betrogen, die Studenten lachten entsetzlich, es war der schmerzlichste und unglücklichste Augenblick meines Lebens. Ich ließ alles und reiste dem Mädchen nach. Nach langem Irren fand ich sie endlich bei diesen Komödianten wieder, denn es ist dieselbe, die vorhin hier weggegangen. Sie kam sehr freudig auf mich zugesprungen, als sie mich erblickte, doch ohne ihre Flucht zu entschuldigen oder im geringsten unnatürlich zu finden. – Meine Mutter ist seitdem aus Gram gestorben. Ich weiß, daß ich ein Narr bin und kann doch nicht anders.

Die Tränen standen ihm in den Augen, als er das sagte. Friedrich, der wohl einsah, daß der gute Mensch sein Herz und sein Leben nur wegwerfe, riet ihm mit Wärme, sich ernstlich zusammenzunehmen und das Mädchen zu verlassen, er wolle für sein Auskommen sorgen. – Der Verliebte schwieg still. – Laß doch die Jugend fahren! sagte Leontin, jeder Schiffmann hat seine Sterne und das Alter treibt uns zeitig genug auf den Sand. Du brichst dem tollen Nachtwandler doch den Hals, wenn du ihn bei seinem prosaischen, bürgerlichen Namen rufst. Aber härter müssen Sie sein, sagte er zu dem Studenten, denn die Welt ist hart und drückt Sie sonst zuschanden.

Das Mädchen kam unterdes wieder und trällerte ein Liedchen. Ihre Gestalt war herrlich, aber ihr schönes Gesicht hatte etwas Verwildertes. Sie antwortete auf alle Fragen sehr unterwürfig und keck zugleich, und schien nicht üble Lust zu haben, noch länger bei den beiden Grafen zurückzubleiben, als der Theaterprinzipal kam und ankündigte, daß alles zur Abreise fertig sei.

Der Student drückte Friedrich herzlich die Hand und eilte zu dem aufbrechenden Haufen. Der mit allerhand Dekorationen schwer bepackte Wagen, von dessen schwankender Höhe der Prinzipal noch immerfort aus der Ferne seine untertänigste Bitte an Leontin wiederholte, heute abend mit seiner höchstnötigen Protektion nicht auszubleiben, wackelte indes langsam fort, nebenher ging die ganze übrige Gesellschaft bunt zerstreut und lustig einher, der Student war zu Pferde, neben ihm ritt sein Mädchen auch auf einem Klepper und warf Leontin noch einige Blicke zu, die ziemlich vertraulich aussahen, und so zog die bunte Karawane wie ein Schattenspiel in die grüne Schluft hinein. Wie glücklich, sagte Leontin, als alles verschwunden war, könnte der Student sein, so frank und frei mit seiner Liebsten durch die Welt zu ziehn! wenn er nur Talent fürs Glück hätte, aber er hat eine einförmige Niedergeschlagenheit in sich, die er nicht niederschlagen kann, und die ihn durchs Leben nur so hinschleppt.

Sie setzten sich nun auf dem schönen grünen Platze um einen Tisch zusammen, der Fluß flog lustig an ihnen vorüber, die Herbstsonne wärmte sehr angenehm. Leontin erzählte, wie er den Morgen nach seiner Flucht vom Schlosse des Herrn v. A. bei Anbruch des Tages auf den Gipfel eines hohen Berges gekommen sei, von dem er von der einen Seite die fernen Türme der Residenz, von der andern die friedlich reiche Gegend des Herrn v. A. übersah, über welcher soeben die Sonne aufging. Lange habe er vor dieser grenzenlosen Aussicht nicht gewußt, wohin er sich wenden solle, als er auf einmal unten im Tale Faber die Straße heraufwandern sah, den, wie er wohl wußte, wieder einmal die Albernheiten der Stadt auf einige Zeit in alle Welt getrieben hatten. Wie die Stimme in der Wüste habe er ihn daher, da er gerade eben in einem ziemlich ähnlichen Humor gewesen, mit einer langen Anrede über die Vergänglichkeit aller irdischen Dinge empfangen, ohne von ihm gesehen werden zu können, und so zu sich hinaufgelockt. – Leontin versank dabei in Gedanken. Wahrhaftig, sagte er, wenn ich mich in jenen Sonnenaufgang auf dem Berge recht hineindenke, ist mir zumute, als könnt es mir manchmal auch so gehn, wie dem Studenten. –

Faber war unterdes fortgegangen, um etwas zu essen und zu trinken zu bestellen, und Friedrich bemerkte dabei mit Verwunderung, daß die Leute, wenn er mit ihnen sprach oder etwas forderte, ihm ins Gesicht lachten oder einander heimlich zuwinkten und die neugierigen Kinder furchtsam zurückzogen, wenn er sich ihnen näherte. Leontin gestand, daß er manchmal, wenn sie in einem Dorfe einkehrten, vorauszueilen pflege und die Wirtsleute überrede, daß der gute Mann, den er bei sich habe, nicht recht bei Verstande sei, sie sollten nur recht auf seine Worte und Bewegungen achthaben, wenn er nachkäme. Dies gebe dann zu vielerlei Lust und Mißverständnis Anlaß, denn wenn sich Faber einige Zeit mit den Gesichtern abgebe, die ihn alle so heimlich, furchtsam und bedauernd ansähen, hielten sie sich am Ende wechselseitig alle für verrückt. – Leontin brach schnell ab, denn Faber kam eben zu ihnen zurück und schimpfte über die Dummheit des Landvolks.

Friedrich mußte nun von seinem Abschiede auf dem Schlosse des Herrn v. A. und seinen Abenteuern in der Residenz erzählen. Er kam bald auch auf die ästhetische Teegesellschaft und versicherte, er habe sich dabei recht ohne alle Männlichkeit gefühlt, etwa wie bei einem Spaziergange durch die Lüneburger Ebne mit Aussicht auf Heidekraut. Leontin lachte hellaut. Du nimmst solche Sachen viel zu ernsthaft und wichtiger, als sie sind, sagte er. Alle Figuren dieses Schauspiels sind übrigens auch von meiner Bekanntschaft, ich möchte aber nur wissen, was sie seit der Zeit, daß ich sie nicht gesehen, angefangen haben, denn wie ich soeben höre, hat sich seitdem auch nicht das mindeste in ihnen verändert. Diese Leute schreiten fleißig von einem Meßkataloge zum andern mit der Zeit fort, aber man spürt nicht, daß die Zeit auch nur um einen Zoll durch sie weiter fortrückte. Ich kann dir jedoch im Gegenteil versichern, daß ich nicht bald so lustig war, als an jenem Abende, da ich zum ersten Male in diese Teetaufe oder Traufe geriet. Aller Augen waren prüfend und in erwartungsvoller Stille auf mich neuen Jünger gerichtet. Da ich die ganze heilige Synode, gleich den Freimaurern mit Schurz und Kelle, so feierlich mit poetischem Ornate angetan dasitzen sah, konnt ich mich nicht enthalten, despektierlich von der Poesie zu sprechen und mit unermüdlichem Eifer ein Gespräch von der Landwirtschaft, von den Runkelrüben usw. anzuspinnen, so daß die Damen wie über den Dampf von Kuhmist die Nasen rümpften und mich bald für verloren hielten. Mit dem Schmachtenden unterhielt ich mich besonders viel. Er ist ein guter Kerl, aber er hat keine Mannsmuskel im Leibe. Ich weiß nicht, was er gerade damals für eine fixe Idee von der Dichtkunst im Kopfe hatte, aber er las ein Gedicht vor, wovon ich trotz der größten Anstrengung nichts verstand, und wobei mir unaufhörlich des simplizianisch-teutschen Michels verstümmeltes Sprachgepränge im Sinne lag. Denn es waren deutsche Worte, spanische Konstruktionen, welsche Bilder, altdeutsche Redensarten, doch alles mit überaus feinem Firnis von Sanftmut verschmiert. Ich gab ihm ernsthaft den Rat, alle Morgen gepfefferten Schnaps zu nehmen, denn der ewige Nektar erschlaffe nur den Magen, worüber er sich entrüstet von mir wandte. – Mit dem vom Hochmutsteufel besessenen Dithyrambisten aber bestand ich den schönsten Strauß. Er hatte mit pfiffiger Miene alle Segel seines Witzes aufgespannt und kam mit vollem Winde der Eitelkeit auf mich losgefahren, um mich Unpoetischen vor den Augen der Damen in den Grund zu bugsieren. Um mich zu retten, fing ich zum Beweise meiner poetischen Belesenheit an, aus Shakespeares: »Was ihr wollt«, wo Junker Tobias den Malvolio peinigt, zu rezitieren:

»Und besäße ihn eine Legion selbst, so will ich ihn doch anreden.« Er stutzte und fragte mich mit herablassender Genügsamkeit und kniffigem Gesichte, ob vielleicht gar Shakespeare mein Lieblingsautor sei? – Ich ließ mich aber nicht stören, sondern fuhr mit Junker Tobias fort: »Ei, Freund, leistet dem Teufel Widerstand, er ist der Erbfeind der Menschenkinder.« Er fing nun an, sehr salbungsvolle, genialische Worte über Shakespeare ergehen zu lassen, ich aber, da ich ihn sich so aufblasen sah, sagte weiter: »Sanftmütig, sanftmütig! Ei, was machst du, mein Täubchen? Wie gehts, mein Puthühnchen? Ei, sieh doch, komm, tucktuck!« – Er schien nun mit Malvolio zu bemerken, daß er nicht in meine Sphäre gehöre, und kehrte sich mit einem unsäglich stolzen Blicke, wie von einem unerhört Tollen, von mir. O Jemine! fiel die Gräfin Romana hier mit ein. Sie sagte dies so richtig und schön, daß ich sie dafür hätte küssen mögen. Das Schlimmste war aber nun, daß ich dadurch demaskiert war, ich konnte nicht länger für einen Ignoranten gelten; und die Frauenzimmer merkten dies nicht so bald, als sie mit allerhand Phrasen, die sie hin und wieder ernascht, über mich herfielen. In der Angst fing ich daher nun an, wütend mit gelehrten Redensarten und poetischen Paradoxen nach allen Seiten um mich herum zu werfen, bis sie mich, ich sie, und ich mich selber nicht mehr verstand und alles verwirrt wurde. Seit dieser Zeit haßt mich der ganze Zirkel und hat mich als eine Pest der Poesie förmlich exkommuniziert.

Friedrich, der Leontin ruhig und mit Vergnügen angehört hatte, sagte: So habe ich dich am liebsten, so bist du in deinem eigentlichen Leben. Du siehst so frisch in die Welt hinein, daß alles unter deinen Augen bunt und lebendig wird. Jawohl, antwortete Leontin, so buntscheckig, daß ich manchmal selber zum Narren darüber werden könnte.

Die Sonne fing indes schon an, sich zu senken, und sowohl Friedrich als Leontin gedachten ihrer Weiterreise und versprachen einander, nächstens in der Residenz sich wieder zu treffen. Herr Faber bat Friedrich, ihn der Gräfin Romana bestens zu empfehlen. Die Gräfin, sagte er, hat schöne Talente und sich durch mehrere Arbeiten, die ich kenne, als Dichterin erwiesen. Nur macht sie sich freilich alles etwas gar zu leicht. Leontin, den immer sogleich ein seltsamer Humor befiel, wenn er die Gräfin nennen hörte, sang lustig:

Lustig auf den Kopf, mein Liebchen,
Stell dich, in die Luft die Bein!
Heisa! Ich will sein dein Bübchen,
Heute nacht soll Hochzeit sein!
Wenn du Shakespeare kannst vertragen,
O du liebe Unschuld du!
Wirst du mich wohl auch ertragen
Und noch jedermann dazu. –

Er sprach noch allerhand wild und unzüchtig von der Gräfin und trug Friedrich noch einen zügellosen Gruß an sie auf, als sie endlich von entgegengesetzten Seiten auseinanderritten. Friedrich wußte nicht, was er aus diesen wilden Reden machen sollte. Sie ärgerten ihn, denn er hielt die Gräfin hoch, und er konnte sich dabei der Besorgnis nicht enthalten, daß Leontins lebhafter Geist in solcher Art von Renommisterei am Ende sich selber aufreiben werde.

In solchen Gedanken war er einige Zeit fortgeritten, als er bei einer Biegung um eine Feldecke plötzlich das Schloß der Gräfin vor sich sah. Es stand wie eine Zauberei hoch über einem weiten, unbeschreiblichen Chaos von Gärten, Weinbergen, Bäumen und Flüssen, der Schloßberg selber war ein großer Garten, wo unzählige Wasserkünste aus dem Grün hervorsprangen. Die Sonne ging eben hinter dem Berge unter und bedeckte das prächtige Bild mit Glanz und Schimmer, so daß man nichts deutlich unterscheiden konnte.

Überrascht und geblendet gab Friedrich seinem Pferde die Sporen und ritt die Höhe hinan. Er erstaunte über die seltsame Bauart des Schlosses, das durch eine fast barocke Pracht auffiel. Es war niemand zu sehen. Er trat in die weite, mit buntem Marmor getäfelte Vorhalle, durch deren Säulenreihen man von der andern Seite in den Garten hinaussah. Dort standen die seltsamsten ausländischen Bäume und Pflanzen wie halbausgesprochene, verzauberte Gedanken, schimmernde Wasserstrahlen durchkreuzten sich in kristallenen Bogen hoch über ihnen, ausländische Vögel saßen sinnend und traumhaft zwischen den dunkelgrünen Schatten umher.

Ein wunderschöner Knabe sprang indes soeben draußen im Hofe vom Pferde, stutzte, als er im Vorbeilaufen Friedrich erblickte, sah ihn einen Augenblick mit den großen, schönen Augen trotzig an und eilte sogleich wieder durch die Vorhalle weiter in den Garten hinaus. Friedrich sah, wie er dort mit bewunderungswürdiger Fertigkeit eine hohe, am Abhange des Gartens stehende Tanne bestieg und aus dem höchsten Gipfel sich in die Gegend hinauslegte, als suche er fern etwas mit den Augen.

Da immer noch niemand kam, stellte sich Friedrich an ein hohes Bogenfenster, aus dem man die prächtigste Aussicht auf das Tal und die Gebirge hatte. Noch niemals hatte er eine so üppige Natur gesehen. Mehrere Ströme blickten wie Silber hin und her aus dem Grunde, freundliche Landstraßen, von hohen Nußbäumen reich beschattet, zogen sich bis in die weiteste Ferne nach allen Richtungen hin, der Abend lag warm und schallend über der Gegend, weit über die Gärten und Hügel hin hörte man ringsum das Jauchzen der Winzer. Friedrich wurde bei dieser Aussicht unsäglich bange in dem einsamen Schlosse, es war ihm, als wäre alles zu einem großen Feste hinausgezogen, und er konnte kaum mehr widerstehen, selber wieder hinunterzureiten, als er auf einmal die Gräfin erblickte, die in einem langen grünen Jagdkleide in dem erquickenden Hauche des Abends auf der glänzenden Landstraße aus dem Tale heraufgeritten kam. Sie war allein, er erkannte sie sogleich an ihrer hohen, schönen Gestalt.

Als sie vor dem Schlosse vom Pferde stieg, kam der schöne Knabe, der vorhin auf der Tanne gelauert hatte, schnell herbeigesprungen, fiel ihr stürmisch um den Hals und küßte sie. Kleiner Ungestüm! sagte sie halb böse und wischte sich den Mund. Sie schien einen Augenblick verlegen, als sie so unvermutet Friedrich erblickte und bemerkte, daß er diesen sonderbaren Empfang gesehen hatte. Sie schüttelte aber die flüchtige Scham bald wieder von sich und bewillkommte Friedrich mit einer Heftigkeit, die ihm auffiel. Ich bedaure nur, sagte sie, daß ich Sie nicht so bewirten kann, wie ich wünschte, alle meine Leute schwärmen schon den ganzen Tag bei der Weinlese, ich selbst bin seit frühem Morgen in der Gegend herumgeritten. Sie nahm ihn bei der Hand und führte ihn in das Innere des Schlosses. Friedrich verwunderte sich, denn fast in allen Zimmern standen Türen und Fenster offen. Die hochgewölbten Zimmer selbst waren ein seltsames Gemisch von alter und neuer Zeit, einige standen leer und wüste, wie ausgeplündert, in andern sah er alte Gemälde an der Wand herumhängen, die wie aus schändlichem Mutwillen mit Säbelhieben zerhauen schienen. Sie kamen in der Gräfin Schlafgemach. Das große Himmelbett war noch unzugerichtet, wie sie es frühmorgens verlassen, Strümpfe, Halstücher und allerlei Gerät lag bunt auf allen Stühlen umher. In dem einen Winkel hing ein Porträt, und er glaubte, soviel es die Dämmerung zuließ, zu seinem Erstaunen die Züge des Erbprinzen zu erkennen, dessen Schönheit in der Residenz einen so tiefen Eindruck auf ihn gemacht hatte.

Die Gräfin nahm den schönen Knaben, der ihnen immerfort gefolgt war, beiseite und trug ihm heimlich etwas auf. Der Knabe schien durchaus nicht gehorchen zu wollen, er wurde immer lauter und ungebärdiger, stampfte endlich zornig mit dem Fuße, rannte hinaus und warf die Tür hinter sich zu, daß es durch das weite Haus erschallte. Er ist doch in einer Stunde wieder da, sagte Romana, ihm nachsehend, nahm die Gitarre, die in einer Ecke auf der Erde lag, während sie Friedrich ein Körbchen mit Obst und Wein übergab, und führte ihn wieder weiter die Stiege aufwärts.

Wie einem Nachtwandler, der plötzlich auf ungewohntem Orte aus schweren, unglaublichen Träumen erwacht, war Friedrich zumute, als er mit ihr die letzten Stufen erreichte, und sich auf einmal unter der weiten, freien, gestirnten Wölbung des Himmels erblickte. Es war nämlich eine große Terrasse, die nach italienischer Art über das Dach des Schlosses ging. Ringsum an der Galerie standen Orangenbäume und hohe, ausländische Blumen, welche den himmlischen Platz mit Düften erfüllten.

Hier auf dem Dache, sagte Romana, ist mein liebster Aufenthalt. In den warmen Sommernächten schlafe ich oft hier oben. Sie setzte sich zu ihm, reichte ihm die Früchte und trank ihm von dem mitgenommenen Weine selber zu. Sie wohnen hier so schwindlig hoch, sagte Friedrich, daß Sie die ganze Welt mit Füßen treten. – Romana, die sogleich begriff, was er meinte, antwortete stolz und keck: Die Welt, der große Tölpel, der niemals gescheiter wird, wäre freilich der Mühe wert, daß man ihm höflich und voll Ehrfurcht das Gesicht streichelte, damit er einen wohlwollend und voll Applaus anlächle.

Es ist ja doch nichts als Magen und Kopf, und noch dazu ein recht breiter, übermütiger, selbstgefälliger, eitler, unerträglicher, den es eine rechte Götterlust ist aufs Maul zu schlagen. – Sie brach hierbei schnell ab und lenkte das Gespräch auf andere Gegenstände. Friedrich mußte dabei mehr als einmal die fast unweibliche Kühnheit ihrer Gedanken bewundern, ihr Geist schien heut von allen Banden los. Sie ergriff endlich die Gitarre und sang einige Lieder, die sie selbst gedichtet und komponiert hatte. Die Musik war durchaus wunderbar, unbegreiflich und oft beinahe wild, aber es war eine unwiderstehliche Gewalt in ihrem Zusammenklange. Der weite, stille Kreis von Strömen, Seen, Wäldern und Bergen, die in großen, halbkenntlichen Massen übereinanderruhten, rauschten dabei feenhaft zwischen die hinausschiffenden Töne hinein. Die Zauberei dieses Abends ergriff auch Friedrichs Herz, und in diesem sinnenverwirrenden Rausche fand er das schöne Weib an seiner Seite zum ersten Male verführerisch. Wahrhaftig, sagte sie endlich aus tiefster Seele, wenn ich mich einmal recht verliebte, es würde mich gewiß das Leben kosten! – Es reiste einmal, fuhr sie fort, ein Student hier in der Nacht beim Schlosse vorbei, als ich eben auf dem Dache eingeschlummert war, der sang:

Wenn die Sonne lieblich schiene
Wie in Welschland, lau und blau,
Ging ich mit der Mandoline
Durch die überglänzte Au.

In der Nacht dann Liebchen lauschte
An dem Fenster, süßverwacht,
Wünschte mir und ihr – uns beiden
Heimlich eine schöne Nacht.

Wenn die Sonne lieblich schiene
Wie in Welschland, lau und blau,
Ging ich mit der Mandoline
Durch die überglänzte Au.

Aber die Sonne scheint nicht wie in Welschland und der Student zog weiter, und es ist eben alles nichts. – Gehn wir schlafen, gehn wir schlafen, setzte sie langweilig gähnend hinzu, nahm Friedrich bei der Hand und führte ihn die Stiege hinab.

Er bemerkte, als sie wieder in den Zimmern angekommen waren, eine ungewöhnliche Unruhe in ihr, sie hing bewegt an seinem Arme. Sie schien ihm bei dem Mondenschimmer, der durch das offne Fenster auf ihr Gesicht fiel, totenblaß, eine Art von seltsamer Furcht befiel ihn da auf einmal vor ihr und dem ganzen Feenschlosse, er gab ihr schnell eine gute Nacht und eilte in das ihm angewiesene Zimmer, wo er sich angekleidet auf das Bett hinwarf.

Das Gemach war nur um einige Zimmer von dem Schlafgemach der Gräfin entfernt. Die Türen dazwischen fehlten ganz und gar. Eine Lampe, die der Gräfin Zimmer matt erhellte, warf durch die offenen Türen ihren Schein gerade auf einen großen, altmodischen Spiegel, der vor Friedrichs Bett an der Wand hing, so daß er in demselben fast ihr ganzes Schlafzimmer übersehen konnte. Er sah, wie der schöne Knabe, der sich unterdes wieder eingeschlichen haben mußte, quer über einigen Stühlen vor ihrem Bette eingeschlafen lag. Die Gräfin entkleidete sich nach und nach und stieg so über den Knaben weg ins Bett. Alles im Schlosse wurde nun totenstill und er wendete das Gesicht auf die andere Seite, dem offenen Fenster zu. Die Bäume rauschten vor demselben, aus dem Tale kam von Zeit zu Zeit ein fröhliches Jauchzen, bald näher, bald wieder in weiter Ferne, dazwischen hörte er ausländische Vögel draußen im Garten in wunderlichen Tönen immerfort wie im Traume sprechen, das seltsame bleiche Gesicht der Gräfin, wie sie ihm zuletzt vorgekommen, stellte sich ihm dabei unaufhörlich vor die Augen, und so schlummerte er erst spät unter verworrenen Phantasien ein.

Mitten in der Nacht wachte er plötzlich auf, es war ihm, als hätte er Gesang gehört. Der Mond schien hell draußen über der Gegend und durch das Fenster herein. Mit Erstaunen hörte er neben sich atmen. Er sah umher und erblickte Romana, unangekleidet wie sie war, an dem Fuße seines Betts eingeschlafen. Sie ruhte auf dem Boden, mit dem einen Arm und dem halben Leibe auf das Bett gelehnt. Die langen schwarzen Haare hingen aufgelöst über den weißen Nakken und Busen herab. Er betrachtete die wunderschöne Gestalt lange voll Verwunderung halb aufgerichtet. Da hörte er auf einmal die

Töne wieder, die er schon im Schlummer vernommen hatte. Er horchte hinaus; das Singen kam jenseits von den Bergen über die stille Gegend herüber, er konnte folgende Worte verstehen:

Vergangen ist der lichte Tag,
Von ferne kommt der Glocken Schlag,
So reist die Zeit die ganze Nacht,
Nimmt manchen mit, ders nicht gedacht.

Wo ist nun hin die bunte Lust,
Des Freundes Trost und treue Brust,
Des Weibes süßer Augenschein?
Will keiner mit mir munter sein?

Da's nun so stille auf der Welt,
Ziehn Wolken einsam übers Feld,
Und Feld und Baum besprechen sich, –
O Menschenkind, was schauert dich?

Wie weit die falsche Welt auch sei,
Bleibt mir doch einer nur getreu,
Der mit mir weint, der mit mir wacht,
Wenn ich nur recht an ihn gedacht.

Frisch auf denn, liebe Nachtigall,
Du Wasserfall mit hellem Schall!
Gott loben wollen wir vereint,
Bis daß der lichte Morgen scheint!

Friedrich erkannte die Weise, es war Leontins Stimme. – Ich komme, herrlicher Gesell! rief er bewegt in sich und raffte sich schnell auf, ohne die Gräfin zu wecken. Nicht ohne Schauer ging er durch die totenstillen, weit öden Gemächer, zäumte sich im Hofe selber sein Pferd und sprengte den Schloßberg hinab.
Er atmete tief auf, als er draußen in die herrliche Nacht hineinritt, seine Seele war wie von tausend Ketten frei. Es war ihm, als ob er aus fieberhaften Träumen oder aus einem langen, wüsten, liederlichen Lustleben zurückkehre. Das hohe Bild der Gräfin, das er mit hergebracht, war in seiner Seele durch diese sonderbare Nacht phan-

tastisch verzerrt und zerrissen, und er verstand nun Leontins wilde Reden an dem Wirtshause.

Leontins Gesang war indes verschollen, er hatte nichts mehr gehört und schlug voller Gedanken den Weg nach der Residenz ein. Das Feenschloß hinter ihm war lange versunken, die Bäume an der Straße fingen schon an lange Schatten über das glänzende Feld zu werfen, Vögel wirbelten schon hin und her hoch in der Luft, die Residenz lag mit ihren Feuersäulen wie ein brennender Wald im Morgenglanze vor ihm.

VIERZEHNTES KAPITEL

Draußen über das Land jagten zerrissene Wolken, die Melusina sang an seufzenden Wäldern, Gärten und Zäunen ihr unergründlich einförmiges Lied, die Dörfer lagen selig verschneit. In der Residenz zog der Winter prächtig ein mit Schellengeklingel, frischen Mädchengesichtern, die vom Lande flüchteten, mit Bällen, Opern und Konzerten, wie eine lustige Hochzeit. Friedrich stand gegen Abend einsam an seinem Fenster, Leontin und Faber ließen noch immer nichts von sich hören, Rosa hatte ihn letzthin ausgelacht, als er voller Freuden zu ihr lief, um ihr eine politische Neuigkeit zu erzählen, die ihn ganz ergriffen hatte, an der Gräfin Romana hatte er seit jener Nacht keine Lust weiter, er hatte beide seitdem nicht wiedergesehen; vor den Fenstern fiel der Schnee langsam und bedächtig in großen Flocken, als wollte der graue Himmel die Welt verschütten. Da sah er unten zwei Reiter in langen Mänteln die Straße ziehn. Der eine sah sich um, Friedrich rief: Viktoria! Es waren Leontin und Faber, die soeben einzogen.

Friedrich sprang, ohne sich zu besinnen, zur Tür hinaus und die Stiege hinunter. Als er aber auf die Straße kam, waren sie schon verschwunden. Er schlenderte einige Gassen in dem Schneegestöber auf und ab. Da stieß der Marquis, den wir schon aus Rosas Briefe kennen, die hervorragenden Steine mit den Zehen zierlich suchend, auf ihn. Er hing sich ihm sogleich wie ein guter Bruder, in den Arm, und erzählte ihm in *einem* Redestrome tausend Späße zum Totlachen, wie er meinte, die sich heut und gestern in der Stadt zugetragen, welche Damen heut vom Lande angekommen, wer verliebt sei und nicht wieder geliebt werde usw. Friedrich war die flache Lustigkeit des Wichts heut entsetzlich, und er ließ sich daher, da ihm dieser nur die Wahl ließ, ihn entweder zu sich nach Hause, oder in die Gesellschaft zum Minister zu begleiten, gern zu dem letztern mit fortschleppen. Denn besser mit einem Haufen Narren, dachte er übellaunisch, als mit einem allein.

Er fand einen zahlreichen und glänzenden Zirkel. Die vielen Lichter, die prächtigen Kleider, der glatte Fußboden, die zierlichen Reden, die hin und wieder flogen, alles glänzte. Er wäre fast wieder umgekehrt, so ganz ohne Schein kam er sich da auf einmal vor. Vor allen erblickte er seine Rosa. Sie hatte ein rosasamtnes Kleid, ihre schwarzen Locken ringelten sich auf den weißen Busen hinab. Der Erbprinz unterhielt sich lebhaft mit ihr. Sie sah inzwischen mehrere Male mit einer Art von triumphierenden Blicken seitwärts auf Friedrich; sie wußte wohl, wie schön sie war. Friedrich unterhielt sich gedankenvoll zertreut rechts und links. Jene Frau vom Hause, bei der er die Teegesellschaft verlebt, war auch da und schien wieder an ihren ästhetischen Krämpfen zu leiden. Sie unterhielt sich sehr lebendig mit mehreren hübschen jungen Männern über die Kunst, und Friedrich verstand nur, wie sie zuletzt ausrief: O, ich möchte Millionen glücklich machen! – Da hörte man plötzlich ein lautes Lachen aus einem andern abgelegenen Winkel des Zimmers erschallen. Friedrich erkannte mit Erstaunen sogleich Leontins Stimme. Die Männer bissen sich heimlich in die Lippen über dieses Lachen zu rechter Zeit, obschon keiner vermutete, daß es wirklich jenem Ausruf gelten sollte, da der Lacher fern in eine ganz andere Unterhaltung vertieft schien. Friedrich aber wußte gar wohl, wie es Leontin meinte. Er eilte sogleich auf ihn los und fand ihn zwischen zwei alten Herren mit Perücken und altfränkischen Gesichtern, mit denen sich niemand abgeben mochte, mit denen er sich aber kindlich besprach und gut zu vertragen schien. Er erzählte ihnen von seiner Gebirgsreise die wunderbarsten Geschichten vor, und lachte herzlich mit den beiden guten Alten, wenn sie ihn dabei über offenbaren, gar zu tollen Lügen ertappten. Er freute sich sehr, Friedrich noch heut zu sehn, und sagte, wie es ihm eine gar wunderlich schauerliche Lust sei, so aus der Grabesstille der verschneiten Felder mitten in die glänzendsten Stadtzirkel hineinzureiten, und umgekehrt.

Sie sprachen noch manches zusammen, als der Prinz hinzutrat und Friedrich in ein Fenster führte. Der Minister, sagte er zu ihm, als sie allein waren, hat Sie mir sehr warm, ja ich kann wohl sagen, mit Leidenschaft empfohlen. Es ist etwas Außerordentliches, denn er empfiehlt sonst keinen Menschen auf diese Art. Friedrich äußerte darüber seine große Verwunderung, da er von dem Minister gerade das Gegenteil erwartete. Der Minister, fuhr der Prinz fort, läßt sein Urteil nicht fangen, und ich vertraue Ihnen daher. Unsere Zeit ist so gewaltig, daß die Tugend nichts gilt ohne Stärke. Die wenigen Mutigen aus aller Welt sollten sich daher treu zusammenhalten, als ein rechter Damm gegen das Böse. Es wäre nicht schön, lieber Graf, wenn Sie sich von der gemeinen Not absonderten. Gott behüte mich vor solcher Schande! erwiderte Friedrich halb betroffen, mein Leben gehört Gott und meinem rechtmäßigen Herrn. Es ist groß, sich selber, von aller Welt losgesagt, fromm und fleißig auszubilden, sagte darauf der Prinz begeistert, aber es ist größer, alle Freuden, alle eigenen Wünsche und Bestrebungen wegzuwerfen für das Recht, alles – hier strich seoben die Gräfin Romana an ihnen vorüber. Der Prinz ergriff ihre Hand und sagte: So lange von uns wegzubleiben! – Sie zog langsam ihre Hand aus der seinigen und sah nur Friedrich groß an, als sähe sie ihn wieder zum ersten Male. Der Prinz lachte unerklärlich, drückte Friedrich flüchtig die Hand und wandte sich wieder in den Saal zurück. Friedrich folgte der Gräfin mit ihren herausfordernden Augen. Sie war schwarz angezogen und fast furchtbar schön anzusehen. Von der Nacht auf dem Schlosse erwähnte sie kein Wort.

Leontin kam auf sie zu und erzählte ihr, wie er erst gestern bei ihrem Schlosse vorbeigezogen. Es war schon Nacht, sagte er, ich war so frei, mit Faber und einer Flasche echten Rheinweins, die wir bei uns hatten, das oberste Dach des Schlosses zu besteigen. Der Garten, die Gegend und die Galerie oben waren tief verschneit, eine Tür im Hause mußte offen stehn, denn der Wind warf sie immerfort einförmig auf und zu, über der verstarrten Verwüstung hielt die Windsbraut einen lustigen Hexentanz, daß uns der Schnee ins Gesicht wirbelte, es war eine wahre Brockennacht. Ich trank dabei dem Dauernden im Wechsel ein Glas nach dem andern zu und rezitierte mehrere Stellen aus Goethes Faust, die mir mit den Schneewirbeln alle auf einmal eiskalt auf Kopf und Herz zuflogen. Verfluchte Verse! rief Faber, schweig, oder ich werfe dich wahrhaftig über die Galerie hinunter! Ich habe ihn niemals so entrüstet gesehn. Ich warf die Flasche ins Tal hinaus, denn mich fror, daß mir die Zähne klapperten. – Romana antwortete nichts, sondern setzte sich an den Flügel und sang ein wildes Lied, das nur aus dem tiefsten Jammer einer zerrissenen Seele kommen konnte. Ist das nicht schön? fragte sie einige Male dazwischen, sich mit Tränen in den Augen zu Friedrich herumwendend, und lachte abscheulich dabei. – Ah pah! rief Leontin zornig, das ist nichts, es muß noch besser kommen! Er setzte sich hin und sang ein altes Lied aus dem Dreißigjährigen Kriege, dessen fürchterliche Klänge wie blutige Schwerter durch Mark und Bein gingen. Friedrich bemerkte, daß Romana zitterte. Leontin war indes wieder aufgestanden und hatte sich aus der Gesellschaft fortgeschlichen, wie immer, wenn er gerührt war.

Wir aber wenden uns ebenfalls von den Blasen der Phantasie, die, wie Blasen auf dem Rheine, nahes Gewitter bedeuten, zu der Einsamkeit Friedrichs, wie er nun oft nächtelang voller Gedanken unter Büchern saß und arbeitete. Wohl ist der Weltmarkt großer Städte eine rechte Schule des Ernstes für bessere, beschauliche Gemüter, als der getreueste Spiegel ihrer Zeit. Da haben sie den alten, gewaltigen Strom in ihre Maschinen und Räder aufgefangen, daß er nur immer schneller und schneller fließe, bis er gar abfließt, da breitet denn das arme Fabrikenleben in dem ausgetrockneten Bette seine hochmütigen Teppiche aus, deren inwendige Kehrseite ekle, kahle, farblose Fäden sind, verschämt hängen dazwischen wenige Bilder in uralter Schönheit verstaubt, die niemand betrachtet, das Gemeinste und das Größte, heftig aneinander geworfen, wird hier zu Wort und Schlag, die Schwäche wird dreist durch den Haufen, das Hohe ficht allein. Friedrich sah zum ersten Male so recht in den großen Spiegel, da schnitt ihm ein unbeschreiblicher Jammer durch die Brust, und die Schönheit und Hoheit und das heilige Recht, daß sie so allein waren, und wie er sich selber in dem Spiegel so winzig und verloren in dem Ganzen erblickte, schien es ihm herrlich, sich selber vergessend, dem Ganzen treulich zu helfen mit Geist, Mund und Arm. Er erstaunte, wie er noch so gar nichts getan, wie es ihn noch niemals lebendig erbarmet um die Welt. So schien das große Schauspiel des Lebens, manche besondere äußere Anregung, vor allem aber der furchtbare Gang der Zeit, der wohl keines der bessern Gemüter unberührt ließ, auf einmal alle die hellen Quellen in seinem Innern, die sonst zum Zeitvertreibe wie lustige Springbrunnen spielten, in einen großen Strom vereinigt zu haben. Ihn ekelten die falschen Dichter an mit ihren Taubenherzen, die, uneingedenk der himmelschreienden Mahnung der Zeit, ihre Nationalkraft in müßigem Spiele verliederten. Die unbestimmte Knabensehnsucht, jener wunderbare Spielmann vom Venusberge, verwandelte sich in eine heilige Liebe und Begeisterung für den bestimmten und festen Zweck. Gar vieles, was ihn sonst beängstigte, wurde zuschanden, er wurde reifer, klar, selbständig und ruhig über das Urteil der Welt. Es genügte ihm nicht mehr, sich an sich allein zu ergötzen, er wollte lebendig eindringen. Desto tiefer und schmerzlicher mußte er sich überzeugen, wie schwer es sei, nützlich zu sein. Mit grenzenloser Aufopferung warf er sich daher auf das Studium der Staaten, ein neuer Weltteil für ihn, oder vielmehr die ganze Welt und was der ewige Geist des Menschen strebte, dachte und wollte, in wenigen großen Umrissen, vor dessen unermeßner Aussicht sein Innerstes aufjauchzte.

Ihm träumte einmal, als er in der Nacht einst so über seinen alten Büchern eingeschlummert, als weckte ihn ein glänzendes Kind aus langen lieblichen Träumen. Er konnte kaum die Augen auftun vor Licht, von so wunderbarer Hoheit und Schönheit war des Kindes Angesicht. Es wies mit seinem kleinen Rosenfinger von dem hohen Berge in die Gegend hinaus, da sah er ringsum eine unbegrenzte Runde, Meer, Ströme und Länder, ungeheure, umgeworfene Städte mit zerbrochenen Riesensäulen, das alte Schloß seiner Kinderjahre seltsam verfallen, einige Schiffe zogen hinten nach dem Meere, auf dem einen stand sein verstorbener Vater, wie er ihn oft auf Bildern gesehen, und sah ungewöhnlich ernsthaft, – alles doch wie in Dämmerung aufarbeitend, zweifelhaft und unkenntlich, wie ein verwischtes, großes Bild, denn ein dunkler Sturm ging über die ganze

Aussicht, als wäre die Welt verbrannt, und der ungeheure Rauch davon lege sich nun über die Verwüstung. Dort, wo des Vaters Schiff hinzog, brach darauf plötzlich ein Abendrot durch den Qualm hervor, die Sonne senkte sich fern nach dem Meere hinab. Als er ihr so nachsah, sah er dasselbe wunderschöne Kind, das vorhin neben ihm gewesen, recht mitten in der Sonne zwischen den spielenden Farbenlichtern traurig an ein großes Kreuz gelehnt, stehen. Eine unbeschreibliche Sehnsucht befiel ihn da, und Angst zugleich, daß die Sonne für immer in das Meer versinken werde. Da war ihm, als sagte das wunderschöne Kind, doch ohne den Mund zu bewegen oder aus seiner traurigen Stellung aufzublicken: Liebst du mich recht, so gehe mit mir unter, als Sonne wirst du dann wieder aufgehen, und die Welt ist frei! – Vor Lust und Schwindel wachte er auf. Draußen funkelte der heitere Wintermorgen schon über die Dächer, das Licht war herabgebrannt, Erwin saß bereits angekleidet ihm gegenüber und sah ihn mit den großen, schönen Augen still und ernsthaft an.
Zu solcher Lebensweise kam ein schöner Kreis neuer, rüstiger Freunde, die auf Reisen, an gleicher Gesinnung sich erkennend, aus verschiedenen deutschen Zonen sich nach und nach hier zusammengefunden hatten. Der Erbprinz, der mit einer fast grenzenlosen Leidenschaft an Friedrich hing, wußte den Bund durch seine hinreißende Glut und Beredsamkeit immer frisch zu stärken, so auch, obgleich auf ganz verschiedene Weise, der ältere, besonnene Minister, der nach einer herumschweifenden und wüst durchlebten Jugend, später, seiner größeren Entwürfe und seiner Kraft und Berufes vor allen andern, sie auszuführen sich klar bewußt, auf einmal mehrere brave aber schwächere Männer gewaltsam unterdrückt, ja, selbst seinen eigensten Wunsch, eine Liebe aus früherer Zeit, aufgegeben und dafür eine freudenlose Ehe mit einem der vornehmsten Mädchen gewählt hatte, einzig um das Steuer des Staats in seine festere und sichere Hand zu erhalten. – Eine gleiche Gesinnung schien alle Glieder dieses Kreises zu verbrüdern. Sie arbeiten fleißig, hoffend und glaubend, dem alten Recht in der engen Zeit Luft zu machen, auf Tod und Leben bereit.

Ganz anders, abgesondert und ohne alle Berührung mit diesem Kreise lebte Leontin in einem abgelegenen Quartiere der Residenz

mit der Aussicht auf die beschneiten Berge über die weiten Vorstädte weg, wo er, mit Faber zusammenwohnend, einen wunderlichen Haushalt führte. Alle die Begeisterungen, Freuden und Schmerzen, die sich Friedrich, dessen Bildung langsam aber sicherer fortschritt, erst jetzt neu aufdeckten, hatte er längst im Innersten empfunden. Ihn jammerte seine Zeit vielleicht wie keinen, aber er haßte es, davon zu sprechen. Mit der größten Geisteskraft hatte er schon oft redlich alles versucht, wo es etwas nützen konnte, aber immer überwiesen, wie die Menge reich an Wünschen, aber innerlich dumpf und gleichgültig sei, wo es gilt, und wie seine Gedanken jederzeit weiter reichten als die Kräfte der Zeit, warf er sich in einer Art von Verzweiflung immer wieder auf die Poesie zurück und dichtete oft nächtelang ein wunderbares Leben, meist Tragödien, die er am Morgen wieder verbrannte. Seine alles verspottende Lustigkeit war im Grunde nichts als diese Verzweiflung, wie sie sich an den bunten Bildern der Erde in tausend Farben brach und spiegelte.
Friedrich besuchte ihn täglich, sie blieben einander wechselseitig noch immer durchaus unentbehrliche Freunde, wenngleich Leontin auf keine Weise zu bereden war, an den Bestrebungen jenes Kreises Anteil zu nehmen. Er nannte unverhohlen das Ganze eine leidliche Komödie und den Minister den unleidlichen Theaterprinzipal, der gewiß noch am Ende des Stücks herausgerufen werden würde, wenn nur darin das Wort: *»deutsch«* recht fleißig vorkäme, denn das mache in der undeutschen Zeit den besten Effekt. Besonders aber war er ein rechter Feind des Erbprinzen. Er sagte oft, er wünschte ihn mit einem großen Schwerte seiner Ahnherrn aus Barmherzigkeit recht in der Mitte entzweihauen zu können, damit die eine ordinäre Hälfte vor der andern närrischen, begeisterten einmal Ruhe hätte. – Dergleichen Reden verstand Friedrich zwar damals nicht recht, denn seine beste Natur sträubte sich gegen ihr Verständnis, aber sie machten ihn stutzig. Faber dagegen, welcher, der Dichtkunst treu ergeben, immer fleißig fortarbeitete, empfing ihn alle Tage gelassen mit derselben Frage: ob er noch immer weltbürgerlich sei? – Gott sei Dank, antwortete Friedrich ärgerlich, ich verkaufte mein Leben an den ersten besten Buchhändler, wenn es eng genug wäre, sich in einigen hundert Versen ausfingern zu lassen. Sehr gut, erwiderte Fa-

ber mit jener Ruhe, welche das Bewußtsein eines redlichen ernsthaften Strebens gibt, wir alle sollen nach allgemeiner Ausbildung und Tätigkeit, nach dem Verein aller Dinge mit Gott streben; aber wer von seinem Einzelnen, wenn es überhaupt ein solches gibt, es sei Staats-, Dicht- oder Kriegskunst, recht wahrhaftig und innig, d. h. *christlich* durchdrungen ward, der ist ja eben dadurch allgemein. Denn nimm du einen einzelnen Ring aus der Kette, so ist die Kette nicht mehr, folglich ist eben der Ring auch die Kette. Friedrich sagte: Um aber ein Ring in der Kette zu sein, mußt du ebenfalls tüchtig von Eisen und aus *einem* Gusse mit dem Ganzen sein, und das meinte ich. Leontin verwickelte sie hier durch ein vielfaches Wortspiel dergestalt in ihre Kette, daß sie beide nicht weiter konnten.

Die strebende, webende Lebensart schien Friedrich einigermaßen von Rosa zu entfernen, denn jede große innerliche Tätigkeit macht äußerlich still. Es schien aber auch nur so, denn eigentlich hatte seine Liebe zu Rosa, ohne daß er selbst es wußte, einen großen Anteil an seinem Ringen nach dem Höchsten. Sowie die Erde in tausend Stämmen, Strömen und Blüten treibt und singt, wenn sie der alles belebenden Sonne zugewendet, so ist auch das menschliche Gemüt zu allem Großen freudig in der Sonnenseite der Liebe. Rosa nahm Friedrichs nur seltene Besuche nicht in diesem Sinne, denn wenige Weiber begreifen der Männer Liebe in ihrem Umfange, sondern messen ungeschickt das Unermeßliche nach Küssen und eitlen Versicherungen. Es ist, als wären ihre Augen zu blöde, frei in die göttliche Flamme zu schauen, sie spielen nur mit ihrem spielenden Widerscheine. Friedrich fand sie überhaupt seit einiger Zeit etwas verändert. Sie war oft einsilbig, oft wieder bis zur Leichtfertigkeit munter, beides schien Manier. Sie mischte oft in ihre besten Unterhaltungen so Fremdartiges, als hätte ihr innerstes Leben sein altes Gleichgewicht verloren. Über seine seltenen Besuche machte sie ihm nie den kleinsten Vorwurf. Er war weit entfernt, den wahren Grund von allem diesem auch nur zu ahnen. Denn die rechte Liebe ist einfältig und sorglos.

Eines Tages kam er gegen Abend zu ihr. Das Zimmer war schon dunkel, sie war allein. Sie schien ganz atemlos vor Verlegenheit, als er so plötzlich in das Zimmer trat, und sah sich ängstlich einige Male nach der andern Tür um. Friedrich bemerkte ihre Unruhe nicht, oder mochte sie nicht bemerken. Er hatte heute den ganzen Tag gearbeitet, geschrieben und gesonnen. Auf seiner unbekümmert unordentlichen Kleidung, auf dem verwachten, etwas bleichen Gesichte und den sinnigen Augen ruhte noch der Nachsommer der Begeisterung. Er bat sie, kein Licht anzuzünden, setzte sich nach seiner Gewohnheit mit der Gitarre ans Fenster und sang fröhlich ein altes Lied, das er Rosa oft im Garten bei ihrem Schlosse gesungen. Rosa saß dicht vor ihm, voll Gedanken, es war, je länger er sang, als müßte sie ihm etwas vertrauen und könne sich nicht dazu entschließen. Sie sah ihn immerfort an. Nein, es ist mir nicht möglich! rief sie endlich und sprang auf. Er legte die Laute weg; sie war schnell durch die andere Tür verschwunden. Er stand noch einige Zeit nachdenkend, da aber niemand kam, ging er verwundert fort.

Es war ihm von jeher eine eigene Freude, wenn er so abends durch die Gassen strich, in die untern erleuchteten Fenster hineinzublicken, wie da alles, während es draußen stob und stürmte, gemütlich um den warmen Ofen saß, oder an reinlich gedeckten Tischen schmauste, des Tages Arbeit und Mühen vergessend, wie eine bunte Galerie von Weihnachtsbildern. Er schlug heute einen andern, ungewohnten Weg ein, durch kleine, unbesuchte Gäßchen, da glaubte er auf einmal in dem einen Fenster den Prinzen zu sehen. Er blieb erstaunt stehen. Er war es wirklich. Er saß in einem schlechten Überrocke, den er noch niemals bei ihm gesehen, im Hintergrunde auf einem hölzernen Stuhle. Vor ihm saß ein junges Mädchen in bürgerlicher Kleidung auf einem Schemel, beide Arme auf seine Knie gestützt, und sah zu ihm hinauf, während er etwas zu erzählen schien und ihr die Haare von beiden Seiten aus der heitern Stirn strich. Ein flakkerndes Herdfeuer, an welchem eine alte Frau etwas zubereitete, warf seine gemütlichen Scheine über die Stube. Teller und Schüsseln waren in ihren Geländern ringsum an den Wänden blank und in zierlicher Ordnung aufgestellt, ein Kätzchen saß auf einem Großvaterstuhle am Ofen und putzte sich, im Hintergrunde hing ein Muttergottesbild, vom Kamine hellbeleuchtet. Es schien ein stilles, ordentliches Haus. Das Mädchen sprang fröhlich von ihrem Sitze auf, kam ans Fenster und sah einen Augenblick durch die Scheiben.

Friedrich erstaunte über ihre Schönheit. Sie schüttelte sich darauf munter und ungemein lieblich, als fröre sie bei dem flüchtigen Blick in die stürmische Nacht draußen, stieg auf einen Stuhl und schloß die Fensterladen zu.

Am folgenden Morgen, als Friedrich mit dem Prinzen zusammenkam, sagte er ihm sogleich, was er gestern gesehen. Der Prinz schien betroffen, besann sich darauf einen Augenblick und bat Friedrich, die ganze Begebenheit zu verschweigen. Er besuche, sagte er, das Mädchen schon seit langer Zeit und gebe sich für einen armen Studenten aus. Die Mutter und die Tochter, die wenig auskämen, hielten ihn wirklich dafür. Friedrich sagte ihm offen und ernsthaft, wie dies ein gefährliches Spiel sei, wobei das Mädchen verspielen müsse, er solle lieber alles aufgeben, ehe es zu weit käme, und vor allen Dingen großmütig das Mädchen schonen, das ihm noch unschuldig schiene. Der Prinz war gerührt, drückte Friedrich die Hand und schwur, daß er das Mädchen zu sehr liebe, um sie unglücklich zu machen. Er nannte sie nur sein hohes Mädchen.

Später, an einem von jenen wunderbaren Tagen, wo die Bäche wieder ihre klaren Augen aufschlagen und einzelne Lerchen schon hoch in dem blauen Himmel singen, hatte Friedrich alle seine Fenster offen, die auf einen einsamen Spaziergang hinausgingen, den zu dieser Jahreszeit fast niemand besuchte. Es war ein Sonntag, unzählige Glocken schallten durch die stille, heitere Luft. Da sah er den Prinzen wieder verkleidet in der Ferne vorübergehen, neben ihm sein Bürgermädchen, im sonntäglichen Putze zierlich aufgeschmückt. Sie schien sehr zufrieden und glücklich und drückte sich fröhlich an seinen Arm. Friedrich nahm die Gitarre, setzte sich auf das Fenster und sang:

Wann der kalte Schnee zergangen,
Stehst du draußen in der Tür,
Kommt ein Knabe schön gegangen,
Stellt sich freundlich da zu dir,
Lobet deine frischen Wangen,
Dunkle Locken, Augen licht,
Wann der kalte Schnee zergangen,
Glaub dem falschen Herzen nicht!

Wann die lauen Winde wehen,
Scheint die Sonne lieblich warm:
Wirst du wohl spazieren gehen,
Und er führet dich am Arm,
Tränen dir im Auge stehen,
Denn so schön klingt, was er spricht,
Wann die lauen Winde wehen,
Glaub dem falschen Herzen nicht!

Wann die Lerchen wieder schwirren,
Trittst du draußen vor das Haus,
Doch er mag nicht mit dir irren,
Zog weit in das Land hinaus;
Die Gedanken sich verwirren,
Wie du siehst den Morgen rot,
Wann die Lerchen wieder schwirren,
Armes Kind, ach, wärst du tot!

Das Lied rührte Friedrich selbst mit einer unbeschreiblichen Gewalt. Die Glücklichen hatten ihn nicht bemerkt, er hörte das Mädchen noch munter lachen, als sie schon beide wieder verschwunden waren.

Der Winter neckte bald darauf noch einmal durch seine späten Züge. Es war ein unfreundlicher Abend, der Wind jagte den Schnee durch die Gassen, da ging Friedrich, in seinen Mantel fest eingewickelt, zu Rosa. Sie hatte ihm, da sie überhaupt jetzt mehr als sonst sich in Gesellschaften einließ, feierlich versprochen, ihn heute zu Hause zu erwarten. Er hatte eine Sammlung alter Bilder unter dem Mantel, die er erst unlängst aufgekauft, und an denen sie sich heut ergötzen wollten. Er freute sich unbeschreiblich darauf, ihr die Bedeutung und die alten Geschichten dazu zu erzählen. Wie groß aber war sein Erstaunen, als er alles im Hause still fand. Er konnte es noch nicht glauben, er stieg hinauf. Ihr Wohnzimmer war auch leer und kein Mensch zur Auskunft da. Der Spiegel auf der Toilette stand noch aufgestellt, künstliche Blumen, goldene Kämme und Kleider lagen auf den Stühlen umher; sie mußte das Zimmer unlängst verlassen haben. Er setzte sich an den Tisch und schlug einsam seine Bilder auf. Die treue Farbenpracht, die noch so frisch aus den alten Bildern schaute, als wären sie heute gemalt, rührte ihn; wie da die Genoveva arm und bloß im Walde stand, das Reh vor ihr niederstürzt und hinterdrein der Landgraf mit Rossen, Jägern und Hörnern, wie da so bunte Blumen stehen, unzählige Vögel in den Zweigen mit den glänzenden Flügeln schlagen, wie die Genoveva so schön ist und die Sonne prächtig scheint, alles grün und golden musizierend, und Himmel und Erde voller Freude und Entzückung. – Mein Gott, mein Gott, sagte Friedrich, warum ist alles auf der Welt so anders geworden! – Er fand ein Blatt auf dem Tische, worauf Rosa die Zeichnung einer Rose angefangen. Er schrieb, ohne selbst recht zu wissen, was er tat: »Lebe wohl« auf das Blatt. Darauf ging er fort. Draußen auf der Straße fiel ihm ein, daß heute Ball beim Minister sei. Nun übersah er den ganzen Zusammenhang und ging sogleich hin, um sich näher zu überzeugen. Dicht und unkenntlich in seinen Mantel gehüllt, stellte er sich in die Tür unter die zusehenden Bedienten. Er mußte lachen, wie der Marquis soeben im festlichen Staate einzog und mit einer vornehmen Geckenhaftigkeit ihn mit den andern Leuten auf die Seite schob. Er bemerkte wohl, wie die Bedienten heimlich lachten. Gott steh dem Adel bei, dachte er dabei, wenn dies noch seine einzige Unterscheidung und Halt sein soll in der gewaltsam drängenden Zeit, wo untergehen muß, was sich nicht ernstlich rafft!

Die Tanzmusik schallte lustig über den Saal, wie ein wogendes Meer, wo unzählige Sterne glänzend auf- und untergingen. Da sah er Rosa mit dem Prinzen walzen. Alle sahen hin und machten willig Platz, so schön war das Paar. Sie langte im Fluge unweit der Tür an und warf sich atemlos in ein Sofa. Ihre Wangen glühten, ihr Busen, dessen Weiße die schwarz herabgeringelten Locken noch blendender machten, hob sich heftig auf und nieder; sie war überaus reizend. Er konnte sehen, wie sie dem Prinzen, der lange mit Bitten in sie zu dringen schien, tändelnd etwas reichte, das er schnell zu sich steckte. Der Prinz sagte ihr darauf etwas ins Ohr, worauf sie so leichtfertig lachte, daß es Friedrich durch die Seele schnitt.

Höchst sonderbar, erst hier in diesem Taumel, in dieser Umgebung glaubte Friedrich auf einmal in des Prinzen Reden dieselbe Stimme wiederzuerkennen, die er auf dem Maskenballe, da er Rosa zum ersten Male wiedergesehen, bei ihrem Begleiter, und dann in dem dunklen Gäßchen, als er von der kleinen Marie herauskam, bei dem einen von den zwei verhüllten Männern gehört hatte. – Er erschrak innerlichst über diese Entdeckung. Er dachte an das arme Bürgermädchen, an Leontins Haß gegen den Prinzen, an die verlorne Marie, an alle die schönen auf immer vergangenen Zeiten, und stürzte sich wieder hinunter in das lustige Schneegestöber.

Als er nach Hause kam, fand er Erwin auf dem Sofa eingeschlummert. Schreibzeug lag umher, er schien geschrieben zu haben. Er lag auf dem Rücken, in der rechten Hand, die auf dem Herzen ruhte, hielt er ein zusammengelegtes Papier lose zwischen den Fingern. Friedrich hielt es für einen Brief, da es immer Erwins liebstes Geschäft war, ihn mit den neuangekommenen Briefen bei seiner Nachhausekunft selbst zu überraschen. Er zog es dem Knaben leise aus der Hand und machte es, ohne es näher zu betrachten, schnell auf. Er las: »Die Wolken ziehn immerfort, die Nacht ist so finster. Wo führst Du mich hin, wunderbarer Schiffer? Die Wolken und das Meer haben kein Ende, die Welt ist so groß und still, es ist entsetzlich, allein zu sein.« – Weiter unten stand: »Liebe Julie, denkst du noch daran, wie wir im Garten unter den hohen Blumen saßen und spielten und sangen, die Sonne schien warm, Du warst so gut. Seitdem hat niemand mehr Mitleid mit mir.« – Wieder weiter: »Ich kann nicht länger schweigen, der Neid drückt mir das Herz ab.« – Friedrich bemerkte erst jetzt, daß das Papier nur wie ein Brief zusammengelegt und ohne alle Aufschrift war. Voll Erstaunen legte er es wieder neben Erwin hin und sah den lieblich atmenden Knaben nachdenklich an.

Da wachte Erwin auf, verwunderte sich, Friedrich und den Brief neben sich zu sehen, steckte das Papier hastig zu sich und sprang auf. Friedrich faßte seine beiden Hände und zog ihn vor sich hin. Was fehlt dir? fragte er ihn unwiderstehlich gutmütig. Erwin sah ihn mit den großen, schönen Augen lange an, ohne zu antworten, dann sagte er auf einmal schnell, und eine lebhafte Fröhlichkeit flog dabei über sein seelenvolles Gesicht: Reisen wir aus der Stadt und weit fort von

den Menschen, ich führ dich in den großen Wald. – Von einem großen Walde darauf und einem kühlen Strome und einem Turme darüber, wo ein Verstorbener wohne, sprach er wunderbar wie aus dunklen, verworrenen Erinnerungen, oft alte Aussichten aus Friedrichs eigener Kindheit plötzlich aufdeckend. Friedrich küßte den begeisterten Knaben auf die Stirn. Da fiel er ihm um den Hals und küßte ihn heftig, mit beiden Armen ihn fest umklammernd. Voll Erstaunen machte sich Friedrich nur mit Mühe aus seinen Armen los, es war etwas ungewöhnlich Verändertes in seinem Gesichte, eine seltsame Lust in seinen Küssen, seine Lippen brannten, das Herz schlug fast hörbar, er hatte ihn noch niemals so gesehen.
Der Bediente trat eben ein, um Friedrich auszukleiden. Erwin war verschwunden. Friedrich hörte, wie er darauf in seiner Stube sang:

Es weiß und rät es doch keiner,
Wic mir so wohl ist, so wohl!
Ach, wüßt es nur einer, nur einer,
Kein Mensch sonst es wissen sollt!

So still ists nicht draußen im Schnee,
So stumm und verschwiegen sind
Die Sterne nicht in der Höhe,
Als meine Gedanken sind.

Ich wünscht, es wäre schon Morgen,
Da fliegen zwei Lerchen auf,
Die überfliegen einander,
Mein Herze folgt ihrem Lauf.

Ich wünscht, ich wäre ein Vöglein
Und zöge über das Meer,
Wohl über das Meer und weiter,
Bis daß ich im Himmel wär!

FÜNFZEHNTES KAPITEL

Schwül und erwartungsvoll schauen wir in den dunkelblauen Himmel, schwere Gewitter steigen ringsum herauf, die über manche liebe Gegend und Freunde ergehen sollen, der Strom schießt dunkelglatt und schneller vorbei, als wollte er seinem Geschick entfliehen, die ganze Gegend verwandelt plötzlich seltsam ihre Miene. Keine Glockenklänge wehen mehr fromm über die Felder, die Wolken zu zerteilen, der Glaube ist tot, die Welt liegt stumm, und viel Teures wird untergehen, eh die Brust wieder frei aufatmet.

Friedrich fühlte diesen gewitternden Druck der Luft und waffnete sich nur desto frömmer mit jenem Ernst und Mute, den ein großer Zweck der Seele gibt. Er warf sich mit doppeltem Eifer wieder auf seine Studien, sein ganzes Sinnen und Trachten war endlich auf sein Vaterland gerichtet. Dies mochte ihn abhalten, Erwin damals genauer zu beobachten, der seit jenem Abend stiller als je geworden und sich an einem wunderbaren Triebe nach freier Luft und Freiheit langsam zu verzehren schien. Rosa mochte er seitdem nicht wieder besuchen. Romana hatte sich seit einiger Zeit seltsam von allen größern Gesellschaften entfernt. – Wir aber stürzen uns lieber in die Wirbel der Geschichte, denn es wird der Seele wohler und weiter im Sturm und Blitzen, als in dieser feindlich lauernden Stille.

Es war ein Feiertag im März, da ritt Friedrich mit dem Prinzen auf einem der besuchtesten Spaziergänge. Nach allen Richtungen hin zogen unzählige bunte Schwärme zu den dunklen Toren hinaus und zerstreuten sich lustig in die neue, warme, schallende Welt. Schaukeln und Ringelspiele drehten sich auf den offenen Rasenplätzen, Musiken klangen von allen Seiten ineinander, eine unübersehbare Reihe prächtiger Wagen bewegte sich schimmernd die Allee hinunter. Romana teilte die Menge rasch zu Pferde wie eine Amazone. Friedrich hatte sie nie so schön und wild gesehen. Rosa war nirgends zu sehen. Als sie an das Ende der Allee kamen, hörten sie plötzlich einen Schrei. Sie sahen sich um und erblickten mehrere Menschen, die bemüht schienen, jemand Hülfe zu leisten. Der Prinz ritt sogleich hinzu; alles machte ehrerbietig Platz, und er erblickte sein Bürgermädchen, die ohnmächtig in den Armen ihrer Mutter lag. Wie versteinert schaute er in das totenbleiche Gesicht des Mädchens. Er bat Friedrich, für sie Sorge zu tragen, wandte sein Pferd und sprengte davon. Er hatte sie zum letzten Male gesehen.

Die Mutter, welche sich selbst von Staunen und Schreck nicht erholen konnte, erzählte Friedrich, nachdem er alle unnötigen Gaffer zu entfernen gewußt, wie sie heut mit ihrer Tochter hierher spazieren gegangen, um einmal den Hof zu sehen, der, wie sie gehört, an diesem Tage gewöhnlich hier zu erscheinen pflege. Ihr Kind sei besonders fröhlich gewesen und habe noch oft gesagt: Wenn er doch mit uns wäre, so könnte er uns alle Herrschaften nennen! Auf einmal hörten sie hinter sich: der Prinz! der Prinz! Alles blieb stehen und zog den Hut. Sowie ihre Tochter den Prinzen nur erblickte, sei sie sogleich umgefallen. – Friedrich rührte die stille Schönheit des Mädchens mit ihren geschlossenen Augen tief. Er ließ sie sich nach Hause bringen; er selbst wollte sie nicht begleiten, um alles Aufsehn zu vermeiden.

Noch denselben Abend spät sprach er mit dem Prinzen über diese Begebenheit. Dieser war sehr bewegt. Er hatte das Mädchen des Abends besucht. Sie aber wollte ihn durchaus nicht wiedersehen und hatte ebenso hartnäckig ein fürstliches Geschenk, das er ihr anbot, ausgeschlagen. Übrigens schiene sie, wie er hörte, ganz gesund.

Erwin fing um diese Zeit an zu kränkeln, es war, als erdrückte ihn die Stadtluft. Seine seltsame Gewohnheit, die Nächte im Freien zuzubringen, hatte er hier ablegen müssen. Es schien seit frühester Kindheit eine wunderbare Freundschaft zwischen ihm und der Natur mit ihren Wäldern, Strömen und Felsen. Jetzt, da dieser Bund durch das beengte Leben zerstört war, schien er, wie ein erwachter Nachtwandler, auf einmal allein in der Welt.

So versank er mitten in der Stadt immer tiefer in Einsamkeit. Nur um Rosa bekümmerte er sich viel und mit einer auffallenden Leidenschaftlichkeit. Übrigens erlernte er noch immer nichts, obschon es nicht am guten Willen fehlte. Ebenso las er auch sehr wenig und ungern, desto mehr, ja fast unaufhörlich, schrieb er, seit er es beim Grafen gelernt, so oft er allein gewesen. Friedrich fand manchmal dergleichen Zettel. Es waren einzelne Gedanken, so seltsam weit abschweifend von der Sinnes- und Ausdrucksart unserer Zeit, daß sie oft unverständlich wurden, abgebrochene Bemerkungen über seine Umgebungen und das Leben, wie fahrende Blitze auf durchaus nächtlichem, melancholischem Grunde, wunderschöne Bilder aus der Erinnerung an eine früher verlebte Zeit und Anreden an Personen, die Friedrich gar nicht kannte, dazwischen Gebete wie aus der tiefsten Seelenverwirrung eines geängstigten Verbrechers, immerwährende Beziehung auf eine unselige verdeckte Leidenschaft, die sich selber nie deutlich schien, kein einziger Vers, keine Ruhe, keine Klarheit überall.

Friedrich versuchte unermüdlich seine frühere Lebensgeschichte auszuspüren, um nach so erkannter Wurzel des Übels vielleicht das aufrührerische Gemüt des Knaben sicherer zu beruhigen und ins Gleichgewicht zu bringen. Aber vergebens. Wir wissen, mit welcher Furcht er das Geheimnis seiner Kindheit hütete. Ich muß sterben, wenn es jemand erfährt, war dann jedesmal seine Antwort. Eine ebenso unbegreifliche Angst hatte er auch vor allen Ärzten.

Sein Zustand wurde indes immer bedenklicher. Friedrich hatte daher alles einem verständigen Arzte von seiner Bekanntschaft anvertraut und bat denselben, ihn, ohne seine Absicht merken zu lassen, des Abends zu besuchen, wann Erwin bei ihm wäre.

Als Friedrich des Abends an Erwins Tür kam, hörte er ihn drin nach einer rührenden Melodie ohne alle Begleitung eines Instruments folgende Worte singen:

Ich kann wohl manchmal singen
Als ob ich fröhlich sei,
Doch heimlich Tränen dringen,
Da wird das Herz mir frei.

So lassen Nachtigallen,
Spielt draußen Frühlingsluft,
Der Sehnsucht Lied erschallen
Aus ihres Käfigs Gruft.

Da lauschen alle Herzen,
Und alles ist erfreut,
Doch keiner fühlt die Schmerzen,
Im Lied das tiefe Leid.

Friedrich trat während der letzten Strophe unbemerkt in die Stube. Der Knabe ruhte auf dem Bette, und sang so liegend mit geschlossenen Augen.

Er richtete sich schnell auf, als er Friedrich erblickte. Ich bin nicht krank, sagte er, gewiß nicht, – und damit sprang er auf. Er war sehr blaß. Er zwang sich, munter zu scheinen, lachte und sprach mehr und lustiger, als gewöhnlich. Dann klagte er über Kopfweh. – Friedrich strich ihm die nußbraunen Locken aus den Augen. Tu nicht schön mit mir, ich bitte dich! – sagte der Knabe da, sonderbar und wie mit verhaltenen Tränen.

Der Arzt trat eben in das Zimmer. Erwin sprang auf. Er erriet ahnend sogleich, was der fremde Mann wolle, und machte Miene zu entspringen. Er wollte sich durchaus nicht von ihm berühren lassen und zitterte am ganzen Leibe. Der Arzt schüttelte den Kopf. Hier wird meine Kunst nicht ausreichen, sagte er zu Friedrich, und verließ das Zimmer bald wieder, um den Knaben in diesem Augenblicke zu schonen. Da sank Erwin ermattet zu Friedrichs Füßen. Friedrich hob ihn freundlich auf seine Knie und küßte ihn. Er aber küßte und umarmte ihn nicht wieder, wie damals, sondern saß still da und sah, in Gedanken verloren, vor sich hin.

Schon spannen wärmere Sommernächte draußen ihre Zaubereien über Berge und Täler, da war es Friedrich einmal mitten in der Nacht, als riefe ihn ein Freund, auf den er sich nicht besinnen könnte, wie aus weiter Ferne. Er wachte auf, da stand eine lange Gestalt mitten in dem finstern Zimmer. Er erkannte Leontin an der Stimme. Frisch auf, Herzbruder! sagte dieser, die eine Halbkugel rührt sich hell beleuchtet, die andere träumt; mir war nicht wohl, ich will den Rhein einmal wiedersehen, komm mit! Er hatte die Fenster aufgemacht, einzelne graue Streifen langten schon über den Himmel, unten auf der Gasse blies der Postillon lustig auf dem Horne.

Da galt kein Staunen und kein Zögern, Friedrich mußte mit ihm hinunter in den Wagen. Auch Erwin war mit unbegreiflicher Schnelligkeit reisefertig. Friedrich erstaunte, ihn auf einmal ganz munter und gesund zu sehen. Mit funkelnden Augen sprang er mit in den Wagen, und so rasselten sie durch das stille Tor ins Freie hinaus.

Sie fuhren schnell durch unübersehbar stille Felder, durch einen dunklen dichten Wald, später zwischen engen, hohen Bergen, an deren Fuß manch Städtlein zu liegen schien; ein Fluß, den sie nicht sahen, rauschte immerfort seitwärts unter der Straße, alles feenhaft verworren. Leontin erzählte ein Märchen, mit den wechselnden Wundern der Nacht, wie sie sich die Seele ausmalte, in Worten kühl spielend. Friedrich schaute still in die Nacht, Erwin ihm gegenüber hatte die Augen weit offen, die unausgesetzt, solange es dunkel war, auf ihn geheftet schienen, der Postillon blies oft dazwischen. Der Tag fing indes an von der einen Seite zu hellen, sie erkannten nach und nach ihre Gesichter wieder, einzelne zu früh erwachte Lerchen schwirrten schon, wie halb im Schlafe, hoch in den Lüften ihr endloses Lied, es wurde herrlich kühl.

Bald darauf langten sie an dem Gebirgsstädtchen an, wohin sie wollten. Das Tor war noch geschlossen. Der Torwächter trat schlaftrunken heraus, wünschte ihnen einen guten Morgen und pries die Reisenden glückselig und beneidenswert in dieser Jahreszeit. In dem Städtchen war noch alles leer und still. Nur einzelne Nachtigallen vor den Fenstern und unzählige von den Bergen über dem Städtchen schlugen um die Wette. Mehrere alte Brunnen mit zierlichem Gitterwerk rauschten einförmig auf den Gassen. In dem Wirtshause, wo sie abstiegen, war auch noch niemand auf. Der Postillon blies daher, um sie zu wecken, mehrere Stücke, daß es über die stillen Straßen weg in die Berge hineinschallte. Erwin saß indes auf einem Springbrunnen auf dem Platze und wusch sich die Augen klar.

Friedrich und Leontin ließen Erwin bei dem Wagen zurück und gingen von der andern Seite ins Gebirge. Als sie aus dem Walde auf einen hervorragenden Felsen heraustraten, sahen sie auf einmal aus wunderreicher Ferne, von alten Burgen und ewigen Wäldern kommend, den Strom vergangener Zeiten und unvergänglicher Begeisterung, den königlichen Rhein. Leontin sah lange still in Gedanken in die grüne Kühle hinunter, dann fing er sich schnell an auszukleiden. Einige Fischer fuhren auf dem Rheine vorüber und sangen ihr Morgenlied, die Sonne ging eben prächig auf, da sprang er mit ausgebreiteten Armen in die kühlen Flammen hinab. Friedrich folgte seinem Beispiele, und beide rüstige Schwimmer rangen sich lange jubelnd mit den vom Morgenglanze trunkenen, eisigen Wogen. Unbeschreiblich leicht und heiter kehrten sie nach dem Morgenbade wieder in das Städtchen zurück, wo unterdes alles schon munter geworden. Es war die Weihe der Kraft für lange Kämpfe, die ihrer harrten.

Als die Sonne schon hoch war, bestiegen sie die alte, wohlerhaltene Burg, die wie eine Ehrenkrone über der altdeutschen Gegend stand. Des Wirtes Tochter ging ihnen mit einigen Flaschen Wein lustig die dunklen, mit Efeu überwachsenen Mauerpfade voran, ihr junges, blühendes Gesicht nahm sich gar zierlich zwischen dem alten Gemäuer und Bilderwerk aus. Sie legte vor der Sonne die Hand über die Augen und nannte ihnen die zerstreuten Städte und Flüsse in der unermeßlichen Aussicht, die sich unten auftat. Leontin schenkte Wein ein, sie tat ihnen Bescheid und gab jedem willig zum Abschiede einen Kuß.

Sie stieg nun wieder den Berg hinab, die beiden schauten fröhlich in das Land hinaus. Da sahen wie, wie jenseits des Rheins zwei Jägerburschen aus dem Walde kamen und einen Kahn bestiegen, der am Ufer lag. Sie kamen quer über den Rhein auf das Städtchen zugefahren. Der eine saß tiefsinnig im Kahne, der andere tat mehrere Schüsse, die vielfach in den Bergen widerhallten. Erwin hatte sich in ein ausgebrochenes Bogenfenster der Burg gesetzt, das unmittelbar über dem Abgrunde stand. Ohne allen Schwindel saß er dort oben, seine ganze Seele schien aus den sinnigen Augen in die wunderbare Aussicht hinauszusehen. Er sagte voller Freuden, er erblicke ganz im Hintergrunde einen Berg und einen hervorragenden Wald, den er gar wohl kenne. Leontin ließ sich die Gegend zeigen und schien sie ebenfalls zu erkennen. Er sah darauf den Knaben ernsthaft und verwundert an, der es nicht bemerkte.

Erwin blieb in dem Fensterbogen sitzen, sie aber durchzogen das Schloß und den Berg in die Runde. Junge, grüne Zweige und wildbunte Blumen beugten sich überall über die dunklen Trümmer der Burg, der Wald rauschte kühl, Quellen sprangen in hellen, frischlichen Bogen von den Steinen, unzählige Vögel sangen, von allen Seiten die unermeßliche Aussicht, die Sonne schien warm über der Fläche, in tausend Strömen sich spiegelnd; es war, als sie die Natur hier rüstiger und lebendiger vor Erinnerung im Angesichte des Rheins und der alten Zeit. Wo ein Begeisterter steht, ist der Gipfel der Welt, rief Leontin fröhlich aus.

Willkommen, Freund, Bruder! sagte da auf einmal eine Stimme mit Pathos, und ein fremder junger Mann, den sie vorher nicht bemerkt hatten, faßte Leontin fest bei der Hand. Ach, was Bruder! fuhr Leontin heraus, ärgerlich über die unerwartete Störung. Der Fremde ließ sich nicht abschrecken, sondern sagte: Jene Worte logen nicht, Sie sind ein Verehrer der Natur, ich bin auch stolz auf diesen Namen. Wahrhaftig, mein Herr, erwiderte Leontin geschwind, sich komisch erwehrend. Sie irren sich entsetzlich, ich bin weder biederherzig, wie Sie sich vorstellen, noch begeistert, noch ein Verehrer der Natur, noch –. Der Fremde fuhr ganz blinderpicht fort: Lassen Sie die Gewöhnlichen sich ewig suchen und verfehlen, die Seltenen wirft ein magnetischer Zug einander an die männliche Brust, und der ewige Bund ist ohne Wort geschlossen in des Eichenwaldes heiligen Schatten, wenn die Orgel des Weltbaues gewaltig dahinbraust. – Bei diesen Worten fiel ihm ein Buch aus der Tasche. Sie verlieren Ihre Noten, sagte Leontin, Schillers Don Carlos erkennend. Warum Noten? fragte der Fremde. Darum, sagte Leontin, weil Euch die ganze Natur nur der Text dazu ist, den Ihr nach den Dingern da aborgelt, und je schwieriger und würgender die Koloraturen sind, daß Ihr davon ganz rot und blau im Gesichte werdet und die Tränen samt den Augen heraustreten, je begeisterter und gerührter seid Ihr. Macht doch die Augen fest zu in der Musik und im Sausen des Waldes, daß Ihr die ganze Welt vergeßt und *Euch* vor allem!

Der Fremde wußte nicht recht, was er darauf antworten sollte. Leontin fand ihn zuletzt gar possierlich; sie gingen und sprachen noch viel zusammen und es fand sich am Ende, daß er ein abgedankter Liebhaber der Schmachtenden in der Residenz sei, den er früher manchmal bei ihr gesehen. Der Einklang der Seelen hatte sie zusammen, und ich weiß nicht was, wieder auseinandergeführt. Er rühmte viel, wie dieses seelenvolle Weib mit Geschmack, treu und tugendhaft liebe. Treu? – sie ist ja verheiratet, sagte Friedrich unschuldig. Ei, was! fiel ihm Leontin ins Wort, diese Alwinas, diese neuen Heloisen, diese Erbschleicherinnen der Tugend sind pfiffiger als Gottes Wort. Nicht wahr, der Teufel stinkt nicht und hat keine Hörner, und Ehebrechen und Ehebrechen ist zweierlei? – Der Fremde war verlegen wie ein Schulknabe.

Es neigte sich indes zum Abend, aber die Luft war schwül geworden und man hörte von fern donnern. Das letztere war dem Fremden eben recht; der Donner, den er nicht anders als rollend nannte, schien ihn mit einem neuen Anfalle von Genialität aufzublähen. Er versicherte, er müsse im Gewitter einsam und im Freien sein, das wäre von jeher so seine Art, und nahm Abschied von ihnen. Leontin klopfte ihm beim Weggehen tüchtig auf die Achsel: Beten und fasten Sie fleißig und dann schauen Sie wieder in Gottes Welt hinaus, wie da der *Herr* genialisch ist. Es ist doch nichts lächerlicher, sagte er, da jener fort war, als eine aus der Mode gekommene Genialität. Man weiß dann gar nicht, was die Kerls eigentlich haben wollen.

Es gewitterte indes immer stärker und näher. Leontin bestieg schnell eine hohe Tanne, die am Abhange stand, um das Wetter zu beschauen. Der Wind, der dem Gewitter vorausflog, rauschte durch die dunklen Äste des Baumes und neigte den Wipfel über den Abgrund hinaus. Ich sehe in das Städtchen, in alle Straßen hinab, rief Leontin von oben, wie die Leute eilig hin und her laufen, und die Fenster und Türen schließen, und mit den Laden klappern vor dem heranziehenden Wetter! Es achtet ihrer doch nicht und zieht sie weg. Unsern Don Carlos sehe ich auf einer Felsenspitze, den Batterien des Gewitters gegenüber, er steht, die Arme über der Brust verschränkt, den Hut tief in die Augen gedrückt, den einen Fuß trotzig vorwärts, pfui, pfui, über den Hochmut! Den Rhein seh ich kommen, zu dem alle Flüsse des Landes flüchten, langsam und dunkelgrün, Schiffe rudern eilig ans Ufer, eines seh ich mit Gott geradeaus fahren; fahre, herrlicher Strom! Wie Gottes Flügel rauschen, und die Wälder sich neigen, und die Welt still wird, wenn der Herr mit ihr spricht! Wo ist dein Witz, deine Pracht, deine Genialität? Warum wird unten auf den Flächen alles eins und unkenntlich wie ein Meer, und nur die Burgen stehen einzeln und unterschieden zwischen den wehenden Glockenklängen und schweifenden Blitzen. Du könntest mich wahnwitzig machen unten, erschreckliches Bild meiner Zeit, wo das zertrümmerte Alte in einsamer Höhe steht, wo das Einzelne gilt und sich, schroff und scharf im Sonnenlichte abgezeichnet, hervorhebt, während das Ganze in farblosen Massen gestaltlos liegt, wie ein ungeheurer, grauer Vorhang, an dem unsere Gedanken, gleich Riesenschatten aus einer andern Welt sich abarbeiten. – Der Wind verwehte seine Worte in die grenzenlose Luft. Es regnete schon lange. Der Regen und der Sturm wurden endlich so heftig, daß er sich nicht mehr auf dem Baume erhalten konnte. Er stieg herab, und sie kehrten zu der Burg zurück.

Als das Wetter sich nach einiger Zeit wieder verzogen hatte, brachen sie auf ihrem Schlupfwinkel auf, um sich in das Städtchen hinunter zu begeben. Da trafen sie an dem Ausgange der Burg mit den zwei Jägern zusammen, die sie frühmorgens über den Rhein fahren gesehen, und die ebenfalls das Gewitter in der Burg belagert gehalten hatte. Es war schon dunkel geworden, so daß sie einander nicht wohl erkennen konnten. Die Bäume hingen voll heller Tropfen, der enge Fußsteig war durch den Regen äußerst glatt geworden. Die beiden Jäger gingen sehr vorsichtig und furchtsam, hielten sich an alle Sträucher und glitten mehrere Male bald Friedrich, bald Leontin in die Arme, worüber sie vom letztern, der ihnen durchaus nicht helfen wollte, viel Gelächter ausstehn mußten. Erwin sprang mit einer ihm sonst nie gewöhnlichen Wildheit allen weit voraus, wie ein Gems den Berg hinab.

Allen wurde wohl, als sie nach langer Einsamkeit in das Städtchen hinunterkamen, wo es recht patriarchalisch aussah. Auf den Gassen ging jung und alt, sprechend und lachend, nach dem Regen spazieren, die Mädchen des Städtchens saßen draußen vor ihren Türen unter den Weinlauben. Der Abend war herrlich, alles erquickt nach dem Gewitter, das nur noch von fern nachhallte. Nachtigallen schlugen wieder von den Bergen, vor ihren Augen rauschte der Rhein an dem Städtchen vorüber. Leontin zog mit seiner Gitarre, wie ein reisender Spielmann aus alter Zeit, von Haus zu Haus und erzählte den Mädchen Märchen, oder sang ihnen neue Melodien auf ihre alten Lieder, wobei sie still mit ihren sinnigen Augen um ihn herumsaßen. Friedrich saß neben ihm auf der Bank, den Kopf in beide Arme auf die Knie gestützt, und erholte sich recht an den altfränkischen Klängen. Die zwei Jäger hatten sich nicht weit von ihnen um einen Tisch gelagert, der auf einem grünen Platze zwischen Häusern und dem Rheine aufgeschlagen war, und schäkerten mit den Mädchen, denen sie gar wohl zu gefallen schienen. Die Mädchen verfertigten schnell einen fröhlichen, übervollen Kranz von hellroten Rosen, den sie dem einen, welcher der lustigste schien, auf die Stirn drückten. Leontin, der wenig darauf achtgab, begann folgendes Lied über ein am Rheine bekanntes Märchen:

Es ist schon spät, es wird schon kalt,
Was reitst du einsam durch den Wald?
Der Wald ist lang, du bist allein,
Du schöne Braut! ich führ dich heim!

Da antwortete der Bekränzte drüben vom andern Tische mit der folgenden Strophe des Liedes:

Groß ist der Männer Trug und List,
Vor Schmerz mein Herz gebrochen ist,
Wohl irrt das Waldhorn her und hin,
O flieh! du weißt nicht, wer ich bin.

Leontin stutzte und sang weiter:

So reich geschmückt ist Roß und Weib,
So wunderschön der junge Leib,
Jetzt kenn ich dich – Gott steh mir bei!
Du bist die Hexe Lorelei:

Der Jäger antwortete wieder:

Du kennst mich wohl – von hohem Stein,
Schaut still mein Schloß tief in den Rhein.
Es ist schon spät, es wird schon kalt,
Kommst nimmermehr aus diesem Wald!

Der Jäger nahm nun ein Glas, kam auf sie los und trank Friedrich keck zu: Unsere Schönen sollen leben! Friedrich stieß mit an. Da zersprang der Römer des Jägers klingend an dem seinigen. Der Jäger erblaßte und schleuderte das Glas in den Rhein. –

Es war unterdes schon spät geworden, die Mädchen fingen an einzunicken, die Alten trieben ihre Kinder zu Bett, und so verlor sich nach und nach eines nach dem andern, bis sich unsere Reisenden allein auf dem Platze sahen. Die Nacht war sehr warm, Leontin schlug daher vor, die ganze Nacht über auf dem Rheine nach der Residenz hinunter zu fahren, er sei ein guter Steuermann und kenne jede Klippe auswendig. Alle willigten sogleich ein, der eine Jäger nur mit Zaudern, und so bestiegen sie einen Kahn, der am Ufer angebunden war. Den Knaben Erwin, der während Leontins Liedern zu Friedrichs Füßen eingeschlafen, hatten sie, da er durchaus nicht zu ermuntern war, in den Kahn hineintragen müssen, wo er auch nach einem kurzen, halbwachen Taumel sogleich wieder in Schlaf versank. Friedrich saß vorn, die beiden Jäger in der Mitte, Leontin am Steuerruder lenkte keck gerade auf die Mitte los, die Gewalt des Stromes faßte rechts das Schiffchen, zu beiden Seiten flogen Weingärten, einsame Schlünde und Felsenriesen mit ausgebreiteten Eichenarmen wechselnd vorüber, als gingen die alten Helden unsichtbar durch den Himmel und würfen so ihre streifenden Schatten über die stille Erde. Der Himmel hatte sich indes von neuem überzogen, die Gewitter schienen wieder näher zu kommen. Der eine von den Jägern, der überhaupt fast noch gar nicht gesprochen, blieb fortwährend still. Der andere mit dem Rosenkranze dagegen saß schaukelnd und gefährlich auf dem Rande des Kahnes und hatte beide Beine, die bei jeder Schwankung die Wellen berührten, darüber heruntergehangen. Er sah in das Wasser hinab, wie die flüchtigen Wirbel kühl aufrauschend, dann wieder still, wunderbar hinunterlockten. Leontin hieß ihn die Beine einstecken. Was schadets, sagte der Jäger innerlich heftig, ich tauge doch nichts auf der Welt, ich bin schlecht, wär ich da unten, wäre auf einmal alles still. – O ho! rief Leontin, Ihr seid verliebt, das sind verliebte Sprüche. Sag an, wie sieht dein Liebchen aus? Ists schlank, stolz, kühn, voll hohen Graus, ists Hirsch, Pfau, oder eine kleine süße Maus? – Der Jäger sagte: Mein Schatz ist ein Hirsch, der wandelt in einer prächtigen Wildnis, die liegt so unbeschreiblich hoch und einsam, und die ganze Welt übersieht man von dort, wie sich die Sonne ringsum in Seen und Flüssen und allen Kreaturen wunderbar bespiegelt. Es ist des Jägers dunkelwüste Lust, das Schönste, was ihn rührt, zu verderben. So nahm er Abschied von seinem alten Leben und folgte dem Hirsche immer höher mühsam hinauf. Als die Sonne aufging, legte er oben in der klaren Stille lauernd an. Da wandte sich der Hirsch plötzlich und sah ihn keck und fromm an, wie den Herzog Hubertus. Da verließen den Jäger auf einmal seine Künste und seine ganze Welt, aber er konnte nicht niederknien, wie jener, denn ihm schwindelte vor dem Blick und der Höhe, und es faßte ihn ein seltsames Gelüst, die dunkle Mündung auf seine eigene, ausgestorbene Brust zu kehren. –

Die beiden Grafen überhörten bei dem Winde, der sich nach und nach zu erheben anfing, diese sonderbaren Worte des Verliebten. Fahrende Blitze erhellten inzwischen von Zeit zu Zeit die Gegend, und ihr Schein fiel auf die Gesichter der beiden Jäger. Sie waren gar lieblich anzusehen, schienen beide noch Knaben. Der eine hatte ein silbernes Horn an der Seite hängen. Leontin sagte, er solle eins blasen; er versicherte aber, daß er es nicht könne. Leontin lachte ihn aus, was sie für Jäger wären, nahm das Horn und blies sehr geschickt ein altes, schönes Lied. Der eine gesprächige Jäger sagte, es fiele ihm dabei eben ein Lied ein, und sang zu den beiden Grafen mit einer angenehmen Stimme:

Wir sind so tief betrübt, wenn wir auch scherzen,
Die armen Menschen mühn sich ab und reisen,
Die Welt zieht ernst und streng in ihren Gleisen,
Ein feuchter Wind verlöscht die lustgen Kerzen. –

Du hast so schöne Worte tief im Herzen,
Du weißt so wunderbare alte Weisen,
Und wie die Stern am Firmamente kreisen,
Ziehn durch die Brust dir ewig Lust und Schmerzen.

So laß dein Stimme hell im Wald erscheinen!
Das Waldhorn fromm wird auf und nieder wehen,
Die Wasser gehn, und Rehe einsam weiden.

Wir wollen stille sitzen und nicht weinen,
Wir wollen in den Rhein hinuntersehen,
Und wird es finster auf der Welt, nicht scheiden.

Kaum hatte er die letzten Worte ausgesungen, als Erwin, der durch den Gesang aufgewacht war und bei einem langen Blitze das Gesicht des andern stillen Jägers plötzlich dicht vor sich erblickte, mit einem lauten Schrei aufsprang und sich in demselben Augenblicke über den Kahn in den Rhein stürzte. Die beiden Jäger schrien entsetzlich, der Knabe aber schwamm wie ein Fisch durch den Strom und war schnell hinter dem Gesträuch am Ufer verschwunden.

Leontin lenkte sogleich ihm nach ans Ufer und alle eilten verwundert und bestürzt ans Land. Sie fanden sein Tuch zerrissen an den

Sträuchern hängen; es war fast unbegreiflich, wie er durch dieses Dickicht sich hindurchgearbeitet.

Friedrich und Leontin begaben sich in verschiedenen Richtungen ins Gebirge, sie durchkletterten alle Felsen und Schluften und riefen nach allen Seiten hin. Aber alles blieb nächtlich still, nur der Wald rauschte einförmig fort. Nach langem Suchen kamen sie endlich müde beide wieder auf der Höhe über ihrem Landungsplatze zusammen. Der Kahn stand noch am Ufer, die beiden Jäger aber unten waren verschwunden. Der Rhein rauschte prächtig funkelnd in der Morgensonne zwischen den Bergen hin. Erwin kehrte nicht mehr zurück.

SECHZEHNTES KAPITEL

Die heftige Romana liebte Friedrich vom ersten Blicke an mit der ihr eigentümlichen Gewalt. Seitdem er aber in jener Nacht auf dem Schlosse von ihr fortgeritten, als sie bemerkte, wie ihre Schönheit, ihre vielseitigen Talente, die ganze Phantasterei ihres künstlich gesteigerten Lebens alle Bedeutung verlor und zuschanden wurde an seiner höhern Ruhe, da fühlte sie zum ersten Male die entsetzliche Lücke in ihrem Leben, und daß alle Talente Tugenden werden müssen oder nichts sind, und schauderte vor der Lügenhaftigkeit ihres ganzen Wesens. Friedrichs Verachtung war ihr durchaus unerträglich, obgleich sie sonst die Männer verachtete. Da raffte sie sich innerlichst zusammen, zerriß alle ihre alten Verbindungen und begrub sich in die Einsamkeit ihres Schlosses. Daher ihr plötzliches Verschwinden aus der Residenz.

Sie mochte sich nicht stückweise bessern, ein ganz neues Leben der Wahrheit wollte sie anfangen. Vor allem bestrebte sie sich mit ehrlichem Eifer, den schönen, verwilderten Knaben, den wir dort kennen gelernt, zu Gott zurückzuführen, und er übertraf mit seiner Kunst eines unabgenützten Gemütes gar bald seine Lehrerin. Sie knüpfte Bekanntschaften an mit einigen häuslichen Frauen der Nachbarschaft, die sie sonst unsäglich verachtet, und mußte beschämt vor mancher Trefflichkeit stehen, von der sie sich ehedem nichts träumen ließ. Die Fenster und Türen ihres Schlosses, die sonst Tag und

Nacht offen standen, wurden nun geschlossen, sie wirkte still und fleißig nach allen Seiten und führte eine strenge Hauszucht. Friedrich sollte ihretwegen von alledem nichts wissen, das war ihr, wie sie meinte, einerlei. –

Es war ihr redlicher Ernst, anders zu werden, und noch nie hatte sich ihre Seele so rein triumphierend und frei gefühlt, als in dieser Zeit. Aber es war auch nur ein Rausch, obgleich der schönste in ihrem Leben. Es gibt nichts Erbarmungswürdigeres, als ein reiches, verwildertes Gemüt, das in verzweifelter Erinnerung an seine ursprüngliche, alte Güte, sich liederlich an dem Besten und Schlechtesten berauscht, um nur jenes Andenken loszuwerden, bis es, so ausgehöhlt, zugrunde geht. Wenn uns der Wandel tugendhafter Frauen wie die Sonne erscheint, die in gleichverbreiteter Klarheit, still und erwärmend, täglich die vorgeschriebenen Kreise beschreibt, so möchten wir dagegen Romanas rasches Leben einer Rakete vergleichen, die sich mit schimmerndem Geprassel zum Himmel aufreißt und oben unter dem Beifallsklatschen der staunenden Menge in tausend funkelnde Sterne ohne Licht und Wärme prächtig zerplatzt.

Sie hatte die Einfalt, diese Grundkraft aller Tugend, leichtsinnig verspielt; sie kannte gleichsam alle Schliche und Kniffe der Besserung. Sie mochte sich stellen, wie sie wollte, sie konnte, gleich einem Somnambulisten, ihre ganze Bekehrungsgeschichte wie ein wohlgeschriebenes Gedicht, Vers vor Vers, inwendig vorauslesen, und der Teufel saß gegenüber und lachte ihr dabei immerfort ins Gesicht. In solcher Seelenangst dichtete sie oft die herrlichsten Sachen, aber mitten im Schreiben fiel es ihr ein, wie doch das alles eigentlich nicht wahr sei – wenn sie betete, kreuzten ihr häufig unkeusche Gedanken durch den Sinn, daß sie erschrocken aufsprang.

Ein alter, frommer Geistlicher vom Dorfe besuchte die schöne Büßerin fleißig. Sie erstaunte, wie der Mann so eigentlich ohne alle Bildung und doch so hochgebildet war. Er sprach ihr oft stundenlang von den tiefsinnigsten Wahrheiten seiner Religion, und war dabei immer so herzlich heiter, ja, oft voll lustiger Schwänke, während sie dabei jedesmal in eine peinliche, gedankenvolle Traurigkeit versank. Er fand manchmal geistliche Lieder und Legenden bei ihr, die sie soeben gedichtet. Nichts glich dann seiner Freude darüber; er nannte sie sein liebes Lämmchen, las die Lieder viele Male sehr aufmerksam und legte sie in sein Gebetbuch. Mein Gott! sagte da Romana in Gedanken verloren oft zu sich selbst, wie ist der gute Mann doch unschuldig! –

In dieser Zeit schrieb sie, weniger aus Freundschaft, als aus Laune und Bedürfnis sich auszusprechen, mehrere Briefe an die Schmachtende in der Residenz, im tiefsten Jammer ihrer Seele verfaßt. Sie erstaunte über sich selbst, wie moralisch sie zu schreiben wußte, wie ganz klar ihr Zustand ihr vor Augen lag und sie es doch nicht ändern konnte. Die Schmachtende konnte sich nicht enthalten, diese interessanten Briefe ihrem Abendzirkel mitzuteilen. Man nahm dieselben dort für Grundrisse zu einem Romane, und bewunderte die feine Anlage und den Geist der Gräfin.

Romana hielt es endlich nicht länger aus, sie mußte ihren hohen Feind und Freund, den Grafen Friedrich, wiedersehen. Kaum hatte sie sich diesen Wunsch einmal erlaubt, als sie auch schon auf dem Pferde saß und der Residenz zuflog. Dies war damals, als sie Friedrich an dem warmen Märzfeste so wild die Menge teilend vorüberreiten sah. Als sie nun ihren Geliebten wieder vor sich sah, noch immer unverändert ruhig und streng wie vorher, während eine ganz neue Welt in ihr auf- und untergegangen war, da schien es ihr unmöglich, seine Tugend und Größe zu erreichen. Die beiden vor ihr Leben gespannten, unbändigen Rosse, das schwarze und das weiße, gingen bei dem Anblick von neuem durch mit ihr, alle ihre schönen Pläne lagen unter den heißen Rädern des Wagens zerschlagen, sie ließ die Zügel schießen und gab sich selber auf.

Friedrich war indes noch mehrere Tage lang mit Leontin in dem Gebirge herumgestrichen, um Erwin wiederzufinden. Aber alle Nachforschungen blieben vergebens. Es blieb ihm nichts übrig, als auf immer Abschied zu nehmen von dem lieben Wesen, dessen wunderbare Nähe ihm durch die lange Gewohnheit fast unentbehrlich geworden war.

Rüstig und neu gestärkt durch die kühle Wald- und Bergluft, die wieder einmal sein ganzes Leben angeweht, kehrte er in die Residenz zurück und ging freudiger, als jemals, wieder an seine Studien, Hoffnungen und Pläne. Aber wie vieles hatte sich gar bald verändert.

Die braven Gesellen, welche der Winter tüchtig zusammengehalten, zerstreute und erschlaffte die warme Jahreszeit. Der eine hatte eine schöne, reiche Braut gefunden und rechnete die gemeinsame Not seiner Zeit gegen sein eigenes einzelnes Glück zufrieden ab, seine Rolle war ausgespielt. Andere fingen an auf öffentlichen Promenaden zu paradieren, zu spielen und zu liebeln, und wurden nach und nach kalt und beinahe ganz geistlos. Mehrere rief der Sommer in ihre Heimat zurück. Aller Ernst war verwittert, und Friedrich stand fast allein. Mehr jedoch, als diese Treulosigkeit einzelner, auf die er doch nie gebaut, kränkte ihn die *allgemeine* Willenlosigkeit, von der er sich immer deutlicher überzeugen mußte. So bemerkte er, unter vielen andern Zeichen der Zeit, oft an einem Abend und in einer Gesellschaft zwei Arten von Religionsnarren. Die einen prahlten da, daß sie das ganze Jahr nicht in die Kirche gingen, verspotteten freigeisterisch alles Heilige und hingen auf alle Weise, die Gott sei Dank! bereits abgenutzte und schäbige Paradedecke der Aufklärung aus. Aber es war nicht wahr, denn sie schlichen heimlich vor Tagesanbruch, wenn der Küster aufschloß, zum Hinterpförtchen in die Kirchen hinein und beteten fleißig. Die andern fielen dagegen gar weidlich über diese her, verfochten die Religion und begeisterten sich durch ihre eigenen schönen Redensarten. Aber es war auch nicht wahr, denn sie gingen in keine Kirche und glaubten heimlich selber nicht, was sie sagten. Das war es, was Friedrich empörte, die überhandnehmende Desorganisation gerade unter den Bessern, daß niemand mehr wußte, wo er ist, die landesübliche Abgötterei unmoralischer Exaltation, die eine allgemeine Auflösung nach sich führen mußte. Um diese Zeit erhielt Friedrich nach so vielen Monaten unerwartet einen Brief von dem Gute des Herrn v. A. An den langen Drudenfüßen sowohl, als an dem fast komisch gesetzten Titel erkannte er sogleich den halbvergessenen Viktor. Er erbrach schnell und voll Freude das Siegel. Der Brief war folgenden Inhalts:

Es wird uns alle sehr freuen, wenn wir hören, daß Sie und der Herr Graf Leontin sich wohl befinden, wir sind hier alle, Gott sei Dank! gesund. Als Sie beide weggereist sind, war es hier so still, als wenn ein Kriegslager aufgebrochen wäre und die Felder nun einsam und verlassen stünden, im ganzen Schlosse siehts aus, wie in einer alten Rumpelkammer. Ich mußte anfangs an den langen Abenden auf dem Schlosse aus dem Abraham a St. Clara vorlesen. Aber es ging gar nicht recht. Der Herr v. A. sagte: Ja, wenn der Leontin dabei wäre! Die gnädige Frau sagte: Es wäre doch alles gar zu dummes Gewäsch durcheinander, und Fräulein Julie dachte Gott weiß, an was, und paßte gar nicht auf. Es ist gar nichts mehr auf der Welt anzufangen. Ich kann das verdammte traurige Wesen nicht leiden! Ich bin daher schon über einen Monat weder aufs Schloß, noch sonstwo ausgekommen. Sie sind doch recht glücklich! Sie sehen immer neue Gegenden und neue Menschen. Ich weiß die vier Wände in meiner Kammer schon auswendig. Ich habe meine zwei kleinen Fenster mit Stroh verhangen, denn der Wind bläst schon infam kalt durch die Löcher herein, auch alle meine Wanduhren habe ich ablaufen lassen, denn das ewige Picken möchte einen toll machen, wenn man so allein ist. Ich denke mir dann gar oft, wie Sie jetzt auf einem Balle mit schönen, vornehmen Damen tanzen, oder weit von hier am Rheine fahren oder reiten, und rauche Tabak, daß das Licht auf dem Tische oft auslischt. Gestern hat es zum ersten Male den ganzen Tag wie aus einem Sacke geschneit. Das ist meine größte Lust. Ich ging noch spät abends, in den Mantel gehüllt, auf den Berg hinaus, wo wir immer nachmittags im Sommer zusammengelegen haben. Das Rauchtal und die ganze, schöne Gegend war verschneit und sah kurios aus. Es schneite immerfort tapfer zu. Ich tanzte, um mich zu erwärmen, über eine Stunde in dem Schneegestöber herum.

Dies hab ich schon vor einigen Monaten geschrieben. Gleich nach jener Nacht, da ich draußen getanzt, verfiel ich in eine langwierige Krankheit. Alle Leute fürchteten sich vor mir, weil es ein hitziges Fieber war, und ich hätte wie ein Hund umkommen müssen; aber Fräulein Julie besuchte mich alle Tage und sorgte für Medizin und alles, wofür Gott sie belohnen wird. Ich wußte nichts von mir. Sie sagt mir aber, ich hätte immerfort von Ihnen beiden phantasiert und oft auch gar in Reimen gesprochen. Ich muß mir das Zeug durch die Erkältung zugezogen haben. – Jetzt bin ich, Gott sei Dank, wiederhergestellt, und mache wieder fleißig Uhren. – Neues weiß ich weiter nichts, als daß seit mehreren Wochen ein fremder Kavalier, der in der Nachbarschaft große Herrschaften gekauft, zu uns auf das Schloß kommt. Er soll viele Sprachen kennen und sehr gelehrt und bereist sein, und will unser Fräulein Julie haben. Die gnädige Frau möchte es gern sehen, aber dem Fräulein gefällt er gar nicht. Wenn sie nachmittags oben im Garten beim Lusthause sitzt und ihn von weitem unten um die Ecke heranreiten sieht, klettert sie geschwind über den Gartenzaun und kommt zu mir. Was will ich tun? Ich muß sie in meiner Kammer einsperren, und gehe unterdes spazieren. Neulich, als ich schon ziemlich spät wieder zurückkam und meine Tür aufschloß, fand ich sie ganz blaß und am ganzen Leibe zitternd. Sie war noch völlig atemlos vor Schreck und fragte mich schnell, ob ich ihn nicht gesehen? Dann erzählte sie mir: als es angefangen finster zu werden, habe sie auf meinem Bette in Gedanken gesessen, da habe auf einmal etwas an das Fenster geklopft. Sie hätte den Atem angehalten und unbeweglich gesessen, da wäre plötzlich das Fenster aufgegangen und Ihr leibhaftiger Page, der Erwin, habe mit totenblassem Gesicht und verwirrten Haaren in die Stube hineingeguckt. Als er sich überall umgesehen und sie auf dem Bett erblickt, habe er ihr mit dem Finger gedroht und sei wieder verschwunden. Ich sagte ihr, sie sollte sich solches dummes Zeug nicht in den Kopf setzen. Sie aber hat es sich sehr zu Herzen genommen, und ist seitdem etwas traurig. Die Tante soll nichts davon wissen. Was gibts denn mit dem guten Jungen, ist er nicht mehr bei Ihnen? – Soeben, wie ich dies schreibe, sieht Fräulein Julie drüben über den Gartenzaun. – Als ich sagte, daß ich an Sie schriebe, kam sie schnell aus dem Garten zu mir herüber und ich mußte ihr eine Feder schneiden; sie wollte selber etwas dazu schreiben. Dann wollte sie wieder nicht und lief davon. Sie sagte mir, ich solle Sie von ihr grüßen und bitten, Sie möchten auch den Herrn Grafen Leontin von ihr grüßen, wenn er bei Ihnen wäre. Kommen Sie beide doch bald wieder einmal zu uns! Es ist jetzt wieder sehr schön im Garten und auf den Feldern. Ich gehe wieder, wie damals, alle Morgen vor Tagesanbruch auf den Berg, wo Sie und Leontin mich immer auf meinem Sitze besucht haben. Die Sonne geht gerade in der Gegend auf, wo Sie mir immer an den schwülen Nachmittagen beschrieben haben, daß die Residenz liegt und der Rhein geht. Ich rufe dann mein Hurra und werfe meinen Hut und meine Pfeife hoch in die Luft.

P. S. Die niedliche Braut, auf die Sie sich vielleicht noch von dem Tanze auf dem Jagdschlosse her erinnern, besucht uns jetzt oft und empfiehlt sich. Sie leben recht gut in ihrer Wildnis, sie hat schon ein Kind und ist noch schöner geworden und sehr lustig. Adieu!

Friedrich legte das Papier stillschweigend zusammen. Ihn befiel eine unbeschreibliche Wehmut bei der lebhaften Erinnerung an jene Zeiten. Er dachte sich, wie sie alle dort noch immer, wie damals, seit hundert Jahren und immerfort zwischen ihren Bergen und Wäldern friedlich wohnen, im ewig gleichen Wechsel einförmiger Tage frisch und arbeitsam Gott loben und glücklich sind, und nichts wissen von der andern Welt, die seitdem mit tausend Freuden und Schmerzen durch seine Seele gegangen. Warum konnte er, und wie er wohl bemerkte, auch Viktor, nicht ebenso glücklich und ruhig sein? – Dabei hatte ihn die Nachricht von Erwins unerklärlicher, flüchtiger Erscheinung heftig bewegt. Er ging sogleich mit dem Briefe zu Leontin. Aber er fand weder ihn, noch Faber zu Hause. Er sah durch das offene Fenster, der reine Himmel lag blau und unbegrenzt über den fernen Dächern und Kuppeln bis in die neblige Weite. Er konnt es nicht aushalten; er nahm Hut und Stock und wanderte durch die Vorstädte ins Freie hinaus. Unzählige Lerchen schwirrten hoch in der warmen Luft, die neugeschmückte Frühlingsbühne sah ihn wie eine alte Geliebte an, als wollte ihn alles fragen: Wo bist du so lange gewesen? Hast du uns vergessen? – Ihm war so wohl zum Weinen. Da blies neben ihm ein Postillon lustig auf dem Horne. Eine schöne Reisekutsche mit einem Herrn und einem jungen Frauenzimmer fuhr schnell an ihm vorüber. Das Frauenzimmer sah lachend aus dem Wagen nach ihm zurück. Er täuschte sich nicht, es war Marie. Verwundert sah Friedrich dem Wagen nach, bis er weit in der heitern Luft verschwunden war. Die Straße ging nach Italien hinunter.

Da es sich zum Abend neigte, wandte er sich wieder heimwärts. In den Vorstädten war überall ein sommerabendliches Leben und Weben, wie in den kleinen Landstädtchen. Die Kinder spielten mit wirrendem Geschrei vor den Häusern, junge Burschen und Mädchen gingen spazieren, der Abend wehte von draußen fröhlich durch alle Gassen. Da bemerkte Friedrich seitwärts eine alte, abgelegene Kirche, die er sonst noch niemals gesehen hatte. Er fand sie offen und ging hinein.

Es schauderte ihn, wie er aus der warmen, fröhlich bunten Wirrung so auf einmal in diese ewig stille Kühle hineintrat. Es war alles leer und dunkel drinnen, nur die ewige Lampe brannte wie ein farbiger Stern in der Mitte vor dem Hochaltare; die Abendsonne schimmerte durch die gemalten, gotischen Fenster. Er kniete in eine Bank hin. Bald darauf bemerkte er in einem Winkel eine weibliche Gestalt, die vor einem Seitenaltare, im Gebet versunken, auf den Knien lag. Sie erhob sich nach einer Weile und sah ihn an. Da kam es ihm vor, als wäre es das Bürgermädchen, die unglückliche Geliebte des Prinzen. Doch konnte er sich gar nicht recht in die Gestalt finden; sie schien ihm weit größer und ganz verändert seitdem. Sie war ganz weiß angezogen und sah sehr blaß und seltsam aus. Sie schien weder erfreut noch verwundert über seinen Anblick, sondern ging, ohne ein Wort zu sprechen, tief in einen dunklen Seitengang hinein, auf den Ausgang der Kirche zu. Friedrich ging ihr nach, er wollte mit ihr sprechen. Aber draußen fuhren und gingen die Menschen bunt durcheinander, und er hatte sie verloren.

Als er nach Hause kam, fand er den Prinzen bei sich, der, den Kopf in die Hand gestützt, am Fenster saß und ihn erwartete. Mein hohes Mädchen ist tot! rief er aufspringend, als Friedrich hereintrat. Friedrich fuhr zusammen: Wann ist sie gestorben? – Vorgestern. – Friedrich stand in tiefen Gedanken und hörte kaum, wie der Prinz erzählte, was er von der alten Mutter der Dahingeschiedenen gehört: wie das Mädchen anfangs nach der Ohnmacht in allen Kirchen herumgezogen und Gott inbrünstig gebeten, daß er sie doch noch einmal glücklich in der Welt machen möchte. Nach und nach aber fing sie an zu kränkeln und wurde melancholisch. Sie sprach sehr zuversichtlich, daß sie bald sterben würde, und von einer großen Sünde, die sie abzubüßen hätte, und fragte die Mutter oft ängstlich, ob sie denn noch in den Himmel kommen könnte? Den Prinzen wollte sie noch immer nicht wiedersehen. Die letzten Tage vor ihrem Tode wurde sie merklich besser und heiter. Noch den letzten Tag kam sie sehr fröhlich nach Hause und sagte mit leuchtenden Augen, sie habe den Prinzen wiedergesehen, er sei, ohne sie zu bemerken, an ihr vorbeigeritten. Den Abend darauf starb sie. Der Prinz zog hierbei ein Papier heraus und las Friedrich ein Totenopfer vor, welches er heut in einer Reihe von Sonetten auf den Tod des Mädchens gedichtet hatte. Die ersten Sonette enthielten eine wunderfeine Beschreibung, wie der Prinz das Mädchen verführt. Friedrich graute, wie schön sich da die Sünde ausnahm. Das letzte Sonett schloß:

Einsiedler will ich sein und einsam stehen,
Nicht klagen, weinen, sondern büßend beten,
Du bitt für mich dort, daß ich besser werde!

Nur einmal, schönes Bild, laß dich mir sehen,
Nachts, wenn all Bilder weit zurücke treten,
Und nimm mich mit dir von der dunklen Erde!

Wie gefällt Ihnen das Gedicht? – Gehn Sie in jene Kirche, die dort so dunkel hersieht, sagte Friedrich erschüttert, und wenn der Teufel mit meinen gesunden Augen nicht sein Spiel treibt, so werden Sie sie dort wiedersehen. – Dort ist sie begraben, antwortete der Prinz, und wurde blaß und immer blässer, als ihm Friedrich erzählte, was ihm begegnet. Warum fürchten Sie sich? fragte Friedrich hastig, denn ihm war, als sähe ihn das stille, weiße Bild wie in der Kirche wieder an, wenn Sie den Mut hatten, das hinzuschreiben, warum erschrecken Sie, wenn es auf einmal Ernst wird und die Worte sich rühren und lebendig werden? Ich möchte nicht dichten, wenn es nur Spaß wäre, denn wo dürfen wir jetzt noch redlich und wahrhaft sein, wenn es nicht im Gedichte ist? Haben Sie den rechten Mut, besser zu werden, so gehn Sie in die Kirche und bitten Sie Gott inbrünstig um seine Kraft und Gnade. Ist aber das Beten und alle unsere schönen Gedanken um des Reimes willen auf dem Papiere, so hol der Teufel auf ewig den Reim samt den Gedanken! –
Hier fiel der Prinz Friedrich ungestüm um den Hals. Ich bin durch und durch schlecht! rief er. Sie wissen gar nicht und niemand weiß

es, wie schlecht ich bin! Die Gräfin Romana hat mich zuerst verdorben vor langer Zeit; das verstorbene Mädchen habe ich sehr künstlich verführt; der damals in der Nacht zu Marie bei Ihnen vorbeischlich, das war ich; der auf jener Redoute – Hier hielt er inne. – Betrügerisch, verbuhlt, falsch und erbärmlich bin ich ganz, fuhr er weiter fort. Der Mäßigung, der Gerechtigkeit, der großen, schönen Entwürfe, und was wir da zusammen beschlossen, geschrieben und besprochen, dem bin ich nicht gewachsen, sondern im Innersten voller Neid, daß ichs nicht bin. Es war mir nie Ernst damit und mit nichts in der Welt. – Ach, daß Gott sich meiner erbarme! Hierbei zerriß er sein Gedicht in kleine Stückchen, wie ein Kind, und weinte fast. Friedrich, wie aus den Wolken gefallen, sprach kein einziges Wort der Liebe und Tröstung, sondern die Brust voll Schmerzen und kalt wandte er sich zum offenen Fenster von dem gefallenen Fürsten, der nicht einmal ein Mann sein konnte.

SIEBZEHNTES KAPITEL

Rosa saß frühmorgens am Putztische und erzählte ihrem Kammermädchen folgenden Traum, den sie heut nacht gehabt: Ich stand zu Hause in meiner Heimat im Garten. Der Garten war noch ganz so, wie er ehedem gewesen, ich erinnere mich wohl, mit allen den Alleen, Gängen und Figuren aus Buchsbaum. Ich selber war klein, wie damals, da ich als Kind in dem Garten gespielt. Ich verwunderte mich sehr darüber, und mußte auch wieder lachen, wenn ich mich ansah, und fürchtete mich vor den seltsamen Baumfiguren. Dabei war es mir, als wäre mein vergangenes Leben und daß ich schon einmal groß gewesen, nur ein Traum. Ich sang immerfort ein altes Lied, das ich damals als Kind alle Tage gesungen und seitdem wieder vergessen habe. Es ist doch seltsam, wie ich es in der Nacht ganz auswendig wußte! Ich habe heut schon viel nachgesonnen, aber es fällt mir nicht wieder ein. Meine Mutter lebte auch noch. Sie stand seitwärts vom Garten an einem Teiche. Ich rief ihr zu, sie sollte herüberkommen. Aber sie antwortete mir nicht, sondern stand still und unbeweglich, vom Kopfe bis zu den Füßen in ein langes, weißes Tuch gehüllt. Da trat auf einmal Graf Friedrich zu mir. Es war mir, als sähe ich ihn zum ersten Male, und doch war er mir wie längst bekannt. Wir waren wieder gute Freunde, wie sonst – ich habe ihn nie so gut und freundlich gesehen. Ein schöner Vogel saß mitten im Garten auf einer hohen Blume und sang, daß es mir durch die Seele ging, meinen Bruder sah ich unten über das glänzende Land reiten, er hatte die kleine Marie, die eine Zimbel hoch in die Luft hielt, vor sich auf dem Rosse, die Sonne schien prächtig. Reisen wir nach Italien! sagte da Friedrich zu mir. – Ich folgte ihm gleich, und wir gingen sehr schnell durch viele schöne Gegenden immer nebeneinander fort. So oft ich mich umsah, sah ich hinten nichts, als ein grenzenloses Abendrot, und in dem Abendrot meiner Mutter Bild, die unterdes sehr groß geworden war, in der Ferne wie eine Statue stehen, immerfort so still nach uns zugewendet, daß ich vor Grauen davon wegsehen mußte. Es war unterdes Nacht geworden und ich sah vor uns unzählige Schlösser auf den Bergen brennen. Jenseits wanderten in dem Scheine, der von den brennenden Schlössern kam, viele Leute mit Weib und Kindern, wie Vertriebene, sie waren alle in seltsamer, uralter Tracht; es kam mir vor, als sähe ich auch meinen Vater und meine Mutter unter ihnen, und mir war unbeschreiblich bange. Wie wir so fortgingen, schien es mir, als würde Friedrich selbst nach und nach immer größer. Er war still und seine Mienen veränderten sich seltsam, so daß ich mich vor ihm fürchtete. Er hatte ein langes, blankes Schwert in der Hand, mit dem er vor uns her den Weg aushaute; so oft er es schwang, warf es einen weitblitzenden Schein über den Himmel und über die Gegend unten. Vor ihm ging sein langer Schatten, wie ein Riese, weit über alle Täler gestreckt. Die Gegend wurde indes immer seltsamer und wilder, wir gingen zwischen himmelhohen, zackigen Gebirgen. Wenn wir an einen Strom kamen, gingen wir auf unsern eigenen Schatten, wie auf einer Brücke, darüber. Wir kamen so auf eine weite Heide, wo ungeheure Steine zerstreut umher lagen. Mich befiel eine nie gefühlte Angst, denn je mehr ich die zerstreuten Steine betrachtete, je mehr kamen sie mir wie eingeschlafene Männer vor. Die Gegend lag unbeschreiblich hoch, die Luft war kalt und scharf. Da sagte Friedrich: Wir sind zu Hause! Ich sah ihn erschrocken an und erkannte ihn nicht wieder, er war völlig geharnischt, wie ein Ritter. Sonderbar! es hing ein altes

Ritterbild sonst in einem Zimmer unsers Schlosses, vor dem ich oft als Kind gestanden. Ich hatte längst alle Züge davon vergessen, und gerade so sah jetzt Friedrich auf einmal aus. – Ich fror entsetzlich. Da ging die Sonne plötzlich auf und Friedrich nahm mich in beide Arme und preßte mich so fest an seine Brust, daß ich vor Schmerz mit einem lauten Schrei erwachte. –

Glaubst du an Träume? sagte Rosa nach einer Weile in Gedanken zu dem Kammermädchen. Das Mädchen antwortete nicht. Wo mag nun wohl Marie sein, die ärmste? sagte Rosa unruhig wieder. – Dann stand sie auf und trat ans Fenster. Es war ein Gartenhaus der Gräfin Romana, das sie bewohnte; der Morgen blitzte unten über den kühlen Garten, weithin übersah man die Stadt mit ihren duftigen Kuppeln, die Luft war frisch und klar. Da warf sie plötzlich alle Schminkbüchschen, die auf dem Fenster standen, heimlich hinaus und zwang sich, zu lächeln, als es das Mädchen bemerkte.

Denselben Tag abends erhielt sie einen Brief von Romana, die wieder seit einiger Zeit auf einem ihrer entferntesten Landgüter im Gebirge sich aufhielt. Es war eine sehr dringende Einladung zu einer Gemsenjagd, die in wenigen Tagen dort gehalten werden sollte. Der Brief bestand nur in einigen Zeilen und war auffallend verwirrt und seltsam geschrieben, selbst ihre Züge schienen verändert und hatten etwas Fremdes und Verwildertes. Ganz unten stand noch: Letzthin, als Du auf dem Balle beim Minister warst, war Friedrich unbemerkt auch da und hat Dich gesehen. –

Rosa versank über dieser Stelle in tiefe Gedanken. Sie erinnerte sich aller Umstände jenes Abends auf einmal sehr deutlich, wie sie Friedrich versprochen hatte, ihn zu Hause zu erwarten, und wie er seitdem nicht wieder bei ihr gewesen. Ein Schmerz, wie sie ihn noch nie gefühlt, durchdrang ihre Seele. Sie ging unruhig im Zimmer auf und ab. Sie konnte es endlich nicht länger aushalten, sie wollte alle Mädchenscheu abwerfen, sie wollte Friedrich, auf welche Art es immer sei, noch heute sehn und sprechen. Sie war eben allein, draußen war es schon finster. Mehrere Male nahm sie ihren Mantel um und legte ihn zaudernd wieder hin. Endlich faßte sie ein Herz, schlich unbemerkt aus dem Hause und über die dunklen Gassen fort zu Friedrichs Wohnung. Atemlos mit klopfendem Herzen flog sie die Stiegen hinauf, um, so ganz sein und um alle Welt nichts fragend, an seine Brust zu fallen. Aber das Unglück wollte, daß er eben nicht zu Hause war. Da stand sie im Vorhaus und weinte bitterlich. Mehrere Türen gingen indes im Hause auf und zu, Bediente eilten hin und her über die Gänge. Sie konnte nicht länger weilen, ohne verraten zu werden. Die Furcht, so allein und zu dieser Zeit auf der Gasse erkannt zu werden, trieb sie schnell durch die Gassen zurück, das Gesicht tief in den seidenen Mantel gehüllt. Aber das Geschick war in seiner teuflischen Laune. Als sie eben um eine Ecke bog, stand der Prinz plötzlich vor ihr. Eine Laterne schien ihr gerade ins Gesicht, er hatte sie erkannt. Ohne irgend ein Erstaunen zu äußern, bot er ihr den Arm, um sie nach Hause zu begleiten. Sie sagte nichts, sondern hing kraftlos und vernichtet vor Scham an seinem Arm. Er wunderte sich nicht, er lächelte nicht, er fragte um nichts, sondern sprach artig von gewöhnlichen Dingen. – Als sie an ihr Haus kamen, bat er sie scherzend um einen Kuß. Sie willigte verwirrt ein, er umschlang sie heftig und küßte sie zum ersten Male. Eine lange Gestalt stand indes unbemerkt gegenüber an der Mauer und kam plötzlich auf den Prinzen los. Der Prinz, der sich nichts Gutes versah, sprang schnell in ein Nebenhaus und schloß die Tür hinter sich zu. Es war Friedrich, den der Zufall eben hier vorbeigeführt hatte. Sie hatten beide einander nicht erkannt. Er saß noch die halbe Nacht dort auf der Schwelle des Hauses und lauerte auf den unbekannten Gast. Die wildesten Gedanken, wie er sie sein Lebelang nicht gehabt, durchkreuzten seine Seele. Aber der Prinz kam nicht wieder heraus. – Rosa hatte von der ganzen letzten Begebenheit nichts mehr gesehen. – Der Prinz hatte sie überrascht. Noch niemals war er ihr so bescheiden, so gut, so schön und liebenswürdig vorgekommen, und sein Kuß brannte die ganze Nacht verführerisch auf ihren schönen Lippen fort.

Es war ein herrlicher Morgen, als Friedrich und Leontin in dem ewigen Zwinger der Alpen einritten, wohin auch sie von der Gräfin Romana zur Jagd geladen waren. Als sie um die letzte Bergecke herumkamen, fanden sie schon die Gesellschaft auf einer Wiese zwischen grünen Bergen bunt und schallend zerstreut. Einzelne Gruppen von Pferden und gekoppelten Hunden standen rings in der schönen Wildnis umher, im Hintergrunde erhob sich lustig ein farbiges Zelt.

Mitten auf der glänzenden Wiese stand die zauberische Romana in einer grünen Jagdkleidung, sehr geschmückt, fast phantastisch wie eine Waldfee anzusehn. Neben ihr, auf ihre Achsel gelehnt, stand Rosa in männlichen Jagdkleidern und versteckte ihr Gesicht an der Gräfin, da der Prinz eben zu ihr sprach, als sie Friedrich mit ihrem Bruder von der andern Seite ankommen sah. Von allen Seiten vom Gebirge herab bliesen die Jäger auf ihren Hörnern, als bewillkommten sie die beiden neuangekommenen Gäste. Friedrich hatte Rosa noch nie in dieser Verkleidung gesehen und betrachtete lange ernsthaft das wunderschöne Mädchen.

Romana kam auf die beiden los und empfing sie mit einer auffallenden Heftigkeit. Nun entlud sich auch das Zelt auf einmal eines ganzen Haufens von Gästen, und Leontin war in dem Gewirre gar bald in seine launigste Ausgelassenheit hineingeärgert, und spielte in kekken, barocken Worten, die ihm wie von den hellen Schneehäuptern der Alpen zuzufliegen schienen, mit diesem Jagdgesindel, das ein einziger Auerochs verjagt hätte. Auch hier war die innerliche Antipathie zwischen ihm und dem Prinzen bemerkbar. Der Prinz wurde still und vermied ihn, wo er konnte, wie ein Feuer, das überall mit seinen Flammenspitzen nach ihm griff und ihn im Innersten versengte. Nur Romana war heute auf keine Weise aus dem Felde zu schlagen, sie schien sich vielmehr an seiner eigenen Weise nur immer mehr zu berauschen. Er konnte sich, wie immer, wenn er sie sah, nicht enthalten, mit zweideutigen Witzen und Wortspielen ihre innerste Natur herauszukitzeln, und sie hielt ihm heute tapfer Stich, so daß Rosa mehrere Male rot wurde und endlich fortgehn mußte. Gott segne uns alle, sagte er zuletzt zu einem vornehmen Männlein, das eben sehr komisch bei ihm stand, daß wir heute dort oben an einem schmalen Felsenabhange nicht etwa einem von unsern Ahnherren begegnen, denn die verstehn keinen Spaß, und wir sind schwindlige Leute. –

Hier wurde er durch das Jagdgeschrei unterbrochen, das nun plötzlich von allen Seiten losbrach. Die Hörner forderten wie zum Kriege, die Hunde wurden losgelassen, und alles griff nach den Gewehren. Leontin war bei dem ersten Signal mitten in seiner Rede fortgesprungen, er war der erste unter dem Haufen der anführenden Jäger.

Mit einer schwindelerregenden Kühnheit sah man ihn, sich an die Sträucher haltend, geschickt von Feld zu Feld über die Abgründe immer höher hinaufschwingen; er hatte bald alle Jäger weit unter sich und verschwand in der Wildnis. Mehrere von der Gesellschaft schrien dabei ängstlich auf. Romana sah ihm furchtlos mit unverwandten Blicken nach; wie sind die Männer beneidenswert! sagte sie, als er sich verloren hatte.

Die Gesellschaft hatte sich unterdes nach allen Richtungen hin zerstreut, und die Jagd ging wie ein Krieg durch das Gebirge. In tiefster Abgeschiedenheit, wo Bäche in hellen Bogen von den Höhen sprangen, sah man die Gemsen schwindlig von Spitze zu Spitze hüpfen, einsame Jäger dazwischen auf den Klippen erscheinen und wieder verschwinden, einzelne Schüsse fielen hin und her, das Hifthorn verkündigte von Zeit zu Zeit den Tod eines jeden Tieres. Da sah Friedrich auf einem einsamen Fleck nach mehreren Stunden seinen Leontin wagehalsig auf der höchsten von allen den Felsspitzen stehen, daß das Auge den Anblick kaum ertragen konnte. Er erblickte Friedrich und rief zu ihm hinab: Das Pack da unten ist mir unerträglich; wie sie hinter mir drein quiekten, als ich vorher hinaufstieg! Ich bleibe in den Bergen oben, lebe wohl, Bruder! Hierauf wandte er sich wieder weiter und kam nicht mehr zum Vorschein.

Der Abend rückte heran, in den Tälern wurde es schon dunkel. Die Jagd schien geendigt, nur einzelne kühne Schützen sah man noch hin und wieder an den Klippen hängen, von den letzten Widerscheinen der Abendsonne scharf beleuchtet. Friedrich stand eben in höchster Einsamkeit an seine Flinte gelehnt, als er in einiger Entfernung im Walde singen hörte:

Dämmrung will die Flügel spreiten,
Schaurig rühren sich die Bäume,
Wolken ziehn wie schwere Träume –
Was will dieses Graun bedeuten?

Hast ein Reh du lieb vor andern,
Laß es nicht alleine grasen,
Jäger ziehn im Wald und blasen,
Stimmen hin und wieder wandern.

Hast du einen Freund hienieden,
Trau ihm nicht zu dieser Stunde,
Freundlich wohl mit Aug und Munde,
Sinnt er Krieg im tückschen Frieden.

Was heut müde gehet unter,
Hebt sich morgen neugeboren.
Manches bleibt in Nacht verloren –
Hüte dich, bleib wach und munter!

Es wurde wieder still. Friedrich erschrak, denn es kam ihm nicht anders vor, als sei er selber mit dem Liede gemeint. Die Stimme war ihm durchaus unbekannt. Er eilte auf den Ort zu, woher der Gesang gekommen war, aber kein Laut ließ sich weiter vernehmen.

Als er eben so um eine Felsenecke bog, stand plötzlich Rosa in ihrer Jägertracht vor ihm. Sie konnte der Sänger nicht gewesen sein, denn der Gesang hatte sich nach einer ganz andern Richtung hin verloren. Sie schien heftig erschrocken über den unerwarteten Anblick Friedrichs. Hochrot im Gesicht, ängstlich und verwirrt, wandte sie sich schnell und sprang wie ein aufgescheuchtes Reh, ohne der Gefahr zu achten, von Klippe zu Klippe die Höhe hinab, bis sie sich unten im Walde verlor. Friedrich sah ihr lange verwundert nach. Später stieg auch er ins Tal hinab.

Dort fand er die Gesellschaft auf der schönen Wiese schon größtenteils versammelt. Das Zelt in der Mitte derselben schien von den vielen Lichtern wie in farbigen Flammen zu stehn, eine Tafel mit Wein und allerhand Erfrischungen schimmerte lüstern lockend zwischen den buntgewirkten Teppichen hervor. Männer und Frauen waren in freien Scherzen ringsumher gelagert. Die vielen wandelnden Windlichter der Jäger, deren Scheine an den Felsenwänden und am Walde auf und nieder schweiften, gewährten einen zauberischen Anblick. Mitten unter den fröhlich Gelagerten und den magischen Lichtern ging Romana für sich allein, eine Gitarre im Arm, auf der Wiese auf und ab. Friedrich glaubte eine auffallende Spannung in ihrem Gesichte und ganzem Wesen zu bemerken. Sie sang:

In goldner Morgenstunde,
Weil alles freudig stand,

Da ritt im heitern Grunde
Ein Ritter über Land.

Rings sangen auf das beste
Die Vöglein mannichfalt,
Es schüttelte die Äste
Vor Lust der grüne Wald.

Den Nacken, stolz gebogen,
Klopft er dem Rösselein –
So ist er hingezogen
Tief in den Wald hinein.

Sein Roß hat er getrieben,
Ihn trieb der frische Mut:
›Ist alles fern geblieben,
So ist mir wohl und gut!‹

Sie ging während des Liedes immerfort unruhig auf und ab und sah mehrere Male seitwärts in den Wald hinein, als erwartete sie jemand. Auch sprach sie einmal heimlich mit einem Jäger, worauf dieser sogleich forteilte. Friedrich glaubte manchmal eine plötzliche, aber ebenso schnell wieder verschwindende Ähnlichkeit ihres Gesanges mit jener Stimme auf dem Berge zu bemerken, da sie wieder weiter sang:

Mit Freuden mußte er sehen
Im Wald ein' grüne Au,
Wo Brünnlein kühle gehen,
Von Blumen rot und blau.

Vom Roß ist er gesprungen,
Legt sich zum kühlen Bach,
Die Wellen lieblich klungen,
Das ganze Herz zog nach.

So grüne war der Rasen,
Es rauschte Bach und Baum,
Sein Roß tät stille grasen,
Und alles wie ein Traum.

Die Wolken sah er gehen,
Die schifften immerzu,
Er konnt nicht widerstehen, –
Die Augen sanken ihm zu.

Nun hört er Stimmen rinnen,
Als wie der Liebsten Gruß,
Er konnt sich nicht besinnen –
Bis ihn erweckt ein Kuß.

Wie prächtig glänzt die Aue!
Wie Gold der Quell nun floß,
Und einer süßen Fraue,
Lag er im weichen Schoß.

›Herr Ritter! wollte Ihr wohnen
Bei mir im grünen Haus:
Aus allen Blumenkronen
Wind ich Euch einen Strauß!

Der Wald ringsum wird wachen,
Wie wir beisammen sein,
Der Kuckuck schelmisch lachen,
Und alles fröhlich sein.‹

Es bog ihr Angesichte
Auf ihn den süßen Leib,
Schaut mit den Augen lichte
Das wunderschöne Weib.

Sie nahm sein'n Helm herunter,
Löst Krause ihm und Bund,
Spielt mit den Locken munter,
Küßt ihm den roten Mund.

Und spielt' viel süße Spiele
Wohl in geheimer Lust,
Es flog so kühl und schwüle
Ihm um die offne Brust.

Friedrichs Jäger trat hier eiligst zu seinem Herrn und zog ihn abseits in den Wald, wo er sehr bewegt mit ihm zu sprechen schien. Romana hatte es bemerkt. Sie verwandte gespannt kein Auge von Friedrich und folgte ihm in einiger Entfernung langsam in den Wald nach, während sie dabei weiter sang:

Um ihn nun tät sie schlagen
Die Arme weich und bloß,
Er konnte nichts mehr sagen,
Sie ließ ihn nicht mehr los.

Und diese Au zur Stunde
Ward ein kristallnes Schloß,
Der Bach, ein Strom gewunden
Ringsum gewaltig floß.

Auf diesem Strome gingen
Viel Schiffe wohl vorbei,
Es konnt ihn keines bringen
Aus böser Zauberei.

Sie hatte kaum noch die letzten Worte ausgesungen, als Friedrich plötzlich auf sie zukam, daß sie innerlichst zusammenfuhr. Wo ist Rosa? fragte er rasch und streng. Ich weiß es nicht, antwortete Romana schnell wieder gefaßt, und suchte mit erzwungener Gleichgültigkeit auf ihrer Gitarre die alte Melodie wiederzufinden. Friedrich wiederholte die Frage noch einmal dringender. Da hielt sie sich nicht länger. Als wäre ihr innerstes Wesen auf einmal losgebunden, brach sie schnell und mit fast schreckhaften Mienen aus: Du kennst noch nicht mich und jene unbezwingliche Gewalt der Liebe, die wie ein Feuer alles verzehrt, um sich an dem freien Spiele der eigenen Flammen zu weiden und selber zu verzehren, wo Lust und Entsetzen in wildem Wahnsinn einander berühren. Auch die grünblitzenden Augen des buntschillernden, blutleckenden Drachen im Liebeszauber sind keine Fabel, ich kenne sie wohl und sie machen mich noch rasend. Oh, hätte ich Helm und Schwert wie Armida! – Rosa kann mich nicht hindern, denn ihre Schönheit ist blöde und dein nicht wert. Ja, gegen dich selber will ich um dich kämpfen. Ich liebe dich unaussprechlich, bleibe bei mir, wie ich nicht mehr von dir fort kann! – Sie hatte ihn bei den letzten Worten fest umschlungen.

Friedrich fuhr mit einem Male aus tiefen Gedanken auf, streifte schnell die blanken Arme von sich ab, und eilte, ohne ein Wort zu sagen, tief in den Wald, wo er sein Pferd bestieg, mit dem ihn der Jäger schon erwartete, und fort hinaussprengte.

Romana war auf den Boden niedergesunken, das Gesicht mit beiden Händen verdeckt. Das fröhliche Lachen, Singen und Gläserklirren von der Wiese her schallte ihr wie ein höllisches Hohngelächter.

Rosa war, als sich Tag und Jagd zu Ende neigten, von Romana und aller Begleitung, wie durch Zufall, verlassen worden. Der Prinz hatte sie den ganzen Tag über beobachtet, war ihr überall im Grünen begegnet und wieder verschwunden. Sie hatte sich endlich halbzögernd entschlossen, ihn zu fliehen und höher ins Gebirge hinaufzusteigen. Sein blühendes Bild heimlich im Herzen, das die Waldhornsklänge immer wieder von neuem weckten, unschlüssig, träumend und halbverirrt, zuletzt noch von dem Liede des Unbekannten, das auch sie hörte, seltsam getroffen und verwirrt, so war sie damals bis zu dem Flecke hinaufgekommen, wo sie so auf einmal Friedrich vor sich sah. Der Ort lag sehr hoch und wie von aller Welt geschieden, sie dachte an ihren neulichen Traum und eine unbeschreibliche Furcht befiel sie vor dem Grafen, die sie schnell von dem Berge hinabtrieb.

Unten, fern von der Jagd, saß der Prinz auf einem ungeheuren Baume. Da hörte er das Geräusch hinter sich durch das Dickicht brechen. Er sprang auf und Rosa fiel atemlos in seine ausgebreiteten Arme. Ihr gestörtes Verhältnis zu Friedrich, das Lied oben, und tausend alte Erinnerungen, die in der grünen Einsamkeit wieder wach geworden, hatten das reizende Mädchen heftig bewegt. Ihr Schmerz machte sich hier endlich in einem Strome von Tränen Luft. Ihr Herz war zu voll, sie konnte nicht schweigen. Sie erzählte dem Prinzen alles aus tiefster, gerührter Seele.

Es ist gefährlich für ein junges Mädchen, einen schönen Vertrauten zu haben. Der Prinz setzte sich neben ihr auf den Rasen hin. Sie ließ sich willig von ihm in den Arm nehmen und lehnte ihr Gesicht müde an seine Brust. Die Abendscheine spielten schon zuckend durch die Wipfel, unzählige Vögel sangen von allen Seiten, die Waldhörner klangen wollüstig durch den warmen Abend aus der Ferne herüber.

Der Prinz hatte ihre langen Haare, die aufgegangen waren, um seinen Arm gewickelt und sprach ununterbrochen so wunderliebliche, zauberische Worte, gleich sanfter Quellen Rauschen, kühlelockend und sinnenverwirrend, wie Töne alter Lieder aus der Ferne verführerisch herüberspielen. Rosa bemerkte endlich mit Schrecken, daß es indes schon finster geworden war, und drang ängstlich in den Prinzen, sie zu der Gesellschaft zurückzuführen. Der Prinz sprang sogleich seitwärts in den Wald und brachte zu ihrem Erstaunen zwei gesattelte Pferde mit hervor. Er hob sie schnell auf das eine hinauf, und sie ritten nun, so geschwind als es die Dunkelheit zuließ, durch den Wald fort.

Sie waren schon weit auf verschiedenen, sich durchkreuzenden Wegen fortgetrabt, aber die Wiese mit dem Zelte wollte noch immer nicht erscheinen. Die Waldhornsklänge, die sie vorher gehört hatten, waren schon lange verstummt, der Mond trat schon zwischen den Wolken hervor. Rosa wurde immer ängstlicher, aber der Prinz wußte sie jedesmal wieder zu beruhigen.

Endlich hörten sie die Hörner von neuem aus der Ferne vor sich. Sie verdoppelten ihre Eile, die Klänge kamen immer näher. Doch wie groß war Rosas Schrecken, als sie auf einmal aus dem Walde herauskam und ein ganz fremdes, unbekanntes Schloß vor sich auf dem Berge liegen sah. Entrüstet wollte sie umkehren und machte dem Prinzen weinend die bittersten Vorwürfe. Nun legte der Prinz die Maske ab. Er entschuldigte seine Kühnheit mit der unwiderstehlichen Gewalt seiner lange heimlich genährten Sehnsucht, umschlang und küßte die Weinende und beschwor alle Teufel seiner Liebe herauf. Die Hörner klangen lockend immerfort, und zitternd, halb gezwungen und halb verführt, folgte sie ihm endlich den Berg hinauf. Es war ein abgelegenes Jagdschloß des Prinzen. Nur wenige verschwiegene Diener hatten dort alles zu ihrem Empfange bereitet.

Friedrich ritt indes zwischen den Bergen fort. Sein Jäger, der gegen Abend weit von der Jagd abgekommen war, hatte zufällig Rosa mit dem Prinzen auf ihrer Flucht durch den Wald fortjagen gesehen, und war sogleich zu seinem Herrn zurückgeeilt, um ihm diese Entdekkung mitzuteilen. Dies war es, was Friedrich so schnell auf sein Pferd getrieben hatte.

Als er endlich nach manchem Umwege an die letzten Felsen kam, welche die Wiese umschlossen, erblickte er plötzlich im Walde seitwärts eine weiße Figur, die, eine Flinte im Arm, gerade auf seine Brust zielte. Ein flüchtiger Mondesblick beleuchtete die unbewegliche Gestalt, und Friedrich glaubte mit Entsetzen Romana zu erkennen. Sie ließ erschrocken die Flinte sinken, als er sich nach ihr umwandte, und war im Augenblick im Walde verschwunden. Ein seltsames Graun befiel dabei den Grafen. Er setzte die Sporen ein, bis er das ganze furchtbare Jagdrevier weit hinter sich hatte.

Unermüdet durchstreifte er nun den Wald nach allen Richtungen, denn jede Minute schien ihm kostbar, um der Ausführung dieser Verräterei zuvorzukommen. Aber kein Laut und kein Licht rührte sich weit und breit. So ritt er ohne Bahn fort und immerfort, und der Wald und die Nacht nahmen kein Ende.

DRITTES BUCH

ACHTZEHNTES KAPITEL

Wir finden Friedrich fern von dem wirrenden Leben, das ihn gereizt und betrogen, in der tiefsten Einsamkeit eines Gebirges wieder. Ein unaufhörlicher Regen war lange wie eine Sündflut herabgestürzt, die Wälder wogten wie Ährenfelder im feuchten Sturme. Als er endlich eines Abends auf die letzte Ringmauer von Deutschland kam, wo man nach Welschland heruntersieht, fing das Wetter auf einmal an sich aufzuklären, und die Sonne brach warm durch den Qualm. Die Bäume tröpfelten in tausend Farben blitzend, unzählige Vögel begannen zu singen, das liebreizende, vielgepriesene Land unten schlug die Schleier zurück und blickte ihm wie eine Geliebte ins Herz.
Da er eben in die weite Tiefe zu den aufgehenden Gärten hinablenken wollte, sah er auf einer der Klippen einen jungen, schlanken Gemsenjäger keck und trotzig ihm gegenüberstehn und seinen Stutz auf ihn anlegen. Er wandte schnell um und ritt auf den Jäger los. Das schien diesem zu gefallen, er kam schnell zu Friedrich herabgesprungen und sah ihn vom Kopf bis auf den Fuß groß an, während er dem Pferde desselben, das ungeduldig stampfte, mit vieler Freude den gebogenen Hals streichelte. Wer gibt dir das Recht, Reisende aufzuhalten? fuhr ihn Friedrich an. Du sprichst ja Deutsch, sagte der Jäger, ihn ruhig auslachend, du könntest jetzt auch etwas Besseres tun, als reisen! Komm nur mit mir! Friedrich erfrischte recht das kecke, freie Wesen, das feine Gesicht voll Ehre, die gelenke, tapfere Gestalt; er hatte nie einen schönern Jäger gesehen. Er zweifelte nicht, daß er einer von jenen sei, um derentwillen er schon seit mehreren Tagen das verlassene Gebirge vergebens durchschweift hatte, und trug daher keinen Augenblick Bedenken, dem Abenteuer zu folgen. Der Jäger ging singend voraus. Friedrich ritt in einiger Entfernung nach.
So zogen sie immer tiefer in das Gebirge hinein. Die Sonne war lange

untergegangen, der Mond schien hell über die Wälder. Als sie ohngefähr eine halbe Stunde so gewandert waren, blieb der Jäger in einiger Entfernung plötzlich stehen, nahm sein Hifthorn und stieß dreimal hinein. Sogleich gaben unzählige Hörner nacheinander weit in das Gebirge hinein Antwort. Friedrich stutzte und wurde einen Augenblick an dem ehrlichen Gesichte irre. Er hielt sein Pferd an, zog sein Pistol heraus und hielt es, gefaßt gegen alles, was daraus werden dürfte, auf seinen Führer. Der Jäger bemerkte es. Lauter Landsleute! rief er lachend, und schritt ruhig weiter. Aller Argwohn war verschwunden, und Friedrich ritt wieder nach.

So kamen sie endlich schon bei finsterer Nacht auf einem hochgelegenen, freien Platze an. Ein Kreis bärtiger Schützen war dort um ein Wachtfeuer gelagert, grüne Reiser auf den Hüten, und ihre Gewehre neben sich auf dem Boden. Friedrichs Führer war schon voraus mitten unter ihnen und hatte den Fremden angemeldet. Mehrere von den Schützen sprangen sogleich auf, umringten Friedrich bei seiner Ankunft und fragten ihn um Neuigkeiten aus dem flachen Lande. Friedrich wußte sie wenig zu befriedigen, aber seine Freude war unbeschreiblich, sich endlich am Ziele seiner Irrfahrt zu sehen. Denn dieser Trupp war, wie er gleich beim ersten Anblick vermutet, wirklich eine Partei des Landsturmes, den das Gebirgsvolk bei dem unlängst ausgebrochenen Kriege gebildet hatte.

Die Flamme warf einen seltsamen Schein über den soldatischen Kreis von Gestalten, die ringsumher lagen. Die Nacht war still und sternhell. Einer von den Jägern, die draußen auf dem Felsen auf der Lauer lagen, kam und meldete, wie in dem Tale nach Deutschland zu ein großes Feuer zu sehen sei. Alles richtete sich auf und lief weiter an den Bergesrand. Man sah unten die Flammen aus der stillen Nacht sich erheben, und konnte ungeachtet der Entfernung die stürzenden Gebälke der Häuser deutlich unterscheiden. Die meisten kannten die Gegend, einige nannten sogar die Dörfer, welche brennen müßten. Alle aber waren sehr verwundert über die unerwartete Nähe des Feindes, denn diesem schrieben sie den Brand zu. Man erwartete mit Ungeduld die Zurückkunft eines Trupps, der schon gestern in die Täler auf Kundschaft ausgezogen war.

Einige Stunden nach Mitternacht ohngefähr hörte man in einiger

Entfernung im Walde von mehreren Wachen das Losungswort erschallen; bald darauf erschienen einige Männer, die man sogleich für die auf Kundschaft Ausgeschickten erkannte und begrüßte. Sie hatten einen jungen, fremden Mann bei sich, der aber über der üblen Zeitung, welche die Kundschafter mitbrachten, anfangs von allen übersehen wurde. Sie sagten nämlich aus, eine ansehnliche feindliche Abteilung habe ihre heimlichen Schlupfwinkel entdeckt und sie durch einen rastlosen, mühsamen Marsch umgangen. Der Feind stehe nun auf dem Gebirge selbst mitten zwischen ihren einzelnen, auf den Höhen zerstreuten Haufen, um sie mit Tagesanbruch so einzeln aufzureiben. – Ein allgemeines Gelächter erscholl bei den letzten Worten im ganzen Trupp. Wir wollen sehn, wer härter ist, sagte einer von den Jägern, unsere Steine oder ihre Köpfe! Die Jüngsten warfen ihre Hüte in die Luft, alles freute sich, daß es endlich zum Schlagen kommen sollte.

Man beratschlagte nun eifrig, was unter diesen Umständen das klügste sei. Zum Überlegen war indes nicht lange Zeit, es mußte für den immer mehr herannahenden Morgen ein rascher Entschluß gefaßt werden. Friedrich, der allen wohl behagte, gab den Rat, sie sollten sich heimlich auf Umwegen neben den feindlichen Posten hin vor Tagesanbruch mit allen den andern zerstreuten Haufen auf einem festen Fleck zu vereinigen suchen. Dies wurde einmütig angenommen, und der älteste unter ihnen teilte hiermit allsogleich den ganzen Haufen in viele kleine Trupps und gab jedem einen jungen, rüstigen Führer zu, der alle Stege des Gebirges am besten kannte. Über die einsamsten und gefährlichsten Felsenpfade wollten sie heimlich mitten durch ihre Feinde gehen, alle ihre andern Haufen, auf die sie unterwegs stoßen mußten, an sich ziehn und auf dem höchsten Gipfel, wo sie wußten, daß ihr Hauptstamm sich befände, wieder zusammenkommen, um sich bei Anbruch des Tages von dort mit der Sonne auf den Feind zu stürzen.

Das Unternehmen war gefährlich und gewagt, doch nahmen sie sehr vergnügt Abschied voneinander. Friedrich hatte sich auch ein grünes Reis auf den Hut gesteckt und auf das beste bewaffnet. Ihm war der junge Jäger, den er zuerst auf der Straße nach Italien getroffen hatte, zum Führer bestimmt worden, zu seinen Begleitern hatte er noch zwei Schützen und den jungen Menschen, den die Kundschafter vorhin mitgebracht. Dieser hatte die ganze Zeit über, ohne einigen Anteil an der Begebenheit verspüren zu lassen, seitwärts auf einem Baumsturze gesessen, den Kopf in beide Hände gestützt, als schliefe er. Sie rüttelten ihn nun auf. Wie erstaunte da Friedrich, als er sich aufrichtete und in ihm denselben Studenten wiedererkannte, den er damals auf der Wiese unter den herumziehenden Komödianten getroffen hatte, als er auf Romanas Schloß zum Besuche ritt. Doch hatte er sich seitdem sehr verändert, er sah blaß aus, seine Kleidung war abgerissen, er schien ganz herunter. Sie setzten sich sogleich in Marsch, und da es zum Gesetz gemacht worden war, den ganzen Weg nichts miteinander zu sprechen, so konnte Friedrich nicht erfahren, wie derselbe aufs Gebirge und in diesen Zustand geraten war. Sie gingen nun zwischen Wäldern, Felsenwänden und unabsehbaren Abgründen immerfort; der ganze Kreis der Berge lag still, nur die Wälder rauschten von unten herauf, ein scharfer Wind ging auf der Höhe. Der Gemsenjäger schritt frisch voran, sie sprachen kein Wort. Als sie einige Zeit so fortgezogen waren, hörten sie plötzlich über sich mehrere Stimmen in ausländischer Sprache. Sie blieben stehen und drückten sich alle hart an die Felsenwand an. Die Stimmen kamen auf sie los und schienen auf einmal dicht bei ihnen; dann lenkten sie wieder seitwärts und verloren sich schnell. Dies bewog den Führer, einen andern, mehr talwärts führenden Umweg einzuschlagen, wo sie sicherer zu sein hofften.

Sie hatten aber kaum die untere Region erlangt, als ihnen ein Gewirre von Reden, Lachen und Singen durcheinander entgegenschwoll. Zum Umkehren war keine Zeit mehr, seitwärts von dem Platze, wo das Schallen sich verbreitet, führte nur ein einziger Steg über den Strom, der dort in das Tal hinauskam. Als sie an den Bach kamen, sahen sie zwei feindliche Reiter auf dem Stege, die beschäftigt waren, Wasser zu schöpfen. Sie streckten sich daher schnell unter die Sträucher auf den Boden nieder, um nicht bemerkt zu werden. Da konnten sie zwischen den Zweigen hindurch die vom Monde hell beleuchtete Wiese übersehen. Ringsum an dem Rande des Waldes stand dort ein Kreis von Pferden angebunden, eine Schar von Reitern war lustig über die Aue verbreitet. Einige putzten singend ihre Gewehre, andere lagen auf dem Rasen und würfelten auf ihren ausgebreiteten Mänteln, mehrere Offiziere saßen vorn um ein Feldtischchen und tranken. Der eine von ihnen hatte ein Mädchen auf dem Schoße, das ihn mit dem einen Arme umschlungen hielt. Friedrich erschrak im Innersten, denn der Offizier war einer seiner Bekannten aus der Residenz, das Mädchen die verlorne Marie. Es war einer von jenen leichten, halbbärtigen Brüdern, die im Winter zu seinem Kreise gehört, und bei anbrechendem Frühling Ernst, Ehrlichkeit und ihre gemeinschaftlichen Bestrebungen mit den Bällen und andern Winterunterhaltungen vergaßen.

Ihn empörte dieses Elend ohne Treue und Gesinnung, wie er mit vornehmer Zufriedenheit seinen Schnauzbart strich und auf seinen Säbel schlug, gleichviel für was oder gegen wen er ihn zog. Der Lauf seines Gewehres war zufällig gerade auf ihn gerichtet; er hätte es in diesem Augenblick auf ihn losgedrückt, wenn ihn nicht die Furcht, alle zu verraten, davon abgehalten hätte.

Der Offizier stand auf, hob sein Glas in die Höh und fing an Schillers Reiterlied zu singen, die andern stimmten mit vollen Kehlen ein. Noch niemals hatte Friedrich das fürchterliche Lied so widerlich und höllischgurgelnd geklungen. Ein anderer Offizier mit einem feuerroten Gesichte, in dem alle menschliche Bildung zerfetzt war, trat dazu, schlug mit dem Säbel auf den Tisch, daß die Gläser klirrten, und pfiff durchdringend den Dessauer Marsch drein. Ein allgemeines wildes Gelächter belohnte seine Zote. –

Unterdes hatten die beiden Reiter den Steg wieder verlassen. Friedrich und seine Gesellen rafften sich daher schnell vom Boden auf und eilten über den Bach von der andern Seite wieder ins Gebirge hinauf. Je höher sie kamen, je stiller wurde es ringsumher. Nach einer Stunde endlich wurden sie von den ersten Posten der Ihrigen angerufen. Hier erfuhren sie auch, daß fast alle die übrigen Abteilungen, die sich teils durchgeschlichen, teils mit vielem Mute durchgeschlagen hatten, bereits oben angekommen wären. Es war ein freudenreicher Anblick, als sie bald darauf den weiten, freien Platz auf der letzten Höhe glücklich erreicht hatten. Die ganze unübersehbare Schar saß dort, an ihre Waffen gestützt, auf den Zinnen ihrer ewigen Burg, die großen Augen gedankenvoll nach der Seite hingerichtet, wo die

Sonne aufgehn sollte. Friedrich lagerte sich vorn auf einem Felsen, der in das Tal hinausragte. Unten rings um den Horizont war bereits ein heller Morgenstreifen sichtbar, kühle Winde kamen als Vorboten des Morgens angeflogen. Eine feierliche, erwartungsvolle Stille war über die Schar verbreitet, einzelne Wachen nur hörte man von Zeit zu Zeit weit über das Gebirge rufen. Ein Jäger vorn auf dem Felsen begann folgendes Lied, in das immer zuletzt alle die andern mit einfielen:

In stiller Bucht, bei finstrer Nacht,
Schläft tief die Welt im Grunde,
Die Berge rings stehn auf der Wacht,
Der Himmel macht die Runde,
Geht um und um
Ums Land herum
Mit seinen goldnen Scharen,
Die Frommen zu bewahren.

Kommt nur heran mit eurer List,
Mit Leitern, Strick und Banden,
Der Herr doch noch viel stärker ist,
Macht euren Witz zuschanden.
Wie wart ihr klug! –
Nun schwindelt Trug
Hinab vom Felsenrande –
Wie seid ihr dumm! o Schande!
Gleichwie die Stämme in dem Wald
Wolln wir zusammenhalten,
Ein feste Burg, Trutz der Gewalt,
Verbleiben treu die Alten.
Steig, Sonne, schön!
Wirf von den Höhn
Nacht und die mit ihr kamen,
Hinab in Gottes Namen!

Friedrich ärgerte es recht, daß der Student immerfort so traurig dabei saß. Seine Komödiantin, wie er Friedrich hier endlich entdeckte, hatte ihn von neuem verlassen und diesmal auch alle seine Barschaft mitgenommen. Arm und bloß und zum Tode verliebt, war er nun dem aufrührerischen Gebirge zugeeilt, um im Kriege sein Ende zu finden. Aber so seid nur nicht gar so talket! sagte ein Jäger, der seine Erzählung mit angehört hatte. Mein Schatz, sang ein anderer neben ihm:

Mein Schatz, das ist ein kluges Kind,
Sie spricht: Willst du nicht fechten,
Wir zwei geschiedne Leute sind;
Erschlagen dich die Schlechten,
Auch keins von beiden dran gewinnt.
Mein Schatz, das ist ein kluges Kind,
Für die will ich *leb'n* und fechten!

Was ist das für eine Liebe, die so wehmütige, weichliche Tapferkeit erzeugt? sagte Friedrich zum Studenten, denn ihm kam seine Melancholie in dieser Zeit, auf diesen Bergen und unter diesen Leuten unbeschreiblich albern vor. Glaubt mir, das Sterben ist viel zu ernsthaft für einen sentimentalischen Spaß. Wer den Tod fürchtet und wer ihn sucht, sind beide schlechte Soldaten, wer aber ein schlechter Soldat ist, der ist auch kein rechter Mann.
Sie wurden hier unterbrochen, denn soeben fielen von mehreren Seiten Schüsse tief unten im Walde. Es war das verabredete Zeichen zum Aufbruch. Sie wollten den Feind nicht erwarten, sondern ihn von dieser Seite, wo er es nicht vermutete, selber angreifen. Alles sprang fröhlich auf und griff nach den herumliegenden Waffen. In kurzer Zeit hatten sie den Feind im Angesicht. Wie ein heller Strom brachen sie aus ihren Schlüften gegen den blinkenden Damm der feindlichen Glieder, die auf der halben Höhe des Berges steif gespreizt standen. Die ersten Reihen waren bald gebrochen, und das Gefecht zerschlug sich in so viele einzelne Zweikämpfe, als es ehrenfeste Herzen gab, die es auf Tod und Leben meinten. Es kommandierte, wem Besonnenheit oder Begeisterung die Übermacht gab. Friedrich war überall zu sehen, wo es am gefährlichsten herging, selber mit Blut überdeckt. Einzelne rangen da auf schwindligen Klippen, bis beide einander umklammernd in den Abgrund stürzten. Blutrot stieg die Sonne auf die Höhen, ein wilder Sturm wütete

durch die alten Wälder, Felsenstücke stürzten zermalmend auf den Feind. Es schien das ganze Gebirge selbst wie ein Riese die steinernen Glieder zu bewegen, um die fremden Menschlein abzuschütteln, die ihn dreist geweckt hatten und an ihm heraufklettern wollten. Mit grenzenloser Unordnung entfloh endlich der Feind nach allen Seiten weit in die Täler hinaus.

Nur auf einem einzigen Flecke wurde noch immer fortgefochten. Friedrich eilte hinzu und erkannte inmittelst jenen Offizier wieder, der in der Residenz zu seinen Genossen gehörte. Dieser hatte sich, von den Seinigen getrennt, schon einmal gefangen gegeben, als er zufällig um den Anführer seiner Sieger fragte. Mehrere nannten einstimmig Friedrich. Bei diesem Namen hatte er plötzlich einem seiner Führer den Säbel entrissen und versuchte wütend, noch einmal sich durchzuschlagen. Als er nun Friedrich selber erblickte, verdoppelte er seine fast schon erschöpften Kräfte von neuem und hieb in Wut blind um sich, bis er endlich von der Menge entwaffnet wurde. Stillschweigend folgte er nun, wohin sie ihn führten, und wollte durchaus kein Wort sprechen. Friedrich mochte ihn in diesem Augenblicke nicht anreden.

Das Verfolgen des flüchtigen Feindes dauerte bis gegen Abend. Da langte Friedrich mit den Seinigen ermüdet auf einem altfränkischen Schlosse an, das am Abhange des Gebirges stand. Hof und Schloß stand leer: alle Bewohner hatten es aus Furcht vor Freund und Feind feigherzig verlassen. Der Trupp lagerte sich sogleich auf dem geräumigen Hofe, dessen Pflaster schon hin und wieder mit Gras überwachsen war. Rings um das Schloß wurden Wachen ausgestellt.

Friedrich fand eine Tür offen und ging in das Schloß. Er schritt durch mehrere leere Gänge und Zimmer und kam zuletzt in eine Kapelle. Ein einfacher Altar war dort aufgerichtet, mehrere alte Heiligenbilder auf Holz hingen an den Wänden umher, auf dem Altare stand ein Kruzifix. Er kniete vor dem Altare nieder und dankte Gott aus Grund der Seele für den heutigen Tag. Darauf stand er neugestärkt auf und fühlte die vielen Wunden kaum, die er in dem Gefechte erhalten. Er erinnerte sich nicht, daß ihm jemals in seinem Leben so wohl gewesen. Es war das erste Mal, daß es ihm genügte, was er hier trieb und vorhatte. Er war völlig überzeugt, daß er das Rechte wolle, und sein ganzes voriges Leben, was er sonst einzeln versucht, gestrebt und geübt hatte, kam ihm nun nur wie eine lange Vorschule vor zu der sichern, klaren und großen Gesinnung, die jetzt sein Tun und Denken regierte.

Er ging nun durch das Schloß, wo fast alle Türen geöffnet waren. In dem einen Gemache fand er ein altes Sofa. Er streckte sich darauf; aber er konnte nicht schlafen, so müde er auch war. Denn tausenderlei Gedanken zogen wechselnd durch seine Seele, während er dort von der einen Seite durch die offene Tür den Schloßhof übersah, wo die Schützen um ein Feuer lagen, das die alten Gemäuer seltsam beleuchtete, von der andern Seite durchs Fenster die Wolkenzüge über den stillen, schwarzen Wäldern. Er gedachte seines vergangenen ruhigen Lebens, wie er noch mit seiner Poesie zufrieden und glücklich war, an seinen Leontin, an Rosa, an den stillen Garten beim Herrn v. A., wie das alles so weit von hier hinter den Bergen jetzt im ruhigen Schlafe ruhte.

Das Feuer aus dem Hofe warf indes einen hellen Widerschein über die eine Wand der Stube. Da wurde er auf ein großes, altes Bild aufmerksam, das dort hing. Es stellte die heilige Mutter Anna vor, wie sie die kleine Maria lesen lehrte. Sie hatte ein großes Buch vor sich auf dem Schoße. An ihren Knien stand die kleine Maria mit vor der Brust gefalteten Händchen, die Augen fleißig auf das Buch niedergeschlagen. Eine wunderbare Unschuld und Frömmigkeit, wie die demütige Ahnung einer künftigen, unbeschreiblichen Schönheit und Herrlichkeit, ruhte auf dem Gesichte des Kindes. Es war, als müßte sie jeden Augenblick die schönen, klaren Kindesaugen aufschlagen, um der Welt Trost und himmlischen Frieden zu geben. Friedrich war erstaunt, denn je länger er das stille Köpfchen ansah, je deutlicher schienen alle Züge desselben in ein ihm wohlbekanntes Gesicht zu verschwimmen. Doch verlor sich diese Erinnerung in seine früheste Kindheit, und er konnte sich durchaus nicht genau besinnen. Er sprang auf und untersuchte das Bild von allen Seiten, aber nirgends war irgend ein Name oder besonderes Zeichen zu sehen. Verwundert ging er in den Hof hinaus und fragte nach den Bewohnern des Schlosses. Nur einige wußten Bescheid und sagten aus, das Schloß werde gewöhnlich bloß von einem Vogte bewohnt und gehörte eigentlich einer Edelfrau im Auslande, die alle Jahre immer nur auf wenige Tage herkomme. Sonst konnte er nichts erfahren. Ihm fiel dabei unwillkürlich die weiße Frau ein, die er schon fast wieder vergessen hatte. –

Sein Schlaf war vorbei – er begab sich daher auf die alte steinerne Galerie, die auf der Waldseite über eine tiefe Schluft hinausging, um dort den Morgen abzuwarten. Dort fand er auch den gefangenen Offizier, der in einem dunklen Winkel zusammengekrümmt lag. Er setzte sich zu ihm auf das halb abgebrochene Geländer.

Das Unglück macht vieles wieder gut, sagte er, und reichte ihm die Hand. – Der Offizier wickelte sich fester in seinen Mantel und antwortete nicht. – Hast du denn alles vergessen, fuhr Friedrich fort, was wir in der guten Zeit vorbereitet? Mir war es Ernst mit dem, was ich vorhatte. Ich war ein ehrlicher Narr, und ich will es lieber sein, als klug ohne Ehre. – Der Offizier fuhr auf, schlug seinen Mantel auseinander und rief: Schlag mich tot wie einen Hund! – Laß diese weibische Wut, wenn du nichts Besseres kannst, sagte Friedrich ruhig. Du siehst so wüst und dunkel aus, ich kenne dein Gesicht nicht mehr wieder. Ich liebte dich sonst, so bist du mir gar nichts wert. – Bei diesen Worten sprang der Offizier, der Friedrichs ruhige Züge nicht länger ertragen konnte, auf, packte ihn bei der Brust und wollte ihn über die Galerie in den Abgrund stürzen. Sie rangen einige Zeit miteinander; Friedrich war vom vielen Blutverluste ermattet und taumelte nach dem schwindligen Rande zu. Da fiel ein Schuß aus einem Fenster des Schlosses; ein Schütze hatte alles mit angesehen. – Jesus Maria! rief der Offizier getroffen, und stürzte über das Geländer in den Abgrund hinunter. – Da wurde es auf einmal still, nur der Wald rauschte finster von unten herauf. Friedrich wandte sich schaudernd von dem unheimlichen Orte.

Die Schützen hatten unterdes ausgerastet, das Morgenrot begann bereits sich zu erheben. Neue Nachrichten, die soeben eingelaufen waren, bestimmten den Trupp, sogleich von seinem Schlosse aufzubrechen, um sich mit den andern tiefer im Lande zu vereinigen.

Eine seltsame Erscheinung zog jedoch bald darauf aller Augen auf sich. Als sie nämlich auf der einen Seite des Schlosses herauskamen, sahen sie jenseits zwischen den Bäumen auf einer hohen Klippe eine weibliche Gestalt stehen, welche zwei von den Ihrigen, die ihr nachstiegen, mit dem Degen abwehrte. Friedrich wurde hinzugerufen. Er erfuhr, das Mädchen sei gegen Morgen allein mit verwirrtem Haar und einem Degen in der Hand an dem Schlosse herumgeirrt, als suche sie etwas. Als sie dann auf den erschossenen Offizier gestoßen, habe sie ihn schnell in die Arme genommen, und den Leichnam mit einer bewunderungswürdigen Kraft und Geduld in das Gebirge hinaufgeschleppt. Zwei Schützen, denen ihr Herumschleichen verdächtig wurde, waren ihr bis zu diesem Felsen gefolgt, den sie nun wie ihre Burg verteidigte.

Als Friedrich näher kam, erkannte er in dem wunderbaren Mädchen sogleich Marie, sie kam ihm heute viel größer und schöner vor. Ihre langen, schwarzen Locken waren auseinandergerollt, sie hieb nach allen Seiten um sich, so daß keiner, ohne sich zu verletzen, die steile Klippe ersteigen konnte. Als dieselbe Friedrich unter den fremden Männern erblickte, ließ sie plötzlich den Degen fallen, sank auf die Knie und verbarg ihr Gesicht an der kalten Brust ihres Geliebten. Die bärtigen Männer blieben erstaunt stehn. Ist in dir eine solche Gewalt wahrhafter Liebe, sagte Friedrich gerührt zu ihr, so wende sie zu Gott, und du wirst noch große Gnade erfahren!

Die Umstände nötigten indes immer dringender zum Aufbruch. Friedrich ließ daher einen des Weges kundigen Jäger bei Marie zurück, der sie in Sicherheit bringen sollte. Das Mädchen richtete sich halb auf und sah still dem Grafen nach; sie aber zogen singend über die Berge weiter, über denen soeben die Sonne aufging.

NEUNZEHNTES KAPITEL

Der Krieg wütete noch lange fort. Friedrich hatte im Laufe desselben den Ruhm seines alten Namens durch alte Tugend wieder angefrischt. Der Fürst, dem er angehörte, war unter den Feinden. Friedrichs Güter wurden daher eingezogen. Das Kriegsglück wandte sich, die Seinigen wurden immer geringer und schwächer, alles ging schlecht: er blieb allein desto hartnäckiger gut und wich nicht. Endlich wurde der Friede geschlossen. Da nahm er, zurückgedrängt auf die höchsten Zinnen des Gebirges, Abschied von seinen Hochländern und eilte güterlos und geächtet hinab. Über das platte Land verbreitete sich der Friede weit und breit in schallender Freude; er allein zog einsam hindurch, und seine Gedanken kann niemand beschreiben, als er die letzten Gipfel des Gebirges hinter sich versinken sah. Er gedachte wenig seiner eigenen Gefahr, da rings in dem Lande die feindlichen Truppen noch zerstreut lagen, von denen er wohl wußte, daß sie seiner habhaft zu werden trachteten. Er achtete sein Leben nicht, es schien ihm nun zu nichts mehr nütze. –

So langte er an einem unfreundlichen, stürmischen Abend in einem abgelegenen Dorfe an. Die Gärten waren alle verwüstet, die Häuser niedergebrannt, die wenigen übriggebliebenen schienen von den Bewohnern verlassen; es war ein trauriges Denkmal des kaum geendigten Krieges, der an diesen Gegenden besonders seine Wut recht ausgelassen hatte. An dem andern Ende des Dorfes fand Friedrich endlich einen Mann, der auf einem schwarzgebrannten Balken seines umgerissenen Hauses saß und an einem Stück trockener Brotrinde nagte. Friedrich fragte um Unterkommen für sich und sein Pferd. Der Mann lachte ihm widerlich ins Gesicht und zeigte auf das abgebrannte Dorf.

Ermüdet band Friedrich sein Pferd an und setzte sich zu dem Manne hin. Er befragte ihn, wie so großes Unglück insonderheit dieses Dorf getroffen? – Der Mann sagte gleichgültig und wortkarg: Wir haben uns den Feinden widersetzt, worauf unser Dorf abgebrannt und mancher von uns erschossen wurde. Was kümmert mich aber das, und das Land und die ganze Welt, fuhr er nach einer Weile fort, mir tuts nur leid um mich, denn zu fressen muß man doch haben! – Friedrich sah ihn von der Seite an, wie er so an seinem Brote kauete, sein Gesicht war hager und bleichgelb, und sah nach nichts Gutem aus.

Eine lustige Tanzmusik schallte inzwischen immerfort durch die Nacht zu ihnen herüber. Sie kam aus einem altertümlichen Schlosse, das dem Dorfe gegenüber auf einer Anhöhe stand. Die Fenster waren alle hell erleuchtet. Inwendig sah man eine Menge Leute sich drehen und wirren; manches Paar lehnte sich in die offenen Fenster und sah in die regnerische Gegend hinaus.

Wem gehört das Schloß da droben, wo es so lustig hergeht? fragte Friedrich. Der Gräfin Romana, war die Antwort. Unwillkürlich schauderte er bei dieser unerwarteten Antwort zusammen. Erstaunt drang er nun mit Fragen in den Mann und hörte mit den seltsamsten Empfindungen zu, da dieser erzählte: Als die letzte Schlacht verloren war und alles recht drunter und drüber ging, heisa! da wurde unsere Gräfin so lustig! – Ihr Vermögen war verloren, ihre Güter und Schlösser verwüstet, und als unser Dorf in Flammen aufging, sahen wir sie mit einem feindlichen Offiziere an dem Brande vorbeireiten, der hatte sie vorn vor sich auf seinem Pferde, und so ging es fort in alle Welt. Seit einigen Tagen hatte der Feind dort unten auf den Feldern sein Lager aufgeschlagen; da war ein Trommeln, Jubeln, Musizieren, Saufen und Lachen, Tag und Nacht, und unsere Gräfin mitten unter ihnen, wie eine Marketenderin. Gestern ist das Lager aufgebrochen und die Gräfin gibt den Offizieren, die heute auch noch nachziehen, droben den Abschiedsschmaus. – Friedrich war über dieser Erzählung in Nachdenken versunken. – Ich sehe den Offizier noch immer vor mir, fuhr der Mann bald darauf wieder fort, der den Befehl gab, unsere Häuser anzustecken. Ich lag eben hinter einem Zaune, ganz zusammengehauen. Er saß seitwärts nicht weit von mir auf seinem Pferde, der Widerschein von den Flammen fiel ihm durch die dunkle Nacht gerade auf sein wohlgenährtes, glattes Gesicht. Ich würde das Gesicht in hundert Jahren noch wiederkennen. –

Die Lichter in dem Schlosse, während sie so sprachen, fingen indes an zu verlöschen, die Musik hörte auf, und es wurde nach und nach immer stiller. Der Mann wurde seltsam unruhig. Jetzt werden die Offiziere auch fortziehn, wollen wir ihnen nicht sicheres Geleit geben? – sagte er abscheulich lachend, und stand auf. Friedrich bemerkte dabei, daß er etwas Blitzendes, wie ein Gewehr, unter seinem Kittel verborgen hatte. Eh er sich aber besann, war der Mann schon hinter den Häusern in der Finsternis verschwunden. Friedrich trauete ihm nicht recht, er zweifelte nicht, daß er etwas Gräßliches vorhabe. Er eilte ihm daher nach, um ihn auf alle Fälle zu verhindern. Tief im Walde sah er ihn noch einmal von weitem, wie er eben eilig um eine Felsenecke herumbog; darauf verschwand er ihm für immer, und er hatte sich vergebens ziemlich weit vom Dorfe in dem Gebirge verstiegen.

Als er eben auf einer Höhe ankam, um sich von dort wieder zurechtzufinden, stand sehr unerwartet die Gräfin Romana plötzlich vor ihm. Sie hatte eine kurze Flinte auf dem Rücken und dieselbe feenhafte Jägerkleidung, in welcher er sie zum letzten Male auf der Gemsenjagd gesehen hatte. Versteinert wie eine Bildsäule blieb sie stehen, als sie Friedrich so unverhofft erblickte. Dann sah sie ringsherum und sagte: Ich habe mich hier oben verirrt, ich weiß den Weg nicht mehr nach Hause, – führe mich, wohin du willst, es ist alles einerlei! – Friedrich fiel das ungewohnte Du auf, auch bemerkte er in ihrem Gesichte jene leidenschaftliche Blässe, die ihn sonst schon oft an ihr gestört hatte. Die Nacht überdeckte schon unten die stillen Wälder, der Mond ging von der andern Seite über den Bergen auf. Er führte sie an Klippen und schwindligen Abhängen vorüber den hohen, langen Berg hinab, sie sprachen kein Wort miteinander.

So kamen sie endlich nach einem mühsamen Wege zu dem Schlosse der Gräfin zurück. Es war eine alte Burg, mitten in der Wildnis, halb verfallen, kein Mensch war darin zu sehen. Das ist mein Stammschloß, sagte Romana, und ich bin die letzte des alten, berühmten Geschlechts.

Sie führte ihn durch die hohen, gewölbten Gemächer. In dem einen Zimmer lag alles vom Feste noch unordentlich umher, zerbrochene Weinflaschen und umgeworfene Stühle; durch das zerschlagene Fenster pfiff der Wind herein und flackerte mit dem einzigen Lichte, das, fast schon bis an den Leuchter herabgebrannt, in der Mitte auf einem Tische stand und spielende Scheine auf eine Reihe altväterischer Ahnenbilder warf, die rings an den Wänden umherhingen. Sie sind alle schon morsch, die guten Gesellen, sagte Romana in einem Anfalle von gespannter, unmenschlicher Lustigkeit, als sie die Verwüstung betrat, die noch vor so kurzer Zeit vom Getümmel und freudenreichen Schalle belebt war, nahm ihre Stutzflinte vom Rükken und stieß ein Bild nach dem andern von der Wand, daß sie zertrümmert auf die Erde fielen. Dazwischen kehrte sie sich auf einmal zu Friedrich und sagte: Als ich mich vorhin im Gebirge umwandte, um wieder zum Schlosse zurückzukehren, sah ich plötzlich auf einer Klippe mir gegenüber einen langen, wilden Mann stehen, den ich sonst in meinem Leben nicht gesehen, der hatte in der einsamen Stille seine Flinte unbeweglich mit der Mündung gerade auf mich angelegt. Ich sprang fort, denn mir kam es vor, als stehe der Mann seit tausend Jahren immer und ewig so dort oben. – Friedrich bemerkte bei diesen verwirrten Worten, die ihn an den Halbverrückten erinnerten, dem er vorhin gefolgt, daß der Hahn an ihrer Flinte, die sie unbekümmert in der Hand hielt und häufig gegen sich kehrte, noch gespannt sei. Er verwies ihr es. Sie sah in die Mündung hinein und lachte wild auf. Schweigen Sie still, sagte Friedrich ernst und streng, und faßte sie unsanft an. –

Er trat an das eine Fenster, setzte sich in den Fensterbogen und sah in die vom Monde beschienenen Gründe hinab, Romana setzte sich zu ihm. Sie sah noch immer blaß, aber auch in der Verwüstung noch schön aus, ihr Busen war unanständig fast ganz entblößt; sie hielt seine Hand, er bemerkte, daß die ihrige bisweilen zuckte.

Heftiges, unbändiges Weib, sagte Friedrich, der sich nicht länger mehr hielt, sehr ernsthaft, gehn Sie beten! Beschauen Sie recht den Wunderbau der hundertjährigen Stämme da unten, die alten Felsenriesen und den ewigen Himmel darüber, wie da die Elemente, sonst wechselseitig vernichtende Feinde gegeneinander, selber ihre rauhen verwitterten Riesennacken und angeborne Wildheit vor ihrem Herrn beugend, Freundschaft schließen und in weiser Ordnung und Frömmigkeit die Welt tragen und erhalten. Und so soll auch der Mensch die wilden Elemente, die in seiner eigenen dunklen Brust nach der alten Willkür lauern und an ihren Ketten reißen und beißen, mit göttlichem Sinne besprechen und zu einem schönen, lichten Leben die Ehre, Tugend und Gottseligkeit in Eintracht verbinden und formieren. Denn es gibt etwas Festeres und Größeres, als der kleine Mensch in seinem Hochmute, das der Scharfsinn nicht begreift und die Begeisterung nicht erfindet und macht, die, einmal abtrünnig, in frecher, mutwilliger, verwilderter Willkür wie das Feuer alles ringsum zerstört und verzehrt, bis sie über dem Schutte in sich selber ausbrennt – Sie glauben nicht an Gott! –

Friedrich sprach noch viel. Romana saß still und schien ganz ruhig geworden zu sein, nur manchmal, wenn die Wälder heraufrauschten, schauerte sie, als ob sie der Frost schüttelte. Sie sah Friedrich mit ihren großen Augen unverwandt an, denn sie wußte alles, was er in der letzten Zeit getan und aufgeopfert, und es war im tiefsten Grunde nur ihre unbezwingliche Leidenschaft zu ihm im zerknirschenden Gefühl, ihn nie erreichen zu können, was das heftige Weib nach und nach bis zu diesem schwindligen Abgrund verwildert hatte. Es war, als ginge bei seinem neuen Anblick die Erinnerung an ihre eigene ursprüngliche, zerstörte Größe noch einmal schneidend durch ihre Seele. Sie stand auf und ging, ohne ein Wort zu sagen, nach der einen Seite fort.

Friedrich blieb noch lange dort sitzen, denn sein Herz war noch nie so bekümmert und gepreßt, als diese Nacht. Da fiel plötzlich ganz nahe im Schlosse ein Schuß. Er sprang, wie vom Blitze gerührt, auf, eine entsetzliche Ahnung flog durch seine Brust. Er eilte durch mehrere Gemächer, die leer und offen standen, das letzte war fest verschlossen. Er riß die Tür mit Gewalt ein: welch ein erschrecklicher Anblick versteinerte da alle seine Sinne! Über den Trümmern ihrer Ahnenbilder lag dort Romana in ihrem Blute hingestreckt, das Gewehr, wie ihren letzten Freund, noch fest in der Hand.

Ihn überfiel im ersten Augenblicke ein seltsamer Zorn, er faßte sie in beide Arme, als müßte er sie mit Gewalt noch dem Teufel entreißen. Aber das wilde Spiel war für immer verspielt, sie hatte sich gerade ins Herz geschossen. Der müde Leib ruhte schön und fromm, da ihn die heidnische Seele nicht mehr regierte. Er kniete neben ihr hin und betete für sie aus Herzensgrunde.

Da sah er auf einmal helle Flammen zu den Fenstern hereinschlagen, durch die offene Tür erblickte er auch schon die andern Gemächer in vollem Brande. Kein Mensch war da, die Nacht auch gewitterstill, sie mußte das Schloß in ihrer Raserei selber angesteckt haben, vielleicht um Friedrich zugleich mit sich zu verderben. Er nahm den Leichnam und trug ihn durch das brennende Tor ins Freie hinaus. Dort legte er sie unter eine Eiche und bedeckte sie mit Zweigen, damit sie die Raben nicht fräßen, bis er im nächsten Dorfe die nötigen Vorkehrungen zu ihrem Begräbnisse getroffen. Dann eilte er den Berg hinab und schwang sich auf sein Pferd.

Hinter ihm stieg die Flamme auf die höchste Zinne der Burg und warf gräßliche Scheine weit zwischen den Bäumen. Das Schloß sank wie ein dunkler Riese in dem feurigen Ofen zusammen, über der alten, guten Zeit hielt das Flammenspiel im Winde seinen wilden Tanz; es war, als ginge der Geist ihrer Herrin noch einmal durch die Lohen. –

ZWANZIGSTES KAPITEL

Es war Friedrich seltsam zumute, als er den andern Tag am Saume des Waldes herauskam und den wirtlichen, zierlich bepflanzten Berg mit seinen bunten Lusthäusern und dunklen Lauben dort auf einmal vor sich sah, auf dem er beim Antritt seiner Reise die ersten einsamen, fröhlichen Stunden nach der Trennung von seinen Universitätsfreunden zugebracht hatte. Überrascht blieb er eine Weile vor der weiten, von der Sonne hellbeschienenen Gegend stehen, die ihm wie ein Traum, wie eine liebliche Zauberei vorkam; denn eine Gegend aus unserm ersten, frischen Jugendglanze bleibt uns wie das Bild der ersten Geliebten ewig erinnerlich und reizend. Dann lenkte er langsam den lustigen Berg hinan.

Dort oben war alles noch wie damals, die Tische und Bänke im Grünen standen noch immer an derselben Stelle, mehrere Gesellschaften waren wieder bunt und fröhlich über den grünen Platz zerstreut und schmausten und lachten, aller kaum vergangenen Not vergessend. Auch der alte Harfenist lebte noch und sang draußen seine vorigen Lieder. Friedrich suchte das luftige Sommerhaus auf, wo er damals gespeist und den eben verlassenen Gesellen frisch zugetrunken hatte. Dort fand er den Namen Rosa wieder, den er an jenem schwülen Nachmittage mit seinem Ringe in die Fensterscheibe gezeichnet. – Er hielt beide Hände vor die Augen, so tief überfiel ihn die Gewalt dieser Erinnerung. Die treuen Züge blitzten noch frisch in der Sonne, aber die Züge jenes wunderschönen Bildes, das er damals in der Seele hatte, waren unterdes im Leben verworren und verloren für immer. –

Er lehnte sich zum Fenster hinaus und übersah die schöne, noch gar wohl bekannte Gegend, und sein ganzer damaliger Zustand wurde ihm dabei so deutlich, wie wenn man ein lange vergessenes, frühes Gedicht nach vielen Jahren wieder liest, wo alles vergangen ist, was einen zu dem Liede verführt. Wie anders war seitdem alles in ihm geworden! Damals segelten seine Gedanken und Wünsche mit den Wolken ins Blaue über das Gebirge fort, hinter dem ihm das Leben mit seinen Reisewundern wie ein schönes, überschwengliches reiches Geheimnis lag. Jetzt stand er an demselben Orte, wo er begonnen, wie nach einem mühsam beschriebenen Zirkel, frühzeitig an dem andern, ernstern und stillern Ende seiner Reise und hatte keine Sehnsucht mehr nach dem Plunder hinter den Bergen und weiter. Die Poesie, seine damalige, süße Reisegefährtin genügte ihm nicht mehr, alle seine ernstesten, herzlichsten Pläne waren an dem Neide seiner Zeit gescheitert, seine Mädchenliebe mußte, ohne daß er es selbst bemerkte, einer höheren Liebe weichen, und jenes große, reiche Geheimnis des Lebens hatte sich ihm endlich in Gott gelöst. Während er dies alles so überdachte, fiel ihm ein, wie Leontins Schloß ganz in der Nähe von hier sei. Er fühlte ein recht herzliches Verlangen, diesen seinen Bruder und jene Waldberge wiederzusehen. Der Gedanke bewegte ihn so, daß er sogleich sein Pferd bestieg und von dem Berge hinab die schattige Landstraße wieder einschlug. Die Sonne stand noch hoch, er hoffte den Wald noch vor Anbruch der Nacht zurückzulegen. Nach einiger Zeit erlangte er einen hohen Bergrücken. Die Lage der Wälder, der Kreis von niederern Bergen ringsumher, alles kam ihm so bekannt vor. Er ritt langsam und sinnend fort, bis er sich endlich erinnerte, daß es dieselbe Heide sei, über welche er in jener Nacht, da er sich verirrt und das seltsame Abenteuer in der Mühle bestanden, sein Pferd am Zügel geführt hatte. Der Schlag der Eisenhämmer kam nur schwach und verworren durch das Singen der Vögel und den schallenden Tag aus der fernen Tiefe herauf. Es war ihm, als rückte sein ganzes Leben Bild vor Bild so wieder rückwärts, wie ein Schiff nach langer Fahrt, die wohlbekannten Ufer wieder begrüßend, endlich dem alten, heimatlichen Hafen bereichert zufährt.

Ein Gebirgsbach fand sich dort in der Einsamkeit mit seiner plauderhaften Emsigkeit neben ihm ein. Er wußte, daß es der nämliche sei, der die schöne Wiese von Leontins Schlosse durchschnitt, und folgte ihm daher auf einem Fußsteige die Höhen hinab. Da erblickte er nach einem langen Wege unerwartet auch die berüchtigte Waldmühle im Grunde wieder. Wie anders, gespensterhaft und voll wunderbarer Schrecken hatte ihm damals die phantastische Nacht diese Gegend ausgebildet, die heute recht behaglich im Sonnenscheine vor ihm lag. Der Bach rauschte melancholisch an der alten Mühle vorüber, die halbverfallen dastand und schon lange verlassen zu sein schien; das Rad war zerbrochen und stand still.

Auf der einen Seite der Mühle war ein schöner, lichtgrüner Grund, über welchem frische Eichen ihre kühlen Hallen woben. Dort sah Friedrich ein Mädchen mit einem reinlichen, weißen Kleide am Boden sitzen, halb mit dem Rücken nach ihm gekehrt. Er hörte das Mädchen singen und konnte deutlich folgende Worte verstehen:

In einem kühlen Grunde,
Da geht ein Mühlenrad,
Mein Liebste ist verschwunden,
Die dort gewohnet hat.

Sie hat mir Treu versprochen,
Gab mir ein'n Ring dabei,
Sie hat die Treu gebrochen,
Mein Ringlein sprang entzwei.

Ich möcht als Spielmann reisen
Weit in die Welt hinaus,
Und singen meine Weisen
Und gehn von Haus zu Haus.

Ich möcht als Reiter fliegen,
Wohl in die blutge Schlacht,
Um stille Feuer liegen
Im Feld bei dunkler Nacht.

Hör ich das Mühlrad gehen,
Ich weiß nicht, was ich will –
Ich möcht am liebsten sterben,
Da wärs auf einmal still.

Diese Worte, so aus tiefster Seele herausgesungen, kamen Friedrich in dem Munde eines Mädchens sehr seltsam vor. Wie erstaunt, ja wunderbar erschüttert aber war er, als sich das Mädchen während des Gesanges, ohne ihn zu bemerken, einmal flüchtig umwandte, und er bei dem Sonnenstreif, der durch die Zweige gerade auf ihr Gesicht fiel, nicht nur eine auffallende Ähnlichkeit mit dem Mädchen, das ihm damals in der Mühle hinaufgeleuchtet, bemerkte, sondern in dieser Kleidung und Umgebung vielmehr jenes wunderschöne Kind aus längstverklungener Zeit wiederzusehen glaubte, mit der er als kleiner Knabe so oft zu Hause im Garten gespielt, und die er seitdem nie wiedergesehen hatte. Jetzt fiel es ihm auch plötzlich wie Schuppen von den Augen, daß dies dieselben Züge seien, die ihm in dem verlassenen Gebirgsschlosse auf dem Bilde der heiligen Anna in dem Gesichte des Kindes Maria so sehr aufgefallen waren. –

Verwirrt durch so viele sich durchkreuzende, uralte Erinnerungen, ritt er auf das Mädchen zu, da sie eben ihr Lied geendigt hatte. Sie aber, von dem Geräusche aufgeschreckt, sprang, ohne sich weiter umzusehen, fort, und war bald in dem Walde verschwunden.

Da sah er auf der Anhöhe, wohin sich das Mädchen geflüchtet, eine andere weibliche Gestalt zwischen den Bäumen erscheinen, groß, schön und herrlich. – Es war Friedrich, als begrüße ihn sein ganzes vergangenes Leben hier wie in einem Traume noch einmal in tausend schönwirrenden Verwandlungen; denn je näher er dem Berge kam, je deutlicher glaubte er in jener Gestalt Julie wiederzuerkennen. Er stieg vom Pferde und eilte die Anhöhe hinauf, wo unterdes die liebliche Erscheinung sich wieder verloren hatte.

Oben fand er sie ruhig auf dem Boden sitzend, es war wirklich Julie. Stille, stille, sagte sie, als er näher trat, nicht weniger überrascht als er, und wies auf Leontin, der neben ihr, an einem Baume angelehnt, eingeschlummert lag. Er war auffallend blaß, sein linker Arm ruhte in einer Binde. Friedrich betrachtete verwundert bald Leontin, bald Julie. Julie schien dabei das Unschickliche ihrer einsamen Lage mit Leontin einzufallen, und sie sah errötend in den Schoß.

Leontin war indes erwacht und machte die Augen groß auf, da er neben der Geliebten auch noch den Freund vor sich sah. Da mag schlafen, wer Lust hat, wenn es wieder so lustig auf der Welt aussieht, sagte er, und sprang rasch auf. Friedrich erstaunte, wie männlicher seitdem sein ganzes Wesen geworden. Aber sage, wie hat dich der Himmel wieder hierher gebracht? fuhr er fort, ich dachte, die

Zeit würde uns beide mitverschlingen; aber ich glaube, sie fürchtet sich, uns nicht verdauen zu können. – Friedrich kam nun vor lauter Fragen nicht selber zum Fragen, so sehr es ihm auch am Herzen lag; er mußte sich bequemen, die Geschichte seines Lebens seit ihrer Trennung zu erzählen. Als er auf den Tod der Gräfin Romana kam, wurde Leontin nachdenkend. Julie, die auch sonst schon viel von ihr gehört, konnte sich in diese ihre seltsame Verwilderung durchaus nicht finden und verdammte ihr schimpfliches Ende ohne Erbarmen, ja, mit einer ihr sonst ungewöhnlichen Art von Haß.

Nach vielem Hin- und Herreden, das jedes Wiedersehen mit sich zu bringen pflegt, bat endlich auch Friedrich die beiden, seinen Bericht mit einer ausführlichen Erzählung ihrer seitherigen Begebenheiten zu erwidern, da er aus ihren kurzen, unzusammenhängenden Antworten noch immer nicht klug werden konnte. Vor allem erkundigte er sich nach dem Mädchen, das, wie er meinte, zu ihnen geflüchtet sein müsse. Julie sah dabei Leontin unentschlossen an. – Lassen wir das jetzt! sagte dieser, die Gegend und meine Seele ist so klar und heiter, wie nach einem Gewitter, es ist mir gerade alles recht lebhaft erinnerlich, ich will dir erzählen, wie wir hier zusammengekommen.

Er nahm hierbei eine Flasche Wein aus einem Körbchen, das neben Julie stand, und setzte sich damit an den Abhang mit der Aussicht in die grüne Waldschluft bei der Mühle; Friedrich und Julie setzten sich zu beiden Seiten neben ihn. Sie wollte ihm durchaus die Flasche wieder entreißen, da sie wohl wußte, daß er mehr trinken werde, als seinen Wunden noch zuträglich war. Aber er hielt sie fest in beiden Händen. Wo es, sagte er, wieder so gut, frisch Leben gibt, wer fragt da, wie lange es dauert! Und Julie mußte sich am Ende selber bequemen, mitzutrinken. Sie hatte sich mit beiden Armen auf seine Knie gestützt, um die Geschichte, die sie beinahe schon auswendig wußte, noch einmal recht aufmerksam anzuhören. Friedrich, der sie nun ruhig betrachten konnte, bemerkte dabei, wie sich ihre ganze Gestalt seitdem entwickelt hatte. Alle ihre Züge waren entschieden und geistreich. So begann nun Leontin folgendermaßen:

Als ich auf jener Alp während der Gemsenjagd von dir Abschied nahm, wurde mir sehr bange, denn ich wußte wahrhaftig nicht, was ich in der Welt eigentlich wollte und anfangen sollte. Was recht Tüchtiges war eben nicht zu tun und meine Tätigkeit, gleichviel, ob am Guten oder am Schlechten, bloß um der Tätigkeit willen abzuarbeiten, wie man etwa spazieren geht, um sich Motion zu machen, war von jeher meine größte Widerwärtigkeit. Wäre ich recht arm gewesen, ich hätte aus lauter Langeweile arbeiten können, um mir Geld zu erwerben, und hinterdrein die Leute überredet, es geschehe alles um des Staates willen, wie die andern tun. Unter solchen moralischen Betrachtungen ritt ich über das Gebirge fort, und es tat mir recht ohne allen Hochmut leid, wie da alle die Städte und Dörfer gleich Ameisenhaufen und Maulwurfshügeln so tief unter mir lagen; denn ich habe nie mehr Menschenliebe, als wenn ich weit von den Menschen bin. Da wurde es nach und nach schwül und immer schwüler unten über dem Deutschen Reiche, die Donau sah ich wie eine silberne Schlange durch das unendliche, blauschwüle Land gehn, zwei Gewitter, dunkel, schwer und langsam standen am äußersten Horizonte gegeneinander auf; sie blitzten und donnerten noch nicht, es war eine erschreckliche Stille. – Ich erinnere mich, wie frei mir zumute wurde, als ich endlich die ersten Soldaten unten über die Hügel kommen und hin und wieder reiten, wirren und blitzen sah.

Ich zog in den Krieg hinunter. Was da geschah, ist dir bekannt. Nach der großen Schlacht, die wir verloren, war das Korps, zu dem ich gehörte, erschlagen und zersprengt, ich selber von den Meinigen getrennt. Ich suchte durch verschiedene Umwege mich wieder zu vereinigen, aber je länger ich ritt, je tiefer verirrte ich mich in dem verteufelten Walde. Es regnete und stürmte in einem fort, aber ich mochte nirgends einkehren, denn ich war innerlichst so zornig, daß ich mich in dem Wetter noch am leidlichsten befand.

Am Abend des andern Tages fingen endlich die Wolken an sich zu zerteilen, die Sonne brach wieder hindurch und schien warm und dampfend auf den Erdboden, da kam ich auf einer Höhe plötzlich aus dem Walde und stand – vor Juliens Gegend. Ich kann es nicht beschreiben, mit welcher Empfindung ich aus der kriegerischen Wildnis meines empörten Gemüts so auf einmal in die friedens- und segensreiche Gegend voll alter Erinnerungen und Anklänge hinaus-

sah, die, wie du wissen wirst, zwischen ihren einsamen Bergen und Wäldern mitten im Kriege in tiefster Stille lag.
Überrascht blieb ich oben stehen. Da sah ich den blauen Strom unten wieder gehn und Segel fahren, das freundliche Schloß am Hügel und den wohlbekannten Garten ringsumher, alles in alter Ruhe, wie damals. Den Herrn v. A. sah ich auf dem mittelsten Gange des Gartens hinab ruhig spazieren gehen. Auf den weiten Plänen jenseits des Stromes, über welche die eben untergehende Sonne schräg ihre letzten Strahlen warf, kam ein Reiter auf das Schloß zugezogen, ich konnte ihn nicht erkennen. Julie erblickte ich nirgends.
Es ließ mir da oben nicht länger Ruh; ich eilte den Berg hinunter, ich wollte Julie, ihren Vater, den Viktor wiedersehen, die ganze Vergangenheit noch einmal in einem schnellen Zuge durchleben und genießen. Tiefer unten am Abhange erblickte ich den Reiter plötzlich wieder. Es war eine junge, hagere, verlebte Figur, durchaus modern, einer von den gang und gäben alten Jungen mit der Brille auf der Nase. Mich überlief ein Ärger, daß dieses modische, mir nur zu sehr bekannte Gezücht auch schon bis in diese glücklichverborgenen Täler gedrungen war. Er aber sah mich flüchtig vornehm an, lenkte auf einem bequemeren, aber weiteren Umwege nach dem Schlosse und verschwand bald wieder.
Ein Bauer aus dem Dorfe des Herrn v. A., der auch von der Arbeit nach Hause ging, hatte sich indes neben mir eingefunden. Ich erinnerte mich seines Gesichts sogleich wieder, er aber kannte mich nicht mehr. Von diesem erfuhr ich nach einem schnell angeknüpften Gespräche, daß die Tante schon seit längerer Zeit tot sei. – Ich fragte ihn darauf, wer der fremde Herr sei, der eben vorbeigeritten. Er antwortete mir mit heimlicher Miene: Fräulein Juliens Bräutigam. – Hier schüttelte Julie lächelnd den Kopf und wollte Leontins Erzählung unterbrechen. Leontin fuhr aber sogleich wieder fort:
Es war inzwischen völlig Nacht geworden, als ich das Dorf erreichte. Ich mochte nach jener Nachricht nun niemand aus dem Hause sprechen, noch sehen – nur einen flüchtigen Streifzug durch den alten, schuldlosen Garten wollt ich machen, und sogleich wieder fort.
Ich band mein Pferd an einem Baume an und stieg übern Zaun in

den Garten. Dort war jeder Gang, jede Bank, ja, jedes Blumenbeet noch immer auf dem alten Platze, so daß die Seele nach so vielen inzwischen durchlebten Gedanken und Veränderungen diesen gemütlichen Stillstand kaum fassen konnte. Der Sturm wütete indes noch immer heftig fort und riß ein Heer von Wolken nebst vielen verspäteten Abendvögeln, die kreischend dazwischen ruderten, in einer unabsehbaren Flucht über den Garten hinaus, während unten die Bäume sich neigten und einzelne Nachtigallentöne aus den Tälern durch den Wind heraufklagten; es war eine recht dunkelschwüle Gespensternacht.

Ein ungewöhnlich starkes Licht, das aus dem einen Fenster in den Garten hinausschien, zog mich zum Schlosse hin. Ich stellte mich gerade vor das Fenster und konnte das ganze Zimmer übersehen, das von einem Kaminfeuer so hell erleuchtet wurde. Der Herr v. A. saß in einem Lehnstuhle und las Zeitungen, Julie saß am Kamine und sang, hatte aber den Rücken gegen das Fenster gekehrt, so daß ich ihr Gesicht nicht sehen konnte. Was sie sang, war eine alte Romanze, die mir schon als Kind bekannt war. Sie ist mir noch erinnerlich:

Hoch über den stillen Höhen
Stand in dem Wald ein Haus,
Dort wars so einsam zu sehen
Weit übern Wald hinaus.

Drin saß ein Mädchen am Rocken
Den ganzen Abend lang,
Der wurden die Augen nicht trocken,
Sie spann und sann und sang:

Mein Liebster, der war ein Reiter,
Dem schwur ich Treu bis in Tod,
Der zog über Land und weiter
Zu Krieges-Lust und Not.

Und als ein Jahr war vergangen,
Und wieder erblühte das Land,
Da stand ich voller Verlangen
Hoch an des Waldes Rand.

Und zwischen den Bergesbogen,
Wohl über den grünen Plan,
Kam mancher Reiter gezogen,
Der meine kam nicht mit an.

Und zwischen den Bergesbogen,
Wohl über den grünen Plan,
Ein Jägersmann kam geflogen,
Der sah mich so mutig an.

So lieblich die Sonne schiene,
Das Waldhorn scholl weit und breit,
Da führt' er mich in das Grüne.
Das war eine schöne Zeit! –

Der hat so lieblich gelogen
Mich aus der Treue heraus,
Der Falsche hat mich betrogen,
Zog weit in die Welt hinaus. –

Sie konnte nicht weiter singen,
Vor bitterem Schmerz und Leid,
Die Augen ihr übergingen
In ihrer Einsamkeit.

Julie ging es wohl nicht besser, denn sie stand plötzlich auf, öffnete das Fenster und lehnte sich in die Nacht hinaus. Überhaupt glaubte ich während des Singens eine große Unruhe an ihr bemerkt zu haben. Was ist das für ein erschrecklicher Sturm! hört ich den Herrn v. A. drin sagen, der bedeutet noch Krieg. Gott steh unsern Leuten bei, die schlagen sich jetzt wohl wieder. – Und ich muß hier sitzen! sagte Julie aus tiefster Seele. – Ich stand seitwärts, an einen Pfeiler gelehnt, und die Töne gingen in dem rasenden Winde gar seltsam wehmütig über den Garten hinaus, in dem ich mir nun wie ein lange Verbannter vorkam, da Julie bald in ihrem Gesange am offenen Fenster wieder also fortfuhr:

Die Muhme, die saß beim Feuer
Und wärmet sich am Kamin,
Es flackert' und sprüht' das Feuer,
Hell über die Stub es schien.

Sie sprach: ›Ein Kränzlein in Haaren,
Das stünde dir heut gar schön,
Willst draußen auf dem See nicht fahren?
Hohe Blumen am Ufer dort stehn.‹

Ich kann nicht holen die Blumen,
Im Hemdlein weiß am Teich
Ein Mädchen hütet die Blumen,
Die sieht so totenbleich.

›Und hoch auf des Sees Weite,
Wenn alles finster und still,
Da rudern zwei stille Leute, –
Der eine dich haben will.‹

Sie schauen wie alte Bekannte,
Still, ewig stille sie sind,
Doch einmal der eine sich wandte,
Da faßt' mich ein eiskalter Wind. –

Mir ist zu wehe zum Weinen –
Die Uhr so gleichformig pickt,
Das Rädlein, das schnurrt so in einem,
Mir ist, als wär ich verrückt. –

Ach Gott! wann wird sich doch röten
Die fröhliche Morgenstund'!
Ich möchte hinausgehn und beten,
Und beten aus Herzensgrund!

So bleich schon werden die Sterne,
Es rührt sich stärker der Wald,
Schon krähen die Hähne von ferne,
Mich friert, es wird so kalt!

Ach, Muhme! was ist Euch geschehen?
Die Nase wird Euch so lang,
Die Augen sich seltsam verdrehen –
Wie wird mir vor Euch so bang! –

Und wie sie so grauenvoll klagte,
Klopfts draußen aus Fensterlein,

Ein Mann aus der Finsternis ragte,
Schaut still in die Stube herein.

Die Haare wild umgehangen,
Von blutigen Tropfen naß,
Zwei blutige Streifen sich schlangen,
Wie Kränzlein, ums Antlitz blaß.

Er grüßt' sie so fürchterlich heiter,
Er heißt sie sein liebliche Braut,
Da kannt sie mit Schaudern den Reiter,
Fällt nieder auf ihre Knie.

Er zielt' mit dem Rohre durchs Gitter
Auf die schneeweiße Brust hin;
›Ach, wie ist das Sterben so bitter,
Erbarm dich, weil ich so jung noch bin!‹ –

Stumm blieb sein steinerner Wille,
Es blitzte so rosenrot,
Da wurd es auf einmal stille
Im Walde und Haus und Hof.

Frühmorgens da lag so schaurig
Verfallen im Walde das Haus,
Ein Waldvöglein sang so traurig,
Flog fort über den See hinaus.

Gegen das Ende ihres Gesanges hatte Julie von ohngefähr meinen Schatten bemerkt, den das Licht vom Zimmer lang und unbeweglich in den Garten warf. Sie sah sich stutzend um, und da sie nichts erblicken konnte, schloß sie nachdenkend und schweigend das Fenster. In diesem Augenblick klopfte es drin an die Stubentür. Sie fuhr erschrocken zusammen und vom Fenster auf. Ich blickte noch einmal hinein und sah jenen gehässigen Reiter, dem ich vorhin begegnet, eilfertig eintreten. Er lebt! rief Julie außer sich vor Freude und stürzte dem Manne um den Hals. –

Hatt ich schon vorher draußen in dem Fremden sogleich einen von jenen poetischen Jüngern erkannt, dies niemals zum Meister oder überhaupt zu einem Manne bringen, so kam mir jetzt der hagere, blasse Poet neben der gesunden Julie, die unterdes so wunderbar hoch geworden war, und deren große Augen in diesem Augenblicke vor Freude ordentliche Strahlen warfen, gar erbärmlich vor. Mir kamen die Verse aus Goethes Fischerin zwischen die Zähne:

Wer soll Bräutigam sein?
Zaunkönig soll Bräutigam sein!
Zaunkönig sprach zu ihnen
Hinwieder den beiden:
Ich bin ein sehr kleiner Kerl,
Kann nicht Bräutigam sein,
Ich kann nicht der Bräutigam sein!

Ich schwang mich sogleich wieder über den Gartenzaun, band mein Pferd los und ging, es hinter mir herführend, aus dem Dorfe hinaus. Da kam ich am andern Ende desselben an dem kleinen Häuschen Viktors vorüber. Ich guckte ihm ins Fenster hinein, das, wie du weißt, im Sommer Tag und Nacht offen steht. Er saß eben mit dem Rücken gegen das Fenster, über einem alten, dicken Buche, den Kopf in die Hand gestützt. Das Licht auf dem Tische flackerte ungewiß umher, die vielen Uhren an den Wänden pickten einförmig immerfort, es war eine unendliche Einsamkeit drinnen. Ich begrüßte ihn endlich mit dem Vers, der ihm im ganzen Faust der liebste war: Ich guckte der Eule in ihr Nest, Hu! die macht' ein paar Augen! Er wandte sich schnell um, und als er mein Gesicht völlig erkannte, sprang er auf, warf die Bücher und alles, was auf dem Tische lag, auf die Erde und tanzte wie unsinnig in der Stube herum. Ich kletterte sogleich durchs Fenster zu ihm hinein, ergriff die halbbespannte Geige, die an der Wand hing, und so walzten wir beide mit den seltsamsten Gebärden und großem Getös nebeneinander in der kleinen Stube auf und ab, bis er endlich erschöpft vor Lachen auf den Boden hinsank. Es dauerte lange, ehe wir zu einem vernünftigen Diskurs kamen, während welchem er einen ungeheuren Krug voll Wein anschleppte. Er ist noch immer der Alte, noch immer nicht fetter, nicht ruhiger, nicht klüger, und wie sonst wütend kriegerisch gegen alle Sentimentalität, die er ordentlich mißhandelt.

Gegen Mitternacht endlich, soviel er auch dagegen hatte, zog ich wieder von dannen, das gelobte Land in ruhigem Schlafe hinter mir und die weite Stille ringsumher gesegnend, während Viktor, der mich ein Stück begleitet hatte, auf der letzten Höhe mir wie eine Windmühle in der Dunkelheit mit dem Hute nachschwenkte und nachrief, bis alles in den großen, grauen Schoß versunken war.

In den Krieg denn von neuem in Gottes Namen hinaus! rief ich draußen und nahm die Richtung auf mein Schloß, da ich indes erfahren hatte, daß der Tummelplatz jetzt dort in der Nähe sei. Bei Sonnenaufgang sah ich die Unsrigen in dem weiten Tale bunt und blitzend zerstreut wieder, und das Herz ging mir auf bei dem Anblick. Die lustige Bewegung, die mir von weitem so mutig entgegenblitzte, war aber nichts anderes, als eine verworrene, grenzenlose Flucht. Der Feind war noch ziemlich weit, ich ritt daher an den zerstreuten Trupps langsam vorüber. Da sah ich den Haufen in dumpfer Resignation herumtaumeln, mehrere weise Mienen achzelzuckend zur Schau tragen, als steckten wohl ganz andere Pläne dahinter – keinem hätte das Herz im Leibe zerspringen mögen. Da fiel mir ein, was mir Viktor oft in seinen melancholischsten Stunden gesagt: besser, Uhren machen, als Soldaten spielen.

Ich meinesteils war fest entschlossen, da alles, was mir ehrwürdig und lieb auf Erden war, zugrunde gehen sollte, lieber fechtend selber mit unterzugehn, als gefangen in der gemeinen Schande zurückzubleiben. Ich sprengte eilig auf mein Schloß und bot alle meine Jäger und Diener auf, deren Gesinnung und Treue ich kannte, viele Freiwillige von der Armee gesellten sich wacker dazu, und so verschanzten und besetzten wir mein Schloß und Garten, da ich wohl wußte, daß der Feind bei seiner Verfolgung diesen Weg nehmen und demselben an dieser vorteilhaften Höhe besonders viel gelegen sein mußte. Wir wehrten uns verzweifelt oder vielmehr tollkühn gegen die Übermacht. Die feindlichen Kugeln hatten mein Schloß fürchterlich zerrissen, die Gesimse brannten, ein Burgtor nach dem andern stürzte in den Lohen zusammen, alles war verloren, und ich fiel, der letzte, nieder. – Als ich die Augen wieder aufschlug, lag ich im Sonnenscheine in dem schönen Garten des Herrn v. A. vor der großen Aussicht, und Julie stand still neben mir. –

Hier hielt Leontin inne, denn Julie, die sich schon einige Zeit mit

ängstlicher Unruhe umgesehen hatte, sagte ihm etwas ins Ohr, stand schnell auf und ging in den Wald hinein, worauf Leontin, nachdem er ihr eine Weile nachgesehen, folgendermaßen wieder fortfuhr:
Es war mir wie im Traume, als ich so wieder meinen ersten Blick in die Welt tat, alles auf einmal so stille um mich, und Julie neben mir, die mich schweigend und ernsthaft betrachtete. Sie sagte mir damals nichts, aber später erfuhr und erriet ich folgendes: Der moderne Junge, dem ich damals in der Nacht auf dem Schlosse des Herrn v. A. begegnet, war ein Edelmann aus der Nachbarschaft, der erst unlängst von Universitäten auf seine Güter zurückgekehrt war. Seine fast täglichen Besuche bei Julie, seine ungebundene Art, mit ihr umzugehen, und die voreilig geschwätzigen Andeutungen der anfangs noch lebenden Tante veranlaßten, daß er binnen kurzer Zeit allgemein für Juliens Bräutigam gehalten wurde. Er war nach seiner Art verliebt in Julie, aber ein Mädchen im Ernste zu lieben oder gar zu heiraten, hielt er für lächerlich, denn – er war zum Dichter berufen. Als nachher der Krieg ausbrach und das Gerücht mein Benehmen dabei auch bis dorthin trug, pries er mit grenzenlosem Enthusiasmus, doch immer mit der vornehmen Miene eines eigenen, höheren Standpunktes, solche erzgediegne, lebenskräftige Naturen, ewig zusammenhaltende Granitblöcke des Gemeinwesens usw., aber selbst mit dreinschlagen konnte er nicht, denn – er war zum Dichter berufen. Übrigens hat er ein ganz ordinär sogenanntes gutes Herz. Daher ritt er, als mich allerhand widersprechende Gerüchte bald für tot, bald für verwundet ausgaben, aus Mitleid für Julie auf Kundschaft aus, und kehrte eben in jener Nacht, da ich ihm begegnete, mit der gewissen Botschaft meines Lebens zurück, und Juliens: Er lebt! das mich damals so schnell vom Fenster und übern Zaun und aus dem Dorfe trieb, galt mir.
Erstaunt erfuhr Julie am Morgen von Viktor meinen schnellen Durchzug, und bald nachher auch das Los meiner Burg. Ohne Verwirrung, im Schreck wie in der Freude, sattelte sie noch in der Nacht, wo sie die Nachricht erhalten, ihr Pferd und ritt, ohne ihren Vater zu wecken, mit einem Bedienten nach meinem Schloß. Der vermeinte Bräutigam, der noch dort war, ließ es sich durchaus nicht nehmen, die Romanze, wie er es nannte, mitzumachen. Er

schmückte sich in aller Eile sehr phantastisch und abenteuerlich aus, bewaffnete sich mit einem Schwert, einer Flinte und mehreren Pistolen, obschon die Feinde mein Schloß längst wieder verlassen hatten, da es ihnen jetzt, bei dem großen Vorsprunge der Unsrigen, ganz unnütz geworden war. Julie suchte unermüdlich zwischen den zusammengefallenen Steinen, erkannte mich endlich und trug mich selbst aus den dampfenden Trümmern. Der Bräutigam machte ein Sonett darauf, und Julie heilte mich zu Hause aus.

Da aber meine Verteidigung des Schlosses als unberufen, und in einem bereits eroberten Lande als rebellisch angesehen wird, so wurde mir vom Feinde nachgestellt, und ich befand mich auf dem Schlosse des Herrn v. A. nicht mehr sicher. Man brachte mich daher auf die abgelegene Mühle hier, wo mich Julie täglich besucht, bis ich endlich jetzt wieder ganz hergestellt bin.

So endigte Leontin seine Erzählung. – Und wohin willst du nun? sagte Friedrich. Jetzt weiß ich nichts mehr in der Welt, sagte Leontin unmutig. – Sie mußten abbrechen, denn eben kam Julie wieder zurück und winkte Leontin heimlich mit den Augen, als sei etwas Bewußtes glücklich vollbracht.

Sie hatten indes über diesen Unterhaltungen alle nicht bemerkt, daß es bereits anfing dunkel zu werden. Julie wurde es zuerst gewahr, und zwar nicht ohne sichtbare Verlegenheit, denn jetzt in der Nacht nach Hause zu reiten, war wegen der noch immer umherstreifenden Soldaten für ihr Geheimnis höchstbedenklich, anderseits überfiel sie ein mädchenhafter Schauer bei dem Gedanken, so allein mit den zwei Männern im Walde über Nacht zu bleiben. Am Ende mußte sie sich doch zu dem letztern bequemen, und so lagerten sie sich denn, so gut sie konnten, vergnüglich in das hohe Gras auf der Anhöhe.

Die Nacht dehnte langsam die ungeheuren Drachenflügel über den Kreis der Wildnis unter ihnen, die Wälder rauschten dunkel aus der grenzenlosen Stille herauf. Julie war ohne alle Furcht. Leontin aber, der noch matt war, fing endlich an sich nach kräftigerer Ruhe zu sehnen, und auch Julie wurde die zunehmende Frische der Nacht nach und nach empfindlich. Sie brachen daher auf und begaben sich zu der nahen, alten, verlassenen Mühle, wo Leontin, wie gesagt, schon seit einigen Tagen heimlich sein Quartier hatte. Friedrich wollte draußen auf der Schwelle bleiben und als ein wackrer Ritter die Jungfrau im Kastell bewachen, Julie bat ihn aber errötend, mit hineinzugehen, und er willigte lächelnd ein, während einem Bedienten, den Julie mitgebracht, aufgetragen wurde, vor der Tür Haus und Pferde zu bewachen.

Das Stübchen, das sie in Beschlag nahmen, war eng und nur zur Not vor dem Wetter verwahrt. Ein Bett, das Julie für Leontin mitgebracht hatte, wurde verteilt und nebst einigem Stroh auf dem Fußboden ausgebreitet, so daß es für alle drei hinreichte; Licht wagte man nicht zu brennen. Die beiden Grafen nahmen das Fräulein in ihre Mitte, Leontin war vor Müdigkeit bald eingeschlafen. Friedrich bemerkte, wie Julie sich fest aufs Ohr legte und tat, als ob sie schliefe, während sie beide Augen lauschend weit offen hatte und Leontin fortwährend ungestört betrachtete, bis sie endlich auch mit einschlummerte. Friedrich hatte sich mit halbem Leibe aufgerichtet und sah sich, auf den einen Arm gestützt, rings um. Ein Schauder überlief ihn, sich wieder an demselben Orte zu erblicken, wo er damals die grausige Nacht verlebt. Er gedachte des jungen Mädchens wieder, das ihm damals in dieser Stube hier Feuer gepickt, ihm fiel dabei die rätselhafte Gestalt ein, die er heut bei seiner Ankunft vor der Mühle getroffen, und ihre flüchtige Ähnlichkeit mit jener, und er versank in ein Meer von Erinnerungen und Verwirrung. Julie hörte er leise neben sich atmen, es war eine unendlich stille, mondhelle Nacht.

Da erhob sich einmal draußen ein Gesang, von einer Zither begleitet, zuerst vom Walde, dann wie aus der Ferne melodisch schallend, das Haus mit wunderschönen Weisen erfüllend, dann wieder weiter verhallend. Friedrich wagte kaum zu atmen, um die Zauberei nicht zu stören. Doch, je länger er den leise verschwindenden Tönen lauschte, je unruhiger wurde er nach und nach; denn es war wieder jenes alte Lied aus seiner Kindheit, das er einmal in der Nacht auf Leontins Schlosse von Erwin auf der Mauer singen gehört; auch schien es dieselbe Stimme. Er raffte sich endlich auf und trat leise vor die Tür hinaus. Da lag und schlief der Bediente quer über der Schwelle, wie ein Toter. Draußen sah er den Sänger im hellen Mondenscheine unter den hohen Eichen wandeln. Er lief freudig auf ihn zu – es war Erwin! – Der Knabe wandte sich schnell, und als er Friedrich erblickte, stürzte er mit einem durchdringenden Schrei zu Boden, unter ihm lag seine Zither gebrochen.

Der Bediente auf der Schwelle fuhr über den Schrei taumelnd auf. Verrückt! verrückt! rief er, sich aufmunternd, Friedrich zu, und eilte sehr ängstlich in das Haus hinein, um seine Herrschaft zu wecken. Friedrich schnitt dieser Aufruf wie Schwerter durchs Herz, denn er hatte es aus des Knaben unbegreiflicher Flucht längst gefürchtet. Erwin sah indes wie aus einem langen Traume mit ungewiß schweifenden Blicken rings um sich her und dann Friedrich an, während sehr heftige innerliche Zuckungen, die sich immer mehr dem Herzen zu nähern schienen, durch seinen Körper fuhren. Abgebrochen durch den Schmerz, aber ohne sein schönes Gesicht zu verziehen, sagte er zu Friedrich: Es war ein tiefes, weites, rosenrotes Meer, dich sah ich darin auf dem Grunde immerfort über hohe Gebirge gehen, ich sang die besten alten Lieder, die ich wußte, aber du erinnertest dich nicht mehr daran, ich konnte dich niemals erjagen, und unten stand der Alte tief im Meere, ich fürchtete mich vor seinen Augen. Manchmal ruhtest du, auf mich zugewendet, aus, da saß ich still dir gegenüber und sah dich viel hundert Jahre an – ach, ich war dir so gut, so gut! – Die Leute sagten, ich sei verrückt, ich hörte es wohl und hörte auch draußen die Uhren schlagen und die Welt ordentlich gehn und schallen wie durch Glas, aber ich konnte nicht mit hinein. Damals war mir wohl, jetzt bin ich wieder krank. – Glaube nur nicht, daß ich jetzt irre spreche, jetzt weiß ich wohl recht gut, was ich rede und wo ich bin – das ist ja der Eichgrund, das ist die alte Mühle – bei diesen Worten versank er in ein starres Nachsinnen. Dann fuhr er unter immerwährenden Krämpfen wieder fort: Dort, wo die Sonne aufgehn wird, ist ein großer Wald, in dem Walde wohnt ein Mann mit dunklen Augen und einer langen Schramme über dem rechten Auge, der kennt mich und euch alle, er – hier nahmen die Zuckungen in immer engern Kreisen auf einmal sehr heftig zu. Der Knabe nahm Friedrichs Hand, drückte sie fest an seine Lippen und sagte: Mein lieber Herr! Ein plötzlicher Krampf streckte noch einmal seinen ganzen Leib, und er hörte auf zu atmen.

Friedrich, außer sich, stürzte über ihn her und öffnete oben schnell sein Wams, denn es war dieselbe phantastische Kleidung, die der Knabe sonst auf dem Schlosse des Herrn v. A. getragen hatte. Wie sehr erschrak und erstaunte er, als ihm da der schönste Mädchenbusen entgegenschwoll, noch warm, aber nicht mehr schlagend. – Er blieb wie eingewurzelt auf seinen Knien und starrte dem Mädchen in das stille Gesicht, als hätte er es noch nie vorher gesehn.

Leontin und Julie waren unterdes auch aus der Mühle herbeigeeilt. Sie schienen gar nicht erstaunt, Erwin hier zu sehen, noch weniger über die Entdeckung seines Geschlechts, sondern nur bestürzt über seinen jetzigen, unerwarteten Zustand. In stummer Geschäftigkeit, ohne sich wechselseitig zu erklären, waren alle nur bemüht, ihn ins Leben zurückzurufen – aber alles blieb vergebens, das schöne, seltsame Mädchen war tot.

Julie hatte sie trostlos vor sich auf dem Schoße liegen. Sie ruhte wie ein Engel still und schön. Kein Atem wehte mehr säuselnd durch die zarten, roten Lippen, die sonst zu so wunderschönen Tönen sich auftaten, ihre großen Augen, so lieblich wild, waren auf ewig verschlossen, nur eine einsame Nachtluft bewegte noch ihre Locken hin und her. Leontin und Friedrich saßen stillschweigend gegenüber. Friedrich, dem jetzt auf einmal viele Sonderbarkeiten des Mädchens nur zu klar wurden, klagte sich in tiefem, stummem Schmerze bei sich selber an, daß er ihre zerstörende, verhaltene Liebe zu ihm so schlecht belohnt, daß er sie bei größerer Achtsamkeit hätte schonen und retten können.

Währenddes fing jenseits über dem Walde der Morgen an zu dämmern und beleuchtete die seltsame Gruppe. Da kam plötzlich ein Bedienter von dem Schlosse des Herrn v. A. angesprengt und brachte atemlos die Nachricht, daß ein feindlicher Offizier mit seinem Trupp in der Nähe herumstreife und ihnen, wie er eben von Bauern erfahren, auf der Spur sei. Die Bestürzung aller über diese unerwartete Begebenheit war nicht gering. Leontin und Friedrich, die ein Schicksal verfolgte, waren in diesem Augenblick noch ohne weitern Plan; soviel war gewiß, daß Julie zum Vater zurückkehren und das tote Mädchen mitnehmen mußte. Die Leiche wurde daher eiligst auf ein lediges Handpferd gehoben. Dabei entdeckte Julie ein reichgefaßtes Medaillon, welches das Mädchen auf dem bloßen

Leibe hängen hatte, und das sonst niemand jemals bei ihr bemerkt. Es war das Porträt eines sehr schönen, etwa neunjährigen Mädchens. Sie nahm es ab und überreichte es Friedrich.

Sein Gesicht veränderte sich, als er den ersten Blick darauf warf; denn es waren die Züge der kleinen Angelina, mit der er als Kind so oft im Garten gespielt, und welcher, wie es ihm nun ganz klar wurde, das Kind Maria auf dem Heiligenbilde des verlassenen Gebirgsschlosses so auffallend ähnlich sah. Er betrachtete es lange gerührt und stillschweigend. Da fielen ihm die rätselhaften Worte wieder ein, die Erwin sterbend von dem Alten im Walde gesagt hatte. Er zweifelte nicht, daß dieser um vieles wissen müsse, was ihnen Licht über das sonderbare Leben der Verstorbenen und ihren Zusammenhang mit seiner eigenen Kindheit geben könne. Er erzählte es Leontin. Dieser erschrak darüber und ward bei jedem Worte aufmerksamer; er schien den Alten selber schon gesehen zu haben, doch sagte er nicht, wann und wo.

Die beiden Freunde beschlossen nun, jenen Winken Erwins zufolge die Richtung nach dem beschriebenen Walde hin zu nehmen, um dort vielleicht eine erwünschte Auflösung zu erhalten, da überdies jene Wildnis von Feinden rein und der Weg Leontin ziemlich bekannt war. Es wurde alles schnell vorbereitet. Sie nahmen herzlichen Abschied von Julie, mit dem Versprechen, einander sobald als möglich wiederzusehen, und Julie ritt nun mit ihrer süßen, traurigen Last, die sie in ihrer bunten Kleidung wie eine abgebrochene Blume auf einem Pferde neben sich herführte, von der einen Seite nach Hause, während sie von der andern gegen Sonnenaufgang in den großen Wald fortzogen.

EINUNDZWANZIGSTES KAPITEL

Der Morgen stieg dampfend aus den Wäldern, als die beiden Grafen schon fern über einem einsamen Wiesengrund hinritten, der seltsamen Ereignisse dieser Nacht gedenkend. Der Weg war für jeden Fremdling fast ungangbar, die Entfernung, die sie in den wenigen Stunden zurückgelegt, ziemlich beträchtlich, sie konnten schon langsamer und gemächlicher ziehn. Da erzählte Leontin Friedrich folgendes:

Es war ein schöner Sommermorgen, da Julie in ihrem Schlafzimmer, das, wie du weißt, auf den Garten hinausgeht, noch schlummerte, als sie draußen von einer bekannten Stimme mit einem bekannten Liede geweckt wurde. Sie trat in den Garten hinaus und sah Erwin, der wieder auf der Blumenterrasse saß und in das glänzende Land hinaussang. Mit pochendem Herzen flog sie zu ihm und fragte ihn nach seinem Herrn. Der Knabe sah sie aber starr an, er war blaß und seltsam verwildert im Gesichte, und aus seinen verwirrten Antworten bemerkte sie bald mit Schrecken, daß er verrückt sei. – In solchem Gemütszustande hatte er uns nämlich in jener Nacht auf dem Rheine so unbegreiflich verlassen, und auf unzähligen Umwegen zu dem Schlosse des Herrn v. A. sich geflüchtet, wahrscheinlich aus Eifersucht, denn die beiden Jäger, die wir damals in der alten Burg trafen, und die dann mit uns auf dem Rheine fuhren, waren, wie ich nachher erfuhr, niemand anders, als Romana und meine Schwester Rosa, welche Erwin bei dem schnellen Lichte des Blitzes, gleichwie mit schärferen Sinnen, plötzlich erkannt hatte. – Friedrich verwunderte sich hier über die gewagte Kleidung der beiden Weiber und beklagte das unglückliche Ohngefähr, indem ihm dabei alles, was in jener Nacht vorgegangen, wieder erinnerlich ward. – Leontin fuhr fort: Erwin verriet durch seine jetzige Unachtsamkeit und seine tiefe, unüberwindliche Neigung zu dir gar bald sein Geschlecht. Das unglückliche Mädchen sang sehr viel, und ihre Lieder zeigten oft eine zeitig aufgereizte und heimlich genährte, heftige Sinnlichkeit. Von ihrem frühesten Leben war auch jetzt nicht das mindeste herauszukriegen. Julie bot alles auf, sie zu retten. Sie nannte sie Erwine, gab ihr Frauenzimmerkleider, suchte überhaupt alles erinnernde Phantastische aus ihrer Lebensweise zu entfernen und taufte sie so, nach dem gewöhnlichen Verfahren in solchen Fällen, in gemeingültige Prosa. Das Mädchen wurde dadurch auch stiller, aber es war eine wahre Grabesstille, von der sie sich nur manchmal im Gesange wieder zu erholen schien.

So traf ich sie, als ich verwundet auf dem Schlosse ankam. Mein erster Anblick verdarb auf einmal wieder viel an ihr, doch nur vorübergehend. Viel heftiger, und uns allen unerklärlich aber erschütterte sie der Anblick der alten Mühle, wohin wir sie mitnahmen, als ich hingebracht wurde; sie zitterte am ganzen Leibe. Julie nahm sie daher künftig niemals mehr mit dorthin. Gestern aber war sie ihr heimlich nachgeschlichen, und sie war es, die du im weißen Gewande singend vor der Mühle trafst. Wir waren in nicht geringer Besorgnis, daß sie dich nicht so plötzlich wiedersehe, und Julie schickte sie daher heimlich mit dem Bedienten sogleich wieder auf das Schloß zurück. Dort muß sie aber in der Nacht ihrer alten Knabentracht habhaft geworden und noch einmal entwichen sein.

Der Schluß von Leontins Erzählung bestätigte Friedrichs Ahnung, daß Erwin wirklich dasselbe Mädchen sein müsse, das ihm damals in jener fürchterlichen Nacht in der Mühle Feuer gemacht und hinaufgeleuchtet hatte, womit auch ihre schon bemerkte Ähnlichkeit vollkommen übereinstimmte. Er versank darüber in Gedanken und sie beschleunigten beide stillschweigend wieder ihre Reise.

Gegen Abend erblickten sie auf einmal von einer Höhe fern unten die Kuppeln der Residenz. Ein von plötzlichem Regen angeschwollener Gebirgsbach hinderte sie zugleich, ihren Weg in der bisherigen Richtung fortzusetzen. Sie blieben eine Weile unentschlossen stehen. Die Dämmerung fing indes an, sich niederzusenken, da bemerkten sie mit Verwunderung Feuerblicke und schnell entstehende und wieder verschwindende Sterne in der Gegend der Residenz, die sie für Raketen hielten. Das sieht recht lustig aus, sagte Leontin. Hier können wir ohnedies nicht weiter, laß uns einen Streifzug dort hinaus wagen und sehen, was es in der Stadt gibt. Wir kommen wohl in der Dunkelheit unerkannt durch und sind, ehe der Tag anbricht, wieder im Gebirge. – Friedrich willigte ein, und so zogen sie ins Tal hinunter.

Noch vor Mitternacht langten sie vor der Residenz an. Der ganze Kreis der Stadt war bis zu den höchsten Turmspitzen hinauf erleuchtet, und lag mit seinen unzähligen Fenstern wie eine Feeninsel in der stillen Nacht vor ihnen. Sie hatten die Kühnheit, bis ins Tor hineinzureiten. Ein verworrener Schwall von Musik und Lichtern quoll ihnen da entgegen. Herren und Damen wandelten wie am Tage geputzt durch die Gassen, unzählige Wagen mit Fackeln tosten dazwischen, sich mannigfaltig durchkreuzend, eine fröhliche Menge schwärmte hin und her. – Nun, was gibt's denn hier noch für eine rasende Freude? fragte Leontin endlich einen Handwerksmann, der ein Schurzfell um den Leib und ein Glas Branntwein hoch in der Hand, unaufhörlich Vivat rief. Der Mann machte eine verteufelt pfiffige Miene und hätte gern die Unwissenheit der beiden Fremden tüchtig abgeführt, wenn ihm nicht eben sein Witz versagt hätte. Endlich sagte er: Der Erbprinz hält heute Hochzeit mit der schönen Gräfin Rosa. Wer will mir da Branntwein verbieten! Mag der Gräfin voriger Bräutigam Wasser saufen, denn er ist lange tot, und ihr Bruder mit den Engeln Milch und Honig trinken, denn er treibt sich in allen Wäldern herum. Hol der Teufel alle Ruhestörer! Friede! Friede! Es leben alle Patrioten, Vivat hoch! – So taumelte der Branntweinzapf wieder weiter.

Die beiden Grafen sahen einander verwundert an. An Friedrichs Brust schallte die Neuigkeit ziemlich gleichgültig vorüber. Er hatte Rosa längst aufgegeben. Seine Phantasie, die Liebeskupplerin, war seitdem von größern Bildern durchdrungen, alle die hellen Quellen seiner irdischen Liebe waren in *einen* großen, ruhigen Strom gesammelt, der andere Wünsche und Hoffnungen zu einem andern Geliebten trug. –

Ein Bürger, der ihr Gespräch mit dem Betrunkenen mit angehört hatte, war unterdes zu ihnen getreten und sagte: Es ist alles wahr, was der Kerl da so konfus vorgebracht. Die Gräfin Rosa hatte wirklich vorher schon einen Grafen zum Liebhaber. Der ist aber im Kriege geblieben und es ist gut für ihn, denn er ist mit Lehn und Habe dem Staate verfallen. Der Bruder der Gräfin ebenfalls, aber wir wissen von sicherer Hand, daß man gegen diesen nicht streng verfahren wird und ihm gern verzeihen möchte, wenn er nur zurückkäme und Reue und Besserung verspüren lassen wollte. –

Leontin lachte bei diesen Worten laut auf und gab seinem Pferde die Sporen. Frischauf! sagte er zu Friedrich, ich ziehe mit den Toten, da die Lebendigen so abgestanden sind! Ich mag keinen von ihnen mehr wiedersehen, kommen wir wieder zurück auf unsere grünen Freiheitsburgen!

Sie waren indes an das fürstliche Schloß gekommen. Tanzmusik schallte aus den hellen Fenstern. Eine Menge Volks war unten versammelt und gebärdete sich wie unsinnig vor Entzücken. Denn Rosa zeigte sich eben an der Seite ihres Bräutigams am Fenster. Man konnte sie deutlich sehen. Ihre blendende Schönheit, mit einem reichen Diadem von Edelsteinen geschmückt, funkelte und blitzte bei den vielen Lichtern manches Herz unten zu Asche. – So hatte sie ihr höchstes Ziel, die weltliche Pracht und Herrlichkeit, erreicht. Sie taugte niemals viel, Weltfutter, nichts als Weltfutter! schimpfte Leontin ärgerlich immerfort. Friedrich drückte den Hut tief in die Augen, und so zogen die beiden dunklen Gestalten einsam durch den Jubel hindurch, zum Tore hinaus und wieder in die Berge zurück. Nach mehreren einsamen Tagereisen, wobei auch die schönen Nächte zu Hülfe genommen wurden, kamen sie endlich immer höher auf das Gebirge. Die Gegend wurde immer größer und ernster, kaum noch lagen mehr einzelne Hirtenhütten in den tiefen, dunkelgrünen Schluften hin und her zerstreut, es war eine grenzenlose Einsamkeit, nebenaus oft Streifen von unermeßlicher Aussicht. Ihre Herzen wurden wieder stark und weit, und voll kühler Freudenquellen.

Da erblickten sie sehr unerwartet mitten in der Wildnis einen niedrigen, zierlichen Zaun von weißem Birkenholz, dem es ordentlich Mühe zu kosten schien, die wilde Freiheit der Natur, die überall ihre grünen, festen Arme wie zum Spotte ungezogen durchstreckte, im Zaume zu halten. Sie lachten einander beide bei dem ersten Anblicke an, denn überraschender konnte ihnen nichts kommen, als gar eine moderne englische Anlage in dieser menschenleeren Gegend. Sie ritten längs des Zaunes hin, aber nirgends war die geringste Spur eines Einganges. Sie wußten wohl, daß sie bereits in dem großen Walde sein mußten, den Erwine sterbend meinte, auch waren sie nach der langen Tagereise begierig, endlich einmal Menschen, Speise und Trank wiederzufinden, sie banden daher ihre Pferde an und sprangen über den Zaun hinein.

Ein niedlicher Schlangenpfad, mit weißem Sande ausgestreut, führte sie dort bis an ein großes, dichtes Gebüsch von meist ausländischen Sträuchern, wo er sich plötzlich in zwei Arme teilte. Sie schlugen nun jeder für sich allein einen derselben ein, um desto eher zu einer erwünschten Entdeckung zu gelangen. Doch diese schmalen Pfade gingen seltsam genug in einem ewigen Kreise immerfort um sich selber herum, so daß die beiden Grafen, je emsiger sie zuschritten, zwar immer ganz nahe blieben, aber einander niemals erjagen oder zusammenkommen konnten. Einige Male, wo die Gänge sich plötzlich durchkreuzten, stießen sie unverhofft aneinander, trennten sich von neuem und standen endlich, nachdem sie sich beinahe müde geirrt, auf einmal wieder vor dem Zaune, an demselben Orte, wo sie ausgelaufen waren.

Sie lachten und ärgerten sich zugleich über den sinnreichen Einfall. Doch machte sie diese kleine Probe aufmerksam und neugieriger auf die ganze sonderbare Anlage. Sie nahmen daher noch einmal einen beherzten Anlauf und drangen nun mitten durch das dicke Gehege gerade hindurch. Da kamen sie bald auf einen freien Platz zu einem Gebäude. Ihre Augen konnten sich bei dem ersten verwirrenden Anblick durchaus nicht aus dem labyrinthischen, höchst abenteuerlichen Gemisch dieses Tempels herausfinden, so unförmlich, obgleich klein, war alles über- und durcheinander gebaut. Den Haupteingang nämlich bildete ein griechischer Tempel mit zierlichem Säulenportal, welches sehr komisch aussah, da alles überaus niedlich und nur aus angestrichenem Holze war. Sie traten hinein und fanden in der Halle einen hölzernen Apollo, der die Geige strich, und dem der Kopf fehlte, weil nicht mehr Raum dazu übrig geblieben war. Gleich aus dem Tempel trat man in einen geschmackvollen Kuhstall nebst einer vollständigen holländischen Meierei in der neuesten Manier, aber alles leer. Über der Meierei hing, wie ein Bienenkorb, eine Art von schwebender Einsiedelei. Den zweiten Eingang bildete ein viereckiger Turm, wie bei den alten Burgen, der eine Ruine vorstellen sollte, und auf dessen Mauer hin und her Blumentöpfe mit Moos umherstanden. Über das ganze Gemisch hinweg endlich erhob sich ein feingeschnitztes, buntes, chinesisches Türmchen, an welchem unzählige Glöcklein im Winde musizierten. Unter diesem Türmchen in dem innersten Gemache saß inmitten des getäfelten Bodens ein unförmiger, kleiner Chinese von Porzellan mit untergeschlagenen Beinen und dickem Bauche, und wackelte einsam fort mit dem breiten Kahlkopfe, als der einzige Bewohner seines unsinnigen Palastes.

Nein, das ist zu toll! sagte Leontin, was gäb ich drum, wenn wir den Phantasten von Baumeister noch selber in seinem Zauberneste überraschten! Das ist ja ein wahrer Surrogat-Tempel für allen Geschmack auf Erden.

Währenddes waren sie endlich in dem letzten Gemache des Gebäudes angekommen, welches mit großen, goldenen Buchstaben »Gesellschaftssaal« überschrieben war. Sie erstaunten auch wirklich beim Eintritte nicht wenig über die ungeheure Gesellschaft, denn Wände und Decke bestanden daselbst aus künstlich geschliffenen Spiegeln, die ihre Gestalten auf einmal ins Unendliche vervielfältigten. Ihr Kopf war ganz überfüllt und verwirrt von dem Gesehenen. Kein Mensch war in der weiten Runde zu hören, es grauste ihnen fast, länger in dieser Verrückung so einsam zu verweilen, und sie begaben sich daher schnell wieder ins Freie.

Sie durchstrichen darauf noch den andern Teil des Parks, der auf die alltäglichste Art mit Trauerweiden, Baumgruppen, Brückchen usw. angefüllt war. Auch die üblichen Aushängetafeln mit Inschriften waren im Überfluß vorhanden, mit nur dem Unterschiede, daß hier alle von einer ungeheuren Länge und Breite waren, so daß sie die jungen Bäume, an denen sie befestigt, fast bis auf die Erde herunterzogen. Unsere Reisenden verweilten verwundert hin und wieder, und lasen unter andern: Wachsen, Blühen, Staubwerden. – Gleich daneben stand auf einer andern Tafel die erste Strophe von: Freut euch des Lebens! usw. nebst einigen andern Zoten.

So von groben Bäumen verfolgt, waren sie endlich am andern Ende des sonderbaren Parks angekommen, wo derselbe wieder durch ein niedliches Zäunchen von dem Walde geschieden war. Noch eine ungeheure Inschrift begrüßte sie dort folgendermaßen: Gefühlvoller Wanderer! stehe still und vergieße einige Tränen über deine Narrheit! Darunter stand nur noch halbleserlich mit Bleistift geschrieben: und dann kehre wieder um, denn mir bist du doch nur langweilig. Nicht ohne Bedeutung, wie es schien, stieß diese letzte Partie des Gartens, welche besonders kleinlich aus allerlei Zwergbäumen nebst einem kaum bemerkbaren Wasserfalle bestand, auf einmal an den dunkelgrünen Saum des Hochwaldes. Zwischen Felsen stürzte dort ein einsamer Strom gerade hinab, als wollte er den ganzen Garten vernichten, wandte sich dann am Fuße der Höhe plötzlich, wie aus Verachtung, wieder seitwärts in den Wald zurück, dessen ernstes, ewig gleiches Rauschen gegen die unruhig phantastische Spielerei der Gartenanlage fast schmerzlich abstach, so daß die beiden Freunde überrascht stillstanden. Sie sehnten sich recht in die große, ruhige kühle Pracht hinaus und atmeten erst frei, als sie wirklich endlich wieder zu Pferde saßen.

Während sie sich so über das Gesehene besprachen, verwundert, keine menschliche Wohnung ringsum zu erblicken, fing indes die Gegend an etwas lieblicher und milder zu werden. Vor ihnen erhob sich ein freundlicher, bis an den Gipfel mit Laubwald bedeckter Berg aus dem dunkelzackigen Chaos von Gebirgen. Hinter dem Berge schien es nach der einen Seite hin auf einmal freier zu werden und versprach eine große Aussicht. Sie zogen langsam ihres Weges fort, der Himmel war unbeschreiblich heiter, der Abend sank schon hernieder und spielte mit seinen letzten Strahlen lustig in dem lichten Grün des Berges vor ihnen. Friedrich hatte lange unverwandt in die Gegend vor sich hinausgesehen, dann hielt er plötzlich an und sagte: Ich weiß nicht, wie mir ist, diese Aussicht ist mir so altbekannt, und doch war ich, solange ich lebe, nicht hier. –

Je weiter sie kamen, je erinnernder und sehnsüchtiger sprach jede Stelle zu ihm; oft verwandelte sich auf einmal alles wieder, ein Baum, ein Hügel legte sich fremd vor seine Aussicht wie in eine uralte, wehmütige Zeit, doch konnte er sich durchaus nicht besinnen. So hatten sie nach und nach den Gipfel des Berges erreicht. Freudig überrascht standen sie beide still, denn eine überschwengliche Aussicht über Städte, Ströme und Wälder, soweit die Blicke in das fröhlichbunte Reich hinauslangten, lag unermeßlich unter ihnen. Da erinnerte sich Friedrich auf einmal; das ist ja meine Heimat! rief er, mit ganzer Seele in die Aussicht versenkt. Was ich sehe, hier und in die Runde, alles gemahnt mich wie ein Zauberspiegel an den Ort, wo ich als Kind aufwuchs! Derselbe Wald, dieselben Gänge – nur das schöne, altertümliche Schloß finde ich nicht wieder auf dem Berge. –

Sie stiegen weiter und erblickten wirklich auf dem Gipfel im Gebüsch die Ruinen eines alten, verfallenen Schlosses. Sie kletterten über die umhergeworfenen Steine hinein und erstaunten nicht wenig, als sie dort ein steinernes Grabmal fanden, das ihnen durch seine Schönheit sowohl, als durch seine mannigfaltige Bedeutsamkeit auffiel. Es stellte nämlich eine junge, schöne, fast wollüstig gebaute weibliche Figur vor, die tot über den Steinen lag. Ihre Arme waren mit künstlichen Spangen, ihr Haupt mit Pfauenfedern geschmückt. Eine große Schlange, mit einem Krönlein auf dem Kopfe, hatte sich ihr dreimal um den Leib geschlungen. Neben und zum Teil über dem schönen Leichnam lag ein altgeformtes Schwert, in der Mitte entzwei gesprungen, und ein zerbrochenes Wappen. Aus dieser Gruppe erhob sich ein hohes, einfaches Kreuz, mit seinem Fuße die Schlange erdrückend.

Friedrich traute seinen Augen kaum, da er bei genauerer Betrachtung auf dem zerbrochenen Schilde sein eigenes Familienwappen erkannte. Seine Augen fielen dabei noch einmal aufmerksamer auf die weibliche Gestalt, deren Gesicht soeben von dem glühenden Abendstrahle hell beleuchtet wurde. Er erschrak und wußte doch nicht, warum ihn diese Mienen so wunderbar anzogen. Endlich nahm er das kleine Porträt hervor, das sie auf Erwinens Brust gefunden hatten. Es waren dieselben Züge, es war das schöne Kind, mit dem er damals in dem Blumengarten seiner Heimat gespielt; nur das Leben schien seitdem viele Züge verwischt und seltsam entfremdet zu haben. Ein wehmütiger Strom von Erinnerung zog da durch seine Seele, dem er kaum mehr in jenes frühste, helldunkle Wunderland nachzufolgen vermochte. Er fühlte schaudernd seinen eigenen Lebenslauf in den geheimnisvollen Kreis dieser Berge mit hineingezogen.

Er setzte sich voller Gedanken auf das steinerne Grabmal und sah in die Täler hinunter, wie die Welt da nur noch in einzelnen, großen Farbenmassen durcheinander arbeitete, in welche Türme und Dörfer langsam versanken, bis es dann still wurde wie über einem beruhigten Meere. Nur das Kreuz auf ihrem Berge oben funkelte noch lange golden fort.

Da hörten sie auf einmal hinter ihnen eine Schalmei über die Berge wehen; die Töne blieben oft in weiter Ferne aus, dann brachen sie auf einmal wieder mit neuer Gewalt durch die ziehenden Wolken herüber. Sie sprangen freudig auf. Sie zweifelten längst nicht mehr, daß sie sich in dem Gebiete des sonderbaren Mannes befänden, zu dem sie von Erwin hingewiesen worden. Um desto willkommener war es ihnen, endlich einen Menschen zu finden, der ihnen aus diesem wunderbaren Labyrinthe heraushelfe, in dem ihre Augen sowie ihre Gedanken verwirrt und verloren waren. Sie bestiegen daher schnell ihre Pferde und ritten jenen Klängen nach.

Die Töne führten sie immerfort bergan zu einer ungeheuren Höhe, die immer öder und verlassener wurde. Ganz oben erblickten sie endlich einen Hirten, welcher, auf der Schalmei blasend, seine Herde in der Dämmerung vor sich her nach Hause trieb. Sie grüßten ihn, er dankte und sah sie ruhig und lange von oben bis unten an. Wem dient Ihr? fragte Leontin. – Dem Grafen. – Wo wohnt der Graf? – Dort rechts auf dem letzten Berge in seinem Schlosse. – Wer liegt dort, fuhr Leontin fort, auf der grünen Höhe unter den steinernen Figuren begraben? – Der Hirt sah ihn an und antwortete nicht; er wußte nichts davon und war noch niemals dort hinabgekommen. – Sie ritten langsam neben ihm her, da erzählte er ihnen, wie auch er weit von hier in den Tälern geboren und aufgewachsen sei, aber das ist lange her, sagte er, und ich weiß nicht mehr, wie es unten aussieht. Darauf wünschte er ihnen eine gute Nacht, nahm seine Schalmei wieder vor und lenkte links in das Gebirge hinein. – Sie blickten rings um sich, es war eine weite, kahle Heide und die Aussicht zwischen den einzelnen Fichten, die hin und her zerstreut standen, unbeschreiblich einsam, als wäre die Welt zu Ende. Es wurde ihnen angst und weh an dem Orte. Sie gaben ihren Pferden die Sporen und schlugen rechts den Weg ein, den ihnen der einsilbige Hirt zu dem Schlosse des Grafen gezeigt hatte.

Es war indes völlig dunkel geworden. Die Gegend wurde noch immer höher, die Luft schärfer; sie wickelten sich fest in ihre Mäntel ein und ritten schnell fort. Da erblickten sie endlich auf dem höchsten Gipfel des Gebirges das verheißene Schloß. Es war, so viel sie in der Dunkelheit unterscheiden konnten, weitläufig gebaut und alt. Der Weg führte sie von selbst durch ein dunkles Burgtor in den altertümlichen, gepflasterten Hof, in dessen Mitte sich ein großer Baum über einem steinernen Springbrunnen wölbte.

Das erste, was ihnen dort auffiel, war ein seltsamer Mensch, mit einem langen, breiten Talare über den Achseln, einer Art von Krone, die etwas schief auf dem Kopfe saß, und einem langen Hirtenstabe in der Hand. Er näherte sich ihnen ein wenig, kehrte sich dann stolz wieder um und ging mit einem feierlich abgemessenen Schwebetritte langsam über den Hof, wobei der breite Mantel, wie der Schweif eines sich aufblähenden, kalkuttischen Hahnes, hinter ihm drein rauschte. Ein alter Mann war unterdes heruntergekommen und sagte den beiden Gästen, sein Graf sei nicht zu Hause, bat sie aber, abzusteigen. Sie hatten die Augen noch auf jene vorüberschwebende Figur gerichtet und fragten erstaunt, was das zu bedeuten habe? Er sucht den Karfunkelstein, sagte der Alte trocken und führte ihre Pferde ab.

Ein junger Mensch, der sich inzwischen mit einem Lichte eingefunden hatte, bat sie, ihm zu folgen, und führte sie stillschweigend über verschiedene Wendeltreppen und einen langen Bogengang in ein großes, gotisch gewölbtes Gemach mit zwei Himmelbetten, ein paar großen, altmodischen Stühlen und einem ungeheuren runden Tische in der Mitte. Sie bemerkten mit Verwunderung, daß er ein ledernes Reiterwams trug und seine ganze Tracht überhaupt altdeutsch sei. Seine blonden Haare hatte er über der Stirne gescheitelt und in schönen Locken über die Schultern herabhängen.

Er setzte das Licht auf den Tisch und fragte sie, wann sie wieder weiterzuziehen gedächten? Ach, fügte er hinzu, ohne erst ihre Antwort abzuwarten, ach, könnt ich mitziehn! – Und wer hält Euch denn hier? fragte Leontin. – Es ist meine eigene Unwürdigkeit, entgegnete jener wieder, wohl fehlt mir noch viel zu der ehrenfesten Gesinnung, zu der Andacht und der beständigen Begeisterung, um der Welt wieder einmal Luft zum Himmel zu hauen. Ich bin gering und noch kein Ritter, aber ich hoffe, es durch fleißige Tugendübung mit Gottes Gnade zu werden und gegen die Heiden hinauszuziehn; denn die Welt wimmelt wieder von Heiden. Die Burgen sind geschleift, die Wälder ausgehauen, alle Wunder haben Abschied genommen, und die Erde schämt sich recht in ihrer fahlen, leeren Nacktheit vor dem Kruzifixe, wo noch eines einsam auf dem Felde steht; aber die Heiden hantieren und gehen hochmütig vorüber und schämen sich nicht. – Er sprach dies mit einer wirklich rührenden Demut, doch selbst in der steigenden Begeisterung, in der er sich bei den letzten Worten hineingesprochen hatte, blieb etwas modern Fades in seinen Zügen zurück. Leontin faßte ihn bei der Hand und wußte nicht, was er aus ihm machen sollte, denn für einen Menschen, der seine ordentliche Vernunft besitzt, hatte er ihm doch beinahe zu gescheit gesprochen.

Unterdes hatte sich der Ritter nachlässig in einen Stuhl geworfen, zog eine Lorgnette unter dem Wams hervor, betrachtete die beiden Grafen flüchtig und sagte, seine letzten Worte wohlgefällig wiederholend: aber die Heiden gehen vorüber und schämen sich nicht. – Recht gut gesagt, nicht wahr, recht gut? – Beide sahen ihn erstaunt an. – Er lorgnettierte sie von neuem. Aber ihr seid doch recht einfältig, fuhr er darauf lachend fort, daß ihr das alles eigentlich so für baren Ernst nehmt! Ihr seid wohl noch niemals in Berlin gewesen? Seht, ich möchte wohl eigentlich ein Ritter sein, aber, aufrichtig gesprochen, das ist doch im Grunde alles närrisches Zeug, welcher gescheite Mensch wird im Ernste an so etwas glauben! Überdies wäre es auch schrecklich langweilig, so strenge auf Tugend und Ehre zu halten. Ich versichere euch aber, ich bin wohl eigentlich ein Ritter, aber ihr faßt das nur nicht, ihr andern Leute, ich halte aus ganzer Seele gleichsam auf die alte Ehre, aber seht, das ist ganz anders zu verstehen – das ist – aber ihr versteht mich doch nicht – das ist – hierbei schien er verwirrt und zerstreut zu werden. Er zog sein Ritterwams vom Leibe und erschien auf einmal in einem überaus modernen Negligé vom feinsten, weißen Perkal, von dem er mit vieler Grazie hin und wieder die Staubfleckchen abzuklopfen und wegzublasen bemüht war.

Nach einer Weile nahm er das Augenglas wieder vor und musterte die beiden Fremden, sich vornehm auf dem Sessel hin und her schaukelnd. Bei welchem Schneider lassen Sie arbeiten? sagte er endlich. Dann stand er auf und befühlte ihre Hemden an der Brust. Aber, mein Gott, wie kann man so etwas tragen? sagte er, bon soir, bon soir, mes amis! Hiermit ging er, laut ein französisches Liedchen trällernd, ab. In der Tür begegnete er einem Mädchen, das eben mit einem Korbe voll Erfrischungen heraufkam. Er nahm sie sogleich in den Arm und wollte sie küssen. Sie schien aber keinen Spaß zu verstehen und warf den Ritter, wie sie an dem Gepolter wahrnehmen konnten, ziemlich unsanft die Stiege hinab.

Nun wahrhaftig, sagte Friedrich, hier geht es lustig zu, ich sehe nur, wann wir beide selber anfangen, mit verrückt zu werden. – Mir war bei dem Kerl zumute, meinte Leontin, als sollten wir ihn hundemäßig durchprügeln.

Das Mädchen hatte unterdes, ohne ein Wort zu sprechen, mit unglaublicher Geschwindigkeit den Tisch gedeckt und Essen aufgetragen. Ihre Hast fiel ihnen auf, sie betrachteten dieselbe genauer und erschraken beide, als sie in ihr die verlorne Marie erkannten. Sie war leichenblaß, ihr schönes Haar war seltsam aufgeputzt und phantastisch mit bunten Federn und Flitter geschmückt. Der überraschte Leontin nahm sie sanft streichelnd bei dem weichen, vollen Arme, und sah ihr in die sonst so frischen Augen, die er seit ihrem Abschiede auf der Gebirgsreise nicht wieder gesehen hatte. Sie aber wand die Hand los, legte den Finger geheimnisvoll auf den Mund, und war so im Augenblicke zur Tür hinaus. Vergebens eilten und riefen sie ihr nach, sie war gleich einer Lazerte zwischen dem alten Gemäuer verschwunden.

Beide hatte dieses unerwartete Begegnis sehr bewegt. Sie lehnten sich in das Fenster und sahen über die Wälder hinaus, die der Mond herrlich beleuchtete. Leontin wurde immer stiller. Endlich sagte er: Es ist doch seltsam, wie gegenwärtig mir hier eine Begebenheit wird, die mich einst heftig erschütterte; und ich täusche mich nicht, daß ich hier endlich eine Auflösung darüber erhalten werde. Friedrich bat ihn, sie ihm mitzuteilen, und Leontin erzählte:

Ich hatte einst ein Liebchen hinter dem Walde bei meinem Schlosse, ein gutes, herziges, verliebtes Ding. Ich ritt gewöhnlich spät abends zu ihr, und sie litt mich wohl manchmal über Nacht. Eines Abends, da ich eben auch hinkomme, sieht sie ungewöhnlich blaß und ernsthaft aus, und empfängt mich ganz feierlich, ohne mir, wie sonst, um den Hals zu fallen. Doch schien sie mehr traurig, als schmollend. Wir gingen an dem Teiche spazieren, der bei ihrem Häuschen lag, wo sie mit ihrer Mutter einsam wohnte; da sagte sie mir: ich sei ja gestern abends noch sehr spät bei ihr gewesen, und da sie mich küssen wollen, hätte ich sie ermahnt, lieber Gott, als die Männer zu lieben, darauf hätte ich noch eine Weile sehr streng und ernsthaft mit ihr gesprochen, wovon sie aber nur wenig verstanden, und wäre dann ohne Abschied fortgegangen.

Ich erschrak nicht wenig über diese Rede, denn ich war jenen Abend nicht von meinem Schlosse weggekommen. Während sie noch so erzählte, bemerkte ich, daß sie plötzlich blaß wurde und starr auf einen Fleck im Walde hinsah. Ich konnte nirgends etwas erblicken, aber sie fiel auf einmal für tot auf die Erde. –

Als sie sich zu Hause, wohin ich sie gebracht, nach einiger Zeit wieder erholt hatte, schien sie sich ordentlich vor mir zu fürchten, und bat mich in einer sonderbaren Gemütsbewegung, niemals mehr wiederzukommen. Ich mußte es ihr versprechen, um sie einigermaßen zu beruhigen. Dessenungeachtet trieb mich die Besorgnis um das Mädchen und die Neugierde den folgenden Abend wieder hinaus, um wenigstens von der Mutter etwas zu erfahren.

Es war schon ziemlich spät, der Mond schien wie heute. Als ich in dem Walde, durch den ich hindurch mußte, eben auf einem etwas freien, mondhellen Platz herumbiege, steigt auf einmal mein Pferd und mein eigenes Haar vom Kopfe in die Höh. Denn einige Schritte vor mir, lang und unbeweglich an einem Baume, stehe ich selber leibhaftig. Mir fiel dabei ein, was das Mädchen gestern sagte; mir grauste durch Mark und Bein bei dem gräßlichen Anblicke. Darauf faßte mich, ich weiß selbst nicht wie, ein seltsamer Zorn, das Phantom zu vernichten, das immer unbeweglich auf mich sah. Ich spornte mein Pferd, aber es stieg schnaubend in die Höh und wollte nicht daran. Die Angst steckte mich am Ende mit an, ich konnte es nicht aushalten, länger hinzusehn, mein Pferd kehrte unaufhaltsam um, eine unbeschreibliche Furcht bemächtigte sich seiner und meiner, und so ging es windschnell durch Sträucher und Hecken, daß die Äste mich hin und her blutig schlugen, bis wir beide atemlos wieder bei dem Schlosse anlangten. Das war jener Abend vor unserer Gebirgsreise, da ich so wild und ungebärdet tat, als du mit Faber ruhig am Tische auf der Wiese saßest. – Später erfuhr ich, daß das Mädchen denselben Abend um dieselbe Stunde gestorben sei. – Und so wolle Gott jeden Schnapphahn kurieren, denn ich habe mich seitdem gebessert, das kann ich redlich sagen!

Friedrich erinnerte sich bei dieser wunderlichen Geschichte an eine Nacht auf Leontins Schlosse, wie er Erwine einmal von der Mauer sich mit einem fremden Manne unterhalten gehört und dann einen langen, dunklen Schatten von ihm in den Wald hineingehn gesehen hatte. – Allerdings, sagte Leontin, habe ich selber einmal dergleichen bemerkt, und es kam mir zu meinem Erstaunen vor, als wäre es dieselbe Gestalt, die mir im Walde erschienen. Aber du weißt, wie geheimnisvoll Erwine immer war und blieb; doch so viel wird mir nach verschiedenen flüchtigen Äußerungen von ihr immer wahrscheinlicher, daß dieses Bild in diesem Walde spuke oder lebe, es sei nun, was es wolle. – Ich weiß nicht, ob du noch unsres Besuches auf dem Schlosse der Frau v. A. gedenkest. Dort sah ich ein altes Ritterbild, vor dem ich augenblicklich zurückfuhr. Denn es war offenbar sein Porträt. Es waren meine eigenen Züge, nur etwas älter und ein fremder Zug auf der Stirn über den Augen. –

Während Leontin noch so sprach, hörten sie auf einmal ein Geräusch auf dem Hofe unten, und ein Reiter sprengte durch das Tor herein; mehrere Windlichter füllten sogleich den Platz, in deren über die Mauern hinschweifenden Scheinen sich alle Figuren nur noch dunkler ausnahmen. Er ists! rief Leontin. – Der Reiter, welcher der Herr des Schlosses zu sein schien, stieg schnell ab und ging hinein, die Windlichter verschwanden mit ihm, und es war plötzlich wieder dunkel und still wie vorher.

Leontin war sehr bewegt, sie beide blieben noch lange voll Erwartung am Fenster, aber es rührte sich nichts im Schlosse. Ermüdet warfen sie sich endlich auf die großen, altmodischen Betten, um den Tag zu erwarten, aber sie konnten nicht einschlafen, denn der Wind knarrte und pfiff unaufhörlich an den Wetterhähnen und Pfeilern des alten, weitläufigen Schlosses, und ein seltsames Sausen, das nicht vom Walde herzukommen schien, sondern wie ferner Wellenschlag tönte, brauste die ganze Nacht hindurch.

ZWEIUNDZWANZIGSTES KAPITEL

Kaum fing der Morgen draußen an zu dämmern, so sprangen die beiden schon von ihrem Lager auf und eilten aus ihrem Zimmer auf den Gang hinaus. Aber kein Mensch war noch da zu sehen, die

Gänge und Stiegen standen leer, der steinerne Brunnen im Hofe rauschte einförmig fort. Sie gingen unruhig auf und ab; nirgends bemerkten sie einen neuen Bau oder Verzierung an dem Schlosse, es schien nur das Alte gerade zur Notdurft zusammengehalten. Bunte Blumen und kleine grüne Bäumchen wuchsen hin und wieder auf dem hohen Dache, zwischen denen Vögel lustig sangen. Sie kamen endlich über mehrere Gänge in dem abgelegensten und verfallensten Teile des Schlosses in ein offenes, hochgelegenes Gemach, dessen Wände sie mit Kohle bemalt fanden. Es waren meist flüchtige Umrisse von mehr als lebensgroßen Figuren, Felsen und Bäumen, zum Teil halb verwischt und unkenntlich. Gleich an der Tür war eine seltsame Figur, die sie sogleich für den Eulenspiegel erkannten. Auf der andern Wand erkannte Friedrich höchst betroffen einen großen, ziemlich weitläufigen Umriß seiner Heimat, das große alte Schloß und den Garten auf dem Berge, den Strom unten, den Wald und die ganze Gegend. Aber es war unbeschreiblich einsam anzusehen, denn ein ungeheurer Sturm schien über die winterliche Gegend zu gehen, und beugte die entlaubten Bäume alle nach einer Seite, sowie auch eine wilde Flammenkrone, die aus dem Dache des Schlosses hervorbrach, welches zum Teil schon in der Feuersbrunst zusammenstürzte.

Friedrich konnte die Augen von diesen Zügen kaum wegwenden, als Leontin einen Haufen von Zeichnungen und Skizzen hervorzog, die ganz verstaubt und vermodert in einem Winkel des Zimmers lagen. Sie setzten sich beide auf den Fußboden hin und rollten eine nach der andern auf. Die meisten Blätter waren komischen Inhalts, fast alle von einem ungewöhnlichen Umfange. Die Züge waren durchaus keck und oft bis zur Härte streng, aber keine der Darstellungen machte einen angenehmen, viele sogar einen widrigen Eindruck. Unter den komischen Gesichtern glaubte Friedrich zu seiner höchsten Verwunderung manche alte Bekannte aus seiner Kindheit wiederzufinden.

Der erste Morgenschein fiel indes soeben durch die hohen Bogenfenster, und spielte gar seltsam an den Wänden der Polterkammer und in die wunderliche Welt der Gedanken und Gestalten hinein, die rings um sie her auf dem Boden zerstreut lagen. Es war ihnen dabei wie in einem Traume zumute. – Sie schoben endlich alle die Bilder wieder in den Winkel zusammen und lehnten sich zum Fenster hinaus.

Alles war noch nächtlich und grenzenlos still, nur einige frühe Vögel zogen pfeifend hin und her über den Wald und begrüßten die ersten Morgenstrahlen, die durch die Wipfel funkelten. Da hörten sie auf einmal draußen in einiger Entfernung folgendes Lied singen:

Ein Stern still nach dem andern fällt
Tief in des Himmels Kluft,
Schon zucken Strahlen durch die Welt,
Ich wittre Morgenluft.

In Qualmen steigt und sinkt das Tal:
Verödet noch vom Fest
Liegt still der weite Freudensaal,
Und tot noch alle Gäst.

Da hebt die Sonne aus dem Meer
Eratmend ihren Lauf:
Zur Erde geht, was feucht und schwer,
Was klar, zu ihr hinauf.

Hebt grüner Wälder Trieb und Macht
Neurauschend in die Luft,
Zieht hinten Städte, eitel Pracht,
Blau Berge durch den Duft.

Spannt aus die grünen Teppche weich,
Von Strömen hell durchrankt,
Und schallend glänzt das frische Reich,
Soweit das Auge langt.

Der Mensch nun aus der tiefen Welt
Der Träume tritt heraus,
Freut sich, daß alles noch so hält,
Daß noch das Spiel nicht aus.

Und nun gehts an ein Fleißigsein!
Umsumsend Berg und Tal,
Agieret lustig groß und klein
Den Plunder allzumal.

Die Sonne steiget einsam auf,
Ernst über Lust und Weh,
Lenkt sie den ungestörten Lauf
In stiller Glorie. –

Und *wie* er dehnt die Flügel aus,
Und *wie* er auch sich stellt:
Der Mensch kann nimmermehr hinaus,
Aus dieser Narrenwelt.

Die beiden Freunde eilten sogleich auf das sonderbare Lied hinunter und aus dem Schlosse hinaus. Die Wälder rauchten ringsum aus den Tälern, eine kühle Morgenluft griff stärkend an alle Glieder. Der Gesang hatte unterdes aufgehört, doch erblickten sie in jener Gegend, wo er hergekommen war, einen großen, schönen, ziemlich jungen Mann an dem Eingange des Waldes. Er stand auf und schien weggehn zu wollen, als er sie gewahr wurde; dann blieb er stehen und sah sie noch einmal an, kam darauf auf sie zu, faßte Friedrich bei der Hand und sagte sehr gleichgültig: Willkommen Bruder! – Wie dem Schweizer in der Fremde, wenn plötzlich ein Alphorn ertönt, alle Berge und Täler, die ihn von der Heimat scheiden, in dem Klange versinken, und er die Gletscher wiedersieht, und den alten, stillen Garten am Bergeshange, und alle die morgenfrische Aussicht in das Wunderreich der Kindheit, so fiel auch Friedrich bei dem Tone dieser Stimme die mühsame Wand eines langen, verworrenen Lebens von der Seele nieder: – er erkannte seinen wilden Bruder Rudolf, der als Knabe fortgelaufen war, und von dem er seitdem nie wieder etwas gehört hatte.

Keine ruhige, segensreiche Vergangenheit schien aus diesen dunkelglühenden Blicken hervorzusehen, eine Narbe über dem rechten Auge entstellte ihn seltsam. Leontin stand still dabei und betrachtete ihn aufmerksam, denn es war wirklich dasselbe Bild, das ihm mitten im bunten Leben oft so schaurig begegnet. O, mein lieber Bruder, sagte Friedrich, so habe ich dich denn wirklich wieder! Ich habe dich immer geliebt. Und als ich dann größer wurde und die Welt immer kleiner und enger, und alles so wunderlos und zahm, wie oft hab ich da an dich zurückgedacht und mich nach deinem wunderbaren härtern Wesen gesehnt! – Rudolf schien wenig auf diese Worte zu achten, sondern wandte sich zu Leontin um und sagte: Wie geht es Euch, mein Signor Amoroso? Durch diesen Wald geht kein Weg zum Liebchen. – Und keiner in der Welt mehr, fiel Leontin, der wohl wußte, was er meine, empfindlich ihm ins Wort, denn Eure Possen haben das Mädchen ins Grab gebracht. – Besser tot, als eine H-, sagte Rudolf gelassen. Aber, fuhr er fort, was treibt euch aus der Welt hier zu mir herauf? Sucht ihr Ruhe: ich habe selber keine, sucht ihr Liebe: ich liebe keinen Menschen, oder wollt ihr mich listig aussondieren, zerstreuen und lustig machen: so zieht nur in Frieden wieder hinunter, eßt, trinkt, arbeitet fleißig, schlaft bei euren Weibern oder Mädchen, seid lustig und lacht, daß ihr euch krähend die Seiten halten müßt, und danket Gott, daß er euch weiße Lebern, einen ordentlichen Verstand, keinen überflüssigen Witz, gesellige Sitten und ein langes, wohlgefälliges Leben bescheret hat – denn mir ist das alles zuwider. – Friedrich sah den Bruder staunend an, dann sagte er: Wie ist dein Gemüt so feindselig und wüst geworden! Hat dich die Liebe – Nein, sagte Rudolf, ihr seid gar verliebt, da lebt recht wohl! Hiermit ging er wirklich mit großen Schritten in den Wald hinein und war bald hinter den Bäumen verschwunden. Leontin lief ihm einige Schritte nach, aber vergebens. Nein, rief er endlich aus, er soll mich nicht so verachten, der wunderliche Gesell! Ich bin so reich und so verrückt wie er! – Friedrich sagte: Ich kann es nicht mit Worten ausdrücken, wie es mich rührt, den tapfern, gerechten, rüstigen Knaben, der mir immer vorgeschwebt, wenn ich dich ansah, so verwildert wiederzusehen. Aber ich bleibe nun gewiß auch wider seinen Willen hier, ich will keine Mühe sparen, sein reines Gold, denn solches war in ihm, aus dem wüstverfallenen Schachte wieder ans Tageslicht zu fördern. – Oh, fiel ihm Leontin ins Wort, das Meer ist nicht so tief, als der Hochmütige in sich selber versunken ist! Nimm dich in acht! Er zieht dich eher schwindelnd zu sich hinunter, ehe du ihn zu dir hinauf. Friedrich hatte der Anblick seines Bruders auf das heftigste bewegt. Er ging schnell von Leontin fort und allein tief in den Wald hinein. Er brauchte der stillen, vollen Einsamkeit, um die neuen Erscheinungen, die auf einmal so gewaltsam auf ihn eindrangen, zu verarbeiten und seine seltsam aufgeregten Geister zu beruhigen.

Lange war er so im Walde herumgeschweift, als auch Leontin wieder zu ihm stieß. Dieser hatte währenddes wieder jene Bilderstube bestiegen und die Zeit unter den Zeichnungen gesessen. Dabei waren ihm in dieser Einsamkeit die Figuren oft wie lebendig geworden vorgekommen und verschiedene Lieder eines Wahnsinnigen eingefallen, die er, wie Sprüche auf die alten Bilder, den Gestalten aus dem Munde auf die Wand aufgeschrieben hatte.

Die Sonne fing schon wieder an sich von der Mittagshöhe herabzuneigen. Weder Leontin noch Friedrich wußten recht, wo sie sich befanden, denn kein ordentlicher Weg führte vom Schlosse hierher. Sie schlugen daher die ohngefähre Richtung ein, sich über den melancholischen Rudolf besprechend. Als sie nach langem Irren eben auf einer Höhe angelangt waren, hörten sie plötzlich mehrere lebhafte Stimmen vor sich. Ein undurchdringliches Dickicht, durch welches von dieser Seite kein Eingang möglich war, trennte sie von den Sprechenden. Leontin bog die obersten Zweige mit Gewalt auseinander: da eröffnete sich ihnen auf einmal das seltsamste Gesicht. Mehrere auffallende Figuren nämlich, worunter sie sogleich Marie, den Karfunkelsteinspäher und den Ritter von gestern erkannten, lagen und saßen dort auf einer grünen Wiese zerstreut umher. Die große Einsamkeit, die fremdartigen, zum Teil ritterlichen Trachten, womit die meisten angetan, gaben der Gruppe ein überraschendes, buntes und wundersames Ansehen, als ob ein Zug von Rittern und Frauen aus alter Zeit hier ausraste.

Marie war ihnen besonders nahe, doch ohne sie zu bemerken. Sie war mit langen Kränzen von Gras behangen und hatte eine Gitarre vor sich auf dem Schoße. Auf dieser spielte sie und sang das Lied, das sie damals auf dem Rehe gesungen, als dieselbe Friedrich zum ersten Male auf der Wiese bei Leontins Schlosse traf. Nach der ersten Strophe hielt sie, in Gedanken verloren, inne, als wollte sie sich auf das weitere besinnen, und fing dann das Lied immer wieder vom Anfang an. –

Mitten unter den Narren saß Rudolf auf einem umgefallenen Baumstamme, den Kopf vornhin in beide Arme auf die Knie gestützt. Er war ohne Hut und sah sehr blaß aus. Mit Verwunderung hörten sie, wie er mit ihnen allen in ein lebhaftes Gespräch vertieft war. Er wußte dem Wahnsinn eines jeden eine Tiefe und Bedeutung zu geben, über welche sie erstaunten, und je verrückter die Narren sprachen, je witziger und ausgelassener wurde er in seinem wunderlichen Humor. Aber sein Witz war scharf ohne Heiterkeit, wie Dissonanzen einer großen, zerstörten Musik, die keinen Einklang finden können oder mögen.

Leontin, der aufmerksam zugehört hatte, war es durchaus unmöglich, das wilde Spiel länger zu ertragen. Er hielt sich nicht mehr, riß mit Gewalt durch das Dickicht und eilte auf Rudolf zu. Rudolf, durch sein Gespräch exaltiert, sprang über der plötzlichen, unerwarteten Erscheinung rasch auf und riß dem verrückten Ritter, der neben ihm saß, den Degen aus der Scheide. So mit dem Degen aufgerichtet, sah der lange Mann mit seinen verworrenen Haaren und bleichem Gesichte fast gespensterartig aus. Beide hieben in demselben Augenblicke wütend aufeinander ein, denn Leontin ging unter diesen Verrückten nicht unbewaffnet aus. Ein Strom von Blut drang plötzlich aus Rudolfs Arme und machte der seltsamen Verblendung ein Ende. Alles dieses war das Werk eines Augenblicks.

Friedrich war indes auch herbeigeeilt, und beide Freunde waren bemüht, das Blut des verwundeten Rudolfs mit ihren Tüchern zu stillen, worauf sie ihn näher an sein Schloß führten.

Als er sich nach einiger Zeit wieder erholt hatte, und die Gemüter beruhigt waren, äußerte Friedrich seine Verwunderung, wie er so einsam in dieser Gesellschaft aushalten könne.

Und was ist es denn mehr und anders, sagte Rudolf, als in der andern gescheiten Welt? Da steht auch jeder mit seinen besondern, eigenen Empfindungen, Gedanken, Ansichten und Wünschen neben dem andern wieder mit seinem besondern Wesen, und wie sie sich auch, gleichwie mit Polypenarmen, künstlich betasten und einander recht aus dem Grunde herauszufühlen trachten, es weiß ja doch am Ende keiner, was er selber ist oder was der andere eigentlich meint und haben will, und so muß jeder dem andern verrückt sein, wenn es übrigens Narren sind, die überhaupt noch etwas meinen und wollen. Das einzige Tolle bei jenen Verrückten von Profession aber ist nur, daß sie dabei noch glücklich sind.

Bei diesen Worten erblickte er das vielerwähnte Medaillon von Erwin, das Friedrich nur halbverborgen unter dem Rocke trug. Er ging schnell auf Friedrich zu. Woher hast du das? fragte er, und nahm das Bild zu sich. Er schien bewegt, als sie ihm erzählten, von wem sie es hatten und daß Erwin gestorben sei, doch konnte man nicht unterscheiden, ob es Zorn oder Rührung war. Er sah darauf das Bild lange Zeit an und sagte kein Wort.

Durch die Ermattung von dem Blutverluste, sowie durch den unerwarteten Anblick des Porträts, schien seine Wildheit einigermaßen gebändigt. Die beiden Freunde drangen daher in ihn, ihnen endlich Aufschluß über das alles zu geben, und, wo möglich, seine Lebensgeschichte zu erzählen, auf welche sie beide sehr begierig waren, da sie wohl bemerkten, daß er mit diesem Mädchen und vielen andern Rätseln in einem nahen Zusammenhange stehen müsse. Er war heut wirklich ruhig genug dazu. Er setzte sich, ohne sich weiter nötigen zu lassen, neben ihnen auf den Rasen und begann sogleich folgendermaßen:

DREIUNDZWANZIGSTES KAPITEL

Wenn ich mein Leben überdenke, ist mir so totenstill und nüchtern, wie nach einem Balle, wenn der Saal noch wüst und schwül qualmt und ein Licht nach dem andern verlöscht, weil andere Lichter durch die zerschlagenen Fenster hineinschielen, und man reißt die Kleider von der Brust und steigt draußen auf den höchsten Berg und sieht der Sonne entgegen, ob sie nicht bald aufgehn will. – Doch ich will ruhig erzählen:

Die erste Begebenheit meines Lebens, an die ich mich wie an einen Traum erinnere, war eine große Feuersbrunst. Es war in der Nacht, die Mutter fuhr mit uns und noch einigen fremden Leuten, auf die ich mich nicht mehr besinne, im Kahne über einen großen See. Mehrere Schlösser und Dörfer brannten ringsumher an den Ufern und der Widerschein von den Flammen spiegelte sich bis weit in den See hinein. Meine Wärterin hob mich aus dem Kahne noch in die Höhe und ich langte mit beiden Armen nach dem Feuer. Alle die fremden Leute im Kahne waren still, meine Mutter weinte sehr; man sagte mir, mein Vater sei tot. –

Noch eines Umstandes muß ich dabei gedenken, weil er seltsam mit meinem übrigen Leben zusammenhängt. Als wir nämlich, soviel ich mich erinnere, gleichsam aus Flammen in den Kahn einstiegen, erblickte ich einen Knaben etwa von meinem Alter, den ich sonst nie gesehn hatte. Der lachte uns aus, tanzte an dem Feuer mit höhnenden Gebärden und schnitt mir Gesichter. Ich nahm schnell einen Stein und warf ihn ihm mit einer für mein Alter ungewöhnlichen Kraft an den Kopf, daß er umfiel. Sein Gesicht ist mir noch jetzt ganz deutlich und ich wurde den widrigen Eindruck dieser Begebenheit niemals wieder los. – Das ist alles, was mir von jener merkwürdigen Nacht übrig blieb, deren Stille, Wunderbilder und feurige Widerscheine sich meinem kindischen Gemüte unverlöschlich einprägten. In dieser Nacht sah ich meine Mutter zum letzten Male.

Nachher erinnere ich mich wieder auf nichts, als Berge und Wälder, große Haufen von Soldaten und blitzenden Reitern, die mit klingendem Spiele über Brücken zogen, unbekannte Täler und Gegenden, die wie ein Schattenspiel schnell an meiner Seele vorüberflogen.

Als ich mich endlich zum ersten Male mit Besinnung in der Welt umzuschauen anfing, befand ich mich allein mit dir in einem fremden, schönen Schloß und Garten unter fremden Leuten. Es war, wie du weißt, unser Vormund, und das Schloß, obschon unser Eigentum, doch nicht unser Geburtsort. Wir beide sind am Rheine geboren. – Es mochte mir hier bald nicht behagen. Besonders stach mir gegen das niemals in meiner Erinnerung erloschene Bild meiner Mutter, die ernst, hoch und schlank war, die neue, kleine, wirtschaftliche und dickliche Mutter zu sehr ab. Ich wollte ihr niemals die Hand küssen. Ich mußte viel sitzen und lernen, aber ich konnte nichts erlernen, besonders keine fremde Sprache. Am wenigsten aber wollte mir das sogenannte gewisse Etwas in Gesellschaften anpassen, wobei ich mich denn immer sehr schlecht und zu allgemeiner

Unzufriedenheit präsentierte. Mir war dabei das Verstellen und das zierliche Niedlichtun der Vormünderin und des Hofmeisters unbegreiflich, die immer auf einmal ganz andere Leute waren, wenn Gäste kamen. Ja, ich erinnere mich, daß ich dem letztern einige Male, wenn er so außer dem gewöhnlichen Wege besonders klug sprach, hinten am Rocke zupfte und laut auflachte, worauf ich denn jedesmal mit drohenden Blicken aus dem Zimmer verwiesen wurde. Mit Prügeln war bei mir nichts auszurichten, denn ich verteidigte mich bis zum Tode gegen den Hofmeister und jedermann, der mich schlagen wollte. So kam es denn endlich, daß ich bei jeder Gelegenheit hintenangesetzt wurde. Man hielt mich für einen trübseligen Einfaltspinsel, von dem weder etwas zu hoffen noch zu fürchten sei. Ich wurde dadurch nur noch immer tiefsinniger und einsamer und träumte unaufhörlich von einer geheimen Verschwörung aller gegen mich, selbst dich nicht ausgenommen, weil du mit den meisten im Hause gut standest.

Ein einziges liebes Bild ging in dieser dunklen, schwerer Träume vollen Zeit an mir vorüber. Es war die kleine *Angelina*, die Tochter eines verwandten italienischen Marchese, der sich auch vor den Unruhen in Italien zu uns geflüchtet hatte und lange Zeit dort blieb. Du wirst dich des lieblichen, wunderschönen Kindes erinnern, wie sie von uns Deutsch lernte und so schöne, welsche Lieder wußte. Ich hatte damals Tag und Nacht keine Seelenruh vor diesem schönen Bilde. Inzwischen glaubte ich zu bemerken, daß sie überall dich mehr begünstigte, als mich; ich war ihr zu wild, sie schien sich vor mir zu fürchten. Mein alter Argwohn, Haß und Bangigkeit nahm täglich zu, ich saß, wie in mir selbst gefangen, bis endlich ein seltsamer Umstand alle die Engel und Teufel, die damals noch dunkel in mir rangen, auf einmal losmachte.

Ich war nämlich eines Abends eben mit Angelina im Garten an dem eisernen Gitter, durch das man auf die Straße hinaussah. Angelina stand am Springbrunnen und spielte mit den goldenen Kugeln, welche die Wasserkunst glänzend auf und nieder warf. Da kam eine alte Zigeunerin am Gitter vorbei und verlangte, als sie uns drinnen erblickte, auf die gewöhnliche ungestüme Art, uns zu prophezeien. Ich streckte sogleich meine Hand hinaus. Sie las lange Zeit darin. Währenddes ritt ein junger Mensch, der ein Reisender schien, draußen die Straße vorbei und grüßte uns höflich. Die Zigeunerin sah erstaunt mich, Angelina und den vorüberziehenden Fremden wechselseitig an, endlich sagte sie, auf uns und ihn deutend: Eines von euch dreien wird den andern ermorden. – Ich blickte dem Reiter scharf nach, er sah sich noch einmal um, und ich erkannte erschrokken und zornig zugleich das Gesicht desselben unbekannten Knaben wieder, der uns bei unsrem Auszuge aus der Heimat an dem Feuer so verhöhnt hatte. – Die Zigeunerin war unterdes verschwunden, Angelina furchtsam fortgelaufen, und ich blieb allein in dem großen, dämmernden Garten und glaubte fest, nun als Mörder auch sogar von Gott verlassen zu sein; niemals fühlte ich mich so finster und leer.

In der Nacht konnt ich nicht schlafen, ich stand auf und zog mich völlig an. Es war alles still, nur die Wetterhähne knarrten im Hofe, der Mond schien sehr hell. Du schliefst still neben mir, das Gebetbuch lag noch halb aufgeschlagen bei dir, ich wußte nicht, wie du so ruhig sein könntest. Ich küßte dich auf dem Mund, ging dann schnell aus dem Hause, durch den Garten, und kehrte niemals mehr wieder.

Von nun an geht mein Leben rasch, bunt, ungenügsam, wechselnd, und in allem Wechsel doch unbefriedigt. Ich will nur einige Augenblicke herausheben, die mich, wie einsam erleuchtete Berggipfel über dem dunkelwühlenden Gewirre, noch immer von weitem ansehn.

Als ich zu Ende jener Nacht die letzte Höhe erreicht hatte, ging eben die Sonne prächtig auf. Die Gegend unten, soweit die Blicke reichten, war mit bunten Zelten, unermeßlich blitzenden Reihen, und Lust und Schallen überdeckt. Einzelne bunte Reiter flogen in allen Richtungen über den grünen Anger, einzelne Schüsse fielen bis in die tiefste Ferne hin und her im Walde. Ich stand wie eingewurzelt vor Lust bei dem Anblick. Ich glaubte es nun auf einmal gefunden zu haben, was mir fehlte und was ich eigentlich wollte. Ich eilte daher schnell hinunter und ließ mich anwerben.

Wir brachen noch denselben Tag von dem Orte auf, aber schon da auf dem Marsche fing ich an zu bemerken, daß dieses nicht das Leben war, das ich erwartete. Der platte Leichtsinn, das Prahlen und der geschäftige Müßiggang ekelte mich an, besonders unerträglich aber war mir, daß ein einziger, unbeschreiblicher Wille das Ganze wie ein dunkles Fatum regieren sollte, daß ich im Grunde nicht mehr wert sein sollte, als mein Pferd – und so versenkten mich diese Betrachtungen in eine fürchterliche Langeweile, aus der mich kaum die Signale, welche die Schlacht ankündigten, aufzurütteln vermochten. Damals bekam mein Oberst von meinem Vormund, der mich aufgespürt hatte, einen Brief, worin er ihn bat, mich auszuliefern. Aber es war zu spät, denn das Treffen war eben losgegangen. Mitten im blitzenden Dampfe und Todesgewühl erblickt ich plötzlich das bleiche Gesicht des Unbekannten wieder mir feindlich gegenüber. – Wütend, daß das Gespenst mich überall verfolgte, stürzte ich auf ihn ein. Er focht so gut, wie ich. Endlich sah ich sein Pferd stürzen, während ich selbst, leicht verwundet, vor Ermattung bewußtlos hinsank. Als ich wieder erwachte, war alles ringsum finster und totenstill über der weiten Ebene, die mit Leichen bedeckt war. Mehrere Dörfer brannten in der Runde, und nur einzelne Figuren, wie am Jüngsten Gericht, erhoben sich hin und her und wandelten dunkel durch die Stille. Ein unbeschreibliches Grausen überfiel mich vor dem wahnwitzigen Jammerspiele, ich raffte mich schnell auf und lief, bis es Tag wurde.

In einem Städtchen las ich in der Zeitung die Bekanntmachung meines Vormunds, daß ich in dem Treffen geblieben sei, auch hörte ich, daß der Marchese mit seiner Tochter unser Schloß wieder verlassen habe. Ich war zu stolz und aufgeregt, um nach Hause zurückzukehren. Indes erwachte das Bild der kleinen Angelina von neuem in meinem Herzen. Ich bildete mir die liebliche Erinnerung mit allen Kräften meiner Seele aus, und so malte ich damals jenes Engelsköpfchen, das du hier zu meinem Erstaunen mitgebracht hast. Es ist Angelinas Porträt.

Mein unruhiges und doch immer in sich selbst verschlossenes Gemüt bekam nun auf einmal die erste entschiedene Richtung nach außen. Ich warf mich mit einem unerhörten Fleiße auf die Malerei und streifte mit dem Gelde, das ich mir dadurch erwarb, in Italien herum. Ich glaubte damals, die Kunst werde mein Gemüt ganz befriedigen und ausfüllen. Aber es war nicht so. Es blieb immer ein dunkler, harter Fleck in mir, der keine Farben annahm und doch mein eigentlicher, innerster Kern war. Ich glaube, wenn ich in meiner Angst einen neuen Münster hätte aus mir herausbauen können, mir wäre wohler geworden, so felsengroß lag immer meine Entzückung auf mir. Meine Skizzen waren immer besser als die Gemälde, weil ihre Ausführung meistens unmöglich war. Gar oft in guten Stunden ist mir wohl eine solche Glorie von nie gesehenen Farben und unbeschreiblich himmlischer Schönheit vorgekommen, daß ich mich kaum zu fassen wußte. Aber dann wars auch wieder aus, und ich konnte sie niemals ausdrücken. – So schmückt sich wohl jede tüchtige Seele einmal ihren Kerker mit Künsten aus, ohne deswegen zum Künstler berufen zu sein. Und überhaupt ist es am Ende doch nur Putz und eitel Spielerei. Oder würdet ihr den nicht für töricht halten, der sich im Wirtshause, wo er übernachtet, eifrig auszieren wollte? Und wir machen soviel Umstände mit dem Leben und wissen nicht, ob wir noch eine Stunde bleiben!

An einem schönen Sommerabende fuhr ich einmal in Venedig auf dem Golf spazieren. Der Halbkreis von Palästen mit ihren still erleuchteten Fenstern gewährte einen prächtigen Anblick. Unzählige Gondeln glitten aneinander vorüber über das ruhige Wasser, Gitarren und tausend weiche Gesänge zogen durch die laue Nacht. Ich ruderte voll Gedanken fort und immerfort, bis nach und nach die Lieder verhallten und alles um mich her still und einsam geworden war. Ich dachte an die ferne Heimat und sang ein altes, deutsches Lied, eines von denen, die ich noch als Knabe Angelina gelehrt hatte. Wie sehr erstaunte ich, als mir da auf einmal eine wunderschöne weibliche Stimme von dem Altan eines Hauses mit der nächstfolgenden Strophe desselben Liedes antwortete. Ich sprang sogleich ans Ufer und eilte auf das Haus zu, von dem der Gesang herkam. Eine weiße Mädchengestalt neigte sich zwischen den Orangenbäumen und Blumen über den Balkon herab und sagte flüsternd: Rudolf! Ich erkannte bei dem hellen Mondenscheine sogleich *Angelina*. Sie schien noch mehr sprechen zu wollen, aber die Tür auf dem Balkon öffnete sich von innen, und sie war verschwunden.

Verwundert und entzückt in allen meinen Sinnen, setzt ich mich an einen steinernen Springbrunnen, der auf dem weiten, stillen Platze vor dem Hause stand. Ich mochte ohngefähr eine Stunde dort gesessen haben, als ich die Glastür oben leise wieder öffnen hörte. Angelina trat, sich furchtsam auf dem Platze umsehend, noch einmal auf den Balkon heraus. Ihre schönen Locken fielen auf den schneeweißen, nur halbverhüllten Busen herab, sie war barfuß und im leichtesten Nachtkleide. Sie erschrak, als sie mich wirklich noch unten erblickte. Sie legte den Finger auf den Mund, während sie mit der andern Hand auf die Tür deutete, lehnte sich stillschweigend über das Geländer und sah mich so lange Zeit unbeschreiblich lieblich an. Darauf zog sie ein Papierchen hervor, warf es mir hinab, lispelte kaum hörbar: gute Nacht! und ging zaudernd wieder hinein. – Auf dem Zettel stand mit Bleistift der Name einer Kirche aufgeschrieben.

Ich begab mich am Morgen zu der benannten Kirche und sah das Mädchen wirklich zur bestimmten Stunde mit einer ältlichen Frau, die ihre Vertraute schien, schon von weitem die Straße heraufkommen. Ich erschrak fast vor Freuden, so überaus schön war sie geworden. Als sie mich ebenfalls erblickte, wurde sie rot vor Scham über die vergangene Nacht und schlug den Schleier fest über das Gesicht. Auf dem Wege und in der Kirche erzählte sie mir nun ungestört, daß sie schon lange wieder in Italien zurück seien, daß ihr Vater, da ihre Mutter bei ihrer Geburt in Todesnot war, das feierliche Gelübde getan, sie, Angelina, als Klosterjungfrau dem Himmel zu weihn, und daß der dazu bestimmte Tag nicht mehr fern sei. – Das verliebte Mädchen sagte dies mit Tränen in den Augen.

Wir kamen darauf noch oft, bald in der Kirche, bald in der Nacht am Balkon zusammen; der Tag, wo Angelina aus dem väterlichen Hause fort ins Kloster sollte, rückte immer näher heran, und wir verabredeten endlich, miteinander zu entfliehn.

In der Nacht, die wir zur Flucht bestimmt hatten, trat sie, mit dem Notwendigsten versehen und reich geschmückt wie eine Braut, hervor. Die heftige Bewegung, in der ihr Gemüt war, machte ihr Gesicht wunderschön, und ich sehe sie in diesem Zustande, in diesem Kleide, noch wie heute vor mir stehn. Sie war noch in ihrem Leben nicht um diese Zeit allein auf der Gasse gewesen, sie wurde daher noch im letzten Augenblick von neuem schüchtern und halb unschlüssig; sie weinte und fiel mir um den Hals. Ich faßte sie endlich um den Leib und trug sie in den Kahn, den ich im Golf bereit hielt. Ich stieß schnell vom Ufer ab, das Segel schwoll im lauen Winde, der Halbkreis der erleuchteten Fenster versank allmählich hinter uns, und wir befanden uns allein auf der stillen, unermeßlichen Fläche.

Die Liebe hatte sie nun ganz in meine Gewalt gegeben. Sie wurde nun ruhig. Innerlichst fröhlich, aber still, saß sie fest an mich gedrückt und sah mit den weit offenen, sinnigen Augen unverwandt ins Meer hinaus. Ich bemerkte, daß sie oft heimlich zusammenschauerte, bis sie endlich ermüdet einschlummerte.

Da rauschte plötzlich ein Kahn mit mehreren Leuten und Fackelschein vorüber nach Venedig zu. Der eine von ihnen schwang eben seine Fackel und ich erblickte bei dem flüchtigen Scheine den unbekannten, wunderbar mit mir verknüpften Fremden wieder, der mitten im Kahne aufrecht stand. Ich fuhr unwillkürlich bei dem Anblick zusammen, und höchst seltsam, obschon die ganze Erscheinung ohne das mindeste Geräusch vorübergeglitten war, so wachte doch Angelina in demselben Augenblicke von selber auf und sagte mir erschrocken, es habe ihr etwas Fürchterliches geträumt, sie wisse sich nun aber nicht mehr darauf zu besinnen. Ich beruhigte sie und sagte ihr nichts von dem Begegnis, worauf sie denn bald von neuem einschlief.

Ein lauter Freudenschrei entfuhr ihrer Brust, als sie nach einigen Stunden die hellen Augen aufschlug, denn die Sonne ging eben prächtig über der Küste von Italien auf, die in duftigem Wunderglanze vor uns da lag. Es war der erste überschwengliche Blick des jungen Gemütes in das freie, lüstern lockende, reiche, noch ungewisse Leben. Wir stiegen nun ans Land und setzten unsre Reise zu Pferde nach Rom fort. Dieses Ziehen in den blauen, lieblichen Tagen über grüne Berge, Täler und Flüsse, rollt sich noch jetzt blendend vor meiner Erinnerung auf, wie ein mit prächtig glänzenden, wunderbaren Blumen gestickter Teppich, auf dem ich mich selbst als lustige Figur mit buntgeflickter Narrenjacke erblicke.

In Rom nisteten wir uns in einem entlegenen Quartiere der Stadt ein, wo uns niemand bemerkte. Wir führten einen gar wunderlichen,

ziemlich unordentlichen Haushalt miteinander, denn Angelina gewöhnte sich sehr bald auch an das freie, sorglose Künstlerwesen. Sie hatte, gleich als wir ans Land stiegen, Mannskleider anlegen müssen, um nicht erkannt zu werden, und ich gab sie so für meinen Vetter aus. Die Tracht, in der sie mich nun auch frei auf allen Spaziergängen begleitete, stand ihr sehr niedlich; sie sah oft aus wie Correggios Bogenschütz. Sie mußte mir oft zum Modell sitzen, und sie tat es gern, denn sie wußte wohl, wie schön sie war. Damals wurden meine Gemälde weniger hart, angenehmer und sinnreicher in der Ausführung.
Indes entging es mir nicht, daß Angelina anfing, mit der Mädchentracht nach und nach auch ihr voriges, mädchenhaftes, bei aller Liebe verschämtes Wesen abzulegen, sie wurde in Worten und Gebärden kecker, und ihre sonst so schüchternen Augen schweiften lüstern rechts und links. Ja, es geschah wohl manchmal, wenn ich sie unter lustige Gesellen mitnahm, mit denen wir in einem Garten oft die Nacht durchschwärmten, daß sie sich berauschte, wo sie dann mit den furchtsam dreisten Mienen und glänzend schmachtenden Augen ein ungemein reizendes Spiel der Sinnlichkeit gab.
Weiber ertragen solche kühnere Lebensweise nicht. – Ein Jahr hatten wir so zusammen gelebt, als mir Angelina eine Tochter gebar. Ich hatte sie einige Zeit vorher auf einem Landhause bei Rom vor aller Welt Augen verborgen, und auf ihr eigenes Verlangen, welches meiner Eifersucht auffiel, blieb sie nun auch noch lange nach ihrer Niederkunft mit dem Kinde dort. –
Eines Morgens, als ich eben von Rom hinkomme, finde ich alles leer. – Das alte Weib, welches das Haus hütete, erzählte mir zitternd: Angelina habe sich gestern abend sehr zierlich als Jäger angezogen, sie habe darauf, da der Abend sehr warm war, lange Zeit bei ihr vor der Tür auf der Bank gesessen und angefangen so betrübt und melancholisch zu sprechen, daß es ihr durch die Seele ging, wobei sie öfters ausrief: Wär ich doch lieber ins Kloster gegangen! Dann sagte sie wieder lustig: Bin ich nicht ein schöner Jäger? Darauf sei sie hinaufgegangen, habe, während schon alles schlief, noch immerfort Licht gebrannt und am offenen Fenster allerlei zur Laute gesungen. Besonders habe sie folgendes Liedchen zum öftern wiederholt, welches auch mir gar wohlbekannt war, da es Angelina von mir gelernt hatte:

Ich hab gesehn ein Hirschlein schlank
Im Waldesgrunde stehn,
Nun ist mir draußen weh und bang,
Muß ewig nach *ihm* gehn.

Frischauf, ihr Waldgesellen mein!
Ins Horn, ins Horn frischauf!
Das lockt so hell, das lockt so fein,
Aurora tut sich auf!

Das Hirschlein führt den Jägersmann
In grüner Waldesnacht,
Talunter schwindelnd und bergan
Zu niegesehner Pracht.

Wie rauscht schon abendlich der Wald,
Die Brust mir schaurig schwellt!
Die Freunde fern, der Wind so kalt,
So tief und weit die Welt.

Es lockt so tief, es lockt so fein
Durchs dunkelgrüne Haus,
Der Jäger irrt und irrt allein,
Findt nimmermehr heraus. –

Gegen Mitternacht ohngefähr, fuhr die Alte fort, hörte ich ein leises Händeklatschen vor dem Hause. Ich öffnete leise die Lade meines Guckfensters und sah einen großen Mann, bewaffnet und in einen langen Mantel vermummt, unter Angelinas Fenster stehn, seitwärts im Gebüsch hielt ein Wagen mit Bedienten und vier Pferden. In demselben Augenblicke kam auch Angelina, ihr Kind auf dem Arme, unten zum Hause heraus. Der fremde Herr küßte sie und hob sie geschwind in den Wagen, der pfeilschnell davonrollte. Ehe ich mich besann, herauslief und schrie, war alles in der dicken Finsternis verschwunden.

Auf diesen verzweifelten Bericht der Alten stürzte ich in das Zimmer hinauf. Alles lag noch wie sonst umher, sie hatte nichts mitgenommen, als ihr Kind. Ein Bild, das nach ihr kopiert war, stand noch ruhig auf der Staffelei, wie ich es verlassen. Auf dem Tische daneben lag ein ungeheurer Haufen von Goldstücken. Wütend und außer mir, warf ich alle das Gold, das Bild und alle andern Bilder und Zeichnungen hinterdrein zum Fenster hinaus. Die Alte tanzte unten mit widrig vor Staunen und Gier verzerrten Gebärden wie eine Hexe zwischen dem Goldregen herum, und ich glaubte da auf einmal in ihren Zügen dieselbe Zigeunerin zu erkennen, die mir damals an dem Gartengitter prophezeit hatte. – Ich eilte zu ihr hinab, aber sie hatte sich bereits mit dem Golde verloren. – Ich lud nun meine Pistolen, warf mich auf mein Pferd und jagte der Spur des Wagens nach, die noch deutlich zu kennen war. Ich war vollkommen entschlossen, Angelina und ihren Entführer totzuschießen. – So erbärmliches Zeug ist die Liebe, diese liederliche Anspannung der Seele! –

So durchstreifte ich fast ganz Italien nach allen Richtungen, ich fand sie nimmermehr. Als ich endlich erschöpft von den vielen Zügen, auf den letzten Gipfeln der Schweiz ankam, schauderte mir, als ich da auf einmal aus dem italienischen Glanze nach Deutschland hinabsah, wie das so ganz anders, still und ernsthaft mit seinen dunklen Wäldern, Bergen und dem königlichen Rheine dalag. – Ich hatte keine Sehnsucht mehr nach der Ferne und versank in eine öde Einsamkeit. Mit meiner Kunst war es aus. –

Dagegen lockte mich nun bald die Philosophie unwiderstehlich in ihre wunderbaren Tiefen. Die Welt lag wie ein großes Rätsel vor mir, die vollen Ströme des Lebens rauschten geheimnisvoll, aber vernehmlich, an mir vorüber, mich dürstete unendlich nach ihren heiligen, unbekannten Quellen. Der kühnere Hang zum Tiefsinn war eigentlich mein angebornes Naturell. Schon als Kind hatte ich oft meinen Hofmeister durch seltsame, ungewöhnliche Fragen in Verwirrung gebracht, und selbst meine ganze Malerei war im Grunde nur ein falsches Streben, das Unaussprechliche auszusprechen, das Undarstellbare darzustellen. Besonders verspürte ich schon damals dieses Gelüst vor manchen Bildern des großen Albrecht Dürer und Michel Angelo. Ich studierte nun mit eisernem, unausgesetztem Fleiß alle Philosopheme, was die Alten ahneten und die Neuen grübelten oder phantasierten. Aber alle Systeme führten mich entweder von Gott ab, oder zu einem falschen Gott.

Alles aufgebend und verzweifelt, daß ich auf keine Weise die

Schranken durchbrechen und aus mir selber herauskommen konnte, stürzt ich mich nun wütend, mit wenigen lichten Augenblicken schrecklicher Reue, in den flimmernden Abgrund aller sinnlichen Ausschweifungen und Greuel, als wollt ich mein eigenes Bild aus meinem Andenken verwischen. Dabei wurde ich niemals fröhlich, denn mitten im Genuß mußte ich die Menschen verhöhnen, die, als wären sie meinesgleichen, halb schlecht und halb furchtsam, nach der Weltlust haschten und dabei wirklich und in allem Ernst zufrieden und glücklich waren. Niemals ist mir das Hantieren und Treiben der Welt so erbärmlich vorgekommen, als damals, da ich mich selber darin untertauchte.

Eines Abends sitz ich am Pharotisch, ohne aufzublicken und mich um die Gesellschaft zu bekümmern. Ich spielte diesen Abend wider alle sonstige Gewohnheit immerfort unglücklich, und wagte immer toller, je mehr ich verlor. Zuletzt setzte ich mein noch übriges Vermögen auf die Karte. – Verloren! hört ich den Bankhalter am andern Ende der Tafel rufen. Ich springe auf und erblicke den geheimnisvollen Unbekannten, den ich fast schon vergessen hatte. Er wurde sichtbar bleich, als er mich erkannte. Ich weiß nicht, mit welcher Medusengewalt gerade in diesem Augenblick sein Bild auf meine Seele wirkte. In der Verblendung dieses Anblicks warf ich alle Karten nach dem Orte, wo die Erscheinung gestanden, aber er war schon fort und schnell aus der Stube verschwunden. Alle sahen mich erstaunt an, einige murrten, ich stürzte zur Tür hinaus auf die Straße. Ich ging allein durch die Gassen und blickte rechts und links in die erleuchteten Fenster hinein, wie da einige soeben ruhig und vollauf zu Abend schmausten, dort andere ein Lomberchen spielten, anderswo wieder lustige Paare sich drehten und jubelten, und allen so philisterhaft wohl war. Mich hungerte gewaltig. Betteln mocht ich nicht. Schmaust, jubelt und dreht euch nur, ihr Narren! rief ich, und ging mit starken Schritten aus dem Tore aufs Feld hinaus. Es war eine stockfinstere Nacht, der Wind jagte mir den Regen ins Gesicht. Als ich eben an den Saum eines Waldes kam, erblickte ich plötzlich hart vor mir zwei lange Männer, heimlich lauernd an eine Eiche gelehnt, die ich sogleich für Schnapphähne erkannte. Ich ging im Augenblick auf sie los, und packte den einen bei der Brust. Gebt mir was zu essen, ihr elenden Kerle! schrie ich sie an, und mußte auch gleich darauf laut auflachen, was sie über diese unerwartete Wendung der Sache für Gesichter schnitten. Doch schien ihnen das zu gefallen, sie betrachteten mich als einen würdigen Kumpan, und führten mich freundschaftlich tiefer in den Wald hinein.

Wir kamen bald auf einen freien, einsamen Platz, wo bärtige Männer, Weiber und Kinder um ein Feldfeuer herumlagen, und ich bemerkte nun wohl, daß ich unter einen Zigeunerhaufen geraten war. Da wurde geschlachtet, geschunden, gekocht und geschmort, alle sprachen und sangen ihr Kauderwelsch verworren durcheinander, dabei regnete und stürmte es immerfort; es war eine wahre Walpurgisnacht. Mir war recht kannibalisch wohl. Übrigens war es, außer daß sie alle ausgemachte Spitzbuben waren, eine recht gute, unterhaltende Gesellschaft. Sie gaben mir zu essen, Branntwein zu trinken, tanzten, musizierten und kümmerten sich um die ganze Welt nicht.

Mitten in dem Haufen bemerkte ich bald darauf ein altes Weib, die ich bei dem Widerscheine der Flamme nicht ohne Schreck für dieselbe Zigeunerin wiedererkannte, die mir als Kind geweissagt hatte. Ich ging zu ihr hin, sie kannte mich nicht mehr. – Von unserm letzten Zusammentreffen bei Rom wußte oder mochte sie nichts wissen. – Ich reichte ihr noch einmal die Hand hin. Sie betrachtete alle Linien sehr genau, dann sah sie mir scharf in die Augen und sagte, während sie mit seltsamen Gebärden nach allen Weltgegenden in die Luft focht: Es ist hoch an der Zeit, der Feind ist nicht mehr weit, hüte dich, hüte dich! Darauf verlor sie sich augenblicklich unter dem Haufen, und ich sah sie nicht mehr wieder. Mir wurde dabei nicht wohl zumute und die abenteuerlichen Worte gingen mir wunderlich im Kopfe herum.

Indes brachten mich die andern Gesellen wieder auf andere Gedanken. Denn sie drängten sich immer vertraulicher um mich, und erzählten mir ihre verübten Schwänke und Schalkstaten, worunter eine besonders meine Aufmerksamkeit auf sich zog. Ein junger Bursche erzählte mir nämlich, wie seine Großmutter vor vielen Jahren einmal einer reisenden, welschen Dame, die mit einem Herrn im Wirtshause übernachtete, ihr kleines Kind gestohlen habe, weil es so wunderschön aussah. Er beschrieb mir dabei alle Nebenumstände so genau, daß ich fast nicht zweifeln konnte, die reisende, welsche Dame sei niemand anders, als *Angelina* selbst gewesen. – Ich sprang auf und drang in ihn, mir die Geraubte sogleich zu zeigen. Bestürzt über meinen unerklärlichen Ungestüm, antwortete er mir: Das geraubte Fräulein wuchs teils unter uns, teils unter unsern Brüdern in einer Waldmühle auf, wo sie vor einigen Tagen plötzlich mit Mann und Maus verschwunden ist, ohne daß wir wissen, wohin? –

So war also Erwine deine Tochter! fiel hier Friedrich seinem Bruder erstaunt ins Wort. – Seit ich dieses kleine Bild hier gesehen, sagte dieser, und ihre weitere Geschichte und Namen von euch gehört habe, ist es mir gewiß. Ich habe sie später, nachdem ich schon von der Welt geschieden war, manchmal von der Mauer gesehn und gesprochen, wenn ich des Nachts an Leontins Schlosse vorbeistreifte. Aber mir war der Knabe, für den ich sie hielt, wie ihr, nur reizend als eine besondere neue Art von Narren, als von welcher mir noch keiner vorgekommen war. Denn auch ich konnte und mochte niemals etwas von ihrem früheren Leben aus ihr herauskriegen. Das gute Kind fürchtete wahrscheinlich noch immer Strafe für die unwillkürliche, schändliche Verbindung, in der sie ihre Kindheit zugebracht. – Doch, hört nun meine Geschichte völlig aus, denn das viele Plaudern ist mir schon zuwider:

Noch vor Tagesanbruch also, als wir so lagen und erzählten, kam ein junger Kerl von der Bande, der auf Kundschaft ausgeschickt worden war, mit fröhlicher Botschaft zurück, die sogleich den ganzen Haufen in Alarm brachte. Der reiche Graf, sagte er nämlich aus, wird heute abend auf dem Schlosse seinen Geburtstag feiern, da gibts was zu schmausen und zu verdienen! Es wurde sogleich beschlossen, dem Feste, auf was immer für eine Art, ungeladen beizuwohnen. Das Wetter hatte sich aufgeklärt, wir brachen daher alle schnell auf und zogen lustig über das Gebirge fort.

Gegen Abend lagerten wir uns auf einem schönen, waldigen Berge, dem gräflichen Schlosse gegenüber, das jenseits eines Stromes ebenfalls auf einer Anhöhe mit seinen Säulenportalen und seinem italienischen Dache sich recht lustig ausnahm. Wir wollten hier die Dunkelheit abwarten. Der letzte Widerschein der untergehenden Sonne flog eben wie ein Schattenspiel über die Gegend. Unten auf dem Flusse zogen mehrere aufgeschmückte Schiffe voll Herren und Damen mit bunten Tüchern und Federn lustig auf das Schloß zu, während von beiden Seiten Waldhörner weit in die Berge hinein verhallten.

Als es endlich ringsumher still und finster wurde, sahen wir, wie im Schlosse drüben ein Fenster nach dem andern erleuchtet wurde und Kronleuchter mit ihren Kreisen von Lichtern sich langsam zu drehen anfingen. Auch im Garten entstand ein Licht nach dem andern, bis auf einmal der ganze Berg mit Sternen, Bogengängen und Girlanden von buntfarbigen Glaskugeln erleuchtet, sich wie eine Feeninsel aus der Nacht hervorhob. Ich überließ meine Begleiter ihren Beratschlagungen und Kunstgriffen und begab mich allein hinüber zu dem Feste, ohne eigentlich selber zu wissen, was ich dort wollte. Von der Seite, wo ich auf dem Berge hinaufgekommen, war kein Eingang. Ich schwang mich daher auf die Mauer und sah, so da droben sitzend, in den Zaubergarten hinein, aus dem mir überall Musik entgegenschwoll. Herren und Frauen spazierten da in zierlicher Fröhlichkeit zwischen den magischen Lichtern, Klängen und schimmernden Wasserkünsten prächtig durcheinander. Auch mehrere Masken sah ich wie Geister durch den lebendigen Jubel auf und ab wandeln.

Mich faßte bei dem Anblick auf meiner Mauer oben ein blindes, wildes, unglückseliges Gelüst, mich mit hineinzumischen. Aber meine von Regen und Wind zerzauste Kleidung war wenig zu einem solchen Abenteuer eingerichtet. Da erblickte ich seitwärts durch ein offenes Fenster eine Menge verschiedener Masken in der Vorhalle des Schlosses umherliegen. Ohne mich zu besinnen, sprang ich von der Mauer herab und in das Vorhaus hinein. Eine Menge Bedienten, halb berauscht, rannten dort mit Gläsern und Tellern durcheinander, ohne mich zu bemerken oder doch weiter zu beachten. Ich zettelte daher den bunten Plunder von Masken ungestört auseinander und zog zufällig eine schwarze Rittertracht nebst Schwert und allem Zubehör hervor. Ich legte sie schnell an, nahm eine daneben liegende Larve vor und begab mich so mitten unter das Gewirre in den Glanz hinaus. Ich kam mir in der Fröhlichkeit vor wie der Böse, denn mir war nicht anders zumute als dem Zigeunerhauptmann auf dem Jahrmarkt zu Plundersweilern. Am Ende eines erleuchteten Bogenganges hörte ich auf einmal einige Damen ausrufen: Sieh da, die Frau vom Hause! Welche Perlen! Welche Juwelen! Ich sehe mich schnell um und erblicke – Angelina, die in voller Pracht ihrer Schönheit die Allee heraufkommt. – Mein mörderischer Zorn, der mich damals durch ganz Italien hin und her gehetzt hatte, war längst vorüber, denn ich war nicht mehr verliebt. Es war mir eben alles einerlei auf der Welt. Ich wandte mich daher, und wollte, ohne sie zu sprechen, in einen andern Gang herumbiegen. Wie sehr erstaunte ich aber, als Angelina mir schnell nachhüpfte und sich vertraulich in meinen Arm hing. – Kennst du mich? rief ich ganz entrüstet. – Wie sollt ich doch nicht, sagte sie scherzend, hab ich dir denn nicht selber die Halskrause zu der Maske genäht? – Ich bemerkte nun wohl, daß sie mich verkannte, konnte aber nicht wissen, für wen sie mich hielt, und ging daher stillschweigend neben ihr her.

Wir waren indes von der Gesellschaft abgekommen, die Musik schallte nur noch schwach nach, die Beleuchtung ging gar aus, von fern gewitterte es hin und wieder. Warum bist du still? sagte sie wieder. Ich weiß nicht, fuhr sie fort, ich bin heut traurig bei aller Lust, und ich könnte es auch nicht beschreiben, wie mir zumute ist. Aber ihr harten Männer achtet gar wenig darauf. – Wir kamen an eine Laube, in deren Mitte eine Gitarre auf einem Tischchen lag. Sie nahm dieselbe und fing an, ein italienisches Liedchen zu singen. Mitten in dem Liede brach sie aber wieder ab. Ach, in Italien war es doch schöner! sagte sie, und lehnte die Stirn an meine Brust. Angelina! rief ich, um sie zu ermuntern. Sie richtete sich schnell auf und lauschte dem Rufe wie einem alten, wohlbekannten Tone, auf den sie sich nicht recht besinnen konnte. – Dann sagte sie: Ich bitte dich, singe etwas, denn mir ist zum Sterben bange! Ich nahm die Gitarre und sang folgende Romanze, die mir in diesem Augenblick sehr deutlich durch den Sinn ging:

Nachts durch die stille Runde
Rauschte des Rheines Lauf,
Ein Schifflein zog im Grunde,
Ein Ritter stand darauf.

Die Blicke irre schweifen
Von seines Schiffes Rand,
Ein blutigroter Streifen
Sich um das Haupt ihm wand.

Der sprach: Da oben stehet
Ein Schlößlein überm Rhein,
Die an dem Fenster stehet:
Das ist die Liebste mein.

Sie hat mir Treu versprochen,
Bis ich gekommen sei,
Sie hat die Treu gebrochen,
Und alles ist vorbei.

Ich bemerkte hier bei dem Scheine eines Blitzes, daß Angelina heftig geweint hatte und noch fortweinte. Ich sang weiter:

Viel Hochzeitleute drehen
Sich oben laut und bunt,
Sie bleibet einsam stehen,
Und lauschet in den Grund.

Und wie sie tanzen munter,
Und Schiff und Schiffer schwand,
Stieg sie vom Schloß herunter,
Bis sie im Garten stand.

Die Spielleut musizierten,
Sie sann gar mancherlei,
Die Töne sie so rührten,
Als müßt das Herz entzwei.

Da trat ihr Bräutgam süße
Zu ihr aus stiller Nacht,
So freundlich er sie grüßte,
Daß ihr das Herze lacht.

Er sprach: Was willst du weinen,
Weil alle fröhlich sein?

Die Stern so helle scheinen,
So lustig geht der Rhein.

Das Kränzlein in den Haaren
Steht dir so wunderfein,
Wir wollen etwas fahren
Hinunter auf dem Rhein.

Zum Kahn folgt' sie behende,
Setzt' sich ganz vorne hin,
Er setzt' sich an das Ende
Und ließ das Schifflein ziehn.

Sie sprach: Die Töne kommen
Verworren durch den Wind,
Die Fenster sind verglommen,
Wir fahren so geschwind.

Was sind das für so lange
Gebirge weit und breit?
Mir wird auf einmal bange
In dieser Einsamkeit!

Und fremde Leute stehen
Auf mancher Felsenwand,
Und stehen still und sehen
So schwindlig übern Rand. –

Der Bräutgam schien so traurig
Und sprach kein einzig Wort,
Schaut in die Wellen schaurig
Und rudert immerfort.

Sie sprach: Schon seh ich Streifen
So rot im Morgen stehn,
Und Stimmen hör ich schweifen,
Am Ufer Hähne krähn.

Du siehst so still und wilde,
So bleich ist dein Gesicht,

Mir graut vor deinem Bilde –
Du bist mein Bräutgam nicht! –

Ich bitte dich um Gottes willen, unterbrach mich hier Angelina dringend, nimm die Larve ab, ich fürchte mich vor dir. – Laß das, sagte ich abwehrend, es gibt fürchterliche Gesichter, die das Herz in Stein verwandeln, wie das Haupt der Medusa. – Ich hatte fast zu viel gesagt und griff rasch wieder in die Saiten:

Da stand er auf – das Sausen
Hielt an die Flut und Wald –
Es rührt' mit Lust und Grausen
Das Herz ihr die Gestalt.

Und wie mit steinern'n Armen
Hob er sie auf voll Lust,
Drückt' ihren schönen, warmen
Leib an die eisge Brust.

Licht wurden Wald und Höhen,
Der Morgen schien blutrot,
Das Schifflein sah man gehen,
Die schöne Braut drin tot.

Kaum hatte ich noch die letzte Strophe geendigt, als Angelina mit einem lauten Schrei neben mir zu Boden fiel. Ich schaue ringsum und erblicke mein eigenes, leibhaftiges Konterfei im Eingange des Bosketts: dieselbe schwarze Rittermaske, die nämliche Größe und Gestalt. – Laß *mein Weib,* verführerisches Blendwerk der Hölle! rief die Maske außer sich, und stürzte mit blankem Schwert so wütend auf mich ein, daß ich kaum Zeit genug hatte, meinen eigenen Degen zu ziehn. Ich erstaunte über die Ähnlichkeit seiner Stimme mit der meinigen, und begriff nun, daß mich Angelina für diesen ihren Mann gehalten hatte. In der Bewegung des Gefechts war ihm indes die Larve vom Gesicht gefallen, und ich erkannte mit Grausen den fürchterlichen Unbekannten wieder, dessen Schreckbild mich durchs ganze Leben verfolgt. Mir fiel die Prophezeiung ein. Ich wich entsetzt zurück, denn er focht unbesonnen in blinder Eifersucht und ich war im Vorteil. Aber es war zu spät, denn in demselben Augenblicke rannte er sich wütend selber meine Degenspitze in die Brust und sank tot nieder.

Mein dunkler, wilder, halb unwillkürlicher Trieb war nun erfüllt. Finsterer, als die Nacht um mich, eilte ich den Garten hinab. Ein Kahn stand unten am Ufer des Stromes angebunden. Ich stieg hinein und ließ ihn den Strom hinabfahren. Die Nacht verging, die Sonne ging auf und wieder unter, ich saß und fuhr noch immerfort.

Den andern Morgen verlor sich der Strom zwischen wilden, einsamen Wäldern und Schlüften. Der Hunger trieb mich ans Land. Es war diese Gegend hier. Ich fand nach einigem Herumirren das Schloß, das ihr gesehen. Ein alter, verrückter Einsiedler wohnte damals darin, von dessen früherem Lebenslaufe ich nie etwas erfahren konnte. Es gefiel mir gar wohl in dieser Wüste und ich blieb bei ihm. Kurze Zeit darauf starb der Alte und hinterließ mir seine alten Bücher, sein verfallenes Schloß und eine Menge Goldes in den Kellern. Ich hätte nun wieder in die Welt zurückkehren können mit dem Schatze zum allgemeinen Nutzen und Vergnügen. Aber ich passe nirgends mehr in die Welt hinein. Die Welt ist ein großer, unermeßlicher Magen und braucht leichte, weiche, bewegliche Menschen, die er in seinen vielfach verschlungenen, langweiligen Kanälen verarbeiten kann. Ich tauge nicht dazu, und sie wirft solche Gesellen wieder aus, wie unverdauliches Eisen, fest, kalt, formlos und ewig unfruchtbar. –

So endigte Rudolf seine Erzählung, welche die beiden Grafen in eine nachdenkliche Stille versenkt hatte. Leontin hatte sich, als Rudolf das Schloß der Angelina beschrieb, an jenen kurzen Besuch erinnert, den er nach dem Brande mit Friedrich auf dem Schlosse der weißen Frau abgelegt, und konnte sich der Vermutung nicht erwehren, daß diese vielleicht Angelina selbst war. – Es war unterdes dunkel geworden, der Mond trat eben über den einsamen Bergen hervor. Ihr wißt nun alles, gute Nacht! sagte Rudolf schnell und ging von ihnen fort. Sie sahen ihm lange nach, wie sein langer, dunkler Schatten sich zwischen den hohen Bäumen verlor.

Als sie wieder oben auf ihrem Zimmer waren, ergriff Leontin Mariens Gitarre, die sie dort vergessen hatte, und sang über den stillen Kreis der Wälder hinaus:

Nächtlich dehnen sich die Stunden,
Unschuld schläft in stiller Bucht,
Fernab ist die Welt verschwunden,
Die das Herz in Träumen sucht.

Und der Geist tritt auf die Zinne,
Und noch stiller wirds umher,
Schauet mit dem starren Sinne
In das wesenlose Meer.

Wer ihn sah bei Wetterblicken
Stehn in seiner Rüstung blank:
Den mag nimmermehr erquicken
Reichen Lebens frischer Drang. –

Fröhlich an den öden Mauern
Schweift der Morgensonne Blick,
Da versinkt das Bild mit Schauern
Einsam in sich selbst zurück.

VIERUNDZWANZIGSTES KAPITEL

Friedrich und Leontin vermehreten nun auch den wunderlichen Haushalt auf dem alten Waldschlosse. Der unglückliche Rudolf lag gegen beide und gegen alle Welt mit Witz zu Felde, so oft er mit ihnen zusammenkam. Doch geschah dies nur selten, denn er schweifte oft tagelang allein im Walde umher, wo er sich mit sich selber oder den Rehen, die er sehr zahm zu machen gewußt, in lange Unterredungen einzulassen pflegte. Ja, es geschah gar oft, daß sie ihn in einem lebhaften und höchst komischen Gespräche mit irgend einem Felsen oder Steine überraschten, der etwa durch eine mundähnliche Öffnung oder durch eine weise vorstehende Nase eine eigene, wunderliche Physiognomie machte. Dabei bildeten die Narren, welche er auf seinen Streifzügen, die er noch bisweilen ins Land hinab machte, zusammengerafft, eine seltsame Akademie um ihn, alle ernsthaften Torheiten der Welt in fast schauerlicher und tragischer Karikatur travestierend. Jeder derselben hatte seine bestimmte Tagesarbeit im Hauswesen. Durch diese fortlaufende Beschäftigung, die Einsamkeit und reine Bergluft kamen viele von ihnen nach und nach wieder zur Vernunft, worauf sie dann Rudolf wieder in die Welt hinaussandte und gerührt auf immer von ihnen Abschied nahm.

In Friedrich entwickelte diese Abgeschiedenheit endlich die ursprüngliche, religiöse Kraft seiner Seele, die schon im Weltleben, durch gutmütiges Staunen geblendet, durch den Drang der Zeiten oft verschlagen und falsche Bahnen suchend, aus allen seinen Bestrebungen, Taten, Poesien und Irrtümern hervorleuchtete. Jetzt hatte er alle seine Pläne, Talentchen, Künste und Wissenschaften unten zurückgelassen, und las wieder die Bibel, wie er schon einmal als Kind angefangen. Da fand er Trost über die Verwirrung der Zeit, und das einzige Recht und Heil auf Erden in dem heiligen Kreuze. Er hatte endlich den phantastischen, tausendfarbigen Pilgermantel abgeworfen, und stand nun in blanker Rüstung als Kämpfer Gottes gleichsam an der Grenze zweier Welten. Wie oft, wenn er da über die Täler hinaussah, fiel er auf seine Knie und betete inbrünstig zu Gott, ihm Kraft zu verleihen, was er in der Erleuchtung erfahren, durch Wort und Tat seinen Brüdern mitzuteilen. – Leontin dagegen wurde hier oben ganz melancholisch und wehmütig, wie ihn Friedrich noch niemals gesehen. Es fehlte ihm hier alle Handhabe, das Leben anzugreifen. –

Eines Tages, da sie beide zusammen einen ihnen bis jetzt noch unbekannten Weg eingeschlagen und sich weiter als gewöhnlich von dem Schlosse verirrt hatten, kamen sie auf einmal auf einer Anhöhe zwischen den Bäumen heraus zu einer wundervollen Aussicht, die sie innigst überraschte. Mitten in der Waldeseinsamkeit stand nämlich ein Kloster auf einem Berge; hinter dem Berge lag plötzlich das Meer in seiner schauerlichen Unermeßlichkeit; von der andern Seite sah man weit in das ebene Land hinaus. Es schien eben ein Fest in dem Kloster gewesen zu sein, denn lange, bunte Züge von Wallfahrern wallten durch das Grün den Berg hinab und sangen geistliche Lieder, deren rührende Weise sich gar anmutig mit den Klängen der Abendglocken vermischte, die ihnen von dem Kloster nachhallten.

Leontin sah ihnen stillschweigend nach, bis ihr Gesang in der Ferne verhallte und die Gegend in dämmernde Stille versank. Dann nahm er die Gitarre, die hier überall seine Begleiterin war, und sang folgendes Lied:

Laß, mein Herz, das bange Trauern
Um vergangnes Erdenglück,
Ach, von dieser Felsen Mauern
Schweifet nur umsonst dein Blick!

Sind denn alle fortgegangen:
Jugend, Sang und Frühlingslust?
Lassen, scheidend, nur Verlangen
Einsam mir in meiner Brust?

Vöglein hoch in Lüften reisen,
Schiffe fahren auf der See,
Ihre Segel, ihre Weisen
Mehren nur des Herzens Weh.

Ist vorbei das bunte Ziehen,
Lustig über Berg und Kluft,
Wenn die Bilder wechselnd fliehen,
Waldhorn immer weiter ruft?

Soll die Lieb auf sonngen Matten
Nicht mehr baun ihr prächtig Zelt,
Übergolden Wald und Schatten
Und die weite, schöne Welt? –

Laß das Bangen, laß das Trauern,
Helle wieder nur den Blick!
Fern von dieser Felsen Mauern
Blüht dir noch gar manches Glück!

Beide Freunde wurden still nach dem Liede und gingen schweigend nebeneinander wieder nach dem Schlosse zurück. Die abgefallenen Blätter raschelten schon unter ihren Tritten auf dem Boden, ein herbstlicher Wind durchstrich den seufzenden Wald und verkündigte, daß die fröhliche Sommerzeit bald Abschied nehmen wolle. Sie schienen beide besonderen Gedanken und Entschlüssen nachzuhängen, die sie an jenem Platze gefaßt hatten.

Als der Mond die alten Zinnen des Schlosses beleuchtete, trat Leontin auf einmal reisefertig vor Friedrich. Ich ziehe fort, sagte er, der Winter kommt bald, mir ist, als läge das ganze Leben wie diese Felsen hier auf meiner Brust, und ein Strom von Tränen möchte aus dem tiefsten Herzen ausbrechen, um die Berge wegzuwälzen; ich muß fort, ziehe du auch mit! – Friedrich schüttelte lächelnd den Kopf, aber im Innersten war er traurig, denn er fühlte, daß sich ihr Lebenslauf nun bedeutend und vielleicht auf immer scheiden werde. Leontin zog endlich sein Pferd hervor und führte es langsam am Zügel hinter sich her, während ihm Friedrich noch eine Strecke weit das Geleite gab. Der volle Mond ging eben über dem stillen Erdkreise auf, man konnte in der Tiefe weit hinaus den Lauf der Ströme deutlich unterscheiden. Leontin war ungewöhnlich gerührt und drang nochmals in Friedrich, mit hinunterzuziehn. Du weißt nicht, was du forderst, sagte dieser ernst, locke mich nicht noch einmal hinab in die Welt, mir ist hier oben unbeschreiblich wohl, und ich bin kaum erst ruhig geworden. Dich will ich nicht halten, denn *das* muß von innen kommen, sonst tut es nicht gut. Und also ziehe mit Gott! Die beiden Freunde umarmten einander noch einmal herzlich, und Leontin war bald in der Dunkelheit verschwunden.

Ihm zogen nun bald auch Vögel, Laub, Blumen und alle Farben nach. Der alte, grämliche Winter saß melancholisch mit seiner spitzen Schneehaube auf dem Gipfel des Gebirges, zog die bunten Gardinen weg, stellte wunderlich nach allen Seiten die Kulissen der lustigen Bühne, wie in einer Rumpelkammer, auseinander und durcheinander, baute sich phantastisch blitzende Eispaläste und zerstörte sie wieder, und schüttelte unaufhörlich eisige Flocken aus seinem weiten Mantel darüber. Der stumme Wald sah aus wie die Säulen eines umgefallenen Tempels, die Erde war weiß, soweit die Blicke reichten, das Meer dunkel; es war eine unbeschreibliche Einsamkeit da droben.

Rudolfs seltsam verwildertem Gemüt war diese Zeit eben recht. Er streifte oft halbe Tage lang mitten im Sturm und Schneegestöber auf allen den alten Plätzen umher. Abends pflegte er häufig bis tief in die Nacht auf seiner Sternwarte zu sitzen und die Konjunkturen der Gestirne zu beobachten. Eine Menge alter astrologischer Bücher lag

dabei um ihn her, aus denen er verschiedenes auszeichnete und geheimnisvolle Figuren bildete.
Nach solchen Perioden machte er dann gewöhnlich wieder größere Streifzüge, manchmal bis ans Meer, wo es ihm eine eigene Lust war, ganz allein auf einem Kahne mit Lebensgefahr in die wilde, unermeßliche Einöde hinauszufahren. Bisweilen verirrte er sich auch wohl in den Tälern zu manchem einsamen Landschlosse, wenn er in der Faschingszeit die Fenster hellerleuchtet sah. Er betrachtete dann gewöhnlich draußen die Tanzenden durchs Fenster, wurde aber immer bald von den rasenden Trompeten und Geigen wieder vertrieben.
Als er einmal von so einem Zuge zurückkam, erzählte er Friedrich, er habe unten, weit von hier, einen großen Leichenzug gesehen, der sich bei Fackelschein und mit schwarzbehängten Pferden langsam über die beschneiten Felder hinbewegte. Er habe weder die Gegend, noch die Personen gekannt, die der Leiche im Wagen folgten. Aber *Leontin* sei bei dem Zuge, ohne ihn zu bemerken, an ihm vorübergesprengt. – Friedrich erschrak über diese düstere Botschaft. Aber er konnte nicht erraten, welchem alten Bekannten der Zug gegolten, da sich Rudolf weiter um nichts bekümmert hatte.
Friedrich setzte indes noch immer seine geistlichen Betrachtungen fort. Er besuchte, so oft es nur das Wetter erlaubte, das nahegelegene Kloster, das er an Leontins Abschiedstage zum ersten Male gesehen, und blieb oft wochenlang dort. Rudolf konnte er niemals bewegen, ihn zu begleiten, oder auch nur ein einziges Mal die Kirche zu besuchen. Er fand in dem Prior des Klosters einen frommen, erleuchteten Mann, der besonders auf der Kanzel in seiner Begeisterung, gleich einem Apostel, wunderbar und altertümlich erschien. Friedrich schied nie ohne Belehrung und himmlische Beruhigung von ihm, und mochte sich bald gar nicht mehr von ihm trennen. Und so bildete sich denn sein Entschluß, selber ins Kloster zu gehen, immer mehr zur Reife.

*

Der Winter war vergangen, die schöne Frühlingszeit ließ die Ströme los und schlug weit und breit ihr liebliches Reich wieder auf. Da erblickte Friedrich eines Morgens, als er eben von der Höhe schaute, unten in der Ferne zwei Reiter, die über die grünen Matten hinzogen. Sie verschwanden bald hinter den Bäumen, bald erschienen sie wieder auf einen Augenblick, bis sie Friedrich endlich in dem Walde völlig aus dem Gesichte verlor.

Er wollte nach einiger Zeit eben wieder in das Schloß zurückkehren, als die beiden Reiter plötzlich vor ihm aus dem Walde den Berg heraufkamen. Er erkannte sogleich seinen Leontin. Sein Begleiter, ein feiner, junger Jäger, sprang ebenfalls vom Pferde und kam auf ihn zu. Setzen wir uns, sagte Leontin gleich nach der ersten Begrüßung munter, ich habe dir viel zu sagen. Vor allem: kennst du *den*? Hierbei hob er dem Jäger den Hut aus der Stirne, und Friedrich erkannte mit Erstaunen die schöne Julie, die in dieser Verkleidung mit niedergeschlagenen Augen vor ihm stand. Wir sind auf einer großen Reise begriffen, sagte er darauf. Die Jungfrau Europa, die so hochherzig mit ihren ausbegreiteten Armen dastand, als wolle sie die ganze Welt umspannen, hat die alten, sinnreichen, frommen, schönen Sitten abgelegt und ist eine Metze geworden. Sie buhlt frei mit dem gesunden Menschenverstande, dem Unglauben, Gewalt und Verrat, und ihr *Herz* ist dabei besonders eingeschrumpft. – Pfui, ich habe keine Lust mehr an der Philisterin! Ich reise weit fort von hier, in einen andern Weltteil, und Julie begleitet mich. – Friedrich sah ihn bei diesen Worten groß an. – Es ist mein voller Ernst, fuhr Leontin fort, Juliens Vater ist auch gestorben und ich kann hier nicht länger mehr leben, wie ich nicht mag und darf.

Friedrich erfuhr nun auch, daß sie Land und alles, was sie hier besessen, zu Gelde gemacht, und ein eigenes Schiff bereits in der abgelegenen Bucht, die an das erwähnte Kloster stieß, bereit liege, um sie zu jeder Stunde aufzunehmen. – Er konnte, ungeachtet der schmerzlichen Trennung, nicht umhin, sich über dieses Vorhaben zu freuen, denn er wußte wohl, daß nur ein frisches, weites Leben seinen Freund erhalten könne, der hier in der allgemeinen Misere durch fruchtlose Unruhe und Bestrebung nur sich selber vernichtet hätte. Sie sprachen dort noch lange darüber. Julie saß unterdes still, mit dem einen Arme auf Leontins Knie gestützt, und sah überaus reizend aus. – Seid ihr denn getraut? fragte Friedrich Leontin leise. – Julie hatte es dessenungeachtet gehört, und wurde über und über rot.

Es wurde nun sogleich beschlossen, die Trauung noch heute in dem Kloster zu vollziehen. Man begab sich daher in das alte Schloß, die Felleisen wurden abgeschnallt und Julie mußte sich umziehen. Friedrich bereitete unterdes fröhlich alles, was sich hier schaffen ließ, zu einem lustigen Hochzeitsfeste, während Leontin, der sich in dieser Lage als feierlicher Bräutigam gar komisch vorkam, allerhand Possen machte, und die seltsamsten Anstalten traf, um das Fest recht phantastisch auszuschmücken.

Endlich erschien Julie wieder. Sie hatte ein weißes Kleid, die schönen, goldenen Haare fielen in langen Locken über den Nacken und die Schultern, man konnte sie nicht ansehen, ohne sich an irgend ein schönes, altdeutsches Bild zu erinnern. Sie bestiegen nun alle ihre Pferde und zogen so, Julie in die Mitte nehmend, auf das Kloster zu. Als sie die letzte Höhe vor demselben erreichten, wo auf einmal das Meer durch die Wälder und Hügel seinen furchtbar großen Geisterblick hinaufsandte, tat Julie einen Freudenschrei über den unerwarteten, noch nie gehabten Anblick, und sah dann den ganzen Weg über mit den großen, sinnigen Augen stumm in das wunderbare Reich, wie in eine unbekannte, gewaltige Zukunft. Die Glockenklänge von dem Klosterturme kamen ihnen wunderbar tröstend aus der unermeßlichen Aussicht entgegen.

In dem Kloster selbst war eben das Wallfahrtsfest, das alle Jahre einige Male gefeiert wurde, wiedergekehrt. Die Einsamkeit rings herum war wieder bunt belebt, eine Menge Pilger war, als sie dort ankamen, in kleinen Haufen unter den grünen Bäumen vor der Kirche gelagert, die Kirche selbst mit Blumen und grünen Reisern freundlich geschmückt. Friedrich hatte schon früher den Prior von ihrer Ankunft benachrichtigen lassen, und so wurden denn Leontin und Julie noch diesen Vormittag in der Kirche feierlich zusammengegeben.

Die Menge fremder Pilger freute sich über das fremde Paar. Nur eine hohe, junge Dame, die einen dichten Schleier über das Gesicht geschlagen hatte, lag seitwärts vor einem einsamen Altare voll Andacht auf den Knien und schien von allem, was hinter ihr in der Kirche vorging, nichts zu bemerken. Friedrich sah sie; sie kam ihm bekannt vor. – Diese einsame Gestalt, das unaufhörliche Ringen und

Brausen der Orgeltöne, der fröhliche Sonnenschein, der draußen vor der offenen Tür auf dem grünen Platze spielte, alles drang so seltsam rührend auf ihn ein, als wollte das ganze vergangene Leben noch einmal mit den ältesten Erinnerungen und langvergessenen Klängen an ihm vorübergehen, um auf immer Abschied zu nehmen. Ihm fiel dabei recht ein, wie nun auch Leontin fortreise und wahrscheinlich nie mehr wiederkomme, und eine unbeschreibliche Wehmut bemächtigte sich seiner, so daß er ins Freie hinaus mußte. Er ging draußen unter den hohen Bäumen vor der Kirche auf und ab und weinte sich herzlich aus.

Die Zeremonie war unterdes geendigt, und sie ritten wieder nach dem alten Schlosse zurück. Auf dem grünen Platze vor demselben empfing sie unter den hohen Bäumen ein reinlich gedeckter Tisch; große Blumensträuße und vielfarbiges Obst stand in silbernen Gefäßen zwischen dem golden blickenden Wein und hellgeschliffenen Gläsern, alle das fröhlich bunte Gemisch von Farben gab in dem Grün und unter blauheiterm Himmel einen frischer lockenden Schein. Man hatte, was in dem Schlosse nicht zu finden war, schnell aus dem Kloster herbeigeschafft. Rudolf ließ sich nirgends sehen. Sie aßen und tranken nun in der grünen Einsamkeit, während der Kreis der Wälder in ihre Gespräche hineinrauschte. Julie saß still in die Zukunft versenkt und schien innerlich entzückt, daß nun endlich ihr ganzes Leben in des Geliebten Gewalt gegeben sei.

So kam der Abend heran. Da sahen sie zwei Männer, die in einem lebhaften Gespräche miteinander begriffen schienen, aus dem Walde zu ihnen heraufkommen. Sie erkannten Rudolf an der Stimme. Kaum hatte ihn Julie, die schon von dem vielen Weine erhitzt war, erblickt, als sie laut aufschrie und sich furchtsam an Leontin andrückte. Es war dieselbe dunkle Gestalt, die sie aus dem Wagen bei dem Leichenzuge ihres Vaters einsam auf dem beschneiten Felde hatte stehen sehen. –

O seht, was ich da habe, rief ihnen Rudolf schon von weitem entgegen, ich habe im Walde einen Poeten gefunden, wahrhaftig, einen Poeten! Er saß unter einem Baume und schmälte laut auf die ganze Welt in schönen, gereimten Versen, daß ich bis zu Tränen lachen mußte. Gib dich zufrieden, Gevatter! sagte ich so gelind als möglich zu ihm, aber er nimmt keine Vernunft an und schimpft immerfort. – Rudolf lachte hierbei so übermäßig und aus Herzensgrunde, wie sie ihn noch niemals gesehen.

Sie hatten indes in seinem Begleiter mit Freuden den lang entbehrten Herrn *Faber* erkannt. Leontin sprang sogleich auf, ergriff ihn, und walzte mit ihm auf der Wiese herum, bis sie beide nicht mehr weiter konnten. Et tu Brute? – rief endlich Faber aus, als er wieder zu Atem gekommen war, nein, das ist zu toll, der Berg muß verzaubert sein! Unten begegne ich der kleinen Marie, ich will sie aus alter Bekanntschaft haschen und küssen, und bekomme eine Ohrfeige; weiter oben sitzt auf einer Felsenspitze eine Figur mit breitem Mantel und Krone auf dem Haupte, wie der Metallfürst, und will mir grämlich nicht den Weg weisen, ein als Ritter verkappter Phantast rennt mich fast um; dann falle ich jenem Melancholikus da in die Hände, der nicht weiß, warum er lacht; und nachdem ich mich endlich mit Lebensgefahr hinaufgearbeitet habe, seid ihr hier oben am Ende auch noch verrückt. – Das kann wohl sein, sagte Leontin lustig, denn ich bin verheiratet (hierbei küßte er Julie, die ihm die Hand auf den Mund legte) und Friedrich da, fuhr er fort, will ins Kloster gehn. Aber du weißt ja den alten Spruch: sie haben sich zu Toren gemacht vor der Welt. – Und nun sage mir nur, wie in aller Welt du uns hier aufgefunden hast?

Faber erzählte nun, daß er auf einer Wallfahrt zu dem Kloster begriffen gewesen, von dessen schöner Lage er schon viel gehört. Unterwegs habe er am Meere von Schiffsleuten vernommen, daß sich Leontin hier oben aufhalte, und daher den Berg bestiegen. – Rudolf verwandte unterdes mit komischer Aufmerksamkeit kein Auge von dem kurzen, wohlhäbigen Manne, der mit so lebhaften Gebärden sprach. Faber setzte sich zu ihnen, und sie teilten ihm nun zu seiner Verwunderung ihre Pläne mit. Rudolf war indes auch wieder still geworden und saß wie der steinerne Gast unter ihnen am Tische. Julie blickte ihn oft seitwärts an und konnte sich noch immer einer heimlichen Furcht vor ihm nicht erwehren, denn es war ihr, als verginge diesem kalten und klugen Gesichte gegenüber ihre Liebe und alles Glück ihres Lebens zu nichts.

Die Nacht war indes angebrochen, die Sterne prangten an dem heitern Himmel. Da erklang auf einmal Musik aus dem nächsten Gebüsche. Es waren Spielleute aus dem Kloster, die Leontin bestellt hatte. Rudolf stand bei den ersten Klängen auf, sah sich ärgerlich um und ging fort.

Leontin, von den plötzlichen Tönen wie im innersten Herzen erweckt, hob sein Glas hoch in die Höhe und rief: Es lebe die Freiheit! Wo? – fragte Faber, indem er selbst langsam sein Glas aufhob. – Nur nicht etwa in der Brust des Philosophen allein, erwiderte Leontin, unangenehm gestört. Diese allgemeine, natürliche, philosophische Freiheit, der jede Welt gut genug ist, um sich in ihrem Hochmute frei zu fühlen, ist mir ebenso in der Seele zuwider, als jene natürliche Religion, welcher alle Religionen einerlei sind. Ich meine jene uralte, lebendige Freiheit, die uns in großen Wäldern wie mit wehmütigen Erinnerungen anwebt, oder bei alten Burgen sich wie ein Geist auf die zerfallene Zinne stellt, der das Menschenschifflein unten wohl zufahren heißt, jene frische, ewig junge Waldesbraut, nach welcher der Jäger frühmorgens aus den Dörfern und Städten hinauszieht, und sie mit seinem Horne lockt und ruft, jener reine, kühle Lebensatem, den die Gebirgsvölker auf ihren Alpen einsaugen, daß sie nicht anders leben können, als wie es der Ehre geziemt. – Aber damit ist es nun aus. – Wenn unserer Altvordern Herzen wohl mit dreifachem Erz gewappnet waren, das vor dem rechten Strahle erklang, wie das Erz von Dodona; so sind die unsrigen nun mit sechsfacher Butter des häuslichen Glückes, des guten Geschmacks, zarter Empfindungen und edelmütiger Handlungen umgeben, durch die kein Wunderlaut bis zu der Talggrube hindurchdringt. Zieht dann von Zeit zu Zeit einmal ein wunderbarer, altfränkischer Gesell, der es noch ehrlich und ernsthaft meint, wie Don Quixote, vorüber, so sehen Herren und Damen nach der Tafel gebildet und gemächlich zu den Fenstern hinaus, stochern sich die Zähne und ergötzen sich an seinen wunderlichen Kapriolen, oder machen wohl gar auch Sonette auf ihn, und meinen, er sei eine recht *interessante* Erscheinung, wenn er nur nicht eigentlich verrückt wäre. – Das alte große Racheschwert haben sie sorglich vergraben und verschüttet, und keiner weiß den Fleck mehr, und darüber auf dem lockern Schutt bauen sie nun ihre Villen, Parks, Eremitagen und Wohnstuben, und meinen in ihrer vernünftigen Dummheit, der Plunder könne so fortbestehn. Die Wälder haben sie ausgehauen, denn sie fürchten sich vor ihnen, weil sie von der alten Zeit zu ihnen sprechen und am Ende den Ort noch verraten könnten, wo das Schwert vergraben liegt. – Leontin ergriff hierbei hastig die Gitarre, die neben ihm auf dem Rasen lag, und sang:

O könnt ich mich niederlegen
Weit in den tiefsten Wald,
Zu Häupten den guten Degen,
Der noch von den Vätern alt!

Und dürft von allem nichts spüren
In dieser dummen Zeit,
Was sie da unten hantieren,
Von Gott verlassen, zerstreut;

Von fürstlichen Taten und Werken,
Von alter Ehre und Pracht,
Und was die Seele mag stärken,
Verträumend die lange Nacht!

Denn eine Zeit wird kommen,
Da macht der Herr ein End,
Da wird den Falschen genommen
Ihr unrechtes Regiment.

Denn wie die Erze vom Hammer,
So wird das lockre Geschlecht,
Gehaun sein von Not und Jammer
Zu festem Eisen recht.

Da wird Aurora tagen
Hoch über den Wald hinauf,
Da gibts was zu siegen und schlagen,
Da wacht, ihr Getreuen, auf!

Und so, sagte er, will ich denn in dem noch unberührten Waldesgrün eines andern Weltteils Herz und Augen stärken, und mir die Ehre und die Erinnerung an die vergangene große Zeit, sowie den tiefen Schmerz über die gegenwärtige heilig bewahren, damit ich der künftigen, bessern, die wir alle hoffen, würdig bleibe, und sie mich wach und rüstig finde. Und du, fuhr er zu Julie gewendet fort, wirst du ganz ein Weib sein, und, wie Shakespeare sagt, dich dem Triebe hingeben, der dich zügellos ergreift und dahin oder dorthin reißt, oder wirst du immer Mut genug haben, dein Leben etwas Höherem unterzuordnen? Und dämmert endlich die Zeit heran, die mich Gott erleben lasse! wirst du fröhlich sagen können: Ziehe hin! denn was du willst und sollst, ist mehr wert, als dein und mein Leben? – Julie nahm ihm fröhlich die Gitarre aus der Hand und antwortete mit folgender Romanze:

Von der deutschen Jungfrau

Es stand ein Fräulein auf dem Schloß,
Erschlagen war im Streit ihr Roß,
Schnob wie ein See die finstre Nacht,
Wollt überschrein die wilde Schlacht.

Im Tal die Brüder lagen tot,
Es brannt die Burg so blutigrot,
In Lohen stand sie auf der Wand,
Hielt hoch die Fahne in der Hand.

Da kam ein römscher Rittersmann,
Der ritt keck an die Burg hinan
Es blitzt sein Helm gar mannigfach,
Der schöne Ritter also sprach:

Jungfrau, komm in die Arme mein!
Sollst deines Siegers Herrin sein.
Will baun dir einen Palast schön,
In prächtgen Kleidern sollst du gehn.

Es tun dein Augen mir Gewalt,
Kann nicht mehr fort aus diesem Wald,

Aus wilder Flammen Spiel und Graus
Trag ich mir meine Braut nach Haus!

Der Ritter ließ sein weißes Roß,
Stieg durch den Brand hinauf ins Schloß,
Viel Knecht ihm waren da zur Hand,
Zu holen das Fräulein von der Wand.

Das Fräulein stieß die Knecht hinab,
Den Liebsten auch ins heiße Grab,
Sie selbst dann in die Flammen sprang,
Über ihnen die Burg zusammensank.

Faber brach, als sie geendigt hatte, einen Eichenzweig von einem herabhängenden Aste, bog ihn schnell zu einem Kranze zusammen und überreichte ihr denselben, indem er mit altritterlicher Galanterie vor ihr hinkniete. Julie drückte den Kranz mit seinen frischgrünen, vollen Blättern lächelnd in ihre blonden Locken über die ernsten, großen Augen, und sah so wirklich dem Bilde nicht unähnlich, das sie besungen. –

Es ist seltsam, sagte Faber darauf, wie sich unser Gespräch nach und nach beinahe in einen Wechselgesang aufgelöst hat. Der weite, gestirnte Himmel, das Rauschen der Wälder ringsumher, der innere Reichtum und die überschwengliche Wonne, mit welcher neue Entschlüsse uns jederzeit erfüllen, alles kommt zusammen; es ist, als hörte die Seele in der Ferne unaufhörlich eine große, himmlische Melodie, wie von einem unbekannten Strome, der durch die Welt zieht, und so werden am Ende auch die Worte unwillkürlich melodisch, als wollten sie jenen wunderbaren Strom erreichen und mitziehen. So fällt auch mir jetzt ein Sonett ein, das euch am besten erklären mag, was ich von Leontins Vorhaben halte. Er sprach:

In Wind verfliegen sah ich, was wir klagen,
Erbärmlich Volk um falscher Götzen Thronen,
Wen'ger Gedanken, deutschen Landes Kronen,
Wie Felsen aus dem Jammer einsam ragen.

Da mocht ich länger nicht nach euch mehr fragen,
Der Wald empfing, wie rauschend! den Entflohnen,

In Burgen alt, an Stromeskühle wohnen,
Wollt ich auf Bergen bei den alten Sagen.

Da hört ich Strom und Wald dort so mich tadeln:
Was willst, Lebendger du, hier überm Leben,
Einsam verwildernd in den eignen Tönen?

Es soll im Kampfe der rechte Schmerz sich adeln,
Den deutschen Ruhm aus der Verwüstung heben,
Das will der alte Gott von seinen Söhnen!

Friedrich sagte: Es ist wahr, wovon Ihr Sonett da spricht, und doch billige ich Leontins Plan vollkommen. Denn wer, von Natur ungestüm, sich berufen fühlt, in das Räderwerk des Weltganges *unmittelbar* mit einzugreifen, der mag von hier flüchten, so weit er kann. Es ist noch nicht an der Zeit, zu bauen, solange die Backsteine, noch weich und unreif, unter den Händen zerfließen. Mir scheint in diesem Elend, wie immer, keine andere Hülfe, als die *Religion*. Denn wo ist in dem Schwalle von Poesie, Andacht, Deutschheit, Tugend und Vaterländerei, die jetzt, wie bei der babylonischen Sprachverwirrung, schwankend hin und her summen, ein sicherer Mittelpunkt, aus welchem alles dieses zu einem klaren Verständnis, zu einem lebendigen Ganzen gelangen könnte? Wenn das Geschlecht vor der Hand einmal alle seine irdischen Sorgen, Mühen und fruchtlosen Versuche, der Zeit wieder auf die Beine zu helfen, vergessen und wie ein Kleid abstreifen, und sich dafür mit voller, siegreicher Gewalt zu Gott wenden wollte, wenn die Gemüter auf solche Weise von den göttlichen Wahrheiten der Religion lange vorbereitet, erweitert, gereinigt und wahrhaft durchdrungen würden, daß der Geist Gottes und das Große im öffentlichen Leben wieder Raum in ihnen gewönne, dann erst wird es Zeit sein, unmittelbar zu handeln, und das alte Recht, die alte Freiheit, Ehre und Ruhm in das wiedereroberte Reich zurückzuführen. Und in dieser Gesinnung bleibe ich in Deutschland und wähle mir das Kreuz zum Schwerte. Denn, wahrlich, wie man sonst Missionarien unter Kannibalen aussandte, so tut es jetzt viel mehr not in Europa, dem *ausgebildeten* Heidensitze.

Faber kam aus tiefen Gedanken zurück, als Friedrich ausgeredet hatte. Wie Ihr da so sprecht, sagte er, ist mir gar seltsam zumute. War mir doch, als verschwände dabei die Poesie und alle Kunst wie in der fernsten Ferne, und ich hätte mein Leben an eine reizende Spielerei verloren. Denn das Haschen der Poesie nach außen, das geistige Verarbeiten und Bekümmern um das, was eben vorgeht, das Ringen und Abarbeiten an der Zeit, so groß und lobenswert als Gesinnung, ist doch immer unkünstlerisch. Die Poesie mag wohl Wurzel schlagen in *demselben* Boden der Religion und Nationalität, aber unbekümmert, bloß um ihrer himmlischen Schönheit willen, als Wunderblume zu uns heraufwachsen. Sie will und soll zu nichts *brauchbar* sein. Aber das versteht Ihr nicht und macht mich nur irre. Ein fröhlicher Künstler mag sich vor Euch hüten. Denn wer die Gegenwart aufgibt, wie Friedrich, wem die frische Lust am Leben und seinem überschwenglichen Reichtume gebrochen ist, mit dessen Poesie ist es aus. Er ist wie ein Maler ohne Farben.

Friedrich, den die Zurückrufung der großen Bilder seiner Hoffnungen innerlichst fröhlich gemacht hatte, nahm statt aller Antwort die Gitarre, und sang nach einer alten, schlichten Melodie:

Wo treues Wollen, redlich Streben
Und rechten Sinn der Rechte spürt,
Das muß die Seele ihm erheben,
Das hat mich jedesmal gerührt.

Das Reich des Glaubens ist geendet,
Zerstört die alte Herrlichkeit,
Die Schönheit weinend abgewendet,
So gnadenlos ist unsre Zeit.

O Einfalt gut in frommen Herzen,
Du züchtig schöne Gottesbraut!
Dich schlugen sie mit frechen Scherzen,
Weil dir vor ihrer Klugheit graut.

Wo findst du nun ein Haus, vertrieben,
Wo man dir deine Wunder läßt,
Das treue Tun, das schöne Lieben,
Des Lebens fromm vergnüglich Fest?

Wo findest du den alten Garten,
Dein Spielzeug, wunderbares Kind,
Der Sterne heilge Redensarten,
Das Morgenrot, den frischen Wind?

Wie hat die Sonne schön geschienen!
Nun ist so alt und schwach die Zeit;
Wie stehst so jung du unter ihnen,
Wie wird mein Herz mir stark und weit!

Der Dichter kann nicht mit verarmen;
Wenn alles um ihn her zerfällt,
Hebt ihn ein göttliches Erbarmen –
Der Dichter ist das Herz der Welt.

Den blöden Willen aller Wesen,
Im Irdischen des Herren Spur,
Soll er durch Liebeskraft erlösen,
Der schöne Liebling der Natur.

Drum hat ihm Gott das Wort gegeben,
Das kühn das Dunkelste benennt,
Den frommen Ernst im reichen Leben,
Die Freudigkeit, die keiner kennt.

Da soll er singen frei auf Erden,
In Lust und Not auf Gott vertraun,
Daß aller Herzen freier werden,
Eratmend in die Klänge schaun.

Der Ehre sei er recht zum Horte,
Der Schande leucht er ins Gesicht!
Viel Wunderkraft ist in dem Worte,
Das hell aus reinem Herzen bricht.

Vor Eitelkeit soll er vor allen
Streng hüten sein unschuldges Herz,
Im Falschen nimmer sich gefallen,
Um eitel Witz und blanken Scherz.

O laßt unedle Mühe fahren,
O klinget, gleißt und spielet nicht
Mit Licht und Gnad, so ihr erfahren,
Zur Sünde macht ihr das Gedicht!

Den lieben Gott laß in dir walten,
Aus frischer Brust nur treulich sing!
Was wahr in dir, wird sich gestalten,
Das andre ist erbärmlich Ding. –

Den Morgen seh ich ferne scheinen,
Die Ströme ziehn im grünen Grund,
Mir ist so wohl! – die's ehrlich meinen,
Die grüß ich all aus Herzensgrund!

Faber reichte Friedrich, der die Gitarre wieder weglegte, die Hand zur Versöhnung. – Der Morgen warf unterdes wirklich schon vom Meere her ungewisse Scheine über den dämmernden Himmel, hin und wieder erwachten schon frühe Vögel im Walde, alle Wipfel fingen an sich frischer zu rühren. Da sprang Leontin fröhlich mitten auf den Tisch, hob sein Glas hoch in die Höh und sang:

Kühle auf dem schönen Rheine
Fuhren wir vereinte Brüder,
Tranken von dem goldnen Weine,
Singend gute deutsche Lieder.
Was uns dort erfüllt' die Brust,
Sollen wir halten,
Niemals erkalten,
Und vollbringen treu mit Lust!
Und so wollen wir uns teilen,
Eines Fels verschiedne Quellen,
Bleiben so auf hundert Meilen
Ewig redliche Gesellen!

Alle stießen freudig mit ihren Gläsern an, und Leontin sprang wieder vom Tische herab. Denn soeben sahen sie Rudolf, unter beiden Armen schwer bepackt, aus der Burg auf sie zukommen. Lustig! lustig! rief er, als er den gläserklirrenden Jubel sah, frisch, spielt auf, Flöten und Geigen! Da habt ihr Gold! Hierbei warf er zwei große Geldsäcke vor ihnen auf die Erde, daß die Goldstücke nach allen Seiten in das Gras hervorrollten. – Das ist ein lustiges Metall, fuhr er fort, wie es in die fröhliche, unschuldige Welt hinaushüpft und rollt, mit den verwunderten Gräsern funkelnd spielt und mit dunkelroten, irren Flammen zuckt, liebäugelnd, klingend und lockend! Verfluchter unterirdischer, rotäugiger Lügengeist, der niemals hält, was er verspricht! Da, nehmt alles, greift zu! Kauft Ehre, kauft Liebe, kauft Ruhm, Lust und alles Ergötzen der Erde, seid immer satt und immer wieder durstiger bis ans Grab, und wenn ihr einmal fröhlich und zufrieden werdet, so mögt ihr mir danken. –

Alle sahen ihn erstaunt an. Faber sagte: Ich achte das Geld nur, wenn ich es brauche. Aber Dichter brauchen immer Geld. Und hiermit packte er ruhig seine Taschen voll, so daß er mit dem aufgeschwollnen Rocke sehr lächerlich anzusehen war.

Rudolf nahm hierauf kurzen Abschied von allen und wandte sich wieder nach seinem Schlosse zurück. Friedrich eilte ihm nach, er wollte ihn so nicht gehn lassen. Da kehrte er sich noch einmal zu ihm. Du willst ins Kloster? fragte er ihn, und blieb stehn. Ja, sagte Friedrich, und hielt seine Hand fest, und was willst du nun künftig beginnen? – Nichts – war Rudolfs Antwort. – Ich bitte dich, sagte Friedrich, versenke dich nicht so fürchterlich in dich selbst. Dort findest du nimmermehr Trost. Du gehst niemals in die Kirche. – In mir, erwiderte Rudolf, ist es wie ein unabsehbarer Abgrund, und alles still. – Friedrich glaubte dabei zu bemerken, daß er heimlich im Innersten bewegt war. – O könnt ich alles Große wecken, fuhr er dringender fort, was in dir verzweifelt und gebunden ringt! Hast du doch selber erzählt, daß dich alle wissenschaftliche Philosophie nicht befriedigte, daß du darin Gott und dich nie erkanntest. So wende dich denn zur Religion zurück, wo Gott selber unmittelbar zu dir spricht, dich stärkt, belehrt und tröstet! – Du meinst es gut, sagte Rudolf finster, aber das ist es eben in mir: ich kann nicht glauben. Und da mich denn der Himmel nicht mag, so will ich mich der Magie ergeben. Ich gehe nach Ägypten, dem Lande der alten Wunder. – Hiermit drückte er seinem Bruder schnell die Hand und ging mit großen Schritten in den Wald hinein. Sie sahen ihn nicht mehr wieder.

Lange blickten sie ihm nach und bedauerten den unglücklich Verwirrten, als ein Schiffer kam, um Leontin an die Abfahrt zu mahnen, indem soeben ein günstiger Wind vom Lande trieb. Alle sahen einander stillschweigend an und schienen erschrocken, da nun der Augenblick wirklich da war, den sie selber lange vorbereitet hatten. Der Schiffer übernahm das wenige Gepäck, und sie machten sich sogleich auf den Weg nach dem Meere. Friedrich begleitete sie. Langsam rückten Berge und Wälder bei jedem Schritte immer weiter hinter ihnen zurück, das Meer rollte sich vor ihren Blicken auseinander.

Friedrich sagte unterwegs: Mir scheint unsre Zeit dieser weiten, ungewissen Dämmerung zu gleichen! Licht und Schatten ringen noch ungeschieden in wunderbaren Massen gewaltig miteinander, dunkle Wolken ziehn verhängnisschwer dazwischen, ungewiß, ob sie Tod oder Segen führen, die Welt liegt unten in weiter, dumpf stiller Erwartung. Kometen und wunderbare Himmelszeichen zeigen sich wieder, Gespenster wandeln wieder durch unsre Nächte, fabelhafte Sirenen selber tauchen, wie vor nahen Gewittern, von neuem über den Meeresspiegel und singen, alles weist mit blutigem Finger warnend auf ein großes, unvermeidliches Unglück hin. *Unsere* Jugend erfreut kein sorglos leichtes Spiel, keine fröhliche Ruhe, wie unsere Väter, uns hat frühe der Ernst des Lebens gefaßt. Im Kampfe sind wir geboren, und im Kampfe werden wir, überwunden oder triumphierend, untergehn. Denn aus dem Zauberrauche unsrer Bildung wird sich ein Kriegsgespenst gestalten, geharnischt, mit bleichem Totengesicht und blutigen Haaren; wessen Auge in der Einsamkeit geübt, der sieht schon jetzt in den wunderbaren Verschlingungen des Dampfes die Lineamente dazu aufringen und sich leise formieren. Verloren ist, wen die Zeit unvorbereitet und unbewaffnet trifft; und wie mancher, der weich und aufgelegt zur Lust und fröhlichem Dichten, sich so gern mit der Welt vertrüge, wird, wie Prinz Hamlet, zu sich selber sagen: Weh, daß ich zur Welt, sie einzurichten, kam! Denn aus ihren Fugen wird sie noch einmal kommen, ein unerhörter Kampf zwischen Altem und Neuem beginnen, die Leidenschaften, die jetzt verkappt schleichen, werden die Larven wegwerfen, und flammender Wahnsinn sich mit Brandfackeln in die Verwirrung stürzen, als wäre die Hölle losgelassen, Recht und Unrecht, beide Parteien, in blinder Wut einander verwechseln. – Wunder werden zuletzt geschehen, um der Gerechten willen, bis endlich die neue und doch ewig alte Sonne durch die Greuel bricht, die Donner rollen nur noch fernab an den Bergen, die weiße Taube kommt durch die blaue Luft geflogen, und die Erde hebt sich verweint, wie eine befreite Schöne, in neuer Glorie empor. – O Leontin! wer von uns wird das erleben! –

Sie waren unterdes ans Gestade gekommen. Leontin umarmte hierauf noch einmal die Freunde, Friedrich küßte Julie auf die Stirn, und die drei bestiegen ihr Schiff. Faber ritt landeinwärts fort. Friedrich kehrte ins Kloster zurück, um es niemals mehr zu verlassen.

Als er in die Kirche eintrat, fand er dort noch alles leer und still. Nur einige fromme Pilger waren noch hin und her in den Bänken zerstreut. Auch die hohe, verschleierte Dame von gestern bemerkte er wieder unter ihnen. Er kniete vor einen Altar und betete. Als er wieder aufstand und sich umwandte, wobei ihm durch ein offenes Fenster die Morgenhelle gerade auf Brust und Gesicht fiel, sank plötzlich die Dame ohnmächtig auf den Boden nieder. Mehrere Bediente sprangen herbei und brachten sie vor die Tür, wo ein Wagen ihrer zu warten schien. – Es war Rosa.

Friedrich hatte nichts mehr davon bemerkt. Beruhigt und glückselig war er in den stillen Klostergarten hinausgetreten. Da sah er noch, wie von der einen Seite Faber zwischen Strömen, Weinbergen und blühenden Gärten in das blitzende, buntbewegte Leben hinauszog, von der andern Seite sah er Leontins Schiff mit seinem weißen Segel auf der fernsten Höhe des Meeres zwischen Himmel und Wasser verschwinden. Die Sonne ging eben prächtig auf.

ERZÄHLUNGEN

AUS DEM LEBEN EINES TAUGENICHTS

ERSTES KAPITEL

Das Rad an meines Vaters Mühle brauste und rauschte schon wieder recht lustig, der Schnee tröpfelte emsig vom Dache, die Sperlinge zwitscherten und tummelten sich dazwischen; ich saß auf der Türschwelle und wischte mir den Schlaf aus den Augen; mir war so recht wohl in dem warmen Sonnenscheine. Da trat der Vater aus dem Hause; er hatte schon seit Tagesanbruch in der Mühle rumort und die Schlafmütze schief auf dem Kopfe, der sagte zu mir: Du Taugenichts! da sonnst du dich schon wieder und dehnst und reckst dir die Knochen müde und läßt mich alle Arbeit allein tun. Ich kann dich hier nicht länger füttern. Der Frühling ist vor der Tür, geh auch einmal hinaus in die Welt und erwirb dir selber dein Brot. – Nun, sagte ich, wenn ich ein Taugenichts bin, so ists gut, so will ich in die Welt gehn und mein Glück machen. Und eigentlich war mir das recht lieb, denn es war mir kurz vorher selber eingefallen, auf Reisen zu gehn, da ich die Goldammer, welche im Herbst und Winter immer betrübt an unserm Fenster sang: Bauer, miet mich, Bauer, miet mich! nun in der schönen Frühlingszeit wieder ganz stolz und lustig vom Baume rufen hörte: Bauer, behalt deinen Dienst! – Ich ging also in das Haus hinein und holte meine Geige, die ich recht artig spielte, von der Wand, mein Vater gab mir noch einige Groschen mit auf den Weg, und so schlenderte ich durch das lange Dorf hinaus. Ich hatte recht meine heimliche Freude, als ich da alle meine alten Bekannten und Kameraden rechts und links, wie gestern und vorgestern und immerdar, zur Arbeit hinausziehen, graben und pflügen sah, während ich so in die freie Welt hinausstrich. Ich rief den armen Leuten nach allen Seiten recht stolz und zufrieden Adjes zu, aber es kümmerte sich eben keiner sehr darum. Mir war es wie ein ewiger Sonntag im Gemüte. Und als ich endlich ins freie Feld hinauskam, da nahm ich meine liebe Geige vor und spielte und sang, auf der Landstraße fortgehend:

Wem Gott will rechte Gunst erweisen,
Den schickt er in die weite Welt,
Dem will er seine Wunder weisen
In Berg und Wald und Strom und Feld.

Die Trägen, die zu Hause liegen,
Erquicket nicht das Morgenrot,
Sie wissen nur vom Kinderwiegen,
Von Sorgen, Last und Not um Brot.

Die Bächlein von den Bergen springen,
Die Lerchen schwirren hoch vor Lust,
Was sollt ich nicht mit ihnen singen
Aus voller Kehl und frischer Brust?

Den lieben Gott laß ich nur walten;
Der Bächlein, Lerchen, Wald und Feld
Und Erd und Himmel will erhalten,
Hat auch mein Sach aufs best bestellt!

Indem, wie ich mich so umsehe, kömmt ein köstlicher Reisewagen ganz nahe an mich heran, der mochte wohl schon einige Zeit hinter mir drein gefahren sein, ohne daß ich es merkte, weil mein Herz so voller Klang war, denn es ging ganz langsam, und zwei vornehme Damen steckten die Köpfe aus dem Wagen und hörten mir zu. Die eine war besonders schön und jünger als die andere, aber eigentlich gefielen sie mir alle beide. Als ich nun aufhörte zu singen, ließ die ältere still halten und redete mich holdselig an: Ei, lustiger Gesell, Er weiß ja recht hübsche Lieder zu singen. Ich nicht zu faul dagegen: Ew. Gnaden aufzuwarten, wüßt ich noch viel schönere. Darauf fragte sie mich wieder: Wohin wandert Er denn schon so am frühen Morgen? Da schämte ich mich, daß ich das selber nicht wußte, und sagte dreist: Nach Wien; nun sprachen beide miteinander in einer fremden Sprache, die ich nicht verstand. Die jüngere schüttelte einigemal mit dem Kopfe, die andere lachte aber in einem fort und rief mir endlich zu: Spring Er nur hinten mit auf, wir fahren auch nach Wien. Wer war froher als ich! Ich machte eine Reverenz und war mit einem Sprunge hinter dem Wagen, der Kutscher knallte und wir flogen über die glänzende Straße fort, daß mir der Wind am Hute pfiff. Hinter mir gingen nun Dorf, Gärten und Kirchtürme unter, vor mir neue Dörfer, Schlösser und Berge auf; unter mir Saaten, Büsche und Wiesen bunt vorüberfliegend, über mir unzählige Lerchen in der klaren blauen Luft – ich schämte mich, laut zu schreien, aber innerlichst jauchzte ich und strampelte und tanzte auf dem Wagentritt herum, daß ich bald meine Geige verloren hätte, die ich unterm Arme hielt. Wie aber dann die Sonne immer höher stieg, rings am Horizont schwere weiße Mittagswolken aufstiegen und alles in der Luft und auf der weiten Fläche so leer und schwül und still wurde über den leise wogenden Kornfeldern, da fiel mir erst wieder mein Dorf ein und mein Vater und unsere Mühle, wie es da so heimlich kühl war an dem schattigen Weiher, und daß nun alles so weit, weit hinter mir lag. Mir war dabei so kurios zumute, als müßt ich wieder umkehren; ich steckte meine Geige zwischen Rock und Weste, setzte mich voller Gedanken auf den Wagentritt hin und schlief ein.

Als ich die Augen aufschlug, stand der Wagen still unter hohen Lindenbäumen, hinter denen eine breite Treppe zwischen Säulen in ein prächtiges Schloß führte. Seitwärts durch die Bäume sah ich die Türme von Wien. Die Damen waren, wie es schien, längst ausgestiegen, die Pferde abgespannt. Ich erschrak sehr, da ich auf einmal so allein saß, und sprang geschwind in das Schloß hinein, da hörte ich von oben aus dem Fenster lachen.

In diesem Schlosse ging es mir wunderlich. Zuerst, wie ich mich in der weiten kühlen Vorhalle umschaue, klopft mir jemand mit dem Stocke auf die Schulter. Ich kehre mich schnell um, da steht ein großer Herr in Staatskleidern, ein breites Bandelier von Gold und Seide bis an die Hüften übergehängt, mit einem oben versilberten Stabe in der Hand, und einer außerordentlich langen gebogenen kurfürstlichen Nase im Gesicht, breit und prächtig wie ein aufgeblasener Puter, der mich fragt, was ich hier will. Ich war ganz verblüfft und konnte vor Schreck und Erstaunen nichts hervorbringen. Darauf kamen mehrere Bediente die Treppe herauf und herunter gerannt, die sagten gar nichts, sondern sahen mich nur von oben bis unten an. Sodann kam eine Kammerjungfer (wie ich nachher hörte) gerade auf mich los und sagte: ich wäre ein scharmanter Junge, und die gnädigste Herrschaft ließe mich fragen, ob ich hier als Gärtnerbursche dienen wollte? – Ich griff nach der Weste; meine paar Groschen, weiß Gott, sie müssen beim Herumtanzen auf dem Wagen aus der Tasche gesprungen sein, waren weg, ich hatte nichts als mein Geigenspiel, für das mir überdies auch der Herr mit dem Stabe, wie er mir im Vorbeigehn sagte, nicht einen Heller geben wollte. Ich sagte daher in meiner Herzensangst zu der Kammerjungfer: Ja; noch immer die Augen von der Seite auf die unheimliche Gestalt gerichtet, die immerfort wie der Perpendikel einer Turmuhr in der Halle auf und ab wandelte und eben wieder majestätisch und schauerlich aus dem Hintergrunde heraufgezogen kam. Zuletzt kam endlich der Gärtner, brummte was von Gesindel und Bauerlümmel unterm Bart und führte mich nach dem Garten, während er mir unterwegs noch eine lange Predigt hielt: wie ich nur fein nüchtern und arbeitsam sein, nicht in der Welt herumvagieren, keine brotlosen Künste und unnützes Zeug treiben solle, da könnt ich es mit der Zeit auch einmal zu was Rechtem bringen. – Es waren noch mehr sehr hübsche, gutgesetzte, nützliche Lehren, ich habe nur seitdem fast alles wieder vergessen. Überhaupt weiß ich eigentlich gar nicht recht, wie doch alles so gekommen war, ich sagte nur immerfort zu allem: Ja, – denn mir war wie einem Vogel, dem die Flügel begossen worden sind. – So war ich denn, Gott sei Dank, im Brote. –

In dem Garten war schön leben, ich hatte täglich mein warmes Essen vollauf, und mehr Geld, als ich zum Weine brauchte, nur hatte ich leider ziemlich viel zu tun. Auch die Tempel, Lauben und schönen grünen Gänge, das gefiel mir alles recht gut, wenn ich nur hätte ruhig drin herumspazieren können und vernünftig diskurieren, wie die Herren und Damen, die alle Tage dahin kamen. Sooft der Gärtner fort und ich allein war, zog ich sogleich mein kurzes Tabakspfeifchen heraus, setzte mich hin und sann auf schöne höfliche Redensarten, wie ich die eine junge schöne Dame, die mich in das Schloß mitbrachte, unterhalten wollte, wenn ich ein Kavalier wäre und mit ihr hier herumginge. Oder ich legte mich an schwülen Nachmittagen

auf den Rücken hin, wenn alles so still war, daß man nur die Bienen sumsen hörte, und sah zu, wie über mir die Wolken nach meinem Dorfe zuflogen und die Gräser und Blumen sich hin und her bewegten, und gedachte an die Dame, und da geschah es denn oft, daß die schöne Frau mit der Gitarre oder einem Buche in der Ferne wirklich durch den Garten zog, so still, groß und freundlich wie ein Engelsbild, so daß ich nicht recht wußte, ob ich träumte oder wachte.
So sang ich auch einmal, wie ich eben bei einem Lusthause zur Arbeit vorbeiging, für mich hin:

Wohin ich geh und schaue,
In Feld und Wald und Tal
Vom Berg ins Himmelblaue,
Vielschöne gnädge Fraue,
Grüß ich dich tausendmal.

Da seh ich aus dem dunkelkühlen Lusthause zwischen den halbgeöffneten Jalousien und Blumen, die dort standen, zwei schöne, junge, frische Augen hervorfunkeln. Ich war ganz erschrocken, ich sang das Lied nicht aus, sondern ging, ohne mich umzusehen, fort an die Arbeit.
Abends, es war gerade an einem Sonnabend, und ich stand eben in der Vorfreude kommenden Sonntags mit der Geige im Gartenhause am Fenster und dachte noch an die funkelnden Augen, da kommt auf einmal die Kammerjungfer durch die Dämmerung dahergestrichen. Da schickt Euch die vielschöne gnädige Frau was, das sollt Ihr auf ihre Gesundheit trinken. Eine gute Nacht auch! Damit setzte sie mir fix eine Flasche Wein aufs Fenster und war sogleich wieder zwischen den Blumen und Hecken verschwunden, wie eine Eidechse. Ich aber stand noch lange vor der wundersamen Flasche und wußte nicht, wie mir geschehen war. – Und hatte ich vorher lustig die Geige gestrichen, so spielt und sang ich jetzt erst recht und sang das Lied von der schönen Frau ganz aus und alle meine Lieder, die ich nur wußte, bis alle Nachtigallen draußen erwachten und Mond und Sterne schon lange über dem Garten standen. Ja, das war einmal eine gute schöne Nacht!
Es wird keinem an der Wiege gesungen, was künftig aus ihm wird,

eine blinde Henne findet manchmal auch ein Korn, wer zuletzt lacht, lacht am besten, unverhofft kommt oft, der Mensch denkt und Gott lenkt, so meditiert ich, als ich am folgenden Tage wieder mit meiner Pfeife im Garten saß und es mir dabei, da ich so aufmerksam an mir herunter sah, fast vorkommen wollte, als wäre ich doch eigentlich ein rechter Lump. – Ich stand nunmehr, ganz wider meine sonstige Gewohnheit, alle Tage sehr zeitig auf, eh sich noch der Gärtner und die andern Arbeiter rührten. Da war es so wunderschön draußen im Garten. Die Blumen, die Springbrunnen, die Rosenbüsche und der ganze Garten funkelten von der Morgensonne wie lauter Gold und Edelstein. Und in den hohen Buchenalleen, da war es noch so still, kühl und andächtig, wie in einer Kirche, nur die Vögel flatterten und pickten auf dem Sande. Gleich vor dem Schlosse, gerade unter den Fenstern, wo die schöne Frau wohnte, war ein blühender Strauch. Dorthin ging ich dann immer am frühesten Morgen und duckte mich hinter die Äste, um so nach den Fenstern zu sehen, denn mich im Freien zu produzieren hatt' ich keine Courage. Da sah ich nun allemal die allerschönste Dame noch heiß und halb verschlafen im schneeweißen Kleide an das offene Fenster hervortreten. Bald flocht sie sich die dunkelbraunen Haare und ließ dabei die anmutig spielenden Augen über Busch und Garten ergehen, bald bog und band sie die Blumen, die vor ihrem Fenster standen, oder sie nahm auch die Gitarre in den weißen Arm und sang dazu so wundersam über den Garten hinaus, daß sich mir noch das Herz umwenden will vor Wehmut, wenn mir eins von den Liedern bisweilen einfällt – und ach, das alles ist schon lange her!

So dauerte das wohl über eine Woche. Aber das eine Mal, sie stand gerade wieder am Fenster und alles war stille ringsumher, fliegt mir eine fatale Fliege in die Nase und ich gebe mich an ein erschreckliches Niesen, das gar nicht enden will. Sie legt sich weit zum Fenster hinaus und sieht mich Ärmsten hinter dem Strauche lauschen. – Nun schämte ich mich und kam viele Tage nicht hin.

Endlich wagte ich es wieder, aber das Fenster blieb diesmal zu, ich saß vier, fünf, sechs Morgen hinter dem Strauche, aber sie kam nicht wieder ans Fenster. Da wurde mir die Zeit lang, ich faßte mir ein Herz und ging nun alle Morgen frank und frei längs dem Schlosse unter allen Fenstern hin. Aber die liebe schöne Frau blieb immer und immer aus. Eine Strecke weiter sah ich dann immer die andere Dame am Fenster stehen. Ich hatte sie sonst so genau noch niemals gesehen. Sie war wahrhaftig recht schön rot und dick und gar prächtig und hoffärtig anzusehn, wie eine Tulipane. Ich machte ihr immer ein tiefes Kompliment, und, ich kann nicht anders sagen, sie dankte mir jedesmal und nickte und blinzelte mit den Augen dazu ganz außerordentlich höflich. – Nur ein einziges Mal glaub ich gesehn zu haben, daß auch die Schöne an ihrem Fenster hinter der Gardine stand und versteckt hervorguckte. –

Viele Tage gingen jedoch ins Land, ohne daß ich sie sah. Sie kam nicht mehr in den Garten, sie kam nicht mehr ans Fenster. Der Gärtner schalt mich einen faulen Bengel, ich war verdrüßlich, meine eigene Nasenspitze war mir im Wege, wenn ich in Gottes freie Welt hinaussah.

So lag ich eines Sonntags nachmittag im Garten und ärgerte mich, wie ich so in die blauen Wolken meiner Tabakspfeife hinaussah, daß ich mich nicht auf ein anderes Handwerk gelegt und mich also morgen nicht auch wenigstens auf einen blauen Montag zu freuen hätte. Die andern Burschen waren indes alle wohlausstaffiert nach den Tanzböden in der nahen Vorstadt hinausgezogen. Da wallte und wogte alles im Sonntagsputze in der warmen Luft zwischen den lichten Häusern und wandernden Leierkasten schwärmend hin und zurück. Ich aber saß wie eine Rohrdommel im Schilfe eines einsamen Weihers im Garten und schaukelte mich auf dem Kahne, der dort angebunden war, während die Vesperglocken aus der Stadt über den Garten herüberschallten und die Schwäne auf dem Wasser langsam neben mir hin und her zogen. Mir war zum Sterben bange. – Währenddes hörte ich von weitem allerlei Stimmen, lustiges Durcheinandersprechen und Lachen, immer näher und näher, dann schimmerten rot und weiße Tücher, Hüte und Federn durchs Grüne, auf einmal kommt ein heller lichter Haufen von jungen Herren und Damen vom Schlosse über die Wiese auf mich los, meine beiden Damen mitten unter ihnen. Ich stand auf und wollte weggehen, da erblickte mich die ältere von den schönen Damen. Ei, das ist ja wie gerufen, rief sie mir mit lachendem Munde zu, fahr Er uns doch an das jenseitige Ufer über den Teich! Die Damen stiegen nun eine nach der andern vorsichtig und furchtsam in den Kahn, die Herren halfen ihnen dabei und machten sich ein wenig groß mit ihrer Kühnheit auf dem Wasser. Als sich darauf die Frauen alle auf die Seitenbänke gelagert hatten, stieß ich vom Ufer. Einer von den jungen Herren, der ganz vorn stand, fing unmerklich an zu schaukeln. Da wandten sich die Damen furchtsam hin und her, einige schrien sogar. Die schöne Frau, welche eine Lilie in der Hand hielt, saß dicht am Bord des Schiffleins und sah so still lächelnd in die klaren Wellen hinunter, die sie mit der Lilie berührte, so daß ihr ganzes Bild zwischen den widerscheinenden Wolken und Bäumen im Wasser noch einmal zu sehen war, wie ein Engel, der leise durch den tiefen blauen Himmelsgrund zieht.

Wie ich noch so auf sie hinsehe, fällts auf einmal der andern lustigen Dicken von meinen zwei Damen ein, ich sollte ihr während der Fahrt eins singen. Geschwind dreht sich ein sehr zierlicher junger Herr mit einer Brille auf der Nase, der neben ihr saß, zu ihr herum, küßt ihr sanft die Hand und sagt: Ich danke Ihnen für den sinnigen Einfall! ein Volkslied, *gesungen* vom Volk in freiem Feld und Wald, ist ein Alpenröslein auf der Alpe selbst, – die Wunderhörner sind nur Herbarien, – ist die Seele der Nationalseele. Ich aber sagte, ich wisse nichts zu singen, was für solche Herrschaften schön genug wäre. Da sagte die schnippische Kammerjungfer, die mit einem Korbe voll Tassen und Flaschen hart neben mir stand und die ich bis jetzt noch gar nicht bemerkt hatte: Weiß Er doch ein recht hübsches Liedchen von einer vielschönen Fraue. – Ja, ja, das sing Er nur recht dreist weg, rief darauf sogleich die Dame wieder. Ich wurde über und über rot. – Indem blickte auch die schöne Frau auf einmal vom Wasser auf und sah mich an, daß es mir durch Leib und Seele ging. Da besann ich mich nicht lange, faßt ein Herz und sang so recht aus voller Brust und Lust:

Wohin ich geh und schaue,
In Feld und Wald und Tal,
Vom Berg hinab in die Aue:
Vielschöne, hohe Fraue,
Grüß ich dich tausendmal.

In meinem Garten find ich
Viel Blumen, schön und fein,
Viel Kränze wohl draus wind ich,
Und tausend Gedanken bind ich
Und Grüße mit darein.

Ihr darf ich keinen reichen,
Sie ist zu hoch und schön,
Die müssen alle verbleichen,
Die Liebe nur ohnegleichen
Bleibt ewig im Herzen stehn.

Ich schein wohl froher Dinge
Und schaffe auf und ab,
Und ob das Herz zerspringe,
Ich grabe fort und singe
Und grab mir bald mein Grab.

Wir stießen ans Land, die Herrschaften stiegen alle aus, viele von den jungen Herren hatten mich, ich bemerkt es wohl, während ich sang, mit listigen Mienen und Flüstern verspottet vor den Damen. Der Herr mit der Brille faßte mich im Weggehen bei der Hand und sagte mir, ich weiß selbst nicht mehr was, die ältere von meinen Damen sah mich sehr freundlich an. Die schöne Frau hatte während meines ganzen Liedes die Augen niedergeschlagen und ging nun auch fort und sagte gar nichts. – Mir aber standen die Tränen in den Augen schon wie ich noch sang, das Herz wollte mir zerspringen von dem Liede vor Scham und vor Schmerz, es fiel mir jetzt auf einmal alles recht ein, wie *sie* so schön ist und ich so arm bin und verspottet und verlassen von der Welt, – und als sie alle hinter den Büschen verschwunden waren, da konnt ich mich nicht länger halten, ich warf mich in das Gras hin und weinte bitterlich.

ZWEITES KAPITEL

Dicht am herrschaftlichen Garten ging die Landstraße vorüber, nur durch eine hohe Mauer von derselben geschieden. Ein gar sauberes Zollhäuschen mit rotem Ziegeldache war da erbaut, und hinter demselben ein kleines, buntumzäuntes Blumengärtchen, das durch eine Lücke in der Mauer des Schloßgartens hindurch an den schattigsten und verborgensten Teil des letzteren stieß. Dort war eben der Zolleinnehmer gestorben, der das alles sonst bewohnte. Da kam eines Morgens frühzeitig, da ich noch im tiefsten Schlafe lag, der Schreiber vom Schlosse zu mir und rief mich schleunigst zum Herrn Amtmann. Ich zog mich geschwind an und schlenderte hinter dem lustigen Schreiber her, der unterwegs bald da, bald dort eine Blume abbrach und vorn an den Rock steckte, bald mit seinem Spazierstöckchen künstlich in der Luft herumfocht und allerlei zu mir in den Wind hineinparlierte, wovon ich aber nichts verstand, weil mir die Augen und Ohren noch voller Schlaf lagen. Als ich in die Kanzlei trat, wo es noch gar nicht recht Tag war, sah der Amtmann hinter einem ungeheuren Tintenfasse und Stößen von Papier und Büchern und einer ansehnlichen Perücke, wie die Eule aus ihrem Nest, auf mich und hob an: Wie heißt Er? Woher ist Er? Kann Er schreiben, lesen und rechnen? Da ich das bejahte, versetzte er: Na, die gnädige Herrschaft hat Ihm, in Betrachtung Seiner guten Aufführung und besonderen Meriten, die ledige Einnehmerstelle zugedacht. – Ich überdachte in der Geschwindigkeit für mich meine bisherige Aufführung und Manieren, und ich mußte gestehen, ich fand am Ende selber, daß der Amtmann recht hatte. – Und so war ich denn wirklich Zolleinnehmer, ehe ich michs versah.

Ich bezog nun sogleich meine neue Wohnung und war in kurzer Zeit eingerichtet. Ich hatte noch mehrere Gerätschaften gefunden, die der selige Einnehmer seinem Nachfolger hinterlassen, unter andern einen prächtigen roten Schlafrock mit gelben Punkten, grüne Pantoffeln, eine Schlafmütze und einige Pfeifen mit langen Röhren. Das alles hatte ich mir schon einmal gewünscht, als ich noch zu Hause war, wo ich immer unsern Pfarrer so bequem herumgehen sah. Den ganzen Tag (zu tun hatte ich weiter nichts) saß ich daher auf dem Bänkchen vor meinem Hause in Schlafrock und Schlafmütze, rauchte Tabak aus dem längsten Rohre, das ich von dem seligen Einnehmer vorgefunden hatte, und sah zu, wie die Leute auf der Landstraße hin und her gingen, fuhren und ritten. Ich wünschte nur immer, daß auch einmal ein paar Leute aus meinem Dorfe, die immer sagten, aus mir würde mein Lebtag nichts, hier vorüberkommen und mich so sehen möchten. – Der Schlafrock stand mir schön zu Gesichte, und überhaupt das alles behagte mir sehr gut. So saß ich denn da und dachte mir mancherlei hin und her, wie aller Anfang schwer ist, wie das vornehmere Leben doch eigentlich recht bequem sei, und faßte heimlich den Entschluß, nunmehr alles Reisen zu lassen, auch Geld zu sparen wie die andern und es mit der Zeit gewiß zu etwas Großem in der Welt zu bringen. Inzwischen vergaß ich über meinen Entschlüssen, Sorgen und Geschäften die allerschönste Frau keineswegs.

Die Kartoffeln und anderes Gemüse, das ich in meinem kleinen Gärtchen fand, warf ich hinaus und bebaute es ganz mit den auserlesensten Blumen, worüber mich der Portier vom Schlosse mit der großen kurfürstlichen Nase, der, seitdem ich hier wohnte, oft zu mir kam und mein intimer Freund geworden war, bedenklich von der Seite ansah und mich für einen hielt, den sein plötzliches Glück verrückt gemacht hätte. Ich aber ließ mich das nicht anfechten. Denn nicht weit von mir im herrschaftlichen Garten hörte ich feine Stimmen sprechen, unter denen ich die meiner schönen Frau zu erkennen meinte, obgleich ich wegen des dichten Gebüsches niemand sehen konnte. Da band ich denn alle Tage einen Strauß von den schönsten Blumen, die ich hatte, stieg jeden Abend, wenn es dunkel wurde, über die Mauer und legte ihn auf den steinernen Tisch hin, der dort inmitten einer Laube stand; und jeden Abend wenn ich den neuen Strauß brachte, war der alte von dem Tische fort.

Eines Abends war die Herrschaft auf die Jagd geritten; die Sonne ging eben unter und bedeckte das ganze Land mit Glanz und Schimmer, die Donau schlängelte sich prächtig wie von lauter Gold und Feuer in die weite Ferne, von allen Bergen bis tief ins Land hinein sangen und jauchzten die Winzer. Ich saß mit dem Portier auf dem Bänkchen vor meinem Hause und freute mich in der lauen Luft, wie der lustige Tag so langsam vor uns verdunkelte und verhallte. Da ließen sich auf einmal die Hörner der zurückkehrenden Jäger von ferne vernehmen, die von den Bergen gegenüber einander von Zeit zu Zeit lieblich Antwort gaben. Ich war recht im innersten Herzen vergnügt und sprang auf und rief wie bezaubert und verzückt vor

Lust: Nein, das ist mir doch ein Metier, die edle Jägerei! Der Portier aber klopfte sich ruhig die Pfeife aus und sagte: Das denkt Ihr Euch just so. Ich habe es auch mitgemacht, man verdient sich kaum die Sohlen, die man sich abläuft; und Husten und Schnupfen wird man erst gar nicht los, das kommt von den ewig nassen Füßen. – Ich weiß nicht, mich packte da ein närrischer Zorn, daß ich ordentlich am ganzen Leibe zitterte. Mir war auf einmal der ganze Kerl mit seinem langweiligen Mantel, die ewigen Füße, sein Tabaksschnupfen, die große Nase und alles abscheulich. – Ich faßte ihn, wie außer mir, bei der Brust und sagte: Portier, jetzt schert Ihr Euch nach Hause, oder ich prügle Euch hier sogleich durch! Den Portier überfiel bei diesen Worten seine alte Meinung, ich wäre verrückt geworden. Er sah mich bedenklich und mit heimlicher Furcht an, machte sich, ohne ein Wort zu sprechen, von mir los und ging, immer noch unheimlich nach mir zurückblickend, mit langen Schritten nach dem Schlosse, wo er atemlos aussagte, ich sei nun wirklich rasend geworden.

Ich aber mußte am Ende laut auflachen und war herzlich froh, den superklugen Gesellen los zu sein, denn es war gerade die Zeit, wo ich den Blumenstrauß immer in die Laube zu legen pflegte. Ich sprang auch heute schnell über die Mauer und ging eben auf das steinerne Tischchen los, als ich in einiger Entfernung Pferdetritte vernahm. Entspringen konnt ich nicht mehr, denn schon kam meine schöne gnädige Frau selber, in einem grünen Jagdhabit und mit nikkenden Federn auf dem Hute, langsam und, wie es schien, in tiefen Gedanken die Allee herabgeritten. Es war mir nicht anders zumute, als da ich sonst in den alten Büchern bei meinem Vater von der schönen Magelone gelesen, wie sie so zwischen den immer näher schallenden Waldhornsklängen und wechselnden Abendlichtern unter den hohen Bäumen hervorkam, – ich konnte nicht vom Fleck. Sie aber erschrak heftig, als sie mich auf einmal gewahr wurde, und hielt fast unwillkürlich still. Ich war wie betrunken vor Angst, Herzklopfen und großer Freude, und da ich bemerkte, daß sie wirklich meinen Blumenstrauß von gestern an der Brust hatte, konnte ich mich nicht länger halten, sondern sagte ganz verwirrt: Schönste gnädige Frau, nehmt auch noch diesen Blumenstrauß von mir, und alle Blumen aus meinem Garten und alles, was ich habe. Ach, könnt ich nur für

Euch ins Feuer springen! – Sie hatte mich gleich anfangs so ernsthaft und fast böse angeblickt, daß es mir durch Mark und Bein ging, dann aber hielt sie, solange ich redete, die Augen tief niedergeschlagen. Soeben ließen sich einige Reiter und Stimmen im Gebüsch hören. Da ergriff sie schnell den Strauß aus meiner Hand und war bald, ohne ein Wort zu sagen, am andern Ende des Bogenganges verschwunden.

Seit diesem Abend hatte ich weder Ruh noch Rast mehr. Es war mir beständig zumute, wie sonst immer, wenn der Frühling anfangen sollte, so unruhig und fröhlich, ohne daß ich wußte, warum, als stünde mir ein großes Glück oder sonst etwas Außerordentliches bevor. Besonders das fatale Rechnen wollte mir nun erst gar nicht mehr von der Hand, und ich hatte, wenn der Sonnenschein durch den Kastanienbaum vor dem Fenster grüngolden auf die Ziffern fiel, und so fix vom Transport bis zum Latus und wieder hinauf und hinab addierte, gar seltsame Gedanken dabei, so daß ich manchmal ganz verwirrt wurde und wahrhaftig nicht bis drei zählen konnte. Denn die Acht kam mir immer vor wie meine dicke enggeschnürte Dame mit dem breiten Kopfputz, die böse Sieben war gar wie ein ewig rückwärtszeigender Wegweiser oder Galgen. – Am meisten Spaß machte mir noch die Neun, die sich mir so oft, eh ich michs versah, lustig als Sechs auf den Kopf stellte, während die Zwei wie ein Fragezeichen so pfiffig drein sah, als wollte sie mich fragen: Wo soll das am Ende noch hinaus mit dir, du arme Null? Ohne *sie*, diese schlanke Eins und alles, bleibst du doch ewig nichts!

Auch das Sitzen draußen vor der Tür wollte mir nicht mehr behagen. Ich nahm mir, um es bequemer zu haben, einen Schemel mit heraus und streckte die Füße darauf, ich flickte ein altes Parasol vom Einnehmer und steckte es gegen die Sonne wie ein chinesisches Lusthaus über mich. Aber es half nichts. Es schien mir, wie ich so saß und rauchte und spekulierte, als würden mir allmählich die Beine immer länger vor Langeweile, und die Nase wüchse mir vom Nichtstun, wenn ich so stundenlang an ihr herunter sah. – Und wenn dann manchmal noch vor Tagesanbruch eine Extrapost vorbeikam, und ich trat halb verschlafen in die kühle Luft hinaus, und ein niedliches Gesichtchen, von dem man in der Dämmerung nur die funkelnden Augen sah, bog sich neugierig zum Wagen hervor und bot mir freundlich einen guten Morgen, in den Dörfern aber ringsumher krähten die Hähne so frisch über die leise wogenden Kornfelder herüber, und zwischen den Morgenstreifen hoch am Himmel schweiften schon einzelne zu früh erwachte Lerchen, und der Postillon nahm dann sein Posthorn und fuhr weiter und blies und blies – da stand ich lange und sah dem Wagen nach, und es war mir nicht anders, als müßt ich nur sogleich mit fort, weit, weit in die Welt. –

Meine Blumensträuße legte ich indes immer noch, sobald die Sonne unterging, auf den steinernen Tisch in der dunklen Laube. Aber das war es eben: damit war es nun aus seit jenem Abend. – Kein Mensch kümmerte sich darum: so oft ich des Morgens frühzeitig nachsah, lagen die Blumen noch immer da wie gestern und sahen mich mit ihren verwelkten niederhängenden Köpfchen und darauf stehenden Tautropfen ordentlich betrübt an, als ob sie weinten. – Das verdroß mich sehr. Ich band gar keinen Strauß mehr. In meinem Garten mochte nun das Unkraut treiben wie es wollte, und die Blumen ließ ich ruhig stehn und wachsen, bis der Wind die Blätter verwehte. War mirs doch ebenso wild und bunt und verstört im Herzen.

In diesen kritischen Zeitläuften geschah es denn, daß einmal, als ich eben zu Hause im Fenster liege und verdrüßlich in die leere Luft hinaussehe, die Kammerjungfer vom Schlosse über die Straße dahergetrippelt kommt. Sie lenkte, da sie mich erblickte, schnell zu mir ein und blieb am Fenster stehen. – Der gnädige Herr ist gestern von seiner Reise zurückgekommen, sagte sie eilfertig. So? entgegnete ich verwundert – denn ich hatte mich schon seit einigen Wochen um nichts bekümmert und wußte nicht einmal, daß der Herr auf Reisen war –, da wird seine Tochter, die junge gnädige Frau, auch große Freude gehabt haben. – Die Kammerjungfer sah mich kurios von oben bis unten an, so daß ich mich ordentlich selber besinnen mußte, ob ich was Dummes gesagt hätte. – Er weiß aber auch gar nichts, sagte sie endlich und rümpfte das kleine Näschen. Nun, fuhr sie fort, es soll heute abend dem Herrn zu Ehren Tanz im Schlosse sein und Maskerade. Meine gnädige Frau wird auch maskiert sein, als Gärtnerin – versteht Er auch recht – als Gärtnerin. Nun hat die gnädige Frau gesehen, daß Er besonders schöne Blumen hat in Seinem Garten. – Das ist seltsam, dachte ich bei mir selbst, man sieht doch jetzt fast keine Blume mehr vor Unkraut. – Sie aber fuhr fort: Da nun die gnädige Frau schöne Blumen zu ihrem Anzuge braucht, aber ganz frische, die eben vom Beete kommen, so soll Er ihr welche bringen und damit heute abend, wenns dunkel geworden ist, unter dem großen Birnbaum im Schloßgarten warten, da wird sie dann kommen und die Blumen abholen.

Ich war ganz verblüfft vor Freude über diese Nachricht und lief in meiner Entzückung vom Fenster zu der Kammerjungfer hinaus. – Pfui, der garstige Schlafrock! rief diese aus, da sie mich auf einmal so in meinem Aufzuge im Freien sah. Das ärgerte mich, ich wollte auch nicht dahinter bleiben in der Galanterie und machte einige artige Kapriolen, um sie zu erhaschen und zu küssen. Aber unglücklicherweise verwickelte sich mir dabei der Schlafrock, der mir viel zu lang war, unter den Füßen, und ich fiel der Länge nach auf die Erde. Als ich mich wieder zusammenraffte, war die Kammerjungfer schon weit fort, und ich hörte sie noch von fern lachen, daß sie sich die Seiten halten mußte.

Nun aber hatt ich was zu sinnen und mich zu freuen. *Sie* dachte ja noch immer an mich und meine Blumen. Ich ging in mein Gärtchen und riß hastig alles Unkraut von den Beeten, und warf es hoch über meinen Kopf weg in die schimmernde Luft, als zög ich alle Übel und Melancholie mit der Wurzel heraus. Die Rosen waren nun wieder wie *ihr* Mund, die himmelblauen Winden wie *ihre* Augen, die schneeweiße Lilie mit ihrem schwermütig gesenkten Köpfchen sah ganz aus wie *sie*. Ich legte sorgfältig alle in ein Körbchen zusammen. Es war ein stiller schöner Abend und kein Wölkchen am Himmel. Einzelne Sterne traten schon am Firmamente hervor, von weitem rauschte die Donau über die Felder herüber, in den hohen Bäumen im herrschaftlichen Garten neben mir sangen unzählige Vögel lustig durcheinander. Ach, ich war so glücklich!

Als endlich die Nacht hereinbrach, nahm ich mein Körbchen an den Arm und machte mich auf den Weg nach dem großen Garten. In dem Körbchen lag alles so bunt und anmutig durcheinander, weiß, rot, blau und duftig, daß mir ordentlich das Herz lachte, wenn ich hineinsah.

Ich ging voller fröhlicher Gedanken bei dem schönen Mondschein durch die stillen, reinlich mit Sand bestreuten Gänge über die kleinen weißen Brücken, unter denen die Schwäne eingeschlafen auf dem Wasser saßen, an den zierlichen Lauben und Lusthäusern vorüber. Den großen Birnbaum hatte ich gar bald aufgefunden, denn es war derselbe, unter dem ich sonst, als ich noch Gärtnerbursche war, an schwülen Nachmittagen gelegen.

Hier war es so einsam dunkel. Nur eine hohe Espe zitterte und flüsterte mit ihren silbernen Blättern in einem fort. Vom Schlosse schallte manchmal die Tanzmusik herüber. Auch Menschenstimmen hörte ich zuweilen im Garten, die kamen oft ganz nahe an mich heran, dann wurde es auf einmal wieder ganz still.

Mir klopfte das Herz. Es war mir schauerlich und seltsam zumute, als wenn ich jemand bestehlen wollte. Ich stand lange Zeit stockstill an den Baum gelehnt und lauschte nach allen Seiten, da aber immer niemand kam, konnt ich es nicht länger aushalten. Ich hing mein Körbchen an den Arm und kletterte schnell auf den Birnbaum hinauf, um wieder im Freien Luft zu schöpfen.

Da droben schallte mir die Tanzmusik erst recht über die Wipfel entgegen. Ich übersah den ganzen Garten und gerade in die hellerleuchteten Fenster des Schlosses hinein. Dort drehten sich die Kronleuchter langsam wie Kränze von Sternen, unzählige geputzte Herren und Damen, wie in einem Schattenspiele, wogten und walzten und wirrten da bunt und unkenntlich durcheinander, manchmal legten sich welche ins Fenster und sahen hinunter in den Garten. Draußen vor dem Schlosse aber waren der Rasen, die Sträucher und die Bäume von den vielen Lichtern aus dem Saale wie vergoldet, so daß ordentlich die Blumen und die Vögel aufzuwachen schienen. Weiterhin um mich herum und hinter mir lag der Garten so schwarz und still.

Da tanzt *sie* nun, dacht ich in dem Baume droben bei mir selber, und hat gewiß lange dich und deine Blumen wieder vergessen. Alles ist so fröhlich, um dich kümmert sich kein Mensch. – Und so geht es mir überall und immer. Jeder hat sein Plätzchen auf der Erde ausgesteckt, hat seinen warmen Ofen, seine Tasse Kaffee, seine Frau, sein Glas Wein zu Abend und ist so recht zufrieden; selbst dem Portier ist ganz wohl in seiner langen Haut. – Mir ists nirgends recht. Es ist, als wäre ich überall eben zu spät gekommen, als hätte die ganze Welt gar nicht auf mich gerechnet. –

Wie ich eben so philosophiere, höre ich auf einmal unten im Grase etwas einherrascheln. Zwei feine Stimmen sprachen ganz nahe und leise miteinander. Bald darauf bogen sich die Zweige in dem Gesträuche auseinander, und die Kammerjungfer steckte ihr kleines Gesichtchen, sich nach allen Seiten umsehend, zwischen der Laube hindurch. Der Mondschein funkelte recht auf ihren pfiffigen Augen, wie sie hervorguckten. Ich hielt den Atem an mich und blickte unverwandt hinunter. Es dauerte auch nicht lange, so trat wirklich die Gärtnerin, ganz so wie sie mir die Kammerjungfer gestern beschrieben hatte, zwischen den Bäumen heraus. Mein Herz klopfte mir zum Zerspringen. Sie aber hatte eine Larve vor und sah sich, wie mir schien, verwundert auf dem Platze um. – Da wollts mir vorkommen, als wäre sie gar nicht recht schlank und niedlich. – Endlich trat sie ganz nahe an den Baum und nahm die Larve ab. – Es war wahrhaftig die andere ältere gnädige Frau!

Wie froh war ich nun, als ich mich vom ersten Schreck erholt hatte, daß ich mich hier oben in Sicherheit befand. Wie in aller Welt, dachte ich, kommt *die* nur jetzt hierher? wenn nun die liebe schöne gnädige Frau die Blumen abholt, – das wird eine schöne Geschichte werden! Ich hätte am Ende weinen mögen vor Ärger über den ganzen Spektakel.

Indem hub die verkappte Gärtnerin unten an: Es ist so stickend heiß droben im Saale, ich mußte gehen, mich ein wenig abzukühlen in der freien schönen Natur. Dabei fächelte sie sich mit der Larve in einem fort und blies die Luft von sich. Bei dem hellen Mondschein konnt ich deutlich erkennen, wie ihr die Flechsen am Halse ordentlich aufgeschwollen waren; sie sah ganz erbost aus und ziegelrot im Gesicht. Die Kammerjungfer suchte unterdes hinter allen Hecken herum, als hätte sie eine Stecknadel verloren. –

Ich brauche so notwendig noch frische Blumen zu meiner Maske, fuhr die Gärtnerin von neuem fort, wo er auch stecken mag! – Die Kammerjungfer suchte und kicherte dabei immerfort heimlich in sich selbst hinein. – Sagtest du was, Rosette? fragte die Gärtnerin spitzig. – Ich sage, was ich immer gesagt habe, erwiderte die Kammerjungfer und machte ein ganz ernsthaftes treuherziges Gesicht, der ganze Einnehmer ist und bleibt ein Lümmel, er liegt gewiß irgendwo hinter einem Strauche und schläft.

Mir zuckte es in allen meinen Gliedern, herunterzuspringen und meine Reputation zu retten – da hörte man auf einmal ein großes Pauken und Musizieren und Lärmen vom Schlosse her.

Nun hielt sich die Gärtnerin nicht länger. Da bringen die Menschen, fuhr sie verdrüßlich fort, dem Herrn das Vivat. Komm, man wird uns vermissen! – Und hiermit steckte sie die Larve schnell vor und ging wütend mit der Kammerjungfer nach dem Schlosse zu fort. Die Bäume und Sträucher wiesen kurios, wie mit langen Nasen und Fingern, hinter ihr drein, der Mondschein tanzte noch fix, wie über eine Klaviatur, über ihre breite Taille auf und nieder, und so nahm sie, so recht wie ich auf dem Theater manchmal die Sängerinnen gesehn, unter Trompeten und Pauken schnell ihren Abzug.

Ich aber wußte in meinem Baume droben eigentlich gar nicht recht, wie mir geschehen, und richtete nunmehr meine Augen unverwandt auf das Schloß hin; denn ein Kreis hoher Windlichter unten an den Stufen des Einganges warf dort einen seltsamen Schein über die blitzenden Fenster und weit in den Garten hinein. Es war die Dienerschaft, die soeben ihrer jungen Herrschaft ein Ständchen brachte. Mitten unter ihnen stand der prächtig aufgeputzte Portier, wie ein Staatsminister, vor einem Notenpulte, und arbeitete sich emsig an einem Fagotte ab.

Wie ich mich soeben zurechtsetzte, um der schönen Serenade zuzuhören, gingen auf einmal oben auf dem Balkon des Schlosses die Flügeltüren auf. Ein hoher Herr, schön und stattlich in Uniform und mit vielen funkelnden Sternen, trat auf den Balkon heraus, und an seiner Hand – die schöne junge gnädige Frau, in ganz weißem Kleide, wie eine Lilie in der Nacht, oder wie wenn der Mond über das klare Firmament zöge.

Ich konnte keinen Blick von dem Platze verwenden, und Garten, Bäume und Felder gingen unter vor meinen Sinnen, wie sie so wundersam beleuchtet von den Fackeln hoch und schlank dastand, und bald anmutig mt dem schönen Offizier sprach, bald wieder freundlich zu den Musikanten herunternickte. Die Leute unten waren außer sich vor Freude, und ich hielt mich am Ende auch nicht mehr und schrie immer aus Leibeskräften Vivat mit. –

Als sie aber bald darauf wieder von dem Balkon verschwand, unten eine Fackel nach der andern verlöschte und die Notenpulte weggeräumt wurden und nun der Garten ringsumher auch wieder finster wurde und rauschte wie vorher – da merkt ich erst alles – da fiel es mir auf einmal aufs Herz, daß mich wohl eigentlich nur die Tante mit den Blumen bestellt hatte, daß die Schöne gar nicht an mich dachte und lange verheiratet ist, und daß ich selber ein großer Narr war.

Alles das versenkte mich recht in einen Abgrund von Nachsinnen. Ich wickelte mich, gleich einem Igel, in die Stacheln meiner eigenen Gedanken zusammen: vom Schlosse schallte die Tanzmusik nur noch seltener herüber, die Wolken wanderten einsam über den dunklen Garten weg. Und so saß ich auf dem Baume droben, wie die Nachteule, in den Ruinen meines Glücks die ganze Nacht hindurch.

Die kühle Morgenluft weckte mich endlich aus meinen Träumereien. Ich erstaunte ordentlich, wie ich so auf einmal um mich herblickte. Musik und Tanz war lange vorbei, im Schlosse und rings um das Schloß herum auf dem Rasenplatze und den steinernen Stufen und Säulen sah alles so still, kühl und feierlich aus; nur der Springbrunnen vor dem Eingange plätscherte einsam in einem fort. Hin und her in den Zweigen neben mir erwachten schon die Vögel, schüttelten ihre bunten Federn und sahen, die kleinen Flügel dehnend, neugierig und verwundert ihren seltsamen Schlafkameraden an. Fröhlich schweifende Morgenstrahlen funkelten über den Garten weg auf meine Brust.

Da richtete ich mich in meinem Baume auf und sah seit langer Zeit zum ersten Male wieder einmal so recht weit in das Land hinaus, wie da schon einzelne Schiffe auf der Donau zwischen den Weinbergen herabfuhren und die noch leeren Landstraßen wie Brücken über das schimmernde Land sich fern über die Berge und Täler hinausschwangen.

Ich weiß nicht, wie es kam – aber mich packte da auf einmal wieder meine ehemalige Reiselust: alle die alte Wehmut und Freude und große Erwartung. Mir fiel dabei zugleich ein, wie nun die schöne

Frau droben auf dem Schlosse zwischen Blumen und unter seidnen Decken schlummerte, und ein Engel bei ihr auf dem Bette säße in der Morgenstille. – Nein, rief ich aus, fort muß ich von hier, und immer fort, so weit als der Himmel blau ist!

Und hiermit nahm ich mein Körbchen und warf es hoch in die Luft, so daß es recht lieblich anzusehen war, wie die Blumen zwischen den Zweigen und auf dem grünen Rasen unten bunt umherlagen. Dann stieg ich selber schnell herunter und ging durch den stillen Garten auf meine Wohnung zu. Gar oft blieb ich da noch stehen auf manchem Plätzchen, wo ich sie sonst wohl einmal gesehen, oder im Schatten liegend an sie gedacht hatte.

In und um mein Häuschen sah alles noch so aus, wie ich es gestern verlassen hatte. Das Gärtchen war geplündert und wüst, im Zimmer drin lag noch das große Rechnungsbuch aufgeschlagen, meine Geige, die ich schon fast ganz vergessen hatte, hing verstaubt an der Wand. Ein Morgenstrahl aber aus dem gegenüberstehenden Fenster fuhr gerade blitzend über die Saiten. Das gab einen rechten Klang in meinem Herzen. Ja, sagt ich, komm nur her, du getreues Instrument! Unser Reich ist nicht von dieser Welt! –

Und so nahm ich die Geige von der Wand, ließ Rechnungsbuch, Schlafrock, Pantoffeln, Pfeifen und Parasol liegen und wanderte, arm wie ich gekommen war, aus meinem Häuschen und auf der glänzenden Landstraße von dannen.

Ich blickte noch oft zurück; mir war gar seltsam zumute, so traurig und doch auch wieder so überaus fröhlich, wie ein Vogel, der aus seinem Käfig ausreißt. Und als ich schon eine weite Strecke gegangen war, nahm ich draußen im Freien meine Geige vor und sang:

> Den lieben Gott laß ich nur walten;
> Der Bächlein, Lerchen, Wald und Feld
> Und Erd und Himmel tut erhalten,
> Hat auch mein Sach aufs best bestellt!

Das Schloß, der Garten und die Türme von Wien waren schon hinter mir im Morgenduft versunken, über mir jubilierten unzählige Lerchen hoch in der Luft; so zog ich zwischen den grünen Bergen und an lustigen Städten und Dörfern vorbei gen Italien hinunter.

DRITTES KAPITEL

Aber das war nun schlimm! Ich hatte noch gar nicht daran gedacht, daß ich eigentlich den rechten Weg nicht wußte. Auch war ringsumher kein Mensch zu sehen in der stillen Morgenstunde, den ich hätte fragen können, und nicht weit von mir teilte sich die Landstraße in viele neue Landstraßen, die gingen weit, weit über die höchsten Berge fort, als führten sie aus der Welt hinaus, so daß mir ordentlich schwindelte, wenn ich recht hinsah.

Endlich kam ein Bauer des Weges daher, der, glaub ich, nach der Kirche ging, da es heut eben Sonntag war, in einem altmodischen Überrock mit großen silbernen Knöpfen und einem langen spanischen Rohr mit einem sehr massiven silbernen Stockknopf darauf, der schon von weitem in der Sonne funkelte. Ich frug ihn sogleich mit vieler Höflichkeit: Können Sie mir nicht sagen, wo der Weg nach Italien geht? – Der Bauer blieb stehen, sah mich an, besann sich dann mit weit vorgeschobener Unterlippe, und sah mich wieder an. Ich sagte noch einmal: nach Italien, wo die Pomeranzen wachsen. – Ach, was gehn mich Seine Pomeranzen an! sagte der Bauer da und schritt wacker wieder weiter. Ich hätte dem Manne mehr Konduite zugetraut, denn er sah recht stattlich aus.

Was war nun zu machen? Wieder umkehren und in mein Dorf zurückgehn? Da hätten die Leute mit den Fingern auf mich gewiesen, und die Jungen wären um mich herumgesprungen: Ei, tausend Willkommen aus der Welt! wie sieht es denn aus in der Welt? hat er uns nicht Pfefferkuchen mitgebracht aus der Welt? – Der Portier mit der kurfürstlichen Nase, welcher überhaupt viele Kenntnisse von der Weltgeschichte hatte, sagte oft zu mir: Wertgeschätzter Herr Einnehmer! Italien ist ein schönes Land, da sorgt der liebe Gott für alles, da kann man sich im Sonnenschein auf den Rücken legen, so wachsen einem die Rosinen ins Maul, und wenn einen die Tarantel beißt, so tanzt man mit ungemeiner Gelenkigkeit, wenn man auch sonst nicht tanzen gelernt hat. – Nein, nach Italien, nach Italien! rief ich voller Vergnügen aus und rannte, ohne an die verschiedenen Wege zu denken, auf der Straße fort, die mir eben vor die Füße kam.

Als ich eine Strecke so fortgewandert war, sah ich rechts von der

Straße einen sehr schönen Baumgarten, wo die Morgensonne so lustig zwischen den Stämmen und Wipfeln hindurchschimmerte, daß es aussah, als wäre der Rasen mit goldenen Teppichen belegt. Da ich keinen Menschen erblickte, stieg ich über den niedrigen Gartenzaun und legte mich recht behaglich unter einem Apfelbaum ins Gras, denn von dem gestrigen Nachtlager auf dem Baume taten mir noch alle Glieder weh. Da konnte man weit ins Land hinaussehen, und da es Sonntag war, so kamen bis aus der weitesten Ferne Glockenklänge über die stillen Felder herüber, und geputzte Landleute zogen überall zwischen Wiesen und Büschen nach der Kirche. Ich war recht fröhlich im Herzen, die Vögel sangen über mir im Baume, ich dachte an meine Mühle und an den Garten der schönen gnädigen Frau, und wie das alles nun so weit, weit lag – bis ich zuletzt einschlummerte. Da träumte mir, als käme diese schöne Frau aus der prächtigen Gegend unten zu mir gegangen oder eigentlich langsam geflogen zwischen den Glockenklängen, mit langen weißen Schleiern, die im Morgenrote wehten. Dann war es wieder, als wären wir gar nicht in der Fremde, sondern bei meinem Dorfe an der Mühle in den tiefen Schatten. Aber da war alles still und leer, wie wenn die Leute Sonntags in der Kirche sind und nur der Orgelklang durch die Bäume herüberkommt, daß es mir recht im Herzen weh tat. Die schöne Frau aber war sehr gut und freundlich, sie hielt mich an der Hand und ging mit mir und sang in einem fort in dieser Einsamkeit das schöne Lied, das sie damals immer frühmorgens am offenen Fenster zur Gitarre gesungen hat, und ich sah dabei ihr Bild in dem stillen Weiher, noch viel tausendmal schöner, aber mit sonderbaren großen Augen, die mich so starr ansahen, daß ich mich beinah gefürchtet hätte. – Da fing auf einmal die Mühle, erst in einzelnen langsamen Schlägen, dann immer schneller und heftiger an zu gehen und zu brausen, der Weiher wurde dunkel und kräuselte sich, die schöne Frau wurde ganz bleich und ihre Schleier wurden immer länger und länger und flatterten entsetzlich in langen Spitzen, wie Nebelstreifen, hoch am Himmel empor; das Sausen nahm immer mehr zu, oft war es, als bliese der Portier auf seinem Fagotte dazwischen, bis ich endlich mit heftigem Herzklopfen aufwachte.

Es hatte sich wirklich ein Wind erhoben, der leise über mir durch den Apfelbaum ging; aber was so brauste und rumorte, war weder die Mühle noch der Portier, sondern derselbe Bauer, der mir vorhin den Weg nach Italien nicht zeigen wollte. Er hatte aber seinen Sonntagsstaat ausgezogen und stand in einem weißen Kamisol vor mir. Na, sagte er, da ich mir noch den Schlaf aus den Augen wischte, will Er etwa hier Poperenzen klauben, daß er mir das schöne Gras so zertrampelt, anstatt in die Kirche zu gehen, Er Faulenzer! – Mich ärgerte es nur, daß mich der Grobian aufgeweckt hatte. Ich sprang ganz erbost auf und versetzte geschwind: Was, Er will mich hier ausschimpfen? Ich bin Gärtner gewesen, eh Er daran dachte, und Einnehmer, und wenn Er zur Stadt gefahren wäre, hätte Er die schmierige Schlafmütze vor mir abnehmen müssen, und hatte mein Haus und meinen roten Schlafrock mit gelben Punkten. Aber der Knollfink scherte sich gar nichts darum, sondern stemmte beide Arme in die Seiten und sagte bloß: Was will Er denn? he! he! Dabei sah ich, daß es eigentlich ein kurzer, stämmiger, krummbeiniger Kerl war, und vorstehende glotzende Augen und eine rote etwas schiefe Nase hatte. Und wie er immerfort nichts weiter sagte als: he! – he! – und dabei jedesmal einen Schritt näher auf mich zukam, da überfiel mich auf einmal eine so kuriose grausliche Angst, daß ich mich schnell aufmachte, über den Zaun sprang und, ohne mich umzusehen, immerfort querfeldein lief, daß mir die Geige in der Tasche klang.

Als ich endlich wieder still hielt, um Atem zu schöpfen, war der Garten und das ganze Tal nicht mehr zu sehen, und ich stand in einem schönen Walde. Aber ich gab nicht viel darauf acht, denn jetzt ärgerte mich das Spektakel erst recht, und daß der Kerl mich immer Er nannte, und ich schimpfte noch lange im stillen für mich. In solchen Gedanken ging ich rasch fort und kam immer mehr von der Landstraße ab, mitten in das Gebirge hinein. Der Holzweg, auf dem ich fortgelaufen war, hörte auf und ich hatte nur noch einen kleinen wenig betretenen Fußsteig vor mir. Ringsum war niemand zu sehen und kein Laut zu vernehmen. Sonst aber war es recht anmutig zu gehen, die Wipfel der Bäume rauschten und die Vögel sangen sehr schön. Ich befahl mich daher Gottes Führung, zog meine Violine hervor und spielte alle meine liebsten Stücke durch, daß es recht fröhlich in dem einsamen Walde erklang.

Mit dem Spielen ging es aber auch nicht lange, denn ich stolperte dabei jeden Augenblick über die fatalen Baumwurzeln, auch fing mich zuletzt an zu hungern, und der Wald wollte noch immer gar kein Ende nehmen. So irrte ich den ganzen Tag herum, und die Sonne schien schon schief zwischen den Baumstämmen hindurch, als ich endlich in ein kleines Wiesental hinauskam, das rings von Bergen eingeschlossen und voller roter und gelber Blumen war, über denen unzählige Schmetterlinge im Abendgolde herumflatterten. Hier war es so einsam, als läge die Welt wohl hundert Meilen weit weg. Nur die Heimchen zirpten, und ein Hirt lag drüben im hohen Grase und blies so melancholisch auf seiner Schalmei, daß einem das Herz vor Wehmut hätte zerspringen mögen. Ja, dachte ich bei mir, wer es so gut hätte, wie so ein Faulenzer! unsereiner muß sich in der Fremde herumschlagen und immer attent sein. – Da ein schönes klares Flüßchen zwischen uns lag, über das ich nicht herüber konnte, so rief ich ihm von weitem zu: wo hier das nächste Dorf läge? Er ließ sich aber nicht stören, sondern streckte nur den Kopf ein wenig aus dem Grase hervor, wies mit seiner Schalmei auf den andern Wald hin und blies ruhig wieder weiter.

Unterdes marschierte ich fleißig fort, denn es fing schon an zu dämmern. Die Vögel, die alle noch ein großes Geschrei gemacht hatten, als die letzten Sonnenstrahlen durch den Wald schimmerten, wurden auf einmal still, und mir fing beinah an angst zu werden in dem ewigen, einsamen Rauschen der Wälder. Endlich hörte ich von ferne Hunde bellen. Ich schritt rascher fort, der Wald wurde immer lichter und lichter, und bald darauf sah ich zwischen den letzten Bäumen hindurch einen schönen grünen Platz, auf dem viele Kinder lärmten und sich um eine große Linde herumtummelten, die recht in der Mitte stand. Weiterhin an dem Platze war ein Wirtshaus, vor dem einige Bauern um einen Tisch saßen und Karten spielten und Tabak rauchten. Von der andern Seite saßen junge Burschen und Mädchen vor der Tür, die die Arme in ihre Schürzen gewickelt hatten und in der Kühle miteinander plauderten.

Ich besann mich nicht lange, zog meine Geige aus der Tasche und spielte schnell einen lustigen Ländler auf, während ich aus dem Walde hervortrat. Die Mädchen verwunderten sich, die Alten lachten, daß es weit in den Wald hineinschallte. Als ich aber so bis zu der Linde gekommen war und mich mit dem Rücken dran lehnte und immerfort spielte, da ging ein heimliches Rumoren und Gewisper unter den jungen Leuten rechts und links, die Bursche legten endlich ihre Sonntagspfeifen weg, jeder nahm die seine, und eh ichs mir versah, schwenkte sich das junge Bauernvolk tüchtig um mich herum, die Hunde bellten, die Kittel flogen, und die Kinder standen um mich im Kreise und sahen mir neugierig ins Gesicht und auf die Finger, wie ich so fix damit hantierte.

Wie der erste Schleifer vorbei war, konnte ich erst recht sehen, wie eine gute Musik in die Gliedmaßen fährt. Die Bauernburschen, die sich vorher, die Pfeifen im Munde, auf den Bänken reckten und die steifen Beine von sich streckten, waren nun auf einmal wie umgetauscht, ließen ihre bunten Schnupftücher vorn am Knopfloch lang herunterhängen und kapriolten so artig um die Mädchen herum, daß es eine rechte Lust anzuschauen war. Einer von ihnen, der sich schon für was Rechtes hielt, haspelte lange in seiner Westentasche, damit es die andern sehen sollten, und brachte endlich ein kleines Silberstück heraus, das er mir in die Hand drücken wollte. Mich ärgerte das, wenn ich gleich dazumal kein Geld in der Tasche hatte. Ich sagte ihm, er sollte nur seine Pfennige behalten, ich spielte nur so aus Freude, weil ich wieder bei Menschen wäre. Bald darauf aber kam ein schmuckes Mädchen mit einer großen Stampe Wein zu mir. Musikanten trinken gern, sagte sie und lachte mich freundlich an, und ihre perlweißen Zähne schimmerten recht scharmant zwischen den roten Lippen hindurch, so daß ich sie wohl hätte darauf küssen mögen. Sie tunkte ihr Schnäbelchen in den Wein, wobei ihre Augen über das Glas weg auf mich herüber funkelten, und reichte mir darauf die Stampe hin. Da trank ich das Glas bis auf den Grund aus und spielte dann wieder von frischem, daß sich alles lustig um mich herumdrehte.

Die Alten waren unterdes von ihrem Spiel aufgebrochen, die jungen Leute fingen auch an müde zu werden und zerstreuten sich, und so wurde es nach und nach ganz still und leer vor dem Wirtshause. Auch das Mädchen, das mir den Wein gereicht hatte, ging nun nach dem Dorfe zu, aber sie ging sehr langsam und sah sich zuweilen um, als ob sie was vergessen hätte. Endlich blieb sie stehen und suchte etwas auf der Erde, aber ich sah wohl, daß sie, wenn sie sich bückte, unter dem Arme hindurch nach mir zurückblickte. Ich hatte auf dem Schlosse Lebensart gelernt, ich sprang also geschwind herzu und sagte: Haben Sie etwas verloren, schönste Mamsell? – Ach nein, sagte sie und wurde über und über rot, es war nur eine Rose – will Er sie haben? – Ich dankte und steckte die Rose ins Knopfloch. Sie sah mich sehr freundlich an und sagte: Er spielt recht schön. – Ja, versetzte ich, das ist so eine Gabe Gottes. – Die Musikanten sind hier in der Gegend sehr rar, hub das Mädchen dann wieder an und stockte und hatte die Augen beständig niedergeschlagen. Er könnte sich hier ein gutes Stück Geld verdienen – auch mein Vater spielt etwas die Geige und hört gern von der Fremde erzählen – und mein Vater ist sehr reich. – Dann lachte sie auf und sagte: Wenn Er nur nicht immer solche Grimassen machen möchte mit dem Kopfe, beim Geigen! – Teuerste Jungfer, erwiderte ich, erstlich: nennen Sie mich nur nicht immer Er; sodann mit den Kopftremulenzen, das ist einmal nicht anders, das haben wir Virtuosen alle so an uns. – Ach so! entgegnete das Mädchen. Sie wollte noch etwas mehr sagen, aber da entstand auf einmal ein entsetzliches Gepolter im Wirtshause, die Haustür ging mit großem Gekrache auf und ein dünner Kerl kam wie ein ausgeschoßner Ladestock herausgeflogen, worauf die Tür sogleich wieder hinter ihm zugeschlagen wurde.

Das Mädchen war bei dem ersten Geräusch wie ein Reh davongesprungen und im Dunkel verschwunden. Die Figur vor der Tür aber raffte sich hurtig wieder vom Boden auf und fing nun an mit solcher Geschwindigkeit gegen das Haus loszuschimpfen, daß es ordentlich zum Erstaunen war. Was! schrie er, ich besoffen? ich die Kreidestriche an der verräucherten Tür nicht bezahlen? Löscht sie aus, löscht sie aus! Hab ich euch nicht erst gestern übern Kochlöffel barbiert und in die Nase geschnitten, daß ihr mir den Löffel morsch entzweigebissen habt? Barbieren macht einen Strich – Kochlöffel, wieder ein Strich – Pflaster auf die Nase, noch ein Strich – wieviel solche hundsföttische Striche wollt ihr denn noch bezahlt haben? Aber gut, schon gut, ich lasse das ganze Dorf, die ganze Welt ungeschoren. Lauft meinetwegen mit euren Bärten, daß der liebe Gott am Jüngsten Tage nicht weiß, ob ihr Juden seid oder Christen! Ja, hängt euch an euren eigenen Bärten auf, ihr zottigen Landbären! Hier brach er auf einmal in ein jämmerliches Weinen aus und fuhr ganz erbärmlich durch die Fistel fort: Wasser soll ich saufen, wie ein elender Fisch? ist das Nächstenliebe? Bin ich nicht ein Mensch und ein ausgelernter Feldscher? Ach, ich bin heute so in der Rage! Mein Herz ist voller Rührung und Menschenliebe! Bei diesen Worten zog er sich nach und nach zurück, da im Hause alles still blieb. Als er mich erblickte, kam er mit ausgebreiteten Armen auf mich los, ich glaubte, der tolle Kerl wollte mich embrassieren. Ich sprang aber auf die Seite, und so stolperte er weiter, und ich hörte ihn noch lange, bald grob, bald fein, durch die Finsternis mit sich diskurieren.

Mir aber ging mancherlei im Kopfe herum. Die Jungfer, die mir vorhin die Rose geschenkt hatte, war jung, schön und reich – ich konnte da mein Glück machen, eh man die Hand umkehrte. Und Hammel und Schweine, Puter und fette Gänse mit Äpfeln gestopft – ja, es war mir nicht anders, als säh ich den Portier auf mich zukommen: Greif zu, Einnehmer, greif zu! jung gefreit hat niemand gereut, wers Glück hat, führt die Braut heim, bleibe im Lande und nähre dich tüchtig. In solchen philosophischen Gedanken setzte ich mich auf dem Platze, der nun ganz einsam war, auf einen Stein nieder, denn an das Wirtshaus anzuklopfen traute ich mich nicht, weil ich kein Geld bei mir hatte. Der Mond schien prächtig, von den Bergen rauschten die Wälder durch die stille Nacht herüber, manchmal schlugen im Dorfe die Hunde an, das weiter im Tale unter Bäumen und Mondschein wie begraben lag. Ich betrachtete das Firmament, wie da einzelne Wolken langsam durch den Mondschein zogen und manchmal ein Stern weit in der Ferne herunterfiel. So, dachte ich, scheint der Mond auch über meines Vaters Mühle und auf das weiße gräfliche Schloß. Dort ist nun auch schon alles lange still, die gnädige Frau schläft, und die Wasserkünste und Bäume im Garten rauschen noch immerfort wie damals, und allen ists gleich, ob ich noch da bin, oder in der Fremde, oder gestorben. – Da kam mir die Welt auf einmal so entsetzlich weit und groß vor, und ich so ganz allein darin, daß ich aus Herzensgrunde hätte weinen mögen.

Wie ich noch immer so dasitze, höre ich auf einmal aus der Ferne

Hufschlag im Walde. Ich hielt den Atem an und lauschte, da kam es immer näher und näher, und ich konnte schon die Pferde schnauben hören. Bald darauf kamen auch wirklich zwei Reiter unter den Bäumen hervor, hielten aber am Saume des Waldes an und sprachen heimlich sehr eifrig miteinander, wie ich an den Schatten sehen konnte, die plötzlich über den mondbeglänzten Platz vorschossen, und mit langen dunklen Armen bald dahin bald dorthin wiesen. – Wie oft, wenn mir zu Hause meine verstorbene Mutter von wilden Wäldern und martialischen Räubern erzählte, hatte ich mir sonst immer heimlich gewünscht, eine solche Geschichte selbst zu erleben. Da hatt ichs nun auf einmal für meine dummen, frevelmütigen Gedanken! – Ich streckte mich nun an dem Lindenbaum, unter dem ich gesessen, ganz unmerklich so lang aus, als ich nur konnte, bis ich den ersten Ast erreicht hatte und mich geschwinde hinaufschwang. Aber ich baumelte noch mit halbem Leibe über dem Aste und wollte soeben auch meine Beine nachholen, als der eine von den Reitern rasch hinter mir über den Platz dahertrabte. Ich drückte nun die Augen fest zu in dem dunklen Laube und rührte und regte mich nicht. – Wer ist da? rief es auf einmal dicht hinter mir. Niemand! schrie ich aus Leibeskräften vor Schreck, daß er mich doch noch erwischt hatte. Insgeheim mußte ich aber doch bei mir lachen, wie die Kerls sich schneiden würden, wenn sie mir die leeren Taschen umdrehten. – Ei, ei, sagte der Räuber wieder, wem gehören denn aber die zwei Beine, die da herunterhängen? – Da half nichts mehr. Nichts weiter, versetzte ich, als ein paar arme, verirrte Musikantenbeine, und ließ mich rasch wieder auf den Boden herab, denn ich schämte mich auch, länger wie eine zerbrochene Gabel da über dem Aste zu hängen.

Das Pferd des Reiters scheute, als ich so plötzlich vom Baume herunterfuhr. Er klopfte ihm den Hals und sagte lachend: Nun, wir sind auch verirrt, da sind wir rechte Kameraden; ich dächte also, du helfest uns ein wenig den Weg nach B. aufsuchen. Es soll dein Schade nicht sein. Ich hatte nun gut beteuern, daß ich gar nicht wüßte, wo B. läge, daß ich lieber hier im Wirtshause fragen oder sie in das Dorf hinunterführen wollte. Der Kerl nahm gar keine Räson an. Er zog ganz ruhig eine Pistole aus dem Gurt, die recht hübsch im Mondschein funkelte. Mein Liebster, sagte er dabei sehr freundschaftlich zu mir, während er bald den Lauf der Pistole abwischte, bald wieder prüfend an die Augen hielt, mein Liebster, du wirst wohl so gut sein, selber nach B. vorauszugehen.

Da war ich nun recht übel daran. Traf ich den Weg, so kam ich gewiß zu der Räuberbande und bekam Prügel, da ich kein Geld bei mir hatte, traf ich ihn nicht – so bekam ich auch Prügel. Ich besann mich also nicht lange und schlug den ersten besten Weg ein, der an dem Wirtshause vorüber vom Dorfe abführte. Der Reiter sprengte schnell zu seinem Begleiter zurück, und beide folgten mir dann in einiger Entfernung langsam nach. So zogen wir eigentlich recht närrisch auf gut Glück in die mondhelle Nacht hinein. Der Weg lief immerfort im Walde an einem Bergeshange fort. Zuweilen konnte man über die Tannenwipfel, die von unten heraufIangten und sich dunkel rührten, weit in die tiefen, stillen Täler hinaussehen, hin und her schlug eine Nachtigall, Hunde bellten in der Ferne in den Dörfern. Ein Fluß rauschte beständig aus der Tiefe und blitzte zuweilen im Mondschein auf. Dabei das einförmige Pferdegetrappel und das Wirren und Schwirren der Reiter hinter mir, die unaufhörlich in einer fremden Sprache miteinander plauderten, und das helle Mondlicht und die langen Schatten der Baumstämme, die wechselnd über die beiden Reiter wegflogen, daß sie mir bald schwarz, bald hell, bald klein, bald wieder riesengroß vorkamen. Mir verwirrten sich ordentlich die Gedanken, als läge ich in einem Traum und könnte gar nicht aufwachen. Ich schritt immer stramm vor mich hin. Wir müssen, dachte ich, doch am Ende aus dem Walde und aus der Nacht herauskommen.

Endlich flogen hin und wieder schon lange rötliche Scheine über den Himmel, ganz leise, wie wenn man über einen Spiegel haucht, auch eine Lerche sang schon hoch über dem stillen Tale. Da wurde mir auf einmal ganz klar im Herzen bei dem Morgengruße, und alle Furcht war vorüber. Die beiden Reiter aber streckten sich und sahen sich nach allen Seiten um, und schienen nun erst gewahr zu werden, daß wir doch wohl nicht auf dem rechten Wege sein mochten. Sie plauderten wieder viel, und ich merkte wohl, daß sie von mir sprachen, ja es kam mir vor, als finge der eine sich vor mir zu fürchten an, als könnt ich wohl gar so ein heimlicher Schnapphahn sein, der sie im Walde irreführen wollte. Das machte mir Spaß, denn je lichter es ringsum wurde, je mehr Courage kriegt ich, zumal da wir soeben auf einen schönen freien Waldplatz herauskamen. Ich sah mich daher nach allen Seiten ganz wild um, und pfiff dann ein paarmal auf den Fingern, wie die Spitzbuben tun, wenn sie sich einander Signale geben wollen.

Halt! rief auf einmal der eine von den Reitern, daß ich ordentlich zusammenfuhr. Wie ich mich umsehe, sind sie beide abgestiegen und haben ihre Pferde an einen Baum angebunden. Der eine kommt aber rasch auf mich los, sieht mir ganz starr ins Gesicht und fängt auf einmal ganz unmäßig an zu lachen. Ich muß gestehen, mich ärgerte das unvernünftige Gelächter. Er aber sagte: Wahrhaftig, das ist der Gärtner, wollt sagen: Einnehmer vom Schloß!

Ich sah ihn groß an, wußte mich aber seiner nicht zu erinnern, hätt auch viel zu tun gehabt, wenn ich mir alle die jungen Herren hätte ansehen wollen, die auf dem Schlosse ab und zu ritten. Er aber fuhr mit ewigem Gelächter fort: Das ist prächtig! Du vazierst, wie ich sehe, wir brauchen eben einen Bedienten, bleib bei uns, da hast du ewige Vakanz. – Ich war ganz verblüfft und sagte endlich, daß ich soeben auf einer Reise nach Italien begriffen wäre. – Nach Italien?! entgegnete der Fremde; eben dahin wollen auch wir! – Nun, wenn *das* ist! rief ich aus und zog voller Freude meine Geige aus der Tasche und strich, daß die Vögel im Walde aufwachten. Der Herr aber erwischte geschwind den andern Herrn und walzte mit ihm wie verrückt auf dem Rasen herum.

Dann standen sie plötzlich still. Bei Gott, rief der eine, da seh ich schon den Kirchturm von B.! nun, da wollen wir bald unten sein. Er zog seine Uhr heraus und ließ sie repetieren, schüttelte mit dem Kopfe und ließ noch einmal schlagen. Nein, sagte er, das geht nicht, wir kommen so zu früh hin, das könnte schlimm werden!

Darauf holten sie von ihren Pferden Kuchen, Braten und Weinflaschen, breiteten eine schöne bunte Decke auf dem grünen Rasen aus, streckten sich darüber hin und schmausten sehr vergnüglich, teilten auch mir von allem sehr reichlich mit, was mir gar wohl bekam, da ich seit einigen Tagen schon nicht mehr vernünftig gespeist hatte. – Und daß dus weißt, sagte der eine zu mir, – aber du kennst uns doch nicht? – ich schüttelte mit dem Kopfe. – Also, daß dus weißt: Ich bin der Maler Leonhard, und das dort ist – wieder ein Maler – Guido geheißen.

Ich besah mir nun die beiden Maler genauer bei der Morgendämmerung. Der eine, Herr Leonhard, war groß, schlank, braun, mit lustigen, feurigen Augen. Der andere war viel jünger, kleiner und feiner, auf altdeutsche Mode gekleidet, wie es der Portier nannte, mit weißem Kragen und bloßem Hals, um den die dunkelbraunen Locken herabhingen, die er oft aus dem hübschen Gesichte wegschütteln mußte. – Als dieser genug gefrühstückt hatte, pfiff er nach meiner Geige, die ich neben mir auf den Bogen gelegt hatte, setzte sich damit auf einen umgehauenen Baumast und klimperte darauf mit den Fingern. Dann sang er dazu so hell wie ein Waldvöglein, daß es mir recht durchs ganze Herz klang:

Fliegt der erste Morgenstrahl
Durch das stille Nebeltal,
Rauscht erwachend Wald und Hügel:
Wer da fliegen kann, nimmt Flügel!

Und sein Hütlein in die Luft
Wirft der Mensch vor Lust und ruft:
Hat Gesang doch auch noch Schwingen,
Nun so will ich fröhlich singen!

Dabei spielten die rötlichen Morgenscheine recht anmutig über sein etwas blasses Gesicht und die schwarzen verliebten Augen. Ich aber war so müde, daß sich mir die Worte und Noten, während er so sang, immer mehr verwirrten, bis ich zuletzt fest einschlief.

Als ich nach und nach wieder zu mir selber kam, hörte ich wie im Traume die beiden Maler noch immer neben mir sprechen und die Vögel über mir singen, und die Morgenstrahlen schimmerten mir durch die geschlossenen Augen, daß mirs innerlich so dunkelhell war, wie wenn die Sonne durch rotseidene Gardinen scheint. Come è bello! hört' ich da dicht neben mir ausrufen. Ich schlug die Augen auf und erblickte den jungen Maler, der im funkelnden Morgenlicht über mich hergebeugt stand, so daß beinah nur die großen schwarzen Augen zwischen den herabhängenden Locken zu sehen waren.

Ich sprang geschwind auf, denn es war schon heller Tag geworden. Der Herr Leonhard schien verdrüßlich zu sein, er hatte zwei zornige Falten auf der Stirn und trieb hastig zum Aufbruch. Der andere Maler aber schüttelte seine Locken aus dem Gesicht und trällerte, während er sein Pferd aufzäumte, ruhig ein Liedchen vor sich hin, bis Leonhard zuletzt plötzlich laut auflachte, schnell eine Flasche ergriff, die noch auf dem Rasen stand, und den Rest in die Gläser einschenkte. Auf eine glückliche Ankunft! rief er aus, sie stießen mit den Gläsern zusammen, es gab einen schönen Klang. Darauf schleuderte Leonhard die leere Flasche hoch ins Morgenrot, daß es lustig in der Luft funkelte.

Endlich setzten sie sich auf ihre Pferde, und ich marschierte frisch wieder nebenher. Gerade vor uns lag ein unübersehbares Tal, in das wir nun hinunterzogen. Da war ein Blitzen und Rauschen und Schimmern und Jubilieren! Mir war so kühl und fröhlich zumute, als sollt ich von dem Berge in die prächtige Gegend hinausfliegen.

VIERTES KAPITEL

Nun ade, Mühle und Schloß und Portier! Nun gings, daß mir der Wind am Hute pfiff. Rechts und links flogen Dörfer, Städte und Weingärten vorbei, daß es einem vor den Augen flimmerte; hinter mir die beiden Maler im Wagen, vor mir vier Pferde mit einem prächtigen Postillon, ich hoch oben auf dem Kutschbock, daß ich oft ellenhoch in die Höhe flog.

Das war so zugegangen: Als wir vor B. ankamen, kommt schon am Dorfe ein langer, dürrer, grämlicher Herr im grünen Flaschrock uns entgegen, macht viele Bücklinge vor den Herren Malern und führt uns in das Dorf hinein. Da stand unter den hohen Linden vor dem Posthause schon ein prächtiger Wagen mit vier Postpferden bespannt. Herr Leonhard meinte unterwegs, ich hätte meine Kleider ausgewachsen. Er holte daher geschwind andere aus seinem Mantelsack hervor, und ich mußte einen ganz neuen schönen Frack und Weste anziehn, die mir sehr vornehm zu Gesicht standen, nur daß mir alles zu lang und weit war und ordentlich um mich herumschlotterte. Auch einen ganz neuen Hut bekam ich, der funkelte in der Sonne, als wär er mit frischer Butter überschmiert. Dann nahm der fremde, grämliche Herr die beiden Pferde der Maler am Zügel, die Maler sprangen in den Wagen, ich auf den Bock, und so flogen wir schon fort, als eben der Postmeister mit der Schlafmütze aus dem Fenster guckte. Der Postillon blies lustig auf dem Horne, und so ging es frisch nach Italien hinein.

Ich hatte eigentlich da droben ein prächtiges Leben, wie der Vogel in der Luft, und brauchte doch dabei nicht selbst zu fliegen. Zu tun hatte ich auch weiter nichts, als Tag und Nacht auf dem Bocke zu sitzen, und bei den Wirtshäusern manchmal Essen und Trinken an den Wagen herauszubringen, denn die Maler sprachen nirgends ein, und bei Tage zogen sie die Fenster am Wagen so fest zu, als wenn die Sonne sie erstechen wollte. Nur zuweilen steckte der Herr Guido sein hübsches Köpfchen zum Wagenfenster heraus und diskurierte freundlich mit mir und lachte dann den Herrn Leonhard aus, der das nicht leiden wollte und jedesmal über die langen Diskurse böse wurde. Ein paarmal hätte ich bald Verdruß bekommen mit meinem Herrn. Das eine Mal, wie ich bei schöner, sternklarer Nacht droben auf dem Bock die Geige zu spielen anfing, und sodann späterhin wegen des Schlafes. Das war aber auch ganz zum Erstaunen! Ich wollte mir doch Italien recht genau besehen und riß die Augen alle Viertelstunden weit auf. Aber kaum hatte ich ein Weilchen so vor mich hingesehen, so verschwirrten und verwickelten sich mir die sechzehn Pferdefüße vor mir wie Filet so hin und her und übers Kreuz, daß mir die Augen gleich wieder übergingen, und zuletzt geriet ich in ein solches entsetzliches und unaufhaltsames Schlafen, daß gar kein Rat mehr war. Da mocht es Tag oder Nacht, Regen oder Sonnenschein, Tirol oder Italien sein, ich hing bald rechts bald links, bald rücklings über den Bock herunter, ja manchmal tunkte ich mit solcher Vehemenz mit dem Kopfe nach dem Boden zu, daß mir der Hut weit vom Kopfe flog und der Herr Guido im Wagen laut aufschrie. So war ich, ich weiß selbst nicht wie, durch halb Welschland, das sie dort Lombardei nennen, durchgekommen, als wir an einem schönen Abend vor einem Wirtshause auf dem Lande stillhielten. Die Postpferde waren in dem daranstoßenden Stationsdorfe erst nach ein paar Stunden bestellt, die Herren Maler stiegen daher aus und ließen sich in ein besonderes Zimmer führen, um hier ein wenig zu rasten und einige Briefe zu schreiben. Ich aber war sehr vergnügt darüber und verfügte mich sogleich in die Gaststube, um endlich wieder einmal so recht mit Ruhe und Kommodität zu essen und zu trinken. Da sah es ziemlich liederlich aus. Die Mägde gingen mit zerzottelten Haaren herum und hatten die offenen Halstücher unordentlich um das gelbe Fell hängen. Um einen runden Tisch saßen die Knechte vom Hause in blauen Überziehhemden beim Abendessen und glotzten mich zuweilen von der Seite an. Die hatten alle kurze, dicke Haarzöpfe und sahen so recht vornehm wie die jungen Herrlein aus. – Da bist du nun, dachte ich bei mir, und aß fleißig fort, da bist du nun endlich in dem Lande, woher immer die kuriosen Leute zu unserm Herrn Pfarrer kamen, mit Mausefallen und Barometern und Bildern. Was der Mensch doch nicht alles erfährt, wenn er sich einmal hinterm Ofen hervormacht!

Wie ich noch eben so esse und meditiere, wuscht ein Männlein, das bis jetzt in einer dunklen Ecke der Stube bei seinem Glase Wein gesessen hatte, auf einmal aus seinem Winkel wie eine Spinne auf mich los. Er war ganz kurz und bucklicht, hatte aber einen großen grauslichen Kopf mit einer langen römischen Adlernase, und sparsamen roten Backenbart, und die gepuderten Haare standen ihm von allen Seiten zu Berge, als wenn der Sturmwind durchgefahren wäre. Dabei trug er einen altmodischen, verschossenen Frack, kurze plüschene Beinkleider und ganz vergelbte seidene Strümpfe. Er war einmal in Deutschland gewesen und dachte wunder wie gut er Deutsch verstünde. Er setzte sich zu mir und frug bald das, bald jenes, während er immerfort Tabak schnupfte: ob ich der Servitore sei? wenn wir arriware? ob wir nach Roma kehn? Aber das wußte ich alles selber nicht und konnte auch sein Kauderwelsch gar nicht verstehn. Parlez-vous français? sagte ich endlich in meiner Angst zu ihm. Er schüttelte mit dem großen Kopfe, und das war mir sehr lieb, denn ich konnte ja auch nicht Französisch. Aber das half alles nichts. Er hatte mich einmal recht aufs Korn genommen, er frug und frug immer wieder; je mehr wir parlierten, je weniger verstand einer den andern, zuletzt wurden wir beide schon hitzig, so daß mirs manchmal vorkam, als wollte der Signor mit seiner Adlernase nach mir hacken, bis endlich die Mägde, die den babylonischen Diskurs mit angehört hatten, uns beide tüchtig auslachten. Ich aber legte schnell Messer und Gabel hin und ging vor die Haustür hinaus. Denn mir war in dem fremden Lande nicht anders, als wäre ich mit meiner deutschen Zunge tausend Klafter tief ins Meer versenkt und allerlei unbekanntes Gewürm ringelte sich und rauschte da in der Einsamkeit um mich her und glotzte und schnappte nach mir.

Draußen war eine warme Sommernacht, so recht um gassatim zu gehen. Weit von den Weinbergen herüber hörte man noch zuweilen einen Winzer singen, dazwischen blitzte es manchmal von ferne, und die ganze Gegend zitterte und säuselte im Mondschein. Ja manchmal kam es mir vor, als schlüpfte eine lange dunkle Gestalt hinter den Haselnußsträuchern vor dem Hause vorüber und guckte durch die Zweige, dann war alles auf einmal wieder still. – Da trat der Herr Guido eben auf den Balkon des Wirtshauses heraus. Er bemerkte mich nicht und spielte sehr geschickt auf einer Zither, die er im Hause gefunden haben mußte, und sang dann dazu wie eine Nachtigall:

Schweigt der Menschen laute Lust:
Rauscht die Erde wie in Träumen
Wunderbar mit allen Bäumen,
Was dem Herzen kaum bewußt,
Alte Zeiten, linde Trauer,
Und es schweifen leise Schauer
Wetterleuchtend durch die Brust.

Ich weiß nicht, ob er noch mehr gesungen haben mag, denn ich hatte mich auf der Bank vor der Haustür hingestreckt und schlief in der lauen Nacht vor großer Ermüdung fest ein.

Es mochten wohl ein paar Stunden ins Land gegangen sein, als mich ein Posthorn aufweckte, das lange Zeit lustig in meine Träume hereinblies, ehe ich mich völlig besinnen konnte. Ich sprang endlich auf, der Tag dämmerte schon an den Bergen, und die Morgenkühle rieselte mir durch alle Glieder. Da fiel mir erst ein, daß wir ja um diese Zeit schon wieder weit fort sein wollten. Aha, dachte ich, heut ist einmal das Wecken und Auslachen an mir. Wie wird der Herr Guido mit dem verschlafenen Lockenkopfe herausfahren, wenn er mich draußen hört! So ging ich in den kleinen Garten am Hause dicht unter die Fenster, wo meine Herren wohnten, dehnte mich noch einmal recht ins Morgenrot hinein und sang fröhlichen Mutes:

Wenn der Hoppevogel schreit,
Ist der Tag nicht mehr weit,
Wenn die Sonne sich auftut,
Schmeckt der Schlaf noch so gut! –

Das Fenster war offen, aber es blieb alles still oben, nur der Nachtwind ging noch durch die Weinranken, die sich bis in das Fenster hineinstreckten. – Nun, was soll denn das wieder bedeuten? rief ich voll Erstaunen aus und lief in das Haus und durch die stillen Gänge nach der Stube zu. Aber da gab es mir einen rechten Stich ins Herz. Denn wie ich die Tür aufreiße, ist alles leer darin, kein Frack, kein Hut, kein Stiefel. – Nur die Zither, auf der Herr Guido gestern gespielt hatte, hing an der Wand, auf dem Tische mitten in der Stube lag ein schöner voller Geldbeutel, worauf ein Zettel geklebt war. Ich hielt ihn näher ans Fenster und traute meinen Augen kaum, es stand wahrhaftig mit großen Buchstaben darauf: Für den Herrn Einnehmer!

Was war mir aber das alles nütze, wenn ich meine lieben lustigen Herren nicht wiederfand? Ich schob den Beutel in meine tiefe Rocktasche, das plumpte wie in einen tiefen Brunnen, daß es mich ordentlich hintenüber zog. Dann rannte ich hinaus, machte einen großen Lärm und weckte alle Knechte und Mägde im Hause. Die wußten gar nicht, was ich wollte, und meinten, ich wäre verrückt geworden. Dann aber verwunderten sie sich nicht wenig, als sie oben das leere Nest sahen. Niemand wußte etwas von meinen Herren. Nur die eine Magd – wie ich aus ihren Zeichen und Gestikulationen zusammenbringen konnte – hatte bemerkt, daß der Herr Guido, als er gestern abends auf dem Balkon sang, auf einmal laut aufschrie und dann geschwind zu dem andern Herrn in das Zimmer zurückstürzte. Als sie hernach in der Nacht einmal aufwachte, hörte sie draußen Pferdegetrappel. Sie guckte durch das kleine Kammerfenster und sah den buckligen Signor, der gestern mit mir so viel gesprochen hatte, auf einem Schimmel im Mondschein quer übers Feld galoppieren, daß er immer ellenhoch überm Sattel in die Höhe flog und die Magd sich bekreuzte, weil es aussah wie ein Gespenst, das auf einem dreibeinigen Pferde reitet. – Da wußt ich nun gar nicht, was ich machen sollte. Unterdes aber stand unser Wagen schon lange vor der Tür angespannt und der Postillon stieß ungeduldig ins Horn, daß er hätte bersten mögen, denn er mußte zur bestimmten Stunde auf der nächsten Station sein, da alles durch Laufzettel bis auf die Minute vorausbestellt war. Ich rannte noch einmal um das ganze Haus herum und rief die Maler, aber niemand gab Antwort, die Leute aus dem Hause liefen zusammen und gafften mich an, der Postillon fluchte, die Pferde schnaubten, ich, ganz verblüfft, springe endlich geschwind in den Wagen hinein, der Hausknecht schlägt die Tür hinter mir zu, der Postillon knallt, und so gings mit mir fort in die weite Welt hinein.

FÜNFTES KAPITEL

Wir fuhren nun über Berg und Tal Tag und Nacht immerfort. Ich hatte gar nicht Zeit, mich zu besinnen, denn wo wir hinkamen, standen die Pferde angeschirrt, ich konnte mit den Leuten nicht sprechen, mein Demonstrieren half also nichts; oft, wenn ich im Wirtshause eben beim Essen war, blies der Postillon, ich mußte Messer und Gabel wegwerfen und wieder in den Wagen springen und wußte doch eigentlich gar nicht, wohin und weswegen ich just mit so ausnehmender Geschwindigkeit fortreisen sollte.

Sonst war die Lebensart gar nicht so übel. Ich legte mich, wie auf einem Kanapee, bald in die eine, bald in die andere Ecke des Wagens und lernte Menschen und Länder kennen, und wenn wir durch Städte fuhren, lehnte ich mich auf beide Arme zum Wagenfenster heraus und dankte den Leuten, die höflich vor mir den Hut abnahmen, oder ich grüßte die Mädchen an den Fenstern wie ein alter Bekannter, die sich dann immer sehr verwunderten und mir noch lange neugierig nachguckten.

Aber zuletzt erschrak ich sehr. Ich hatte das Geld in dem gefundenen

Beutel niemals gezählt, den Postmeistern und Gastwirten mußte ich überall viel bezahlen, und ehe ich michs versah, war der Beutel leer. Anfangs nahm ich mir vor, sobald wir durch einen einsamen Wald führen, schnell aus dem Wagen zu springen und zu entlaufen. Dann aber tat es mir wieder leid, nun den schönen Wagen so allein zu lassen, mit dem ich sonst wohl noch bis ans Ende der Welt fortgefahren wäre. Nun saß ich eben voller Gedanken und wußte nicht aus noch ein, als es auf einmal seitwärts von der Landstraße abging. Ich schrie zum Wagen heraus auf den Postillon: wohin er denn fahre? Aber ich mochte sprechen, was ich wollte, der Kerl sagte immer bloß: Si, Si, Signore! und fuhr immer über Stock und Stein, daß ich aus einer Ecke des Wagens in die andere flog.

Das wollte mir gar nicht in den Sinn, denn die Landstraße lief gerade durch eine prächtige Landschaft auf die untergehende Sonne zu, wohl wie in ein Meer von Glanz und Funken. Von der Seite aber, wohin wir uns gewendet hatten, lag ein wüstes Gebirge vor uns mit grauen Schluchten, zwischen denen es schon lange dunkel geworden war. – Je weiter wir fuhren, je wilder und einsamer wurde die Gegend. Endlich kam der Mond hinter den Wolken hervor und schien auf einmal so hell zwischen die Bäume und Felsen herein, daß es ordentlich grauslich anzusehen war. Wir konnten nur langsam fahren in den engen steinichten Schluchten, und das einförmige, ewige Gerassel des Wagens schallte an den Steinwänden weit in die stille Nacht, als führen wir in ein großes Grabgewölbe hinein. Nur von vielen Wasserfällen, die man aber nicht sehen konnte, war ein unaufhörliches Rauschen tiefer im Walde, und die Käuzchen riefen aus der Ferne immerfort: Komm mit, komm mit! Dabei kam es mir vor, als wenn der Kutscher, der, wie ich jetzt erst sah, gar keine Uniform hatte und kein Postillon war, sich einigemal unruhig umsähe und schneller zu fahren anfing, und wie ich mich recht zum Wagen herauslegte, kam plötzlich ein Reiter aus dem Gebüsche hervor, sprengte dicht vor unsern Pferden quer über den Weg und verlor sich sogleich wieder auf der andern Seite im Walde. Ich war ganz verwirrt, denn, soviel ich bei dem hellen Mondschein erkennen konnte, war es dasselbe bucklige Männlein auf seinem Schimmel, das in dem Wirtshause mit der Adlernase nach mir gehackt hatte.

Der Kutscher schüttelte den Kopf und lachte laut auf über die närrische Reiterei, wandte sich aber dann rasch zu mir um, sprach sehr viel und sehr eifrig, wovon ich leider nichts verstand, und fuhr dann noch rascher fort.

Ich aber war froh, als ich bald darauf von fern ein Licht schimmern sah. Es fanden sich nach und nach noch mehrere Lichter, sie wurden immer größer und heller, und endlich kamen wir an einigen verräucherten Hütten vorüber, die wie Schwalbennester auf dem Felsen hingen. Da die Nacht warm war, so standen die Türen offen, und ich konnte darin die hellerleuchteten Stuben und allerlei lumpiges Gesindel sehen, das wie dunkle Schatten um das Herdfeuer herumhockte. Wir aber rasselten durch die stille Nacht einen Steinweg hinan, der sich auf einen hohen Berg hinaufzog. Bald überdeckten hohe Bäume und herabhängende Sträucher den ganzen Hohlweg, bald konnte man auf einmal wieder das ganze Firmament, und in der Tiefe die weite stille Runde von Bergen, Wäldern und Tälern übersehen. Auf dem Gipfel des Berges stand ein großes altes Schloß mit vielen Türmen im hellsten Mondschein. – Nun Gott befohlen! rief ich aus und war innerlich ganz munter geworden vor Erwartung, wohin sie mich da am Ende noch bringen würden.

Es dauerte wohl noch eine gute halbe Stunde, ehe wir endlich auf dem Berge am Schloßtore ankamen. Das ging in einen breiten, runden Turm hinein, der oben schon ganz verfallen war. Der Kutscher knallte dreimal, daß es weit in dem alten Schlosse widerhallte, wo ein Schwarm von Dohlen ganz erschrocken plötzlich aus allen Luken und Ritzen herausfuhr und mit großem Geschrei die Luft durchkreuzte. Darauf rollte der Wagen in den langen, dunklen Torweg hinein. Die Pferde gaben mit ihren Hufeisen Feuer auf dem Steinpflaster, ein großer Hund bellte, der Wagen donnerte zwischen den gewölbten Wänden. Die Dohlen schrien noch immer dazwischen – so kamen wir mit einem entsetzlichen Spektakel in den engen, gepflasterten Schloßhof.

Eine kuriose Station! dachte ich bei mir, als nun der Wagen stillstand. Da wurde die Wagentür von draußen aufgemacht, und ein alter langer Mann mit einer kleinen Laterne sah mich unter seinen dicken Augenbrauen grämlich an. Er faßte mich dann unter den Arm und half mir, wie einem großen Herrn, aus dem Wagen heraus. Draußen vor der Haustür stand eine alte, sehr häßliche Frau in schwarzem Kamisol und Rock, mit einer weißen Schürze und schwarzen Haube, von der ihr ein langer Schnipper bis an die Nase herunterhing. Sie hatte an der einen Hüfte einen großen Bund Schlüssel hängen und hielt an der andern einen altmodischen Armleuchter mit zwei brennenden Wachskerzen. Sobald sie mich erblickte, fing sie an, tiefe Knickse zu machen und sprach und frug sehr viel durcheinander. Ich verstand aber nichts davon und machte immerfort Kratzfüße vor ihr, und es war mir eigentlich recht unheimlich zumute.

Der alte Mann hatte unterdes mit seiner Laterne den Wagen von allen Seiten beleuchtet und brummte und schüttelte den Kopf, als er nirgend einen Koffer oder Bagage fand. Der Kutscher fuhr darauf, ohne Trinkgeld von mir zu fordern, den Wagen in einen alten Schuppen, der auf der Seite des Hofes schon offen stand. Die alte Frau aber bat mich sehr höflich durch allerlei Zeichen, ihr zu folgen. Sie führte mich mit ihren Wachskerzen durch einen langen schmalen Gang, und dann eine kleine steinerne Treppe herauf. Als wir an der Küche vorbeigingen, streckten ein paar junge Mägde neugierig die Köpfe durch die halbgeöffnete Tür und guckten mich so starr an und winkten und nickten einander heimlich zu, als wenn sie in ihrem Leben noch kein Mannsbild gesehen hätten. Die Alte machte endlich oben eine Tür auf, da wurde ich anfangs ordentlich ganz verblüfft. Denn es war ein großes, schönes, herrschaftliches Zimmer mit goldenen Verzierungen an der Decke, und an den Wänden hingen prächtige Tapeten mit allerlei Figuren und großen Blumen. In der Mitte stand ein gedeckter Tisch mit Braten, Kuchen, Salat, Obst, Wein und Konfekt, daß einem recht das Herz im Leibe lachte. Zwischen den beiden Fenstern hing ein ungeheurer Spiegel, der vom Boden bis zur Decke reichte.

Ich muß sagen, das gefiel mir recht wohl. Ich streckte mich ein paarmal und ging mit langen Schritten vornehm im Zimmer auf und ab. Dann konnt ich aber doch nicht widerstehen, mich einmal in einem so großen Spiegel zu besehen. Das ist wahr, die neuen Kleider vom Herrn Leonhard standen mir recht schön, auch hatte ich in Italien so ein gewisses feuriges Auge bekommen, sonst aber war ich gerade noch so ein Milchbart, wie ich zu Hause gewesen war, nur auf der Oberlippe zeigten sich erst ein paar Flaumfedern.

Die alte Frau mahlte indes in einem fort mit ihrem zahnlosen Munde, daß es nicht anders aussah, als wenn sie an der langen herunterhängenden Nasenspitze kaute. Dann nötigte sie mich zum Sitzen, streichelte mir mit ihren dürren Fingern das Kinn, nannte mich poverino! wobei sie mich aus den roten Augen so schelmisch ansah, daß sich ihr der eine Mundwinkel bis an die halbe Wange in die Höhe zog, und ging endlich mit einem tiefen Knicks zur Tür hinaus.

Ich aber setzte mich zu dem gedeckten Tisch, während eine junge hübsche Magd hereintrat, um mich bei der Tafel zu bedienen. Ich knüpfte allerlei galanten Diskurs mit ihr an, sie verstand mich aber nicht, sondern sah mich immer ganz kurios von der Seite an, weil mirs so gut schmeckte, denn das Essen war delikat. Als ich satt war und wieder aufstand, nahm die Magd ein Licht von der Tafel und führte mich in ein anderes Zimmer. Da war ein Sofa, ein kleiner Spiegel und ein prächtiges Bett mit grünseidenen Vorhängen. Ich frug sie mit Zeichen, ob ich mich da hineinlegen sollte? Sie nickte zwar: Ja, aber das war denn doch nicht moglich, denn sie blieb wie angenagelt bei mir stehen. Endlich holte ich mir noch ein großes Glas Wein aus der Tafelstube herein und rief ihr zu: felicissima notte! denn so viel hatt ich schon Italienisch gelernt. Aber wie ich das Glas so auf einmal ausstürzte, bricht sie plötzlich in ein verhaltenes Kichern aus, wird über und über rot, geht in die Tafelstube und macht die Tür hinter sich zu. Was ist da zu lachen? dachte ich ganz verwundert, ich glaube, die Leute in Italien sind alle verrückt.

Ich hatte nun nur immer Angst vor dem Postillon, daß der gleich wieder zu blasen anfangen würde. Ich horchte am Fenster, aber es war alles still draußen. Laß ihn blasen! dachte ich, zog mich aus und legte mich in das prächtige Bett. Das war nicht anders, als wenn man in Milch und Honig schwömme! Vor den Fenstern rauschte die alte Linde im Hofe, zuweilen fuhr noch eine Dohle plötzlich vom Dache auf, bis ich endlich voller Vergnügen einschlief.

SECHSTES KAPITEL

Als ich wieder erwachte, spielten schon die ersten Morgenstrahlen an den grünen Vorhängen über mir. Ich konnte mich gar nicht besinnen, wo ich eigentlich wäre. Es kam mir vor, als führe ich noch immer fort im Wagen, und es hätte mir von einem Schlosse im Mondschein geträumt und von einer alten Hexe und ihrem blassen Töchterlein.

Ich sprang endlich rasch aus dem Bette, kleidete mich an und sah mich dabei nach allen Seiten in dem Zimmer um. Da bemerkte ich eine kleine Tapetentür, die ich gestern gar nicht gesehen hatte. Sie war nur angelehnt, ich öffnete sie und erblickte ein kleines nettes Stübchen, das in der Morgendämmerung recht heimlich aussah. Über einem Stuhl waren Frauenkleider unordentlich hingeworfen, auf einem Bettchen daneben lag das Mädchen, das mir gestern abends bei der Tafel aufgewartet hatte. Sie schlief noch ganz ruhig und hatte den Kopf auf den weißen bloßen Arm gelegt, über den ihre schwarzen Locken herabfielen. Wenn die wüßte, daß die Tür offen war! sagte ich zu mir selbst und ging in mein Schlafzimmer zurück, während ich hinter mir wieder schloß und verriegelte, damit das Mädchen nicht erschrecken und sich schämen sollte, wenn sie erwachte.

Draußen ließ sich noch kein Laut vernehmen. Nur ein früherwachtes Waldvöglein saß vor meinem Fenster auf einem Strauch, der aus der Mauer herauswuchs, und sang schon sein Morgenlied. Nein, sagte ich, du sollst mich nicht beschämen und allein so früh und fleißig Gott loben! – Ich nahm schnell meine Geige, die ich gestern auf das Tischchen gelegt hatte, und ging hinaus. Im Schlosse war noch alles totenstill, und es dauerte lange, ehe ich mich aus den dunklen Gängen ins Freie herausfand.

Als ich vor das Schloß heraustrat, kam ich in einen großen Garten, der auf breiten Terrassen, wovon die eine immer tiefer war als die andere, bis auf den halben Berg herunterging. Aber das war eine liederliche Gärtnerei. Die Gänge waren alle mit hohem Grase bewachsen, die künstlichen Figuren von Buchsbaum waren nicht beschnitten und streckten, wie Gespenster, lange Nasen oder ellenhohe spitzige Mützen in die Luft hinaus, daß man sich in der Dämmerung ordentlich davor hätte fürchten mögen. Auf einige zerbrochene Statuen über einer vertrockneten Wasserkunst war gar Wäsche aufgehängt, hin und wieder hatten sie mitten im Garten Kohl gebaut, dann kamen wieder ein paar ordinäre Blumen, alles unordentlich durcheinander, und von hohem, wildem Unkraut überwachsen, zwischen dem sich bunte Eidechsen schlängelten. Zwischen die alten, hohen Bäume hindurch aber war überall eine weite, einsame Aussicht, eine Bergkoppe hinter der andern, soweit das Auge reichte.

Nachdem ich so ein Weilchen in der Morgendämmerung durch die Wildnis umherspaziert war, erblickte ich auf der Terrasse unter mir einen langen, schmalen, blassen Jüngling in einem langen braunen Kaputrock, der mit verschränkten Armen und großen Schritten auf und ab ging. Er tat, als sähe er mich nicht, setzte sich bald darauf auf eine steinerne Bank hin, zog ein Buch aus der Tasche, las sehr laut, als wenn er predigte, sah dabei zuweilen zum Himmel und stützte dann den Kopf ganz melancholisch auf die rechte Hand. Ich sah ihm lange zu, endlich wurde ich doch neugierig, warum er denn eigentlich so absonderliche Grimassen machte, und ging schnell auf ihn zu. Er hatte eben einen tiefen Seufzer ausgestoßen und sprang erschrokken auf, als ich ankam. Er war voller Verlegenheit, ich auch, wir wußten beide nicht, was wir sprechen sollten, und machten immerfort Komplimente voreinander, bis er endlich mit langen Schritten in das Gebüsch Reißaus nahm. Unterdes war die Sonne über dem Walde aufgegangen, ich sprang auf die Bank hinauf und strich vor Lust meine Geige, daß es weit in die stillen Täler herunterschallte. Die Alte mit dem Schlüsselbunde, die mich schon ängstlich im ganzen Schlosse zum Frühstück aufgesucht hatte, erschien nun auf der Terrasse über mir und verwunderte sich, daß ich so artig auf der Geige spielen konnte. Der alte grämliche Mann vom Schlosse fand sich dazu und verwunderte sich ebenfalls, endlich kamen auch noch die Mägde, und alles blieb oben voller Verwunderung stehen, und ich fingerte und schwenkte meinen Fiedelbogen immer künstlicher und hurtiger und spielte Kadenzen und Variationen, bis ich endlich ganz müde wurde. Das war nun aber doch ganz seltsam auf dem Schlosse! Kein Mensch dachte da ans Weiterreisen. Das Schloß war auch gar kein Wirtshaus, sondern gehörte, wie ich von der Magd erfuhr, einem reichen Grafen. Wenn ich mich dann manchmal bei der Alten erkundigte, wie der Graf heiße, wo er wohne? da schmunzelte sie immer bloß, wie den ersten Abend, da ich auf das Schloß kam, und kniff und winkte mir so pfiffig mit den Augen zu, als wenn sie nicht recht bei Sinne wäre. Trank ich einmal an einem heißen Tage eine ganze Flasche Wein aus, so kicherten die Mägde gewiß, wenn sie die andere brachten, und als mich dann gar einmal nach einer Pfeife Tabak verlangte, ich ihnen durch Zeichen beschrieb, was ich wollte, da brachen alle in ein großes unvernünftiges Gelächter aus. – Am verwunderlichsten war mir eine Nachtmusik, die sich oft, und gerade immer in den finstersten Nächten, unter meinem Fenster hören ließ. Es griff auf einer Gitarre immer nur von Zeit zu Zeit einzelne, ganz leise Klänge. Das eine Mal aber kam es mir vor, als wenn es dabei von unten: Pst! pst! heraufrief. Ich fuhr daher geschwind aus dem Bett und mit dem Kopf aus dem Fenster. Holla! heda! wer ist da draußen? rief ich hinunter. Aber es antwortete niemand, ich hörte nur etwas sehr schnell durch die Gesträuche fortlaufen. Der große Hund im Hofe schlug über meinen Lärm ein paarmal an, dann war auf einmal alles wieder still, und die Nachtmusik ließ sich seitdem nicht wieder vernehmen.

Sonst hatte ich hier ein Leben, wie sichs ein Mensch nur immer in der Welt wünschen kann. Der gute Portier! er wußte wohl, was er sprach, wenn er immer zu sagen pflegte, daß in Italien einem die Rosinen von selbst in den Mund wüchsen. Ich lebte auf dem einsamen Schlosse wie ein verwunschener Prinz. Wo ich hintrat, hatten die Leute eine große Ehrerbietung vor mir, obgleich sie schon alle wußten, daß ich keinen Heller in der Tasche hatte. Ich durfte nur sagen: Tischchen, deck dich! so standen auch schon herrliche Speisen, Reis, Wein, Melonen und Parmesankäse da. Ich ließ mirs wohlschmecken, schlief in dem prächtigen Himmelbett, ging im Garten spazieren, musizierte und half wohl auch manchmal in der Gärtnerei nach. Oft lag ich auch stundenlang im Garten im hohen Grase, und der schmale Jüngling (es war ein Schüler und Verwandter der Alten, der eben jetzt hier zur Vakanz war) ging mit seinem langen Kaputrock in weiten Kreisen um mich herum und murmelte dabei, wie ein

Zauberer, aus seinem Buche, worüber ich dann auch jedesmal einschlummerte. – So verging ein Tag nach dem andern, bis ich am Ende anfing, von dem guten Essen und Trinken ganz melancholisch zu werden. Die Glieder gingen mir von dem ewigen Nichtstun ordentlich aus allen Gelenken, und es war mir, als würde ich vor Faulheit noch ganz auseinanderfallen.

In dieser Zeit saß ich einmal an einem schwülen Nachmittag im Wipfel eines hohen Baumes, der am Abhange stand, und wiegte mich auf den Ästen langsam über dem stillen, tiefen Tale. Die Bienen summten zwischen den Blättern um mich herum, sonst war alles wie ausgestorben, kein Mensch war zwischen den Bergen zu sehen, tief unter mir auf den stillen Waldwiesen ruhten die Kühe auf dem hohen Grase. Aber ganz von weitem kam der Klang eines Posthorns über die waldigen Gipfel herüber, bald kaum vernehmbar, bald wieder heller und deutlicher. Mir fiel dabei auf einmal ein altes Lied recht aufs Herz, das ich noch zu Hause auf meines Vaters Mühle von einem wandernden Handwerksburschen gelernt hatte, und ich sang:

Wer in der Fremde will wandern,
Der muß mit der Liebsten gehn,
Es jubeln und lassen die andern
Den Fremden alleine stehn.

Was wisset ihr, dunkle Wipfel,
Von der alten, schönen Zeit?
Ach, die Heimat hinter den Gipfeln,
Wie liegt sie von hier so weit!

Am liebsten betracht ich die Sterne,
Die schienen, wenn ich ging zu ihr,
Die Nachtigall hör ich so gerne,
Sie sang vor der Liebsten Tür.

Der Morgen, das ist meine Freude!
Da steig ich in stiller Stund
Auf den höchsten Berg in die Weite,
Grüß dich, Deutschland, aus Herzensgrund!

Es war, als wenn mich das Posthorn bei meinem Liede aus der Ferne begleiten wollte. Es kam, während ich sang, zwischen den Bergen

immer näher und näher, bis ich es endlich gar oben auf dem Schloßhofe schallen hörte. Ich sprang rasch vom Baume herunter. Da kam mir auch schon die Alte mit einem geöffneten Pakete aus dem Schlosse entgegen. Da ist auch etwas für Sie mitgekommen, sagte sie und reichte mir aus dem Paket ein kleines, niedliches Briefchen. Es war ohne Aufschrift, ich brach es schnell auf. Aber da wurde ich auf einmal im ganzen Gesicht so rot wie eine Päonie, und das Herz schlug mir so heftig, daß es die Alte merkte, denn das Briefchen war von – meiner schönen Frau, von der ich manches Zettelchen bei dem Herrn Amtmann gesehen hatte. Sie schrieb darin ganz kurz: Es ist alles wieder gut, alle Hindernisse sind beseitigt. Ich benutzte heimlich diese Gelegenheit, um die erste zu sein, die Ihnen diese freudige Botschaft schreibt. Kommen, eilen Sie zurück. Es ist so öde hier und ich kann kaum mehr leben, seit Sie von uns fort sind. Aurelie.
Die Augen gingen mir über, als ich das las, vor Entzücken und Schreck und unsäglicher Freude. Ich schämte mich vor dem alten Weibe, die mich wieder abscheulich anschmunzelte, und flog wie ein Pfeil bis in den allereinsamsten Winkel des Gartens. Dort warf ich mich unter den Haßelnußsträuchern ins Gras hin und las das Briefchen noch einmal, sagte die Worte auswendig für mich hin und las dann wieder und immer wieder, und die Sonnenstrahlen tanzten zwischen den Blättern hindurch über den Buchstaben, daß sie sich wie goldene und hellgrüne und rote Blüten vor meinen Augen ineinander schlangen. Ist sie am Ende gar nicht verheiratet gewesen? dachte ich, war der fremde Offizier damals vielleicht ihr Herr Bruder, oder ist er nun tot, oder bin ich toll, oder – Das ist alles einerlei! rief ich endlich und sprang auf, nun ists ja klar, sie liebt mich ja, sie liebt mich!
Als ich aus dem Gesträuch wieder hervorkroch, neigte sich die Sonne zum Untergange. Der Himmel war rot, die Vögel sangen lustig in allen Wäldern, die Täler waren voller Schimmer, aber in meinem Herzen war es noch viel tausendmal schöner und fröhlicher!
Ich rief in das Schloß hinein, daß sie mir heut das Abendessen in den Garten herausbringen sollten. Die alte Frau, der alte grämliche Mann, die Mägde, sie mußten alle mit heraus und sich mit mir unter dem Baum an den gedeckten Tisch setzen. Ich zog meine Geige her-

vor und spielte und aß und trank dazwischen. Da wurden sie alle lustig, der alte Mann strich seine grämlichen Falten aus dem Gesicht und stieß ein Glas nach dem andern aus, die Alte plauderte in einem fort, Gott weiß was; die Mägde fingen an auf dem Rasen miteinander zu tanzen. Zuletzt kam auch noch der blasse Student neugierig hervor, warf einige verächtliche Blicke auf das Spektakel und wollte ganz vornehm wieder weitergehen. Ich aber, nicht zu faul, sprang geschwind auf, erwischte ihn, eh er sichs versah, bei seinem langen Überrock und walzte tüchtig mit ihm herum. Er strengte sich nun an, recht zierlich und neumodisch zu tanzen, und füßelte so emsig und künstlich, daß ihm der Schweiß vom Gesicht herunterfloß und die langen Rockschöße wie ein Rad um uns herumflogen. Dabei sah er mich aber manchmal so kurios mit verdrehten Augen an, daß ich mich ordentlich vor ihm zu fürchten anfing und ihn plötzlich wieder losließ.

Die Alte hätte nun gar zu gern erfahren, was in dem Briefe stand, und warum ich denn eigentlich heut auf einmal so lustig war. Aber das war ja viel zu weitläufig, um es ihr auseinandersetzen zu können. Ich zeigte bloß auf ein paar Kraniche, die eben hoch über uns durch die Luft zogen, und sagte: ich müßte nun auch so fort und immer fort, weit in die Ferne! – Da riß sie die vertrockneten Augen weit auf und blickte, wie ein Basilisk, bald auf mich, bald auf den alten Mann hinüber. Dann bemerkte ich, wie die beiden heimlich die Köpfe zusammensteckten, sooft ich mich wegwandte, und sehr eifrig miteinander sprachen und mich dabei zuweilen von der Seite ansahen.

Das fiel mir auf. Ich sann hin und her, was sie wohl mit mir vorhaben möchten. Darüber wurde ich stiller, die Sonne war auch schon lange untergegangen, und so wünschte ich allen gute Nacht und ging nachdenklich in meine Schlafstube hinauf.

Ich war innerlich so fröhlich und unruhig, daß ich noch lange im Zimmer auf und nieder ging. Draußen wälzte der Wind schwere, schwarze Wolken über den Schloßturm weg, man konnte kaum die nächsten Bergkoppen in der dicken Finsternis erkennen. Da kam es mir vor, als wenn ich im Garten unten Stimmen hörte. Ich löschte mein Licht aus und stellte mich ans Fenster. Die Stimmen schienen näher zu kommen, sprachen aber sehr leise miteinander. Auf einmal gab eine kleine Laterne, welche die eine Gestalt unterm Mantel trug, einen langen Schein. Ich erkannte nun den grämlichen Schloßverwalter und die alte Haushälterin. Das Licht blitzte über das Gesicht der Alten, das mir noch niemals so gräßlich vorgekommen war, und über ein langes Messer, das sie in der Hand hielt. Dabei konnte ich sehen, daß sie beide eben nach meinem Fenster hinaufsahen. Dann schlug der Verwalter seinen Mantel wieder dichter um, und es war bald alles wieder finster und still.

Was wollen die, dachte ich, zu dieser Stunde noch draußen im Garten? Mich schauderte, denn es fielen mir alle Mordgeschichten ein, die ich in meinem Leben gehört hatte, von Hexen und Räubern, welche Menschen abschlachten, um ihre Herzen zu fressen. Indem ich noch so nachdenke, kommen Menschentritte, erst die Treppe herauf, dann auf dem langen Gange ganz leise, leise auf meine Tür zu, dabei war es, als wenn zuweilen Stimmen heimlich miteinander wisperten. Ich sprang schnell an das andere Ende der Stube hinter einen großen Tisch, den ich, sobald sich etwas rührte, vor mir aufheben und so mit aller Gewalt auf die Tür losrennen wollte. Aber in der Finsternis warf ich einen Stuhl um, daß es ein entsetzliches Gepolter gab. Da wurde es auf einmal ganz still draußen. Ich lauschte hinter dem Tisch und sah immerfort nach der Tür, als wenn ich sie mit den Augen durchstechen wollte, daß mir ordentlich die Augen zum Kopfe herausstanden. Als ich mich ein Weilchen wieder so ruhig verhalten hatte, daß man die Fliegen an der Wand hätte können gehen hören, vernahm ich, wie jemand von draußen ganz leise einen Schlüssel ins Schlüsselloch steckte. Ich wollte nun eben mit meinem Tische losfahren, da drehte es den Schlüssel langsam dreimal in der Tür um, zog ihn vorsichtig wieder heraus und schnurrte dann sachte über den Gang und die Treppe hinunter.

Ich schöpfte nun tief Atem. Oho, dachte ich, da haben sie dich eingesperrt, damit sies kommode haben, wenn ich erst fest eingeschlafen bin. Ich untersuchte geschwind die Tür. Es war richtig, sie war fest verschlossen, ebenso die andere Tür, hinter der die hübsche, bleiche Magd schlief. Das war noch niemals geschehen, solange ich auf dem Schlosse wohnte.

Da saß ich nun in der Fremde gefangen! Die schöne Frau stand nun wohl an ihrem Fenster und sah über den stillen Garten nach der Landstraße hinaus, ob ich nicht schon am Zollhäuschen mit meiner Geige dahergestrichen komme, die Wolken flogen rasch über den Himmel, die Zeit verging – und ich konnte nicht fort von hier! Ach, mir war so weh im Herzen, ich wußte gar nicht mehr, was ich tun sollte. Dabei war mir's auch immer, wenn die Blätter draußen rauschten, oder eine Ratte am Boden knosperte, als wäre die Alte durch eine verborgene Tapetentür heimlich hereingetreten und lauere und schleiche leise mit dem langen Messer durchs Zimmer.

Als ich so voll Sorgen auf dem Bette saß, hörte ich auf einmal seit langer Zeit wieder die Nachtmusik unter meinen Fenstern. Bei dem ersten Klange der Gitarre war es mir nicht anders, als wenn mir ein Morgenstrahl plötzlich durch die Seele führe. Ich riß das Fenster auf und rief leise herunter, daß ich wach sei. Pst, pst! antwortete es von unten. Ich besann mich nun nicht lange, steckte das Briefchen und meine Geige zu mir, schwang mich aus dem Fenster und kletterte an der alten, zersprungenen Mauer hinab, indem ich mich mit den Händen an den Sträuchern, die aus den Ritzen wuchsen, anhielt. Aber einige morsche Ziegel gaben nach, ich kam ins Rutschen, es ging immer rascher und rascher mit mir, bis ich endlich mit beiden Füßen aufplumpte, daß mirs im Gehirnkasten knisterte.

Kaum war ich auf diese Art unten im Garten angekommen, so umarmte mich jemand mit solcher Vehemenz, daß ich laut aufschrie. Der gute Freund aber hielt mir schnell die Finger auf den Mund, faßte mich bei der Hand und führte mich dann aus dem Gesträuch ins Freie hinaus. Da erkannte ich mit Verwunderung den guten, langen Studenten, der die Gitarre an einem breiten seidenen Bande um den Hals hängen hatte. – Ich beschrieb ihm nun in größter Geschwindigkeit, daß ich aus dem Garten hinauswollte. Er schien aber das alles schon lange zu wissen und führte mich auf allerlei verdeckten Umwegen zu dem untern Tore in der hohen Gartenmauer. Aber da war nun auch das Tor wieder fest verschlossen! Doch der Student hatte auch das schon vorbedacht, er zog einen großen Schlüssel hervor und schloß behutsam auf.

Als wir nun in den Wald hinaustraten und ich ihn eben noch um den besten Weg zur nächsten Straße fragen wollte, stürzte er plötzlich vor mir auf ein Knie nieder, hob die eine Hand hoch in die Höhe und fing an zu fluchen und zu schwören, daß es entsetzlich anzuhören war. Ich wußte gar nicht, was er wollte, ich hörte nur immerfort: Idio und cuore und amore und furore! Als er aber am Ende gar anfing, auf beiden Knien schnell und immer näher auf mich zuzurutschen, da wurde mir auf einmal ganz grauslich, ich merkte wohl, daß er verrückt war, und rannte, ohne mich umzusehen, in den dicksten Wald hinein.

Ich hörte nun den Studenten wie rasend hinter mir drein schreien. Bald darauf gab noch eine andere grobe Stimme vom Schlosse her Antwort. Ich dachte mir nun wohl, daß sie mich aufsuchen würden. Der Weg war mir unbekannt, die Nacht finster, ich konnte ihnen leicht wieder in die Hände fallen. Ich kletterte daher auf den Wipfel einer hohen Tanne hinauf, um bessere Gelegenheit abzuwarten. Von dort konnte ich hören, wie auf dem Schlosse eine Stimme nach der andern wach wurde. Einige Windlichter zeigten sich oben und warfen ihre wilden roten Scheine über das alte Gemäuer des Schlosses und weit vom Berge in die schwarze Nacht hinein. Ich befahl meine Seele dem lieben Gott, denn das verworrene Getümmel wurde immer lauter und näherte sich immer mehr und mehr. Endlich stürzte der Student mit einer Fackel unter meinem Baume vorüber, daß ihm die Rockschöße weit im Winde nachflogen. Dann schienen sie sich alle nach und nach auf eine andere Seite des Berges hinzuwenden, die Stimmen schallten immer ferner und ferner, und der Wind rauschte wieder durch den stillen Wald. Da stieg ich schnell von dem Baume herab und lief atemlos weiter in das Tal und die Nacht hinaus.

SIEBENTES KAPITEL

Ich war Tag und Nacht eilig fortgegangen, denn es sauste mir lange in den Ohren, als kämen die vom Berge mit ihrem Rufen, mit Fakkeln und langen Messern noch immer hinter mir drein. Unterwegs erfuhr ich, daß ich nur noch ein paar Meilen von Rom wäre. Da erschrak ich ordentlich vor Freude. Denn von dem prächtigen Rom hatte ich schon zu Hause als Kind viele wunderbare Geschichten gehört, und wenn ich dann an Sonntagsnachmittagen vor der Mühle im Grase lag und alles ringsum so still war, da dachte ich mir Rom wie die ziehenden Wolken über mir, mit wundersamen Bergen und Abgründen am blauen Meer und goldnen Toren und hohen glänzenden Türmen, von denen Engel in goldnen Gewändern sangen. – Die Nacht war schon wieder lange hereingebrochen, und der Mond schien prächtig, als ich endlich auf einem Hügel aus dem Walde heraustrat und auf einmal die Stadt in der Ferne vor mir sah. – Das Meer leuchtete von weitem, der Himmel blitzte und funkelte unübersehbar mit unzähligen Sternen, darunter lag die heilige Stadt, von der man nur einen langen Nebelstreif erkennen konnte, wie ein eingeschlafener Löwe auf der stillen Erde, und Berge standen daneben, wie dunkle Riesen, die ihn bewachten.

Ich kam nun zuerst auf eine große, einsame Heide, auf der es so grau und still war wie im Grabe. Nur hin und her stand ein altes verfallenes Gemäuer oder ein trockener wunderbar gewundener Strauch; manchmal schwirrten Nachtvögel durch die Luft, und mein eigener Schatten strich immerfort lang und dunkel in der Einsamkeit neben mir her. Sie sagen, daß hier eine uralte Stadt und die Frau Venus begraben liegt und die alten Heiden zuweilen noch aus ihren Gräbern heraufsteigen und bei stiller Nacht über die Heide gehen und die Wanderer verwirren. Aber ich ging immer gerade fort und ließ mich nichts anfechten. Denn die Stadt stieg immer deutlicher und prächtiger vor mir herauf, und die hohen Burgen und Tore und goldenen Kuppeln glänzten so herrlich im hellen Mondenschein, als ständen wirklich die Engel in goldnen Gewändern auf den Zinnen und sängen durch die stille Nacht herüber.

So zog ich denn endlich erst an kleinen Häusern vorbei, dann durch ein prächtiges Tor in die berühmte Stadt Rom hinein. Der Mond schien zwischen den Palästen, als wäre es heller Tag, aber die Straßen waren schon alle leer, nur hin und wieder lag ein lumpiger Kerl, wie ein Toter, in der lauen Nacht auf den Marmorschwellen und schlief. Dabei rauschten die Brunnen auf den stillen Plätzen, und die Gärten an der Straße säuselten dazwischen und erfüllten die Luft mit erquikkenden Düften.

Wie ich nun ebenso weiter fortschlendere und vor Vergnügen, Mondschein und Wohlgeruch gar nicht weiß, wohin ich mich wenden soll, läßt sich tief aus dem einen Garten eine Gitarre hören. Mein Gott, denk ich, da ist mir wohl der tolle Student mit dem langen Überrock heimlich nachgesprungen! Darüber fing eine Dame in dem Garten an überaus lieblich zu singen. Ich stand ganz wie bezaubert, denn es war die Stimme der schönen gnädigen Frau, und dasselbe welsche Liedchen, das sie gar oft zu Hause am offnen Fenster gesungen hatte.

Da fiel mir auf einmal die schöne alte Zeit mit solcher Gewalt aufs Herz, daß ich bitterlich hätte weinen mögen, der stille Garten vor dem Schloß in früher Morgenstunde, und wie ich da hinter dem Strauch so glückselig war, ehe mir die dumme Fliege in die Nase flog. Ich konnte mich nicht länger halten. Ich kletterte auf den vergoldeten Zieraten über das Gittertor und schwang mich in den Garten hinunter, woher der Gesang kam. Da bemerkte ich, daß eine schlanke, weiße Gestalt von fern hinter einer Pappel stand und mir erst verwundert zusah, als ich über das Gitterwerk kletterte, dann aber auf einmal so schnell durch den dunklen Garten nach dem Hause zuflog, daß man sie im Mondschein kaum füßeln sehen konnte. Das war sie selbst! rief ich aus, und das Herz schlug mir vor Freude, denn ich erkannte sie gleich an den kleinen, geschwinden Füßchen wieder. Es war nur schlimm, daß ich mir beim Herunterspringen vom Gartentore den rechten Fuß etwas vertreten hatte, ich mußte daher erst ein paarmal mit dem Beine schlenkern, eh ich zu dem Hause nachspringen konnte. Aber da hatten sie unterdes Tür und Fenster fest verschlossen. Ich klopfte ganz bescheiden an, horchte und klopfte wieder. Da war es nicht anders, als wenn es drinnen leise flüsterte und kicherte, ja einmal kam es mir vor, als wenn zwei helle Augen zwischen den Jalousien im Mondschein hervorfunkelten. Dann war auf einmal wieder alles still.

Sie weiß nur nicht, daß *ich* es bin, dachte ich, zog die Geige, die ich allzeit bei mir trage, hervor, spazierte damit auf dem Gange vor dem Hause auf und nieder und spielte und sang das Lied von der schönen Frau und spielte voll Vergnügen alle meine Lieder durch, die ich damals in den schönen Sommernächten im Schloßgarten oder auf der

Bank vor dem Zollhause gespielt hatte, daß es weit bis in die Fenster des Schlosses hinüberklang. – Aber es half alles nichts, es rührte und regte sich niemand im ganzen Hause. Da steckte ich endlich meine Geige traurig ein und legte mich auf die Schwelle vor der Haustür hin, denn ich war sehr müde von dem langen Marsch. Die Nacht war warm, die Blumenbeete vor dem Hause dufteten lieblich, eine Wasserkunst weiter unten im Garten plätscherte immerfort dazwischen. Mir träumte von himmelblauen Blumen, von schönen, dunkelgrünen, einsamen Gründen, wo Quellen rauschten und Bächlein gingen und bunte Vögel wunderbar sangen, bis ich endlich fest einschlief.

Als ich aufwachte, rieselte mir die Morgenluft durch alle Glieder. Die Vögel waren schon wach und zwitscherten auf den Bäumen um mich herum, als ob sie mich fürn Narren haben wollten. Ich sprang rasch auf und sah mich nach allen Seiten um. Die Wasserkunst im Garten rauschte noch immerfort, aber in dem Hause war kein Laut zu vernehmen. Ich guckte durch die grünen Jalousien in das eine Zimmer hinein. Da war ein Sofa, und ein großer runder Tisch mit grauer Leinwand verhangen, die Stühle standen alle in großer Ordnung und unverrückt an den Wänden herum; von außen aber waren die Jalousien an allen Fenstern heruntergelassen, als wäre das ganze Haus schon seit vielen Jahren unbewohnt. – Da überfiel mich ein ordentliches Grausen vor dem einsamen Hause und Garten und vor der gestrigen weißen Gestalt. Ich lief, ohne mich weiter umzusehen, durch die stillen Lauben und Gänge und kletterte geschwind wieder an dem Gartentor hinauf. Aber da blieb ich wie verzaubert sitzen, als ich auf einmal von dem hohen Gitterwerk in die prächtige Stadt hinuntersah. Da blitzte und funkelte die Morgensonne weit über die Dächer und in die langen stillen Straßen hinein, daß ich laut aufjauchzen mußte und voller Freude auf die Straße hinuntersprang. Aber wohin sollte ich mich wenden in der großen fremden Stadt? Auch ging mir die konfuse Nacht und das welsche Lied der schönen gnädigen Frau von gestern noch immer im Kopfe hin und her. Ich setzte mich endlich auf den steinernen Springbrunnen, der mitten auf dem einsamen Platze stand, wusch mir in dem klaren Wasser die Augen hell und sang dazu:

Wenn ich ein Vöglein wär,
Ich wüßt wohl, wovon ich sänge,
Und auch zwei Flüglein hätt,
Ich wüßt wohl, wohin ich mich schwänge!

Ei, lustiger Gesell, du singst ja wie eine Lerche beim ersten Morgenstrahl! sagte da auf einmal ein junger Mann zu mir, der während meines Liedes an den Brunnen herangetreten war. Mir aber, da ich so unverhofft deutsch sprechen hörte, war es nicht anders im Herzen, als wenn die Glocke aus meinem Dorfe am stillen Sonntagsmorgen plötzlich zu mir herüberklänge. Gott willkommen, bester Herr Landsmann! rief ich aus und sprang voller Vergnügen von dem steinernen Brunnen herab. Der junge Mann lächelte und sah mich von oben bis unten an. Aber was treibt Ihr denn eigentlich hier in Rom? fragte er endlich. Da wußte ich nun nicht gleich, was ich sagen sollte, denn daß ich soeben der schönen gnädigen Frau nachspränge, mocht ich ihm nicht sagen. Ich treibe, erwiderte ich, mich selbst ein bißchen herum, um die Welt zu sehn. – So, so! versetzte der junge Mann und lachte laut auf, da haben wir ja *ein* Metier. Da tu ich eben auch, um die Welt zu sehn und hinterdrein abzumalen. – Also ein Maler! rief ich fröhlich aus, denn mir fiel dabei Herr Leonhard und Guido ein. Aber der Herr ließ mich nicht zu Worte kommen. Ich denke, sagte er, du gehst mit und frühstückst bei mir, da will ich dich selbst abkonterfeien, daß es eine Freude sein soll! – Das ließ ich mir gern gefallen und wanderte nun mit dem Maler durch die leeren Straßen, wo nur hin und wieder erst einige Fensterladen aufgemacht wurden und bald ein Paar weiße Arme, bald ein verschlafnes Gesichtchen in die frische Morgenluft hinausguckte.
Er führte mich lange hin und her durch eine Menge konfuser, enger und dunkler Gassen, bis wir endlich in ein altes verräuchertes Haus hineinwuschten. Dort stiegen wir eine finstre Treppe hinauf, dann wieder eine, als wenn wir in den Himmel hineinsteigen wollten. Wir standen nun unter dem Dache vor einer Tür still, und der Maler fing an in allen Taschen vorn und hinten mit großer Eilfertigkeit zu suchen. Aber er hatte heute früh vergessen zuzuschließen und den Schlüssel in der Stube gelassen. Denn er war, wie er mir unterwegs

erzählte, noch vor Tagesanbruch vor die Stadt hinausgegangen, um die Gegend bei Sonnenaufgang zu betrachten. Er schüttelte nur mit dem Kopfe und stieß die Tür mit dem Fuße auf.

Das war eine lange, lange, große Stube, daß man darin hätte tanzen können, wenn nur nicht auf dem Fußboden alles vollgelegen hätte. Aber da lagen Stiefel, Papiere, Kleider, umgeworfene Farbentöpfe, alles durcheinander; in der Mitte der Stube standen große Gerüste, wie man zum Birnenabnehmen braucht, ringsum an der Wand waren große Bilder angelehnt. Auf einem langen hölzernen Tische war eine Schüssel, worauf neben einem Farbenklecks Brot und Butter lag. Eine Flasche Wein stand daneben.

Nun eßt und trinkt erst, Landsmann! rief mir der Maler zu. – Ich wollte mir auch sogleich ein paar Butterschnitten schmieren, aber da war wieder kein Messer da. Wir mußten erst lange in den Papieren auf dem Tische herumrascheln, ehe wir es unter einem großen Pakete endlich fanden. Darauf riß der Maler das Fenster auf, daß die frische Morgenluft fröhlich das ganze Zimmer durchdrang. Das war eine herrliche Aussicht weit über die Stadt weg in die Berge hinein, wo die Morgensonne lustig die weißen Landhäuser und Weingärten beschien. – Vivat unser kühlgrünes Deutschland da hinter den Bergen! rief der Maler aus und trank dazu aus der Weinflasche, die er mir dann hinreichte. Ich tat ihm höflich Bescheid und grüßte in meinem Herzen die schöne Heimat in der Ferne noch viel tausendmal. Der Maler aber hatte unterdes das hölzerne Gerüst, worauf ein sehr großes Papier aufgespannt war, näher an das Fenster herangerückt. Auf dem Papier war bloß mit großen schwarzen Strichen eine alte Hütte gar künstlich abgezeichnet. Darin saß die Heilige Jungfrau mit einem überaus schönen, freudigen und doch recht wehmütigen Gesichte. Zu ihren Füßen auf einem Nestlein von Stroh lag das Jesuskind, sehr freundlich, aber mit großen, ernsthaften Augen. Draußen auf der Schwelle der offnen Hütte aber knieten zwei Hirtenknaben mit Stab und Tasche. – Siehst du, sagte der Maler, dem einen Hirtenknaben da will ich deinen Kopf aufsetzen, so kommt dein Gesicht doch auch etwas unter die Leute, und will's Gott, sollen sie sich daran noch erfreuen, wenn wir beide schon lange begraben sind und selbst so still und fröhlich vor der Heiligen Mutter und ihrem Sohne knien wie die glücklichen Jungen hier. – Darauf ergriff er einen alten Stuhl, von dem ihm aber, da er ihn aufheben wollte, die halbe Lehne in der Hand blieb. Er paßte ihn geschwind wieder zusammen, schob ihn vor das Gerüst hin, und ich mußte mich nun darauf setzen und mein Gesicht etwas von der Seite, nach dem Maler zu, wenden. – So saß ich ein paar Minuten ganz still, ohne mich zu rühren. Aber ich weiß nicht, zuletzt konnt ichs gar nicht recht aushalten, bald juckte michs da, bald juckte michs dort. Auch hing mir gerade gegenüber ein zerbrochner halber Spiegel, da mußt ich immerfort hineinsehen und machte, wenn er eben malte, aus Langeweile allerlei Gesichter und Grimassen. Der Maler, der es bemerkte, lachte endlich laut auf und winkte mir mit der Hand, daß ich wieder aufstehen sollte. Mein Gesicht auf dem Hirten war auch schon fertig und sah so klar aus, daß ich mir ordentlich selber gefiel.

Er zeichnete nun in der frischen Morgenkühle immer fleißig fort, während er ein Liedchen dazu sang und zuweilen durch das offene Fenster in die prächtige Gegend hinausblickte. Ich aber schnitt mir unterdes noch eine Butterstolle und ging damit im Zimmer auf und ab und besah mir die Bilder, die an der Wand aufgestellt waren. Zwei darunter gefielen mir ganz besonders gut. Habt Ihr die auch gemalt? fragte ich den Maler. Warum nicht gar! erwiderte er, die sind von den berühmten Meistern Leonardo da Vinci und Guido Reni – aber da weißt du ja doch nichts davon! – Mich ärgerte der Schluß der Rede. O, versetzte ich ganz gelassen, die beiden Meister kenne ich wie meine eigne Tasche. – Da machte er große Augen. Wieso? fragte er geschwind. Nun, sagte ich, bin ich nicht mit ihnen Tag und Nacht fortgereist, zu Pferde und zu Fuß und zu Wagen, daß mir der Wind am Hute pfiff, und hab sie alle beide in der Schenke verloren und bin dann allein in ihrem Wagen mit Extrapost immer weiter gefahren, daß der Bombenwagen immerfort auf zwei Rädern über die entsetzlichen Steine flog, und – Oho! Oho! unterbrach mich der Maler und sah mich starr an, als wenn er mich für verrückt hielte. Dann aber brach er plötzlich in ein lautes Gelächter aus. Ach, rief er, nun versteh ich erst, du bist mit zwei Malern gereist, die Guido und Leonhard hießen? – Da ich das bejahte, sprang er rasch auf und sah mich nochmals von oben bis unten ganz genau an. Ich glaube gar, sagte er, am Ende – spielst du die Violine? – Ich schlug auf meine Rocktasche, daß die Geige darin einen Klang gab. – Nun, wahrhaftig, versetzte der Maler, da war eine Gräfin aus Deutschland hier, die hat sich in allen Winkeln von Rom nach den beiden Malern und nach einem jungen Musikanten mit der Geige erkundigen lassen. – Eine junge Gräfin aus Deutschland? rief ich voller Entzücken aus, ist der Portier mit? – Ja, das weiß ich alles nicht, erwiderte der Maler, ich sah sie nur einige Male bei einer Freundin von ihr, die aber auch nicht in der Stadt wohnt. – Kennst du die? fuhr er fort, indem er in einem Winkel plötzlich eine Leinwanddecke von einem großen Bilde in die Höhe hob. Da war mirs doch nicht anders, als wenn man in einer finstern Stube die Laden aufmacht und einem die Morgensonne auf einmal über die Augen blitzt, es war – die schöne gnädige Frau! – sie stand in einem schwarzen Samtkleide im Garten und hob mit einer Hand den Schleier vom Gesicht und sah still und freundlich in eine weite, prächtige Gegend hinaus. Je länger ich hinsah, je mehr kam es mir vor, als wäre es der Garten am Schlosse, und die Blumen und Zweige wiegten sich leise im Winde, und unten in der Tiefe sähe ich mein Zollhäuschen und die Landstraße weit durchs Grüne und die Donau und die fernen blauen Berge.

Sie ists, sie ists! rief ich endlich, erwischte meinen Hut und rannte rasch zur Tür hinaus, die vielen Treppen hinunter, und hörte nur noch, daß mir der verwunderte Maler nachschrie, ich sollte gegen Abend wiederkommen, da könnten wir vielleicht mehr erfahren.

ACHTES KAPITEL

Ich lief mit großer Eilfertigkeit durch die Stadt, um mich sogleich wieder in dem Gartenhause zu melden, wo die schöne Frau gestern abend gesungen hatte. Auf den Straßen war unterdes alles lebendig geworden, Herren und Damen zogen im Sonnenschein und neigten sich und grüßten bunt durcheinander, prächtige Karossen rasselten dazwischen, und von allen Türmen läutete es zur Messe, daß die Klänge über dem Gewühl wunderbar in der klaren Luft durcheinander hallten. Ich war wie betrunken von Freude und von dem Rumor und rannte in meiner Fröhlichkeit immer gerade fort, bis ich zuletzt gar nicht mehr wußte, wo ich stand. Es war wie verzaubert, als wäre der stille Platz mit dem Brunnen und der Garten und das Haus bloß ein Traum gewesen und beim hellen Tageslichte alles wieder von der Erde verschwunden.

Fragen konnte ich nicht, denn ich wußte den Namen des Platzes nicht. Endlich fing es auch an sehr schwül zu werden, die Sonnenstrahlen schossen recht wie sengende Pfeile auf das Pflaster, die Leute verkrochen sich in die Häuser, die Jalousien wurden überall wieder zugemacht, und es war auf einmal wie ausgestorben auf den Straßen. Ich warf mich zuletzt ganz verzweifelt vor einem schönen großen Hause hin, vor dem ein Balkon mit Säulen breiten Schatten warf, und betrachtete bald die stille Stadt, die in der plötzlichen Einsamkeit bei heller Mittagsstunde ordentlich schauerlich aussah, bald wieder den tiefblauen, ganz wolkenlosen Himmel, bis ich endlich vor großer Ermüdung gar einschlummerte. Da träumte mir, ich läge bei meinem Dorfe auf einer einsamen, grünen Wiese, ein warmer Sommerregen sprühte und glänzte in der Sonne, die soeben hinter den Bergen unterging, und wie die Regentropfen auf den Rasen fielen, waren es lauter schöne bunte Blumen, so daß ich davon ganz überschüttet war.

Aber wie erstaunte ich, als ich erwachte und wirklich eine Menge schöner frischer Blumen auf und neben mir liegen sah! Ich sprang auf, konnte aber nichts Besonderes bemerken, als bloß in dem Hause über mir ein Fenster ganz oben voll von duftenden Sträuchern und Blumen, hinter denen ein Papagei unablässig plauderte und kreischte. Ich las nun die zerstreuten Blumen auf, band sie zusammen und steckte mir den Strauß vorn ins Knopfloch. Dann aber fing ich an, mit dem Papagei ein wenig zu diskurieren, denn es freute mich, wie er in seinem vergoldeten Gebauer mit allerlei Grimassen herauf und herunter stieg und sich dabei immer ungeschickt über die große Zehe trat. Doch ehe ich michs versah, schimpfte er mich furfante! Wenn es gleich eine unvernünftige Bestie war, so ärgerte es mich doch. Ich schimpfte ihn wieder, wir gerieten endlich beide in Hitze, je mehr ich auf deutsch schimpfte, je mehr gurgelte er auf italienisch wieder auf mich los.

Auf einmal hörte ich jemand hinter mir lachen. Ich drehte mich rasch um. Es war der Maler von heute früh. Was stellst du wieder für tolles Zeug an! sagte er, ich warte schon eine halbe Stunde auf dich. Die Luft ist wieder kühler, wir wollen in einen Garten vor der Stadt gehen, da wirst du mehrere Landsleute finden und vielleicht etwas Näheres von der deutschen Gräfin erfahren.

Darüber war ich außerordentlich erfreut, und wir traten unsern Spaziergang sogleich an, während ich den Papagei noch lange hinter mir drein schimpfen hörte.

Nachdem wir draußen vor der Stadt auf schmalen, steinichten Fußsteigen lange zwischen Landhäusern und Weingärten hinaufgestiegen waren, kamen wir an einen kleinen hochgelegenen Garten, wo mehrere junge Männer und Mädchen im Grünen um einen runden Tisch saßen. Sobald wir hineintraten, winkten uns alle zu, uns still zu verhalten, und zeigten auf die andere Seite des Gartens hin. Dort saßen in einer großen, grünverwachsenen Laube zwei schöne Frauen an einem Tisch einander gegenüber. Die eine sang, die andere spielte Gitarre dazu. Zwischen beiden hinter dem Tische stand ein freundlicher Mann, der mit einem kleinen Stäbchen zuweilen den Takt schlug. Dabei funkelte die Abendsonne durch das Weinlaub, bald über die Weinflaschen und Früchte, womit der Tisch in der Laube besetzt war, bald über die vollen, runden, blendendweißen Achseln der Frau mit der Gitarre. Die andere war wie verzückt und sang auf italienisch ganz außerordentlich künstlich, daß ihr die Flechsen am Halse aufschwollen.

Wie sie nun soeben mit zum Himmel gerichteten Augen eine lange Kadenz anhielt und der Mann neben ihr mit aufgehobenem Stäbchen auf den Augenblick paßte, wo sie wieder in den Takt einfallen würde, und keiner im ganzen Garten zu atmen sich unterstand, da flog plötzlich die Gartentür weit auf und ein ganz erhitztes Mädchen und hinter ihr ein junger Mensch mit einem feinen, bleichen Gesicht stürzten in großem Gezänke herein. Der erschrockene Musikdirektor blieb mit seinem aufgehobenen Stabe wie ein versteinerter Zauberer stehen, obgleich die Sängerin schon längst den langen Triller plötzlich abgeschnappt hatte und zornig aufgestanden war. Alle übrigen zischten den Neuangekommenen wütend an. Barbar! rief ihm einer von dem runden Tische zu, du rennst da mitten in das sinnreiche Tableau von der schönen Beschreibung hinein, welche der selige Hoffmann, Seite 347 des Frauentaschenbuches für 1816, von dem schönsten Hummelschen Bilde gibt, das im Herbst 1814 auf der Berliner Kunstausstellung zu sehen war! – Aber das half alles nichts. Ach was! entgegnete der junge Mann, mit euern Tableaus von Tableaus! Mein selbst erfundenes Bild für die andern, und mein Mädchen für mich allein! So will ich es halten! O du Ungetreue, du Falsche! fuhr er dann von neuem gegen das arme Mädchen fort, du kritische Seele, die in der Malerkunst nur den Silberblick und in der Dichterkunst nur den goldenen Faden sucht und keinen Liebsten, sondern nur lauter Schätze hat! Ich wünsche dir hinfüro, anstatt eines ehrlichen malerischen Pinsels, einen alten Duka mit einer ganzen Münzgrube von Diamanten auf der Nase und mit hellem Silberblick auf der kahlen Platte, und mit Goldschnitt auf den paar noch übrigen Haaren! Ja nur heraus mit dem verruchten Zettel, den du da vorhin vor mir versteckt hast! Was hast du wieder angezettelt? Von wem ist der Wisch, und an wen ist er?

Aber das Mädchen sträubte sich standhaft, und je eifriger die andern den erbosten jungen Menschen umgaben und ihn mit großem Lärm zu trösten und zu beruhigen suchten, desto erhitzter und toller wurde er von dem Rumor, zumal da das Mädchen auch ihr Mäulchen nicht halten konnte, bis sie endlich weinend aus dem verworrenen Knäuel hervorflog und sich auf einmal ganz unverhofft an meine Brust stürzte, um bei mir Schutz zu suchen. Ich stellte mich auch sogleich in die gehörige Positur, aber da die andern in dem Getümmel soeben nicht auf uns acht gaben, kehrte sie plötzlich das Köpfchen nach mir herauf und flüsterte mir mit ganz ruhigem Gesichte sehr leise und schnell ins Ohr: Du abscheulicher Einnehmer! Um dich muß ich das alles leiden. Da steck den fatalen Zettel geschwind zu dir, du findest darauf bemerkt, wo wir wohnen. Also zur bestimmten Stunde, wenn du ins Tor kommst, immer die einsame Straße rechts fort! –

Ich konnte vor Verwunderung kein Wort hervorbringen, denn wie ich sie nun erst recht ansah, erkannte ich sie auf einmal: es war wahrhaftig die schnippische Kammerjungfer vom Schloß, die mir damals an dem schönen Sonntagsabende die Flasche mit Wein brachte. Sie war mir sonst niemals so schön vorgekommen, als da sie sich jetzt so erhitzt an mich lehnte, daß die schwarzen Locken über meinem Arm herabhingen. – Aber, verehrte Mamsell, sagte ich voller Erstaunen, wie kommen Sie – Um Gottes willen, still nur, jetzt still! erwiderte sie und sprang geschwind von mir fort auf die andere Seite des Gartens, eh ich mich noch auf alles recht besinnen konnte. Unterdes hatten die andern ihr erstes Thema fast ganz vergessen, zankten aber untereinander recht vergnüglich weiter, indem sie dem jungen Menschen beweisen wollten, daß er eigentlich betrunken sei, was sich für einen ehrliebenden Maler gar nicht schicke. Der runde, fixe Mann aus der Laube, der – wie ich nachher erfuhr – ein großer Kenner und Freund von Künsten war und aus Liebe zu den Wissenschaften gern alles mitmachte, hatte auch sein Stäbchen weggeworfen und flankierte mit seinem fetten Gesicht, das vor Freundlichkeit ordentlich glänzte, eifrig mitten in dem dicksten Getümmel herum, um alles zu vermitteln und zu beschwichtigen, während er dazwischen immer wieder die lange Kadenz und das schöne Tableau bedauerte, das er mit vieler Mühe zusammengebracht hatte.

Mir aber war es so sternklar im Herzen wie damals an dem glückseligen Sonnabend, als ich am offenen Fenster vor der Weinflasche bis tief in die Nacht hinein auf der Geige spielte. Ich holte, da der Rumor gar kein Ende nehmen wollte, frisch meine Violine wieder hervor und spielte, ohne mich lange zu besinnen, einen welschen Tanz auf, den sie dort im Gebirge tanzen und den ich auf dem alten, einsamen Waldschlosse gelernt hatte.

Da reckten alle die Köpfe in die Höh. Bravo, bravissimo, ein deliziöser Einfall! rief der lustige Kenner von den Künsten und lief sogleich von einem zum andern, um ein ländliches Divertissement, wie er's nannte, einzurichten. Er selbst machte den Anfang, indem er der Dame die Hand reichte, die vorhin in der Laube gespielt hatte. Er begann darauf außerordentlich künstlich zu tanzen, schrieb mit den Fußspitzen allerlei Buchstaben auf den Rasen, schlug ordentliche Triller mit den Füßen und machte von Zeit zu Zeit ganz passable Luftsprünge. Aber er bekam es bald satt, denn er war etwas korpulent. Er machte immer kürzere und ungeschicktere Sprünge, bis er endlich ganz aus dem Kreise heraustrat und heftig hustete und sich mit seinem schneeweißen Schnupftuche unaufhörlich den Schweiß abwischte. Unterdes hatte auch der junge Mensch, der nun wieder ganz gescheut geworden war, aus dem Wirtshause Kastagnetten herbeigeholt, und ehe ich michs versah, tanzten alle unter den Bäumen bunt durcheinander. Die untergegangene Sonne warf noch einige rote Widerscheine zwischen die dunklen Schatten und über das alte Gemäuer und die von Efeu wild überwachsenen, halb versunkenen Säulen hinten im Garten, während man von der andern Seite tief unter den Weinbergen die Stadt Rom in den Abendgluten liegen sah. Da tanzten sie alle lieblich im Grünen in der klaren stillen Luft, und mir lachte das Herz recht im Leibe, wie die schlanken Mädchen, und die Kammerjungfer mitten unter ihnen, sich so mit aufgehobenen Armen wie heidnische Waldnymphen zwischen dem Laubwerk schwangen und dabei jedesmal in der Luft mit den Kastagnetten lustig dazu schnalzten. Ich konnte mich nicht länger halten, ich sprang mitten unter sie hinein und machte, während ich dabei immerfort geigte, recht artige Figuren.

Ich mochte eine ziemliche Weile so im Kreise herumgesprungen sein und merkte gar nicht, daß die andern unterdes anfingen müde zu werden und sich nach und nach von dem Rasenplatze verloren. Da zupfte mich jemand von hinten tüchtig an den Rockschößen. Es war die Kammerjungfer. Sei kein Narr, sagte sie leise, du springst ja wie ein Ziegenbock! Studiere deinen Zettel ordentlich und komm bald nach, die schöne junge Gräfin wartet. – Und damit schlüpfte sie in der Dämmerung zur Gartenpforte hinaus und war bald zwischen den Weingärten verschwunden.

Mir klopfte das Herz, ich wäre am liebsten gleich nachgesprungen. Zum Glück zündete der Kellner, da es schon dunkel geworden war, in einer großen Laterne an der Gartentür Licht an. Ich trat heran und zog geschwind den Zettel heraus. Da war ziemlich kritzlig mit Bleifeder das Tor und die Straße beschrieben, wie mir die Kammerjungfer vorhin gesagt hatte. Dann stand: Elf Uhr an der kleinen Tür. – Da waren noch ein paar lange Stunden hin! – Ich wollte mich dessenungeachtet sogleich auf den Weg machen, denn ich hatte keine Rast und Ruhe mehr; aber da kam der Maler, der mich hierher gebracht hatte, auf mich los. Hast du das Mädchen gesprochen? fragte er, ich seh' sie nun nirgends mehr; das war das Kammermädchen von der deutschen Gräfin. Still, still! erwiderte ich, die Gräfin ist noch in Rom. Nun, desto besser, sagte der Maler, so komm und trink mit uns auf ihre Gesundheit! und damit zog er mich, wie sehr ich mich auch sträubte, in den Garten zurück.

Da war es unterdes ganz öde und leer geworden. Die lustigen Gäste wanderten, jeder sein Liebchen am Arm, nach der Stadt zu, und man hörte sie noch durch den stillen Abend zwischen den Weingärten plaudern und lachen, immer ferner und ferner, bis sich endlich die Stimmen tief in dem Tale im Rauschen der Bäume und des Stromes verloren. Ich war noch mit meinem Maler und dem Herrn Eckbrecht – so hieß der andere junge Maler, der sich vorhin so herumgezankt hatte – allein oben zurückgeblieben. Der Mond schien prächtig im Garten zwischen die hohen, dunklen Bäume herein, ein Licht flackerte im Winde auf dem Tische vor uns und schimmerte über den vielen vergoßnen Wein auf der Tafel. Ich mußte mich mit hinsetzen, und mein Maler plauderte mit mir über meine Herkunft, meine Reise und meinen Lebensplan. Herr Eckbrecht aber hatte das junge hübsche Mädchen aus dem Wirtshause, nachdem sie uns Flaschen auf den Tisch gestellt, vor sich auf den Schoß genommen, legte ihr die Gitarre in den Arm und lehrte sie ein Liedchen darauf klimpern. Sie fand sich auch bald mit den kleinen Händchen zurecht, und sie sangen dann zusammen ein italienisches Lied, einmal er, dann wieder das Mädchen eine Strophe, was sich in dem schönen stillen Abend prächtig ausnahm. – Als das Mädchen dann weggerufen wurde, lehnte sich Herr Eckbrecht mit der Gitarre auf der Bank zurück, legte seine Füße auf einen Stuhl, der vor ihm stand, und sang nun für sich allein viele herrliche deutsche und italienische Lieder, ohne sich weiter um uns zu bekümmern. Dabei schienen die Sterne prächtig am klaren Firmament, die ganze Gegend war wie versilbert vom Mondscheine, ich dachte an die schöne Frau, an die ferne Heimat und vergaß darüber ganz meinen Maler neben mir. Zuweilen mußte Herr Eckbrecht stimmen, darüber wurde er immer ganz zornig. Er drehte und riß zuletzt an dem Instrument, daß plötzlich eine Saite sprang. Da warf er die Gitarre hin und sprang auf. Nun wurde er erst gewahr, daß mein Maler sich unterdes über seinen Arm auf den Tisch gelegt hatte und fest eingeschlafen war. Er warf schnell einen weißen Mantel um, der auf einem Aste neben dem Tische hing, besann sich aber plötzlich, sah erst meinen Maler, dann mich ein paarmal scharf an, setzte sich darauf, ohne sich lange zu bedenken, gerade vor mich auf den Tisch hin, räusperte sich, rückte an seiner Halsbinde und fing dann auf einmal an, eine Rede an mich zu halten. Geliebter Zuhörer und Landsmann! sagte er, da die Flaschen beinahe leer sind, und da die Moral unstreitig die erste Bürgerpflicht ist, wenn die Tugenden auf die Neige gehen, so fühle ich mich aus landsmännlicher Sympathie getrieben, dir einige Moralität zu Gemüte zu führen. – Man könnte zwar meinen, fuhr er fort, du seist ein bloßer Jüngling, während doch dein Frack über seine besten Jahre hinaus ist; man könnte vielleicht annehmen, du habest vorhin wunderliche Sprünge gemacht, wie ein Satyr; ja, einige möchten wohl behaupten, du seiest wohl gar ein Landstreicher, weil du hier auf dem Lande bist und die Geige streichst; aber ich kehre mich an solche oberflächlichen Urteile nicht, ich halte mich an deine feingespitzte Nase, ich halte dich für ein vazierendes Genie. – Mich ärgerten die verfänglichen Redensarten, ich wollte ihm soeben recht antworten. Aber er ließ mich nicht zu Worte kommen. Siehst du, sagte er, wie du dich schon aufblähst von dem bißchen Lobe. Gehe in dich und bedenke dies gefährliche Metier! Wir Genies – denn ich bin auch eins – machen uns aus der Welt ebensowenig, als sie sich aus uns, wir schreiten vielmehr ohne besondere Umstände in unsern Siebenmeilenstiefeln, die wir bald mit auf die Welt bringen, gerade auf die Ewigkeit los. O, höchst klägliche, unbequeme, breitgespreizte Position, mit dem einen Beine in der Zukunft, wo nichts als Morgenrot und zukünftige Kindergesichter dazwischen, mit dem andern Beine noch mitten in Rom auf der Piazza del Popolo, wo das ganze Säkulum bei der guten Gelegenheit mit will und sich an den Stiefel hängt, daß sie einem das Bein ausreißen möchten! Und alle das Zukken, Weintrinken und Hungerleiden lediglich für die unsterbliche Ewigkeit! Und siehe meinen Herrn Kollegen dort auf der Bank, der gleichfalls ein Genie ist; ihm wird die *Zeit* schon zu lang, was wird er erst in der Ewigkeit anfangen? Ja, hochgeschätzter Herr Kollege, du und ich und die Sonne, wir sind heute früh zusammen aufgegangen und haben den ganzen Tag gebrütet und gemalt, und es war alles schön – und nun fährt die schläfrige Nacht mit ihrem Pelzärmel über die Welt und hat alle Farben verwischt. Er sprach noch immerfort und war dabei mit seinen verwirrten Haaren von dem Tanzen und Trinken im Mondschein ganz leichenblaß anzusehen.

Mir graute aber schon lange vor ihm und seinem wilden Gerede, und als er sich nun förmlich zu dem schlafenden Maler herumwandte, benutzte ich die Gelegenheit, schlich, ohne daß er es bemerkte, um den Tisch aus dem Garten heraus und stieg, allein und fröhlich im Herzen, an dem Rebengeländer in das weite, vom Mondschein beglänzte Tal hinunter.

Von der Stadt her schlugen die Uhren zehn. Hinter mir hörte ich durch die stille Nacht noch einzelne Gitarrenklänge und manchmal die Stimmen der beiden Maler, die nun auch nach Hause gingen, von fern herüberschallen. Ich lief daher so schnell, als ich nur konnte, damit sie mich nicht weiter ausfragen sollten.

Am Tore bog ich sogleich rechts in die Straße ein und ging mit klopfendem Herzen eilig zwischen den stillen Häusern und Gärten fort. Aber wie erstaunte ich, als ich da auf einmal auf dem Platze mit dem Springbrunnen herauskam, den ich heute am Tage gar nicht hatte finden können. Da stand das einsame Gartenhaus wieder, im prächtigsten Mondschein, und auch die schöne Frau sang im Garten wieder dasselbe italienische Lied, wie gestern abend. – Ich rannte voller Entzücken erst an die kleine Tür, dann an die Haustür, und endlich mit aller Gewalt an das große Gartentor, aber es war alles verschlossen. Nun fiel mir erst ein, daß es noch nicht elf geschlagen hatte. Ich ärgerte mich über die langsame Zeit, aber über das Gartentor klettern, wie gestern, mochte ich wegen der guten Lebensart nicht. Ich ging daher ein Weilchen auf dem einsamen Platze auf und ab und setzte mich endlich wieder auf den steinernen Brunnen voller Gedanken und stiller Erwartung hin.

Die Sterne funkelten am Himmel, auf dem Platze war alles leer und still, ich hörte voll Vergnügen dem Gesange der schönen Frau zu, der zwischen dem Rauschen des Brunnens aus dem Garten herüberklang. Da erblickt ich auf einmal eine weiße Gestalt, die von der andern Seite des Platzes herkam und gerade auf die kleine Gartentür zuging. Ich blickte durch den Mondflimmer recht scharf hin – es war der wilde Maler in seinem weißen Mantel. Er zog schnell einen Schlüssel hervor, schloß auf, und eh ich mich's versah, war er im Garten drin.

Nun hatte ich gegen den Maler schon vom Anfang eine absonderliche Pike wegen seiner unvernünftigen Reden. Jetzt aber geriet ich ganz außer mir vor Zorn. Das liederliche Genie ist gewiß wieder betrunken, dachte ich, den Schlüssel hat er von der Kammerjungfer und will nun die gnädige Frau beschleichen, verraten, überfallen. – Und so stürzte ich durch das kleine, offen gebliebene Pförtchen in den Garten hinein.

Als ich eintrat, war es ganz still und einsam darin. Die Flügeltür vom Gartenhause stand offen, ein milchweißer Lichtschein drang daraus hervor und spielte auf dem Grase und den Blumen vor der Tür. Ich blickte von weitem herein. Da lag in einem prächtigen grünen Gemach, das von einer weißen Lampe nur wenig erhellt war, die schöne gnädige Frau, mit der Gitarre im Arm, auf einem seidenen Faulbettchen, ohne in ihrer Unschuld an die Gefahren draußen zu denken. Ich hatte aber nicht lange Zeit, hinzusehen, denn ich bemerkte soeben, daß die weiße Gestalt von der andern Seite ganz behutsam hinter den Sträuchern nach dem Gartenhause zuschlich. Dabei sang die gnädige Frau so kläglich aus dem Hause, daß es mir recht durch Mark und Bein ging. Ich besann mich daher nicht lange, brach einen tüchtigen Ast ab, rannte damit gerade auf den Weißmantel los und schrie aus vollem Halse Mordio! daß der ganze Garten erzitterte. Der Maler, wie er mich so unverhofft daherkommen sah, nahm schnell Reißaus und schrie entsetzlich. Ich schrie noch besser, er lief nach dem Hause zu, ich ihm nach – und ich hatt ihn beinah schon erwischt, da verwickelte ich mich mit den Füßen in den fatalen Blumenstücken und stürzte auf einmal der Länge nach vor der Haustür hin.

Also du bist es, Narr! hört ich da über mir ausrufen, hast du mich doch fast zum Tode erschreckt. – Ich raffte mich geschwind wieder auf, und wie ich mir den Sand und die Erde aus den Augen wischte, steht die Kammerjungfer vor mir, die soeben bei dem letzten Sprunge den weißen Mantel von der Schulter verloren hatte. Aber, sagte ich ganz verblüfft, war denn der Maler nicht hier? – Ja freilich, entgegnete sie schnippisch, sein Mantel wenigstens, den er mir, als ich ihm vorhin im Tore begegnete, umgehängt hat, weil mich fror. – Über dem Geplauder war nun auch die gnädige Frau von ihrem Sofa aufgesprungen und kam zu uns an die Tür. Mir klopfte das Herz zum Zerspringen. Aber wie erschrak ich, als ich recht hinsah und anstatt der schönen gnädigen Frau auf einmal eine ganz fremde Person erblickte!

Es war eine etwas große, korpulente, mächtige Dame mit einer stolzen Adlernase und hochgewölbten schwarzen Augenbrauen, so recht zum Erschrecken schön. Sie sah mich mit ihren großen funkelnden Augen so majestätisch an, daß ich mich vor Ehrfurcht gar nicht zu lassen wußte. Ich war ganz verwirrt, ich machte in einem fort Komplimente und wollte ihr zuletzt gar die Hand küssen. Aber sie riß ihre Hand schnell weg und sprach dann auf italienisch zu der Kammerjungfer, wovon ich nichts verstand.

Unterdes aber war von dem vorigen Geschrei die ganze Nachbarschaft lebendig geworden. Hunde bellten, Kinder schrien, zwischendurch hörte man einige Männerstimmen, die immer näher und näher auf den Garten zukamen. Da blickte mich die Dame noch einmal an, als wenn sie mich mit feurigen Kugeln durchbohren wollte, wandte sich dann rasch nach dem Zimmer zurück, während sie dabei stolz und gezwungen auflachte, und schmiß mir die Tür vor der Nase zu. Die Kammerjungfer aber erwischte mich ohne weiteres beim Flügel und zerrte mich nach der Gartenpforte.

Da hast du wieder einmal recht dummes Zeug gemacht, sagte sie unterwegs voller Bosheit zu mir. Ich wurde auch schon giftig. Nun, zum Teufel! sagte ich, habt Ihr mich denn nicht selbst hierher bestellt? – Das ists ja eben, rief die Kammerjungfer, meine Gräfin meinte es so gut mit dir, wirft dir erst Blumen aus dem Fenster zu, singt Arien – und *das* ist nun ihr Lohn! Aber mit dir ist nun einmal nichts anzufangen; du trittst dein Glück ordentlich mit Füßen. – Aber, erwiderte ich, ich meinte die Gräfin aus Deutschland, die schöne gnädige Frau. – Ach, unterbrach sie mich, die ist ja lange schon wieder in Deutschland, mitsamt deiner tollen Amour. Und da lauf du nur auch wieder hin! Sie schmachtet ohnedies nach dir, da könnt ihr zusammen die Geige spielen und in den Mond gucken, aber daß du mir nicht wieder unter die Augen kommst!

Nun aber entstand ein entsetzlicher Rumor und Spektakel hinter uns. Aus dem anderen Garten kletterten Leute mit Knüppeln hastig über den Zaun, andere fluchten und durchsuchten schon die Gänge, desperate Gesichter mit Schlafmützen guckten im Mondschein bald da bald dort über die Hecken, es war, als wenn der Teufel auf einmal aus allen Hecken und Sträuchern Gesindel heckte. – Die Kammerjungfer fackelte nicht lange. Dort, dort läuft der Dieb! schrie sie den Leuten zu, indem sie dabei auf die andere Seite des Gartens zeigte. Dann schob sie mich schnell aus dem Garten und klappte das Pförtchen hinter mir zu.

Da stand ich nun unter Gottes freiem Himmel wieder auf dem stillen Platze mutterseelenallein, wie ich gestern angekommen war. Die Wasserkunst, die mir vorhin im Mondschein so lustig flimmerte, als wenn Engelein darin auf und nieder stiegen, rauschte noch fort, wie damals, mir aber war unterdes alle Lust und Freude in den Brunnen gefallen. – Ich nahm mir nun fest vor, dem falschen Italien mit seinen verrückten Malern, Pomeranzen und Kammerjungfern auf ewig den Rücken zu kehren, und wanderte noch zur selbigen Stunde zum Tore hinaus.

NEUNTES KAPITEL

Die treuen Berg stehn auf der Wacht:
Wer streicht bei stiller Morgenzeit
Da aus der Fremde durch die Heid? –
Ich aber mir die Berg betracht
Und lach in mich vor großer Lust
Und rufe recht aus frischer Brust
Parol und Feldgeschrei sogleich:
Vivat Östreich!

Da kennt mich erst die ganze Rund,
Nun grüßen Bach und Vöglein zart
Und Wälder rings nach Landesart,

Die Donau blitzt aus tiefem Grund,
Der Stephansturm auch ganz von fern
Guckt übern Berg und säh mich gern,
Und ist ers nicht, so kommt er doch gleich,
Vivat Östreich!

Ich stand auf einem hohen Berge, wo man zum erstenmal nach Östreich hineinsehen kann, und schwenkte voller Freude noch mit dem Hute und sang die letzte Strophe, da fiel auf einmal hinter mir im Walde eine prächtige Musik von Blasinstrumenten mit ein. Ich dreh mich schnell um und erblicke drei junge Gesellen in langen blauen Mänteln, davon bläst der eine Oboe, der andere die Klarinette und der dritte, der einen alten Dreistutzer auf dem Kopfe hatte, das Waldhorn – die akkompagnierten mich plötzlich, daß der ganze Wald erschallte. Ich, nicht zu faul, ziehe meine Geige hervor und spiele und singe sogleich frisch mit. Da sah einer den andern bedenklich an, der Waldhornist ließ dann zuerst seine Bausbacken wieder einfallen und setzte sein Waldhorn ab, bis am Ende alle stille wurden und mich anschauten. Ich hielt verwundert ein und sah sie auch an. – Wir meinten, sagte endlich der Waldhornist, weil der Herr so einen langen Frack hat, der Herr wäre ein reisender Engländer, der hier zu Fuß die schöne Natur bewundert; da wollten wir uns ein Viatikum verdienen. Aber, mir scheint, der Herr ist selber ein Musikant. – Eigentlich ein Einnehmer, versetzte ich, und komme direkt von Rom her, da ich aber seit geraumer Zeit nichts mehr eingenommen, so habe ich mich unterwegs mit der Violine durchgeschlagen. – Bringt nicht viel heutzutage! sagte der Waldhornist, der unterdes wieder an den Wald zurückgetreten war und mit seinem Dreistutzer ein kleines Feuer anfachte, das sie dort angezündet hatten. Da gehn die blasenden Instrumente schon besser, fuhr er fort; wenn so eine Herrschaft ganz ruhig zu Mittag speist, und wir treten unverhofft in das gewölbte Vorhaus und fangen alle drei aus Leibeskräften zu blasen an – gleich kommt ein Bedienter herausgesprungen mit Geld oder Essen, damit sie nur den Lärm wieder los werden. Aber will der Herr nicht eine Kollation mit uns einnehmen? Das Feuer loderte nun recht lustig im Walde, der Morgen war frisch, wir setzten uns alle ringsumher auf den Rasen, und zwei von den Musikanten nahmen ein Töpfchen, worin Kaffee und auch schon Milch war, vom Feuer, holten Brot aus ihren Manteltaschen hervor und tunkten und tranken abwechselnd aus dem Topfe, und es schmeckte ihnen so gut, daß es ordentlich eine Lust war anzusehen. – Der Waldhornist aber sagte: Ich kann das schwarze Gesöff nicht vertragen, und reichte mir dabei die eine Hälfte von einer großen, übereinandergelegten Butterschnitte, dann brachte er eine Flasche Wein zum Vorschein. Will der Herr nicht auch einen Schluck? – Ich tat einen tüchtigen Zug, mußte aber schnell wieder absetzen und das ganze Gesicht verziehn, denn es schmeckte wie Dreimännerwein. Hiesiges Gewächs, sagte der Waldhornist, aber der Herr hat sich in Italien den deutschen Geschmack verdorben.

Darauf kramte er eifrig in seinem Schubsack und zog endlich unter allerlei Plunder eine alte zerfetzte Landkarte hervor, worauf noch der Kaiser in vollem Ornate zu sehen war, den Zepter in der rechten, den Reichsapfel in der linken Hand. Er breitete sie auf dem Boden behutsam auseinander, die andern rückten näher heran, und sie beratschlagten nun zusammen, was sie für eine Marschroute nehmen sollten.

Die Vakanz geht bald zu Ende, sagte der eine, wir müssen uns gleich von Linz links abwenden, so kommen wir noch bei guter Zeit nach Prag. – Nun wahrhaftig! rief der Waldhornist, wem willst du da was vorpfeifen? nichts als Wälder und Kohlenbauern, kein geläuterter Kunstgeschmack, keine vernünftige freie Station! – O Narrenspossen! erwiderte der andere, die Bauern sind mir gerade die liebsten, die wissen am besten, wo einen der Schuh drückt, und nehmen's nicht so genau, wenn du manchmal eine falsche Note bläst. – Das macht, du hast kein point d'honneur, versetzte der Waldhornist, odi profanum vulgus et arceo, sagt der Lateiner. – Nun, Kirchen aber muß es auf der Tour doch geben, meinte der dritte, so kehren wir bei den Herren Pfarrern ein. – Gehorsamster Diener! sagte der Waldhornist, die geben kleines Geld und große Sermone, daß wir nicht so unnütz in der Welt herumschweifen, sondern uns besser auf die Wissenschaften applizieren sollen, besonders wenn sie in mir den künftigen Herrn Konfrater wittern. Nein, nein, Clericus clericum

non decimat. Aber was gibt es denn da überhaupt für große Not? Die Herren Professoren sitzen auch noch im Karlsbade und halten selbst den Tag nicht so genau ein. – Ja, distinguendum est inter et inter, erwiderte der andere, quod licet Jovi, non licet bovi!
Ich aber merkte nun, daß es Prager Studenten waren, und bekam einen ordentlichen Respekt vor ihnen, besonders da ihnen das Latein nur so wie Wasser von dem Munde floß. – Ist der Herr auch ein Studierter? fragte mich darauf der Waldhornist. Ich erwiderte bescheiden, daß ich immer besondere Lust zum Studieren, aber kein Geld gehabt hätte. – Das tut gar nichts, rief der Waldhornist, wir haben auch weder Geld, noch reiche Freundschaft. Aber ein gescheuter Kopf muß sich zu helfen wissen. Aurora musis amica, das heißt zu deutsch: mit vielem Frühstücken sollst du dir nicht die Zeit verderben. Aber wenn dann die Mittagsglocken von Turm zu Turm und von Berg zu Berg über die Stadt gehen und nun die Schüler auf einmal mit großem Geschrei aus dem alten finstern Kollegium herausbrechen und im Sonnenschein durch die Gassen schwärmen – da begeben wir uns bei den Kapuzinern zum Pater Küchenmeister und finden unsern gedeckten Tisch, und ist er auch nicht gedeckt, so steht doch für jeden ein voller Topf darauf, da fragen wir nicht viel danach und essen und perfektionieren uns dabei noch im Lateinischsprechen. Sieht der Herr, so studieren wir von einem Tage zum andern fort. Und wenn dann endlich die Vakanz kommt, und die andern fahren und reiten zu ihren Eltern fort, da wandern wir mit unsern Instrumenten unterm Mantel durch die Gassen zum Tore hinaus, und die ganze Welt steht uns offen.
Ich weiß nicht – wie er so erzählte – ging es mir recht durchs Herz, daß so gelehrte Leute so ganz verlassen sein sollten auf der Welt. Ich dachte dabei an mich, wie es mir eigentlich selber nicht anders ginge, und die Tränen traten mir in die Augen. – Der Waldhornist sah mich groß an. Das tut gar nichts, fuhr er wieder weiter fort, ich möchte gar nicht so reisen: Pferde und Kaffee und frisch überzogene Betten, und Nachtmützen und Stiefelknechte vorausbestellt. Das ist just das Schönste, wenn wir so frühmorgens heraustreten und die Zugvögel hoch über uns fortziehen, daß wir gar nicht wissen, welcher Schornstein heut für uns raucht, und gar nicht voraussehen, was uns bis zum

Abend noch für ein besonderes Glück begegnen kann. – Ja, sagte der andere, und wo wir hinkommen und unsere Instrumente herausziehen, wird alles fröhlich, und wenn wir dann zur Mittagsstunde auf dem Lande in ein Herrschaftshaus treten und im Hausflure blasen, da tanzen die Mägde miteinander vor der Haustür, und die Herrschaft läßt die Saaltür etwas aufmachen, damit sie die Musik drin besser hören, und durch die Lücke kommt das Tellergeklapper und der Bratenduft in den freudenreichen Schall herausgezogen, und die Fräuleins an der Tafel verdrehen sich fast die Hälse, um die Musikanten draußen zu sehen. – Wahrhaftig, rief der Waldhornist mit leuchtenden Augen aus, laßt die andern nur ihre Kompendien repetieren, *wir* studieren unterdes in dem großen Bilderbuche, das der liebe Gott uns draußen aufgeschlagen hat! Ja, glaub nur der Herr, aus uns werden gerade die rechten Kerls, die den Bauern dann was zu erzählen wissen und mit der Faust auf die Kanzel schlagen, daß den Knollfinken unten vor Erbauung und Zerknirschung das Herz im Leibe bersten möchte.

Wie sie so sprachen, wurde mir so lustig in meinem Sinn, daß ich gleich auch hätte mit studieren mögen. Ich konnte mich gar nicht satt hören, denn ich unterhalte mich gern mit studierten Leuten, wo man etwas profitieren kann. Aber es konnte gar nicht zu einem recht vernünftigen Diskurse kommen. Denn dem einen Studenten war vorhin angst geworden, weil die Vakanz so bald zu Ende gehen sollte. Er hatte daher hurtig sein Klarinett zusammengesetzt, ein Notenblatt vor sich auf das aufgestemmte Knie hingelegt und exerzierte sich eine schwierige Passage aus einer Messe ein, die er mitblasen sollte, wenn sie nach Prag zurückkamen. Da saß er nun und fingerte und pfiff dazwischen manchmal so falsch, daß es einem durch Mark und Bein ging und man oft sein eigenes Wort nicht verstehen konnte.

Auf einmal schrie der Waldhornist mit seiner Baßstimme: Topp, da hab ich es, er schlug dabei fröhlich auf die Landkarte neben ihm. Der andere ließ auf einen Augenblick von seinem fleißigen Blasen ab und sah ihn verwundert an. Hört, sagte der Waldhornist, nicht weit von Wien ist ein Schloß, auf dem Schlosse ist ein Portier, und der Portier ist mein Vetter! Teuerste Kondiszipels, da müssen wir hin, machen dem Herrn Vetter unser Kompliment, und er wird dann schon dafür sorgen, wie er uns wieder weiter fortbringt! – Als ich das hörte, fuhr ich geschwind auf. Bläst er nicht auf dem Fagott? rief ich, und ist von langer, gerader Beschaffenheit und hat eine große vornehme Nase? – Der Waldhornist nickte mit dem Kopfe. Ich aber embrassierte ihn vor Freuden, daß ihm der Dreistutzer vom Kopfe fiel, und wir beschlossen nun sogleich, alle miteinander im Postschiffe auf der Donau nach dem Schloß der schönen Gräfin hinunterzufahren.

Als wir an das Ufer kamen, war schon alles zur Abfahrt bereit. Der dicke Gastwirt, bei dem das Schiff über Nacht angelegt hatte, stand breit und behaglich in seiner Haustür, die er ganz ausfüllte, und ließ zum Abschied allerlei Witze und Redensarten erschallen, während in jedem Fenster ein Mädchenkopf herausfuhr und den Schiffern noch freundlich zunickte, die soeben die letzten Pakete nach dem Schiffe schafften. Ein ältlicher Herr mit einem grauem Überrock und schwarzem Halstuch, der auch mitfahren wollte, stand am Ufer und sprach sehr eifrig mit einem jungen, schlanken Bürschchen, das mit langen, ledernen Beinkleidern und knapper, scharlachroter Jacke vor ihm auf einem prächtigen Engländer saß. Es schien mir zu meiner großen Verwunderung, als wenn sie beide zuweilen nach mir hinblickten und von mir sprächen. – Zuletzt lachte der alte Herr, das schlanke Bürschchen schnalzte mit der Reitgerte und sprengte, mit den Lerchen über ihm um die Wette, durch die Morgenluft in die blitzende Landschaft hinein.

Unterdes hatten die Studenten und ich unsere Kasse zusammengeschossen. Der Schiffer lachte und schüttelte den Kopf, als ihm der Waldhornist damit unser Fährgeld in lauter Kupferstücken aufzählte, die wir mit großer Not aus allen unsern Taschen zusammengebracht hatten. Ich aber jauchzte laut auf, als ich auf einmal wieder die Donau so recht vor mir sah: wir sprangen geschwind auf das Schiff hinauf, der Schiffer gab das Zeichen, und so flogen wir nun im schönsten Morgenglanze zwischen den Bergen und Wiesen hinunter.

Da schlugen die Vögel im Walde, und von beiden Seiten klangen die Morgenglocken von fern aus den Dörfern, hoch in der Luft hörte man manchmal die Lerchen dazwischen. Von dem Schiffe aber jubilierte und schmetterte ein Kanarienvogel mit darein, daß es eine rechte Lust war.

Der gehörte einem hübschen jungen Mädchen, die auch mit auf dem Schiffe war. Sie hatte den Käfig dicht neben sich stehen, von der andern Seite hielt sie ein feines Bündel Wäsche unterm Arm, so saß sie ganz still für sich und sah recht zufrieden bald auf ihre neuen Reiseschuhe, die unter dem Röckchen hervorkamen, bald wieder in das Wasser vor sich hinunter, und die Morgensonne glänzte ihr dabei auf der weißen Stirn, über der sie die Haare sehr sauber gescheitelt hatte. Ich merkte wohl, daß die Studenten gern einen höflichen Diskurs mit ihr angesponnen hätten, denn sie gingen immer an ihr vorüber, und der Waldhornist räusperte sich dabei und rückte bald an seiner Halsbinde, bald an dem Dreistutzer. Aber sie hatten keine rechte Courage, und das Mädchen schlug auch jedesmal die Augen nieder, sobald sie ihr näher kamen.

Besonders aber genierten sie sich vor dem ältlichen Herrn mit dem grauen Überrocke, der nun auf der andern Seite des Schiffes saß und den sie gleich für einen Geistlichen hielten. Er hatte ein Brevier vor sich, in welchem er las, dazwischen aber oft in die schöne Gegend von dem Buche aufsah, dessen Goldschnitt und die vielen dareingelegten bunten Heiligenbilder prächtig im Morgenschein blitzten. Dabei bemerkte er auch sehr gut, was auf dem Schiffe vorging, und erkannte bald die Vögel an ihren Federn; denn es dauerte nicht lange, so redete er einen von den Studenten lateinisch an, worauf alle drei herantraten, die Hüte vor ihm abnahmen und ihm wieder lateinisch antworteten. Ich aber hatte mich unterdes ganz vorn auf die Spitze des Schiffes gesetzt, ließ vergnügt meine Beine über dem Wasser herunterbaumeln und blickte, während das Schiff so fortflog und die Wellen unter mir rauschten und schäumten, immerfort in die blaue Ferne, wie da ein Turm und ein Schloß nach dem andern aus dem Ufergrün hervorkam, wuchs und wuchs und endlich hinter uns wieder verschwand. Wenn ich nur *heute* Flügel hätte! dachte ich und zog endlich vor Ungeduld meine liebe Violine hervor und spielte alle meine ältesten Stücke durch, die ich noch zu Hause und auf dem Schloß der schönen Frau gelernt hatte.

Auf einmal klopfte mir jemand von hinten auf die Achsel. Es war der geistliche Herr, der unterdes sein Buch weggelegt und mir schon ein Weilchen zugehört hatte. Ei, sagte er lachend zu mir, ei, ei, Herr ludi magister, Essen und Trinken vergißt er. Er hieß mich darauf meine Geige einstecken, um einen Imbiß mit ihm einzunehmen, und führte mich zu einer kleinen lustigen Laube, die von den Schiffern aus jungen Birken und Tannenbäumchen in der Mitte des Schiffes aufgerichtet worden war. Dort hatte er einen Tisch hinstellen lassen, und ich, die Studenten und selbst das junge Mädchen, wir mußten uns auf die Fässer und Pakete ringsherum setzen.

Der geistliche Herr packte nun einen großen Braten und Butterschnitten aus, die sorgfältig in Papier gewickelt waren, zog auch aus einem Futteral mehrere Weinflaschen und einen silbernen, innerlich vergoldeten Becher hervor, schenkte ein, kostete erst, roch daran und prüfte wieder und reichte dann einem jeden von uns. Die Studenten saßen kerzengerade auf ihren Fässern und aßen und tranken nur sehr wenig vor großer Devotion. Auch das Mädchen tauchte bloß das Schnäbelchen in den Becher und blickte dabei schüchtern bald auf mich, bald auf die Studenten, aber je öfter sie uns ansah, je dreister wurde sie nach und nach.

Sie erzählte endlich dem geistlichen Herrn, daß sie nun zum erstenmal von Hause in Kondition komme und soeben auf das Schloß ihrer neuen Herrschaft reise. Ich wurde über und über rot, denn sie nannte dabei das Schloß der schönen gnädigen Frau. – Also das soll meine zukünftige Kammerjungfer sein! dachte ich und sah sie groß an, und mir schwindelte fast dabei. – Auf dem Schlosse wird es bald eine große Hochzeit geben, sagte darauf der geistliche Herr. Ja, erwiderte das Mädchen, die gern von der Geschichte mehr gewußt hätte; man sagt, es wäre schon eine alte, heimliche Liebschaft gewesen, die Gräfin hätte es aber niemals zugeben wollen. Der Geistliche antwortete nur mit Hm, hm, während er seinen Jagdbecher vollschenkte und mit bedenklichen Mienen daraus nippte. Ich aber hatte mich mit beiden Armen weit über den Tisch vorgelegt, um die Unterredung recht genau anzuhören. Der geistliche Herr bemerkte es. Ich kanns Euch wohl sagen, hub er wieder an, die beiden Gräfinnen haben mich auf Kundschaft ausgeschickt, ob der Bräutigam schon vielleicht hier in der Gegend sei. Eine Dame aus Rom hat geschrieben, daß er schon lange von dort fort sei. – Wie er von der Dame aus Rom anfing, wurde ich wieder rot. Kennen denn Ew. Hochwürden den Bräutigam? fragte ich ganz verwirrt. – Nein, erwiderte der alte Herr, aber er soll ein lustiger Vogel sein. – O ja, sagte ich hastig, ein Vogel, der aus jedem Käfig ausreißt, sobald er nur kann, und lustig singt, wenn er wieder in der Freiheit ist. – Und sich in der Fremde herumtreibt, fuhr der Herr gelassen fort, in der Nacht gassatim geht und am Tage vor den Haustüren schläft. – Mich verdroß das sehr. Ehrwürdiger Herr, rief ich ganz hitzig aus, da hat man Euch falsch berichtet. Der Bräutigam ist ein moralischer, schlanker, hoffnungsvoller Jüngling, der in Italien in einem alten Schlosse auf großem Fuß gelebt hat, der mit lauter Gräfinnen, berühmten Malern und Kammerjungfern umgegangen ist, der sein Geld sehr wohl zu Rate zu halten weiß, wenn er nur welches hätte, der – Nun, nun, ich wußte nicht, daß Ihr ihn so gut kennt, unterbrach mich hier der Geistliche und lachte dabei so herzlich, daß er ganz blau im Gesichte wurde und ihm die Tränen aus den Augen rollten. – Ich hab doch aber gehört, ließ sich nun das Mädchen wieder vernehmen, der Bräutigam wäre ein großer, überaus reicher Herr. – Ach Gott, ja doch, ja! Konfusion, nichts als Konfusion! rief der Geistliche und konnte sich noch immer vor Lachen nicht zugute geben, bis er sich endlich ganz verhustete. Als er sich wieder ein wenig erholt hatte, hob er den Becher in die Höh und rief: Das Brautpaar soll leben! – Ich wußte gar nicht, was ich von dem Geistlichen und seinem Gerede denken sollte, ich schämte mich aber, wegen der römischen Geschichte, ihm hier vor allen Leuten zu sagen, daß ich selber der verlorene, glückselige Bräutigam sei.

Der Becher ging wieder fleißig in die Runde, der geistliche Herr sprach dabei freundlich mit allen, so daß ihm bald ein jeder gut wurde und am Ende alles fröhlich durcheinander sprach. Auch die Studenten wurden immer redseliger und erzählten von ihren Fahrten im Gebirge, bis sie endlich gar ihre Instrumente holten und lustig zu blasen anfingen. Die kühle Wasserluft strich dabei durch die Zweige der Laube, die Abendsonne vergoldete schon die Wälder und Täler, die schnell an uns vorüberflogen, während die Ufer von den Waldhornsklängen widerhallten. – Und als dann der Geistliche von der Musik immer vergnügter wurde und lustige Geschichten aus seiner Jugend erzählte: wie auch er zur Vakanz über Berge und Täler gezogen und oft hungrig und durstig, aber immer fröhlich gewesen, und wie eigentlich das ganze Studentenleben eine große Vakanz sei zwischen der engen, düstern Schule und der ernsten Amtsarbeit – da tranken die Studenten noch einmal herum und stimmten dann frisch ein Lied an, daß es weit in die Berge hineinschallte.

Nach Süden sich nun lenken
Die Vöglein allzumal,
Viel Wandrer lustig schwenken
Die Hüt im Morgenstrahl.
Das sind die Herren Studenten,
Zum Tor hinaus es geht,
Auf ihren Instrumenten
Sie blasen zum Valet:
Ade in die Läng und Breite,
O Prag, wir ziehn in die Weite:
Et habeat bonam pacem,
Qui sedet post fornacem!

Nachts wir durchs Städtlein schweifen
Die Fenster schimmern weit,
Am Fenster drehn und schleifen
Viel schön geputzte Leut.
Wir blasen vor den Türen
Und haben Durst genug,
Das kommt vom Musizieren,
Herr Wirt, ein'n frischen Trunk!
Und siehe, über ein kleines
Mit einer Kanne Weines
Venit ex sua domo –
Beatus ille homo!

Nun weht schon durch die Wälder
Der kalte Boreas,
Wir streichen durch die Felder,
Von Schnee und Regen naß,

Der Mantel fliegt im Winde,
Zerrissen sind die Schuh,
Da blasen wir geschwinde
Und singen noch dazu:
Beatus ille homo,
Qui sedet in sua domo,
Et sedet post fornacem
Et habet bonam pacem!

Ich, die Schiffer und das Mädchen, obgleich wir alle kein Latein verstanden, stimmten jedesmal jauchzend in den letzten Vers mit ein, ich aber jauchzte am allervergnügtesten, denn ich sah soeben von fern mein Zollhäuschen und bald darauf auch das Schloß in der Abendsonne über die Bäume hervorkommen.

ZEHNTES KAPITEL

Das Schiff stieß an das Ufer, wir sprangen schnell ans Land und verteilten uns nun nach allen Seiten im Grünen, wie Vögel, wenn das Gebauer plötzlich aufgemacht wird. Der geistliche Herr nahm eiligen Abschied und ging mit großen Schritten nach dem Schlosse zu. Die Studenten dagegen wanderten eifrig nach einem abgelegenen Gebüsch, wo sie noch geschwind ihre Mäntel ausklopfen, sich in dem vorüberfließenden Bache waschen und einer den andern rasieren wollten. Die neue Kammerjungfer endlich ging mit ihrem Kanarienvogel und ihrem Bündel unterm Arm nach dem Wirtshause unter dem Schloßberge, um bei der Frau Wirtin, die ich ihr als eine gute Person rekommandiert hatte, ein besseres Kleid anzulegen, ehe sie sich oben im Schlosse vorstellte. Mir aber leuchtete der schöne Abend recht durchs Herz, und als sie sich nun alle verlaufen hatten, bedachte ich mich nicht lange und rannte sogleich nach dem herrschaftlichen Garten hin.

Mein Zollhaus, an dem ich vorbei mußte, stand noch auf der alten Stelle, die hohen Bäume aus dem herrschaftlichen Garten rauschten noch immer darüber hin, eine Goldammer, die damals auf dem Kastanienbaume vor dem Fenster jedesmal bei Sonnenuntergang ihr Abendlied gesungen hatte, sang auch wieder, als wäre seitdem gar nichts in der Welt vorgegangen. Das Fenster im Zollhause stand offen, ich lief voller Freuden hin und steckte den Kopf in die Stube hinein. Es war niemand darin, aber die Wanduhr pickte noch immer ruhig fort, der Schreibtisch stand am Fenster und die lange Pfeife in einem Winkel wie damals. Ich konnte nicht widerstehen, ich sprang durch das Fenster hinein und setzte mich an den Schreibtisch vor das große Rechenbuch hin. Da fiel der Sonnenschein durch den Kastanienbaum vor dem Fenster wieder grüngolden auf die Ziffern in dem aufgeschlagenen Buche, die Bienen summten wieder an dem offnen Fenster hin und her, die Goldammer draußen auf dem Baume sang fröhlich immerzu. – Auf einmal aber ging die Tür aus der Stube auf und ein alter, langer Einnehmer in meinem punktierten Schlafrock trat herein! Er blieb in der Tür stehen, wie er mich so unversehens erblickte, nahm schnell die Brille von der Nase und sah mich grimmig an. Ich aber erschrak nicht wenig darüber, sprang, ohne ein Wort zu sagen, auf und lief aus der Haustür durch den kleinen Garten fort, wo ich mich noch bald mit den Füßen in dem fatalen Kartoffelkraut verwickelt hätte, das der alte Einnehmer nunmehr, wie ich sah, nach des Portiers Rat statt meiner Blumen angepflanzt hatte. Ich hörte noch, wie er vor die Tür herausfuhr und hinter mir drein schimpfte, aber ich saß schon oben auf der hohen Gartenmauer und schaute mit klopfendem Herzen in den Schloßgarten hinein.

Da war ein Duften und Schimmern und Jubilieren von allen Vöglein; die Plätze und Gänge waren leer, aber die vergoldeten Wipfel neigten sich im Abendwinde vor mir, als wollten sie mich bewillkommnen, und seitwärts aus dem tiefen Grunde blitzte zuweilen die Donau zwischen den Bäumen nach mir herauf.

Auf einmal hörte ich in einiger Entfernung im Garten singen:

Schweigt der Menschen laute Lust:
Rauscht die Erde wie in Träumen
Wunderbar mit allen Bäumen,
Was dem Herzen kaum bewußt,
Alte Zeiten, linde Trauer,
Und es schweifen leise Schauer
Wetterleuchtend durch die Brust.

Die Stimme und das Lied klang mir so wunderlich und doch wieder so altbekannt, als hätte ichs irgend einmal im Traume gehört. Ich dachte lange, lange nach. – Das ist der Herr Guido! rief ich endlich voller Freude und schwang mich schnell in den Garten hinunter – es war dasselbe Lied, das er an jenem Sommerabend auf dem Balkon des italienischen Wirtshauses sang, wo ich ihn zum letztenmal gesehen hatte.

Er sang noch immer fort, ich aber sprang über Beete und Hecken dem Liede nach. Als ich nun zwischen den letzten Rosensträuchern hervortrat, blieb ich plötzlich wie verzaubert stehen. Denn auf dem grünen Platze am Schwanenteich, recht vom Abendrote beschienen, saß die schöne gnädige Frau, in einem prächtigen Kleide und einem Kranz von weißen und roten Rosen in dem schwarzen Haar, mit niedergeschlagenen Augen auf einer Steinbank und spielte während des Liedes mit ihrer Reitgerte vor sich auf dem Rasen, gerade so wie damals auf dem Kahne, da ich ihr das Lied von der schönen Frau vorsingen mußte. Ihr gegenüber saß eine andre junge Dame, die hatte den weißen runden Nacken voll brauner Locken gegen mich gewendet und sang zur Gitarre, während die Schwäne auf dem stillen Weiher langsam im Kreise herumschwammen. – Da hob die schöne Frau auf einmal die Augen und schrie laut auf, da sie mich erblickte. Die andere Dame wandte sich rasch nach mir herum, daß ihr die Locken ins Gesicht flogen, und da sie mich recht ansah, brach sie in ein unmäßiges Lachen aus, sprang dann von der Bank und klatschte dreimal mit den Händchen. In demselben Augenblicke kam eine große Menge kleiner Mädchen in blütenweißen, kurzen Kleidchen mit grünen und roten Schleifen zwischen den Rosensträuchern hervorgeschlüpft, so daß ich gar nicht begreifen konnte, wo sie alle gesteckt hatten. Sie hielten eine lange Blumengirlande in den Händen, schlossen schnell einen Kreis um mich, tanzten um mich herum und sangen dabei:

Wir bringen dir den Jungfernkranz
Mit veilchenblauer Seide,
Wir führen dich zu Lust und Tanz,
Zu neuer Hochzeitsfreude.

Schöner, grüner Jungfernkranz,
Veilchenblaue Seide.

Das war aus dem Freischützen. Von den kleinen Sängerinnen erkannte ich nun auch einige wieder, es waren Mädchen aus dem Dorfe. Ich kneipte sie in die Wangen und wäre gern aus dem Kreise entwischt, aber die kleinen, schnippischen Dinger ließen mich nicht heraus. – Ich wußte gar nicht, was die Geschichte eigentlich bedeuten sollte, und stand ganz verblüfft da.

Da trat plötzlich ein junger Mann in seiner Jägerkleidung aus dem Gebüsch hervor. Ich traute meinen Augen kaum – es war der fröhliche Herr Leonhard! – Die kleinen Mädchen öffneten nun den Kreis und standen auf einmal wie verzaubert, alle unbeweglich auf einem Beinchen, während sie das andere in die Luft streckten, und dabei die Blumengirlanden mit beiden Armen hoch über den Köpfen in die Höh hielten. Der Herr Leonhard aber faßte die schöne gnädige Frau, die noch immer ganz stillstand und nur manchmal auf mich herüberblickte, bei der Hand, führte sie bis zu mir und sagte:

Die Liebe – darüber sind nun alle Gelehrten einig – ist eine der couragiösesten Eigenschaften des menschlichen Herzens, die Bastionen von Rang und Stand schmettert sie mit einem Feuerblicke darnieder, die Welt ist ihr zu eng und die Ewigkeit zu kurz. Ja, sie ist eigentlich ein Poetenmantel, den jeder Phantast einmal in der kalten Welt umnimmt, um nach Arkadien auszuwandern. Und je entfernter zwei getrennte Verliebte voneinander wandern, in desto anständigern Bogen bläst der Reisewind den schillernden Mantel hinter ihnen auf, desto kühner und überraschender entwickelt sich der Faltenwurf, desto länger und länger wächst der Talar den Liebenden hinten nach, so daß ein Neutraler nicht über Land gehen kann, ohne unversehens auf ein paar solche Schleppen zu treten. O teuerster Herr Einnehmer und Bräutigam! obgleich Ihr in diesem Mantel bis an die Gestade der Tiber dahinrauschtet, das kleine Händchen Eurer gegenwärtigen Braut hielt Euch dennoch am äußersten Ende der Schleppe fest, und wie Ihr zucktet und geigtet und rumortet. Ihr mußtet zurück in den stillen Bann ihrer schönen Augen. – Und nun dann, da es so gekommen ist, ihr zwei lieben, lieben närrischen Leute! schlagt den seligen

Mantel um euch, daß die ganze Welt rings um euch untergeht – liebt euch wie die Kaninchen und seid glücklich!
Der Herr Leonhard war mit seinem Sermon kaum erst fertig, so kam auch die andere junge Dame, die vorhin das Liedchen gesungen hatte, auf mich los, setzte mir schnell einen frischen Myrtenkranz auf den Kopf und sang dazu sehr neckisch, während sie mir den Kranz in den Haaren festrückte und ihr Gesichtchen dabei dicht vor mir war:

Darum bin ich dir gewogen,
Darum wird dein Haupt geschmückt,
Weil der Strich von deinem Bogen
Öfter hat mein Herz entzückt.

Da trat sie wieder ein paar Schritte zurück. – Kennst du die Räuber noch, die dich damals in der Nacht vom Baume schüttelten? sagte sie, indem sie einen Knicks mir machte und mich so anmutig und fröhlich ansah, daß mir ordentlich das Herz im Leibe lachte. Darauf ging sie, ohne meine Antwort abzuwarten, rings um mich herum. Wahrhaftig, noch ganz der alte, ohne allen welschen Beischmack! Aber nein, sieh doch nur einmal die dicken Taschen an! rief sie plötzlich zu der schönen gnädigen Frau, Violine, Wäsche, Barbiermesser, Reisekoffer, alles durcheinander! Sie drehte mich nach allen Seiten und konnte sich vor Lachen gar nicht zugute geben. Die schöne gnädige Frau war unterdes noch immer still und mochte gar nicht die Augen aufschlagen vor Scham und Verwirrung. Oft kam es mir vor, als zürnte sie heimlich über das viele Gerede und Spaßen. Endlich stürzten ihr plötzlich Tränen aus den Augen, und sie verbarg ihr Gesicht an der Brust der andern Dame. Diese sah sie erstaunt an und drückte sie dann herzlich an sich.
Ich aber stand ganz verdutzt da. Denn je genauer ich die fremde Dame betrachtete, desto deutlicher erkannte ich sie, es war wahrhaftig niemand anders als – der junger Herr Maler Guido!
Ich wußte gar nicht, was ich sagen sollte, und wollte soeben näher nachfragen, als Herr Leonhard zu ihr trat und heimlich mit ihr sprach. Weiß er denn noch nicht? hörte ich ihn fragen. Sie schüttelte mit dem Kopfe. Er besann sich darauf einen Augenblick. Nein, nein,

sagte er endlich, er muß schnell alles erfahren, sonst entsteht nur neues Geplauder und Gewirre.

Herr Einnehmer, wandte er sich nun zu mir, wir haben jetzt nicht viel Zeit, aber tue mir den Gefallen und wundere dich hier in aller Geschwindigkeit aus, damit du nicht hinterher durch Fragen, Erstaunen und Kopfschütteln unter den Leuten alte Geschichten aufrührst und neue Erdichtungen und Vermutungen ausschüttelst. – Er zog mich bei diesen Worten tiefer in das Gebüsch hinein, während das Fräulein mit der von der schönen gnädigen Frau weggelegten Reitgerte in der Luft focht und alle ihre Locken tief in das Gesichtchen schüttelte, durch die ich aber doch sehen konnte, daß sie bis an die Stirn rot wurde. – Nun denn, sagte Herr Leonhard, Fräulein Flora, die hier soeben tun will, als hörte und wüßte sie von der ganzen Geschichte nichts, hatte in aller Geschwindigkeit ihr Herzchen mit jemand vertauscht. Darüber kommt ein andrer und bringt ihr mit Prologen, Trompeten und Pauken wiederum *sein* Herz dar und will ihr Herz dagegen. Ihr Herz ist aber schon bei jemand, und jemands Herz bei ihr, und der Jemand will sein Herz nicht wieder haben und ihr Herz nicht wieder zuruckgeben. Alle Welt schreit – aber du hast wohl noch keinen Roman gelesen? – Ich verneinte es. – Nun so hast du doch einen mitgespielt. Kurz: das war eine solche Konfusion mit den Herzen, daß der Jemand – das heißt ich – mich zuletzt selbst ins Mittel legen mußte. Ich schwang mich bei lauer Sommernacht auf mein Roß, hob das Fräulein als Maler Guido auf das andere, und so ging es fort nach Süden, um sie in einem meiner einsamen Schlösser in Italien zu verbergen, bis das Geschrei wegen der Herzen vorüber wäre. Unterwegs aber kam man uns auf die Spur, und von dem Balkon des welschen Wirtshauses, vor dem du so vortrefflich Wache schliefst, erblickte Flora plötzlich unsere Verfolger. – Also der bucklige Signor? – War ein Spion. Wir zogen uns daher heimlich in die Wälder und ließen dich auf dem vorbestellten Postkurse allein fortfahren. Das täuschte unsere Verfolger, und zum Überfluß auch noch meine Leute auf dem Bergschlosse, welche die verkleidete Flora stündlich erwarteten, und mit mehr Diensteifer als Scharfsinn dich für das Fräulein hielten. Selbst hier auf dem Schlosse glaubte man, daß Flora auf dem Felsen wohne, man erkundigte sich, man schrieb an sie – hast du nicht ein Briefchen erhalten? – Bei diesen Worten fuhr ich blitzschnell mit dem Zettel aus der Tasche. – Also dieser Brief? – Ist an mich, sagte Fräulein Flora, die bisher auf unsere Rede gar nicht acht zu geben schien, riß mir den Zettel rasch aus der Hand, überlas ihn und steckte ihn dann in den Busen. – Und nun, sagte Herr Leonhard, müssen wir schnell in das Schloß, da wartet schon alles auf uns. Also zum Schluß, wie sich's von selbst versteht und einem wohlerzogenen Romane gebührt: Entdeckung, Reue, Versöhnung, wir sind alle wieder lustig beisammen, und übermorgen ist Hochzeit!

Da er noch so sprach, erhob sich plötzlich in dem Gebüsch ein rasender Spektakel von Pauken und Trompeten, Hörnern und Posaunen; Böller wurden dazwischen gelöst und Vivat gerufen, die kleinen Mädchen tanzten von neuem, und aus allen Sträuchern kam ein Kopf über dem andern hervor, als wenn sie aus der Erde wüchsen. Ich sprang in dem Geschwirre und Geschleife ellenhoch von einer Seite zur andern, da es aber schon dunkel wurde, erkannte ich erst nach und nach alle die alten Gesichter wieder. Der alte Gärtner schlug die Pauken, die Prager Studenten in ihren Mänteln musizierten mitten darunter, neben ihnen fingerte der Portier wie toll auf seinem Fagott. Wie ich den so unverhofft erblickte, lief ich sogleich auf ihn zu und embrassierte ihn heftig. Darüber kam er ganz aus dem Konzept. Nun wahrhaftig, und wenn der bis ans Ende der Welt reist, er ist und bleibt ein Narr! rief er den Studenten zu und blies ganz wütend weiter.

Unterdes war die schöne gnädige Frau vor dem Rumor heimlich entsprungen und flog wie ein aufgescheuchtes Reh über den Rasen tiefer in den Garten hinein. Ich sah es noch zur rechten Zeit und lief ihr eiligst nach. Die Musikanten merkten in ihrem Eifer nichts davon, sie meinten nachher: wir wären schon nach dem Schlosse aufgebrochen, und die ganze Bande setzte sich nun mit Musik und großem Getümmel gleichfalls dorthin auf den Marsch.

Wir aber waren fast zu gleicher Zeit in einem Sommerhause angekommen, das am Abhange des Gartens stand, mit dem offenen Fenster nach dem weiten, tiefen Tale zu. Die Sonne war schon lange untergegangen hinter den Bergen, es schimmerte nur noch wie ein rötlicher Duft über dem warmen, verschallenden Abend, aus dem die Donau immer vernehmlicher heraufrauschte, je stiller es ringsum wurde. Ich sah unverwandt die schöne Gräfin an, die ganz erhitzt vom Laufen dicht vor mir stand, so daß ich ordentlich hören konnte, wie ihr das Herz schlug. Ich wußte nun aber gar nicht, was ich sprechen sollte vor Respekt, da ich auf einmal so allein mit ihr war. Endlich faßte ich ein Herz, nahm ihr kleines, weißes Händchen – da zog sie mich schnell an sich und fiel mir um den Hals, und ich umschlang sie fest mit beiden Armen.

Sie machte sich aber geschwind wieder los und legte sich ganz verwirrt in das Fenster, um ihre glühenden Wangen in der Abendluft abzukühlen. – Ach, rief ich, mir ist mein Herz recht zum Zerspringen, aber ich kann mir noch alles nicht recht denken, es ist mir alles noch wie ein Traum! – Mir auch, sagte die schöne gnädige Frau. Als ich vergangenen Sommer, setzte sie nach einer Weile hinzu, mit der Gräfin aus Rom kam und wir das Fräulein Flora gefunden hatten und mit zurückbrachten, von dir aber dort und hier nichts hörte – da dacht ich nicht, daß alles noch so kommen würde! Erst heut zu Mittag sprengte der Jockei, der gute, flinke Bursch, atemlos auf den Hof und brachte die Nachricht, daß du mit dem Postschiffe kämst. – Dann lachte sie still in sich hinein. Weißt du noch, sagte sie, wie du mich damals auf dem Balkon zum letztenmal sahst? Das war gerade wie heute, auch so ein stiller Abend, und Musik im Garten. – Wer ist denn eigentlich gestorben? fragte ich hastig. – Wer denn? sagte die schöne Frau und sah mich erstaunt an. Der Herr Gemahl von Ew. Gnaden, erwiderte ich, der damals mit auf dem Balkon stand. – Sie wurde ganz rot. Was hast du auch für Seltsamkeiten im Kopfe! rief sie aus, das war ja der Sohn von der Gräfin, der eben von Reisen zurückkam, und es traf gerade auch mein Geburtstag, da führte er mich mit auf den Balkon hinaus, damit ich auch ein Vivat bekäme. – Aber deshalb bist du wohl damals von hier fortgelaufen? – Ach Gott, freilich! rief ich aus und schlug mich mit der Hand vor die Stirn. Sie aber schüttelte mit dem Köpfchen und lachte recht herzlich.

Mir war so wohl, wie sie so fröhlich und vertraulich neben mir plauderte, ich hätte bis zum Morgen zuhören mögen. Ich war so recht seelenvergnügt und langte eine Hand voll Knackmandeln aus der

Tasche, die ich noch aus Italien mitgebracht hatte. Sie nahm auch davon, und wir knackten nun und sahen zufrieden in die stille Gegend hinaus. – Siehst du, sagte sie nach einem Weilchen wieder, das weiße Schlößchen, das da drüben im Mondschein glänzt, das hat uns der Graf geschenkt, samt dem Garten und den Weinbergen, da werden wir wohnen. Er wußte es schon lange, daß wir einander gut sind, und ist dir sehr gewogen, denn hätt er dich nicht mitgehabt, als er das Fräulein aus der Pensionsanstalt entführte, so wären sie beide erwischt worden, ehe sie sich vorher noch mit der Gräfin versöhnten, und alles wäre anders gekommen. – Mein Gott, schönste, gnädigste Gräfin, rief ich aus, ich weiß gar nicht mehr, wo mir der Kopf steht vor lauter unverhofften Neuigkeiten; also der Herr Leonhard? – Ja, ja, fiel sie mir in die Rede, so nannte er sich in Italien; dem gehören die Herrschaften da drüben, und er heiratet nun unserer Gräfin Tochter, die schöne Flora. – Aber was nennst du mich denn Gräfin? – Ich sah sie groß an. – Ich bin ja gar keine Gräfin, fuhr sie fort, unsere gnädige Gräfin hat mich nur zu sich aufs Schloß genommen, da mich mein Onkel, der Portier, als kleines Kind und arme Waise mit hierher brachte.

Nun wars mir doch nicht anders, als wenn mir ein Stein vom Herzen fiele! Gott segne den Portier, versetzte ich ganz entzückt, daß er unser Onkel ist! ich habe immer große Stücke auf ihn gehalten. – Er meint es auch gut mit dir, erwiderte sie, wenn du dich nur etwas vornehmer hieltest, sagt er immer. Du mußt dich jetzt auch eleganter kleiden. – O, rief ich voller Freuden, englischen Frack, Strohhut und Pumphosen und Sporen! und gleich nach der Trauung reisen wir fort nach Italien, nach Rom, da gehn die schönen Wasserkünste, und nehmen die Prager Studenten mit und den Portier! – Sie lächelte still und sah mich recht vergnügt und freundlich an, und von fern schallte immerfort die Musik herüber, und Leuchtkugeln flogen vom Schloß durch die stille Nacht über die Gärten, und die Donau rauschte dazwischen herauf – und es war alles, alles gut!

DAS MARMORBILD

Es war ein schöner Sommerabend, als Florio, ein junger Edelmann, langsam auf die Tore von Lucca zuritt, sich erfreuend an dem feinen Dufte, der über der wunderschönen Landschaft und den Türmen und Dächern der Stadt vor ihm zitterte, sowie an den bunten Zügen zierlicher Damen und Herren, welche sich zu beiden Seiten der Straße unter den hohen Kastanienalleen fröhlichschwärmend ergingen.

Da gesellte sich, auf zierlichem Zelter desselben Weges ziehend, ein anderer Reiter in bunter Tracht, eine goldene Kette um den Hals und ein samtnes Barett mit Federn über den dunkelbraunen Locken, freundlich grüßend zu ihm. Beide hatten, so nebeneinander in den dunkelnden Abend hineinreitend, gar bald ein Gespräch angeknüpft, und dem jungen Florio dünkte die schlanke Gestalt des Fremden, sein frisches, keckes Wesen, ja selbst seine fröhliche Stimme so überaus anmutig, daß er gar nicht von demselben wegsehen konnte. Welches Geschäft führt Euch nach Lucca? fragte endlich der Fremde. Ich habe eigentlich gar keine Geschäfte, antwortete Florio ein wenig schüchtern. Gar keine Geschäfte? – Nun, so seid Ihr sicherlich ein Poet! versetzte jener lustig lachend. Das wohl eben nicht, erwiderte Florio und wurde über und über rot. Ich habe mich wohl zuweilen in der fröhlichen Sangeskunst versucht, aber wenn ich dann wieder die alten großen Meister las, wie da alles wirklich da ist und leibt und lebt, was ich mir manchmal heimlich nur wünschte und ahnte, da komm ich mir vor wie ein schwaches vom Winde verwehtes Lerchenstimmlein unter dem unermeßlichen Himmelsdom. – Jeder lobt Gott auf seine Weise, sagte der Fremde, und alle Stimmen zusammen machen den Frühling. Dabei ruhten seine großen, geistreichen Augen mit sichtbarem Wohlgefallen auf dem schönen Jünglinge, der so unschuldig in die dämmernde Welt vor sich hinaussah.

Ich habe jetzt, fuhr dieser nun kühner und vertraulicher fort, das Reisen erwählt und befinde mich wie aus einem Gefängnis erlöst, alle alten Wünsche und Freuden sind nun auf einmal in Freiheit gesetzt. Auf dem Lande in der Stille aufgewachsen, wie lange habe ich da die fernen blauen Berge sehnsüchtig betrachtet, wenn der Frühling wie ein zauberischer Spielmann durch unsern Garten ging und von der wunderschönen Ferne verlockend sang und von großer, unermeßlicher Lust. – Der Fremde war über die letzten Worte in tiefe Gedanken versunken. Habt Ihr wohl jemals, sagte er zerstreut, aber sehr ernsthaft, von dem wunderbaren Spielmann gehört, der durch seine Töne die Jugend in einen Zauberberg hinein verlockt, aus dem keiner wieder zurückgekehrt ist? Hütet Euch! –

Florio wußte nicht, was er aus diesen Worten des Fremden machen sollte, konnte ihn auch weiter darum nicht befragen; denn sie waren soeben, statt zu dem Tore, unvermerkt dem Zuge der Spaziergänger folgend, an einen weiten, grünen Platz gekommen, auf dem sich ein fröhlichschallendes Reich von Musik, bunten Zelten, Reitern und Spazierengehenden in den letzten Abendgluten schimmernd hin und her bewegte.

Hier ist gut wohnen, sagte der Fremde lustig, sich vom Zelter schwingend; auf baldiges Wiedersehen! und hiermit war er schnell in dem Gewühle verschwunden.

Florio stand in freudigem Erstaunen einen Augenblick still vor der unerwarteten Aussicht. Dann folgte auch er dem Beispiele seines Begleiters, übergab das Pferd seinem Diener und mischte sich in den muntern Schwarm.

Versteckte Musikchöre erschallten da von allen Seiten aus den blühenden Gebüschen, unter den hohen Bäumen wandelten sittige Frauen auf und nieder und ließen die schönen Augen musternd ergehen über die glänzende Wiese, lachend und plaudernd und mit den bunten Federn nickend im lauen Abendgolde wie ein Blumenbeet, das sich im Winde wiegt. Weiterhin auf einem heitergrünen Plan vergnügten sich mehrere Mädchen mit Ballspielen. Die buntgefiederten Bälle flatterten wie Schmetterlinge, glänzende Bogen hin und her beschreibend, durch die blaue Luft, während die unten im Grünen auf und nieder schwebenden Mädchenbilder den lieblichsten Anblick gewährten. Besonders zog die eine durch ihre zierliche, fast noch kindliche Gestalt und die Anmut aller ihrer Bewegungen Florios Augen auf sich. Sie hatte einen vollen, bunten Blumenkranz in den Haaren und war recht wie ein fröhliches Bild des Frühlings anzuschauen, wie sie so überaus frisch bald über den Rasen dahinflog, bald sich neigte, bald wieder mit ihren anmutigen Gliedern in die heitere Luft hinauflangte. Durch ein Versehen ihrer Gegnerin nahm ihr Federball eine falsche Richtung und flatterte gerade vor Florio nieder. Er hob ihn auf und überreichte ihn der nacheilenden Bekränzten. Sie stand fast wie erschrocken vor ihm und sah ihn schweigend aus den schönen großen Augen an. Dann verneigte sie sich errötend und eilte schnell wieder zur ihren Gespielinnen zurück. Der größere, funkelnde Strom von Wagen und Reitern, der sich in der Hauptallee langsam und prächtig fortbewegte, wendete indes auch Florio von jenem reizenden Spiele wieder ab, und er schweifte wohl eine Stunde lang allein zwischen den ewig wechselnden Bildern umher.

Da ist der Sänger Fortunato! hörte er da auf einmal mehrere Frauen und Ritter neben sich ausrufen. Er sah sich schnell nach dem Platze um, wohin sie wiesen, und erblickte zu seinem großen Erstaunen den anmutigen Fremden, der ihn vorhin hieher begleitet. Abseits auf der Wiese an einen Baum gelehnt, stand er soeben inmitten eines zierlichen Kranzes von Frauen und Rittern, welche seinem Gesang zuhörten, der zuweilen von einigen Stimmen aus dem Kreise holdselig erwidert wurde. Unter ihnen bemerkte Florio auch die schöne Ballspielerin wieder, die in stiller Freudigkeit mit weiten offenen Augen in die Klänge vor sich hinaussah.

Ordentlich erschrocken gedachte da Florio, wie er vorhin mit dem berühmten Sänger, den er lange dem Rufe nach verehrte, so vertraulich geplaudert, und blieb scheu in einiger Entfernung stehen, um den lieblichen Wettstreit mit zu vernehmen. Er hätte gern die ganze Nacht hindurch dort gestanden, so ermutigend flogen diese Töne ihn an, und er ärgerte sich recht, als Fortunato nun so bald endigte und die ganze Gesellschaft sich von dem Rasen erhob.

Da gewahrte der Sänger den Jüngling in der Ferne und kam sogleich auf ihn zu. Freundlich faßte er ihn bei beiden Händen und führte den

Blöden, ungeachtet aller Gegenreden, wie einen lieblichen Gefangenen nach dem nahegelegenen offenen Zelte, wo sich die Gesellschaft nun versammelte und ein fröhliches Nachtmahl bereitet hatte. Alle begrüßten ihn wie alte Bekannte, manche schöne Augen ruhten in freudigem Erstaunen auf der jungen, blühenden Gestalt.

Nach mancherlei lustigem Gespräch lagerten sich bald alle um den runden Tisch, der in der Mitte des Zeltes stand. Erquickliche Früchte und Wein in hellgeschliffenen Gläsern funkelten von dem blendendweißen Gedeck, in silbernen Gefäßen dufteten große Blumensträuße, zwischen denen die hübschen Mädchengesichter anmutig hervorsahen; draußen spielten die letzten Abendlichter golden auf dem Rasen und dem Flusse, der spiegelglatt vor dem Zelt dahinglitt. Florio hatte sich fast unwillkürlich zu der niedlichen Ballspielerin gesellt. Sie erkannte ihn sogleich wieder und saß still und schüchtern da, aber die langen furchtsamen Augenwimpern hüteten nur schlecht die dunkelglühenden Blicke.

Es war ausgemacht worden, daß jeder in die Runde seinem Liebchen mit einem kleinen improvisierten Liedchen zutrinken solle. Der leichte Gesang, der nur gaukelnd wie ein Frühlingswind die Oberfläche des Lebens berührte, ohne es in sich selbst zu versenken, bewegte fröhlich den Kranz heiterer Bilder um die Tafel. Florio war recht innerlichst vergnügt, alle blöde Bangigkeit war von seiner Seele genommen, und er sah fast träumerisch still vor fröhlichen Gedanken zwischen den Lichtern und Blumen in die wunderschöne, langsam in die Abendgluten versinkende Landschaft vor sich hinaus. Und als nun auch an ihn die Reihe kam, seinen Trinkspruch zu sagen, hob er sein Glas in die Höh und sang:

Jeder nennet froh die Seine,
Ich nur stehe hier alleine,
Denn was früge wohl die Eine,
Wen der Fremdling eben meine?
Und so muß ich, wie im Strome dort die Welle,
Ungehört verrauschen an des Frühlings Schwelle.

Seine schöne Nachbarin sah bei diesen Worten beinah schelmisch an ihm herauf und senkte schnell wieder das Köpfchen, da sie seinem

Blick begegnete. Aber er hatte so herzlich bewegt gesungen und neigte sich nun mit den schönen bittenden Augen so dringend herüber, daß sie es willig geschehen ließ, als er sie schnell auf die roten, heißen Lippen küßte. – Bravo, bravo! riefen mehrere Herren, ein mutwilliges aber argloses Lachen erschallte um den Tisch. – Florio stürzte hastig und verwirrt sein Glas hinunter, die schöne Geküßte schaute hochrot in den Schoß und sah so unter dem vollen Blumenkranze unbeschreiblich reizend aus.

So hatte ein jeder der Glücklichen sein Liebchen in dem Kreise sich heiter erkoren. Nur Fortunato allein gehörte allen oder einer an und erschien fast einsam in dieser anmutigen Verwirrung. Er war ausgelassen lustig, und mancher hätte ihn wohl übermütig genannt, wie er so wildwechselnd in Witz, Ernst und Scherz sich ganz und gar losließ, hätte er dabei nicht wieder mit so frommklaren Augen beinah wunderbar dreingeschaut. Florio hatte sich fest vorgenommen, ihm über Tische einmal so recht seine Liebe und Ehrfurcht, die er längst für ihn hegte, zu sagen. Aber es wollte heute nicht gelingen, alle leisen Versuche glitten an der spröden Lustigkeit des Sängers ab. Er konnte ihn gar nicht begreifen. –

Draußen war indes die Gegend schon stiller geworden und feierlich, einzelne Sterne traten zwischen den Wipfeln der dunkelnden Bäume hervor, der Fluß rauschte stärker durch die erquickende Kühle. Da war auch zuletzt an Fortunato die Reihe zu singen gekommen. Er sprang rasch auf, griff in seine Gitarre und sang:

Was klingt mir so heiter
Durch Busen und Sinn?
Zu Wolken und weiter,
Wo trägt es mich hin?

Wie auf Bergen hoch bin ich
So einsam gestellt
Und grüße herzinnig,
Was schön auf der Welt.

Ja, Bacchus, dich seh ich,
Wie göttlich bist du!

Dein Glühen versteh ich,
Die träumende Ruh.

O rosenbekränztes
Jünglingsbild,
Dein Auge, wie glänzt es,
Die Flammen so mild!

Ists Liebe, ists Andacht,
Was so dich beglückt?
Rings Frühling dich anlacht,
Du sinnest entzückt. –

Frau Venus, du frohe,
So klingend und weich,
In Morgenrots Lohe
Erblick ich dein Reich

Auf sonnigen Hügeln
Wie ein Zauberring. –
Zart Bübchen mit Flügeln
Bedienen dich flink.

Durchsäuseln die Räume
Und laden, was fein,
Als goldene Träume
Zur Königin ein.

Und Ritter und Frauen
Im grünen Revier
Durchschwärmen die Auen
Wie Blumen zur Zier.

Und jeglicher hegt sich
Sein Liebchen im Arm,
So wirrt und bewegt sich
Der selige Schwarm. –

Hier änderte er plötzlich Weise und Ton und fuhr fort:

Die Klänge verrinnen,
Es bleichet das Grün,

Die Frauen stehn sinnend,
Die Ritter schaun kühn.

Und himmlisches Sehnen
Geht singend durchs Blau,
Da schimmert von Tränen
Rings Garten und Au. –

Und mitten im Feste
Erblick ich, wie mild!
Den stillsten der Gäste.
Woher, einsam Bild?

Mit blühendem Mohne,
Der träumerisch glänzt,
Und Lilienkrone
Erscheint er bekränzt.

Sein Mund schwillt zum Küssen
So lieblich und bleich,
Als brächt er ein Grüßen
Aus himmlischem Reich.

Eine Fackel wohl trägt er,
Die wunderbar prangt.
Wo ist einer, frägt er,
Den heimwärts verlangt?

Und manchmal da drehet
Die Fackel er um –
Tiefschauernd vergehet
Die Welt und wird stumm.

Und was hier versunken
Als Blumen zum Spiel,
Siehst oben du funkeln
Als Sterne nun kühl.

O Jüngling vom Himmel,
Wie bist du so schön!

Ich laß das Gewimmel,
Mit dir will ich gehn!

Was will ich noch hoffen?
Hinauf, ach, hinauf!
Der Himmel ist offen,
Nimm, Vater, mich auf!

Fortunato war still und alle die übrigen auch, denn wirklich draußen waren nun die Klänge verronnen und die Musik, das Gewimmel und alle die gaukelnde Zauberei nach und nach verhallend untergegangen vor dem unermeßlichen Sternenhimmel und dem gewaltigen Nachtgesange der Ströme und Wälder. Da trat ein hoher, schlanker Ritter, in reichem Geschmeide, das grünlich-goldene Scheine zwischen die im Walde flackernden Lichter warf, in das Zelt herein. Sein Blick aus tiefen Augenhöhlen war irre flammend, das Gesicht schön, aber blaß und wüst. Alle dachten bei seinem plötzlichen Erscheinen unwillkürlich schaudernd an den stillen Gast in Fortunatos Liede. – Er aber begab sich nach einer flüchtigen Verbeugung gegen die Gesellschaft zu dem Büffett des Zeltwirtes und schlürfte hastig dunkelroten Wein mit den bleichen Lippen in langen Zügen hinunter.
Florio fuhr ordentlich zusammen, als der Seltsame sich darauf vor allen andern zu ihm wandte und ihn als einen früheren Bekannten in Lucca willkommen hieß. Erstaunt und nachsinnend betrachtete er ihn von oben bis unten, denn er wußte sich durchaus nicht zu erinnern, ihn jemals gesehn zu haben. Doch war der Ritter ausnehmend beredt und sprach viel über mancherlei Begebenheiten aus Florios früheren Tagen. Auch war er so genau bekannt mit der Gegend seiner Heimat, dem Garten und jedem heimischen Platz, der Florio herzlich lieb war aus alten Zeiten, daß sich derselbe bald mit der dunkeln Gestalt auszusöhnen anfing.
In die übrige Gesellschaft indes schien Donati, so nannte sich der Ritter, nirgends hineinzupassen. Eine ängstliche Störung, deren Grund sich niemand anzugeben wußte, wurde überall sichtbar. Und da unterdes auch die Nacht nun völlig hereingebrochen war, so brachen bald alle auf.
Es begann nun ein wunderliches Gewimmel von Wagen, Pferden,

Dienern und hohen Windlichtern, die seltsame Scheine auf das nahe Wasser, zwischen die Bäume und die schönen wirrenden Gestalten umherwarfen. Donati erschien in der wilden Beleuchtung noch viel bleicher und schauerlicher als vorher. Das schöne Fräulein mit dem Blumenkranze hatte ihn beständig mit heimlicher Furcht von der Seite angesehen. Nun, da er gar auf sie zukam, um ihr mit ritterlicher Artigkeit auf den Zelter zu helfen, drängte sie sich scheu an den zurückstehenden Florio, der die Liebliche mit klopfendem Herzen in den Sattel hob. Alles war unterdes reisefertig, sie nickte ihm noch einmal von ihrem zierlichen Sitze freundlich zu, und bald war die ganze schimmernde Erscheinung in die Nacht verschwunden.

Es war Florio recht sonderbar zumute, als er sich plötzlich so allein mit Donati und dem Sänger auf dem weiten leeren Platze befand. Seine Gitarre im Arme ging der letztere am Ufer des Flusses vor dem Zelte auf und nieder und schien auf neue Weisen zu sinnen, während er einzelne Töne griff, die beschwichtigend über die stille Wiese dahinzogen. Dann brach er plötzlich ab. Ein seltsamer Mißmut schien über seine sonst immer klaren Züge zu fliegen, er verlangte ungeduldig fort.

Alle drei bestiegen daher nun auch ihre Pferde und zogen miteinander der nahen Stadt zu. Fortunato sprach kein Wort unterwegs, desto freundlicher ergoß sich Donati in wohlgesetzten zierlichen Reden; Florio, noch im Nachklange der Lust, ritt still wie ein träumendes Mädchen zwischen beiden.

Als sie ans Tor kamen, stellte sich Donatis Roß, das schon vorher vor manchem Vorübergehenden gescheuet, plötzlich fast gerade in die Höh und wollte nicht hinein. Ein funkelnder Zornesblitz fuhr, fast verzerrend, über das Gesicht des Reiters und ein wilder, nur halb ausgesprochener Fluch aus den zuckenden Lippen, worüber Florio nicht wenig erstaunte, da ihm solches Wesen zu der sonstigen feinen und besonnenen Anständigkeit des Ritters ganz und gar nicht zu passen schien. Doch faßte sich dieser bald wieder. Ich wollte Euch bis in die Herberge begleiten, sagte er lächelnd und mit der gewohnten Zierlichkeit zu Florio gewendet, aber mein Pferd will es anders, wie Ihr seht. Ich bewohne hier vor der Stadt ein Landhaus, wo ich Euch recht bald bei mir zu sehen hoffe. – Und hiermit verneigte er sich, und das Pferd, in unbegreiflicher Hast und Angst kaum mehr zu halten, flog pfeilschnell mit ihm in die Dunkelheit fort, daß der Wind hinter ihm drein pfiff.

Gott sei Dank, rief Fortunato aus, daß ihn die Nacht wieder verschlungen hat! Kam er mir doch wahrhaftig vor, wie einer von den falben, ungestalten Nachtschmetterlingen, die, wie aus einem phantastischen Traume entflogen, durch die Dämmerung schwirren und mit ihrem langen Katzenbarte und gräßlichen großen Augen ordentlich ein Gesicht haben wollen. Florio, der sich mit Donati schon ziemlich befreundet hatte, äußerte seine Verwunderung über dieses harte Urteil. Aber der Sänger, durch solche erstaunliche Sanftmut nur immer mehr gereizt, schimpfte lustig fort und nannte den Ritter, zu Florios heimlichem Ärger, einen Mondscheinjäger, einen Schmachthahn, einen Renommisten in der Melancholie.

Unter solcherlei Gesprächen waren sie endlich bei der Herberge angelangt, und jeder begab sich bald in das ihm angewiesene Gemach. Florio warf sich angekleidet auf das Ruhebett hin, aber er konnte lange nicht einschlafen. In seiner von den Bildern des Tages aufgeregten Seele wogte und hallte und sang es noch immer fort. Und wie die Türen im Hause nun immer seltener auf und zu gingen, nur manchmal noch eine Stimme erschallte, bis endlich Haus, Stadt und Feld in tiefe Stille versank: da war es ihm, als führe er mit schwanenweißen Segeln einsam auf einem mondbeglänzten Meer. Leise schlugen die Wellen an das Schiff, Sirenen tauchten aus dem Wasser, die alle aussahen, wie das schöne Mädchen mit dem Blumenkranze vom vorigen Abend. Sie sang so wunderbar, traurig und ohne Ende, als müsse er vor Wehmut untergehn. Das Schiff neigte sich unmerklich und sank langsam immer tiefer und tiefer. – Da wachte er erschrocken auf.

Er sprang von seinem Bett und öffnete das Fenster. Das Haus lag am Ausgange der Stadt, er übersah einen weiten stillen Kreis von Hügeln, Gärten und Tälern, vom Monde klar beschienen. Auch da draußen war es überall in den Bäumen und Strömen noch wie ein Verhallen und Nachhallen der vergangenen Lust, als sänge die ganze Gegend leise, gleich den Sirenen, die er im Schlummer gehört. Da konnte er der Versuchung nicht widerstehen. Er ergriff die Gitarre, die Fortunato bei ihm zurückgelassen, verließ das Zimmer und ging leise durch das ruhige Haus hinab. Die Tür unten war nur angelehnt, ein Diener lag eingeschlafen auf der Schwelle. So kam er unbemerkt ins Freie und wandelte fröhlich zwischen Weingärten durch leere Alleen an schlummernden Hütten vorüber immer weiter fort. Zwischen den Rebengeländern hinaus sah er den Fluß im Tale; viele weißglänzende Schlösser, hin und wieder zerstreut, ruhten wie eingeschlafene Schwäne unten in dem Meer von Stille. Da sang er mit fröhlicher Stimme:

Wie kühl schweift sichs bei nächtger Stunde,
Die Zither treulich in der Hand!
Vom Hügel grüß ich in die Runde
Den Himmel und das stille Land.

Wie ist das alles so verwandelt,
Wo ich so fröhlich war, im Tal.
Im Wald wie still, der Mond nur wandelt
Nun durch den hohen Buchensaal.

Der Winzer Jauchzen ist verklungen
Und all der bunte Lebenslauf,
Die Ströme nur, im Tal geschlungen,
Sie blicken manchmal silbern auf.

Und Nachtigallen wie aus Träumen
Erwachen oft mit süßem Schall,
Erinnernd rührt sich in den Bäumen
Ein heimlich Flüstern überall. –

Die Freude kann nicht gleich verklingen,
Und von des Tages Glanz und Lust
Ist so auch mir ein heimlich Singen
Geblieben in der tiefsten Brust.

Und fröhlich greif ich in die Saiten,
O Mädchen, jenseits überm Fluß,
Du lauschest wohl und hörst's von weiten
Und kennst den Sänger an dem Gruß!

Er mußte über sich selber lachen, da er am Ende nicht wußte, wem er das Ständchen brachte. Denn die reizende Kleine mit dem Blumenkranze war es lange nicht mehr, die er eigentlich meinte. Die Musik bei den Zelten, der Traum auf seinem Zimmer und sein die Klänge und den Traum und die zierliche Erscheinung des Mädchens nachträumendes Herz hatte ihr Bild unmerklich und wundersam verwandelt in ein viel schöneres, größeres und herrlicheres, wie er es noch nirgend gesehen.

So in Gedanken schritt er noch lange fort, als er unerwartet bei einem großen, von hohen Bäumen rings umgebenen Weiher anlangte. Der Mond, der eben über die Wipfel trat, beleuchtete scharf ein marmornes Venusbild, das dort dicht am Ufer auf einem Steine stand, als wäre die Göttin soeben erst aus den Wellen aufgetaucht, und betrachte nun, selber verzaubert, das Bild der eigenen Schönheit, das der trunkene Wasserspiegel zwischen den leise aus dem Grunde aufblühenden Sternen widerstrahlte. Einige Schwäne beschrieben still ihre einförmigen Kreise um das Bild, ein leises Rauschen ging durch die Bäume ringsumher.

Florio stand wie eingewurzelt im Schauen, denn ihm kam jenes Bild wie eine lang gesuchte, nun plötzlich erkannte Geliebte vor, wie eine Wunderblume, aus der Frühlingsdämmerung und träumerischen Stille seiner frühesten Jugend heraufgewachsen. Je länger er hinsah je mehr schien es ihm, als schlüge es die seelenvollen Augen langsam auf, als wollten sich die Lippen bewegen zum Gruße, als blühe Leben wie ein lieblicher Gesang erwärmend durch die schönen Glieder herauf. Er hielt die Augen lange geschlossen vor Blendung, Wehmut und Entzücken. –

Als er wieder aufblickte, schien auf einmal alles wie verwandelt. Der Mond sah seltsam zwischen Wolken hervor, ein stärkerer Wind kräuselte den Weiher in trübe Wellen, das Venusbild, so fürchterlich weiß und regungslos, sah ihn fast schreckhaft mit den steinernen Augenhöhlen aus der grenzenlosen Stille an. Ein nie gefühltes Grausen überfiel da den Jüngling. Er verließ schnell den Ort, und immer schneller und ohne auszuruhen eilte er durch die Gärten und Weinberge wieder fort, der ruhigen Stadt zu; denn auch das Rauschen der Bäume kam ihm nun wie ein verständiges, vernehmliches Geflüster

vor, und die langen gespenstischen Pappeln schienen mit ihren weitgestreckten Schatten hinter ihm drein zu langen.
So kam er sichtbar verstört in der Herberge an. Da lag der Schlafende noch auf der Schwelle und fuhr erschrocken auf, als Florio an ihm vorüberstreifte. Florio aber schlug schnell die Tür hinter sich zu und atmete erst tief auf, als er oben sein Zimmer betrat. Hier ging er noch lange auf und nieder, ehe er sich beruhigte. Dann warf er sich aufs Bett und schlummerte endlich unter den seltsamsten Träumen ein.

Am folgenden Morgen saßen Florio und Fortunato unter den hohen von der Morgensonne durchfunkelten Bäumen vor der Herberge miteinander beim Frühstück. Florio sah blässer als gewöhnlich und angenehm überwacht aus. – Der Morgen, sagte Fortunato lustig, ist ein recht kerngesunder, wildschöner Gesell, wie er so von den höchsten Bergen in die schlafende Welt hinunterjauchzt und von den Blumen und Bäumen die Tränen schüttelt und wogt und lärmt und singt. Der macht eben nicht sonderlich viel aus den sanften Empfindungen, sondern greift kühl an alle Glieder und lacht einem ins lange Gesicht, wenn man so preßhaft und noch ganz wie in Mondschein getaucht vor ihn hinaustritt. – Florio schämte sich nun, dem Sänger, wie er sich anfangs vorgenommen, etwas von dem schönen Venusbilde zu sagen, und schwieg betreten still. Sein Spaziergang in der Nacht war aber von dem Diener an der Haustür bemerkt und wahrscheinlich verraten worden, und Fortunato fuhr lachend fort: Nun, wenn Ihr's nicht glaubt, versucht es nur einmal und stellt Euch jetzt hierher und sagt zum Exempel: O schöne, holde Seele, o Mondschein, du Blütenstaub zärtlicher Herzen usw., ob das nicht recht zum Lachen wäre! Und doch wette ich, habt Ihr diese Nacht dergleichen oft gesagt und gewiß ordentlich ernsthaft dabei ausgesehen. – Florio hatte sich Fortunato ehedem immer so still und sanftmütig vorgestellt, nun verwunderte ihn recht innerlichst die kecke Lustigkeit des geliebten Sängers. Er sagte hastig, und die Tränen traten ihm dabei in die seelenvollen Augen: Ihr sprecht da sicherlich anders, als Euch selber zumute ist, und das solltet Ihr nimmermehr tun. Aber ich lasse mich von Euch nicht irremachen, es gibt noch sanfte und hohe Empfindungen, die wohl schamhaft sind, aber sich nicht zu schämen brauchen, und ein stilles Glück, das sich vor dem lauten Tage verschließt und nur dem Sternenhimmel den heiligen Kelch öffnet wie eine Blume, in der ein Engel wohnt. Fortunato sah den Jüngling verwundert an, dann rief er aus: Nun wahrhaftig, Ihr seid recht ordentlich verliebt!

Man hatte unterdes Fortunato, der spazieren reiten wollte, sein Pferd vorgeführt. Freundlich streichelte er den gebogenen Hals des zierlich aufgeputzten Rößleins, das mit fröhlicher Ungeduld den Rasen stampfte. Dann wandte er sich noch einmal zu Florio und reichte ihm gutmütig lächelnd die Hand. Ihr tut mir doch leid, sagte er, es gibt gar zu viele sanfte, gute, besonders verliebte junge Leute, die ordentlich versessen sind auf Unglücklichsein. Laßt das, die Melancholie, den Mondschein und alle den Plunder; und geht's auch manchmal wirklich schlimm, nur frisch heraus in Gottes freien Morgen und da draußen sich recht abgeschüttelt, im Gebet aus Herzensgrund – und es müßte wahrlich mit dem Bösen zugehen, wenn Ihr nicht so recht durch und durch fröhlich und stark werdet! – Und hiermit schwang er sich schnell auf sein Pferd und ritt zwischen den Weinbergen und blühenden Gärten in das farbige, schallende Land hinein, selber so bunt und freudig anzuschauen, wie der Morgen vor ihm.

Florio sah ihm lange nach, bis die Glanzeswogen über dem fernen Meer zusammenschlugen. Dann ging er hastig unter den Bäumen auf und nieder. Ein tiefes unbestimmtes Verlangen war von den Erscheinungen der Nacht in seiner Seele zurückgeblieben. Dagegen hatte ihn Fortunato durch seine Reden seltsam verstört und verwirrt. Er wußte nun selbst nicht mehr, was er wollte, gleich einem Nachtwandler, der plötzlich bei seinem Namen gerufen wird. Sinnend blieb er oftmals vor der wunderreichen Aussicht in das Land hinab stehen, als wollte er das freudig kräftige Walten da draußen um Auskunft fragen. Aber der Morgen spielte nur einzelne Zauberlichter wie durch die Bäume über ihm in sein träumerisch funkelndes Herz hinein, das noch in anderer Macht stand. Denn drinnen zogen die Sterne noch immerfort ihre magischen Kreise, zwischen denen das wunderschöne Marmorbild mit neuer, unwiderstehlicher Gewalt heraufsah. –

So beschloß er denn endlich, den Weiher wieder aufzusuchen, und schlug rasch denselben Pfad ein, den er in der Nacht gewandelt. Wie sah aber dort nun alles so anders aus! Fröhliche Menschen durchirrten geschäftig die Weinberge, Gärten und Alleen, Kinder spielten ruhig auf dem sonnigen Rasen vor den Hütten, die ihn in der Nacht unter den traumhaften Bäumen oft gleich eingeschlafenen Sphinxen erschreckt hatten, der Mond stand fern und verblaßt am klaren Himmel, unzählige Vögel sangen lustig im Walde durcheinander. Er konnte gar nicht begreifen, wie ihn damals hier so seltsame Furcht überfallen konnte.

Bald bemerkte er indes, daß er in Gedanken den rechten Weg verfehlt. Er betrachtete aufmerksam alle Plätze und ging zweifelhaft bald zurück, bald wieder vorwärts; aber vergeblich; je emsiger er suchte, je unbekannter und ganz anders kam ihm alles vor.

Lange war er so umhergeirrt. Die Vögel schwiegen schon, der Kreis der Hügel wurde nach und nach immer stiller, die Strahlen der Mittagssonne schillerten sengend über der ganzen Gegend draußen, die wie unter einem Schleier von Schwüle zu schlummern und zu träumen schien. Da kam er unerwartet an ein Tor von Eisengittern, zwischen dessen zierlich vergoldeten Stäben hindurch man in einen weiten prächtigen Lustgarten hineinsehen konnte. Ein Strom von Kühle und Duft wehte den Ermüdeten erquickend daraus an. Das Tor war nicht verschlossen, er öffnete es leise und trat hinein.

Hohe Buchenhallen empfingen ihn da mit ihren feierlichen Schatten, zwischen denen goldene Vögel wie abgewehte Blüten hin und wider flatterten, während große seltsame Blumen, wie sie Florio niemals gesehen, traumhaft mit ihren gelben und roten Glocken in dem leisen Winde hin und her schwankten. Unzählige Springbrunnen plätscherten, mit vergoldeten Kugeln spielend, einförmig in der großen Einsamkeit. Zwischen den Bäumen hindurch sah man in der Ferne einen prächtigen Palast mit hohen schlanken Säulen hereinschimmern. Kein Mensch war ringsum zu sehen, tiefe Stille herrschte überall. Nur hin und wieder erwachte manchmal eine Nachtigall und sang wie im Schlummer fast schluchzend. Florio betrachtete verwundert Bäume, Brunnen und Blumen, denn es war ihm, als sei das alles lange versunken und über ihm ginge der Strom der Tage mit leichten klaren Wellen und unten läge nur der Garten gebunden und verzaubert und träumte von dem vergangenen Leben.

Er war noch nicht weit vorgedrungen, als er Lautenklänge vernahm, bald stärker, bald wieder in dem Rauschen der Springbrunnen leise verhallend. Lauschend blieb er stehen, die Töne kamen immer näher und näher, da trat plötzlich in dem stillen Bogengange eine hohe schlanke Dame von wundersamer Schönheit zwischen den Bäumen hervor, langsam wandelnd und ohne aufzublicken. Sie trug eine prächtige mit goldenem Bildwerk gezierte Laute im Arme, auf der sie, wie in tiefe Gedanken versunken, einzelne Akkorde griff. Ihr langes goldenes Haar fiel in reichen Locken über die fast bloßen, blendend weißen Achseln bis auf den Rücken hinab; die langen weiten Ärmel, wie von Blütenschnee gewoben, wurden von zierlichen goldenen Spangen gehalten; den schönen Leib umschloß ein himmelblaues Gewand, ringsum an den Enden mit buntglühenden, wunderbar ineinander verschlungenen Blumen gestickt. Ein heller Sonnenblick durch eine Öffnung des Bogenganges schweifte soeben scharf beleuchtend über die blühende Gestalt. Florio fuhr innerlich zusammen – es waren unverkennbar die Züge, die Gestalt des schönen Venusbildes, das er heute nacht am Weiher gesehen. – Sie aber sang, ohne den Fremden zu bemerken:

Was weckst du, Frühling, mich von neuem wieder?
Daß all die alten Wünsche auferstehen,
Geht übers Land ein wunderbares Wehen;
Das schauert mir so lieblich durch die Glieder.

Die schöne Mutter grüßen tausend Lieder,
Die, wieder jung, im Brautkranz süß zu sehen;
Der Wald will sprechen, rauschend Ströme gehen,
Najaden tauchen singend auf und nieder.

Die Rose seh ich gehn aus grüner Klause
Und, wie so buhlerisch die Lüfte fächeln,
Errötend in die laue Luft sich dehnen.

So mich auch ruft ihr aus dem stillen Hause –
Und schmerzlich nun muß ich im Frühling lächeln,
Versinkend zwischen Duft und Klang vor Sehnen.

So singend wandelte sie fort, bald in dem Grünen verschwindend, bald wieder erscheinend, immer ferner und ferner, bis sie sich endlich in der Gegend des Palastes ganz verlor. Nun war es auf einmal wieder still, nur die Bäume und Wasserkünste rauschten wie vorher. Florio stand in blühende Träume versunken, es war ihm, als hätte er die schöne Lautenspielerin schon lange gekannt und nur in der Zerstreuung des Lebens wieder vergessen und verloren, als ginge sie nun vor Wehmut zwischen dem Quellenrauschen unter und riefe ihn unaufhörlich, ihr zu folgen. – Tief bewegt eilte er weiter in den Garten hinein auf die Gegend zu, wo sie verschwunden war. Da kam er unter uralten Bäumen an ein verfallenes Mauerwerk, an dem noch hin und wieder schöne Bildereien halb kenntlich waren. Unter der Mauer auf zerschlagenen Marmorsteinen und Säulenknäufen, zwischen denen hohes Gras und Blumen üppig hervorschossen, lag ein schlafender Mann ausgestreckt. Erstaunt erkannte Florio den Ritter Donati. Aber seine Mienen schienen im Schlafe sonderbar verändert, er sah fast wie ein Toter aus. Ein heimlicher Schauer überfiel Florio bei diesem Anblicke. Er rüttelte den Schlafenden heftig. Donati schlug langsam die Augen auf und sein erster Blick war so fremd, stier und wild, daß sich Florio ordentlich vor ihm entsetzte. Dabei murmelte er noch zwischen Schlaf und Wachen einige dunkle Worte, die Florio nicht verstand. Als er sich endlich völlig ermuntert hatte, sprang er rasch auf und sah Florio, wie es schien, mit großem Erstaunen an. Wo bin ich, rief dieser hastig, wer ist die edle Herrin, die in diesem schönen Garten wohnt? – Wie seid Ihr, frug dagegen Donati sehr ernst, in diesen Garten gekommen? Florio erzählte kurz den Hergang, worüber der Ritter in ein tiefes Nachdenken versank. Der Jüngling wiederholte darauf dringend seine vorigen Fragen, und Donati sagte zerstreut: Die Dame ist eine Verwandte von mir, reich und gewaltig, ihr Besitztum ist weit im Lande verbreitet – Ihr findet sie bald da, bald dort – auch in der Stadt Lucca ist sie zuweilen. – Florio fielen die flüchtig hingeworfenen Worte seltsam aufs Herz, denn es wurde ihm nur immer deutlicher, was ihn vorher nur vorübergehend angeflogen, nämlich, daß er die Dame schon einmal in früherer Jugend irgendwo gesehen, doch konnte er sich durchaus nicht klar besinnen.

Sie waren unterdes rasch fortgehend unvermerkt an das vergoldete Gittertor des Gartens gekommen. Es war nicht dasselbe, durch welches Florio vorhin eingetreten. Verwundert sah er sich in der unbekannten Gegend um; weit über die Felder weg lagen die Türme der Stadt im heitern Sonnenglanze. Am Gitter stand Donatis Pferd angebunden und scharrte schnaubend den Boden.

Schüchtern äußerte nun Florio den Wunsch, die schöne Herrin des Gartens künftig einmal wiederzusehen. Donati, der bis dahin noch immer in sich versunken war, schien sich erst hier plötzlich zu besinnen. Die Dame, sagte er mit der gewohnten umsichtigen Höflichkeit, wird sich freuen, Euch kennen zu lernen. Heute jedoch würden wir sie stören, und auch mich rufen dringende Geschäfte nach Hause. Vielleicht kann ich Euch morgen abholen. Und hierauf nahm er in wohlgesetzten Reden Abschied von dem Jüngling, bestieg sein Roß und war bald zwischen den Hügeln verschwunden.

Florio sah ihm lange nach, dann eilte er wie ein Trunkener der Stadt zu. Dort hielt die Schwüle noch alle lebendigen Wesen in den Häusern, hinter den dunkelgrünen Jalousien. Alle Gassen und Plätze waren leer, Fortunato auch noch nicht zurückgekehrt. Dem Glücklichen wurde es hier zu enge, in trauriger Einsamkeit. Er bestieg schnell sein Pferd und ritt noch einmal ins Freie hinaus.

Morgen, morgen! schallte es in einem fort durch seine Seele. Ihm war so unbeschreiblich wohl. Das schöne Marmorbild war ja lebend geworden und von seinem Steine in den Frühling hinuntergestiegen, der stille Weiher plötzlich verwandelt zur unermeßlichen Landschaft, die Sterne darin zu Blumen und der ganze Frühling ein Bild der Schönen. – Und so durchschweifte er lange die schönen Täler um Lucca, den prächtigen Landhäusern, Kaskaden und Grotten wechselnd vorüber, bis die Wellen des Abendrots über dem Fröhlichen zusammenschlugen.

Die Sterne standen schon klar am Himmel, als er langsam durch die stillen Gassen nach seiner Herberge zog. Auf einem der einsamen Plätze stand ein großes, schönes Haus, vom Monde hell erleuchtet. Ein Fenster war oben geöffnet, an dem er zwischen künstlich gezogenen Blumen hindurch zwei weibliche Gestalten bemerkte, die in ein lebhaftes Gespräch vertieft schienen. Mit Verwunderung hörte er mehreremal deutlich seinen Namen nennen. Auch glaubte er in den einzelnen abgerissenen Worten, welche die Luft herüberwehte, die Stimme der wunderbaren Sängerin wieder zu erkennen. Doch konnte er vor den im Mondesglanz zitternden Blättern und Blüten nichts genau unterscheiden. Er hielt an, um mehr zu vernehmen. Da bemerkten ihn die beiden Damen, und es wurde auf einmal still droben.

Unbefriedigt ritt Florio weiter, aber wie er soeben um die Straßenecke bog, sah er, daß sich eine von den Damen, noch einmal ihm nachblickend, zwischen den Blumen hinauslehnte und dann schnell das Fenster schloß.

Am folgenden Morgen, als Florio soeben seine Traumblüten abgeschüttelt und vergnügt aus dem Fenster über die in der Morgensonne funkelnden Türme und Kuppeln der Stadt hinaussah, trat unerwartet der Ritter Donati in das Zimmer. Er war ganz schwarz gekleidet und sah heute ungewöhnlich verstört, hastig und beinah wild aus. Florio erschrak ordentlich vor Freude, als er ihn erblickte, denn er gedachte sogleich der schönen Frau. Kann ich sie sehen? rief er ihm schnell entgegen. Donati schüttelte verneinend mit dem Kopfe und sagte, traurig vor sich auf den Boden hinsehend: Heute ist Sonntag. – Dann fuhr er rasch fort, sich sogleich wieder ermannend: Aber zur Jagd wollt ich Euch abholen. – Zur Jagd? – erwiderte Florio höchst verwundert, heute am heiligen Tage? – Nun wahrhaftig, fiel ihm der Ritter mit einem ingrimmigen, abscheulichen Lachen ins Wort, Ihr wollt doch nicht etwa mit der Buhlerin unterm Arm zur Kirche wandeln und im Winkel auf dem Fußschemel knien und andächtig Gott helf! sagen, wenn die Frau Base niest. – Ich weiß nicht, wie Ihr das meint, sagte Florio, und Ihr mögt immer über mich lachen, aber ich könnte heut nicht jagen. Wie da draußen alle Arbeit rastet, und Wälder und Felder so geschmückt aussehen zu Gottes Ehre, als zögen Engel durch das Himmelblau über sie hinweg – so still, so feierlich und gnadenreich ist diese Zeit! – Donati stand in Gedanken am Fenster, und Florio glaubte zu bemerken, daß er heimlich schauderte, wie er so in die Sonntagsstille der Felder hinaussah.

Unterdes hatte sich der Glockenklang von den Türmen der Stadt erhoben und ging wie ein Beten durch die klare Luft. Da schien Donati erschrocken, er griff nach seinem Hut und drang beinah ängstlich in Florio, ihn zu begleiten, der es aber beharrlich verweigerte. Fort, hinaus! – rief endlich der Ritter halblaut und wie aus tiefster, geklemmter Brust herauf, drückte dem erstaunten Jüngling die Hand, und stürzte aus dem Hause fort.

Florio wurde recht heimatlich zumute, als darauf der frische klare Sänger Fortunato, wie ein Bote des Friedens, zu ihm ins Zimmer trat. Er brachte eine Einladung auf morgen abend nach einem Landhause vor der Stadt. Macht Euch nur gefaßt, setzte er hinzu, Ihr werdet dort eine alte Bekannte treffen! Florio erschrak ordentlich und fragte hastig: wen? Aber Fortunato lehnte lustig alle Erklärung ab und entfernte sich bald. Sollte es die schöne Sängerin sein? – dachte Florio still bei sich, und sein Herz schlug heftig.

Er begab sich dann in die Kirche, aber er konnte nicht beten, er war zu fröhlich zerstreut. Müßig schlenderte er durch die Gassen. Da sah alles so rein und festlich aus, schön geputzte Herren und Damen zogen fröhlich und schimmernd nach den Kirchen. Aber, ach! die Schönste war nicht unter ihnen! – Ihm fiel dabei sein Abenteuer beim gestrigen Heimzuge ein. Er suchte die Gasse auf und fand bald das große schöne Haus wieder; aber wie sonderbar! die Tür war verschlossen, alle Fenster fest zu, es schien niemand darin zu wohnen. Vergeblich schweifte er den ganzen folgenden Tag in der Gegend umher, um nähere Auskunft über seine unbekannte Geliebte zu erhalten, oder sie, wo möglich, gar wiederzusehen. Ihr Palast sowie der Garten, den er in jener Mittagsstunde zufällig gefunden, war wie versunken, auch Donati ließ sich nicht erblicken. Ungeduldig schlug daher sein Herz vor Freude und Erwartung, als er endlich am Abend, der Einladung zufolge, mit Fortunato, der fortwährend den Geheimnisvollen spielte, zum Tore hinaus dem Landhause zuritt.

Es war schon völlig dunkel, als sie draußen ankamen. Mitten in einem Garten, wie es schien, lag eine zierliche Villa mit schlanken Säulen, über denen sich von der Zinne ein zweiter Garten von Orangen und vielerlei Blumen duftig erhob. Große Kastanienbäume standen umher und streckten kühn und seltsam beleuchtet ihre Riesenarme zwischen den aus den Fenstern dringenden Scheinen in die Nacht hinaus. Der Herr vom Hause, ein feiner fröhlicher Mann von mittleren Jahren, den aber Florio früher jemals gesehn zu haben sich nicht erinnerte, empfing den Sänger und seinen Freund herzlich an der Schwelle des Hauses und führte sie die breiten Stufen hinan in den Saal.

Eine fröhliche Tanzmusik scholl ihnen dort entgegen, eine große Gesellschaft bewegte sich bunt und zierlich durcheinander im Glanze unzähliger Lichter, die gleich Sternenkreisen in kristallenen Leuchtern über dem lustigen Schwarme schwebten. Einige tanzten, andere ergötzten sich in lebhaftem Gespräch, viele waren maskiert und gaben unwillkürlich durch ihre wunderliche Erscheinung dem anmutigen Spiele oft plötzlich eine tiefe, fast schauerliche Bedeutung.

Florio stand noch still geblendet, selber wie ein anmutiges Bild, zwischen den schönen schweifenden Bildern. Da trat ein zierliches Mädchen zu ihn heran, in griechischem Gewande leicht geschürzt, die schönen Haare in künstliche Kränze geflochten. Eine Larve verbarg ihr halbes Gesicht und ließ die untere Hälfte nur desto rosiger und reizender sehen. Sie verneigte sich flüchtig, überreichte ihm eine Rose und war schnell wieder in dem Schwarme verloren.

In demselben Augenblick bemerkte er auch, daß der Herr vom Hause dicht bei ihm stand, ihn prüfend ansah, aber schnell wegblickte, als Florio sich umwandte. –

Verwundert durchstrich nun der letztere die rauschende Menge. Was er heimlich gehofft, fand er nirgends, und er machte sich beinahe Vorwürfe, dem fröhlichen Fortunato so leichtsinnig auf dieses Meer von Lust gefolgt zu sein, das ihn nun immer weiter von jener einsamen hohen Gestalt zu verschlagen schien. Sorglos umspülten indes die losen Wellen, schmeichlerisch neckend den Gedankenvollen und tauschten ihm unmerklich die Gedanken aus. Wohl kommt die Tanzmusik, wenn sie auch nicht unser Innerstes erschüttert und umkehrt, recht wie ein Frühling leise und gewaltig über uns, die Töne tasten zauberisch wie die ersten Sommerblicke nach der Tiefe und wecken alle die Lieder, die unten gebunden schliefen, und Quellen und Blumen und uralte Erinnerungen und das ganze eingefrorne, schwere, stockende Leben wird ein leichter klarer Strom, auf dem das Herz mit rauschenden Wimpeln den lange aufgegebenen Wünschen fröhlich wieder zufährt. So hatte die allgemeine Lust auch Florio gar bald angesteckt, ihm war recht leicht zumute, als müßten sich alle Rätsel, die so schwül auf ihm lasteten, lösen.

Neugierig suchte er nun die niedliche Griechin wieder auf. Er fand sie in einem lebhaften Gespräch mit andern Masken, aber er bemerkte wohl, daß auch ihre Augen mitten im Gespräch suchend abseits schweiften und ihn schon von fern wahrgenommen hatten. Er forderte sie zum Tanze auf. Sie verneigte sich freundlich, aber ihre bewegliche Lebhaftigkeit schien wie gebrochen, als er ihre Hand berührte und festhielt. Sie folgte ihm still und mit gesenktem Köpfchen, man wußte nicht, ob schelmisch, oder traurig. Die Musik begann, und er konnte keinen Blick verwenden von der reizenden Gauklerin, die ihn gleich den Zaubergestalten auf den alten fabelhaften Schildereien umschwebte. Du kennst mich, flüsterte sie kaum hörbar ihm zu, als sich einmal im Tanze ihre Lippen flüchtig beinah berührten.

Der Tanz war endlich aus, die Musik hielt plötzlich inne; da glaubte Florio seine schöne Tänzerin am anderen Ende des Saales *noch einmal* wiederzusehen. Es war dieselbe Tracht, dieselben Farben des Gewandes, derselbe Haarschmuck. Das schöne Bild schien unverwandt auf ihn herzusehen und stand fortwährend still im Schwarme der nun überall zerstreuten Tänzer, wie ein heiteres Gestirn zwischen dem leichten fliegenden Gewölk bald untergeht, bald lieblich wieder erscheint. Die zierliche Griechin schien die Erscheinung nicht zu bemerken, oder doch nicht zu beachten, sondern verließ, ohne ein Wort zu sagen, mit einem leisen flüchtigen Händedruck eilig ihren Tänzer.

Der Saal war unterdes ziemlich leer geworden. Alles schwärmte in den Garten hinab, um sich in der lauen Luft zu ergehen, auch jenes seltsame Doppelbild war verschwunden. Florio folgte dem Zuge und schlenderte gedankenvoll durch die hohen Bogengänge. Die vielen Lichter warfen einen zauberischen Schein zwischen das zitternde Laub. Die hin und her schweifenden Masken, mit ihren veränderten grellen Stimmen und wunderbarem Aufzuge, nahmen sich hier in der ungewissen Beleuchtung noch viel seltsamer und fast gespenstisch aus.

Er war eben, unwillkürlich einen einsamen Pfad einschlagend, ein wenig von der Gesellschaft abgekommen, als er eine liebliche Stimme zwischen den Gebüschen singen hörte:

Über die beglänzten Gipfel
Fernher kommt es wie ein Grüßen,
Flüsternd neigen sich die Wipfel,
Als ob sie sich wollten küssen.

Ist er doch so schön und milde!
Stimmen gehen durch die Nacht,
Singen heimlich von dem Bilde –
Ach, ich bin so froh erwacht!

Plaudert nicht so laut, ihr Quellen!
Wissen darf es nicht der Morgen,
In der Mondnacht linde Wellen
Senk ich stille Glück und Sorgen. –

Florio folgte dem Gesange und kam auf einen offnen runden Rasenplatz, in dessen Mitte ein Springbrunnen lustig mit den Funken des Mondlichts spielte. Die Griechin saß, wie eine schöne Najade, auf dem steinernen Becken. Sie hatte die Larve abgenommen und spielte gedankenvoll mit einer Rose in dem schimmernden Wasserspiegel. Schmeichlerisch schweifte der Mondschein über den blendend weißen Nacken auf und nieder, ihr Gesicht konnte er nicht sehen, denn sie hatte ihm den Rücken zugekehrt. – Als sie die Zweige hinter sich rauschen hörte, sprang das schöne Bildchen rasch auf, steckte die Larve vor und floh, schnell wie ein aufgescheuchtes Reh, wieder zur Gesellschaft zurück.

Florio mischte sich nun auch wieder in die bunten Reihen der Spazierengehenden. Manch zierliches Liebeswort schallte da leise durch die laue Luft, der Mondschein hatte mit seinen unsichtbaren Fäden alle die Bilder wie in ein goldnes Liebesnetz verstrickt, in das nur die Masken mit ihren ungeselligen Parodien manche komische Lücke gerissen. Besonders hatte Fortunato sich diesen Abend mehreremal verkleidet und trieb fortwährend seltsam wechselnd sinnreichen Spuk, immer neu und unerkannt und oft sich selber überraschend durch die Kühnheit und tiefe Bedeutsamkeit seines Spieles, so daß er manchmal plötzlich still wurde vor Wehmut, wenn die andern sich halb totlachen wollten. –

Die schöne Griechin ließ sich indes nirgends sehen, sie schien es absichtlich zu vermeiden, dem Florio wieder zu begegnen.

Dagegen hatte ihn der Herr vom Hause recht in Beschlag genommen. Künstlich und weit ausholend befragte ihn derselbe weitläufig um sein früheres Leben, seine Reisen und seinen künftigen Lebensplan. Florio konnte dabei gar nicht vertraulich werden, denn Pietro, so hieß jener, sah fortwährend so beobachtend aus, als läge hinter all den feinen Redensarten irgendein besonderer Anschlag auf der Lauer. Vergebens sann er hin und her, dem Grunde dieser zudringlichen Neugier auf die Spur zu kommen.

Er hatte sich soeben wieder von ihm losgemacht, als er, um den Ausgang einer Allee herumbiegend, mehreren Masken begegnete, unter denen er unerwartet die Griechin wieder erblickte. Die Masken sprachen viel und seltsam durcheinander, die eine Stimme schien ihm bekannt, doch konnte er sich nicht deutlich besinnen. Bald darauf verlor sich eine Gestalt nach der andern, bis er sich am Ende, eh er sich dessen recht versah, allein mit dem Mädchen befand. Sie blieb zögernd stehen und sah ihn einige Augenblicke schweigend an. Die Larve war fort, aber ein kurzer, blütenweißer Schleier, mit allerlei wunderlichen goldgestickten Figuren verziert, verdeckte das Gesichtchen. Er wunderte sich, daß die Scheue nun so allein bei ihm aushielt.

Ihr habt mich in meinem Gesange belauscht, sagte sie endlich freundlich. Es waren die ersten lauten Worte, die er von ihr vernahm. Der melodische Klang ihrer Stimme drang ihm durch die Seele, es war, als rührte sie erinnernd an alles Liebe, Schöne und Fröhliche, was er im Leben erfahren. Er entschuldigte seine Kühnheit und sprach verwirrt von der Einsamkeit, die ihn verlockt, seiner Zerstreuung, dem Rauschen der Wasserkunst. – Einige Stimmen näherten sich unterdes dem Platze. Das Mädchen blickte scheu um sich und ging rasch tiefer in die Nacht hinein. Sie schien es gern zu sehen, daß Florio ihr folgte.

Kühn und vertraulicher bat er sie nun, sich nicht länger zu verbergen, oder doch ihren Namen zu sagen, damit ihre liebliche Erscheinung unter den tausend verwirrenden Bildern des Tages ihm nicht wieder verloren ginge. Laßt das, erwiderte sie träumerisch, nehmt die Blumen des Lebens fröhlich, wie sie der Augenblick gibt, und forscht nicht nach den Wurzeln im Grunde, denn unten ist es freudlos und still. Florio sah sie erstaunt an; er begriff nicht, wie solche rätselhafte Worte in den Mund des heitern Mädchens kamen. Das Mondlicht fiel eben wechselnd zwischen den Bäumen auf ihre Gestalt. Da kam es ihm auch vor, als sei sie nun größer, schlanker und edler als vorhin beim Tanze und am Springbrunnen.

Sie waren indes bis an den Ausgang des Gartens gekommen. Keine Lampe brannte mehr hier, nur manchmal hörte man noch eine Stimme in der Ferne verhallend. Draußen ruhte der weite Kreis der Gegend still und feierlich im prächtigen Mondschein. Auf einer Wiese, die vor ihnen lag, bemerkte Florio mehrere Pferde und Menschen, in dem Dämmerlichte halbkenntlich durcheinander wirrend. Hier blieb seine Begleiterin plötzlich stehen. Es wird mich erfreuen, sagte sie, Euch einmal in meinem Hause zu sehen. Unser Freund wird Euch hinbegleiten. – Lebt wohl! – Bei diesen Worten schlug sie den Schleier zurück, und Florio fuhr erschrocken zusammen. – Es war die wunderbare Schöne, deren Gesang er in jenem mittagsschwülen Garten belauscht. – Aber ihr Gesicht, das der Mond hell beschien, kam ihm bleich und regungslos vor, fast wie damals das Marmorbild am Weiher.

Er sah nun, wie sie über die Wiese dahinging, von mehreren reichgeschmückten Dienern empfangen wurde und in einem schnell umgeworfenen schimmernden Jagdkleide einen schneeweißen Zelter bestieg. Wie festgebannt von Staunen, Freude und einem heimlichen Grauen, das ihn innerlichst überschlich, blieb er stehen, bis Pferde, Reiter und die ganze seltsame Erscheinung in die Nacht verschwunden war.

Ein Rufen aus dem Garten weckte ihn endlich aus seinen Träumen. Er erkannte Fortunatos Stimme und eilte, den Freund zu erreichen, der ihn schon längst vermißt und vergebens aufgesucht hatte. Dieser wurde seiner kaum gewahr, als er ihm schon entgegensang:

Still in Luft
Es gebart,
Aus dem Duft
Hebt sichs zart,
Liebchen ruft,
Liebster schweift
Durch die Luft;
Sternwärts greift,
Seufzt und ruft,
Herz wird bang,
Matt wird Duft,
Zeit wird lang –
Mondscheinduft,
Luft in Luft
Bleibt Liebe und Liebste, wie sie gewesen!

Aber wo seid Ihr denn auch so lange herumgeschwebt? schloß er endlich lachend. – Um keinen Preis hätte Florio sein Geheimnis verraten können. Lange? erwiderte er nur, selber erstaunt. Denn in der Tat war der Garten unterdes ganz leer geworden, alle Beleuchtung fast erloschen, nur wenige Lampen flackerten noch ungewiß, wie Irrlichter, im Winde hin und her.
Fortunato drang nicht weiter in den Jüngling, und schweigend stiegen sie in dem stillgewordenen Hause die Stufen hinan. Ich löse nun mein Wort, sagte Fortunato, indem sie auf der Terrasse über dem Dache der Villa anlangten, wo noch eine kleine Gesellschaft unter dem heiter gestirnten Himmel versammelt war. Florio erkannte sogleich mehrere Gesichter, die er an jenem ersten fröhlichen Abend bei den Zelten gesehen. Mitten unter ihnen erblickte er auch seine schöne Nachbarin wieder. Aber der fröhliche Blumenkranz fehlte heute in den Haaren, ohne Band, ohne Schmuck wallten die schönen Locken um das Köpfchen und den zierlichen Hals. Er stand fast betroffen still bei dem Anblicke. Die Erinnerung an jenen Abend über-

flog ihn mit einer seltsam wehmütigen Gewalt. Es war ihm, als sei das schon lange her, so ganz anders war alles seitdem geworden. Das Fräulein wurde Bianka genannt und ihm als Pietros Nichte vorgestellt. Sie schien ganz verschüchtert, als er sich ihr näherte, und wagte es kaum, zu ihm aufzublicken. Er äußerte ihr seine Verwunderung, sie diesen Abend hindurch nicht gesehen zu haben. Ihr habt mich öfter gesehen, sagte sie leise, und er glaubte dieses Flüstern wiederzuerkennen. – Währenddes wurde sie die Rose an seiner Brust gewahr, welche er von der Griechin erhalten, und schlug errötend die Augen nieder. Florio merkte es wohl, ihm fiel dabei ein, wie er nach dem Tanze die Griechin doppelt gesehen. Mein Gott! dachte er verwirrt bei sich, wer war denn das? –

Es ist gar seltsam, unterbrach sie ablenkend das Stillschweigen, so plötzlich aus der lauten Lust in die weite Nacht hinauszutreten. Seht nur, die Wolken gehn oft so schreckhaft wechselnd über den Himmel, daß man wahnsinnig werden müßte, wenn man lange hineinsähe; bald wie ungeheure Mondgebirge mit schwindligen Abgründen und schrecklichen Zacken, ordentlich wie Gesichter, bald wieder wie Drachen, oft plötzlich lange Hälse ausstreckend, und drunter schießt der Fluß heimlich wie eine goldne Schlange durch das Dunkel, das weiße Haus da drüben sieht aus wie ein stilles Marmorbild. – Wo? fuhr Florio, bei diesem Worte heftig erschreckt, aus seinen Gedanken auf. – Das Mädchen sah ihn verwundert an, und beide schwiegen einige Augenblicke still. – Ihr werdet Lucca verlassen? – sagte sie endlich zögernd und leise, als fürchtete sie sich vor einer Antwort. Nein, erwiderte Florio zerstreut, doch ja, ja, bald, recht sehr bald! – Sie schien noch etwas sagen zu wollen, wandte aber plötzlich, die Worte zurückdrängend, ihr Gesicht ab in die Dunkelheit.

Er konnte endlich den Zwang nicht länger aushalten. Sein Herz war so voll und gepreßt und doch so überselig. Er nahm schnell Abschied, eilte hinab und ritt ohne Fortunato und alle Begleitung in die Stadt zurück.

Das Fenster in seinem Zimmer stand offen, er blickte flüchtig noch einmal hinaus. Die Gegend draußen lag unkenntlich und still wie eine wunderbar verschränkte Hieroglyphe im zauberischen Mondschein. Er schloß das Fenster fast erschrocken und warf sich auf sein Ruhebett hin, wo er wie ein Fieberkranker in die wunderlichsten Träume versank.

Bianka aber saß noch lange auf der Terrasse oben. Alle andern hatten sich zur Ruhe begeben, hin und wieder erwachte schon manche Lerche, mit ungewissem Liede hoch durch die stille Luft schweifend; die Wipfel der Bäume fingen an sich unten zu rühren, falbe Morgenlichter flogen wechselnd über ihr erwachtes, von den freigelassenen Locken nachlässig umwalltes Gesicht. – Man sagt, daß einem Mädchen, wenn sie in einem aus neunerlei Blumen geflochtenen Kranze einschläft, ihr künftiger Bräutigam im Traume erscheine. So eingeschlummert hatte Bianka nach jenem Abende bei den Zelten Florio im Traume gesehen. – Nun war alles Lüge, er war ja so zerstreut, so kalt und fremde! – Sie zerpflückte die trügerischen Blumen, die sie bis jetzt wie einen Brautkranz aufbewahrt. Dann lehnte sie die Stirn an das kalte Geländer und weinte aus Herzensgrunde.

Mehrere Tage waren seitdem vergangen, da befand sich Florio eines Nachmittags bei Donati auf seinem Landhause vor der Stadt. An einem mit Früchten und kühlem Wein besetzten Tische verbrachten sie die schwülen Stunden unter anmutigen Gesprächen, bis die Sonne schon tief hinabgesunken war. Währenddes ließ Donati seinen Diener auf der Gitarre spielen, der ihr gar liebliche Töne zu entlocken wußte. Die großen, weiten Fenster standen dabei offen, durch welche die lauen Abendlüfte den Duft vielfacher Blumen, mit denen das Fenster besetzt war, hineinwehten. Draußen lag die Stadt im farbigen Duft zwischen den Gärten und Weinbergen, von denen ein fröhliches Schallen durch die Fenster heraufkam. Florio war innerlichst vergnügt, denn er gedachte im stillen immerfort der schönen Frau.

Währenddes ließen sich draußen Waldhörner aus der Ferne vernehmen. Bald näher, bald weit, gaben sie einander unablässig anmutig Antwort von den grünen Bergen. Donati trat ans Fenster. Das ist die Dame, sagte er, die Ihr in dem schönen Garten gesehen habt, sie kehrt soeben von der Jagd nach ihrem Schlosse zurück. Florio blickte hinaus. Da sah er das Fräulein auf einem schönen Zelter unten über den grünen Anger ziehen. Ein Falke, mit einer goldnen Schnur an ihren Gürtel befestigt, saß auf ihrer Hand, ein Edelstein an ihrer Brust warf in der Abendsonne lange, grünlich-goldne Scheine über die Wiese hin. Sie nickte freundlich zu ihm herauf.

Das Fräulein ist nur selten zu Hause, sagte Donati, wenn es Euch gefällig wäre, so könnten wir sie noch heute besuchen. Florio fuhr bei diesen Worten freudig aus dem träumerischen Schauen, in das er versunken stand, er hätte dem Ritter um den Hals fallen mögen. – Und bald saßen beide draußen zu Pferde.

Sie waren noch nicht lange geritten, als sich der Palast mit seiner heitern Säulenpracht vor ihnen erhob, ringsum von dem schönen Garten, wie von einem fröhlichen Blumenkranz, umgeben. Von Zeit zu Zeit schwangen sich Wasserstrahlen von den vielen Springbrunnen, wie jauchzend, bis über die Wipfel der Gebüsche, hell im Abendgolde funkelnd. – Florio wunderte sich, wie er bisher niemals den Garten wiederfinden konnte. Sein Herz schlug laut vor Entzücken und Erwartung, als sie endlich bei dem Schlosse anlangten.

Mehrere Diener eilten herbei, ihnen die Pferde abzunehmen. Das Schloß selbst war ganz von Marmor, und seltsam, fast wie ein heidnischer Tempel erbaut. Das schöne Ebenmaß aller Teile, die wie jugendliche Gedanken hochaufstrebenden Säulen, die künstlichen Verzierungen, sämtlich Geschichten aus einer fröhlichen, lange versunkenen Welt darstellend, die schönen marmornen Götterbilder endlich, die überall in den Nischen umherstanden, alles erfüllte die Seele mit einer unbeschreiblichen Heiterkeit. Sie betraten nun die weite Halle, die durch das ganze Schloß hindurchging. Zwischen den luftigen Säulen glänzte und wehte ihnen überall der Garten duftig entgegen.

Auf den breiten glattpolierten Stufen, die in den Garten hinabführten, trafen sie endlich auch die schöne Herrin des Palastes, die sie mit großer Anmut willkommen hieß. – Sie ruhte, halb liegend, auf einem Ruhebett von köstlichen Stoffen. Das Jagdkleid hatte sie abgelegt, ein himmelblaues Gewand, von einem wunderbar zierlichen Gürtel zusammengehalten, umschloß die schönen Glieder. Ein Mädchen, neben ihr kniend, hielt ihr einen reichverzierten Spiegel vor, während mehrere andere beschäftigt waren, ihre anmutige Gebieterin mit Rosen zu schmücken. Zu ihren Füßen war ein Kreis von Jungfrauen auf dem Rasen gelagert, die sangen mit abwechselnden Stimmen zur Laute, bald hinreißend fröhlich, bald leise klagend, wie Nachtigallen in warmen Sommernächten einander Antwort geben.

In dem Garten selbst sah man überall ein erfrischendes Wehen und Regen. Viele fremde Herren und Damen wandelten da zwischen den Rosengebüschen und Wasserkünsten in artigen Gesprächen auf und nieder. Reichgeschmückte Edelknaben reichten Wein und mit Blumen verdeckte Orangen und Früchte in silbernen Schalen umher. Weiter in der Ferne, wie die Lautenklänge und die Abendstrahlen so über die Blumenfelder dahinglitten, erhoben sich hin und her schöne Mädchen, wie aus Mittagsträumen erwachend, aus den Blumen, schüttelten die dunklen Locken aus der Stirn, wuschen sich die Augen in den klaren Springbrunnen und mischten sich dann auch in den fröhlichen Schwarm.

Florios Blicke schweiften wie geblendet über die bunten Bilder, immer mit neuer Trunkenheit wieder zu der schönen Herrin des Schlosses zurückkehrend. Diese ließ sich in ihrem kleinen anmutigen Geschäft nicht stören. Bald etwas an ihrem dunkeln duftenden Lockengeflecht verbessernd, bald wieder im Spiegel sich betrachtend, sprach sie dabei fortwährend zu dem Jüngling, mit gleichgültigen Dingen in zierlichen Worten holdselig spielend. Zuweilen wandte sie sich plötzlich um und blickte ihn unter den Rosenkränzen so unbeschreiblich lieblich an, daß es ihm durch die innerste Seele ging. –

Die Nacht hatte indes schon angefangen, zwischen die fliegenden Abendlichter hinein zu dunkeln, das lustige Schallen im Garten wurde nach und nach zum leisen Liebesgeflüster, der Mondschein legte sich zauberisch über die schönen Bilder. Da erhob sich die Dame von ihrem blumigen Sitze und faßte Florio freundlich bei der Hand, um ihn in das Innere ihres Schlosses zu führen, von dem er bewundernd gesprochen. Viele von den andern folgten ihnen nach. Sie gingen einige Stufen auf und nieder, die Gesellschaft zerstreute sich inzwischen lustig, lachend und scherzend durch die vielfachen Säulengänge, auch Donati war im Schwarme verloren, und bald befand sich Florio mit der Dame allein in einem der prächtigsten Gemächer des Schlosses.

Die schöne Führerin ließ sich hier auf mehrere am Boden liegende seidene Kissen nieder. Sie warf dabei, zierlich wechselnd, ihren weiten, blütenweißen Schleier in die mannigfaltigen Richtungen, immer schönere Formen bald enthüllend, bald lose verbergend. Florio betrachtete sie mit flammenden Augen. Da begann auf einmal draußen in dem Garten ein wunderschöner Gesang. Es war ein altes frommes Lied, das er in seiner Kindheit oft gehört und seitdem über den wechselnden Bildern der Reise fast vergessen hatte. Er wurde ganz zerstreut, denn es kam ihm zugleich vor, als wäre es Fortunatos Stimme. – Kennt Ihr den Sänger? fragte er rasch die Dame. Diese schien ordentlich erschrocken und verneinte es verwirrt. Dann saß sie lange im stummen Nachsinnen da.

Florio hatte unterdes Zeit und Freiheit, die wunderlichen Verzierungen des Gemaches genau zu betrachten. Es war nur matt durch einige Kerzen erleuchtet, die von zwei ungeheuren, aus der Wand hervorragenden Armen gehalten wurden. Hohe, ausländische Blumen, die in künstlichen Krügen umherstanden, verbreiteten einen berauschenden Duft. Gegenüber stand eine Reihe marmorner Bildsäulen, über deren reizende Formen die schwankenden Lichter lüstern auf und nieder schweiften. Die übrigen Wände füllten köstliche Tapeten mit in Seide gewirkten lebensgroßen Historien von ausnehmender Frische.

Mit Verwunderung glaubte Florio, in allen den Damen, die er in diesen letzteren Schildereien erblickte, die schöne Herrin des Hauses deutlich wiederzuerkennen. Bald erschien sie, den Falken auf der Hand, wie er sie vorhin gesehen hatte, mit einem jungen Ritter auf die Jagd reitend, bald war sie in einem prächtigen Rosengarten vorgestellt, wie ein anderer schöner Edelknabe auf den Knien zu ihren Füßen lag.

Da flog es ihn plötzlich wie von den Klängen des Liedes draußen an, daß er zu Hause in früher Kindheit oftmals ein solches Bild gesehen, eine wunderschöne Dame in derselben Kleidung, einen Ritter zu ihren Füßen, hinten einen weiten Garten mit vielen Springbrunnen und künstlich geschnittenen Alleen, gerade so wie vorhin der Garten draußen erschienen. Auch Abbildungen von Lucca und anderen berühmten Städten erinnerte er sich dort gesehen zu haben.

Er erzählte es nicht ohne tiefe Bewegung der Dame. Damals, sagte er in Erinnerungen verloren, wenn ich so an schwülen Nachmittagen in dem einsamen Landhause unseres Gartens vor den alten Bildern stand und die wunderlichen Türme der Städte, die Brücken und Alleen betrachtete, wie da prächtige Karossen fuhren und stattliche Kavaliers einherritten, die Damen in den Wagen begrüßend – da dachte ich nicht, daß das alles einmal lebendig werden würde um mich herum. Mein Vater trat dabei oft zu mir und erzählte mir manch lustiges Abenteuer, das ihm auf seinen jugendlichen Heeresfahrten in der und jener von den abgemalten Städten begegnet. Dann pflegte er gewöhnlich lange Zeit nachdenklich in dem stillen Garten auf und ab zu gehen. – Ich aber warf mich in das tiefste Gras und sah stundenlang zu, wie Wolken über die schwüle Gegend wegzogen. Die Gräser und Blumen schwankten leise hin und her über mir, als wollten sie seltsame Träume weben, die Bienen summten dazwischen so sommerhaft und in einem fort – ach! das ist alles wie ein Meer von Stille, in dem das Herz vor Wehmut untergehen möchte! – Laßt nur das! sagte hier die Dame wie in Zerstreuung, ein jeder glaubt mich schon einmal gesehen zu haben, denn mein Bild dämmert und blüht wohl in allen Jugendträumen mit herauf. Sie streichelte dabei beschwichtigend dem schönen Jüngling die braunen Locken aus der klaren Stirn. – Florio aber stand auf, sein Herz war zu voll und tief bewegt, er trat ans offene Fenster. Da rauschten die Bäume, hin und her schlug eine Nachtigall, in der Ferne blitzte es zuweilen. Über den stillen Garten weg zog immerfort der Gesang wie ein klarer kühler Strom, aus dem die alten Jugendträume herauftauchten. Die Gewalt dieser Töne hatte seine ganze Seele in tiefe Gedanken versenkt, er kam sich auf einmal hier so fremd und wie aus sich selber verirrt vor. Selbst die letzten Worte der Dame, die er sich nicht recht zu deuten wußte, beängstigten ihn sonderbar – da sagte er leise aus tiefstem Grunde der Seele: Herr Gott, laß mich nicht verloren gehen in der Welt! Kaum hatte er die Worte innerlichst ausgesprochen, als sich draußen ein trüber Wind, wie von dem herannahenden Gewitter, erhob und ihn verwirrend anwehte. Zu gleicher

Zeit bemerkte er an dem Fenstergesimse Gras und einzelne Büschel von Kräutern wie auf altem Gemäuer. Eine Schlange fuhr zischend daraus hervor und stürzte mit dem grünlichgoldenen Schweife sich ringend in den Abgrund hinunter.

Erschrocken ließ Florio das Fenster und kehrte zu der Dame zurück. Diese saß unbeweglich still, als lauschte sie. Dann stand sie rasch auf, ging ans Fenster und sprach mit anmutiger Stimme scheltend in die Nacht hinaus. Florio konnte aber nichts verstehen, denn der Sturm riß die Worte gleich mit sich fort. – Das Gewitter schien indes immer näher zu kommen, der Wind, zwischen dem noch immerfort einzelne Töne des Gesangs herzzerreißend heraufflogen, strich pfeifend durch das ganze Haus und drohte die wild hin und her flackernden Kerzen zu verlöschen. Ein langer Blitz erleuchtete soeben das dämmernde Gemach. Da fuhr Florio plötzlich einige Schritte zurück, denn es war ihm, als stünde die Dame starr mit geschlossenen Augen und ganz weißem Antlitz und Armen vor ihm. – Mit dem flüchtigen Blitzesscheine jedoch verschwand auch das schreckliche Gesicht wieder, wie es entstanden. Die alte Dämmerung füllte wieder das Gemach, die Dame sah ihn wieder lächelnd an wie vorhin, aber stillschweigend und wehmütig, wie mit schwerverhaltenen Tränen.

Florio hatte indes, im Schreck zurücktaumelnd, eines von den steinernen Bildern, die an der Wand herumstanden, angestoßen. In demselben Augenblicke begann dasselbe sich zu rühren, die Regung teilte sich schnell den andern mit, und bald erhoben sich alle die Bilder mit furchtbarem Schweigen von ihrem Gestelle. Florio zog seinen Degen und warf einen ungewissen Blick auf die Dame. Als er aber bemerkte, daß dieselbe, bei den indes immer gewaltiger werdenden Tönen des Gesanges im Garten, immer bleicher und bleicher wurde, gleich einer versinkenden Abendröte, worin endlich auch die lieblich spielenden Augensterne unterzugehen schienen, da erfaßte ihn ein tödliches Grauen. Denn auch die hohen Blumen in den Gefäßen fingen an, sich wie buntgefleckte bäumende Schlangen gräßlich durcheinander zu winden, alle Ritter auf den Wandtapeten sahen auf einmal aus wie er und lachten ihn hämisch an; die beiden Arme, welche die Kerzen hielten, rangen und reckten sich immer länger, als wolle ein ungeheurer Mann aus der Wand sich hervorarbeiten, der

Saal füllte sich mehr und mehr, die Flammen des Blitzes warfen gräßliche Scheine zwischen die Gestalten, durch deren Gewimmel Florio die steinernen Bilder mit solcher Gewalt auf sich losdringen sah, daß ihm die Haare zu Berge standen. Das Grausen überwältigte alle seine Sinne, er stürzte verworren aus dem Zimmer durch die öden, widerhallenden Gemächer und Säulengänge hinab.

Unten im Garten lag seitwärts der stille Weiher, den er in jener ersten Nacht gesehen, mit dem marmornen Venusbilde. – Der Sänger Fortunato, so kam es ihm vor, fuhr abgewendet und hoch aufrecht stehend im Kahne mitten auf dem Weiher, noch einzelne Akkorde in seine Gitarre greifend. – Florio aber hielt auch diese Erscheinung für ein verwirrendes Blendwerk der Nacht und eilte fort und fort, ohne sich umzusehen, bis Weiher, Garten und Palast weit hinter ihm versunken waren. Die Stadt ruhte, hell vom Monde beschienen, vor ihm. Fernab am Horizonte verhallte nur ein leichtes Gewitter, es war eine prächtig klare Sommernacht.

Schon flogen einzelne Lichtstreifen über den Morgenhimmel, als er vor den Toren ankam. Er suchte dort heftig Donatis Wohnung auf, ihn wegen der Begebenheiten dieser Nacht zur Rede zu stellen. Das Landhaus lag auf einem der höchsten Plätze mit der Aussicht über die Stadt und die ganze umliegende Gegend. Er fand daher die anmutige Stelle bald wieder. Aber anstatt der zierlichen Villa, in der er gestern gewesen, stand nur eine niedere Hütte da, ganz von Weinlaub überrankt und von einem kleinen Gärtchen umschlossen. Tauben, in den ersten Morgenstrahlen spielend, gingen girrend auf dem Dache auf und nieder, ein tiefer, heiterer Friede herrschte überall. Ein Mann mit dem Spaten auf der Achsel kam soeben aus dem Hause und sang:

Vergangen ist die finstre Nacht,
Des Bösen Trug und Zaubermacht,
Zur Arbeit weckt der lichte Tag;
Frisch auf, wer Gott noch loben mag!

Er brach sein Lied plötzlich ab, als er den Fremden so bleich und mit verworrenem Haar daherfliegen sah. – Ganz verwirrt fragte Florio nach Donati. Der Gärtner aber kannte den Namen nicht und schien den Fragenden für wahnsinnig zu halten. Seine Tochter dehnte sich auf der Schwelle in die kühle Morgenluft hinauf und sah den Fremden frisch und morgenklar mit den großen, verwunderten Augen an. – Mein Gott! wo bin ich denn so lange gewesen! sagte Florio halb leise in sich, und floh eilig zurück durch das Tor und die noch leeren Gassen in die Herberge.

Hier verschloß er sich in sein Zimmer und versank ganz und gar in ein hinstarrendes Nachsinnen. Die unbeschreibliche Schönheit der Dame, wie sie so langsam vor ihm verblich und die anmutigen Augen untergingen, hatte in seinem tiefsten Herzen eine solche unendliche Wehmut zurückgelassen, daß er sich unwiderstehlich sehnte, hier zu sterben. –

In solchem unseligen Brüten und Träumen blieb er den ganzen Tag und die darauffolgende Nacht hindurch.

Die früheste Morgendämmerung fand ihn schon zu Pferde vor den Toren der Stadt. Das unermüdliche Zureden seines getreuen Dieners hatte ihn endlich zu dem Entschlusse bewogen, diese Gegend gänzlich zu verlassen. Langsam und in sich gekehrt zog er nun die schöne Straße, die von Lucca in das Land hinausführte, zwischen den dunkelnden Bäumen, in denen die Vögel noch schliefen, dahin. Da gesellten sich, nicht gar fern von der Stadt, noch drei andere Reiter zu ihm. Nicht ohne heimlichen Schauer erkannte er in dem einen den Sänger Fortunato. Der andere war Fräulein Biankas Oheim, in dessen Landhause er an jenem verhängnisvollen Abende getanzt. Er wurde von einem Knaben begleitet, der stillschweigend und ohne viel aufzublicken, neben ihm herritt. Alle drei hatten sich vorgenommen, miteinander das schöne Italien zu durchschweifen, und luden Florio freundlich ein, mit ihnen zu reisen. Er aber verneigte sich schweigend, weder einwilligend, noch verneinend, und nahm fortwährend an allen ihren Gesprächen nur geringen Anteil.

Die Morgenröte erhob sich indes immer höher und kühler über der wunderschönen Landschaft vor ihnen. Da sagte der heitere Pietro zu Fortunato: Seht nur, wie seltsam das Zwielicht über dem Gestein der alten Ruine auf dem Berge dort spielt! Wie oft bin ich, schon als Knabe, mit Erstaunen, Neugier und heimlicher Scheu dort herumgeklettert! Ihr seid so vieler Sagen kundig, könnt Ihr uns nicht Auskunft geben von dem Ursprung und Verfall dieses Schlosses, von dem so wunderliche Gerüchte im Lande gehen? – Florio warf einen Blick nach dem Berge. In einer großen Einsamkeit lag da altes verfallenes Gemäuer umher, schöne, halb in die Erde versunkene Säulen und künstlich gehauene Steine, alles von einer üppig blühenden Wildnis grünverschlungener Ranken, Hecken und hohen Unkrauts überdeckt. Ein Weiher befand sich daneben, über dem sich ein zum Teil zertrümmertes Marmorbild erhob, hell vom Morgen angeglüht. Es war offenbar dieselbe Gegend, dieselbe Stelle, wo er den schönen Garten und die Dame gesehen hatte. – Er schauerte innerlichst zusammen bei dem Anblicke. – Fortunato aber sagte: Ich weiß ein altes Lied darauf, wenn Ihr damit fürlieb nehmen wollt. – Und hiermit sang er, ohne sich lange zu besinnen, mit seiner klaren fröhlichen Stimme in die heitere Morgenluft hinaus:

Von kühnen Wunderbildern
Ein großer Trümmerhauf,
In reizendem Verwildern
Ein blühnder Garten drauf.

Versunknes Reich zu Füßen,
Vom Himmel fern und nah
Aus andrem Reich ein Grüßen –
Das ist Italia!

Wenn Frühlingslüfte wehen
Hold überm grünen Plan,
Ein leises Auferstehen
Hebt in den Tälern an.

Da will sichs unten rühren
Im stillen Göttergrab,
Der Mensch kanns schauernd spüren
Tief in die Brust hinab.

Verwirrend in den Bäumen
Gehn Stimmen hin und her,

Ein sehnsuchtsvolles Träumen
Weht übers blaue Meer.

Und unterm duftgen Schleier
Sooft der Lenz erwacht,
Webt in geheimer Feier
Die alte Zaubermacht.

Frau Venus hört das Locken,
Der Vögel heitern Chor,
Und richtet froh erschrocken
Aus Blumen sich empor.

Sie sucht die alten Stellen,
Das luftge Säulenhaus,
Schaut lächelnd in die Wellen
Der Frühlingsluft hinaus.

Doch öd sind nun die Stellen,
Stumm liegt ihr Säulenhaus,
Gras wächst da auf den Schwellen,
Der Wind zieht ein und aus.

Wo sind nun die Gespielen?
Diana schläft im Wald,
Neptunus ruht im kühlen
Meerschloß, das einsam hallt.

Zuweilen nur Sirenen
Noch tauchen aus dem Grund
Und tun in irren Tönen
Die tiefe Wehmut kund. –

Sie selbst muß sinnend stehen
So bleich im Frühlingsschein,
Die Augen untergehen,
Der schöne Leib wird Stein. –

Denn über Land und Wogen
Erscheint, so still und mild,

Hoch auf dem Regenbogen
Ein andres Frauenbild.

Ein Kindlein in den Armen
Die Wunderbare hält,
Und himmlisches Erbarmen
Durchdringt die ganze Welt.

Da in den lichten Räumen
Erwacht das Menschenkind
Und schüttelt böses Träumen
Von seinem Haupt geschwind.

Und, wie die Lerche singend,
Aus schwülen Zaubers Kluft
Erhebt die Seele ringend
Sich in die Morgenluft.

Alle waren still geworden über dem Liede. – Jene Ruine, sagte endlich Pietro, wäre also ein ehemaliger Tempel der Venus, wenn ich Euch sonst recht verstanden? Allerdings, erwiderte Fortunato, soviel man an der Anordnung des Ganzen und den noch übriggebliebenen Verzierungen abnehmen kann. Auch sagt man, der Geist der schönen Heidengöttin habe keine Ruhe gefunden. Aus der erschrecklichen Stille des Grabes heißt sie das Andenken an die irdische Lust jeden Frühling immer wieder in die grüne Einsamkeit ihres verfallenen Hauses heraufsteigen und durch teuflisches Blendwerk die alte Verführung üben an jungen sorglosen Gemütern, die dann vom Leben abgeschieden, und doch auch nicht aufgenommen in den Frieden der Toten, zwischen wilder Lust und schrecklicher Reue, an Leib und Seele verloren, umherirren und in der entsetzlichen Täuschung sich selber verzehren.

Gar häufig will man auf demselben Platze Anfechtungen von Gespenstern verspürt haben, wo sich bald eine wunderschöne Dame, bald mehrere ansehnliche Kavaliers sehen lassen und die Vorübergehenden in einen dem Auge vorgestellten erdichteten Garten und Palast führen. – Seit Ihr jemals droben gewesen? fragte hier Florio rasch, aus seinen Gedanken erwachend. – Erst vorgestern abends, entgegnete Fortunato. – Und habt Ihr nichts Erschreckliches gesehen? – Nichts, sagte der Sänger, als den stillen Weiher und die weißen rätselhaften Steine im Mondlicht umher und den weiten unendlichen Sternenhimmel darüber. Ich sang ein altes frommes Lied, eines von jenen ursprünglichen Liedern, die, wie Erinnerungen und Nachklänge aus einer andern heimatlichen Welt, durch das Paradiesgärtlein unsrer Kindheit ziehen und ein rechtes Wahrzeichen sind, an dem sich alle Poetischen später in dem älter gewordenen Leben immer wieder erkennen. Glaubt mir, ein redlicher Dichter kann viel wagen, denn die Kunst, die ohne Stolz und Frevel, bespricht und bändigt die wilden Erdengeister, die aus der Tiefe nach uns langen. Alle schwiegen, die Sonne ging soeben auf vor ihnen und warf ihre funkelnden Lichter über die Erde. Da schüttelte Florio sich an allen Gliedern, sprengte rasch eine Strecke den andern voraus und sang mit heller Stimme:

Hier bin ich, Herr! Gegrüßt das Licht!
Das durch die stille Schwüle
Der müden Brust gewaltig bricht
Mit seiner strengen Kühle.

Nun bin ich frei! ich taumle noch
Und kann mich noch nicht fassen –
O Vater, du erkennst mich doch
Und wirst nicht von mir lassen!

Es kommt nach allen heftigen Gemütsbewegungen, die unser ganzes Wesen durchschüttern, eine stillklare Heiterkeit über die Seele, gleichwie die Felder nach einem Gewitter frischer grünen und aufatmen. So fühlte sich auch Florio nun innerlichst erquickt, er blickte wieder recht mutig um sich und erwartete beruhigt die Gefährten, die langsam im Grünen nachgezogen kamen.
Der zierliche Knabe, welcher Pietro begleitete, hatte unterdes auch, wie Blumen von den ersten Morgenstrahlen, das Köpfchen erhoben. – Da erkannte Florio mit Erstaunen Fräulein Bianka. Er erschrak, wie sie so bleich aussah und gegen jenen Abend, da er sie zum erstenmal unter den Zelten in reizendem Mutwillen gesehen. Die Arme war mitten in ihren sorglosen Kinderspielen von der Gewalt der er-

sten Liebe überrascht worden. Und als dann der heißgeliebte Florio, den dunkeln Mächten folgend, so fremd wurde und sich immer weiter von ihr entfernte, bis sie ihn endlich ganz verloren geben mußte, da versank sie in eine tiefe Schwermut, deren Geheimnis sie niemand anzuvertrauen wagte. Der kluge Pietro wußte es aber wohl und hatte beschlossen, seine Nichte weit fortzuführen und sie in fremden Gegenden und in einem andern Himmelsstrich wo nicht zu heilen, doch zu zerstreuen und zu erhalten. Um ungehinderter reisen zu können und zugleich alles Vergangene gleichsam von sich abzustreifen, hatte sie Knabentracht anlegen müssen.

Mit Wohlgefallen ruhten Florios Blicke auf der lieblichen Gestalt. Eine seltsame Verblendung hatte bisher seine Augen wie mit einem Zaubernebel umfangen. Nun erstaunte er ordentlich, wie schön sie war! Er sprach vielerlei gerührt und mit tiefer Innigkeit zu ihr. Da ritt sie, ganz überrascht von dem unverhofften Glück und in freudiger Demut, als verdiene sie solche Gnade nicht, mit niedergeschlagenen Augen schweigend neben ihm her. Nur manchmal blickte sie unter den langen schwarzen Augenwimpern nach ihm hinauf, die ganze klare Seele lag in dem Blick, als wollte sie bittend sagen: Täusche mich nicht wieder!

Sie waren unterdes auf einer luftigen Höhe angelangt, hinter ihnen versank die Stadt Lucca mit ihren dunklen Türmen in dem schimmernden Duft. Da sagte Florio, zu Bianka gewendet: Ich bin wie neugeboren, es ist mir, als würde noch alles gut werden, seit ich Euch wiedergefunden. Ich möchte niemals wieder scheiden, wenn Ihr es vergönnt. –

Bianka blickte ihn, statt aller Antwort selber wie fragend, mit ungewisser, noch halb zurückgehaltener Freude an und sah recht wie ein heiteres Engelsbild auf dem tiefblauen Grunde des Morgenhimmels aus. Der Morgen schien ihnen, in langen goldenen Strahlen über die Fläche schießend, gerade entgegen. Die Bäume standen hell angeglüht, unzählige Lerchen sangen schwirrend in der klaren Luft. Und so zogen die Glücklichen fröhlich durch die überglänzten Auen in das blühende Mailand hinunter.

EINE MEERFAHRT

Es war im Jahre 1540, als das valenzische Schiff Fortuna die Linie passierte und nun in den Atlantischen Ozean hinausstach, der damals noch einem fabelhaften Wunderreiche glich, hinter dem Kolumbus kaum erst die blauen Bergesspitzen einer neuen Welt gezogen hatte. Das Schiff hatte eben nicht das beste Aussehen, der Wind pfiff wie zum Spott durch die Löcher in den Segeln, aber die Mannschaft, lumpig, tapfer und allezeit vergnügt, fragte wenig danach, sie fuhren immerzu und wollten mit Gewalt neue Länder entdecken. Nur der Schiffshauptmann *Alvarez* stand heute nachdenklich an den Mast gelehnt, denn eine rasche Strömung trieb sie unaufhaltsam ins Ungewisse von Amerika ab, wohin er wollte. Von der Spitze des Verdecks aber schaute der fröhliche Don *Antonio* tief aufatmend in das fremde Meer hinaus, ein armer Student aus Salamanka, der von der Schule neugierig mitgefahren war, um die Welt zu sehen. Dabei hatte er heimlich noch die Absicht und Hoffnung, von seinem Oheim Don Diego Kunde zu erhalten, der vor vielen Jahren auf einer Seereise verschollen war, und von dessen Schönheit und Tapferkeit er als Kind so viel erzählen gehört, daß es noch immer wie ein Märchen in seiner Seele nachhallte. – Ein frischer Wind griff unterdes rüstig in die geflickten Segel, die künstlich geschnitzte bunte Glücksgöttin am Vorderteil des Schiffes glitt heiter über die Wogen, den wandelbaren Tanzboden Fortunas. Und so segelten die kühnen Gesellen wohlgemut in die unbekannte Ferne hinaus, aus der ihnen seltsame Abenteuer, zackiges Gebirge und stille blühende Inseln wie im Traume allmählich entgegendämmerten. Schon zwei Tage waren sie in derselben Richtung fortgesegelt, ohne ein Land zu erblikken, als sie unerwartet in den Zauberbann einer Windstille gerieten, die das Schiff fast eine Woche lang mit unsichtbarem Anker festhielt. Das war eine entsetzliche Zeit. Der hagere, gelbe Alvarez saß unbeweglich auf seinem ledernen Armstuhle und warf kurze, scharfe Blicke in alle Winkel, ob ihm nicht jemand guten Grund zu ordentlichem Zorne geben wollte, die Schiffsleute zankten um nichts vor Langeweile, dann wurde oft alles auf einmal wieder so still, daß man die Ratten im unteren Raum schaben hörte. Antonio hielt es endlich nicht länger aus und eilte auf das Verdeck, um nur frische Luft zu schöpfen. Dort hingen die Segel und Taue schlaff an den Masten, ein Matrose mit offener brauner Brust lag auf dem Rücken und sang ein valenzianisches Lied, bis auch er einschlief. Antonio aber blickte in das Meer, es war so klar, daß man bis auf den Grund sehen konnte, das Schiff hing in der Öde wie ein dunkler Raubvogel über den unbekannten Abgründen, ihm schwindelte zum erstenmal vor dem Unternehmen, in das er sich so leicht gestürzt. Da gedachte er der fernen schattigen Heimat, wie er dort als Kind an solchen schönen Sommertagen mit seinen Verwandten oft vor dem hohen Schloß im Garten gesessen, wo sie nach den Segeln fern am Horizonte aussahen, ob nicht Diegos Schiff unter ihnen. Aber die Segel zogen wie stumme Schwäne vorüber, die Wartenden droben wurden alt und starben, und Diego kam nicht wieder, kein Schiffer brachte jemals Kunde von ihm. – Das Angedenken an diese stille Zeit wollte ihm das Herz abdrücken, er lehnte sich an den Bord und sang für sich:

Ich seh von des Schiffes Rande
Tief in die Flut hinein:
Gebirge und grüne Lande,
Der alte Garten mein,
Die Heimat im Meeresgrunde,
Wie ichs oft im Traum mir gedacht,
Das dämmert alles da drunten
Als wie eine prächtige Nacht.

Die zackigen Türme ragen,
Der Türmer, er grüßt mich nicht,
Die Glocken nur hör ich schlagen
Vom Schloß durch das Mondenlicht,
Und den Strom und die Wälder rauschen
Verworren vom Grunde her,

Die Wellen vernehmens und lauschen
So still übers ganze Meer.

Don Diego auf seiner Warte
Sitzet da unten tief,
Als ob er mit langem Barte
Über seiner Harfe schlief.
Da kommen und gehn die Schiffe
Darüber, er merkt es kaum,
Von seinem Korallenriffe
Grüßt er sie wie im Traum.

Und wie er noch so sann, kräuselte auf einmal ein leiser Hauch das Meer immer weiter und tiefer, die Segel schwellten allmählich, das Schiff knarrte und reckte sich wie aus dem Schlaf, und aus allen Luken stiegen plötzlich wilde, gebräunte Gestalten empor, da sie die neue Bewegung spürten, sie wollten sich lieber mit dem ärgsten Sturme herumzausen als länger so lebendig begraben liegen. Auf einmal schrie es Land! vom Mastkorbe, Land, Land! Antonio kletterte in seinem buntseidenen Wams wie ein Papagei auf der schwankenden Strickleiter den Hauptmast hinan, er wollte das Land zuerst begrüßen. Alvarez eilte nach seiner Karte, da war aber alles leer auf der Stelle, wo sie soeben sich befinden mußten. Bakkalaureus, Herzensjunge! schrie er herauf, schaff mir einen schwarzen Punkt auf die Karte hier, ich mach dich zum Doktor drin, was siehst du? – Ein blauer Berg taucht auf, rief Antonio hinab, jetzt wieder einer – ich glaub, es sind Wolken, es dehnt sich und steigt im Nebel wie Turmspitzen. – Nein, jetzt unterscheide ich Gipfel, o, wie das schön ist! und helle Streifen dazwischen in der Abendsonne, unten dunkelts schon grün, die Gipfel brennen wie Gold. – Gold? rief der Hauptmann und hatte sein altes Perspektiv genommen, er zielte und zog es immer länger und länger, er schwor, es sei das reiche Indien, das unbekannte große Südland, das damals alle Abenteurer suchten.
In diesem Augenblicke aber waren plötzlich alle Gesichter erbleichend in die Höhe gerichtet: ein dunkler Geier von riesenhafter Größe hing mit weit ausgespreizten Flügeln gerade über dem Schiff, als könnt er die Beute von Galgenvögeln nicht erwarten. Bei dem

Anblick ging ein Gemurmel, erst leise, dann immer lauter, durch das ganze Schiff, alle hielten es für ein Unglückszeichen. Endlich brach das Schiffsvolk los, sie wollten nicht weiter und drangen ungestüm in den Hauptmann, von dem verhängnisvollen Eiland wieder abzulenken. Da zog Alvarez heftig seinen funkelnden Ring vom Finger, lud ihn schweigend in seine Muskete und schoß nach dem Vogel. Dieser, tödlich getroffen, wie es schien, fuhr pfeilschnell durch die Lüfte, dann sah man ihn taumelnd immer tiefer nach dem Lande hin in der Abendglut verschwinden. Meld dem Land, daß sein Herr kommt – sagte Alvarez nachschauend, auf seine Muskete gestützt – und wer mir den Ring wiederbringt, soll Statthalter des Reiches sein! – Hat sich was wiederzubringen, brummte einer, der Ring war nur von böhmischen Steinen!

Indem aber fing die Luft schon zu dunkeln an, man beschloß daher, den folgenden Tag abzuwarten, bevor man sich der unbekannten Küste näherte. Die Segel wurden eiligst eingezogen, die Anker geworfen und auf Bord und Masten Wachen ausgestellt. Aber keiner konnte schlafen vor Erwartung und Freude, die Matrosen lagen in der warmen Sommernacht plaudernd auf dem Verdecke umher, Alvarez, Antonio und die Offiziere saßen zusammen vorn auf Fortunas Schopfe, unter ihnen schlugen die Wellen leise ans Schiff, während fern am Horizont die Nacht sich mit Wetterleuchten kühlte. Der vielgereiste Alvarez erzählte vergnügt von seinen früheren Fahrten, von ganz smaragdenen Felsenküsten, an denen er einmal gescheitert, von prächtigen Vögeln, die wie Menschen sängen und die Seeleute tief in die Wälder verlockten, von wilden Prinzessinnen auf goldenen Wagen, die von Pfauen gezogen würden. – Wer da! rief da auf einmal eine Wache an, alles sprang rasch hinzu. Wer da, oder ich schieße! schrie der Posten von neuem. Da aber alles stille blieb, ließ er langsam seine Muskete wieder sinken und sagte nun aus, es sei ihm schon lange gewesen, als hörte er in der See flüstern, immer näher, bald da, bald dort, dann habe plötzlich die Flut ganz in der Nähe aufgerauscht. Alle lauschten neugierig hinaus, sie konnten aber nichts entdecken, nur einmal wars ihnen selber, als hörten sie Ruderschlag von ferne. – Unterdes aber war der Mond aufgegangen, und sie bemerkten nun daß sie dem Lande näher waren, als sie geglaubt hatten.

Dunkle Wolken flogen wechselnd darüber, der Mond beleuchtete verstohlen ein Stück wunderbares Gebirge mit Zacken und jähen Klüften, immer höher stieg eine Reihe Gipfel hinter der andern empor, der Wind kam vom Lande, sie hörten drüben einen Vogel melancholisch singen und ein tiefes Rauschen dazwischen, sie wußten nicht, ob es die Wälder waren oder die Brandung. So starrten sie lange schweigend in die dunkle Nacht, als auf einmal einer den andern flüsternd anstieß. Sirenen! hieß es da plötzlich von Mund zu Munde, seht da, ein ganzes Nest von Sirenen! – und in der Ferne glaubten sie wirklich schlanke weibliche Gestalten in der schimmernden Flut spielend auftauchen und wieder verschwinden zu sehen. – Die erwisch ich! rief Alvarez, der sich indes rasch mit Degen, Muskete und Pistolen schon bis an die Zähne bewaffnet hatte und eiligst auf der Schiffsleiter in das kleine Boot hinabstieg. Antonio folgte fast unwillkürlich. – Gott schütz, der Hauptmann wird verliebt, bindet ihn! riefen da mehrere Stimmen verworren durcheinander. Alle wollten nun die tolle Abfahrt hindern, da sie aber das Boot festhielten, zerhieb Alvarez zornig mit seinem Schwerte das Tau, und die beiden Abenteurer ruderten allein in den Mondglanz hinaus. Die zurückkehrende Flut trieb sie unmerklich immer weiter dem Lande zu, ein erquickender Duft von unbekannten Kräutern und Blüten wehte ihnen von der Küste entgegen, so fuhren sie dahin. Auf einmal aber bedeckte eine schwere Wolke den Mond, und als er endlich wieder hervortrat, war See und Ufer still und leer, als hätte der fliegende Wolkenschatten alles abgefegt. Betroffen blickten sie umher, da hatten sie zu ihrem Schrecken hinter einer Landzunge nun auch ihr Schiff aus dem Gesicht verloren. Die wachsende Flut riß sie unaufhaltsam nach dem Strande, das Ufer, wie sie so pfeilschnell dahinflogen, wechselte grauenhaft im verwirrenden Mondlicht, auf einsamem Vorsprunge aber saß es wie ein Riese in weiten, grauen Gewändern, der über dem Rauschen des Meeres und der Wälder eingeschlafen. – Diego! sagte Antonio halb für sich. – Alvarez aber, in Zorn und Angst, feuerte wütend sein Pistol nach der grauen Gestalt ab. In demselben Augenblick stieß das Boot so hart auf den Grund, daß der weiße Gischt der Brandung hoch über ihnen zusammenschlug. Alvarez schwang sich kühn auf einen Uferfels, den erschrockenen Antonio gewaltsam mit sich emporreißend, hinter ihnen zerschellte das Boot in tausend Trümmer. Aber so zerschlagen und ganz durchnäßt, wie er war, kletterte der Hauptmann eilig weiter hinan, und auf dem ersten Gipfel zog er sogleich seinen Degen, stieß ihn in den Boden und nahm feierlich Besitz von diesem Lande mit allen seinen Buchten, Vorgebirgen und etwa dazugehörigen Inseln. Amen! sagte Antonio, sich das Wasser von den Kleidern schüttelnd, nun aber wollt ich, wir wären mit Ehren wieder von dieser fürstlichen Höhe hinunter, ich gebe Euch keinen Pfeffersack für Euer ganzes zukünftiges Königreich! – Zukünftiges? erwiderte Alvarez, das ist mir just das liebste dran! Mit Kron und Zepter auf dem Throne sitzen, Audienz geben, mit den Gesandten parlieren: was macht unser Herr Vetter von England und so weiter? Langweiliges Zeug! Da lob ich mir einen Regenbogen, zweifelhafte Türme von Städten, die ich noch nicht sehe, blaues Gebirge im Morgenschein, es ist, als rittst du in den Himmel hinein; kommst du erst hin, ists langweilig. Um ein Liebchen werben ist scharmant; heiraten: wiederum langweilig! Hoffnung ist meine Lust, was ich liebe, muß fern liegen wie das Himmelreich.

Soll Fortuna mir behagen,
Will ich über Strom und Feld
Wie ein schlankes Reh sie jagen
Lustig bis ans End der Welt!

Eigentlich aber sang er mit seiner heiseren Stimme nur, um sich selber die Grillen zu versingen, denn ihre Lage war übel genug. Zu den Ihrigen wieder zurückzufinden, konnten sie nicht hoffen, ohne sich ihnen durch Signale kundzugeben; Feuer anzünden aber, schießen oder sonstigen Lärm machen wollten sie nicht, um das wilde Gesindel nicht gegen sich aufzustören, das vielleicht in den umherliegenden Klüften nistete. Da beschlossen sie endlich, einen der höhren Berggipfel zu besteigen, dort wollten sie sich erst umsehen und im schlimmsten Falle den Morgen abwarten. Als sie nun aber in solchen Gedanken immer tiefer in das Gebirge hineingingen, kam ihnen nach und nach alles gar seltsam vor. Der Mondschein beleuchtete wunderlich Wälder, Berge und Klüfte, zuweilen hörten sie Quellen aufrauschen, dann wieder tiefe, weite Täler, wo hohe Blumen und Palmen wie in Träumen standen. Fremde Rehe grasten auf einem einsamen Bergeshange, die reckten scheu die langen, schlanken Hälse empor, dann flogen sie pfeilschnell durch die Nacht, daß es noch weit zwischen den stillen Felswänden donnerte.

Jetzt glaubte Antonio in der Ferne ein Feuer zu bemerken. Alvarez sagte: wo in diesen Ländern eine reiche Goldader durchs Gebirge ginge, da gäbe es oft solchen Schein in stillen Nächten. Sie verdoppelten daher ihre Schritte, leis und vorsichtig ging es über mondbeglänzte Heiden, das Licht wurde immer breiter und breiter, schon sahen sie den Widerschein jenseits an den Klippen des gegenüberliegenden Berges spielen. Auf einmal standen sie vor einem jähen Abhange und blickten erstaunt in ein tiefes, rings von Felsen eingeschlossenes Tal hinab; kein Pfad schien zwischen den starren Zacken hinabzuführen, die Felswände waren an manchen Stellen wunderbar zerklüftet, aus einer dieser Klüfte drang der trübe Schein hervor, den sie von weitem bemerkt hatten. Zu ihrem Entsetzen sahen sie dort einen wilden Haufen dunkler Männer, Windlichter in den Händen, abgemessen und lautlos im Kreise herumtanzen, während sie manchmal dazwischen bald mit ihren Schilden, bald mit den Fackeln zusammenschlugen, daß die sprühenden Funken sie wie ein Feuerregen umgaben. Inmitten dieses Kreises aber, auf dem Moosbette, lag eine junge, schlanke Frauengestalt, den schönen Leib ganz bedeckt von ihren langen Locken, und Arme, Haupt und Brust mit funkelnden Spangen und wilden Blumen geschmückt, als ob sie schliefe, und so oft die Männer ihre Fackeln schüttelten, konnten sie deutlich das schöne Gesicht der Schlummernden erkennen.

Es ist Walpurgis heut, flüsterte Alvarez nach einer kleinen Pause, da sind die geheimen Fenster der Erde erleuchtet, daß man bis ins Zentrum schauen kann. Aber Antonio hörte nicht, er starrte ganz versunken und unverwandt nach dem schönen Weibe hinab. Vermaledeiter Hexensabbat ists, sagte der Hauptmann wieder, Frau Venus ists! In dieser Nacht alljährlich opfern sie ihr heimlich, *ein* Blick von ihr, wenn sie erwacht, macht wahnsinnig. Antonio, so verwirrt er von dem Anblick war, ärgerte doch die Unwissenheit des Hauptmanns. Was wollt Ihr? entgegnete er leise, die Frau Venus hat ja niemals auf Erden wirklich gelebt, sie war immer nur so ein Symbolum der heidnischen Liebe, gleichsam ein Luftgebild, eine Schimäre. Horatius sagt von ihr: Mater saeva cupidinum. – Sprecht nicht lateinisch hier, das ist just ihre Muttersprache! unterbrach ihn Alvarez heftig und riß den Studenten vom Abgrunde durch Hecken und Dornen mit sich fort. Der Teufel, sagte er, als sie schon eine Strecke fortgelaufen waren, der Teufel – wollt sagen: der – nun, Ihr wißt schon, man darf ihn heut nicht beim Namen nennen – der hat für jeden seine besonderen Finten, unsereins faßt er geradezu beim Schopf, eh man sichs versieht, euch Gelehrte nimmt er säuberlich zwischen zwei Finger wie eine Prise Tabak.

Unter diesem Diskurs stolperten sie, von Schweiß triefend, im Dunkeln über Stock und Stein, einmal kams ihnen vor, als flöge eine Mädchengestalt über die Heide, aber der Hauptmann drückte fest die Ohren an. So waren sie in größter Eile, ohne es selbst zu bemerken, nach und nach schon wieder tief ins Tal hinabgekommen, als ihnen plötzlich ein: Halt, wer da! entgegenschallte. Da war es ihnen doch nicht anders, als ob sie eine Engelsposaune vom Himmel anbliese! – He, Landsmann, Kameraden, Hollaho! schrie Alvarez aus vollem Halse; sie traten aus dem Wald und sahen nun die Schiffsmannschaft auf einer Wiese am Meere um Feldfeuer gelagert, die warfen so lustige Scheine über die Gestalten mit den wilden Bärten, breit aufgekrempelten Hüten und langen Flinten, daß Antonio recht das Herz im Leibe lachte.

Alvarez aber, noch ganz verstört von der verworrenen Nacht, trat sogleich mitten unter die Überraschten und erzählte, wie sie eben aus dem Venusberge kämen und die Frau Venus auf diamantenem Throne gesehen hätten, was sie da erlebt, wollt er keinem wünschen, denn er müßte gleich toll werden darüber. – Kerl, warum senkst du die Hellebarde nicht, wenn dein Hauptmann vor dir steht? fuhr er inzwischen die Schildwache an, die sich neugierig ebenfalls genähert hatte. Der Soldat aber schüttelte den Kopf, als kennte er ihn nicht mehr. Da trat der Schiffsleutnant Sanchez keck aus dem Gedränge hervor, er trug das Hauptmannszeichen an seinem Hut. Es sei hier alles in guter Ordnung, sagte er zu Alvarez, er habe sie verlassen in der Not und Fremde, auch hätten sie sein Boot zertrümmert gefunden, da habe die Mannschaft nach Seegebrauch einen neuen Anführer gewählt, er sei jetzt der Hauptmann! – Was, schrie Alvarez, Hauptmann geworden, wie man einen Handschuh umdreht, wie ein Pilz über Nacht? – Der schlaue Sanchez aber lächelte sonderbar. Über Nacht? sagte er, könnt Ihr etwa im Venusberg wissen, was es an der Zeit ist, Oho, wie lange denkt Ihr denn, daß Ihr fort gewesen, nun? – Alvarez war ganz betreten, die furchtbare Sage vom Venusberg fiel ihm jetzt erst recht aufs Herz, er traute sich selber nicht mehr. – Wißt Ihr denn nicht, sagte Sanchez, ihm immer dreister unter das Gesicht tretend, wißt Ihr nicht, daß mancher als schlanker Jüngling in den Venusberg gegangen und als alter Greis mit grauem Barte zurückgekommen, und meint doch, er sei nur ein Stündlein oder vier zu Biere gewesen, und keiner im Dorfe kannte ihn mehr, und – Wie er dem Alvarez so nahe trat, gab ihm dieser auf einmal eine so derbe Ohrfeige, daß der Hauptmannshut vom Kopfe fiel, denn er hatte sich unterdes rund umgesehen und wohl bemerkt, daß die andern kaum um ein paar Stunden älter geworden, seitdem er sie verlassen. Sanchez griff wütend nach seinem Degen, Alvarez auch, die andern drängten sich wild heran, einige wollten dem alten Hauptmann, andere dem neuen helfen. Da sprang Antonio mitten in den dichtesten Haufen, die Streitenden teilend. Seid ihr Christen? rief er, blickt um euch her, auf was habt ihr eure Sach gestellt, daß ihr so übermütig seid? Diese alten, starren Felsen, die nur mit den Wolken verkehren, fragen nichts nach euch und werden sich eurer nimmermehr erbarmen. Oder baut ihr auf die Nußschale, die da draußen auf den Wellen schwankt? Der Herr allein tuts! Er hat uns mit seinen himmlischen Sternen durch die Einsamkeit der Nächte nach einer fremden Welt herübergeleuchtet und geht nun im stillen Morgengrauen über die Felsen und Wogen, daß es wie Morgenglokken fern durch die Lüfte klingt, wer weiß, welchen von uns sie abrufen – und anstatt niederzusinken im Gebet, laßt ihr eure blutdürstigen Leidenschaften wie Hunde gegeneinander los, daß wir alle davon zerrissen werden. – Er hat recht! sagte Alvarez, seinen Degen in die Scheide stoßend. Sanchez traute dem Alvarez nicht, doch hätte er auffahren mögen vor Ärger und wußte nicht, an wem er ihn auslassen sollte. Ihr seid ein tapferer Ritter Rhetorio, sagte er, habt Ihr noch mehr so schöne Sermone im Halse? – Ja, um jeden frechen Narren damit zu Grabe zu sprechen, entgegnete Antonio. – Oho, rief Sanchez, so müßt Ihr Feldpater werden, ich will Euch die Tonsur scheren, mein Degen ist just heute haarscharf. Da fuhr Alvarez auf: wer dem Antonio ans Leder wolle, müsse erst durch seinen eignen Koller hindurch. Aber Antonio hatte schon seinen Degen gezogen, trat mit zierlichem Anstande vor und sagte zum Leutnant, daß sie die Sache als Edelleute abmachen wollten. Alvarez und mehrere andere begleiteten nun die beiden weiterhin bis zum Saume des Waldes, die Schwerter wurden geprüft, und der Kampfplatz mit feierlichem Ernst umschritten. Die Palmen streckten ihre langen Blätter und Fächer verwundert über die fremden Gesellen hinaus. Gar bald aber blitzte der Mond in den blanken Waffen, denn Sanchez griff sogleich an und verschwor sich im Fechten, Antonio solle seinen Degen hinunterschlucken bis an den Griff. Der Student aber wußte schöne, gute Hiebe und Finten von der Schule zu Salamanka her, parierte künstlich, maß und stach und versetzte dem Prahlhans, ehe er sichs versah, einen Streich über den rechten Arm, daß ihm der Degen auf die Erde klirrte. Nun faßte Sanchez das Schwert mit der Linken und stürzte in blinder Wut von neuem auf seinen Gegner; er hätte sich selbst Antonios Degenspitze in den Leib gerannt, aber die andern unterliefen ihn schnell und warfen ihn rücklings zu Boden, denn jetzt erst bemerkten sie, daß er schwer betrunken war. In der Hitze des Kampfes hatte er völlig die Besinnung verloren, sie mußten ihn an die Lagerfeuer zurücktragen, wo sie nun seine Wunde verbanden. Da hielt er sich für tot und fing sich selber ein Grablied zu singen an, aber es wollte nicht stimmen, er sah ganz unkenntlich aus, bis er endlich umsank und fest einschlief. – Das ist gut, er hat die Rebellion mit seinem Blute wieder abgewaschen, sagte Alvarez vergnügt, denn alle waren dem Leutnant gewogen, weil er Not und Lust brüderlich mit seinen Kameraden teilte und in der Gefahr allezeit der erste war.

Unterdes aber hatte die Schiffsmannschaft eilig bunte Zelte aufgeschlagen und plauderte und schmauste vergnügt. Antonio mußte auf viele Gesundheiten fleißig Bescheid tun, sie erklärten ihn alle für einen guten Kerl. Dazwischen schwirrte eine Zither vom letzten Zelte, der Schiffskoch spielte den Fandango, während einige Soldaten auf dem Rasen dazu tanzten. Von Zeit zu Zeit aber rief Alvarez den Schildwachen zu, auf ihrer Hut zu sein, denn weit in der Nacht hörte man zuweilen ein seltsames Rufen im Gebirge. Nach einer Stunde etwa erwachte der Leutnant plötzlich und sah verwirrt bald seinen Arm an, bald in der fremden Runde umher, aber er verwunderte sich nicht lange, denn dergleichen war ihm oft begegnet. Vom Meere wehte nun schon die Morgenluft erfrischend herüber, ihn schauerte innerlich, da faßte er einen Becher mit Wein und tat einen guten Zug; dann sang er, noch halb im Taumel, und die andern stimmten fröhlich mit ein:

Ade, mein Schatz, du mochtst mich nicht,
Ich war dir zu geringe,
Und wenn mein Schiff in Stücke bricht,
Hörst du ein süßes Klingen,
Ein Meerweib singt, die Nacht ist lau,
Die stillen Wolken wandern,
Da denk an mich, 's ist meine Frau,
Nun such dir einen andern.

Ade, ihr Landsknecht, Musketier!
Wir ziehn auf wildem Rosse,
Das bäumt und überschlägt sich schier
Vor manchem Felsenschlosse,
Lindwürmer links bei Blitzesschein,
Der Wassermann zur Rechten,
Der Haifisch schnappt, die Möwen schrein –
Das ist ein lustig Fechten.

Streckt nun auf eurer Bärenhaut
Daheim die faulen Glieder,
Gott-Vater aus dem Fenster schaut,
Schickt seine Sündflut wieder.
Feldwebel, Reiter, Musketier,
Sie müssen all ersaufen,
Derweil auf der Fortuna wir
Im Paradies einlaufen.

Hier wurden sie auf einmal alle still, denn zwischen den Morgenlichtern über der schönen Einsamkeit erschien plötzlich auf einem Felsen ein hoher Mann, seltsam in weite, bunte Gewande gehüllt. Als er in der Ferne das Schiff erblickte, tat er einen durchdringenden Schrei, dann, beide Arme hoch in die Lüfte geschwungen, stürzte er durch das Dickicht herab und warf sich unten auf seine Knie auf den Boden, die Erde inbrünstig küssend. Nach einigen Minuten aber erhob er sich langsam und überschaute verwirrt den Kreis der Reisenden, die sich neugierig um ihn versammelt hatten; es war ein Greis von fast grauenhaftem, verwildertem Aussehen. Wie erschraken sie aber, als er sie auf einmal spanisch anredete, wie einer, der die Sprache lange nicht geredet und fast vergessen hatte. Ihr habt euch, sagte er, alle sehr verändert in der einen langen Nacht, daß wir uns nicht gesehen. Darauf nannte er mehrere unter ihnen mit fremden Namen und erkundigte sich nach Personen, die ihnen gänzlich unbekannt waren.

Die Umstehenden bemerkten jetzt mit Erstaunen, daß sein Gewand aus europäischen Zeugen bunt zusammengeflickt war; um die Schultern hatte er phantastisch einen köstlichen, halbverblichenen Teppich wie einen Mantel geworfen. Sie fragten ihn, wer er sei und wie er hierhergekommen. Darüber schien der Unbekannte in ein tiefes Nachsinnen zu versinken. In Valencia, sagte er endlich halb für sich, leise und immer leiser sprechend, in Valencia zwischen den Gärten, die nach dem Meere sich senken, da wohnt ein armes, schönes Mädchen, und wenn es Abend wird, öffnet sie das kleine Fenster und begießt ihre Blumen, da sang ich manche Nacht vor ihrer Tür. Wenn ihr sie wiederseht, sagt ihr – daß ich – sagt ihr – Hier stockte er, starr vor sich hinsehend, und stand wie im Traume. Alvarez entgegnete: das Mädchen, wenn sie etwa seine Liebste gewesen, müsse nun schon hübsch alt oder längst gestorben sein. – Da sah ihn der Fremde plötzlich mit funkelnden Augen an. Das lügt Ihr, rief er, sie ist nicht tot, sie ist nicht alt! – Wer lügt? entgegnete Alvarez ganz hitzig. – Elender, erwiderte der Alte, sie schläft nur jetzt, bei stiller Nacht erwacht sie oft und spricht mit mir. Ich dürfte nur ein einziges Wort ins Ohr ihr sagen, und ihr seid verloren, alle verloren. – Was will der Prahlhans? fuhr Alvarez von neuem auf.

Sie wären gewiß hart aneinander geraten, aber der Unbekannte hatte sich schon in die Klüfte zurückgewandt. Vergeblich setzten ihm die Kühnsten nach, er kletterte wie ein Tiger, sie mußten vor den entsetzlichen Abgründen stillstehen; nur einmal noch sahen sie seine Gewänder durch die Wildnis fliegen, dann verschlang ihn die Öde. Wunderbar, sagte Antonio, ihm in Gedanken nachsehend – es ist, als wäre er in dieser Einsamkeit in seiner Jugend eingeschlummert, den Wechsel der Jahre verschlafend, und spräch nun irre aus der alten Zeit. – Hier wurden sie von einigen Schiffssoldaten unterbrochen, die währenddes einen Berggipfel erstiegen hatten und nun ihren Kameraden unten unablässig zuriefen und winkten. Alles kletterte eilfertig hinauf, auch Alvarez und Antonio folgten, und bald hörte man droben ein großes Freudengeschrei und sah Hüte, Degenkoppeln und leere Flaschen durcheinander in die Luft fliegen. Denn von dem vorspringenden Berge sahen sie auf einmal in ein weites, gesegnetes Tal wie in einen unermeßlichen Frühling hinein. Blühende Wälder rauschten herauf, unter Kokospalmen standen Hütten auf luftigen Auen, von glitzernden Bächen durchschlängelt, fremde, bunte Vögel zogen darüber wie abgewehte Blütenflocken. – Vivat der Herr Vizekönig Don Alvarez! rief die Schiffsmannschaft jubelnd und hob den Hauptmann auf ihren Armen hoch empor. Dieser, auf ihren breiten Schultern sich zurechtsetzend, nahm das lange Perspektiv und musterte zufrieden sein Land.

Der Student Antonio aber saß doch noch höher zwischen den Blättern einer Palme, wo er mit den jungen Augen weit über Land und Meer sehen konnte. Es war ihm fast wehmütig zumute, als er in der stillen Morgenzeit unten Hähne krähen hörte und einzelne Rauchsäulen aufsteigen sah. Aber die Hähne krähten nicht in den Dörfern, sondern wild im Walde, und der Rauch stieg aus fernen Kratern, zur Warnung, daß sie auf unheimlichem, vulkanischem Boden standen. Plötzlich kam ein Matrose atemlos dahergerannt und erzählte, wie er tiefer im Gebirge auf Eingeborene gestoßen; die wären anfangs scheu und trotzig gewesen, auf seine wiederholten Fragen aber hätten sie ihn endlich an ihren König verwiesen und ihm das Schloß desselben in der Ferne gezeigt. – Er führte die andern sogleich höher zwischen den Klippen hinauf, und sie erblickten nun wirklich gegen

Osten hin wunderbare Felsen am Strande, seltsam zerrissen und gezackt gleich Türmen und Zinnen. Unten schien ein Garten wie ein bunter Teppich sich auszubreiten, von dem Felsen aber blitzte es in der Morgensonne, sie wußten nicht, waren es Waffen oder Bäche; der Wind kam von dort her, da hörten sie es zuweilen wie ferne Kriegsmusik durch die Morgenluft herüberklingen.

Einige meinten, man müsse den wilden Landsmann wieder aufsuchen, als Wegweiser und Dolmetsch, aber wer konnte ihn aus dem Labyrinth des Gebirges herausfinden, auch schien es töricht, sich einem Wahnsinnigen zu vertrauen, denn für einen solchen hielten sie alle den wunderlichen Alten. Alvarez beschloß daher, die Verwegensten zu einer bewaffneten feierlichen Gesandtschaft auszuwählen, er selbst wollte sie gleich am folgenden Morgen zu der Residenz des Königs führen, dort hofften sie nähere Auskunft von der Natur und Beschaffenheit des Landes und vielleicht auch über den rätselhaften Spanier zu erhalten.

Das war den abenteuerlichen Gesellen eben recht, sie schwärmten nun in aller Eile wieder den Berg hinab, und bald sah man ihr Boot zwischen dem Schiffe und dem Ufer hin und her schweben, um alles Nötige zu der Fahrt herbeizuholen. Auf dem Lande aber wurde das kleine Lager schleunig mit Wällen umgeben, einige fällten Holz zu den Palisaden, andere putzten ihre Flinten, Alvarez stellte die Wachen aus, alles war in freudigem Alarm und Erwartung der Dinge, die da kommen sollten. – Mitten in diesen Vorbereitungen saß Antonio in seinem Zelt und arbeitete mit allem Fleiß eine feierliche Rede aus, die der Hauptmann morgen an dem wilden Hofe halten wollte. Der Abend dunkelte schon wieder, draußen hörte er nur noch die Stimmen und den Klang der Äxte im Wald, seine Rede war ihm zu seiner großen Zufriedenheit geraten, er war lange nicht so vergnügt gewesen.

Die Sonne ging eben auf, das ganze Land schimmerte wie ein stiller Sonntagsmorgen, da hörte man ein Kriegslied von ferne herüberklingen, eine weiße Fahne mit dem kastilianischen Wappen flatterte durch die grüne Landschaft. Don Alvarez wars, der zog schon so früh mit dem Häuflein, das er zu der Ambassade ausgewählt, nach der Richtung ins Blaue hinein, wo sie gestern die Residenz des Königs erblickt hatten. Die Schalksnarren hatten sich zu dem Zuge auf das allervortrefflichste ausgeputzt. Voran mit der Fahne schritt ein Trupp Soldaten, die Morgensonne vergoldete ihnen lustig die Bärte und flimmerte in ihren Hellebarden, als hätten sich einige Sterne im Morgenrot verspätet. Ihnen folgten mehrere Matrosen, welche auf einer Bahre die für den König bestimmten Geschenke trugen: Pfannen, zerschlagene Kessel, und was sonst die Armut an altem Gerümpel zusammengefegt. Darauf kam Alvarez selbst. Er hatte, um sich bei den Wilden ein vornehmes Aussehen zu geben, den Schiffsesel bestiegen, eine große Allongeperücke aufgesetzt und einen alten weiten Scharlachmantel umgehängt, der ihn und den Esel ganz bedeckte, so daß es aussah, als ritt der lange, hagere Mann auf einem Steckenpferde über die grüne Au. Der dicke Schiffskoch aber war als Page ausgeschmückt, der hatte die größte Not, denn der frische Seewind wollte ihm alle Augenblicke das knappe Federbarett vom Kopfe reißen, während der Esel von Zeit zu Zeit gelassen einen Mund voll frischer Kräuter nahm. Antonio ging als Dolmetsch neben Alvarez her, denn er hatte schon zu Hause die indischen Sprachen mit großem Fleiße studiert. Alvarez aber zankte in einem fort mit ihm; er wollte in die Rede, die er soeben memorierte, noch mehr Figuren und Metaphern haben, gleichsam einen gemalten Schnörkel vor jede Zeile. Dem Antonio aber fiel durchaus nichts mehr ein, denn der steigende Morgen vergoldete rings um sie her die Anfangsbuchstaben einer wunderbaren, unbekannten Schrift, daß er innerlich still wurde vor der Pracht.

Ihre Fahrt ging längs der Küste fort, bald sahen sie das Meer über die Landschaft leuchten, bald waren sie wieder in tiefer Waldeinsamkeit. Der rüstige Sanchez streifte unterdes jägerhaft umher.

Kaum hatte der Zug die Gebirgsschluchten erreicht, als ein Wilder, im Dickicht versteckt, in eine große Seemuschel stieß. Ein zweiter gab Antwort und wieder einer, so lief der Schall plötzlich von Gipfel zu Gipfel über die ganze Insel, daß es tief in den Bergen widerhallte. Bald darauf sahen sies hier und da im Walde aufblitzen, bewaffnete Haufen mit hellen Speeren und Schilden brachen in der Ferne aus dem Gebirge wie Waldbäche und schienen alle auf einen Punkt an der Küste zuzueilen. Antonio klopfte das Herz bei dem unerwarteten Anblick. Sanchez aber schwenkte seinen Hut in der Morgenluft vor Lust. So rückte die Gesandtschaft unerschrocken fort; die Hütten, die sie seitwärts in der Ferne sahen, schienen verlassen, die Gegend wurde immer höher und wilder. Endlich, um eine Bergstrecke biegend, erblickten sie plötzlich das Ziel ihrer Wanderschaft: den senkrechten Fels mit seinen wunderlichen Bogen, Zacken und Spitzen, von Bächen zerrissen, die sich durch die Einsamkeit herabstürzten, dazwischen saßen braune Gestalten, so still, als wären sie selber von Stein, man hörte nichts als das Rauschen der Wasser und jenseits die Brandung im Meere. In demselben Augenblick aber tat es einen durchdringenden Metallklang wie auf einen großen Schild, alle die Gestalten auf den Klippen sprangen plötzlich rasselnd mit ihren Speeren auf, und rasch zwischen dem Waldesrauschen, den Bächen und Zacken stieg ein junger, hoher, schlanker Mann herab mit goldenen Spangen, den königlichen Federmantel um die Schultern und einen bunten Reiherbusch auf dem Haupt wie ein Goldfasan. Er sprach noch im Herabkommen mit den andern und rief den Spaniern gebieterisch zu. Da aber niemand Antwort gab, blieb er, auf seine Lanze gestützt, vor ihnen stehen. Alvarez' Perücke schien ihm besonders erstaunlich, er betrachtete sie lange unverwandt, man sah fast nur das Weiße in seinen Augen.

Antonio war ganz konfus, denn zu seinem Schrecken hatte er schon bemerkt, daß er trotz seiner Gelehrsamkeit kein Wort von des Königs Sprache verstand. Der unverzagte Alvarez aber fragte nach nichts, er ließ die Tragbahre mit dem alten Gerümpel dem Könige vor die Füße setzen, rückte sich auf seinem Esel zurecht und hielt sogleich mit großem Anstande seine wohlverfaßte Anrede, während einige andere hinten feierlich die Zipfel seines Scharlachmantels hielten. Da konnte sich der König endlich nicht länger überwinden, er rührte neugierig mit seinem Speer an Alvarez' Perücke, sie ließ zu seiner Verwunderung und Freude wirklich vom Kopfe des Redners los, und mit leuchtenden Augen zurückgewandt, wies er sie hoch auf der Lanze seinem Volke. Ein wildes Jauchzen erfüllte die Luft, denn ein großer Haufe brauner Gestalten hatte sich unterdes nachgedrängt, Speer an Speer, daß der ganze Berg wie ein ungeheurer Igel anzusehen war.

Der König hatte unterdes gewinkt, einige Wilde traten mit großen Körben heran, der König griff mit beiden Händen hinein und schüttete auf einmal Platten, Körner und ganze Klumpen Goldes auf seine erstaunten Gäste aus, daß es lustig durcheinanderrollte. Da sah man in dem unverhofften Goldregen plötzlich ein Streiten und Jagen unter den Spaniern, jeder wollte alles haben, und je mehr sie lärmten und zankten, je mehr warf der König aus; ein spöttisches Lächeln zuckte um seinen Mund, daß seine weißen Zähne manchmal hervorblitzten wie bei einem Tiger. Währenddes aber schwärmten die Eingeborenen von beiden Seiten aus den Schluchten hervor, mit ihren Schilden und Speeren die Raufenden wild umtanzend.

Da war Alvarez der erste, er sich schnell besann. Ehre über Gold und Gott über alles! rief er, seinen Degen ziehend, und stürzte in den dikken Knäuel der Seinigen, um sie mit Gewalt auseinanderzuwirren. Christen, schrie er, wollt ihr euch vom Teufel mit Gold mästen lassen, damit er euch nachher die Hälse umdreht wie Gänsen? Seht ihr nicht, wie er mit seiner Leibgarde den Ring um euch zieht? – Aber der Teufel hatte sie schon verblendet; um nichts von ihrem Golde zurückzugeben, entflohen sie einzeln vor dem Hauptmann, sich im Walde verlaufend mit den lächerlich vollgepfropften Taschen. Nur einige alte Soldaten sammelten sich um Alvarez und den Leutnant. Die Eingeborenen stutzten, da sie die bewegliche Burg und die Musketen plötzlich zielend auf sich gerichtet sahen, sie blieben zaudernd stehen. So entkam der Hauptmann mit seinen Getreuen dem furchtbaren Kreise der Wilden, ehe er sich noch völlig hinter ihnen geschlossen hatte.

In der Eile aber hatte auch dieses Häuflein den ersten besten Pfad eingeschlagen und war, ohne es zu bemerken, immer tiefer in den Wald geraten. Der nahm kein Ende, die Sonne brannte auf die nackten Felsen, und als sie sich endlich senkte, hatten sie sich gänzlich verirrt. Jetzt brach die Nacht herein, ein schweres Gewitter, das lange in der Ferne über dem Meere gespielt, zog über das Gebirge; den armen Antonio hatten sie gleich bei Anbruch der Dunkelheit verloren. So stoben sie wie zerstreute Blätter im Sturme durch die schreckliche Nacht, nur die angeschwollenen Bäche rauschten zornig in der Wildnis, dazwischen das blendende Leuchten der Blitze, das

Schreien der Wilden und die Signalschüsse der Verirrten aus der Ferne. – Horcht, sagte Sanchez, das klingt so hohl unter den Tritten, als ging ich über mein Grab, und die Wetter breiten sich darüber wie schwarze Bahrtücher, mit feurigen Blumen durchwirkt, das wär ein schönes Soldatengrab! – Schweig, fuhr ihn Alvarez an, wie kommst du jetzt darauf? – Das kommt von dem verdammten Trinken, entgegnete Sanchez, da werd ich zuzeiten so melancholisch danach. Er sang:

Und wenn es einst dunkelt,
Der Erd bin ich satt,
Durchs Abendrot funkelt
Eine prächtige Stadt;

Von den goldenen Türmen
Singet der Chor,
Wir aber stürmen
Das himmlische Tor!

Was ist das! rief plötzlich ein Soldat. Sie sahen einen Fremden mit bloßem Schwerte durch die Nacht auf sich zustürzen, sein Mantel flatterte weit im Winde. – Beim Glanz der Blitze erkannten sie ihren wahnsinnigen Landsmann wieder. – Hallo! rief ihm Sanchez freudig entgegen, hat dich der Lärm und das Schießen aus deinen Felsenritzen herausgelockt, kannst du das Handwerk nicht lassen? – Der Alte aber, scheu zurückblickend, ergriff hastig die Hand des Leutnants und drängte alle geheimnisvoll und wie in wilder Flucht mit sich fort. Noch ist es Zeit, sagte er halbleise, ich rette euch noch, nur rasch, rasch fort, es brennt, seht, wie die blauen Flämmchen hinter mir aus dem Boden schlagen, wo ich trete! – Führ uns ordentlich und red nicht so toll in der verrückten Nacht! entgegnete Alvarez ärgerlich. – Da leuchtete ein Blitz durch des Alten fliegendes Haar. Er blieb stehen und zog die Locken über das Gesicht durch seine weitausgespreizten Finger. Grau, alles grau geworden in *einer* Nacht, sagte er mit schmerzlichem Erstaunen – aber es könnte noch alles gut werden, setzte er nach einem Augenblick hinzu, wenn sie mich nur nicht immer verfolgte. – Wo? wer? fragte Sanchez. – Die grausilberne Schlange, erwiderte der Alte heimlich und riß die Erstaunten wieder mit sich durch das Gestein. Plötzlich aber schrie er laut auf: Da ist sie wieder! – Alles wandte sich erschrocken um. – Er meinte den Strom, der, soeben tief unter dem Felsen vorüberschießend, im Wetterleuchten heraufblickte. – Ehe sie sich aber noch besannen, flog der Unglückliche schon durch das Dickicht fort, die Haare stiegen ihm vor Entsetzen zu Berge, so war er ihnen bald in der Dunkelheit zwischen den Klüften verschwunden.

Währenddes irrte Antonio verlassen im Gebirge umher. In der Finsternis war er unversehens von den Seinigen abgekommen. Als ers endlich bemerkte, waren sie schon weit; da hörte er plötzlich wieder Tritte unter sich und eilte darauf zu, bis er mit Schrecken gewahr wurde, daß es Eingeborene waren, die hastig und leise, als hätten sie einen heimlichen Anschlag, vorüberstreiften, ohne ihn zu sehen. Ihn schauerte, und doch wars ihm eigentlich recht lieb so. Er dachte übers Meer nach Hause, wie nun alle dort ruhig schliefen und nur die Turmuhr über dem mondbeschienenen Hof schlüge und die Bäume dunkel rauschten im Garten. Wie grauenhaft waren ihm da vom Balkon oft die Wolken vorgekommen, die über das stille Schloß gingen, wie Gebirge im Traum. Und jetzt stand er wirklich mitten in dem Wolkengebirge, so rätselhaft sah hier alles in dieser wilden Nacht! Nur zu, blas nur immer zu, blinder Sturm, glühet, ihr Blitze! rief er aus und schaute recht zufrieden und tapfer umher, denn alles Große ging durch seine Seele, das er auf der Schule aus den Büchern gelernt: Julius Cäsar, Brutus, Hannibal und der alte Cid. – Da brannte ihm plötzlich sein Gold in der Tasche, auch er hatte sich nicht enthalten können, in dem Goldregen mit seinem Hütlein einige Körner aufzufangen. – Frei vom Mammon will ich schreiten auf dem Feld der Wissenschaft, sagte er und warf voll Verachtung den Goldstaub in den Sturm, es gab kaum einen Dukaten, aber er fühlte sich noch einmal so leicht.
Unterdes war das Gewitter rasch vorübergezogen, der Wind zerstreute die Wolken wie weiße Nachtfalter in wildem Fluge über den ganzen Himmel, nur tief am Horizont noch schweiften die Blitze, die Nacht ruhte ringsher auf den Höhen aus. Da fühlte Antonio erst

die tiefe Einsamkeit, verwirrt eilte er auf den verschlungenen Pfaden durch das Labyrinth der Klippen lange fort. Wie erschrak er aber, als er auf einmal in derselben Gegend herauskam, aus der sie am Morgen entflohen. Der Fels des Königs mit seinen seltsamen Schluften und Spitzen stand wieder vor ihm, nur an einem andern Abhange desselben schien er sich zu befinden. Jetzt aber war alles so stumm dort, die Wellen plätscherten einförmig, riesenhaftes Unkraut bedeckte überall wildzerworfenes Gemäuer. – Antonio sah sich zögernd nach allen Seiten um. Schon gestern hatten ihn die Mauertrümmer, die fast wie Leichensteine aus dem Grün hervorragten, rätselhaft verlockt. Jetzt konnte er nicht länger widerstehen, er zog heimlich seine Schreibtafel hervor, um den kostbaren Schatz von Inschriften und Bilderzeichen, die er dort vermutete, wie im Fluge zu erheben.

Da aber wurde er zu seinem Erstaunen erst gewahr, daß er eigentlich mitten in einem Garten stand. Gänge und Beete, mit Buchsbaum eingefaßt, lagen umher, eine Allee führte nach dem Meere hin, die Kirschbäume standen in voller Blüte. Aber die Beete waren verwildert, Rehe weideten auf den einsamen Gängen, an den Bäumen schlangen sich üppige Ranken wild bis über die Wipfel hinaus, von wunderbaren hohen Blumen durchglüht. Seitwärts standen die Überreste einer verfallenen Mauer, die Sterne schienen durch das leere Fenster, in dem Fensterbogen schlief ein Pfau, den Kopf unter die schimmernden Flügel versteckt.

Antonio wandelte wie im Traum durch die verwilderte Pracht, kein Laut rührte sich in der ganzen Gegend; da war es ihm plötzlich, als sähe er fern am andern Ende der Allee jemand zwischen den Bäumen gehen, er hielt den Atem an und blickte noch einmal lauschend hin, aber es war alles wieder still, es schien nur ein Spiel der wankenden Schatten. Da kam er endlich in eine dunkle Laube, die der Wald sich selber lustig gewoben, das schien ihm so heimlich und sicher, er wollt nur einen Augenblick rasten und streckte sich ins hohe Gras. Ein würziger Duft wehte nach dem Regen vom Walde herüber, die Blätter flüsterten so schläfrig in der leisen Luft, müde sanken ihm die Augen zu.

Die wunderbare Nacht aber sah immerfort in seinen Schlaf hinein und ließ ihn nicht lange ruhen, und als er erwachte, hörte er mit Schrecken neben sich atmen. Er wollte rasch aufspringen, aber zwei Hände hielten ihn am Boden fest. Beim zitternden Mondesflimmer durchs Laub glaubte er eine schlanke Frauengestalt zu erkennen. – Ich wußte es wohl, daß du kommen würdest, redete sie ihn in spanischer Sprache an. – So bist du eine Christin? fragte er ganz verwirrt. – Sie schwieg. – Hast du mich denn schon jemals gesehen? – Gestern nachts bei unserem Fest, erwiderte sie, du warst allein mit eurem Seekönig. – Eine entsetzliche Ahnung flog durch Antonios Seele, er mühte sich in der Finsternis vergeblich, ihre Züge zu erkennen, draußen gingen Wolken wechselnd vorüber, zahllose Johanniswürmchen umkreisten leuchtend den Platz. – Da hörte er fern von den Höhen einen schönen männlichen Gesang. Wer singt da? fragte er erstaunt. – Still, still, erwiderte die Unbekannte, laß den nur in Ruh. Hier bist du sicher, niemand besucht diesen stillen Garten mehr, sonst war es anders –, dann sang sie selber wie in Gedanken:

Er aber ist gefahren
Weit übers Meer hinaus,
Verwildert ist der Garten,
Verfallen liegt sein Haus.

Doch nachts im Mondesglanze
Sie manchmal noch erwacht,
Löst von dem Perlenkranze
Ihr Haar, das wallt wie Nacht.

So sitzt sie auf den Zinnen,
Und über ihr Angesicht
Die Perlen und Tränen rinnen,
Man unterscheidet sie nicht.

Da teilte ein frischer Wind die Zweige, im hellen Mondlicht erkannte Antonio plötzlich die Frau Venus wieder, die sie gestern nachts schlummernd in der Höhle gesehen, ihre eigenen Locken wallten wie die Nacht. – Ein Grauen überfiel ihn, er merkte erst jetzt, daß er unter glühenden Mohnblumen wie begraben lag. Schauernd sprang er empor und schüttelte sich ab, sie wollte ihn halten, aber er riß sich von ihr los. Da tat sie einen durchdringenden Schrei, daß

es ihm durch Mark und Bein ging, dann hörte er sie in herzzerreißender Angst rufen, schelten und rührend flehen.
Aber er war schon weit fort, der Gesang auf den Höhen war verhallt, die Wälder rauschten ihm wieder erfrischend entgegen, hinter ihm versank allmählich das schöne Weib, das Meer und der Garten, nur zuweilen noch hörte er ihre Klagen wie das Schluchzen einer Nachtigall von ferne durch den Wind herüberklingen.

Du sollst mich doch nicht fangen,
Duftschwüle Zaubernacht!
Es stehn mit goldnem Prangen
Die Stern auf stiller Wacht
Und machen unterm Grunde,
Wo du verirret bist,
Getreu die alte Runde –
Gelobt sei Jesus Christ!

Wie bald in allen Bäumen
Geht nun die Morgenluft,
Sie schütteln sich in Träumen,
Und durch den roten Duft
Eine fromme Lerche steiget,
Wenn alles still noch ist,
Den rechten Weg dir zeiget –
Gelobt sei Jesus Christ!

So sang es im Gebirge, unten aber standen zwei spanische Soldaten fast betroffen unter den Bäumen, denn es war ihnen, als ginge ein Engel singend über die Berge, um den Morgen anzubrechen. Da stieg ein Wanderer rasch zwischen den Klippen herab, sie erkannten zu ihrer großen Freude den Studenten Antonio, er schien bleich und zerstört. – Gott sei Dank, daß Ihr wieder bei uns seid! rief ihm der eine Soldat entgegen. Ihr hättet uns beinah konfus gemacht mit Eurem Gloria, meinte der andere, Ihr habt eine gute geistliche Kehle. Wo kommt Ihr her? – Aus einem tiefen Bergwerke, sagte Antonio, wo mich der falsche Flimmer verlockt – wie so unschuldig ist hier draußen die Nacht! – Bergwerk? wo habt ihrs gefunden? fragten die

Soldaten mit hastiger Neugier. – Wie, sprach ich von einem Bergwerk? erwiderte Antonio zerstreut, wo sind wir denn? – Die Soldaten zeigten über den Wald, dort läge ihr Landungsplatz. Sie erzählten ihm nun, wie die zersprengte Gesandtschaft unter großen Mühseligkeiten endlich wieder das Lager am Strande erreicht. Da habe der brave Alvarez, da er den Antonio dort nicht gefunden, sie beide zurückgeschickt, um ihn aufzusuchen, und wenn sie jeden Stein umkehren und jede Palme schütteln sollten. Antonio schien wenig darauf zu hören. Die Soldaten aber meinten, es sei diese Nacht nicht geheuer im Gebirge, sie nahmen daher den verträumten Studenten ohne weiteres in ihre Mitte und schritten rasch mit ihm fort.
So waren sie in kurzer Zeit bei ihren Zelten angelangt. Dort stand Alvarez wie ein Wetterhahn auf dem frisch aufgeworfenen Erdwall, vor Ungeduld sich nach allen Winden drehend. Er schimpfte schon von weitem, da er endlich den Verirrten ankommen sah. Ein Weltentdecker, sagte er, muß den Kompaß in den Füßen haben, in der Wildnis bläst der Sturm die Studierlampe aus, da schlägt ein kluger Kopf sich Funken aus den eigenen Augen. Was da Logik und Rhetorik? Sie hätten deinen Kopf aufgefressen mit allen Wissenschaften drin, aber ich hatts ihnen zugeschworen, sie mußten zum Nachtisch alle unsere bleiernen Pillen schlucken oder meine eignen alten Knochen nachwürgen. Du bist wohl recht verängstigt und müde, armer Junge! Gott, wie du aussiehst! – Nun ergriff er den Studenten vor Freude beim Kopf, strich ihm die vollen braunen Locken aus der Stirn und führte ihn eilig ins Lager in sein eigenes Zelt, wo er sich sogleich auf eine Matte hinstrecken mußte. Im Lager aber war schon ein tiefes Schweigen, die müden Gesellen lagen schlafend wie Tote umher. Nur der Leutnant Sanchez wollte diese Nacht nicht mehr schlafen noch ruhen, er saß auf den zusammengelegten Waffen der Mannschaft; eine Flasche in der Hand, trank er auf eine fröhliche Auferstehung, der Nachtwind spielte mit der roten Hahnfeder auf seinem Hut, der ihm verwegen auf einem Ohr saß; er war wahrhaftig schon wieder berauscht. Antonio mußte nun sein Abenteuer erzählen. Er berichtete verworren und zerstreut, in seinem Haar hing noch eine Traumblume aus dem Garten. Alvarez blieb dabei, das Frauenzimmer sei die Frau Venus gewesen und jene Höhle, die sie

in der Walpurgisnacht entdeckt, der Eingang zum Venusberge. Sanchez aber rückte immer näher, während er hastig ein Glas nach dem andern hinunterstürzte; er fragte wunderlich nach der Lage der Höhle, nach dem Wege dahin, sie mußten ihm alles ausführlich beschreiben. – Auf einmal war er heimlich verschwunden.

Der Abenteurer schlich sich sacht und vorsichtig durch die schläfrigen Posten; über dem Gespräch hatte ihn plötzlich das Gelüsten angewandelt, den dunklen Vorhang der phantastischen Nacht zu lüften – er wollte die Frau Venus besuchen. Er hatte sich Felsen, Schlünde und Stege aus Alvarez' Rede wohl gemerkt, es traf alles wunderbar zu. So kam er in kurzer Zeit an das stille Tal. Ein schmaler Felsenpfad führte fast unkenntlich zwischen dem Gestrüpp hinab, die Sterne schienen hell über den Klippen, er stieg im trunkenen Übermut in den Abgrund. Da brach plötzlich ein Reh neben ihm durch das Dickicht, er zog schnell seinen Degen. Hoho, Ziegenbock! rief er, hast du die Hexe abgeworfen, die zu meiner Hochzeit ritt! Das ist eine bleiche, schläfrige Zeit zwischen Morgen und Nacht, da schauern die Toten und schlüpfen in ihre Gräber, daß man die Leichentücher durchs Laub streichen hört. Wo sich eine verspätet beim Tanz, ich greif sie, sie soll meine Brautjungfer sein. – Zum Teufel, red vernehmlicher, Waldeinsamkeit! ich kenn ja dein Lied aus alter Zeit, wenn wir auf wilder Freite in Flandern nachts an den Wällen lagen vor mancher schönen Stadt, die von den schlanken Türmen mit ihrem Glockenspiele durch die Luft musizierte. Die Sterne löschen schon aus, wer weiß, wer sie wiedersieht! – Nur leise, sacht zwischen den Werken, in den Laufgräben fort! die Wolken wandern, die Wächter schlafen auf den Wällen, in ihre grauen Mäntel gehüllt, sie tun, als wären sie von Stein. – Verfluchtes Grauen, ich seh dich nicht, was hauchst du mich so kalt an, ich ringe mit dir auf der Felsenwand, du bringst mich nicht hinunter!

Jetzt stand er auf einmal vor der Kluft, die Alvarez und Antonio in jener Nacht gesehen. Es war die erste, geheimnisvolle Morgenzeit. In dem ungewissen Zwielicht erblickte er die junge, schlanke Frauengestalt, ganz wie sie ihm beschrieben worden, auf dem Moosbett in ihrem Schmucke schlummernd, den schönen Leib von ihren Locken verdeckt. Alte halbverwitterte Fahnen, wie es schien, hingen an

der Wand umher, der Wind spielte mit den Lappen, hinten in der Dämmerung, den Kopf vornübergebeugt, saß es wie eine eingeschlafene Gestalt.
Es ist die höchste Zeit, flüsterte Sanchez ganz verblendet, sonst versinkt alles wieder, schon hör ich Stimmen gehn. Wie oft schon sah ich im Wein ihr Bild, das war so schön und wild in des Bechers Grund. Einen Kuß auf ihren Mund, so sind wir getraut, eh der Morgen graut. – So taumelte der Trunkene nach der Schlummernden hin, er fuhr schaudernd zusammen, als er sie anfaßte, ihre Hand war eiskalt. Im Gehen aber hatte er sich mit den Sporen in die Trümmer am Boden verwickelt, eine Rüstung an der Wand stürzte rasselnd zusammen, die alten Fahnen flatterten im Wind, bei dem Dämmerschein wars ihm, als rührte sich alles und dunkle Arme wänden sich aus der Felswand. Da sah er plötzlich im Hintergrunde den schlafenden Wächter sich aufrichten, daß ihn innerlich grauste. An dem irren, funkelnden Blick glaubte er den alten, wahnsinnigen Spanier wiederzuerkennen, der warf, ohne ein Wort zu sagen, seinen weiten Mantel über die Schultern zurück, ergriff das neben ihm stehende Schwert und drang mit solcher entsetzlichen Gewalt auf ihn ein, daß Sanchez kaum Zeit hatte, seine wütenden Streiche aufzufangen. Bei dem Klange ihrer Schwerter aber fuhren große, scheußliche Fledermäuse aus den Felsritzen und durchkreisten mit leisem Fluge die Luft, graue Nebelstreifen dehnten und reckten sich wie Drachenleiber verschlafen an den Wipfeln, dazwischen wurden Stimmen im Walde wach, bald hier, bald dort, eine weckte die andre, aus allen Löchern, Hecken und Klüften stieg und kroch es auf einmal, wilde, dunkle Gestalten im Waffenschmuck, und alles stürzte auf Sanchez zusammen. Nun, nun, stehts so! rief der verzweifelte Leutnant, laß mich los, alter Narr mit deinem verwitterten Bart! Das ist keine Kunst, so viele über einen. Schickt mir euern Meister selber her, es gelüstet mich recht, mit ihm zu fechten! Aber der Teufel hat keine Ehre im Leibe. Ihr höllisches Ungeziefer, nur immer heraus vor meine christliche Klinge! nur immerzu, ich hau mich durch! – So, den Degen in der Faust, wich er, wie ein gehetztes Wild, kämpfend von Stein zu Stein, das einsame Felsental hallte von den Tritten und Waffen, im Osten hatte der Morgen schon wie ein lustiger Kriegsknecht die Blutfahne ausgehangen.

Im Lager flatterten unterdes nur noch wenige Wachtfeuer halberlöschend, eine Gestalt nach der andern streckte sich in der Morgenkühle, einige saßen schon wach auf ihrem Mammon und besprachen das künftige Regiment der Insel. Plötzlich riefen draußen die Schildwachen an, sie hätten Lärm im Gebirge gehört. Jetzt vermißte man erst den Leutnant. Alles sprang bestürzt zu den Waffen, keiner wußte, was das bedeuten könnte. Der Lärm aber, als sie so voller Erwartung standen, ging über die Berge wie ein Sturm wachsend immer näher, man konnte schon deutlich dazwischen das Klirren der Waffen unterscheiden. Da, im falben Zwielicht, sahen sie auf einmal den Sanchez droben aus dem Walde dahersteigen, bleich und verstört, mit den Geistern fechtend. Hinter ihm drein aber toste eine wilde Meute, es war, als ob aller Spuk der Nacht seiner blutigen Fährte folgte. Sein Frevel, wie es schien, hatte das dunkle Wetter, das schon seit gestern grollend über den Fremden hing, plötzlich gewendet, von allen Höhen stürzten bewaffnete Scharen wie reißende Ströme herab, der Klang der Schilde, das Schreien und der Widerhall zwischen den Felsen verwirrte die Stille, und bald sahen sich die Spanier von allen Seiten umzingelt. – Macht dem Leutnant Luft! rief Alvarez und warf sich mit einigen Soldaten mitten in den dicksten Haufen. Schon hatten sie den Sanchez gefaßt und führten den Wankenden auf einen freien Platz am Meer, aber zu spät, von vielen Pfeilen durchbohrt, brach er neben seinen Kameraden auf dem Rasen zusammen – sein Wort war gelöst, er hatte sich wacker durchgeschlagen.

Bei diesem Anblick ergriff alle eine unsägliche Wut, keiner dachte mehr an sich im Schmerz, sie mähten sich wie die Todesengel in die dunklen Scharen hinein. Alvarez und Antonio immer tapfer voran. Da erblickten sie auf einmal ihren wahnsinnigen Landsmann, mitten durch das Getümmel mit dem Schwert auf sie eindringend. Vergebens riefen sie ihm warnend zu – er stürzte sich selbst in ihre Speere, ein freudiges Leuchten ging über sein verstörtes Gesicht, daß sie ihn fast nicht wiedererkannten, dann sahen sie ihn taumeln und mit durchbohrtem Herzen tot zu Boden sinken. – Ein entsetzliches Rachegeschrei erhob sich über dem Toten, die Wilden erneuerten mit verdoppeltem Grimm ihren Angriff, es war, als ständen die Erschlagenen hinter ihnen wieder auf, immer neue scheußliche Gestalten wuchsen aus dem Blut, schon rannten sie jauchzend nach dem Strand, um die Spanier von ihrem Schiffe abzuschneiden. Jetzt war die Not am höchsten, ein jeder befahl sich Gott, die Spanier fochten nicht mehr für ihr Leben, nur um einen ehrlichen Soldatentod. – Da ging es auf einmal wie ein Schauder durch die unabsehliche feindliche Schar, alle Augen waren starr nach dem Gebirge zurückgewandt. Auch Antonio und Alvarez standen ganz verwirrt mitten in der blutigen Arbeit. Denn zwischen den Palmenwipfeln in ihrem leuchtenden Totenschmucke kam die Frau Venus, die wilden Horden teilend, von den Felsen herab. Da stürzten plötzlich die Eingeborenen wie in Anbetung auf ihr Angesicht zur Erde, die Spanier atmeten tief auf, es war auf einmal so still, daß man die Wälder von den Höhen rauschen hörte.

Indem sie aber noch so staunend stehn, tritt die Wunderbare mitten unter sie, ergreift Sanchez' Mantel, den sie seltsam um ihren Leib schlägt, und befiehlt ihnen, sich rasch in das Boot zu werfen, ehe der Zauber gelöst. Darauf umschlingt sie Antonio, halb drängt, halb trägt sie ihn ins Boot hinein, die andern, ganz verdutzt, bringen eiligst Sanchez' Leichnam nach, alles stürzt in die Barke. So gleiten sie schweigend dahin, schon erheben sich einzelne Gestalten wieder am Ufer, ein leises Murmeln geht wachsend durch die ganze furchtbare Menge, da haben sie glücklich ihr Schiff erreicht. Dort aber faßt die Unbekannte sogleich das Steuer, die stille See spiegelt ihr wunderschönes Bild, ein frischer Wind vom Lande schwellt die Segel, und als die Sonne aufgeht, lenkt sie getrost zwischen den Klippen in den Glanz hinaus.

Die Spanier wußten nicht, wie ihnen geschehen. Als sie sich vom ersten Schreck erholt, gedachten sie erst ihrer Goldklumpen wieder, die sie auf der Insel zurückgelassen. Da fuhren sie denn wieder so arm und lumpig von dannen, wie sie gekommen. – Der Teufel hats gegeben, der Teufel hats genommen, sagte der spruchreiche Alvarez verdrießlich. – Darüber aber hatten sie den armen Sanchez fast vergessen, der auf dem Verdeck unter einer Fahne ruhte. Alvarez beschloß nun, vor allem andern ihm die letzte Ehre anzutun, wie es einem tapferen Seemann gebührte. Er berief sogleich die ganze Schiffsmannschaft, die einen stillen Kreis um den Toten bildete, dann trat er in die Mitte, um die Leichenrede zu halten. Seht da den gewesenen Leutnant, sagte er, nehmt euch ein Exempel dran, die ihr immer meint, Unkraut verdürb nicht. Ja, da seht ihn liegen, er war tapfer, oftmals betrunken, aber tapfer – weiter bracht ers nicht, denn die Stimme bracht ihm plötzlich, und Tränen stürzten ihm aus den Augen, als er den treuen Kumpan so bleich und still im lustigen Morgenrot daliegen sah. Einige Matrosen hatten ihn unterdes in ein Segeltuch gewickelt, andere schwenkten die Flaggen über ihm auf eine gute Fahrt auf dem großen Meere der Ewigkeit – dann ließen sie ihn an Seilen über Bord ins feuchte Grab hinunter. So ist denn, sagte Alvarez, sein Leiblied wahr geworden: Ein Meerweib singt, die Nacht ist lau, da denkt an mich, 's ist meine Frau. Man soll den Teufel nicht an die Wand malen. – Kaum aber hatte der Tote unten die kalte See berührt, als er auf einmal in seinem Segeltuch mit großer Vehemenz zu arbeiten anfing. Ihr Narren, ihr, schimpfte er, was, Wein soll das sein? elendes Wasser ists! – Die Matrosen hätten vor Schreck beinah Strick und Mann fallen lassen, aber Alvarez und Antonio sprangen rasch hinzu und zogen voller Freude den Ungestümen wieder über Bord hinauf. Hier drängten sich nun die Überraschten von allen Seiten um ihn herum, und während die einen seine Wunden untersuchten und verbanden, andere jauchzend ihre Hüte in die Luft warfen, glotzte der unsterbliche Leutnant alle mit seinen hervorstehenden Augen stumm und verwogen an, bis sein Blick endlich die wunderbare Führerin des Schiffes traf. Da schrie er plötzlich auf: Die ists! ich selber sah sie in den Klüften auf dem Moosbett schlafen!

Aller Augen wandten sich nun von neuem auf die schöne Fremde, die, auf das Steuer gelehnt, gedankenvoll nach der fernen Küste hinübersah. Keiner traute ihr, Antonio aber erkannte bei dem hellen Tageslicht das Mädchen aus dem wüsten Garten wieder. Da faßte Alvarez sich ein Herz, trat vor und fragte sie, wer sie eigentlich wäre. – Alma, war ihre Antwort. – Warum sie zu ihnen gekommen? – Weil sie euch erschlagen wollten, erwiderte sie in ihrem gebrochenen Spanisch. – Ob sie mit ihnen fahren und ihm als Page dienen wolle?

– Nein, sie wolle dem Antonio dienen. – Woher sie denn aber Spanisch gelernt? – Vom Alonzo, den sie erstochen hätten. – Den tollen Alten, fiel hier Sanchez hastig ein, wer war er, und wie kam er zu dir? – Ich weiß nicht, entgegnete Alma. – Kurz und gut, hob Alvarez wieder an, war die Frau Venus auf Walpurgisnacht auf eurer Insel? Oder bist du gar selber die Frau Venus? Habt ihr beide – wollt sagen: du oder die Frau Venus – dazumal in der Felsenkammer geschlafen? – Sie schüttelte verneinend den Kopf. – Nun, so mag der Teufel daraus klug werden! ich will mich heute gar nicht mehr wundern, Frau Venus, Urgande, Megäre, das kommt und geht so, rief der Hauptmann ungeduldig aus und benannte das Eiland, dessen blaue Gipfel soeben im Morgenduft versanken, ohne weiteres die Venusinsel, von der Frau Venus, die nicht da war.

Die darauffolgende Nacht war schön und sternklar, die Fortuna mit ihren weißen Segeln glitt wie ein Schwan durch die mondlichte Stille. Da trat Antonio leise auf das Verdeck hinaus, er hatte keine Rast und Ruh, es war ihm, als müßte er die schöne Fremde bewachen, die sorglos unten ruhte. Wie erstaunte er aber, als er das Mädchen droben schon wach und ganz allein erblickte; es war alles so einsam in der Runde, nur manchmal schnalzte ein Fisch im Meer, sie aber saß auf dem Boden mitten zwischen wunderlichem Kram, ein Spiegel, Kämme, ein Tamburin und Kleidungsstücke lagen verworren um sie her. Sie kam ihm wie eine Meerfee vor, die, bei Nacht aus der Flut gestiegen, sich heimlich putzt, wenn alle schlafen. Er blieb scheu zwischen dem Tauwerk stehen, wo sie ihn nicht bemerken konnte. Da sah er, wie sie nun einzelne Kleidungsstücke flimmernd gegen den Mond hielt, er erkannte seinen eignen Sonntagsstaat, den er ihr gestern gezeigt: die gestickte Feldbinde, das rotsamtne, weißgestickte Wämschen. Sie zog es eilig an; Antonio war schlank und fein gebaut, es paßte ihr alles wie angegossen. Darauf legte sie den blendendweißen Spitzenkragen um Hals und Brust und drückte das Barett mit den nickenden Federn auf das Lockenköpfchen. Als sie fertig war, sprang sie auf, sie schien sich über sich selbst zu verwundern, so schön sah sie aus. Da stieß sie unversehens mit den Sporen an das Tamburin am Boden. Sie ergriff es rasch, und den tönenden Reif hoch über sich schwingend, fing sie mit leuchtenden Augen zu tanzen an, fremd und doch zierlich, und sang dazu:

Bin ein Feuer hell, das lodert,
Von dem grünen Felsenkranz,
Seewind ist mein Buhl und fodert
Mich zum lustgen Wirbeltanz,
Kommt und wechselt unbeständig.
Steigend wild,
Neigend mild,
Meine schlanken Lohen wend ich,
Komm nicht nah mir, ich verbrenn dich!

Wo die wilden Bäche rauschen
Und die hohen Palmen stehn,
Wenn die Jäger heimlich lauschen,
Viele Rehe einsam gehn.
Bin ein Reh, flieg durch die Trümmer
Über die Höh,
Wo im Schnee
Still die letzten Gipfel schimmern,
Folg mir nicht, erjagst mich nimmer!

Bin ein Vöglein in den Lüften,
Schwing mich übers blaue Meer,
Durch die Wolken von den Klüften
Fliegt kein Pfeil mehr bis hierher,
Und die Au'n und Felsenbogen,
Waldeseinsamkeit
Weit, wie weit,
Sind versunken in die Wogen –
Ach, ich habe mich verflogen!

Bei diesen Worten warf sie sich auf den Boden nieder, daß das Tamburin erklang, und weinte. – Da trat Antonio rasch hinzu, sie fuhr empor und wollte entfliehen. Als sie aber seine Stimme über sich hörte, lauschte sie hoch auf, strich mit beiden Händen die aufgelösten Locken von den verweinten Augen und sah ihn lächelnd an. Antonio, wie geblendet, setzte sich zu ihr an den Bord und pries ihren wunderbaren Tanz. Sie antwortete kein Wort darauf, sie war erschrocken und in Verwirrung. Endlich sagte sie schüchtern und leise: sie könne nicht schlafen vor Freude, es sei ihr so licht im Herzen. – Geradeso geht mirs auch, dachte er und schaute sie noch immer ganz versunken an. Da fiel ihm eine goldene Kette auf, die aus ihrem Wämschen blinkte. Sie bemerkte es und verbarg sie eilig. Antonio stutzte. Von wem hast du das kostbare Angedenken? fragte er. – Von Alonzo, erwiderte sie zögernd. – Wunderbar, fuhr er fort, gesteht es nur, du weißt es ja doch, wer der Alte war und wie er übers Meer gekommen. Und du selbst – wir sahn dich schlummern in der Kluft beim Fackeltanz, und dann an jenem blutigroten Morgen warf sich das Volk erschrocken vor dir hin – wer bist du – Sie schwieg mit tiefgesenkten Augen, und wie er so fortredend in sie drang, brach endlich ein Strom von Tränen unter den langen, schwarzen Wimpern hervor. Ach, ich kann ja nichts dafür! rief sie aus und bat ihn ängstlich und flehentlich, er sollt es nicht verlangen, sie könnt es ihm nicht sagen, sonst würde er böse sein und sie verjagen. – Antonio sah sie verwundert an, sie war so schön, er reichte ihr die Hand. Als sie ihn so freundlich sah, rückte sie näher und plauderte so vertraulich, als wären sie jahrelang schon beisammen. Sie erzählte von der Nacht auf dem Gebirge, wo sie ihn beim flüchtigen Fackelschein zum erstenmal gesehn, wie sie dann traurig gewesen, als er damals im Garten sie so schnell verließ; sie meinte, die Wilden würden ihn erschlagen.

Antonio aber wars bei dem Ton ihrer Stimme, als hörte er zur Frühlingszeit die erste Nachtigall in seines Vaters Garten. Die Sterne schienen so glänzend, die Wellen zitterten unter ihnen im Mondenschein, nur von ferne kühlte sich die Luft mit Blitzen, bis endlich Alma vor Schlaf nicht mehr weiter konnte und müde ihr Köpfchen senkte.

Auch Antonio war zuletzt eingeschlummert. Da träumte ihm von dem schönen, verwilderten Garten, es war, als wollt ihm der Vogel in dem ausgebrochenen Fensterbogen im Schlaf von Diego erzählen, der unter den glühenden Blumen sich verirrt. Und als er so, noch halb im Traume, die Augen aufschlug, flog schon ein kühler Morgenwind kräuselnd über die See, er blickte erschrocken umher, da hörte er wieder die Frau Venus neben sich atmen wie damals, und von fern stiegen die Zacken und Felsen der Insel allmählich im Morgengrauen wieder empor, dazwischen glaubte er wirklich den Vogel im Gebirge singen zu hören. Jetzt ruft es auch plötzlich: Land! aus dem Mastkorb; verschlafene Matrosen erheben sich, im Innern des Schiffs beginnt ein seltsames Murmeln und Regen. Nun fährt Alma verwirrt aus dem Schlafe empor. Da sie die Wälder, Felsen und Palmen sieht, springt sie voller Entsetzen auf und wirft einen dunklen, tödlichen Blick auf Antonio. Du hast mich verraten, ihr wollt mich bei den Meinigen wieder aussetzen! ruft sie aus und schwingt sich behende auf den Bord des Schiffes, um sich ins Meer zu stürzen. Aber Antonio faßte sie schnell um den Leib, sie stutzte und sah ihn erstaunt mit ungewissen Blicken an. Unterdes war auch Alvarez auf dem Verdeck erschienen. Still, still, rief er den Leuten zu, nur sacht, eh sie uns drüben merken! Er ließ die Anker werfen, das Boot wurde leise und geräuschlos heruntergelassen, die Berge und Klüfte breiteten sich immer mächtiger in der Dämmerung aus. Da zweifelte Antonio selbst nicht länger, daß es auf Alma abgesehn. Ganz außer sich schwang er die arme Verratene auf seinen linken Arm, zog mit der Rechten seinen Degen und rief vortretend mit lauter Stimme: es sei schändlich, treulos und undankbar, das Mädchen wider ihren Willen wieder auf die Insel zu setzen, von der sie alle eben erst mit Gefahr ihres Lebens gerettet. Aber er wolle sie bis zu seinem letzten Atemzuge verteidigen und mit ihr stehn oder fallen, wie ein Baum mit seiner Blüte!

Zu seiner Verwunderung erfolgte auf diese tapfere Anrede ein schallendes Gelächter. Was Teufel machst du denn für ein Geschrei, verliebter Bakkalaureus! sagte Alvarez, wir wollen hier geschwind, eh noch die Wilden erwachen, frisches Wasser holen von den unverhofften Bergen, du siehst ja doch, 's ist ein ganz anderes Land! Nun sah es Antonio freilich auch, freudig und beschämt, denn die Morgenlichter spielten schon über den unbekannten Gipfeln. Alma aber hatte ihn fest umschlungen und bedeckte ihn mit glühenden Küssen. – Die Sonne vergoldete soeben Himmel, Meer und Berge, und in dem Glanze trug Antonio sein Liebchen hurtig in das Boot, das nun durch die Morgenstille nach dem fremden Lande hinüberglitt.

Alma war die erste, die ans Land sprang, wie ein Kind lief sie erstaunt und neugierig umher. Es blitzte noch alles vom Tau, Menschen waren nirgends zu sehen, nur einzelne Vögel sangen hie und da in der Frische des Morgens. Die praktischen Seeleute hatten indes gar bald eine Quelle, Kokos- und Brotbäume in Menge entdeckt; es ärgerte sie nur, daß die liebe Gottesgabe nicht auch schon gebacken war. Alvarez aber, da heute eben ein Sonntag traf, beschloß, auf dem gesegneten Eilande einige Tage zu rasten, um das Schiff und die Verwundeten und Kranken wieder völlig instand zu setzen. Währenddes waren mehrere auf den nächsten Gipfel gestiegen und erblickten überrascht jenseits des Gebirges eine weite, lachende Landschaft. Auf ihr Geschrei kam auch der Hauptmann mit Antonio und Alma herbei. Das ist ja wie in Spanien, sagte Alvarez erfreut, hier möcht ich ausruhn, wenns einmal Abend wird und die alten Segel dem Sturme nicht mehr halten. – Sie konnten der Versuchung nicht widerstehen, die Gegend näher zu betrachten, sie wanderten weiter den Berg hinunter und kamen bald in ein schönes, grünes Tal. Auf dem letzten Abhange aber hielten sie plötzlich erschrocken still: ein einfaches Kreuz stand dort unter zwei schattigen Linden. Da knieten sie alle schweigend nieder; Alma sah sie verwundert an, dann sank auch sie auf die Knie in der tiefen Sonntagsstille, es war, als zöge ein Engel über sie dahin.

Als sie sich vom Gebet wieder erhoben, bemerkten sie erst einen zierlichen Garten unter dem Kreuz, den die Bäume von oben verdeckt hatten. Voll Erstaunen sahen sie sehr sorgfältig gehaltene Blumenbeete, Gänge und Spaliere, die Bienen summten in den Wipfeln, die in voller Blüte standen, aber der Gärtner war nirgends zu finden. – Da schrie Alma auf einmal erschrocken auf, als hätte sie auf eine Schlange getreten, sie hatte menschliche Fußtapfen auf den tauigen Rasen entdeckt. – Den wollen wir wohl erwischen, rief Alvarez, und die Wanderer folgten sogleich begierig der frischen Spur. Sie ging jenseits auf die Berge, sie glaubten den Abdruck von Schuhen zu erkennen. Unverdrossen stiegen sie nun zwischen den Felsen das Gebirge hinan, aber bald war die Fährte unter Steinen und Unkraut verschwunden, bald erschien sie wieder deutlich im Gras; so führte sie immer höher und höher hinauf und verlor sich zuletzt auf den obersten Zacken, wie in den Himmel. – Es ist heut Sonntag, der Gärtner ist wohl der liebe Gott selber, sagte Alvarez, betroffen in der Wildnis umherschauend.

In dieser Zeit aber war die Sonne schon hoch gestiegen und brannte sengend auf die Klippen; sie mußten die weitere Nachforschung für jetzt aufgeben und kehrten endlich mit vieler Mühe wieder zu den Ihrigen am Strande zurück. Als sie dort ihr Abenteuer erzählten, wollte alles sogleich in das neuentdeckte Tal stürzen. Aber Alvarez schlug klirrend an seinen Degengriff und verbot feierlich allen und jedem, das stille Revier nicht anders als unter seinem eignen Kommando zu betreten. Denn, sagte er, das sei keine Soldatenspelunke, um dort Karten zu spielen, da stecke was ganz Absonderliches dahinter. – Vergebens zerbrachen sie sich nun die Köpfe, was es mit dem Garten für ein Bewenden habe, denn ein Haus war nirgends zu sehen, und soviel hatten sie schon von den Bergen bemerkt, daß das Land eine, wie es schien, unbewohnte Insel von sehr geringem Umfange war. Man beschloß endlich, sich hier an der Küste ein wenig einzurichten und am folgenden Tage gleich in der frühesten Morgenkühle die Untersuchung gemeinschaftlich fortzusetzen.

Unterdes hatten die Zimmerleute schon ihre Werkstatt am Meere aufgeschlagen, rings hämmerte und klapperte es lustig, einige schweiften mit ihren Gewehren umher, andere flickten die Segel im Schatten der überhängenden Felsen, während fremde Vögel über ihnen bei dem ungewohnten Lärm ihre bunten Hälse neugierig aus dem Dickicht streckten.

Mit dem herannahenden Abend versammelte sich nach und nach alles wieder unter den Felsen. Die Jäger kehrten von den Bergen zurück und warfen ihre Beute auf den Rasen; da lag viel fremdes Getier umher, die Schützen an ihren Gewehren müde daneben. Indem kam ein Soldat, der sich auf der Jagd verspätet, ganz erschrocken aus dem Walde und sagte aus, er sei hinter einem schönen, scheuen Vogel weit von hier zwischen die höchsten Felsen geraten, und als er eben auf den Vogel angelegt, habe er plötzlich in der Wildnis ein riesengroßes Heiligenbild erblickt, daß ihm die Büchse aus der Hand gesunken. Die ersten Abendsterne am Firmament hätten das Haupt des

Bildes wie ein Heiligenschein umgeben, darauf habe es auf einmal sich bewegt und sei langsam wie ein Nebelstreifen mitten durch den Fels gegangen, er habe es aber nicht wiedergesehen und vor Grauen kaum den Rückweg gefunden. – Das ist der Gärtner, den wir heut früh schon suchten, rief Alvarez, hastig aufspringend. Dabei traute er nun doch dem unschuldigen Aussehn der Insel nicht und beschloß, noch in dieser Stunde selber auf Kundschaft auszugehen, damit sie nicht etwa mitten in der Nacht unversehens überfallen würden. Das war dem abenteuerlichen Sanchez eben recht, auch Antonio und Alma erboten sich tapfer, den Hauptmann zu begleiten. Alvarez stellte nun eilig einzelne Posten auf den nächsten Höhen aus; wer von ihnen den ersten Schuß im Gebirge hörte, sollte antworten und auf dieses Signal die ganze Mannschaft nachkommen. Darauf bewaffnete er sorgfältig sich und seine Begleiter, auch Alma mußte einen Hirschfänger umschnallen; jeder steckte aus Vorsicht noch ein Windlicht zu sich, der Soldat aber, der die seltsame Nachricht gebracht, mußte voran auf demselben Wege, den er gekommen. So zog das kleine Häuflein munter in das wachsende Dunkel hinein. Schon waren die Stimmen unter ihnen nach und nach verhallt, nur manchmal leuchtete das Wachtfeuer noch durch die Wipfel, die Gegend wurde immer kühler und öder. Alma war recht zu Hause hier, sie sprang wie ein Reh von Klippe zu Klippe und half lachend dem steifen Alvarez, wenn ihm vor einem Sprunge graute. Der Soldat vorn aber schwor, daß sie nun schon bald in der Gegend sein müßten, wo er das Bild gesehen. Darüber wurde Sanchez ganz ungeduldig. Heraus, Nachteule, aus deinem Felsennest! rief er aus und feuerte schnell sein Gewehr in die Luft ab. Die nahe hohe Felsenwand brach den Schall und warf ihn nach der Seite zurück; es blieb alles totenstill im Gebirge. – Da glaubten sie plötzlich eine Laute in der Ferne zu hören, die Luft kam von den Bergen, sie unterschieden immer deutlicher den Klang. Ganz verwirrt blieben nun alle lauschend stehen, über ihnen aber brach der Mond durch die Wolken und beleuchtete die unbekannten Täler und Klüfte, als sie auf einmal eine schöne, tiefe Stimme in ihrer Landessprache singen hörten:

Komm, Trost der Welt, du stille Nacht!
Wie steigst du von den Bergen sacht,

Die Lüfte alle schlafen,
Ein Schiffer nur noch, wandermüd,
Singt übers Meer sein Abendlied
Zu Gottes Lob im Hafen.

Die Jahre wie die Wolken gehn
Und lassen mich hier einsam stehn,
Die Welt hat mich vergessen.
Da tratst du wunderbar zu mir,
Wenn ich beim Waldesrauschen hier
In stiller Nacht gesessen.

O Trost der Welt, du stille Nacht!
Der Tag hat mich so müd gemacht,
Das weite Meer schon dunkelt.
Laß ausruhn mich von Lust und Not,
Bis daß das ewge Morgenrot
Den stillen Wald durchfunkelt.

Die Wandrer horchten noch immer voll Erstaunen, als der Gesang schon lange wieder in dem Gewölk verhallt war, das soeben vor ihnen mit leisem Fluge die Wipfel streifte. Alvarez erholte sich zuerst. Still, still, sagte er, nur sachte mir nach, vielleicht überraschen wir ihn. – Sie schlichen nun durch das Dickicht leise und vorsichtig immer tiefer in den feuchten Nebel hinein, niemand wagte zu atmen – als plötzlich der Vorderste mit großem Geschrei auf einen Fremden stieß, jetzt schrie wieder einer und noch einer auf, manchmal klang es wie Waffengerassel von ferne. Überwacht und aufgeregt, wie sie waren, zog jeder sogleich seinen Degen. Indem sahen sie auch schon mehrere Wilde halbkenntlich zwischen den Klippen herandringen, die unerschrockenen Abenteurer stürzten blind auf sie ein, da klirrte Schwert an Schwert im Dunkeln, immer neue Gestalten füllten den Platz, als wüchse das Gezücht aus dem Boden nach. – In diesem Getümmel bemerkte niemand, wie ein fernes Licht immer näher und näher das Laub streifte, auf einmal brach der Widerschein durch die Zweige, den Kampfplatz scharf beleuchtend, und die Fechtenden standen plötzlich ganz verblüfft vor altbekannten Gesichtern – denn die vermeintlichen Wilden waren niemand anders als ihre Kameraden von unten, die verabredetermaßen auf Sanchez' Schuß zu Hilfe gekommen.

Da ist er! schrie hier plötzlich der Soldat, der vorhin den Alvarez heraufgeführt. Alle wandten sich erschrocken um: ein schöner, riesenhafter Greis mit langem, weißem Bart, in rauhe Felle gekleidet, eine brennende Fackel in der Hand, stand vor ihnen und warf dem Sanchez die Fackel an den Kopf, daß ihn die Funken knisternd umsprühten. Ruhe da! rief er; was treibt euch, hier die Nacht mit wüstem Lärm zu brechen? Das wilde Meer murrt nur von fern am Fuß der Felsen, und alle blinden Elemente hielten Frieden hier seit dreißig Jahren in schöner Eintracht der Natur, und die ersten Christen, die ich wiedersehe, bringen Krieg, Empörung, Mord.«

Hier erblickte er Alma, deren Gesicht von der Fackel hell beleuchtet war; da wurde er auf einmal still. – Die erstaunten Gesellen standen scheu im Kreise, sie hielten ihn insgeheim für einen wundertätigen Magier. Die Pause benutzte Alvarez und trat, seinen Degen einstekkend, einige Schritte vor. Ihr sollt nicht glauben, sagte er, daß wir loses Gesindel seien, das da ermangelt, einem frommen Waldbruder die gebührende Reverenz zu erweisen; mit dem Lärm vorhin, das war so eine kleine Konfusion. – Der Einsiedler aber schien nicht darauf zu hören, er sah noch immer Alma an, dann, wie in Gedanken in dem Kreise umherschauend, fragte er, woher sie kämen? – Das wußte nun Alvarez selber nicht recht und berichtete kurz und verworren von der Frau Venus, von Händeln mit den Wilden, von einem prächtigen Reich, das sie entdeckt, aber wieder verloren. – Der Alte betrachtete unterdes noch einmal alle in der Runde. Nach kurzem Schweigen sagte er darauf: es sei schon dunkle Nacht, und seine Klause liege weit von hier, auch habe er oben nicht Raum für so viele unerwartete Gäste, am folgenden Tage aber wollte er sie mit allem, dessen sie zur Reise bedürften, aus dem Überfluß versehen, womit ihn Gott gesegnet. Der Hauptmann solle jetzt die Seinen zum Ankerplatz zurückführen und morgen, wenn sie die Frühglocke hörten, mit wenigen Begleitern wiederkommen.

Die Wanderer sahen einander zögernd an, sie hätten lieber noch heut den Waldbruder beim Wort genommen. Aber in seinem strengen

Wesen war etwas Unüberwindliches, das zugleich Gehorsam und Vertrauen erweckte. Er selbst ergriff rasch die Fackel, an der die andern ihre Windlichter anzünden mußten, und zeigte ihnen, voranschreitend, einen von Zweigen verdeckten Felsenweg, der unmittelbar zum Strande führte. Als sie nach kurzem Gange zwischen den Bäumen heraustraten, sahen sie schon das Meer wieder heraufleuchten, tief unter ihnen riefen die zurückgebliebenen Wachen einander von ferne an. – Mein Gott, sagte der Einsiedler fast betroffen, das habe ich lange nicht gehört, es ist doch ein herrlich Ding um die Jugend. – Dann grüßt' er alle noch einmal und wandte sich schnell in die Finsternis zurück. Unten aber erschraken die Wachen, da sie ein Licht nach dem andern aus den Klüften steigen und durch die Nacht schweifen sahen, als kämen die verstörten Gebirgsgeister den stillen Wald herab.

Der folgende Tag graute noch kaum, da fuhr Alma schon von ihrem bunten Teppich auf, sie hatte vor Freude auf die bevorstehende Fahrt die ganze Nacht nur leise geschlummert und immerfort von dem Gebirge und dem Einsiedler geträumt. Erstaunt sah sie sich nach allen Seiten um, Antonio lag zu ihren Füßen im Gras. Es war noch alles still, die Wachtfeuer flackerten erlöschend im Zwielicht. Da überfiel Alma ein seltsames Grauen in der einsamen Fremde; sie konnt es nicht lassen, sie stieß Antonio leis und zögernd an. Der verträumte Student richtete sich schnell auf und sah ihr in die klaren Augen. Sie aber wies aufhorchend nach dem Gebirge. Da hörte er hoch über ihnen auch schon die Morgenglocke des Einsiedlers durch die Luft herüberklingen, und bei dem Klange fuhren die Langschläfer an den Feuern, einer nach dem andern, empor. Jetzt trat auch Alvarez schon völlig bewaffnet aus dem Zelte und teilte mit lauter Stimme seine Befehle für den kommenden Tag aus. Sanchez sollte heute das Kommando am Strande führen, er mochte ihn nicht wieder auf die Berge mitnehmen, da er ihm überall unverhofften Lärm und Verwirrung anrichtete. Bald wimmelte es nun wieder bunt über den ganzen Platz, und ehe noch die Sonne sich über dem Meere erhob, brach der Hauptmann schon, nur von Alma und Antonio begleitet, zu dem Waldbruder auf.

Alma hatte sich alle Stege von gestern wohl gemerkt und kletterte munter voraus. Antonio trug mühsam ein großes, dickes Buch unter dem Arme, in welchem er mit jugendlicher Wißbegierde und Selbstzufriedenheit merkwürdige Pflanzen aufzutrocknen und zu beschreiben pflegte. Alma meinte, er mache Heu für den Schiffsesel, und brachte ihm Disteln und anderes nichtswürdiges Unkraut in Menge. Das verdroß ihn sehr, er suchte ihr in aller Geschwindigkeit einen kurzen Begriff von dem Nutzen der Wissenschaft beizubringen. Aber sie lachte ihn aus und steckte sich die schönsten frischen Blumen auf den Hut, daß sie selbst wie die Gebirgsflora anzusehen war. – Auf einmal starrten alle überrascht in die Höhe. Denn fern auf einem Felsen, der die andern Gipfel überschaute, trat plötzlich der Einsiedler mitten ins Morgenrot, als wär er ganz von Feuer; er schien die Wandrer kaum zu bemerken, so versunken war er in den Anblick des Schiffs, das unten ungeduldig wie ein mutiges Roß auf den Wellen tanzte. Jetzt fiel es dem Alvarez erst aufs Herz, daß er ein verkleidetes Mädchen zu dem frommen Manne mit heraufbringen wolle. Er bestand daher ungeachtet Antonios Fürbitten darauf, daß Alma zurückkehren und ihre Wiederkehr unten erwarten sollte. Sie war betroffen und traurig darüber; als sie aber endlich die Skrupel des Hauptmanns begriff, schien sie schnell einen heimlichen Anschlag zu fassen, sah sich noch einmal genau die Gegend an und sprang dann, ohne ein Wort zu sagen, wieder nach dem Lagerplatze hinab.

Unterdes hatte der Einsiedler oben die Ankommenden gewahrt und wies ihnen durch Zeichen den nächsten Pfad zu dem Gipfel, wo er sie mit großer Freude willkommen hieß. Laßt uns die Morgenkühle noch benutzen, sagte er dann nach kurzer Rast und führte seine Gäste sogleich wieder weiter zwischen die Berggipfel hinein. Sie gingen lange an Klüften und rauschenden Bächen vorüber, sie erstaunten, wie rüstig ihr Führer voranschritt. So waren sie auf einem hochgelegenen freien Platze angekommen, der nach der Gegend, wo das Schiff vor Anker lag, von höheren Felsen und Wipfeln ganz verschattet war; von der andern Seite aber sah man weit in die fruchtbaren Täler hinaus, während zu ihren Füßen der Garten heraufduftete, den sie schon gestern zufällig entdeckt hatten. – Das ist mein Haus, sagte der Einsiedler und zeigte auf eine Felsenhalle im Hintergrund. Die Morgensonne schien heiter durch die offene Tür und beleuchtete einfaches Hausgerät und ein Kreuz an der gegenüberstehenden Wand, unter dem ein schönes Schwert hing. Die Ermüdeten mußten sich nun auf die Rasenbank vor der Klause lagern, der Einsiedler aber brachte zu ihrer Verwunderung Weinflaschen und köstliches Obst, schenkte die Gläser voll und trank auf den Ruhm Altspaniens. Unterdes hatte der Morgen ringsum alles vergoldet und funkelte lustig in den Gläsern und Waffen, ein Reh weidete neben ihnen, und schöne bunte Vögel flatterten von den Zweigen und naschten vertraulich mit von dem Frühstück der Fremden.

Hier saßen sie lange zusammen in der erfrischenden Kühle. Der Einsiedler erkundigte sich nach ihrem gemeinschaftlichen Vaterlande, aber er sprach von so alten Zeiten und Begebenheiten, daß ihm fast nur Antonio aus seinen Schulbüchern noch Bescheid zu geben wußte. Da sie ihn aber so heiter sahen, drangen sie endlich in ihn, ihnen seinen eigenen Lebenslauf und wie er auf diese Insel gekommen, ausführlich zu erzählen. Da besann er sich einen Augenblick. Es ist mir alles nur noch wie ein Traum, sagte er darauf, die fröhlichen Gesellen meiner Jugend, die sich daran ergötzen könnten, sind lange tot, andere Geschlechter gehen unbekümmert über ihre Gräber, und ich stehe zwischen den Leichensteinen allein wie in tiefem Abendrote. Doch sei es drum, ich schwieg so lange Zeit, daß mir das Herz recht aufgeht bei den heimatlichen Lauten; ich will euch von allem treulich Kunde geben, vielleicht erinnert sich doch noch jemand meiner, wenn ihrs zu Hause wiedererzählt. So rückten sie denn im Grünen näher zusammen, und der Alte hub folgendermaßen an:

Geschichte des Einsiedlers

Die letzte Macht der Mohren war zertrümmert, die Zeit war alt und die Waffen verklungen, unsere Burgen standen einsam über wallenden Kornfeldern, das Gras wuchs auf den Zinnen; da blickte mancher vom Walle übers Meer und sehnte sich nach einer neuen Welt. Ich war damals noch jung, vor meiner Seele dämmerte bei Tag und Nacht ein wunderbares Reich mit blühenden Inseln und goldenen

Türmen aus den Fluten herauf – so rüstete ich freudig ein Schiff aus, um es zu erobern.
Was soll ich euch von den ersten Wochen der Fahrt erzählen, von den vorüberfliegenden Küsten, von der Meereseinsamkeit und den weitgestirnten, prächtigen Nächten; ihr kennts ja so gut wie ich. Es sind jetzt gerade dreißig Jahre, es war des Königs Namenstag, wir fuhren auf offner, unbekannter See. Ich hatte zur Gedächtnisfeier des Tages ein Fest auf dem Verdeck bereitet, die Tische waren gedeckt, wir saßen unter bunten Fahnen in der milden Luft, einige sangen spanische Lieder zur Zither, glänzende Fische spielten neben dem Schiff, ein frischer Wind schwellte die Segel. Da, indem wir so der fernen Heimat gedachten, sahen wir auf einmal verflogene Paradiesvögel über uns durch die klaren Lüfte schweifen, alle hieltens für die Verheißung eines nahen Landes. Und was für ein Land muß das sein, rief ich aufspringend, wo der Wind solche Blüten herüberweht! Wir hofften alle, das wunderbare Eldorado zu entdecken. Aber mein Leutnant, ein junger, stiller und finsterer Mann, entgegnete in seiner melancholischen Weise: das Eldorado liege auf dem großen Meere der Ewigkeit, es sei töricht, es unter den Wolken zu suchen. – Das verdroß mich. Ich schenkte rasch mein Glas voll. Wers hier nicht sucht, der findets nimmer, rief ich, durch! und wenns am Monde hinge. Aber wie ich anstieß, sprang mein Glas mitten entzwei, mir graute – da riefs auf einmal vom Mastkorbe: Land!
Alles fuhr nun freudig erschrocken auf, wir waren fern von allen bekannten Küsten, es mußte ein ganz fremdes Land sein. Wir sahen erst nur einen Nebelstreif, dann allmählich wuchs und dehnte sichs wie ein Wolkengebirge. Unterdes aber kam der Abend, die Luft dunkelte schläfrig und verdeckte alles wieder. – Wir gingen nun so nah am Strande als möglich vor Anker, um mit Tagesanbruch zu landen. O der schönen, erwartungsvollen Nacht! Es war so still, daß wir die Wälder von der Küste rauschen hörten, ein köstlicher Duft von Kräutern wehte herüber, im Walde sang ein Vogel mit fremdem Schalle, manchmal trat der Mond plötzlich hervor und beleuchtete flüchtig wunderbare Gipfel und Klüfte.
Als endlich der Morgen anbrach, standen wir schon alle wanderfertig auf dem Verdecke vor dem blitzenden Eilande. Ich werde den

Anblick niemals vergessen – mir wars, als schlüge die strenge Schöne, die ich oft im Traume gesehen, ihre Schleier zurück und ich säh ihr auf einmal in die wilden, dunklen Augen. – Wir landeten nun und richteten uns fröhlich am Fuß des Gebirges ein; ich aber machte sogleich mit mehreren Begleitern einen Streifzug ins Land. Wir fanden alles wild und schön, fremde Tiere flogen scheu vor uns in das Dickicht, weiterhin stießen wir auf ein Dorf in einem fruchtbaren Felsentale, die Schmetterlinge flatterten friedlich in den blühenden Bäumen, aber die Hütten waren leer und alles so still in der Einsamkeit zwischen den Klüften und Wasserfällen, als wäre der Morgen der Engel des Herrn, der die Menschen aus dem Paradiese gejagt und nun zürnend mit dem Flammenschwerte auf den Bergen stände. Als ich zurückkehrte, ließ ich der Vorsicht wegen einige Feldschlangen vom Schiffe bringen und unsern Lagerplatz verschanzen, da ich beschlossen hatte, das Land genau zu durchforschen. So war die Nacht herangekommen. Ich hatte wenig Ruh vor schweren, seltsamen Träumen, und als ich das eine Mal aufwachte, war unser Wachtfeuer fast schon ausgebrannt; es konnte nicht mehr weit vom Tage sein. Ich begab mich daher zu den äußersten Posten, die ich am Abend ausgestellt; die waren sehr erfreut, mich zu sehen, denn sie hatten die ganze Nacht über eine wunderliche Unruhe im Gebirge bemerkt, ohne erraten zu können, was es gebe. Ich legte mich mit dem Ohr an den Boden, da wars zu meinem Erstaunen, als vernähm ich den schweren Marsch bewaffneter Scharen in der Ferne. Manchmal erschallte es weit in den Bäumen wie Nachtgeflügel, das aufgeschreckt durch die Zweige bricht, dann war alles wieder still. Indem ich aber noch so lauschte, hör ich auf einmal ein Flüstern dicht neben mir im Dunkeln. Ich trat einige Schritte zurück, meine Jagdtasche war mit Feuerwerk wohl versehen, ich warf schnell eine Leuchtkugel nach dem Gebirge hinaus. Da bot sich uns plötzlich der wunderbarste Anblick dar: bei dem hellen Widerschein sahen wir einen furchtbaren Kreis bewaffneter dunkler Gestalten, lauernd an die Palmen gelehnt, hinter Steinen im Dickicht, Kopf an Kopf bis tief in den finstern Wald hinein. Alle Augen folgten dem feurigen Streif der Leuchtkugel, und als sie prasselnd in der Luft zerplatzte, richteten sich mehrere auf und betrachteten erstaunt die funkelnden Sterne, die im Niedersinken die Wipfel vergoldeten. Unterdes waren auf das Feuerzeichen die Unsrigen, die auf meinen Befehl bekleidet und mit den Waffen geruht hatten, erschreckt und noch halbverschlafen herbeigeeilt. Als nun die Wilden das Wirren und ängstliche Hin- und Herlaufen bemerkten, sprangen sie plötzlich aus ihrem Hinterhalt, ein Hagel von Speeren und Steinen flog hinter ihnen drein, ich hatte kaum Zeit, die Meinigen zu ordnen. Ich ließ fürs erste nur blind feuern, die Eingebornen stutzten, da sie sich aber alle unversehrt fühlten, lachten sie wild und griffen nun um so wütender an. Eine zweite scharfe Ladung empfing die Verwegenen, wir sahen einige von ihnen getroffen sinken, die Hintersten aber gewahrten es nicht und drängten immer unaufhaltsamer über die Gefallenen vor. Mehrere von den Unsrigen wollten unterdes mitten in dem Getümmel ein Weib mit fliegendem Haar gesehen haben, die wie ein Würgengel unter ihren eigenen Leuten die Zurückweichenden mit ihrem Speer durchbohrte, es entstand ein dumpfes, scheues Gemurmel von einer schönen, wilden Zauberin; die Meinigen fingen an zu wanken. Jetzt zauderte ich nicht länger: ich befahl, unsere Feldschlange loszubrennen; der Schuß weckte einen anhaltenden, furchtbaren Widerhall zwischen den Bergen und riß eine breite Lücke in den dichtesten Haufen der Wilden. Das entschied den Kampf; wie vor einer unbegreiflichen, übermenschlichen Gewalt standen sie eine Zeitlang regungslos, dann wandte sich auf einmal die ganze Schar mit durchdringendem Geheul; durch den Pulverdampf sahen wir sie ihre Toten und Verwundeten auf den Rücken eilig fortschleppen, und in wenigen Minuten war alles zwischen dem Unkraut und den Felsenritzen wie ein Nachtspuk in der Morgendämmerung verschlüpft, die nun, allmählich wachsend, das Gebirge erhellte.

Wir standen noch ganz verwirrt, wie nach einem unerhörten Traume. Ich ließ darauf die Verwundeten zurückbringen und sammelte die Frischesten und Kühnsten, um den Saum des Waldes von dem Gesindel völlig zu säubern. So schritten wir eben vorsichtig in die Berge hinein, als plötzlich auf einem Felsen über uns zwischen den Wipfeln eine hohe, schlanke Mädchengestalt von so ausnehmender Schönheit erschien, daß alle, die auf sie zielten, ihre Arme sinken ließen. Sie war in ein buntgeflecktes Pantherfell gekleidet, das von einem funkelnden Gürtel über den Hüften zusammengehalten wurde, mit Bogen und Köcher, wie die heidnische Göttin Diana. Sie redete uns furchtlos und, wie es schien, zürnend an, aber keiner verstand die Sprache, und der Klang ihrer Stimme verhallte in den Lüften, bis sie endlich selbst zwischen den Bäumen wieder verschwand. Mein Leutnant insbesondere war von der wunderbaren Erscheinung ganz verwirrt. Er pflegte sonst nicht viel Worte zu machen, jetzt aber funkelten seine Augen, ich hatte ihn noch nie so heftig gesehn. Er nannte das Mädchen eine teuflische Hexe, man müsse sie tot oder lebendig fangen und verbrennen; er selbst erbot sich, sogleich Jagd auf sie zu machen. Ich verwies ihm seine unsinnige Rede. Wir brauchten, sagte ich, vor allem einige Tage Ruh und frische Lebensmittel; dazu müßten wir jetzt Frieden halten mit den Eingebornen. Der Leutnant aber war bei seinem stillen Wesen leicht zum Zorne zu reizen; er hieß mich selber des Teufels Zuhalter und verschwor sich, wenn ihm keiner beistehn wollte, das christliche Werk allein zu vollbringen. Und mit diesen Worten stieg er eilig das Gebirge hinan, ehe wir ihn zurückhalten konnten. Vergebens riefen wir ihm warnend, bittend und drohend nach, ich selbst durchschweifte mit vielen andern fruchtlos die nächsten Berge, es sah ihn niemand wieder.

Dieses ganz unerwartete Ereignis machte mir große Sorge; denn entweder wandte der Unglückliche durch sein Unternehmen das kaum vorübergezogene Ungewitter von neuem auf uns zurück, oder ich verlor, was wahrscheinlich war, einen redlichen und tapferen Offizier. Das letzte schien leider zutreffen zu wollen, denn alle unsere Nachforschungen blieben ohne Erfolg; mehrere Tage waren seitdem vergangen, meine Leute gaben ihn schon auf. Da beschloß ich endlich, mir um jeden Preis Gewißheit über sein Schicksal zu verschaffen. Ich ließ unser Lager abbrechen, lichtete die Anker und segelte, mich immer möglichst dicht zum Lande haltend, weiter an der Küste herab.

Wir fuhren nun abwechselnd an wilden und lachenden Gestaden vorüber, aber wo wir auch ans Land stiegen, sahen wirs verlassen, die Eingebornen flohen scheu vor uns in die Wälder, von dem Leutnant war keine Spur zu entdecken. – So hatten wir uns einmal beim ersten Morgengrauen in einem von Bergen umgebenen Tale gelagert, das mir besonders anmutig und reich bevölkert schien, wie ich aus den vielen Stimmen abnahm, die wir nachts von der Küste gehört hatten. Ich ließ unsern Lagerplatz sogleich mit Zweigen eines Baumes bestecken, von dem ich wußte, daß er in diesen Weltgegenden als Zeichen des Friedens und der Freundschaft angesehen wird; flatternde Bänder und bunte Teppiche wurden ringsum an Stangen ausgehängt. Unsere Spielleute mußten dazu musizieren; das klang gar lustig in der Einsamkeit, die nun schon von der schönsten Morgenröte nach und nach erhellt wurde. Ich hatte mich in meiner Erwartung auch nicht getäuscht, denn es währte nicht lange, so erschienen einzelne Wilde neugierig hie und da wie Raben an den Klippen; jetzt erkannten wir auch im steigenden Morgen die Gegend ringsumher, fruchtbare Gründe, Wasserfälle und wunderbar gezackte Felsen, die wie Burgen über den Wäldern hingen.

Bald darauf aber sahen wir es fern am Saume des Waldes in der Morgensonne schimmern. Ein unübersehbarer Zug von Wilden bewegte sich jetzt unter den Bäumen die nachtkühlen Schlüfte herab; voran schwärmten hohe, schlanke Burschen über den beglänzten Wiesengrund, die gewandt ihre blinkenden Speere in die Luft warfen und wieder auffingen. So im künstlichen Kampfspiel bald sich verschlingend, bald wieder auseinander fliegend, nahten sie sich langsam unserm Lager; dazwischen sang der Zug dahinter ein rauhes, aber gewaltiges Lied, und sooft sie schwiegen, gaben andere von den Bergen Antwort.

Ich wußte nicht, was ich von dem seltsamen Beginnen halten sollte. Mir war aber alles daran gelegen, mit ihnen in ein friedliches Verständnis zu kommen. Ich hieß daher meine Leute die Feldschlange laden und sich kampffertig halten, während ich selber allein den Ankommenden entgegenging, das grüne Reis hoch über meinem Hute schwenkend. Da gewahrte ich an der Spitze des Zuges mehrere schöne, junge Männer in kriegerischem Schmuck, die über ihren Köpfen breite Schilde wie ein glänzendes Dach emporhielten. Auf diesen aber erblickte ich zu meinem Erstaunen das Wundermädchen wieder, die wir damals auf dem Felsen gesehn. Mit dem schlanken Pantherleib, zu beiden Seiten von den langen dunklen Locken umwallt, ruhte sie in ihrer strengen Schönheit wie eine furchtbare Sphinx auf den Schilden.

Kaum aber hatte sie mich erblickt, als sie sich rasch von ihrem Sitze schwang und auf mich zueilte, die turnierenden Burschen stoben zu beiden Seiten auseinander und senkten ehrerbietig die Lanzen vor ihr – es war die Königin des Landes.

Sie trat, während die andern in einem weiten Halbkreise zurückblieben, mitten unter uns mit einem Anstande, der uns alle erstaunen machte, und betrachtete mich, als den vermeintlichen König der Fremden, lange Zeit mit ernsten Blicken. Ich ließ ihr einen bunten Teppich zum Sitze über den Rasen breiten und überreichte ihr dann ein Geschenk von Glaskorallen, Tüchern und Bändern. Sie nahm alles wie einen schuldigen Tribut an, ohne sich jedoch, nach einem flüchtigen Blick darauf, weiter darum zu kümmern; ihre Seele schien von ganz anderen Gedanken erfüllt. Unterdes war auch ihr Gefolge nach und nach vertraulicher geworden. Einzelne näherten sich den Unsrigen, einer von ihnen benutzte die Verwirrung, rollte schnell einen Teppich auf und entfloh damit nach dem Walde. Die Königin bemerkte es; rasch aufspringend zog sie einen Pfeil aus ihrem Köcher und durchbohrte den Fliehenden, daß er tot ins Gras stürzte; da hing die ganze Schar wie eine Wolke wieder unbeweglich am Saume des Waldes.

Mir graute, sie aber wandte sich von neuem zu uns, ihre Blicke spielten umher, sie schien etwas mit den Augen zu suchen. Endlich erblickte sies: es war unsere Feldschlange. Sie betrachtete sie mit großer Aufmerksamkeit, auf ihr Begehren mußte ich sie wenden und losbrennen lassen. Bei dem Knall stürzten die Eingebornen zu Boden, das Mädchen schauerte kaum und stand wie eine Zauberin in dem ringelnden Dampf. Dann aber flog sie pfeilschnell nach der Gegend, wohin der Schuß gefallen. Ich folgte ihr, denn es schien mir ratsam, ihr die unwiderstehliche Gewalt unseres Geschützes begreiflich zu machen. Es war ein abgelegener Ort tief im Walde, wo die Kugel einen Baum zerschmettert hatte; Stamm, Krone und Äste lagen zerrissen umher, wie vom Blitz gespaltet. – Als sich die Königin von der furchtbaren Wirkung des Schusses überzeugt hatte, wurde sie ganz nachdenklich und traurig, wie vernichtet setzte sie sich auf den Rasen hin. So saß sie lange stumm, ich hatte sie noch nicht so nah gesehn, nun fesselte mich ihre Schönheit, und ganz verwirrt und geblendet drückte ich flüchtig ihre Hand. Da wandte sie betroffen ihr Gesicht nach mir herum und sprang dann plötzlich wild auf, daß ich zusammenschrak. Sie eilte nach unserm Lagerplatz zurück, dort hatte sie, eh ichs noch hindern konnte, unsere Schiffsfahne ergriffen und schwenkte sie hoch in der Luft, uns alle auf ihre Berge einladend. Ich hatte kaum noch Zeit genug, die nötigen Wachen am Strande anzuordnen, denn sie flog schon mit dem weißen flatternden Banner voran. Von Zeit zu Zeit, während wir vorsichtig folgten, erschien sie über den Wipfeln auf überhängenden Felsen, daß uns grauste, und sooft sie oben sichtbar wurde, jauchzten die Eingebornen ihr zu, und ihre Hörner schmetterten dazwischen, daß es weit im Gebirge widerhallte.

Ich übergehe hier unsern Empfang und ersten Aufenthalt auf diesen Felsen, die scheue Gastfreundschaft der Wilden, unser Lagern über den Klüften, die herrlichen Morgen und die wunderbaren Nächte – es ist mir von allem nur noch das Bild der Königin in der Seele zurückgeblieben. Denn sie selber war wie das Gebirge, in launenhaftem Wechsel bald scharf gezackt, bald sammetgrün, jetzt hell und glühend bis in den fernsten, tiefsten Grund, dann alles wieder grauenhaft verdunkelt. Wie oft stand ich damals auf den Bergen und schaute in das blaue Meer! Den Leutnant hatte ich lange aufgegeben, der Wind wehte günstig, alles war zur Abfahrt bereit – und doch mußte ich mich immer wieder zurückwenden in jene wildschöne Einsamkeit.

In dieser Zeit schweifte ich oft mit der Königin auf der Jagd umher. Auf einem solchen Streifzuge war ich eines Tages weit von ihr abgekommen. Vergebens rief ich ihren Namen, die Täler unten ruhten schwül, nur der Widerhall gab Antwort zwischen den Felsen. Auf einmal erblickte ich sie fern im Walde, es war, als ginge jemand unter den Bäumen eilig von ihr fort. Als ich aber hinaufkam, war alles wieder still; dann aber hörte ich sie singen über mir, eine so wunderbare Melodie, daß es mir die Seele wandte. So verlockte sie mich immer weiter in die Wildnis, ihr Lied war auch verklungen, kein Vogel sang mehr in dieser unwirtbaren Höhe – da, wie ich mich einmal plötzlich wende, steht sie auf einer Klippe in der Waldesstille, den Bogen lauernd auf mich angelegt. – Ich starrte sie erschrocken an, sie aber lachte und ließ den Bogen sinken, zwischen den Wasserfällen im Widerschein der Abendlichter zu mir herabsteigend. – Es war eine öde Gebirgsebene hoch über allen Wäldern, der Abend dunkelte schon. Sie setzte sich zu mir ins Gras; mir graute, denn um ihren Hals bemerkte ich eine Perlenschnur von Zähnen erschlagener Feinde. Und dennoch wandte ich keinen Blick von ihr, gleichwie man gern in ein Gewitter schaut. So lag ich, den Kopf in meine Hand gestützt, ganz in den Anblick ihrer wunderbaren Erscheinung versunken. Da sies aber gewahrte, wandte sie sich plötzlich von mir, schwenkte aufspringend ihren Jagdspeer über sich und sang ein seltsames Lied, es waren in unserer Sprache etwa folgende Worte:

Bin ein Feuer hell, das lodert
Von dem grünen Felsenkranz,
Seewind ist mein Buhl und fodert
Mich zum lustgen Wirbeltanz,
Kommt und wechselt unbeständig.
Steigend wild,
Neigend mild
Meine schlanken Lohen wend ich,
Komm nicht nah mir, ich verbrenn dich!

Bei diesen Worten versank Antonio in Nachsinnen, es war offenbar dasselbe Lied, das damals Alma tanzend auf dem Schiff gesungen. Er mochte aber jetzt den Einsiedler nicht unterbrechen, der in seiner Erzählung folgendermaßen fortfuhr:

Dieser Abend gab den Ausschlag. Damals tat ich einen heimlichen Schwur, mich selber für die Königin zu opfern. Ich gelobte, Europa zu entsagen für immer, um sie und ihr Volk zum Christentum zu bekehren und dann mit ihr das Eiland zu regieren zu Gottes Ehre. – Ich Tor, ich bildete mir ein, den Himmel zu erobern, und meinte doch nur das schöne Weib! Mein Plan war bald gemacht. Erst mußt ich sichern Boden haben unter mir. Unter meinen Leuten befanden sich geschickte Werkmeister aller Art; Holz, Steine und was zum Bauen nötig, lag verworren umher; ich ließ rasch zugreifen und auf dem Vorgebirg, welches das ganze Land beherrschte, eine feste Burg errichten zu Schutz und Trutz und pflanzte einen Garten daneben nach unserer Weise.

Nur wenigen von den Meinen hatte ich das eigentliche Vorhaben angedeutet, die andern blendete das Gold, das überall verlockend durch den grünen Teppich der Insel schimmerte. Die Königin wußte nicht, wie ihr geschah; erst wollte sies hindern, dann stutzte sie und staunte, und während sie noch so zögernd sann und schwankte, wuchsen die Hallen und Bogen und Lauben ihr schon über dem Haupt zusammen, und alles schoß üppig auf und rauschte und blühte, als sollt es ein ewiger Frühling sein.

Dazumal an einem Sonntage besichtigte ich das neue Werk, meine Leute waren lustig im Grünen zerstreut, ich hatte Wein unter sie verteilen lassen, denn morgen sollten die Kanonen vom Schiff auf die Mauern gebracht und die Burg feierlich eingeweiht werden. Ich ging durch den einsamen Hof und freute mich, wie die jungen Weinranken überall an den Pfeilern und Wänden hinaufkletterten. Es war ein schwüler Nachmittag, die Bäume flüsterten so seltsam über die Mauer, die Arbeit ruhte weit und breit, nur manchmal schlüpfte eine bunte Schlange durch das Gras, während einzelne Wolken träg und müßig über die Gegend hinzogen. Draußen aber schillerte der junge Garten im Sonnenglanze, wie mit offnen Augen schlafend, als wollt er mir im Traum etwas sagen. Ich trat hinaus und streckte mich endlich ermattet vor dem Tor unter die blühenden Bäume, wo mich die Bienen gar bald in den Schlummer summten. – So mochte ich lange geschlafen haben, als ich plötzlich Stimmen zu hören glaubte.

Ich bog die Zweige auseinander und erblickte wirklich mehrere Eingeborene im Burghof, sie strichen, heimlich und scheu umherschauend, an den Mauern hin; ich erkannte die Häuptlinge der Insel an ihrem Schmuck. Im ersten Augenblick glaubte ich, es gelte mir, aber sie konnten mich nicht bemerken. Zu meinem Entsetzen aber gewahrte ich nun auch unsern Leutnant mitten unter ihnen mit verworrenem Bart, bleich und verwildert wie ein Gespenst; er redet geläufig ihre Mundart, sie sprechen leise und lebhaft untereinander. Darauf alles auf einmal wieder totenstill – da erblicke ich die Königin am jenseitigen Tor, in ihrem Pantherkleid mit dem Bogen, ganz wie ich sie zum erstenmal gesehen. Sie macht mit ihrem Pfeile wunderliche Zeichen in die Luft, und plötzlich, schnell und lautlos, ist alles wieder zerstoben. – Ich rieb mir die Augen, die ganze Erscheinung war mir wie ein Spuk. Als ich mich ein wenig besonnen, sprang ich hastig auf; da ich aber an den Bergrand trat, stand schon der Abend dunkelrot über der Insel, aus dem Waldgrunde unter mir hörte ich die Meinigen singen. Ich eilte sogleich nach der Gegend des Gebirges hin, wo die Königin mit den Häuptlingen verschwunden war. Da sah ich jemand fern unter den Bäumen sich ungewiß bewegen, bald rasch vortretend, bald wieder zögernd und unschlüssig zurückkehrend. Auf einmal kam er wie rasend auf mich hergestürzt – es war der Leutnant. Fort, fort, schrie er, die Nacht bricht schon herein, laßt alles stehen werft euch auf euer Schiff und flieht, nur fort! – Mir flog eine schreckliche Ahnung durch die Seele, Überläufer! rief ich, meinen Degen ziehend, du hast uns verraten, das Kainszeichen brennt dir blutrot an der Stirn! – Wo, wo brennts? entgegnete er erschrokken, sich wild nach allen Seiten umsehend. – Aus deinen Augen lodert es versengend, sagte ich. – Das ist nicht wahr, erwiderte er, im Walde brennts unter meinen Füßen, in meinem Haar, in meinen Eingeweiden brennts! und mit diesen Worten ergriff er sein Schwert und drang verzweifelt auf mich ein. Hier, Aug in Aug, sieh nicht so scheu hinweg! rief ich ihm zu. Ich weiß nicht, täuschte mich die Dämmerung, aber mir wars, als böt er recht mit Herzenslust die entblößte Brust oft wehrlos meiner Degenspitze – mir graute, ihn zu morden.

Da, während wir so fechten, tritt auf einmal die Königin aus dem Walde und mitten zwischen uns. Der Leutnant, da er sie erblickt, taumelt wie geblendet einige Schritte zurück. Dann seinen Degen plötzlich zu ihren Füßen niederwerfend, ruft er aus: Da nimms, ich kann nicht! Und in demselben Augenblicke bricht er zusammen, auf den Boden schlagend. – Die Königin aber neigte sich über ihn und nannte ihn beim Namen so lieblich mit dem wunderbaren Klange ihrer Stimme, daß er verwirrt den Kopf erhob und lauschte. Da setzte sie mutwillig ihren Fuß auf seinen Nacken; geh nur, geh, sagte sie, und ein spöttisches Lächeln flog um ihren Mund. Und zu meinem Erstaunen raffte nun der Leutnant, seinen Degen fassend, sich rasch wieder empor; seine Augen funkelten irr über die hohe Gestalt, die er, ich sahs wohl, tödlich haßte und rasend liebte. Er konnte meinen Blick nicht ertragen, seine Kleider waren mit Blut bespritzt von einer leichten Wunde am Arm, aber er bemerkte es nicht. So stürzte er von neuem fort in den Wald, und ein blutiger Streif bezeichnete seine Spur im Grase.

Nun wandte sich die Königin wieder zu mir; ich fragte sie, wo der Leutnant so lange gewesen? Sie schien zerstreut und gab verworren Antwort. Drauf fragte ich, wohin sie ging? – Auf den Anstand, entgegnete sie lachend, der Wind weht vom Gebirge, da wechselt das Wild, es gibt heut ein lustiges Jagen! Jetzt traten wir droben aus dem Gestrüppe, da sah ich tief unter uns meine gesamte Mannschaft, in buntem Gemisch mit vielen Eingebornen um Becher und Würfelspiel gelagert. Von der einen Seite ragte meine halbfertige Burg über die Wipfel, die Luft dunkelte schon, Vögel schwärmten kreischend um die Mauern. – Ich hatte keine Ruh, es trieb mich zu den Meinen, die Königin führte mich auf dem nächsten Wege hinab. Sie lauschte oft in die Ferne, da hörte ich Stimmen, bald da, bald dort ein Laut, dann sah ich Rauchsäulen im Walde aufsteigen, ich hielt es für Höhenrauch nach dem schwülen Tage. Unterdes aber kam die Nacht und der Mond, die Bäche rauschten im Dunkeln neben uns, die Königin wurde immer schöner und wilder, sie riß am Wege leuchtende Blumen ab und kränzte sich und mich damit; so stieg sie mit mir von Klippe zu Klippe, selber wie die Nacht. Nun standen wir am letzten Abhange, schon konnte ich die Stimmen der Meinigen im Waldgrunde unterscheiden, da trat sie plötzlich vor mir auf den Fels hinaus und schleuderte ihren Jagdspeer übers Tal. Kaum aber sahen die unten zerstreuten Wilden ihn funkelnd blitzen über sich, so sprangen alle jauchzend auf und warfen sich wie Tigerkatzen über meine Leute, die sich der Tücke nicht versahen. Jetzt wurde mir auf einmal alles schrecklich klar. Ich zog und hieb voll Zorn erst nach der Königin, sie aber flog schon ferne durch den Wald, so stürzt ich nun den Meinigen zu Hilfe. Diese waren hart bedrängt, nur wenige hatten so schnell zu ihren Waffen gelangen können; ich sammelte, so gut es ging, die Verwirrten, meine unerwartete Gegenwart belebte alle, und in kurzer Zeit war das verräterische Gesindel wieder verjagt.

Aber rings am Saume des Waldes schwoll und wuchs nun die Schar unermeßlich; zahllose dunkle Gestalten mit Feuerbränden wirrten sich kreuzend durch die Nacht und steckten in grauenvoller Geschäftigkeit ringsum die Wälder an. Die Sonne hatte wochenlang gesengt über dem Lande, da griff das Feuer, an den Felswänden auf- und niedersteigend, lustig in die alten Wipfel, der Sturm faßte und rollte die Flammen auf wie blutige Fahnen; in der entsetzlichen Beleuchtung sah ich die Königin auf ihren Knien, als wollte sie die Lohen auf uns wenden mit ihrem schrecklichen Gebet. Kaum noch vermochten wir zu atmen in dem Rauch, der von Pfeilen schwirrte, von allen Seiten rückt' es rasch heran, das Schreien, das sprühende Knistern und Prasseln, nur manchmal von dem Donner stürzender Bäume unterbrochen, schon lief das Feuer in dem verdorrten Heidekraut über den Waldgrund, uns immer enger umzingelnd mit seinem furchtbaren Ringe. Da in der höchsten Not teilte der Wind auf einen Augenblick den Qualm, und wir gewahrten plötzlich eine dunkle Furt in den Flammenwogen. Ein reißender Waldstrom rang dort mit dem wilden Feuermanne, der zornig Wurzeln, Stämme und Kronen darüber geworfen hatte. Das rettete uns; wir eilten über die lodernden Brücken und erreichten in der allgemeinen Verwirrung glücklich das Meer, eh uns der große Haufen bemerkte.
Als wir aber an den Strand kamen, sahen wir zu unserm Schrecken unser Boot schon von Eingebornen besetzt. Die Königin wars mit vielen bewaffneten Häuptlingen, sie schienen von unserm Schiffe herzukommen und sprangen soeben leis und heimlich ans Land. Da sie uns erblickten, nicht weniger überrascht als wir, umringten sie eiligst ihre Königin und suchten uns in die Flammen zurückzutreiben. Auf diesem einsamen Platze aber waren wir die Mehrzahl, es entstand ein verzweifelter Kampf, denn unser aller Leben hing an einer Viertelstunde. Vergebens streckte die Königin mit ihrem tödlichen Geschoß meine kühnsten Gesellen zu Boden, die Häuptlinge fochten sterbend noch auf den Knien, und als der letzte sank, schwang ich die Schreckliche gewaltsam auf meinen Arm und stürzte mich mit ihr und den wenigen, die mir geblieben, in das Boot. – Es war die höchste Zeit, denn schon drangen die Eingebornen aus allen Felsenspalten und brennenden Waldtrümmern wie ein

Schwarm Salamander auf uns ein, und kaum hatten wir den Bord des Schiffes erklommen, so wimmelte die See von unzähligen bewaffneten Nachen. Ich ließ schnell die Anker lichten, ein frischer Wind schwellte die Segel, die Wilden folgten und bedeckten das Schiff mit einem Pfeilregen.

Nun aber brach auf dem Schiffe selbst der rohe Grimm der verwilderten Soldaten aus. Sie hatten, eh ich sie zügeln konnte, die Königin gebunden und verhöhnten sie mit gemeinen Spottreden; sie aber saß stolz und schweigend unter ihnen, als wäre sie noch die Herrin hier und *wir* ihre Gefangenen. Auf einmal erkannte sie einen Häuptling, der sich auf einem Kahne tollkühn genähert. Sich gewaltsam auf dem Verdeck hoch aufrichtend, fragte sie: ob alle Weißen von der Insel vertilgt seien? und da ers bejahte, winkte sie ihnen zu, unser Schiff zu verlassen. Die Wilden zögerten erschrocken und verwirrt, ein dunkles Gemurmel ging durch den ganzen Schwarm. Da befahl sie ihnen noch einmal mit lauter Stimme, eiligst an den Strand zurückzukehren, und zu unserm Erstaunen wandten sich alle, Boot auf Boot; aber ein wehklagender Abschiedsgesang erfüllte die Luft wie ein Grabeslied.

Mir war das Betragen der Königin unbegreiflich. Noch einmal leuchtete mir die Hoffnung auf, sie wolle alles verlassen und mit uns ziehn, als plötzlich der Schreckensruf: Feuer! aus dem untern Schiffsraum erscholl. Todbleiche Gesichter, auf das Versteck stürzend, bestätigten das furchtbare Unheil. Das Feuer hatte die Planken der Pulverkammer gefaßt, an Löschen war nicht mehr zu denken, wir waren alle unrettbar verloren. Mich überflog eine gräßliche Ahnung. Ich sah die Königin durchdringend an; sie flüsterte mir heimlich zu: sie selber habe das Schiff angesteckt, als sie vorhin am Bord gewesen. – Jetzt züngelten die Flammen schon aus allen Luken aufs Verdeck hinauf; da, mitten in der entsetzlichen Verwirrung, zerriß sie plötzlich ihre Banden, und freudig und unverwandt nach den brennenden Wäldern schauend, streckte sie beide Arme frei in die sternklare Nacht wie ein Engel des Todes. In demselben Augenblick aber fühlte ich einen dumpfen Schlag, die Bretter wichen unter mir, meine Sinne vergingen, ich sah nur noch einen unermeßlichen Feuerblick wie tief in die Ewigkeit hinein.

Als ich wieder zu mir selbst kam, war alles still überm Meer, nur dunkle Trümmer des Schiffs und zerrissene Leichname meiner Landsleute trieben einzeln umher. Ich hatte im Todeskampf einen Mastbaum fest umklammert. Jetzt bemerkte ich einen Nachen der Eingebornen, der verlassen sich neben mir auf den Wellen schaukelte. Verwundet und zerschlagen, wie ich war, bot ich meine letzten Kräfte auf und warf mich todmüde hinein. Der Wind trieb mich dicht an dem umbuschten Gestade hin, der Mond schien blaß durch die Rauchwolken; auf der Insel aber hatte unterdes das Feuer auch meine Burg ergriffen, die Flammen schlugen aus allen Fenstern, langsam neigte sich der Turm, und Bogen auf Bogen stürzte alles donnernd in die Glut zusammen. Da sah ich im hellen Widerschein der Flammen fern die Leiche der Königin schwimmen in bleicher Todesschönheit, als schliefe sie auf dem Meere. Auf einem vorspringenden Felsen aber stand der Leutnant, auf sein blutiges Schwert gestützt, ganz allein, vom Feuer verbrannt; er bemerkte mich nicht, mein Schifflein flog um die Klippe – ich sah ihn niemals wieder.

Hier schwieg der Einsiedler, seine Seele schien tief bewegt. Da ihn aber seine Gäste noch immer fragend ansahen, hub er nach einem Weilchen von neuem an: Was wäre nach jener Nacht noch weiter zu berichten? Ich rang mit Hunger, Sturm und Wogen, ich wünschte mir tausendmal den Tod und haschte doch begierig die zerstreuten Lebensmittel, Werkzeuge und Gerätschaften auf, die der Wind von dem zertrümmerten Schiff an meinen Nachen spülte. So warf die See mich endlich am dritten Tage an dies Eiland. – Hier zwischen diesen Wäldern stieg ich in die Felseneinsamkeit hinauf: meine Jugend, mein Ruhm und meine Liebe waren hinter mir im Meere versunken, und kampfesmüd hing ich mein Schwert an diesen Baum; da seht, da hängts noch heut, von Blüten ganz verhüllt.

So seid Ihr Don Diego von Leon! fuhr hier Antonio plötzlich auf, das Wappen seines Oheims auf dem Degengriff erkennend.

Der war ich ehemals in der Welt, erwiderte der Einsiedler, wie kennt Ihr mich?

Aber der überraschte Antonio lag schon zu seinen Füßen und umklammerte seine Knie, daß ihn des Alten langer, weißer Bart wie Höhenrauch umwallte.

Noch bevor dies an der Klause vorging, war Alvarez unruhig aufgestanden und weiterhin unter die Bäume getreten, denn er glaubte, einen seltsamen Gesang im Walde zu hören. Nun vernahm es auch der Einsiedler. Auf einmal richtete dieser sich gewaltsam aus Antonios Armen auf. Im Namen Gottes, rief er nach dem Walde hin, wende dich ab und gehe ein zur ewigen Ruh! Antonio und Alvarez schauten erschrocken nach dem Fleck, wohin er starrte, und sahen mit Grauen die Frau Venus von der andern Insel zwischen den wechselnden Schatten über den Bergrücken schweifen. Der Hauptmann zog seinen Degen, man hörte die Flüchtige immer deutlicher und näher durch das Dickicht brechen. Jetzt trat sie unter den Bäumen hervor – es war Alma in der Tracht und dem Schmuck ihrer Heimat, so stand sie scheu und atemlos; sie hatte es unten nicht länger ausgehalten und schon lange Antonio zwischen den Felsen wiederaufgesucht.

Der Einsiedler verwendete keinen Blick von ihr. Wer bist du? sagte er endlich. Du schaust wie sie und bist es doch nicht! – Alma aber war ganz verwirrt und sah ängstlich einen nach dem andern an. Ich kann ja nichts dafür, erwiderte sie dann zögernd: sie sagtens immer, daß ich aussäh wie eine Muhme, die tote Königin. – Mein Gott, fiel hier Alvarez ein, ihr macht mich ganz konfus; so war das also die Insel der wilden Königin, von der wir hergekommen? – Alma nickte mit dem Köpfchen. Auch die Meinigen, sagte sie, hielten mich damals, als wir fortfuhren, für die verstorbene Königin, sonst hätten sie euch sicherlich erschlagen. – Da das Mädchen sah, daß ihr niemand zürnte, wurde sie wieder heiterer und gesprächiger. Sie erzählte nun, daß sie gar oft in ihrer Heimat von alten Leuten gehört, wie die tapfere Königin mit einem spanischen Schiff, das sie selber angezündet, in die Luft geflogen; in jener Schreckensnacht hätten sie dann ihren Leichnam aus dem Meere gefischt und mit den eroberten Fahnen und Waffen der Fremden in die Königsgruft gelegt, wo die besondere eisige Luft die Toten unversehrt erhalte. Nur Alonzo allein sei von den Spaniern zurückgeblieben. – Wie! rief Alvarez, so war der wahnsinnige Alte in seinem tollen Ornat derselbe gewesene Schiffsleutnant! – Alma aber fuhr fort: Der arme Alonzo bewachte seitdem die tote Königin bei Tag und Nacht und meint', sie schliefe nur, bis er bei unsrer Abfahrt selbst den Tod gefunden. – Der Einsiedler war während dieser Erzählung in tiefes Nachdenken versunken. Entsetzlich! sagte er dann halb für sich, nun ist er abgelöst von seiner schauerlichen Wacht – Gott sei ihm gnädig!

Unterdes war Alma in die Felsenhalle gegangen und untersuchte dort alles mit furchtsamer Neugier. Alvarez aber rief sie wieder heraus; sie mußte sich zu ihnen vor die Klause setzen, und nun ging es an ein Fragen und Erzählen aus der alten Zeit, daß keiner merkte, wie die Nacht allmählich schon Berg und Tal verschattete.

Tiefer unten aber rumorte es noch immer im Walde. Sanchez machte eifrig die Runde, denn gab es hier auch nichts zu bewachen, den müßigen Gesellen war es in ihrer Langenweile eben nur um den Lärm zu tun. In einzelnen Trupps auf den waldigen Abhängen um die Wachtfeuer gelagert, sangen sie aus der Ferne schöne Lieder, und sooft sie pausierten, hörte man Meer und Wald heraufrauschen. Das hatte die arme Alma lange nicht gehört; sie plauderte froh in ihrer fremden Sprache und sang und tanzte den Kriegstanz ihres Volkes. Diegos Augen aber ruhten bald auf ihr, bald auf dem blühenden Antonio; ihm war, als spiegelte sich wunderbar sein Leben wie ein Traum noch einmal wieder.

Die Spanier lagen noch mehrere Tage auf dieser Insel, um günstigen Wind abzuwarten. Don Diego hatte, als er sein Haus im Felsen baute, Gold in Menge gefunden; das lag seitdem vergessen im Schutt. Jetzt fiels ihm wieder ein; er verteilte den Schatz nach Amt und Würden an seine armen Gäste. Da war ein Jubilieren, Prahlen und Projektemachen unter dem glückseligen Schwarm, jeder wollte was Rechtes ausbrüten über seinem unverhofften Mammon und ließ allmählich die lustigen Reiseschwingen sinken in der schweren Vergoldung. Den Studenten Antonio aber verlangte wieder recht nach den duftigen Gärten der Heimat, um dort in den blühenden Wipfeln mit seinem schönen fremden Wandervöglein sich sein Nest zu bauen. So beschlossen sie alle einmütig, die neue Welt vorderhand noch unentdeckt zu lassen und vergnügt in die gute alte wieder heimzukehren. – Diego schüttelte halb unwillig den Kopf. So, sagte er, hätte ich nicht getan, als ich noch jung war.

In dieser Zeit erwachte einmal Alma mitten in der schönsten Sommernacht, es war, als hätte sie jemand im Schlafe auf die Stirn geküßt. Sie fuhr erschrocken halb empor und sah soeben Don Diego von dem Platze fortgehn, der zu ihrem Erstaunen ganz still und verlassen war. Als sie sich aber völlig ermunterte, vernahm sie tiefer unten ein verworrenes Getümmel; es war, als sei plötzlich über Nacht der Frühling gekommen: ein Jubel und Rufen und Durcheinanderrennen den ganzen Strand entlang.

Jetzt kamen auch mehrere Soldaten mit gefüllten Schläuchen von den Quellen im Walde herab. Viktoria! riefen sie ihr zu, der Wind hat sich gedreht, nun gehts nach Spanien. – Da sprang Alma pfeilschnell auf, suchte emsig alles zusammen und schnürte ihr Bündel und jauchzte in sich; sie meinte, sie hätte den gestirnten Himmel noch niemals so weit und schön gesehen!

Indem sie aber noch so fröhlich hantierte, sah sie Antonio mit Don Diego eilig und in lebhaftem Gespräch vom Strande kommen. Auf der Klippe über ihr stand Diego plötzlich still. Nun geh hinab, sagte er zu Antonio, du beredest mich nicht, ich bleibe hier.

Mein Leben ist wie ein Gewitter schön und schrecklich vorübergezogen, und die Blitze spielen nur noch fern am Horizont wie in eine andere Welt hinüber. Du aber sollst dir erst die Sporen verdienen, kehre zurück in die Welt und haue dich tüchtig durch, daß du dir einst auch solchen Fels eroberst, der die Wetter bricht – weiter bringt es doch keiner. Fahre wohl! – Hier umarmte er gerührt den Jüngling und verschwand in der Wildnis. Antonio sah ihm lange in die nachtkühle Einsamkeit nach. – Da erblickte er auf einmal Alma dicht vor sich, schwang sie auf seinen Arm hoch in das aufdämmernde Morgenrot und stürzte mit ihr hinab.

Und als die Sonne aufging, flog das Schiff schon übers blaue Meer, der frische Morgenwind schwellte die Segel. Alma saß vergnügt mit ihrem Reisebündel und schaute in die glänzende Ferne, die Schiffer sangen wieder das Lied von der Fortuna. Auf dem allmählich versinkenden Felsen der Insel aber stand Diego und segnete noch einmal die fröhlichen Gesellen, denen auch wir eine glückliche Fahrt nachrufen.

DAS SCHLOSS DÜRANDE

In der schönen Provence liegt ein Tal zwischen waldigen Bergen, die Trümmer des alten Schlosses Dürande sehen über die Wipfel in die Einsamkeit hinein; von der andern Seite erblickt man weit unten die Türme der Stadt Marseille; wenn die Luft von Mittag kommt, klingen bei klarem Wetter die Glocken herüber, sonst hört man nichts von der Welt. In diesem Tale stand ehemals ein kleines Jägerhaus, man sahs vor Blüten kaum, so überwaldet wars und weinumrankt bis an das Hirschgeweih über dem Eingang: in stillen Nächten, wenn der Mond hell schien, kam das Wild oft weidend bis auf die Waldeswiese vor der Tür. Dort wohnte dazumal der Jäger Renald, im Dienst des alten Grafen Dürande, mit seiner jungen Schwester Gabriele ganz allein, denn Vater und Mutter waren lange gestorben.

In jener Zeit nun geschah es, daß Renald einmal an einem schwülen Sommerabend, rasch von den Bergen kommend, sich nicht weit von dem Jägerhaus mit seiner Flinte an den Saum des Waldes stellte. Der Mond beglänzte die Wälder, es war so unermeßlich still, nur die Nachtigallen schlugen tiefer im Tal, manchmal hörte man einen Hund bellen aus den Dörfern oder den Schrei des Wildes im Walde. Aber er achtete nicht darauf, er hatte heut ein ganz anderes Wild auf dem Korn. Ein junger, fremder Mann, so hieß es, schleiche abends heimlich zu seiner Schwester, wenn er selber weit im Forst; ein alter Jäger hatte es ihm gestern vertraut, der wußte es vom Waldhüter, dem hatte es ein Köhler gesagt. Es war ihm ganz unglaublich, wie sollte sie zu der Bekanntschaft gelangt sein! Sie kam nur Sonntags in die Kirche, wo er sie niemals aus den Augen verlor. Und doch wurmte ihn das Gerede, er konnte sichs nicht aus dem Sinn schlagen, er wollte endlich Gewißheit haben. Denn der Vater hatte sterbend ihm das Mädchen auf die Seele gebunden, er hätte sein Herzblut gegeben für sie.

So drückte er sich lauernd an die Bäume im wechselnden Schatten, den die vorüberfliegenden Wolken über den stillen Grund warfen. Auf einmal aber hielt er den Atem an, es regte sich am Hause, und zwischen den Weinranken schlüpfte eine schlanke Gestalt hervor; er erkannte sogleich seine Schwester an dem leichten Gang; o mein Gott, dachte er, wenn alles nicht wahr wäre! Aber in demselben Augenblick streckte sich ein langer dunkler Schatten neben ihr über den mondbeschienenen Rasen, ein hoher Mann trat rasch aus dem Hause, dicht in einen schlechten grünen Mantel gewickelt, wie ein Jäger. Er konnte ihn nicht erkennen, auch sein Gang war ihm durchaus fremd; es flimmerte ihm vor den Augen, als könnte er sich in einem schweren Traume noch nicht recht besinnen.

Das Mädchen aber, ohne sich umzusehen, sang mit fröhlicher Stimme, daß es dem Renald wie ein Messer durchs Herz ging:

Ein Gems auf dem Stein,
Ein Vogel im Flug,
Ein Mädel, das klug,
Kein Bursch holt die ein!

Bist du toll! rief der Fremde, rasch hinzuspringend.

Es ist dir schon recht, entgegnete sie lachend, so werd ich dirs immer machen; wenn du nicht artig bist, sing ich aus Herzensgrund. Sie wollte von neuem singen, er hielt ihr aber voll Angst mit der Hand den Mund zu. Da sie so nahe vor ihm stand, betrachtete sie ihn ernsthaft im Mondschein. Du hast eigentlich recht falsche Augen, sagte sie; nein, bitte mich nicht wieder so schön, sonst sehn wir uns niemals wieder, und das tut uns beiden leid. – Herr Jesus! schrie sie auf einmal, denn sie sah plötzlich den Bruder hinterm Baum nach dem Fremden zielen. – Da, ohne sich zu besinnen, warf sie sich hastig dazwischen, so daß sie, den Fremden umklammernd, ihn ganz mit ihrem Leibe bedeckte. Renald zuckte, da ers sah, aber es war zu spät, der Schuß fiel, daß es tief durch die Nacht widerhallte. Der Unbekannte richtete sich in dieser Verwirrung hoch empor, als wär er plötzlich größer geworden, und riß zornig sein Taschenpistol aus dem Mantel; da kam ihm auf einmal das Mädchen so bleich vor, er wußte nicht, war es vom Mondlicht oder vom Schreck. Um Gottes willen, sagte er, bist du getroffen?

Nein, nein, erwiderte Gabriele, ihm unversehens und herzhaft das Pistol aus der Hand windend, und drängte ihn heftig fort. Dorthin, flüsterte sie, rechts über den Steg am Fels, nur fort, schnell fort!

Der Fremde war schon zwischen den Bäumen verschwunden, als Renald zu ihr trat. Was machst du da für dummes Zeug! rief sie ihm entgegen und verbarg rasch Arm und Pistol unter der Schürze. Aber die Stimme versagte ihr, als er nun dicht vor ihr stand und sie sein bleiches Gesicht bemerkte. Er zitterte am ganzen Leibe und auf seiner Stirn zuckte es zuweilen, wie wenn es von fern blitzte. Da gewahrte er plötzlich einen blutigen Streif an ihrem Kleide. Du bist verwundet, sagte er erschrocken, und doch wars, als würde ihm wohler beim Anblick des Bluts; er wurde sichtbar milder und führte sie schweigend in das Haus. Dort pinkte er schnell Licht an, es fand sich, daß die Kugel ihr nur leicht den rechten Arm gestreift; er trocknete und verband die Wunde, sie sprachen beide kein Wort miteinander. Gabriele hielt den Arm fest hin und sah trotzig vor sich nieder, denn sie konnte gar nicht begreifen, warum er böse sei; sie fühlte sich so rein von aller Schuld, nur die Stille jetzt unter ihnen wollte ihr das Herz abdrücken, und sie atmete tief auf, als er endlich fragte: wer es gewesen? – Sie beteuerte nun, daß sie das nicht wisse, und erzählte, wie er an einem schönen Sonntagsabend, als sie eben allein vor der Tür gesessen, zum ersten Male von den Bergen gekommen und sich zu ihr gesetzt, und dann am folgenden Abend wieder und immer wieder gekommen, und wenn sie ihn fragte, wer er sei, nur lachend gesagt: ihr Liebster.

Unterdes hatte Renald unruhig ein Tuch aufgehoben und das Pistol entdeckt, das sie darunter verborgen hatte. Er erschrak auf das heftigste und betrachtete es dann aufmerksam von allen Seiten. – Was hast du damit? sagte sie erstaunt; wem gehört es? Da hielt ers ihr plötzlich funkelnd am Licht vor die Augen: Und du kennst ihn wahrhaftig nicht?

Sie schüttelte mit dem Kopfe.

Ich beschwöre dich bei allen Heiligen, hub er wieder an, sag mir die Wahrheit.

Da wandte sie sich auf die andere Seite. Du bist heute rasend, erwiderte sie, ich will dir gar keine Antwort mehr geben.
Das schien ihm das Herz leichter zu machen, daß sie ihren Liebsten nicht kannte, er glaubte es ihr, denn sie hatte ihn noch niemals belogen. Er ging nun einige Male finster in der Stube auf und nieder. Gut, gut, sagte er dann, meine arme Gabriele, so mußt du gleich morgen zu unserer Muhme ins Kloster; mach dich zurecht, morgen, ehe der Tag graut, führ ich dich hin. Gabriele erschrak innerlichst, aber sie schwieg und dachte: kommt Tag, kommt Rat. Renald aber steckte das Pistol zu sich und sah noch einmal nach ihrer Wunde, dann küßte er sie noch herzlich zur guten Nacht.
Als sie endlich allein in ihrer Schlafkammer war, setzte sie sich angekleidet aufs Bett und versank in ein tiefes Nachsinnen. Der Mond schien durchs offene Fenster auf die Heiligenbilder an der Wand, im stillen Gärtchen draußen zitterten die Blätter in den Bäumen. Sie wand ihre Haarflechten auf, daß ihr die Locken über Gesicht und Achseln herabrollten, und dachte vergeblich nach, wen ihr Bruder eigentlich im Sinn habe und warum er vor dem Pistol so sehr erschrocken – es war ihr alles wie im Traume. Da kam es ihr ein paarmal vor, als ginge draußen jemand sachte ums Haus. Sie lauschte am Fenster, der Hund im Hofe schlug an, dann war alles wieder still. Jetzt bemerkte sie erst, daß auch ihr Bruder noch wach war; anfangs glaubte sie, er rede im Schlaf, dann aber hörte sie deutlich, wie er auf seinem Bett vor Weinen schluchzte. Das wandte ihr das Herz, sie hatte ihn noch niemals weinen gesehen, es war ihr nun selber, als hätte sie was verbrochen. In dieser Angst beschloß sie, ihm seinen Willen zu tun; sie wollte wirklich nach dem Kloster gehen, die Priorin war ihr Muhme, der wollte sie alles sagen und sie um ihren Rat bitten. Nur das war ihr unerträglich, daß ihr Liebster nicht wissen sollte, wohin sie gekommen. Sie wußte wohl, wie herzhaft er war und besorgt um sie; der Hund hatte vorhin gebellt, im Garten hatte es heimlich geraschelt wie Tritte, wer weiß, ob er nicht nachsehen wollte, wie es ihr ging nach dem Schrecken. – Gott, dachte sie, wenn er noch draußen stünd! – Der Gedanke verhielt ihr fast den Atem. Sie schnürte sogleich eilig ihr Bündel, dann schrieb sie für ihren Bruder mit Kreide auf den Tisch, daß sie noch heute allein ins Kloster

fortgegangen. Die Türen waren nur angelehnt, da schlich sie vorsichtig und leise aus der Kammer über den Hausflur in den Hof, der Hund sprang freundlich an ihr herauf, sie hatte Not, ihn am Pförtchen zurückzuweisen; so trat sie endlich mit klopfendem Herzen ins Freie.

Draußen schaute sie sich tief aufatmend nach allen Seiten um, ja, sie wagte es sogar, noch einmal bis an den Gartenzaun zurückzugehen, aber ihr Liebster war nirgend zu sehen, nur die Schatten der Bäume schwankten ungewiß über den Rasen. Zögernd betrat sie nun den Wald und blieb immer wieder stehen und lauschte; es war alles so still, daß ihr graute in der großen Einsamkeit. So mußte sie nun endlich doch weiter gehen, und zürnte heimlich im Herzen auf ihren Schatz, daß er sie in ihrer Not so zaghaft verlassen. Seitwärts im Tal aber lagen die Dörfer in tiefer Ruh. Sie kam am Schloß des Grafen Dürande vorbei, die Fenster leuchteten im Mondschein herüber, im herrschaftlichen Garten schlugen die Nachtigallen und rauschten die Wasserkünste; das kam ihr so traurig vor, sie sang für sich das alte Lied:

Gut Nacht, mein Vater und Mutter
Wie auch mein stolzer Bruder,
Ihr seht mich nimmermehr!
Die Sonne ist untergegangen
Im tiefen, tiefen Meer.

Der Tag dämmerte noch kaum, als sie endlich am Abhange der Waldberge bei dem Kloster anlangte, das mit verschlossenen Fenstern, noch wie träumend, zwischen kühlen, duftigen Gärten lag. In der Kirche aber sangen die Nonnen soeben ihre Metten durch die weite Morgenstille, nur einzelne, früh erwachte Lerchen draußen stimmten schon mit ein in Gottes Lob. Gabriele wollte abwarten, bis die Schwestern aus der Kirche zurückkämen, und setzte sich unterdes auf die breite Kirchhofsmauer. Da fuhr ein zahmer Storch, der dort übernachtet, mit seinem langen Schnabel unter den Flügeln hervor und sah sie mit den klugen Augen verwundert an; dann schüttelte er in der Kühle sich die Federn auf und wandelte mit stolzen Schritten wie eine Schildwacht den Mauerkranz entlang. Sie aber war so müde und überwacht, die Bäume über ihr säuselten noch so schläfrig, sie legte den Kopf auf ihr Bündel und schlummerte fröhlich unter den Blüten ein, womit die alte Linde sie bestreute.

Als sie aufwachte, sah sie eine hohe Frau in faltigen Gewändern über sich gebeugt, der Morgenstern schimmerte durch ihren langen Schleier, es war ihr, als hätt im Schlaf die Mutter Gottes ihren Sternenmantel um sie geschlagen. Da schüttelte sie erschrocken die Blütenflocken aus dem Haar und erkannte ihre geistliche Muhme, die zu ihrer Verwunderung, als sie aus der Kirche kam, die Schlafende auf der Mauer gefunden. Die Alte sah ihr freundlich in die schönen, frischen Augen. Ich hab dich gleich daran erkannt, sagte sie, als wenn mich deine selige Mutter ansähe! – Nun mußte sie ihr Bündel nehmen, und die Priorin schritt eilig ins Kloster voraus; sie gingen durch kühle dämmernde Kreuzgänge, wo soeben noch die weißen Gestalten einzelner Nonnen wie Geister vor der Morgenluft lautlos verschlüpften. Als sie in die Stube traten, wollte Gabriele sogleich ihre Geschichte erzählen, aber sie kam nicht dazu. Die Priorin, so lange wie auf eine selige Insel verschlagen, hatte so viel zu erzählen und zu fragen von dem jenseitigen Ufer ihrer Jugend und konnte sich nicht genug verwundern, denn alle ihre Freunde waren seitdem alt geworden oder tot, und eine andere Zeit hatte alles verwandelt, die sie nicht mehr verstand. Geschäftig in redseliger Freude strich sie ihrem lieben Gast die Locken aus der glänzenden Stirn wie einem kranken Kinde, holte aus einem altmodischen, künstlich geschnitzten Wandschrank Rosinen und allerlei Naschwerk, und fragte und plauderte immer wieder. Frische Blumensträuße standen in bunten Krügen am Fenster, ein Kanarienvogel schmetterte gellend dazwischen, denn die Morgensonne funkelte draußen schon durch die Wipfel und vergoldete wunderbar die Zelle, das Betpult und die schwergewirkten Lehnstühle; Gabriele lächelte fast betroffen, wie in eine neue ganz fremde Welt hinein.

Noch an demselben Tage kam auch Renald zum Besuch; sie freute sich außerordentlich, es war ihr, als hätte sie ihn ein Jahr lang nicht gesehn. Er lobte ihren raschen Entschluß von heute nacht und sprach dann viel und heimlich mit der Priorin; sie horchte ein paarmal hin, sie hätte so gern gewußt, wer ihr Geliebter sei, aber sie konnte nichts erfahren. Dann mußte sie auch wieder heimlich lachen, daß die Priorin so geheimnisvoll tat, denn sie merkt' es wohl, sie wußt es selber nicht. – Es war indes beschlossen worden, daß sie fürs erste noch im Kloster bleiben sollte. Renald war zerstreut und eilig, er nahm bald wieder Abschied und versprach, sie abzuholen, sobald die rechte Zeit gekommen.

Aber Woche auf Woche verging und die rechte Zeit war noch immer nicht da. Auch Renald kam immer seltener und blieb endlich ganz aus, um dem ewigen Fragen seiner Schwester nach ihrem Schatze auszuweichen, denn er konnte oder mochte ihr nichts von ihm sagen. Die Priorin wollte die arme Gabriele trösten, aber sie hatt es nicht nötig, so wunderbar war das Mädchen seit jener Nacht verwandelt. Sie fühlte sich, seit sie von ihrem Liebsten getrennt, als seine Braut vor Gott, der wolle sie bewahren. Ihr ganzes Dichten und Trachten ging nun darauf, ihn selber auszukundschaften, da ihr niemand beistand in ihrer Einsamkeit. Sie nahm sich daher eifrig der Klosterwirtschaft an, um mit den Leuten in der Gegend bekannt zu werden; sie ordnete alles in Küche, Keller und Garten, alles gelang ihr, und wie sie so sich selber half, kam eine stille Zuversicht über sie wie Morgenrot, es war ihr immer, als müßt ihr Liebster plötzlich einmal aus dem Walde zu ihr kommen.

Damals saß sie eines Abends noch spät mit der jungen Schwester Renate am offenen Fenster der Zelle, aus dem man in den stillen Klostergarten und über die Gartenmauer weit ins Land sehen konnte. Die Heimchen zirpten unten auf den frischgemähten Wiesen, überm Walde blitzte es manchmal aus weiter Ferne. Da läßt mein Liebster mich grüßen, dachte Gabriele bei sich. – Aber Renate blickte verwundert hinaus; sie war lange nicht wach gewesen um diese Zeit. Sieh nur, sagte sie, wie draußen alles anders aussieht im Mondschein, der dunkle Berg drüben wirft seinen Schatten bis an unser Fenster, unten erlischt ein Lichtlein nach dem andern im Dorfe. Was schreit da für ein Vogel? – Das ist das Wild im Walde, meinte Gabriele. – Wie du auch so allein im Dunkeln durch den Wald gehen kannst, sagte Renate wieder; ich stürbe vor Furcht. Wenn ich so manchmal durch die Scheiben hinaussehe in die tiefe Nacht, dann ist mir immer so wohl und sicher in meiner Zelle wie unterm Mantel der Mutter Gottes.

Nein, entgegnete Gabriele, ich möcht mich gern einmal bei Nacht verirren recht im tiefsten Wald, die Nacht ist wie im Traum so weit und still, als könnt man über die Berge reden mit allen, die man lieb hat in der Ferne. Hör nur, wie der Fluß unten rauscht und die Wälder, als wollten sie auch mit uns sprechen und könnten nur nicht recht! – Da fällt mir immer ein Märchen ein dabei, ich weiß nicht, hab ichs gehört, oder hat mirs geträumt.

Erzähls mir doch, ich bete unterdes meinen Rosenkranz fertig, sagte die Nonne, und Gabriele setzte sich fröhlich auf die Fußbank vor ihr, wickelte vor der kühlen Nachtluft die Arme in ihre Schürze und begann sogleich folgendermaßen:

Es war einmal eine Prinzessin in einem verzauberten Schlosse gefangen, das schmerzte sie sehr, denn sie hatte einen Bräutigam, der wußte gar nicht wohin sie gekommen war, und sie konnte ihm auch kein Zeichen geben, denn die Burg hatte nur ein einziges, festverschlossenes Tor nach einem tiefen, tiefen Abhang hin, und das Tor bewachte ein entsetzlicher Riese, der schlief und trank und sprach nicht, sondern ging nur immer Tag und Nacht vor dem Tore auf und nieder wie der Perpendikel einer Turmuhr. Sonst lebte sie ganz herrlich in dem Schloß; da war Saal an Saal, einer immer prächtiger als der andere, aber niemand drin zu sehen und zu hören, kein Lüftchen ging und kein Vogel sang in den verzauberten Bäumen im Hofe, die Figuren auf den Tapeten waren schon ganz krank und bleich geworden in der Einsamkeit, nur manchmal warf sich das trockne Holz an den Schränken vor Langeweile, daß es weit durch die öde Stille schallte, und auf der hohen Schloßmauer draußen stand ein Storch, wie eine Vedette, den ganzen Tag auf einem Bein.

Ach, ich glaube gar, du stichelst auf unser Kloster, sagte Renate. Gabriele lachte und erzählte munter fort:

Einmal aber war die Prinzessin mitten in der Nacht aufgewacht, da hörte sie ein seltsames Sausen durch das ganze Haus. Sie sprang erschrocken ans Fenster und bemerkte zu ihrem großen Erstaunen, daß es der Riese war, der eingeschlafen vor dem Tore lag und mit solcher grausamen Gewalt schnarchte, daß alle Türen, sooft er den Atem einzog und wieder ausstieß, von dem Zugwind klappend auf und zu flogen. Nun sah sie auch, sooft die Türe nach dem Saale aufging, mit Verwunderung, wie die Figuren auf den Tapeten, denen die Glieder schon ganz eingerostet waren von dem langen Stillstehen, sich langsam dehnten und reckten; der Mond schien hell über den Hof, da hörte sie zum erstenmal die verzauberten Brunnen rauschen, der steinerne Neptun unten saß auf dem Rand der Wasserkunst und strählte sich sein Binsenhaar; alles wollte die Gelegenheit benutzen, weil der Riese schlief; und der steife Storch machte so wunderliche Kapriolen auf der Mauer, daß sie lachen mußte, und hoch auf dem Dache drehte sich der Wetterhahn und schlug mit den Flügeln und rief immerfort: Kick, kick dich um, ich seh ihn gehn, ich sag nicht wen! Am Fenster aber sang lieblich der Wind: Komm mit geschwind! und die Bächlein schwatzten draußen untereinander im Mondglanz, wie wenn der Frühling anbrechen sollte, und sprangen glitzernd und wispernd über die Baumwurzeln: Bist du bereit? wir haben nicht Zeit, weit, weit, in die Waldeinsamkeit! – Nun, nun, nur Geduld, ich komm ja schon, sagte die Prinzessin ganz erschrokken und vergnügt, nahm schnell ihr Bündel unter den Arm und trat vorsichtig aus dem Schlafzimmer; zwei Mäuschen kamen ihr atemlos nach und brachten ihr noch den Fingerhut, den sie in der Eile vergessen. Das Herz klopfte ihr, denn die Brunnen im Hofe rauschten schon wieder schwächer, der Flußgott streckte sich taumelnd wieder zum Schlafe zurecht, auch der Wetterhahn drehte sich nicht mehr: so schlich sie leise die stille Treppe hinab.

Ach Gott! wenn der Riese jetzt aufwacht! sagte Renate ängstlich.

Die Prinzessin hatte auch Angst genug, fuhr Gabriele fort, sie hob sich das Röckchen, daß sie nicht an seinen langen Sporen hängen blieb, stieg geschickt über den einen, dann über den andern Stiefel, und noch einen herzhaften Sprung – jetzt stand sie draußen am Abhang. Da aber war's einmal schön! da flogen die Wolken und rauschte der Strom und die prächtigen Wälder im Mondschein, und auf dem Strom fuhr ein Schifflein, saß ein Ritter darin. –

Das ist ja gerade wie jetzt hier draußen, unterbrach sie Renate, da fährt auch noch einer im Kahn dicht unter unserm Garten; jetzt stößt er ans Land.

Freilich, – sagte Gabriele mutwillig und setzte sich ins Fenster und

wehte mit ihrem weißen Schnupftuch hinaus – Und grüß dich Gott, rief da die Prinzessin, grüß dich Gott in die weite, weite Fern, es ist ja keine Nacht so still und tief als meine Lieb!
Renate faßte sie lachend um den Leib, um sie zurückzuziehen. – Herr Jesus! schrie sie da plötzlich auf, ein fremder Mann, dort an der Mauer hin! – Gabriele ließ erschrocken ihr Tuch sinken, es flatterte in den Garten hinab. Ehe sie sich aber noch besinnen konnte, hatte Renate schon das Fenster geschlossen; sie war voll Furcht, sie mochte nichts mehr von dem Märchen hören und trieb Gabrielen hastig aus der Tür, über den stillen Gang in ihre Schlafkammer.
Gabriele aber, als sie allein war, riß noch rasch in ihrer Zelle das Fenster auf. Zu ihrem Schreck bemerkte sie nun, daß das Tuch unten von dem Strauche verschwunden war, auf den es vorhin geflogen. Ihr Herz klopfte heftig, sie legte sich hinaus, so weit sie nur konnte, da glaubte sie draußen den Fluß wieder aufrauschen zu hören, darauf schallte Ruderschlag unten im Grunde, immer ferner und schwächer, dann alles, alles wieder still – so blieb sie verwirrt und überrascht am Fenster, bis das erste Morgenlicht die Bergesgipfel rötete.
Bald darauf traf der Namenstag der Priorin, ein Fest, worauf sich alle Hausbewohner das ganze Jahr hindurch freuten; denn auf diesen Tag war zugleich die jährliche Weinlese auf einem nahegelegenen Gute des Klosters festgesetzt, an welcher die Nonnen mit teilnahmen. Da verbreitete sich, als der Morgenstern noch durch die Lindenwipfel in die kleinen Fenster hineinfunkelte, schon eine ungewohnte, lebhafte Bewegung durch das ganze Haus, im Hofe wurden die Wagen von dem alten Staube gereinigt, in ihren besten, blütenweißen Gewändern sah man die Schwestern in allen Gängen geschäftig hin und her eilen; einige versahen noch ihre Kanarienvögel sorgsam mit Futter, andere packten Taschen und Schachteln, als gälte es eine wochenlange Reise. – Endlich wurde von dem zahlreichen Hausgesinde ausführlich Abschied genommen, die Kutscher knallten und die Karawane setzte sich langsam in Bewegung. Gabriele fuhr nebst einigen auserwählten Nonnen an der Seite der Priorin in einem mit vier alten dicken Rappen bespannten Staatswagen, der mit seinem altmodischen vergoldeten Schnitzwerk einem chinesischen Lusthaus gleichsah. Es war ein klarer, heiterer Herbstmorgen, das Glocken-

geläut vom Kloster zog weit durchs stille Land, der Alteweibersommer flog schon über die Felder, überall grüßten die Bauern ehrerbietig den ihnen wohlbekannten geistlichen Zug.
Wer aber beschreibt nun die große Freude auf dem Gratialgute, die fremden Berge, Täler und Schlösser umher, das stille Grün und den heitern Himmel darüber, wie sie da in dem mit Astern ausgeschmückten Gartensaal um eine reichliche Kollation vergnügt auf den altfränkischen Kanapees sitzen und die Morgensonne die alten Bilder römischer Kirchen und Paläste an den Wänden bescheint und vor den Fenstern die Sperlinge sich lustig tummeln und lärmen im Laub, während draußen weißgekleidete Dorfmädchen unter den schimmernden Bäumen vor der Tür ein Ständchen singen.
Die Priorin aber ließ die Kinder hereinkommen, die scheu und neugierig in dem Saal umherschauten, in den sie das ganze Jahr über nur manchmal heimlich durch die Ritzen der verschlossenen Fensterladen geguckt hatten. Sie streichelte und ermahnte sie freundlich, freute sich, daß sie in dem Jahre so gewachsen, und gab dann jedem aus ihrem Gebetbuch ein buntes Heiligenbild und ein großes Stück Kuchen dazu.
Jetzt aber ging die rechte Lust der Kleinen erst an, da nun wirklich zur Weinlese geschritten wurde, bei der sie mithelfen und naschen durften. Da belebte sich allmählich der Garten, fröhliche Stimmen da und dort, geputzte Kinder, die große Trauben trugen, flatternde Schleier und weiße, schlanke Gestalten zwischen den Rebengeländern schimmernd und wieder verschwindend, als wanderten Engel über den Berg. Die Priorin saß unterdes vor der Haustür und betete ihr Brevier und schaute oft über das Buch weg nach den vergnügten Schwestern; die Herbstsonne schien warm und kräftig über die stille Gegend und die Nonnen sangen bei der Arbeit.

Es ist nun der Herbst gekommen,
Hat das schöne Sommerkleid
Von den Feldern weggenommen
Und die Blätter ausgestreut,
Vor dem bösen Winterwinde
Deckt er warm und sachte zu

Mit dem bunten Laub die Gründe,
Die schon müde gehn zur Ruh.

Einzelne verspätete Wandervögel zogen noch über den Berg und schwatzten vom Glanz der Ferne, was die glücklichen Schwestern nicht verstanden. Gabriele aber wußte wohl, was sie sangen, und ehe die Priorin sichs versah, war sie auf die höchste Linde geklettert; da erschrak sie, wie so groß und weit die Welt war. – Die Priorin schalt sie aus und nannte sie ihr wildes Waldvöglein. Ja, dachte Gabriele, wenn ich ein Vöglein wäre! Dann fragte die Priorin, ob sie von da oben das Schloß Dürande überm Walde sehen könne? Alle die Wälder und Wiesen, sagte sie, gehören dem Grafen Dürande; er grenzt hier an, das ist ein reicher Herr! Gabriele aber dachte an *ihren* Herrn, und die Nonnen sangen wieder:

Durch die Felder sieht man fahren
Eine wunderschöne Frau,
Und von ihren langen Haaren
Goldne Fäden auf der Au
Spinnet sie und singt im Gehen:
Eya, meine Blümelein,
Nicht nach andern immer sehen,
Eya, schlafet, schlafet ein!

Ich höre Waldhörner! rief hier plötzlich Gabriele; es verhielt ihr fast den Atem vor Erinnerung an die alte schöne Zeit. – Komm schnell herunter, mein Kind, rief ihr die Priorin zu. Aber Gabriele hörte nicht darauf, zögernd und im Hinabsteigen noch immer zwischen den Zweigen hinausschauend, sagte sie wieder: Es bewegt sich drüben am Saum des Waldes; jetzt seh ich Reiter; wie das glitzert im Sonnenschein! sie kommen gerade auf uns her.
Und kaum hatte sie sich vom Baum geschwungen, als einer von den Reitern, über den grünen Plan dahergeflogen, unter den Linden anlangte und mit höflichem Gruß vor der Priorin stillhielt. Gabriele war schnell in das Haus gelaufen, dort wollte sie durchs Fenster nach dem Fremden sehen. Aber die Priorin rief ihr nach: der Herr sei durstig, sie solle ihm Wein herausbringen. Sie schämte sich, daß er sie

auf dem Baume gesehen, so kam sie furchtsam mit dem vollen Becher vor die Tür mit gesenkten Blicken, durch die langen Augenwimpern nur sah sie das kostbare Zaumzeug und die Stickerei auf seinem Jagdrock im Sonnenschein flimmern. Als sie aber an das Pferd trat, sagte er leise zu ihr: er sehe *doch* ihre dunklen Augen im Weine sich spiegeln wie in einem goldenen Brunnen. Bei dem Klang der Stimme blickte sie erschrocken auf – der Reiter war ihr Liebster – sie stand wie verblendet. Er trank jetzt auf der Priorin Gesundheit, sah aber dabei über den Becher weg Gabrielen an und zeigte ihr verstohlen ihr Tuch, das sie in jener Nacht aus dem Fenster verloren. Dann drückte er die Sporen ein und, flüchtig dankend, flog er wieder fort zu dem bunten Schwarm am Walde, das weiße Tuch flatterte weit im Winde hinter ihm her.

Sieh nur, sagte die Priorin lachend, wie ein Falk, der eine Taube durch die Luft führt!

Wer war der Herr? frug endlich Gabriele tief aufatmend. – Der junge Graf Dürande, hieß es. – Da tönte die Jagd schon wieder fern und immer ferner den funkelnden Wald entlang, die Nonnen aber hatten in ihrer Fröhlichkeit von allem nichts bemerkt und sagen von neuem:

Und die Vöglein hoch in Lüften
Über blaue Berg und Seen
Ziehn zur Ferne nach den Klüften,
Wo die hohen Zedern stehn,
Wo mit ihren goldnen Schwingen
Auf des Benedeiten Gruft
Engel Hosianna singen,
Nächtens durch die stille Luft.

Etwa vierzehn Tage darauf schritt Renald eines Morgens still und rasch durch den Wald nach dem Schloß Dürande, dessen Türme finster über die Tannen hersahen. Er war ernst und bleich, aber mit Hirschfänger und leuchtendem Bandelier wie zu einem Feste geschmückt. In der Unruhe seiner Seele war er der Zeit ein gut Stück vorausgeschritten, denn als er ankam, war die Haustür noch verschlossen und alles still, nur die Dohlen erwachten schreiend auf den alten Dächern. Er setzte sich unterdes auf das Geländer der Brücke, die zum Schlosse führte. Der Wallgraben unten lag lange trocken, ein marmorner Apollo mit seltsamer Lockenperücke spielte dort zwischen gezirkelten Blumenbeeten die Geige, auf der ein Vogel sein Morgenlied pfiff; über den Helmen der steinernen Ritterbilder am Tore brüsteten sich breite Aloen; der Wald, der alte Schloßgesell, war wunderlich verschnitten und zerquält, aber der Herbst ließ sich sein Recht nicht nehmen und hatte alles phantastisch gelb und rot gefärbt, und die Waldvögel, die vor dem Winter in die Gärten flüchteten, zwitscherten lustig von Wipfel zu Wipfel. – Renald fror, er hatte Zeit genug und überdachte noch einmal alles: wie der junge Graf Dürande wieder nach Paris gereist, um dort lustig durchzuwintern, wie er selbst darauf mit fröhlichem Herzen zum Kloster geeilt, um seine Schwester abzuholen. Aber da war Gabriele heimlich verschwunden, man hatte einmal des Nachts einen fremden Mann am Kloster gesehn; niemand wußte, wohin sie gekommen. – Jetzt knarrte das Schloßtor, Renald sprang schnell auf, er verlangte seinen Herrn, den alten Grafen Dürande, zu sprechen. Man sagte ihm, der Graf sei eben erst aufgewacht; er mußte noch lange in der Gesindestube warten zwischen Überresten vom gestrigen Souper, zwischen Schuhbürsten, Büchsen und Katzen, die sich verschlafen an seinen blanken Stiefeln dehnten, niemand fragte nach ihm. Endlich wurde er in des Grafen Garderobe geführt, der alte Herr ließ sich soeben frisieren und gähnte unaufhörlich. Renald bat nun ehrerbietig um kurzen Urlaub zu einer Reise nach Paris. Auf die Frage des Grafen, was er dort wolle, entgegnete er verwirrt, seine Schwester sei dort bei einem weitläufigen Verwandten – er schämte sich herauszusagen, was er dachte. Da lachte der Graf. Nun, nun, sagte er, mein Sohn hat wahrhaftig keinen übeln Geschmack. Geh Er nur hin, ich will Ihm an seiner Fortune nicht hinderlich sein; die Dürandes sind in solchen Affären immer splendid; so ein junger wilder Schwan muß gerupft werden, aber mach Ers mir nicht zu arg. – Dann nickte er mit dem Kopfe, ließ sich den Pudermantel umwerfen und schritt langsam zwischen zwei Reihen von Bedienten, die ihn im Vorüberwandeln mit großen Quasten einpuderten, durch die entgegengesetzte Flügeltür zum Frühstück. Die Bedienten kicherten heimlich – Renald schüttelte sich wie ein gefesselter Löwe.

Noch an demselben Tage trat er seine Reise an.

Es war ein schöner, blanker Herbstabend, als er in der Ferne Paris erblickte; die Ernte war längst vorüber, die Felder standen alle leer, nur von der Stadt her kam ein verworrenes Rauschen über die stille Gegend, daß ihn heimlich schauerte. Er ging nun an prächtigen Landhäusern vorüber durch die langen Vorstädte immer tiefer in das wachsende Getöse hinein, die Welt rückte immer enger und dunkler zusammen, der Lärm, das Rasseln der Wagen betäubte, das wechselnde Streiflicht aus den geputzten Läden blendete ihn; so war er ganz verwirrt, als er endlich im Wind den roten Löwen, das Zeichen eines Vetters, schwanken sah, der in der Vorstadt einen Weinschank hielt. Dieser saß eben vor der Tür seines kleinen Hauses und verwunderte sich nicht wenig, da er den verstaubten Wandersmann erkannte. Doch Renald stand wie auf Kohlen. War Gabriele bei dir? fragte er gleich nach der ersten Begrüßung gespannt. – Der Vetter schüttelte erstaunt den Kopf, er wußte von nichts. – Also doch! sagte Renald, mit dem Fuß auf die Erde stampfend; aber er konnte es nicht über die Lippen bringen, was er vermute und vorhabe.

Sie gingen nun in das Haus und kamen in ein langes, wüstes Gemach, das von einem Kaminfeuer im Hintergrunde ungewiß erleuchtet wurde. In den roten Widerscheinen lag dort ein wilder Haufe umher: abgedankte Soldaten, müßige Handwerksburschen und dergleichen Hornkäfer, wie sie in der Abendzeit um die großen Städte schwärmen. Alle Blicke aber hingen an einem hohen, hagern Manne mit bleichem, scharfgeschnittenen Gesicht, der, den Hut auf dem Kopf und seinen langen Mantel stolz und vornehm über die linke Achsel zurückgeschlagen, mitten unter ihnen stand. – Ihr seid der Nährstand, rief er soeben aus; wer aber die andern nährt, der ist ihr Herr; hoch auf, ihr Herren! – Er hob ein Glas, alles jauchzte wild auf und griff nach den Flaschen, er aber tauchte kaum die feinen Lippen in den dunkelroten Wein, als schlürft' er Blut, seine spielenden Blicke gingen über dem Glase kalt und lauernd in der Runde.

Da funkelte das Kaminfeuer über Renalds blankes Bandelier, das stach plötzlich in ihre Augen. Ein starker Kerl mit rotem Gesicht und Haar, wie ein brennender Dornbusch, trat mit übermütiger Bettelhaftigkeit dicht vor Renald und fragte, ob er dem Großtürken diene?

Ein andrer meinte, er habe ja da, wie ein Hund, ein adeliges Halsband umhängen. – Renald griff rasch nach seinem Hirschfänger, aber der lange Redner trat dazwischen, sie wichen ihm scheu und ehrerbietig aus. Dieser führte den Jäger an einen abgelegenen Tisch und fragte, wohin er wolle. Da Renald den Grafen Dürande nannte, sagte er: Das ist ein altes Haus, aber der Totenwurm pickt schon drin, ganz von Liebschaften zerfressen. – Renald erschrak, er glaubte, jeder müßte ihm seine Schande an der Stirn ansehen. Warum kommt Ihr gerade auf die Liebschaften? fragte er zögernd. – Warum? erwiderte jener, sind sie nicht die Herren im Forst, ist das Wild nicht ihre, hohes und niederes? Sind wir nicht verfluchte Hunde und lecken die Schuh, wenn sie uns stoßen? – Das verdroß Renald; er entgegnete kurz und stolz: Der junge Graf Dürande sei ein großmütiger Herr, er wolle nur sein Recht von ihm und weiter nichts. – Bei diesen Worten hatte der Fremde ihn aufmerksam betrachtet und sagte ernst: Ihr seht aus wie ein Scharfrichter, der, das Schwert unterm Mantel, zu Gerichte geht; es kommt die Zeit, gedenkt an mich, Ihr werdet der Rüstigsten einer sein bei der blutigen Arbeit. – Dann zog er ein Blättchen hervor, schrieb etwas mit Bleistift darauf, versiegelte es am Licht und reichte es Renald hin. Die Grafen hier kennen mich wohl, sagte er: er solle das nur abgeben an Dürande, wenn er einen Strauß mit ihm habe, es könnte ihm vielleicht von Nutzen sein. – Wer ist der Herr? fragte Renald seinen Vetter, da der Fremde sich rasch wieder wandte. – Ein Feind der Tyrannen, entgegnete der Vetter leise und geheimnisvoll.

Dem Renald aber gefiel hier die ganze Wirtschaft nicht, er war müde von der Reise und streckte sich bald in einer Nebenkammer auf das Lager, das ihm der Vetter angewiesen. Da konnte er vernehmen, wie immer mehr und mehr Gäste nebenan allmählich die Stube füllten; er hörte die Stimme des Fremden wieder dazwischen, eine wilde Predigt, von der er nur einzelne Worte verstand, manchmal blitzte das Kaminfeuer blutrot durch die Ritzen der schlechtverwahrten Tür; so schlief er spät unter furchtbaren Träumen ein.

Der Ball war noch nicht beendigt, aber der junge Graf Dürande hatte dort so viel Wunderbares gehört von den feurigen Zeichen einer Revolution, vom heimlichen Aufblitzen kampffertiger Geschwader, Jakobiner, Volksfreunde und Royalisten, daß ihm das Herz schwoll wie im nahenden Gewitterwinde. Er konnte es nicht länger aushalten in der drückenden Schwüle. In seinen Mantel gehüllt, ohne den Wagen abzuwarten, stürzte er sich in die scharfe Winternacht hinaus. Da freute er sich, wie draußen fern und nah die Turmuhren verworren zusammenklangen im Wind und die Wolken über die Stadt flogen und der Sturm sein Reiselied pfiff, lustig die Schneeflocken durcheinander wirbelnd. Grüß mir mein Schloß Dürande! rief er dem Sturme zu; es war ihm so frisch zumut, als müßt er, wie ein lediges Roß, mit jedem Tritte Funken aus den Steinen schlagen.

In seinem Hotel aber fand er alles wie ausgestorben, der Kammerdiener war vor Langeweile fest eingeschlafen, die jüngere Dienerschaft ihren Liebschaften nachgegangen, niemand hatte ihn so früh erwartet. Schauernd vor Frost stieg er die breite, dämmernde Treppe hinauf, zwei tief herabgebrannte Kerzen beleuchteten zweifelhaft das vergoldete Schnitzwerk des alten Saales, es war so still, daß er den Zeiger der Schloßuhr langsam fortrücken und die Wetterfahnen im Winde sich drehen hörte. Wüst und überwacht warf er sich auf eine Ottomane hin. Ich bin so müde, sagte er, so müde von Lust und immer Lust, langweilige Lust! ich wollt, es wäre Krieg! – Da wars ihm, als hört' er draußen auf der Treppe gehn mit leisen, langen Schritten, immer näher und näher. Wer ist da? rief er. – Keine Antwort. – Nur zu, mir eben recht, meinte er, Hut und Halbschuhe wegwerfend, rumor nur zu, spukhafte Zeit, mit deinem fernen Wetterleuchten über Stadt und Land, als wenn die Gedanken aufstünden überall und schlaftrunken nach den Schwertern tappten. Was gehst du in Waffen rasselnd um und pochst an die Türen unserer Schlösser bei stiller Nacht? mich gelüstet mit dir zu fechten; herauf, du unsichtbares Kriegsgespenst!

Da pocht' es wirklich an der Tür. Er lachte, daß der Geist die Herausforderung so schnell angenommen. In keckem Übermut rief er: Herein! Eine hohe Gestalt im Mantel trat in die Tür; er erschrak doch, als diese den Mantel abwarf und er Renald erkannte, denn er gedachte der Nacht im Walde, wo der Jäger auf ihn gezielt. – Renald aber, da er den Grafen erblickte, ehrerbietig zurücktretend, sagte: er habe den Kammerdiener hier zu finden geglaubt, um sich anmelden zu lassen. Er sei schon öfters zu allen Tageszeiten hier gewesen, jedesmal aber unter dem Vorwand, daß die Herrschaft nicht zu Hause oder beschäftigt sei, von den Pariser Bedienten zurückgewiesen worden, die ihn noch nicht kannten: so habe er denn heute auf der Straße gewartet, bis der Graf zurückkäme.

Und was willst du denn von mir? fragte der Graf ihn mit unverwandten Blicken prüfend.

Gnädiger Herr, erwiderte der Jäger nach einer Pause, Sie wissen wohl, ich hatte eine Schwester, sie war meine einzige Freude und mein Stolz – sie ist eine Landläuferin geworden, sie ist fort.

Der Graf machte eine heftige Bewegung, faßte sich aber gleich wieder und sagte halb abgewendet: Nun, und was geht das mich an?

Renalds Stirn zuckte wie fernes Wetterleuchten, er schien mit sich selber zu ringen. Gnädiger Herr, rief er darauf im tiefsten Schmerz, gnädiger Herr, gebt mir meine arme Gabriele zurück!

Ich? fuhr der Graf auf, zum Teufel, wo ist sie?

Hier – entgegnete Renald ernst.

Der Graf lachte laut auf und, den Leuchter ergreifend, stieß er rasch eine Flügeltür auf, daß man eine weite Reihe glänzender Zimmer übersah. Nun, sagte er mit erzwungener Lustigkeit, so hilf mir suchen. Horch, da raschelt was hinter der Tapete, jetzt hier, dort, nun sage mir, wo steckt sie?

Renald blickte finster vor sich nieder, sein Gesicht verdunkelte sich immer mehr. Da gewahrte er Gabrielens Schnupftuch auf einem Tischchen; der Graf, der seinen Augen gefolgt war, stand einen Augenblick betroffen. – Renald hielt sich noch, es fiel ihm der Zettel des Fremden wieder ein, er wünschte immer noch, alles in Güte abzumachen, und reichte schweigend dem Grafen das Briefchen hin. Der Graf, ans Licht tretend, erbrach es schnell, da flog eine dunkle Röte über sein ganzes Gesicht. – Und weiter nichts? murmelte er leise zwischen den Zähnen, sich in die Lippen beißend. Wollen sie mir drohen, mich schrecken? – Und rasch zu Renald gewandt, rief er: Und wenn ich deine ganze Sippschaft hätt, ich gäb sie nicht heraus! Sag deinem Bettleradvokaten, ich lachte sein und wäre zehntausendmal noch stolzer als er, und wenn ihr beide euch im Hause zeigt, laß ich mit Hunden euch vom Hofe hetzen, das sag ihm; fort, fort, fort! – Hiermit schleuderte er den Zettel dem Jäger ins Gesicht und schob ihn selber zum Saal hinaus, die eichene Tür hinter ihm zuwerfend, daß es durchs ganze Haus öde erschallte.

Renald stand, wild um sich blickend, auf der stillen Treppe. Da bemerkte er erst, daß er den Zettel noch krampfhaft in den Händen hielt; er entfaltete ihn hastig und las an dem flackernden Licht einer halbverlöschten Laterne die Worte: Hütet euch. Ein Freund des Volks. – Unterdes hörte er oben den Grafen heftig klingeln; mehrere Stimmen wurden im Hause wach, er stieg langsam hinunter wie ins Grab. Im Hofe blickte er noch einmal zurück, die Fenster des Grafen waren noch erleuchtet, man sah ihn im Saale heftig auf und nieder gehen. Da hörte Renald auf einmal draußen durch den Wind singen:

Am Himmelsgrund schießen
So lustig die Stern,
Dein Schatz läßt dich grüßen
Aus weiter, weiter Fern!

Hat eine Zither gehangen
An der Tür unbeacht't,
Der Wind ist gegangen
Durch die Saiten bei Nacht.

Schwang sich auf dann vom Gitter
Über die Berge, übern Wald –
Mein Herz ist die Zither,
Gibt einen fröhlichen Schall!

Die Weise ging ihm durch Mark und Bein; er kannte sie wohl. – Der Mond streifte soeben durch die vorüberfliegenden Wolken den Seitenflügel des Schlosses, da glaubte er in dem einen Fenster flüchtig Gabrielen zu erkennen; als er sich aber wandte, wurde es schnell geschlossen. Ganz erschrocken und verwirrt warf er sich auf die nächste Tür, sie war fest zu. Da trat er unter das Fenster und rief leise aus tiefster Seele hinauf, ob sie drin wider ihren Willen festgehalten werde? so solle sie ihm ein Zeichen geben, es sei keine Mauer so stark wie die Gerechtigkeit Gottes. – Es rührte sich nichts als die Wetterfahne auf dem Dach. – Gabriele, rief er nun lauter, meine arme Gabriele, der Wind in der Nacht weint um dich an den Fenstern, ich liebte dich so sehr, ich lieb dich noch immer, um Gottes willen komm, komm herab zu mir, wir wollen miteinander fortziehen, weit, weit fort, wo uns niemand kennt, ich will für dich betteln von Haus zu Haus, es ist ja kein Lager so hart, kein Frost so scharf, keine Not so bitter als die Schande. Er schwieg erschöpft, es war alles wieder still, nur die Tanzmusik von dem Ball schallte noch von fern über den Hof herüber; der Wind trieb große Schneeflocken schräg über die harte Erde, er war ganz verschneit. – Nun, so gnade uns beiden Gott! sagte er, sich abwendend, schüttelte den Schnee vom Mantel und schritt rasch fort.

Als er zu der Schenke seines Vetters zurückkam, fand er zu seinem Erstaunen das ganze Haus verschlossen. Auf sein heftiges Pochen trat der Nachbar, sich vorsichtig nach allen Seiten umsehend, aus seiner Tür, er schien auf des Jägers Rückkehr gewartet zu haben und erzählte ihm geheimnisvoll: das Nest nebenan sei ausgenommen, Polizeisoldaten hätten heute abend den Vetter plötzlich abgeführt, niemand wisse wohin. – Den Renald überraschte und verwunderte nichts mehr, und zerstreut mit flüchtigem Danke nahm er alles an, als der Nachbar nun auch das gerettete Reisebündel des Jägers unter dem Mantel hervorbrachte und ihm selbst eine Zuflucht in seinem Hause anbot.

Gleich am andern Morgen aber begann Renald seine Runde in der weitläufigen Stadt, er mochte nichts mehr von der Großmut des stolzen Grafen, er wollte jetzt nur sein *Recht!* So suchte er unverdrossen eine Menge Advokaten hinter ihren großen Tintenfässern auf, aber die sahens gleich alle den goldbortenen Rauten seines Rokkes an, daß sie nicht aus der eigenen Tasche gewachsen waren; der eine verlangte unmögliche Zeugen, der andere Dokumente, die er nicht hatte, und alle forderten Vorschuß. Ein junger reicher Advokat wollte sich totlachen über die ganze Geschichte; er fragte, ob die Schwester jung, schön, und erbot sich, den ganzen Handel umsonst zu führen und die arme Waise dann zu sich ins Haus zu nehmen, während ein andrer gar das Mädchen selber heiraten wollte, wenn sie fernerhin beim Grafen bliebe. – In tiefster Seele empört, wandte sich Renald nun an die Polizeibehörde; aber da wurde er aus einem Revier ins andere geschickt, von Pontius zu Pilatus, und jeder wusch seine Hände in Unschuld, niemand hatte Zeit, in dem Getreibe ein vernünftiges Wort zu hören, und als er endlich vor das rechte Bureau kam, zeigten sie ihm ein langes Verzeichnis der Dienstleute und Hausgenossen des Grafen Dürande: seine Schwester war durchaus nicht darunter. Er habe Geister gesehen, hieß es, er solle keine unnützen Flausen machen; man hielt ihn für einen Narren, und er mußte froh sein, nur ungestraft wieder unter Gottes freien Himmel zu kommen. Da saß er nun todmüde in seiner einsamen Dachkammer, den Kopf in die Hand gestützt; seine Barschaft war mit dem frühzeitigen Schnee auf den Straßen geschmolzen, jetzt wußt er keine Hilfe mehr, es ekelte ihm recht vor dem Schmutz der Welt. In diesem Hinbrüten, wie wenn man beim Sonnenglanz die Augen schließt, spielten feurige Figuren wechselnd auf dem dunkeln Grund seiner Seele: schlängelte Zornesblicke und halbgeborne Gedanken blutiger Rache. In dieser Not betete er still für sich; als er aber an die Worte kam: Vergib uns unsere Schuld, als auch wir vergeben unseren Schuldnern, fuhr er zusammen; er konnte es dem Grafen nicht vergeben. Angstvoll und immer brünstiger betete er fort. – Da sprang er plötzlich auf, ein neuer Gedanke erleuchtete auf einmal sein ganzes Herz. Noch war nicht alles versucht, nicht alles verloren, er beschloß, den König selber anzutreten – so hatte er sich nicht vergeblich zu Gott gewendet, dessen Hand auf Erden ja der König ist. Ludwig XVI. und sein Hof waren damals in Versailles; Renald eilte sogleich hin und freute sich, als er bei seiner Ankunft hörte, daß der König, der unwohl gewesen, heute zum ersten Male wieder den Garten besuchen wolle. Er hatte zu Hause mit großem Fleiß eine Supplik aufgesetzt, Punkt für Punkt, das himmelschreiende Unrecht und seine Forderung, alles, wie er es dereinst vor Gottes Thron zu verantworten gedachte. Das wollte er im Garten selbst übergeben, vielleicht fügte es sich, daß er dabei mit dem König sprechen durfte; so, hoffte er, könne noch alles wieder gut werden.

Vielerlei Volk, Neugierige, Müßiggänger und Fremde hatten sich unterdes schon unweit der Tür, aus welcher der König treten sollte, zusammengestellt. Renald drängte sich mit klopfendem Herzen in die vorderste Reihe. Es war einer jener halbverschleierten Wintertage, die lügenhaft den Sommer nachspiegeln, die Sonne schien lau, aber falsch über die stillen Paläste, weiterhin zogen Schwäne auf den Weihern, kein Vogel sang mehr, nur die weißen Marmorbilder standen noch verlassen in der prächtigen Einsamkeit. Endlich gaben die Schweizer das Zeichen, die Saaltür öffnete sich, die Sonne tat einen kurzen Blitz über funkelnden Schmuck, Ordensbänder und blendende Achseln, die schnell, vor dem Winterhauch, unter schimmernden Tüchern wieder verschwanden. Da schallt's auf einmal: Vive le roi! durch die Lüfte und im Garten, so weit das Auge reichte, begannen plötzlich alle Wasserkünste zu spielen, und mitten in dem Jubel, Rauschen und Funkeln schritt der König in einfachem Kleide langsam die breiten Marmorstufen hinab. Er sah traurig und bleich – eine leise Luft rührte die Wipfel der hohen Bäume und streute die letzten Blätter wie einen Goldregen über die fürstlichen Gestalten. Jetzt gewahrte Renald mit einiger Verwirrung auch den Grafen Dürande unter dem Gefolge, er sprach soeben flüsternd zu einer jungen schönen Dame. Schon rauschten die taftnen Gewänder immer näher und näher. Renald konnte deutlich vernehmen, wie die Dame, ihre Augen gegen Dürande aufschlagend, ihn neckend fragte, was er drin sehe, daß sie ihn so erschreckten. –

Wunderbare Sommernächte meiner Heimat, erwiderte der Graf zerstreut. Da wandte sich das Fräulein lachend, Renald erschrak, ihr dunkles Auge war wie Gabrielens in fröhlichen Tagen – es wollte ihm das Herz zerreißen.

Darüber hatte er alles andere vergessen, der König war fast vorüber; jetzt drängte er sich nach, ein Schweizer aber stieß ihn mit der Partisane zurück, er drang noch einmal verzweifelt vor. Da bemerkt ihn Dürande, er stutzt einen Augenblick, dann, schnell gesammelt, faßt er den Zudringlichen rasch an der Brust und übergibt ihn der herbeieilenden Wache. Der König über dem Getümmel wendet sich fragend. – Ein Wahnsinniger, entgegnete Dürande. –

Unterdes hatten die Soldaten den Unglücklichen umringt, die neugierige Menge, die ihn für verrückt hielt, wich scheu zurück, so wurde er ungehindert abgeführt. Da hörte er hinter sich die Fontänen noch rauschen, dazwischen das Lachen und Plaudern der Hofleute in der lauen Luft; als er aber einmal zurückblickte, hatte sich alles schon wieder nach dem Garten hingekehrt, nur ein bleiches Gesicht aus der Menge war noch zurückgewandt und funkelte ihm mit scharfen Blicken nach. Er glaubte schaudernd den prophetischen Fremden aus des Vetters Schenke wiederzuerkennen.

Der Mond bescheint das alte Schloß Dürande und die tiefe Waldesstille am Jägerhaus, nur die Bäche rauschen so geheimnisvoll in den Gründen. Schon blühts in manchem tiefen Tal und nächtliche Züge heimkehrender Störche hoch in der Luft verkünden in einzelnen halbverlornen Lauten, daß der Frühling gekommen. Da fahren plötzlich Rehe, die auf der Wiese vor dem Jägerhaus gerastet, erschrocken ins Dickicht, der Hund an der Tür schlägt an, ein Mann steigt eilig von den Bergen, bleich, wüst, die Kleider abgerissen, mit wildverwachsenem Bart – es ist der Jäger Renald.
Mehrere Monate hindurch war er in Paris im Irrenhause eingesperrt gewesen; je heftiger er beteuerte, verständig zu sein, für desto toller hielt ihn der Wärter; in der Stadt aber hatte man jetzt Wichtigeres zu tun, niemand bekümmerte sich um ihn. Da ersah er endlich selbst seinen Vorteil, die Hinterlist seiner verrückten Mitgesellen, half ihm treulich aus Lust an der Heimlichkeit. So war es ihm gelungen, in einer dunklen Nacht mit Lebensgefahr sich an einem Seil herabzulassen und in der allgemeinen Verwirrung der Zeit unentdeckt aus der Stadt durch die Wälder, von Dorf zu Dorfe bettelnd, heimwärts zu gelangen. Jetzt bemerkte er erst, daß es von fern überm Walde blitzte, vom stillen Schloßgarten her schlug schon eine Nachtigall, es war ihm, als ob ihn Gabriele riefe. Als er aber mit klopfendem Herzen auf dem altbekannten Fußsteig immer weiter ging, öffnete sich bei dem Hundegebell ein Fensterchen im Jägerhaus. Es gab ihm einen Stich ins Herz; es war Gabrielens Schlafkammer, wie oft hatte er dort ihr Gesicht im Mondschein gesehen. Heut aber guckte ein Mann hervor und fragte barsch, was es draußen gäbe. Es war der Waldwärter, der heimtückische Rotkopf war ihm immer zuwider gewesen. Was macht Ihr hier in Renalds Haus? sagte er. Ich bin müde, ich will hinein. Der Waldwärter sah ihn von Kopf bis zu den Füßen an, er erkannte ihn nicht mehr. Mit dem Renald ists lange

vorbei, entgegnete er dann, er ist nach Paris gelaufen und hat sich dort mit verdächtigem Gesindel und Rebellen eingelassen, wir wissens recht gut, jetzt habe ich seine Stelle vom Grafen. – Drauf wies er Renald am Waldesrand den Weg zum Wirtshause und schlug das Fenster wieder zu. – Oho, stehts so! dachte Renald. Da fielen seine Augen auf sein Gärtchen, die Kirschbäume, die er gepflanzt, standen schon in voller Blüte, es schmerzte ihn, daß sie in ihrer Unschuld nicht wußten, für wen sie blühten. Währenddes hatte sein alter Hofhund sich gewaltsam vom Stricke losgerissen, sprang liebkosend an ihm herauf und umkreiste ihn in weiten Freudensprüngen; er herzte sich mit ihm wie mit einem alten, treuen Freunde. Dann aber wandte er sich rasch zum Hause; die Tür war verschlossen, er stieß sie mit einem derben Fußtritt auf. Drin hatte der Waldwärter unterdes Feuer gepinkt. Herr Jesus! rief er erschrocken, da er, entgegentretend, plötzlich beim Widerschein der Lampe den verwilderten Renald erkannte. Renald aber achtete nicht drauf, sondern griff nach der Büchse, die überm Bett an der Wand hing. Lump, sagte er, das schöne Gewehr so verstauben zu lassen! Der Waldwärter, die Lampe hinsetzend und auf dem Sprunge, durchs Fenster zu entfliehen, sah den furchtbaren Gast seitwärts mit ungewissen Blicken an. Renald bemerkte, daß er zitterte. Fürcht dich nicht, sagte er, dir tu ich nichts, was kannst du dafür; ich hol mir nur die Büchse, sie ist vom Vater, sie gehört mir und nicht dem Grafen, und so wahr der alte Gott noch lebt, so hol ich mir auch mein *Recht,* und wenn sies im Turmknopf von Dürande versiegelt hätten, das sag dem Grafen und wers sonst wissen will. – Mit diesen Worten pfiff er dem Hunde und schritt wieder in den Wald hinaus, wo ihn der Waldwärter bei dem wirren Wetterleuchten bald aus den Augen verloren hatte.

Währenddes schnurrten im Schloß Dürande die Gewichte der Turmuhr ruhig fort, aber die Uhr schlug nicht, und der verrostete Weiser rückte nicht mehr von der Stelle, als wäre die Zeit eingeschlafen auf dem alten Hofe beim einförmigen Rauschen der Brunnen. Draußen, nur manchmal vom fernen Wetterleuchten zweifelhaft erhellt, lag der Garten mit seinen wunderlichen Baumfiguren, Statuen und vertrockneten Bassins wie versteinert im jungen Grün, das in der warmen Nacht schon von allen Seiten lustig über die Gartenmauer kletterte und sich um die Säulen der halbverfallenen Lusthäuser schlang, als wollt nun der Frühling alles erobern. Das Hausgesinde aber stand heimlich untereinander flüsternd auf der Terrasse, denn man sah es hie und da brennen in der Ferne; der Aufruhr schritt wachsend schon immer näher über die stillen Wälder von Schloß zu Schloß. Da hielt der kranke alte Graf um die gewohnte Stunde einsam Tafel im Ahnensaal, die hohen Fenster waren fest verschlossen, Spiegel, Schränke und Marmortische standen unverrückt umher wie in der alten Zeit, niemand durfte, bei seiner Ungnade, der neuen Ereignisse erwähnen, die er verächtlich ignorierte. So saß er, im Staatskleide, frisiert, wie eine geputzte Leiche, am reichbesetzten Tisch vor den silbernen Armleuchtern und blätterte in alten Historienbüchern, seiner kriegerischen Jugend gedenkend. Die Bedienten eilten stumm über den glatten Boden hin und her, nur durch die Ritzen der Fensterladen sah man zuweilen das Wetterleuchten, und alle Viertelstunden hakte im Nebengemach die Flötenuhr knarrend ein und spielte einen Satz aus einer alten Opernarie. Da ließen sich auf einmal unten Stimmen vernehmen, drauf hörte man jemand eilig die Treppe heraufkommen, immer lauter und näher. Ich muß herein! rief es endlich an der Saaltür, sich durch die abwehrenden Diener drängend, und bleich, verstört und atemlos stürzte der Waldwärter in den Saal, in wilder Hast dem Grafen erzählend, was ihm soeben im Jägerhause mit Renald begegnet. – Der Graf starrte ihn schweigend an. Dann, plötzlich einen Armleuchter ergreifend, richtete er sich zum Erstaunen der Diener ohne fremde Hilfe hoch auf. Hüte sich, wer einen Dürande fangen will! rief er, und gespenstisch wie ein Nachtwandler mit dem Leuchter quer durch den Saal schreitend, ging er auf eine kleine eichene Tür los, die zu dem Gewölbe des Eckturms führte. Die Diener, als sie sich vom ersten Entsetzen über sein grauenhaftes Aussehen erholt, standen verwirrt und unentschlossen um die Tafel. Um Gottes willen, rief da auf einmal ein Jäger herbeieilend, laßt ihn nicht durch, dort in dem Eckturm hab ich auf sein Geheiß heimlich alles Pulver zusammentragen müssen; wir sind verloren, er sprengt uns alle mit sich in die Luft! – Der Kammerdiener, bei dieser schrecklichen Nachricht, faßte sich zuerst ein Herz und sprang rasch vor, um seinen Herrn zurückzuhalten, die andern folgten seinem Beispiel. Der Graf aber, da er sich so unerwartet verraten und überwältigt sah, schleuderte dem nächsten den Armleuchter an den Kopf, darauf, krank wie er war, brach er selbst auf dem Boden zusammen.

Ein verworrenes Durcheinanderlaufen ging nun durch das ganze Schloß; man hatte den Grafen auf sein seidenes Himmelbett gebracht. Dort versuchte er vergeblich, sich noch einmal emporzurichten, zurücksinkend rief er: Wer sagte da, daß der Renald nicht wahnsinnig ist? – Da alles still blieb, fuhr er leiser fort: Ihr kennt den Renald nicht, er kann entsetzlich sein, wie fressend Feuer – läßt man denn reißende Tiere frei aufs Feld? – Ein schöner Löwe, wie er die Mähnen schüttelt – wenn sie nur nicht so blutig wären! – Hier, sich plötzlich besinnend, riß er die müden Augen weit auf und starrte die umherstehenden Diener verwundert an.

Der bestürzte Kammerdiener, der seine Blicke allmählich verlöschen sah, redete von geistlichem Beistand, aber der Graf, schon im Schatten des nahenden Todes, verfiel gleich darauf von neuem in fieberhafte Phantasien. Er sprach von einem großen prächtigen Garten und einer langen, langen Allee, in der ihm seine verstorbene Gattin entgegenkäme, immer näher und heller und schöner. – Nein, nein, sagte er, sie hat einen Sternenmantel um und eine funkelnde Krone auf dem Haupt. Wie rings die Zweige schimmern von dem Glanz! – Gegrüßt seist du, Maria, bitt für mich, du Königin der Ehren! – Mit diesen Worten starb der Graf.

Als der Tag anbrach, war der ganze Himmel gegen Morgen dunkelrot gefärbt; gegenüber aber stand das Gewitter bleifarben hinter den grauen Türmen des Schlosses Dürande, die Sterbeglocke ging in einzelnen, abgebrochenen Klängen über die stille Gegend, die fremd und wie verwandelt in der seltsamen Beleuchtung heraufblickte. – Da sahen einige Holzhauer im Walde den wilden Jäger Renald mit seiner Büchse und dem Hunde eilig in die Morgenglut hinabsteigen; niemand wußte, wohin er sich gewendet.

Mehrere Tage waren seitdem vergangen, das Schloß stand wie verzaubert in öder Stille, die Kinder gingen abends scheu vorüber, als ob es drin spuke. Da sah man eines Tages plötzlich droben mehrere

Fenster geöffnet, buntes Reisegepäck lag auf dem Hof umher, muntere Stimmen schallten wieder auf den Treppen und Gängen, die Türen flogen hallend auf und zu und vom Turm fing die Uhr trostreich wieder zu schlagen an. Der junge Graf Dürande war, auf die Nachricht vom Tode seines Vaters, rasch und unerwartet von Paris zurückgekehrt. Unterweges war er mehrmals verworrenen Zügen von Edelleuten begegnet, die schon damals flüchtend die Landstraßen bedeckten. Er aber hatte keinen Glauben an die Fremde und wollte ehrlich Freud und Leid mit seinem Vaterlande teilen. Wie hatte auch der erste Schreck aus der Ferne alles übertrieben! Er fand seine nächsten Dienstleute ergeben und voll Eifer, und überließ sich gern der Hoffnung, noch alles zum Guten wenden zu können.
In solchen Gedanken stand er an einem der offenen Fenster, die Wälder rauschten so frisch herauf, das hatte er so lange nicht gehört, und im Tale schlugen die Vögel und jauchzten die Hirten von den Bergen, dazwischen hörte er unten im Schloßgarten singen:

Wärs dunkel, ich läg im Walde,
Im Walde rauschts so sacht,
Mit ihrem Sternenmantel
Bedecket mich da die Nacht,
Da kommen die Bächlein gegangen:
Ob ich schon schlafen tu?
Ich schlaf nicht, ich hör noch lange
Den Nachtigallen zu,
Wenn die Wipfel über mir schwanken,
Es klinget die ganze Nacht,
Das sind im Herzen die Gedanken,
Die singen, wenn niemand wacht.

Jawohl, gar manche stille Nacht, dachte der Graf, sich mit der Hand über die Stirn fahrend. – Wer sang da? wandte er sich dann zu den anpackenden Dienern; die Stimme schien ihm so bekannt. Ein Jäger meinte, es sei wohl der neue Gärtnerbursch aus Paris, der habe keine Ruhe gehabt in der Stadt; als sie fortgezogen, so sei er ihnen zu Pferde nachgekommen. Der? – sagte der Graf – er konnte sich kaum auf den Burschen besinnen. Über den Zerstreuungen des Winters in

Paris war er nicht oft in den Garten gekommen; er hatte den Knaben nur selten gesehn und wenig beachtet, um so mehr freute ihn seine Anhänglichkeit.

Indes war es beinahe Abend geworden, da hieß der Graf noch sein Pferd satteln, die Diener verwunderten sich, als sie ihn bald darauf so spät und ganz allein noch nach dem Walde hinreiten sahen. Der Graf aber schlug den Weg zu dem nahen Nonnenkloster ein und ritt in Gedanken rasch fort, als gält es, ein lange versäumtes Geschäft nachzuholen; so hatte er in kurzer Zeit das stille Waldkloster erreicht. Ohne abzusteigen, zog er hastig die Glocke am Tor. Da stürzte ein Hund ihm entgegen, als wollt er ihn zerreißen, ein langer, bärtiger Mann trat aus der Klosterpforte und stieß den Köter wütend mit den Füßen; der Hund heulte, der Mann fluchte, eine Frau zankte drin im Kloster, sie konnte lange nicht zu Worte kommen. Der Graf, befremdet von dem seltsamen Empfang, verlangte jetzt schleunigst die Priorin zu sprechen. – Der Mann sah ihn etwas verlegen an, als schämte er sich. Gleich aber wieder in alter Roheit gesammelt, sagte er, das Kloster sei aufgehoben und gehöre der Nation; er sei der Pächter hier. Weiter erfuhr nun der Graf noch, wie ein Pariser Kommissär das alles so rasch und klug geordnet. Die Nonnen sollten nun in weltlichen Kleidern hinaus in die Städte, heiraten und nützlich sein; da zogen alle in einer schönen stillen Nacht aus dem Tal, für das sie so lange gebetet, nach Deutschland hinüber, wo ihnen in einem Schwesterkloster freundliche Aufnahme angeboten worden.

Der überraschte Graf blickte schweigend umher, jetzt bemerkte er erst, wie die zerbrochenen Fenster im Winde klappten; aus einer Zelle unten sah ein Pferd schläfrig ins Grün hinaus, die Ziegen des Pächters weideten unter umgeworfenen Kreuzen auf dem Kirchhof, niemand wagte es, sie zu vertreiben; dazwischen weinte ein Kind im Kloster, als klagte es, daß es geboren in dieser Zeit. Im Dorfe aber war es wie ausgekehrt, die Bauern guckten scheu aus den Fenstern, sie hielten den Grafen für einen Herrn von der Nation. Als ihn aber nach und nach einige wiedererkannten, stürzte auf einmal alles heraus und umringte ihn, hungrig, zerlumpt und bettelnd. Mein Gott, mein Gott, dachte er, wie wird die Welt so öde! – Er warf alles Geld, das er bei sich hatte, unter den Haufen, dann setzte er rasch die Sporen ein und wandte sich wieder nach Hause.

Es war schon völlig Nacht, als er in Dürande ankam. Da bemerkte er mit Erstaunen im Schlosse einen unnatürlichen Aufruhr, Lichter liefen von Fenster zu Fenster, und einzelne Stimmen schweiften durch den dunklen Garten, als suchten sie jemand. Er schwang sich rasch vom Pferde und eilte ins Haus. Aber auf der Treppe stürzte ihm schon der Kammerdiener mit einem versiegelten Blatte atemlos entgegen; es seien Männer unten, die es abgegeben und trotzig Antwort verlangten. Ein Jäger, aus dem Garten hinzutretend, fragte ängstlich den Grafen, ob er draußen dem Gärtnerburschen begegnet? der Bursch habe ihn überall gesucht, der Graf möge sich aber hüten vor ihm, er sei in der Dämmerung verdächtig im Dorf gesehen worden, ein Bündel unterm Arm, mit allerlei Gesindel sprechend, nun sei er gar spurlos verschwunden.

Der Graf, unterdes oben im erleuchteten Zimmer angelangt, erbrach den Brief und las in schlechter, mit blasser Tinte mühsam gezeichneter Handschrift: Im Namen Gottes verordne ich hiermit, daß der Graf Hippolyt von Dürande auf einem mit dem gräflichen Wappen besiegelten Pergament die einzige Tochter des verstorbenen Försters am Schloßberg, Gabriele Dubois, als seine rechtmäßige Braut und künftiges Gemahl bekennen und annehmen soll. Dieses Gelöbnis soll heute bis elf Uhr nachts in dem Jägerhause abgeliefert werden. Ein Schuß aus dem Schloßfenster aber bedeutet: Nein. *Renald.*

Was ist die Uhr? fragte der Graf. – Bald Mitternacht, erwiderten einige, sie hätten ihn solange im Walde und Garten vergeblich gesucht. – Wer von euch sah den Renald, wo kam er her? fragte er von neuem. Alles schwieg. Da warf er den Brief auf den Tisch. Der Rasende! sagte er und befahl für jeden Fall die Zugbrücke aufzuziehen, dann öffnete er rasch das Fenster und schoß ein Pistol, als Antwort, in die Luft hinaus. Da gab es einen wilden Widerhall durch die stille Nacht, Geschrei und Rufen und einzelne Flintenschüsse bis in die fernsten Schlünde hinein, und als der Graf sich wieder wandte, sah er in dem Saal einen Kreis verstörter Gesichter lautlos um sich her. Er schalt sie Hasenjäger, denen vor Wölfen graute. Ihr habt lange genug Krieg gespielt im Walde, sagte er, nun wendet sich die Jagd, wir sind jetzt das Wild, wir müssen durch. Was wird es sein! Ein Tollhaus mehr ist wieder aufgeriegelt, der rasende Veitstanz geht durchs Land und der Renald geigt ihnen vor. Ich hab nichts mit dem Volk, ich tat ihnen nichts als Gutes, wollen sie noch Besseres, sie sollens ehrlich fordern, ich gäbs ihnen gern, abschrecken aber laß ich mir keine Handbreit meines alten Grund und Bodens; Trotz gegen Trotz!

So trieb er sie in den Hof hinab, er selber half die Pforten, Luken und Fenster verrammen. Waffen wurden rasselnd von allen Seiten herbeigeschleppt, sein fröhlicher Mut belebte alle. Man zündete mitten im Hofe ein großes Feuer an, die Jäger lagerten sich herum und gossen Kugeln in den roten Widerscheinen, die lustig über die stillen Mauern liefen – sie merkten nicht, wie die Raben, von der plötzlichen Helle aufgeschreckt, ächzend über ihnen die alten Türme umkreisten. – Jetzt brachte ein Jäger mit großem Geschrei den Hut und die Jacke des Gärtnerburschen, die er zu seiner Verwunderung beim Aufsuchen der Waffen im Winkel eines abgelegenen Gemaches gefunden. Einige meinten, das Bürschchen sei vor Angst aus der Haut gefahren, andere schworen, er sei ein Schleicher und Verräter, während der alte Schloßwart Nicolo, schlau lächelnd, seinem Nachbar heimlich etwas ins Ohr flüsterte. Der Graf bemerkte es. Was lachst du? fuhr er den Alten an; eine entsetzliche Ahnung flog plötzlich durch seine Seele. Alle sahen verlegen zu Boden. Da faßte er den erschrockenen Schloßwart hastig am Arm und führte ihn mit fort in einen entlegenen Teil des Hofes, wohin nur einige schwankende Schimmer des Feuers langten. Dort hörte man beide lange Zeit lebhaft miteinander reden, der Graf ging manchmal heftig an dem dunkeln Schloßflügel auf und ab und kehrte dann immer wieder fragend und zweifelnd zu dem Alten zurück. Dann sah man sie in den offenen Stall treten, der Graf half selbst eilig den schnellsten Läufer satteln, und gleich darauf sprengte Nicolo quer über den Schloßhof, daß die Funken stoben, durchs Tor in die Nacht hinaus. Reit zu, rief ihm der Graf noch nach, suche bis ans Ende der Welt!

Nun trat er rasch und verstört wieder zu den andern, zwei der zuverlässigsten Leute mußten sogleich bewaffnet nach dem Dorf hinab, um den Renald draußen aufzusuchen; wer ihn zuerst sähe, solle ihm sagen: er, der Graf, wolle ihm Satisfaktion geben wie einem Kavalier und sich mit ihm schlagen, Mann gegen Mann – mehr könne der Stolze nicht verlangen.

Die Diener starrten ihn verwundert an, er aber hatte unterdes einen rüstigen Jäger auf die Zinne gestellt, wo man am weitsten ins Land hinaussehen konnte. Was siehst du? fragte er, unten seine Pistolen ladend. Der Jäger erwiderte: die Nacht sei zu dunkel, er könne nichts unterscheiden, nur einzelne Stimmen höre er manchmal fern im Feld und schweren Tritt, als zögen viele Menschen lautlos durch die Nacht, dann alles wieder still. Hier ists lustig oben, sagte er, wie eine Wetterfahne im Wind – was ist denn das?

Wer kommt? fuhr der Graf hastig auf.

Eine weiße Gestalt, wie ein Frauenzimmer, entgegnete der Jäger, fliegt unten dicht an der Schloßmauer hin. – Er legte rasch seine Büchse an. Aber der Graf, die Leiter hinauffliegend, war schon selber droben und riß dem Zielenden heftig das Gewehr aus der Hand. Der Jäger sah ihn erstaunt an. Ich kann auch nichts mehr sehen, sagte er dann halb unwillig und warf sich nun auf die Mauer nieder, über den Rand hinausschauend: Wahrhaftig, dort an der Gartenecke ist noch ein Fenster offen, der Wind klappt mit den Laden, dort ists hereingehuscht.

Die Zunächststehenden im Hofe wollten eben nach der bezeichneten Stelle hineilen, als plötzlich mehrere Diener, wie Herbstblätter im Sturm, über den Hof daherflogen; die Rebellen, hieß es, hätten im Seitenflügel eine Pforte gesprengt, andere meinten, der rotköpfige Waldwärter habe sie mit Hilfe eines Nachschlüssels heimlich durch das Kellergeschoß hereingeführt. Schon hörte man Fußtritte hallend auf den Gängen und Treppen und fremde, rauhe Stimmen da und dort, manchmal blitzte eine Brandfackel vorüberschweifend durch das Fenster. – Hallo, nun gilts, die Gäste kommen, spielt auf zum Hochzeitstanz! rief der Graf, in niegefühlter Mordlust aufschauernd. Noch war nur erst ein geringer Teil des Schlosses verloren; er ordnete rasch seine kleine Schar, fest entschlossen, sich lieber unter den Trümmern seines Schlosses zu begraben, als in diese rohen Hände zu fallen.

Mitten in dieser Verwirrung aber ging auf einmal ein Geflüster durch seine Leute: der Graf zeigte sich doppelt im Schloß, der eine hatte ihn zugleich im Hof und am Ende eines dunkeln Ganges gesehen, einem andern war er auf der Treppe begegnet, flüchtig und auf keinen Anruf Antwort gebend, das bedeutete seit uralter Zeit dem Hause großes Unglück. Niemand hatte jedoch in diesem Augenblicke das Herz und die Zeit, es dem Grafen zu sagen, denn soeben begann auch unten der Hof sich schon grauenhaft zu beleben; unbekannte Gesichter erschienen überall an den Kellerfenstern, die Kecksten arbeiteten sich gewaltsam hervor sanken, ehe sie sich draußen noch aufrichten konnten, von den Kugeln der wachsamen Jäger wieder zu Boden, aber über ihre Leichen weg kroch und rang und hob es sich immer wieder von neuem unaufhaltsam empor, braune verwilderte Gestalten, mit langen Vogelflinten, Stangen und Brecheisen, als wühlte die Hölle unter dem Schlosse sich auf. Es war die Bande des verräterischen Waldwärters, der ihnen heimtückisch die Keller geöffnet. Nur auf Plünderung bedacht, drangen sie sogleich nach dem Marstall und hieben in der Eile die Stränge entzwei, um sich der Pferde zu bemächtigen. Aber die edlen schlanken Tiere, von dem Lärm und der gräßlichen Helle verstört, rissen sich los und stürzten in wilder Freiheit in den Hof; dort mit zornigfunkelnden Augen und fliegender Mähne, sah man sie bäumend aus der Menge steigen und Roß und Mann verzweifelnd durcheinander ringen beim wirren Wetterleuchten der Fackeln, Jubel und Todesschrei und die dumpfen Klänge der Sturmglocken dazwischen. Die versprengten Jäger fochten nur noch einzeln gegen die wachsende Übermacht; schon umringte das Getümmel immer dichter den Grafen, er schien unrettbar verloren, als der blutige Knäuel mit dem Ausruf: dort, dort ist er! sich plötzlich wieder entwirrte und alles dem andern Schloßflügel zuflog.

Der Graf, in einem Augenblick fast allein stehend, wandte sich tiefaufatmend und sah erstaunt das alte Banner des Hauses Dürande drüben vom Balkon wehen. Es wallte ruhig durch die wilde Nacht, auf einmal aber schlug der Wind wie im Spiel die Fahne zurück – da erblickte er mit Schaudern sich selbst dahinter, in seinen weißen Reitermantel tief gehüllt, Stirn und Gesicht von seinem Federbusch umflattert. Alle Blicke und Rohre zielten auf die stille Gestalt, doch dem Grafen sträubte sich das Haar empor, denn die Blicke des furchtbaren Doppelgängers waren mitten durch den Kugelregen unverwandt auf ihn gerichtet. Jetzt bewegte es die Fahne, es schien ihm ein Zeichen geben zu wollen, immer deutlicher und dringender ihn zu sich hinaufwinkend.

Eine Weile starrte er hin, dann von Entsetzen überreizt, vergißt er alles andere und unerkannt den Haufen teilend, der wütend nach dem Haupttor dringt, eilt er selbst dem gespenstischen Schloßflügel zu. Ein heimlicher Gang, nur wenigen bekannt, führt seitwärts näher zum Balkon, dort stürzt er sich hinein; schon schließt die Pforte sich schallend hinter ihm, er tappt am Pfeiler einsam durch die stille Halle, da hört er atmen neben sich, es faßt ihn plötzlich bei der Hand, schauernd sieht er das Banner und den Federbusch im Dunkeln wieder schimmern. Da, den weißen Mantel zurückschlagend, stößt es unten rasch eine Tür auf nach dem stillen Feld, ein heller Mondblick streift blendend die Gestalt, sie wendet sich. – Um Gottes willen, *Gabriele!* ruft der Graf und läßt verwirrt den Degen fallen.

Das Mädchen stand bleich, ohne Hut vor ihm, die schwarzen Locken aufgeringelt, rings von der Fahne wunderbar umgeben. Sie schien noch atemlos. Jetzt zaudere nicht, sagte sie, den ganz Erstaunten eilig nach der Tür drängend, der alte Nicolo harrt deiner draußen mit dem Pferde. Ich war im Dorf, der Renald wollte mich nicht wiedersehn, so rannte ich ins Schloß zurück, zum Glück stand noch ein Fenster offen, da fand ich dich nicht gleich und warf mich rasch in deinen Mantel. Noch merken sie es nicht, sie halten mich für dich; bald ists zu spät, laß mich und rette dich, nur schnell! – Dann setzte sie leiser hinzu: Und grüße auch das schöne Fräulein in Paris, und betet für mich, wenns euch wohlgeht.

Der Graf aber, in tiefster Seele bewegt, hatte sie schon fest in beide Arme genommen und bedeckte den bleichen Mund mit glühenden Küssen. Da wand sie sich schnell los. Mein Gott, liebst du mich denn noch, ich meinte, du freitest um das Fräulein? sagte sie voll Erstaunen, die großen Augen fragend zu ihm aufgeschlagen. – Ihm wars auf einmal, wie in den Himmel hineinzusehen. Die Zeit fliegt heut entsetzlich, rief er aus, dich liebte ich immerdar, da nimm den Ring und meine Hand auf ewig, und so verlaß mich Gott, wenn ich je von dir lasse! – Gabriele, von Überraschung und Freude verwirrt, wollte niederknien, aber sie taumelte und mußte sich an der Wand festhalten. Da bemerkte er erst mit Schrecken, daß sie verwundet war. Ganz außer sich riß er sein Tuch vom Halse, suchte eilig mit Fahne, Hemd und Kleidern das Blut zu stillen, das auf einmal unaufhaltsam aus vielen Wunden zu quellen schien. In steigender, unsäglicher Todesangst blickte er nach Hilfe ringsumher, schon näherten sich verworrene Stimmen, er wußte nicht, ob es Freund oder Feind. Sie hatte währenddes den Kopf müde an seine Schulter gelehnt. Mir flimmerts so schön vor den Augen, sagte sie, wie dazumal, als du durchs tiefe Abendrot noch zu mir kamst; nun ist ja alles, alles wieder gut. Da pfiff plötzlich eine Kugel durch das Fenster herein. Das war der Renald! rief der Graf, sich nach der Brust greifen; er fühlte den Tod im Herzen. – Gabriele fuhr hastig auf. Wie ist dir? fragte sie erschrocken. Aber der Graf, ohne zu antworten, faßte heftig nach seinem Degen. Das Gesindel war leise durch den Gang herangeschlichen, auf einmal sah er sich in der Halle von bewaffneten Männern umringt. – Gute Nacht, mein liebes Weib! rief er da; und mit letzter, übermenschlicher Gewalt das von der Fahne verhüllte Mädchen auf den linken Arm schwingend, bahnt' er sich eine Gasse durch die Plünderer, die ihn nicht kannten und verblüfft von beiden Seiten vor dem Wütenden zurückwichen. So hieb er sich durch die offene Tür glücklich ins Freie hinaus, keiner wagte ihm aufs Feld zu folgen, wo sie in den schwankenden Schatten der Bäume einen heimlichen Hinterhalt besorgten.

Draußen aber rauschten die Wälder so kühl. Hörst du die Hochzeitsglocken gehn? sagte der Graf; ich spür schon Morgenluft. – Gabriele konnte nicht mehr sprechen, aber sie sah ihn still und selig an. – Immer ferner und leiser verhallten unterdes schon die Stimmen vom Schlosse her, der Graf wankte verblutend, sein steinernes Wappenschild lag zertrümmert im hohen Gras, dort stürzt' er tot neben Gabrielen zusammen. Sie atmeten nicht mehr, aber der Himmel funkelte von Sternen, und der Mond schien prächtig über das Jägerhaus und die einsamen Gründe; es war, als zögen Engel singend durch die schöne Nacht. –

Dort wurden die Leichen von Nicolo gefunden, der vor Ungeduld schon mehrmals die Runde um das Haus gemacht hatte. Er lud beide mit dem Banner auf das Pferd, die Wege standen verlassen, alles war im Schloß, so brachte er sie unbemerkt in die alte Dorfkirche. Man hatte dort vor kurzem erst die Sturmglocke geläutet, die Kirchtür war noch offen. Er lauschte vorsichtig in die Nacht hinaus, es war alles still, nur die Linden säuselten im Wind, vom Schloßgarten hörte er die Nachtigallen schlagen, als ob sie im Traume schluchzten. Da senkte er betend das stille Brautpaar in die gräfliche Familiengruft und die Fahne darüber, unter der sie noch heut zusammen ausruhn. Dann aber ließ er mit traurigem Herzen sein Pferd frei in die Nacht hinauslaufen, segnete noch einmal die schöne Heimatsgegend und wandte sich rasch nach dem Schloß zurück, um seinen bedrängten Kameraden beizustehen; es war ihm, als könnte er nun selbst nicht länger mehr leben.

Auf den ersten Schuß des Grafen aus dem Schloßfenster war das raubgierige Gesindel, das durch umlaufende Gerüchte von Renalds Anschlag wußte, aus allen Schlupfwinkeln hervorgebrochen, er selbst hatte in der offenen Tür des Jägerhauses auf die Antwort gelauert und sprang bei dem Blitz im Fenster wie ein Tiger allen voraus, er war der erste im Schloß. Hier, ohne auf das Treiben der andern zu achten, suchte er mitten zwischen den pfeifenden Kugeln in allen Gemächern, Gängen und Winkeln unermüdlich den Grafen auf. Endlich erblickt' er ihn durchs Fenster in der Halle, er hört' ihn drin sprechen, ohne Gabrielen in der Dunkelheit zu bemerken. der Graf kannte den Schützen wohl, er hatte gut gezielt. Als Renald ihn getroffen taumeln sah, wandte er sich tiefaufatmend – sein Richteramt war vollbracht.

Wie nach einem schweren, löblichen Tagewerke, durchschritt er nun die leeren Säle in der wüsten Einsamkeit zwischen zertrümmerten Tischen und Spiegeln, der Zugwind strich durch alle Zimmer und spielte traurig mit den Fetzen der zerrissenen Tapeten.

Als er durchs Fenster blickte, verwunderte er sich über das Gewimmel fremder Menschen im Hofe, die ihm geschäftig dienten wie das Feuer dem Sturm. Ein seltsam Gelüsten funkelte ihn da von den Wänden an aus dem glatten Getäfel, in dem der Fackelschein sich verwirrend spiegelte, als äugelte der Teufel mit ihm. – So war er in den Gartensaal gekommen. Die Tür stand offen, er trat in den Garten hinaus. Da schauerte ihn in der plötzlichen Kühle. Der untergehende Mond weilte noch zweifelnd am dunkeln Rand der Wälder, nur manchmal leuchtete der Strom noch herauf, kein Lüftchen ging, und doch rührten sich die Wipfel, und die Alleen und geisterhaften Statuen warfen lange, ungewisse Schatten dazwischen, und die Wasserkünste spielten und rauschten so wunderbar durch die weite Stille der Nacht. Nun sah er seitwärts auch die Linde und die mondbeglänzte Wiese vor dem Jägerhause; er dachte sich die verlorene Gabriele wieder in der alten unschuldigen Zeit als Kind mit den langen dunkeln Locken, es fiel ihm immer das Lied ein: Gute Nacht, mein Vater und Mutter, wie auch mein stolzer Bruder, – es wollte ihm das Herz zerreißen, er sang verwirrt vor sich hin, halb wie im Wahnsinn:

Meine Schwester, die spielt an der Linde. –
Stille Zeit, wie so weit, so weit!
Da spielten so schöne Kinder
Mit ihr in der Einsamkeit.

Von ihren Locken verhangen,
Schlief sie und lachte im Traum,
Und die schönen Kinder sangen
Die ganze Nacht unterm Baum.

Die ganze Nacht hat gelogen,
Sie hat mich so falsch gegrüßt,
Die Engel sind fortgeflogen
Und Haus und Garten stehn wüst.

Es zittert die alte Linde
Und klaget der Wind so schwer,
Das macht, das macht die Sünde –
Ich wollt, ich läg im Meer. –

Die Sonne ist untergegangen.
Und der Mond im tiefen Meer,
Es dunkelt schon über dem Lande;
Gute Nacht! seh dich nimmermehr.

Wer ist da? rief er auf einmal in den Garten hinein. Eine dunkle Gestalt unterschied sich halbkenntlich zwischen den wirren Schatten der Bäume; erst hielt er es für eins der Marmorbilder, aber es bewegte sich, er ging rasch darauf los, ein Mann versuchte sich mühsam zu erheben, sank aber immer wieder ins Gras zurück. Um Gott, Nicolo, du bist's! rief Renald erstaunt; was machst du hier? – Der Schloßwart wandte sich mit großer Anstrengung auf die andere Seite, ohne zu antworten.

Bist du verwundet? sagte Renald, besorgt näher tretend, wahrhaftig an dich dacht ich nicht in dieser Nacht. Du warst mir der liebste immer unter allen, treu, zuverlässig, ohne Falsch; ja, wär die Welt wie du! Komm nur mit mir, du sollst herrschaftlich leben jetzt im Schloß auf deine alten Tage, ich will dich über alle stellen.

Nicolo aber stieß ihn zurück: Rühre mich nicht an, deine Hand raucht noch von Blut.

Nun, entgegnete Renald finster, ich meine, ihr solltet mirs alle danken, die wilden Tiere sind verstoßen in den wüsten Wald, es bekümmert sich niemand um sie, sie müssen sich ihr Futter selber nehmen – bah, und was ist Brot gegen Recht?

Recht? sagte Nicolo, ihn lange starr ansehend, um Gottes willen, Renald, ich glaube gar, du wußtest nicht –

Was wußt ich nicht? fuhr Renald hastig auf.

Deine Schwester Gabriele –

Wo ist sie?

Nicolo wies schweigend nach dem Kirchhof; Renald schauderte heimlich zusammen. Deine Schwester Gabriele, fuhr der Schloßwart fort, hielt schon als Kind immer große Stücke auf mich, du weißt es ja; heut abend nun in der Verwirrung, ehs noch losging, hat sie in ihrer Herzensangst mir alles anvertraut.

Renald zuckte an allen Gliedern, als hinge in der Luft das Richtschwert über ihm. Nicolo, sagte er drohend, belüg mich nicht, denn dir, gerade dir glaube ich.

Der Schloßwart, seine klaffende Brustwunde zeigend, erwiderte: Ich rede die Wahrheit, so wahr mir Gott helfe, vor dem ich noch in dieser Stunde stehen werde! – Graf Hippolyt hat deine Schwester nicht entführt.

Hoho, lachte Renald, plötzlich wie aus unsäglicher Todesangst erlöst, ich sah sie selber in Paris am Fenster in des Grafen Haus.

Ganz recht, sagte Nicolo, aus Lieb ist sie bei Nacht dem Grafen heimlich nachgezogen aus dem Kloster. –

Nun siehst du, siehst du wohl? ich wußts ja doch. Nur weiter, weiter, unterbrach ihn Renald; große Schweißtropfen hingen in seinem wildverworrenen Haar.

Das arme Kind, erzählte Nicolo wieder, sie konnte nicht vom Grafen lassen; um ihm nur immer nahe zu sein, hat sie verkleidet als Gärtnerbursche sich verdungen im Palast, wo sie keiner kannte.

Renald, aufs äußerste gespannt, hatte sich unterdes neben dem Sterbenden, der immer leiser sprach, auf die Knie hingeworfen, beide Hände vor sich auf die Erde gestützt. Und der Graf, sagte er, der Graf, aber der Graf, was tat der? Er lockte, er kirrte sie, nicht wahr?

Wie sollt ers ahnen? fuhr der Schloßwart ſort; er lebte wie ein loses Blatt im Sturm von Fest zu Fest. Wie oft stand sie des Abends spät in dem verschneiten Garten vor des Grafen Fenstern, bis er nach Hause kam, wüst, überwacht – er wußte nichts davon bis heute abend. Da schickt' er mich hinaus, sie aufzusuchen; sie aber hatte sich dem Tode schon geweiht, in seinen Kleidern euch täuschend wollte sie eure Kugeln von seinem Herzen auf ihr eigenes wenden – o jammervoller Anblick – so fand ich beide tot im Felde Arm in Arm – der Graf hat ehrlich sie geliebt bis in den Tod – sie beide sind schuldlos – rein – Gott sei uns allen gnädig!

Renald war über diese Worte ganz still geworden, er horchte noch immer hin, aber Nicolo schwieg auf ewig, nur die Gründe rauschten dunkel auf, als schauderte der Wald.

Da stürzte auf einmal vom Schloß die Bande siegestrunken über Blumen und Beete daher, sie schrien vivat und riefen den Renald im Namen der Nation zum Herrn von Dürande aus. Renald, plötzlich sich aufrichtend, blickte wie aus einem Traum in die Runde. Er befahl, sie sollten schleunig alle Gesellen aus dem Schlosse treiben und keiner, bei Lebensstrafe, es wieder betreten, bis er sie riefe. Er sah so schrecklich aus, sein Haar war grau geworden über Nacht, niemand wagte es, ihm jetzt zu widersprechen. Darauf sahen sie ihn allein rasch und schweigend in das leere Schloß hineingehen, und während sie noch überlegen, was er vor hat und ob sie ihm gehorchen oder dennoch folgen sollen, ruft einer erschrocken aus: Herr Gott, der rote Hahn ist auf dem Dach! und mit Erstaunen sehen sie plötzlich feurige Spitzen bald da bald dort aus den zerbrochenen Fenstern schlagen und an dem trocknen Sparrwerk hurtig nach dem Dache klettern. Renald, seines Lebens müde, hatte eine brennende Fackel ergriffen und das Haus an allen vier Ecken angesteckt. – Jetzt, mitten durch die Lohe, die der Zugwind wirbelnd faßte, sahen sie den Schrecklichen eilig nach dem Eckturme schreiten, es war, als schlüge Feuer auf, wohin er trat. Dort in dem Turme liegt das Pulver, hieß es auf einmal, und voll Entsetzen stiebte alles über den Schloßberg auseinander. Da tat es gleich darauf einen furchtbaren Blitz und donnernd stürzte das Schloß hinter ihnen zusammen. Dann wurde alles still; wie eine Opferflamme, schlank, mild und prächtig stieg das Feuer zum gestirnten Himmel auf, die Gründe und Wälder ringsumher erleuchtend – den Renald sah man nimmer wieder.

Das sind die Trümmer des alten Schlosses Dürande, die weinumrankt in schönen Frühlingstagen von den waldigen Bergen schauen. – Du aber hüte dich, das wilde Tier zu wecken in der Brust, daß es nicht plötzlich ausbricht und dich selbst zerreißt.

ANHANG

ANMERKUNGEN

In den Anmerkungen werden Erstdruck und Druckvorlage zu jedem Werk mitgeteilt, veraltete und ungebräuchlich gewordene Worte und Wortformen in Eichendorffs Texten erklärt, Zitate nachgewiesen und literarische und historische Anspielungen erläutert. Zur Entlastung der Anmerkungen ist ein Siglen-Verzeichnis sowie ein Verzeichnis der am häufigsten bei Eichendorff vorkommenden mythologischen Namen vorangestellt.

Siglenverzeichnis

AuG	– Ahnung und Gegenwart
Anm.	– Anmerkung
Asts ZfWuK	– Zeitschrift für Wissenschaft und Kunst. Hrsg. v. Georg Anton Friedrich Ast
AT	– Altes Testament
BMA	– Berliner Musenalmanach für 1831. Hrsg. v. Moritz Veit
Dv	– Druckvorlage
DuG	– Dichter und ihre Gesellen
DMA	– Deutscher Musenalmanach. 1833–36 und 1838 hrsg. v. Adelbert von Chamisso und Gustav Schwab; 1837 von Chamisso allein, 1839 zusammen mit Franz Freiherrn von Gaudy; 1840 und 1841 hrsg. von Ernst Theodor Echtermeyer und Arnold Ruge.
DTB	– Deutsches Taschenbuch auf das Jahr 1837, hrsg. v. Karl Büchner
E	– Joseph Freiherr von Eichendorff
Ed	– Erstdruck
FTB	– Frauentaschenbuch. Die Jahrgänge 1816–18 hrsg. v. Friedrich de la Motte Fouqué
G1	– Gedichte von Joseph Freiherrn von Eichendorff. Berlin 1837, Verlag von Duncker und Humblot
Ges	– Der Gesellschafter oder Blätter für Geist und Herz. Hrsg. v. Friedrich Wilhelm Gubitz
Gr	– Silva de romances viejos publicada por Jacobo Grimm. Vienna de Austria en casa de Jacobo Mayer y Comp. 1815
Hb	– Teatro Pequeño de Elocuencia y Poesia Castellana con breves Noticias Biográficas y Literarias por D. V. A. Huber. Brema, 1832

HKA – Sämtliche Werke des Freiherrn Joseph von Eichendorff. Historisch-kritische Ausgabe, in Verbindung mit Ph. A. Decker hrsg. von Wilhelm Kosch und August Sauer, Regensburg 1908 ff.

hrsg. – herausgegeben

Hrsg. – Herausgeber

Hs. – Handschrift

Hsp – Die Hesperiden. Blüthen und Früchte aus der Heimath der Poesie und des Gemüths. Hrsg. v. Isidorus (d. i. Graf Loeben). 1816

Jh. – Jahrhundert

NT – Neues Testament

SW – Joseph Freiherrn von Eichendorffs Sämtliche Werke, hrsg. von Hermann von Eichendorff, Leipzig 1864, 3. Auflage Leipzig 1883

TMA – Gedichtsammlung im Anhang der Ausgabe: Aus dem Leben eines Taugenichts und das Marmorbild. Zwei Novellen nebst einem Anhang von Liedern und Romanzen von Joseph Freiherrn von Eichendorff. Berlin 1826

u. d. T. – unter dem Titel

V. – Vers

vgl. – vergleiche

W – Joseph Freiherrn von Eichendorff's Werke. Berlin: M. Simion 1841. 4 Bände

W1 – Der 1. Band der Werke von 1841, in dem die Gedichte enthalten sind

ZfWuk – s. Asts ZfWuk

Zs. – Zeitschrift

Namenverzeichnis zur antiken Mythologie

Apollo: griech.-röm. Gott des Lichtes und des Gesanges und Saitenspiels.

Argonauten: Helden der griechischen Sage, die auf ihrem Schiff Argo nach Kolchos fuhren, um das Goldene Vlies zu rauben.

Ariadne: Tochter des Königs Minos von Kreta. Sie verhalf dem Theseus, der den Minotaurus getötet hatte, mit Hilfe eines Fadenknäuels zur Rückkehr aus den Irrgängen des Labyrinths, wurde später von Theseus auf der Insel Naxos verlassen.

Aurora: röm. Göttin der Morgenröte.

Bacchus: röm. Gott des treibenden Wachstums, dann besonders der Gott des Weines.

Bacchantin: Teilnehmerin am Fest des Gottes Bacchus.
Basilisk: Fabelwesen der griech. Mythologie, dessen Blick tötete oder erstarren ließ.
Cupido: röm. Gott der Liebe, Sohn der Venus.
Daphne: griech. Nymphe, von Apollo aus Liebe verfolgt, durch Verwandlung in einen Lorbeerbaum vor ihm gerettet.
Diana: röm. Göttin der Jagd, ewig jungfräulich.
Fortuna: röm. Göttin des Glücks.
Herkules: griech. Halbgott (Herakles), Sohn des Zeus und der Alkmene, Heros von unvergleichlicher Stärke.
Hippogryph: griech. Fabeltier, halb Greif, halb Pferd. In der Literatur oft mit dem geflügelten Musenroß Pegasus gleichgesetzt.
Hymen: griech. Hochzeitsgesang, nach ihm der göttliche Jüngling Hymenaios benannt.
Janus: doppelgesichtiger röm. Gott des Jahres und der Zeit.
Luna: röm. Göttin des Mondes.
Meduse: in der griech. Mythologie ist Medusa ein weibliches Ungeheuer, dessen Anblick tötet, eine der Gorgonen.
Megäre: eine der drei griech. Rachegöttinnen (Erinnyen).
Morpheus: griech. Gott der Träume.
Najade: griech. Wassernymphe.
Neptun: röm. Meeresgott.
Parnass: Sitz Apollos und der Musen. Symbolisiert das Reich der Dichtkunst.
Pegasus: griech. geflügeltes Roß, den Musen zugeordnet, Sinnbild der dichterischen Phantasie.
Satyr: griech. Waldgottheit, im Gefolge des Dionysos, Frauenräuber.
Sirenen: griech. Todesgöttinnen, halb in Vogelgestalt, die durch unwiderstehlich bezaubernden Gesang die Schiffer anlockten und sie dann töteten.
Sphinx: in der griech. Mythologie geflügeltes Ungeheuer mit Löwenleib und Menschenkopf. Auch ägyptisch.
Thetis: griech. Meeresgöttin, gegen ihren Willen mit Peleus vermählt, Mutter des Achilleus.
Tritonen: griech. Meeresgötter, Söhne des Poseidon und der Amphitrite.
Venus: röm. Göttin der Liebe.

GEDICHTE

ERSTE ABTEILUNG
EICHENDORFFS GEDICHTSAMMLUNG VON 1841

Druckvorlage: HKA

I. Wanderlieder

9 *Viele Boten gehn und gingen:* Ed G1. – *Frische Fahrt:* Ed AuG, vgl. S. 564 f. – *Allgemeines Wandern:* Ed im BMA.

10 *Der frohe Wandersmann:* Ed 1823 im »Taugenichts« Kap. I. (Deutsche Blätter für Poesie, Literatur, Kunst und Theater, Breslau 1823). Vgl. S. 748.

11 *Im Walde:* Ed im DMA 1836. – *Zwielicht:* Ed AuG, vgl. S. 642 f.

12 *Nachts:* Ed TMA, dort als erster Teil eines Zyklus »Nachtbilder«, der folgende weitere Teile enthielt: 2) Er reitet nachts auf einem braunen Roß. Vgl. jetzt u. d. T. »Nachtwanderer« S. 297; 3) Laß mich ein, mein süßes Schätzchen. Jetzt u. d. T. »Das kalte Liebchen« S. 317; 4) Nächtlich dehnen sich die Stunden. Vgl. jetzt u. d. T. »Der Geist« S. 114; 5) Vergangen ist der lichte Tag. Vgl. jetzt u. d. T. »Nachtlied« S. 272.

12 ff. *Der wandernde Musikant:* Ed G1, als Zyklus u. d. T. »Der zufriedene Musikant« in TMA in folgender Anordnung: 1) wie hier. Ed TMA. 2) wie hier. Ed AuG, vgl. S. 599. 3) »Ist auch schmuck nicht mein Rößlein«, jetzt Teil 1 von »Der Soldat«, vgl. S. 19. Ed TMA. 4) »Mürrisch sitzen sie und maulen«, jetzt Teil 5. Dieser Zyklus auch in Ges, 1826, Teil 3: Ed G1. Teil 4: Ed G1; gleichz. im DMA 1837 u. d. T. »Die Verzückte«. Teil 5: TMA. – V. 8 Geigenspiel = Geige. Teil 6: Ed TMA u. d. T. »Reiselied«; gleichz. im Ges, 1826, Nr. 9; die Str. 3 u. 6, leicht verändert, in DuG.

17 *Die Zigeunerin:* Ed in DuG 1. Buch, 9. Kap. als Wechselgesang zwischen Kordelchen und Fortunat. – *Der wandernde Student:* Ed in DuG.

18 *Der Maler:* Ed im BMA f. 1831 u. d. T. »Malers Morgenlied«.

19 *Der Soldat:* Ed als Zyklus G1. – In TMA als Teil 3 des Zyklus »Der zufriedene Musikant«.

20 *Seemanns Abschied:* Ed G1. Schon vorher in der Novelle »Eine Meerfahrt«, 1835, vgl. S. 883. Der Schluß ist leicht verändert.

21 *Die Spielleute:* Ed G1.

22 *Vor der Stadt:* Ed in DuG, 1. Buch, 2. Kap., mit 2 weiteren Strophen. – *Dryander mit der Komödienbande:* Ed in DuG, 1. Buch, 7. Kap. Dryander ist eine Figur der Erzählung. – V. 3 *agieren:* aufführen.

23 *Der verliebte Reisende:* Ed G1; dort gehörten noch folgende Gedichte lose zu dem Zyklus: »Rückkehr« S. 27, Ed G1; »Auf einer Burg«, S. 28, Ed G1; »Jahrmarkt«, S. 28, Ed im Almanach »Deutscher Dichterwald« hrsg. v. J. Kerner, Friedrich de la Motte Fouqué, L. Uhland u. a., Tübingen 1813 u. d. T. »Heimkehr«; »In der Fremde«, S. 29, Ed G1.

27 *Rückkehr:* Ed G1.

28 *Auf einer Burg:* Ed G1. – *Jahrmarkt:* Ed im Almanach »Deutscher Dichterwald«, siehe Anm. zu »Der verliebte Reisende«. – V. 7 *frischlich:* frisch, munter. – V. 8 *sicht:* sieht.

29 *In der Fremde:* Ed G1.

30 *Sehnsucht:* Ed DuG, 3. Buch, 24. Kap. – V. 13 *Felsenschlüften: Schlüfte:* Schluchten.

31 *Abschied:* Ed AuG, vgl. S. 550.

32 *Wann der Hahn kräht:* Ed in der Novelle »Die Glücksritter«, 1841. – *Der Morgen:* Ed Str. 1 u. 2 im »Taugenichts«, vgl. S. 777; Str. 3 AuG, vgl. S. 566. Noch in G1 waren beide Teile voneinander abgesetzt.

33 *Mittagsruh:* Ed G1. – *Der Abend:* Ed im »Taugenichts«, vgl. S. 825. – *Die Nacht:* Ed DuG, 1. Buch, 2. Kap.

34 *Wegweiser:* Ed im »Schlesischen Musenalmanach« f. 1833 v. Theodor Brand.

35 *Täuschung:* Ed G1. – *Schöne Fremde:* Ed DuG, 2. Buch, 15. Kap.

36 *Liebe in der Fremde:* Ed *1*, *2* u. *3* im »Marmorbild«, vgl. S. 836, 843, 854 f. – *4:* Ed DuG, 2. Buch, 16. Kap., wo noch eine Str. zwischengefügt ist, die in G1 nicht aufgenommen ist.

38 *Lustige Musikanten:* Ed in der Novelle »Die Glücksritter« aus dem Jahre 1841, dort als Gesang zwischen Seppi, dem Mädchen und dem Puppenspieler. – V. 14 *Hatschier:* (von ital. arciero): Bogenschütze, später Leibwächter zu Pferde. – *Bettelvogt:* Aufseher für die Bettler. – V. 15 *Freit:* (Substantiv zu freien): Brautwerbung. – V. 27 *strählt:* strählen: kämmen. – V. 48 *Cäcilia:* Schutzpatronin der Musik.

40 *Wandersprüche: 1:* Ed in der Novelle »Viel Lärmen um nichts« aus dem Jahre 1832. – *2* u. *3:* Ed DMA 1834. – *4* bis *7:* Ed G1, wo 6 den Untertitel »Am Meer« hat.

42 *Wandernder Dichter:* Ed W1; gleichzeitig im DMA 1841 u. d. T. »Wanderlied«. – *Erinnerung: 1:* Ed in der Novelle »Viel Lärmen um nichts« (1832), dort ist eine vierte Str. angehängt. – *2:* Ed DuG, 1. Buch, 6. Kap.

43 *Heimweh:* Ed im »Taugenichts«, vgl. S. 791.

44 *An der Grenze:* Ed im »Taugenichts«, vgl. S. 814.

44 f. *Wanderlied der Prager Studenten:* Ed im »Taugenichts«, vgl. S. 822 f. Vorbild waren Wilhelm Müllers (1794–1827) »Lieder des Prager Musikanten« (1820). – V. 8 *Valet:* Abschied. – V. 11–12 *Et habeat bonam pacem,/ Qui sedet post fornacem:* Und der habe gute Ruhe, der hinterm Ofen sitzt! – V. 23–24 *Venit ex sua domo-/ Beatus ille homo!* er kommt aus seinem Hause – glücklich jener Mann! – V. 26 *Boreas:* Nordwind. – V. 33–36 *Beatus ille homo/ Qui sedet in sua domo/ Et sedet post fornacem/ Et habet bonam pacem!* glücklich jener Mann, der in seinem Haus hinterm Ofen sitzt und gute Ruhe hat!

46 *Rückkehr:* Ed DuG, 3. Buch, 24. Kap. – V. 17 *Fei:* Fee. – *Zur Hochzeit:* Ed DuG, 3. Buch, 26. Kap.

47 *Der irre Spielmann:* Ed G1.

48 f. *Letzte Heimkehr:* Ed im DMA 1833 u. d. T. »Heimkehr«.

II. Sängerleben

50 *Singen kann ich nicht wie du:* Ed G1, auch im DMA 1837 u. d. T. »Vorwort«. – *Schlimme Wahl:* Ed im DMA 1839. – V. 1 *Fei:* Fee. – *strählen:* kämmen. – V. 9 *Phaeton:* in der griech. Sage Sohn des Sonnengottes Helios; beim Versuch, selbst den Sonnenwagen zu lenken, stürzte er ab. Der Name bezeichnet später einen eleganten, leichten, vierrädrigen Wagen. – V. 10 *Hochzeitscarmen:* carmen: Lied. – *Anklänge:* Ed G1.

51 *Intermezzo:* Ed G1.

54 ff. *Rettung:* Ed in Asts ZfWuK 1808. – V. 60 *schwindelten:* taumelten.

56 *Hippogryph:* Ed 1833 im Drama »Die Freier«, 1. Aufzug. – V. 6 *Schlüfte:* Schluchten. – *Die zwei Gesellen:* Ed im FTB 1818 u. d. T. »Frühlingsfahrt«. – V. 12 *Schwieger:* Schwiegermutter. – *Das Bilderbuch:* Ed G1.

58 *Mandelkerngedicht:* Ed G1. Geselliges Scherzgedicht, wahrscheinlich aus Anlaß einer verlorenen Wette entstanden. Die Reime waren vielleicht voherbestimmt. – V. 13 *Balkentreter:* Gehilfe des Organisten, der den Balken tritt und damit den Blasebalg in Gang setzt. E spielt damit auf seine untergeordnete Stellung als »Hilfsarbeiter« im preußischen Kultusministerium in Berlin an (1820).

59 *Der Unverbesserliche:* Ed in Theodor Brands Schlesischem Musenalmanach für 1833. – V. 30 *Flügelroß:* Musenroß der griech. Sage. – *Die Werber:* Ed G1. – V. 22 *Flügelbübchen:* Amor.

61 *Sonette:* Ed als Zyklus in G1. – *1:* Ed in Theodor Brands Schlesischem Musenalmanach f. 1833 u. d. T. »Die Lieder«. –

3: Ed AuG, vgl. S. 574, mit leichter Textvariante und Umstellung der Strophen 3 und 4.

64 *Wehmut: 1:* Ed AuG, vgl. S. 618. – *2:* Ed G1. – *3:* Ed AuG, vgl. S. 530f.

66 *Intermezzo:* Ed G1.

67 *Laß das Trauern:* Ed AuG, vgl. S. 726f.

68 *Dichterfrühling:* Ed G1.

69 *Intermezzo:* Ed G1. – *Aufgebot:* Ed G1. – V. 10 *Pilgrim:* Pilger.

70 *Intermezzo Der Bürgermeister:* Ed 1824 in der dramatischen Satire »Krieg den Philistern«, dort als Monolog des Bürgermeisters. Ebendort die folgenden Gedichte »Terzett«, »Chor der Schmiede«, »Chor der Schneider«. – V. 6 *proponieren:* vortragen. – V. 12 *Cito:* schnell, eilig. – V. 18 *more solito:* wie üblich, auf gewohnte Weise. – *ad acta:* zu den Akten. – V. 29 *species facti:* Art des Falles. – V. 33 *Prämissen:* Voraussetzungen.

71 *Terzett:* Ed s. Anm. zu S. 70: »Intermezzo«. – V. 12 *Aar:* Adler.

73 *Intermezzo Chor der Schmiede:* Ed s. Anm. S. 70. – V. 1 *Holmgang:* Zweikampf, der auf einem Holm (Insel) ausgetragen wird. – *Morgenlied:* Ed AuG, vgl. S. 699f. – V. 27 *agieret:* hier: bewegt, beschäftigt sich.

75 *Intermezzo Chor der Schneider:* Ed s. Anm. zu S. 70. – V. 5 *welscher Flick:* Stück Stoff aus Frankreich oder Italien. – *Guter Rat:* Ed im DMA für 1833. – V. 1 *Springer:* Seiltänzer.

76 *Umkehr:* Ed G1; auch im DTB 1837. – V. 11 *Neigen:* Reste. – *Intermezzo Blonder Ritter:* Ed im DMA 1841 u. d. T. »Romanze«. – V. 6 *Finte:* Scheinhieb, Kunstgriff (beim Fechten).

77 *Liedesmut:* Ed G1. – *Entgegnung:* Ed G1; auch im DTB 1837. – V. 2 *skandiere:* skandieren: Verse taktgerecht lesen.

78 *Der Isegrimm:* Ed G1. – Isegrimm: im Tierepos Name des Wolfes, später: mürrischer, trotziger Mensch. – V. 14 *Pasquill:* Schmähschrift.

79 *Tafellieder:* Ed als Zyklus G1. – *1 (Damenliedertafel in Danzig):* Die Danziger Liedertafel ist 1823 vom Archidiakon Theodor Kniewel gegründet worden. Str. 2 und 6 mit geringfügiger Variante im Drama »Die Freier« 1833, 1. Aufzug.

80 *2 Trinken und Singen:* Ed im Ges 1825, Nr. 71 u. d. T. »Trinklied«.

82 *4 Berliner Tafel:* Ed im »Liederbüchlein der Mittwochsgesellschaft« 1. Heft Nr. 1–15, 1827, u. d. T. »Frische Fahrt!« Die Berliner Mittwochsgesellschaft ist ein literarischer Zirkel, 1824 v. J. E. Hitzig gegründet, zu dem u. a. A. von Chamisso, Fr. de la Motte Fouqué und K. Varnhagen von Ense gehörten. E besuchte sie seit 1831. – V. 20 *Schelle:* hier: Nebenform zu

Scholle. – V. 32 *Schleglern oder Heglern:* Anhänger v. A. W. Schlegel (1767–1845) und G. W. F. Hegel (1770–1831).

83 5 *Die Heimonskinder:* Ed G1. – *Heimonskinder:* urspr. ein frz. Chanson de geste aus dem 13. Jh.; im 16./17. Jh. in Deutschland als Volksbuch verbreitet, v. Tieck 1797 in seinen »Volksmärchen« bearbeitet als »Geschichte von den vier Haimonskindern«. Die 4 Söhne des Grafen Haimon von Dordogne ritten hintereinander auf demselben Roß. – V. 17 *skandiert:* liest Verse.

84 6 *Der alte Held:* Ed in »Tafellieder zum 28. August 1831«, einer v. d. Mittwochsgesellschaft an Goethes Geburtstag hrsg. Sammlung. – V. 19 *Borden:* Borde: Ufer, Gestade. – V. 22 *Panner:* Banner, Fahne.

85 7 *Toast:* wahrscheinlich für die Mittwochsgesellschaft geschrieben. – V. 2 *die nicht schillern und nicht göthen:* die keine Epigonen Schillers und Goethes sind.
Treue: Ed im FTB 1818.

86 *Heimweh An meinen Bruder:* Ed W1.

87 *Dichterlos:* Ed G1. – *Spruch:* Ed G1.

88 *Lockung:* Ed DuG, 1. Buch, 9. Kap. – V. 4 *Söller:* flaches Dach, Terrasse, offener Dachumgang. – *Rückblick:* Ed DuG 4. Kap.

89 *Zweifel:* Ed G1.

90 *Dichterglück:* Ed G1; auch im DMA 1837 u. d. T. »Sängerglück«. – *Glückliche Fahrt:* Ed im FTB 1816.

91 *Sommerschwüle: 1:* Ed G1. – *2:* Ed DuG, 2. Buch, 18. Kap.; die beiden Terzette dort beträchtlich anders.

92 *Frisch auf!:* Ed DMA 1836.

93 *Kriegslied:* Ed DMA 1833. – V. 6 *Greifen:* Greif: Riesenvogel der Sage. – V. 7 *Lindwürm:* Lindwurm: fabelhaftes, dem Drachen ähnliches Schlangenungeheuer. – V. 14 *himmelt:* zum Himmel strebt. – V. 21 *Sankt Georg:* in der Heiligenlegende der Drachentöter.

94 *Eldorado:* Ed G1. – *Eldorado:* sagenhaftes Goldland in Südamerika; im übertragenen Sinne: Paradies.

95 *Frühlingsklage:* Ed W1.

96 *An die Waldvögel:* Ed in der Novelle »Die Entführung« aus dem Jahre 1839. – *Vorwärts!:* Ed W1.

97 *Frühe:* Ed W1. – *Zum Abschied:* Ed W1. Die Adressatin ist E's Tochter Therese von Besserer-Dahlfingen (1817–1884).

98 *Vergebener Ärger:* Ed W1. – *vergebener:* hier: vergeblicher. – *Der Wegelagerer:* Ed W1.

99 *Der Glücksritter:* Ed W1. – V. 14 *Klebebier: Malzbier.* – V. 20 *Blum und Perl:* steht für: Bier und Wein.

100 *Der Schreckenberger:* Ed in der Novelle »Die Glücksritter« aus dem Jahre 1841. – V. 2 *Panier:* Banner. – V. 18 *Fama:* Ruf, Gerücht. – *Trost:* Ed G1; auch im DMA 1837.

101 *An die Dichter:* Ed AuG, vgl. S. 738. – V. 41 *Horte:* Schutz.
103 *Wünschelrute:* Ed DMA 1838.

III. Zeitlieder

104 *Wo ruhig sich und wilder:* Ed G1.
104 ff. *Die Freunde I–V:* Ed G1. – *II und III:* sind gerichtet an Otto Heinrich Graf von Loeben (1776–1825), Mittelpunkt eines Heidelberger Dichterkreises und Förderer E's. – *IV An Fräulein ...:* Adressatin unbekannt. – *V An Fouqué:* Antwort auf ein Gedicht von Friedrich Heinrich Karl Baron de la Motte Fouqué (1777–1843), romantischer Dichter.
108 *Der Riese:* Ed G1.
109 *Sängerfahrt:* Ed G1.
110 *In das Stammbuch der M. H.:* Ed G1. – *M. H.:* Madame (Benigna Sophia Amalia) Hahmann (1774 bis 1848), Gattin eines mit der Familie E befreundeten Justitiars. – *Akrostichon:* Gedicht, bei dem die Anfangsbuchstaben der Zeilen (oder Strophen) ein Wort, einen Satz oder einen Namen ergeben; in diesem Gedicht: I(oseph) B(enedikt) v(on) Eichendorff. – *In E...s Stammbuch:* Ed G1; Adressat unbekannt.
111 *Auf dem Schwedenberge:* Ed TMA.
112 *Lieber alles:* Ed G1. – *Sonette: 1:* Ed G1; *2:* Ed in AuG, vgl. S. 717. – *An A...:* möglicherweise für »Astralis«, Dichtername des zum Heidelberger Dichterkreis um Loeben gehörenden Heinrich Wilhelm Budde (1786–1860).
114 *Der Geist:* Ed in AuG, vgl. S. 724. – *Klage:* Ed in AuG, vgl. S. 734 f.
115 *An...:* Ed G1; Adressat nicht bekannt.
116 *Nachtfeier:* Ed G1.
117 *Zorn:* Ed G1.
118 *Symmetrie:* Ed G1.
118 f. *Heimkehr:* Ed G1. – V. 7 *Haber:* Hafer. – V. 13 *Hoboe:* Oboe. – V. 18 *der Monden:* Nebenform von »der Mond«.
121 *Gebet:* Ed G1.
122 *Mahnung: 1:* Ed in AuG, vgl. S. 737; *2:* Ed G1. – Weh! daß zur Welt ich kam, sie einzurichten: vgl. Shakespeare, Hamlet, I, 5.
123 *Der Tiroler Nachtwache:* Ed in AuG, vgl. S. 655. – *An die Tiroler:* Ed G1. – Bezieht sich auf den Tiroler Aufstand von 1809.
124 *An die Meisten:* Ed G1. – *Don Quixote:* Hauptfigur in Cervantes Roman »Leben und Taten des scharfsinnigen Edlen Don Quixote von La Mancha« (1605–1615).
125 *Der Jäger Abschied:* Ed G1.

126 *Auf dem Rhein:* Ed in AuG, vgl. S. 740 f.
126 f. *Trost:* Ed G1. – V. 7 f.: In der slaw. Sage schläft König Wenzel mit seinem Gefolge in einem Palast aus Bergkristall.
127 *Zeichen:* Ed G1.
128 *Unmut:* Ed G1. – *Entschluß:* Ed im FTB 1816 u. d. T. Verschiedene Bahn.
129 f. *Abschiedstafel:* Ed G1.
131 *An meinen Bruder 1813:* Ed im FTB 1818, u. d. T. »An meinen Bruder. Zum Abschied im Jahre 1813.«
132 *Aufbruch:* Ed G1. – V. 6 *glänzger:* glänzender.
133 *Tusch:* Ed G1. – *Appell:* Ed G1.
134 f. *Soldatenlied:* Ed im FTB 1818. – V. 8 *Plan:* Ebene, Feld.
136 *Die ernsthafte Fastnacht 1814:* Ed im FTB 1816; das Gedicht bezieht sich auf die Erstürmung Wittenbergs am 13. 1. 1814 durch die Koalitionstruppen.
137 *Auf der Feldwacht:* Ed G1.
138 *Waffenstillstand der Nacht:* Ed G1. – *In C. S. ... Stammbuch:* Ed G1. – *C. S.:* E's Kriegskamerad und Freund, der Maler Carl Albert Eugen Schaeffer (1780–1866).
139 *Der Friedensbote:* Ed G1; gerichtet an Luise v. Larisch, E's Braut.
140 *An meinen Bruder:* Ed G1.
141 *An Philipp:* Ed G1. – *Philipp:* Philipp Veit (1793–1877), Stiefsohn Friedrich Schlegels, den E 1811 in Wien kennenlernte. – *Redoutenmelodie:* Redoute: Maskenball.
142 f. *Hermanns Enkel:* Ed G1 u. d. T. »Germaniens Enkel«. – V. 13 *Bärenhäuter:* grober, primitiver Landsknecht oder Student. – V. 30 *Litefka:* (poln.) Uniformrock mit Schößen. – V. 32 *Henri quatre:* nach Heinrich IV. von Frankreich (1589 bis 1610) benannter Kinnbart. – V. 49 *biderb:* bieder. – V. 58 *Halsrotunde:* Halskrause.
144 ff. *Der Liedsprecher: 1:* Ed in »Abendzeitung Nr. 8 vom 9. 1. 1823. – Fußnote: *des damaligen Kronprinzen von Preußen, jetzigen Königs, Majestät:* Kronprinz Friedrich Wilhelm (1795 bis 1861), als Friedrich Wilhelm IV. 1840–1861 König von Preußen. – *Rempter:* Speisesaal in Ritterburgen. – *von einem Freunde des Verfassers:* Theodor Kriewel, Gymnasiallehrer und später Pfarrer in Danzig. – V. 19 *pfeilern:* ragen auf wie Pfeiler. – V. 43 *Jungfrau minneselig:* gemeint ist die Marienstatue der Marienburg. – *2:* Ed. G1. – *Kaiserin von Rußland:* Charlotte, ehemalige Prinzessin von Preußen, verheiratet mit Zar Nikolaus I. – V. 13 *vergrauen:* grau werden.
148 *Der neue Rattenfänger:* Ed 1823 in E's Schauspiel »Krieg den Philistern«. – V. 12 *gescheute:* gescheit. – *Der brave Schiffer:* Ed G1; 1835 für das fünfzigjährige Dienstjubiläum des preuß. Staatsmanns und Schriftstellers Friedrich August von Stägemann (1763–1840) verfaßt.

150 *Ablösung:* Ed G1.

151 *An die Lützowschen Jäger:* Ed G1.

152 *Bei Halle:* Ed im DMA 1841; auch in E's Schrift »Halle und Heidelberg«.

153 *Wechsel:* Ed W1; das Gedicht spiegelt die Hoffnungen wieder, die 1840 auf den neuen preußischen König Friedrich Wilhelm IV. gesetzt wurden. – *Abschied:* Ed im DMA 1840.

154 *Vorbei:* Ed im DMA 1840. – *Weltlauf:* Ed G1; auch im DMA 1837.

IV. Frühling und Liebe

156 *An die Freunde:* Ed 1816 in Hsp, gedacht als Zueignung für AuG. – *Anklänge:* Ed G1; *2* leicht verändert als Eingang der Romanze »Der Reitersmann«, vgl. S. 314.

158 f. *Das Zaubernetz:* Ed G1. – V. 9 *laden:* locken, zum Genuß einladen. – V. 25 *Zelter:* Damenpferd.

159 *Der Schalk:* Ed G1; entstanden für das Fragment gebliebene Lustspiel »Wider Willen«. – V. 3 *ein Knabe:* Amor.

160 *Frühlingsgruß:* Ed G1. – *Abendlandschaft:* Ed G1.

161 *Elfe:* Ed der ersten Strophe in E's Erzählung »Viel Lärmen um nichts«, (1832); Ed des ganzen Gedichts G1. – V. 1 *Tanzplan:* Tanzfläche. – *Frühlingsmarsch:* Ed G1. – V. 15 *Zwinger:* Raum zwischen Mauer und Graben der Burg.

162 *Die Lerche:* Ed im FTB 1818. – *Die Nachtigall:* Ed 1828 in E's Drama »Ezelin von Romano«.

163 *Adler:* Ed G1. – *Durcheinander:* Ed W1.

164 *Gleichheit:* Ed W1. – *Gedenk:* Ed W1. – V. 7 *Spangen:* hier etwa: Fesseln, Haft. – *Die Sperlinge:* Ed W1.

165 *Schneeglöckchen:* Ed W1. – *Spaziergang:* Ed G1.

166 f. *Mädchenseele:* Ed G1. – *Steckbrief:* Ed in AuG, vgl. S. 455 f. – V. 9 *weils:* während es.

167 *Morgenständchen:* Ed 1832 in E's Erzählung »Viel Lärmen um nichts«.

168 *Aussicht:* Ed G1. – *Abendständchen:* Ed in AuG, vgl. S. 529.

169 *Nacht: 1:* Ed 1828 in E's Drama »Ezelin von Romano«; *2:* Ed G1; *3* und *4:* Ed 1839 in E's Erzählung »Die Entführung«.

170 *Wahl:* Ed in AuG, vgl. S. 507.

171 *Die Stille:* Ed in AuG, vgl. S. 615.

172 *Frühlingsnetz:* Ed G1. – *Das Mädchen:* Ed in AuG, vgl. S. 508 f.

173 *Die Studenten:* Ed in AuG, vgl. S. 451.

174 *Der Gärtner:* Ed 1823 im Vorabdruck des ersten Kapitels von »Aus dem Leben eines Taugenichts«, vgl. S. 754 f. – *Jägerkatechismus:* Ed in AuG, vgl. S. 523 f.

175 *Der Kadett:* Ed G1.

176 *Übermut:* Ed 1837 in E's Erzählung »Das Schloß Dürande«, vgl. S. 931. – *Der Polack:* Ed G1. – *Der Jäger:* Ed G1.

177 *Der Landreiter:* Ed. 1830 in E's Drama »Der letzte Held von Marienburg«. – *Landreiter:* wohl ein berittener Polizeibediener. – *Der Bote:* Ed 1837 in E's Erzählung »Das Schloß Dürande«, vgl. S. 948.

178 *Die Jäger:* Ed 1832 in E's Erzählung »Viel Lärmen um nichts«; Buchveröff. 1833. – *Der Winzer:* Ed in G1 und im DMA 1837.

179 *Der Poet:* Ed G1. – *Die Kleine:* Ed in AuG, vgl. S. 489.

180 *Die Stolze:* Ed in E's Erzählung »Die Entführung« von 1839.

181 *Der Freiwerber:* Ed in AuG, vgl. S. 467 f. – *Jäger und Jägerin:* Ed in AuG, vgl. S. 463 ff.

183 *Der Tanzmeister:* Ed G1. – *Die Braut:* Ed G1.

184 *Die Geniale:* Ed in AuG, vgl. S. 595 f. – *Der verzweifelte Liebhaber:* Ed G1.

185 *Der Glückliche:* Ed G1. – V. 5 *Schlüften:* Schluchten. – V. 6 *sich klüften:* sich auftun.

185 f. *Der Nachtvogel:* Ed G1; Ed der *Coda* schon 1828 in E's Drama »Ezelin von Romano«. – V. 9 *Rotunde:* Rundbau. – *Coda:* Anhang, Schlußteil.

186 *Die Nachtblume:* Ed G1. – *Der Dichter:* Ed G1.

188 *An eine Tänzerin:* Ed Hsp.

189 *Klage:* Ed in AuG, vgl. S. 496 f.

189 f. *Trauriger Winter:* Ed G1 u. d. T. »Jugendandacht«. – V. 8 *beut:* altertümlich für »bietet«.

190 *Trauriger Frühling:* Ed G1. – *Begegnung:* Ed G1.

191 *Der Kranke:* Ed G1.

192 *Im Herbst:* Ed G1.

193 *Der Hochzeitsänger:* Ed G1.

194 *Der letzte Gruß:* Ed im DMA 1834.

195 *Bei einer Linde:* Ed 1826 im TMA und in Gubitz' »Gesellschafter«. – *Vom Berge:* Ed im DMA 1834.

196 f. *Verlorene Liebe:* Ed in DuG, 3. Buch, 19. Kap. – V. 37 *Flimmern:* glänzende Schmuckstücke. – V. 56 *Saitenspiel:* hier das Instrument, die Laute.

198 *Das Ständchen:* Ed im DMA 1833. – *Klang um Klang:* Ed 1841 in W1 und in E's Erzählung »Die Glücksritter« (1841).

199 *Neue Liebe:* Ed G1.

200 *Frühlingsnacht:* Ed G1. – *Frau Venus:* Ed 1819 in E's Erzählung »Das Marmorbild«, vgl. S. 848.

201 *Erwartung:* Ed TMA.

202 *Leid und Lust:* Ed 1816 in Hsp.

203 ff. *Trennung:* Ed G1. – *1,* V. 6 *Schlüfte:* Schluchten.
206 *Glück:* Ed im FTB 1817. – *Die Schärpe:* Ed in AuG, vgl. S. 656.
207 *Abschied und Wiedersehen:* Ed im FTB 1816.
208 ff. *Die Einsame: 1:* Ed G1; *2:* Ed in AuG, vgl. S. 473 f.; *3:* Ed in E's Erzählung »Das Schloß Dürande«, vgl. S. 956; *4:* Ed G1.
210 *An die Entfernte:* Ed TMA.
213 *Das Flügelroß:* Ed 1816 in Hsp; Titel von Loeben, ursprünglicher Titel: »Lustfahrt«.
215 *Glückwunsch:* Ed G1. – *Der junge Ehemann:* Ed G1. – V. 3 *Kinde:* Liebchen.
216 *Im Abendrot:* Ed G1.
216 ff. *Nachklänge: 1:* Ed im DMA 1837 u. d. T. »Herbstlied«; *2:* Ed G1; *3:* Ed im DMA 1836 u. d. T. »Nachhall«; *4:* Ed im DMA 1833 u. d. T. »Winterlied«; *5:* Ed 1828 in E's Drama »Ezelin von Romano«; *6:* Ed G1.

V. Totenopfer

221 *Gewaltges Morgenrot:* Ed 1828 in E's Drama »Ezelin von Romano«. – *Wehmut:* Ed G1.
221 ff. *Sonette: 1* und *2:* Ed G1; *3:* Ed TMA u. d. T. »Angedenken«. – *3,* V. 2 *Schlüfte:* Schluchten. – *3,* V. 9 *Borden:* Ufern.
223 *Treue:* Ed G1. – *Gute Nacht:* Ed G1.
224 *Am Strom:* Ed G1. – *Nachruf an meinen Bruder:* Ed im FTB 1818 u. d. T. »Lied«, in etwas anderem Wortlaut (V. 6 »Liebchen« statt »Bruder«). E's Bruder Wilhelm starb 1849; das Gedicht entstand 1814, in einer Zeit der Unsicherheit und der Sorge um das Schicksal des Bruders.
226 ff. *Auf meines Kindes Tod:* entstanden im März 1832. Anlaß für den Zyklus war der Tod des jüngsten Kindes E's, Anna (20. 10. 1830 – 24. 3. 1832). *1:* Ed G1; *2, 3, 4:* DMA 1834 mit den Titeln »Im Garten«, »Am Abend« und »Nachts«; *5–9:* Ed im DMA 1835 unter dem Titel »Auf den Tod meines Kindes«; *10:* Ed G1. – *1,* V. 30 *die schönste von allen Frauen:* die Jungfrau Maria. – *10,* V. 5 *Plan:* Ebene, Feld.
232 *An einen Offizier, der als Bräutigam starb:* Ed G1; Adressat unbekannt.
233 *Angedenken:* Ed G1. – *In der Fremde:* Ed 1832 in E's Erzählung »Viel Lärmen um nichts«. – *Vesper:* Ed 1828 in E's Drama »Ezelin von Romano«.
234 *Die Nachtigallen:* Ed im DMA 1839; auch enthalten in E's Erzählung »Die Glücksritter«.
235 *Nachruf:* Ed im DMA 1838. – V. 5 *nachten:* dunkel werden.

VI. Geistliche Gedichte

236 *Andre haben andre Schwingen:* Ed G1.

236 ff. *Götterdämmerung: 1:* Ed 1816 in Hsp u. d. T. »Trinklied«; *1* und *2* dann Ed 1819 in E's Erzählung »Das Marmorbild«, vgl. S. 837 ff. – *Götterdämmerung:* Begriff aus der nordischen Mythologie: der Untergang der Welt und der Götter, danach soll eine neue Welt folgen. – *1,* V. 61 *Eine Fackel wohl trägt er:* der Schlaf erscheint in der antiken Mythologie als Jüngling mit erhobener, der Tod als Jüngling mit gesenkter Fackel. – *2,* V. 10 *Plan:* Ebene, Feld.

240 *Mariä Sehnsucht:* Ed G1.

241 ff. *Jugendandacht: 1* und *2:* Ed G1; *3:* Ed in ZfWuK 1808 u. d. T. »Frühlingsandacht«; *4:* Ed wie 3 u. d. T. »An Maria«; *5–7:* Ed G1; *8:* Ed G1 als 9, voran ging das in *W1* getrennt gedruckte Sonett »Trauriger Winter«, vgl. S. 189 f.; *9* und *10:* Ed G1 als 10 und 11. – *3,* V. 5 *Spreiten:* (sich) Ausbreiten. – *8,* V. 10 des *Bundes Bogen:* vgl. 1. Mose 9,12–13: »Doch Gott sprach: Das ist das Zeichen des Bundes, den ich gemacht habe zwischen mir und euch und allen lebendigen Seelen bei euch hinfort ewiglich: Meinen Bogen habe ich gesetzt in die Wolken, der soll das Zeichen sein des Bundes zwischen mir und der Erde.«

246 f. *Der Fromme:* Ed G1. – V. 13 *Banden:* für Bande.

247 *Lieder: 1:* Ed ZfWuK 1808. *2:* Ed G1.

248 *An den heiligen Joseph:* Ed in ZfWuK 1808 mit einer zusätzlichen 4. Strophe.

249 *Kirchenlied:* Ed G1.

250 *Morgengebet:* Ed im DMA 1834. – V. 15 *Saitenspiel:* hier das Instrument.

251 *Mittag:* Ed G1. – V. 4 *Panier:* Banner. – *Abend:* Ed G1.

252 *Nachtgruß:* Ed G1. – *Morgenlied:* Ed G1.

253 *In der Nacht:* Ed im FTB 1818.

254 *Werktag:* Ed G1. – *Sonntag:* Ed G1. – *Frühling:* Ed G1.

255 *Herbst:* Ed 1837 in E's Erzählung »Das Schloß Dürande«, vgl. S. 940 ff. – V. 22: *des Benedeiten Gruft:* das Grab Jesu in Jerusalem.

256 *Winter:* Ed G1. – V. 14: *Roß:* Pegasus, das geflügelte Dichterroß. – *Der Schiffer:* Ed im DMA 1836.

257 *Der Soldat:* Ed G1; enthalten in der 1835 entstandenen Erzählung E's »Eine Meerfahrt«, vgl. S. 890.

258 *Der Wächter:* Ed in DuG, 3. Buch, 26. Kap. – *Gottes Segen:* Ed 1837 gleichzeitig in G1 und im DMA.

259 f. *Der Umkehrende: 1:* Ed 1837 in G1 und im DMA u. d. T. »Der Wanderer«, auch enthalten in E's Erzählung »Eine Meerfahrt«, vgl. S. 894; *2:* Ed 1819 in E's Erzählung »Das Marmorbild«, vgl. S. 871; *3* und *4:* Ed G1; *5:* Ed in DuG,

3. Buch, 24. Kap. – *4,* V. 1 *Es wandelt:* = es verwandelt sich. – *5,* V. 1 *Waldeinsamkeit:* Das Wort erscheint zuerst im Lied des Zaubervogels in Ludwig Tiecks Erzählung »Der blonde Eckbert«, (1796).

261 *Der Kranke:* Ed G1. – *Sterbeglocken:* Ed G1.

262 ff. *Der Pilger:* Ed als Zyklus in G1; *3:* Ed in AuG, vgl. S. 531 f. – *6,* V. 9 *Meine Lieder sind nicht deine Lieder:* vgl. Jes. 55, 8 f. – *6,* V. 11 *Und nimm das Kreuz, dann komme wieder:* vgl. Mark. 10,21 f.

264 *Der Pilot:* Ed G1. – *Pilot:* hier: Steuermann.

265 *Der Einsiedler:* Ed 1837 in G1 und im DMA, enthalten auch in E's Erzählung »Eine Meerfahrt«, vgl. S. 907 f. – Anklang an das Lied des Einsiedlers in H. J. G. von Grimmelshausens Roman »Der abenteuerliche Simplicissimus« (1669), I, 7: »Komm Trost der Nacht, o Nachtigall«.

265 f. *Der Sänger:* Ed G1. – V. 11 *Talen:* Nebenform zu »Tälern«.

267 f. *Morgendämmerung:* Ed G1. – *Das Gebet:* Ed G1.

268 *Sonntag:* Ed im DMA 1836 u. d. T. »Frühmorgens«.

269 *Nachtgebet:* Ed G1.

270 *Ostern:* Ed im DMA 1833 u. d. T. »Frühlingsklänge«. – *Weihnachten:* Ed G1.

271 *Abschied:* Ed G1. – *Mondnacht:* Ed G1.

272 *Glück auf:* Ed G1. – *Nachtlied:* Ed in AuG, vgl. S. 601.

273 *Stimmen der Nacht:* Ed W1.

274 *Herbstweh:* Ed W1. – *Winternacht:* Ed W1.

275 *Trost:* Ed W1. – *Dank:* Ed W1.

276 *Kurze Fahrt:* Ed W1. – *Schifferspruch:* Ed W1. – *So oder so:* Ed W1.

277 *Walt' Gott!:* Ed W1. – *Schiffergruß:* Ed im DMA 1840.

278 *Todeslust:* Ed im DMA 1840. – *Warnung:* Ed im DMA 1838. – V. 7 *schildernd:* Schilde tragend. – V. 9 *Der Engel dort mit seinem Flammendegen:* vgl. 1. Mose 3,24. – V. 14 *wo nun willst dein müdes Haupt hinlegen:* vgl. Matth. 8,20.

279 *Die heilige Mutter:* Ed W1. *Mahnung:* Ed W1. – V. 14 *Denn* seine sind nicht euere Gedanken: vgl. Jes. 55,8 f.

280 *Wacht auf!:* Ed W1. – V. 11 *Engel mit dem Schwerte:* vgl. 1. Mose 3,24. – *Im Alter:* Ed W1.

281 *Memento mori:* Ed W1. – *memento mori:* gedenke, daß du sterben mußt. – *Die Flucht der heiligen Familie:* Ed W1.

282 *Marienlied:* Ed W1.

283 *Durch!:* Ed G1.

VII. Romanzen

284 *Aus schweren Träumen:* Ed 1828 in E's Drama »Ezelin von Romano«. – *Die Zauberin im Walde:* Ed in ZfWuK 1808, dort um 9 Strophen länger.

286 *Die Riesen:* Ed G1. – *Gezwergen:* Zwergen.

288 *Der Götter Irrfahrt:* Ed G1; Quelle: W. Mariner, »An account of the Natives of the Tonga-Islands, ed. by J. Martin«, London 1818; deutsche Übersetzung: Weimar 1819.

291 *Die Brautfahrt:* Ed im FTB 1816.

295 *Vom heiligen Eremiten Wilhelm:* Ed W1. – V 1 *Warten:* Wachtürme.

296 *Der Kühne:* Ed in DuG, 1. Buch, 13. Kap. – *Der Wachtturm:* Ed G1.

297 *Nachtwanderer:* Ed in AuG, vgl. S. 460; in TMA als Zyklus zusammen mit »Nachts«, vgl. S. 12, und drei weiteren Gedichten.

298 *Der Knabe:* Ed G1. – V 5 *Plan:* Ebene, Feld.

299 *Die Nonne und der Ritter:* Ed G1.

300 *Der stille Grund:* Ed 1837 gleichzeitig in G1 und im DMA. – V. 9–10 *Ein' Kahn:* im Schlesischen auch Neutrum.

301 *Der Kämpe:* Ed G1. – V 15 *sunge:* sang. – *Waldmädchen:* Ed G1; auch in E's Erzählung »Eine Meerfahrt«, vgl. S. 901 f. – V. 3 *fodert:* Nebenform zu fordert. – V. 9 *Lohen:* Flammen.

302 *Der Unbekannte:* Ed G1.

304 *Der stille Freier:* Ed G1; enthalten in dem Dramenfragment E's »Eginhard und Emma«.

304 f. *Waldgespräch:* Ed in AuG, vgl. S. 625. – V. 12 *Lorelei:* die Figur eine Erfindung Clemens Brentanos, vgl. dessen Ballade »Lore Lay« aus dem Roman »Godwi«, 1801, 2. Teil, Kap. 36.

305 *Die Saale:* Ed 1841 in E's Erzählung »Die Glücksritter«. – *Der alte Garten:* Ed 1839 in E's Erzählung »Die Entführung«.

306 *Verloren:* Ed W1. – *Der Schnee:* Ed in AuG, vgl. S. 611.

307 *Die weinende Braut:* Ed TMA.

309 *Das zerbrochene Ringlein:* Ed 1813 in »Deutscher Dichterwald«, u. d. T. »Lied«.

309 ff. *Der Gefangene:* Ed in AuG, vgl. S. 611. – V. 2 *weil:* hier: während. – V. 54 *Bund:* Stoffstreifen zum Binden des Hemdes am Hals.

312 *Der traurige Jäger:* Ed G1. – *Der Bräutigam:* Ed in E's Drama »Der letzte Held von Marienburg« (1830).

313 *Die falsche Schwester:* Ed 1837 in E's Erzählung »Das Schloß Dürande«, vgl. S. 965.

314 *Der Reitersmann:* Ed in AuG, vgl. S. 673; die ersten beiden Strophen bilden mit Textvarianten das 2. Stück der »Anklänge«, vgl. S. 157. – V. 5 *Rocken:* Teil des Spinnrads, an

dem Flachs oder Wolle befestigt wird, um von dort abgesponnen zu werden.

317 *Das kalte Liebchen:* Ed im FTB 1816. In TMA als Nr. 3 eines fünfteiligen Zyklus »Nachtbilder«.

317 ff. *Die verlorene Braut:* Ed G1. – V. 10 *Altan:* freiliegende Terrasse an Schloßbau; Balkon. – V. 86 *Schluft:* Schlucht.

321 *Parole:* Ed in DuG, 3. Buch, 22. Kap., zusammen mit zwei weiteren Strophen. – *Parole:* Losungswort.

322 *Zauberblick:* Ed G1.

323 *Der verirrte Jäger:* Ed in AuG, vgl. S. 713.

324 *Die späte Hochzeit:* Ed 1828 in E's Drama »Ezelin von Romano«.

324 f. *Die stille Gemeinde:* Ed 1837 gleichzeitig in G1 und im DMA. – V. 10 *Jakobiner:* Mitglieder des nach seinem Versammlungsort, dem Jakobinerkloster in Paris, benannten republikanischen politischen Klubs; nach dem Sturz Robespierres 1794 aufgelöst. – V. 15 *Kyrie:* Formel im Kirchengesang, Kyrie eleison: Herr, erbarme dich. – V. 16 *Marseillaise:* franz. Nationalhymne, ursprünglich Revolutionslied von 1792.

327 *Die deutsche Jungfrau:* Ed in AuG, vgl. S. 735 f.

328 ff. *Die wunderliche Prinzessin:* Ed in AuG, vgl. S. 575 f. – V. 21 *Heinrich:* Heinrich der Löwe (1129–1195). – V. 22 *Gottfried:* wohl Gottfried von Bouillon, Führer des ersten Kreuzzugs. – V. 22 *Siegfried der Scharfe:* vermutlich der Siegfried des Nibelungenliedes. – V. 23 *König Alfred:* Alfred der Große von England (849–901), der nach der Sage als Sänger verkleidet ins feindliche Lager schlich. – V. 25 *Don Quixote:* vgl. Anm. zu S. 124. – V. 169 *Provençalen:* provençalische Minnesänger, Troubadours.

334 *Meeresstille:* Ed 1837 gleichzeitig in G1 und im DMA, enthalten in E's Erzählung »Eine Meerfahrt«, vgl. S. 874 f.

335 *Der zaubrische Spielmann:* Ed im FTB 1816. – V. 22 *Viole:* (lat. viola) Veilchen.

337 *Das kranke Kind:* Ed im DMA 1835.

338 *Der Schatzgräber:* Ed im DMA 1834. – *Die Räuberbrüder:* Ed im DMA 1841. – V. 1 *Strauß:* Streit, Gefecht.

339 *Sonst:* Ed im DMA 1841; enthalten in einer frühen hs. Fassung von »Libertas und ihre Freier«, dann in »Der Adel und die Revolution«.

340 *Der Kehraus:* Ed im DMA 1838.

341 *Der armen Schönheit Lebenslauf:* Ed in AuG, vgl. S. 559; Str. 9 dann auch in DuG, 2. Buch, 18. Kap.

343 *Die Hochzeitsnacht:* Ed in AuG, vgl. S. 720 f.

346 *Von Engeln und von Bengeln:* Ed in E's Schauspiel »Krieg den Philistern«. – V. 10 *Adebar:* mundartlicher Name des Storchs.

– V. 26 *applizierten sich:* stellten sich an.
348 *Valet:* Ed G1. – *Valet:* Lebewohl.

VIII. Aus dem Spanischen

Die Übertragungen sind vermutlich 1839 entstanden. Quellen E's: 1) Silva de romances viejos publicada por Jacobo Grimm. Vienna de Austria en casa de Jacobo Mayer y Comp. 1815 (= Gr), 2) Teatro pequeno de Elocuencia y Poesia Castellana con breves Noticas Biograficas y Literarias por D. V. A. Huber. Brema, 1832 (= Hb).

349 *Vom Strande:* Hb, S. 473 f.; Verf. Francisco de Borja Principe de Esquilache (1580–1658).
350 *Die Musikantin:* Hb, S. 577; Verf. Alvaro Fernandez de Almeida (vor 1511).
351 *Turteltaube und Nachtigall:* Gr, S. 310; Verf.?, wahrscheinlich aus dem 15. Jh.
352 *Graf Arnold und der Schiffer:* Gr, S. 244 f.; vgl. Anm. zu S. 351. – V. 22 *Leon:* spanische Stadt.
353 *Der Hochzeitstanz:* Gr, S. 249; vgl. Anm. zu S. 351. – *Blanka:* Gr, S. 242 f.; vgl. Anm. zu S. 351.
354 *Die Jungfrau und der Ritter:* Gr, S. 250 f.; vgl. Anm. zu S. 351.
356 *Herkules' Haus:* Gr, S. 286 f.; Verf.?, entstanden im 16. Jh.; die Romanze stammt aus dem Kreis der Sagen um den 711 gegen die Araber gefallenen Westgotenkönig Don Rodrigo (Roderich); E verzichtet weitgehend auf den historischen Hintergrund des Originals.
357 *Donna Urraca:* E hat hier zwei Romanzen aus dem Umkreis des Cid kombiniert (Gr, S. 301 ff. und S. 304). Donna Urraca, Tochter Ferdinands I. von Kastilien (1035–1065), Herrscherin von Zamora, stand in den Kämpfen ihrer Brüder Sancho II. von Kastilien und Alfons von Asturien auf der Seite des Alfons. Sie wurde von Sanchos Heer, das der Cid führte, 1072 in Zamora belagert. – V. 2 *der stolze Cid:* Beiname des heldenhaften Rodrigo Diaz de Vivar.
358 *Durandartes Abschied:* E hat von den drei bei Gr gedruckten Romanzen (S. 136, S. 139 f., S. 141) die beiden letzten in umgekehrter Reihenfolge übertragen. Die Vorlagen gehören zu den Spielmannsromanzen wohl des 15. Jh. – *Durandarte:* ein Paladin Karls des Großen, so genannt nach Rolands Schwert Durendart.
359 *Durandartes* Tod: vgl. Anm. zu S. 358. – *Montesinos:* einer der zwölf sagenhaften Paladine Karls des Großen.

360 *Donna Alda:* Gr, S. 108ff.; Verf.? Entstanden im 15. Jh. Im Rolandslied stürzt Donna Alda tot nieder, als sie vom Tod ihres Bräutigams Roland erfährt. Die spanische Vorlage gehört in einen Zyklus um die Schlacht bei Roncevalles (788).

362 *Das Waldfräulein:* Gr, S. 259; das Original wohl aus dem 15. Jh. – V. 12 *gefeit:* verzaubert.

363f. *Weh Valencia!:* Gr, S. 280; der Cid eroberte 1094 das maurische Königreich Valencia. – V. 3 *die Almoraviden:* maurisch-spanische Dynastie. – V. 26 *Guadalaviar:* bei Valencia ins Mittelmeer mündender Fluß.

ZWEITE ABTEILUNG
VERSTREUT GEDRUCKTE UND NACHGELASSENE GEDICHTE

Die Druckvorlagen der in dieser Abteilung zusammengestellten Gedichte sind in den Bemerkungen »Zu dieser Ausgabe« S. 1644f. genannt. Da diese Gedichte in HKA noch nicht enthalten sind, mußte auf die Angabe der Erstdrucke in der Regel verzichtet werden. Erst die wissenschaftliche Bearbeitung dieser Texte in der in Arbeit befindlichen Weiterführung der HKA kann die notwendigen Aufschlüsse und einen zuverlässigen Wortlaut erbringen.

372 *Beim Erwachen M. H.:* vgl. Anm. zu S. 110.

373 *An Isidorus Orientalis:* Pseudonym Loebens, vgl. Anm. zu S. 104ff. – *Antwort An H. Graf v. Loeben:* vgl. Anm. zu S. 104ff.

374 *An I...:* Isidorus Orientalis, vgl. Anm. zu S. 373. – *In Buddes Stammbuch:* Budde: vgl. Anm. zu S. 112.

380 *An...:* Adressat unbekannt.

381 *Einsiedler:* auch in AuG, vgl. S. 636.

382 *Assonanzen:* auch in »Halle und Heidelberg«. – *Assonanzen:* Verse, bei denen sich in den betonten Endsilben nur die Vokale decken, nicht, wie beim Reim, auch die Konsonanten. – *Madrigal:* Gedicht mit alternierenden Versen ungleicher, beliebiger Länge.

386 *Ach, von dem weichen Pfühle:* auch in AuG, vgl. S. 498; Parodie auf Goethes »Nachtgesang«.

387 *Der Liebende:* auch in AuG, vgl. S. 502. – *Zum Abschied:* auch in AuG, vgl. S. 548f.

391 *Die Heimat:* enthalten in einer frühen Hs. von DuG, dann nicht in den Druck aufgenommen.

393 *Die Lerch', der Frühlingsbote:* Ed DuG, 2. Buch, 18. Kap. – Str. 3 und 6 im 6. Teil des Zyklus »Der wandernde Musikant«

(vgl. S. 16f.) sind Variationen dieser beiden Strophen. – V. 3 *Reisenote:* der Lerchengesang, der zur Reise lockt.

394 ff. *Der Auswanderer:* von E gestiftet für eine 1856 von Karl von Holtei veranstaltete Sammlung zugunsten des Friedhofs der evangelischen Gemeinde in Graz. – *2,* V. 22 *Suite:* Gefolge. *2,* V. 96 *gestochen:* mundartlich für gesteckt. – *2,* V. 103 *europamüd:* der Ausdruck wurde 1828 von Heinrich Heine in den »Englischen Fragmenten« geprägt als Kennwort für eine Stimmungslage im vormärzlichen Deutschland. Es findet sich häufig in dieser Zeit, auch im Titel von Ernst Willkomms Roman »Die Europamüden«. – *2,* V. 103 *Weltschmerz:* auch dies war ein Modewort für die zeitgenössische Art von Lebensüberdruß und Schwermut, die literarisch z. B. bei Byron, Musset, Lenau sich äußern. – *2,* V. 109 *Castor:* Hut aus Biberhaar. – *2,* V. 122 *Weichselzöpfe:* krankhafte Verfilzung des Haares. – *2,* V. 123 Pinaglyptek: scherzhafte Kontraktion von Pinakothek (Gemäldesammlung) und Glyptothek (Sammlung antiker Skulpturen) in München. – *2,* V. 133 *Jungfrau von Neu-Orleans:* Anspielung auf Schillers »Jungfrau von Orleans«, III, 3. – *2,* V. 135 *Vom großen Schill den Posner:* Verzerrung der Namen Schillers und des Marquis Posa in »Don Carlos«. – *2,* V. 137 *Treckschuit:* (ndl.) Schiff, das stromaufwärts von Menschen oder Pferden gezogen wird. – *2,* V. 150 *Staberl:* Hanswurstgestalt des Wiener Volkstheaters.

402 *Der Freiheit Wiederkehr:* V. 7 *glühen:* glühenden.

404 *An die Freunde:* V. 27 *Sennen:* statt Senner: Pferde aus westfälischer Zucht.

405 *Wunder über Wunder:* Ed in »Ost- und Westpreußischer Musenalmanach für 1859«. – *Die Mahnung:* V. 1 *dein Hirte ist gefangen:* Im »Kölner Kirchenstreit« wurde 1837 der Kölner Erzbischof Clemens Droste zu Vischering von der preußischen Regierung verhaftet.

406 *Moderne Ritterschaft:* V. 5 *Adlerbrut:* spöttische Anspielung auf den allzu häufig verliehenen vierklassigen »Roten Adlerorden«.

407 *Die Altliberalen:* So nannten sich die gemäßigten Liberalen im preußischen Abgeordnetenhaus, zum Unterschied von den fortschrittlich-demokratischen Liberalen. – V. 1 *Die wilden Wasser:* Anspielung auf Goethes Ballade »Der Zauberlehrling«.

409 *Andeutungen: 1,* V. 2 *Planierend:* einebnend, gleichmacherisch.

411 *Deutschlands künftiger Retter!* – V. 4 *schildern:* Schildwache stehen.

412 *Zum Abschied: An L.:* Luise von Larisch.

413 *Für die Kleinen einer Waisenanstalt beim Besuch der Königin:* Königin Elisabeth (1801–1873), ehemalige Prinzessin von

Bayern, 1840–1861 als Gemahlin Friedrich Wilhelms IV. Königin von Preußen.

414 *Der brave Schiffer:* Ein Gedicht mit gleichem Titel und der gleichen Metaphorik hatte E 1835 zum Dienstjubiläum F. A. von Stägemanns geschrieben, vgl. S. 148 und Anm. – *Heinrich Theodor von Schön:* (1773–1856), Oberpräsident von Westpreußen, E's Vorgesetzter 1821–1831, verließ 1842 aus Protest gegen die Politik Friedrich Wilhelms IV. den Staatsdienst. – V. 9 *Nornen:* Schicksalsgöttinnen der nordischen Mythologie. – V. 23 *Dem ritterlichen König:* Friedrich Wilhelm III; 1797–1840 König von Preußen.

416 *Zum Abschied an J. und R.: J. und R.* nicht identifiziert.

417 *Einem Paten zu seinem ersten Geburtstage:* Vater des Patenkindes war Lebrecht Dreves.

418 f. *Kaiser Albrechts Tod:* Kaiser Albrecht I. von Österreich (geb. um 1250) wurde 1308 von seinem Neffen Johann (Parricida) von Schwaben ermordet. – V. 5 *die Gemahlin:* Elisabeth von Tirol. – V. 21 *Altane:* Terrasse. – V. 52 *Wiesenplan:* Wiesenfläche.

420 *Stephans Rachelied:* aus E's Versepos »Lucius«, V. 295 bis 318.

424 *Der Verirrte:* Ed in DuG, 3. Buch, 20. Kap.

426 *Prinz Rococco:* auch in »Der Adel und die Revolution«. – V 14, 16 *Damöt, Daphnen:* typische Namen der Schäferdichtung des Rokoko.

427 *Ein Fink saß schlank auf grünem Reis:* auch in DuG, 3. Buch, 23. Kap.

428 *Frühlingsdämmerung:* in leicht veränderter Fassung auch in »Libertas und ihre Freier«, entst. 1848/49. – *Frühlingsahnen:* auch in »Libertas und ihre Freier«.

431 *Nachts:* Str. 2–3 finden sich abgewandelt auch in dem Gedicht »Stimmen der Nacht«, 1. (vgl. S. 273). – *In der Nacht (2):* in veränderter Fassung auch in »Libertas und ihre Freier«.

435 *Wetterleuchten:* auch in DuG, 1. Buch, 11. Kap.

436 *Verschwiegene Liebe:* auch in »Robert und Guiscard« von 1854/55.

437 *An Luise:* Luise von Larisch, seit 1815 E's Frau.

438 *Frisch auf!:* Ed 1819 in »Das Marmorbild«, vgl. S. 866.

439 *Memento:* memento: Gedenke, denke daran.

440 *Gebet:* Abwandlung eines Gedichts aus E's früher Erzählung »Die Zauberei im Herbste«.

442 *Lied der Pilger:* aus E's Versepos »Lucius«, V. 331 ff. Str. 1 steht auch als Str. 3 in dem Gedicht »Herbst«, vgl. S. 255.

AHNUNG UND GEGENWART

Ed: Ahnung und Gegenwart. Ein Roman von Joseph Freiherrn von Eichendorff. Mit einem Vorwort von de la Motte Fouqué. Nürnberg, bei Leonhard Schrag. 1815.
Entstanden 1810 bis Herbst 1812 in Wien. Friedrich Schlegel und dessen Frau Dorothea ermunterten E zum Druck des Romans. Der Titel »Ahnung und Gegenwart« geht wohl auf einen Vorschlag Dorothea Schlegels zurück. Für seinen Roman schrieb E das folgende Vorwort, das in veränderter Form von Fouqué dem Ed vorangestellt wurde.

Vorwort Für den Roman

Ich hatte diesen Roman vollendet, ehe noch die Franzosen im lezten Kriege Rußland betraten. Eine nothwendig fortlaufende Berührung des Buches mit den öffentlichen Begebenheiten verhinderte damals den Druck desselben. Später faßte mich selber der große Strom der Zeit, alle meine Muße, Gedanken und Kräfte auf andere Art für den gemeinschaftlichen Zweck in Anspruch nehmend, und so ist nun vielleicht der eigentliche Zeitpunkt einer allgemeinen Theilnahme für diesen Roman inzwischen verstrichen.
Ich konnte nun freilich die Fäden dieser Geschichte künstlich in die neuesten Begebenheiten hinüberspinnen, oder mit der Miene eines Propheten Trostreiche Aussichten auf die erfolgte Weltbefreiung darin aufstellen; aber einmal: erscheint mir unsere jetzige Zeit noch zu unentschieden, ringend und Gestaltlos, fast ohne Gegenwart, nur als eine überschwenglichreiche Zukunft, um die ruhigen Bilder einer Dichtung sicher daran zu knüpfen, und dann: so wäre auf diese Weise mein Buch etwas ganz anderes geworden, und nicht mehr das, was es seyn wollte, ein getreues Bild jener Gewitterschwülen Zeit der Erwartung, der Sehnsucht u. Verwirrung. Diese Betrachtung bewog mich daher, den Roman wörtlich u. ohne die geringste Änderung so zu geben, wie ich es damals aufgeschrieben hatte.
Es lieben edle Gemüther, sich mitten aus der Freude nach den überstandenen Drangsalen zurückzuwenden, nicht um hochmüthig über sich selbst zu erstaunen, wie sie seitdem so Großes vollbracht, sondern um sich noch einmal mit jenem heiligen Zürnen, jenem gerüsteten Ernste der Noth zu erfüllen, der uns im Glück eben so noth thut, als im Unglück. (Diesen weihe ich das Buch als ein Denkmal der Schuldgedrückten Vergangenheit.)
Alle Kräfte, die nun aufgewacht, schlummerten oder träumten schon damals. Aber Rost frißt das Eisen. Die Sehnsucht hätte sich langsam selbst verzehrt und die Weisheit nichts ausgesonnen, wenn sich der Herr nicht endlich erbarmt und in dem Brande von Moskau die Morgenröthe eines großen herrlichen Tages der Erlösung ange-

zündet hätte. Und so laßt uns Gott preisen, jeder nach seiner Art! Ihm gebührt die Ehre, uns ziemt Demuth, Wachsamkeit und fromer, treuer Fleiß. Der Verfasser

Druckvorlage: HKA III; für das »Vorwort«: »Aurora« 15 (1955), S. 45 f.

449 *gemeiner:* allgemeiner, gewöhnlicher, durchschnittlicher. – *Bergschluften:* Bergschluchten.
451 *Die Jäger ziehn in grünen Wald:* »Die Studenten«, S. 173.
452 *Hieber:* Säbel.
454 *Ins Horn, ins Horn, ins Jägerhorn:* Anfangszeile eines Liedes, das E's Bruder Wilhelm verfaßte.
455 *Grüß euch aus Herzensgrund:* »Steckbrief«, S. 166 f.
458 *Schlag von Eisenhämmern:* Eisenhammer: ein durch Wasserkraft betriebenes Werkzeug zum Schmieden von Eisen.
460 *Es reitet nachts auf einem braunen Roß:* »Nachtwanderer«, S. 297.
462 *Mein Herr!:* So spricht auch Mignon Wilhelm Meister an in Goethes Roman »Wilhelm Meisters Lehrjahre«.
463 *Schwarzwald:* Nadelwald. – *unhöflichen Diogenes:* Von dem griech. Philosophen Diogenes von Sinope (gest. 323 v. Chr.) erzählt eine Anekdote, er habe Alexander den Großen aufgefordert, ihm aus der Sonne zu gehen, als dieser ihm einen Wunsch freistellte. – *Wär ich ein muntres Hirschlein schlank:* »Jäger und Jägerin«, S. 181 f.
465 *Schroten:* Schrotkugeln.
467 *Lustre:* Kronleuchter. – *Ottomanen:* niedrige Ruhebetten ohne Lehne. – *Frühmorgens durch die Winde kühl:* »Der Freiwerber«, S. 181.
470 *Radottements:* Geschwätz. – *die Weltseele:* vielleicht Anspielung auf Schellings Schrift »Von der Weltseele« (1798).
471 *wie Philine:* vgl. Goethes Roman »Wilhelm Meisters Lehrjahre«, 4. Buch, 1. Kap.
472 *Memnons Bild:* Statue im ägypt. Theben, die, durch ein Erdbeben 27 v. Chr. teilweise zerstört, bei Temperaturschwankungen helle Töne von sich gab.
473 *Die Welt ruht still im Hafen:* »Die Einsame« (2), S. 208 f.
476 *Hinaus, o Mensch:* »Der Morgen«, Str. 3, S. 32.
477 *Don Quixote:* vgl. Anm. zu S. 124. – *Spektakel:* Schauspiel.
479 *Scholast:* Schüler, Student.
485 *Obschon ist hin der Sonnenschein:* vgl. die zweite Strophe des Liedes des Einsiedlers in Grimmelshausens »Simplicius Simplicissimus« (1669), 1. Buch, Kap. 7.
488 *Märchen von dem Kinde:* Gemeint ist das Märchen »Von dem Machandelboom«; Philipp Otto Runge hatte es neu aufge-

zeichnet in der »Zeitung für Einsiedler«, hrsg. von Achim von Arnim u. a., 29. u. 30. Stück, Heidelberg 1808.

489 *Zwischen Bergen, liebe Mutter:* »Die Kleine«, S. 179 f.

492 *Freikorps:* Freiwilligentruppe.

493 *gehörnte Siegfried:* mittelalterliche Sagengestalt; das Volksbuch gleichen Titels hatte Görres 1807 in der Sammlung »Deutsche Volksbücher« neu herausgegeben. – *Magelone, Genoveva, die Haimonskinder:* Titelhelden alter Volksbücher, ebenfalls in Görres' Sammlung enthalten (vgl. vorherige Anm.).

494 *Ritter Peter:* Gestalt aus dem Volksbuch von der »Schönen Magelone«. – *bei Gedichten:* hier: Dichtungen.

495 *Campes Kinderbibliothek:* Joachim Heinrich Campe (1740 bis 1818), Pädagoge und Schriftsteller, gab 1779–84 eine »Kleine Kinderbibliothek« in 12 Bdn. heraus. – *Robinson:* Campes »Robinson der Jüngere« (Hamburg 1779 f.), eine Bearbeitung von Daniel Defoes »Robinson Crusoe« (1719). – *Scharaden:* Silbenrätsel. – *Matthias Claudius:* (1740–1815), leitete von 1771–75 den »Wandsbecker Boten«, lebte 1768–71 in Hamburg, 1771–88 in Wandsbek.

496 *Ich hab manch Lied geschrieben:* »Klage«, S. 189.

498 *Ach, von dem weichen Pfühle:* unter gleichem Titel S. 386.

499 *Hifthorn:* älteste Form des Jagdhorns.

502 *Der Liebende steht träge auf:* »Der Liebende«, S. 387.

503 *Jakobsleiter:* vgl. AT, 1. Buch Mose, Kap. 28, V. 12.

505 *Lafontaine:* August Heinrich L. (1758–1834), Verfasser sentimentaler Familienromane. – *die schöne Seele:* Anspielung auf Goethes Roman »Wilhelm Meisters Lehrjahre«, 6. Buch: »Bekenntnisse einer schönen Seele«.

506 *Parutsch:* Barouche, wienerischer Ausdruck für einen kremserähnlichen Wagen. – *Sentiments:* Gefühle. – *Wetterkeil:* Blitz.

507 *Der Tanz der ist zerstoben:* »Wahl«, S. 170 f.

508 *Stand ein Mädchen an dem Fenster:* »Das Mädchen«, S. 172 f.

509 *Merker:* Aufseher.

510 *Rosinante:* Pferd des Don Quixote (vgl. Anm. zu S. 124). – *Ritter von der traurigen Gestalt:* Don Quixote (vgl. Anm. zu S. 124).

514 *mit feurigen Armen emporzuheben:* vgl. Goethes Ballade »Der Gott und die Bajadere« (1798): »Unsterbliche heben verlorene Kinder / Mit feurigen Armen zum Himmel empor«. – *weder eine französische noch englische durchgreifende Regel:* Gemeint ist, daß der Garten weder im französischen noch im englischen Stil angelegt ist.

516 *Affektation:* Getue, Ziererei.

523 *Was wollt ihr in dem Walde haben:* »Jägerkatechismus«, S. 174 f.

524 *des Knaben Wunderhorn:* Der letzte Vers des vorangegange-

nen Liedes erinnert an die Zeile »Und alles, was er blies, das war verlorn« aus dem Lied »Die schwarzbraune Hexe« in der von Achim von Arnim und Clemens Brentano hrsg. Volksliedsammlung »Des Knaben Wunderhorn« (1806–08).

528 *jener Prinz in Sizilien:* Ferdinando Francesco II. Gravina, Prinz von Pallagonien (1722–88), dessen Villa in La Bagheria östlich von Palermo in einem verwilderten, manieristischen Stil angelegt war. – *Bekomplimentierungen:* Höflichkeitsbezeigungen.

529 *Schlafe Liebchen, weils auf Erden:* »Abendständchen«, S. 168 f.

530 *Es waren zwei junge Grafen:* »Wehmut« (3), S. 65 f.

531 *Schlag mit den flammgen Flügeln:* »Der Pilger« (3), S. 262 f.

532 *Feuermann:* Irrlicht.

536 *Flötenuhr:* Uhr mit Flötenspiel.

538 *den ersten Robinson:* eine der vielen Robinsonaden, die Defoes »Robinson Crusoe« (1719) gefolgt sind; vgl. auch Anm. zu S. 495.

540 *Abraham von St. Clara:* Pseudonym für Hans Ulrich Megerle (1644–1709), Wiener Hofprediger und Barockschriftsteller. – *Gemisch-Gemasch:* Anspielung auf Abraham a Santa Claras Schrift »Heilsames Gemisch-Gemasch, das ist: allerlei seltsame und verwunderliche Geschichten« (1704).

543 *um die Mauern streichen, ein bißchen Rammelei und Diebsgelüst im Herzen:* vgl. Goethes »Faust«, 1. Teil, Nacht, V. 3657 ff.: »Sich leis dann um die Mauern streicht;/ Mir ist's ganz tugendlich dabei,/ Ein bißchen Diebsgelüst, ein bißchen Rammelei.«

546 *Sêjour:* Aufenthalt. – *gedruckt in diesem Jahr:* die übliche Aufschrift auf den Titelblättern der Erstausgaben von Volksbüchern des 16. Jhs.

547 *»Freut euch des Lebens usw.«:* 1793 entstandenes Lied von Johann Martin Usteri (1763–1827).

548 *Der fleißigen Wirtin von dem Haus:* »Zum Abschied«, S. 387 f.

549 *Philister über dir, wach, Simson, wach auf!:* vgl. AT, Richter, Kap. 16, V. 9.

550 *O Täler weit, o Höhen:* »Abschied«, S. 31 f.

552 *Redoutensälen:* Redoute: Maskenball.

553 *Domino:* Maskentracht, seidener Mantel mit weiten Ärmeln. – *Taminos:* Tamino: männliche Hauptfigur in Mozarts Oper »Die Zauberflöte« (1791).

554 *Janhagel:* (ndl.) Pöbel.

555 *Der Tod von Basel:* Anspielung auf das später zerstörte Fresko an der Kirchhofsmauer des Dominikanerklosters in Basel (entst. 1437–41). – *Kredenz:* hier: Schankraum.

556 *falbe:* fahle.

559 *Der armen Schönheit Lebenslauf:* unter gleichem Titel S. 341 ff.

564 *Laue Luft kommt blau geflossen:* »Frische Fahrt«, S. 9.

567 *britisierende:* hier: kalte. – *aus Jean Pauls Romanen:* Anspielung auf die herzlosen, kalten Höflinge in Jean Pauls sogen. »italienischen« Romanen, z. B. im »Titan« (1800). – *kameralistischen Wissenschaften:* Wirtschafts- und Verwaltungslehre.

568 *Tableau:* von Personen dargestelltes Gemälde, sogen. »lebendes Bild«.

569 *Zimbel:* antikes Schlaginstrument.

570 *Mitten in dieser Entzückung:* Die folgenden Abschnitte sind später fast wörtlich in E's autobiographische Aufzeichnungen »Erlebtes« eingegangen.

571 *Sancho Pansa:* Schildknappe des Don Quixote (vgl. Anm. zu S. 124). – *Bajadere:* indische Tempeltänzerin.

572 *Kotzebue:* August Friedrich Ferdinand von K. (1761–1819), Lustspieldichter, schrieb Rührstücke im Publikumsgeschmack. – *in den Sack gesprochen:* im Gespräch besiegt. – *Thyrsusschwinger:* Thyrsus: mit Efeu und Weinlaub umwundener Stab der antiken Bacchantinnen. – *Dithyrambe:* Hymne. – *Karfunkelstein:* vielleicht eine Reminiszenz an das Lied vom Karfunkelstein in Zacharias Werners Drama »Martin Luther oder Die Weihe der Kraft« (1807).

573 *schmachtendem Ansehn:* in dem Schmachtenden hat E den Heidelberger Poeten Graf Loeben ironisch dargestellt. – *Assonanzenlied:* vgl. Anm. zu S. 382. – *Hat nun Lenz die silbern'n Bronnen:* »Assonanzen«, S. 382.

574 *Ein Wunderland ist oben aufgeschlagen:* »Sonette« (3), S. 62 f.

575 *Weit in einem Walde droben:* »Die wunderliche Prinzessin«, S. 328 ff.

582 *Geschichte der Gräfin Dolores:* Achim von Arnims Roman »Armut, Reichtum, Schuld und Buße der Gräfin Dolores« (1810).

585 *Stichblatt:* Trumpfkarte.

586 *der Strauß:* vielleicht eine Anspielung auf den Namen von E's Heidelberger Freund Gerhard Friedrich Abraham Strauß. – *Es ist nichts künstlicher:* Die folgende Passage ist später fast wörtlich in E's autobiographische Aufzeichnungen »Erlebtes«, Halle und Heidelberg, eingegangen. – *wie beim babylonischen Baue:* Gemeint ist die Sprachverwirrung beim Turmbau zu Babel, vgl. AT, 1. Buch Mose, Kap. 11.

589 *Abällino:* Anspielung auf den Räuberroman »Abällino, der große Bandit« (1794) von Johann Heinrich Daniel Zschokke (1771–1848).

590 *Lineamente:* Umrisse, Grundlinien. – *schillerndes Stück:* Gemeint sind Stücke der Schiller-Epigonen.

592 *Theaterprinzipal:* Leiter der Schauspielertruppe.

593 *Stimme in der Wüste:* vgl. NT, Matth. Kap. 3, V. 3.

594 *Meßkataloge:* Halbjährlich in Frankfurt und Leipzig erscheinende Kataloge der auf den dortigen Messen ausgestellten bzw. angekündigten Bücher. – *Ich kann dir jedoch im Gegenteil versichern:* Die folgende Passage ist später fast wörtlich in E's autobiographische Aufzeichnungen »Erlebtes« eingegangen, vgl. dort S. 1537 f. – *simplizianisch-teutschen Michels verstümmeltes Sprachgepränge:* Anspielung auf Grimmelshausens »Des weltberufenen Simplicissimi Prahlerei und Gepräng mit seinem Teutschen Michel« (1673). – *»Und besäße ihn ...«* bis *»O jemine!«:* vgl. Shakespeare, »Was ihr wollt«, III., 4 (in der Übersetzung von A. W. Schlegel).

595 *exkommuniziert:* ausgeschlossen. – *Lustig auf den Kopf, mein Liebchen:* »Die Geniale«, S. 184.

599 *Wenn die Sonne lieblich schiene:* »Der wandernde Musikant« (2), S. 13.

601 *Vergangen ist der lichte Tag:* »Nachtlied«, S. 272 f.

602 *Melusina:* Meerfrau aus der frz. Sage.

603 *O, ich möchte Millionen glücklich machen:* Abwandlung von Schillers »Seid umschlungen, Millionen« aus der Hymne »An die Freude«.

604 *Brockennacht:* In der Walpurgisnacht (Nacht zum 1. Mai) treffen sich dem Volksaberglauben nach die Hexen auf dem Brocken im Harz. – *dem Dauernden im Wechsel:* Anspielung auf Goethes Gedicht »Dauer im Wechsel« (1804).

606 *verliederten:* leichtfertig vergeudeten. – *Spielmann vom Venusberge:* Tannhäuser, Held der gleichnamigen Sage, die erzählt, wie der Minnesänger in den Venusberg gerät und aufgrund seiner Verzauberung nicht mehr ins Leben zurückfindet.

608 *ausfingern:* an den Fingern abzählen.

609 *Manier:* Künstelei.

611 *Wann der kalte Schnee zergangen:* »Der Schnee«, S. 306 f.

613 *Genoveva:* Pfalzgräfin aus dem gleichnamigen Volksbuch, vgl. Anm. zu S. 583.

615 *Es weiß und rät es doch keiner:* »Die Stille«, S. 171.

618 *Ich kann wohl manchmal singen:* »Die Wehmut« (1), S. 64 f.

620 *die Weihe der Kraft:* Anspielung auf Zacharias Werners Drama »Martin Luther oder Die Weihe der Kraft« (1807).

622 *diese Alwinas, diese neuen Heloisen:* Anspielung auf Jean Jacques Rousseaus Roman »La Nouvelle Héloïse« (1761) und andere tugendhafte Frauen empfindsamer Romane.

625 *Es ist schon spät, es wird schon kalt:* »Waldgespräch«, S. 304 f.

626 *Hubertus:* Schutzpatron der Jäger, dem, als er an einem Feiertag jagte, ein Hirsch mit einem goldenen Kreuz im Geweih erschien.

627 *Wir sind so tief betrübt, wenn wir auch scherzen:* »Sonette. An A...« (2), S. 113.

631 *Drudenfüßen:* Drudenfuß ist die alte Bezeichnung des Pentagramms, des fünfzackigen Sterns, der als Zeichen zum Bannen böser Geister verwendet wurde. Hier: seltsame Schriftzeichen.
632 *Rauchtal:* geographisch nicht zu bestimmen.
636 *Einsiedler will ich sein und einsam stehen:* »Einsiedler«, S. 381.
637 *verbuhlt:* in Liebesaffären verstrickt.
641 *barocken:* hier: phantastischen, pompösen.
642 *Dämmrung will die Flügel spreiten:* »Zwielicht«, S. 11 f.
643 *In goldner Morgenstunde:* »Der Gefangene«, S. 309 ff.
646 *Drachen im Liebeszauber:* vgl. Ludwig Tiecks Novelle »Liebeszauber« im 1. Bd. des »Phantasus« (1812). – *Armida:* Gestalt aus dem Versepos »Das befreite Jerusalem« von Torquato Tasso (1544–95).
650 *Stutz:* kurzes Jagdgewehr. – *bei dem unlängst ausgebrochenen Kriege:* Gemeint ist der 1809–10 von Andreas Hofer (1767 bis 1810) angeführte Aufstand der Tiroler gegen das mit Napoleon verbündete Bayern.
652 *Zeitung:* Nachricht.
654 *Schillers Reiterlied:* »Wohl auf, Kameraden, aufs Pferd, aufs Pferd!« (»Wallensteins Lager«, 11. Auftritt). – *Dessauer Marsch:* »So leben wir, so leben wir, so leben wir alle Tage«, benannt nach dem preußischen Feldmarschall Fürst Leopold I. von Anhalt-Dessau (1693–1747). – *Zinnen ihrer ewigen Burg:* Metapher für die Alpen.
655 *In stiller Bucht, bei finstrer Nacht:* »Der Tiroler Nachtwache«, S. 123.
656 *talket:* töricht (österreichisch). – *Mein Schatz, das ist ein kluges Kind:* »Die Schärpe«, S. 206.
658 *heilige Mutter Anna:* Mutter der Maria.
660 *Das Kriegsglück wandte sich:* Österreich mußte am 14. Oktober 1809 im Frieden von Wien Vorarlberg und Tirol an Bayern abtreten.
662 *Als die letzte Schlacht verloren war:* vermutlich die Niederlage Österreichs in der Schlacht von Wagram (12. Juli 1809).
668 *In einem kühlen Grunde:* »Das zerbrochene Ringlein«, S. 309.
670 *Motion:* Bewegung.
673 *Hoch über den stillen Höhen:* »Der Reitersmann«, S. 314 ff.
677 *»Wer soll Bräutigam sein?«:* vgl. Goethes Singspiel »Die Fischerin« (1782), Schlußgesang, 2. Str. – *Ich guckte der Eule in ihr Nest:* vgl. Goethes »Faust«, I, Walpurgisnacht, V. 3969 f.
683 *Handpferd:* Reservepferd.
686 *Feuerblicke:* Feuerblitze.
689 *Surrogat-Tempel:* Surrogat: Ersatz, Behelf.
693 *kalkuttischen Hahnes:* Truthahnes.
694 *Karfunkelstein:* vgl. Anm. zu S. 572. – *der Welt ... Luft zum Himmel zu hauen:* den Weg zum Himmel zu bahnen.

695 *lorgnettierte:* betrachtete durch die Lorgnette, musterte scharf. – *Perkal:* feinfädiger, weißer Baumwollstoff. – *bon soir, bon soir, mes amis!:* Guten Abend, guten Abend, meine Freunde!
696 *Lazerte:* Eidechse. – *für tot:* wie tot.
697 *Schnapphahn:* berittener Wegelagerer.
699 *Ein Stern still nach dem andern fällt:* »Morgenlied«, S. 73 f.
701 *Signor Amoroso:* Herr Liebhaber. – *aussondieren:* ausforschen.
707 *Unruhen in Italien:* vermutlich die Unruhen, die Ende des 18. Jhs. durch die Französische Revolution in Italien entstanden.
708 *Fatum:* Schicksal, Vorsehung.
712 *Correggios Bogenschütz:* Correggio (eigentl. Antonio Allegri): italienischer Maler (1489–1534). Das früher ihm zugeschriebene Bild des bogenschnitzenden Eros (in der Wiener Galerie) ist ein Werk des von Correggio beeinflußten Parmeggianino (eigentl. Francesco Mazzola, 1503–40).
713 *Ich hab gesehen ein Hirschlein schlank:* »Der verirrte Jäger«, S. 323.
715 *Philosopheme:* Ergebnisse, Lehren der Philosophen. – *Pharotisch:* Spieltisch. Pharo (Pharao): altes französisches Kartenglücksspiel.
716 *Lomberchen:* Lomber (von frz. l'hombre), ein von den Spaniern erfundenes Kartenspiel mit französischen Karten. – *geschunden:* hier: enthäutet. – *Walpurgisnacht:* vgl. Anm. zu S. 602. – *Mir war recht kannibalisch wohl:* vgl. Goethes »Faust«, I, Auerbachs Keller, V. 2293.
718 *italienischen Dache:* italienisches Dach hier: flaches Dach.
719 *Jahrmarkt zu Plundersweilern:* vgl. Goethes Farce »Das Jahrmarktsfest zu Plundersweilern« (1773).
720 *Nachts durch die stille Runde:* »Die Hochzeitsnacht«, S. 343 ff.
724 *Nächtlich dehnen sich die Stunden:* »Der Geist«, S. 114.
725 *travestierend:* travestieren: in lächerlicher Form darbieten, komisch darstellen.
726 *Laß, mein Herz, das bange Trauern:* »Laß das Trauern«, S. 67.
728 *Konjunkturen:* Verhältnisse, Stellung der Sterne.
732 *schmälte:* schimpfte. – *Et tu Brute?:* (lat.) Auch du, Brutus? Angeblich Frage Caesars bei seiner Ermordung (44 v. Chr.) an Marcus I. Brutus (85–42 v. Chr.), einen seiner Mörder. – *Metallfürst:* Gestalt aus Tiecks Novelle »Die Elfen« (1812). – *zu Toren gemacht vor der Welt:* vgl. NT, 1. Kor. Kap. 4, V. 10.
733 *wohlhäbigen:* wohlbeleibten, behäbigen. – *der steinerne Gast:* Gestalt des Komturs aus der Don-Juan-Sage, vgl. auch Mozarts Oper »Don Giovanni« (1787). Don Juan erschlug den Komtur, als der ihn an der Entführung seiner Tochter hindern wollte. Als er später die steinerne Statue des Komturs zum Gastmahl

lud, erschien diese wirklich und überlieferte ihn der Hölle. – *das Erz von Dodona:* Dodona: griech. Orakelstätte des Zeus, wo die Weissagung auf Tönen beruhte, die entstanden, wenn freihängende Ketten bei Wind gegen einen Erzkessel schlugen.

734 *Eremitagen:* künstliche, fiktive Einsiedlerklausen in Parkanlagen des Rokoko. – *O könnt ich mich niederlegen:* »Klage«, S. 114 f.

735 *wie Shakespeare sagt:* bei Shakespeare nicht zu belegen. Vgl. Ludwig Tiecks »Phantasus«, Bd. I, S. 319. – *Von der deutschen Jungfrau:* »Die deutsche Jungfrau«, S. 327 f.

737 *In Wind verfliegen sah ich, was wir klagen:* »Mahnung« (1), S. 122. – *babylonischen Sprachverwirrung:* vgl. Anm. zu S. 586.

738 *Wo treues Wollen, redlich Streben:* »An die Dichter«, S. 101 ff.

740 *Kühle auf dem schönen Rheine:* »Auf dem Rhein«, S. 126.

743 *wie Prinz Hamlet ... daß ich zur Welt, sie einzurichten, kam!:* vgl. Shakespeare, »Hamlet« I, 5 (in der Übersetzung von A. W. Schlegel).

ERZÄHLUNGEN

AUS DEM LEBEN EINES TAUGENICHTS

Ed: Aus dem Leben eines Taugenichts und das Marmorbild. Zwei Novellen nebst einem Anhange von Liedern und Romanzen von Joseph Freiherrn von Eichendorff. Berlin 1826. In der Vereinsbuchhandlung.
Entstanden wohl etwa 1817 bis 1821. Die Urfassung der ersten zwei Kapitel hatte in der Hs. den Titel »Der neue Troubadour, zwei Kapitel aus dem Leben eines Taugenichts«. Vorabdruck des ersten Kapitels unter dem endgültigen Titel in »Deutsche Blätter für Poesie, Literatur, Kunst und Theater«, hrsg. von Karl Schall und Karl von Holtei, Breslau 1823, Nr. 125–158. Drei weitere Auflagen der Novelle erschienen zu Lebzeiten in den Jahren 1842, 1850 und 1856, daneben 1831 ein unerlaubter Abdruck in Otto Wiegands Reihe »Enzyklopädie der deutschen Nationalliteratur«, Leipzig.
Druckvorlage: Joseph von Eichendorff, Sämtliche Werke, Bd. III, hrsg. von Hermann von Eichendorff, Paderborn 1864.

748 *Wem Gott will rechte Gunst erweisen:* »Der frohe Wandersmann«, S. 10 f.

749 *Reverenz:* Verbeugung. – *Bandelier:* Schulterriemen.

750 *herumvagieren:* herumschweifen. diskurieren: sich unterhalten.

751 *Wohin ich geh und schaue:* vgl. Anm. zu S. 754.

753 *Tulipane:* Tulpe.

754 *Wunderhörner:* Gemeint ist die von Arnim und Brentano herausgegebene Sammlung deutscher Volkslieder »Des Knaben Wunderhorn« (1806/08). – *Herbarien:* Pflanzensammlungen. – *Wohin ich geh und schaue:* »Der Gärtner«, S. 174.

758 *Magelone:* vgl. Anm. zu S. 493.

759 *vom Transport bis zum Latus:* Begriffe aus der Buchhaltung; Transport: Übertrag (der Summe einer Seite auf eine andere Seite; Latus (lat.): Summe einer Seite. – *Parasol:* Sonnenschirm.

763 *Flechsen:* Sehnen.

764 *verwenden:* hier: wenden, abwenden.

766 *Den lieben Gott laß ich nur walten:* »Der frohe Wandersmann«, Str. 4, S. 11.

767 *Pomeranzen:* Apfelsinen. – *Konduite:* Benehmen, Lebensart.

769 *Kamisol:* Wams. – *Poperenzen:* soll heißen: Pomeranzen. – *Spektakel:* hier: Auftritt.

770 *attent:* auf der Hut, wachsam.
771 *kapriolten:* machten Luftsprünge. – *Stampe:* Glas.
772 *Kopftremulenzen:* (von tremolieren: zittern) Kopfbewegungen.
773 *durch die Fistel:* mit Kopfstimme. – *Feldscher:* Wundarzt beim Militär. – *embrassieren:* umarmen.
774 *martialischen:* verwegenen.
775 *Schnapphahn:* Wegelagerer, Räuber.
776 *vazierst:* bist arbeitslos. – *Vakanz:* Freizeit, Ferien. – *repetieren:* wiederholen, hier: wiederholt schlagen (Eine Repetieruhr kann den letzten Stundenschlag wiederholen.)
777 *Fliegt der erste Morgenstrahl:* »Der Morgen«, Str. 1 u. 2, S. 32. – *Come è bello!:* Wie schön er ist!
779 *Filet:* netzartiges Fadengebilde.
780 *Kommodität:* Bequemlichkeit. – *Servitore:* Diener. – *arriware:* arrivare: ankommen. – *Parlez-vous français:* Sprechen Sie Französisch? – *babylonischen Diskurse:* vgl. zu S. 586.
781 *gassatim zu gehen:* (Studentensprache) in den Gassen spazieren zu gehen. – *Schweigt der Menschen laute Lust:* »Der Abend«, S. 33.
785 *Schnipper:* Stirnläppchen einer Haube.
786 *poverino!:* armer Schlucker!
787 *felicissima notte!:* die glücklichste Nacht!
789 *Kaputrock:* Kapuzenmantel. – *Komplimente:* hier: Verbeugungen. – *Kadenzen:* Akkordfolgen, Improvisationen.
791 *Wer in die Fremde will wandern:* »Heimweh«, S. 43 f.
792 *stieß ein Glas nach dem andern aus:* (Studentensprache) trank ein Glas nach dem andern aus.
794 *kommode:* bequem.
795 *Idio:* (ital.) bei Gott (per Dio). – *cuore:* Herz. – *furore:* Wut.
798 *füßeln:* die Füße bewegen, laufen.
799 *Wenn ich ein Vöglein wär:* Reminiszenz an das Volkslied aus »Des Knaben Wunderhorn«.
802 *Guido Reni:* 1575–1642, ital. Maler.
803 *Rumor:* Lärm, Betriebsamkeit.
804 *furfante:* Spitzbube.
805 *Tableau:* von Personen dargestelltes Gemälde, sogen. »lebendes Bild«. – *der selige Hoffmann ...:* Die Erzählung »Die Fermate« von E. T. A. Hoffmann (1776–1822), die zuerst im Herbst 1815 in dem von Fouqué hrsg. *Frauentaschenbuch für 1816* erschien, beginnt mit der Beschreibung des Bildes »Die Gesellschaft in einer italienischen Lokanda« von dem deutschen Maler Johann Erdmann *Hummel* (1769–1852). E folgt hier dieser Beschreibung. – *Silberblick:* Silberglanz. – *Duka:* (ital. duca) Herzog.

806 *flankierte:* soll wohl heißen: flanierte, schlenderte.
807 *Divertissement:* Tanzeinlage. – *Kastagnetten:* hölzerne Handklappern, die beim Tanz aneinandergeschlagen werden.
810 *Piazza del Popolo:* Volksplatz, Platz in Rom.
811 *Pike:* einen Pik auf jemanden haben: jemandem grollen.
813 *desperate:* verzweifelte. – *heckte:* vermutlich von aushecken; hier: hervorlocken.
814 *Die treuen Berg stehn auf der Wacht:* »An der Grenze«, S. 44. – *Dreistutzer:* Dreispitz: Filzhut, dessen Krempe an drei Stellen aufgeschlagen ist. – *akkompagnierten:* begleiteten.
815 *Kollation:* einfaches Mahl, Imbiß. – *Dreimännerwein:* spöttische Bezeichnung für den schlechten Wein aus Grünberg (Schlesien). Nach einem Volksscherz gehören drei Männer dazu, ihn zu trinken: einer, der ihn einflößt, einer, der ihn trinkt, und einer, der den Trinkenden stützt. – *Schubsack:* weite Tasche.
816 *point d'honneur:* Ehrgefühl. – *odi profanum vulgus et arceo:* »Ich hasse das gemeine Volk und halte es fern«, Horaz, Oden, III, 1. – *applizieren:* zuwenden. – *Konfrater:* Mitbruder. – *Clericus clericum non decimat:* Ein Geistlicher schädigt keinen Geistlichen. – *distinguendum est inter et inter:* Man muß unterscheiden. – *quod licet Jovi, non licet bovi:* Was Jupiter erlaubt ist, ist dem Ochsen nicht erlaubt. – *Aurora musis amica:* (lat. Sprichwort) Die Morgenröte ist die Freundin der Musen. – *Kollegium:* hier: Schul-, Universitätsgebäude.
817 *Kompendien repetieren:* Lehrbücher wiederholen.
818 *Kondiszipels:* Mitschüler. – *Engländer:* Pferdeart.
820 *ludi magister:* Meister des Spiels. *Kondition:* Dienst, Stellung.
822 *Nach Süden sich nun lenken:* »Wanderlied der Prager Studenten«, S. 44 f.
824 *rekommandiert:* empfohlen.
825 *Schweigt der Menschen laute Lust:* »Der Abend«, S. 33.
826 *Wir bringen dir den Jungfernkranz:* frei zitiertes Chorlied aus der Oper »Der Freischütz« (1821) von Carl Maria von Weber (1786–1826).
827 *Arkadien:* Landschaft in Griechenland, die zum Symbol des Friedens und der Glückseligkeit wurde.

Das Marmorbild

Ed: 1819 in Fouqués »Frauentaschenbuch«; erste Buchausgabe »Aus dem Leben eines Taugenichts und das Marmorbild. Zwei Novellen nebst einem Anhange von Liedern und Romanzen von Joseph

Freiherrn von Eichendorff. Berlin 1826. In der Vereinsbuchhandlung.«
Entstanden wohl Juni 1816 bis März 1817 als thematische Wiederaufnahme der frühen Novelle »Die Zauberei im Herbste« (1808/1809). Der Text der Novelle ist an zwei nicht mehr feststellbaren Stellen von Fouqué für den Abdruck im »Frauentaschenbuch« geändert worden.
Druckvorlage: Joseph von Eichendorff, Sämtliche Werke, Bd. III, hrsg. von Hermann von Eichendorff, Paderborn, 1864.

833 *Lucca:* ital. Stadt in der Toscana.
834 *wunderbaren Spielmann:* Anspielung auf die Sage vom Rattenfänger von Hameln (1284), der durch die Töne seiner Schalmei die Kinder in einen Berg lockte. – *Zelter:* Damenpferd. – *Plan:* Ebene, Feld.
836 *Blöden:* hier: Unbeholfenen, Schüchternen. – *Jeder nennet froh die Seine:* »Liebe in der Fremde« (1), S. 36.
837 *Was klingt mir so heiter:* »Götterdämmerung«, S. 236 ff.
842 *falben:* fahlen, gelblichen.
843 *Wie kühl schweift sichs bei nächtger Stunde:* »Liebe in der Fremde« (2), S. 36 f.
845 *preßhaft:* (bresthaft) gebrechlich, benommen.
848 *Was weckst du, Frühling, mich von neuem wieder?:* »Frau Venus«, S. 200 f.
854 *Schildereien:* Bilder. – *über die beglänzten Gipfel:* »Liebe in der Fremde« (3), S. 37.
857 *Es gebart:* Nebenform zu: es gebärdet sich; hier: es regt sich.
866 *Vergangen ist die finstre Nacht:* »Frisch auf!«, S. 438.
867 *Von kühnen Wunderbildern:* »Götterdämmerung« (2), S. 238 ff.
871 *Hier bin ich, Herr! Gegrüßt das Licht!:* »Der Umkehrende« (2), S. 259.

Eine Meerfahrt

Ed in der von Hermann von Eichendorff besorgten Ausgabe der »Sämtlichen Werke«, Bd. III (1864).
Entstanden wohl vor 1837, da die in dieser Novelle enthaltenen Gedichte z. T. schon in G1 gedruckt sind. Nach Hermann von Eichendorff hat E eine Umarbeitung der Novelle geplant.
Druckvorlage: Ed.

873 *valenzische:* aus der südspan. Stadt Valencia. – *die Linie passierte:* über den Äquator fuhr. – *Salamanka:* span. Universitätsstadt. – *künstlich:* hier: kunstvoll, künstlerisch.

874 *Ich seh von des Schiffes Rande:* »Meeresstille«, S. 334, dort ohne die 2. Str.

875 *Bakkalaureus:* seit dem 13. Jh. niedrigster akademischer Grad.
876 *von böhmischen Steinen:* Kunstedelsteine.
879 *Walpurgis:* vgl. Anm. zu S. 604.
880 *Schimäre:* Trugbild. – *Horatius...: Mater saeva cupidinum:* Die wilde Mutter der Begierden, Horaz (65–8 v. Chr.), Oden I, 19. – *Hellebarde:* mittelalterliche Hieb- und Stoßwaffe.
881 *Sage vom Venusberg:* vgl. Anm. zu S. 606. – *Ritter Rhetorio:* Ritter der Redekunst.
882 *Fandango:* ursprünglich gesungener span. Tanz.
883 *Ade, mein Schatz, du mochtst mich nicht:* »Seemanns Abschied«, S. 20, leicht verändert.
885 *Perspektiv:* kleines Fernrohr.
886 *Ambassade:* Gesandtschaft.
887 *Allongeperücke:* langlockige Perücke des 17. u. 18. Jhs. – *die indischen Sprachen:* die »westindischen«, indianischen Sprachen. – *memorierte:* auswendig lernte. – *Metaphern:* bildhafte Ausdrücke.
890 *Und wenn es einst dunkelt:* »Der Soldat«, S. 257 f.
891 *Cid:* span. Nationalheld: vgl. Anm. zu S. 357. – *Frei von Mammon will ich schreiten:* vgl. »Der wandernde Student«, Str. 3, S. 18.
894 *Du sollst mich doch nicht fangen:* »Der Umkehrende« (I), S. 259.
896 *auf wilder Freite:* hier: auf einem Eroberungszug.
898 *falben:* fahlen.
899 *Der Teufel hats gegeben:* vgl. AT, Hiob, Kap. 1, V. 21: »Der Herr hat's gegeben, der Herr hat's genommen«.
900 *Ein Meerweib singt:* vgl. S. 883, Str. 1, Z. 5.
901 *Urgande:* Dämonin. – *Meerfei:* Meerfee. – *Bin ein Feuer hell, das lodert:* »Waldmädchen«, S. 301 f.
907 *Hirschfänger:* kurzes Seitengewehr der Jäger. – *Komm, Trost der Welt, du stille Nacht!:* »Der Einsiedler«, S. 265.
912 *letzte Macht der Mohren:* der Mauren, deren letzte Festung, Granada, 1492 fiel. – *des Königs Namenstag:* König von Spanien war seit 1510 Karl I., der spätere deutsche Kaiser Karl V.
913 *Eldorado:* sagenhaftes Goldland in Südamerika; Wunschland.
914 *Feldschlangen:* Feldgeschütze des 15.–18. Jhs.
924 *Feuermanne:* hier: Feuer.
925 *Feuerblick:* Feuerblitz.

Das Schloss Dürande

Ed: in »Urania. Taschenbuch für das Jahr 1837«. Leipzig, 1837, Verlag F. A. Brockhaus.

Entstanden vermutlich 1835 bis 1836.

Druckvorlage: Joseph von Eichendorff, Sämtliche Werke, Bd. III, hrsg. von Hermann von Eichendorff, Paderborn, 1864.

931 *schlechten grünen Mantel:* schlecht in der alten Bedeutung von schlicht. – *Ein Gems auf dem Stein:* »Übermut«, S. 176.

932 *pinkte:* pinken: Feuer schlagen mit Stahl und Stein.

934 *Gut Nacht, mein Vater und Mutter:* letzte Strophe des Volksliedes »Die Judentochter« aus »Des Knaben Wunderhorn«.

936 *Dichten:* hier: Sinnen, Nachdenken.

937 *Vedette:* Wachtposten der Kavallerie.

938 *strählte:* strich.

939 *Gratialgute:* Nutzgut.

940 *Kollation:* Imbiß, leichte Mahlzeit. – *Es ist nun der Herbst gekommen:* »Herbst«, S. 255.

942 *Hirschfänger:* kurzes Seitengewehr der Jäger. – *Bandelier:* Schulterriemen, Wehrgehänge.

944 *Nährstand:* eigentlich Bauernstand; Bezeichnung für den dritten Stand, zu dem vor 1789 alle gezählt wurden, die nicht dem Adel (Wehrstand) oder der Geistlichkeit (Lehrstand) angehörten.

945 *Strauß:* Streit. – *Jakobiner:* vgl. Anm. zu S. 324. – *Volksfreunde:* den Jakobinern nahestehende politische Gruppe um Jean Paul Marat (1744–93), den Herausgeber der Zs. »Ami du peuple«. – *Royalisten:* Königsanhänger.

946 *Ottomane:* niedriges Ruhebett ohne Lehne.

947 *Landläuferin:* Landstreicherin.

948 *Am Himmelsgrund schießen:* »Der Bote«, S. 177 f.

949 *Rauten:* schiefwinkl. Viereck, Rhombus; hier: Rangabzeichen.

950 *Ludwig XVI.:* 1774–92 König von Frankreich. – *Supplik:* Bittgesuch. – *Schweizer:* Die Leibgarde Ludwigs XVI. – *Vive le roi:* Es lebe der König.

951 *Partisane:* spießartige Stoßwaffe.

956 *Wärs dunkel, ich läg im Walde:* »Die Einsame« (3), S. 209.

958 *Veitstanz:* Nervenerkrankung, die Zucken und Hüpfen hervorruft.

961 *Marstall:* Pferdestall.

964 *Gute Nacht, mein Vater und Mutter:* vgl. Anm. zu S. 1330.

965 *Meine Schwester, die spielt an der Linde:* »Die falsche Schwester«, S. 313.

NACHWORT

Die schönsten Gedichte und Erzählungen Josephs von Eichendorff haben das Vermögen, gleichzeitig den Sinn des schlichtesten Lesers beglückend anzurühren und dem hohen Anspruch des Kenners Genüge zu tun. Sie sind, wie weniges aus unserer dichterischen Überlieferung, Gemeingut aller, die überhaupt mit dieser Überlieferung leben, und selbst derer, die sonst wenig von ihr wissen. Sie sind nicht gealtert in der Zeit, die seit ihrem Entstehen vergangen ist, und der Wandel der Lebensformen, der Anschauungen, des Stiles kann ihnen wenig anhaben.

Daß große Kunst so einfach ist, daß das Kostbar-Echte, das sprachliche Gebilde von reinstem Klang und zartester Schönheit eine so breite Wirkung hat, ist selten genug. Es wird besonders selten seit Eichendorffs Lebzeiten, da die billigeren Legierungen gängig werden und, auf der anderen Seite, die erlesene, zu neuen Ausdrucksformen vordringende Dichtung, zumal die Lyrik, vorwiegend von einem engeren Kreise einzelner Empfänglicher aufgenommen wird. Das ist ein dichtungsgeschichtlicher Vorgang, der, überall in der europäischen Lyrik wahrnehmbar, nicht etwa in der Willkür der Dichter seine Ursache hat, sondern unaufhaltsam und mit Notwendigkeit sich vollzieht. In Deutschland beginnt er am spätesten, erst in den neunziger Jahren des vorigen Jahrhunderts, weil man hier an der verbrauchten poetischen Welt der romantischen Epigonen allzu lange festhielt. Darum gibt es – wenn man von dem Schweizer C. F. Meyer absieht – in Deutschland keine bedeutende Lyrik in der Zeit zwischen dem Tode Eichendorffs und den Anfängen der Hofmannsthal, George, Rilke, Mombert und ihrer Gefährten.

Jene Wendung, die einen neuen Typus der lyrischen Dichtung hervorbringt, setzt für Europa mit Charles Baudelaire ein. Baudelaires Gedichtsammlung »Les fleurs du mal« erscheint 1857, im Todesjahr

Eichendorffs. Das Datum bezeichnet ein Ende und einen Anfang. Was mit Eichendorffs Leben durchaus zu Ende geht, ist der Nachsommer der klassisch-romantischen Dichtung; Stifters Roman »Nachsommer« erscheint im gleichen Jahre. Der symbolische Sinn, den man mit dieser Jahreszahl 1857 verbinden kann, wird noch markanter, wenn man hinzunimmt, daß gleichzeitig auch Gustave Flauberts Roman »Madame Bovary« gedruckt wird. Der neue Typus des realistisch-psychologischen Romans, der mit Flaubert wohl am wirksamsten inauguriert wird, hat die Erzählweise Eichendorffs zurückgedrängt. Auch der deutsche Roman entfernt sich damals, in den fünfziger Jahren, auf seinem Wege zum Realismus von Eichendorffs Erzählprosa. Gottfried Kellers »Grüner Heinrich« liegt 1855 vor, und Wilhelm Raabes »Chronik der Sperlingsgasse« wird 1857 gedruckt.

Was bei Baudelaire im Gedicht, bei Flaubert im Roman an Neuem hervortritt, ist verschiedener Art. Gemeinsam aber ist ihnen beiden wie ihren Nachfolgern ein doppeltes Kennzeichen. Sie unterscheiden sich von Eichendorff in ihrer produktiven Existenz durch einen höheren Grad, eine schärfere Form der Bewußtheit, in ihrem menschlichen Wesen durch eine tiefere, unversöhnlichere Zwiespältigkeit. Die moderne, nach der Jahrhundertmitte zu Worte kommende Dichtung hat ihre eigene Größe, die erkauft ist mit einer Einbuße an Naivität und Simplizität. Beides hat Eichendorff sich bewahrt, obwohl es schon zu seinen Lebzeiten, in seiner Umwelt im Schwinden war. Denn reflektierende Bewußtheit wie innere Disharmonie werden schon bei den spätromantischen Dichtern und bei Eichendorffs Altersgenossen sichtbar. Das exzentrische Wesen des zehn Jahre älteren Brentano hat Eichendorff verwundert beobachtet. Kleists tragische Zwiespältigkeit und sein Selbstmord (1811) haben ihn erschreckt. Auch in den folgenden Jahrzehnten war Eichendorffs literarische Umwelt durch den Typ des »Zerrissenen« bestimmt, von der Art Byrons oder Lenaus. Seine Zeitgenossen waren Grillparzer, der sich grübelnd zerquälte, Büchner, der mit den schärfsten Zweifeln rang. Grabbe, der sich zerstörte. Eichendorffs Dasein und Dichten blieben von alledem nicht unberührt, aber im Kern unangetastet: beschützt von der Geborgenheit im katholischen Glauben und in kirchlicher Frömmigkeit, und zugleich gehalten von den überlieferungsstarken Gesinnungen der alten Adelsfamilie, der er entstammt. Er blieb gläubig, standfest, in steter Übereinstimmung mit sich selbst mitten in einer Zeit der Unsicherheit und Auflösung, der Ratlosigkeit und der wankenden Ordnung. Die schmerzhaft-grüblerische Bewußtheit, die damals in den Menschen aufbrach, lähmte die unmittelbare Lebenssicherheit, verstörte das unbefangene Daseinsgefühl, auch den naiven Schaffenstrieb. Eichendorff sah das sehr genau. »Die Welt hat nun einmal die Unschuld verloren«, so schrieb er gelegentlich. Er hat sich so viel von dieser Unschuld bewahrt, wie kaum einer seiner Zeitgenossen, wie selbst Mörike nicht, dessen strengerer, kritischer verfahrender Formwille freilich die Vollkommenheit des Versgebildes sicherer erreichte.

Es wäre jedoch verfehlt, Eichendorff für harmlos, für freundlich-ahnungslos und allzu unbeschwert zu halten, so wie man auf ähnliche Weise den angeblich »ewig heiteren« Mozart mißverstanden hat oder den als biedermännisch simpel verkannten Haydn, mit dessen wahrer Art und Kunst Eichendorffs Poesie sehr viel Gemeinsames hat. Im Anfang des Romans »Ahnung und Gegenwart« heißt es vom Grafen Friedrich, der in manchen Zügen eine Selbstdarstellung Eichendorffs ist: »Ein gemeiner Menschensinn hätte ihn leicht für einfältig gehalten.« Wer in Eichendorffs Wesen und Dichtung jede echte Spannung vermißt und die Molltöne der Schwermut, des bitteren Schmerzes, der dunkelen Verlorenheit überhört, der täuscht sich. Eichendorff kennt die Anfechtung, die auflösenden Gewalten des Chaos. In Kleists Anlage und Verhängnis erkennt er, trotz aller Abwehr, einen verwandten Zug: er spricht von der »keinem Dichter fremden dämonischen Gewalt«, die Kleist »nicht bändigen konnte oder wollte«. Auch war Eichendorff kein Glückskind wie sein »Taugenichts«. Er hat es mit vielen Nöten und Mühseligkeiten des Daseins aufgenommen, mit bitteren Enttäuschungen, mit tapferer Erfüllung harter Pflichten, treulich-gediegenen Lebensdiensten. Von zarter Konstitution, äußerst schlicht und äußerst vornehm, passiv aus Abneigung, sich irgendwo vorzudrängen, wandte er seine seelischen Energien an das Bewahren angeborener, naiver Herzenskräfte. Deshalb wohl blieb er des Zaubers lyrischer Melodik mächtig, der reinen Umsetzung des innigen Gefühls in Lied und rhythmisch schwebende Prosa. Es sind die einfachen Grundfarben menschlichen Daseins, die in diesen Liedern zart, aber unvermischt aufleuchten. Die natürlichen, wiederkehrenden Erfahrungen, Gefühlslagen und Stimmungen kommen ins Wort: die heitere Helle des Morgens, das bange Dunkel der Nacht; Wanderlust und Heimatwärme, Reiz der Ferne und Glück der Nähe, Lebensfreude und Todesahnung; die Freudigkeit liebender Vereinigung und der Schmerz der Trennung; Erwartung, Verlassenheit, Jugendlust, Altersmilde; Wehmut und Zuversicht. Dazu gesellt sich die Begegnung der Seele mit der Natur, und auch hier wieder sind es die Elemente des landschaftlichen Lebens, die einfachen und ewigen Urbestände: die Tageszeiten, die Jahreszeiten, der Wald als geheimnisvolles Dämmerreich, die bunten Felder, das heitere Tal mit dem Schloß darüber, der Garten mit der Blumenpracht; der plätschernde Brunnen, der Fernblick auf blau verdämmernde Berge, Wind, Wolkenzug und Vogelruf. Aus diesen einfachen Elementen fügt sich, jedem vertraut, Eichendorffs lyrische Welt. Naturdinge und Menschengefühle sprechen dieselbe Sprache, und im Klangzauber dieser Sprache wird zwischen den Worten das Unaussprechbare vernehmbar.

Wie es Eichendorff vermag, in der Formung dieser einfachen Grundmotive die Unbefangenheit des Fühlens sich zu bewahren und rein zu verlautbaren, das setzt uns in Erstaunen. Denn er lebt ja in einer literarischen Bildungswelt, er steht nicht am Beginn einer geistig-künstlerischen Bewegung, sondern er ist Erbe der klassischen wie der romantischen Dichtung. Es gab in seinen Tagen, da so vieles verblaßte und sich verfärbte, häufig genug die Naivität als Pose, die gestellte Einfalt, die gewollte, prätendierte Simplizität. Das war eine der verborgenen Gefahren dieser Biedermeierzeit. Die vormärzliche Restauration war, wie jede restaurative Epoche, von der Lüge bedroht, von einer halb bewußten oder unbewußten Lüge; von der Selbsttäuschung, dem Als-Ob einer literarisch ausstaffierten Fiktion, als sei im Grunde nichts geschehen, als sei die Wiederherstellung der guten, alten Zeit jederzeit möglich, als läge es allein am guten Willen und redlichen Sinn der Menschen, ein unversehrtes, heiles Leben wieder zu haben. In den Jahren der dichterischen Anfänge Eichendorffs, um 1808, beginnt die deutsche Romantik restaurativ zu werden, und nach den Freiheitskriegen geht die Entwicklung schnell in diese Richtung. Sie führt da zu einer von Fouqué ausgehenden Altertümelei, die immer fader wird, zu einer seit dem Grafen Loeben sich regenden Pseudoromantik von peinlicher Maniriertheit. Ein halbwahres literarisches Spiel mit Gemütswerten in konventionell romantischen Formen macht sich breit. Man muß das wissen, um zu sehen, wie Eichendorff auch gegenüber dieser Zeitströmung, mit der er manche Verbindungen hat, seine Unschuld bewahrt, seine Echtheit bewährt. Man bemerkt allerdings auch an einigen Stellen in Eichendorffs eigenem Werk, wie die zeitmodische romantische Konvention eindringt. Namentlich unter den Romanzen finden sich einige Stücke dieser Art, ein dünn gewordenes, verblaßtes poetisches Spiel mit Rittern und Burgfräulein. Auch die anderen Gedichte Eichendorffs sind durchaus nicht gleichen Ranges, und bei diesem oder jenem mag uns der Abstand von seinen unvergänglichen Versen unerwartet groß scheinen. Aber das ist nicht verwunderlich, wenn man Eichendorffs naive Art des Hervorbringens bedenkt. Seine Gedichte entstehen wie absichtslos, als spontanes Aussprechen, Aussingen des bewegten Gefühls, und es hängt von der Gunst des Augenblicks ab, wie dicht und rund das so improvisierte Sprachgebilde wird. Dies abzuwägen und gestaltend auszugleichen, dazu fehlte es ihm an Abstand von seinem eigenen Werk und auch an der vom Vollendungsdrang besessenen Leidenschaft des Bildnertriebes. Wo solcher Gestaltungswille unentbehrlich ist, etwa in der Architektur des großen Dramas, da gelang ihm das Gültige nicht. Er bleibt in seinen beiden historischen Dramen Epigone. Die weiträumigen literarischen Formen zeigen seine Grenzen: das gilt von den Verserzählungen der Spätzeit und auch von dem Jugendroman »Ahnung und Gegenwart«, der freilich durch viele einzelne Schönheiten kostbar ist; auch von der lockeren Fügung der umfänglichen, romanhaften Erzählung »Dichter und ihre Gesellen«. Und in manchen seiner Gedichte, deren es ja ein paar hundert gibt, ist Eichendorff gleichsam Epigone seiner selbst. Doch ist auch unter den weniger bekannten Gedichten vieles von leiserem, verborgenerem Reiz.

Der Menge der Leser, die Eichendorffs Lieder oder den »Taugenichts« lieben, ist sein persönliches Wesen und wirkliches Dasein wenig vertraut. Er ist hinter seiner Dichtung fast ins Anonyme zurückgetreten, und seine Gestalt hat im allgemeinen Bewußtsein weniger scharfe Umrisse als die Hölderlins, Mörikes, der Droste oder

Stifters. Der Dichter der Wanderlieder war in seinen Mannesjahren ein seßhafter, ordnungsliebender Beamter von bescheiden-bürgerlicher Lebensführung. Er liebte es nicht, gefeiert zu werden. Als er 1846, nach seiner Pensionierung, einen Winter in Wien verbrachte, da huldigten ihm die literarischen Kreise der Stadt. Er fühlte sich »mit einer fast stürmischen Liebe und Ehre wahrhaft überschüttet«. Einmal war er zum Mittagessen Gast bei einem alten Schulfreund, dem biedermeierlichen Poeten von Zedlitz, zusammen mit Stifter und Grillparzer. Die Töchter der Frau von Binzer, einer Freundin von Zedlitz, sangen nach Tisch »In einem kühlen Grunde«. In diesen Kreis, in das vormärzliche Wien scheint Eichendorff zu gehören, nach Herkunft, Anlage, Zuneigung. Aber er lebte, auch in seinem Alter, lange Zeit in Berlin, wo er zwölf Jahre tätig war. Da erschien er, in den fünfziger Jahren, zuweilen am Montag im Café National Unter den Linden, zur Versammlung der »Literarischen Gesellschaft«. Einer aus diesem Kreise, Adolf Schöll, rühmt in seiner Schilderung des Dichters die echte Güte, die gelassene Heiterkeit seines Wesens und seine Kindlichkeit. »Sie ist ihm noch rein natürlich, wie seine Bescheidenheit, sein Humor.« Ab und zu fand er sich ein zu einer abendlichen Teegesellschaft bei Franz Kugler, zusammen mit Heyse, Storm, Fontane und wohl auch Adolph Menzel. Auch in diese Welt gehört Eichendorff, durch sein Lebensschicksal in Berlin ansässig geworden, wenn auch nicht wirklich heimisch. Doch das konnte er nirgends werden, seit er seine schlesische Heimat verlassen hatte, die ihn geprägt hat und innerlich immer festhielt. Schlesien, zwischen Wien und Berlin, ist wie eine Brücke zwischen Österreich und Preußen, zwischen südöstlicher Barocktradition und nordöstlicher Romantik. Aus beiden Bereichen erwuchs Eichendorffs Dichtertum.

Eichendorff stammte aus einem sehr alten Adelsgeschlecht. Seine Ahnen saßen im 13. Jahrhundert im Herzogtum Magdeburg und im Kurfürstentum Brandenburg. Im 17. Jahrhundert kam ein Angehöriger der Familie nach Schlesien und erwarb einige Landgüter. Sein Neffe und Erbe, Hartwig Erdmann von Eichendorff, vermehrte den Besitz um das mährische Lehngut Sedlnitz, wurde Landeshauptmann und kaiserlicher Rat und empfing 1679 von Leopold I. die

Freiherrnwürde. Sein Ur-Urenkel, Adolf von Eichendorff, der Vater des Dichters, war zunächst Offizier, nahm seinen Abschied und widmete sich der Verwaltung seiner Güter. Er zog auf das Schloß Lubowitz bei Ratibor, das aus dem Familienbesitz seiner Frau, Karoline von Kloch, stammte. In Lubowitz wurde Joseph von Eichendorff am 10. März 1788 geboren. Er wuchs mit seinem älteren Bruder Wilhelm (geboren 1786) auf, mit dem er alle Kindheits- und Jugendjahre in enger Gemeinsamkeit teilte. Eine jüngere Schwester, Luise, wurde 1804 geboren.

Das weiße Schloß zwischen den dunklen Bäumen, mit dem großen Garten hoch über der Oder, die Schiffe auf dem Fluß, die Berge in der Ferne, jenseits der dichten Wälder: dieses Bild taucht in Eichendorffs Gedichten und Erzählungen immer wieder auf. Dieses heimatliche Stück Erde wird zum dichterischen Zeichen für alles Rechte und Gute, alle Schönheit, Lebensfreude und Geborgenheit. Der heimatliche Landsitz ist für Eichendorff die Urerfahrung von Natur und menschlichem Wohnen auf dieser Erde, und er trägt sein Bild überall in sich, nicht als Erinnerung, sondern als beständige innere Gegenwart.

Eichendorffs Kinder- und Jugendjahre waren unvergleichlich glücklich, erhellt von einem warmen Glanz, dessen Widerschein auch aus den knappen Notizen der Tagebücher leuchtet. Das Leben scheint hier ein ständiges Fest, eine Kette von Lustbarkeiten, geselligen Zusammenkünften, Besuchsfahrten auf die Nachbargüter, von Jagden und verträumten Gartenstunden. Eichendorff ist ein Jahr vor der Französischen Revolution geboren, vor der – nach Talleyrands Wort – gelebt haben muß, wer »la douceur de vivre« erfahren wollte, die süße Leichtigkeit des Lebens. Das Zeichen für das Ende dieser Lebensform des Ancien régime in Europa war mit der Revolution gegeben. Aber die alte Daseinsweise war nicht sogleich unterbrochen, und sie bestand am sichersten für einige Zeit weiter im abgelegenen Bezirk jenes schlesischen Landadels, dem Eichendorff zugehört. Gewiß war dieser Landadel verbauert, und der Aufwand bei den geselligen Festen war bescheiden, die Lebenshaltung einfach. Eichendorff hat in seinen autobiographischen Aufzeichnungen die Lebensweise des Landadels geschildert, das Dasein dieser Gutsbesitzer »in ihrer fast insularischen Abgeschiedenheit, von der man sich heutzutage, wo Chausseen und Eisenbahnen Menschen und Länder zusammengerückt haben und zahllose Journale wie Schmetterlinge den Blütenstaub der Zivilisation in alle Welt vertragen, kaum mehr eine deutliche Vorstellung machen kann. Die fernen blauen Berge über den Waldesgipfeln waren damals wirklich noch ein unerreichbarer Gegenstand der Sehnsucht und Neugier, das Leben der großen Welt, von der wohl zuweilen die Zeitungen Nachricht brachten, erschien wie ein wunderbares Märchen. Die große Einförmigkeit wurde nur durch häufige Jagden, die gewöhnlich mit ungeheurem Lärm, Freudenschüssen und abenteuerlichen Jägerlügen endigten, sowie durch die unvermeidlichen Fahrten zum Jahrmarkt der nächsten Landstadt unterbrochen.« Auf den häufigen Bällen aber, so berichtet Eichendorff weiter, »zeigte es sich, wie wenig Apparat zur Lust gehört, die überall am liebsten improvisiert sein will und jetzt so häufig von lauter Anstalten dazu erdrückt wird. Das größte, schnell ausgeräumte Wohnzimmer mit oft bedrohlich elastischem Fußboden stellte den Saal dar, der Schulmeister mit seiner Bande das Orchester, wenige Lichter in den verschiedenartigsten Leuchtern warfen eine ungewisse Dämmerung in die entfernteren Winkel umher und über die Gruppe von Verwalter- und Jägerfrauen, die in der offenen Nebentüre dem Tanze der Herrschaften ehrerbietig zusahen.« Es ging einfach zu in dieser Welt des Landadels, die abseits lag, im Windschatten der Geschichte. Doch es war eine geschlossene Lebenswelt mit ererbter Sicherheit der Daseinsformen, die ein Stück der Barock-Kultur unversehrt bis in die Zeit um 1800 bewahrten. Der Landadel hatte im 17. Jahrhundert nicht viel anders gelebt. Dieses Jahrhundert war eine große Zeit schlesischer Dichtung, deren Nachfahre Eichendorff ist. »Romantik« ist eine zu enge Formel für sein Wesen und Dichten. Die romantische Dichtung und Lehre wurde sehr bedeutsam für ihn durch ihre erweckende und lösende Wirkung. Als der schlesische Landjunker in seinen Studienjahren aus der Abgeschiedenheit heraustrat und der Welt des Geistes begegnete, nahm er diese Welt in zeitgenössischer romantischer Prägung auf. Das war bestimmend und folgenreich. Doch die Wirkung dieses romantischen Geistes hing auch davon ab, was der von ihr Ergriffene mitbrachte an Herkunft, Erziehung, Lebensweise und Gesinnungen. Die alten Volksbücher, die den Knaben Eichendorff noch vor aller Berührung mit der Romantik begeisterten, lasen sich im Schloßgarten von Lubowitz anders als in den Studierstuben mitteldeutscher und norddeutscher Städte, in der Luft des Aufklärungsjahrhunderts. Auch die Volkslieder hörte Eichendorff zuerst von den Mägden auf dem väterlichen Gutshof singen, ehe er sie in den literarischen Sammlungen Herders oder der Romantiker las. Wenn viele Romantiker zur katholischen Kirche übertraten oder, wie Brentano, zu ihr zurückfanden, so stand Eichendorff von seinen Anfängen her in der festen Bindung katholischer, kirchlicher Gläubigkeit. Die Lebensweise, die in »Ahnung und Gegenwart« und auch in manchen Erzählungen geschildert wird, diese ständigen Fahrten von Schloß zu Schloß, das festlich-gesellige Treiben in den Sälen, auf den Terrassen, in den nächtlichen Gärten – das alles erscheint dem heutigen Leser wie der Inbegriff eines romantischen, fast märchenhaften Daseins. Aber es war in Eichendorffs Jugend noch Wirklichkeit. Die jungen Adligen lebten ein Leben dieser Art, das die Dichtung freilich gesteigert, bereichert, verklärt spiegelt.

Die Heiterkeit musikdurchklungener Festfreude, die gesellige Wärme, die spielerische Laune, die Gemütslage und Seelenart in Eichendorffs Jugendwelt haben offenkundig österreichische Färbung. Die Blütezeit schlesischen Geistes im 17. Jahrhundert entfaltete sich, als Schlesien zu Habsburg gehörte, im Strahlungsbereich der höfischen Kultur Wiens. Seit den Friderizianischen Kriegen gehörte Schlesien zu Preußen, aber dieser Wechsel zerstörte nicht sogleich die alte Kultureinheit mit Böhmen und Österreich. Vieles vom österreichischen Wesen hat sich hier bewahrt, zumal in den katholischen Adelsfamilien. Die Eichendorffs hatten verwandtschaftliche und freundschaftliche Beziehungen zum österreichischen Adel, zur Wiener Gesellschaft. Eine ursprüngliche Zugehörigkeit Eichendorffs zum Österreichertum ist dem unbefangenen Blick leicht wahrnehmbar, auch in den Gleichklängen mit zeitgenössischen österreichischen Dichtern wie Raimund oder Stifter, oder mit der Musik Franz Schuberts, der gleichfalls aus Schlesien stammt; er ist in einer Wiener Vorstadt als Sohn schlesischer Einwanderer geboren. Der geistige Ort von Eichendorffs Dichtung liegt auf einer Linie zwischen schlesisch-österreichischem Barock und Hofmannsthal.

Schöne glänzt der Mondenschein,
Und die güldnen Sternelein,
Froh ist alles, weit und breit,
Ich nur bin in Traurigkeit.

Das ist, auch im unvermittelten Übergang zum Moll in der letzten Zeile, ein sehr verwandter Klang, ein Vorklang zu Eichendorffs Lyrik. Die Strophe ist von Martin Opitz, aus dem frühen 17. Jahrhundert. In einem Gedichte wie Hofmannsthals »Reiselied«, das in seiner kunstreichen Formung gewiß tief verschieden ist von Eichendorffs Liedern, klingt doch noch etwas von diesen Liedern mit:

Aber unten liegt ein Land,
Früchte spiegelnd ohne Ende
In den alterslosen Seen.

Marmorstirn und Brunnenrand
Steigt aus blumigem Gelände,
Und die leichten Winde wehn.

Die Erziehung der Brüder Eichendorff lag in der milden Hand des Pfarrers Heinke, und der liebste Spielgefährte der Knaben war der freundlich kauzige Kaplan Ciupke, ein Bastler und Sinnierer. Eichendorff schrieb schon mit zehn Jahren ein Drama, begann mit zwölf Jahren ein Tagebuch zu führen und eine bildergeschmückte »Naturgeschichte« abzufassen. 1801 kamen die Brüder zur Schulausbildung in das St.-Josephs-Konvikt in Breslau, ein mit dem Breslauer Gymnasium verbundenes Internat. Die Erziehung war weitherzig, es gab Theateraufführungen der Schüler und viel gemeinsames Musizieren. Die Zöglinge hatten Spielraum genug zu geselligen Freuden außerhalb des Konvikts und zu häufigen Theaterbesuchen. Schillers Dramen und Mozarts Opern hat Eichendorff zuerst im Breslauer Theater erlebt. Eine Reihe von Gedichten entstand in dieser Zeit, knabenhaft befangene Anfänge. Die Schulzeit, von den leidenschaftlich genossenen Ferien im nahen Lubowitz unterbrochen, war 1805 zu Ende. Ohne Bruch glitten die Kinderspiele in das fröhliche Treiben der Jünglingszeit hinüber, mit Jagden, Festen, Tänzen und manchen verliebten Spielen. Um die Gunst der schönen Madame Hahmann in Ratibor warben die Brüder zu gleicher Zeit. Das geschah während der Ferien, die sich an die erste große Studienreise anschloß. Vier lange Ausfahrten unterbrachen das Lubowitzer Jugendleben und brachten die Berührung mit der Welt. Die erste Fahrt führte die Brüder im Frühjahr 1805 für anderthalb Jahre nach Halle. Die Stadt war ein wichtiger Sammelpunkt der jungen Romantiker gewesen. In Eichendorffs Tagen lehrten hier Schleiermacher und Steffens, der Naturphilosoph. Eichendorff rühmt in der Erinnerungsschrift aus seiner Spätzeit am Vortrag des romantischen Professors Steffens »die dichterische Improvisation, womit er in allen Erscheinungen des Lebens die verhüllte Poesie mehr divinierte, als wirklich nachwies«. Das war also eine erste Begegnung mit den zeitgenössischen Denkformen, mit den Äußerungen des romantischen Weltgefühls. Doch wurde Eichendorff kein Schüler von Steffens oder Schleiermacher. Eifriger besuchte er die Vorlesungen des berühmten Philologen F. A. Wolf. Aber das eigentliche Studium der Brüder galt der Rechtswissenschaft. Dabei taten sie sich mit offenem Sinn in der Fremde um, nahmen teil am bunten und lauten studentischen Treiben, verträumten manchen Abend am Giebichenstein, der Burgruine über der Saale, und besuchten im Sommer sehr häufig das Theater in Bad Lauchstädt, wo Goethes Weimarer Bühne spielte. Dort sahen sie Goethe, den sie schon kannten aus Galls Vorträgen über die Schädellehre in Halle, die Goethe ständig besuchte. Eine Reise ging über den Harz nach Hamburg und Lübeck. Im August 1806 kehrten die beiden nach Lubowitz zurück, für fast ein Jahr. Denn nach Napoleons Sieg bei Jena wurde die Universität Halle geschlossen, die französischen Armeen und ihre Alliierten drangen schnell in Schlesien ein, eroberten Breslau und belagerten die Festung Kosel.

Im Mai 1807 fuhren die Brüder zur Fortsetzung ihrer Studien nach Heidelberg. In Eichendorffs Erlebnisweise spürt man jetzt die Wirkung der romantischen Dichtung, z. B. die Kenntnis von Tiecks Roman »Franz Sternbalds Wanderungen«. Als er auf der Fahrt nach Heidelberg durch Nürnberg kam, notierte er im Tagebuch: »Mit Ehrfurcht schritten wir über diesen (auch durch Tiecks Sternbald) klassischen Boden, und es war, als müßte überall ein Ritter mit wehendem Helmbusch die Straße herabgesprengt kommen.« Von der weiteren Fahrt heißt es dann: »In der mondhellen Nacht passierten wir das Städtchen Neckarsteinach, das, ein Vorspiel von Heidelberg, höchst romantisch und ganz eng zwischen felsigten, belaubten Bergen ruht. Immer schöner. Zu beiden Seiten hohe, steile, belaubte und blühende Berge voll Vögel, die dem dämmernden Morgen entgegensangen... Endlich um 4 Uhr morgens fuhren wir mit Herzklopfen durch das schöne Triumphtor in Heidelberg ein, das eine über alle unsere Erwartung unbeschreiblich wunderschöne Lage hat... Alles schlief noch. Nur Studenten, wie überall gleich zu erkennen, durchzogen mit ihren Tabakspfeifen schon die Straßen.«

Wieder traten die Brüder überall zusammen auf, wie während all der Studienjahre. Sie teilten Wohnung und Mahlzeit, juristische Fachstudien und geistige Interessen, Freunde und Abenteuer. Immer hatte Eichendorff diesen Bruder zur Seite, ein vertrautes zweites Ich, und ein Stück Heimat. Heidelberg war damals ein Zentrum der romantischen Bewegung geworden, namentlich durch Arnim und Brentano. Auf den Kathedern der Universität standen, wie in Halle, einige Romantiker: Creuzer und vor allem Görres, bei dem Eichendorff mit Begeisterung Vorlesungen über Ästhetik und Philosophie hörte. Dem phantasievollen, Gedanken und Ahnungen genialisch vermischenden Lehrer, mit dem Eichendorff auch in persönliche Verbindung kam, verdankt er viel. »Wenn Gott noch in unserer Zeit einzelne mit prophetischer Gabe begnadigt, so war Görres ein Prophet, in Bildern denkend...« So schreibt Eichendorff später über den bewunderten Mann, der ihm wohl auch Grundeinsichten in die romantische Kunstlehre vermittelt hat. Nach Görres' irrationalistischer Anschauung muß ein Kunstwerk »mit wenigen Zügen die Ahndung einer fernen Verborgenheit in unserer Seele wecken, hinter dem Ausgesprochenen muß ein Unaussprechliches wie ein zarter Nachklang schweben«. Die Kunst erweckt für Görres »vor allem das tiefe unerklärliche Sehnen, das uns weit und immer weiter in die Ferne zieht... Das zauberische Zwielicht, das sie umgibt, ist ihre eigenste Natur«.

Es gab in diesen Jahren auch schon das Zerrbild solcher romantischen Poetik und ihre allzu absichtsvolle Anwendung in einer fadenscheinigen Pseudopoesie. Sie begegnet uns in den Dichtungen des Grafen Loeben, mit dem Eichendorff in Heidelberg enge Freundschaft schloß. Der neunzehnjährige Student erlag dem Eindruck der formalen und intellektuellen Wendigkeit Loebens, ohne das Prätentiöse dieses süßlichen Poesie-Kultes zunächst zu spüren. Er hat es nach einigen Jahren durchschaut. Seine dichterische Entwicklung in der nächsten Zeit vollzog sich wesentlich als Befreiung von den Einflüssen Loebens, die in Eichendorffs Heidelberger Gedichten erkennbar sind. Diese Gedichte, oft in der bevorzugten Sonettform, bekunden Eichendorffs Verlangen, seine innere Erlebniswelt, seinen Überschwang in Worte umzusetzen, und sie zeigen auch die Schwierigkeit, eine eigene Form zu finden. Eine gewisse Künstlichkeit, die auf Leoben zurückweist, etwas Gesuchtes in Bildern, Wortfügungen und Empfindungen kann das Zerfließen der Konturen nur verschleiern, nicht verhindern. Doch war es wichtig, als Bestätigung und Ermutigung, daß mit Loebens Hilfe zum erstenmal Gedichte Eichendorffs gedruckt wurden. Sie erschienen in einer neuen, von F. Ast herausgegebenen »Zeitschrift für Wissenschaft und Kunst« 1808 und 1810 unter dem Pseudonym Florens. Diesen Namen führte Eichendorff in dem um Loeben gruppierten »Eleusischen Bund«, der einige Heidelberger Freunde vereinigte. Außer den Brüdern Eichendorff waren es zwei protestantische Theologen, F. Strauß und H. W. Budde.

Eine Reise der Brüder nach Paris im April 1808 schloß das Heidelberger Jahr ab. Auf einem großen Umweg über Wien kehrten sie im Sommer nach Lubowitz zurück. Ein Jahr der Einkehr folgte. Joseph und Wilhelm begannen damals, sich für die Tätigkeit als Landwirt auf den väterlichen Gütern vorzubereiten. 1809 verlobte sich Eichendorff mit der Tochter eines benachbarten Landadeligen, Luise von Larisch, die auf dem Gute Pogrzebin zu Hause war, und er band sich damit noch fester an die heimatliche Welt. Dennoch trieb es die wanderlustigen Brüder zu einer dritten Ausfahrt, die sie für den Winter 1809–1810 nach Berlin führte. Hier kamen sie in Verbindung mit Arnim, den sie von Heidelberg her nur flüchtig kannten, und mit dem faszinierenden Brentano. Sie wurden häufige Gäste im Hause Adam Müllers, der in seinen Staatstheorien eine restaurative Romantik vertrat. Eichendorff bereicherte also seinen Umblick im geistigen Leben der Zeit, und er fand als Dichter allmählich seinen eigenen Ton. Er lernte es, die Aussprache seines Gefühls dem einfachen Bild, dem volksliedhaften Klang anzuvertrauen. Ein Lied wie

»O Täler weit, o Höhen«, das 1810 in Lubowitz entstanden ist, zeigt dieses Freiwerden der lyrischen Sprache.

Nach dem Lubowitzer Sommer rüsteten die Brüder zur vierten Ausfahrt. Die Familiengüter waren verschuldet, z. T. durch unvorsichtige Spekulationen des Vaters, und das mag die Söhne bestimmt haben, die landwirtschaftlichen Pläne aufzugeben und ihre juristischen Studien in Wien zu beenden, um sich auf eine Anstellung im Staatsdienst vorzubereiten. Die Wiener Zeit ist der Höhepunkt von Eichendorffs Wanderjahren. Der Einklang zwischen ihm selbst und der Stadt, ihren Lebensformen, der Gemütsart der Bewohner läßt ihn dort schnell heimisch werden. Die Brüder wohnten in der Herrengasse, im prächtigen Hause des Grafen Wilczek, eines kaiserlichen Oberhofmarschalls, der mit der Familie Eichendorff befreundet war. Er vermittelte ihnen gesellschaftliche Verbindungen, und so setzte sich hier das festesfrohe Lubowitzer Leben in größerem Stile fort. An vielen Abenden der Woche besuchte Eichendorff das Theater, besonders das in der Leopoldstadt mit seinen volkstümlichen Stücken und komischen Typen. Ein Teil ungebrochener Barocktradition lebte hier fort.

Es tat der Fröhlichkeit der Brüder Eichendorff keinen Abbruch, daß sie wenig Geld hatten und äußerst eingeschränkt leben mußten. Sie sparten sich die Bücher, die sie kaufen wollten, am Munde ab. Das Tagebuch vom September 1811 schildert das »standhafte Hungerleben«, das ohne Frühstück begann. »Zu Mittag Brot, Butter, Salz und ein Seidel Wein zusammen. – Abends Brot, Salz und drei Seidel Bier. Früh von 7 bis 10 immer Jurisprudenz, dann bis 1 Poesie. Nachmittags von 3 bis 5 und später Jurisprudenz: dann Poesie. Alle Sonntage zu Mittag splendide im Matschakerhofe.« Auf diese Weise brachten es die beiden zu guten Abschlußprüfungen, und zugleich kam Eichendorffs großer Roman zustande, gefördert durch Gespräche mit Friedrich Schlegel und mit seiner Frau Dorothea. Bei ihnen war Eichendorff häufig zu Gast, ebenso bei Adam Müller, der sich in Wien niedergelassen hatte. Im Umgang mit Schlegel und Müller bildeten sich Eichendorffs Anschauungen von Welt und Kunst, von Zeit und Geschichte, und hier distanzierte er sich endgültig von Loeben.

Der Roman, der 1812 fertig wurde, soll von Dorothea Schlegel den Titel »Ahnung und Gegenwart« bekommen haben. Er erschien erst

1815, mit einer Vorrede von Fouqué. Der Beginn der Befreiungskriege verzögerte die Veröffentlichung dieses Werkes, das die Situation vor dem Kriege zum Thema hat, »jene seltsame gewitterschwüle Zeit der Erwartung, Sehnsucht und Schmerzen«, wie Eichendorff 1815 an Fouqué schrieb. Damit ist zunächst wohl die vaterländische Not unter dem Druck Napoleons gemeint, die Eichendorff und seine Freunde mit Schmerz und Sorge empfanden. Aber die Worte meinen auch das Leiden an der Wirklichkeit dieser Zeit, die der romantischen Generation als Abfall von den wesentlichen Werten des Lebens erschien, bedroht durch den Verlust einer echten und gültigen Ordnung, die sinnerfülltes Dasein sicherte. Dieses romantische Leiden steht in Eichendorffs Jugendleben dunkel neben der unbefangenen Daseinsfreude, die alle festlichen Abenteuer des studentischen Wanderlebens sorglos genießt. Beides spiegelt sich in Eichendorffs Roman. Seine Erzählweise, die sich hier zum ersten Mal erprobt, hat ihren Reiz und ihre Grenze darin, daß sie den Wirklichkeiten ihr Schwergewicht, ihre Stabilität und Härte nimmt und sie in ein leichteres, luftigeres Medium hinüberbildet. Die Menschen und Vorgänge haben wenig plastisches Volumen, wenig scharfe Umrisse – das darf man von der schwebenden Anmut dieser Prosa nicht erwarten; wohl aber ein vielfältiges Wiedertönen der seelischen Schwingung zwischen Mensch und Mensch, Mensch und Natur, und auch die farbige Zeichnung romantischer Charaktere in vielen Variationen. In den eingestreuten Gedichten tritt zugleich mit dem Erzähler der Lyriker Eichendorff zum ersten Mal mit vollgültigen Schöpfungen hervor.

Die Hautpfigur des Romans, der junge, ernsthafte, auf große Taten bedachte Graf Friedrich, gerät am Ende seiner hier erzählten Wanderjahre in Enttäuschung und Ratlosigkeit. Er geht in ein Kloster, in der Einsicht, daß innere Erneuerung des Einzelmenschen der äußeren und allgemeinen Erneuerung vorhergehen müsse. »Die Romantik«, so schrieb Eichendorff im Altersrückblick, »war keine bloß literarische Erscheinung, sie unternahm vielmehr eine innere Regeneration des Gesamtlebens.« In dieser Gesinnung setzten die jungen Menschen verwegene Hoffnungen in die Befreiungskriege, von denen sie nicht nur die Befreiung vom feindlichen Bedrücker, sondern die Verwirklichung jener »Regeneration«. Als im März

1813 der preußische König die Freiwilligen aufrief, verließ Eichendorff Wien, um sich in Breslau diesem Ruf zu stellen. Dorothea Schlegels Sohn, der Maler Philipp Veit, mit dem er Freundschaft geschlossen hatte, begleitete ihn. Der Bruder Wilhelm jedoch blieb in Wien und ging in den österreichischen Staatsdienst. Hier trennten sich endgültig die Lebenswege der so lange verbundenen Brüder, ein Zeichen für das Ende der Eichendorffschen Wanderjahre.

In Breslau trat Eichendorff in das Lützowsche Freikorps ein. Die Abteilung des Freikorps, der er zugeteilt war, kam zu seinem Kummer nicht in größere Gefechte, und auch als er später Offizier der Landwehr wurde, lernte er nur langweiligen Festungsdienst kennen. 1815, nach dem Friedensschluß, heiratete Eichendorff nach fünfjähriger Verlobungszeit Luise von Larisch. Er hatte eine bescheidene Anstellung beim Oberkriegskommissariat in Berlin gefunden, die aber keine Aussichten bot. Seine Wünsche richteten sich auf den Staatsdienst in Wien. Im Januar 1815 schrieb er an Philipp Veit: »Ich weiß nicht, welche Zauberei dort ist, aber ich werde mein Heimweh nach Wien nicht los und kann mich hier in Berlin noch immer in nichts finden... Es ist und bleibt mir alles hier fremd: Religion, politische Gesinnung, ja selbst die allgemeine Fertigkeit, über Kunst und Wissenschaft abzusprechen, erschreckt und stört mich mehr, als es mich erfreut, denn es scheint mir wenig Liebe darin zu sein.« Er ließ Friedrich Schlegel bitten, ihm irgendeine Anstellung in Wien zu vermitteln. Aber es fand sich nichts für ihn. Als er aus dem Feldzug von 1815, an dem er gleichfalls als Landwehroffizier teilnahm, Anfang 1816 zurückkehrte, war eben sein erstes Söhnchen geboren, und die Frage des Brotberufs wurde dringlich. Eichendorff trat als Referendar bei der Regierung in Breslau ein und legte 1817 dort die große juristische Staatsprüfung ab. In diesen Jahren bekam er einen zweiten Sohn und eine Tochter. 1820 erlangte er die erhoffte Anstellung; er wurde vom Berliner Kultusminister Altenstein mit dem Amt eines katholischen Konsistorial- und Schulrats beim Oberpräsidium der Provinz Westpreußen betraut. Im Januar 1821 siedelte er mit seiner Familie nach Danzig über.

Es fiel ihm nicht leicht, sich in dieses Beamtendasein in der fremden nordostdeutschen Stadt zu finden. Aber er hatte keine Wahl. 1818 war sein Vater gestorben, und die verschuldeten schlesischen Güter mußten verkauft werden. Lubowitz blieb der Mutter als Witwensitz, ging aber nach ihrem Tode (1822) ebenfalls in fremde Hände über. Eichendorff hat den Verlust des heimatlichen Anwesens nie ganz verwunden.

Und fremde Leute gehen
Im Garten vor dem Haus –
Doch übern Garten sehen
Nach *uns* die Wipfel aus.

Doch rauscht der Wald im Grunde
Fort durch die Einsamkeit
Und gibt noch immer Kunde
Von unsrer Jugendzeit.

Bald mächtger und bald leise
In jeder guten Stund
Geht diese Waldesweise
Mir durch der Seele Grund.

So heißt es in einem Gedicht an den Bruder. Seit Eichendorff von ihm getrennt und von Lubowitz entfernt war, bedeutete ihm seine Frau das Stück Heimat, das er neben sich haben mußte. Die Jugendgespielin vom Nachbargut war ihm eine freundlich-stille, nahe verbundene Gefährtin.

Der Erbe altüberlieferter Besitztümer sah sich als einen Enterbten. In diesem persönlichen Schicksal erfuhr er das Schicksal der Zeit, in der ein Lebensstil, eine Ordnung der Dinge zu Ende ging, ohne daß Eichendorff ein gültiges und überzeugendes Neues an die Stelle des Überlebten treten sah. Die jugendlichen Hoffnungen auf den Krieg und die »Regeneration« hatten sich nicht erfüllt, alles blieb schwankend, ungewiß; lähmende Enttäuschung und Resignation bestimmten die Situation dieser Jahrzehnte, oder revolutionäre Regungen und Ansätze zur Begründung eines modernen Lebens, die Eichendorff nach seiner Art mit Skepsis und Befremden ansehen mußte. »Es ist überhaupt auffallend, wie in jetziger Zeit alle Individuen verschwinden, alles ist allein auf Massen gestellt«, so schrieb er 1849. Er hielt nichts von künstlichem oder gewaltsamem Konservieren alter Formen, aus denen der Geist entflohen war. Aber er litt unter dem Schwinden dieses Geistes, an der Auflösung alter Bindungen, Gesinnungen und Werte. Von diesem Unmut und Leiden spiegelt sich vieles in Eichendorffs Zeitgedichten, auch in den satirischen Motiven einiger Erzählungen wie »Auch ich war in Arkadien« (1834) oder »Libertas und ihre Freier« (1849). Auch das ungedruckte Puppenspiel »Incognito« versucht sich in politischer Satire; vorher hatte eine in der Nachfolge Tiecks stehende Farce »Krieg den Philistern« eine literarische Satire mit vielen aktuellen Anspielungen gegeben. Aber das sind Nebenwerke. Die Erzählung vom »Taugenichts«, in der Breslauer Zeit um 1817 begonnen, in Danzig zu Ende geführt, ist zwar als Gegenbild zur Zeitsituation konzipiert, deren schlimmste Schwäche Eichendorff im Lebensprinzip der »Nützlichkeit« sah. Aber sie ist ganz frei von Polemik, ganz in sich selber ruhend, im Gleichgewicht von gutherzig lächelnder Ironie und fröhlichem Übermut. Das freie, unbesorgte, um Sicherheit und Zielstrebigkeit unbekümmerte Leben, das der Philister verlernt hatte und das dem Adel verlorenzugehen begann, der geigenspielende, vagabundierende Müllerssohn kann es noch führen. Er ist ein Träumer, ohne Blick für die Wirklichkeit, doch auch ohne Angst vor ihr, und er verachtet sie nicht, wie die eigentlichen Romantiker. Darum narrt ihn zwar diese Wirklichkeit, aber sie kommt ihm zuletzt doch entgegen, sie fügt sich seinen Wünschen. »Und es war alles, alles gut.« Diese hundert Seiten Prosa ohne Fehl und Tadel, von reinster Anmut, sind Eichendorffs erzählerisches Meisterwerk. Der »Taugenichts« erschien 1826, zusammen mit der Erzählung »Das Marmorbild« und mit einer kleinen Auswahl seiner Gedichte.

Im Leiden an der Zeit fand Eichendorff Zuversicht und Frieden in seiner Frömmigkeit und auch im Wirken für die Interessen der katholischen Kirche, die er ja in seiner Amtstätigkeit zu vertreten hatte. Er hat sie immer sehr entschieden und aufrichtig, doch maßvoll und redlich vertreten. So gewann er sich die Hochachtung und bald auch die herzliche Freundschaft seines Vorgesetzten, des Oberpräsidenten Theodor von Schön, der ein bedeutender preußischer Staatsmann war, protestantisch und von liberaler Gesinnung. Als West- und Ostpreußen 1824 vereinigt wurden und Schön seinen Amtssitz nach Königsberg verlegte, übersiedelte auch Eichendorff in diese Stadt. Die beiden sehr ungleichen Männer bleiben auch nach Eichendorffs

Weggang von Königsberg in enger Verbindung und brieflichem Gespräch. In der Danziger Zeit wirkten sie gemeinsam für die Wiederherstellung der bereits der Zerstörung preisgegebenen Marienburg. Dieses Unternehmen romantischer Restauration, dessen Geschichte Eichendorff später geschrieben hat, war ein Werk nach seinem Herzen: die Rettung der Ordensburg als eines Zeichens einstiger Verbindung von Rittertum und Frömmigkeit. Aus der Gesinnung, die sich in dieser Tätigkeit bezeugt, entstand auch das Drama »Der letzte Held von Marienburg« (1830), dem ein anderes historisches Schauspiel voranging, »Ezelin von Romano« (1828). Echtes dichterisch-theatralisches Leben hat freilich nur das leicht gebaute Lustspiel »Die Freier« mit seinem bunten Wirbel von Verwechslungen und Verkleidungen, ein heiterer Nachklang der Wiener Theatereindrücke.

Dieses Stück, das 1833 erschien, entstand in Berlin. Eichendorff war 1831 an das Berliner Kultusministerium versetzt worden, wo er wiederum, als Geheimer Regierungsrat, in der Abteilung für katholisches Kirchen- und Schulwesen tätig war. Ein Versuch, durch Vermittlung von Görres eine Beamtenstellung in München zu bekommen, mißlang ihm, und so fand er sich ab mit der Berliner Tätigkeit, auch wenn sie viel Arbeit und Enttäuschungen einbrachte. Er fühlte sich bei manchen Gelegenheiten zurückgesetzt und beklagte sich auch zuweilen, daß sein Amt ihm Zeit und Kräfte für das poetische Schaffen entzog. Man darf jedoch die Schärfe solcher innerer Konflikte nicht überschätzen. Im Grunde war dem älteren Eichendorff die feste Ordnung des Daseins gemäß, seine Natur war auf Ausgleich bedacht und zum Ausgleich bereit. Als später (1848) ein jüngerer Freund, der Lyriker Lebrecht Dreves, sich über die Unvereinbarkeit seiner Anwaltsgeschäfte mit der Poesie beklagte, da antwortete ihm Eichendorff: »Eine Stelle in Ihrem Briefe hat mich fast wehmütig berührt, wo Sie nämlich von der Notwendigkeit sprechen, sich gegen einen ungelegenen poetischen Rausch zu waffnen. Auch ich habe während meines langen Amtslebens beständig gegen diese Anfechtungen zu kämpfen gehabt. Aber es schadet eben nichts. Die prosaischen Gegensätze befestigen und konzentrieren nur die Poesie und verwahren am besten vor der poetischen Zerfahrenheit, der gewöhnlichen Krankheit der Dichter von Profession.«

Eichendorff führte in Berlin ein stilles, zurückgezogenes, zwischen Amt und Familie geteiltes Dasein, von literarischer Geselligkeit sparsam belebt. Damals schrieb er eine Reihe von Erzählungen, darunter »Dichter und ihre Gesellen« (1834), und auch Gedichte entstanden noch immer. 1837 gab er die erste umfassende Sammlung seines verstreuten lyrischen Werkes heraus. Diese Sammlung wurde mit Erweiterungen gedruckt im Gedichtband der ersten Gesamtausgabe seiner Werke, die 1841 in vier Bänden erschien.

Mit den Jahren gab es vielerlei Ärgernisse und Widerlichkeiten bürokratischer Art, die Eichendorff seine Beamtentätigkeit mehr und mehr verleideten. Diese Ärgernisse nahmen zu, als der Minister Eichhorn die Nachfolge Altensteins angetreten hatte. Da Eichendorff als treuer Katholik in einigen Streitigkeiten der Kirche mit der Regierung die Rechte und Ansprüche der Kirche vertrat, ergaben sich zuweilen ernsthafte Konflikte. So erbat er 1844 seine Entlassung und erhielt eine Pension, die ihm ein knappes Auskommen sicherte. Er hat die folgenden Altersjahre an wechselnden Orten verbracht; vielleicht hatte ihn etwas von der alten Unruhe wieder gepackt. Eine Zeitlang lebte er in Danzig, in Wien; 1848 vertrieb ihn die Revolution aus Berlin, er suchte in Köthen, dann in Dresden Zuflucht. Im Herbst 1849 zog er wiederum für mehrere Jahre nach Berlin, und die Sommermonate verbrachte er meist auf dem kleinen Schloß Sedlnitz in Mähren, das ihm als einziger Rest aus dem Familienbesitz verblieben war. Dort war er der alten Heimat wenigstens nahe. 1849 starb sein Bruder Wilhelm, den er in seinen männlichen Jahren nur selten gesehen hatte.

Seit 1846 veröffentlichte Eichendorff eine Reihe von literarhistorischen Aufsätzen und Schriften zur Geschichte der romantischen Poesie, des Romans, des Dramas. Eine zusammenfassende Redaktion dieser Arbeiten erschien 1857 als »Geschichte der poetischen Literatur Deutschlands«. Es sind religiös-moralische, erzieherisch gemeinte Tendenzschriften, in denen die Literatur unter dem Gesichtspunkt ihres Verhältnisses zur katholischen Religion betrachtet und auch – oft mit schroffer Einseitigkeit – beurteilt wird. Doch es gibt darin auch ansprechend farbige Porträts der romantischen Dichter, die Eichendorff selbst gekannt hat. Gleichzeitig wird in den Altersjahren Eichendorffs Neigung zur spanischen Literatur, die sich schon früher in der Übersetzung spanischer Romanzen und der Erzählung »Graf Lucanor« von Juan Manuel bezeugte, aufs neue fruchtbar. Er las Calderon, der ein Lieblingsautor Grillparzers war, und übersetzte elf geistliche Schauspiele des spanischen Dramatikers, darunter auch jenes »Große Welttheater«, das später in Hofmannsthals Umdichtung auf der deutschen Bühne heimisch wurde. Schließlich erschienen in den fünfziger Jahren die drei Verserzählungen, die sein poetisches Alterswerk ausmachen, »Julian«, »Robert und Guiscard« und »Lucius«. Für seine letzten Lebensjahre kehrte Eichendorff in die schlesische Heimat zurück. Er zog 1855 nach Neiße in das Haus seines Schwiegersohnes von Besserer, der dort Leiter der Kadettenanstalt war. Gleich nach der Ankunft starb Eichendorffs Frau. Vereinsamt, mit sinkenden Lebenskräften, hat er hier in geruhsamer Stille das Ende erwartet. Die Altersfreundschaft mit dem Breslauer Fürstbischof Heinrich Förster verschaffte ihm gastliche Wochen in der bischöflichen Sommerresidenz auf Schloß Johannesberg, der Stätte beschaulicher Gespräche. Am 26. November 1857 ist er in Neiße gestorben, so friedlich, wie es das schöne Sonett »Das Alter« ahnend vorausfühlte:

So mild ist oft das Alter mir erschienen;
Wart nur, bald taut es von den Dächern wieder
Und über Nacht hat sich die Luft gewendet.

Ans Fenster klopft ein Bot' mit frohen Mienen,
Du trittst erstaunt heraus – und kehrst nicht wieder,
Denn endlich kommt der Lenz, der nimmer endet.

Das ist, in Umrissen, der Lebensgang dieses Dichters, dessen Stimme ungeschwächt zu uns herüberdringt. Läßt sich zeigen, worin die Magie seiner Verse beruht, und ist es nötig, das zu zeigen? Jeder spürt die köstliche Frische des Tones in den Wanderliedern, den lerchenhaften Jubellaut im Preis des Morgens und der hellen Welt; jeder auch die leise Gewalt der Dissonanzen, die Töne schwermütiger Trauer, des Schauders vor dem Rätselhaft-Unheimlichen, der Bangigkeit im »Zwielicht«:

Dämmrung will die Flügel spreiten,
Schaurig rühren sich die Bäume,
Wolken ziehn wie schwere Träume –
Was will dieses Graun bedeuten?

Man spürt und hört, auch ohne besonderen Hinweis, daß »Heimat« bei Eichendorff immer Lubowitz und die Wälder an der Oder bedeutet, aber immer auch zugleich eine ewige, außerirdische Heimat; daß »Wandern« das Schweifen durch Wald und Täler und fremde Städte meint, doch ineins damit die Pilgerschaft des Menschen auf Erden. Dieses Zugleich, das der Dichtung möglich ist, wird absichtslos, selbstverständlich, wie im Spiel verwirklicht, ebenso wie das Zugleich von Innen und Außen, Regung der Seele und Regung der Natur. Was bloßer Traum ist, oder Ahnung, unsichtbare Bewegtheit des Inneren, hat hier, wegen seiner Bedeutung für die menschliche Seele, die gleiche Intensität und Realität wie das Gegenständlich-Sichtbare, das auch nur wirklich ist wegen seiner Bedeutung für die menschliche Seele.

Alles beruht auf der suggestiven, der evozierenden Macht des klanggebundenen Wortes. Die gegenständliche Welt der Natur wird nur selten in erhöhter Anschaulichkeit, mit besonderen optischen Reizen gegeben, wie etwa in dieser Zeile:

Schon funkelt das Feld wie geschliffen.

Wohl finden sich auch in der Prosa Stellen von dieser optischen Intensität eines – man könnte sagen – frühen Impressionismus etwa in der Art Adolph Menzels. In der Novelle »Das Schloß Dürande« wird beschrieben, wie Ludwig der XVI. an einem »halbverschleierten Wintertage« in Versailles aus der Tür des Schlosses in den Garten unter die Hofleute und Zuschauer tritt. Ehe man ihn selber sieht, geht ein Lichterspiel vor sich. »Endlich gaben die Schweizer das Zeichen, die Saaltür öffnete sich, die Sonne tat einen kurzen Blitz über funkelnden Schmuck, Ordensbänder und blendende Achseln, die schnell, vor dem Winterhauch, unter schimmernden Tüchern wieder verschwanden. Da schallt' es auf einmal: Vive le roi! durch die Lüfte ...«

Zumeist aber wird bei Eichendorff, besonders in den Gedichten, die sichtbare Welt und die Welt der Gefühle in Klang verwandelt. Was Fernweh ist, Wandersehnsucht, die nach dem Süden drängt, das ist niemals so ins Herz treffend gesagt worden, wie in diesem Gedicht »Sehnsucht«. Da steht in der Sommernacht der Einsame am Fenster und hört den fernen Ruf des Posthorns und dann das Singen der beiden näher vorüberziehenden Wanderer. Was dabei in dem Lauschenden aufsteigt an traumhaften, prächtigen Bildern der südlichen Welt, ist deshalb so eindringlich und unwiderstehlich lockend, weil es in Tönen aufsteigt, weil die beiden Wanderer es *singen:*

Sie sangen von Marmorbildern,
Von Gärten, die überm Gestein
In dämmernden Lauben verwildern,
Palästen im Mondenschein,
Wo die Mädchen am Fenster lauschen,
Wann der Lauten Klang erwacht
Und die Brunnen verschlafen rauschen
In der prächtigen Sommernacht.

»Palästen im Mondenschein« – in dieser Verszeile schwebt das Bild auf dem Sprachklang wie das Licht auf den Wellen. Auf solche Weise werden die einfachen Grundbestände der Landschaft dichterisch lebendig. Es sind immer die gleichen, Wald, Berge, Felder, Wolken, Sterne, und sie werden nicht gezeichnet, sondern mit dem schlichtesten Wort genannt, berufen: doch so, daß sie im Hörer oder Leser zwingend die Vorstellung erzeugen und zugleich die Nuance der Stimmung, die sie jeweils mit sich führen. das Rauschen des Waldes kann, wie es Eichendorff gerade will, beruhigen oder drohen, etwas »erzählen« oder etwas Rätselhaftes verschweigen. Die Vermenschlichung oder Mythisierung der Natur, die überall in diesen Gedichten stattfindet, wird uns oft kaum bewußt, so naiv, unreflektiert, kindlich unbefangen ist sie gegeben. Die Erde träumt, der Strom grüßt und die Quellen klagen; die Berge »stehen auf der Wacht«, und der Stephansdom »guckt übern Berg«. Selbst wo dieses menschliche Gehaben der Natur akzentuiert wird, nimmt man es willig und gläubig hin, wie die Kinder den sprechenden Baum im Märchen selbstverständlich finden: eine Wendung wie »der Sterne heilge Redensarten«, oder die Verse

Die Berg' im Mondesschimmer
Wie in Gedanken stehn.

Dergleichen kommt aus einer kindlichen, noch ungeschiedenen Einheit des Ich mit der Natur. Sie war Eichendorffs dichterisches Erbteil, aus dem ihn niemand vertreiben konnte wie aus dem Schloßgarten der Kinderzeit. Aus dieser unversehrt innigen Einheit, in der die Grenzen zwischen dem Ich und dem Naturganzen schwinden, erwächst auch, was Eichendorff selbst als seine Gefahr empfand: die romantische Lust an der Auflösung, das Todesverlangen, die Sehnsucht nach Eingehen ins All. Romantische Vergöttlichung der Natur liegt Eichendorff manchmal näher, als er es selber weiß. Diese Erfahrung wird dichterisch symbolisiert in den Stimmen des »Abgrunds«, die lockend rufen, im Wirbel, der hinunterzieht. Oder sie wird in den heidnischen »alten Göttern« verkörpert, die ihm zu Dämonen geworden sind. Oft wird diese Gefahr in der rauschhaften Erfahrung der Liebe übermächtig. Das ist ein häufiges Motiv in den Erzählungen. Eichendorff fand den Halt gegenüber solcher dämonischer Bedrohung in der Besinnung auf die christliche Glaubenswelt, die bei ihm in Spannung steht zu dieser ursprünglichen Einheit von Ich und Natur, Mensch und All. Der Wille zum Ausgleich dieser Spannung erweckt in Eichendorff verborgene Triebkräfte dichterischer Formung.

In den »Geistlichen Gedichten« vergewissert er sich der christlichen Glaubenswahrheit. Auch hier ist der innere Zusammenhang mit der schlesischen Barocklyrik fühlbar, das Bewußtsein des Vergehens aller Dinge spricht dort wie hier. »Die Lust hat eignes Grauen, Und alles hat den Tod.« Dieses Wissen des Dichters spricht mit, wenn er das Vergängliche preist, »der Erde Klang und Bilder«. Das Einfachste wird in der dichterischen Verwandlung das Vielstimmigste, Beziehungsreichste.

Der Tanz, der ist zerstoben,
Die Musik ist verhallt,
Nun kreisen Sterne droben,
Zum Reigen singt der Wald.

Es sind vier kurze Zeilen, die Anfangsstrophe des Gedichtes »Wahl«. Es hieß zuerst »Nach dem Ball« – das ist die Situation. Einsam bleibt der Liebende zurück, er hat noch die rasche Bewegung, die stampfenden Rhythmen des Tanzes im Bewußtsein. Beides erscheint in den betonten Anfangsworten der beiden ersten Verse: »der Tanz« – »die Musik«. Aber das Fest ist vorüber, das sagen die Endworte dieser Zeilen: »zerstoben«, »verhallt«. Die kleine Akzentverschiebung in der zweiten Zeile, die volkstümliche Betonung Músik vergegenwärtigt den derben Klang der Tanzkapelle, den walzerartigen Rhythmus. Der Vers ist der wortgewordene Nachhall selbst. Mit dem »Nun« der dritten Zeile ist alles vorbei, die Stille dringt ins Bewußtsein des Heimgekehrten, aber zugleich mit dieser Stille ein anderes Geschehen, die nächtliche Natur. Doch er nimmt sie noch auf im Nachgefühl von Tanz und Musik, im Bilde des verrauschten Festes: als Tanz der Sterne, Musik des Windes in den Bäumen.

Nun kreisen Sterne droben,
Zum Reigen singt der Wald.

Der kräftig abgesetzte Tanzrhythmus der ersten beiden Zeilen (»Der Tanz, der ist...«) wird vertauscht mit einem langsameren, weich gleitenden Fließen, durch klingende Konsonanten gestützt. Es ist also eine einfache Entgegensetzung von Verspaar zu Verspaar: Tanzsaal und Sternenreigen über dem Wald. Der Gegensatz, sehr sinnfällig, wird in der lyrischen Formung voll ausgeschöpft. Aber mit dieser Entgegensetzung ist mehr ausgedrückt, als es zunächst scheint, weil etwas weniger deutlich Gegebenes mitklingt, nämlich eine heimliche Gleichsetzung in dem, was sich hier gegenübertritt. Denn Tanz und Musik ist beides, das Fest der Menschen und die nächtliche Natur. Die Anfangsworte der dritten und vierten Zeile bezeichnen wiederum Bewegung und Musik (»nun kreisen« – »zum Reigen singt«), wie die der beiden ersten Verse. Gegensetzung und Gleichsetzung durchdringen sich. So wird das einfache Bild geheimnisvoll und deutet aus der Enge des erlebten Augenblicks in die Weite, in das Geheimnis der Welt selbst: auf die Wirksamkeit der gleichen Kräfte und Gesetze, die in geordneter Bewegung und begleitenden Klängen das Miteinander der Menschen und das Dasein des Kosmos bestimmen. *Wolfdietrich Rasch*

ZU DIESER AUSGABE

Die vorliegende Ausgabe der Dichtungen Eichendorffs enthält das gesamte lyrische Werk, den Jugendroman »Ahnung und Gegenwart« und die bedeutendsten Erzählungen. Man wird wohl sagen dürfen, daß hiermit der Kernbestand, das überdauernd Gültige und unmittelbar Wirkungskräftige des dichterischen Schaffens von Eichendorff vereinigt ist. Damit sollen freilich nicht Reiz und Wert der romanhaften, im Erstdruck als Novelle bezeichneten Erzählung »Dichter und ihre Gesellen« und einiger anderer Erzählungen geleugnet werden. Aber die Erzählkunst Eichendorffs, die in ihren besten Stücken mit der Lyrik gleichen Ranges ist, wird durch den großen Roman und die hier aufgenommenen Novellen gültig repräsentiert.

Eichendorff war nach seiner Natur und Begabung kein Dramatiker. So wird man den Abdruck der dramatischen Werke nicht vermissen. Auch die drei Verserzählungen der Spätzeit sind, gemessen an den Gedichten und Prosawerken, von geringerem dichterischen Wert und durften hier fehlen.

Die Ausgabe gilt allein dem *Dichter* Eichendorff, nicht dem Schriftsteller und Übersetzer. So mußte sie auf die wenigen autobiographischen Aufzeichnungen und auch auf Proben aus den literarhistorischen Arbeiten verzichten, obwohl darin reizvoll farbige Dichterporträts und aufschließende Worte über das Wesen der Poesie sich finden. Die editorische Einrichtung unserer Auswahl, die Anmerkungen, das Nachwort usw. wurden aus meiner Edition der »Werke« Eichendorffs übernommen, die im Carl Hanser Verlag in München 1955 erschienen ist und seit 1971 in vierter, erweiterter Auflage vorliegt.

Eichendorffs Gedichte, die zunächst nur verstreut in Zeitschriften und Taschenbüchern erschienen oder in seinem Jugendroman und in seinen Erzählungen standen, sind von ihm selbst mit Hilfe von Adolf Schöll zum ersten Mal 1837 zusammengestellt worden. Vorher gab er nur eine kleine Auswahl von 48 Gedichten als Anhang zum Erstdruck des »Taugenichts« (1826). In der Sammlung »Gedichte« von 1837 unternahm Eichendorff die für alle späteren Ausgaben maßgebliche Gruppierung seines lyrischen Werkes. Er fand eine Anordnung, die sich in sieben große Abteilungen gliedert, »Wanderlieder«, »Sängerleben«, »Zeitlieder« usw. Bei dieser Ausgabe half ihm sein Freund Adolf Schöll. Man sollte jedoch nicht, wie es neuerdings gelegentlich geschieht, dessen Anteil überschätzen. Rudolf Dietzes Vorwort zu seiner Eichendorff-Ausgabe von 1891 enthält den Hinweis auf eine mündliche Mitteilung Hermann von Eichendorffs an ihn. Danach habe Joseph von Eichendorff seinem Sohn Hermann gesagt, daß die Zusammenstellung, Anordnung, Textgestaltung und die Formulierung der Überschriften in der Ausgabe von 1837 »ein jüngerer Freund« besorgt hätte, da er selbst keine Zeit gehabt hätte. Schon daß Hermann von Eichendorff den Namen dieses Freundes, Adolf Schöll, anscheinend nicht erwähnt hat, ist merkwürdig. Vermutlich hat Hermann von Eichendorff diese Gesprächsbemerkung zu Dietze gelegentlich gemacht, um seine eigenen oft recht harten und verständnislosen Veränderungen der Überschriften mancher Gedichte und ihrer Einreihung zu rechtfertigen. Die 1908 begonnene historisch-kritische Ausgabe »Sämtliche Werke des Freiherrn Joseph von Eichendorff«, hg. von Wilhelm Kosch und August Sauer, im Verlag Josef Habbel, Regensburg (seit Sommer 1975 im Verlag W. Kohlhammer, Stuttgart), geht auf diese schlecht überlieferte Angabe Dietzes nicht ein, wohl mit ganz gutem Recht, wie mir scheint. Gut bezeugt ist nur Adolf Schölls Mitarbeit an der Ausgabe von 1837, die Rudolf Schöll in seiner Biographie Adolf Schölls (ADB Bd. 32, S. 218) so formuliert:

Schöll »unterstützte« Eichendorff »bei der Redaktion seiner Gedichtsammlung«. Daß der Dichter dann in manchen Einzelheiten mit dem Ergebnis der gemeinsamen Arbeit, mit einigen Placierungen und Überschriften nicht zufrieden war – auch das soll Eichendorff in seiner Äußerung zu Hermann bemerkt haben –, ist nicht verwunderlich. Das geschieht auch den Dichtern, die ihre Gedichtsammlungen allein bewerkstelligen. Daß aber Eichendorff sich selbst um die Auswahl und Anordnung gar nicht gekümmert hätte, ist sehr unwahrscheinlich, und offensichtlich hat er die Ausgabe im ganzen gebilligt. Das wird bestätigt durch die Tatsache, daß Eichendorff in der vierbändigen Ausgabe seiner »Werke« von 1841, in deren erstem Band er seine Gedichte vereinigte, die Anordnung von 1837 beibehielt. Er hat sie durch einige Gedichte ergänzt, hat eine neue, achte Gruppe »Aus dem Spanischen« den vorhandenen hinzugefügt, aber den Grundbestand und seine Komposition unverändert gelassen. Da er selbst die Ergänzungen einfügte, hätte er leicht bei dieser Gelegenheit ändern können, was ihm an der Ausgabe von 1837 nicht gefiel. Daß er die gemeinsam mit Schöll festgelegte Anordnung von 1837 bewahrte, sichert die Authentizität dieser Edition. Unbeschadet des im einzelnen kaum bestimmbaren Anteils von Schöll, dessen Name in der Ausgabe von 1837 nicht genannt ist, wird man doch von Eichendorffs eigener Auswahl und Anordnung sprechen dürfen, die mit Hilfe des Freundes zustande kam. Spätere Auflagen des Gedichtbandes in der Ausgabe von 1841 geben im wesentlichen den Text der ersten Auflage wieder. In der dritten Auflage und den späteren fehlen, anscheinend durch ein Versehen, 8 Gedichte, eines, »Libertas Klage«, ist neu eingefügt. Eichendorff hat sich später für eine neue, erweiterte Gesamtausgabe, die er plante, eine Reihe von Gedichten vorgemerkt, die in die Ausgabe von 1841 nicht aufgenommen oder später entstanden waren und der alten Sammlung hinzugefügt werden sollten. Die geplante Gesamtausgabe ist aber zu Eichendorffs Lebzeiten nicht mehr verwirklicht worden. Sieben Jahre nach des Dichters Tode hat sein ältester Sohn, Hermann von Eichendorff, eine neue Gesamtausgabe veranstaltet: »Joseph von Eichendorffs sämtliche Werke«, Leipzig 1864. Im ersten Band dieser Edition stehen die Gedichte. Der Herausgeber behält die Anlage der von Eichendorff selbst veröffentlichten älteren Sammlung bei, aber er fügt eine Reihe von weiteren Gedichten hinzu und läßt gleichzeitig 22 Gedichte der älteren, authentischen Ausgabe weg. Ein Teil dieser neu aufgenommenen Gedichte war vorher noch nicht gedruckt, sondern fand sich im handschriftlichen Nachlaß. Hermann von Eichendorff hat die neu hinzukommenden Gedichte nach seinem Ermessen an verschiedenen Stellen in jene Sammlung eingefügt, die sein Vater und Adolf Schöll mit Bedacht angeordnet hatten. Dadurch wurde oft der leise innere Zusammenhang zwischen benachbarten Stücken unterbrochen. Auch hat Hermann nicht selten Gedichte aus dem vorhandenen Bestand von ihrem alten Platz entfernt und an anderer Stelle untergebracht. Vielfach hat er auch die ursprünglichen Überschriften durch andere ersetzt und zuweilen Eingriffe in den Wortlaut gewagt. Auch die Datierungen dieser Edition sind häufig falsch. So ist diese Ausgabe von 1864 von sehr zweifelhaftem Wert. Gleichwohl hat sie, als die vollständigste, den meisten späteren Eichendorff-Ausgaben als Grundlage gedient. Freilich haben die Herausgeber, auch wenn sie Eichendorffs Gliederung beibehielten, oft einzelne Gedichte weggelassen, die der Dichter selbst eingereiht hatte, während sie andere stehen ließen, die erst von Hermann von Eichendorff hinzugefügt waren. Damit ist das Bild der ursprünglichen Sammlung immer weiter verfälscht worden.

Es ist klar, daß ein solches Verfahren sehr mißlich ist. Unsere Ausgabe geht einen anderen Weg. Sie bringt zunächst, als erste Abteilung, die von Eichendorff selbst veröffentlichte Sammlung von 1841. Damit bleibt die im ganzen sorgsam durchdachte, sinnvoll komponierte Anordnung, die Eichendorff zusammen mit Schöll fand, bewahrt, ebenso die ursprüngliche Form der Überschriften und des Wortlauts. Dieses zu einer geschlossenen Folge geordnete Corpus bildet den Grundbestand der Eichendorffschen Gedichte. Der Text folgt – mit Beseitigung einiger Druckfehler – der genannten kritischen Edition, die in ihrem ersten, von Hilda Schulhof und August Sauer besorgten Bande (I. Bd., 1. Hälfte, 1916) eben diese Sammlung abdruckt. Orthographie und Interpunktion sind, ebenso wie später bei den Prosatexten, mit Zurückhaltung den heutigen Gepflogenheiten angepaßt; manche alten Gewohnheiten der Schreibweise und Zeichensetzung sind absichtlich bewahrt.

Alle Gedichte, die nicht in der Sammlung von 1841 stehen, sind in unserer Ausgabe in der zweiten Abteilung vereinigt. Die Textgestalt ist bei nicht wenigen von ihnen problematisch. Die Gedichte der zweiten Abteilung sind in der kritischen Ausgabe noch nicht enthalten; der für sie vorgesehene Band ist bisher nicht erschienen. Nur die Sammlung von 1841 ist wissenschaftlich ediert (übrigens ohne den angekündigten Lesarten-Teil). Der Nachlaß Eichendorffs, der teilweise in der Preußischen Staatsbibliothek aufbewahrt wurde, ist durch die Ereignisse des zweiten Weltkrieges zerstreut worden und war bei Redaktionsschluß zu unserer Edition im Jahre 1955 zum großen Teil nicht mehr erreichbar. Inzwischen ist der Nachlaß in der »Deutschen Staatsbibliothek« in Berlin wieder zugänglich. Viele Mitteilungen von Texten und zur Textgeschichte, die auch in diesem Nachwort benutzt wurden, gab Franz Uhlendorff, vor allem in dem Eichendorff-Almanach »Aurora«. Ein Verzeichnis dieser Beiträge, von Wolfgang Kron, findet sich in »Aurora« 24, 1964, Seite 123 f. Die historisch-kritische Gesamtausgabe wird jetzt neu bearbeitet und fortgeführt unter der Leitung von Hermann Kunisch. Eine kritisch auf die Handschriften und etwaige Frühdrucke zurückgehende Bearbeitung der nur in Einzeldrucken oder Manuskripten überlieferten Gedichte war für unsere Ausgabe weder möglich noch beabsichtigt; auch nicht eine systematische, auf absolute Vollständigkeit bedachte Sammlung aller verstreuten Verse Eichendorffs. Andererseits war es unmöglich, auf die in die kritische Ausgabe noch nicht aufgenommenen Gedichte etwa zu verzichten. Unter ihnen befinden sich viele reizvolle und einige der schönsten Gedichte Eichendorffs. Bei der Zusammenstellung der zweiten Abteilung mußte ich also auf die vorhandenen, wenn auch nur vorläufigen und unzulänglichen Veröffentlichungen zurückgreifen. Die Mehrzahl der aufgenommenen Stücke steht in der erwähnten Ausgabe Hermann von Eichendorffs von 1864. Außerdem sind drei Proben von den Gedichten aus der Breslauer Schulzeit hinzugefügt worden, die Hilda Schulhof publiziert hat, und zwar in dem Buch »Eichendorffs Jugendgedichte aus der Schulzeit« (Prager deutsche Studien, Heft 23), Prag 1915. Ferner sind Gedichte aus zwei anderen Veröffentlichungen aufgenommen worden, deren Titel ich hier anführe: »Joseph und Wilhelm von Eichendorffs Jugendgedichte. Vermehrt durch ungedruckte Gedichte aus dem handschriftlichen Nachlaß«, herausgegeben von Raimund Pissin, Berlin 1906, und »Gedichte aus dem Nachlasse des Freiherrn Joseph von Eichendorff«, herausgegeben von Heinrich Meisner, Leipzig 1888.

So gibt unsere Ausgabe die Gedichte vollständiger, als es sonst üblich ist, und sie bringt den Unterschied in der Überlieferung der Texte klar zur Anschauung. Als unbedingt authentisch im Wortlaut können nur die Gedichte der ersten Abteilung gelten. Die Gedichte der zweiten Abteilung sind zwar alle echt, aber ihr Wortlaut im einzelnen ist nicht durch textkritische Untersuchungen überprüft. Man weiß z. B., daß Hermann von Eichendorff hier und da kleine Änderungen an den Gedichten seines Vaters vorgenommen, wohl auch kleine Ergänzungen zugefügt hat. Hilda Schulhof zeigt in einem Aufsatz (»Die Textgeschichte von Eichendorffs Gedichten«, Zeitschrift für deutsche Philologie, Bd. 47, 1916) an

Beispielen, daß die Fassung mancher Gedichte, die in der Ausgabe von 1864 zuerst mitgeteilt werden, an einigen Stellen von handschriftlichen Fassungen abweicht. Die Verfasserin vermutet da eigenmächtige Änderungen des Herausgebers. Es bleibt aber eine offene Frage, ob Hermann von Eichendorff nicht jeweils noch andere Handschriften seines Vaters vorgelegen haben, die jene Änderungen vielleicht schon enthielten. Eichendorff hat seine Gedichte häufig abgeändert; oft sind auf mehreren Blättern verschiedene handschriftliche Fassungen vorhanden. Und manche Manuskripte sind sicherlich verlorengegangen oder den Forschern nicht zugänglich gewesen. Hilda Schulhof spricht vom Vorhandensein »unbekannter echter Handschriften«, und sie bemerkt zum editorischen Verfahren des Sohnes: »Wir müssen hier neben der selbstherrlichen Bearbeitung auch mit willkürlicher Auswahl aus echten Lesarten rechnen«. Nur eine genaue wissenschaftliche Bearbeitung des gesamten Materials, die Berücksichtigung aller Lesarten könnte in diese Fragen Klarheit bringen. Eine solche Arbeit, wie sie einer kritischen Edition zugrunde liegt, ist für die verstreuten Gedichte Eichendorffs noch nicht geleistet. Die augenblickliche Lage der textkritischen Eichendorff-Forschung zwingt zur Zurückhaltung und rechtfertigt es nicht, Änderungen in den durch Hermann von Eichendorff mitgeteilten, geläufig gewordenen Texten vorzunehmen, auch wenn an manchen Stellen Zweifel an der Zuverlässigkeit des Wortlauts bestehen. In der zweiten Abteilung stehen daher die Gedichte in der Fassung, die in der Ausgabe von 1864 gedruckt ist. Das gleiche gilt für die Gedichte, die den genannten Sammlungen von Hilda Schulhof, Raimund Pissin und Heinrich Meisner entnommen worden sind.

Die Anordnung der Gedichte in dieser zweiten Abteilung stammt vom Herausgeber. Am Anfang stehen die Gedichte aus der Schulzeit, dann folgen die frühen Gedichte aus den Jahren 1807 bis etwa 1810 (oder etwas später), die sich, von Loebens lyrischer Formungsweise mitbestimmt, stilistisch meist deutlich abheben von den späteren Versen ganz Eichendorffscher Prägung. Die zweite Folge der Gedichte ist nicht chronologisch angeordnet, sondern so zusammengestellt, daß das thematisch Benachbarte möglichst nebeneinander erscheint.

Auf die Gedichte folgt der Roman »Ahnung und Gegenwart«, nach dem Text der historisch-kritischen Ausgabe. Die Reihe der Erzählungen beginnt mit dem »Taugenichts«. Zwar ist die folgende Erzählung »Das Marmorbild« früher entstanden (1817), aber der »Taugenichts« steht wegen seines Umfanges und seiner inneren Proportion am besten neben dem Roman, und er steht als die größte und schönste der Erzählungen mit gutem Recht an ihrer Spitze. Die anderen schließen sich in der Reihenfolge ihres Entstehens an.

Die im Rahmen der historisch-kritischen Ausgabe vorgesehene neue Edition der Gedichte, die von Wolfgang Kron bearbeitet wird, ist noch nicht abgeschlossen. So konnte sie für die vorliegende Ausgabe nicht herangezogen werden. Dies gilt auch für die Erzählungen, die ebenfalls in der kritischen Edition noch nicht erschienen sind und hier nach der schon genannten, als »Sämtliche Werke« bezeichneten Ausgabe von 1864 abgedruckt werden.

Für die Erarbeitung der Anmerkungen wurden die Ergebnisse der Eichendorff-Forschung dankbar benutzt, auch die Kommentare der von Regine Otto besorgten Ausgabe des Aufbau-Verlags (»Gesammelte Werke«, Berlin 1962) und der Edition des Winkler Verlags (»Werke«, Band 1 und 2, München 1970), für die Jost Perfahl und Ansgar Hillard verantwortlich zeichnen. Für reiche und wirksame Hilfe danke ich meinen Mitarbeitern Elisabeth Marquardt, Leonie Müller und Franz Paulus in Münster. *W. R.*

ZEITTAFEL

1788: Geburt Josephs von Eichendorff am 10. März auf Schloß Lubowitz bei Ratibor. Das alte Adelsgeschlecht saß seit dem 17. Jahrhundert in Schlesien. Des Dichters Vater war Adolf Freiherr von Eichendorff (1756–1818), seine Mutter Karoline Freiin von Kloch (1766–1822). Sie stammte aus einer schlesischen Adelsfamilie, aus deren Besitz sie das Gut Lubowitz erbte. Dort wohnten Josephs Eltern seit 1784. Joseph wuchs auf in inniger Gemeinschaft mit seinem älteren Bruder Wilhelm (1786–1849). 1804 wurde seine Schwester Luise geboren, die unverheiratet blieb; sie war später Adalbert Stifter in verehrender Freundschaft verbunden. Luise starb 1883 in Baden bei Wien.
Erziehung der Brüder Eichendorff durch den Pfarrer Heinke. Ständiger Umgang mit dem Kaplan Ciupke. Frühe Lektüre der Volksbücher, der Gedichte von Matthias Claudius. Kindliche dichterische Versuche.

1794: Reise nach Prag.

1799: Reise nach Karlsbad und Prag. Aufzeichnungen von Eindrücken der Fahrt.

1800: Beginn von Tagebuch-Aufzeichnungen. Abfassung einer »Naturgeschichte« mit eigenen Illustrationen. Umfangreiche Lektüre.

1801–05: Schuljahre, gemeinsam mit Wilhelm, im St. Josephs-Konvikt in Breslau. Häufiger Theaterbesuch. Frühe Gedichte.

1805–06: Studium in Halle, zusammen mit Wilhelm. Rechtswissenschaft und Geisteswissenschaften. Philologische Vorlesungen bei F. A. Wolf, Kolleg bei Schleiermacher und Steffens. Besuch des Theaters in Bad Lauchstädt, wo Goethes Weimarer Bühne gastiert. Reise durch den Harz nach Hamburg und Lübeck.

1806: Im August Heimkehr nach Lubowitz. Geselliges Leben, Jagden in der Umgebung. Liebeswerben um Madame Hahmann in Ratibor.

1807: Im Mai fahren die Brüder über Linz, Regensburg, Nürnberg nach Heidelberg, zur Fortsetzung ihrer Studien. Jurisprudenz bei Thibaut, u. a. Vorlesungen bei Görres. Flüchtige Bekanntschaft mit Arnim und vielleicht auch Brentano. Enge Freundschaft mit Otto

Heinrich Graf von Loeben. Vereinigung mit Loeben und den befreundeten Theologen Strauß und Budde im »Eleusischen Bund«. Austausch von Dichtungen.

1808: Im April Reise nach Paris, über Straßburg. – 13. Mai: Abreise von Heidelberg über Würzburg, Nürnberg nach Regensburg, von dort mit dem Postschiff auf der Donau nach Wien. Im Sommer Rückkehr nach Lubowitz. Pläne zur Tätigkeit als Landwirt auf den Familiengütern.
Erste Veröffentlichung einiger *Gedichte* in Asts »Zeitschrift für Wissenschaft und Kunst«, unter dem Pseudonym »Florens«. – Niederschrift der Märchennovelle *Die Zauberei im Herbste* (1808 oder 1809).

1809: Verlobung mit Luise von Larisch (1792–1855), der siebzehnjährigen Tochter einer Adelsfamilie in der Nachbarschaft von Lubowitz. Im November geht Eichendorff mit dem Bruder nach Berlin, wo sie im selben Haus wie Loeben Quartier nehmen. Verkehr im Hause Adam Müllers. Umgang mit Arnim und Brentano.

1810: Im März Rückkehr nach Lubowitz. Entschluß der Brüder, in den Staatsdienst zu treten. Beide gehen im Oktober nach Wien, um ihre Studien mit der juristischen Staatsprüfung abzuschließen. Verkehr im Hause Friedrich Schlegels und Adam Müllers. Freundschaft mit Philipp Veit, dem Sohn Dorothea Schlegels. Gesellschaftliche Beziehungen zum Wiener Adel. Arbeit an dem Roman *Ahnung und Gegenwart*, der 1813 beendet ist.

1813: Wilhelm von Eichendorff wird in den österreichischen Staatsdienst übernommen. Joseph geht im April mit Philipp Veit nach Breslau und läßt sich als Freiwilliger in das Lützowsche Freikorps aufnehmen. Kein Anteil an größeren Kämpfen. Nach dem Waffenstillstand verläßt Eichendorff das Freikorps und tritt mit Veit in das Kleistische Armeekorps über. Später wird er Offizier in der Schlesischen Landwehr; Festungs- und Ausbildungsdienst. Nach dem Friedensschluß im Mai 1814 geht er nach Lubowitz. Vergeblicher Versuch, eine Stellung in Wien zu finden.

1815: Auf Empfehlung Gneisenaus wird Eichendorff Sekretär beim Oberkriegskommissariat in Berlin. Er heiratet im April Luise von Larisch. Beim erneuten Ausbruch des Krieges tritt er wieder ins Heer ein, stellt eine Kompanie der Rheinischen Landwehr in Aachen zusammen. Teilnahme an der Verfolgung der bei Waterloo geschlagenen französischen Armee. Einzug in Paris. Eichendorff ist eine Zeitlang Offizier im Stabe Gneisenaus.
Der Roman »Ahnung und Gegenwart« erscheint.

1816: Nach dem Ende des Krieges kehrt Eichendorff zu seiner Frau und seinem 1815 geborenen ersten Sohn zurück. Er wird Referendar bei der Regierung in Breslau.

1818: Tod des Vaters. Verkauf der verschuldeten schlesischen Güter; nur Lubowitz bleibt der Mutter als Witwensitz.

1819: Nach Ablegung der großen juristischen Staatsprüfung wird Eichendorff Regierungsassessor in Breslau.
Die Erzählung *Das Marmorbild* (beendet 1817) erscheint in Fouqués Frauentaschenbuch für 1819.

1821: Anstellung in Danzig als katholischer Konsistorial- und Schulrat beim Oberpräsidium und Konsistorium der Provinz Westpreußen. Freundschaft mit dem Oberpräsidenten Theodor von Schön, der Eichendorffs Vorgesetzter ist. Mitarbeit an der von Schön betriebenen Wiederherstellung der Marienburg.
Eichendorffs Familie hatte sich inzwischen vergrößert: zwei Jahre nach seinem ältesten Sohn Hermann wurde die Tochter Therese geboren (1817), 1819 sein zweiter Sohn Rudolf. Er fand eine Sommerwohnung im Landhaus Silberhammer bei Danzig. Hier wurde die 1817 begonnene Erzählung *Aus dem Leben eines Taugenichts* beendet.

1822: Tod der Mutter. Notwendiger Verkauf des Gutes Lubowitz.

1823: Erstdruck des Dramas *Krieg den Philistern. Dramatisches Märchen in fünf Abenteuern.*

1824: Übersiedlung nach Königsberg; nach der Vereinigung der Provinzen Ost- und Westpreußen war der Verwaltungssitz nach dort verlegt worden. Weitere Tätigkeit unter dem Oberpräsidenten von Schön.
In den Königsberger Jahren entstehen u. a. zwei Dramen. *Ezelin von Romano* (1828) und *Der letzte Held von Marienburg* (1830).

1826: »Aus dem Leben eines Taugenichts« wird veröffentlicht. Im gleichen Band die Erzählung »Das Marmorbild« und als Anhang die erste Sammlung von achtundvierzig *Gedichten*.

1827: Das satirische Spiel *Meierbeths Glück und Ende* erscheint in Gubitz' »Gesellschafter«.

1832: Versetzung nach Berlin als Regierungsrat im Kultusministerium, in der Abteilung für katholisches Kirchen- und Schulwesen. Tätigkeit unter dem wohlwollenden Minister von Altenstein. – Freundschaftliche Beziehungen zu Savigny, Raumer, Chamisso, Eduard Hitzig, Franz Kugler.
Die Erzählung *Viel Lärmen um nichts* erscheint in Gubitz' »Gesellschafter«.

1833: Veröffentlichung des Lustspiels *Die Freier*.

1834: *Dichter und ihre Gesellen* erscheint.

1837: Veröffentlichung der ersten umfassenden Sammlung »*Gedichte*«, in Eichendorffs Anordnung.
Das Schloß Dürande erscheint in »Urania. Taschenbuch für das Jahr 1837«.

1839: *Die Entführung* in »Urania. Taschenbuch auf das Jahr 1839«.

1840: Übersetzung der spanischen Erzählung *Der Graf Lucanor* von Juan Manuel.

1841: *Die Glücksritter* im »Rheinischen Jahrbuch« veröffentlicht.
Die erste Gesamtausgabe der *Werke* in vier Teilen erscheint in Berlin.

1843: Urlaub vom Berliner Amt, historische Studien in Marienburg, Danzig, Königsberg. Abfassung einer *Geschichte der Wiederherstellung des Schlosses Marienburg* (erscheint 1844).

1844: Nach Konflikten mit Altensteins Nachfolger Eichhorn wird Eichendorff auf seinen Wunsch pensioniert. Wohnsitz bis 1846 in Danzig.

1846: Aufenthalt in Wien (bis zum Sommer 1847). Bekanntschaft mit Grillparzer und Stifter. Ehrungen in den literarischen Kreisen. Mitarbeit an den Historisch-politischen Blättern, wo eine Aufsatzreihe *Zur Geschichte der neueren romantischen Poesie in Deutschland* erscheint. Die Buchfassung wird 1847 veröffentlicht, unter dem Titel: »Über die ethische und religiöse Bedeutung der neueren romantischen Poesie in Deutschland«.
Übersetzung von Calderons Autos sacramentales: Erscheinen des ersten Bandes *Geistliche Schauspiele* von Calderon de la Barca (der zweite Band erscheint 1853).

1848: Wieder in Berlin ansässig, flieht Eichendorff vor den Straßenkämpfen der Revolutionstage nach Köthen und Dresden.

1849: Tod des Bruders Wilhelm. – Im Herbst Übersiedlung von Dresden nach Berlin. Fortführung der Calderon-Übersetzung und der literarhistorischen Arbeiten. – In den folgenden Jahren verbringt Eichendorff die Sommermonate auf dem ererbten mährischen Gut Sedlnitz.

1851: *Der deutsche Roman des 18. Jahrhunderts in seinem Verhältnis zum Christentum.*

1853: Erster Druck der Verserzählung *Julian.*

1854: *Zur Geschichte des Dramas.*

1855: Übersiedlung nach Neiße. Tod von Eichendorffs Frau Luise. Er lebt in der Obhut seiner Tochter Therese von Besserer in Neiße.

– Altersfreundschaft mit dem Fürstbischof von Breslau, Heinrich Förster. Aufenthalte in dessen Sommerresidenz auf Schloß Johannesberg.
Entwurf einer *Lebensbeschreibung der heiligen Hedwig.*
Erscheinen der Verserzählung *Robert und Guiscard.*

1857: *Geschichte der poetischen Literatur Deutschlands.*
Die Verserzählung *Lucius.*
Eichendorff stirbt am 26. November in Neiße.

VERZEICHNIS DER ÜBERSCHRIFTEN UND ANFÄNGE DER GEDICHTE

Die den Überschriften in Klammern beigefügten Jahreszahlen bezeichnen das Jahr des ersten Druckes oder – *kursiv* gesetzt – die Entstehungszeit

Abend (1837) 251
Abendlandschaft (1837) . . . 160
Abendlich schon rauscht der Wald 271
Abendständchen *(1811)* 168
Ablösung (1837) 150
Abschied *(1810)* 31
Abschied *(1839)* 153
Abschied (1837) 271
Abschiedstafel *(1814)* 129
Abschied und Wiedersehen *(1814)* 207
Ach, daß auch wir schliefen . 224
Ach Liebchen, dich ließ ich zurücke 24
Ach, von dem weichen Pfühle (1815) 386
Ach, was frommt das Wehen 95
Ach! wie ist es doch gekommen 51
Ade, du Küste mit den falschen Sorgen 400
Ade, ihr Felsenhallen 433
Ade, mein Schatz, du mochtst mich nicht 20
Ade nun, liebe Lieder 348
Adler (1837) 163
Aktenstöße nachts verschlingen 78
Allgemeines Wandern (1831) 9
Als ich nun zum ersten Male . 227
Als noch Lieb' mit mir im Bunde 211
Altdeutsch! – Altdeutsch? – Nun, das ist 142
Altes Haus mit deinen Löchern 164
Am Himmelsgrund schießen 177
Am Kreuzweg, da lausche ich, wenn die Stern 17
Am Strom (1837) 224
An… (1837) 115
An *(um 1809)* 380
An den heiligen Joseph (1808) 248
An der Grenze (1826) 44
Andeutungen 409
An die Dichter (1815) 101
An die Entfernte (1826) 210
An die Freunde *(um 1814)* . . 156
An die Freunde 1815 404
An die Lützowschen Jäger *(1814/15)* 151
An die Meisten 1810 124
An die Tiroler (im Jahre 1810) 123
An die Waldvögel (1839) . . 96
Andre haben andre Schwingen 236
An einen Offizier, der als Bräutigam starb *(1814)* . . 232
An eine Tänzerin *(1814)* . . . 188
An Fouqué *(um 1811)* 106
An Fräulein… (1837) 106
Angedenken (1837) 233

Angedenken *(um 1808)* 376
An Isidorus Orientalis (zu den Sonetten an Novalis) *(um 1808)* 373
An J. (1808) 374
An Jegór von Sivers *(1853)* . 416
Anklänge (1837) 50
Anklänge (1837) 156
An L. ... *(um 1809)* 104
An L. ... *(um 1809)* 105
An Luise 1816 437
An meinen Bruder 1813 ... 131
An meinen Bruder 1815 ... 140
An meinen Bruder *(um 1830)* 219
An meinem Geburtstage (1850) 443
An Philipp *(1812)* 141
Antwort (An H. Graf von Loeben) (1808) 373
Appell *(1813)* 133
Assonanzen (1815) 382
Aufbruch *(1813)* 132
Auf das Wohlsein der Poeten 85
Auf dem Rhein *(1810)* 126
Auf dem Schwedenberge (1837) 111
Auf der Feldwacht *(1814)* .. 137
Auf die Dächer zwischen blassen 198
Auf einer Burg (1837) 28
Auf einmal stößt das Schiff ans Land 394
Auf feurgem Rosse kommt Bacchus daher 83
Aufgebot (1837) 69
Auf meines Kindes Tod *(1832)* 226
Auf offener See *(1840)* 400
Aufs Wohlsein meiner Dame 100
Aus der Heimat hinter den Blitzen rot 233
Aus ist dein Urlaub und die Laut' zerschlagen 278
Aus schweren Träumen ... 284
Aussicht (1837) 168
Aussichten *(um 1808)* 373
Aus stiller Kindheit unschuldiger Hut 47
Aus Wolken, eh im nächtgen Land 18

Bächlein, das so kühle rauschet 351
Bau nur auf Weltgunst recht 87
Begegnung (1837) 190
Bei dem angenehmsten Wetter 17
Bei einer Linde (1826) 195
Bei Halle (1841) 152
Beim Erwachen (An M. H.) *(um 1807)* 372
Bei Waldesrauschen, kühnem Sturz der Wogen ... 123
Berg' und Täler wieder fingen 233
Berliner Tafel *(1827)* 82
Bevor er in die blaue Flut gesunken 278
Bin ein Feuer hell, das lodert 301
Bin ich denn nicht auch ein Kind gewesen *(um 1809)* . 383
Bin ich fern ihr, schau ich nieder 179
Bist du manchmal auch verstimmt 15
Bist zum künftgen Holmgang 73
Blanka (1841) 353
Blanker seid Ihr, meine Herrin 353
Blaue Augen, blaue Augen . 384
Bleib bei uns, wir haben den Tanzplan im Tal 161
Blonder Ritter, blonder Ritter 76
Brech der lustige Sonnenschein 215

Coda (1828) 186

Da die Welt zur Ruh gegangen 299
Da fahr ich still im Wagen . 23
Da hoben bunt und bunter . 111
Damenliedertafel in Danzig *(1823)* 79
Dämmrung will die Flügel spreiten 11
Dank *(1839)* 275
Das Alter (1864) 444
Das Bilderbuch (1837) 57
Das Flügelroß (1816) 213
Das Gebet *(1811)* 267
Das ist das Flügelpferd mit Silberschellen 56
Das ist der alte Baum nicht mehr 154
Das ists, was mich ganz verstöret 228
Das kalte Liebchen (1816) . . 317
Das Kindlein spielt' draußen im Frühlingsschein 226
Das Kind ruht aus vom Spielen 258
Das kranke Kind (1835) . . . 337
Das Leben draußen ist verrauschet 253
Das Mädchen (1815) 172
Das Schiff der Kirche *(1848)* 406
Daß des verlornen Himmels es gedächte 241
Das sind nicht die Jäger – im Grunde 199
Das Ständchen (1833) 198
Da steht eine Burg überm Tale 152
Das Waldfräulein (1841) . . . 362
Das Zaubernetz (1837) 158
Das zerbrochene Ringlein *(um 1810)* 309
Da unten wohnte sonst mein Lieb 195
Decket Schlaf die weite Runde 116
Dein Bildnis wunderselig . . 66
Dein Wille, Herr, geschehe . 262
Demütig kniet ich vor der Jungfrau Bilde 373
Den Dichtern Wiens 1846 . . 415
Denk ich dein, muß bald verwehen 248
Denk ich, du Stille, an dein ruhig Walten 210
Denkst du des Schlosses noch auf stiller Höh 391
Denkst du noch jenes Abends, still vor Sehnen . 203
Der Abend (1826) 33
Der alte Garten (1839) 305
Der alte Held *(1831)* 84
Der arme Blondel *(um 1810)* 389
Der armen Schönheit Lebenslauf (1815) 341
Der Auswanderer (Fragment) (1864) 394
Der Blick 436
Der Bote (1837) 177
Der Bräutigam (1830) 312
Der brave Schiffer *(1835)* . . 148
Der brave Schiffer *(1842)* . . 414
Der Dichter (1837) 186
Der Einsiedler (1835) 265
Der erste Maitag (Zweite Fassung) *(1803)* 368
Der fleißigen Wirtin von dem Haus 387
Der Fluß glitt einsam hin und rauschte 224
Der Freiheit Klage (1849) . . 410
Der Freiheit Wiederkehr *(1849)* 402
Der Freiwerber (1815) 181
Der Friedensbote *(1814)* . . . 139
Der frohe Wandersmann (1826) 10
Der Fromme (1837) 246
Der Gärtner (1826) 174
Der Gefangene *(1812)* 309

Der Geist (1837) 114
Der Glückliche (1837) 185
Der Glücksritter (1837) 99
Der Götter Irrfahrt *(1828)* . . 288
Der Herbstwind schüttelt
die Linde 97
Der Hirt bläst seine Weise . 160
Der Hochzeitstanz 353
Der irre Spielmann (1837) . . 47
Der Isegrim (1837) 78
Der Jäger (1837) 176
Der Jäger Abschied *(1810)* . . 125
Der jagt dahin, daß die
Rosse schnaufen 275
Der Jugend Glanz, der
Sehnsucht irre Weisen . . . 156
Der junge Ehemann (1837) . 215
Der Kadett (1837) 175
Der Kämpe (1837) 301
Der Kehraus (1838) 340
Der Knabe *(wohl um 1809)* . 298
Der Kranke (1826) 191
Der Kranke 261
Der Kühne (1834) 296
Der Landreiter (1830) 177
Der Lenz mit Klang und
roten Blumenmunden . . . 375
Der letzte Gruß (1834) 194
Der Liebende (1815) 387
Der Liebende steht träge auf 387
Der Liedsprecher *(1822/24)* . 144
Der Maler (1831) 18
Der Mondenschein verwirret 300
Der Mond ging unter – jetzt
ists Zeit 324
Der Morgen (1826) 32
Der Morgen *(1804)* 371
Der Nachtvogel (1837) 185
Der neue Rattenfänger (1823) 148
Der Pilger (1837) 262
Der Pilot (1837) 264
Der Poet (1837) 179
Der Polack (1837) 176
Der Reitersmann (1815) . . . 314
Der Riese (1837) 108
Der Sänger (1837) 265
Der Schäfer spricht, wenn er
frühmorgens weidet 244
Der Schalk (1837) 159
Der Schatzgräber (1834) . . . 338
Der Schiffer (1836) 256
Der Schiffer *(um 1808)* 377
Der Schnee (1815) 306
Der Schreckenberger (1841) 100
Der Seemann (1864) 423
Der Soldat *(1814)* 19
Der Soldat *(1835)* 257
Der stille Freier (1837) 304
Der stille Grund (1837) 300
Der Sturm geht lärmend um
das Haus 41
Der Sturm wollt uns zer-
schmettern 148
Der Tanz, der ist zerstoben . 170
Der Tanzmeister (1837) . . . 183
Der Tiroler Nacht-
wache 1810 123
Der traurige Jäger (1837) . . 312
Der Umkehrende (1, 3, 4:
1837; 2: 1819; 5: 1834) . . . 259
Der Unbekannte (1835) . . . 302
Der Unverbesserliche
(1833) 59
Der Verirrte (1834) 424
Der verirrte Jäger (1815) . . . 323
Der verliebte Reisende
(1810–12) 23
Der verspätete Wanderer
(1864) 444
Der verzweifelte Liebhaber
(1837) 184
Der Vögel Abschied *(1849)* . 433
Der Wächter (1834) 258
Der Wachtturm (1837) 296
Der Wald, der Wald! daß
Gott ihn grün erhalt 38
Der Wald wird falb, die
Blätter fallen 192

Der wandernde Musikant (1 u. 6: 1826; 2: 1815; 3, 4, 5: 1837) 12
Der wandernde Student (1834) 17
Der Wandrer, von der Heimat weit 41
Der Wegelagerer *(1839)* . . . 98
Der Wintermorgen glänzt so klar 48
Der Winzer (1837) 178
Der zaubrische Spielmann (1816) 335
Deutschlands künftiger Retter *(1848)* 411
Dichterfrühling (1837) 68
Dichterglück (1837) 90
Dichterlos (1837) 87
Dichterweisheit 438
Die Abendglocken klangen . 233
Die alten Türme sah man längst schon wanken 406
Die Altliberalen *(1848)* 407
Die arme Schönheit irrt auf Erden 341
Die Braut (1837) 183
Die Brautfahrt (1816) 291
Die Burg, die liegt verfallen 322
Die deutsche Jungfrau (1815) 327
Die Ehre und die Eitelkeit . 438
Die Einsame (1837) 208
Die ernsthafte Fastnacht 1814 136
Die falsche Schwester (1837) 313
Die fernen Heimathöhen . . 43
Die Flucht der heiligen Familie *(1839)* 281
Die Freunde (1837) 104
Die Gegend lag so helle . . . 337
Die Geniale (1815) 184
Die handeln und die dichten 276
Die heilige Mutter *(1839)* . . 279
Die Heimat. An meinen Bruder *(1819)* 391
Die Heimonskinder (1841) . 83
Die Hochzeitsänger (1837) . 193
Die Hochzeitsnacht *(1810)* . 343
Die Höhn und Wälder schon steigen 223
Die Jäger (1833) 178
Die Jäger ziehn in grünen Wald 173
Die Jungfrau und der Ritter (1841) 354
Die Kleine (1815) 179
Die Klugen, die nach Gott nicht wollten fragen 112
Die Lerch', der Frühlingsbote (1834) 393
Die Lerche (1818) 162
Die Lerche (2) (1859) 429
Die Lerche grüßt den ersten Strahl 40
Die Lüfte linde fächeln 256
Die Mahnung 1837 405
Die Musikantin (1841) 350
Die Nacht (1834) 33
Die Nachtblume (1837) . . . 186
Die Nachtigallen (1839) . . . 234
Die Nachtigall schweigt . . . 91
Die Nacht war kaum verblühet 268
Die Nonne und der Ritter *(um 1808)* 299
Die Räuberbrüder (1841) . . 338
Die Riesen (1837) 286
Die Saale *(1839)* 305
Die Schärpe (1815) 206
Die späte Hochzeit (1828) . . 324
Die Sperlinge (1841) 164
Die Spielleute (1837) 21
Die Stille (1815) 171
Die stille Gemeinde *(1835)* . 324
Die Stolze (1839) 180
Die Studenten *(1810–12)* . . . 173
Die treuen Berg stehn auf der Wacht 44
Die verlorene Braut (1837) . 317

Die Vöglein, die so fröhlich sangen 169
Die weinende Braut *(1814)* . 307
Die Welt ruht still im Hafen 208
Die Welt treibt fort ihr Wesen 230
Die Werber (1837) 60
Die wilden Wasser, sagt man, hat entbunden 407
Die Wunderblume (1808) . . 380
Die wunderliche Prinzessin *(um 1811)* 328
Die Zauberin im Walde *(um 1808)* 284
Die Zeit geht schnell 432
Die Zigeunerin (1834) 17
Die zwei Gesellen (1818) . . . 56
Doch manchmal in Sommertagen 305
Don Garcia (1864) 422
Donna Alda (1841) 360
Donna Urraca (1841) 357
Dort in moosumrankten Klüften 367
Dort ist so tiefer Schatten . . 231
Drüben von dem selgen Lande 401
Dryander mit der Komödiantenbande (1834) 22
Du blauer Strom, an dessen duftgem Strande 427
Du liebe, treue Laute 235
Dunkle Giebel, hohe Fenster 425
Du Pilger im Wüstensande . 401
Durandarte, Durandarte (1841) 358
Durandartes Abschied (1841) 358
Durandartes Tod (1841) . . . 359
Durch des Meeresschlosses Hallen 291
Durcheinander *(1839)* 163
Durch Feld und Buchenhallen 16
Durch (1837) 283
Durch! *(1821)* 441
Durch schwankende Wipfel 157
Durchs Leben schleichen feindlich fremde Stunden 246
Du sahst die Fei ihr goldnes Haar sich strählen 50
Du schönste Wunderblume süßer Frauen 377
Du sollst mich doch nicht fangen 259
Du warst so herrlich anzuschauen 307
Du weißt's, dort in den Bäumen 86
Du wunderst wunderlich dich über Wunder 405

Echte Liebe 435
Ein Adler saß im Felsenbogen 283
Ein alt Gemach voll sinnger Seltsamkeiten 222
Ein Eiland, das die Zeiten nicht versanden 412
Eine Jungfrau wandert' einsam 354
Einem Paten zu seinem ersten Geburtstage 1854 . 417
Ein Fink saß schlank (1834) 427
Ein' Gems auf dem Stein . . 176
Eingeschlafen auf der Lauer 28
Eingeschlossen war Valencia 363
Ein Stern still nach dem andern fällt 73
Einsiedler (1815) 381
Einsiedler will ich sein und einsam stehen 381
Ein Wunderland ist oben aufgeschlagen 62
Ein zart Geheimnis webt in stillen Räumen 207
Eldorado (1837) 94
Elfe (1837) 161
Entgegnung (1837) 77

Entschluß *(1814)* 128
Entschluß 393
Erinnerung (1833–34) 42
Er reitet nachts auf einem braunen Roß 297
Erwartung (1826) 201
Erwartung wob sich grün um alle Herzen 373
Es fährt die Welt mit Dampf, die Meister grollen 408
Es fällt nichts vor, mir fällt nichts ein 153
Es fiedeln die Geigen 340
Es geht wohl anders, als du meinst 40
Es ging Maria in den Morgen hinein 240
Es glänzt der Tulpenflor, durchschnitten von Alleen 339
Es haben viel Dichter gesungen 100
Es hat die Nacht geregnet . . 178
Es ist den frischen hellen Quellen eigen 409
Es ist ein innig Ringen, Blühn und Sprossen 374
Es ist ein Klang gekommen 198
Es ist ein Kirchlein zwischen Felsenbogen 280
Es ist ein Land, wo die Philister thronen 98
Es ist ein Meer, von Schiffen irr durchflogen 279
Es ist ein still Erwarten in den Bäumen 267
Es ist kein Blümlein ja so klein 413
Es ist kein Blümlein nicht so klein 164
Es ist kein Vöglein so gemein 164
Es ist nun der Herbst gekommen 255
Es ist schon spät, es wird schon kalt 304
Es ist von Klang und Düften 94
Es löste Gott das langverhaltne Brausen 404
Es qualmt' der eitle Markt in Staub und Schwüle 221
Es rast der Sturm in der Historie Blättern 410
Es rauschen die Wipfel und schauern 35
Es rauschte leise in den Bäumen 269
Es saß ein Kind gebunden und gefangen 246
Es saß ein Mann gefangen . 108
Es schauert der Wald vor Lust 219
Es schienen so golden die Sterne 30
Es schüttelt die welken Blätter der Wald 274
Es stand ein Fräulein auf dem Schloß 327
Es steht ein Berg in Feuer . . 160
Es wächst und strömt in ewigen Gedichten *(um 1808)* . 379
Es wandelt, was wir schauen 260
Es war, als hätt der Himmel 271
Es war die Nacht so wunderbar, so schwüle 380
Es war ein zartes Vögelein . 298
Es waren zwei junge Grafen 65
Es weiß und rät es doch keiner 171
Es wendet zürnend sich von mir die Eine 245
Es will der Morgen sich von weitem zeigen 375
Es will die Zeit mit ihrem Schutt verdecken 113
Es zog eine Hochzeit den Berg entlang 11
Es zogen zwei rüstge Gesellen 56

Euch Wolken beneid ich ... 202
Europa, du falsche Kreatur . 394
Ewig muntres Spiel der Wogen 41
Ewig's Träumen von den Fernen 53

Falke war im Wald verflogen 362
Fängt die Sonne an zu stechen 133
Fata Morgana *(1843)* 401
Felsen, Bäume, Blumen, Sterne 388
Fernher ziehn wir 193
Fliegt der erste Morgenstrahl 32
Flog Waldvögelein über den See 389
Fraue, in den blauen Tagen . 158
Frau Venus (1819) 200
Freuden wollt ich dir bereiten 229
Frisch auf! (1836) 92
Frisch auf! (1819) 438
Frisch auf, mein Herz 85
Frisch eilt der helle Strom .. 247
Frische Fahrt (1815) 9
Frisch flogst du durch die Felder 232
Fromme Vöglein hoch in Lüften 442
Früh am Sankt Johannistag . 423
Frühe (1841) 97
Frühling (1837) 254
Frühlingsahnen (1864) 428
Frühlingsandacht (1808) ... 378
Frühlingsdämmerung *(1849)* 428
Frühlingsgruß (1837) 160
Frühlingsklage *(1822)* 95
Frühlingsmarsch (1813/14) . 161
Frühlingsnacht (1837) 200
Frühlingsnetz (1837) 172
Frühmorgens durch die Klüfte 21
Frühmorgens durch die Winde kühl 181

Für alle muß vor Freuden .. 87
Für die Kleinen einer Waisenanstalt beim Besuch der Königin 1841 413

Gar oft schon fühlt ichs tief 166
Gar viel hab ich versucht, gekämpft, ertragen 272
Gebannt im stillen Kreise sanfter Hügel 128
Gebet *(1809)* 440
Gebet 1810 121
Gedenk 164
Gedenk ich noch der Frühlingsnächte 434
Gedenkst du noch des Gartens 219
Geht ein Klingen in den Lüften 403
Genug gemeistert nun die Weltgeschichte! 279
Gestern stürmts noch, und am Morgen 277
Gestürzt sind die goldnen Brücken 251
Gewaltges Morgenrot (1828) 221
Glaube stehet still erhoben . 264
Gleichheit *(1839)* 164
Gleichwie auf dunklem Grunde 439
Gleichwie Echo frohen Liedern 79
Glück (1817) 206
Glück auf (1837) 272
Glückliche Fahrt *(1814)* 90
Glückwunsch (1837) 215
Götterdämmerung (1: 1816; 2: 1819) 237
Gottes Segen (1837) 258
Gott, inbrünstig möcht ich beten 440
Graf Arnold und der Schiffer (1841) 352
Grün war die Weide 25

Grüß euch aus Herzensgrund 166
Gute Nacht (1837) 223
Guter Rat (1833) 75

Hast du doch Flügel 439
Hat nun Lenz die silbern'n Bronnen 382
Heimkehr (1810) 118
Heimwärts kam ich spät gezogen 118
Heimweh (1826) 43
Heimweh (An meinen Bruder) (1837) 86
Herbst *(1834)* 255
Herbstklage (1816) 390
Herbstlich alle Fluren rings verwildern 434
Herbstliedchen 389
Herbstnebel ziehn über den Weiher 390
Herbstweh (1841) 274
Herkules' Haus (1841) 356
Hermanns Enkel *(um 1823)* . 142
Hervor jetzt hinter euren rostgen Gittern 408
Herz, in deinen sonnenhellen 40
Herz, mein Herz, warum so fröhlich 199
Hier bin ich, Herr! Gegrüßt das Licht 259
Hier unter dieser Linde 215
Hippogryph *(1833)* 56
Hoch mit den Wolken geht der Vögel Reise 444
Hoch über blauen Bergen .. 286
Hoch über den stillen Höhen 314
Hoch über euren Sorgen ... 161
Hoch über stillen Höhen ... 157
Hochweiser Rat, geehrte Kollegen 70
Horcht! die Stunde hat geschlagen 82
Hörst du die Gründe rufen . 170
Hörst du nicht die Bäume rauschen 88
Hörst du nicht die Quellen gehen 432

Ich führt dich oft spazieren . 229
Ich geh durch die dunklen Gassen 23
Ich ging bei Nacht einst über Land 177
Ich habe gewagt und gesungen 84
Ich hab ein Liebchen lieb recht von Herzen 185
Ich hab gesehn ein Hirschlein schlank 323
Ich hab manch Lied geschrieben 189
Ich hab nicht viel hienieden 213
Ich hör die Bächlein rauschen 29
Ich hörte in Träumen 429
Ich hört viel Dichter klagen 133
Ich irr in Tal und Hainen .. 221
Ich kam vom Walde hernieder 194
Ich kann hier nicht singen .. 162
Ich kann wohl manchmal singen 64
Ich klimm zum Berg und schau zur niedern Erde .. 91
Ich reise übers grüne Land . 13
Ich rufe vom Ufer 349
Ich ruhte aus vom Wandern 35
Ich sah im Mondschein liegen 296
Ich saß am Schreibtisch bleich und krumm 92
Ich seh von des Schiffes Rande 334
Ich spielt, ein frohes Kind .. 54
Ich stehe in Waldesschatten . 431
Ich wandert in der Frühlingszeit 190
Ich wandre durch die stille Nacht 12

Ich weiß einen großen Garten 199
Ich weiß nicht, was das sagen will 42
Ich wollt im Walde dichten . 88
Ich wollt in Liedern oft dich preisen 437
Ihm ists verliehn, aus den verwornnen Tagen 64
Ihr habt den Vogel gefangen 59
Ihr habt es ja nicht anders haben wollen *(1848)* 408
Im Abendrot (1837) 216
Im alten Hause steh ich in Gedanken 98
Im Alter *(1839)* 280
Im beschränkten Kreis der Hügel 210
Im Frühling auf grünem Hügel 346
Im Herbst (1837) 192
Im hohen Gras der Knabe schlief 172
Im Osten grauts, der Nebel fällt 97
Im Walde (1836) 11
Im Winde fächeln 424
In Buddes Stammbuch (um 1808) 374
In C. S. Stammbuch *(1814)* . 138
In Danzig 1842 425
In das Stammbuch der M. H. *(1809)* 110
In den Wipfeln frische Lüfte 167
In der Fremde (1837) 29
In der Fremde (1833) 233
In der Hand den Bogen haltend 422
In der Nacht (1818) 253
In der Nacht (2) (1864) 431
In der stillen Pracht 428
In einem kühlen Grunde . . . 309
In E...s Stammbuch (1837) 110
In goldner Morgenstunde . . 309
In klaren Ebenmaßen, schön gefugt 110
In Lust und Scherzen drehn sich leichte Tage 378
Inmitten steht die Sonn 410
In Paris saß Donna Alda . . . 360
In Stein gehaun, zwei Löwen stehen draußen 107
In stiller Bucht, bei finstrer Nacht 123
In süßen Spielen unter nun gegangen 207
Intermezzo *(1810)* 51
Intermezzo *(1810)* 66
Intermezzo (1837) 69
Intermezzo. Der Bürgermeister *(um 1823)* 70
Intermezzo. Chor der Schmiede *(um 1814)* 73
Intermezzo. Chor der Schneider (1824) 75
Intermezzo. Blonder Ritter *(1840)* 76
In verhängnisschweren Stunden 138
In Wind verfliegen sah ich, was wir klagen 122
Ist auch schmuck nicht mein Rößlein 19
Ist denn alles ganz vergebens? 124
Ist hell der Himmel, heiter alle Wellen 110

Jagdlied (1837) 157
Jagdlied (2) *(1829)* 430
Jägerkatechismus (1815) . . . 174
Jäger und Jägerin *(1810–12)* 181
Jahrmarkt (1813) 28
Jeder nennet froh die Seine . 36
Jetzt mußt du rechts dich schlagen 34
Jetzt wandr ich erst gern . . . 37

Juchheisa! und ich führ den Zug 148
Jugendandacht *(1808–10)* . . . 241
Jugendsehnen *(1808)* 427

Kaiser Albrechts Tod *(1808)* 418
Kaiserkron und Päonien rot 305
Kastagnetten lustig schwingen 188
Kein Pardon *(1848)* 408
Kein Stimmlein noch schallt von allen 252
Kein Zauberwort kann mehr den Ausspruch mildern . . 411
Kennst du noch den Zaubersaal 141
Kirchenlied *(1823)* 249
Klage (1815) 189
Klage 1809 114
Klang um Klang (1841) . . . 198
König Rodrich in Toledo (1841) 356
Komm Trost der Welt, du stille Nacht! 265
Komm zum Garten denn, du Holde 168
Könnt es jemals denn verblühen 89
Konnt mich auch sonst mit schwingen 96
Kriegslied (1833) 93
Kühle auf dem schönen Rheine 126
Kühlrauschend unterm hellen 109
Kurze Fahrt *(1839)* 276

Länger fallen schon die Schatten 281
Laß das Trauern (1815) 67
Laß dich die Welt nicht fangen 441
Laß, Leben, nicht so wild die Locken wehen 153
Laß, mein Herz, das bange Trauern 67
Laß mich ein, mein süßes Schätzchen 317
Laß nur die Wetter wogen . 439
Laue Luft kommt blau geflossen 9
Lau in der Liebe mag ich nimmer sein 435
Läuten kaum die Maienglocken 159
Leben kann man nicht von Tönen 76
Lebewohl noch schnell zu sagen 418
Legst du dich ins Leichenkleid 390
Leid und Lust (1816) 202
Lerche, wo sies grünen sicht 415
Letzte Heimkehr (1833) . . . 48
Liebe in der Fremde (1–3: 1819; 4: 1834) 36
Lieber alles (1837) 112
Liebe, wunderschönes Leben 156
Lieb Vöglein, vor Blüten . . 432
Lied der Pilger *(1856)* 442
Lied des Armen 399
Lied des Gefangenen (1864) 421
Lieder *(1808–09)* 247
Lieder schweigen jetzt und Klagen 196
Liedesmut (1837) 77
Lied, mit Tränen halb geschrieben 24
Liegt der Tag rings auf der Lauer 185
Lindes Rauschen in den Wipfeln 42
Lockung (1834) 88
Lustge Vögel in dem Wald . 216
Lustig auf den Kopf, mein Liebchen 184
Lustige Musikanten *(1839)* . 38

Mädchenseele *(1814)* 166
Madrigal 382
Magst du zu dem Alten halten 439
Mahnung 1810 122
Mahnung *(1839)* 279
Mahnung (1864) 443
Mandelkerngedicht *(1820)* . . 58
Man setzt uns auf die Schwelle 262
Mariä Sehnsucht *(1808)* 240
Marienlied (1841) 282
Markt und Straßen stehn verlassen 270
Mauern, Felsen fühl ich wanken 420
Meeresstille (1835) 334
Mein Gewehr im Arme steh ich 137
Mein Gott, dir sag ich Dank 275
Mein liebes Kind, Ade! 231
Meine Liebste, die ist von allen 175
Meine Schwester, die spielt' an der Linde 313
Mein Schatz, das ist ein kluges Kind 206
Memento *(1819)* 439
Memento mori *(1839)* 281
Mich brennts an meinen Reiseschuhn 22
Minnelied *(um 1810)* 385
Minnelied (Klage) *(um 1808)* 384
Mir ists im Kopf so wüste . 190
Mir träumt', ich ruhte wieder 218
Mit meinem Saitenspiele . . . 27
Mittag (1837) 251
Mittagsruh (1837) 33
Mit vielem will die Heimat mich erfreuen 105
Möcht wissen, was sie schlagen 234
Moderne Ritterschaft 406
Mond, der Hirt, lenkt seine Herde 304
Mondnacht (1837) 271
Morgendämmerung 434
Morgendämmerung (1837) . 267
Morgengebet (1814) 250
Morgenlied (1815) 73
Morgenlied (1837) 252
Morgenständchen (1833) . . 167
Mürrisch sitzen sie und maulen 15

Nach den schönen Frühlingstagen 162
Nach drei Jahren kam gefahren 301
Nachklänge (1 u. 2: 1837; 3: 1836; 4: 1833; 5: 1828) . 216
Nachruf (1838) 235
Nachruf an meinen Bruder *(1814)* 224
Nach Süden nun sich lenken 44
Nacht (1: 1828; 2: 1837; 3 u. 4: 1839) 169
Nachtfeier 1810 116
Nachtgebet (1837) 269
Nachtgruß *(1840)* 437
Nachtgruß (1837) 252
Nachtigall (1828) 162
Nacht ist wie ein stilles Meer 186
Nächtlich dehnen sich die Stunden 114
Nächtlich in dem stillen Grunde 335
Nächtlich macht der Herr die Rund 258
Nächtlich wandern alle Flüsse 274
Nachtlied (1815) 272
Nachts (1826) 12
Nachts (1864) 431
Nachts an der Küste wir vorüberfahren 437
Nachts durch die stille Runde 343
Nachtwanderer (1815) 297
Nachtzauber (1864) 432

Neue Liebe (1837) 199
Nicht mehr in Waldes-
schauern 93
Nichts auf Erden nenn ich
mein 186
Nicht Träume sinds und leere
Wahngesichte 63
Noch schien der Lenz nicht
gekommen 393
Noch singt der Wind, der
durch die Bäume 417
Nun legen sich die Wogen . 261
Nun ziehen Nebel, falbe
Blätter fallen 189
Nur vom Ganzen frisch
gerissen 75

O Belerma, o Belerma 359
Ochse, wie bist du so statt-
lich, bedachtsam, fleißig
und nützlich! 165
O Frühling, wie bist du helle 60
O Gegenwart, wie bist du
schnelle 118
O große heldenmütge Zeit . 406
O heilge Stadt, dein Hirte ist
gefangen 405
O Herbst! betrübt verhüllst
du 128
O Herbst, in linden Tagen . 217
O könnt ich mich nieder-
legen 114
O Maria, meine Liebe 249
O schöne, bunte Vögel 201
O siehe, frei 368
Ostern (1833) 270
O Strom auf morgenroten
Matten 382
O Täler weit, o Höhen 31
O Welt, bin dein Kind nicht
von Hause 90
O wunderbares, tiefes
Schweigen 250
Parole (1834) 321
Posthorn, wie so keck 276
Prinz Rococco (1864) 426
Prinz Rococco, hast die
Gassen 426

Rasch sprengt der Ritter . . . 378
Reiselied 392
Rettung *(1808)* 54
Romanze 388
Rückblick (1834) 88
Rückkehr *(1810–12)* 27
Rückkehr (1834) 46

Sag an, du helles Bächlein du 126
Sage mir, mein Herz, was
willst du 65
Sängerfahrt *(1818)* 109
Sängerglück *(1822)* 434
Schalkhafte Augen reizend
aufgeschlagen 106
Schaust du mich aus deinen
Augen 436
Scherz im Ernst und Ernst
im Scherz 438
Schiffergruß *(um 1839)* 277
Schifferspruch *(1839)* 276
Schlaf ein, mein Liebchen,
schlaf ein 139
Schlafe, Liebchen, weils auf
Erden 168
Schläft ein Lied in allen
Dingen 103
Schlag mit den flammgen
Flügeln 262
Schlimme Wahl *(1839)* 50
Schnapp Austern, Dukaten . 281
Schneeglöckchen (1841) . . . 165
Schöne Fremde 35
Schon in Trümmern lag
Zamora 357
Schon kehren die Vögel
wieder ein 218
Schon vor vielen, vielen
Jahren 284

Schon wird es draußen Licht auf Berg und Talen 204
Schweigt der Menschen laute Lust 33
Schwirrend Tamburin, dich schwing ich 350
Seemanns Abschied *(1834)* . 20
Seh ich des Tages wirrendes Beginnen 106
Seh ich dich wieder, du geliebter Baum 195
Seh ich im verfallnen dunkeln 117
Sehnsucht (1834) 30
Sehnsucht *(um 1809)* 384
Sei antik doch, sei teutonisch 77
Sei mir gegrüßt, o Morgensonne 371
Sei stark, getreues Herze ... 440
Seliges Vergessen (1864) ... 424
Selig, wer zur Kunst erlesen 384
Selig, wo sich zwei gesellt . 415
Sie band die Augen mir an jenen Bäumen 376
Siehst du die Wälder glühen 265
Sie stand wohl am Fensterbogen 321
Sie steckt mit der Abendröte 180
Silbern' Ströme ziehn herunter 132
Sinds die Häuser, sinds die Gassen 28
Singen kann ich nicht wie du 50
So eitel künstlich haben sie verwoben 62
So lang an Preußens grünem Strand 414
So lange Recht regiert und schöne Sitte 439
So laß herein nun brechen .. 263
Soldatenlied *(1813)* 134
Soldat sein, ist gefährlich .. 112
Soll ich dich denn nun verlassen 261
Sommerschwüle *(1814)* 91
Sonett *(um 1808)* 378
Sonette *(um 1810)* 61
Sonette (1826) 221
Sonette. An A... *(wohl um 1809)* 112
Sonnenglanz lag überm Garten 443
Sonntag (1837) 254
Sonntag (1836) 268
Sonst *(1839)* 339
So oder so (1841) 276
So rückt denn in die Runde 129
So ruhig geh ich meinen Pfad 392
So still in den Feldern allen . 274
So viele Quellen von den Bergen rauschen 61
So Wunderbares hat sich zugetragen 127
Spatzen schrein und Nachtigallen 163
Spaziergang *(1818)* 165
Springer, der in luftgem Schreiten 75
Spruch (1837) 87
Spruch *(1835)* 401
Sprüche 438
Stand ein Mädchen an dem Fenster 172
Stände noch das Feld im Flore 399
Staunend auf den Göttersitzen 289
Steckbrief (1815) 166
Steig aufwärts, Morgenstunde 131
Steig nur, Sonne 163
Stephans Rachelied (1864) .. 420
Sterbeglocken (1837) 261
Still bei Nacht fährt manches Schiff 306
Stimmen der Nacht (1: 1841; 2: 1840) 273

Stolzes Schiff mit seidnen Schwingen 277
Studieren will nichts bringen 184
's war doch wie ein leises Singen 165
Symmetrie 1810 118

Tafellieder *(1823–1831)* 79
Täuschung (1837) 35
Terzett (1824) 71
Tiefer ins Morgenrot versinken die Sterne alle 372
Toast *(1831)* 85
Todeslust (1840) 278
Trauriger Frühling (1837) . . 190
Trauriger Winter *(um 1808)*. 189
Trennung (1826) 203
Treue *(um 1814)* 85
Treue (1837) 223
Treue *(1830)* 433
Trinken und Singen *(1823)* . 80
Tritt nicht hinaus jetzt vor die Tür 169
Trost (1837) 100
Trost *(1812)* 126
Trost *(1839)* 275
Turteltaube und Nachtigall (1841) 351
Tusch (1837) 133

Über Bergen, Fluß und Talen 33
Über blaue Berge fröhlich . 385
Über die beglänzten Gipfel . 37
Überm Lande die Sterne . . . 169
Übermut (1837) 176
Übern Garten durch die Lüfte 200
Über Wipfel und Saaten . . . 436
Umkehr (1837) 76
Um mich wogt es wie ein Meer 402
Und kann ich nicht sein . . . 186
Und komm ich, komm ich ohne Pelz 176
Und wenn die Lerche hell anstimmt 254
Und wenn es einst dunkelt . 257
Und wo ein tüchtig Leben . 144
Und wo noch kein Wandrer gegangen 296
Und zu den Felsengängen . . 266
Unmut *(1814)* 128
Unten endlos nichts als Wasser 288

Valet (1837) 348
Vater und Kind gestorben . 317
Vergangen ist der lichte Tag 272
Vergangen ist die finstre Nacht 438
Vergebner Ärger *(1839)* . . . 98
Vergeht mir der Himmel . . 251
Verloren *(1839)* 306
Verlorene Liebe (1834) 196
Verschneit liegt rings die ganze Welt 274
Verschwiegene Liebe (1864) 436
Vesper (1828) 233
Viele Boten gehn und gingen (1837) 9
Viele Lerchen hellerwacht . . 82
Viel Essen macht viel breiter 80
Viel Lenze waren lange schon vergangen 243
Vöglein munter 191
Vöglein in den sonngen Tagen 50
Vom Berge (1834) 195
Vom Dorfe schon die Abendglocken klangen 302
Vom Grund bis zu den Gipfeln 9
Vom heiligen Eremiten Wilhelm 295
Vom Münster Trauerglocken klingen 270
Vom Strande (1841) 349

Von allen Bergen nieder ... 312
Von Bretagnes Hügeln, die das Meer ... 324
Von der Poesie sucht Kunde 57
Von Engeln und von Bengeln (1823) ... 346
Von fern die Uhren schlagen 230
Von Jerusalem die Warten . 295
Von kühnen Wunderbildern 238
Von Seen und Wäldern eine nächtge Runde ... 107
Von trüber Bangnis war ich so befangen ... 374
Vorbei (1840) ... 154
Vor dem Schloß in den Bäumen es rauschend weht .. 424
Vor der Stadt (1834) ... 22
Vor mir liegen deine Zeilen 104
Vorüber ist der blutge Strauß ... 338
Vorwärts! *(1839)* ... 96

Wacht auf *(1839)* ... 280
Waffenstillstand der Nacht *(1814)* ... 138
Wagen mußt du und flüchtig erbeuten ... 19
Wahl (1815) ... 170
Waldeinsamkeit ... 260
Waldgespräch *(1812)* ... 304
Waldhorn bringt Kund getragen ... 69
Waldmädchen (1835) ... 301
Walt Gott! (1841) ... 277
Wanderlied der Prager Studenten (1826) ... 44
Wandernder Dichter (1841) 42
Wandern lieb ich für mein Leben ... 12
Wandersprüche (1: 1833; 2 u. 3: 1834; 4–7: 1837) .. 40
Wann der Hahn kräht ... 32
Wann der kalte Schnee zergangen ... 306
Wann die Bäume blühn und sprossen ... 163
Wann frisch die buntgewirkten Schleier wallen ... 244
Wann Lenzesstrahlen golden niederrinnen ... 242
Wär ich ein muntres Hirschlein schlank ... 181
Warnung (1840) ... 278
Wärs dunkel, ich läg im Walde ... 209
Was blieb dir nun nach so viel Müh und Plagen? ... 443
Was das für ein Gezwitscher ist ... 46
Was du gestern frisch gesungen ... 154
Was für ein Klang in diesen Tagen ... 401
Was gibts, daß vom Horste 428
Was Großes sich begeben .. 140
Was ich wollte, liegt zerschlagen ... 259
Was ist mir denn so wehe? . 228
Was klingt mir so heiter ... 236
Was lebte, rollt zum Himmel aus dem Tale ... 380
Was Lorbeerkranz und Lobestand ... 77
Was Segeln der Wünsche durch luftige Höh! ... 176
Was soll ich, auf Gott nur bauend ... 121
Was weckst du, Frühling, mich von neuem wieder? ... 200
Was willst du auf dieser Station ... 40
Was wollen mir vertrauen die blauen Weiten ... 242
Was wollt ihr in dem Walde haben ... 174
Was zieht da für schreckliches Sausen ... 134

Wechsel *(1840)* 153
Wegweiser (1833) 34
Weh du Land, das keck mich bannte 410
Wehmut (1 u. 3: 1815; 2: 1837) 64
Wehmut (1837) 221
Weh Valencia (1841) 363
Weihnachten (1837) 270
Weil jetzo alles stille ist 252
Weit in das Land die Ström ihr Silber führen 254
Weit in einem Walde droben 328
Weit tiefe, bleiche, stille Felder 273
Weltlauf (1837) 154
Wem begegnet je solch Wunder 352
Wem Gott will rechte Gunst erweisen 10
Wen hat nicht einmal Angst befallen 267
Wenn alle Wälder schliefen 338
Wenn die Bäume lieblich rauschen 68
Wenn die Bergesbäche schäumen 430
Wenn die Klänge nahn und fliehen 52
Wenn die Sonne lieblich schiene 13
Wenn die Wogen unten toben 276
Wenn du am Felsenhange standst alleine 245
Wenn Fortuna spröde tut .. 99
Wenn ins Land die Wetter hängen 282
Wenn morgens das fröhliche Licht bricht ein 208
Wenn schon alle Vögel schweigen 433
Wenn sich der Sommermorgen still erhebt 71
Wenn trübe Schleier alles grau umweben 248
Wenn vom Gebirg der Quell kommt hell geschossen .. 412
Wenn zwei geschieden sind von Herz und Munde ... 222
Wer auf den Wogen schliefe 104
Wer einmal tief und durstig hat getrunken 63
Wer hat dich, du schöner Wald 125
Wer in die Fremde will wandern 43
Werktag (1837) 254
Wer rettet *(1848)* 409
Wer steht hier draußen 46
Wetterleuchten (1834) 435
Wetterleuchten fern im Dunkeln 435
Widmung an S. M. den König Friedrich Wilhelm IV. *(1841)* 412
Wie dem Wanderer in Träumen 223
Wieder ist der Mai erschienen 421
Wie der Strom sich schwingt 96
Wie ein todeswunder Streiter 263
Wie in einer Blume himmelblauen 242
Wie jauchzt meine Seele ... 206
Wie kühl schweift sichs bei nächtger Stunde 36
Wie nach festen Felsenwänden 115
Wie? Niedrig wir, ihr hoch . 409
Wie oft wollt mich die Welt ermüden 264
Wie rauscht so sacht 431
Wie schön, hier zu verträumen 33
Wie sie in den Blumentagen 389
Wie so leichte läßt sichs leben 51
Wie so zierlich in dem Saale 353

Wie von Nacht verhangen . 256
Wie wenn aus Tänzen, die sich lockend drehten 376
Wie wird nun alles so stille wieder 280
Willkommen, Liebchen, denn am Meeresstrande .. 247
Will Lust die Tor erschließen 146
Windsgleich kommt der wilde Krieg geritten 138
Winter (1837) 256
Winter 390
Winternacht *(1839)* 274
Wir saßen gelagert im Grünen 150
Wir sind durch Not und Freude 216
Wir sind so tief betrübt, wenn wir auch scherzen . 113
Wir wandern nun schon viel' hundert Jahr 254
Wir waren ganz herunter .. 178
Wo aber werd ich sein im künftgen Lenze? 444
Wohin ich geh und schaue . 174
Wohlgerüstet war ich kommen 183
Wohl kann ich, wie die andern, tun und lassen *(um 1808)* 379
Wohl mancher, dem die wirbligen Geschichten ... 122
Wohl vor lauter Sinnen, Singen 69
Wohl vor Wittenberg auf den Schanzen 136
Wolken, wälderwärts gegangen 26
Wo ruhig sich und wilder .. 104
Wo sie schwindeln und vor Bangen 416
Wo treues ,Wollen, redlich Streben 101
Wunderliche Spießgesellen . 151
Wunder über Wunder *(1819)* 405
Wünschelrute *(1835)* 103
Wünsche sich mit Wünschen schlagen 90

Zauberblick (1837) 322
Zeichen *(1812)* 127
Zeichen (2) *(1839)* 401
Zorn 1810 117
Zum Abschied *(1824)* 82
Zum Abschied *(1839)* 97
Zum Abschied 387
Zum Abschied an J. und R. *(1847)* 416
Zum Abschied. An L. 1812 . 412
Zur ewgen Ruh sie sangen . 312
Zur Hochzeit (1834) 46
Zweifel (1837) 89
Zwei Musikanten ziehn daher 22
Zwielicht (1815) 11
Zwischen Akten, dunkeln Wänden 58
Zwischen Bergen, liebe Mutter 179

Klassiker der französischen Literatur

Abaelard:
Die Leidensgeschichte und der Briefwechsel mit Heloisa · dtv 2190

Henri Alain-Fournier:
Der große Meaulnes · dtv 2308

Charles Baudelaire:
Les Fleurs du Mal Die Blumen des Bösen
Vollständige zweisprachige Ausgabe
dtv 2173

Alexandre Dumas:
Die Kameliendame
dtv 2315

Gustave Flaubert:
Madame Bovary
dtv 2075

Franz. Dichtung
Zweisprachige Ausgabe in vier Bänden

Band 1:
Von Villon bis Théophile de Viau
dtv 2288

Band 2:
Von Corneille bis Gérard de Nerval
dtv 2289

Band 4:
Von Apollinaire bis heute · dtv 2291

Théophile Gautier:
Reise in Andalusien
dtv 2333

Joris Karl Huysmans:
Marthe
Geschichte einer Dirne · dtv 2316

Victor Hugo:
Der Glöckner von Notre-Dame
Neu erarbeitet von Michaela Meßner
dtv 2329

Guy de Maupassant:
Die Liebe zu dritt
Geistreiche Plaudereien über das Leben und die Kunst
dtv 2317

Jules Renard:
Natur-Geschichten
Von Katzen, Fröschen und allerlei Getier · dtv 2297

Jean-Jacques Rousseau:
Julie oder Die Neue Héloïse
dtv 2191

J. H. Bernardin de Saint-Pierre:
Die indische Hütte
dtv 2318

George Sand:
Ein Winter auf Mallorca · dtv 2197

Sie sind ja eine Fee. Madame!
Märchen aus Schloß Nohant · dtv 2197

Nimm Deinen Mut in beide Hände
Briefe · dtv 2238

Nanon
Roman · dtv 2282

Sie und Er
Roman · dtv 2295

Mauprat
Geschichte einer Liebe · dtv 2300

Lelia
Roman · dtv 2311

Jeanne
Roman · dtv 2319

Flavie
Roman · dtv 2327

Stendhal:
Die Kartause von Parma · dtv 2293

Alexis de Tocqueville:
Der alte Staat und die Revolution
dtv 2204

François Villon:
Sämtliche Werke
französisch / deutsch
dtv 2304

Emile Zola:
Nana · dtv 2008

Klassiker der englischen und amerikanischen Literatur

Jane Austen:
Sanditon
Vollendet von
Marie Dobbs
Roman
dtv 2337

Aphra Behn:
Oroonoko
oder der königliche
Sklave
Eine wahre
Geschichte
Neu übersetzt und
Nachwort von
Susanne Althoetmar-
Smarczyk
dtv 2354

Samuel Butler:
Der Weg allen Fleisches
Roman
Aus dem Englischen
übersetzt von
Helmut Findeisen
dtv 2240

John Cleland:
Fanny Hill
(Memoirs of a
Woman of Pleasure)
dtv 2212

Henry Fielding:
Eine Reise von dieser Welt in die nächste
Ein skurriler Roman
dtv 2326

Thomas Hardy:
Am grünen Rand der Welt
(Far from the
Madding Crowd)
dtv/Klett-Cotta 2137

Edgar Allan Poe:
Detektivgeschichten
Übersetzt von
Hans Wollschläger
Mit einem Nachwort
von Ulrich Broich
dtv 2059

Faszination des Grauens
11 Meister-
erzählungen
Übersetzt von
Arno Schmidt und
Hans Wollschläger
Mit einem Nachwort
von Ulrich Broich
dtv 2095

Laurence Sterne:
Leben und Ansichten von Tristam Shandy, Gentleman
Neu übersetzt und
mit Anmerkungen
versehen von
Michael Walter
9 Bände im
Kleinformat in
Geschenkkassette
dtv 59024

Robert Louis
Stevenson:
Der Ausschlachter
(The Wrecker)
Criminalroman
Erste vollständige
deutsche Überset-
zung und Nachwort
von Hanna Neves
dtv 2343

Harriet Beecher
Stowe:
Onkel Toms Hütte
Vollständige
Ausgabe
Neu erarbeitet von
Susanne Althoetmar-
Smarczyk
dtv 2330

Jonathan Swift:
Gullivers Reisen
dtv 2236

Oscar Wilde:
Das Bildnis des Dorian Gray
Übersetzt und mit
einem Nachwort von
Siegfried Schmitz
dtv 2083